Brüder Grimm
Deutsche Sagen
Band 3

Brüder Grimm

Deutsche Sagen

Band 3

Herausgegeben von

Barbara Kindermann-Bieri

Diederichs

Die Deutsche Bibliothek – CIP-Einheitsaufnahme
Deutsche Sagen / Brüder Grimm. – München : Diederichs.
ISBN 3-424-01177-0
NE: Grimm, Jacob [Hrsg.]
Bd. 3. Hrsg. von Barbara Kindermann-Bieri. – 1993
NE: Kindermann-Bieri, Barbara [Hrsg.]

Umschlaggestaltung: Zembsch' Werkstatt, München
Produktion: Tillmann Roeder, München
Satz: Uhl + Massopust, Aalen
Druck und Bindung: Spiegel Buch, Ulm-Jungingen
Printed in Germany

ISBN 3-424-01177-0

Inhalt

Vorwort

Der dritte Sagenband

Zum Nachlaß der Brüder Grimm

Trotz intensiver Bemühungen diverser Grimmfreunde, Bibliothekare, Philologen und Verleger ist es seit dem Tod der Brüder Grimm nicht gelungen, den schriftlichen Nachlaß sowie die Grimmsche Bibliothek möglichst komplett und geographisch zentriert in öffentliches Eigentum übergehen zu lassen. Durch testamentarische Verfügungen, Kriegswirren, verantwortungslose Benutzerpraxis und vieles andere mehr sind die Materialien entweder zerstört, verlustig oder in alle Winde zerstreut worden. Der erhaltene Bestand an Grimmiana ist auch heute noch auf mehrere Orte verteilt. Bibliotheken, Institute und Museen in Marburg, Göttingen, Hanau, Kassel, Haldensleben, Krakau und anderswo befinden sich im Besitz Grimmscher Nachlaßpapiere. Immerhin ist es der Preußischen Staatsbibliothek zu Berlin gelungen, den weitaus bedeutendsten Teil des Grimmschen Nachlasses zu erstehen und somit Dreh- und Angelpunkt für Grimmforscher zu werden.

Nach Jacob Grimms Tod 1863 ging der gesamte Bestand an die Erben über, so an Dorothea Grimm, Wilhelms Witwe, sowie an ihre Kinder Herman, Rudolf und Auguste. Moritz Haupt, ein guter Freund Jacob Grimms und Inhaber eines Lehrstuhls in Berlin, setzte sich intensiv für einen Erwerb der Grimmschen Bibliothek durch die Berliner Universität ein. Zwei Jahre später war es soweit: Ein Großteil der Sammlung wurde von der Universitätsbibliothek erworben, die Handschriften sowie gedruckte Werke mit handschriftlichen Notizen der Brüder Grimm fielen der Königlichen Bibliothek zu. Nach dieser Übernahme intensivierten sich die Bemühungen um den Erwerb von immer mehr handschriftlichen Manuskripten, Briefen und Handexemplaren der Brüder Grimm. Trotzdem blieb der Hauptnachlaß noch im Besitz der Erben, die speziell zur Aufbewahrung desselben zwei Schränke aus massivem Eichenholz bauen ließen, die sog. Grimmschränke. Erst nach dem Tod von Auguste Grimm 1919, der letzten Nachfahrin der berühmten Grimmbrüder, gingen die Schlüssel für die Grimmschränke an die Königliche Bibliothek über. Doch mußte aufgrund einer testamentarischen Verfügung durch Herman Grimm noch weitere 30 Jahre mit dem Öffnen derselben gewartet werden. Erst im Februar 1949 durften die Türen aufgeschlossen und das Geheimnis gelüftet werden. Ein unermeßlich reiches Erbe kam damit ans Tageslicht, das von Büchern und handschriftlichen Vorarbeiten über Briefe, Notizen, Zettelkästen bis hin zu persönlichen Papieren wie Schulabgangszeugnissen, Stammtafeln, Akten und Testamenten reicht.

Das einzige gedruckte Inventar der Grimmschränke sowie der übrigen, bis 1922 vorhandenen Grimmiana in der Preußischen Staatsbibliothek stammt von Hans Daffis, der 1920 mit der Bestandsaufnahme beauftragt worden war. Nach seinem »Inventar der Grimmschränke in der Preußischen Staatsbibliothek« (1923) werden die Nachlaßpapiere noch heute zitiert, identifiziert und bestellt. Auch die hier vorliegende Sagensammlung, von den Brüdern Grimm ausschließlich handschriftlich aufgezeichnet, liegt im Archiv der Preußischen Staatsbibliothek (Daffis, 1756 VI).

Entstehung und Theorie des dritten Sagenbandes

Selbst in Forscherkreisen ist es nahezu unbekannt, daß im Grimmschen Nachlaß in Berlin ein handschriftlich vorgearbeiteter dritter Sagenband seit über 150 Jahren auf seine Veröffentlichung wartet. Er ist das Ergebnis eines nie abreißenden Forscher- und Sammeleifers der Brüder Grimm, die nach Herausgabe der ersten zwei Bände der »Deutschen Sagen« (1816/18) fest damit rechneten, auch noch einen dritten Band publizieren zu können. Zeugnisse für dieses Projekt finden sich in ihrem reichhaltig überlieferten Briefwechsel viele, nicht nur, weil sie ihre Gewährspersonen und Sagenübermittler immer wieder zum Sammeln und Übersenden alter Stoffe antrieben, sondern weil sich auch ganz konkrete Hinweise nachlesen lassen.

Noch vor Herausgabe des zweiten Bandes erwähnt Jacob Grimm in einem Brief vom 13. 12. 1817 an seinen Bruder Ferdinand den geplanten dritten Band: »Es hat mit dem dritten Band der Sagen noch Zeit, mache gleichwohl Deine Beiträge unter der Hand fertig, sie sind mir sehr lieb.« Am 25. 12. 1817 berichtet ihm Wilhelm vom Druck des zweiten Bandes: »Der Band wird in deß nicht so stark werden, wie der erste, dagegen haben wir auch schon ziemlich für einen zukünftigen dritten gesammelt, der wieder mündliche Sagen enthalten soll.« Am 18. 8. 1819 teilt Jacob Pfarrer Bang mit: »Haben wir Ihnen denn einen zweiten Band ›Deutscher Sagen‹ geschickt; es geht noch auf einen

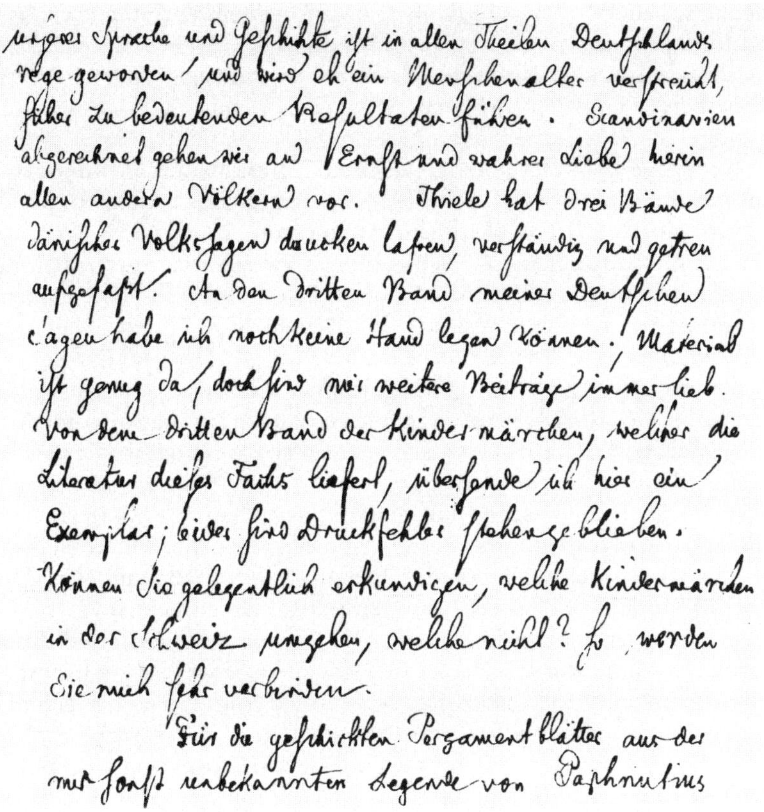
unserer sprache und geschichte ist in allen theilen Deutschlands
rege geworden, und wird eh ein menschenalter verstreicht,
sicher zu bedeutenden resultaten führen. Scandinavien
abgerechnet gehen wir an ernst und wahrer liebe hierin
allen andern völkern vor. Thiele hat drei bände
dänischer volkssagen drucken lassen, verständig und getreu
aufgefaßt. An den dritten band meiner Deutschen
sagen habe ich noch keine hand legen können. Material
ist genug da, doch sind mir weitere beiträge immer lieb.
Von dem dritten band der kindermärchen, welcher die
literatur dieses fachs liefert, übersende ich hier ein
exemplar; leider sind druckfehler stehen geblieben.
Können sie gelegentlich erkundigen, welche kindermärchen
in der schweiz umgehen, welche nicht? so werden
sie mich sehr verbinden.
Für die geschickten pergamentblätter aus der
mir sonst unbekannten legende von Paphnutius

Ausschnitt eines Briefes von Jacob Grimm an J. R. Wyß (Cassel, 5. Juli 1822), in welchem er auf eine Verzögerung des geplanten dritten Sagenbandes hinweist

dritten hinaus«, und am 28. 6. 1820 fügt er einem bereits abgeschlossenen Brief an denselben hinzu: »Von Localsagen erscheint auch noch ein dritter Band, worin sich Beiträge mündlich gesammelter sehr gut ausnehmen würde.«

Unter anderem muß er auch seinen Freund und treuen Sagenlieferanten, den Schweizer J. R. Wyß, um Beiträge für den dritten Band gebeten haben, denn dieser antwortet ihm am 29. 8. 1819, daß er erst einmal seine eigenen »Volkssagen« herausbringen müsse, »Jedoch späterhin kann es leicht geschehen, daß ich für einen 3ten Band Ihrer Sammlung Beiträge liefere, wenn ich unterdessen wieder auf Bergreisen mir neuen Stoff gewonnen. An ein 3tes Bändchen meiner Idyllen denke ich nicht, u. werde dann also mit meinen Vorräthen weniger nöthig haben zu kargen«. Gut zwei Jahre später, am 5. 7. 1822, teilt Jacob ihm mit: »An den dritten Band meiner deutschen Sagen habe ich noch keine Hand legen können. Material ist genug da, doch sind mir weitere Beiträge immer lieb.«

Der letzte konkrete Hinweis darauf, daß die Brüder Grimm noch immer fest mit der Publikation eines dritten Bandes rechneten, findet sich in einem Brief an Ferdinand Pfister vom 26. 9. 1928. Wilhelm dankte ihm für seinen »so reichhaltigen und wohlgeordneten Beitrag [...] aus dem Munde des Volkes« und kündigte an: »Wir denken, sobald es die Umstände gestatten, noch einen dritten Band zu liefern.«

Das Engagement der Brüder Grimm an diesem Projekt hat auch in den folgenden Jahren nicht abgenommen, doch war es ihnen weder vergönnt, den dritten Band zu publizieren, noch verlangte der literarische Markt zu Grimms Lebzeiten nach einer Zweitausgabe der ersten beiden Bände. Jacob konzentrierte sich fortan auf seine grundlegenden Werke wie die »Deutsche Grammatik«, das »Deutsche Wörterbuch«, die »Deutschen Rechtsaltertümer« und die »Deutsche Mythologie«; Wilhelm kümmerte sich vorwiegend um die Überarbeitung der Märchenbände und publizierte die »Deutschen Heldensagen«.

In der »Deutschen Mythologie« (1835), die im erweiterten Sinne auch als Anmerkungsband zu den Sagen gedacht war, wurde das zusammengetragene historische Material, das im geplanten Schlußband veröffentlicht werden sollte, zu einem großen Teil verwertet. So haben des öfteren Texte dieser nie publizierten Sammlung wenigstens dort ihre Verwendung gefunden.

Umfang und Konstitution der Sammlung

Insgesamt umfaßt das Konvolut des geplanten dritten Bandes, welches unter der Nummer »Daffis, 1756 VI« inventarisiert wurde, 206 Blätter, von denen hier die ersten 161 wiedergegeben werden, da sie größtenteils komplette Texte enthalten und in Reinschrift verfaßt worden sind. Die restlichen Blätter der Sammlung enthalten meist nur flüchtige Notizen, Stichworte oder Sagenfragmente und sind in den unterschiedlichsten Handschriften zu Papier gebracht. Zweifellos wäre vor Abdruck noch eine gründliche Bearbeitung durch die Brüder Grimm vonnöten gewesen.

Von den eigentlich 162 Blättern (Bl. 61a ist nachträglich eingefügt worden) stammen 108 von Jacob, 32 von Wilhelm, 21 von drei unbekannten Verfassern und 1 Blatt liegt als Zeitungsausschnitt vor. Drei Sagen sind von Jacob Grimm gemäß der Quelle in Latein wiedergegeben worden (Bll. 8, 61, 61a, die Übersetzung wird in den Anmerkungen angeboten), sechs Texte in verschiedenen deutschen Dialekten (Bll. 13, 30/31, 32/33, 39, 73, 111, 112). Die restlichen Texte, deren Quelle in einer Fremdsprache oder einem Dialekt verfaßt war, sind von den Brüdern Grimm alle übersetzt oder dem damals gesprochenen Deutsch angeglichen worden.

Die Quellen der Sammlung

Wie für die ersten beiden Bände liegen diesen Sagen sehr unterschiedliche Quellen zugrunde. Die Texte stammen aus einem weit gestreuten Zeitraum, nämlich aus fast fünf Jahrhunderten, und wurden aus den verschiedenartigsten Werksgattungen gewonnen, die von spätmittelalterlichen Chroniken und Annalen über Almanache, Periodica, Kuriositätenliteratur bis hin zu Reiseberichten, topographischen Landesbeschreibungen und Sagenanthologien des 18. und 19. Jahrhunderts reichen. Mündlich tradierte Texte sind auch in dieser Sammlung selten, die meisten Sagen sind literarische Übernahmen aus gedruckten Quellen.

An erster Stelle ist hier der Schweizer J. R. Wyß zu nennen, dessen »Reise ins Berner Oberland« (1816/17) für 29 Sagen als Vorlage diente, nachdem er bereits für DS 1 wichtiger Beiträger war, besonders durch den ersten Band seiner »Idyllen« (1815).

Von einiger Bedeutung sind u. a. auch Werke wie W. Stracks »Wegweiser durch die Gegend um Eilsen« (1817), J. D. von Steinens »Westphälische Geschichte« (1755–1760) und J. C. Martins »Topographische Statistische Nachrichten von Niederhessen« (1789–1796).

Einige Sagen stammen aus Werken, die schon für die ersten beiden Bände als Quellen genannt wurden, so z. B. M. Crusius' »Annales Suevici« (1595/96), J. Praetorius »Daemonologia rubinzalii« (1661–1665) oder Hans Jakob Christoph von Grimmelshausens »Abentheuerlicher Simplicissimus« (1669). Ebenso wurden für diesen Band weitere Ausgaben der »Alpenrosen«, des »Morgenblattes« oder der »Zeitung für die elegante Welt« ausgeschöpft. In den Handexemplaren der ersten beiden Bände sind einige Belegstellen für Sagen handschriftlich nachgetragen worden. Die Brüder Grimm haben diese Werke offensichtlich erst nach Herausgabe der eigenen zwei Sagenbände kennengelernt und sie daher für den dritten Band erstmals als

Hauptquelle benutzt, so z. B. Berckenmeyers »Curieuser Antiquarius« ([4]1712) oder Behrens' »Curiöser Hartz-Wald« (1703).

Zur Ermittlung der Quellen ist man, wie bei den ersten beiden Bänden, mehr oder weniger auf die Angaben und Zusätze der Brüder Grimm angewiesen, die meist nur fragmentarisch und wenig exakt sind. So war manchmal detektivischer Spürsinn erforderlich, um die Quelle ausfindig zu machen. Leider ist es nicht für alle Texte gelungen. Für 40 Sagen, ein Viertel der Sammlung, konnte die Quellen nicht ermittelt werden, da die Grimmschen Angaben zu vage und zu unpräzise waren. So benennen sie die Quelle z. B. lediglich mit dem Hinweis »aus handschriftlichen Quellen des 17. Jh.s« (viermal), »Volksblatt gedruckt zu Lübek um 1500« (zweimal) oder sehr oft auch nur mit dem Hinweis »mündlich«, der hie und da noch örtlich spezifiziert wird durch Zusätze wie »in Wien«, »in Hessen«, »aus der Schweiz«, »aus Deutschböhmen« etc. (30mal). Einige Male wird überhaupt keine Quelle genannt. Dabei fällt auf, daß die Mehrheit der vagen Angaben von Wilhelm stammt. Jacob zitiert seine Quellen meist viel sorgfältiger und gewissenhafter. Alles in allem ist hier noch ein weites Feld für Recherchen eröffnet.

Die ermittelten Quellen werden möglichst exakt im Quellen- und Literaturverzeichnis bibliographiert.

Inhalt, Themen und Stil

Der Charakter dieser gesammelten Texte ist sowohl inhaltlich als auch formal sehr vielgestaltig. Der Leser wird bei den hier erstmals veröffentlichten Sagen viele Analogien zu bekannten Motiven entdecken. Die Themen ähneln zum Teil stark jenen aus den ersten zwei Sagenbänden, finden hier jedoch interessante Variationen und Ausformungen. So kann man z. B. neue Versionen vom »Ewigen Juden«, vom »Wilden Jäger« oder von der »Weißen Frau« nachlesen. International belegte Motivkreise, wie die vom »geprellten Teufel«, den »Helden im Berg«, den »dankbaren Tieren« oder von der »Gabe des kleinen Volkes«, finden hier neue Ausprägungen. Zahlreiche Texte erzählen die ätiologische Herleitung merkwürdiger Eigentümlichkeiten der Landschaft oder die Etymologie uralter Namen und Bezeichnungen. Weitverbreitete Sagengestalten wie Zwerge und Riesen, Berggeister und Wassernixen, Erdmännchen und Moorjungfrauen, Poltergeister und Kobolde tauchen hier in neuen Varianten auf. Wiedergängersagen, Kirchenbauplatzlegenden, Stadtgründungssagen und viele andere mehr tauchen in leicht variierten Versionen in der Sammlung auf. So kommt es, daß der geübte Sagenleser bei der Lektüre der Texte nicht selten vom Gefühl eines Déjà-vu befallen wird.

Charakteristisch für den Stil dieser Sagen ist, was schon für die Texte der ersten zwei Bände festgestellt wurde. Aus einem heterogenen Strom unterschiedlichster Quellentexte, deren Spannweite zahlreiche Literaturgattungen und diverse Epochen umfaßt (vgl. Kap. »Quellen der Sammlung«), wird auch hier eine homogene Sammlung »fabriziert«. Nach einem strikten Bearbeitungsmuster wurden die Quellentexte modifiziert, teilweise stark gekürzt und stilistisch vereinheitlicht. Alles nach Ansicht der Brüder Grimm Redundante (erotische Anspielungen, religiöse oder kultische Funktionen, didaktische Intentionen, ethisch-normative Tendenzen etc.) wurde bei der Bearbeitung gestrichen; erhalten blieb lediglich der mythische Kern. Dazu kommt eine in der Regel kunstlose Weise des Erzählens, in der es nur einen einzigen chronologischen Handlungsstrang gibt, der mit einfachen, schmucklosen Sätzen formuliert wird.

Editorische Leitlinien

Zur Wiedergabe der Handschriften

Eine der Hauptschwierigkeiten, denen man sich bei der Herausgabe handschriftlicher Texte gegenüber sieht, ist die Frage: Was ist Spracheigenheit, was Quellentreue, was Schreib- oder Flüchtigkeitsfehler des Verfassers? Gerade hier ist man mit dem Verbessern schnell bei der Hand. Aber mancher vermeintliche Fehler ist bei näherem Hinschauen gar nicht so offensichtlich, sondern dokumentiert authentisch althergebrachte Formen und Inhalte. Wer selber Handschriften publiziert hat, weiß von den philologischen Gewissensqualen einer möglichst authentischen Wiedergabe, die notgedrungen den Verzicht auf orthographische und stilistische Einheitlichkeit kostet. Soll man unrichtige Wortfügungen oder Eigenheiten des Verfassers »korrigieren«, grammatische Fehler ausmerzen und die Schreibweise der heutigen Diktion anpassen?

Für diesen Band fiel die Entscheidung aus gutem Grund zugunsten einer buchstabengetreuen Wiedergabe der Texte aus. Hier ausgleichen oder vereinheitlichen zu wollen, wäre durchaus verfehlt. Der Originalcharakter der einzelnen Blätter mußte bei allen Unterschiedlichkeiten und Inkonsequenzen bewahrt werden. Es wäre unmöglich gewesen, eine gute Mitte zwischen wortgerechter Wiedergabe und ausgleichender, freier »Übersetzung« zu finden. So wurden Normierungsbestrebungen über Bord geworfen. Zum Grundprinzip dieser Erstveröffentlichung des dritten Sagenbandes mußte Originaltreue erhoben werden, auch außerhalb der heutigen Regeln schriftlicher Rechtschreibung und auch wenn dabei Schwierigkeiten zu überwinden waren. Dies schien um so notwendiger, als es sich um die erste Edition noch nie veröffentlichter Texte handelt. Eine nur semantische Identität wäre bei der Erstpublikation von Handschriften zur authentischen Wiedergabe unzureichend, eine ausgleichende Retusche oder orthographisch-grammatische Normierung hätte den Originalcharakter der Texte stark beeinträchtigt. Auch wäre stets zu befürchten gewesen, es könnte bei der Übertragung in angepaßte Sprach- und Stilformen etwas von der Frische und der Aussagekraft der Texte verloren gehen, denn der Stoff gewinnt doch in vielen Fällen seinen Reiz gerade mittels sprachlicher Archaismen und anachronistischer Wörter. Natürlich wird dem Leser dennoch manches spröde und ungewohnt erscheinen, anderes dafür besonders nahe, amüsant und bewegend.

Bei allem Bemühen, dem Wortlaut der Originalnotizen so nahe wie möglich zu bleiben, lag nicht die Absicht vor, eine akademische Ausgabe zu veranstalten. Zwar wurde auf Korrekturen und Eingriffe in den Text zugunsten der höher geschätzten Handschrift verzichtet und eine flüssig lesbare Textfassung mußte hinter den erwähnten, primären Kriterien zurückstehen, doch schmälert die am Originalmanuskript orientierte Wiedergabe in keiner Weise die allgemeine Verständlichkeit oder das Lesevergnügen, im Gegenteil: Größere Varianz der Schreibung bringt lebendigere Texte, das ungeschminkte Gesicht der Sagenblätter kommt letztlich der stilistischen Vielstimmigkeit zugute.

So ist diese Ausgabe bewußt mit dem Bemühen um Originaltreue ediert worden. Um den dokumentarischen Wert der Grimmschen Nachlaßpapiere nicht zu beeinträchtigen, hat sie die ursprüngliche Diktion soweit wie möglich bewahrt, den Wortlaut der Originalnotizen beibehalten und erhebt keinen Anspruch auf orthographische, grammatikalische oder stilistische Korrektheit. Die Grimmschen Quellenangaben wurden ebenfalls in buchstabengetreuer Form unter dem Titel belassen.

Damit wird hier erstmals aus dem umfangreichen Erbe der Brüder Grimm ein ganzer Band der Öffentlichkeit zugänglich gemacht, der durch die buchstabengetreue Transkription der Handschriften nicht nur Inhalte aus vergangenen Zeiten tradiert, sondern auch durch seine sprachliche Authentizität der Grimmschen Ära den Spiegel vorhält. Mancher Leser wird sich ins frühe 19. Jahrhundert zurückversetzt fühlen, wenn er die Buchdeckel dieser Sammlung aufklappt. Er kann die Texte in ihrer vollen Ursprünglichkeit auf sich wirken lassen und einen noch nie dagewesenen Einblick in ein nur handschriftlich vorhandenes Konvolut erlangen.

Editionsprinzipien

Die Numerierung wurde in Anlehnung an die Zählung der handschriftlichen Blätter gewählt. Eine Doppelnummer bedeutet, daß die Sage über mehr als ein beidseitig beschriebenes Blatt hinausgeht.

Jede Quellenangabe Grimms wird unter dem Titel vermerkt; falls sie im Original am Schluß der Sage steht, erfolgt ein Hinweis in den Anmerkungen.

Eindeutige Errata (Schreibfehler etc.) wurden berichtigt, veraltete Rechtschreibezeichen korrigiert (»m̄« wird »mm«, »ŏ« wird »ö«, Doppelbindestrich »=« wird »-«), Durchstreichungen und Einbesserungen durch die Brüder Grimm weggelassen bzw. eingefügt. Um der Lesbarkeit der Texte zu dienen, wurden einige wenige Umlaut- und Interpunktionszeichen ohne bestimmte Kennzeichnung ergänzt. Unterstreichungen in Rot oder Lila werden in den Anmerkungen erwähnt, alle anderen weggelassen.

Ansonsten sind die Sagen buchstabengetreu wiedergegeben und folgen in bezug auf Illogismen, veraltete Orthographie, Grammatik, Abkürzungen, Groß- und Kleinschreibungen exakt der Vorlage.

Grammatische oder inhaltliche Sonderlichkeiten werden sparsam durch den Hinweis [sic] gekennzeichnet, unsichere Lesungen durch ein Fragezeichen (?). Worterklärungen für Archaismen etc. finden sich in den Anmerkungen, meist in Anlehnung an das »Deutsche Wörterbuch« (1854 sqq.) von Jacob Grimm. In den Handschriften vermerkte Marginalien tauchen nur in den Anmerkungen auf, wo sie teilweise erläutert werden.

Runde Klammern ( ) im Text stehen so in den Handschriften, eckige Klammern [ ] dagegen zeigen stets Einfügungen der Herausgeberin an und werden in den Anmerkungen erläutert. Klammern bei den Quellenangaben fallen stillschweigend weg.

Die in deutschen Dialekten verfaßten Texte sind in ihrer Urtümlichkeit belassen, die lateinischen Texte in den Anmerkungen übersetzt worden.

Zu den Anmerkungen

Zu jedem Text findet sich in den Anmerkungen an erster Stelle der Name des Verfassers der Handschrift, dann die exakte Quellenangabe. Daraufhin folgt meist in möglichst knapper Form eine Erläuterung zur Quelle: Wie oft sie von den Brüdern Grimm benutzt wurde (Querverweise auf die entsprechenden Anmerkungen), welchen Stellenwert sie hatte und inwieweit sie tatsächlich benutzt worden war. Auf die Quellenbearbeitung durch die Brüder Grimm wird nur in besonders frappanten Fällen hingewiesen, da hier nicht der Ort ist, Grimms Methoden der Textgewinnung kritisch zu analysieren. Die Typenbestimmung der Sagenstoffe erhebt keinen Anspruch auf Vollständigkeit.

Auswahlweise werden Hinweise auf Varianten in den ersten beiden Bänden der DS gegeben, doch wird dabei auf Kommentare und Nennung von Sekundärliteratur bewußt verzichtet: Wer mehr über eine genannte DS-Variante erfahren will, sollte sich zur entsprechenden Nummer in Hans-Jörg Uthers Grimmausgabe (Grimm/Uther, Bde. 1–2) informieren. Auch kann sich der interessierte Leser im dortigen Register unter dem entsprechenden Stichwort selbst über eventuelle Varianten informieren.

Sekundärliteratur wird nur selten genannt, da zu diesen Handschriften wenig und auch nur Fragmentarisches verfaßt wurde. Falls jedoch zu einem Sagenmotiv oder einem Quellenautor einschlägige Literatur bekannt ist, wird darauf verwiesen. Falls der entsprechende Sagenstoff eine Abhandlung in der »Deutschen Mythologie« von Jacob Grimm erfahren hat, wird die entsprechende Stelle ebenfalls zitiert.

Dank

Mein Dank gilt in erster Linie der Staatsbibliothek zu Berlin – Preußischer Kulturbesitz, die mir die Grimmschen Handschriften (bes. Daffis 1756, VI) zur Benutzung anvertraut und zur Veröffentlichung freigegeben hat. Insbesondere danke ich den Mitarbeitern und Mitarbeiterinnen der Handschriftenabteilung, die mir bei meinen Nachforschungen stets mit freundlicher Hilfsbereitschaft zur Verfügung standen.

An dieser Stelle sei auch allen Personen herzlich gedankt, die mir bei der Klärung einzelner Fragen geholfen haben und zum guten Gelingen dieses Bandes beigetragen haben, so z. B. Friederike Hausmann

(München) für die Übersetzung der lateinischen Texte. Mein besonderer Dank gebührt Hans-Jörg Uther (Göttingen), Herausgeber der Neuausgabe der ersten beiden Bände. Er hat mir zahlreiche, wertvolle Auskünfte erteilt und mich in jeder Phase dieses Projekts hilfreich unterstützt.

Berlin, im Oktober 1992 *Barbara Kindermann-Bieri*

1. Elbringshausen nach Sarenau

mündlich

Zwischen Goßfelden und der Stadt Wetter in Oberhessen lag vorzeiten ein Dorf Namens Elbringhausen, von dem jetzo keine Spuren mehr zu sehen sind. Die Leute darin lebten so üppig und gottlos, daß der Teufel Gewalt über sie bekam und sie aus der guten Gemarkung niederwärts an die Lahn, welche durch ihr Austreten die Felder zu überschwemmen pflegt, auf einen sandigen Boden zu versetzen beschloß. Er nahm also das ganze Dorf in seine Kötze und trug es durch die Lüfte dahin, wo jetzt Sarenau steht. Zuerst fing er an, die Häuser einzeln zu nehmen und der Reihe nach unten aufzustellen, unversehens stürzte ihm aber die Kötze um und der ganze Plunder fiel durcheinander zur Erde. Daher kommt, daß zu Sarenau die sechs ersten Häuser in gerader Gaße, die übrigen aber alle untereinander stehen.

2. Die Hühnen zu Eberstein und Homburg

mündlich aus der Wesergegend.

Eberstein und Homburg, zwei braunschweigische Schlößer, wurden vor alten Zeiten von Hühnen beseßen. Da hausten nun einmal zwei dieser Bewohner, die nur eine Axt zusammen hatten, mit welcher sie ihr Holz spalteten. Wenn daher der ebersteiner Hühne an die Arbeit wollte, so rief er hinüber nach der anderthalb Stunden entlegenen Homburg und sogleich wurde die Axt herübergeworfen, und ebenso umgekehrt, wenn sich die Axt auf dem Ebersteine fand.

3. Der Hühnenbrink

mündlich ebendaher

Am Solling eine Viertelstunde weit vom Eberstein liegt im Felde ein freier, kegelförmiger Berg, der heißt Hühnenbrink oder Hühnenburg. Wenn der Riese, der ehmals darauf wohnte, sich des Morgens waschen wollte, so blieb er mit einem Fuße auf seiner Burg stehn, mit dem andern schritt er eine halbe Stunde weit hinüber zum Eichholz und wusch aus dem durch das Thal fließenden Bach. That ihm der Hals vom Bücken weh und drohte zu brechen, so streckte er nur den Arm aus und griff über den Burgberg nach Lobach, Negenborn und Hohlenberg, sich zur Stütze, so daß er eine Stunde weit alles erreichen konnte.

4. Ohne Titel

Die Sauerländer sind brave, tüchtige Leute. Einer soll einmal vorzeiten nach Cöln gegangen seyn und vor dem Thor angelangt, seinen Reisegefährten ersucht haben, einen Augenblick zu warten, daß er seinen Schuh ausziehen und, nachsehen könne was ihn die ganze Zeit unterwegs gegedrückt habe. Der andere sprach aber: ei, nun wartet vollends, bis wir zur Herberge kommen; so ließ es der Sauerländer geschehen und beide wanderten durch die langen Straßen. Auf dem Markt wurde ihm doch der Druck zu arg, er zog den Schuh ab und warf einen groben Stein heraus, der lange Zeiten daselbst zum Wahrzeichen gelegen hat.

5. Die Hünentochter bei Blankenburg

L. A. Walthers Einleitung in die thüring. und schwarzburg. Geschichte (Rudolst.) 1788. p. 52ff. und daraus L. Fr. Hesse Gesch. des Schloßes Blankenburg. Rudolst. 1820 fol. p. 17.

Zu Dittersdorf unweit Blankenburg (in Thüringen, zwischen Rudolstadt und Saalfeld) erzählt das Volk: eine Hünenfürstin von ungeheurer Größe wohnte mit ihrer Tochter eine Zeitlang auf der Hünenkoppe (Hünenkopp) bei Blankenburg am Eingang des Schwarzathales. Die Tochter gieng einmahl auf die andere Seite des Thales spazieren und fand dort auf dem Gemeindeberge einen feldpflügenden Bauer. Mit Pflug und Ochsen that sie ihn in die Schürze und trug ihrer Mutter die Seltenheit hin, welche sie für einen kleinen Kerl mit Kätzchen ansah. Zornig befahl ihr die Mutter Mann und Thiere wieder an Ort und Stelle hinzusetzen, »denn sie gehören zu einem Volk, das den Hünen viel Schaden zufügen kann«. Bald darauf verließen beide die Gegend.

6. Die Riesen auf dem Hippersberg, Weißenstein und Remberg

mündlich

In Oberhessen an der Lahn erzählt das Volk mancherlei von alten Riesen, die vorzeiten auf den Bergen gehaust haben. Einst ging die Riesentochter vom Hippersberg (zwischen Kölbe, Wehrda und Goßfelden) herunter aufs Land und nahm den Bauer mit dem Pflug in ihre Schürze dem Vater mit, der sie aber heftig schalt und den Bauer mit

Lobsprüchen in Freiheit setzte (wie es in der 17ten Sage enthalten ist.) Später als die Bauern die Burgen der Riesen und Ritter brachen, schonten sie dankbar diese Burg. Auf dem zerstörten Weißenstein (siehe Sage 165) waren viele Schätze, die großentheils noch am Fuße des Berges in der Lahn versenkt liegen. Unter andern eine goldne Thüre. Fischer haben sie schon mehrmals in ihren Netzen emporgehoben, aber immer ist sie auf einen plötzlich erschallenden Ton wieder hinab zu Grund gesunken.

Der Riese auf dem Weißenstein lebte in Bekanntschaft mit dem Riesen auf dem Remberg, (über Kaldern). Beide hatten einen gemeinschaftlichen Backofen, der mitten im Felde lag. Wenn sie nun Teig kneteten, warfen sie sich Steine hinüber, jeder auf die Burg des andern zum Zeichen, daß Holz zum Ofenheizen von der Burg gebracht werden müßte. Einmal geschah, daß sie beide zu gleicher Zeit warfen und die Steine gerade zusammenführen, die liegen noch heutiges Tags in der Mitte des Feldes, oberhalb Michelbach, jeder hat eine große Riesenhand eingedrückt. Ein andres Zeichen pflegte der Riese auch damit zu geben, daß er sich am Leib kratzte; dies war so laut, daß man es deutlich jenseits hören konnte.

7. Der Napfhans

Alpenrosen 1824. S. 74.75.

In der französ. Schweiz auf der Alp Zuazo-dessus hausete vor langen Jahren gar friedsam aber dienstfertig und gefällig ein Berggeist, der Napfhans (Jean de la Bolieta) genannt. Auf die gefährlichsten Stellen führte das Männlein die Kühe zur Weide, ohne daß je nur eine verunglückte. Für den geleisteten Dienst stellten dann die Sennen jeden Abend dankbar einen Napf voll süßer frischer Nidle (Rahm) auf das Dach des Stafels. Am andern Morgen fanden sie ihn richtig allemal leer. Es begab sich aber einst, daß ein Senn mit sieben eignen Kühen auf diesen Berg zog, zum erstenmal in seinem Leben, der hielt das Hirtenamt des Geistes für ein Mährlein und entschloß sich ihn zu foppen. Statt des Rahms that er siedenden Unrath in die hölzerne Schüssel. Um Mitternacht hörten die schlafenden Sennen eine dumpfe, hohle Stimme, die vom Rauchfang herunter kam: Senn, steh eilig auf und zieh deinen sieben Kühen die Häute ab. Der Hirte hielt es für Scherz und schlief wieder ein. Wie erschrack er, als er bei Tagesanbruch alle sieben Kühe vermisste und sie endlich nach langem Suchen jämmerlich zerrissen in einer tiefen Schlucht fand, die jetzt noch der

Schindanger (in Lecorzan) heißt. Diese wohlverdiente Bestrafung erhielt er für seinen Undank.

So lange der Berggeist die Kühe führte, schlug er stets den selben Weg mit ihnen ein, den man noch jetzt den Weg des Napfhans (le chemin de Jean Bolieta) nennt. Dieser steile Pfad ist immer so reinlich und nett, daß man nie einen Stein darauf liegen sieht, obschon auf dem Berge ein ganzes Lager von Rollsteinen vorhanden ist. Seit lange ist aber der gute Napfhans verschwunden.

8. König Goldemer

Gobelinus cosmodrom. aetat. VI. cap. 70. ap. Meibom scr. rer. germ. I. 286.

Istis temporibus (regnante Wenceslao imp.) quidam incubus nominans se regem Goldemer, conjunxit se familiaritate cuidam viro, armorum mundanis actibus per omnia dedito, Neveling de Hardenberg nominato, (Nibelung) in comitatu de Marca prope flumen Rure, in fortalitio seu munitiuncula habitanti, et loquebatur secum et cum aliis hominibus. Lusit dulcissime in insrtrumento musicali chordis aptato, lusit ad taxillos, pecunias pexposuit (setzte Geld auf), vinum bibit & saepe cum eo in lecto uno per noctem requievit. Multi visitabant eum, tam viri religiosi, quam saeculares, quibus responsa dedit: Sed saepe religiosos ad suae conditionis revelationem anhelantes, scelera eorum occulta recitando confudit. Hospitem praedictum saepius de inimicorum suorum adventu praemonuit & qualiter eorum machinationes evaderet sibi consilia dedit. Manus sibi duntaxat palpandas praebuit, sed videri negavit, et erant manus graciles et molles, ut si quis tangeret ranam aut murem. Christianos fidem in verbis, Judaeos in lapidibus preciosis et paganos in herbis ponere afferuit. Haec omnia tunc a multis audivi et post annos XXVI ab ipso Neveling plenius intellexi. Hic habuit tunc sororem pulcram, cujus gratia hunc incubum nonnulli moram secum trahere suspicabantur. Unde solitus erat eum nominare generum suum. Et ipse docuit eum, ut hoc versu se signaret: increatus pater, increatus filius, increatus spi. sanctus. Et postquam triennio secum morabatur, sine cujusquam laesione recessit.

9./10. König Volmar

gedruckte Genealogie derer von Laer, aus dem holländ. ins deutsche übers. hgb. Steinen westphäl. Gesch. Band IV. Lemgo 1760. S. 778.779.

Im Gericht Herbede der Grafschaft Mark liegt das alte Bergschloß Hardenstein.

Vorzeiten soll sich da ein Erdmännchen (Wouter manneken) aufgehalten haben. Es nannte sich König Volmar und bewohnte eine Cammer, die von heidnischen Zeiten an bis auf den heutigen Tag Volmars Cammer heißet. Dieser Volmar mußte jederzeit einen Platz am Tische und einen für sein Pferd im Stalle haben, da denn auch jederzeit die Speisen, wie auch Haber und Heu verzehret wurden, vom Menschen und Pferde aber sah man nichts, als den Schatten. Nun trug es sich zu, daß auf diesem Hause ein Küchenjunge war, welcher Begierde trug, diesen Volmar, wenigstens seine Fußstapfen zu sehen, hin und wieder Erbsen und Asche streuete, um ihn solcher gestalt fallend zu machen. Allein es wurde sein Vorwitz sehr übel bezahlet; denn auf einen gewißen Morgen, als der Knabe das Feuer anzündete, kam Volmar über ihn, brach ihm den Hals und hieb ihn zu Stücken, da er die Brust an einen Spieß steckte und briet, etliches röstete, das Haupt aber nebst den Beinen kochte. Als der Koch in die Küche treten wollte, erschrack er vor dem Anblick und wagte sich fast nicht hinein. Sobald die Gerichte fertig geworden waren, trug man sie auf Volmars Cammer, da man dann hörete, wie sie unter Freudenschrei und schöner Musik verzehrt wurden. Und nach dieser Zeit hat man König Volmar nicht mehr gespürt, über seiner Cammerthür aber fand man angeschrieben: so glücklich das Haus bisher gewesen ist, so unglücklich soll es nun werden und die Güter versplittert nicht ehnder wieder zusammen kommen, bis daß drei Hardenberge vom Hardenberge im Leben seyn würden. Bratspieß und Rost sind lange zum Gedächtnis verwahret, aber 1651, als dieser Gegenden die Lothringer hauseten, weggeplündert worden. Der Topf aber, der auf der Küchen eingemauert war, ist vorhanden geblieben.

Steinen sah in der Mitte des 18. Jh. diesen Topf und hat ihn auf der 70. Tafel Num. 11. stechen laßen. Er hielt ungefähr vier Maas, war von gelbem Metall aber unten zerbrochen. Damals nahm ihn die verwittibte Frau von Laer, geborne von Keppel vom Hardenstein mit sich nach Holland.

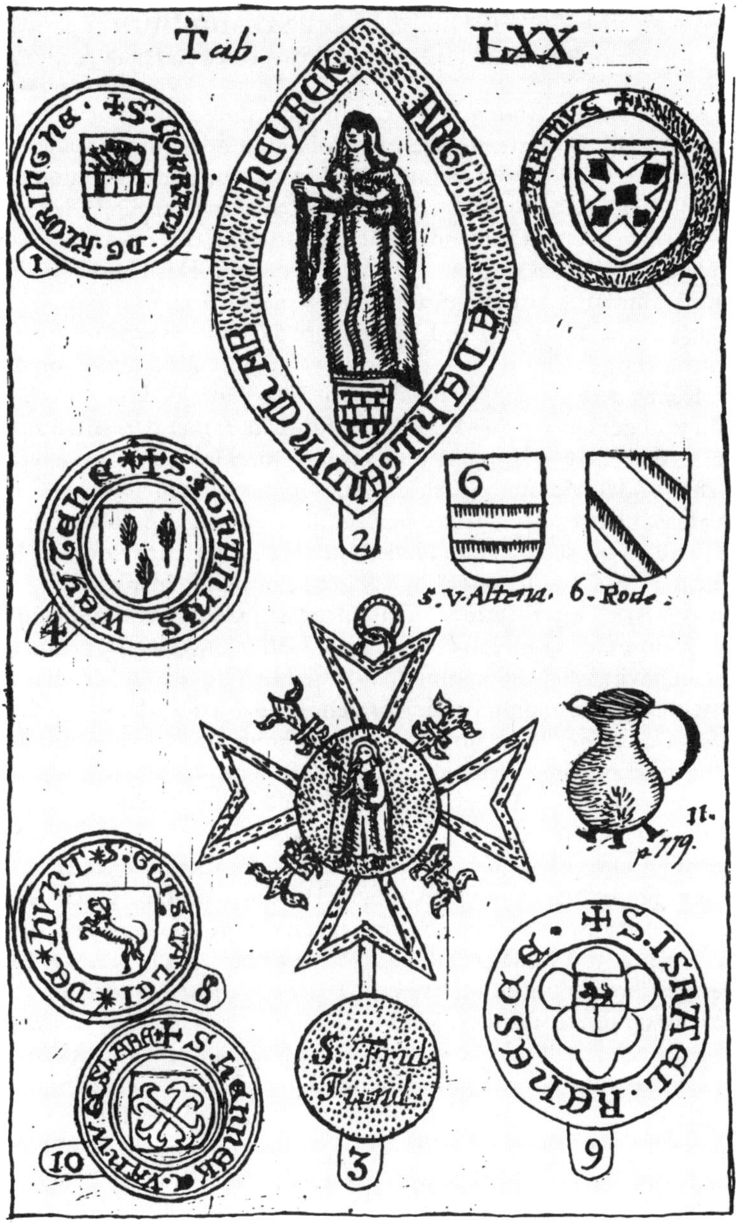

König Volmars Topf (Nr. 11), der nicht geraubt werden konnte, da er in der Küche eingemauert war

11./12. Der Graf von Schaumburg

Strack Wegweiser durch die Gegend um Eilsen. S. 120–123.

Einer der letzten Grafen von Schaumburg ging fast täglich aus und seine Gemahlin konnte nie erfahren wohin. Sie argwohnte, spähte und forschte, aber alles war umsonst. Auch der Leibjäger des Grafen blieb stumm, denn er hatte ihm redlich gelobt, nichts zu sagen. Die Gräfin brachte ihm aber am folgenden Tag zwei Beutel, den einen voll Gold, den andern voll Gesäme und ihre Weisung dazu. Das Gold behielt er, das Gesäme aber streute er auf dem Wege, den er mit dem Grafen gehen mußte, heimlich aus. Lange suchte die Gräfin vergebens, als ber der treibende Frühling kam, da ging das Gesäme auf und die sproßenden Keime zeigten der Suchenden den Weg. So wurde sie durch den Wald und gerade auf den Felsen zugeführt, der über der Schaumburg hangt, die Paschburg heißt und in dem die Höhle, das sogenannte Wichtel- oder Meumke-Loch ist. Alles mahnt sie umzukehren: es lief ein Haas ihr über den Weg, eine Unglück weissagende Elster rief ihr ein lautes weg! weg! herab; endlich begegnete ihr auch noch ein alter Klausner und fragte: »wohin so gebückt und gedankenvoll, edle Frau?« »Ach, antwortete sie, ich suche ein Geheimnis und will ein Räthsel lösen.« Da sprach der Klausner: »alles zu wißen ist gefährlich, was ich nicht weiß, macht mich nicht heiß.« Die Gräfin ließ sich aber nicht abhalten und ging bis sie vor dem Eingang der Meumken Höhle stand. Da lag der Jäger und schlief. Das keimende Gesäme führte sie bis in den Eingang der Höhle, sie trat mit Schaudern hinein und fand ihren Herrn in den Armen eines schönen kleinen Wichtelweibchens, beide sanft schlafend.

Schnell entschloß sich die Gräfin, nachdem sie das unglückliche Geheimniß entdeckt, wieder unbemerkt umzukehren. Doch schnitt sie mit ihrer Scheere dem Weibchen eine von den schönen langen Haarflechten im Nacken ab, dann eilte sie fort. Der Graf kam verdrießlich heim und konnte seinen Trübsinn nicht bergen, er wollte aber der Gräfin trotz allem Schmeicheln die Ursache nicht entdecken; das dauerte viele Wochen. Da schloß die Gräfin ihr Schmuckkästchen auf und zeigte ihm mit sanfter Duldung und holder Verzeihung die Haarflechte, gab sie dem Bestürzten zurück und die Freiheit dazu, thun zu dürfen, was ihn nur gelüste. Das fiel dem Grafen aufs Herz, er dankte ihr und verhieß ihr mit einem harten Eide, nie mehr zur Tienke-Meume zu gehen.

Bald darauf ließen sich Stimmen auf der Burg hören, welche die geraubte Haarflechte zurückverlangten. Sie wurde hingesendet in die

Höhle, aber die Stimmen tönten fort und forderten den Grafen dazu, aber er gehorchte nicht. Endlich schrie die Stimme am hellen, hohen Mittage und zu der Stunde, wo er sonst gewohnt war wegzuschleichen: er sollte wieder zur Höhle kommen, oder sein Land würde an fremde Erben fallen. Er kam aber nicht und das Schaumburgische fiel nach einigen Generationen an fremde Erben; an das Haus Hessen, an Lippe und Hannover.

13. Die blaue Kuh

Strack Wegweiser durch die Gegend um Eilsen. S. 7.8.

Ein Gespräk unner den Volke geiht, man hedde in enen ohlen Relyonskriege, da dei Völker by tropwise unvermauth in die Dorper fällen un dejenigen Lüe dei sey hedden annedropen, tauer Relyon bed up den Dodt piniget; sei hebbet in Ahnsen (einem Dorfe an der nördlichen Seite des Harrls ohnweit Eilsen) ene blawe (bleke) Kauhe had, de uth der Natur wust hädde, wenn sölke währen anekommen un hedde sau lange brüllt (oder bölkert) wenn sey annebunnen was, bet sei ener los laten hedde. Sau nu düsse Kauh in dat Holt lopen wöehre, üs nein Minske Löwe sick versöckerter tau sien, asse bie den Upentholt der blawen Kauh, sau wöehren öhr bie sau'ner Tid alle Lüe nahe lopen in dat Holt, denn sei hedde de Steehen wüst, wo et wöhre secker wesen. Et hedde sick ock keiner niher unerstahn nah Hus te gahn, bet nig de Kauh ers friwillig veranging un denn wöhren sei ock wiet wege wesen un wer öhre folget hedde, wöhe jümmer glücklich seener Qual entlopen.

14. Die Wichtelmänner im Brauhaus

Strack Wegweiser durch die Gegend um Eilsen. S. 124–26.

Im Brauhaus zu Oldendorf im Schaumburgischen hielten sich die Wichteln lange Zeit auf. Zu Gunsten der Bürgerschaft, der sie wohl wollten, trieben sie dort ihr unsichtbares Wesen und ließen ihren so segnenden Einfluß merklich spüren. Daher kam es, daß das Oldendorfische Bier damals so berühmt war, wie jetzt die Braunschweiger Mumme und weit verfahren wurde. Das Brauhaus, dem Posthaus gegenüber, wurde von den Postknechten, wenn sie recht blau gefroren waren, oft besucht, weil es da stets hübsch warm war. Einst kam zur Winterszeit auch ein Postknecht dahin, um sich durch zu wärmen. Man fragt ihn: »was neues, Schwager?« »Nichts, antwortete er, als daß wir diese Nacht im Gebürge (d. h. im Sundelgebürge) beim Durchfahren, ein Heulen und Klagen vernahmen und rufen hörten: »Meume Tienke ist todt! todt ist Tienke Meume!« Bei dieser Nachricht erhub sich auch im Brauhaus ein Jammern und Wehklagen und hundert Stimmen riefen jenen Namen aus. Die an der Braupfanne beschäftigten Wichteln vergeßen im Schrecken und in der äußersten Bestürzung ihre Unsichtbarkeit und werden zu hunderten von allen Anwesenden gesehen. Eins derselben trug gerade ein Waizenkorn die Treppe herauf, das es in eine Pfanne bringen will. Es trug aber so schwer an dem einen Korne, daß ein Brauknecht darüber lachte und es verspottete. Das Wichtelmännchen ward bös und warf sein Waitzenkörnlein zur Erde. Es blieb liegen und ward plötzlich in das feinste Gold verwandelt. Alle Wichteln verschwanden von dem Augenblick und sind auf ewig ausgezogen. Seit der Zeit ist das Oldendorfer Bier und der Breihan ebenso schlecht, als es vorher gut und berühmt war und nichts brachte die vorige Güte wieder.

15. Der böse Geist zu Mainz

Legenda aurea cap. 177.

Im Jahre 856. unter Ludwig des deutschen Regierung soll im mainzer Sprengel ein tückischer Poltergeist gehaust haben. Er klopfte, wie mit Hammerschlägen, an die Wände der Häuser, sprach laut vernehmlich und säte allerlei Zwietracht aus. In welches Haus er gegangen war, das brannte bald ab. Unter die Priester, welche Meße sangen und Weihwaßer sprengten, warf der Geist Steine und verwundete mehrere, welches niemand zu erklären wußte. Endlich wurde er zur Ruhe gebracht, und gestand: sobald man Weihwaßer gesprengt habe, hätte er sich unter die Kappe eines Priesters, gleichsam seines Vertrauten, geborgen, weil dieser nämlich mit einer Jungfrau in weltliche Sünde gefallen gewesen sey.

16./17. Der Beckenknecht und die badende Jungfrau

Simpliciß. II. 101–104.

Ein Beckenknecht zu München ging eines Sonntags drei Meilen vor die Stadt in einen Wald, des Willens Vögelnester zu suchen und junge Vögel auszunehmen. Beides von Angesicht und Leibsgestalt war er schön und ansehnlich, daneben ein frommer gottesfürchtiger Jüngling. Wie er nun an einem Wäßerlein hinauf schlich, und sich umschaute, gewahrte er eines Weibsbildes, das sich im Waßer badete. Er hielt sie für eine Dirn aus dem Flecken und setzte sich nieder aus Fürwitz zu harren, bis sie ihre Kleider anlegen würde, an denen er sie zu erkennen dachte; so konnte er sie künftig einmal ausspotten daß er sie nackend erblickt habe. Es ging wie er gedachte, aber doch etwas anders; sie stieg aus dem Gewäßer und legte keine Bauernkleider, sondern ein silbernes Stück mit goldnen Blumen an, setzte sich darauf nieder und kämpelte und zöpfte ihr Haar; hernach legte sie Perlen und Kleinode um den Hals und schmückte sich, daß sie einer Fürstin gleichsah. Der Beckenknecht schaute mit Furcht und Verwunderung zu und weil er sich vor ihrer ansehnlichen Gestalt entsetzte, wollte er davon weichen und sich stellen, als ob er sie gar nicht gesehen. Sie aber, weil er gar zu nah war, daß sie ihn sehen mußte, rief ihn an und sagte: junger Gesell, seid ihr so grob und unhöflich, daß ihr nicht zu einer Jungfrau gehen dürft? Der Becker wandte sich um, zog den Hut ab und versetzte: gnädiges Fräulein, ich gedachte, es zieme sich nicht, daß ein unadlicher Mensch, wie ich bin, einem so ansehnlichen Frauenzimmer nah komme. Saget das nicht, sprach die Jungfrau, denn es ist ja ein Mensch des andern werth, über das, hab ich schon etliche hundert Jahr allhier auf euch gewartet. Weil es sich nun geschickt hat, daß wir diese langgewünschte Stunde erleben, so bitte ich euch um Gotteswillen, laßt euch nieder und vernehmt, was ich mit euch zu reden habe. Der Beckenknecht war anfangs bang, weil er teuflischen Trug besorgte; aber daß sie Gottes Namen nannte, beruhigte ihn und er setzte sich ohne Scheu zu ihr nieder. Da sagte sie: mein allerliebster Herzensfreund und nächst Gott einiger Trost [sic!]; euer Nam ist Jacob und euer Vaterland heißt Allendorf; ich aber bin von meiner Mutter dergestalt verflucht worden, daß ich von meiner Geburt an bis zum jüngsten Tag in diesem Wald verbleiben muß, es wäre denn Sach, daß ihr mich erlöst und zu euerm Ehgemahl nehmet, doch mit ausdrücklichem Geding, daß ihr euch, wie bishero, der Tugend und Gottesfurcht fleißigen, aller anderer Weibsbilder müßig gehen und unsere Heirath ein ganzes Jahr lang verschweigen wollet. Werdet ihr diese Ding halten, so bin ich erlöst und kann zu seiner Zeit seliglich aus dieser Welt abscheiden, ihr aber sollt der reichste und glücklichste Mann auf Erden werden. Verschmähet ihr mich hingegen, so muß ich hier harren bis zum jüngsten Gericht und werde dann Rache schreien über eure Unbarmherzigkeit.

Nach dieser Rede besann sich der Becker nicht lang, gab sein Jawort und verlobte sich mit der Jungfrau. Sie verehrte ihm ein gülden Creuz

u. verabredete, daß sie ihn fürderhin die meisten Nächte in seiner Schlafcammer besuchen wollte; hierauf verschwand sie vor seinen Augen.

Es waren auf diese Weise kaum vier Wochen vergangen, als ihm bei der Sach anfing zu grausen und sein Gewißen sagte ihm, es könne mit dieser heimlichen wunderbaren Ehe nicht recht hergehen. Er beichtete also, was ihm widerfahren war und den dritten Abend wurden, um die Teufelin zu fangen, zwölf beherzte Männer mit Partisanen genommen, die brachen um Mitternacht in des Becken Schlafcammer ein; Thüren und Läden hatten sie wohl besetzt, daß niemand entrinnen konnte. Sobald als zwei mit Fackeln in das Zimmer getreten waren, sagte der Becker: sie ist schon nicht mehr da! Kaum aber that er den Mund zu, so hatte er ein Meßer mit silbernem Heft in seiner Brust stecken, und eh man dies recht wahrgenommen, stack auch einem der Fackelträger ein Meßer im Herzen, daß er alsobald todt niederfiel. Der andere ermannte sich, und in dem er ermaß, aus welcher Gegend die Stiche gekommen waren, führte er einen starken Streich nach demselbigen Winkel zu. Da fiel die unselige Frau sichtbar zur Erde, der Streich war von solchen Kräften, daß er ihre Brust ganz aufspielte (spaltete) und man ihre Lunge und das noch schlagende Herz im Leibe sehen konnte. Ihr Hals hing voll Kleinode, ihre Finger stacken voll Ringe, ihr Kopf war gleichsam in Gold und Perlen gehüllt, sonst hatte sie nur ein Hemd und seiden Strümpfe an, ihr silbern Stück lag unterm Hauptküßen, ungefähr zwanzig Jahre schien sie alt zu seyn. Der Becker, nachdem er reuig und leidig gebeichtet, starb und wurde mit dem Fackelträger in ein Grab gelegt, der Leichnam der Zauberin aber verbrannt.

18. Das Zwergesloch

v. Steinen a. a. O. I. 1167.

Eine Höhle am Peereck heißt das Zwergesloch. Beim Eingang ist sie weitläuftig, nach etlichen Schritten verengt sie sich so, daß man kriechen muß, um weiter fortzukommen. In diesem Loch soll sich dem Angeben nach vorzeiten ein Kobold aufgehalten haben, bei welchem sich die Leute, wenn sie etwas verloren, oder sonst etwas neues haben wollten, Raths erhohlten. Der Zwerg half ihnen jedesmal.

19. Zwergen Wäsche

Mündlich.

Man sieht zuweilen die Tochter des Zwergenkönigs mit ihrem Gefolge aus dem Unterberg kommen und waschen. Sie trocknen die Wäsche, indem sie sie nur in die Luft aufwerfen, wo der Luftstrom dem zarten Gewebe gleich die Näße wegzehrt. Wer es wagt und sich nähert, den sprutzen sie mit Waßer ins Gesicht, wovon er (ich glaube: erblindet) [sic].

20. Der gute Zwerg

Krieger, der Bodethaler. Halberstadt 1819. S. 41.42

Am Fuße der Bode, einer Linde gegenüber wohnte der Sage nach ein guter Zwerg, der für die verwundeten Arbeiter heilende Blumen und Kräuter bündelweise hinlegte, wenn der Verunglückte mit Vertrauen seine Hülfe anflehte. Es mußte jedoch zwölf Stunden vorher geschehn, damit der Zwerg, der sich weder hören noch sehn ließ, Nachts seine Heilmittel gehörig zurichten konnte.

21. Waßernixe

Mündlich

In dem Dorf Feßra an der Werra ist es alte Sitte, daß Sonnabends nach beendigter Arbeit getanzt oder gespielt wird. Nun trug es sich zu, als einmal das Junge Volk sich zu dieser Zeit versammelt hatte, daß aus einer Bergesschlucht, wo zwei Wälder sich begegnen ein Mädchen herauskam und zu den Tanzenden sich gesellte. Es trug ein grünes Mieder und war schön und freundlich, aber noch niemand hatte es gesehen oder wußte zu sagen, wo es hergekommen war. Es tanzte und spielte mit, aber als die Sonnte [sic] untergehen wollte, nahm es Abschied und verlor sich wieder in den Wald. Weil aber alle das Mädchen gern hatten, so baten sie das nächstemal sehr, es möchte doch länger bei ihnen bleiben; aber es antwortete: »ich darf nicht, bleibe ich länger, als die Sonne scheint, so darf ich nicht wieder zu euch kommen.« Sie wußten es aber durch allerlei List hinzuhalten, so daß es die Zeit vergaß und noch da war, als die Sonne schon untergegangen war. Da erschrack es und sprach: »wenn ich künftigen Sonnabend nicht wieder komme, so seht auf den Waßerspiegel der Werra, wenn ihr da rothe Flecken seht, so bin ich verloren.« Am Sonnabend blieb es wirklich aus und auf dem Fluß zeigten sich hervorquellende rothe Blasen. Noch ietzt sieht man sie bisweilen.

22. Das Haus-Arend

Dolle bibliotheca historiae Schauenburgicae p. 418–426.
Eine Abbildung des Steins in Stracks Wegweiser durch die Gegend um Eilsen.
Lemgo 1817. S. 48.

Nicht ganz weit von Peetzen, zwischen Bückeburg und Minden belegen, finden sich gegen Norden alte Rudera von einem vormaligen Schloße, da nemlich in dem Bruche so jetzo gut Heuwachs gibt, vormahlen aber ein sehr tieffer Morast gewesen, auf einem erhabenen Platz dicke Mauren [sic] in der Erde und gewölbte Keller zu sehen, auch die Schloßgraben noch zu erkennen, aber mehrentheils ausgefüllet sind: welcher Platz noch bis auf diesen Tag das Haus Arend genennet wird. Von diesem Haus Arend ging vormahlen eine höltzerne Brücke nach Peetzen, und eine solche Brücke gen Norden zu einem andern viereckten Platze die Neueburg genannt, woselbst auch eine Retirade-Burg gestanden, wovon keine Rudera, aber doch die breiten und tieffen Graben vorhanden, wie denn auch der Burg-Mühlen-Platz und deren Trieb-Graben noch gezeiget werden. Auf diesem Haus-Arend haben niemahlen regierende Herren, sondern viele hundert Jahre Strassen- und See-Räuber gewohnet, welche ihren Raub daselbst in Sicherheit brachten. Der letzte Besitzer nennete sich Graf Arnum oder Annois, und hatte sein Handwerck recht ausgelernet, sein Pferd war immer verkehrt beschlagen, damit, wenn ihn jemand nachspüren wolte, verfehlen muste: an seinen Schuhen trug er vorne eine lange stählerne Spitze, auf daß er im vorbey jagen einen mit den Füssen ermorden, oder wenn einer seinem Pferde zu nahe kommen wolte, solchen abwehren konnte. Er durchstrich alle Länder, und machte es an aller Orten so, daß er nicht wieder kommen dorfte; zuletzt wurde er ein See-Räuber und zog viele Jahre auf den See-Raub aus. Ob gleich zu seiner Zeit der grosse Kayser Carl hiesige Gegend schon mit Gewalt zur christlichen Religion gebracht, daß sie nach einigen Wochen Bedenckzeit sich tauffen lassen, oder Feuer und Schwerd erwehlen müssen; so kehrete sich Graf Arnum daran nicht, weil die heilige Religion seinem Gewerbe zuwieder war, er verehrte lieber die Sonne und den Mond; nachdem der Abgott Hercules, welcher bey Jetenburg seine Pagode hatte, damahlen von Carolo Magno schon zerstöret worden: diesen Götzen zu Ehren hatte er auf seinem Schloß einen Altar, und

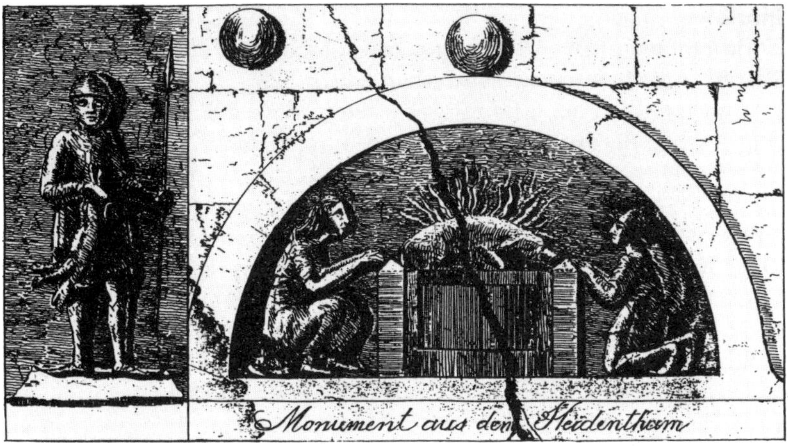

Der Götzenaltar aus dem »Haus-Arend«

opferte denselben zu gewissen Jahrs-Zeiten ein Schwein, da er denn unter der Verbrennung desselben pflegte nebst seiner Gemahlin auf den Knien vor den Altar zu liegen, und die Sonne und Mond anzubeten. Wie er aber einsten in See gegangen, beredeten die Papistischen Geistlichen die Gräfin, daß sie ihren unvernünftigen Gottesdienst fahren lassen, und die christliche Religion annehmen mögte, überzeugten sie auch dahin, daß sie sich tauffen ließ. Es war ihr aber nicht gelegen, in Bauerhäusern der christlichen Versammlung beyzuwohnen, sahe auch wegen der Vieh- und Rinder-Zucht die Sache nicht heilsam an, darum entschloß sie sich zu Peetzen eine Kirche bauen zu lassen, setzte zur Beförderung ihrer Andacht ihre Prieche gerade vor die Cantzel, oben die Thür gegen Süden, ließ ihres Gemahls Bildniß mit einer Lance in der Hand, und ein Opfer-Fercken in Stein gehauen, zwischen die Schall-Löcher an den Thurm gegen Süden, und zum Andencken und Abscheu ihres vormahligen heidnischen Götzendienstes ihren Götzen-Altar in Stein gebildet, mitten vor den Thurm gen Westen setzen, ihr eigen Bildniß zur Rechten, des Grafen Bildniß zur Lincken am Altar auf den Knien liegend, ein Schwein in der Flamme auf den Altar, den Mond in From einer Kugel gerade darüber, und die Sonne in Kugel form schief in die Höhe dabey einmauren, welches alles noch heutiges Tages zu sehen, nur daß der Stein durchgeborsten ist.

Wegen Erbauung dieser Kirche wurde die Frau Gräfin nun von jederman, insonderheit von den Geistlichen, sehr geliebet, welche ihr

Hoffnung machten beym Pabst auszuwircken, daß sie nach ihren Tode canonisiret werden mögte: wodurch sie so sehr aufgemuntert wurde, daß sie noch sechs Kirchen bauen ließ [. . .].

Nun aber kam der Graf mit erbeuteten grossen Schätzen zu Hause, fragte seine Gemahlin, was sie dann unterdessen gemacht hätte? sie antwortete: sie habe sieben Töchter ausgegeben, wann es ihm gefallen würde, so möge er dabey geben, daß sie bestehen könnten. Er fragte halb erzürnt, ob sie dann einen andern Mann genommen, weil sie ja keine Kinder gehabt? ja, sprach sie: ich habe den rechten GOtt angenommen, der HErr ist über Sonne und Mond, über Himmel und Erde, derselbe hat durch heilige Männer ein vortrefflich Buch schreiben lassen, darinne werden solche kleine Kirchen Töchter genennet, darum nenne ich sie auch also. Graf Arnum war in seinem Gemüth mit gantz andern Anschlägen beschäftiget, wagete noch einen Ausfall gegen reisende Kaufleute, wie er nun mit einem nagenden Gewissen wieder zu Hause kam, sein Versöhnungs-Altar zerstöret, das Heidenthum nun vor jedermann ein Greuel war, und vernahm, daß man in der christlichen Religion auch könne Vergebung der Sünden erlangen, so gab er sich darein, äuserlich ein Christ zu werden und sich tauffen zu lassen. Seine gottlose Lebensart ließ er sich aber noch nicht gereuen, wie er sich denn nicht schämete, inwendig in die Kirchen auf seiner Priechen an die Wand gegen Süden sein in Stein gehauenes und bemahltes Bildniß einmauren zu lassen, wie er als ein Räuber ausgesehen, einen Helm auf dem Haupte, grosse Sporren, eine sehr lange vorne ein wenig aufgebogene Spitze an den Schuhen, und einen Streit-Hammer in der Hand, mit der Unterschrift:

> Ein Grave von Arnum und Anois bin ich genandt,
> Ich han gevehdet mannig Land:

welches Bildniß im Jahr 1709. aus Tummheit der Arbeiter ist überweisset und unkentbar worden.

Wie indessen die Herrn Geistlichen in der damahligen Ohren-Beichte von den Grafen so viele grausame und ungeheure Thaten vernahmen, so wusten sie es ihm so nahe zu legen, daß er müsse recht stattliche gute Wercke thun, wenn er wolle Vergebung der Sünden haben. Wesfalls er denn mit Ernst darauf bedacht war, obgedachte sieben Kirchen, Pfarren und Küstereyen mit liegenden Gründen, so viel er an jeden Ort ankaufen konte, zu versehen; sonst aber von seinen Zins-Bauern, welchen er Summen Geldes vorgestrecket, einige dahin abzugeben: Daher es kommt, daß an manche Kirchen und Pfarren aus fremden Ländern und Gemeinden Zins-Korn geliefert wird. Bey diesen an sich sehr guten Wercken vermeinte nun der Graf, GOtt müsse ihm nothwendig gnädig seyn, wenn er gleich sein gottloses Gewerbe ferner triebe. Es war keine Strasse vor ihn sicher, Handel und Wandel gerieth in Stecken, daß endlich die Hansee-Städte, welche deshalb Völcker auf den Beinen hielten, die Land-Strassen sicher zu halten, und die Raub-Schlösser zu zerstören, sich genöthiget fanden, auch vor Haus Arend ihre Völcker zu legen, das Raub-Schloß zu zerstöhren, und den Grafen von der Welt zu helfen. Er war aber eben nicht zu Hause, wie sie anrücketen: und weil sie wegen des umlegenen tieffen Morasts, wegen der vielen aufgezogenen Zug-Brücken, und aus damahligen Mangel des groben Geschützes das Schloß nicht erreichen konnten, so entschlossen sie sich Jahr und Tag davor zu liegen, bis sie durch Hunger zur Uebergabe genöthiget würden. Der Frau Gräfin fehlete es aber auch nicht an Krieges-List; ihren Vorrath an Speck verzehrten sie nur bis auf die Haut, und hängeten die ausgehölete Schwarten oben in die Löcher, als wenn noch Vorrath genug da wäre: zuletzt hatten sie noch ein Schwein, welches sie allezeit um etliche Wochen den Schwantz reissen liessen, daß es ein Geschrey machte, als wenn sie noch so ofte Schweine schlachteten, in der Meinung die Belagerer solten es müde werden und abziehen. Während der Belagerung kam der Graf zu Hause, und wuste auf das Schloß zu kommen: weil aber die Hufeisen seines Pferdes verkehret waren, so meineten die Belagerer, er sey davon gejaget, und entschlossen sich binnen kurtzen abzuziehen. Auf den Schlosse aber war die grösseste Hungers-Noth, darum die Gräfin genöthiget wurde zu capitulieren, und begehrete nur 1) für sich und ihre Magd einen freyen Abzug, 2) so viel mitzunehmen, als sie beyde tragen könnten, und 3) daß sie in künftigen Jahren einen Eichel-Garten pflantzen dörfe. Die 3 Articul wurden ihr zugestanden, am folgenden Tage ladete sie der Magd so viel Geld und Schriften auf, als sie tragen konnte: die Gräfin selbst nahm ihren Gemahl in einer Kiepe auf den Rücken und kamen glücklich nach Minden in den Dohm. Das Schloß wurde nun nebst der Neuenburg bis auf den Grund zerstöret. Die Gräfin pflantzete im folgenden Jahr einen Eichel-Garten, und weil die Grösse nicht bestimmet war, so nahm sie dazu einen Platz von der Neuenburg und der Cammer bis Spißingshohl, welcher Garte jetzo der Schaumburgische Wald heisset. Ihre vielen Schriften oder Obligationes von Zins-Bauren vermachten sie an den Dohm zu Minden, um daselbst bis ans Ende Gräflich unterhalten zu werden: welches also die Ursach ist, warum so viele Bauren an den Dohm zu Minden jährlich Zins-Korn liefern müssn [. . .]. Wie sie denn auch ihr Leben daselbst geendiget, und sowohl der Graf als die Gräfin in dem Dohm zu Minden begraben liegen.

23./24. Der Räuber Gnipperdinga

In dem Stifte Trier lebte im Jahr 1581 ein gräßlicher Räuber u. Mörder, mit Namen Gnipperdinga, oder auch von einigen Gnapperrunga von Kerpen genannt, welcher das Land durch Raub u. Mord in Schrek setzt. Er hatte sich in einem Wald, unweit der Stadt Burgkaßel eine Höhle zu seinem Aufenthalt gewählt, und sie ziemlich gemächlich eingerichtet, von wo aus er die Straßen nach Trier, Metz, Saarbrük, Simmern, Kreuznach u. a. u. a. (?) übersehen konnte. Jeder Reisende, der auf diesen Wegen nicht in gröserer [sic] Gesellschaft ging, wurde von ihm angefallen, ausgeplündert und gewöhnlich gemordet. Einst fiel ihm ein junges schönes Mädchen, Dorothea Teichner, in die Hände, die von Poppant nach Trier gehen wollte, um dort ihre Verwandte zu besuchen. Auch schon über diese war der Mordstahl gezükt, allein ihre ungemeine Schönheit u. rührenden Bitten bewegten dergestallt sein rauhes Herz, daß er ihr Leben zu schonen versprach, wenn sie ihm in seine Höhle folgen u. sein Weib werden wolle. Das arme Geschöpf, von Todesangst ergriffen, willigte ein, worauf er sie dann als Hausfrau in seine Mörderwohnung einführte. Er zeugte mit ihr mehrere Kinder, die er aber jedesmal, damit er durch sie nicht verrathen werden möchte, gleich nach der Geburt erwürgte, u. ihre todte Körperchen in den Aesten eines alten Baumes aufhing. Wenn dann der Wind die kleinen Gerippe hin u. her bewegte, u. die Mutter um ihre Kinder jammerte, soll er gesagt haben: »Warum klagst du denn? Sieh doch deine Kinderchen spielen u. tanzen, aber sie weinen nicht«. Sieben lange Jahre lebte Dorothea in dieser schreklichen Ehe, u. wurde, wenn ihr Mann die Höhle verließ, um auf Raub auszugehen, jedesmal von ihm an eine Kette geschloßen, damit sie ihm nicht entlauffen möge. Einstmals kehrte er schwer verwundet von einem harten Kampf zurück, u. da er zu seiner Wiederherstellung einiger Heilmittel bedurfte, so schikte er seine Frau deshalb in die nahegelegene Stadt Burgkaßel nachdem er ihr vorher einen schreklichen Eid abgenommen, daß sie keinem Menschen das geringste entdeken wolle. Als die Unglückliche aber das Städtchen erreicht hatte, wo sie zum erstenmal nach langen Jahren wieder Menschen um sich sah, kniete sie vor einem, auf'm Markt stehenden Mannsbild nieder, weinte u. jammerte laut u. klagte der Gebenedeihten ihr Leid. Das Volk versammelte sich um sie, hörte mit Entsetzen ihre schreklichen Bekenntniße, u. auf diese Weise durch die Beichte, die sie vor der Mutter Gottes laut ablegte, erfuhr dann auch die Obrigkeit das ganze furchtbare Geheimnis, ohne daß sie ihren Schwur gebrochen hätte.

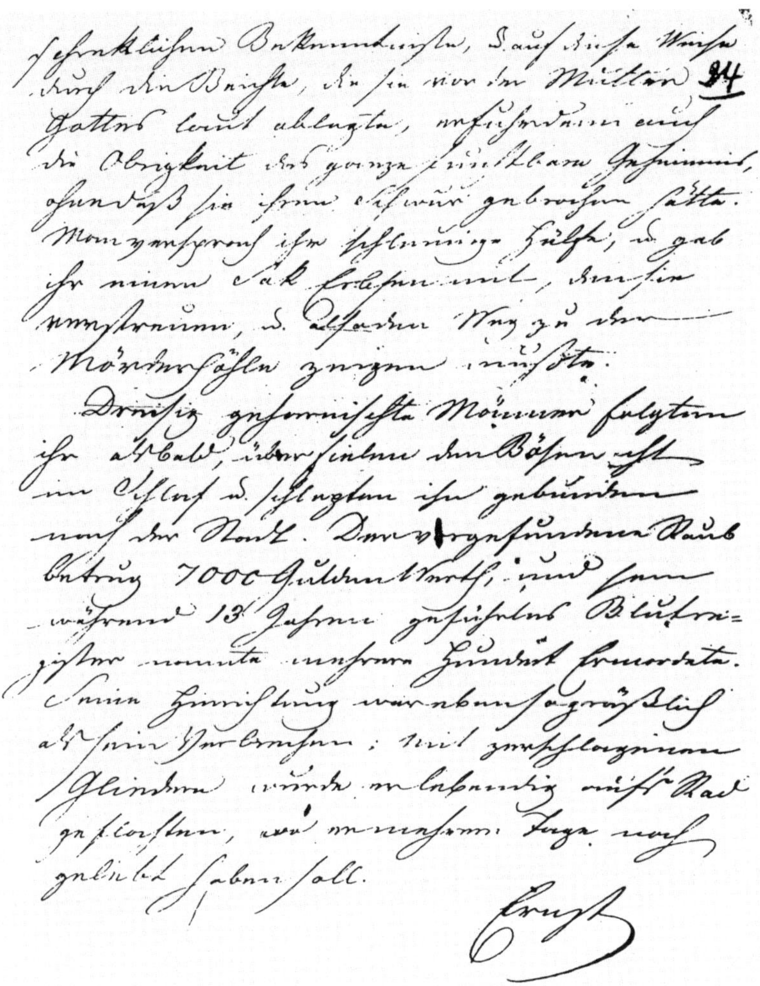

schrecklichen Bekenntnisse, d. auf diese Weise durch die Beichte, die sie vor der Mutter 24 Gottes laut ablegte, erfuhr denn auch die Obrigkeit das ganze furchtbare Geheimniß, ohne daß sie ihren Schwur gebrochen hatte. Man versprach ihr schleunige Hülfe, u. gab ihr einen Sak Erbsen mit, den sie verstreuen, u. also den Weg zu der Mörderhöhle zeigen mußte.

Dreisig geharnischte Männer folgten ihr alsbald, überfielen den Bösewicht im Schlaf u. schleppten ihn gebunden nach der Stadt. Der vorgefundene Raub betrug 7000 Gulden Werth, und sein während 13 Jahren geführtes Blutregister nannte mehrere hundert Ermordete. Seine Hinrichtung war eben so grausam als seine Verbrechen; mit zerschlagenen Gliedern wurde er lebendig aufs Rad geflochten, wo er mehrere Tage noch gelebt haben soll.

Ernst

Unbekannte Handschrift eines Schreibers namens »Ernst«, vermutlich Ernst von der Malsburg (Blatt 23/24)

Man versprach ihr schleunige Hülfe, u. gab ihr einen Sak Erbsen mit, den sie verstreuen, u. also den Weg zu der Mörderhöhle zeigen mußte.

Dreisig geharnischte Männer folgten ihr alsbald, überfielen den Bösewicht im Schlaf u. schleppten ihn gebunden nach der Stadt. Der vorgefundene Raub betrug 7000 Gulden Werth, und sein während 13 Jahren geführtes Blutregister nannte mehrere hundert Ermordete.

Seine Hinrichtung war eben so gräßlich als sein Verbrechen; mit zerschlagenen Gliedern wurde er lebendig auf's Rad geflochten, wo er mehrere Tage noch gelebt haben soll.

25. Perlenschnur in der Familie Malzahn

Mündl. von Frl. Calenberg. 4. Dec. 1820

Eine Frau Malzahn lag in Wochen u. brannte ein Nachlicht [sic], welches öfters Funken sprühte und wie man zu sagen pflegt nieste. In einer Nacht sieht sie ein kleines Weibchen an ihrem Bett, das sagt ihr lösche doch das Licht aus, mein ungebornes Kind liegt gerade unter dem Licht u. die Funken die fallen auf es herab und thun ihm weh. Sie thuts die erste Nacht nicht, doch in der zweiten gibt sie den Bitten des Weibchens, das abermals erscheint, nach und löscht das Licht u. will lieber im Dunkeln liegen, als dem kleinen Geschöpf wehe thun. Nach einiger Zeit findet sie in der Wiege eine sehr schöne Perlenschnur, die das Weibchen zum Dank hingelegt hat, sie ist noch jetzt in der Familie erhalten, doch so wie ein Glied daraus stirbt, wird auch eine Perle grau.

26. Die Tügybrücke

Alpenrosen 1824. p. 55.56.

Zu Ponnendorf (Pont-la-ville) im Canton Freyburg geht eine aus hartem, dauerhaftem Stein gebaute Brücke über die Sane, wovon erzählt wird: zur Zeit als man gern die Brücke bauen wollte, aber die schweren Kosten scheute, trat ein grüngekleideter Fremder plötzlich unter die Bauern ins Wirtshaus, mischte sich in ihr Gespräch und erbot sich den Brückenbau in kurzer Frist zu vollenden, wo man ihm das erste lebende Geschöpf zusage, das die neue Brücke betreten würde. Man gieng den Vorschlag ein, der Vorsteher der Gemeinde gab dem Baumeister drauf den Handschlag und und fühlte zu seinem Schrecken eine Kralle. Die ganze Nacht hindurch hörte man fürchterlichen Lärm gleich einem Sturmwind und frühmorgens stand eine stattliche Brücke fix und fertig über den Fluß geschlagen da. Niemand traute sich hinüber, bis endlich ein schlauer Gesell aus der Noth half, er kam mit drei Päcklein unterm Arm und stellte sich vor die Brücke. Darauf öffnete er den ersten Sack, aus dem sechs Mäuse auf die Brücke sprangen. Aus dem zweiten ließ er sechs Ratten aus dem dritten sechs Katzen los, die Katzen setzten sogleich hinter den Mäusen und Ratten

Teufelsbrücke am Gotthardberg, nach einer Radierung von Johann Melchior Füssli, 1707 (Blatt 26)

her. Hinter den Thieren folgte der Gesell, pflanzte auf einen Brückenpfeiler ein geweihtes Creuz und kam wohlbehalten zurück. Auf der andern Seite hatte der grüne Werkmeister seine Beute erwartet und wenigstens ein schönes, neugieriges Mädchen zu haschen gehofft, als aber die Mäuse, Ratten und Katzen gelaufen kamen, ward er toll, nahm die schreckliche Teufelsgestalt an und suchte durch herabgerollte Steinblöcke die Brücke zu zerstören. Sein Vorhaben scheiterte an der Macht des Creuzes und die Nagelfluh bildete bloß zu beiden Seiten der Brücke einen schützenden Wall.

Zug um Zug ähnliches wird von der Teufelsbrücke am Gotthardberg erzählt.

»Corbers« und das Wappen der »Herrn von Korbers«

27. Die Herrn von Korbers

Alpenrosen 1824 p. 58.

Korbers (Corbieres) ein schöner Flecken unweit Altenfüllen (Hauteville) in der französ. Schweiz war Sitz der Herrn von Korbers, in deren Wappen ein Rabe prangte. Der Rabe (? ein Wappen, oder einer, den sie erhielten und der ins Wappen aufgenommen wurde) [sic] ließ auf eine gar zierliche und höfliche Weise, wenn dem Hause ein Sohn, einen goldnen Fingerreif, wenn aber ein Töchterchen geboren werden sollte, einen silbernen von seinem Schnabel fallen.

28. Gargantua

Alpenrosen 1824. p. 57.58.

Ehe das Greyersland bekehrt wurde betete das Volk einen riesenhaften Götzen Namens Gargantua an, der so ungeheuer war, daß er mit einem Fuße auf der Spitze des Birrenberges, mit dem andern auf dem Gipfel des Gibloux stand und sich niederbeugend die Sane dergestalt auftrank, daß während drei Tagen das Flußbett trocken blieb. Bei diesem Anlaß trug er die Felsblöcke federleicht mit seinen Händen her, die unter der Tügybrücke liegen.

29. Mädchenfelsen

Der Güssenberg von Magenau, Ulm 1823. p. 96–98

Im Brenzthal bei Eselsburg ragen zwei zackige Felsen hervor. In einem Schlosse wohnte da vorzeiten ein altes Fräulein, die alle Männer haßte und der jede Magd, bevor sie in Dienst genommen wurde, Männerhaß schwören mußte. Doch hatten einmahl zwei Mägde einen Liebeshandel mit einem Fischer im Thal und schlichen Abends mit ihren Waßereimern hinab. Die alte Hexe verwandelte beide in Stein, als sie es gewahr wurde.

30./31. Eyn hübsch nye ledt, de Eppele van Geillingen is he genanth, im thone, jdt was ein frisscher frier

Volksblatt gedruckt zu Lübek um 1550.

(ein ritter zu pferdt in holzschnitt, neben die worte: unvorworn is alderbest, so si he och de dit lest)

Jdt was ein frisscher frier riddersch man
de Eppele van Geillingen is he genanth.
  He redt tho Nürnberg uth und in
is der van Nürnberg affgesechte viendt.
  He redt tho Nürnberg vor eins smedes huss
hör leve smidt tridt tho my heruth.
  Hör leve smidt nu lath di sagen
Du schalt my meym ross veer ysern upslagen.
  Besla my se wol und gesla my se even
jck wil di ein guden loen darüm geven.

Titelbild des von Jacob Grimm benutzten Bändchens »Der Güssenberg und die Güssen« (1823) von R. F. H. Magenau (Blatt 29)

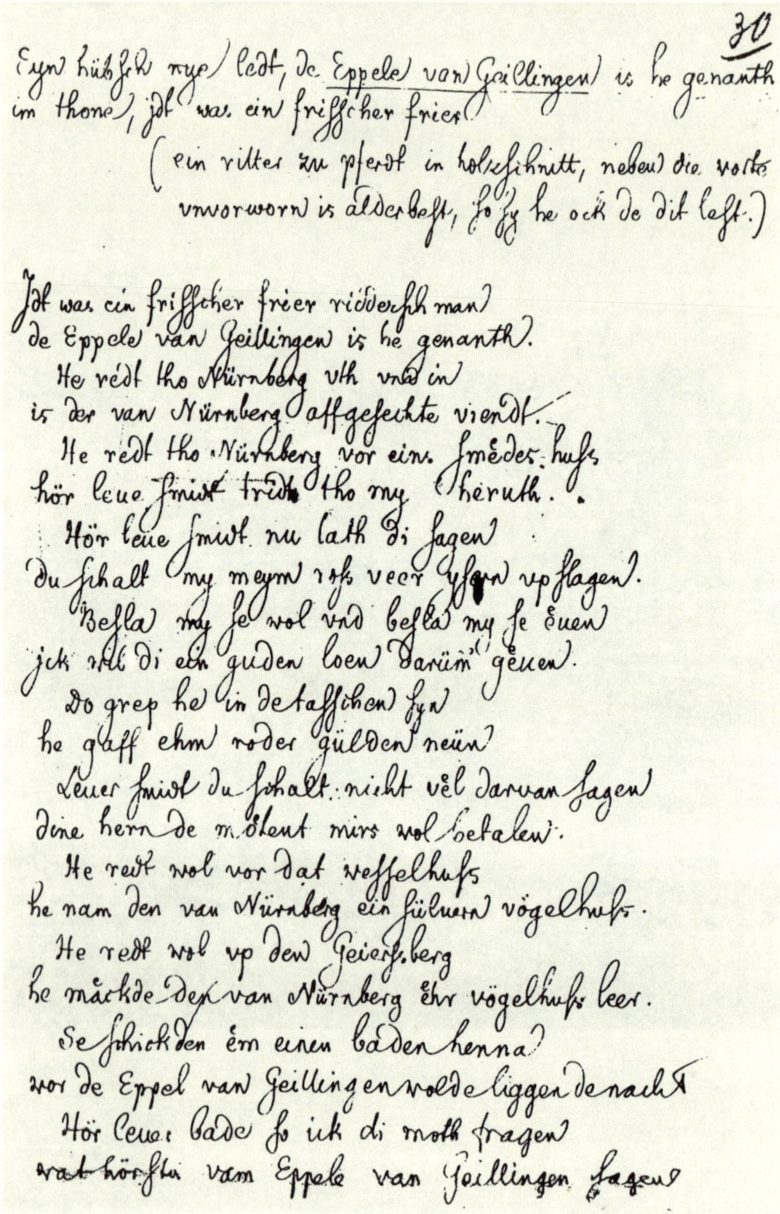

30

Eyn hübsch nye ledt, de Eppele van Geillingen is he genanth im thone, idt was ein frisscher frier.

(ein ritter zu pferd in holzschnitt, neben die worte
vnvorworn is alderbest, so sy he ock de dit lest.)

Idt was ein frisscher frier ridderschman
de Eppele van Geillingen is he genanth.
He redt tho Nürnberg uth vnd in
is der van Nürnberg affgesechte viendt.
He redt tho Nürnberg vor eins smeders huss
hör leue smidt tredt tho my heruth.
Hör leue smidt nu lath di sagen
du schalt my meym ross veer ysern vpslagen.
Besla my se wol vnd besla my se euen
ick wil di ein guden loen darüm geuen.
Do grep he in de tasschen syn
he gaff ehm roder gülden neün
Leuer smidt du schalt nicht vel darvan sagen
dine hern de mötent mirs wol betalen.
He redt wol vor dat wesselhuss
he nam den van Nürnberg ein sülvern vögelhuss.
He redt wol vp den Geiersberg
he mäckde den van Nürnberg ehr vögelhuss leer.
Se schickden em einen baden henna
wor de Eppel van Geillingen wolde liggen de nacht
Hör leue bade so ick di moth fragen
~~wat hörstu~~ vam Eppele van Geillingen sagen

»Druckschrift« Jacob Grimms (Blatt 30)

Do grep he in de tasschen syn
he gaff ehm roder gülden neün
Lever smidt du schalt nicht vel darvan sagen
dine hern de motent mirs wol betalen.
He redt wol vor dat wesselhuss
he nam den van Nürnberg ein sülvern vögelhuss.
He redt wol up den Geierssberg
he mäckde den van Nürnberg ehr vögelhuss leer.
Se schickden em einen baden henna
wor de Eppel van Geillingen wolde liggen de nacht
Hör lever bader so ick di moth fragen
wat hörste vam Eppele van Geillingen sagen.
Dat machste wol vor eine warheit yhehen
du heffst en mit dinen ogen gesehen
Do redt he under dat frouwen doer
dar hengte ein paer rüterstevel vör.
Doerwechter leve doerwechter myn
wem mögen dit paer rüterstevel syn
de syn eyns fryen riddersman
de Eppele van Geillingen is he genanth
He nam de stevel up synen guel
und sloechs dem doerwechter um dat muel
Sü doerwechter dar heffste din loen
dat segge dinen hern van Nürnberg an.
De doerwechter was ein behende man
und segts synen hern und der gantzen gemein
Se schickden twe und ssöventich rüter aengefer
wor de Eppele van Geillingen hen kamen weer.
Gi söldener yuwe gevangen wil ick nicht syn
sint yuwer twe un ssöventich bin ick men allein.
Se dreven ehn hindersick up eynen hogen steyn
de Eppele van Geillingen sprinckt in den Meyn.
Gi Nürnberger söldner synt nicht eerenwerth
juwer neiner hefft kein gudt rüterschpert
Wo bald he sick uth dem ssadel swanck
und toch dat nige paer stevel an
Do redt he aver eyn avwe was grön
dar begegend em eyn koepman dücht sick kön.
Hör lever koepman nu lath di sagen
wi willen einander um de tasschen slagen

De koepman was ein behende man
he görde dem Eppele van Geillingen syn tasschen an
Des koepmans he gantz wol vornam
ein bürin ehm ock up der straten bekam
De bürinnen he fragde up der stede
wat men vam Eppele van Geillingen seggen dede
De bürin ehm ein antwert gab
de Eppele van Geillingen weer eyn näckder knäb
So segge my leve bürin schan,
wat hefft di de Eppele van Geillingen gedan
De Eppele van Geillingen sick balde bedacht
wo balde he dar ein vür affmacht.
He nam dat smoldt und mäckd ydt warm
und stöth ehr de hende hevin beth an de arm
Sü dar so heffste dinen loen
und segge de Eppele van Geillingen hebt dirs gedan.
He schickde syn Knecht na Farnbach henaff
men scholde em bereden ein gudes mäl.
Do quam (?) de Eppele van Geillingen in
dho gaff men ehm den kolden win
De Eppele van Geillingen lügt thom finster henuth
do schoff men em vel wagen vort huss
Lever werdt do my de dören up
und lath my springen aver uth.
Do sprank he aver de achte wagen uth
aver den negden gaff he den gevel up
So licht myn moder am Rin is dodt
darüm moth ick lyden grote nodt.
Dho toech he uth syn gude swerdt
he stack darmit syn gude rüterschperdt
Eppele van Geillingen heddest dus nicht gedan
bi dem levende wolden wi di laen
Den Eppele van Geillingen nemen se an
und bröchten den van Nürnberg den gevangen man.
Darna förden se en up den ravenstein
man lede ehm den Kop twisschen de Been.

32./33. Twe lede volgen, dat erste vam Danhüser, dat ander ach Jupiter

gedruckt Lübek um 1550.

Holzschnitt, darum: den Godt wil erneren kan nein man vorheren.

Aver wil ick heven an van einem Danhüser singen
und wat he wunders hefft gedan mit Venus der düvelinnen.
Danhüser was ein ridder gudt, he wolde wunder schowen
he toech tho Venus in den berch tho andern schönen frowen.
Do ein jar all umme qwam syne sünde begünden em tho leiden
Venus eddel frouwe fyn ick wil wedder van juew scheiden.
Herr Danhüser wy hebben yuw gantz leeff, daran schöll...
...swarn gy... van uns einen eed.. uns nicht we... [sic]
Frow Venus des hebb ick nicht gedan ick will dat weddcrspreken.
und spreke dat yemant mer als gi, ick wold dat an em wreken.
Her Danhüser wo rede gi nu also gi schöllen mit uns liven
jck geve juw miner spelnoten ein tho einem steden wive.
Neme ick denn ein ander wiff wenn ick dreg in minem sinne
so möste jo in der helle grundt min sel ewigliken brennen.
Gi seggen vel van der helle grunt gi hebben der nicht befunden
gedenckt an minen roten mundt da lachet tho allen stunden.
Wat helpet my yuw roter mundt de ys my gantz unmere
gevet orloff eddel frouwe tzart dörch aller junckfrouwen ehre.
Danhüser gi wilt orloff han wy wilt yw nenen geven
blivet hir by uns ein ridder gudt und fristet yuwe junge leven
Min levent is my geworden kranck ick mach nicht lenger bliven
na bicht und rüwe steit min vorlanck und in bote min levendt driven.
Danhüser wo rede gi nu also synt gi ock kloeck van synnen
so ga wi yn ein Kemerlin, y schöllen doch nicht vyn hynnen.
Gy seggen my vel van Kemerlin uth yuwem valschen synne
ick se idt an yuwen ogen wol, gi synt ein düvelinne.
Danhüser wo rede gy nu also, wil gi yo mit uns schelden
schold gi lenger hir bi uns syn, gy mösten des dick entgelden.
Frow Venus des syth van my bericht, ick wil nicht lenger bliven
help my Christe van hemmelrick van düssen bösen wiven
Danhüser gi wilt orloff han, nemet orloff van dem Grisen
wor gi in den landen varen unse loff dat schölle gi prisen.
He schede wedder uth dem berge mit leve und ock mit leide
help Christe van dem hemmelrick lath my nicht van dir scheiden.
Nu wil ick hen to Rome gän, Godt möte disse reise wolden
thom geistliken vader pawest Urban de mine sele mach beholden.

Ach pawest geistlike vader min, ick klage juw allmyn sünde
der ick min dage hebbe vel gedan so ick yuw wil vorkünden
jck bin gewest ein heel gantz yar in sünden mit Venus, der frouwen
dat bichte ick nu hir apenbar went all sünd mi seer rüwen.
De pawest hadd einen drögen staff den stölle he an de erden
so de staff nu grönen wert schöllen dine sünde vorgeven werden.
Danhüser scheide sick uth der stadt mit leide und ock mit rüwe
o Jesu Christ van hemmelrick help mi nu dörch al din trüwe
Vorflöket syn de leidigen papen de my thor helle schriben
se willen gade eine Sele beroven de wol möchte beholden bliven.
Do he qwam all vor den berch, he sach sick wide umme
Godt gesegen di sünne unde maen darto mine leven fründe.
Danhüser ginck wedder in den berch he warth gar wol entfangen
segget uns Danhüser ein ridder gudt, wo hefft idt yw gegangen.
Alss idt my gegangen hefft, dat hed ick wol vorswaren
noch bid ick Christum van hemmelrick he leth my nicht bliven vorlaren.
Do idt qwam an den drüdden dag, de staff begünde tho grönen
eer dat tho der vesper qwam, de staff droech loff und blomen.
De pawest sende baden in alle landt Danhüser scholde wedderkeren
he is gelöset uth sünden band dörch Christum unsen heren.
De pawest bedrövede sick gantz seer, he hefft gebeden alle stünde
Godt wil erfüllen Danhüsers beger und vorgeven em all syne sünde.

34. Das steinerne Männlein

aus einer Handschrift des 17 Jahrh.

Auf der Regensburger Brücke an einer Thüre der Schiffsmühle steht ein kleines steinernes Männlein, nackt und blos, als wäre es eben aus dem kalten Bade der Donau heraufgelaufen. In der Hand hält es einen Zettel, worauf geschrieben stehet: schuck wie heiß! hält die Hand über die Augen, wendet sich um und schauet den Dom an, als ob es fragen wollte: wann soll doch der einmal ausgebaut werden? Die Werkmeister des Doms und der Brücke lagen in Zank und Streit miteinander, und ihr Haß ist durch ein ander Steinbild auf der Brücke, einen Hahnenkampf vorstellend, abgebildet. Auch ist der größte und der kleinste Stein an dieser Brücke zusammengefügt. Wer diese Wahrzeichen nicht weiß und deren Ursache nicht geben kann, ist nicht in in Regensburg gewesen.

35. Die Schwabenschüßel

handschriftl. Nachricht aus dem 17. Jahrh.

Auf dem Domplatz zu Speier stehet ein runder steinerner Napf, sehr hoch und tief und die Schwabenschüßel genannt; wird der neue Bischof eingeführt, so geleiten ihn die Bürgemeister bis an diesen Napf und nehmen dann Abschied; hingegen nimmt ihn die gesammte Cleristei in Empfang und führt ihn zum Dom. Mittlerweile werden auf Kosten des Bischofs mehrere Fuder Wein in den Napf geführet und eingezapft, daß wer nur dahin kommen mag, davon schöpfen kann.

36. Der Eselsthurm zu Bologna

aus einer handschr. Nachricht des 17 Jahrh.

Auf der Hauptkirche zu Bologna liegt mitten ein hoher Thurm, degli asinelli genannt. Der Erbauer soll mit einigen Eselein so viel Gelds und Guts zus. gebracht haben, daß er damit das Werk stiften können. Ein andrer wollts ihm gleichthun und einen eben so hohen Thurm daneben aufführen, ist aber gestorben und der Bau nur halb fertig worden. Nach andern soll ihn das Erdbidem umgestürzt haben.

37. Ohne Titel

Schuppü Schriften I, 396.

Ich erinnere mich, als ich noch ein Kind, die Wartfrau mir eine Fabel erzählet hat von einem güldenen Berg unglaublicher Größe, den die Zwerglein bewohneten, und innhätten. Diese wurden von den Göttern vor gläsern gehalten und zu allerhand Arbeit verdammet. Derer ein Theil prüfeten welche die beste Erde wäre und die verschlingen sie, davon der übrige Leib ganz verdorret, der Bauch aber wüchse und wurde über der Maßen groß, bis er endlich zerberstete. Da wären dann die übrigen da, die das übrige mit fröhlichem Angesicht raubeten, was die andern gesammelt und zusammen getragen hätten, brauchten und nutzten solches nach Unterschied der Naturen. Etliche machten daraus was sie geraubet zu Weintrauben, sich aber zu Weinfässern. Viele machten aus dem was sie also geraubet schöne Lustgärten, da ihnen Gesichter aber Larven gleich den Verliebten vorkämen, die sie nicht anrühren durften.

38. Zwerge bei Gera

Märchenbuch für die Jugend Nürnberg (s. a doch 1822.) pag. 1.

In den Höhlen bei Tischitz und Unterhaus unweit Gera wohnten Zwerge mit ihrem König. Nachts kamen sie wohl in die Vorrathskamern der Einwohner von Gera und holten sich draus Brot und allerlei Lebensmittel, konnten aber nie ertappt werden. Da sie sich von Jahr zu Jahr mehrten, fiel dieser Raub endlich den Bürgern zur Last und sie beschloßen sich von den ungebetenen Gästen zu befreien. Es ward ihnen der Rath gegeben, sie sollten Anis und Kümmel in ihr Brot backen, so kämen die Zwerge nicht wieder, denn das könnten sie nicht vertragen. Ein armer Fischer in dem Flecken Langenberg hörte von dem Vorhaben der Bürger von Gera und da er Mitleiden mit den armen Zwergen hatte, beschloß er sie von dem Schicksal, das ihnen bereitet wurde, zu benachrichtigen. Er warf zur Zeit des Vollmondes vier Steine aus der Elster an den Eingang des Felsens, worauf der Zwergkönig vor ihm erschien. Der Fischer erzählte ihm nun alles, der Zwerg dankte ihm und sagte: »wenn wir nun kein reines Brot mehr bekommen können, so müßen wir unsern Felsen verlaßen und in ein anderes Land ziehen. Morgen, wenn es Mitternacht ist, komme mit deinem Kahn wieder hierher.« Der Fischer kam zu der bestimmten Stunde und der König bat nun, ihn mit seinem Zwergenvolk über den Fluß zu fahren. Er trat zuerst aus dem Felsen, dann folgte unzähliges Volk. So wie sie sich aber dem Kahne näherten, wurden sie für den Fischer unsichtbar. Er hatte auf Befehl des Königs seinen Hut auf den Boden stellen müßen und da er sich nach und nach mit silbernen Zwerghellern füllte, so merkte er wohl, daß sich auch der Kahn mit dem Zwergvölkchen füllte. Wie er abstieß, sank er wegen seiner Schwere fast unter, doch kam er glücklich an das jenseitige Ufer und so wie die Zwerge aufgestiegen waren, wurden sie auch wieder sichtbar. Sie bedeckten ein ganzes, großes Stück Feld von den Fluren von Langenberg, auf dem noch heutiges Tages zum Andenken dieser Nacht weder Kraut von Pflanze wächst.

Beim Abschied dankte der König dem Fischer noch einmal, das er sie vor dem Brot mit Anis und Kümmel gewarnt habe, sie hätten alle davon sterben müßen. Zum Lohn erhielt er nicht nur den mit Silberhellern gefüllten Hut, sondern auch noch einen Ring, dessen Stein mit Wunderkräften versehen war und den, der ihn trug, nach Belieben unsichtbar machte; ferner einen Lilienstab, vor dem alle Thüren und Pforten aufsprangen und der alle Schätze erwerben konnte.

39. Papa doenken

Von einem Schüler Benekes im Septbr. 1822.

Twischen Katzebach und Moelln ligt en gefährlich groten Wald van eken und böken, da het vör langen Tiden, as man van ûsen herrn und heiland noch niks wußt het, en roiber west, den heft se Papa doenken nennt. He het niks as minschenflesch êten, und wen he ên mal fat het, da het kên singen und kên bîden holpen, de möst dran. Nu har he sik dêp in de êre en hule graben, de was mit bleder und krût bedeckt, dat kên minsch wêten künn, dat he da ünner sitten de. Wenn abers ên baben her gân is, so het ünnen en lütte glock anfangen to lüden und het em verraden. Ên mal abers da het sik gar to lange ken minsch in dat holt getrût, und da het Papadoenken sine soeben soehn nâ de rêge upêten und het niks as de Knaken öbrig laten. Daröber het hc sik aber nâher vêl bedröft und alle tît wann mânschien west is, da het man em in holte lopen sehn, und de witten Knaken van sinen soeben Soehn, de worn in ne lange rêge up en faden troeken und het se öber sinen Kop swenkt und dabi sungen

danzt min libe soehneken
dat pîpen dat deit iu vader Papadoenken!

Nu wolt up ênen dag en mäken van Moelln na katzebach gân und as se in dat holt kêm, da het Papadoenken se to fat kregen und de deren hat em soeben jahr dat eten van minschenflesch kaken möst. Se het sik aber gar to trurig hat unde het iümmer segt. »ach, wat wart doch min mudder seggen! ach, wat wart doch min mudder seggen!« und dabî het se dag und nacht sik de ogen roth wênt, dat de drânen int flesch lopen sünt und se gar kên solt brûckt het. Dat het toletzt den Papadoenken duert und de deren het em swörn möst, dat se kênen minschen in de welt von em seggen wöll, und da het he se gân laten.

Nu was de deren gefahrlich fro un is na Katzebach gân und het sik up n't markt vorn groten eckstên henstellt und het em de ganze geschichte verraden. Baben ut'n finster het aber de wâgt herutkeken und as de dat hoert het, het he fôrts sine lüde henschikt und het Papadoenken gripen laten, de het denn bald starben möst.

*

Die Leute erzählen ferner, daß man im Vollmonde auf der langen Seebrücke von Ratzeburg Papadönken mit seinen Söhnen im Nebel tanzen u. springen sehe und »das ungethüm« dazu sange

hier danzt Papadoenken
mit sinen soeben Soehnken!

40. Pape-Dön

Berckenmeyer 706.707.

Im Holze bei Ratzeburg ist eine Grube oder Höhle, welche man Pape Dön nennet. Daselbst soll vor Zeiten ein Räuber, Pape Dön geheißen, seine Mordgrube gehabt und viel vorüberreisende mit List ermordet haben. Der Erschlagenen Hirnschalen zog er auf einer Linie nach der Reihe zusammen, und hatte seine Lust daran, drauf mit dem Stock zu schlagen. Dabei sang er:

so danzet, so danzet, min levesten Sönn,
dat Danzen dat maket ju Vater Papedönn!

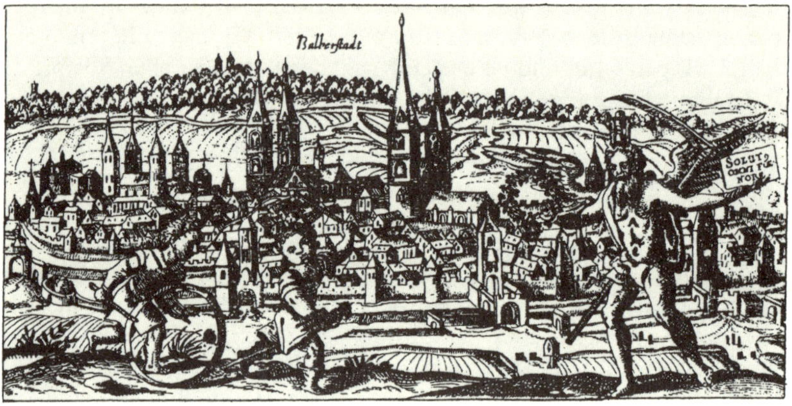

Halberstadt (Blatt 41)

41. Das blutende Schwert

Emma, eine Monatsschrift. Halberst. 1819. S. 56–69
Kolbe vermischte Gedichte. Halb. 1792.

Auf dem halberstädter Domplatz hängt unfern der Liebfrauenkirchenthüre ein altes, bloßes Schwert an einer eisernen Kette von wenigen Gliedern. Es bewegt sich immer hin und her, wenn die Luft auch noch so still ist. Von diesem Schwert geht die Sage, daß es alle Jahr an einem bestimmten Tage Blut tröpfle, daß unter ihm kein Hälmchen Gras wachse und die Stelle niemals von Thau noch Regen naß werde. Ein runder Raum etwa vier Fuß im Umkreis liegt todt und nackt da, nebenher und weiter wächst der Rasen üppig auf. Der Sage nach soll vordem eine Mordthat mit diesem Schwert ausgerichtet und die Seele des Mörders solange verdammt worden seyn, bis sich das Schwert nicht mehr bewegen und das unschuldig vergoßene Blut aus ihm heraus in die Erde getröpfelt seyn wird.

42. Die Helden im Brunsberg

mündlich aus der Wesergegend.

Spät am Abend wanderte ein zu Godelheim wohnhafter alter Mann von einer kleinen Reise, die er geschäftshalber in der Gegend gemacht hatte nach Haus zu. Er ging über den Brunsberg und setzte sich einen Aufenblick auf das weiche Moos, zur Erholung der erschöpften Kräfte nieder. Die Ruhe that ihm aber so gut, daß sich ihm unwillkürlich seine Augen zum Schlafe schloßen; als er wieder aufwachte, sah er mit Schrecken, daß es schon Mitternacht wäre, und es grauste ihm heimlich, sich zur solchen Stunde allein und in finsterer Nacht an einem Orte zu finden, von dem mancherlei alte Sagen unter den Leuten gingen. Der alte Mann hatte noch eine Weile, fast bewußtlos dagesessen, so däuchte ihm in der Ferne eine Ampel zu gewahren und ein leises Flüstern zu hören. Er dankte dem Himmel, daß er ihm noch einen heimkehrenden Wanderer, wofür er im Wahn jenes Licht hielt, zugewiesen hätte und folgte dem Leitstern aus der Entfernung nach. Nach einiger Zeit stand die Ampel plötzlich still und schien seiner zu warten. Er kam näher und erblickte eine ziemlich große Gestalt, mit einem [Stabe in der Hand, vor einem Felsen stehen. Diese schlug dreimal gegen den Fels, und sprach dreimal, drey Worte, worauf sich mit fürchterlichem Geprassel, und unter starkem Dröhnen, ein weiter Schlund öffnete. Die Gestalt winkte und hieß ihm folgen, welchem Befehle er Muth genug besaß nach zu kommen, kaum hatte die Höhle beyde Ebentheure gefaßt, als sich der Eingang mit starkem Getöse wieder verschloß. Die Gestalt war wieder verschwunden, und er sah nur die Ampel in einiger Entfernung auf einer Windeltreppe vor sich hinschweben. Muth zu sprechen hatte er nicht, sondern er folgte seinem Leitstern, der einen hellen Schimmer von sich warf, einige Stunden die Treppe herunter, müde und erschöpft, sah er endlich die Leuchte wider in einem Mannsarme, vor einer hohen Pforte stehen, die sich auf seinen Befehl öffnete. Die Ampel verschwand und er gewahr unzählige hellerleuchtet, mit Gästhen angefüllte, von Silber und Gold blitzende Säale, die Tafel war gedeckt und man erfreute sich, unter dem Läuten der Pokale, des herrlichsten Mahles, rechts und links standen Marmorpfeiler mit Schwertern und Waffen edler Arth geziert. Man hieß ihn willkommen und sich bey sie setzen. Von Hunger und Durst gequält, kannte er nun kein Maaß und Ziel, verlor berauscht das Bewußtsein des Lebens, und erinnerte sich in der Folge wie ein Traum vom Tische und ins Bett gebracht zu sein. Spät gegen morgen erwachte er, fand sein Zimmer mit einer Fackel erhellt, und mit Kleidungen der schönsten Arth angefüllt. Er verabsäumte nicht, seine ohnehin besudelten Lumpen abzulegen, sich in eins der schönsten zu hüllen, und seine Finger mit Ringen zu zieren. Hierauf trat er aus einer kleinen Pforte wieder in gestrigen Saal, den er nun mit Kaffee, Thee und schokolad. Tischen angefüllt, wieder eben so frequent (?) fand. Er lies sich den Kaffee gut schmecken, äußerte aber zugleich den Wunsch in die Oberwelt zurück zu kehren. Man ließ ihn bis zur einbrechenden Nacht warten. Unter lauter Schmausen und Lustbarkeiten vergieng so die Zeit, bis man ihn endlich fragte, ob der Stein, worauf die Türangel ruhe, verwetzt seye? auf sein verneinen rief einer der bärtigen Helden, o des herben schicksahls, so werden wir noch lange hier hausen müssen. Die gestrige lange Gestalt erschien wieder, und befahl ihm zu folgen. Unter deßen Leitung kam er nach einigen Stunden wieder vor die Felsenwand, die sich öffnete und ihn in der tiefsten Finsterniß entlies. Müde vom langen Wege legte er sich und schlief. Bis die Sonne ihre Strahlen auf die Silberwellen der Weser warf, und den blauen Dunst, der die Dörfer zu überziehen pflegt, vergoldete, da erwachte er, und hielt das gehabt Abentheuer für einen Traum, allein die schöne Kleidung und blinkenden Ringe überzeugten ihn vom Gegentheile. Er stieg von der Felsenstieve (?) herunter, und begab sich nach Godelheim, wo man sich sehr über seine Ankunft befremdete. Seine Frau war todt, und seine Kinder in der Welt zerstreut, in seiner Hütte sah er schon Enkel blühen, kurz, er fand alles verändert, und es zeigte sich, daß er nicht länger als zehn Jahr abwesend gewesen sey.]

43. Die catholischen Gemeinen

Wyß in den Alpenrosen 1817. S. 269.

Im neuenburger Gebiet sind nur zwei Gemeinen catholisch geblieben, Landeron und Creßier, rechts von der Zielbrücke. Die Sage versichert, zur Zeit der Reformation habe mans in dem kleinen Städtchen Landeron auf das Stimmenmehr ankommen laßen, ob der Gottesdienst catholisch oder reformiert seyn solle. Da seyen die Stimmen gleichzählig ausgefallen und nur der Schafhirt oder der Schweinhirt draußen vor den Thoren habe noch mit der seinigen gefehlt. Alsbald herbeigeholt, entschied er für den werthen Glauben seiner Väter, bei dem es denn auch geblieben ist. In Neuenburg gewann die Reformation mit 18 oder 19 Stimmen.

44. Der furchtsame Hirtenjung

mündlich aus der Schweiz

Oberhalb Unterschächen, links über der Balmwand im Canton Uri, wenn man sich wendet, sieht man eine hochgelegene, schöne Alp, auf der es vor Alters nicht geheuer war. Da nun hatte ein Sennhirt einen furchtsamen Dienstknaben, den er einmal gedachte auf die Probe zu stellen. Im Herbst also, beim Abziehn von der Alptrift ließ er droben mit Vorbedacht sein Melkstühlchen zurück und kam mit allem Vieh nach dem Thal herab. Von da sandte er den zaghaften Buben zurück, das Stühlchen nachzuhohlen und spottete seiner: »ob er auch das Herz habe und was er für den Gang wohl zu bekommen wünsche?« »Ich will dir die schönste Kuh geben, verspricht der heimtückische Hirt, wenn du nicht betest, nicht singest und nicht redest, derweil du droben das Stühlchen hohlst«.

Gereizt durch einen solchen Lohn ging der Knabe den Vorschlag ein und machte sich rüstig auf den Weg. Aber endlich zu der verlaßenen Hütte gelangend, erschrak er über ein lautes Getös und Gewirr und ein vielfaches Handthieren, als wenn alles da voll Leben wäre und rührete während nicht Kuh nicht Hirt den Augen sichtbar ist. Da ward ihm entsetzlich bang, er pfiff das Evangelium Johannis und trat hinein in die Hütte. Mit Grausen sieht er alsobald ein Pferd, das auf dem hinterlaßenen einbeinigten Melkstühlchen sitzt und seine Vorderfüße tief in einem Keßel bewegt, als wollt' es Käse bereiten. Doch immer pfeifend reißt der Junge das Stühlchen weg; plötzlich kehrt sich das Pferd gegen ihn und spricht: »wenn de nit der Hänseler uf der Lällen ume-drüllet häitisch, so wärisch de langisch nit me!« (wenn du nicht den Johannes auf der Zunge herumgedreht hättest, so wärst du längst nicht mehr.) [sic]

Der Bube trägt nun das Stühlchen hinab. Sein Meister voll Erstaunen und Ärger macht wilden Lärm: »du wirst gebetet haben, oder gesungen oder geredet, sonst hättest du das Stühlchen nimmer mehr gekriegt.« Der Knabe sagte: nein, ich habe nichts gethan, als daß ich das Evangelium Johannis pfiff. Dem Meister aber war das nicht das

Rechte und also zankte er noch lange und hart und weigerte sich barsch, die versprochene Kuh herauszugeben. Da zeigte sich plötzlich auf dem Dach der Hütte, vor der sie beide standen, das greuliche Gespenst von Roß und brüllte dem Meister zu: du mußt Wort halten! und also ward dem Knaben doch sein wohlverdienter Lohn.

45. Die kleinen Menschen

mündlich aus der Wesergegend

Vorzeiten hatte ein godelheimer Bauer einige Jaucherte Feldes am Brunsberg mit Erbsen besäet und bemerkte, wie die Zeit der Reife kam, daß ihm viele Schoten heimlich entwendet wurden. Er nahm sich daher vor über Nacht sorgfältig zu wachen, um die ungelegnen Erbsengäste auf frischer That zu ertappen, und eines Morgens in aller Frühe sah er wirklich die Diebe, es waren viele kleine Menschen mit dicken ungeheuern Köpfen. So sehr aber der Bauer schalt, fluchte und gar mit Schlägen drohte, so wollte doch die kleine Gesellschaft nicht vom Felde weichen, sondern hieß ihn morgen früh vor fünf Uhr wieder kommen, dann solle ihm an diesem selben Orte sein Schaden vergütet werden. Der Bauer, dem unheimlich zu Muthe war, oder aus Neugierde, etwas näheres von dem Treiben dieser unbekannten Geschöpfe zu erfahren, ließ es dabei bewenden und ging vom Acker heim.

Tags darauf in aller Frühe machte er sich aber mit noch einigen aus dem Orte auf, fest entschloßen auf Bezahlung zu bestehen oder die Diebsgilde zu vertreiben. Allein er fand sie nicht gegenwärtig, sondern nur einen in das Land gesteckten Stock. Erzürnt, daß es ihm fehlgeschlagen war, ergriff er diesen Stock und nahm ihn mit nach Haus, wo er zu seinem Erstaunen, bei genauerer Besichtigung fand, daß der Stab von purem Golde war.

Eben diese kleine Gesellschaft kam einige Tage darauf nach Wehrden zum Fährmann und verlangte über die Weser gesetzt zu seyn. Der Fährmann dachte mit den kleinen Leuten schnell fertig zu werden und in zwei oder dreimal den ganzen Haufen hinüber zu schaffen. Allein kaum hatten ihrer zwei den Bord betreten, so drohte das Schiff vor Schwere zu sinken und nur mit genauer Noth gelang es dem Schiffer, das jenseitige Ufer zu erreichen. So fuhr er noch einigemal über und glaubte immer nur zweie einzunehmen, da bat ihn beim Aussteigen jenseits einer dieser Leute seinen Hut abzunehmen, und plötzlich sah er die noch ganz drüben geglaubte Gesellschaft am grünen Ufer stehen, denn es waren jedesmal außer den zweien, die der Fährmann sah, noch eine große Last unsichtbarer in das Schiff gesprungen und davon war es so schwer geworden. Die Leute bezeichneten ihm darauf einen Garten, wo er sein Fährgeld finden würde. Als er hinein kam, fand er nichts als einen Haufen Unflat von Pferden. Er dachte, vielleicht läge das Geld darunter und warf ihn aus einander, allein es war nichts zu sehen. Unmuthig kehrte er zurück nach einem Gehülfen zu rufen, der ihm beßer suchen sollte; doch wie war er überrascht, als er bei seiner Wiederkunft den Pferdemist in baares Gold verwandelt sah.

46. Die beschenkte Geburtshelferin

mündlich aus der Schweiz.

Zu Gutbrunnen, unweit dem Schloße Rümligen, drei Stunden von Bern, ist in Sandsteinfelsen eine Höhle, die vom Landvolk das Pfaffenloch genannt wird, und nach der Sage aus neun unterirdischen Stockwerken bestehen soll, da man immer tiefer durch enge Schluchten von dem obern in das untere steigen könne. Da nun sollen vor Alters Bergmännlein gewohnt haben, die oft des Abends zu den Leuten in die benachbarten Häuser gingen und fleißig halfen ihren Hanf und Flachs bereiten. Sobald sie dann zurück in die Höhle wollten, warfen sie nur ein Fadenknäuel durch das Fenster und ritten fröhlich drauf von dannen.

Einmal ward in einem dieser Häuser von den Zwerglein eine Frau zum Beistand angerufen bei der Geburt eines Kindleins in der Zwergenhöhle, und als die Arbeit glücklich vorüber war, bekam die Frau zum Lohn eine große Schürze voll schwarzen Kohlen. Sie ärgerte sich zwar wohl darüber, doch wagte sies nicht, die Bescheerung gleich davon zu schütten; aber sorgenlos darum ging sie nach Haus und ließ mit gutem Willen rechts und links so viel der Kohlen niederfallen, als nur gerne wollten. Da riefs beständig hintendrein mit der Stimme der Zwerglein:

jemehr du zerstreust,
jemehr dus bereust!

Sie achtete jedoch der Worte nicht und nahm sie blos für Spott, kam endlich heim und warf den kleinen Rest der Kohlen muthlos auf den Küchentisch. Doch sieh! da war nun alles eitel löthiges und blankes Gold. Die Frau lief hastig wieder ihren Weg, um aufzulesen, was ihr entfallen war, es fand sich aber nichts und wieder nichts, die Kohlen waren sämmtlich fortverschwunden.

47. Die Gevatterin

mündlich aus der Schweiz, ohne bestimmte Örtlichkeit.

Zwei schmucke, muthwillige Mägdlein wandelten eines Abends kosend ihren Weg, als plötzlich eine ungeheuer dicke Kröte quer vorüber watschelte. Die Mädchen hatten ihren Scherz ob dem großen Thier und eins von beiden sprach: wann die Kröte bald ins Kindbett kommt, so will ich wohl Gevatterin seyn. Das andre fügte rasch hinzu: und ich will kochen dabei.

Nach ein Paar Tagen Abends spät klopft ein altes Weib an die Hütte der zwei Mädchen und mahnt sie ihres gegebenen Wortes: jetzt auf die Kindtaufe der Kröte zu kommen. Nach langem Weigern treibt die Furcht das allzu muthwillige Paar von dannen und bei Nacht und Nebel hinter der Alten her an den abgelegenen Ort des Festes, wo sich eine Frau mit einem neugeborenen Kinde findet, die rings von allerlei fremden und seltsamen Gästen umgeben ist. Seufzend thun die Mägdlein den verheißenen Dienst und als sie jetzt entlaßen wurden, gab die Frau ihnen gar mit vielem Dank eine Schürze voll Kohlen gleich vom Feuerheerd. Die beiden Mädchen wagten nicht, das verachtete Geschenk davon zu werfen; aber achtlos auf ihrem raschen Heimwege laßen sie zu Boden fallen, was nur mag und merken nicht auf eine Stimme, die von hinten oft erschallt:

jemehr du verzettest,
je minder du hättest!

Doch als sie jetzt nach Hause kamen, war das übrige Kohlenhäuflein eitel pures Gold.

48. Ohne Titel

Reise durch Thüringen, Niederrhein Kr. Lp. und Dresden 1796 Th. 3. 287.288.

Auf dem Ochsenberg und Soesberg bei Vach liegen noch Bergtrümmer. Nach der Volkssage liegen im Keller 20 Fäßer Geld und kein Mensch kann den Schatz heben. Einst giengen einige vornehme Herrn hinauf um sich im Schlosse umzusehen und pflückten gelbe Blumen ab, die da standen. Auf einmal öffnete sich die Thüre des Kellers, sie stiegen hinab fanden aber nichts, als fäßer voll erbsen, linsen, bohnen. Aus muthwillen warfen sie einander damit. Sogleich kam ein kohlpechrabenschwarzer Hund und las die herumgestreuten erbsen, linsen, bohnen alle wieder säuberlich auf. Die Herrn erschracken aber so, daß sie sogleich ausrißen und auch die blumen da ließen, indeß ihnen

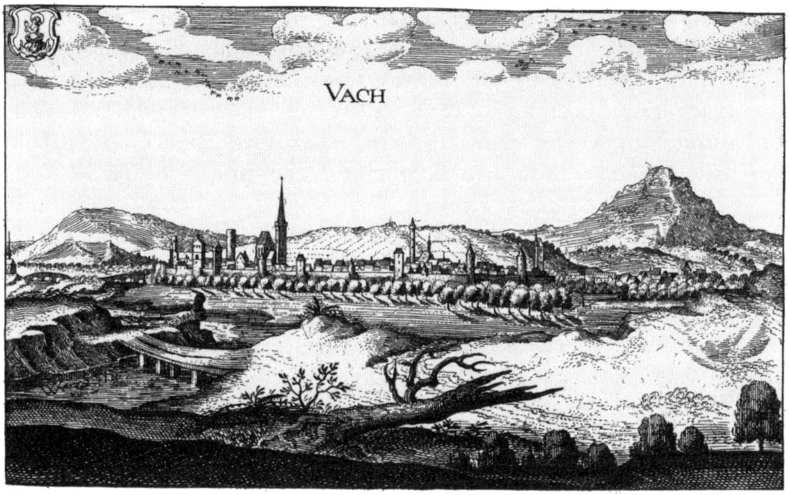

Vach (Blatt 48)

eine verborgne Stimme unaufhörlich zurief: vergeßt doch das beste nicht! Einem einzigen von ihnen waren fünf linsen in einen Schuh gefallen und als er sie herausnahm zu Geldstücken geworden. Gerne wären sie nun wieder zurückgegangen, fanden aber den Weg nicht mehr.

49. Der Lenzingskeller

mündlich aus Niederheßen

Zwischen Eiternhagen und Wattenbach unweit der Fulda liegt in wüster Waldgegend eine Höhlung, genannt der Lenzingskeller, wo nach der Meinung der Leute ein großer Schatz vergraben seyn soll. Aber nur zu gewißen heiligen Tagen mag man den Eingang finden. Einmal kam auf S. Vitstag ein Bauernknecht dahin, da sah er mehrere gläserne Kutschen anfahren und Leute aussteigen, die zu einer Thüre in den Keller ein gingen. Unbemerkt wischte er auch mit hinein. Er fand viele Zimmer mit Kostbarkeiten und eine Jungfrau (ein Wibesmensch) trat zu ihm, die gab ihm ein Zeichen in die Hand, das solle er wohl wahren, denn sonst würde er nicht nach Haus kommen, von den kostbaren Sachen dürfe er sich nehmen so viel er wolle. Der Bauer war begierig und rapschte sich alle Taschen voll, die Jungfrau sprach: vergiß das beste nicht! er glaubte: sie meine irgendeine Kostbarkeit von denen, die da lagen und wählte sich immer wieder etwas aus. Endlich war er allein und dachte: es wäre Zeit heim zugehen. Da hatte er das Zeichen verloren, es fiel ihm schwer aufs Herz, aber alles Suchen war vergeblich. Lange irrte er in den unterirdischen Gängen herum, konnte aber keinen Ausweg in der Dunkelheit finden; drei Tage und drei Nächte mußte er in großer Angst da zubringen, endlich traf er ein Loch und kam wieder zum Tagslicht. Aber mittlerweile hatte er alle herrliche Sachen verloren, und brachte nichts mit nach Hause.

50. Der Erdfall bei Gottsbüren

mündlich

Bei Gottsbühren, Amts Sababurg, ist ein Erdfall, von dem die Sage der Leute geht, daß da vor alten Zeiten ein Schloß gestanden und darin eine geitzige Frau gewohnt habe, die endlich ihre Geldkiste in der Hand haltend, versunken sey. Unter der Erde soll ein schwarzes Waßer seyn und der große Schatz darum schwer zu heben. Einmal ging eine Bauersfrau um die Mittagsstunde an der Stelle vorbei und sah daselbst eine Gestalt stehen, doch hinderten die Sonnenstralen, daß sie recht darauf blicken konnte. Die Erscheinung rief der Bäuerin zu: sie möchte näher treten und sie erlösen, unter der Erde solle sie den großen Schatz erhalten und für immer reich bleiben. Wie die Bauersfrau näher kam, sah sie eine Alte mit ganz verschimmeltem und verschrumpftem Gesicht stehen, welche sprach: geht mit mir hinab und erlöst mich! Die Bäuerin sagte: wie kann ich, denn unten ist Waßer. Wenn ihrs nicht thut, versetzte die Alte, muß ich wieder mit Schmerzen harren, nur alle sieben Jahre einmal und nur eine Stunde um Mittag darf ich den Menschen sichtbar erscheinen. Der Bäuerin aber grauste es, sie ging weg, ohne auf das Flehen der Erscheinung zu achten, und erzählte im Dorf, was ihr widerfahren war. Bald darauf erfuhr man, daß auch ein Schäfer in der nämlichen Stunde vorübergegangen und von der alten Frau angesprochen worden sey, daß er sich aber ebensowenig darauf eingelaßen habe.

51. Der Diemelnix

mündlich in Hessen.

In der Diemel wohnt ein böser Waßernix, der jedes Jahr sein Opfer verlangt, und ehmals verging auch keines, daß nicht jemand in die Fluten hinab gezogen und ertränkt worden wäre. Da fiel man endlich zu Gottesbüren, einem heßischen Dorfe, auf den Gedanken diesem Nix jährlich einige Brote und Früchte zum Opfer in den Fluß zu werfen u. that das noch bis auf den heutigen Tag. Seitdem hört man nicht mehr, daß der Nix jemanden hinabgezogen hätte.

Der Ort Liebenau, dessen Name auf Blatt 52 erklärt wird

52. Liebenau

Martin a. a. O. II. S. 5

Die kleine Stadt Liebenau in Heßen an der Grenze des paderbörnischen hieß ehmals Marienau oder Mergenau. Nach einer bis auf heutige Zeit fortgepflanzten Sage soll sie den Namen aus folgender Ursache gewechselt haben. Gerade als sich der Landesherr in den Ringmauern der Stadt befand, wurde sie von dem Feinde belagert und berennt, um den Fürsten gefangen zu bekommen. Und bald wäre es gelungen, aber die Bürger halfen tapfer wehren und ihre Weiber stiegen auf die Mauern zu den Ehherrn und goßen siedenden Roggenbrei auf die sturmlaufenden Feinde herunter. Diese Kühnheit trieb den Feind ab, der sich eilends flüchtete; um aber der Stadt den Liebesdienst zu verewigen, ordnete der Landsherr, daß sie hinführo Liebenau heißen solle. Das ist die allgemeine, fortlebende Sage.

53. Die Kirche zu Eltmannshausen

mündlich in Heßen.

Bei Eltmannshausen, einem Dorfe Gerichts Bilstein, sollen die Einwohner vor Zeiten, die auf einem Berge gebaute Kirche, weil der Weg dazu beschwerlich fiel, haben abtragen und unten ins Thal bauen wollen. Allein sie konnten nimmermehr damit zu Stande kommen, sondern alle Steine die sie des Tags herabtrugen, fanden sich Morgens früh wieder oben, so daß die Leute endlich davon ablaßen mußten.

54. Mückenthurm zu Spangenberg

mündlich in Heßen.

Zu Spangenberg steht ein alter Thurm, an deßen Giebel jährlich den 7. August die Mücken haufenweise geflogen kommen. Man erzählt, daß vor Zeiten in der Gegend ein grausamer Mord vorgefallen und lange verborgen geblieben sey. Zuletzt aber, als der Mörder offenbar geworden, habe man ihm, der seine Entdeckung noch nicht geahnt, die Umstände der That vorgehalten und die Frage vorgelegt: was derjenige, der sich des Mordes schuldig gemacht, zur gerechten Strafe verdiene? Er antwortete: daß ein solcher oben in den Schloßthurm lebendig aufgehängt, mit Honig bestrichen und den Fliegen preißgegeben werden müße. Dem Mörder geschah nach seinem eigenen Urtheil, und auf den Tag, wo er aufgehängt wurde, sammeln sich seitdem noch alljährlich die Fliegen und Mücken um denselben Thurm.

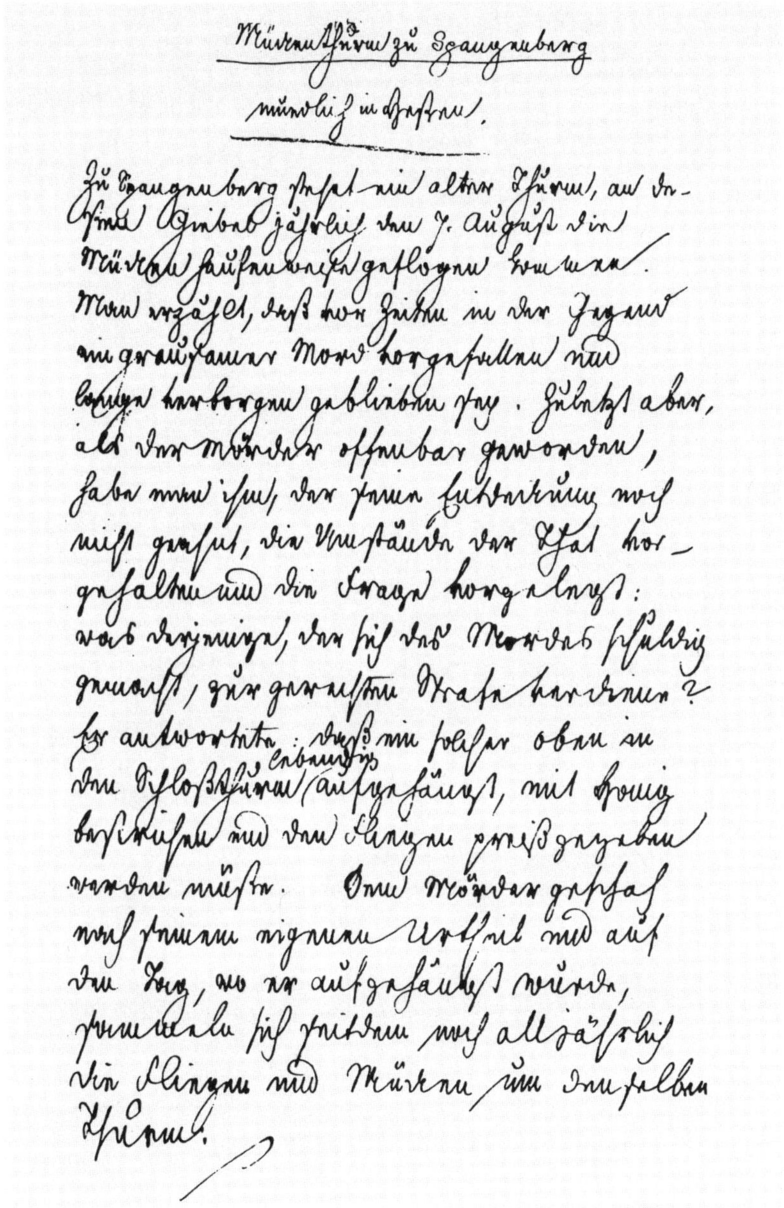

Mückenthürme zu Spangenberg

mündlich in Hessen.

Zu Spangenberg steht ein alter Thurm, an dessen Gitter jährlich den 7. August die Mücken haufenweise geflogen kommen. Man erzählt, daß vor Zeiten in der Gegend ein grausamer Mord vorgefallen und lange verborgen geblieben sey. Zuletzt aber, als der Mörder offenbar geworden, habe man ihm, der seine Entdeckung noch nicht geahnt, die Umstände der That vorgehalten und die Frage vorgelegt: was derjenige, der sich des Mordes schuldig gemacht, zur gerechten Strafe verdiene? Er antwortete: daß ein solcher oben an den Schloßthurm (lebendig) aufgehängt, mit Honig bestrichen und den Fliegen preißgegeben werden müßte. Dem Mörder geschah nach seinem eigenen Urtheil und auf den Tag, wo er aufgehängt wurde, sammeln sich seitdem noch alljährlich die Fliegen und Mücken um denselben Thurm.

Handschrift Jacob Grimms (Blatt 54)

55. Andre Sage vom Odenberg

mündlich in Heßen. vgl. heß. Denkwürd. III. 152.

Vor Zeiten wurde auf dem Berg eine große Schlacht geliefert, das Heer dürstete von der heißen Arbeit und niemand wußte eine Quelle zu finden. Und nachdem sie lange vergebens gesucht hatten, rief der Feldherr aus: wer nun noch Waßer findet, den möge der Berg verschlingen! Indem so schlug sein Pferd mit dem Huf in die Erde und ein klarer Brunnen entsprang. Nachdem sich alle gelabt hatten, öffnete sich der Berg und alle versanken mit Mann und Maus. Der Brunnen heißt der Gleisbrunnen bis auf heutigen Tag.

56. Der Glockenborn

Martin a. a. O. III. 121. 122.

Eine halbe Stunde Weges von Wolfhagen springt ein Born, der Glokkenborn genannt, an der Stelle, wo vor alten Zeiten ein Dorf Namens Dodenhausen gestanden haben soll. Nach der Sage soll in diese Quelle die Glocke der dodenhäuser Kirche gefallen seyn.

57. Sagen von der alten Burg Pleße

heß. Denkwürdigk. Th. III. S. 454–461.

An der Ostseite der Burg, wenn man den edigehäuser Fahrweg hinaufkommt, liegt linker Hand eine Schlucht, das Fürstinloch genannt und hat ihren Namen von einer Gräfin, die hier, als sie ihren Feinden entrinnen wollte, mit Kutsche und Pferden glennerte, durch ein Wunder aber unten am Berge unversehrt aus der Erde wieder hervorkam. Noch bis auf heutigen Tag werden jährlich sechs Viertel Korn der Gemeinde Edigehausen, ein Viertel dem Pfarrer von der Herrschaft geliefert, welches die Gräfin zum Andenken der Begebenheit gestiftet hat*. Auch geschieht an dem Tage eine Predigt. Als man einst, erzählte die Witwe des Greben, an dem Korn einen Abzug machen wollte, da brachte sich beinahe das Vieh im Stalle um.

Vor nicht gar langer Zeit fand man auf der Pleße in einer Mauerspalte die Knochen von einem Kinde, nebst einem Krug. Dies Kind

* Die Stiftungsurkunde wird vom Greben in einer Capsel bewahrt. Sie ist vom 7. März 1624. von der Landgräfin Juliana, Morizens Gemahlin ausgestellt und a. a. O. gedruckt. Aus ihr erhellen die wahren Umstände [sic].

Die Burg Plesse bei Göttingen

wurde bei Erbauung des Schloßes zum Schutz gegen feindliche Stürme eingemauert, und soll dabei in die Worte ausgebrochen seyn: »Die Brüste sind süßer als Honig, der Schooß weicher, als ein Kißen, das Herz aber härter als ein Stein.« Die Rabenmutter, die ihr Kind dazu hergab, war eine Hure.

58. Ludwigstein

Engelhard heß. Erdbeschr. 1. 275. aus Merians Topogr. S. 100.
Kuchenbecker anal. hass. 1. p. 14.

Ein altes Schloß auf einem hohen runden Hügel am linken Ufer der Werra, von Witzenhausen eine Stunde. Davon wird erzählet: daß es von einem unsichtbaren geschwinden Baumeister durch Hülfe der schwarzen Kunst in einer Nacht erbauet worden sey, deßen Ebenbild mit ungeheueren Kopfe und seltsamen Gesichte sich noch an einem Ecke des Hauses in Stein eingehauen finden soll [sic].

(es wurde 1414 von Ludwig d friedf. erbaut und das Holz im Walde gezimmert, hernach in einer Nacht aufgerichtet; gegen die von Hanstein) [sic].

59. Der Wolf im Hag

Martin topogr. Nachr. von Niedersachsen III. S. 119
Winkelmann S. 308.

Zu Wolfhagen bei dem schützeberger Thor steht ein Thurm an der Mauer mit dem in Stein gehauenen deutlichen Bildniß eines Wolfs und eines Schützen, der den Bogen spannt. In ihrem Wappen führt die Stadt einen flüchtigen Wolf durch drei Bäume laufend. Man erzählt, daß in der Gegend, wo die neue Stadt angelegt werden sollte, Wald und Hain, den man erst ausrotten müßen, gestanden habe; dabey sey ein Wolf angetroffen und erlegt worden und davon führe die Stadt Namen und Wappen her.

60. Bern im Uchtland

Etterlin S. 72,
Freiburger Chronik S. 21.

Im Jahr 1191 fügte es sich auf eine Zeit, daß Herzog Berthold von Zähringen jagte im Uchtland an einem Ort gar dick von Wald, umgeben mit schiffreichem Waßer, genannt die Aar, gar lustig zu menschlicher Wohnung. An dem Ort fing er eins großen Bären Mutter oder eine Bärin und es dünkte ihm nach seinem Fürnehmen ein guter Ort zu einer Stadt. Zu Hand ließ er den Wald abhauen und man sprach allgemein:

Holz laß dich hauen gern
diese Stadt muß heißen Bern.

Die Stadt Wolfhagen in Hessen, deren Name auf Blatt 59 etymologisch hergeleitet wird

Also theilte er den Bau, machte da eine löbliche Stadt und besetzte sie mit weidlichen kühnen Männern aus Freiburg im Breisgau. Zum Andenken führt Bern einen Bär im Wappen. Nach andern so: der Herzog wollte eine Stadt bauen, hieß seine Jäger jagen, und gelobte die Stadt dem ersten Thier nach zu nennen, das da gefangen werden würde. Also wurde ein Bär gefangen.

61. Der Wolf zu Stablo

Itinerar. gallobrabant. p. 260.261.

Dictum volunt stablo, quasi luporum stabulum, quod tempore divi Remacli nihil aliud hoc loco esset, quam stabula alta ferarum. et vulgo narrant: Remaclum eundem cum monasterium hoc conderet, asini usum ministerio ad comportandam materiam; quem quum devorasset lupus, Remaclum lupum damnasse ad subeundas asini vices, cumque se morigerum omnino praestitisse atque ea de causa lupum onera portantem effigiari in hujus loci insignibus. Hospes, ad quem divertеramus, diceat, se ejusdem aliquando lupi exuvias vidisse, appensas intrinsecus ad veteris illius templi vestibulum; et cum id diruerent, se eas attrectasse, magna incolarum frequentia, qui ob id ipsum eo con-

Die Stadt Bern (»von Mitternacht«), deren Gründungssage auf Blatt 60 erzählt wird

currerant, verum ob multam vetustatem vix dignoscere potuisse, cujus eas esse animalis dicerent, usque eo, ut nonnulli porcinam potius pellem judicarent.

61a. Domkirche zu Trier

Abr. Ortelii Itinerarium gallo-brabanticum zus. mit Hegeniti Itinerar. frisio hollandicum. Lugd. Bat. 1630. 16mo pag. 324.325.

Tale est et ipsum summum templum, quod vernaculo sono dom appellant. – Collis jugum occupat, qui unicus est in hac urbe, forma quadrilatera, oblonga, tota ex lapidibus subcinericei coloris, et quidem magnitudinis ita stupendae, ut vix credatur, hominum manibus potuisse eo advolvi, usque eo, ut apud imperitum vulgus fabella locum invenerit, cacodaemonis usum auxilio, qui eam aedificavit, cui quidem persuasisset, se lupanar et aleatorum mensas ponere, sic, inquiunt, aras, quarum superficies non recta ut reliquarum, sed deorsum spectat, et appensum muro cornu quoddam, ut videtur, quod vocant cacodaemonus unguem; eum scilicet ubi se circumventum sensit, impetu in aras facto, unguem confregisse. atque ejusmodi fere narratiunculae proferuntur, quotiescunque opus aliquod humanum videtur captum excedere.

62. Der Riese zu Antwerpen

Jean le Maire de Belges Illustrations de Gaule. Paris 1548. 4.
Livre. III. fol. 24.
Itinerar. gallo-brabant.
Flämisches Volksbuch von Julius Cäsar. Gend, o. J. in 4. S. 62.63.76.

In den vorigen Jahrhunderten zeigte man auf dem Antwerper Rathhause noch Knochen wunderbarer Größe, welche von einem ehmals im Lande hausenden Riesen herstammen sollen. Er hieß Druon war fünfzehn Ellen hoch, wohnte auf seinem festen Schloß am Ufer der Schelde und that dem Landvolk Gewalt an, daß ihn alle flohen.

Von dem Anbau der Stadt wird so erzählt: die Einwohner von Tongern vertrugen sich endlich mit den Seeräubern und Riesen dahin, daß diese den dritten Theil von allem ihren Burgen vorbeifahrenden Kaufmannsgut erhalten und sich damit begnügen sollten. Übertrat ein Schiffer oder Fuhrmann diesen Zoll, so schlug ihm der Riese die Hand ab und warf sie in den Fluß. Daher soll der Name der nachmals an dieser Stelle erbauten Stadt Antwerpen oder Hantwerpen rühren.

Die Stadt Antwerpen um 1550, deren Name auf Blatt 62 etymologisch hergeleitet wird

63. Hans Heesch

Darst. aus Norddeutschland v. Meyer S. 265.266.

Von dem Heeschenberg (unweit Schierensee in Holstein) hat das Volk fabelhafte Sagen. Am tiefen Fuße des Bergs liegt eine Grotte von Granitblöcken. Daneben ist eine sumpfigte Vertiefung, auf deren Stelle sonst ein zehn Fuß hoher Riesenstein gestanden hat, der versank und ebensoviel Fuß in die Erde hinunter wich. Auf dem Stein soll vorzeiten der Riese Hans Heesch gehaust haben.

64. Die Ebene von Volksstädt

Darstell. aus Nordd. S. 307. 308.

In den Ebnen von Volkstädt werden die Gemüther des Volks mehr wie irgendwo von Fabeln und Sagen beherrscht. Eine dort allgemein bekannte Weißagung knüpft das Schicksal des Landes an die Kirche zu Nortdorf und an einen Holunderbusch neben der Kirchthüre. Als die Franzosen das Land überzogen, wurden die Dörfer dieser Gegend von einer nächtl. Lufterscheinung aufgeschreckt. Sie glaubten Kriegsgetümmel und Schlachtgeschrei zu hören, sahen Reiterhaufen und schweres Geschütz in den Wolken, die sich herabzusenken schienen auf das alte Grabgefilde. 1813 fiel bei Sehestädt ein Gefecht zwischen Rußen und Dänen vor und wurde darauf gedeutet.

Es sind in der Gegend viel Hunengräber.

65. Die Radspur

Darstellungen aus Norddeutschland von Meyer. Hamburg 1816. S. 246.

Auf der Kuppe des Tütebergs, einer der Luskroogshöhen ist ein mächtiger Granitblock mit einem einer Wagenradspur ähnlichen Einschnitt zu sehen. Die Sage erzählt: ein Bauer habe einst die Sonntagsfeier verachtend, dort sein Korn geladen, als er damit heimfahren wollen, sey das Rad des Wagens in den Stein, wie in weiche Erde eingesunken, von diesem gepackt und bis zum folgenden Morgen des Wochentages festgehalten und dann erst losgelaßen worden.

66. Die Schiffbraite

Aretins Beiträge zur Gesch. Band IV. München 1805. S. 629–656.
gerichtl. Zeugenabhöre vom Jahr 1624.

Das Gotteshaus zu Soßau in Baiern (unweit Straubingen) soll der Sage nach im zwölften Jahrhund. von der heiligen Jungfrau und den Engeln aus dem Kloster Windberg in einem Schiff abgeholt und durch die Luft nach Soßau getragen worden seyn. Deshalb stehe auch dort nun die Kirche auf dem bloßen Boden, ohne gemauerten Grund. Mitten zwischen beiden Orten in einem Acker zu Chagmoos findet sich auf dem Felde eine Vertiefung, die Schiffbrait genannt, woselbst der Erzählung zufolge, das Schiff gerastet und während der Reise geruhet habe. Dieser Flecken steht frey und ungeackert, Leuten, die es versuchten, zerbrachen die Pflüge, was von der Erde aus dem Unser Frauen schiff weggenommen wurde, kam übernacht wieder dahin und die Thäter starben bald darnach. Bei Menschengedenken schauert (hagelt) es nie darauf, wenn auch in der ganzen Gegend Unwetter ist. Andere haben versucht, die Tiefe zuzuschütten, aber jedesmal hat sich der Schutt von selbst wieder herausgeworfen. Unfern davon fließt ein Brünnlein, Unser Frauen Bründl geheißen, deßen Waßer für Fieber und Krankheiten heilsam ist und von den nahwohnenden Leuten geholt wird. Vor Zeiten soll eine Marterseule auf dem Feld gestanden haben, wohin häufige Wallfahrten geschahen; wann die Alburger jährlich die Trayder (Getraidefelder) umgingen, so wurde vorher daselbst ein Evangelium gelesen. Ein heiliger Stein, ungefähr eines Tisches breit, der da gelegen, ist nachher weggekommen. Mehrmals, wenn die Donau übergetreten, haben die Fluten über die ganze Gegend gestanden, aber nie das geringste von der Gestalt dieses Schiffes verändert oder verschwemmt.

67. Nicht wieder zu findende Stelle

mündlich

Es fand einmal ein Mann auf dem Unterberg eine Thüre, die ohne Zweifel der Eingang zu den Köstlichkeiten und Reichthümern war, die in dem Berg enthalten sind. Weil es aber schon spät war, wollte er am andern Morgen wieder kommen. Nun besteht der Berg aus einer großen Felsenmaße und durch die zerbröckelten Stücke findet man den Weg zu einem gewißen Platz nur wieder, wenn man sich ein paar Kirchthurmspitzen der umliegenden Orte in ihrer Lage genau merkt.

Der Mann schaute sich also um, und zählte drei Kirchspitzen in einer bestimmten Richtung gegen einander, wann er die wieder so fand, war er auf der rechten Stelle. Am andern Morgen ging er wieder hinauf auf den Berg und suchte den alten Platz, er sah die eine Spitze, konnte dann auch die zweite sehen, aber die dritte konnte er nicht wiederfinden, er mogte [sic] herumgehen und suchen wie er wollte. Fand er eine neue Spitze, so war eine andere verschwunden und er sah immer nur zwei, niemals wieder drei zusammen von einer Stelle. So suchte er jeden Tag und ward darüber wahnsinnig.

68. Der Tanzteich

Behrens cur. Harzwald. S. 91.

Am Harz im Hohensteinischen liegt über dem Dorfe Niedersachswerfen zur linken Hand des Wegs, wenn man nach Appenrode gehet, hart am Berge, worin das Ziegenloch befindlich ist, der Tanzteich. Sein Waßer hat keinen sichtbaren Zufluß, aber starken Ausfluß und ist von solcher Tiefe, daß man keinen Grund erblicken kann, es sieht schwarz und grausam aus. Wenn man auf diesem See mit einem Kahne fährt und sich jenem Berge nähert, so fängt der Kahn gleichsam zu tanzen und mit den darauf fahrenden an rund herum zu gehn. Ein unvorsichtiger Fischer wäre bald darauf ertrunken. Ein Taucher hat berichtet, daß unter dem Berge ein Loch in den Felsen gehe, darein das Waßer falle und darum strudele es.

69. Das Kreißloch

Behrens cur. Harzw. S. 93.94

Im Klettenbergischen liegt auf einer Wiese, stundenweit von Walkenried ein See, der nicht immer dagewesen, sondern zu einer Zeit plötzlich entstanden seyn soll. Auf dem Schloß Klettenstein wohnte, der Sage nach, ein Richter Namens Kreiße, der die Unterthanen zu den Frohnen trieb und ein gottloses, wüstes Leben führte. Wenn er stürbe, ließ er sich oftmals verlauten, so möge seine Seele nirgends andershin fahren, als an diesen Ort; deshalb haben auch die Einwohner der umliegenden Dörfer dem See seinen Namen gegeben, den er bis auf heutigen Tag behalten hat.

70. Das Hirtenhaus auf der Lorscher Waide

1753 wurde dem Amt angezeigt, daß auf der Lorscher pferdweide an dem hirtenhaus ein steinsarg mit zwei gerippen gefunden worden wäre. Der vorgeforderte pferdhirt sagte aus: sein bereits vor 35 jahren verstorbner vater, ebenfalls pferdhirt zu Lorsch habe einer Zeit in der nacht eilfuhrt (?) wahrgenommen, daß in dem hirtenhaus lichter brenneten, darin ein priester angekleideter wie am altar stünde, diesem hätte er so lang zugesehen, bis er sich herumgewendet, welcher augen gleich einem fensterscheiben gehabt, worüber sein vater erschrocken u. davongelaufen wäre. Bei angebrochnem tage sei sein vater ins hirtenhaus hineingegangen und das dahier (bei Amt) producierte Löffelchen gefunden. [sic]

71. Ursprung der von Hund

Vorzeit 1826. S. 170–172.

Unfern Kerstenhausen in Hessen, am westlichen Ausgang des Löwensteinischen Grunds liegt die Hundsburg. In alten Zeiten, erzählt man, begegnete einem Edelmanne, der sein Hauptgeschäft aus der Jagd machte, eine Frau mit einem großen, verdeckten Korbe. Er fragte sie, was sie da trage? Sie antwortete: zwei Hunde, welche ersäuft werden sollen. Der Edelmann entgegnete ihr, daß er die Hunde sehen, und da er ein großer Freund von Hunden sei, solche behalten wolle. Die Frau weigerte sich hartnäckig den Korb aufzudecken, weil es ihr bei schwerer Strafe untersagt sei. Endlich wollte der Edelmann Gewalt brauchen, zitternd deckte sie ihren Korb auf und – was fand sich darin? zwei neugeborne Kinder, die wahrscheinliche Frucht heimlicher unerlaubter Liebe, die nun einer falschen Schaam geopfert werden sollten. Der Edelmann ließ die beiden Knaben in seine Burg tragen, sorgte für deren Erhaltung und Pflege und nahm sie, da er kinderlos war, an Kindes statt an. Er schickte zu einem benachbarten Geistlichen und ließ ihn bitten: zwei junge Hunde auf seiner Burg zu taufen. Dieser lehnte den Antrag mit Unwillen und Heftigkeit ab. Ein anderer Geistlicher machte es ebenso. Als er zu einem dritten schickte (es soll der Pfarrer zu Metz in Niederhessen gewesen sein, bei dessen Stelle sich noch ein besondrer und wie man sagt davon herrührender Zehnte befindet) vermuthete dieser sogleich eine andere eigene Bewandtnis der Sache. Er versprach zu kommen, fand sich wirklich auf dem Schlosse des Edelmanns ein und taufte die zwei schönen Knaben,

Titelblatt der »Vorzeit« (1826), Grimms Quelle zu Blatt 71

welche der Edelmann an Kindes statt mit dem beigelegten Namen der Hunde annahm. Von diesen Knaben, die sich später hervorthaten und eine eigne Burg bauten stammt die noch blühende altadliche Familie der von Hund.

72. Das Schloß Hundsburg

In alten Zeiten begegnete einst ein Edelmann auf der Jagd einer Frau, mit einem großen verdeckten Korbe. Der Edelmann fragte, was sie in dem Korbe trage? Sie antwortete: *»zwei Hunde welche ersäuft werden sollen.«* Der Edelmann sagte ihr, daß er die Hunde sehen und da er ein großer Freund von Hunden sei, behalten und aufziehen wolle. Die Frau weigerte sich jedoch hartnäckig, ihren Korb aufzudecken, weil es ihr bei harter Strafe untersagt sei. Nach Sitte damaliger Zeit wollte der Edelmann endlich Gewalt gebrauchen. Da deckte die Frau zitternd ihren Korb auf und – was fand er darin? zwei neugeborne allerliebste Knaben, die wahrscheinliche Frucht heimlicher unerlaubter Liebe, die nun einer falschen Schaam geopfert werden sollten. Der Edelmann ließ die beiden Knaben sogleich in seine Burg tragen, miethete eine Säugerin, ließ sie pflegen und warten, und nahm sie, da er kinderlos war, an Kindes Statt an. Ob er weiter Spuren und Nachrichten über ihren Ursprung erhalten habe, darüber schweigt die Sage. Genug sie waren Kinder der Liebe, wie die Blumen Kinder des Frühlings sind; und sie machten ihm auch so viel Freude, wie uns die Blumen. Er schickte einen Knappen zu einem benachbarten Priester und ließ ihn bitten: »zwei junge Hunde auf seiner Burg zu taufen.« dieser lehnte die Aufforderung mit Unwillen und Heftigkeit ab. Eben so machte es ein zweiter. Als er zu einem dritten schickte, vermuthete dieser, daß dies ganz andere Bewandtniß habe und versprach zu kommen, fand sich auch wirklich auf der Burg ein und taufte die schönen Knaben, denen er den Namen der: *Hunde* beilegte, den sie fortan behielten und einen Hund in ihrem Wappen führten. Von einem dieser Knaben, die sich in allen ritterlichen Uebungen und im Kriege auszeichneten, soll *Hundsburg* erbaut worden sein. So weit die Sage.

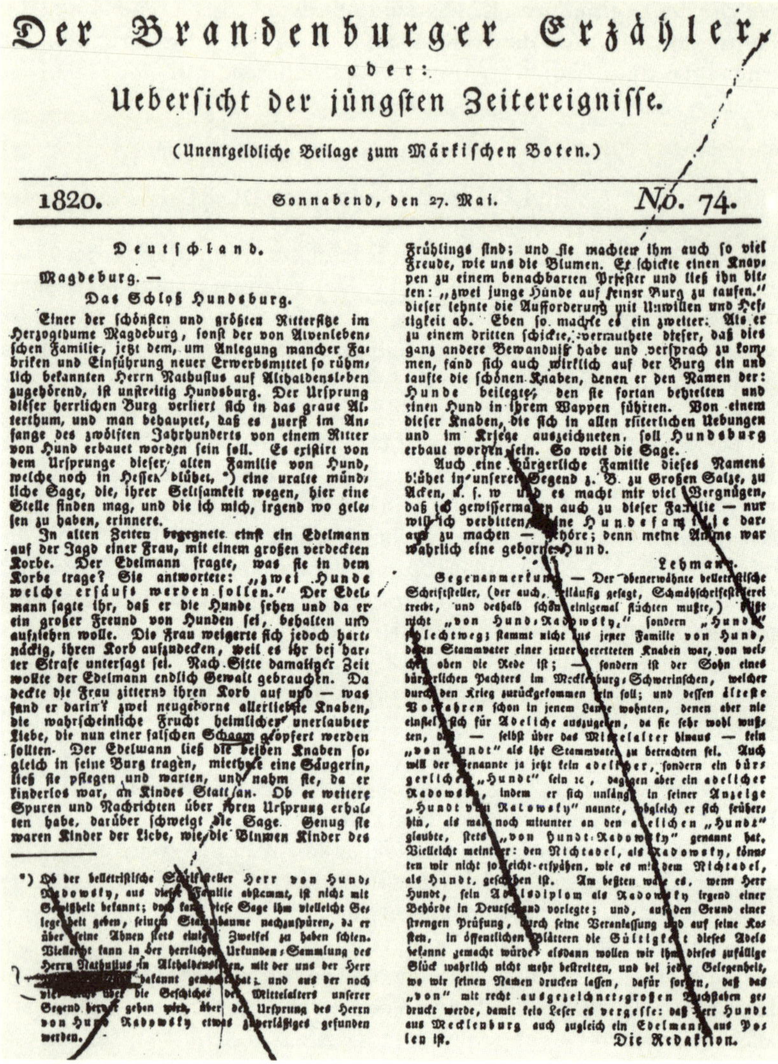

Der Brandenburger Erzähler,
oder:
Uebersicht der jüngsten Zeitereignisse.

(Unentgeldliche Beilage zum Märkischen Boten.)

1820. Sonnabend, den 27. Mai. No. 74.

Deutschland.

Magdeburg. —

Das Schloß Hundsburg.

Einer der schönsten und größten Rittersitze im Herzogthume Magdeburg, sonst der von Alvenslebenschen Familie, jetzt dem, um Anlegung mancher Fabriken und Einführung neuer Erwerbsmittel so rühmlich bekannten Herrn Nathusius auf Althaldensleben zugehörend, ist unstreitig Hundsburg. Der Ursprung dieser herrlichen Burg verliert sich in das graue Alterthum, und man behauptet, daß es zuerst im Anfange des zwölften Jahrhunderts von einem Ritter von Hund erbauet worden sein soll. Es existirt von dem Ursprunge dieser alten Familie von Hund, welche noch in Hessen blühet, *) eine uralte mündliche Sage, die, ihrer Seltsamkeit wegen, hier eine Stelle finden mag, und die ich mich, irgend wo gelesen zu haben, erinnere.

In alten Zeiten begegnete einst ein Edelmann auf der Jagd einer Frau, mit einem großen verdeckten Korbe. Der Edelmann fragte, was sie in dem Korbe trage? Sie antwortete: „zwei Hunde welche ersäuft werden sollen." Der Edelmann sagte ihr, daß er die Hunde sehen und da er ein großer Freund von Hunden sei, behalten und aufziehen wolle. Die Frau weigerte sich jedoch hartnäckig, ihren Korb aufzudecken, weil es ihr bei harter Strafe untersagt sei. Nach Sitte damaliger Zeit wollte der Edelmann endlich Gewalt gebrauchen. Da deckte die Frau zitternd ihren Korb auf und — was fand er darin? zwei neugeborne allerliebste Knaben, die wahrscheinliche Frucht heimlicher unerlaubter Liebe, die nun einer falschen Schaam geopfert werden sollten. Der Edelmann ließ die beiden Knaben sogleich in seine Burg tragen, miethete eine Säugerin, ließ sie pflegen und warten, und nahm sie, da er kinderlos war, an Kindes Statt an. Ob er weitere Spuren und Nachrichten über ihren Ursprung erhalten habe, darüber schweigt die Sage. Genug sie waren Kinder der Liebe, wie die Blumen Kinder des Frühlings sind; und sie machten ihm auch so viel Freude, wie uns die Blumen. Er schickte einen Knappen zu einem benachbarten Priester und ließ ihn bitten: „zwei junge Hünde auf seiner Burg zu taufen." dieser lehnte die Aufforderung mit Unwillen und Heftigkeit ab. Eben so machte es ein zweiter. Als er zu einem dritten schickte, vermuthete dieser, daß dies ganz andere Bewandniß habe und versprach zu kommen, fand sich auch wirklich auf der Burg ein und taufte die schönen Knaben, denen er den Namen der: Hunde beilegte, den sie fortan behielten und einen Hund in ihrem Wappen führten. Von einem dieser Knaben, die sich in allen ritterlichen Uebungen und im Kriege auszeichneten, soll Hundsburg erbaut worden sein. So weit die Sage.

Auch eine bürgerliche Familie dieses Namens blühet in unserer Gegend z. B. zu Großen Salze, zu Acken, u. s. w und es macht mir viel Vergnügen, daß ich gewissermaßen auch zu dieser Familie — nur will ich verbitten, keine Hundefamilie daraus zu machen — gehöre; denn meine Amme war wahrlich eine geborne Hund.

Lehmann.

Gegenanmerkung. — Der obenerwähnte belletristische Schriftsteller, (der auch, beiläufig gesagt, Schmähschriftstellerei treibt, und deshalb schon einigemal flüchten mußte,) heißt nicht „von Hund-Radowsky," sondern „Hundt" schlechtweg; stammt nicht aus jener Familie von Hund, deren Stammvater einer jener geretteten Knaben war, von welchen oben die Rede ist; — sondern ist der Sohn eines bürgerlichen Pachters im Mecklenburg-Schwerinschen, welcher durch den Krieg zurückgekommen sein soll; und dessen älteste Vorfahren schon in jenem Lande wohnten, denen aber nie einfiel, sich für Adeliche auszugeben, da sie sehr wohl wußten, daß — selbst über das Mittelalter hinaus — kein „von Hundt" als ihr Stammvater zu betrachten sei. Auch will der Genannte ja jetzt kein adelicher, sondern ein bürgerlicher „Hundt" sein rc, dagegen aber ein adelicher Radowsky, indem er sich unlängst in seiner Anzeige „Hundt von Radowsky" nannte, obgleich er sich früherhin, als man noch mitunter an den adelichen „Hundt" glaubte, stets „von Hundt-Radowsky" genannt hat. Vielleicht meint er: den Nichtadel, als Radowsky, könnten wir nicht so leicht erspähen, wie es mit dem Nichtadel, als Hundt, geschehen ist. Am besten wäre es, wenn Herr Hundt, sein Adelsdiplom als Radowsky irgend einer Behörde in Deutschland vorlegte; und, auf den Grund einer strengen Prüfung, durch seine Veranlassung und auf seine Kosten, in öffentlichen Blättern die Gültigkeit dieses Adels bekannt gemacht würde: alsdann wollen wir ihm dieses zufällige Glück wahrlich nicht mehr bestreiten, und bei jeder Gelegenheit, wo wir seinen Namen drucken lassen, dafür sorgen, daß das „von" mit recht ausgezeichnet-großen Buchstaben gedruckt werde, damit kein Leser es vergesse: daß Herr Hundt aus Mecklenburg auch zugleich ein Edelmann aus Polen ist.

Die Redaktion.

*) Ob der belletristische Schriftsteller Herr von Hund-Radowsky, aus dieser Familie abstammt, ist nicht mit Gewißheit bekannt; doch kann diese Sage ihm vielleicht Gelegenheit geben, seinem Stammbaume nachzuspüren, da er über seine Ahnen stets einigen Zweifel zu haben schien. Vielleicht kann in der herrlichen Urkunden-Sammlung des Herrn Nathusius in Althaldensleben, mit der uns der Herr [redacted] bekannt gemacht hat; und aus der noch [redacted] über die Geschichte des Mittelalters unserer Gegend hervor geben wird, über den Ursprung des Herrn von Hund Radowsky etwas zuverläßiges gefunden werden.

Die einzige Zeitungsseite der Sammlung (Blatt 72), von Grimm ausgeschnitten und mit Streichungen versehen

73. Die von Selbach

Arnoldi nass. Gesch. 1, 137. 138

Wilhelm von Selbach zu Zeppenfeld schreibt 1567 an Graf Johann den ält. zu Dillenburg:

He uberschicken ich e. gn. etliche bochenstein, da dan vorzeiten uf unserm vil alten schloß Höselbach geschen iss, wie sich den unser voraltern selig haben geschreben gottes freund u. aller welt feind, welche sich vermaßen, so moglich als der bochenbaum vor dem hus Höselbach zu einem Stein word, so moglich solt auch Boldewinus ein bischof von Trier, wilch von kais. mai. dazu verordent, wilcher ein jahr darvor Höselbach gelegen, so moglich solt sein, daß er Höselbach gewonne. So hat er Baldwinus Höselbach gewonnen u. die boche ist zu einem Stein worden wie e. gn. he zu sehen hat. dan bi Gott ist alle ding moglich as bi menschen unmoglich ist. Also hat sich desselbigen von Höselbach unsers vorfarn husfraw mit wort verredt gegen Gott wie vorstat. Zum andern hatte solche unsere Anchemutter gebetten umb iren brutschatz, do si verlorn spil gesehen, hat man er verwilligt, hat man vielleicht gemeint sie hette ir kleinot gemeint. do hatte si iren man ufgenomen u. hinweggetragen, mit weiter hat man ir erlaubt, dan so vil tragen kundt, hat si in do in grund zu Zepfelt getragen u. haben gedacht es helfe kein berghus nier, haben do im grund gebawet.

74. Die weiße Frau

Mündlich von einem hess. Bauerjungen in der reise durch Thüringen. Lp. und Dresd. 1796. 3, 288. 289.

Ein Holzhacker traf einst auf die weiße Frau, welche beständig in der Burg auf dem Soesberg bei Vach herumgeht. Das Kind sagte sie zu ihm mit welchem deine Frau geht, soll fünf jahre lang nicht zur erde kommen. Nach diesen fünf jahren setze es auf einen kreideweißen schimmel und bringe es herauf zu mir, ich werde es dreimal herzen, dann wird es halb schlange werden und halb Mensch bleiben. Fürchte dich aber nicht davor, denn dadurch soll es sein glück machen. Der Mann befolgte alles genau; fünf Jahre lang berührte das Kind die Erde nicht, dann brachte er es ihr befohlnermaßen auf dem kreideweißen Schimmel; indem sie es aber das drittemal herzen wollte, riß ers ihr weg, aus Furcht sie möchte dem Kinde was zu leide thun. Weg war die weiße Frau, der kreideweiße Schimmel und der große Schatz der das Kind beglücken sollte.

Geschichte
der
Oranien Nassauischen Länder
und ihrer
Regenten
von
J. Arnoldi
F. Or. Nass. Regierungsrath zu Dillenburg.

Schloss Laurenburg

Erster Band.

Hadamar
in der Neuen Gelehrtenbuchhandlung
1799

Titelblatt von J. Arnoldis »Oranien-Nassauischer Geschichte« (1799), Grimms Quelle zu Blatt 73

75./76. Sage über die Moorjungfrauen

Auf der Abtsröder Rhöen zwischen Gersfeld und Wüstensachsen, befindet sich ein Moor das rothe Moor genannt, welches beiläufig tausend Morgen Feldes in sich faßt. Nach Stumpfs Topographie des Amtes Bischofsheim S. 8 stand auf diesem Felde das Dörfchen Moor, das noch im Jahre 1576 von 16 Nachbarn bewohnt wurde und zur Herrschaft des Herrn von Weyers in Gersfeld gehörte. Dieses Dörfchen soll versunken seyn. Noch findet sich daselbst die Linde desselben, welche itzt Moorlinde heißt und ihrem Untergange nahe ist. Die Rhönbewohner behaupten: die des Nachts auf diesem Moore erscheinenden und herumwandernden Lichterchen seyn die Geister der mit diesem Dorfe versunkenen Mädchen, weswegen sie diese Entzündungen nur die Moorjungfern nennen. Auch wird in jener Gegend bei Beschwörungen der vom Teufel Beseßenen der leibhaftige Satanas aus dem Leibe des Christen in die Tiefe des rothen Mores [sic] versetzt und Gespenster dorthin verwünscht, weßhalb kein Rhöner sich des Nachts in die dortige Gegend wagt, oder ohne hochstehende Haare im Notfalle sie passiert.

Die Sage vom Auersberge

Nächst dem Königl. Baierschen Marktflecken Hilders am Auersberge, (von den Auerochsen der Vorzeit oder von den vielen dort vorkommenden Auerhaenen so genannt), finden sich gegen Süden die Ruinen eines alten Schloßes, welches ebenfalls den Namen Auersberg führt. Die letzten Besitzer desselben sind der Sage nach in einem Tage umgekommen. Die Familie des Ritters will durch den nahen hoch angeschwollenen Ulsterfluß fahren und kömmt, was ihr Führer voraus sagte, in Gefahr zu ertrinken, der Ritter von Auersberg sieht dieses vom Schloße aus, stürzt sich herunter in den Fluß zur Rettung der Seinigen, aber leider alle finden in den Fluthen ihren Todt. Golden Sonntags Kinder, d. i. Menschen, die auf golden oder Quartal-Sonntage geboren sind, sehen des Nachts die in der dortigen Gegend noch herumwandernde Geister der Verunglückten und werden von ihnen geneckt.

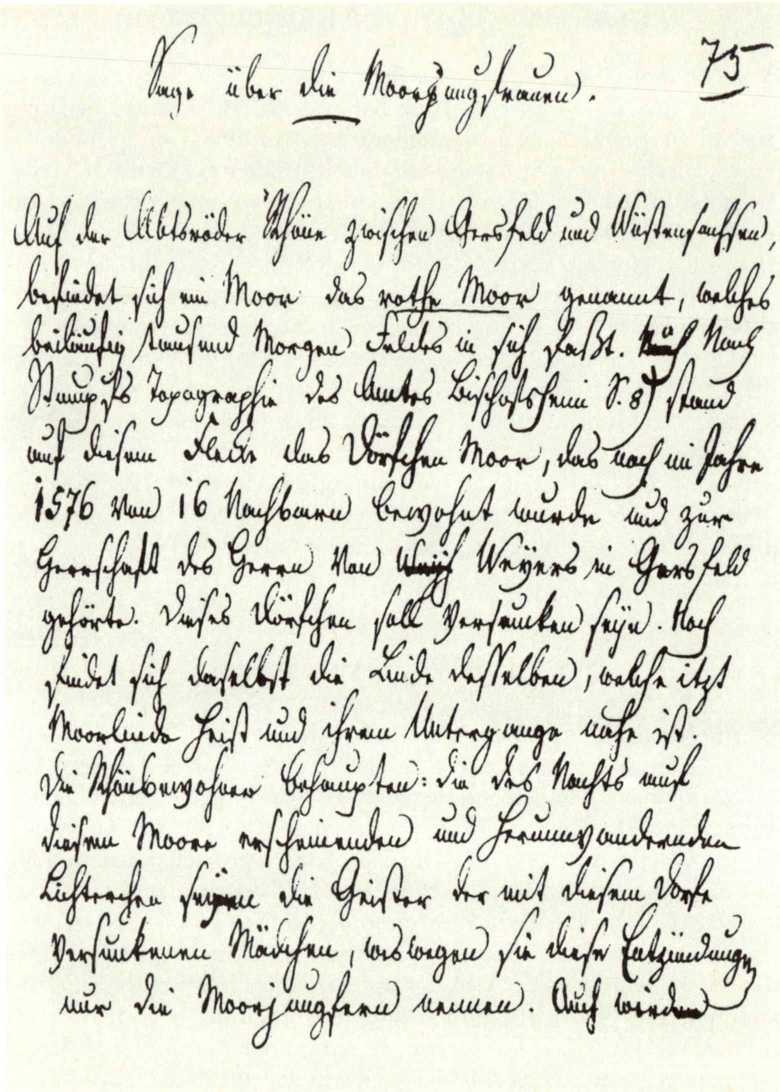
Sage über die Moorjungfrauen. 75

Auf der Abtsröder Höhe zwischen Gersfeld und Wüstensachsen, befindet sich ein Moor das rothe Moor genannt, welches beiläufig tausend Morgen Fläche in sich faßt. ~~Auch~~ Nach [illegible] Topographie des Amtes Bischofsheim S. 8) stand auf diesem Platze das Dörfchen Moor, das noch im Jahre 1576 von 16 Nachbarn bewohnt wurde und zur Herrschaft des Grafen von Weyhers in Gersfeld gehörte. Dieses Dörfchen soll versunken seyn. Noch findet sich daselbst die Linde desselben, welche itzt Moorlinde heißt und ihrem Untergange nahe ist. Die Rhönbewohner behaupten: die des Nachts auf diesem Moore erscheinenden und herumwandernden Lichtchen seyen die Geister der mit diesem Dorfe versunkenen Mädchen, weswegen sie diese Entzündungen nur die Moorjungfern nennen. Auch wurden

Handschrift eines unbekannten Schreibers (Blätter 75, 76)

Hammelburg

Ohne Titel

Ohnweit Hammelburg, dem berühmten Saleck, und Franziskaner Kloster Altstadt gegen über, liegt noch ein altes zerfallenes ehemals gefürchtetes Ritter Schloß, der Reusenberg genannt, an dessen Keller Eingang man schon den in demselben liegenden aber bis itzt noch nicht gefundenen Wein riecht. In demselben heulen in der Adventszeit die Geister und es geht in stürmischen Nächten aus diesem Schlosse der wilde Jäger aus.

77. Das Schröersloch

Von Steinen 1. S. 1167.

Das Schroersloch im Peereck hat von seinem Finder den Namen, liegt zwischen Oberhemern und Suntwik und soll bis nach Arensberg gehen. Keiner hat sich aber über stundenweit hineingewagt, weil dort an einem Stein die Worte angeschrieben stehen: wer weiter dringt, wird unglücklich werden. In der Höhle sieht man viel wunderbare Wege, Pfeiler und Thüren, die von unterirdischen Geistern rühren.

78. Die Hölle

Von Steinen westphäl. Gesch. 1. 1166

In der Grafschaft Mark, Amts Iserlon, im Kirchspiel Hemern findet sich ein Berg genannt der Peereck, der bis ins Kirchspiel Deilinghofen geht und worin es verschiedene Höhlen gibt. Eine tiefe Schlucht zwischen zwei Felsen, durch die man sich nur auf Umwegen winden kann, heißt die Hölle. In ihr ragt ein Felsen und auf deßen Spitze ein ausgehauener Stein, der den Namen Predigtstuhl führt.

79. Die Schweitzerburg

Von Steinen westphäl. Gesch. II. S. 570.

Bei Collerbeck an der Nieße im Paderbörnischen hat vor Zeiten ein Schloß gestanden, das noch jetzt die Schweitzerburg genannt wird. Zuletzt wohnt ein Ritter darauf, welcher mit einer Gräfin von Oldenburg Ehbruch getrieben haben soll. Als es der Graf erfuhr, ließ er den Ritter fangen, in kleine Stücke zerhauen und diese in einen Topf thun. Der Topf wurde zu Marienmünster begraben und das Schloß des Ritters gänzlich zerstört.

80. Juffernsprunk

Von Steinen westphäl. Gesch. Lemgo 1797. Th. 1. S. 1667.

In der zum Kirchspiel Syburg gehörigen Bauerschaft Gardenfeld, auf der Südseite der Ruhr, unweit dem Lennhofe gegen dem alten Schloß Syburg über [sic] zwischen der Ruhr und Lenne an der Landstraße ist ein hoher Felsen, von welchem vorzeiten eine Jungfrau, als sie sich vor ihren Nachstellern retten wollte, ohne den geringsten Schaden heruntersprang. Zum Andenken wurde ein Stein aufgerichtet, an dem eine Jungfrau in der Gestalt, wie heutiges tags Seiltänzerinnen gekleidet gehen, ausgehauen war, mit der Inschrift: »een Juffernsprunk fry den Saterdag na Mitsomer.« Diesen Stein hat hernachmals ein Bauer zerschlagen.

81. Mutz

Prätorius Rübezahl III. S. 6.

Zwischen Freiberg und Mitwey da hat sich im Jahr 1573 im Heynischen Walde ein Gespenst im Mönchsgestalt sehn laßen, das die Leute erschreckte, ihnen auf die Hälse hüpfte und sich manchmal ein Feld Weges tragen und schleppen ließ. Viele dieser Leute erkrankten und starben heranch. Wenn es sich nun einen ziemlichen Weg hatte tragen laßen, sprang es auf einen Baum, lachte laut und quäkte. Die Leute nanntens Mutz.

Die Baumannshöhle im Harz (Blatt 82)

82. Die Jahrringe

Hetzels Bibel mit Anmerk. 1. 20.
Reise durch den Harz. Braunschw. 1797. S. 70–76.

In der Baumannshöhle setzt das darin träufelnde versteinernde Waßer alle Jahre in nicht kürzerer und nicht längerer Zeit einen frischen Steinabsatz an. Solche Absätze zählt man bereits mehr als zwanzigtausend.

Das Innere der Baumannshöhle (Blatt 82)

83. Alten Reinstein

Behrens a. a. O. 160–162.

Am Unterharz eine kleine Stunde von Blankenburg steht ein reiner, weißer Felsen in die Höhe, auf dem Trümmer eines alten Schloßes zu sehn sind. Der Thurm ist verfallen, fast alle Gemächer, Küche, Keller, Stall waren in den bloßen Stein gehauen. Der letzte Graf von Reinstein war ein Räuber, dem man lange nichts in seinem unüberwindlichen Felsennest anhaben konnte. Endlich gelang es durch List. Die umwohnenden Leute kundschafteten aus, daß der Graf vor allem gern weiße, weiche Käse eße und dergleichen oft bei den Bauerweibern zu bestellen pflege. Man brachte nun einst in aller Frühe Krieger, in die Tracht solcher Bäuerinnen verkleidet vor das Schloß, welche Käse feilboten. Sie wurden eingelaßen, hieben unterm Thor sogleich die Wache nieder und besetzten das Schloß, in das sogleich ein Haufen Volks nachdrang. Den Grafen indeßen nähten seine Mägde in Betten ein und ließen ihn an einem Seile durch ein Loch, das nach der quedlinburger Straße geht, und wo der Fels unzugänglich ist hinab; mit einem bei sich habenden Meßer schnitt er dann die Betten auf und entsprang zu Fuße.

84./85. Sage von Hagel und Brechta

Casp. Schütz preuß. Chronik. 1599. fol. Bl. 6.7. nach einem alten Buche der elbinger Mönche.

Vor alter Zeit war an dem Ort, wo jetzo Danzig liegt, ein bloßes Dorf, genannt: die Wike. Fischer und Krüger wohnten darin in ziemlicher Anzahl. Diese waren ein fröhliche [sic], lustiges Volk, pflegten Sonntags Freudenfeuer anzuzünden und darum zu tanzen. Wenn es bei diesen Gelagen und Trinkereien Schläge, Wunden und Mordschlag setzte, so war der Herr des Orts, Namens Hagel, der auf dem nach ihm benannten Hagelsberge wohnte, streng und grausam und strafte die Leute um Gut und Leben, so daß er viele in Armuth und Tod brachte und den Unterthanen stets auf dem Nacken saß. Von ihrem Fisch und Vogelfang und ihrer Viehzucht zwang er sie ihm die Hälfte abzugeben, nahm ihnen Weiber und Töchter mit Gewalt und wenn sich einer auflehnte, so war es um seinen Hals geschehen.

Zuletzt, als die Wiker seine Grausamkeiten nicht länger dulden konnten und ihm doch schwer auf seiner festen Burg beizukommen schien, verschworen sie sich zu einer List. Einmal im Jahr pflegten sie, alter Gewohnheit nach, Männer und Weiber, mit zusammengefaßten Händen und feierlich den Berg hinaufzutanzen, oben auf dem Platz führten sie drei Tänze zu Ehren der Herrschaft und des Hofgesindes auf und dann mußte ihnen ein Faß Bier heraugegeben werden, damit sie desto fröhlicher wären, und hergebrachte Gesundheiten trinken möchten. Als nun dieser Tag wieder herangekommen war und sie den Tanz brachten, Hagel auch mehr Bier als gewöhnlich hergegeben im Sinn hatte [sic], weil er hoffte, daß desto mehrere betrunken und straffällig werden würden; so nahmen sie ihre Sache in Acht und drangen, sobald sich das Thor öffnete, mit kurzen Wehren und Beilen, die sie unter den Kleidern verbargen, in die Burg, und würgten alles, was ihnen vorkam. Auf diese Weise büßte Hagel das Leben ein, Brechta aber, seine Tochter, wurde allein erhalten und dem zum Weibe gegeben, der den Anschlag ersonnen hatte. Die Burg wurde in Brand gesteckt und zertrümmert; Hagel, wie er den Todesreigen zu ihm nahen sah, soll vor seinem Ende gesagt haben: o Tanz, Tanz, wie hast du mich verrathen! Seit dieser Zeit nahm nun der Flecken Wik den

Die Stadt Danzig, deren Name in der Sage »Von Hagel und Brechta« etymologisch hergeleitet wird

Namen Tanzwik oder Danzwik an, welcher hernach der immer mehr wachsenden Stadt Danzig verblieben ist.

Andere erzählen mit folgender Abweichung. Eines Tages kam der Schulze auf die Burg, dem Hagel die Bitte und Nothdurft des Fleckens vorzutragen. Hagel erzürnte und mordete unbilligerweise den Schulzen mit eigener Hand. Da er aber merkte, daß sich die Unterthanen dieses Unrechts wegen an ihm rächen wollten, dachte er, sie damit zu sühnen, daß er ihnen auf eine Zeitlang Zins und Schatzung erließ, ja er vermählte Prechta, seine jüngste Tochter mit des ermordeten Sohn. Als nun die Hochzeit sollte gehalten werden und der Bräutigam seine Braut in Begleitung aller Freunde und Verwandte von der Burg abholen wollte, trauete Hagel dem Zug nicht und ließ ihn nicht ein, sondern begehrte, daß des Bräutigams Mutter mit etlichen Frauen hinein käme, so wollte er und sein Hof innen einen Ehrentanz thun und hernach die Braut mit hinunter geben. Die Wiker verdroß, daß er ihre alte Gewohnheit verachtete und sie für untreu hielt; sie erinnerten sich der scharen Lasten und Frevel, die sie schon von Hagel erduldet hatten, und erfanden in der Erbitterung einen neuen Anschlag. Nachdem sie die schönsten Frauen und Jungfrauen geschmückt hatten, kleideten sie etliche junge Gesellen, die noch unbartig waren, in Frauengewand, die jenen als Mägde und Dienerinnen nachfolgen mußten, zogen also zum Schloße. Hagel befuhr von solchen Gästen nichts, ließ sie ein und brachte die wohlgezierte Braut hervor. Hierauf nahm er selbst die Jungfrau, die ihm am besten besagte, zur Hand und fing den Tanz an; seine Höflinge folgten nach. Wie der Tanz am besten war, sprangen die Mägde mit bloßen Wehren zu, die sie unter den langen Kleidern verdeckt getragen, erschlugen Hagel und führten die Braut hinweg. Da soll Hagel die vorigen Worte auch gesagt haben; Des Schulzen Sohn hat nach einigen Helga [sic] geheißen.

86. Die drei Garben

mündlich.

Zu Frankfurt am Main sollte ein Scharfrichter hingerichtet werden, da bat er vor seinem Ende sich die letzte Gabe aus, das waren drei Strohhalmen. Kaum hatte er sie in Händen so verschwand er und sah auf dem Felde drei Garben stehen. Eine Zeit darnach erzählte der andre Scharfrichter, der ihm hatte das Haupt abschlagen sollen, hätte man die mittelste von den drei Garben durchhauen, so wäre der arme

Sünder getroffen worden; er habe es damals nicht offenbaren dürfen, weil das auch seine Kunst sey.

Es wird auch erzählt, daß er drei Halmen Heu verlangt, worauf man drei Haufen Heu gesehen, oder drei Gläser mit Waßer, die sich in drei Kufen mit Waßer verwandelt.

87. Die Siebenzehner

Morgenblatt 1816. no. 203.

Unter den Bewohnern des welzheimer Walds im Würtenbergischen hat sich die Sage von ehmals daselbst bestandenen Volksgerichten erhalten. Auf einer Haide zwischen Seelach und Nardenheim sollen sich noch Überreste einer Gerichtsstätte finden; die Stelle ist eine der höchsten des ganzen Waldgebirgs, von da aus kann es ganz übersehen werden. Hier sollen siebzehn vor dem unter freiem Himmel versammelten Volke über Leben und Tod gerichtet haben. Der jüngste von ihnen hatte die Verpflichtung, den Nachrichter zu machen. In rothem Mantel, ein breites, langes Schwert in der Rechten erschien er und trug große Handschuhe von rothem Leder, die er jedesmal nach vollzogenem Urtheile wieder von sich warf. Die Nachkömmlinge dieser Siebzehner hatten durch Jahrhunderte Schwert und Mantel verwahrt, bis der Mantel vielleicht in sich selbst zerfiel, das alte theure Schwert aber in neuerer Zeit zu Brotmeßern umgeschmiedet wurde. Noch jetzt lebende Greise haben ehmals beide Kleinode gesehen.

88. Die Alzheimer Linde

Zeiller Reisebuch S. 538.

Adolzheim ein klein Städtlein zwischen dem Neckar und Odenwald hat vor dem Thor ein schöne Linden, vor welcher so jemand ein Blatt oder Nästlein bricht, zur Strafe ein Stück von seinem Hemmet geben oder sich sonst lösen muß [sic].

89. Der Waßerfräulein und Holzfrauen Stuben

Crusius ann. suev. dod. III. p. 95. wo natürliche Erklärungen des Volksglaubens stehen.

Die schwäbischen Bauersmädchen erzählen von Nixen oder Waßerfrauen, die zuweilen aus dem Fluße Biel heraussteigen und zu ihnen in die Spinnstuben kommen. Entfliehen nun die Mädchen, so verlaßen auch jene wieder das Haus und stürzen sich in den Flußwirbel, daß es laut aufrauscht. Dieser Wirbel heißt noch heutigestages (i. J. 1596.) der Waßerfrauen Stube. Auch wollen die Bauern im Walde wilde Weiber am Feuer sitzen sehen und der Theil des Walds, welcher zum Comberger Closter hört, heißt der Wald- oder Holzfrauen stube.

90. Frena Beutlins-Loch

Cruisii liber paral. p. 10.

Auf der würtenberger Alpe in der Gegend des Bergschloßes Teck sieht man unweit des Felsbrunnens ein Loch, das zu einer unterirdischen Höhle führt. In dieser Höhle wohnte vorzeiten ein Weibsbild Namens Frene (Vrene, Verena) Beutlin, die in heimlichem Umgang mit einem Bewohner des Dorfes Beuren lebte. Sie hatte ihm zwei Knaben geboren und lange blieb die Sache verborgen; die Höhle war inwendig mit allen Bedürfnißen versehen, und hatte zwei Seitenlöcher, deren eins zum Fenster diente, das andere den Rauch herausließ. Die Leute im Thal sahen wohl den Dampf aus dem Berg steigen, hielten ihn aber für natürliche Ausdünstungen. Auch erblickten sie zuweilen ein rothes oder weißes Tuch auf dem Felsen liegen, womit die Frau ihrem Liebhaber ein Zeichen gegeben haben soll, dachten sich aber nichts Arges dabei, sondern meinten, der Wind habe es etwa hingeweht. Der Mann kam oft mit Hacke und Tragkorb auf dem Rücken durch das Städtchen Owe, und trug der Beutlin Speise zu; niemand fragte ihn nach seinem Geschäft. Endlich aber wurde diese Verbindung entdeckt, und beiden Kindern die heilige Taufe ertheilt. Der ältere Knabe war schon so groß, daß er an der Hand zur Kirche geführt werden konnte. Viele Leute gingen in die Höhle und besahen sie und das Weib. Beurener alte Bauern, die bei der Taufe zugegen gewesen waren, haben hernach die Begebenheit erzählt.

Mitten unter dem Schloß Tek selbst ist ein andres Felsenloch, Sybillenloch genannt, worin vor alten Zeiten eine weise Frau gewohnt haben soll. Man erzählt viel wunderbare Dinge davon.

91. Das Lenninger-Thal

Crusii liber paraleipomenos. Francof. 1596. fol. p.

Mittaglich vom Berge Teck liegt das Lenningerthal, fruchtbar an Wein und Korn, von dem Flüßchen Lauter durchströmt. Der Sage nach soll einmal auf einem jährigen Kalb sitzend ein dem Teufel ergebener Zauberer über dieses Thal hingesetzt seyn. Daher das Sprüchwort entstanden ist: laß mir das einen feinen Sprung seyn von einem Kalb.

92. Die schwäbischen Raubritter

Crusius ann. suev. dod. III. p. 94.95. nach G. Wideman.

Zu Anfang des 16. Jh. lebte im Dorf Jochsrod nah bei Hohenstein an der Biel ein bejahrter Bauer mit Namen der alte Berchtold Gräter, welcher folgendes von seinem Vater hatte erzählen hören: als dieser noch ein Junge gewesen, habe er oft die Pflugpferde auf dem Acker führen müßen. Der Vater aber (Gräters Großvater) wenn er den Saehaber aufs Feld gefahren, habe sorgsam die Frucht in kleinen Häuflein hin und her zerstreut und die Säcke versteckt, denn, wo ers nicht gethan, seyen die Adlichen Ritter aus Hohenstein und Bielried, die häufig in der Gegend herumgeritten, leicht gekommen und hätten den Bauern allen Haber, den sie im Sack gesehen, mitgenommen in die Burgen für ihre Pferde zur Fütterung.

Einer Bauersfrau, die aus Baiern stammte, Sohn erwarb sich und seiner Mutter den Lebensunterhalt mit Weinfuhren. Dieser wurde von den hohensteiner Raubrittern zweimal gefangen auf ihre Burg geführt und zweimal von der Mutter mit Geld gelöst. Sie fingen ihn aber zum drittenmal und da die arme Frau kein Geld mehr hatte, den Sohn loszukaufen, suchte sie erst den Hohensteiner mit flehentlichen Bitten zu rühren. Als nichts half, sprach sie: es ist dir nicht genug gewesen mir zweimal mein Geld genommen und mich arm gemacht zu haben; nun läßest du mir mein Kind im Gefängnis zu todt faulen; ich will dir aber einen solchen Atzmann (freßende Sucht, Krankheit) über den Hals schicken, die dich verzehren soll eh noch mein Sohn verschmachtet ist. Der Adliche lachte sie aus und die Frau ging weg. Tags hernach stand er mit andern Adlichen auf der Burgbrücke im Gespräch und schrie plötzlich auf: weh mir, die Hexe verbrennt mich. Man sandte auf der Stelle ins comburger Closter um die letzte Öhlung. Den folgenden Tag gab der Hohensteiner den Geist auf. (Schluß des 14. Jahrh.) [sic]

93. Räuber Hopp

Crusius ann. suev. dod. III. p. 76

Auf der schwäbsichen Alp hausten ehmals Heiden und Zauberer, später nahmen Räuber deren Wohnungen und Schlupfwinkel ein. Besonders hat sich die Sage von einem solchen, Namens Hopp erhalten, der im ganzen Land verhaßt und gefürchtet war. Er hatte seinen Sitz da wo die Lauter entspringt und glaubte darum, daß alles um diesen Fluß bis zur Donau ihm gehörte. Von einem unbarmherzigen, harten Menschen pflegt man in dortiger Gegend sprüchwörtlich zu sagen: der ist ein böser Hopp, ein wilder Kopp!

94. Die Kirche zu den sieben Geschwistrichten

Crusius anal. suev. dod. III. p. 94.

Diese Kirche liegt unter der Burg Enningen am Kocher. Die Bauersleute erzählten von ihren Eltern gehört zu haben, daß vor alter Zeit in der Burg eine Witwe von Adel mit ihren sieben Kindern gewohnt habe. Jeden Sonntag sey die Witwe mit ihren Kindern die Burg herab in die Kirche gekommen, und habe den Armen Allmosen [sic] ausgetheilt. Nach ihrem Tod haben ihre sieben Kinder eben so fortgethan, und seyen gleichfalls alle in der Kirche begraben worden. Das Volk halte ihre Wohlthätigkeit in großem Andenken.

95. Die böse Schwieger

Crusii liber paraleip. p. 71

In der Gegend von Donauwörth soll vorzeiten eine Gräfin gelebt haben, deren Sohn gegen der Mutter Willen eine zwar unadliche, aber schöne und tugendsame Jungfrau zur Ehe nahm. Die Schwiegermutter haßte dieselbe, weil sie ihr Geschlecht beschimpft glaubte. Auf einer Reise, da sie zusammen über den Rhein fuhren, ließ die Gräfin durch die Knechte die Unglückliche in den Fluß werfen. Späterhin bereute sie die böse That und schenkte dem Closter Wörth den schönen Wald Forest unter der Bedingung, daß jeden Morgen eine Seelenmesse für sie gelesen würde. Daher kommt, daß man Morgens früh zu Donauwörth um vier Uhr im Sommer, um fünf Uhr im Winter die Glocken eine halbe Stunde lang ringen höret.

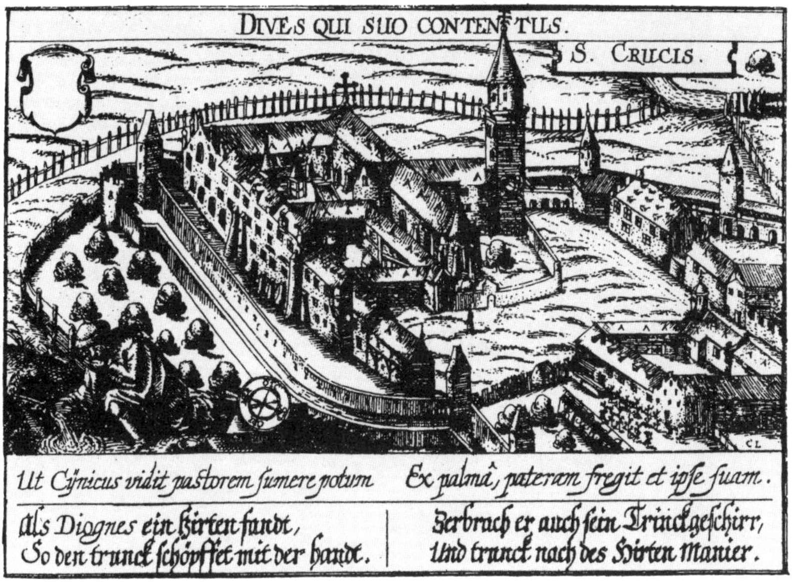

Donauwörth auch »S. Crucis« genannt (Blatt 95)

96. Die sieben Trappen

Berkenmeyer S. 714

Nicht weit von Hannover sieht man die sogenannten sieben Trappen oder Gruften; daselbst soll ein Bauer untergesunken seyn, der sich verfluchte, daß er seiner Magd das Lohn gegeben.

97. Der Dom zu Naumburg

Berckenmeyer S. 658

Im Dom zu Naumburg stehen zwei ausgehauene Steinbilder, eins weinend, das andere lachend. Der Sage nach sind es zwei Verlobte gewesen, der Bräutigam reiste mit fröhlichem Muth in fremde Länder und wollte sich durch kein Bitten, Flehen und Weinen seiner Braut abhalten laßen. Die Braut ging ins Kloster und ließ den Dom bauen; als ihr Bräutigam zurückkehrte, weinte er um ihren Verlust und das Lachen war nun an ihrer Reihe.

Der Thurm des Doms hat zwei Spitzen, davon die eine der Meister, die andere der Lehrjunge gebaut hatte. Als der Meister sah, daß die

Titelkupfer von P. L. Berckenmeyers »Antiquarius«, Grimms Quelle zu fünf Sagen dieser Sammlung (Blätter 40, 96, 97, 99, 100)

Vermehrter Curieuser

Antiquarius,

Das ist:

Allerhand auserlesene

Geographische und Historische

Merckwürdigkeiten/

So in denen

Europæischen Ländern zu finden;

Aus

Berühmter Männer Reisen zusammen getragen / und mit einem zweyfachen Register versehen / nunmehr zum Vierdten mahl aufgeleget und mit neuen Sachen und Anmerckungen durchgehends vermehret und verbessert./ von

P. L. Berckenmeyern.

HAMBURG,

Bey BENJAMIN SCHILLERN, Buchhändlern im Thum.

Titelseite von P. L. Berckenmeyers »Antiquarius«, Grimms Quelle zu fünf Sagen dieser Sammlung (Blätter 40, 96, 97, 99, 100)

letzte zierlicher gerathen war, wie seine eigene, stürzte er aus Neid den Lehrling herunter. Dieser Unthat wegen wurde der Meister hernach in Oel gesotten und man zeigt noch den Ort, wo dies geschah.

98. Das alte Land zu Mönchgut

Greifswalder acad. Archiv I. S. 33. Greifsw. 1816.

Die Mönchguter auf der Insel Rügen berichten als uralte Sage der Väter, daß einst da, wo jetzt große Schiffe zwischen Usedom und Mönchgut segeln, altes Land war und nur eine kleine Rinne floß, welche durch Hineinwerfung eines Pferdekopfs mit Schuhen und Strümpfen zu durchwaten gewesen.

99. Der weiße Thurm

Berkenmeyer S. 711.712.

Zu Lüneburg steht ein Thurm, der weiße genannt, von dem der gemeine Mann festiglich glaubt, der Teufel komme alle Nacht und breche einen Mund voll davon ab. Die Gefangenen, die man in diesen Thurm zu sperren pflegt, soll er mit Poltern und Schrecken ängstigen. Das Gemäuer ist fast zerfallen, man sieht noch eine große Eisenkette, die sonst zum Schließen der Gefangenen dienten [sic].

100. Die Lippelshöhle

Berkenmeyer S. 721.

In dem Wolfenbüttelschen, auf dem adelichen Gute Brunkensen, liegt die sogenannte Lippelshöhle, worinnen vorzeiten der Räuber und Mörder Lippold mit seinen Dienern und Pferden hauste. Man sieht im harten Steinfelsen Stuben, Cammern, Küche, Boden, Ställe, Gefängniße, Gaßen und Gänge ausgehauen.

101. Der heilige See

Pomarius sächs. Chronik Bl. 353.

Im Amt Wolmerstedt, unfern der Elbe, wird eine Lache der heilige See genannt. Es sollen darauf viel böse Geister gehaust und den

Fischern und Schiffleuten Schrecken und Gefahr zugefügt haben, bis endlich Bischof Burchard von Magdeburg hinzog und den Ort segnete. Da wichen die Gespenster von dannen.

102. Die Arensburg

Zeitung f. die el. W. 1816. S. 1623.

Links von der Ludener Klippe (im Weserthal bei Hameln) auf einer Anhöhe zwischen zwei Bergen liegt die Arensburg. Die Volkssage erzählt von einem aus dem gräflichen Geschlechte der Arens, daß als dieser einst mit seinen Kriegsgesellen über Meer gezogen sey, um Seeräuberei zu treiben, Grimhild seine fromme Gemahlin zur Sühne des Frevels sieben Kirchen in sieben umliegenden Dörfern erbaut habe: Nach langer Abwesenheit kam der Gemahl heim und fragte: was sie unterdeß begonnen? Grimhild antwortete bildlich: »sieben Töchter hab ich geboren«, die sieben Kirchen meinend. Vor Wuth entbrannt stieß ihr der Graf den Dolch ins Herz, verließ die Arensburg und erschien nimmermehr in der Gegend.

103. Der Pfeiffer zu Mölburg

Luthers Tisch-Reden S. 210[b], aus mündlichen Erzählungen.

Zu Mölburg, im Lande zu Thüringen, nicht weit von Erfurt, war ein Pfeiffer, der sich auf den Hochzeiten als ein Spielmann gebrauchen ließ, der klagte, daß er vom Teufel sogleich angefochten würde und hätte ihm gedrawet, er wollte ihn wegführen, darum daß er etwa in einer Gesellschaft hatte getrunken aus einem Spechter und langem Glase, darin Wein und Pferde-Mist aus Vorwitz etliche junge Gesellen gethan hatten; das wäre ihm herzlich leid. Da tröstet ihn der Pfarrherr, bätet für ihn und unterrichtet ihn mit vielen Sprüchen aus der heiligen Schrift wider den Teufel; daraus er nun so viel lernte, daß er an seiner Seelen Seligkeit gar nicht zweifelte und sprach: »der Seele wird der Teufel keinen Schaden thun, aber meinen Leib wird er wegführen und das wird ihm niemand wehren können.« Empfing darauf zu einem gewißen Pfand das heilige Sacrament des wahren Leibes und Blutes Christi.

Der Teufel aber zeiget ihm an, wann er kommen und ihn holen wollte, da verordnete man ihm Wächter, die ihn verwahren sollten in dem Gemach, da er war; mit ihm beteten und lasen aus Gottes Wort.

Haussen aber waren etliche mit ihrem Harnisch und Wehren bestellt. Da währete und verzog sich etliche Tage, daß man seiner also wartete. Auf den Sonnabend zu Mitternacht saßen die Wächter und etliche bei ihm mit Lichtern, da kam ein Sturmwind und blies die Lichter alle aus, nahm ihn und führte ihn zur Stube hinaus, die doch verschloßen war, durch ein klein enge Fensterlein hinaus auf die Gaße, da war ein groß Gepraßel und Getümmel worden, gleich als wenn viel geharnischter Leute ein ander geschlagen hätten. Kam also weg und ward verloren, daß niemand wüßt wohin. Des Morgens suchten sie hin und her und funden ihn zuletzt liegend kreuzweis mit ausgestreckten Armen in einem Bächlein oder Wäßerlein das von Gleichen herunter nach Mölburg fließt, todt und kohlschwarz.

104. König Esel-Ohr

Iter hollandicum p. 144.

Bei Voorburg in Holland liegt ein Hügel, König Eselsohrsberg genannt, auch Elinum und Aurendelium. Hier wohnte vor Zeiten Ritzard, ein friesischer König, von dem man eine Sage hat, wie er zu den langen Ohren gekommen seyn soll.

105. Galgen Gastmahl

mündlich aus Wien

Eine Kuhmagd auf dem Land treibt viel Spaß, geht an einem Galgen vorbei und hat gerade ein Stück Brot in der Hand. Spricht zu dem, der am Galgen henckt: »He, willst du das Brot?« Antwortet Ja. Sie erschrickt doch spricht sie: »ietzt kann ich dirs nicht geben, hernach aber gewiß«. »Ich will kommen und mirs holen«. Sie glaubt nicht daran, geht heim, legt sich Nachts zu bett. Mitternachts pocht es an die Thüre. Sie erschrickt und schweigt still. Der Gehängte kommt da zum Fenster herein und spricht: »gib mir mein Brot«. »Jetzt nicht« sagt sie. Der Geist verschwindet. Zweite Nacht kommt er wieder: »gib mir mein brot, sonst sieht es morgen übel aus«. Sie wills ihm zum Fenster hinausreichen, »Nein, so nehm ichs nicht, du mußt mirs hinbringen wo du es versprochen hast«. »Jetzt kann ich nicht dahin gehen«. »So komm ich Morgen Nacht wieder«. Sie geht zum Pfarrer, der spricht, er könne ihr nichts anders sagen, als sie solle sich ein Kleid von Papier machen laßen und die Haare abschneiden und wenn sie Speisen sähe, von jeder etwas nehmen nur von der letzten nicht, die zugedeckt wäre. Nachts 12. Uhr kommt der Geist sie abzuholen. Sie nimmt das Brot und geht mit hinaus zum Galgen. Wie sie hinkommen thut sich der Galgen entzwei und eine Stiege hinab zeigt sich. Sie geht mit hinab, da ist ein Tisch für zwölf gedeckt. Da muß sie das Brot niederlegen. Sie nimmt von jeder Speise nur von der letzten nicht, die zugedeckt ist, wie diese kommt, steht sie auf, wirft den Sessel um und läuft die Stiege hinauf. Alle laufen ihr nach, faßen sie beim Kopf und am Kleid, aber sie weicht aus und die Geister behalten nur die Haube und ein Stück Papier in der Hand und so entkommt sie glücklich.

106. Die falschen Richter

Zeiller Reisebuch S. 465.

Der heil. Anno Bischof zu Cöln bestrafte falsche Richter, die wider ein armes Weib unrecht gesprochen hatten, damit, daß er ihnen die Augen ausstechen ließ, außer einem darunter, deßen Gevatter er war. Diesem befahl er ein Aug zu erhalten, damit er die andern Blinden heimführen könne. Und damit die Gedächtnis der That desto langwieriger wäre, ließ er auf die Häuser der Richter leimerne Köpfe mit ausgegrabenen Augen setzen, allen Vorübergehenden zu einem Schrecken.

107. Der Schäfer und der Hakelberg

Weidmanns Feierabende Marb 1816 II. S. 8. 9.

Ein Schäfer hörte einst den wilden Jäger über seinen Schäferkarrn wegziehen. In tollkühner Verwegenheit hetzte er den Hund auch an und rief aus Leibeskräften: glück auf, Hakelberg! Da kehrte Hakelberg schnell um und sprach mit dumpfer Stimme: willst du mit hetzen, sollst du auch mit theilen! Der Schäfer verkroch sich zitternd. Hakelberg aber warf ihm eine halbverweste Pferdslende in den Karrn, daß der Schäfer sich nicht mehr darin regen konnte, weder vor noch rückwärts.

Weidmanns Feierabende,
ein neues Handbuch
für
Jäger und Jagdfreunde
von
L.C.E.H.F. von WILDUNGEN,
Kurhessischen Oberforstmeister
zu Marburg.

Zweÿtes Bändchen.

Marburg
In der Kriegerischen Buchhandlung.
1816.

Titelseite von »Weidmanns Feierabende« (1815/16), Grimms Quelle zur Sage vom wilden Jäger »Hakelberg« (Blatt 107)

108. Die kronenlosen Bäume

mündlich von der Marie

An einem Ort (am Harz?) [sic] wurde eine Jungfrau gerichtet, die sagte: so gewiß ich unschuldig bin, sollen alle diese Bäume, die um den Richtplatz stunden, keine Krone mehr tragen. Seit der Zeit tragen diese Bäume auch keine Krone mehr.

109. Die heilige Wiese zu Laer

Wern. Rolevink, Larensis, de situ et moribus westphalorum. Lib. II. cap. 1.

Der schwarze und weiße Ewald zogen aus England wieder nach dem alten Sachsen, um das Christenthum zu lehren. Als sie nach Laer, einem Dorfe in Westphalen kamen, dürsteten sie und riefen einem armen Weibe: gib uns zu trinken! Die Frau antwortete: ich kann nicht, denn wir leiden hier Mangel an Waßer. Die Heiligen sprachen: in Zukunft sollt ihr keinen Mangel mehr leiden! schlugen jeder mit seinem Stabe an zwein Orten auf den Felsen, woraus sobald die reinsten Quellen sprangten. Sie fließen in einem Bach zusammen, der im heißesten Sommer nicht versiegt. Die umliegende Wiese weihten sie für die armen Leute ein und sie heißt bis auf den heutigen Tag die heilige Wiese. Wer etwas von dieser Wiese entwendet, (erzählte Rolevinks Großmutter, von ihren Eltern gehört zu haben) muß noch selben Jahrs an schmählichem Tode sterben. Einst wollte ein Frevler ein Stück der Wiese umpflügen, dem erschlug der Blitzstrahl beide Pferde. Ein andrer sah Blut in den frisch geackerten Furchen und sein Pflugeisen zerbrach, daß er davon absehen mußte.

110. Der Spieltisch der Geister

Goldfuß und Bischoff Beschr. des Fichtelgebirgs. Nürnberg 1817.

Auf dem Waldstein in dem mit Mauern und Felsen umgürteten äußern Burghof, sieht man eine runde Felsentafel, die um dünnem Fuße ruht [sic]. Dies ist, der Sage nach, ein Spieltisch der Geister und Kobolde, welche von den Feilenhauern in das rothe Schloß gebannt worden sind. Man zeigt auch kleine Vertiefungen im Tische, welche durch ihr Spielen mit eisernen Carten eingegraben wurden.

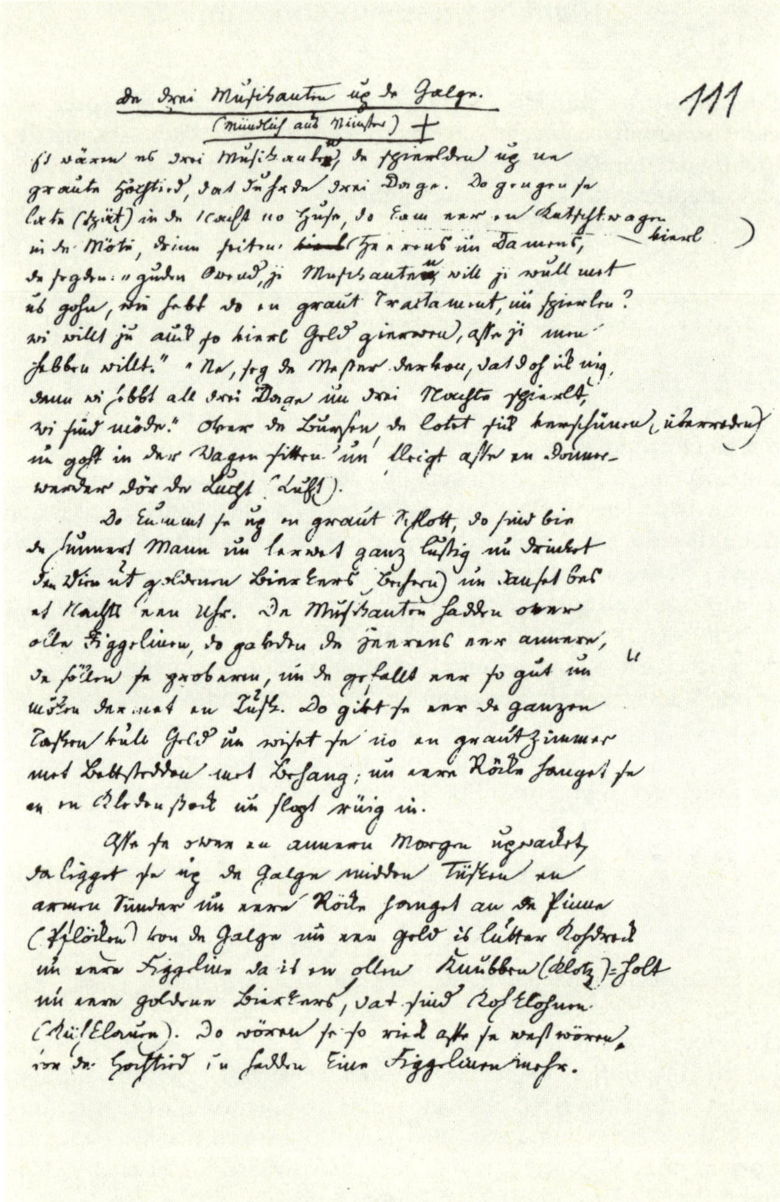

Typisches Sagenblatt in der Handschrift von Wilhelm Grimm (Blatt 111)

111. De drei Musikanten up de Galge

mündlich aus Münster

Et wären es drei Musikanten, de spierlden up un graute Hochtied, dat duhrde drei Dage. Do grugen se late (spät) in de Nacht no Huse, do kam eer en Kutschtwagen in de Möte, drinn seiten vierl Heerens un Damens, de segden: »guden Avend, ji Musikanten, will ji wull met us gohn, wie hebt do en graut Tractament, un spierlen? Wi willt ju auck so vierl Geld gierwen, asse ji menh hebben willt.« »Ne, seg de Mester dervon, dat doh ick nig, denn wi hebbt all drei Dage un drei Nachte spierlt, wi sind möde.« Over de Bursen, de lotet sich verschünen (überreden) un goht in der Wagen sitten un fleigt asse en Donnerwerder dör de Lucht (Luft).

Do kummt se up en graut Schlott, do sind bin de hunnert Mann un lerwet ganz lustig un drinket den Wien ut goldenen Bierkers (Bechern) un danset bes et Nachts een Uhr. De Musikanten hadden over olle Figgeliern, do gavden de Heerens eer annern, de söllen se proberen, um de gefallt eer so gut un möken dermet en Tush. Do givt se eer de ganzen Tashen vull Geld un wiset se no en graut Zimmer met Bettstedden met Behang; un eern Röcke hanget se an en Kledenstock un slopt rüig in.

Asse se ower en annern Morgen upwacket, da ligget se up de Galge midden tüshen enh armen Sünder in eern Röcke hanget an de Pinne (Pflöcken) von de Galge un eer Geld is lutter Kohdreck un eern Figgelien da is en ollen Knubben(Klotz)-holt un eern golden Bierkers, dat sind Kohklohnen (Kühklauen). Do wören se so rieck asse se west wören vor de Hochtied un hadden kien Figgeliern mehr.

112. De graute Kerl

Et was emorl en Schniederbursen, de wull reisen un hev nix mehr asse drei Dahler Geld. Do kümmt he buten (draußen) bin et Gericht her, do henkt do en armen Sünder an, do seg he: »wat döt mi dot leed, dat du da henkst vör Schimp un Spott!« Un so geit he no en Richter: he mög em doch den armen Sünder gierwen; do seg de Richter: »ne, dat doh ick nig, dat hev he verdeint.« Men de Schnieder begehrt em: «o doht et doch, ick will ju auck mine drei Dahler gierwen.« Do givt em de Richter.

He geit fohrts (alsbald) hen un nimmt en von't Gericht av un begräv en in de Erde un seg: »nu lieg in Gottes Namen!« Esse dat verbie is, geit he weg un kümmt in en grauten grauten Wald, do kümmt en so erschrecklich unnüssel (?) grauten Kerl in de Möte, de süt so gruelig ut, dat her dervör in ene schreckt. Do seg de Kerl to em: »wo wüst du hen?« »Ick wull reisen ick sien en Schnieder.« Je, seg de gruelige Kerl, ick will dien Bedienter sien.« »O Heer, seg de Schnieder met Schrekken, ick hebbe sölvst nig to lerwen.« »Kumm du men to« seg de Kerl.

Do goht se no de Stadt un no en Kledermacker un köfft em drei Kleder met Gold un Sülwer sticket un mackt em sien Hoern so nett, asse der to, un do geit de graute Bedienter no den Kaiserleken Hof un seg, do wör en jungen Ridder, de wull gern Middag met an de Tafel gohn. Froget se em: »wu de hedde?« »Je, seg he, et is mien Heer, de Name segge ick ju nig, de mot verschwiegen sien.« Also kümmt se den Middag, se nimt en ganz fröndlick up, he is so schön un so ardig, ene will der no leiwer bie sitten, asse de andern; un de Graute geit der achter stohn un wachtet em up. No den Dish spierlt se in Karten un he gewinnt alles, bie de twerlf dusend Dahler. Do neidiget se em wier to det Owenderten (Abendeßen), men de graute seg, he söll nu met gohn. Do döt he sick bedanken un geit weg un de Graute huert em en Wagen met seß Perde. Do settet se sick in un föhrt weg, bes in en Wald do es so en graut old Schlott. Kloppet de graute an: »du olle, mack orpen, mien Heer sall hier wuhrern (wohnen).«

Do kümmt der en griesen ollen Mann, de hev en Mantel um un hev en Bort, de henk em bes up de Schohe, de seg: »o late mi doch met frerden, ick hebbe no sierwen Bröers, de ligget unner in en Keller, de sind met Kierden anschlorten un wann de los keimen de terrierten alles; also hier kann kien Mensh wuhrern«. »Ne, seg de graute, mien Heer sall hier wuhrern.« Seg de Griese: »ich will di gern alles gierwen, lat mi doch met frerden«. »Dann giv mienen Heeren en goldenen Wagen met seß schwatte Perde un en goldenen Degen un en goldene Uhr un Millionen Dahler Geld.« Dat giv de Griese auck alle.

Asse de Schnieder dat hev, schleit dat Schlott in de Erde herinn un he kann nig seihe, wo et stohe hev. Do seg de graute Kerl, ov he auck wull wüße, wat he vor enen bie sick hedde? »Ne«, seg de. »Ick sien de arme Sünder, de du hast von de Galge normen, de Geister sind in fierwen Klassen, ick sien von de dankboren Geister«; un he verschwindt un de Schnieder hev genog vör sien ganze Lerwen.

113. Todten-Wache

mündlich aus Zwehren in Hessen

In einem Dorfe lebte ein armer Tagelöhner, der hatte acht Kinder und kein Brot, da ging er zu einem reichen Bauern, bei dem er arbeitete und bat ihn um ein Viertel Korn, er wollt es ihm unter der und der Zeit bezahlen oder abverdienen. der reiche borgte es ihm, als aber die Zeit herum war und das Brot gegeßen, so konnt er es nicht bezahlen. Da ward er von dem Bauern viel gemahnt, er bat aber noch um eine kleine Frist. In der Zeit kam dem reichen der Gedanke ein, daß er bald sterben müßte, und er sprach zu dem Tagelöhner, »wenn du mir versprechen willst, drei Nächte bei meinem Grab zu wachen, soll dir das Korn geschenkt seyn«. Der arme fragte seine Frau, die sprach: »ja das mußt du thun, du weißt, daß wir arme Leute sind.« Nun trug sichs zu, daß der reiche Bauer wirklich bald starb; als er begraben war, so ging der arme Mann hinaus und wollte bei seinem Grabe wachen, es war ihm aber Angst dabei. Wies elf Uhr geschlagen hatte, kam ein kleiner schwarzer Mann zum Thor herein, hatte Schippen und Hacken auf der Schulter, damit ging er bei das Grab, hackte und machte es auf. der Arme aber stand ferne und sah ihm voller Angst zu. der schwarze zog dem Todten das Hemd ab, währenddem wards zwölf Uhr, da machte er das Grab wieder zu und ging fort. Als der Mann nach Hause kam erzählte er seiner Frau alles und sprach: »ich habe solche Angst ausgestanden, daß ich keine Nacht mehr wachen kann.« Sie antwortete aber: »Mann, wir haben das Brot gegeßen, du mußt deine drei Nächte aushalten.« Also machte er sich die andere Nacht wieder auf, um elf Uhr ging die Kirchhofsthüre wieder auf und der nämliche schwarze Mann kam, öffnete das Grab, und nahm dem Todten Strümpfe und Halstuch; darüber streicht die Zeit hin und um zwölf Uhr muß er das Grab zu machen und fortgehen. Der Mann erzählte seiner Frau wieder alles, was er gesehen und sie ermahnte ihn, die dritte Nacht noch auszuhalten, weil ers übernommen habe. Er ging also zum drittenmal hinaus, um zehn Uhr kam ein Soldat daher, der hatte einen guten Degen an der Seite und fragte ihn, was er da stände? Da erzählte ihm der arme Mann alles und sprach: »zwei Nächte hab ich herum, nun muß ich noch die eine stehen, das Todten-Hemd und Strümpfe und Halstuch hat der schwarze der Leiche schon genommen, was nun diese Nacht geschehen wird, weiß ich noch nicht.« dann bat er den Soldat, ihm zur Gesellschaft dazubleiben. Der Soldat dachte: hier gibts etwas zu verdienen, und willigte ein. Um elf Uhr kam der schwarze Mann wieder mit Schippe und Hacke zum Thor herein, machte das Grab auf, stieg hinein und richtete den Leichnam in der Lade auf und fing an ihm die Haut abzuziehen. Als der Soldat das sah, zog er seinen Degen heraus, worin ein Stahl war und machte einen Kreis um das Grab. Wie der schwarze nun die Haut abgezogen legt er sie heraus und den Todten wieder in die Lade, der Soldat aber nahm seinen Stahl und zog sie an sich. Als der schwarze die Haut nun nehmen wollte und sie fort war, sprach er zum soldaten: »gib mir mein Fell« – »Das thue ich nicht, das gehört mein« sprach der Soldat. Da versprach ihm der schwarze hundert Thaler und als der Soldat nicht wollte, noch hundert, und weil es bald zwölf Uhr war, noch einmal hundert. Da that es der Soldat, doch sollte er ihm vorher sagen, was er mit der Haut machen wolle. Da sprach der schwarze: »sie wird zugenäht, aufgeblasen und in die Luft hinein getrieben, da schwebt sie Tag und Nacht zwischen Himmel und Erde. und das sind die bösen Geister, die den Menschen verführen.« Darauf ging der Soldat mit dem Armen heim und sie theilten die dreihundert Thaler und hatten nun beide Geld und Brot.

114. Gehört zu der Sage Todten-Wache

Der Sohn muß Finger über Licht halten bis ein Troepfel (?) herauskommt, wenn der Vater soll curirt (?) werden. Der erste u. 2te könnens nicht aushalten. Der dritte hälts eine Weile aus, doch kommt nichts. Vater stirbt also und bittet es soll einer wachen. Wird in Kirche begraben. Dem Sohn wird Angst, es mögten Gespenster da seyn, er will also einen alten Soldaten wachen laßen, der geht hin u. nimmt Geistl. mit, der muß einen Kreis ziehen, dahin setzt er sich. In der Nacht kommt der Teufel – – zieht Haut ab, sagt, er erschrecke damit die Leute, da sie glaubten, es seyen Gespenster.

115. Die zwölf Jungfrauen

aus Deutschböhmen

Zwölf Studenten kommen in ein wüstes Schloß, da liegen in zwölf Zimmern zwölf Jungfrauen zu Bett, die sagen, wenn sie sieben Jahre bei ihnen bleiben wollten, so wären sie erlöst. Sie willigen ein, werden jeden Tag herrlich bewirthet und leben vergnügt; aber wie zwei Jahre herum sind, wirds ihnen zu langweilig und sie wollen fortgehen. Doch einer, welcher seine Frau lieb hatte, war abgeneigt und es kam

Hohenstein (Blätter 116, 117)

ihm schwer an, endlich aber mußte er daran. Nun gehts ihnen nach einiger Zeit übel und sie wollen in das Schloß zurück, gelangen auch hin, aber alle Speisen sind schwarz und elfe werden von ihren Jungfrauen, die wie Hexen aussehen, umgebracht; blos der zwölfte wird von der seinigen, weil sie die Treue an ihm gemerkt, wieder hinausgelaßen; aber wie er aus dem Thor tritt stürzt alles in einen Haufen zusammen.

116. Der weiße Hirsch

Strack Wegweiser durch die Gegend um Eilsen. Lemgo 1817. S. 117. 118.
(von Münchhausen nach mündl. Überlieferung mitgetheilt)

Ein Kuhhirt auf dem Dachtelfelde, einer auf der Hinter- oder Nordseite des Hohensteins (im Schaumburgischen) befindlichen Viehweide, erblickte mehrmals einen weißen Hirsch mit einem gerad Geweih vor der Stirne zwischen seiner Heerde. Eine seiner besten Kühe verlor sich gewöhnlich, so oft sich der Hirsch sehen ließ und wenn sie sich wieder einfand hatte sie keine Milch im Euter. Eines Tages, da sich das Thier auch sehen ließ und die Kuh verloren war, stellte er seinen Buben bei die Heerde und ging der Spur nach. Er fand einen von den Schalen dieser Thiere getretenen Pfad, der ihn in die Felsen des Hohensteins führte. Hier fand er seine Kuh, der Hirsch stand neben ihr und ein schönes Hirschkälbchen sog an ihrem Euter.

Der Hirsch sprang auf ein Felsenhorn und das Kälbchen schlüpfte in eine der Klüfte, die Kuh blieb ruhig stehen. Der Hirt dachte das Wildkalb in einem Felsenspalt zu haschen und schlich ihm emsig und auf dem Fuße nach; aber was erblickte er! ein langer hagerer Mann mit kahler Glatze, ehlenlangem Barte, in ein langes Todtenhemd gekleidet, welches vorn herunter mit blutigen Schleifen, gleich einem Armensünders-Hemde, geheftet war, trat ihm entgegen. In der rechten Hand hielt er ein goldenes Schwert in der linken ein silbernes Horn. Er setzte das Horn vor den Mund, der Jäger vernahm keinen Laut; aber die Bäume rauschten, die Felsen dröhnten und ein Windstoß warf den erschrockenen Hirten übern Haufen. Er eilte halbtodt ohne sich umzudrehen, und folgte seiner Kuh, die ruhig ihres Weges nach dem Dachtelfeld zurückging, ganz betäubt nach.

117. Das Bergmännlein im Amelunx-Berg

Strack Wegweiser durch die Gegend um Eilsen S. 130–131. (von Münchhausen nach mündl. Überlief. mitgetheilt.)

Ein armer Holzleser hatte sich im Hohenstein (am Sündelgebirg im Schaumburgischen) ein schweres Gebund Holz emsig zusammengelesen, das er zum Verkauf tragen wollte. Der fleißige Mann hatte zu viel gesammelt und das Gebund war so schwer, daß er ohne Hülfe die Last nicht auf seine Schulter heben konnte. Da trat ein Männchen zu ihm, hieß ihn die Last liegen laßen und mit gehen, wohin es ihn führen würde: es sollte sein Schaden nicht seyn. Der Mann ging mit und das Männchen führte ihn an den jenseits dem Mittelberge liegenden Amelunx-Berg. Unterwegs hatte es viel zu fragen von Weib und Kindern von Erwerb, Wirthschaft und Auskommen. der Arme berichtete alles getreulich, gab bescheiden Antwort und sagte in allem die Wahrheit, denn das Männlein kam ihm gar sonderbar vor. Es führte ihn den gezackten alten Weg auf die Höhe des Amelunx-Berg durch den kaum noch sichtbaren Burgring. »Weißt du denn auch, was dieses ist?« fragte das Männlein. »O ja, antwortete der Arme, das ist der gewesene Graben der alten Amelunx-Burg, wo in alten Zeiten die Herren von Amelunxen gewohnt haben.« Auf einmal standen sie vor einer eisernen Thüre, die in den Berg ging und geöffnet war. »Du hast mir gesagt, sprach das Männlein, daß du täglich drei Groschen verdienst und mit den deinen verzehrst. Da gehe hinein und hole dir täglich drei Groschen aus dem offenen Geldkasten. Der schwarze Hund, welcher zwischen den silbernen Gefäßen daneben liegt, thut dir nichts, so lange

Reise
in das
Berner Oberland.
Von J. Rud. Wyß Prof.
Mit Kupfern.
Bern,
bey J. J. Burgdorfer.
1816.

Titelseite von Wyß' »Reise«, Band 1. (Grimms Quelle zu den Blättern 118–125)

du keins derselben antastet. Dafür hüte dich und nimm auch täglich nicht mehr als drei Groschen.«

Der arme Mann ging dreist hinein, fand alles so, wie das Männchen ihm gesagt hatte und nahm ungefährdet drei Groschen heraus; und das alle Tage so, lange Zeit. Das Männchen aber erschien nicht mehr. Endlich wagte er es und griff einmal das vierte Stück mit. der Hund rührte sich nicht und es ging alles ohne Ereigniß und Schaden ab. So ließ ers nun lange Zeit bei den vier Groschen, aber nach und nach wurd er doch dreister, nahm mehr und immer mehr und endlich Hände voll. Immer gings gut; zuletzt aber füllt er sogar eine silberne Kanne und einen Kelch mit Geld und trug beides davon. So wie er sich aber umwendete, sprang der schwarze Hund auf, lärmte, tobte und kratzte mit den Krallen in die Gefäße, die er nicht will fahren laßen. der Mann stürzte erschrocken hinaus, er behielt zwar die Gefäße in den Händen aber die eiserne Pforte schlug mit einem Donnerschlage hinter ihm zu, daß der Berg dröhnte. Von jetzt konnte der Mann die Thüre nicht wieder finden, selbst nicht einmal die Stätte. Um den Berggeist zu versöhnen schenkte er Kelch und Kanne der Kirche zu Segelhorst, dem nächsten Kirchdorfe, aber der Berg war und blieb verschloßen und der Mann trug Holz, ohne wieder ein mildgebiges Männchen zu finden, bis an sein armseliges Ende, das er endlich auch im Walde fand.

118. Hexentanz

Wyß Reise S. 611

Auf Rinderfeld an der Holzmattalp müßte nach der Erzählung einiger Landleute noch jetzt ein simeler, das heißt ein runder Umfang erkennbar seyn, welcher der Hexentanz genannt werde. Rings einen Schuh breit oder anderthalb sey kein Gras gewachsen, in der Mitte aber habe man eine Erhöhung gesehn, auf welche die Hexen ihr Licht gestellt.

119. Das Teufelsbett

Wyß Reise S. 203

Von dem Thurme zu Wyl geht die Sage, daß jeden Abend in einem abgelegenen Zimmer desselben ein Bett bereitet werde, was denn jeden Morgen von dem bösen Menschenfeind zerlegen sey. Einige Kreuzer, jedesmal ungerade, finden sich zwischen den Küßen als Schlafgeld; aber wenn das Betten vergeßen worden, so tobt wildes Gelärm im Schloße.

120. Stadt Roll

Wyß Reise S. 288.289.

Zwischen Gonten und Ralligen soll vorzeiten eine Stadt mit Namen *Roll* gelegen haben und durch einen furchtbaren Bergfall verschüttet worden seyn. Vor einigen Jahren noch sind unter einem großen Felsenstück eiserne Werkzeuge gefunden worden. der verschiedenen Sage nach war entweder der heil Beatus, oder ein Bergmännlein in der Stadt von den unbußfertigen oder ungastfreundlichen Bewohnern abgewiesen worden. Da hub sich ein Zwerglein auf ein Felsenstück und rief warnend:

Stadt Roll, zieh us mit dinem Volch
die spizi Fluh ist gspalte
Schlegel und Wegge (Keile) sy kalte
zieh us dem Stampach zu. [sic]

121. Bruderfeindschaft

Wyß Reise S. 291

Hinter Merligen fällt eine seltsam gefleckte Farbe des Erdreichs in Augen, zwischen dem Grün die gelblich abgestorbene Herbstfarbe mitten im Sommer schon. Die Volkssage berichtet von tödtlicher Feindschaft zweier Brüder an diesen Ufern. Satan, in dem Streite geschäftig, brachte Gift und ließ es zur Erde träufeln. Alles was von dem Gifte berührt worden, blieb für ewig versengt und unfruchtbar.

Diese Seltsamkeit hängt mit einer Krankheit der Reben zusammen, welche der Verderber genannt wird.

122. Teufels Karrweg

Wyß Reise S. 306

Auf dem Fußpfade von Därligen nach Interlachen gelangt man unten an eine wunderlich quer hinanlaufende Felsenschicht mit zwei tiefen Einschnitten, gleich Radegleisen, die den Namen: des Teufels Karr- oder Fahrweg tragen. Der Teufel, meldet die Sage, mit Pfaffen und Nonnen zu Interlachen im freundlichsten Vernehmen, habe die einen und die andern oft in der Kutsche hier durch auf den Gipfel des Berges

Sennenhütte mit Molkereigeräten im 18. Jahrhundert. In der Mitte des Bildes ist eine »Volle« (D) zu sehen, wie sie der »wütende Hirtenknabe« zur Warnung der Landsleute benutzte (Blatt 123)

oder auf die Suleck geführt, und droben Tänze und ausgelaßene Feste gehalten.

123. Der wütende Hirtenknabe

Wyß Reise S. 314.315.

Auf der Gränze des Cantons Luzern liegt eine Alp mit Namen Aellgäu, in welcher ein durch Menschenhand aufgeworfner Erdwall von beträchtlichem Umfang für den Überrest einer Stadt gehalten wird. Eine Streifschar Entlibucher überfiel einst auf dieser Alp, so erzählt man, die Heerden und die Sennen der Oberländer, und ermordete sie grausamlich; die Küher wurden in heiß-siedender Molke erstickt. Da entsprang ein rüstiger Hirtenjunge mit einem hölzernen Milchtrichter, einer Volle in der Hand. Der stellte sich hin auf eine Höhe des Habkerenthals, und schrie durch die Volle, wie durch ein Sprachrohr hinaus gegen den Thalboden von Unterseen, daß über der Gewalt des Rufens ihm der Leib zersprang. Drunten vernahm's zuerst seine Geliebte, und lief und bot das Landvolk auf zum Kampfe, bis eine Menge Bewafneter emporzog und die Entlibucher schlug bey der Wehri.

124. Die drei Riesen

Wyß Reise. S. 357. 358.

Bey Iseltwald am Brienzer-See, heißt es, wohnten vor Alters drey Riesen, die gewaltig stark waren, und sich in Wolfs- oder Bärenhäute kleideten. Da entbot ein deutscher Kaiser den Völkern des Oberlandes auf einen Kriegszug zu seinem Heere zu stoßen. Ihm wurden allein die drey Riesen gesandt, und als er darüber sich entzürnte, versprachen sie aufs theuerste kaiserlicher Majestät genug zu thun, und zu leisten, was ein zahlreiches Volk sonst nicht im Stande sey. Alsobald begaben sie sich hin zum nahgelegenen Buchenholz und schnitten sich drey schenkeldicke Stämme ab, säuberten sie von allen Aesten und stellten sich mit solcher Wehr in Reih und Glied zu den kaiserlichen Schaaren. Die Schlacht bewährte sogleich, was sie vermochten; denn ihre Riesenkeulen, furchtbar niederschlagend, [erkämpften] schnell den heißerwünschten Sieg. Da sprach der Kaiser huldreich: wählet euch zum Lohne was ihr möget! es soll mein Dank für euere Dienste sein. Sie sprachen: kaiserliche Majestät vergönne uns Ihren Adler auf unserem Panner zu führen, wenn unsere Gemeinde dereinst zu 100 Mann in das

Feld zu rücken vermag; und kaiserliche Majestät erlaube uns, wenn wir zu Land an unserem See des Sommers durstig hinunter wandeln, in den Pflanzplätzen bey Bönigen, auf Reiches Boden, drey Rüben auszuziehn, und eine mit der Hand, zwey im Gürtel davon zu tragen. Der Kaiser gewährte gnädig diese Bitten, und oft am Wege zwischen Jseltwald und Bönigen, wo jetzt der Platz am Stadel heißt, versahen sich die Riesen mit den ausgerißenen Rüben zur Erquickung; aber niemals ist ihr angehörendes Völkchen von Jseltwald mit 100 streitbaren Männern zu Felde zu ziehen in den Stand gekommen.

125. Der Bruderstein

Wyß Reise S. 399

Diesseits vom Wylerstege liegt ein großer Felsenstein rechts am Wege, den das Volk den bösen Stein oder auch den Bruderstein nennt. Hier ward der Freyherr von Rothenfluh von seinem Bruder erschlagen. Der heimathlose Mörder in Bann und Acht und Verzweiflung schloß im fernen Ausland seinen einst mächtigen Stamm.

126. Der getaufte Widder

Wyß Reise S. 417

Auf den Surenen Alpen zwischen Engelberg und Uri hat man eine eigenthümliche Überlieferung, das Verwildern einer Bergtrift zu erklären. Vor langen Jahren, heißt es, kam einer Rotte muthwilliger Jungen in Sinn, einen Widder zu taufen. Da ward zur Strafe dieser Ruchlosigkeit ein entsetzliches Ungeheuer aus dem Widder und Schafe, Rinder, Kühe, selbst Menschen in Unzahl wurden von ihm zerrißen, so daß die Gegend verödete und immer wilder und scheußlicher aussah. Nach langem aber zog ein fremder, fahrender Schüler des Weges, der war kundig geheimer Künste und gab dem betrübten Volke Rath, wie es sich helfen könnte. Sie sollten das Erstlingskalb von einer starken Kuh nehmen, und es zwölf Jahre lang säugen laßen, jedes Jahr durch eine Kuh mehr, bis ihrer ebenfalls zwölfe seyn würden, und das Kalb erstarket wäre zum fürchterlichen Stier. Dann sollten sie eine reine Jungfrau wählen, die an ihren Haarschnüren dieses Ungethüm auf die Alp hin führte, wo es ihnen Ruhe schaffen könne. Die Hirten thaten, wie sie geheißen worden. In wenig Jahren wuchs das Kalb zu einer Größe, daß man eine hohe Bühne für die Kühe bauen mußte, an denen

Reise
in das
Berner Oberland.
Von J. Rud. Wÿß Prof.

Zweite Abtheilung.
Mit Kupfern.

Bern
bey J. J. Burgdorfer.
1817.

Titelseite von Wyß' »Reise«, Band 2. (Grimms Quelle zu den Blättern 126–146)

es forthin saugen sollte. Endlich kam die festgesetzte Zeit und als das rechte Mädchen auserkoren ward, so zog der Riesenochse, sonst unbändig jetzo still und gehorsam nach. Es schritt an dem Berghang weit empor, bis zu einem großen Stein, welchen es erkletterte und wo es den geführten von der Schnur ließ. In Kurzem brach das Unthier des Berges mit schrecklichem Gebrülle daher und ein furchtbarer Kampf erhob sich mit dem Ochsen, bis daß jenes tödtlich verletzt erlag. Da trank der zum Verschmachten erhitzte Stier aus einem nahen Quell und fiel urplötzlich leblos zu Boden. Aber die Gestalt des Berges kehrte nie zur alten Herrlichkeit zurück, er ist auch jetzt noch rauh und steinbedeckt, und nicht so kräuterreich, als er gewesen.

127. Die rothen Schneeflocken

Wyß Reise S. 419

An der Furka zwischen Oberwallis und Urseren trifft man auf Schneeflecken die so roth aussehen, als wenn sie mit rothem Weine getränkt wären und dieses zwar nicht auf der Oberfläche bloß, sondern selbst tiefer hinab. Die Landleute nun sagen, das komme von den Seelen trunkliebender Säumer her, welche mit Saumrossen italiänischen Wein über den Berg holen müßen, und oft durch Untreue oder Nachläßigkeit ihn auf dem Wege mindern laßen. In den Schnee gebannt müßen die durstigen rothfarbigen Seelen jetzt büßen, und dankbar wohl retten sie denjenigen auf gefährlichem oder verirrlichem Pfade, das [sic] ihnen einige Tropfen des Rebensaftes, nach dem sie lechzen, zu lieblicher Opferung ausgegoßen hat.

128. Die Büßerin

Wyß Reise S. 419.420

Im Rhone-Gletscher vernimmt man oft ein entsetzliches Donnern und Krachen, welches die Einwohner im benachbarten Oberwald so erklären: Dieses Tosen trüge sich allemal zu, behaupten sie, wenn Menschen, die in zügelloser Üppigkeit, ihre Tage verlebt haben, endlich bey ihrem Tode verdammt werden, hier in der frostigen Behausung des schauerlichen Eispallastes ihre Sünden abzuverdienen. Einem frommen Geistlichen, erzählt man, ist auf seiner einsamen Wanderung zu dem Gletscher eine solche Seele unter der Gestalt eines reizenden Weibes erschienen, und hat sich als eine Marquisinn zu

Der Rhone- oder Furka-Gletscher im Wallis (Blatt 128)

erkennen gegeben, welche 3000 Jahre lang unter einer blauen todeskalten Eiskuppe ihre traurige Wohnung haben müße. Mit gräßlichem Gekrach in dem Gletscher verschwand nach dieser Verkündigung die arme Büßerinn.

129. Urserenthal

Wyß Reise S. 419

Ein Zauberer, neidisch über die Schönheit des Ursenerthals am Gotthard, soll es mit Blitzen verwüstet haben, die den alten, reichlichen Wald in Asche legten, worauf jener den Boden verfluchte, daß keine Holzungen von neuem darauf gedeihen konnten.

130. Der Wunderbrunnen

Wyß Reise S. 420.421.

An der Engstlen-Alp im Berner Oberland ist ein Wunderbrunnen, der niemals im Frühjahr zu fließen anfängt, bis das Vieh auf die Alp gekommen ist und seiner bedarf; aber sogleich zu fließen aufhört, wenn das Vieh die Alp gegen den Herbst verlaßen hat. Ja des Nachts sogar steht er still, oder geizet doch, und nur über Tag giebt er all sein Waßer, so lang die Heerde mit Freiheit und Sicherheit zur Tränke gehen kann.

131. Der Stollenwurm

Wyß Reise S. 422.423.

Der Stollenwurm wird beschrieben als eine Art Schlange mit ganz kurzen Füßen (Stollen) und einem runden Katzenkopf. Es soll ihrer zweierlei, weiße mit Krönlein auf dem Haupt und schwarze, die gemeiner sind, geben. Ein verwegener Mann, der Zauberei verstand, zog eines Tags um seine Kunst zu zeigen, einen Kreis um sich und bannte drauf mit Pfeifen das Gewürm in solcher Menge herbei, daß es rings um den Kreis hin wimmelte. Doch pfiff er trotzig fort und fort, bis ein Paar Würmer aus der Ferne auf ihrem Rücken einen ganz besondes dicken und abscheulichen dahergebracht und alsobald ihn über den Kreis hinein gegen den Zauberer warfen, der laut ausrief: »ich bin verloren! und im Augenblick von dem Ungeheuer zerrissen ward.«

132. Das Rücken der Kühe

Wyß Reise S. 424.425

Es geschieht zu Zeiten, wenn die Sennen auf den Alpen sind, daß in der Nacht eine Stimme gehört wird, als wenn ein Senn rufte, welcher Stimme dann die Kühe alsobald unter Anführung der Meisterkuh nachgehen. Wenn nun der Hirt mit seiner wahren Stimme nicht wieder zurückruft, so kommen sie fort, daß man sie nicht finden kann. Drei Tage hernach aber finden sie sich in ihren ordentlichen Alpen mit angefüllten Eutern wieder ein.

Diese Seltsamkeit wird das Rücken der Kühe genannt, soll aber nicht immer so friedlich abgehen. Oft sagt man stürzen die Kühe, wie von blinder Wuth dahingerißen, allesammt in die Felsen über den Abgrund hinab. Doch ist auch eine Überlieferung, wie ein muthiger Hirtenknabe sich an den Schweif der hintersten von seinen rückenden Kühen gehängt und mit der Heerde fortgezogen, mit der Heerde zurückgekehrt sey. Aber niemals habe er sagen wollen, was er gesehn; immer habe er gesagt: mögens nun auch andere versuchen, ich habe genug. Im übrigen versichern die Hirten, es helfe gegen das Rücken, wofern der Senn im Augenblick die vorderste Kuh erkenne und mit Namen an sich locke.

133. Das Wiegenkind

Wyß Reise S. 444.

In alter Zeit soll oben an der Sausalp noch ein hübsches Dorf gestanden haben, das bis auf ein kleines Kind mit all seinen Bewohnern von dem Bergstrom vernichtet wurde. Der gerettete Fündling, da niemand wußte, wem er angehöre, bekam den Ortsnamen Sauser und noch ist das Geschlecht im Oberlande zahlreich vorhanden. Eben so wäre, nach allgemein verbreiteter Sage, das Geschlecht der Ammerter ein Überrest von Einwohnern aus dem verwilderten, einst zahmen und bevölkerten Ammertenthal, dem hintersten Ende von Lauterbrunnen und gleicherweise hätte das Geschlecht Ab Planalp zu Brienz seinen Namen von einem Kinde, das in seiner Wiege vom Planalpbach über die Flühe hinter Brienz herabgeworfen worden und allein am Leben geblieben, als dieses Wasser auf der damals wohlbewohnten Planalp einen ganzen Ort verwüstete.

134. Der unglückliche Hirt

Wyß Reise S. 444.445.

In der Gegend so sich der Sausbach mit dem Sulsbach vereinigt, war einst, wie man erzählt, vortreffliche Weide, und der Bachruns noch nicht so tief, noch nicht so breit von den Wellen ausgefreßen. Da hirtete auf dem linken Ufer ein schönes Mädchen von Eisenfluhh [sic], auf dem rechten gegenüber ein wackerer Jüngling von Mürren, und beide gewannen sich lieb. Am Bache stehend sprachen sie gar oft zusammen, und über die vorragenden Steine in seinem Lauf hüpfte leicht der rüstige Knabe hinüber zur guten Schäferin. Da kam's an einem Tage, daß der Bach gewaltig angelaufen, breiter war als sonst, und alle Felsenstücke fortriß oder drohend übertosete. Die Liebenden am Ufer riefen kosend sich mancherley zu; denn überzuschreiten verbot die augenscheinliche Gefahr. In allem Scherzen aber fingen die zwey Fröhlichen mit Rasenstücken sich zu werfen an, und kräftig reißt der Hirt eine Hand voll aus dem Boden, meint, daß alles locker sey, schleudert es nach drüben, trifft das unachtsame Kind an die Schläfe sieht es stürzen, und erräth verzweiflend, daß ein Stein verborgen an den Wurzeln der geworfenen Scholle hing. Er stürzt sich muthig in den Bach, und klettert zu der Geliebten hinauf. Vergebens will er sie beleben; vergebens ruft er hundertmal ihren Namen in das Echo der Klüfte. Sie liegt bleich und bewußtlos vor seinen Augen; er besprengt sie mit Waßer; sie blickt verzeihend auf, und ihr Athem schwindet. Da befiel den schuldlosen Hirten unaussprechliche Trauer. Nicht mehr heim wollte er kehren ins väterliche Dorf. Das schöne Mägdlein ward bestattet, wo es hingefallen, und der Hirt erbaute sich ein Hüttchen an dem Grab, blieb lebenslang zur Stelle, harrte früh und spät in heißem Beten aus, und starb nach wenigen Jahren eben da wo seine Freude gestorben war.

135. Lauterbrunnen und Grindelwald

Wyß Reise S. 459.460

Die Sage berichtet über den Ursprung des Namens von Lauterbrunnen und Grindelwald das Einfachste, was sich erwarten läßt. Ehe noch beide Thäler bewohnt waren, als einst die benachbarten Anwohner zu Hasli oder Interlachen, im Drange sich auszubreiten, ein paar Kundschafter hingesandt hatten, ward von denselben, auf die Frage was sie dort angetroffen, zur Antwort ertheilt: lauter Brunnen und einen Grindelwald. – Nicht also die Klarheit und Reinheit, sondern die

Lauterbrunnen und eine seiner Wasserquellen (Blatt 135)

Grindelwald und der Gletscher (Blätter 135, 136, 138, 139)

Menge der Waßer hatte dem einen, und die geschloßene Gegend voll Waldung dem andern dieser Thalgründe seinen Namen verschafft.

136. Der heilige Bau

Wyß Reise S. 617.

Von der Stiftung der ersten Kirche, zu Grindelwald, geht die Sage, daß der Platz dazu nach Zufall gewählt worden, durch ein Joch Ochsen, welche man frey umhergehen ließ, um auf der Stelle wo sie stillstehen würden, den heiligen Bau zu beginnen. Sie hielten fast mitten auf einem sehr sumpfigen Flecke, voller Kröten und Molche, wo nur mit Mühe das Werk sich vollenden ließ.

137. Der Eiszapfe

Wyß Reise S. 631.632

In der obern Gegend der Bußalp, zwischen dem Faulhorn und dem Röthihorn, soll einst vor Alters ein gar freundliches Dorf mit Namen zur Gaßen gestanden haben. Hier geschah es eines Tages, daß ein

Grindelwaldgletscher (Blatt 139)

Mädchen beym Brunnen einen Eiszapfen fand, und ihn als ein seltsames unbekanntes Ding seinem Meister brachte, um doch zu vernehmen, was das sey. Aber der Meister ward betrübt und sprach: es ist ein Zeichen von kalter böser Zeit, die heranrücken will. Allmählig von diesem Tag an, verwilderte die Gegend, und auch keine Sennhütte mehr steht, wo sonst ein schönes Winterdorf gestanden.

138. Schmiedigen Bidmer

Wyß Reise S. 639.

Am südlichen Fuße des Schiltes eines eigenen Bergschopfes über dem Abhange der Grindelalp, finden sich auf einer Stelle, welche die Schmiedigen-Bidmer heißt, eine Menge von Eisenschlacken beysammen, die zum Theil schon ganz mit Erde bedeckt sind, und der Sage nach Überreste der ersten Schmidte von den allerfrühesten, aus Hasli hergekommenen Einwohner von Grindelwald wären, und diese sollen sich zum Theil auf dem sogenannten Heitbühl/Heidenbühl/an der Roßalp ihren anfänglichen Wohnsitz auserwählt haben.

139. Streit der Grindelwaldner und Hasler

Wyß Reise S. 640

Jenseits des Grates, auf der Hasliseite liegen noch drey von den Lägern der Scheideckalp, welche nach Grindelwald gehören, und die Hasler erzählen eine Sage, laut welcher die Grindelwaldner einst unrechtmäßig dazu gelangt sein sollen. Einer von denselben nemlich soll, nach langem Streit über den Besitz dieses Landstrichs, die Schuhe sich mit Erde von seinem eigenthümlichen Boden angefüllt, und dann auf dem streitigen Lande stehend den Haslern eidlich versichert haben: er stehe hier auf Grindelwaldschem Erdreich, und habe ja noch den Milchschöpfer auf dem Kopfe. Bedächtig hatte er dieses Gefäß, als wenn er hier heimisch wäre und eben mit der Milch seiner Kühe handthiert hätte, sich auf das Haupt gesetzt. Jetzt aber soll zur Strafe seines Meineids der betrügliche Mann noch öfter verkehrt auf einem Roße sitzend unter Wehklagen da herum reiten, und bis hinab an das Zwirgi gegen Meyringen sich erblicken laßen. Sogar soll bei Mannsdenken ein Hasler, deßen Namen noch genannt wird, mit ihm handgemein worden sein.

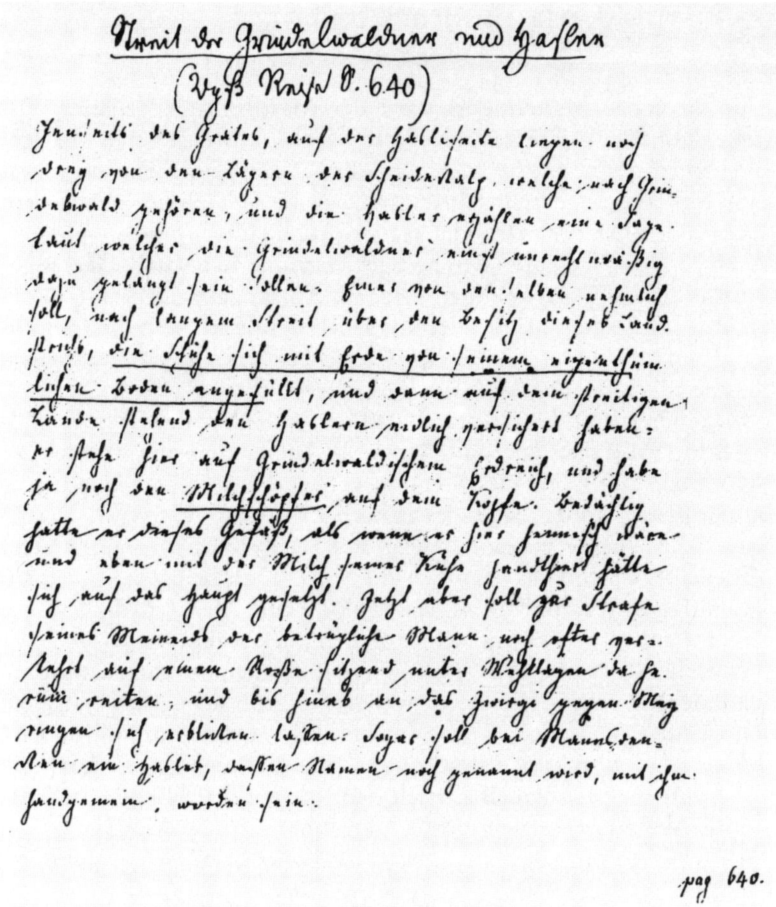
Streit der Grindelwaldner und Haslern
(Wyß Reise S. 640)

Jenseits des Grates, auf der Haslischeite liegen noch einige von den Lägern der Scheideckalp, welche nach Grindelwald gehören, und die Hasler erzählen eine Sage, laut welcher die Grindelwaldner nicht unrechtmäßig dazu gelangt sein sollen. Einer von denselben nemlich soll, nach langem Streit über den Besitz dieses Landstrichs, die Schuhe sich mit Erde von seinem eigenthümlichen Boden angefüllt, und dann auf dem streitigen Lande stehend den Haslern endlich versichert haben: er stehe hier auf Grindelwaldischem Erdreich, und habe sie, noch den Milchschöpfer auf dem Kopfe. Bedächtig hatte er dieses Gefäß, als wenn er hier heimisch wäre und eben mit der Milch seiner Kühe handthiere hätte sich auf das Haupt gesetzt. Jetzt aber soll zur Strafe seines Meineids der betrügliche Mann noch öfter gesehen auf einem Rosse sitzend unter Wehklagen die Gegend rund reiten; und bis heute an das heilige gegen Morgen sich erblicken lassen. Sogar soll bei Mannsgedenken ein Hasler, dessen Namen noch genannt wird, mit ihm handgemein, worden sein.

pag 640.

Handschrift des unbekannten Verfassers, der einen Teil der Sagen aus Wyß' »Reise« niedergeschrieben hat, die alle von Jacob Grimm mit Titel- und Quellenangaben ergänzt wurden (Blatt 139)

140. Martinsdruck und Martinsloch

Wyß Reise S. 671.672.

Eine Seite des Mettenbergs wird der Martinsdruck genannt. Die Stelle des Felsens ist etwas ausgehölt, als ob ein Mensch sich mit dem Hintertheil des Leibs, bei welchem der Rücken seinen ehrlichen Namen verliert, eingepreßt hätte; und weil diese Tiefung gerade dem Martinsloch (Martisloch) oder Heiterloch am Eiger gegenüber liegt, so sagen die Thalleute, der heilige Martinus habe sich hier angestemmt, als er, Gott weiß bei welchem Anlaße, zur Trennung dieses Gebirgs mit seinem Stock oder mit seinem Fuße an der hohen Felsenwand auf der andern Seite des Gletschers jenes Loch, das seinen Namen trägt, durchgestoßen.

Merkwürdig ist der Umstand, daß bei der Kirche des Grindelwaldthales zur Mittagstunde am 17 und 18 Januar und am 25 oder 26. November die Sonne gleich einem großen Feuer mitten durch jene Felsenöffnung an der Seite des nähern Eigers erblickt wird. Der 25 Nov. fällt aber nach dem alten in den Schweizerbergen noch nicht vergeßenen Calender so ziemlich auf den 11ten als den Martinstag; auf diesen Tag gewann also das Martinsloch eine Merkwürdigkeit, die wahrscheinlich den Grund seiner Benennung darbot.

Auch der Canton Clarus an seiner Grenze gegen Bündten hat in dem Schindlenberg ein Martinsloch, welches so groß seyn soll, [*] daß ein Haus gemächlich darin würde stehen können. Im Frühling und im Herbst scheint auf einen bestimmten Tag die Sonne, wie durch ein Rohr mitten durch daßelbe, nach dem, gegen den Hintergrund des Sernftthales zu gelegenen Dorfe, Elm hinab.

141. Sage von Blümelisalp

auch erzählt in Wyß Reise S. 417.

Derselbe bemerkt S. 702, daß sie auch vom Rosenlauigletscher erzählt werde und ein Felsenschopf gezeigt, wo des übermüthigen Aelplers Hütte gestanden. Allnächtlich, ist die Sage des Landvolks, wird auf diesem Flecke von unsichtbaren Händen jegliches Ding hinweggeräumt, das die Menschen bei Tag mit Absicht oder durch Zufall dahin gesetzt, oder vergeßend zurückgelaßen haben.

142. Die drei verwünschten Töchter

Wyß Reise S. 715.716.

Ein Schweizer aus dem Berner Oberlande war einst vor einer ziemlichen Zeit auf Reisen in der Fremde und eines Abends kehrte er in eine abgelegene Hütte ein, wo ihn ein alter Mann mit Gastfreundschaft empfing. Nach mancherley Gesprächen gab der Greis sich [dem] Wandrer als einen Oberhasler zu erkennen, den der Kummer von der Heimath in das Ausland getrieben. Ihm waren, – ohne daß die Sage meldet, wie, von wem, und warum, – drey schöne Töchter verflucht worden; und bis auf diesen Tag sind alle drey, von dieser Bezauberung noch unerlöst, auf hohen Haslerbergen, wo sie oft mit Spuck sich zeigen. Zuerst im Gauligletscher haust das Gauliweiblein, und erscheint von einem Hündlein begleitet oft den Sennen in dem hintern Urbachthal. Zum Zweyten irrt das Engstlenfräulein an der Engstlenalp zuhinterst in dem Gentelthal, und von den Hirten gar vielmal erblickt. Zum Dritten weilt das Geißmaidlein auf den Höhen des schönen Haslibergs, und hat wohl öfter schon einsame Knaben angelockt zum Buhlen. Doch als noch vor Kurzem es mit einem hübschen stillgearteten Jungen auf den Heuboden einer Scheune steigen wollte, ließ es ein paar Geißfüße seh'n, und der bangerschrockne Jüngling schlich seitab von dannen, weil bey diesem Anblick ihm nicht mehr geheuer war.

143. Der ewige Jude

Wyß Reise S. 789

Von dem ewigen Juden geht die Sage, daß er drey mal über dem Grimsel gewandelt und sie zuerst als Weinberg, dann als Tannwald und endlich als Schneeberg angetroffen habe.

144. Kienholz

Wyß Reise S. 880

Nach der Überschüttung des großen Dorfes Kienholz, welche im 15ten oder spätstens im 16ten Jahrhundert geschah, ist öfters ein Karrer über den hohen Berg gefahren, und dann hat stets auf der nehmlichen Stelle sein Gaul sich unruhig gezeigt, sein Hund in dem Boden gescharrt, und beide nur ungern vom Flecke gewollt. Endlich hat der Karrer sich Erlaubniß verschafft, daselbst zu schürfen und zu graben, worauf man bald an das Gewölbe von einem Keller gekommen, und in demselben einen alten Mann sammt einem Knaben aus dem verunglückten Dorfe gefunden, die beträchtliche Zeit hindurch sich in dieser Gruft mit Wein und Käs und herab sickerndem Waßer das Leben gefristet hatten. Also hat man den beiden herausgeholfen, und der Greis zwar ist an der frischen Luft in kurzer Weile gestorben, der Knabe hingegeben hat fortgelebt, und sein Name ist zum Andenken des seltsamen Ereignißes, anstatt Schneitter, wie er geheißen, in Kienholz verändert worden, welches Geschlecht noch fortdauert.

145. Heidenhäuser im Teufithal

Wyß Reise 888.

Vor Alters soll ein Thal des Brienzerbergs, Tiefithal oder Teufithal genannt, bleibende Bewohner auch während der Winterzeit gehabt haben; jetzt aber zeigt nur das Örtlein Engi ein paar Winterbehausungen. In jenem Thal stehen noch einige uralte Häuser, die bei dem Landvolk unter dem Namen der Heidenhäuser bekannt sind. Nach einer alten Sage hatten hier einst die ältesten Bewohner der Gegend sich angesiedelt, sind aber durch Mörder und Räuber bedrängt, veranlaßt worden, sich in Kienholz zu setzen und endlich haben Überschwemmungen sie auch von dort nach dem jetzigen Brienz getrieben.

146. Der Tanzplatz

Wyß Reise S. 895

Unfern Iseltwald, ober- oder unterhalb der Mündung eines Gießbachs, wird ein Vorsprung des Berghanges mit schönem Graswuchs der Tanzplatz geheißen. Der Sage nach ist bei einem wilden Tanz ein liebendes Paar in der Mitte des reißenden Walzers hinaus in den gähnenden Abgrund gewirbelt, mit dem Vorsatz, in den See zu versinken und gemeinsam unterzugehen.

147. Gebrauch zu Meimbreßen

Aus Casparsonschen Papieren. de 1800

Das Wolf Gudensbergische Dorf Meimbreßen (eine Stunde von Westuffeln) hat folgendes alte Herkommen: im Dorfe steht ein sogenanntes Rathhaus mit zwei Sälen, in einem versammeln sich die Männer, im andern die Weiber, auf einen gewißen Tag. Der Bursch muß nun aus dem Weibersaal sein Mädchen durch List oder Gewalt entführen. Gelingt es den Mädchen aber einen Bursch fest zu halten, so wird er von den andern Burschen auf einer Leiter liegend herumgetragen, muß vor eine Steinbank knien und wird von einem Pritschmeister, den die Gemeinde fortwährend unterhält, und der zugleich Spruchmacher seyn muß, gepritscht. Dabei siegt der Pritschmeister.

148. Westuffeln

aus einer Casparsonschen Vorlesung von 1800

Unweit Westuffeln liegt eine mit Gesträuch umwachsene Steinmaße, die einen Altar und Sitze darum zu bilden scheint. Die Bauern des Dorfs bestehen darauf, daß jeder neu eintretende Bewohner ein Bürger werden müße. Außer der gewöhnlichen Kirmeß feiern sie eine sogenannte Sande Kirmeß von 24 Stunden. Des Morgens müßen drei jungfräuliche Mädchen zwei Stunden weit vom Dorfe vor Sonnenaufgang Sand an einem und demselben Orte hohlen, und in drei Umgängen um die Dorfkirche streuen. Die Dorfburschen sprützen Waßer aus Fenstern, von den Dächern und sogar vom Thurm herab und suchen die Mädchen auf alle Weisen zu hindern. Nachmittags bis zur Nacht geben die Mädchen des Dorfs Ball, wobei ein eigenes Spiel gespielt wird.

149. Spuren im Stein

Aus mündl. Überlieferung in handschriftl. Quellen!

In dem Dorf Würgrefe, gleich bei einer Capelle, liegt ein großer Stein, auf welchem oben der Sitz eines Menschen und auf beiden Seiten Löcher eingedrückt sind, als wenn die fünf Finger einer ausgestreckten großen Mannshand darin gesteckt hätten. Es ist alte Sage in dem Ort, daß sich Carl d. G. nach der Überwindung der Heiden (?) auf diesen Stein niedergelassen und ausgeruht und durch ein Wunder diese Spuren hinterlaßen, die sich dem Stein eingedrückt hatten.

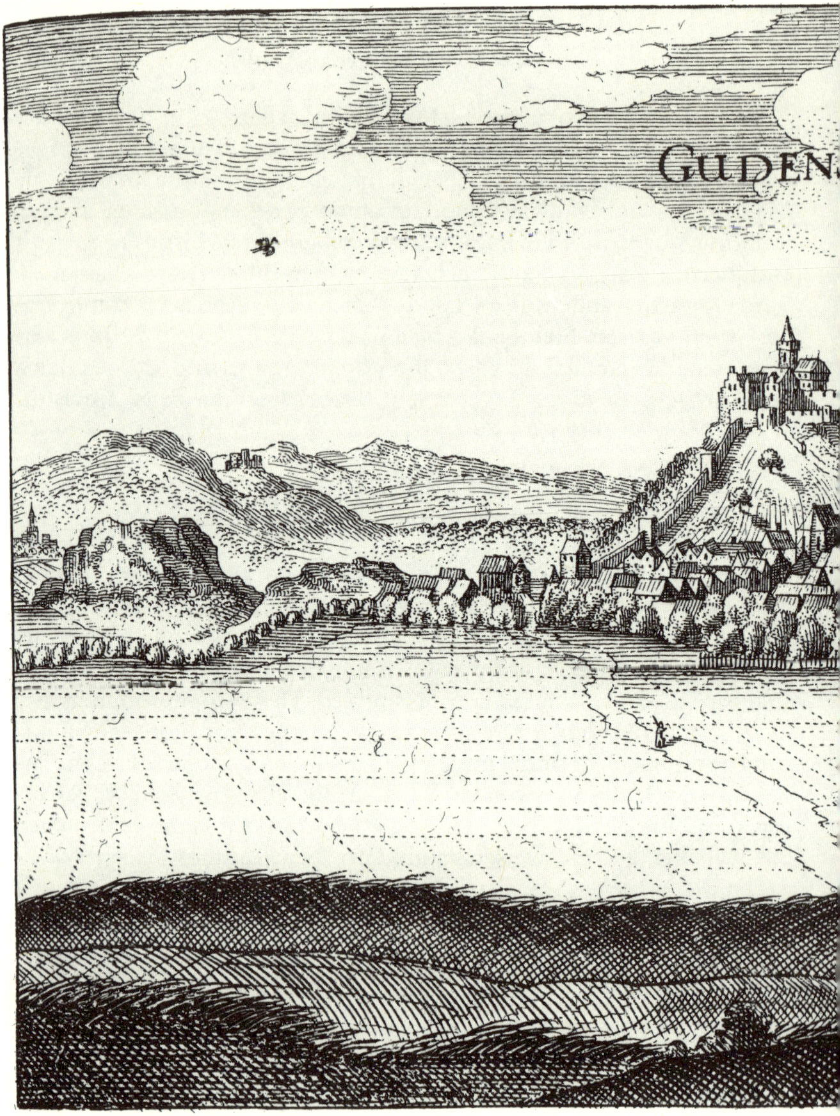

Gudensberg (Blatt 147)

RG

150. Hunnen-Schule

Aus mündl. Überlief. in hscht. Quellen

Eine gute Viertelstunde unter Carlshaven, gleich an dem hanoverschen Försterhaus, ist noch eine Wiese, welche die Hunnen-Schule noch ietzt genannt wird.

151. Siegeburg

Nach mündlicher Überlieferung in handschr. Quellen

Auf dem Königsberg, eine halbe Stunde von Carlshaven, sind zwei lange in ziemlich weiter Entfernung parallel laufende Linien sichtbar, welche aus lauter mühsam zusammengetragen unbearbeiteten kleinen Steinen bestehen und, da sie an einigen Orten an andern höher sind, den Überresten einer zerfallenen Stadt gleichen. Diese ietzt mit Bäumen bepflanzte Steinaufwürfe laufen von Abend gegen Morgen und erstrecken sich von dem unten an der Diemel sich anfangenden Königsberg in die Queere mitten durch den Wald bis auf die andere abhängende Seite dieses Waldes, den Wiesenfeldischen Berg genannt, an deßen Fluß die Weser liegt, so daß sie die beiden Flüße, die Diemel u. Weser berühren [sic].

Die Einwohner glauben daß hier eine Stadt Siegeburg gestanden u. daß in dieser Gegend sich die Sachsen gegen Carl d. G. gesetzt u. vertheidigt hätten.

152. Königstisch

Nach mündl. Überlieferung in handschr. Quellen

Auf dem Königsberg bei Carlshaven liegt ein kleines Viereck, acht Schritte lang u. breit, mit einem niedrigen alten Mauerwerk umgeben, in deßen Mitte ietzt eine junge Eiche steht. Die Sage geht, dies sey der Platz, wo der Tisch eines alten Königs gestanden, als er mit einem großen Heer auf dem Berg gewesen. Einige nennen Carl d. G., andere Gustav Adolph.

153. Rothe Straße in Herstell

nach mündl. Überlieferung in handschriftl. Quellen

Zu Herstell, einem paderbörn. Dorf, soll der Wahlplatz gewesen seyn, wo Carl d. G. die Sachsen schlug. Oben von dem Minoritten Kloster, wo ehemals die berühmte Burg Carls d. G. gestanden hat (deßen Rudera noch in dem weitläuftigen Klostergarten unter der Erde gefunden worden, auch noch altes Mauerwerk sichtbar ist) herab, bis an die Weser, erstreckt sich die rothe Straße; hier soll der Heidenblut in einem schmalen Fahrweg herabgefloßen seyn.

Von den rothen Höfen, die in der Feldflur des Dorfs Wurgrefe, welches Herstell gegenüber liegt, wird auch gesagt, daß sie von dem Blut der erschlagenen Heiden, womit sie gefärbt gewesen, den Namen: rothe Höfe, rothe Garten erhalten.

154. Fußstapfen im Stein

Mündliche Überlieferung in handschriftl. Quellen

Bei Oberwegfurt, einem Dorfe in der Grafschaft Schletz, zeigt man in einem Walde auf einer Anhöhe einen aus der Erde hervorragenden Stein, auf welchen sich die Jungfrau Maria, als sie mit dem Christkind aus dem jüdischen Land nach Aegypten zog, gesetzt haben soll. Der Stein gab nach, so daß er zu einem bequemen Seßel mit Armlehnen ward, und unten auf dem davorliegenden Stein drückten sich gleichfalls die Fußtapfen der hl. Jungfrau ab. Dieser Stein heißt der Geldstein.

155. Der Bonifacius Brunnen

Aus handschriftl. Quellen nach mündl. Überlieferung

Als der heil. Bonifacius auf dem Weg von Herschfeld nach Fulda ermüdet und durstig war, stieß er seinen Bischofsstab in die Erde, als bald sprang ein Brunnen hervor, der heut zu Tage noch der Bonifacius Brunnen heißt und neben dem Ort Queck (in der Grafschaft Schleiz) sich findet.

Andere sagen, daß Bonifacius damit habe die Mitte zwischen Hersfeld und Fulda bezeichnen wollen.

Wenn Kinder schwächlich oder kränklich sind, so kommen die Mütter noch ietzt mit ihnen zu diesem Brunnen und laßen sie siebenmal hindurch ziehen und hängen zum Zeichen ihrer Dankbarkeit ein Stück von Kinderkleidung an eine dabei stehende Hecke.

156. Überfahrt des kleinen Volks

mündlich

Bei dem Dorf Ohr an der Weser nicht weit von Hameln wohnte ein Fischer, der zugleich ein Fährmann war und die Reisenden übersetzen mußte. Einmal in der Nacht ward er von einem gewaltigen Sturm, der draußen braußte, in seinem Bett aufgeweckt und konnte nicht wieder in den Schlaf kommen; endlich trieb der Wind das Fenster seiner Hütte auf und er hörte, daß er gerufen wurde, es waren ganz feine Töne. Er stand auf, zündete seine Laterne, als er aber vor die Thüre kam, sah er nichts, aber von der Erde aus riefen viele feine Stimmen: führ uns über, führ uns über. Er hielt die Laterne hinab und sah auf dem Boden ein unzähliges Heer kleiner Leute, die auf kleinen, aber ganz ordentlichen Pferden saßen und alle mit lautem Geschrei verlangten, übergesetzt zu werden. »Wir müßen fort, wir haben Eile, mach, daß wir über den Strom kommen.« Der Fischer hatte aber keine Lust, sich mit dem kleinen Volk einzulaßen: »der Wind geht zu stark, es geht nicht gut, sagte er, und wer wird mich lohnen, wenn ich es thue.« »O du sollst sehr gut bezahlt werden mit lauter Gold, sprachen sie, du wirst ein reicher Mann, wenn du uns hinüberbringst: eil dich nur, denn wir müßen fort.« Da ließ sich der Fischer überreden, trat in die Fähre und hörte gleich, wie sie zu vielen, vielen tausenden einrückten und so weit das Licht leuchtete sah er die kleinen Figuren gedrängt aneinander halten. Sie schrien, waren äußerst lebhaft und schienen sehr froh darüber, daß sie noch über gefahren wurden. Kaum hatte die Fähre an das jenseitige Ufer berührt, so sprangen sie auch schon heraus ans Land und zogen mit Lärmen u. Geschrei fort. »Ho, ho, rief der Fischer, nicht so eilig, denkt an die Bezahlung.« Sie riefen ihm zurück: »der Lohn liegt in der Fähre, sie ist ganz mit Gold bedeckt«, dann ritten sie in aller Hast fort. der Fischer beleuchtete mit seiner Laterne den Boden der Fähre, aber statt des Goldes war sie mit kleinen Roßäpfeln ganz bedeckt. Wüthend, daß er betrogen war, nahm er eine Schaufel, strich den Mist zusammen und warf ihn ins Waßer. Dann fuhr er hinüber und legte sich wieder schlafen; am andern Morgen, als er die Fähre wieder gebrauchen wollte, sah er in den Ecken kleine Goldkugeln liegen u. sah wohl, daß das kleine Volk wahr gesagt u. ihm Gold hinterlaßen hatte, welches er zu seinem großen Kummer aber selbst weggeworfen.

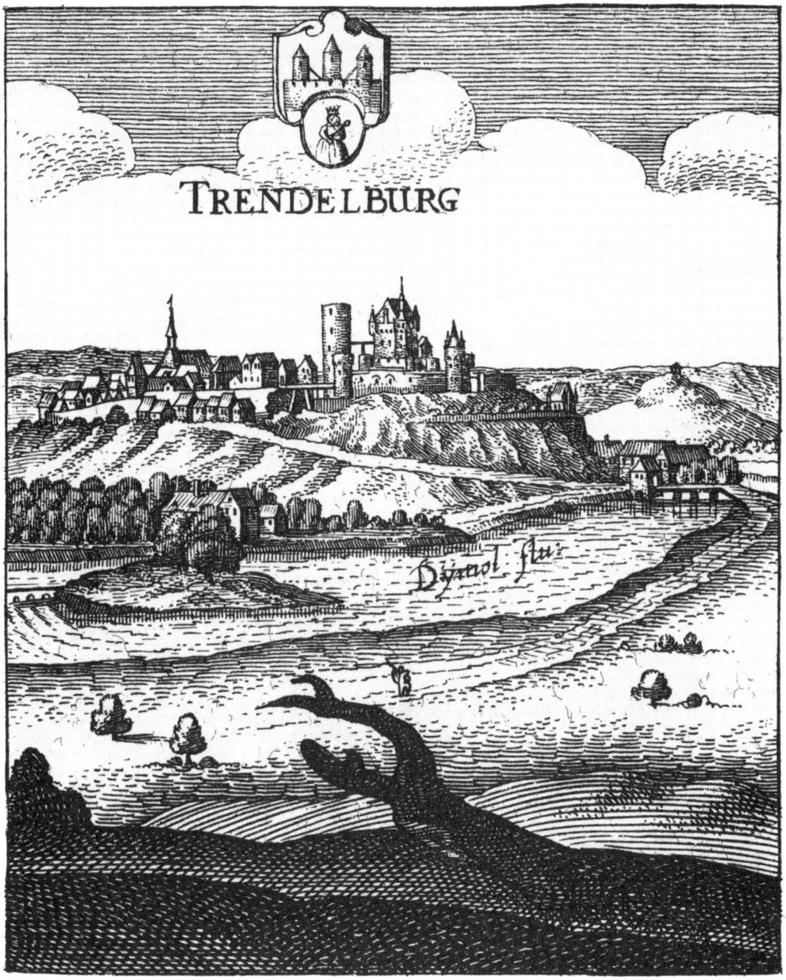

Trendelburg (Blatt 157)

157. Der Zauberer auf dem Krukeberg

Mündlich

Auf dem Krukeberg bei Helmarshausen nicht weit von Carlshaven wohnte ein Zauberer. Er wollte heirathen und suchte in der Gegend nach einer Frau. Zuerst warb er um die Saba auf der Sababurg, aber sie wollte ihn nicht, dann um die Lippolda auf Lippoldsberg, sie wies ihn

Helmershausen und der »Krukeberg« (Blatt 157)

ſen.
Krockenburg

gleichfalls ab und so ging es ihm endlich auch mit der Trendela auf Trendelsburg. Darüber ward der Zauberer zornig, drang zur Trendela, faßte sie, wie sie gerade in der Mitte ihrer Frauen saß und führte sie mit sich in der Luft fort, da wo ietzt die Abgunst (?) liegt, warf er sie herab, tief in die Erde, man sieht noch die Öffnung. dann eilte er auf die Burg und zersprengte sie und ließ sich von den Ruinen todtschlagen.

158. Kloster in Feßera

Mündlich.

Ein Graf von Henneberg hatte auf einem fernen Zug eine schöne Jungfrau kennen lernen, beide gewannen sich lieb und verlobten sich. Als der Graf wieder heimzog, gab er ihr einen Ring zum Zeichen. Als er aber zurück in sein Land gekommen war, hatte er bald sein Gelübde vergeßen und freite um die Tochter des Grafen von Schleusingen. Zu dem Hochzeitsfest strömten die Landleute herbei, es wurde mit Pracht gefeiert und mit allen Glocken dazu geläutet. Da erschien auf der Brücke, die bei dem Dorf Feßera über die Werra geht, eine Pilgerin mit langen schönen Haaren, die in Zöpfe geflochten waren. Sie sagte: »was bedeutet das festliche Geprange und das Läuten aller Glocken?« die Leute antworteten: »der Graf von Henneberg feiert seine Hochzeit mit der Gräfin von Schleusingen.« Die Pilgerin aber war seine erste Braut, die aus der Fremde zu ihm gezogen kam; als sie seine Untreue hörte, blieb sie auf der Brücke stehen, warf ihren Pilgerhut zurück, faßte ihre schönen Haarzöpfe, riß sie aus und schleuderte sie in die Werra. Hernach zog sie den Ring, den ihr der Graf gegeben hatte, vom Finger und sprach: »den bringt ihm hinauf ins Schloß.« Und darnach ging sie in das Dorf in die Hütte eines armen Mannes und stiftete von ihrem Vermögen das Kloster in Feßera.

159. Die Teufelsmauer auf den Gleichen bei Hildeburghausen

Mündlich

Bei Hildeburghausen sind zwei Gleichberge. Um den kleinen Gleichberg geht eine dreifache Mauer von Basaltsteinen, die aussieht, als wäre sie von Menschenhänden gemacht, sie ist es aber nicht, auch zeigt sich sonst keine Spur einer ehemals daselbst gestandenen Burg.

Gleichen in Hessen (Blätter 103, 159)

Rosstrapp in der Grafschaft Blankenburg/Reinstein (Blatt 161)

gedoppelt Echo zu hören
I
K
L
ll zusamengtragen habē. I. Hoͤhnen.
lte Homburg. K. Blocksberg.
uffels Mauer. L. Winkeburg.
indingen. C. Buno Delineav. Casp. Merian fec.

Es geht die Sage, daß ein Ritter von Gleichen die schwarze Kunst erlernt und den Teufel zu sich gerufen. Der Teufel erschien und der Ritter sprach zu ihm: »wenn du mir über Nacht und bevor der Hahn kräht eine dreifache Mauer von Basalt um den Berg bauen kannst, so will ich dir dafür meine Seele verschreiben.« Der Teufel ging den Vertrag ein. Da aber in der Nähe kein Basalt war, mußte der Teufel umherfliegen und ihn suchen. Doch war schon alles fertig, bis auf den letzten großen Schlußstein, als ihn aber der Teufel durch die Lüfte eben daher brachte, krähte der Hahn. Zornig ließ er ihn fallen, und man sieht noch den Stein, als einsamen Felsen in dem Feld vor den Gleichen liegen; ein ähnlicher wird weit und breit nicht gefunden.

160. Der Wenthuser Stein

Krieger's Bodethäler 85. 86

Zu Wenthusen bei Quedlinburg auf dem alten Klosterhofe liegt ein Stein, der, wenn er nicht gefeiert oder in seiner Ruhe gestört wird, dem Gute Schaden zufügt. Einst wurden zu seiner Wegschaffung vier Pferde vorgespannt; ihre Kraft erlahmte, man spannte noch mehrere vor und endlich gelangs. Aber mit dem Stein wich der Segen. Viehsterben, Hagelschlag, Überschwemmungen trafen den Gutsherrn, daß man sich entschloß, den Stein wieder in s. vorige Lage zu führen. Zwei Pferde zogen ihn leicht zurück. Vieh, das über ihn weggeht, stirbt; Menschen, die ihn betreten, ihn schlagen oder schelten erfahren seine Rache. Seit längerer Zeit hat man ihn deßhalb vermauert.

161. Zur Roßtrapp

Kriegers Bodethäler 49. 50

Eine Sage fügt hinzu: der Vater der Princeßin, Raubgraf von der Lauenburg, dem der Wiederbesitz der Krone am Herzen lag, bot jedem, der sie wiederverschaffe, seine Tochter zur Gemahlin an. Weil aber eine große Waßernixe den Schatz bewachte, mit welcher er kämpfen mußte, so achteten die Zuschauer als der Held hinabgesprungen war, ob sich blutiger Schaum auf der Oberfläche des Waßers zeigen würde. Man vernahm ein seltsames Geräusch; Schaum mit Blut gefärbt drang hervor, zum Zeichen, daß die Nixe gesiegt hatte.

Anhang

Abkürzungsverzeichnis

Abk.	Abkürzung	*hs.*	handschriftlich
ahd	althochdeutsch	*i. e.*	id est
allg.	allgemein	*ibid.*	ibidem
Ang.	Angabe	*Kap.*	Kapitel
Art.	Artikel	*Lit.*	Literatur
Ausg.	Ausgabe	*not.*	Fußnote
Bd., Bde.	Band, Bände	*Qu.*	Quelle
Bibl.	Bibliothek	*S.*	Seite
bibl.	bibliographisch	*s.*	siehe
Bl., Bll.	Blatt, Blätter	*s. a.*	sine anno
Bsp.	Beispiel	*schweiz.*	schweizerisch
bzw.	beziehungsweise	*Slg.*	Sammlung
cf.	confer	*sq., sqq.*	sequens, sequentes
dt.	deutsch	*v. a.*	vor allem
ed.	ediert von, editor	*Var.*	Variante
Einl.	Einleitung	*Verf.*	Verfasser
evtl.	eventuell	*vgl.*	vergleiche
geogr.	geographisch	*Vorl.*	Vorlage
hist.	historisch	*wörtl.*	wörtlich
hl.	heilig	*zus.*	zusammen
Hs. Hss.	Handschrift, -en	*Zusf.*	Zusammenfassung

Anmerkungen

1. Elbringshausen nach Sarenau
Hs.: Jacob.

Qu.: Diese Sage ist »wohl von Bang eingesandt« (vf. Erfurth 1938, 97), stichhaltige Beweise lassen sich jedoch nicht finden.

J. H. C. Bang war Pfarrer im hessischen Goßfelden, dem Handlungsort der vorliegenden Geschichte. Durch Bang war den Brüdern Grimm via Savigny und Brentano schon für die DS die Sage eines Pfarrers zu Goßfelden zugekommen. Jacob notierte in seinem Handexemplar zu DS 347 (in der Erstausg. Nr. 346: »Das Christusbild zu Wittenberg«): »Von einem Pfarrer bei Goßfelden, und durch Bang dem Clemens u. Savigny bekannt geworden. Vgl. Savigny: Vom Beruf. S. 160«. Damit ist K. F. Savignys Aufsatz »Vom Beruf unsrer Zeit für Gesetzgebung und Rechtswissenschaft« gemeint, der abgedruckt ist in: Thibaut und Savigny. München 1973, 95–192. Auf S. 191 (in der ursprünglichen Ausg. des Aufsatzes S. 160, wie Grimm angibt) erzählt Savigny von einem »wunderthätigen Christusbild«.

Die Qu.nang. »mündlich« ist lila unterstrichen.

»Kötze« ist ein mitteldt. Wort und bedeutet »Rückentragkorb«.

In DM 1, 445 sq., zitiert Jacob diese Sage fast wörtl.

2. Die Hühnen zu Eberstein und Homburg
Hs.: Jacob.

Qu.: Dieser Text stammt von Paul Wigand (1786–1866), einem lebenslangen Freund der Brüder Grimm aus der Schulzeit, ebenso wie die Texte auf Bl. 3 und Bl. 51 (cf. Erfurth, bes. 63–67, 95). Die Originale von Wigands Haus befinden sich im Grimm Nachlaß Daffis 1756 III, 1, Bll. 188–190. Die Texte sind von Jacob durchgestrichen worden, ein typisches Zeichen dafür, daß er sie verwertet hat. Bl. 191 (»Riesenschuhe«), ebenfalls von Wigands Hand und von Grimm durchgestrichen, ist eine Var. zu Bl. 4, nicht aber dessen Qu. Die Sage »Eberstein und Homburg« steht auf Bl. 189 des Konvoluts Daffis 1756 III, 1.

Eine Var. dazu ist u. a. DS 20 (»Der Köterberg«).

In DM 1, 450, zitiert Jacob diese Sage fast wörtl.

3. Der Hühnenbrink
Hs.: Jacob.

Qu.: Ebenfalls von Wigand (cf. Anm. Bl. 2). Diese Sage ist von Bl. 190 des Konvoluts Daffis 1756 III, 1 (»Hühnenbrink«) abgeschrieben worden.

Fast wörtl. findet sich der Text in DM 1, 450.

4. Ohne Titel
Hs.: Jacob.

Qu.: Von Grimm nicht genannt.

Var.n dazu sind u. a. Wigands Text »Riesenschuhe« (auf Bl. 191, Daffis 1756 III, 1; cf. dazu Anm. Bl. 2) sowie DS 324 (»Das Ilefelder Nadelöhr«).

Die Sage findet sich zus. mit weiteren Var.n wortgetreu in DM 1, 448.

5. Die Hünentochter bei Blankenburg
Hs.: Jacob.

Qu.: Hesse, 17. Die zweite Qu.nang., der Hinweis auf »Walther«, wurde aus Hesses Anhang mit Anm.en übernommen (Hesse 17, Anm. 17), allerdings fragmentarisch und ungenau. Korrekt bibliographiert handelt es sich um Walther, L. A.: Versuche einer Einleitung sowohl überhaupt in die thüringische als besonders in die schwarzburgische Geschichte. Kahla 1785.

Hesse erzählt in seiner »Geschichte des Schloßes Blankenburg«, wie die Veste Blankenburg zur Sicherung gegen die Raubzüge der Hunnen und Ungarn errichtet wurde (Hesse, 4). Dazu merkt er an: »Man scheute sich nicht, eine angeblich bei den Bewohnern der Stadt aus jenen grauen Zeiten bis zu den unsrigen fortgepflanzte Sage zur Bestätigung dieser Meinung zu Hülfe zu rufen[18]«. In eben dieser Anm. 18 (Hesse, 17) wird die Sage selbst zitiert und folgendermaßen eingeleitet: »Diese angebliche Volkssage [. . .] wird von Walther (in der Einleit. u.s.w. [. . .]) also erzählt. . .«, worauf die Sage fast wörtlich wie bei Grimm geschildert wird.

Das Motiv vom Riesenspielzeug ist international belegt: cf. AaTh 701 (»The Giant's Toy«); Mot. F531.5.3; Höttges, V.: Die Sage vom Riesenspielzeug. Jena 1931; Röhrich 1976, 10 sq., et passim. Var.n dazu sind u. a. DS 16, 17, 20, 320, 325 sowie Bl. 6.

Auch in DM 1, 447, wird der Text – nebst weiteren Var.n – fast wörtl. wiedergegeben, wobei in der not. ebenfalls Walthers Werk als Qu. genannt wird.

In Grimms Bibl. befanden sich drei Werke von L. Fr. Hesse (Denecke/Teitge 6108, 6115, 6118), nicht aber die »Geschichte des Schloßes Blankenburg«.

6. Die Riesen auf dem Hippersberg, Weißenstein und Remberg

Hs.: Jacob.

Qu.: Dieses Bl. enthält zwei Riesensagen. Die erste stammt vermutlich ebenfalls von Pfarrer Bang, da in Goßfelden handelnd (cf. Erfurth 1938, 97, sowie Anm. Bl. 1). Die Qu. für den zweiten Teil ist unbekannt.

Mit dem Hinweis auf »die 17te Sage« ist DS 17 (»Das Riesenspielzeug«) gemeint, mit »Sage 165« DS 165 (»Der Schwerttanz zu Weissenstein«); cf. Anm. Bl. 5.

In DM 1, 447, 450, finden sich beide Textteile dieses Bl.s wieder.

7. Der Napfhans

Hs.: Jacob.

Qu.: Alpenrosen 1824, 74 sq.; cf. Kindermann-Bieri, 380.

Die Ausg. 1824 der »Alpenrosen« wird in diesem Bd. viermal als Qu. genannt (Bll. 7, 26–28), Ausg. 1817 einmal (Bl. 43).

Die »Alpenrosen« sind ein schweiz. Almanach, der bereits für die DS als Qu. verwendet wurde: Ausg. 1813 dreimal (DS 45, 143, 350), Ausg. 1817 einmal hs. nachgetragen zu DS 220. (cf. dazu wie allg. zu den »Alpenrosen« Kindermann-Bieri, 223–226.)

Bleistiftnotiz am Rand, als Erklärung für den Napf voll süßer frischer Nidle: »Schoppen fürs Vieh«.

»Lecorzan« ist falsch abgeschrieben, in der Qu. heißt es »Lecorzau«. Zu »Napfhans« cf. auch DM 1, 422 sq.

8. König Goldemer

Hs.: Jacob.

Qu.: Persona, Cosmodromium, 286; der Text folgt fast wörtl. der Vorl.

Die dt. Übersetzung lautet:

»Zu dieser Zeit (unter der Regierung des Kaisers Wenzel) verband sich ein Alp [Waldgeist, Erdgeist, Geist], der sich König Goldemer nannte, in Freundschaft mit einem Mann namens Neveling von Hardenberg. Dieser war ganz dem weltlichen Geschäft der Waffen ergeben und lebte in der Grafschaft Mark nahe dem Fluß Ruhr auf einer Burg oder einer kleinen Festung. Der Alp sprach mit ihm und anderen Menschen. Er spielte aufs süßeste ein Saiteninstrument, spielte Würfel, setzte Geld auf, trank Wein und ruhte zur Nacht mit ihm in einem Bett. Viele kamen, ihn zu sehen, sowohl geistliche als auch weltliche Männer, denen er Antworten gab. Oft aber brachte er die Geistlichen, die darauf aus waren, das Geheimnis seines Wesens zu ergründen, dadurch in Verwirrung, daß er ihre verborgenen Verbrechen aussprach. Seinen vorher genannten Gastfreund warnte er oft vor der Ankunft seiner Feinde und gab ihm Ratschläge, wie er deren Nachstellungen entkommen könne. Er ließ höchstens seine Hände berühren, weigerte sich aber, sie sehen zu lassen. Sie fühlten sich fein und weich an, so als ob man einen Frosch oder eine Maus berührte. Er behauptete, die Christen gründeten ihren Glauben auf Worte, die Juden auf Edelsteine und die Heiden auf Kräuter. Dies alles habe ich damals von vielen gehört und sechsundzwanzig Jahre später habe ich es von Neveling selbst noch ausführlicher erfahren. Er hatte eine schöne Schwester, um deren Anmut willen, so vermuten einige, der Alp sich bei ihm eine Zeitlang aufhielt. Daher nannte er ihn gewöhnlich seinen Schwager. Und er selbst lehrte ihn, sich mit folgenden Worten zu bekreuzigen: nicht-erschaffener Vater, nicht-erschaffener Sohn und nicht-erschaffener Heiliger Geist. Und nachdem er drei Jahre bei ihm verweilt hatte, verschwand er ohne Schaden für irgend jemand.«

Eine Marginalie von Jacobs Hand lautet: »Kraut, Stein und Wort geben viel Kraft (freydank)«. Damit meint Jacob den mhd. Dichter »Freidank«, der in der ersten Hälfte des 13. Jh. lebte und u. a. die Lehrdichtung »Bescheidenheit«, eine Slg. von Kernsprüchen und Sprichwörtern, verfaßte. Wilhelm Grimm beschäftigte sich jahrelang mit dem »Freidank«, sein hs. Arbeitsexemplar befindet sich im Nachlaß (Daffis 202) und er besorgte eine kritische Ausg. (1834, ^{2}1860) des Werks (cf. Denecke 1971, 191, 197). So befand sich »Freidank« auch mehrfach in Grimms Bibl. (Denecke/Teitge, 131–134, 2807, 2808).

Die Vokabeln »Lusit-aptato« und »praemonuit« sind rot unterstrichen. In DM 1, 375 und 386, weist Jacob ebenfalls auf diesen berühmten Sagenstoff hin, wobei als Qu.n die »Dt. Heldensagen, p. 174« und »Haupt's Zeitschrift 6, 522.523« genannt werden. Mit »Haupt's Zeitschrift« ist die von Moritz Haupt herausgegebene »Zeitschrift für Dt. Alterthum« gemeint, deren 6. Bd. 1848 in Leipzig erschien. Auf S. 520–524 befindet sich ein ahd. Gedicht: »Goldemar von Albrecht von Kemenaten«. Auf S. 524 wird auf »Wh. Grimm D. heldens. S. 274« (Jacob nennt in DM 1 zu Recht S. 174!« hingewiesen sowie auf Gobelinus Persona, allerdings ohne genaue bibliogr. Ang.n.

Ebenfalls in DM 1, 421, wird eine Zusf. des Sageninhalts gegeben, in DM 2, 996, ein Ausspruch Goldemars aus Meibom zitiert, allerdings mit falscher S.nzahl: »Meibom script. 1, 186« statt S. 286.

9./10. König Volmar

Hs.: Jacob.

Qu.: Von Steinen 4, 778 sq.; Von Steinen wird sechsmal als Qu. genannt (Bll. 9/10, 18, 77–80).

Für die vorliegende Sage ist nicht nur der Text, sondern auch die Qu.nang. der Vorl. fast wortgetreu übernommen worden. Bei Von Steinen heißt es: »In der gedruckten Genealogie derer v. Laer, bey Beschreibung des Schlosses Hardenstein, wird die Sache mit ganz andern Umständen also (aus dem Holländischen ins Teutsche übersetzet) erzählet: ...«.

Die am Schluß der Sage angefügte Bemerkung bezüglich des Topfs stammt aus einer not. (Von Steinen 4, 779), die folgendermaßen lautet: »*) Ich habe den Topf, in welchen ohngefehr 4 Maaß gingen, und welcher von gelbem Metal, aber unten zerbrochen war, selber auf der Abdey zu Fröndenberg gesehen, als ihn die verwittwete Frau v. Laer, gebohrne v. Keppel, für etlichen Jahren vom Hardenstein weg, und mit sich nach Holland nahm«.

In DM 1, 421 sq., findet sich der Text fast wörtl. wieder.

11./12. Der Graf von Schaumburg

Hs.: Wilhelm.

Qu.: Strack, Wegweiser, 120–123; dieses Büchlein wird zu sechs Sagen genannt, fünfmal als Qu. (Bll. 11–14, 116, 117) und einmal als Hinweis auf eine Abb. (Bl. 22). Dort erscheint die bibliogr. Ang. am genausten, d. h. mit Erscheinungsort und -jahr.

Auf Stracks »Wegweiser« wird Wilhelm im April 1818 von August von Haxthausen aufmerksam gemacht (cf. dazu Erfurt, 97).

Am rechten Rand steht von Wilhelms Hand eine Marginalie: »von Münchhausen nach münd. Überlieferung mitgetheilt«. Dieselbe Marginalie findet sich auch auf den Bll. 14, 116, 117, nur nicht auf Bl. 13. Dies kommt daher, daß in Stracks Werk ab S. 85 ein neuer, folgendermaßen überschriebener Buchteil anfängt: »Bruckstück aus den noch ungedruckten Wallfahrten ins Heiden-Land und zu den Trümmern der Vorwelt von Karl Klodowig August Hohm Freyherrn von Münchhausen, Mitgliede mehrerer gelehrter Gesellschaften.« Der Text zu Bl. 13 ist jedoch aus dem ersten Buchteil übernommen, stammt also nicht »von Münchhausen«.

Zwei Aufsätze von Münchhausen werden schon in DS 1 als Qu. genannt: zu DS 4 (»Frau Hollen Teich«) und DS 109 (»Hessental«).

Bemerkenswert noch, daß mit Ausnahme von Bl. 117 der Name Strack stets als »Stark« falsch geschrieben und erst nachträglich durchgestrichen und korrigiert wurde.

Der Hinweis »mündl. Überlieferung« ist lila unterstrichen.

Das »meumkeloch« wird auch in DM 1, 405 erwähnt.

Zur Thematik der Umgehung eines Schweigegebots durch Eideslist cf. Moser-Rath, E.: Art. »Eideslist«. In: EM 3, 1154–1158.

13. Die blaue Kuh

Hs.: Wilhelm.

Qu.: Strack, Wegweiser, 7 sq. (cf. Anm. Bll. 11/12). Dieser plattdt. Text wird der Qu. fast wörtl. entnommen.

Die Vokabel »blawe« ist rot unterstrichen. Für die blaue bzw. schwarze Kuh cf. DM 2, 554, not. 1.

14. Die Wichtelmänner im Brauhaus

Hs.: Wilhelm.

Qu.: Strack, Wegweiser, 124–126; (cf. Anm. Bll.11/12). Strack weist schon S. 26 auf diese Sage hin und erwähnt »Dolle« als Qu. (Dolle, S. 560). Zu »Dolle« cf. Anm. Bl. 22.

Die Vokabel »Breuhan« bzw. »Breyhan« wird im DW mit »eine art weiszbier« erklärt.

Bleistiftzusatz am Rand: »ähnlich bei Thiele«. Damit sind J. M. Thieles »Danske folkesagn 1–4« (1818–23) gemeint, die sich in Grimms Besitz befanden (Denecke/Teitge, 3962).

Das Motiv der »Geschenke der Zwerge« ist weit verbreitet und wird in unzähligen Var.n erzählt (vgl. Stichwortregister); cf. AaTh 503: »The Gifts of the Little People«; Uther, H.-J.: Art. »Gaben des kleinen Volkes«. In: EM 5, 637–642. Vgl. auch Mot. F451.5.1.4. (»Dwarfs' gold. Seemingly worthless gift given by dwarfs turns to gold«); Mot. D475.1. (»Transformation: objects to gold«).

15. Der böse Geist zu Mainz
Hs.: Jacob.
Qu.: Legenda aurea/Benz, 1954, Kap. »Von Sanct Pelagius«.
Der Satzteil »warf der Geist Steine« ist rot unterstrichen.
In DM 1, 425, not. 2, wird diese Sage unter Nennung der gleichen Qu. in Latein erzählt.
16./17. Der Beckenknecht und die badende Jungfrau
Hs.: Jacob.
Qu.: Grimmelshausen 1669; zur Qu.ang. wird am Rand ergänzt: »wo die offenbar ächte Sage absichtlich entstellt wird«. Die Stelle konnte im Simplicissimus nicht gefunden werden, die von Grimm benutzte Ausg. ist unbekannt.
Der Simplicissmus wird bereits in DS 1 diverse Male als Qu. genannt (DS 59, 84–86, 126, 127, 160). Die entsprechenden Stellen sind jedoch schwer überprüfbar (cf. Grimm/Uther, zu den entsprechenden Sagen). Laut »Grimm Bibliothek« waren die Brüder im Besitz von drei Ausg.n des »Simplicissimus«, die jedoch alle als Verlust gemeldet werden (cf. Denecke/Teitge, 3031–3033).
Zum Motiv der Erlösung cf. u. a. Ranke, F.: Art. »Erlösung«. In: HdA 2, 925–939.
18. Das Zwergesloch
Hs.: Jacob.
Qu.: Von Steinen 1, 1167 (cf. Anm. Bl. 9/10). Auf den S. 1166 sq. werden in der Qu. Sagen über drei verschiedene Höhlen am Berg Peereck erzählt, welche alle drei in diesen 3. Bd. aufgenommen wurden: »a) Die Hölle...« (Bl. 78), »b) Das Zwergesloch...« (Bl. 18) und »c) das Schröers Loch...« (Bl. 77). Alle drei Sagen sind fast wörtl. der Vorl. entnommen.
19. Zwergen Wäsche
Hs.: Wilhelm.
Qu.: nicht ermittelt.
20. Der gute Zwerg
Hs.: Jacob.
Qu.: Krieger, Bodethäler, 41 sq.; die »Bodethäler« werden dreimal als Qu. genannt (Bll. 20, 160, 161). Alle Texte sind relativ exakt aus der Vorl. übernommen worden.
Die Vorkabel »Nachts« ist rot unterstrichen.
21. Waßernixe
Hs.: Wilhelm.
Qu.: Keine Qu. ermittelt. Die Sequenz »Sonne scheint, so...« ist rot unterstrichen.
Eine Var. ist u. a. DS 58 (»Der Göngessee«).
22. Das Haus-Arend
Hs.: Wilhelm.
Qu.: Dolle, Bibliotheca, 418–426; Strack, Wegweiser, 46–53 (zu Strack cf. Anm. Bll. 11/12).
Dies ist das einzige Bl. der vorliegenden Slg., welches nur Titel und Qu. nennt, aber keine Sage erzählt. Daher wurde der Text in eckigen Klammern aus Dolle abgeschrieben und ergänzt. Bezeichnend ist, daß dies – ohne Grimmsche Bearbeitung und Kürzung – sogleich der längste Text der Slg. geworden ist. Die Grammatik der Vorl. ist sehr inkonsequent, gleiche Worte werden unterschiedlich geschrieben und der Dativ fehlt ganz. Trotzdem ist der Text, bis auf zwei kleine Auslassungen, wortgetreu übernommen worden.

Die in Grimms Qu.nang. erwähnte Abb. des Opfersteins (Strack, Wegweiser, 48) zeigt einen Steinaltar, auf welchem dem Ostar oder der Hertha ein Schwein geopfert wird. Er ist mit der Aufschrift »Monument aus dem Heidenthume« versehen. Unter diesem Titel wird die Sage bei Strack vollständig erzählt, wobei als Qu. ebenfalls »Dollens Bibliotheca hist. Schaumburg« genannt wird (Strack, Wegweiser, 46). Der Hinweis auf Dolle mag Strack entnommen sein, trotzdem muß Wilhelm das Werk selbst zur Hand gehabt haben, da er die genauen Seitenzahlen ergänzt und die Benennung »Haus-Arend« übernimmt (bei Strack stets »Haus Ahrens«). Auf Bl. 102 (»Die Arensburg«) wird die Sage, wenn auch unterschiedlich und mit einem anderen Schluß, nochmals erzählt.

»Prieche« ist norddt. für »Kirchenempore«.

Eine Var. ist DS 572 (»Nidda«).

23./24. Der Räuber Gnipperdinga

Hs.: unbekannt.

Qu.: Mit großer Wahrscheinlichkeit handelt es sich beim Verf. dieses Textes, der schwer lesbar und mit »Ernst« unterschrieben ist, um Ernst von der Malsburg. Im Briefwechsel der Brüder Grimm mit Ernst von der Malsburg (Daffis 416) findet sich u. a. ein Brief von 1818, dessen Schrift der hiesigen ähnelt und der mit »Ihr Ernst« signiert wurde. Ein endgültiger Hinweis auf eine Übersendung von Sagenbeiträgen läßt sich jedoch nicht finden; cf. Schoof, W.: Briefwechsel der Brüder Grimm mit Ernst von der Malsburg. In: Zs. f. dt. Philologie 36 (1904) 173–232.

Die Umgehung eines Schweigegebotes durch Eideslist ist ein gängiges Sagenmotiv. cf. dazu Moser-Rath, E.: Art. »Eideslist«. In: EM 3, 1154–1158. Dazu gehört das verwandte, international verbreitete Erzählmotiv der »Ofenbeichte«, z. B. in DS 519 (»Der Knabe erzählt's dem Ofen«). cf. Mot. H13.2.: »The Confession to the Oven«; Kindermann-Bieri, 89.

25. Perlenschnur in der Familie Malzahn

Hs.: Wilhelm.

Qu.: Mit »Frl. Calenberg« (die Qu.nang. ist lila unterstrichen und mit einem Kreuz versehen) ist Philippine von Calenberg (1765–1848) gemeint (cf. Erfurth 1938, 61 sq.), deren Briefwechsel mit den Brüdern Grimm sich im Nachlaß befindet (Daffis 876).

Randnotiz rechts oben: »Vgl. No. 41., Frau Ranzau«. Damit ist DS 41 (»Die Ahnfrau von Rantzau«) gemeint, wo zwei Var.n der Sage erzählt werden. Im Handexemplar der DS 1 (Daffis 86) wurde daneben von Wilhelms Hand noch eine dritte Version notiert, die ebenfalls von »Frl. von Calenberg« stammte, mit der hier aufgenommenen Sage allerdings nicht identisch ist.

Das Motiv der »Geschenke der Zwerge« (AaTh 503: »The Gifts of the Little People«) ist weit verbreitet und wird in unzähligen Var.n erzählt (vgl. Stichwortregister); Uther, H.-J.: Art. »Gaben des kleinen Volkes«. In: EM 5, 637–642.

Var.n sind u. a. DS 35 (»Der Graf von Hoia«), DS 68 (»Die Frau von Alvensleben«), DS 69 (»Die Frau von Hahn und der Nix«) und DS 70 (»Frau von Bonikau«).

26. Die Tügybrücke

Hs.: Jacob.

Qu.: Alpenrosen 1824, 55–57 (cf. Anm. Bl. 7). Vgl. Kindermann-Bieri, 380 sq.; Ang.n zu »Pont-la-Ville« stehen in der Qu. auf S. 52 sq. Die Schlußbemerkung wird einer not. entnommen (Alpenrosen 1824, 57, Anm. *), die lautet: »Zug um Zug beynahe wird von der Teufelsbrücke am Gotthardsberg die nämliche Sage erzählt. [. . .].«

Bei diesem Text handelt es sich um das weitverbreitete und international belegte Motiv des geprellten Teufels (cf. AaTh 1191: »The Dog on the Bridge«); cf. Talos, I.: Art. »Baumeister«. In: EM 1, 1393–1397; Moser-Rath, E.: Art. »Brückenopfer«. In: EM 2, 838–842, Kindermann-Bieri, 353–355.

Var. sind u. a. DS 186 (»Die Sachsenhäuser Brücke zu Frankfurt«) und DS 337 (»Teufelsbrücke«).

27. Die Herrn von Korbers

Hs.: Jacob.

Qu.: Alpenrosen 1824, 58 (cf. Anm. Bl. 7).

Die hier erzählte Begebenheit spielt sich im Qu.ntext vorwiegend in einer not. ab. Bemerkenswert die einzige, semantische Änderung gegenüber der Vorl.: dort läßt der Rabe im Falle der Geburt einer Tochter einen goldenen, im Falle eines Sohnes einen silbernen Ring fallen, also genau umgekehrt als bei Grimm (cf. dazu Kindermann-Bieri, 381).

Unter den Beilagen-Zetteln, die sich im Handexemplar des ersten Sagenbd.s befinden (Daffis 86), notierte Grimm auf Bl. 42 unter dem Titel »Herren von Korbers« die Sage fast wörtl., merkte dazu aber unterschiedliche Qu.n an, nämlich ein »schweizerbuch b. I, 292« und ein »französ. Volkslied. I, 293«. Beim »schweizerbuch« handelt es sich nicht um »Wyß, Reise« (cf. dazu Anm. Bl. 118).

28. Gargantua

Hs.: Jacob.

Qu.: Alpenrosen, 57 sq. (cf. Anm. Bl. 7). Vgl. Kindermann-Bieri, 381. »Gargantua« ist v. a. in der frz. Volkerzählung ein Begriff; cf. dazu Gier, A.: Art. »Gargantua«. In: EM 5, 694–699; DM 1, 449.

Eine Kurz-Var. steht durchgestrichen in Ferdinand Grimms Nachlaß (Daffis 85) auf Bl. 37.

29. Mädchenfelsen

Hs.: Jacob.

Qu.: Magenau, 96–99. Beim Vorl.ntext handelt es sich um ein in Versform gereimtes Gedicht mit dem Titel »Die MädchenFelsen im Brenzthale, bei Eselsburg. Eine Volkssage«. Das Gedicht ist stark gekürzt und auf den mythischen Kern reduziert worden.

30./31. Eyn hübsch nye ledt, de Eppele van Geillingen is he genanth, im thone, jdt was ein frisscher frier

Hs.: Jacob. Der ahd. Text ist in einer Art Druckschrift verfaßt.

Qu.: Das von Grimm eigentlich am Ende der Sage genannte »Volksblatt gedruckt zu Lübeck um 1550« konnte nicht ermittelt werden.

Das Gedicht beinhaltet die Historie vom kühnen Ritter »Eppela Gaila«, welche schon in DS 130 erzählt wird.

32./33. Twe lede volgen, dat erste vam Danhüser, dat ander ach Jupiter

Hs.: Jacob. Wie die Bll. 30./31. in einer Art Reinschrift.

Qu.: Die Ang. »gedruckt Lübeck um 1550« steht am Ende des Gedichts. Es muß die gleiche Vorl. gehabt haben wie die Bll. 30./31. (cf. Anm. Bll. 30./31.). Die Punkte im ersten Teil des Textes könnten darauf hinweisen, daß Jacob seine Qu. nicht entziffern konnte. Das ahd. Gedicht erzählt die bekannte Sage von Tannhäuser, Frau Venus und Jupiter. cf. Kretzenbacher, L.: Tannhäusers Fahrt ins Paradies. In: Heimat im Volksbarock. Klagenfurt 1961, 9–14. Eine Var. ist u. a. DS 171 (»Der Tannhäuser«).

In der DM wird das Motiv ebenfalls ausführlich behandelt (DM 1, 377, DM 2, 780 sq.; DM 3, 282 sq.).

34. Das steinerne Männlein
Hs.: Jacob.
Qu.: nicht ermittelt. Die »Handschrift des 17. Jahrh.s« bzw. »handschriftl. Nachricht aus dem 17. Jahrh.« wird dreimal als Qu. genannt (Bll. 34–36).
Das Wort »schuck« wird im DW u. a. mit »frost anzeigend«, »kalt« erklärt.
Im Nachlaß Daffis 1756 III, 1, notiert Grimm auf Bl. 133 unter der Überschrift »Zeiller Reisebuch« eine Liste von 27 S.nzahlen mit einem jeweils dazugehörigen inhaltlichen Stichwort. Darunter befindet sich auch die hier erzählte Begebenheit (»70 Regensb. Brücke«), allerdings erwähnt Zeiller nur einen kleinen Teil der Sage (Zeiller, 70). Das »Reißbuch« kommt daher als Vorl. für diesen Text nicht in Frage, ist aber Qu. für zwei weitere, auf der Liste aufgeführte und in den 3. Bd. übernommene Sagen (Bll. 88, 106, cf. Anm. Bl. 88).
35. Die Schwabenschüßel
Hs.: Jacob.
Qu.: nicht ermittelt (cf. Anm. Bl. 34).
36. Der Eselsthurm zu Bologna
Hs.: Jacob.
Qu.: nicht ermittelt (cf. Anm. Bl. 34).
37. Ohne Titel
Hs.: Jacob.
Qu.: Schupp, 396; Jacob unterstreicht hier im Original die Qu.nang. als Überschrift (»Schuppü Schriften I, 396.«), anstatt einen Titel zu nennen.
Die Ausg. Frankfurt a. M. 1684 der »Lehrreichen Schriften« befand sich in der Grimmschen Bibl., wird aber als verlustig gemeldet (Denecke/Teitge, 3018).
Notiz am Ende der Sage: »confus«. Jacob bezieht sich damit wohl auf den relativ wörtl. abgeschriebenen, wirren Sprachstil der Vorl. sowie auf den Inhalt.
38. Zwerge bei Gera
Hs.: Wilhelm.
Qu.: Märchenbuch. Die Qu. wird am Schluß der Sage genannt. Wilhelm gibt dabei für das »Märchenbuch für die Jugend« eine Ausg. s. a. an, merkt dahinter aber an: »doch 1822«. Im GV wird nur eine Ausg. 1819 zitiert, die in Deutschlands Bibl.en jedoch nicht vorhanden ist. cf. zum Motiv der Zwergenüberfahrt Kühn, J.: Art. »Fährmann«. In: EM 4, 785–793. Zu »Geschenke der Zwerge« cf. Anm. Bl. 14.
39. Papa doenken
Hs.: Wilhelm.
Qu.: Der hier genannte »Schüler Benekes«, im Original am Ende der Sage genannt, ist unbekannt. Ob sich jedoch der Hinweis auf diesen Schüler auf die plattdt. Erzählung oder nur auf die in Hochdt. ergänzte 2. Var. bezieht, bleibt ungewiß. Eine weitere Var. findet sich auf Bl. 40.
Für die Umgehung des Schweigeverbots durch List cf. Anm. Bll. 23./24.
40. Pape-Dön
Hs.: Jacob.
Qu.: Berckenmeyer 1712, 512. Als Vorl. für die Texte mit der Qu.nang. »Berckenmeyer« muß eine andere Ausg. benutzt worden sein, daher stimmen Grimms S.nzahlen nicht mit hiesigen überein. Überdies ist Grimms Schreibweise des Namens inkonsequent, zweimal mit »ck« (Bll. 40, 97), sonst nur mit »k«. Berckenmeyer wird fünfmal als alleinige Qu. genannt (Bll. 40, 96, 97, 99, 100).
Im Handexemplar der DS taucht der Name »Berckenmeyer« als hs. Nachtrag ebenfalls auf (DS 105, 142, 180, 195). Vermutlich haben die Brüder Grimm dieses

Werk erst nach Herausgabe von DS 1 benutzt. Auch im Nachlaß ist der Name öfter als Beleg nachzulesen (cf. z. B. Daffis 1756 III,1, Bll. 77–79).

41. Das blutende Schwert

Hs.: Jacob.

Qu.: Emma 1, 56–69; es handelt sich dabei um Kap. VIII mit dem Titel »Das blutende Schwerdt. Eine Sage der Vorzeit«. Darin wird von einem Verf. namens Karl Nicolai nach einer knapp zweiseitigen Einl. eine sehr ausschweifende Version der Sage erzählt. Jacob übernahm aus der Einl. Satzbruchstücke fast wörtl. und fügte sie zu seiner eigenen, nüchtern erzählten Sage zus., der schwelgerische Rest der Vorl. fand keine Verwendung.

Die zweitgenannte Qu., Kolbes »Vermischte Gedichte«, hat Jacob aus dem Emma-Artikel abgeschrieben. Dort weist Nicolai in der erwähnten Einl. auch auf Kolbe hin (Emma 1, 57, not.*) und zitiert sogar die zwei entsprechenden Strophen daraus. In Kolbes Büchlein umfaßt das Gedicht – das erste des Bändchens mit dem Titel »Treuthold und Lenore« – 19 Strophen (cf. Kolbe, 1–7), doch nur die zwei letzten (18, 19) erzählen den Inhalt der Sage.

Randnotiz von Jacobs Hand rechts oben: »vgl. den blutenden Speer im Titurel«. Titurel ist das Haupt der Gralsfamilie bei Wolfram von Eschenbach sowie in Richard Wagners »Parsifal«.

cf. allg. zum Thema »wundertätige Kultgeräte« Bebermeyer, R.: Art. »Gegenstände handeln und sprechen«. In: EM 5, 877–881, bes. 881.

42. Die Helden im Brunsberg

Hs.: Jacob.

Qu.: Junker Fritz von Bömelburg (cf. Erfurth 1938, 94), der Text wurde den Brüdern Grimm von Wigand übermittelt (cf. ibid., 67). Dasselbe gilt für Bl. 45.

Im Nachlaß (Daffis 1756 III, 1, Bll. 51–66) findet sich das noch gebundene Heft des Junkers mit der Überschrift: »Sagen der Vorwelt aus dem Munde hiesiger Landleute gesammelt«, wozu Jacob anmerkt: »von Junker Fritz Wilm von Bömelburg«. Es enthält drei Sagen, wobei die ersten zwei (Bll. 52–56, Bll. 56–59) mit Bleistift durchgestrichen sind und hier auf Bl. 42 bzw. 45 übernommen wurden. Der dritte Text (Bll. 59–66) fand offensichtlich keine Verwendung.

Im Nachlaß Daffis 1756 VI, Bl. 42, ist der Schluß der Sage verschollen, der Text endet mitten im Satz. Da der restliche Teil im Büchlein des Junkers nachzulesen ist, konnte er daraus in eckigen Klammern ergänzt werden.

Der Hinweis »mündlich aus der Wesergegend« ist lila unterstrichen und mit einem Kreuz versehen.

Die Vokabel »Ampel« wird im DW mit »Hängelampe« erklärt.

Das Motiv der »Entrückung« ist weit verbreitet und international in unzähligen Var.n belegt. cf. Daxelmüller, C.: Art. »Entrückung«. In: EM 4, 42–58, Kindermann-Bieri, 217; zum Stichwort »Bergentrückung« bzw. »Bergentrückte Helden« vgl. DM 2, Cap. XXXII, bes. 794–804.

Im Handexemplar des ersten Bd.s der DS steht im hs. Reg. (Daffis 86, S. XXXIII) unter dem Stichwort »Bedingung des Weltuntergangs« u. a. der Vermerk: »wenn der Stein unter der Türangel sich verwetzt«, allerdings ohne Verweisnummer.

43. Die catholischen Gemeinen

Hs.: Jacob.

Qu.: Alpenrosen 1817, 269 (cf. Anm. Bl. 7); Kindermann-Bieri, 381 sq.

44. Der furchtsame Hirtenjung
Hs.: Jacob.

Qu.: J. R. Wyß. »mündlich aus der Schweiz« ist lila unterstrichen.

Im Grimmschen Nachlaß (Daffis 589) finden sich in einer Briefsendung von J. R. Wyß vier Sagen, die alle hier im geplanten 3. Bd. Aufnahme gefunden haben (Bll. 44, 46, 47, 126). Die erste trägt den Titel »Die Muthesprobe« und ist hier auf Bl. 44 als »der furchtsame Hirtenjung« übernommen worden, die dritte und vierte stehen unter jeweils gleichlautendem Titel auf Bl. 46 bzw. Bl. 47. Bei diesen drei Sagen gibt Jacob als Qu. lediglich »mündlich aus der Schweiz« an. Die zweite Sage der Briefsendung dagegen ist auf Bl. 126 unter die Texte aus Wyß' »Reise ins Berner Oberland« eingereiht worden. Die drei Titel auf den Bll. 44, 46, 47 sind in Wyß' Sendung mit Bleistift durchgestrichen worden, da Jacob sie abgeschrieben hatte. Die zweite Erzählung dagegen ist aus Wyß' »Reise ins Berner Oberland« kopiert worden und nicht aus diesen hs. Bll. übernommen worden. cf. dazu ausführlicher Kindermann-Bieri, 382 sq.

Auch für die ersten beiden Sagenbde. war Wyß schon wichtiger Beiträger, u. a. dienten seine »Idyllen« als Vorl. (Wyß, J. R.: Idyllen, Volkssagen, Legenden und Erzählungen aus der Schweiz 1–2. Bern/Leipzig 1815/1822), die sich in Grimms Besitz befanden (Denecke/Teitge, 3259). J. R. Wyß wurde von Grimm sogar lobend im Vorwort der DS erwähnt (cf. DS 1, Vorrede, XXII). cf. zu Wyß und seiner Bedeutung für die DS Kindermann-Bieri, 271–326; vgl. auch Siegrist, U.: Johann Rudolf Wyss (1781–1830). In: Schenda/Doornkaat 1988, 203–222.

45. Die kleinen Menschen
Hs.: Jacob.

Qu.: Junker Fritz von Bömelburg (cf. Anm. Bl. 42).

Der Hinweis »mündlich aus der Wesergegend« ist lila unterstrichen. Die Vokabel »Jaucherte« ist hochsprachlich für den mundartlichen Ausdruck »Juchart« oder »Juchert« und benennt ein altes südwestdt. Feldmaß.

Eine Var. steht u. a. auf Bl. 156.

Zum Motiv der Zwergenüberfahrt cf. Kühn, J.: Art. »Fährmann«. In: EM 4, 785–793, zu »Geschenke der Zwerge«, cf. Anm. Bl. 14.

46. Die beschenkte Geburtshelferin
Hs.: Jacob.

Qu.: J. R. Wyß in einer Briefsendung (cf. Anm. Bl. 44).

Zu den formelhaft gereimten Verssprüchen auf den Bll. 46, 47 (»jemehr du zerstreust, jemehr dus bereust« bzw. »jemehr du verzettest, je minder du hättest«), vgl. DM 2, 812, not. 1.

Var.n des Motivs »Hebammendienst bei den Unterirdischen« sind in den ersten beiden Bden. der DS zahlreich (DS 41, 49, 58, 65–68, 70, 128, 305). Zu »Geschenke der Zwerge«, cf. Anm. Bl. 14.

47. Die Gevatterin
Hs.: Jacob.

Qu.: J. R. Wyß in einer Briefsendung (cfl. Anm.en Bll. 44, 46).

Jacobs Ang. »mündlich aus der Schweiz, ohne bestimmte Örtlichkeit« ist lila unterstrichen.

Vgl. Mot. D475.1. (»Transformation: objects to gold«).

48. Ohne Titel
Hs.: Jacob.

Qu.: Reise durch Thüringen 3, 278 sq. Diese Qu. wird noch zu Bl. 74 genannt. Die Qu.nang. ist am Ende der Sage notiert.

Die Formel »vergeßt das beste nicht« (bei Grimm unterstrichen) kehrt in vielen Erzählungen wieder, so z. B. auf Bl. 49, in DS 9 (»Die Springwurzel«) und DS 315 (»Das Fräulein vom Willberg«); cf. auch DM 2, 811 sq. Zum Motiv »Geschenke der Zwerge«, vgl. Anm. Bl. 14.

49. Der Lenzingskeller

Hs.: Jacob.

Qu.: nicht ermittelt. Die Ang. »mündlich aus Niederheßen« (cf. Anm. Bl. 51) ist lila unterstrichen und mit einem Kreuz versehen, immer ein Zeichen dafür, daß der Text aus einer hs. Qu. übernommen wurde. Zur Formel »vergiß das beste nicht«, cf. Anm. Bl. 48.

Der »Sankt Vitstag« bezeichnet den 15. 6., den Tag, an welchem der hl. Vitus (hochdt. »Veit«), ein sizilianischer Märtyrer des 4. Jh.s, zusammen mit seiner Amme und seinem Erzieher nach zahlreichen Martern starb.

50. Der Erdfall bei Gottsbüren

Hs.: Jacob.

Qu.: nicht ermittelt (cf. dazu Anm. Bl. 51).

Die Ang. »mündlich« ist lila unterstrichen. Randnotiz rechts oben: »auf der Landcarte ist in der Gegend ein Klosterpfuhl angemerkt«. Zum Thema der nur alle sieben Jahre möglichen Erlösung, cf. Röhrich, L.: Art. »Erlösung«. In: EM 4, 195–222, bes. 208, 211.

51. Der Diemelnix

Hs.: Jacob.

Qu.: Paul Wigand (cf. Anm. Bl. 2). Die Ang. »mündlich in Heßen« (lila unterstrichen) taucht viermal auf (Bll. 51, 53–55), jene »mündlich in Niederheßen« einmal (Bl. 49). Auch die Ang. »mündlich, ohne genauere Örtlichkeit« auf Bl. 50 kann mit dazu gerechnet werden, da die Sage ebenfalls in Heßen handelt. Von diesen insgesamt sechs Sagen konnte einmal Wigand als Qu. nachgewiesen werden (Bl. 51), einmal nennt Jacob eine zusätzliche Belegstelle (die »heß. Denkwürdigkeiten«, Bl. 55), die jedoch nicht als direkte Vorl. für den Text gedient hat (cf. Anm. Bl. 55). Evtl. stammen alle sechs Texte von Wigand aus einer Briefsendung, die verschollen ist. Eine Var. ist u. a. DS 61 (»Wasserrecht«).

52. Liebenau

Hs.: Jacob.

Qu.: Martin 2, 4 sq.; Martins »Topographische Statistische Nachrichten« dienten als Qu. für drei Texte (Bll. 52, 56, 59), die alle relativ exakt aus der Vorl. übernommen wurden.

53. Die Kirche zu Eltmannshausen

Hs.: Jacob.

Qu.: nicht ermittelt. Die Qu.nang. »mündlich in Heßen« ist lila unterstrichen (cf. Anm. Bl. 51).

Ein Bleistiftzusatz am Rand lautet: »vgl. I, 290«. Damit ist DS 291 (»Die Altenberger Kirche«) gemeint, wo ebenfalls von der Versetzung einer Kirche abgesehen werden mußte, da sie sich jeden Morgen wieder an der alten Stelle befand.

54. Mückenthurm zu Spangenberg

Hs.: Jacob.

Qu.: nicht ermittelt (cf. Anm. Bl. 51). Die Qu.nang. ist lila unterstrichen.

55. Andre Sage vom Odenberg
Hs.: Jacob.

Qu.: Hess. Denkwürdigkeiten 3, 152; cf. Anm. Bl. 51. Der Text, in welchem Jacob viel streicht und einbessert, muß noch eine andere Vorl. gehabt haben: z. B. fehlen in den »Hess. Denkwürdigkeiten« das hier erwähnte Zitat des Feldherrn sowie das Versinken des Heeres, dafür wird der Feldherr als Karl der Große identifiziert, was von Grimm nicht übernommen wurde.

Insgesamt wird der 3. Bd. der »Hess. Denkwürdigkeiten« zweimal zitiert (Bll. 55, 57). Andere Bde. (2./4.) wurden schon zu DS 4 (»Frau Hollen Teich«) und DS 92 (»König Grünewald«) angemerkt. Die gesamte Qu.nang. ist lila unterstrichen.

56. Der Glockenborn
Hs.: Jacob.

Qu.: Martin 3, 121 sq. (cf. Anm. Bl. 52). Die Qu.nang. ist lila unterstrichen. »Born« ist dichterisch für »Brunnen«, »Wasserquelle«.

57. Sagen von der alten Burg Pleße
Hs.: Jacob.

Qu.: Hess. Denkwürdigkeiten 3, 454–461 (cf. Anm. Bl. 55). Die »Hess. Denkwürdigkeiten« haben hier (im Gegensatz zu Bl. 55) eindeutig als Vorl. gedient. Es handelt sich um einen Reisebericht, den Grimm stark zus.gefaßt hat. In der Vorl. erfuhr der Reisende bzw. der Autor den zweiten Teil der Sage aus dem Munde der Witwe des alten Greben (Hess. Denkwürdigkeiten 3, 460). Grimms Asterix-Anm. faßt knapp S. 457–460 der »Hess. Denkwürdigkeiten« zus.

Auch hier ist die Qu.nang. lila unterstrichen.

Die Vokabel »glennerte« wird in der Qu. in einer not. kommentiert: »Dies war der Ausdruck, dessen sich der Knabe bediente«. Im DW erklärt Jacob das Wort mit »schlittern, auf dem eise gleiten«. Der »Grebe« wird im DW mit »dorfvorsteher« erläutert.

Eine andere Sage um die Burg Plesse erzählt DS 30 (»Das stille Volk zu Plesse«). Für weitere Var.n zum Motiv des eingemauerten Kindes, cf. DM 2, 946 sq., DM 3, 330, sowie Talos, I.: Art. »Einmauern«. In: EM 3, 1271–1274, bes. 1271 sq.

58. Ludwigstein
Hs.: Jacob.

Qu.: Engelhard 1, 275; die beiden anderen von Grimm genannten Belegstellen stammen wörtl. aus Engelhards not., aus not. (b) der Hinweis auf Kuchenbecker (in Grimms Manuskript am Ende der Sage mit in die Klammer aufgenommen): »(b) Kuchenbeckers Anal. hass. Coll. 1, pag. 14.« (damit ist Kuchenbecker, J. P.: Analecta Hassiaca 1–12. Marburg 1728–42. gemeint), aus not. (c) jener auf Merian: »(c) Merians Topographie, 100. S.« (cf. Merian 1, 100).

Die Qu.nang. »Engelhard heß. Erdbeschr.« ist lila unterstrichen. Unorthodoxe Formulierungen sind wörtl. der Qu. entnommen.

Engelhard wurde schon als Belegstelle zu DS 26 (»Kaiser Karl des Großen Auszug«) hs. nachgetragen.

59. Der Wolf im Hag
Hs.: Jacob.

Qu.: Martin 3, 119 (cf. Anm. Bl. 52); Winkelmann 1711, 308.

Grimms Sage ist eine Kontamination aus beiden Vorl.n.

Winkelmanns »Beschreibung der Fürstenthümer Hessen und Hersfeld« wurde schon für die DS zweimal genannt: DS 111 (»Der stillstehende Fluß«) und DS 167 (»Der Steintisch zu Bingenheim«).

Allg. zu Stadtgründungssagen cf. Priesner, L.: Art. »Gründungssage«. In: EM 6, 264–271. Eine Var. ist u. a. Bl. 60.

60. Bern im Uchtland

Hs.: Jacob.

Qu.: Etterlin 1764, 72; cf. dazu Kindermann-Bieri, 383.

Die genannte »Freiburger Chronik« konnte nach Grimms Ang.n allein nicht ermittelt werden. Jedoch befindet sich in Ferdinand Grimms Nachlaß (Daffis 85) auf Bl. 220 die Sage mit dem Titel »Wan die Stadt Bern im Jchtland gebawen ward« samt Versspruch fast wörtl. wieder; lediglich die Schlußsequenz fehlt, welche den Ursprung des Wappens erklärt und aus Etterlins »Kronica« stammt. Ferdinand nennt im Anschluß an die Sage ebenfalls eine Freiburger Chronik als Qu., allerdings genauer als Jacob: »Chronik der Stadt Freybg im breisgau S. 21–22. angehängt der Elsaß. u. Strasbg. Chr. von Schiltern. Straßbg. M.D.C.XCVIII.« Genau bibliographiert ist das Jacob von Königshoven: Die alteste teutsche so wol allgemeine als insonderheit elsassische und straßburgische Chronicke [...]. ed. J. Schiltern. Straßburg 1698. In diesen Bd. ist – hinter Anm.en und Anhang – die »Chronicke der Stadt Freyburg im Brisgaw« eingebunden, die 52 S.n umfaßt und auf S. 21 sq. Ferdinands Sage wörtl. wiedergibt.

Jacob Grimms Sage »Bern im Uchtland« ist sicher eine Kontamination aus Etterlins »Kronika« und Ferdinands Text, den er aus Königshovens »Chronicke« übernommen hat. Eine Var. ist u. a. Bl. 59.

Im Apparat der DS wird Etterlins »Kronika« zehnmal als Qu. genannt (zu DS 218, 480, 486, 514–520). Vgl. dazu Kindermann-Bieri, 46–105.

61. Der Wolf zu Stablo

Hs.: Jacob.

Qu.: Hegenitius, 260 sq.: diese Qu. wird zu vier Sagen genannt (Bll. 61, 61a, 62, 104). Davon stammen drei aus dem »Itinerarium Gallo-Brabanticum« von Abr. Ortelius (Bll. 61, 61a, 62), welches im Anschluß an das »Itinerarium Frisio-Hollandicum« von Gotfr. Hegenitius in den Bd. miteingebunden ist (Hegenitius, 183–343).

Im Gegensatz zu anderen lat. Qu.ntexten (z. B. Crusius, Bll. 89–95), übersetzt Jacob hier nicht ins Deutsche, sondern läßt zwei Sagen aus Hegenitius' Werk in Latein stehen (Bll. 61, 61a).

Die dt. Übersetzung lautet:

»Es heißt, man sage Stablo, wie Wolfsgehege, weil zur Zeit des heiligen Remaclus nichts anderes an diesem Ort gewesen sei als große Gehege für wilde Tiere. Und es wird allgemein erzählt: als dieser Remaclus das Kloster gründete, bediente er sich zum Lastenschleppen der Hilfe eines Esels. Nachdem ein Wolf diesen verschlungen hatte, habe Remaclus ihn dazu verdammt, die Stelle des Esels einzunehmen. Weil sich der Wolf willfährig gezeigt habe, ließ er an diesem Ort einen Wolf, der Lasten schleppt, abbilden. Der Wirt, bei dem wir einkehrten, sagte, er habe einst noch die sterblichen Überreste des Wolfes gesehen, die in der Eingangshalle jenes alten Gotteshauses aufgehängt waren. Als man dies niederriß, habe er unter dem Zustrom vieler Einwohner, die aus dem gleichen Grund herbeigeeilt waren, das Fell an sich genommen. Aber wegen des hohen Alters sei nicht mehr festzustellen gewesen, von welchem Tier es war, so daß sogar einige glaubten, es handle sich bloß um eine Schweinehaut.«

61a. Domkirche zu Trier
Hs.: Jacob.

Qu.: Hegenitius, 324 sq. (cf. Anm. Bl. 61).

Rechts oben fügt Grimm in Klammern hinzu: »(geschrieben 1575. ed. princeps, plantiniana antwerp. 1584.)«. Dieser Zusatz stammt zum Teil vom Titelbl. zu Ortelius »Itinerarium Gallo-Brabanticum« (Hegenitius, 181), wo u. a. steht: »Editio altera, castigatior Plantiniana anni MDLXXXIV«, zum Teil vom Schluß von Ortelius' Werk (Hegenitius, 343), welcher lautet: »Antverpia. onis Octobr. ann. MDLXXV«. Die marginale Anm. bezeugt Jacob Grimms Tendenz zum exakten Bibliographieren.

Die dt. Übersetzung lautet:

»So ist das wichtigste Gotteshaus, das im Volksmund Dom genannt wird, beschaffen: Es nimmt die Höhe des einzigen Hügels in der Stadt ein, hat eine viereckige, längliche Form, und ist ganz aus aschgrauen Steinen von solcher Größe erbaut, daß man kaum glauben kann, wie sie von Menschenhand dorthin geschleppt werden konnten. Beim gemeinen Volk geht deshalb sogar die Sage um, daß der Erbauer den Bösen zu Hilfe genommen habe, dem er weisgemacht hatte, er baue ein Freudenhaus und Tische fürs Würfelspiel. Als Beweis dafür nehmen sie die Altäre, deren Oberfläche nicht wie bei den übrigen gerade, sondern geneigt ist, und eine Art Horn an der Wand, das sie Teufelskralle nennen. Als der Böse sich nämlich getäuscht sah, habe er sich auf die Altäre gestürzt und dabei die Kralle abgerissen. Solche Geschichten entstehen, sooft ein Werk dem menschlichen Verstand nicht faßbar ist.«

cf. Talos, I.: Art. »Baumeister«. In: EM 1, 1393–1397, sowie Mot. G303.9.1.6.: »Devil as builder of churches«.

62. Der Riese zu Antwerpen
Hs.: Jacob.

Qu.: Lemaire 2, 353; in Grimms Besitz befanden sich Lemaires »Illustrations de Gaule« in der Ausg. Paris 1548, sie wird aber als Verlust gemeldet (Denecke/Teitge, 1354) und konnte nicht ausfindig gemacht werden. Der frz. Text entspricht fast wörtl. Grimms Sage. In Ortelius' »Itinerarium gallo-brabanticum«, der zweiten von Grimm genannten Qu., konnten keine Hinweise auf die Sage entdeckt werden. Ebensowenig gelang es, das »Flämische Volksbuch von Julius Caesar«, die drittgenannte Qu., zu ermitteln.

Unter den Beilagenzetteln, die sich im Handexemplar des ersten Sagenbd.s befinden (Daffis 86), notierte Grimm auf Bl. 64 unter dem Titel »Sage von Antwerpen« eine Var. der Sage: »Vom Riesen Tygon, den ein Herzog von Brabant tödten u. der ihm zum Wahrz. eine Hand abhieb u. mitbrachte.« Als Qu. nennt er: »Mém. de la société roy. des Antiquaires de france. I. 391, 395.«

63. Hans Heesch
Hs.: Jacob.

Qu.: Meyer, Darstellungen, 265 sq.; dieser Bd.wird dreimal als Qu. genannt (Bll. 63–65). Die Texte sind fast wörtl. übernommen.

64. Die Ebene von Volksstädt
Hs.: Jacob.

Qu.: Meyer, Darstellungen, 307 sq. (vgl. Anm. Bl. 63). Randnotiz von Jacobs Hand: »in Holstein«.

65. Die Radspur
Hs.: Jacob.
Qu.: Meyer, Darstellungen, 246 (vgl. Anm. Bl. 63). Randnotiz von Jacobs Hand: »in Holstein«.
Zum Motiv der Bewegungsmöglichkeit cf. Daxelmüller, C.: Art. »Festbannen«. In: EM 4, 1043–1052.
66. Die Schiffbraite
Hs.: Jacob.
Qu.: Aretin, Beiträge 4, 628–656; Aretin schildert ausführlich eine gerichtliche Untersuchung mit insgesamt 6 Zeugenverhören, die dazu dienen soll, dem Wahrheitsgehalt der Sage um die »Schiffbraite« auf die Spur zu kommen. Grimms Ergänzung der Qu.nang., der Hinweis auf die »gerichtlichen Zeugenabhöre vom Jahr 1624«, stammt aus Aretin, Beiträge, 630. Der Qu.ntext ist sehr stark gerafft worden, das hs. Bl. mit vielen Korrekturen versehen.
67. Nicht wieder zu findende Stelle
Hs.: Wilhelm.
Qu.: nicht ermittelt.
68. Der Tanzteich
Hs.: Jacob.
Qu.: Behrens 1703, 91 sq.; der »Curiöse Harzwald« wird dreimal als Qu. genannt (Bll. 68–69, 83).
Schon im Handexemplar der DS taucht das Werk dreimal als hs. Nachtrag auf (zu DS 23, 105, 110), offensichtlich wurde es den Brüdern Grimm erst nach Erscheinen von DS 1/2 bekannt.
Am rechten oberen Rand notiert Jacob auf frz.: »l'eau qui danse«.
69. Das Kreißloch
Hs.: Jacob.
Qu.: Behrens 1703, 93 sq. (cf. Anm. Bl. 68).
70. Das Hirtenhaus auf der Lorscher Waide
Hs.: Jacob.
Qu.: Es wird keine Qu. genannt. Beim Text handelt es sich um eine flüchtige Niederschrift auf einem kleinen Zettel.
71. Ursprung der von Hund
Hs.: Jacob.
Qu.: Vorzeit, 169–171. Die Geschichte vom »Ursprung der von Hund« ist in den Aufsatz »Die Burg Löwenstein, in Niederhessen« eingebettet (Vorzeit, 164–198), der von K. W. Justi, dem Editor der »Hess. Denkwürdigkeiten«, stammt. Der Text erzählt die Sage, welche im Zeitungsausschnitt von Bl. 72 abgedruckt ist, fast wörtl. wieder (cf. Anm. Bl. 72).
72. Das Schloß Hundsburg
Hs.: Dies ist das einzige Bl. der Slg., welches keine hs. Aufzeichnung enthält, sondern aus einem Zeitungsausschnitt besteht.
Qu.: Der Brandenburger Erzähler, oder: Uebersicht der jüngsten Zeitereignisse. (Unentgeltliche Beilage zum Märkischen Boten.) No. 74. 27. Mai 1820.
Der Aufsatz im »Brandenburger Erzähler« wurde von einem Herrn »Lehmann« verfaßt, der berichtet: »Es existiert von dem Ursprunge dieser alten Familie von Hund [. . .] eine uralte mündliche Sage, die [. . .] ich mich, irgend wo gelesen zu haben, erinnere.«

Da der »Brandenburger Erzähler« sechs Jahre früher als die »Vorzeit« erschienen ist, liegt die Vermutung nahe, daß K. W. Justi (der Verf. des Art.s in der »Vorzeit«) den »Brandenburger Erzähler« als Vorl. zur Verfügung hatte. Ein Zusammenhang ist zwingend, da die Texte fast identisch sind.

73. Die von Selbach

Hs.: Jacob.

Qu.: Arnoldi 1, 137 sq. Die Qu.nang. ist am Ende des Textes notiert. Bei Arnoldi befindet sich die Sage samt Grimms einleitendem Satz in einer not.: »(g.) [. . .]. In der Selbachschen Familie hatte sich davon eine Legende erhalten, welche Wilhelm von Selbach zu Zeppenfeld in einem Schreiben an Graf Johann den älteren zu Dillenburg im J. 1567 folgendermaßen erzählt: . . . .« Die darauffolgende Sage ist von Grimm beinahe wörtl. übernommen.

74. Die weiße Frau

Hs.: Jacob.

Qu.: Reise durch Thüringen 3, 288 sq.; (cf. Anm. Bl. 48).

Die Qu. wird am Schluß der Sage genannt.

Der Sagenzyklus der »Weißen Frau« ist international in unzähligen Var.n belegt. cf. u. a. Wähler, M:: Die weiße Frau. Vom Glauben des Volkes an den lebenden Leichnam. Jena 1931; Röhrich, L.: Art. »Erlösung«. In: EM 4, 195–222, bes. 211. In der DM versucht Jacob Grimm, die Erscheinung der »Weißen Frau« sowie aller anderen weißgekleideten Toten auf einen gemeinsamen, mythologischen Ursprung zurückzuführen: DM 1, Kap. XVI (»Weise Frauen«), 328–362; DM 2, 803–310.

75./76. Sage über die Moorjungfrauen; Die Sage vom Auersberge; Ohne Titel

Hs.: Es handelt sich hier um ein in fremder Hs. verfaßtes Doppelbl., auf welchem sich drei Sagen aneinanderreihen.

Qu.: Nur für die erste Sage wird vom unbekannten Verf. eine Qu. genannt (im Text selber): »Stumpfs Topographie des amtes Bischofsheim S. 8« (Stumpf, Topographie, 8 sq.); Stumpfs Vorl. wird nur bruchstückhaft benutzt und der Verf. ergänzt sie durch eigene Kenntnisse. Am Ende der ersten Sage notiert er: »Der schwarze Hund im Schlosse Biberstein gehört auch hieher, den sie in meiner Buchania in der Beschreibung desselben finden werden.«

Der zweite Text ist mit einem Titel versehen, nennt aber keine Qu.

Im dritten Text, der die Begebenheit vom wilden Jäger im Schloß Reusenberg erzählt, fehlt beides. Im Anschluß an die Sage folgt noch eine persönliche Passage des Verf.s an die Adresse von Jacob oder Wilhelm Grimm: »Können Sie solche ähnliche Sachen und Volkssagen unserer Gegend für Ihre Sammlung brauchen, so will ich mich bis zu Ihrer Antwort befragen und besinnen und dann bei mehr Zeit als heute, noch vielleicht mit einem dutzend aufwarten.«

77. Das Schröersloch

Hs.: Jacob.

Qu.: Von Steinen 1, 1167 (cf. Anm.en Bll. 9/10, 18).

78. Die Hölle

Hs.: Jacob.

Qu.: Von Steinen 1, 1166 (cf. Anm.en Bll. 9/10, 18).

79. Die Schweitzerburg

Hs.: Jacob.

Qu.: Von Steinen 2, 570 (cf. Anm. Bll. 9/10).

Vgl. Roth, K.: Art. »Ehebruch«. In: EM 5, 1042–1055, bes. 1050 sqq.

80. Juffernsprunk
Hs.: Jacob.

Qu.: Von Steinen 1, 1667 (cf. Anm. Bll. 9/10).

Var.n von übernatürlichen »Sprüngen« sind u. a. DS 130 (»Eppela Gaila«), DS 142 (»Der Jungfrausprung«), DS 319 (»Der Rosstrapp und der Kreetpfuhl«), DS 320 (»Der Mägdesprung«), DS 321 (»Der Jungfernsprung«), DS 322 (»Der Harrassprung«) und DS 326 (»Das Hünenblut«).

81. Mutz
Hs.: Jacob.

Qu.: Praetorius 3, 6.

In den DS wird die »Daemonologia Rubinzalii Silesii« einmal hs. nachgetragen zu DS 13 (»Die Schlangenjungfrau«). cf. dazu sowie allg. zur Bedeutung der Werke Praetorius' als Qu. für die DS Kindermann-Bieri, 147–157.

Die Figur des »Aufhockers« ist eine weitverbreitete Sagengestalt, sei es nun ein Kobold oder ein anderes übernatürliches Wesen.

82. Die Jahrringe
Hs.: Jacob.

Qu.: Wagener, Reise, 70 sq.; den Hinweis auf »Hetzels Bibel« hat Jacob vollständig aus Wagener übernommen, wo S. 70 die Sage folgendermaßen eingeleitet wird: »Sie erinnern sich vielleicht [. . .] in Hetzels Bibel mit vollständig erklärenden Anmerkungen (Th. 1. S. 20.) folgende Sage gelesen zu haben: . . .«. Die Erzählung wird anschließend in Anführungszeichen aus Hetzels Bibel zitiert und von Grimm dergestalt übernommen. Das restliche Kap. (Wagener, Reise, 71–76) enthält von Grimm nicht berücksichtigte Spekulationen über Entstehung und Alter der Baumannshöhle.

In der 2. Ausg. von »Hetzels Bibel« (Hezel, W. F.: Die Bibel Alten und Neuen Testaments mit vollständig-erklärenden Anmerkungen von F. W. Hezel. Lemgo ^{2}1786) fand sich kein Hinweis auf die Baumannshöhle, weder S. 20 noch Kap. 20. Die Erstausg. konnte nicht ermittelt werden.

83. Alten Reinstein
Hs.: Jacob.

Qu.: Behrens 1703, 160–162 (cf. Anm. Bl. 68).

Eine Marginale rechts oben merkt an: »vgl. no. 109«. Damit ist DS 110 (»Reinstein«) gemeint, die von der gleichen Burg erzählt und zu welcher die Brüder Grimm im Handexemplar Behrens als Belegstelle hs. nachgetragen haben.

84./85. Sage von Hagel und Brechta
Hs.: Jacob.

Qu.: Schütz 1599, 6 sq.; Grimms Hinweis auf die »elbinger Mönche« stammt aus Schütz S. 6: »Von diesem Hagel, ist [. . .] sonderlich in einem gar alten Buche / welchs die Münche zu Elbing geschrieben haben sollen [. . .] folgende erzehlung zu befinden«. Im Anschluß an die von Jacob sehr exakt abgeschriebene Sage wiederholt Schütz, S. 7, noch einmal: »Solches wie oberzehlet / ist in dem bemelten Buche der Elbingschen Münche geschrieben.«

Die zweite Var. der Sage wird bei Schütz so eingeleitet: »Etliche chronicken erzelen diese Geschichte etwas anders . . .« (Schütz 1599, 7). Am rechten oberen Rand vermerkt Jacob: »vgl. Uphagen p. 608.609«. Damit ist Uphagens in Latein abgefaßte »Parerga Historica« gemeint, die jedoch nur vom geogr. und hist. Umfeld des Tyrannen Hagel erzählt, nichts aber von der Sage, in welcher derselbe mit List gestürzt wurde. Als Qu. zitiert Uphagen ebenfalls die Chronik von Elbing (»Chronicon Elbingense«), cf. Uphagen 1782, 608 sq.

86. Die drei Garben
Hs.: Wilhelm.
Qu.: Es konnte keine Qu. ermittelt werden. Die Vokabel »mündlich« ist lila unterstrichen.
»Kufen« ist der mundartliche Ausdruck für »Gefäß«.
Diese Sage gehört zum Motivkreis der »Magischen Flucht« (AaTh 303, 304). Vgl. Mot. D671 (»Transformation Flight. Fugitives transform themselves in order to escape detection by pursuer«.)
87. Die Siebenzehner
Hs.: Jacob.
Qu.: Morgenblatt 1816, No. 203, 810.
Für die DS haben die Brüder Grimm das »Morgenblatt« bereits als Qu. benutzt, Ausg. 1808 einmal (DS 103), Ausg. 1811 zweimal (DS 192, 234). cf. dazu wie allg. zum »Morgenblatt« Kindermann-Bieri, 212–216, wo am Bsp. von DS 103 (»Die heiligen Quellen«) Grimms Bearbeitungsmodus in bezug auf diese Qu. untersucht wird.
Die hier als Vorl. benutzte Ausg. 1816 wird im Handexemplar als hs. Nachtrag zu DS 170 (»Rodensteins Auszug«) vermerkt.
88. Die Alzheimer Linde
Hs.: Jacob.
Qu.: Zeiller, 538; das »Reißbuch« wird zweimal als Qu. genannt (Bll. 88, 106). Im Nachlaß 1756 III,1 notiert Grimm auf Bl. 133 zu Zeillers »Reißbuch« 27 Seitenzahlen mit einem jeweils dazugehörigen inhaltlichen Stichwort (cf. Anm. Bl. 34). Darunter befinden sich, durchgestrichen, auch die hier auf Bl. 88 bzw. Bl. 106 abgeschriebenen Stellen wieder (»465 Sage von Anno« und »538 Alzheimer Linde«). Drei weitere Stichworte sind gestrichen, also vermutlich irgendwo benutzt worden, allerdings nicht hier im geplanten 3. Bd.
Unorthodoxe Formulierungen wie »ein schöne Linden«, »Hemmet, Nästlein« und der Schluß der Sage stammen wörtl. aus Zeiller.
89. Der Waßerfräulein und Holzfrauen Stuben
Hs.: Jacob.
Qu.: Crusius, Annales 3, 95; die »Annales Suevici« werden für den geplanten 3. Bd. viermal als Qu. benutzt (Bll. 89, 92–94), das sich im Anhang der »Annales« befindliche »Paraleipomenos Rerum Suevicarum Liber« dreimal (cf. Anm. Bl. 90). Alle Texte aus Crusius sind von Jacob aus dem Lateinischen übersetzt worden.
Begriffe wie »der Wasserfrawen Stuben« bzw. »der Holtzfrawen (al. Waldfrawen) Stuben« stehen auch bei Crusius in Deutsch da.
Die von Jacob im Text in Klammern eingefügte Jahreszahl nennt das Erscheinungsjahr der »Annales«.
90. Frena Beutlins-Loch
Hs.: Jacob.
Qu.: Crusius, Paraleipomenos, 10; dieses Werk von Crusius ist als Anhang in seine »Annales Suevici« mit eingebunden und wird dreimal als Qu. genannt (Bll. 90, 91, 95; cf. Anm. Bl. 89). Der Qu.ntext ist von Jacob aus dem Lateinischen relativ genau übersetzt worden.
Crusius erwähnt das »Sybilla-Loch«, von welchem der zweite Teil der Sage erzählt, ebenfalls.

91. Das Lenninger-Thal
Hs.: Jacob.
Qu.: Crusius, Paraleipomenos, 7 (vgl. Anm. Bl. 90).
92. Die schwäbischen Raubritter
Hs.: Jacob.
Qu.: Crusius, Annales 3, 95 (cf. Anm. Bl. 89). Als einzige dt. Bemerkung steht bei Crusius in Klammern: »(ein solchen Atzmann)«. Der Zusatz »nach G. Wideman«, den Jacob der Qu.nang. anhängt, stammt aus Crusius, der in Klammern zweimal auf »Widemannus« hinweist. Damit könnte G. R. Widmanns Werk »Das ärgerliche Leben und schreckliche Ende des viel-berüchtigten Erz-Schwarzkünstlers Johannis Fausti« gemeint sein, auf welches auch auf Bl. 184 des Konvolutes 1756 VI hingewiesen wird und dessen Ausg. Nürnberg 1726 sich im Besitz der Brüder Grimm befand (Denecke/Teitge, 2166).
Der Begriff »Atzmann« wird im DW mit »phthisis, schwindsucht« erklärt; vgl. auch DM 2, 913; DM 3, 430.
93. Räuber Hopp
Hs.: Jacob.
Qu.: Crusius, Annales 3, 76 (cf. Anm. Bl. 89). Bei Crusius steht als einziger dt. Ausdruck das »proverbium«: »Der ist ein böser Hopp: oder / ein wilder Kopp.«
94. Die Kirche zu den sieben Geschwistrichten
Hs.: Jacob.
Qu.: Crusius, Annales 3, 94 (cf. Anm. Bl. 89). Bei Crusius steht als einziger dt. Ausdruck der Kirchenname: »zu den sieben Geschwisterigten«.
95. Die böse Schwieger
Hs.: Jacob.
Qu.: Crusius, Paraleipomenos, 71 (vgl. Anm. Bl. 90).
Das seltsame Wort »ringen« lautet in der Qu. »pulsetur« und wird im DW u. a. mit »läuten« erklärt.
96. Die sieben Trappen
Hs.: Jacob.
Qu.: Berckenmeyer 1712, 461 (cf. Anm. Bl. 40).
Jacob Grimm erklärt im DW die Vokabel »Trappen« u. a. als »dunkles, dichtes, geolog. älteres erguszgestein, das oft in treppenform auftritt«.
97. Der Dom zu Naumburg
Hs.: Jacob.
Qu.: Berckenmeyer 1712, 539 (cf. Anm. Bl. 40).
98. Das alte Land zu Mönchgut
Hs.: Jacob.
Qu.: Greifsw. Acad. Archiv, 33; es handelt sich dabei um einen Beitrag mit dem Titel »Denkmäler der Vorzeit der Insel Rügen und ihrer Umgebungen« von B. O. Franck (Greifsw. Acad. Archiv, 29–59), wobei die von Grimm zitierte Stelle fast wörtl. übernommen wurde.
99. Der weiße Thurm
Hs.: Jacob.
Qu.: Berckenmeyer 1712, 459 (vgl. Anm. Bl. 40). In der Qu. heißt es »der weiße Thurn«.
100. Die Lippelshöhle
Hs.: Jacob.
Qu.: Berckenmeyer 1712, 465 (vgl. Anm. Bl. 40).

101. Der heilige See
Hs.: Jacob.
Qu.: Pomarius 1588, 353. Die »Sächsische Chronik« ist schon hs. als Belegstelle für DS 75 (»Hütchen«) im Handexemplar (Daffis 86) nachgetragen worden.
102. Die Arensburg
Hs.: Jacob.
Qu.: Zeitung f. d. el. Welt 1816, Nr. 203, Ausg. 5. Okt., S. 1623; in der Rubrik »Korrespondenz und Notizen« steht – ohne einen Verf. zu nennen – der Aufsatz »Aus Eilsen, im Weserthale«, der u. a. die landschaftliche Umgebung der Ludener Klippe schildert. Die Sage über »Ursprung und Geschichte« der Arensburg wird in einer not. erzählt. Auf Bl. 22 (»Das Haus-Arend«) wird die Sage mit anderem Schluß ausführlich erzählt (cf. Anm. Bl. 22).
Die »Zeitung für die elegante Welt« (Ausg. 1811) wird schon für DS 170 (»Rodensteins Auszug«) als Qu. genannt.
103. Der Pfeiffer zu Mölburg
Hs.: Wilhelm.
Qu.: Luther, Tischreden, 210^b; der alte Text ist von Wilhelm sehr exakt abgeschrieben worden und klingt daher unorthodox. Die Qu.nang. wurde mit anderer Tinte wohl erst nachträglich ergänzt. Die Bemerkung »aus mündlichen Erzählungen« stammt ebenfalls aus Luthers Schrift, wo die Begebenheit mit dem Titel überschrieben ist: »Etliche Historien von D. M. Luthern erzehlet, die erste von einem Pfeiffer, den der Teufel wegführte«.
Luthers Werk befand sich in Grimms Besitz (Denecke/Teitge, 6781). Die Vokabel »Spechter« wird im DW mit »ein trinkglas von hoher und enger form« erklärt.
104. König Esel-Ohr
Hs.: Jacob.
Qu.: Hegenitius, 144 (cf. Anm. Bl. 61). Im Gegensatz zu den beiden Texten auf den Bll. 61, 61a hat Jacob hier den lat. Text übersetzt. Im Nachlaß 1756 III, 1 weist ein kleiner Zettel (Bl. 169) auf Hegenitius' »Iter hollandicum«, wobei mehrere S.nzahlen genannt werden, u. a. auch die für diese Sage zitierte S. 144, die vom »König Eseloorsberg« berichtet.
Die bekannteste Var. dieses Motivs ist die Sage von König Midas (cf. AaTh 782: »Midas and the Ass's Ears«, bes. Mot. F 511.2.2.: »Person with ass's ears [Midas]«). Zur Strafe dafür, daß Midas in einem musikalischen Wettstreit zwischen Apoll und Pan letzterem den Vorzug gegeben hatte, ließ Apoll ihm Eselsohren wachsen. Sein Barbier murmelte dieses Geheimnis in ein Erdloch und verschüttete es, das dort aufwachsende Röhricht – vom Wind bewegt – verriet es jedoch.
105. Galgen Gastmahl
Hs.: Wilhelm.
Qu.: Es konnte keine Qu. ermittelt werden.
Rechts oben steht in roter Schrift: »cf. I. 335«. Damit ist DS 336 (»Gäste vom Galgen«) gemeint.
Die Ang. »mündlich aus Wien« wird schon zu DS 353 (»Der Judenstein«) und DS 356 (»Der Altar zu Seefeld«) gemacht. Aus Österreich zugeflossen sind den Brüdern Grimm u. a. auch DS 128 (»Die Müllerin«) und DS 179 (»Die Spinnerin am Kreuz«). Wichtige Verbindungen zu Wien wurden von Grimm v. a. während des Wiener Kongresses 1814/15 geknüpft, wo er bes. mit dem Herausgeber der Wiener Jahrbücher, Bartholomäus Kopitar, eine langjährige Freundschaft aufbaute (cf. Denecke 1971, 151, 169 sq.). Zur Bedeutung des Galgens in der Volkserzählung cf. Sanarov, V. I.: Art. »Galgen«. In: EM 5, 647–654.

106. Die falschen Richter
Hs.: Jacob.
Qu.: Zeiller, 465 (cf. Anm. Bl. 88).
107. Der Schäfer und der Hakelberg
Hs.: Jacob.
Qu.: Weidmanns Feierabende 2, 8 sq.
Von »Hackelberg« ist auch in DS 172 (»Der wilde Jäger Hackelberg«) und DS 311 (»Des Hackelnberg Traum«) die Rede. cf. auch DM 2, 767–770; Meyer, H.: Die Hackelbergsage. Diss. Göttingen 1954, bes. 125 sqq. (eine Zus.stellung aller bekannten Var.n).
Zum Motiv der Bewegungsunmöglichkeit cf. Daxelmüller, C.: Art. »Festbannen«. In: EM 4, 1043–1052.
108. Die kronenlosen Bäume
Hs.: Jacob.
Qu.: Vermutlich ist Marie Hassenpflug gemeint. Der Briefwechsel der Brüder Grimm mit der Familie Hassenpflug (Daffis 914) liefert allerdings keine Beweise dafür.
Marie war v. a. Gewährsperson etlicher Beiträge für Grimms Kinder- und Hausmärchen: cf. Rölleke, H. (ed.): Die älteste Märchensammlung der Brüder Grimm. Cologny-Genève 1975, 391 sq.; vgl. auch Rölleke, H.: Art. »Alte Marie«. In: EM 1, 380–382.
109. Die heilige Wiese zu Laer
Hs.: Jacob.
Qu.: Rolevinck, 54–57.
Die beiden Ewalde, zwei angelsächsiche Priestermönche, nach ihrer Haarfarbe »der Schwarze E.« und »der Weisse E.« genannt, erlitten als Missionare bei den Sachsen um 695 den Märtyrertod. Der Herausgeber der oben zitierten »Rolevinck-Ausg.«, H. Bücker, erläutert zur Sage im Anhang: »Die von Rolevinck berichtete Missionstätigkeit der beiden Ewalde in Laer entbehrt jeder geschichtlichen Grundlage« (Rolevinck, 250, not. 1).
In DM 1, 375 sq. merkt Jacob Grimm zum Namen »Ewald« an: »*Ivaldr* entspricht dem dän. Evald, nhd. Ewald, einem in älteren urkunden seltnen namen; bekannt sind die beiden heiligen *Ewalde* (niger et albus), die zu Pipins zeiten im j. 695 gemartert und in Cöln begraben wurden [. . .], aber aus England stammten.«
110. Der Spieltisch der Geister
Hs.: Jacob.
Qu.: Goldfuß/Bischof, 162 sq.; der Hinweis auf das »rothe Schloß« stammt von S. 161.
Die seltsame Formulierung »um dünnem Fuße ruht« heißt in der Qu. korrekter: »die auf einem dünnen Fuße ruhet«.
111. De drei Musikanten up de Galge
Hs.: Wilhelm.
Qu.: unbekannt. Die Sagen auf den Bll. 111–113 müssen alle aus derelben Qu. stammen, da sich bei allen dreien über dem Titel eine durchgestrichene Zahl und am rechten oberen Bl.rand eine ebenfalls durchgestrichene S.nzahl befindet (offensichtlich die Textnummer im Vorl.nbd. sowie die entsprechende S.nzahl). Hier die Zahl »75« und als Marginalie »S. 348«. Die Übersetzungen in Klammern sind von Wilhelm eingefügt worden.
»Mündlich aus Münster« ist lila unterstrichen und mit einem Kreuz versehen.

112. De graute Kerl
Hs.: Wilhelm.
Qu.: unbekannt; cf. Anm. Bl. 111. Hier steht über dem Titel die Zahl »74« und als Marginalie die Ang. »S. 343«, beides durchgestrichen. Zur Thematik der Dankbarkeit eines Toten, z. B. für seine Bestattung, cf. Röhrich, L.: Art. »Dankbarer Toter (AaTh 505–508)«. In: EM 3, 306–322. Zum »magischen Kreis« als Schutz vor dem Teufel cf. Mot. D1381.11.: »Magic circle protects from devil«.
113. Todten-Wache
Hs.: Wilhelm.
Qu.: unbekannt; cf. Anm. Bl. 111. Über dem Titel steht durchgestrichen »123«. Rechts oben ist eine fast unleserliche Bleistiftnotiz, die wohl heißt: »Ist kein rechtes Märchen«. Dies könnte darauf hindeuten, daß Wilhelms Qu. ein Märchenbuch war.
Im Konvolut Daffis 1756, IV, befinden sich in einem Umschlag mit der Überschrift »Gespenster Spuk« die Bll. 191–193, bestehend aus einem doppelseitigen Zeitungsausschnitt mit einem eingeklebten Notizzettel von Jacobs Hand (Bll. 191, 192, 193a) sowie einer in Jacobs Hs. verfaßten Sage (Bl. 193). Dieses Bl. ist nachträglich mit dem in rot geschriebenen Titel »der arme Bauer auf dem Kirchhof« versehen worden und enthält fast wörtl. den Text der »Todten-Wache«. Rechts oben ist – ebenfalls in rot – notiert: »zu ›Gespenster Sage‹. Zwerner Frau am 23 Juny 1813«. Daher lautet Wilhelms Qu.nang. zu diesem Bl. wohl »mündlich aus Zwehren«.
Zum Themenkreis der Nachtwache auf dem Kirchhof vgl. Brednich, R. W.: Art. »Grabwache«. In: EM 6, 79 sq.; cf. u. a. auch Mot. H1460 (»Test: vigil at tomb«), Mot. H1416 (»Fear test: spending night by grave«), Mot E 273 (»Churchyard ghost«).
114. Gehört zu der Sage Todten-Wache
Hs.: vermutlich Wilhelm. Der Text ist aber so flüchtig notiert worden, daß die Schrift nicht nur schwer lesbar, sondern auch nicht mit Sicherheit einem bestimmten Verf. zuzuweisen ist.
Qu.: nicht ermittelt.
Rechts oben steht eine kaum noch erkennbare bzw. lesbare Bleistiftnotiz: »Kleinberg be(tten?)« [unleserlich]«.
Zur Thematik »Grabwache« cf. Anm. Bl. 113.
115. Die zwölf Jungfrauen
Hs.: Wilhelm.
Qu.: unbekannt. Die Ang. »Mündlich aus Deutschböhmen« notierten die Brüder Grimm schon im ersten Bd. fünfmal (DS 52–53, 236, 238, 246).
116. Der weiße Hirsch
Hs.: Wilhelm.
Qu.: Strack, Wegweiser, 117 sq. (cf. Anm. Bl. 11/12).
Der Hinweis auf »Münchhausen« ist lila unterstrichen.
Im DW erläutert Jacob Grimm die Vokabel »Ehle« als »dehnung des üblicheren elle«, daher der »ehlenlange Bart«.
117. Das Bergmännlein im Amelunx-Berg
Hs.: Wilhelm.
Qu.: Strack, Wegweiser, 130–132 (cf. Anm. Bl. 11/12).
Der Hinweis auf Münchhausen ist lila unterstrichen.
Bergmännchen oder Berggeister gehören zu den sagentypischen, übernatürli-

chen Wesen, die der Volksglaube im Zusammenhang mit naturmythologischen Phänomenen hervorgebracht hat. cf. Heilfurt, G.: Art. »Bergmann«. In: EM 2, 148–151; Heilfurt, G.: Bergbau und Bergmann in der deutschsprachigen Sagenüberlieferung Mitteleuropas. Marburg 1967; Stötzel, H.: Die Bergmannssage. Diss. Düsseldorf 1936; s. die Bibliographie bei Wolfersdorf, P.: Die niedersächsischen Berggeistersagen. Göttingen 1968, 235–240; eine kleine Bibliographie gibt auch Ward 1, 316.

118. Hexentanz

Hs.: Titel und Qu.nang. Jacob, Text unbekannt.

Qu.: Wyß, Reise 2, 611. Der Text ist identisch mit dem Vorl.ntext.

In diesem 3. Bd. stammen 29 Sagen aus Wyß' »Reise« (Bll. 118–146). Sie sind teils von Jacob Grimm, teils von immer derselben unbekannten Hand aufgezeichnet worden (cf. Kindermann-Bieri, 379, 384–387). Bei den Texten unbekannter Hs. hat Jacob stets Titel und Qu.nang. ergänzt, der Schreiber selbst notierte unter der Sage lediglich die entsprechende Seitenzahl aus Wyß' »Reise«, die meist von Grimm durchgestrichen wurde. Der Verf. hat dasselbe Papier wie die Brüder Grimm benutzt (gleiches Wasserzeichen), muß also aus dem Umfeld von Jacob und Wilhelm stammen. Die Texte aus Jacobs Feder weisen sämtliche eine viel größere Bearbeitung der Qu. auf, während der unbekannte Verf. die Vorl. fast unverändert kopiert hat.

Der Satzteil »oder anderthalb sei kein Gras gewachsen« ist rot unterstrichen.

J. R. Wyß steuerte für diesen 3. Bd. bereits drei Sagen bei (Bll. 44, 46, 479 und war auch schon wichtiger Beiträger für die ersten beiden Sagenbde. (cf. Anm. Bl. 44).

119. Das Teufelsbett

Hs.: Titel und Qu.nang. Jacob, Text unbekannt.

Qu.: Wyß, Reise 1, 203 (vgl. Anm. Bl. 118).

120. Stadt Roll

Hs.: Jacob.

Qu.: Wyß, Reise 1, 288 sq. (vgl. Anm. Bl. 118).

Den warnenden Vers des Zwergleins zitiert Wyß in einer not.; dort erklärt Wyß zur Strophe »Schlegel und Wegge sy kalte«: »(g'halten, im Gehalt verwahrt)« und den ganzen Vers folgendermaßen: »Die Zwerglein werden wie Bergleute gedacht, welche nun ihre Werkzeuge wieder verwahren, um die lang bearbeitete Felsenspitze von selber stürzen zu lassen. Anders kann ich den Vers nicht verstehen« (Wyß, Reise, 289, not.).

Am Ende der Sage notiert Jacob: »vgl. Wyß Idyllen S. 62«. Diese Anm. hat Jacob ebenfalls oben erwähnter not. entnommen: »Vergl. meine poetische Bearbeitung in den Idyllen [. . .] S. 62«. In Wyß' »Idyllen« (cf. Anm. Bl. 118)beginnt auf S. 62 der Vorl.ntext für DS 45 (»Der einkehrende Zwerg«), wo auch vom Erdfall bei Ralligen berichtet wird.

121. Bruderfeindschaft

Hs.: Jacob.

Qu.: Wyß, Reise 1, 291 (vgl. Anm. Bl. 118).

122.Teufels Karrweg

Hs.: Jacob.

Qu.: Wyß, Reise 1, 306 (vgl. Anm. Bl. 118).

Zum Motiv der Radspuren im Stein vgl. Bl. 65.

123. Der wütende Hirtenknabe
Hs.: Titel und Qu.nang. Jacob, Text unbekannt.
Qu.: Wyß, Reise 1, 314 sq. (vgl. Anm. Bl. 118).
124. Die drei Riesen
Hs.: Titel und Qu.nang. Jacob, Text unbekannt.
Qu.: Wyß, Reise 1, 357 sq. (vgl. Anm. Bl. 118).
Die Vokabel in eckigen Klammern, [erkämpften], fehlt in der Hs. und ist hier aus Wyß ergänzt worden.
cf. Mot. F531.5.1.: »Giant friendly to man«.
125. Der Bruderstein
Hs.: Titel und Qu.nang. Jacob, Text unbekannt.
Qu.: Wyß, Reise 1, 399; (vgl. Anm. Bl. 118).
Eine Var. ist u. a. DS 357 (»Der Sterbenstein«). Von verfeindeten Brüdern handelt auch Bl. 121.
126. Der getaufte Widder
Hs.: Jacob.
Qu.: Wyß, Reise 2, 417; (vgl. Anm. Bl. 118).
Diese Sage wurde den Brüdern Grimm von J. R. Wyß auch in einer Briefsendung zugesandt; cf. dazu Anm. Bl. 44.
Rechts oben steht von Jacobs Hand der Vermerk: »conf. No 142«. Damit ist DS 143 (»Der Stierenbach«) gemeint, eine Var. des blasphemischen Motivs: Auch dort wird ein Tier christlich getauft und dadurch eine Bestie geboren (cf. Kindermann-Bieri, 171–180).
127. Die rothen Schneeflocken
Hs.: Titel und Qu.nang. Jacob, Text unbekannt.
Qu.: Wyß, Reise 2, 419 (vgl. Anm. Bl. 118).
Jacob hat sich mit der nachträglich ergänzten Überschrift wohl geirrt, es sollte »Schneeflecken« statt »Schneeflocken« heißen.
cf. zum Motiv der »Armen Seelen« Intorp, L.: Art, »Fegefeuer«. in: EM 6, 964–979, bes. 970 sqq.
128. Die Büßerin
Hs.: Titel und Qu.nang. Jacob, Text unbekannt.
Qu.: Wyß, Reise 2, 419 sq. (vgl. Anm. Bl. 118).
Das Motiv ähnelt dem des »Ewigen Juden«, der ebenfalls als ruheloser Wiedergänger, meist als Strafe für Blasphemie, dazu verdammt ist, in alle Ewigkeit umherzuwandern (cf. Anm. Bl. 143). Zum Motiv der »Armen Seelen« vgl. auch Intorp, L.: Art. »Fegefeuer«. In: EM 6, 964–979, bes. 970 sqq.
129. Urserenthal
Hs.: Jacob.
Qu.: Wyß, Reise 2, 419 (vgl. Anm. Bl. 118).
130. Der Wunderbrunnen
Hs.: Titel und Qu.nang. Jacob, Text unbekannt.
Qu.: Wyß, Reise 2, 420 sq. (vgl. Anm. Bl. 118).
131. Der Stollenwurm
Hs.: Jacob.
Qu.: Wyß, Reise 2, 422 sq. (vgl. Anm. Bl. 118).
In DM 2, 571, weist Jacob auf diese typisch schweiz. Benennung einer Schlange hin (»Stollenwurm«) und verweist als Beleg ebenfalls auf Wyß' »Reise ins Berner Oberland«, S. 422.

132. Das Rücken der Kühe
Hs.: Jacob.
Qu.: Wyß, Reise 2, 424 sq. (vgl. Anm. Bl. 118).
133. Das Wiegenkind
Hs.: Jacob.
Qu.: Wyß, Reise 2, 444 (vgl. Anm. Bl. 118).
Eine Var. ist u. a. Bl. 144.
134. Der unglückliche Hirt
Hs.: Titel und Qu.nang. Jacob, Text unbekannt.
Qu.: Wyß, Reise 2, 444 sq. (vgl. Anm. Bl. 118).
135. Lauterbrunnen und Grindelwald
Hs.: Titel und Qu.nang. Jacob, Text unbekannt.
Qu.: Wyß, Reise 2, 459 sq. (vgl. Anm. Bl. 118).
Im DW erklärt Jacob Grimm die Vokabel »Grindel« u. a. mit »pfahl«, »pflugbaum«, »riegelbalken«.
136. Der heilige Bau
Hs.: Titel und Qu.nang. Jacob, Text unbekannt.
Qu.: Wyß, Reise 2, 617 (vgl. Anm. Bl. 118).
Dieser Text gehört zum Motivzyklus der Kirchenbauplatzsagen und des Gespannwunders. Eine Var. ist DS 350 (»Ochsen zeigen die heilige Stätte«). cf. u. a. Blümmel, M.-V.: Art. »Bauplatzlegende«. In: EM 1, 1401–1404; Strömbäck, D.: Die Wahl des Kirchenbauplatzes in der Sage und im Volksglauben mit bes. Rücksicht auf Schweden. In: Humaniora. Festschrift A. Taylor. Locust Valley/New York 1960, 37–48; Kindermann-Bieri, 224.
137. Der Eiszapfe
Hs.: Titel und Qu.nang. Jacob, Text unbekannt.
Qu.: Wyß, Reise 2, 631 sq. (vgl. Anm. Bl. 118).
138. Schmiedigen Bidmer
Hs.: Titel und Qu.nang. Jacob, Text unbekannt.
Qu.: Wyß, Reise 2, 639 (vgl. Anm. Bl. 118).
139. Streit der Grindelwaldner und Hasler
Hs.: Titel und Qu.nang. Jacob, Text unbekannt.
Qu.: Wyß, Reise 2, 640 (vgl. Anm. Bl. 118).
140. Martinsdruck und Martinsloch
Hs.: Jacob.
Qu.: Wyß, Reise 2, 671 sq. (vgl. Anm. Bl. 118).
In der Hs. ist das »und« im Titel mit »u.« abgekürzt.
In der Asterix-not. ergänzt Grimm: »*) Gruner Eisgebirge 2. 136.«. Damit ist Gruner, G. S.: Die Eisgebirge des Schweizerlandes 1–3 (in 1 Bd.). Bern 1760 gemeint. Darin wird die geologische Beschaffenheit des Martinslochs beschrieben, die Sage jedoch bleibt unerwähnt (ibid. 2, 135–138).
Der hl. Martin, i. e. Martin von Tours (316/17–397), hatte v. a. durch die Teilung seines Mantels mit einem Bettler viel Stoff für Legenden und Sagen geliefert.
141. Sage von Blümelisalp
Hs.: Jacob.
Qu.: Wyß, Reise 2, 702 (vgl. Anm. Bl. 118).
Wie Jacob angibt, wird die eigentliche Sage »auch erzählt in Wyß Reise S. 417«. Dieser Hinweis steht auch bei Wyß auf S. 702 und wurde dort von Grimm übernommen.

Eine Var. findet sich auf den Bll. 165/166 dieses Konvoluts in fremder Hs. Der Schreiber kommentiert den Text folgendermaßen: »Diese Sagen gab mir einer meiner fleißigsten Zuhörer Stud. Ehrentraut aus Jever, der sehr viel Interesse für altt. Lit. gezeigt hat. Er hat versprochen dergleichen Beiträge fortzusetzen.«

Eine weitere Var. ist u. a. DS 92 (»Blüemlisalp«); cf. Kindermann-Bieri, 284–293.

142. Die drei verwünschten Töchter

Hs.: Titel und Qu.nang. Jacob, Text unbekannt.

Qu.: Wyß, Reise 2, 715 sq. (vgl. Anm. Bl. 118).

Die eingefügte Vokabel [dem], wurde von Grimm vergessen und ist hier aus Wyß ergänzt worden.

Der »Geissfuß«, Erkennungszeichen des Teufels, wird in der Lit. meist mit »Pferdefuß« angegeben. cf. dazu Röhrich 1976, 254, 256.

143. Der ewige Jude

Hs.: Titel und Qu.nang. Jacob, Text unbekannt.

Qu.: Wyß, Reise 2, 789 (vgl. Anm. Bl. 118).

Die Figur des »ewigen Juden« ist international belegt, ein ruheloser Wiedergänger, der – meist als Strafe für Blasphemie – dazu verdammt ist, in alle Ewigkeit umherzuwandern. Der Name »Ahasverus«, bekannt aus einem Pamphlet des 17. Jh.s, ist heute meist identisch mit dem »Ewigen Juden«. cf. AaTh 777, Mot. Q 502.1: »The Wandering Jew«. Vgl. auch Schnitzler, O.: Art. »Ewiger Jude«. In: EM 4, 577–588, sowie Lixfeld, H.: Art. »Ahasver«. In: EM 1, 227. Eine Grimmsche Var. ist DS 344 (»Der ewige Jud auf dem Matterhorn«). Für weitere Lit. sowie überhaupt zum Motivkreis cf. Kindermann-Bieri, 358 sq.

144. Kienholz

Hs.: Titel und Qu.nang. Jacob, Text unbekannt.

Qu.: Wyß, Reise 2, 880 (vgl. Anm. Bl. 118).

Eine Var. ist Bl. 133.

145. Heidenhäuser im Teufithal

Hs.: Jacob.

Qu.: Wyß, Reise 2, 888 (vgl. Anm. Bl. 118).

146. Der Tanzplatz

Hs.: Jacob.

Qu.: Wyß, Reise 2, 895 (vgl. Anm. Bl. 118).

Vgl. auch Krieger, Bodethäler, 47 sq.

147. Gebrauch zu Meimbreßen

Hs.: Jacob.

Qu.: unbekannt. Die Qu. wird am Schluß der Sage genannt.

Mit »Casparsonschen Papieren« muß eine nicht ermittelte Schrift – vermutlich Unterlagen zu einer Vorlesung (cf. Anm. Bl. 148) – von Wilhelm Johann Christoph Gustav Casparson (1729–1802) gemeint sein, der seit 1779 im Direktorium des Lyceum Fridericianum in Kassel Mitglied war, welches die Brüder Grimm als Schüler besuchten (cf. Erfurth 1938, 98). In Grimms Besitz befanden sich zwei Werke von Casparson (Denecke/Teitge, 2667 sq.), in welchen jedoch kein Hinweis auf die Sage zu finden ist.

Im DW erklärt Jacob Grimm die Vokabel »Pritschmeister« folgendermaßen: »ein die pritsche führender meister, namentlich der pritschenführende ordner, spaszmacher, steggreifdichter und sprecher ...«. Die »Pritsche« wird mit »sitzbrett, gerüst, wachtstube« erläutert.

148. Westuffeln
Hs.: Jacob.
Qu.: unbekannt (cf. Anm. Bl. 147). Bei der »Casparsonschen Vorlesung von 1800« handelt es sich vermutlich um die gleichen »Casparsonschen Papiere« wie bei Bl. 147.
149. Spuren im Stein
Hs.: Wilhelm.
Qu.: unbekannt. Die Qu.nang. »aus mündl. Überlieferung in hs. Qu.n« wird in dieser oder ähnlicher Form siebenmal genannt (Bll. 149–155), ohne jedoch jemals präzisiert zu werden. Vier dieser Sagen nennen Karl den Großen (Bll. 149, 151–153).
Eine Var. – mit dem Abdruck der hl. Jungfrau Maria – ist Bl. 154.
150. Hunnen-Schule
Hs.: Wilhelm.
Qu.: unbekannt (cf. Anm. Bl. 149).
151. Siegeburg
Hs.: Wilhelm.
Qu.: unbekannt (cf. Anm. Bl. 149).
Flüchtige Schrift, daher wohl die vielen abgekürzten »u.«.
152. Königstisch
Hs.: Wilhelm.
Qu.: unbekannt (cf. Anm. Bl. 149).
Flüchtige Schrift (cf. Anm. Bl. 151).
153. Rothe Straße in Herstell
Hs.: Wilhelm.
Qu.: unbekannt (cf. Anm. Bl. 149).
Die Vokabel »Rudera« ist ein veraltetes Wort für »Schutthaufen«, »Trümmer«.
154. Fußstapfen im Stein
Hs.: Wilhelm.
Qu.: unbekannt (cf. Anm. Bl. 149).
Eine Var. ist u. a. Bl. 149.
155. Der Bonifacius Brunnen
Hs.: Wilhelm.
Qu.: unbekannt (cf. Anm. Bl. 149).
Der hl. Bonifatius, ursprünglich Winfried (672/73–754), wurde von Papst Gregor II. 719 unter Verleihung des Namens Bonifatius mit der Germanenmission beauftragt. Als Sagengestalt tritt er bereits im ersten Bd. der DS in Erscheinung: DS 181 (»Der heilige Winfreid«), DS 182 (»Der Hülfenberg«) und DS 291 (»Die Altenberger Kirche«).
156. Überfahrt des kleinen Volks
Hs.: Wilhelm.
Qu.: unbekannt. Mit der Bezeichnung »mündlich« (immer lila unterstrichen) und einem Kreuz dahinter folgen hier vier Sagen hintereinander (Bll. 156–159). Sie müssen alle aus ein und derselben hs. Qu. stammen.
Zum Motiv der Zwergenüberfahrt cf. Kühn, J.: Art. »Fährmann«. In: EM 4, 785–793; zu »Geschenke der Zwerge« cf. Anm. Bl. 14. Var.n stehen u. a. auf Bll. 38, 45.

157. Der Zauberer auf dem Krukeberg
Hs.: Wilhelm.
Qu.: unbekannt (cf. Anm. Bl. 156).
158. Kloster in Feßera
Hs.: Wilhelm.
Qu.: unbekannt (cf. Anm. Bl. 156).
159. Die Teufelsmauer auf den Gleichen bei Hildeburghausen
Hs.: Wilhelm.
Qu.: unbekannt (cf. Anm. Bl. 156).
cf. Talos, I.: Art. »Baumeister«. In: EM 1, 1393–1397, sowie Mot. G303.9.1.4.: »Devil as builder of walls«. Var.n sind u. a. DS 184 (»Die Teufelsmühle«) und DS 189 (»Die Teufelsmauer«).
160. Der Wenthuser Stein
Hs.: Jacob.
Qu.: Krieger, Bodethäler, 85 sq. (cf. Anm. Bl. 20).
161. Zur Roßtrapp
Hs.: Jacob.
Qu.: Krieger, Bodethäler, 49 sq.; (cf. Anm. Bl. 20).-
Dieser Text stellt eine Ergänzung zu DS 319 (»Der Roßtrapp und der Kreetpfuhl«) dar, wo bereits 5 Var.n dieses Motivs erzählt werden.

Abbildungsnachweis

Titelbild: Der Wilde Jäger Hakelberg (cf. Bl. 107). Aus: Weidmanns Feierabende, Titelkupfer.

S. 13:	Burgerbibliothek Bern, hss. hist. hevl. XXVI.106.
S. 27:	Von Steinen, 70. Tafel, Num. 11.
S. 35:	Strack, Wegweiser, 48.
S. 39:	Daffis 1756 VI, Bl. 24.
S. 41:	Dürst, Scheuchzer, 45.
S. 42:	Herrliberger 2, Abb. 214.
S. 44/45:	Magenau, Titelbild.
S. 46:	Daffis 1756 VI, Bl. 30.
S. 54:	Meisner, Schatzkästlein 1, 25.
S. 61:	Merian 1, 134.
S. 63:	Merian 1, 98.
S. 65:	Daffis 1756 VI, Bl. 54.
S. 67:	Merian 1, 110.
S. 69:	Merian 1, 142.
S. 70/71:	Herrliberger 2, Abb. 175.
S. 73:	De Stad Antwerpen van de Romeinse Tijd tot de 17de Eeuw. ed. L. Voet u. a. Gemeentekrediet van Belgie 1978, 58, Afb. 21.
S. 78:	Vorzeit, Titelbild.
S. 80:	Daffis 1756 VI, Bl. 72.
S. 82:	Arnoldi, Titelblatt.
S. 84:	Daffis 1756 VI, Bl. 75.
S. 85:	Merian 1, 82.
S. 87:	Merian 10, 30.
S. 88:	Merian 10, 30.
S. 90/91:	Meisner, Schatzkästlein 1, 14.
S. 96:	Meisner, Schatzkästlein 2, 823.
S. 98:	Berckenmeyer 1712, Titelkupfer.
S. 99:	Berckenmeyer 1712, Titelseite.
S. 104:	Weidmanns Feierabende, Titelseite.
S. 106:	Daffis 1756 VI, Bl. 111.
S. 111:	Merian, 1, 122.
S. 113:	Wyß, Reise, Titelseite, Bd. 1.
S. 116:	Dürst, Scheuchzer, 44.
S. 119:	Wyß, Reise, Titelseite, Bd. 2.
S. 121:	Herrliberger 2, Abb. 313.
S. 125:	Herrliberger 2, Abb. 301.
S. 126:	Herrliberger 1, Abb. 105.
S. 127:	Merian 3, 32.
S. 129:	Daffis 1756 VI, Bl. 139.
S. 134/135:	Merian 1, 86.
S. 139:	Merian 1, 30.
S. 140/141:	Merian 1, 78.
S. 143:	Merian 1, 110.
S. 144/145:	Merian 10, 178.

Verzeichnis der Quellen- und Sekundärliteratur

AaTh Aarne, A./Thompson, S.: The Tales of the Folktale. A Classification and Bibliography. Helsinki [3]1973.

Alpenrosen Alpenrosen. Ein Schweizer Almanach. ed. G. J. Kuhn/J. R. Wyß u. a. Bern/Leipzig 1811–1830.

Aretin, Beiträge Aretin, J. C. Frhr. von: Beyträge zur Geschichte und Literatur, vorzüglich aus den Schätzen der pfalzburgischen Centralbibliothek zu München 1–9. München 1803–07.

Arnoldi Arnoldi, J.: Geschichte der Oranien-Nassauischen Länder und ihrer Regenten 1–2. Hadamar 1799/1800.

Behrens 1703 Behrens, G. H.: Hercynia curiosa, oder Curiöser Hartz-Wald. Nordhausen 1703. (Neudruck Nordhausen 1899).

Berckenmeyer 1712 Berckenmeyer, P. L.: Vermehrter Curieuser Antiquarius, Das ist: Allerhand auserlesene Geographische und Historische Merckwürdigkeiten / So in denen Europäischen Ländern zu finden; [. . .]. Hamburg [4]1712.

Crusius, Annales Crusius, M.: Annales Suevici, sive chronica rerum gestarum antiquissimae [. . .] 1–3. Frankfurt 1595/96.

Crusius, Paraleipomenos Crusius, M.: Paraleipomenos rerum suevicarum liber. Frankfurt 1596.

Daffis Daffis, H.: Inventar der Grimmschränke in der Preußischen Staatsbibliothek. Berlin 1923.

Denecke 1971 Denecke, L.: Jacob Grimm und sein Bruder Wilhelm. Stuttgart 1971.

Denecke/Teitge Denecke, L./Teitge, I.: Die Bibliothek der Brüder Grimm. Annotiertes Verzeichnis des festgestellten Bestandes. Stuttgart 1989.

DM Grimm, J.: Deutsche Mythologie 1–3. 4. Ausg. ed. E. H. Meyer. (Gütersloh 1875) Nachdruck Frankfurt/Berlin/Wien 1981.

Dolle, Bibliotheca Dolle, Carl Anton: Bibliotheca Historiae Schaumburgicae, oder Sammlung einiger zur weltlichen Kirchen, Gelehrten und Natürlichen Historie der Graffschaft Schaumburg gehöriger Nachrichten und Urkunden. In vier Theilen herausgegeben von C. A. Dolle. Bückeburg 1751.

DS Deutsche Sagen 1–2. Herausgegeben von den Brüdern Grimm. ed. R. Steig. Berlin (1816/18) [4]1905.

Dürst, Scheuchzer Dürst, A.: Johann Jakob Scheuchzer. Nova Helvetiae Tabula Geographica. Erläuterndes Begleitwerk zur Faksimileausgabe der Nova Helvetiae Tabula Geographica von Johann Jakob Scheuchzer. Zürich 1971.

DW Deutsches Wörterbuch der Brüder Grimm u. a. Leipzig 1854sqq.

EM Enzyklopädie des Märchens. Handwörterbuch zur historischen und vergleichenden Erzählforschung. Begründet von K. Ranke. ed. R. W. Brednich u. a. Berlin/New York 1977sqq. (bisher sind die Artikel Aarne-Irving erschienen, Stand 1991).

Emma Emma. Eine Monatsschrift zur Unterhaltung und Belehrung 1–3. ed. J. C. A. Rese. Halberstadt 1819.

Engelhard Engelhard, R.: Erdbeschreibung der Hessischen Lande Casselischen Antheiles mit Anmerkungen aus der Geschichte und aus Urkunden 1–3. Kassel 1778–81.

Erfurth 1938 Erfurth, F.: Die »Deutschen Sagen« der Brüder Grimm. Ein Beitrag zu ihrer Entstehungsgeschichte, unter besonderer Berücksichtigung des westfälischen Anteils. (Diss. Münster 1937) Düsseldorf 1938.

Etterlin 1764 Etterlin, P.: Kronika von der löblichen Eidgnoschaft. ed. J. J.: Spreng. Basel ²1764.

Goldfuß/Bischof Goldfuß, A./Bischof, G.: Physikalisch-statistische Beschreibung des Fichtelgebirges 1–2. Nürnberg 1817.

Greifsw. Acad. Archiv Greifswaldisches Academisches Archiv 1. Eine Zeitschrift. Greifswald 1816.

Grimm/Uther Brüder Grimm: Deutsche Sagen 1–2. ed. H.-J. Uther. München 1993.

Grimmelshausen 1669 German Schleifheim von Sulsdorf [d. i. Grimmelshausen, H. J. C. von]: Der Abentheuerliche Simplicissimus teutsch. Monpelgart 1669.

Gürtler Gürtler, H.: Zur Geschichte der Deutschen Sagen der Brüder Grimm. In: Die Bücherwelt 14 (1916/17) 110–116.

GV Gesamtverzeichnis des deutschsprachigen Schrifttums (GV) 1700–1910. Bde. 1–160. München/New York/London/Paris 1979–87.

HdA Hoffmann-Krayer, E./Bächtold-Stäubli, H. (edd.): Handwörterbuch des deutschen Aberglaubens 1–10. Berlin 1927–42.

Hegenitius Hegenitius, G.: Itinerarium Frisio-Hollandicum et Abr. Ortelii Itinerarium Gallo-Brabanticum. Lugd. Batavorum 1630.

Hennig/Lauer Hennig, D./Lauer, B.: 200 Jahre Brüder Grimm. Dokumente ihres Lebens und Wirkens. Kassel 1986.

Herrliberger Herrliberger, D.: Neue und vollständige Topographie der Eydgnoßschaft. Bd. 1: Zürich 1754, Bd. 2: Basel 1758.

Hesse Hesse, L. F.: Geschichte des Schloßes Blankenburg im Fürstenthume Schwarzburg-Rudolstadt. Rudolstadt 1820.

Hess. Denkwürdigkeiten Hessische Denkwürdigkeiten 1–4. ed. K. W. Justi (Bd. 1 mit J. M. Hartmann). Marburg 1799/1800/02/05.

Hetzel, Bibel Hetzel, W. F.: Die Bibel Alten und Neuen Testaments mit vollständig-erklärenden Anmerkungen von F. W. Hetzel. Lemgo ²1786.

Kindermann-Bieri Kindermann-Bieri, B.: Heterogene Quellen – homogene Sagen. Philologische Studien zu den Grimmschen Prinzipien der Quellenbearbeitung untersucht anhand des Schweizer Anteils an den Deutschen Sagen. Basel 1989.

Kolbe Kolbe, K. C. W.: Vermischte Gedichte. Seinen näheren Freunden gewidmet. Halberstadt 1792.

Krieger, Bodethäler Krieger, J. F.: Die Bode-Thäler im Unterharz. Halberstadt 1819.

Legenda aurea/Benz Die Legenda aurea des Jacobus de Voraigne aus dem Lateinischen übersetzt von R. Benz. Heidelberg ⁸1963.

Lemaire Lemaire, Jean de Belges: Œuvres 1–4. ed. J. Stecher. Bd. 2: Les illustrations et singularitez de Troye. Neuauflage Genf 1969.

Luther, Tischreden Luther, M.: Colloquia Oder Tischreden dottor Martini Lutheri/so er in vilen Jaren/die Zeyt seines Lebens/gegen Gelehrten Leuthen/Auch frömdden Gesten und seinen Tischgesellen geführet. [. . .]. Frankfurt 1568.

Magenau Magenau, R. F. H.: Der Güssenberg und die Güssen. Ein Beitrag zur Kenntniß des Brenzthals und seiner Umgegend. Ulm 1823.

Märchenbuch Märchenbuch für die Jugend, sinnreich und bildlich dargestellt zum Vergnügen und zur Bildung des Herzens. Mit 12 illuminierten Kupfern. Nürnberg 1819.

Martin Martin, J. C. (ed.): Topographische Statistische Nachrichten von Niederhessen 1–3. Bd. 1: Göttingen 1789, Bd. 2: Helmstedt 1791/92, Bd. 3: Helmstedt 1796.
Meisner, Schatzkästlein Meisner, D.: Thesaurus Philopoliticus (Politisches Schatzkästlein) 1–2. (Reprint Ausg. 1627) Heidelberg 1927.
Merian Merian, M.: Topographia Germaniae 1sqq. Frankfurt 1646sqq. (Neudrucke Kassel/Basel 1959–61).
Meyer, Darstellungen Meyer, F. J. L.: Darstellungen aus Nord-Deutschland. Hamburg 1816.
Morgenblatt Morgenblatt für gebildete Stände 1–26. Tübingen 1807–1832.
Mot. Thompson, S.: Motif-index of Folk-Literature. 5 Bde. und 1 Registerbd. 2. Aufl. Kopenhagen 1955–58.
Persona, Cosmodronium Persona, Gobelinus: Cosmodromium. In: Meibomii Rerum Germanicarum Tomus 1. Helmstadii 1688.
Pomarius 1588 Pomarius, J.: Chronica der Sachsen und Niedersachsen. Wittenberg 1588.
Praetorius Praetorius, J.: DaeMonoLogia RVbInzalII sIlesII 1–3. Leipzig 1662–65.
Reise durch Tübingen [Wölfling, G. C. E.]: Reise durch Thüringen, den Ober- und Niederrheinischen Kreis, nebst Bemerkungen über Staatsverfassung, öffentliche Anstalten, Gewerbe, Cultur und Sitten 1–3. Dresden/Leipzig 1795/96.
Röhrich 1976 Röhrich, L.: Sage und Märchen. Erzählforschung heute. Freiburg/Basel/Wien 1976.
Rolevinck Rolevinck, W.: Ein Buch zum Lobe Westfalens des alten Sachsenlandes. Der Text der lateinischen Erstausgabe vom Jahr 1474 mit dt. Übersetzung. ed. H. Bücker. Aschendorff/Münster 1953.
Schenda/Doornkaat 1988 Schenda, R. (unter Mitarbeit von H. ten Doornkaat): Sagenerzähler und Sagensammler der Schweiz. Bern/Stuttgart 1988.
Schmidt 1977 Schmidt, J.: Volksdichtung und Kinderlektüre in der ersten Hälfte des 19. Jahrhunderts. Berlin 1977.
Schupp Schupp, J. B.: Lehrreiche Schriften/In sieben und viertzig Tractätlein bestehende/deren sich beydes/Geistlich = als Weltliche auch Hauß=Standes Persohnen/so wohl als Alte nützlich gebrauchen können [. . .]. Frankfurt 1701.
Schütz 1599 Schütz, C.: Historia rerum Prussicarum, wahrhaffte und eigentliche Beschreibung der Lande Preußen, [. . .]. Eisleben 1599.
Steig 1916 Steig, R.: Über Grimms »Deutsche Sagen«. In: Archiv für das Studium der neueren Sprachen 135 (1916) 47–68, 225–259.
Stengel 1886 Stengel, E. (ed.): Private und amtliche Beziehungen der Brüder Grimm zu Hessen 1–2. Eine Sammlung von Briefen und Actenstücken als Festschrift zum 100. Geburtstag Wilhelm Grimms den 24. Februar 1886. Marburg 1886.
Strack, Wegweiser Strack, W.: Wegweiser durch die Gegend um Eilsen. Lemgo 1817.
Stumpf, Topographie Stumpf, S.: Topographie des fürstlich-würzburgischen Amtes Bischofsheim an der Rhöne. Würzburg 1796.
Uphagen 1782 Uphagen, J.: Parerga Historica. Göttingen 1782.
Von Steinen Von Steinen, J. D.: Westphälische Geschichte 1–4. Lemgo 1755–60.
Vorzeit Die Vorzeit. Ein Taschenbuch für das Jahr 1826. Marburg/Kassel 1826.
Wagener, Reise Wagener, S. C.: Reise durch den Harz und die Hessischen Lande. Besonders in Hinsicht auf Naturschönheiten, Anbau und Alterthümer. Braunschweig 1797.

Ward Ward, D.: The German Legends of the Brothers Grimm 1–2. Philadelphia 1981.
Weidmanns Feierabende Weidmanns Feierabende, ein neues Handbuch für Jäger und Jagdfreunde 1–2. Von L. C. E. H. F. von Wildungen. Marburg 1815/16.
Winkelmann 1711 Winkelmann, J. J.: Gründliche und warhafte Beschreibung der Fürstenthümer Hessen und Hersfeld [. . .]. Bremen 1697, ^{2}1711.
Wyß, Reise Wyß, J. R.: Reise ins Berner Oberland 1–2. Bern 1816/1817 (und 1 Atlas-Band).
Zeiller Zeiller, M.: Itinerarium Germaniae Nov-Antiquae. Teutsches Reißbuch durch Hoch und Nider Deutschland [. . .]. Straßburg 1632.
Zeitung f. d. el. Welt Zeitung für die elegante Welt. Redigiert von K. Spazier und K. L. M. Müller. Leipzig 1801–32.
Zs. f. dt. Philologie Zeitschrift für deutsche Philologie. Berlin u. a. 1869 sqq.

Ortsregister

Die Zahlen beziehen sich auf die Nummern der Sagen.

Stichwortregister

Weitere Titel im
Eugen Diederichs Verlag

DIEDERICHS GELBE REIHE

DG 1 I Ging
DG 5 Han Shan: 150 Gedichte vom Kalten Berg
DG 6 Das Totenbuch der Tibeter
DG 7 Heinrich Zimmer: Der Weg zum Selbst
DG 8 Pfad zur Erleuchtung
DG 12 Hellmut Wilhelm: Sinn des I Ging
DG 13 Geshe Lhündub Söpa u. Jeffrey Hopkins: Der Tibetische Buddhismus
DG 14 Dschuang Dsi: Das wahre Buch vom südlichen Blütenland
DG 15 Upanishaden
DG 16 Mahabharata
DG 17 Über den Rand des tiefen Canyon
DG 18 Popol Vuh
DG 19 Laotse: Tao te king
DG 20 Annemarie Schimmel: Rumi
DG 21 Bhagavadgita / Aschtavakragita
DG 22 Kungfutse: Gespräche. Lun Yün
DG 23 Al Ghasali: Das Elexier der Glückseligkeit
DG 24 Basil Johnston: Und Manitu erschuf die Welt
DG 27 Idries Shah: Die Sufis
DG 28 Liä Dsi: Das wahre Buch vom quellenden Urgrund
DG 29 Tantra in Tibet
DG 30 Chang Chung-yuan: Tao, Zen und schöpferische Kraft
DG 32 Annemarie Schimmel: Und Muhammad ist Sein Prophet
DG 33 Heinrich Zimmer: Indische Mythen und Symbole
DG 34 Santideva. Lehrgedicht des Mahayana
DG 35 Der Sohar. Das heilige Buch der Kabbala
DG 37 Annemarie Schimmel: Gärten der Erkenntnis
DG 38 Wang Wei: Jenseits der weißen Wolken
DG 39 Emma Brunner-Traut: Die Kopten
DG 40 Orpheus. Altgriechische Mythen
DG 41 Stufen zur Unsterblichkeit
DG 43 Diana ffarington Hook: I Ging für Fortgeschrittene
DG 44 Thomas Hoover: Die Kultur des Zen
DG 45 Ramayana
DG 46 Germanische Götterlehre
DG 47 Hans Findeisen u. Heino Gehrts: Die Schamanen
DG 48 Ein Kosmos im Regenwald
DG 50 Firdausi: Geschichten aus dem Schahnameh
DG 51 Erfahrungen mit dem I Ging
DG 52 Franz Carl Endres u. Annemarie Schimmel: Das Mysterium der Zahl
DG 53 Die Bruderschaft der Rosenkreuzer
DG 54 Nordische Nibelungen
DG 55 Mary Steiner-Geringer: Tarot als Selbsterfahrung
DG 56 Albert Y. Leung: Chinesische Heilkräuter
DG 57 Chactun. Die Götter der Maya
DG 58 Tao Yuanming: Der Pfirsichblütenquell
DG 60 Das Buch vom Ursprung der Mongolen

DG 61 John Blofeld: Der Taoismus
DG 62 Alfred Douglas: Ursprung und Praxis des Tarot
DG 63 Janheinz Jahn: Muntu. Die neoafrikanische Kultur
DG 64 Richard Wilhelm u. C. G. Jung: Geheimnis der Goldenen Blüte
DG 65 Astrologie des I Ging
DG 67 Heinrich Zimmer: Abenteuer und Fahrten der Seele
DG 68 Wolfram Eberhard: Lexikon chinesischer Symbole
DG 69 Basil Johnston: Großer Weißer Falke
DG 71 Christian Rätsch: Indianische Heilkräuter
DG 72 Frank Fiedeler: Die Monde des I Ging
DG 73 Hans Wolfgang Schumann: Der historische Buddha
DG 74 Heinrich Seuse u. Johannes Tauler: Mystische Schriften
DG 75 R. H. Laarß: Das Buch der Amulette
DG 76 Mahatma Gandhi: Wegweiser zur Gesundheit
DG 77 Abraham von Worms: Das Buch der wahren Praktik in der göttl. Magie
DG 78 Robert Aitken: Zen als Lebenspraxis
DG 79 Robert Aitken: Ethik des Zen
DG 80 Das arabische Traumbuch des Ibn Sirin
DG 81 Namkhai Norbu: Der Kristallweg
DG 82 Annemarie Schimmel: Muhammad Iqbal
DG 83 James N. Powell: Das Tao der Symbole
DG 84 Namkhai Norbu: Der Zyklus von Tag und Nacht
DG 85 M. Hiriyanna: Vom Wesen der indischen Philosophie
DG 86 Ikkyu Sôjun: Im Garten der schönen Shin
DG 87 Chantal Zheng: Mythen des alten China
DG 88 Rocque Lobo: Traum und Karma im Ayurveda
DG 89 Uwe Topper: Sufis und Heilige im Maghreb
DG 90 Taisen Deshimaru: Die Lehren des Meister Dogen
DG 91 Weisheit der Völker
DG 92 Volker Zotz: Der Buddha im Reinen Land
DG 93 L. S. Rinpoche: Buddhistische Glückssymbole im tibetischen Kulturraum
DG 94 Mo Ti: Von der Liebe des Himmels zu den Menschen
DG 95 George William Russell – A. E.: Weg zur Erleuchtung
DG 96 Benjamin Walker: Gnosis
DG 97 Seyyed Hossein Nasr: Ideal und Wirklichkeit des Islam
DG 98 Das Weisheitsbuch des Zen
DG 99 Hans Wolfgang Schumann: Buddhismus

Brüder Grimm
Deutsche Sagen
Band 2

Brüder Grimm

Deutsche Sagen

Band 2

Herausgegeben von

Hans-Jörg Uther

Diederichs

Die Deutsche Bibliothek – CIP-Einheitsaufnahme

Deutsche Sagen / Brüder Grimm. – München : Diederichs.
ISBN 3-424-01177-0
NE: Grimm, Jacob [Hrsg.]
Bd. 2. Hrsg. von Hans-Jörg Uther. – 1993
NE: Uther, Hans-Jörg [Hrsg.]

Umschlaggestaltung: Zembsch' Werkstatt, München
Produktion: Tillmann Roeder, München
Satz: Uhl + Massopust, Aalen
Druck und Bindung: Spiegel Buch, Ulm-Jungingen

Printed in Germany

ISBN 3-424-01177-0

Inhalt

Vorrede der Brüder Grimm zum zweiten Band

Eine Zusammenstellung der deutschen Sagen, welche vorliegenden Band ausmachen und sich unmittelbar an die wirkliche Geschichte schließen, ist unseres Wissens noch nicht unternommen worden und deswegen vielleicht verdienstlicher, aber auch mühsamer. Nicht allein haben die hauptsächlichsten gedruckten Geschichtsbücher und Chroniken durchlesen werden müssen, sondern es ist uns noch viel angelegener gewesen, handschriftliche Hilfsmittel, soviel wir deren habhaft werden können, sorgfältig zu gebrauchen. Die wenigsten der hier mitgeteilten Erzählungen waren aus mündlicher Überlieferung zu schöpfen; auch darin unterscheiden sie sich von den örtlichen, welche in umgekehrtem Verhältnisse gerade ihrer lebendigen Fortpflanzung unter dem Volke zu verdanken sind. Nur zuweilen berührt sich noch das, was die Lokalsage bedingt, mit der historischen Anknüpfung; für sich betrachtet, gibt ihr jenes einen stärkeren Halt, und um die seltsame Bildung eines Felsens sammelt sich die Sage dauernder als um den Ruhm selbst der edelsten Geschlechter. Über das Verhältnis der Geschichte zur Sage haben wir uns bereits im allgemeinen erklärt, so gut es, ohne in die noch vorbehaltene Untersuchung und Ausführung des einzelnen einzugehen, geschehen konnte. In bezug auf das Eigentümliche der gegenwärtigen, die man Stamm- und Geschlechtssage nennen könnte, läßt sich hinzufügen, daß sie wenig wirkliche und urkundliche Begebenheiten enthalten mögen. Man kann der gewöhnlichen Behandlung unserer Geschichte zwei, und auf den ersten Schein sich widersprechende, Vorwürfe machen: daß sie zu viel und zu wenig von der Sage gehalten habe. Während gewisse Umstände, die dem reinen Elemente der letzteren angehören, in die Reihe wirklicher Ereignisse eingelassen wurden, pflegte man andere, ganz gleichartige schnöde zu verwerfen, als fade Mönchserdichtungen und Gespinste müßiger Leute. Man verkannte also die eigenen Gesetze der Sage, indem man ihr bald eine irdische Wahrheit gab, die sie nicht hat, bald die geistige Wahrheit, worin ihr Wesen besteht, ableugnete und sich, gleich jenen Herulern, als sie durch blaublühenden Lein schwimmen wollten, etwas zu widerlegen anschickte, was in ganz verschiedenem Sinn behauptet werden mußte. Denn die Sage geht mit andern Schritten und sieht mit andern Augen, als die Geschichte tut; es fehlt ihr ein gewisser Beischmack des Leiblichen oder, wenn man lieber will, des Menschlichen, wodurch diese so mächtig und ergreifend auf uns wirkt*; vielmehr weiß sie alle Verhältnisse zu einer epischen Lauterkeit zu sammeln und wiederzugebären. Es ist aber sicher jedem Volke zu gönnen und als eine edle Eigenschaft anzurechnen, wenn der Tag seiner Geschichte eine Morgen- und Abenddämmerung der Sage hat; oder wenn die menschlicher Augenschwäche doch nie ganz ersehbare Gewißheit der vergangenen Dinge statt der schroffen, farblosen und sich oft verwischenden Mühe der Wissenschaft, sie zu erreichen, in den einfachen und klaren Bildern der Sage, wer sagt es aus, durch welches Wunder? gebrochen widerscheinen kann. Alles, was dazwischen liegt, den unschuldigen Begriff der dem Volke gemütlichen Sage verschmäht, zu der strengen und trockenen Erforschung der Wahrheit aber doch keinen rechten Mut faßt, das ist der Welt jederzeit am unnützesten gewesen. Was unsere Sammlung jetzt noch enthalten kann, kündigt sich deutlich als bloße, oft ganz magere und bröckelhafte Überbleibsel von dem großen Schatze uralter deutscher Volksdichtung an, wie die ungleich zahlreichere und besser gepflegte Menge schriftlicher und mündlicher Überlieferungen des nordischen Stammes beweist. Die Unstetigkeit der meisten übrigen Völkerschaften, Kriege, teilweiser Untergang und Vermengung mit Fremden haben die Lieder und Sagen der Vorzeit gefährdet und nach und nach untergraben. Wieviel aber muß ein Volk besessen haben, das immer noch solche Spuren und Trümmer aufzuweisen vermag! Die Anordnung derselben hat diesmal weniger zufällig sein dürfen, sondern sie ist beides, nach den Zeiten und Stämmen, eingerichtet. Wenige Erzählungen gehen voran, die wir der Aufzeichnung der Römer danken und andere Sammler vielleicht ausgelassen oder vermehrt haben würden. Inzwischen schienen uns keine anderen Züge sagenhaft, namentlich die Taten des Arminius rein historisch. Von der Herrlichkeit gotischer Sage ist auf eine nie genug zu beklagende Weise das meiste untergegangen; den Verlust der älteren und reicheren Quellen kann man nach dem wenigen schätzen, was sich aus ihnen bei Jornandes noch übrig zeigt. Die Geschichte hat dem gotischen und den mit ihm verwandten Stämmen große Ungunst bewiesen; wäre der Arianismus nicht, dem sie ergeben gewesen, und der mit dadurch begründete Gegensatz zu den Rechtgläubigen, so würde vieles in anderm Lichte stehn. Jetzt läßt uns nur einiges hin und wieder Zerstreutes ahnen, daß diese Goten milder, gebildeter und edler begabt gewesen als ihre Feinde, die aufstrebenden, arglistigen Franken. Von den Longobarden, die gleichfalls unterliegen mußten, gilt fast dasselbe in schwächerem Maße;

außer daß sie noch kriegerischer und wilder als die Goten waren. Ein besserer Stern hat über ihren Sagen gewaltet, die ein aneinanderhangendes Stück der schönsten Dichtung, von wahrem epischem Wesen durchzogen, bilden. Weniger ist die fränkische Sage zu loben, der doch die meisten Erhaltungsmittel zu Gebot gestanden; sie hat etwas von dem düsteren, tobenden Geiste dieses Volkes, bei welchem sich kaum Poesie gestalten mochte. Erst nach dem Erlöschen der Merowinger zieht sich um Karl den Großen die Fülle des edelsten Sagengewächses. Stammüberlieferungen der Völker, welche den Norden Deutschlands bewohnen, namentlich der Sachsen, Westfalen und Friesen, sind beinahe ganz verloren und wie mit einem Schlage zu Boden gedrückt; einiges haben die Angelsachsen behalten. Jene Vertilgung wäre kaum begreiflich, fände sie nicht in der grausamen Bezwingung dieser Völker unter Karl dem Großen Erklärung; das Christentum wurde mit der Zerstörung aller Altertümer der Vorzeit zu ihnen geführt und das Geringhalten heidnischer Sitten und Sagen eingeschärft. Schon unter den sächsischen Kaisern mögen die Denkmäler früherer Volksdichtung so verklungen gewesen sein, daß sie sich nicht mehr an dem Glanze und unter dem Schutze ihrer für uns Deutsche so wohltätigen Regierung aufzurichten imstande waren. Merkwürdig bleibt, daß die eigentlichen Kaisersagen, die mit Karl anheben, schon nach den Ottonen ausgehen, und selbst die Staufenzeit erscheint unmythisch; bloß an Friedrich Rotbart, wie unter den Späteren an Rudolf von Habsburg und Maximilian, flammen noch einzelne Lichter. Dieser Zeitabschnitt bindet andere Sagenkreise so wenig, daß sie noch während des zwölften und dreizehnten Jahrhunderts eben in ihrer Blüte stehn. Unter allen einzelnen Geschlechtern aber, die in der Sage gefeiert worden, ragen früher die Amaler, Gunginger und Agilolfinger, später die Welfen und Thüringer** weit hervor. Es bleibt überhaupt bei der Frage, auf welchem Boden die epische Poesie eines Volkes gedeihe und fortlebe, von Gewicht, daß sie sich in urdeutschen Geschlechtsfolgen am liebsten zeigt, hingegen auszugehen und zu verkommen pflegt da, wo Unterbrechungen und Vermischungen mit fremden Völkern, selbst mit andern deutschen Stämmen vorgegangen sind***. Dies ist der Grund, warum die in Deutschland eingezogenen und allmählich deutsch gewordenen slawischen Stämme keine Geschlechtssagen aufzuweisen haben; ja auch an örtlichen gegen die ursprünglichen Länder entblößt dastehen. Die Wurzeln greifen in das ungewohnte Erdreich nicht gerne ein, ihren Keimen und Blättern schlägt die fremde Luft nimmer an.

Die äußere Gestalt, in der diese Sagen hier mitgeteilt werden müssen, scheint uns manchem gegründeten Tadel ausgestellt, der indessen, wo es so überwiegend auf Stoff und Inhalt ankam, schwer zu vermeiden war. Sollten letztere als Hauptsache betrachtet und gewissenhaft geschont werden, so mußte wohl aus der Übersetzung lateinischer, der Auflösung gereimter und der Vergleichung mehrfacher Quellen ein gemischter, unebener Stil hervorgehen. Eine noch strengere Behandlungsart des Ganzen so daß man aus dem kritisch genauen, bloßen Abdruck aller, sei es lateinischen oder deutschen Quellen, mit Beifügung wichtiger späterer Rezensionen, einen förmlich diplomatischen Kodex für die Sagendichtung gebildet hätte würde mancherlei Reiz neben unleugbarem Gewinn für die gründliche Forschung gehabt haben, allein doch jetzt nicht gut auszuführen gewesen sein, schon der einmal im Zweck liegenden gleichmäßigen Übersicht des Ganzen halben. Am meisten geschmerzt hat es uns, die selbst ihren Worten nach wichtigen, aus dem Heidelberger Kodex 361 geschöpften Sagen von Karl und Adalger von Bayern in einem geschwächten Prosaauszug liefern zu müssen; ohne Zweifel hatten sie, zum wenigsten teilweise, ältere deutsche Gesänge zur Unterlage. So stehen andere Stellen dieser merkwürdigen Reimchronik in unverkennbarem Bezug auf das Lied von Bischof Anno, und es bleibt ihr vollständiger, wörtlicher Abdruck in aller Rücksicht zu wünschen. Eine solche Grundlage von Liedern haben gewiß noch andere Stammsagen gehabt. Bekannt sind die Verweisungen auf altgotische Lieder, für die langobardische Sage läßt es sich denken****. Einzelne Überlieferungen gehen in der Gestalt späterer Volkslieder umher, wie die von Heinrich dem Löwen, dem Mann im Pflug und so weiter; merkwürdiger ist schon das Westfriesenlied der Schweizer. Andere sind im dreizehnten Jahrhundert gedichtet worden, wie Otto mit dem Bart, und der Schwanritter, Ulrich von Württemberg und so weiter. Möchten die damaligen Dichter nur öfter die vaterländische Sage der ausländischen vorgezogen haben! Auf eigentliche Volks- und Bänkelgesänge verweisen die Geschichtschreiber bei den Sagen von Hattos Verrat und Kurzbolds Heldentaten*****. Andere Sagen sind mit den Liedern verschollen, wie die bayrische von Erbos Wisentjagd, die sächsische von Benno, und was der blinde Friese Bernlef besungen******.

Es ist hier der Ort, ausdrücklich zu bemerken, welche deutsche Sagen aus unserer Sammlung ausgeschlossenbleiben mußten, weil sie in dem eigenen und lebendigeren Umfang ihrer Dichtung auf unsere Zeit gekommen sind. Dahin gehören die Sagen: 1) Von den Nibelungen,

Amalungen, Wolfungen, Harlungen und allem, was diesen großen Kreis von ursprünglich gotischen, burgundischen und austrasischen Dichtungen bildet, in deren Mitte das Nibelungenlied und das Heldenbuch stehen. 2) Von den Kerlingern, namentlich Karl, Roland, den Haimonskindern und anderen Helden, meist austrasischen Ursprungs, doch auch in französischen, italienischen und spanischen Gedichten eigentümlich erhalten. Einige besondere Sagen von Karl dem Großen haben indessen, der Verbindung wegen, aufgenommen werden müssen, und weil sie einigermaßen außerhalb des Bezirks jenes Hauptkreises liegen. Mit der schönen (bayrischen) Erzählung von Karls Geburt und Jugend war dies nicht völlig der Fall. 3) Die spätern fränkischen und schon mehr französischen Sagen von Lother und Maller, Hugschapler und Wilhelm dem Heiligen. 4) Die westgotischen von Rodrigo******. 5) Die bayrische Sage von Herzog Ernst und Wetzel. 6) Die schwäbischen von Friedrich von Schwaben und von dem Armen Heinrich. 7) Die austrasischen von Orendel und Breite, desgleichen Margaretha von Limburg. 8) Die niedersächsische von Thedel von Wallmoden*******. Sind auf solche Weise die Grenzen unserer Unternehmung gehörig abgesteckt, so glauben wir nicht, daß sich zu dem Inhalt des gegenwärtigen Bandes bedeutende Zusätze ergeben können, es müßten denn unverhofft ganz neue Quellen eröffnet werden. Desto mehr wird sich aber für die Vervollständigung der örtlichen Sagen tun lassen; wir haben zu dem ersten Teile glücklich nachgesammelt und so erfreuliche Mitteilungen empfangen, daß wir diese zuvor in einem dritten Teil herauszugeben wünschen, um uns dann desto ungestörter und sicherer zu der Untersuchung des ganzen Vorrates wenden zu können.

Kassel, den 24. Februar 1818

364. Der heilige Salzfluß

Die Germanen gewannen auf diese Art Salz, daß sie das salzhaltige Wasser auf glühende Bäume gossen. Zwischen den Hermunduren und Chatten strömte ein salzreicher Fluß (die Saale*), um dessen Besitz Krieg ausbrach. Denn die Germanen glaubten, eine solche Gegend liege dem Himmel nah und die Gebete der Menschen könnten von den Göttern nirgends besser vernommen werden. Durch die Gnade der Götter komme das Salz in diesen Fluß und diese Wälder; nicht wie bei andern Völkern trockne es an dem Erdreich, von dem die wilde Meeresflut zurückgewichen sei, sondern das Flußwasser werde auf glühende Baumschichten gegossen, und aus der Vermischung zweier feindlicher Urstoffe, Wassers und Feuers, gehe das Salz hervor. Der Krieg aber schlug den Hermunduren glücklich, den Chatten unselig aus, und die Sieger opferten nach ihrem Gelübde alle eroberten Männer und Pferde.

365. Der heilige See der Hertha

Die Reudigner, Avionen, Angeln, Wariner, Eudosen, Suarthonen und Nuithonen, deutsche Völker, zwischen Flüssen und Wäldern wohnend, verehren insgesamt die Hertha, das ist Mutter Erde, und glauben, daß sie sich in die menschlichen Dinge mischt und zu den Völkern gefahren kommt. Auf einem Eiland des Meers liegt ein unentweihter, ihr geheiligter Wald, da stehet ihr Wagen, mit Decken umhüllt, nur ein einziger Priester darf ihm nahen. Dieser weiß es, wann die Göttin im heiligen Wagen erscheint; zwei weibliche Rinder ziehen sie fort, und jener folgt ehrerbietig nach. Wohin sie zu kommen und zu herbergen würdigt, da ist froher Tag und Hochzeit; da wird kein Krieg gestritten, keine Waffe ergriffen, das Eisen verschlossen.

Nur Friede und Ruhe ist dann bekannt und gewünscht; das währt so lange, bis die Göttin genug unter den Menschen gewohnt hat und der Priester sie wieder ins Heiligtum zurückführt. In einem abgelegenen See wird Wagen, Decke und Göttin selbst gewaschen; die Knechte aber, die dabei dienen, verschlingt der See alsbald.

Ein heimlicher Schrecken und eine heilige Unwissenheit sind daher stets über das gebreitet, was nur diejenigen anschauen, die gleich darauf sterben.

366. Der heilige Wald der Semnonen

Unter den Sweben waren die Semnonen das älteste und edelste Volk. Zu gewissen Zeiten hielten sie in einem Wald, heilig durch den Gottesdienst der Vorfahren und durch alten Schauer, Zusammenkünfte, wozu alle aus demselben Blute entsprungene Stämme Abgesandte schickten, und brachten ein öffentliches Menschenopfer. Vor dem Haine tragen sie solche Ehrfurcht, daß niemand hineintritt, der sich nicht vorher in Bande hätte binden lassen, zur Anerkennung seiner Schwäche und der göttlichen Allmacht. Fällt er von ungefähr zur Erde, so ist ihm nicht erlaubt, aufzustehn oder aufgehoben zu werden, sondern er wird auf dem Erdboden hinausgeschleift. Dieser Gebrauch weist dahin, wie aus dem Heiligtum das Volk entsprungen und der allwaltende Gott da gegenwärtig sei, dem alles andere unterwürfig und gehorsam sein müsse.

367. Die Wanderung der Ansivaren

Die Friesen waren in einen leeren Landstrich unweit des Rheines vorgedrungen, hatten schon ihre Stätte genommen und die Äcker besäet, da wurden sie von den Römern mit Gewalt wieder ausgetrieben. Das Erdreich stand von neuem leer, die Ansivaren rückten hinein: ein nicht zahlreiches Volk, aber stark durch den Beistand, den ihm die umliegenden Stämme mitleidig leisteten, weil es heimatlos und von den Chauken aus seinem Sitz verjagt worden war. Bojokal, der Ansivaren Führer, wollte sich und sein Volk unter den Schutz der Römer stellen, wenn sie diesen leeren und öden Platz ihnen für Menschen und Viehherden lassen würden. Das Land habe vorzeiten den Chamaven, dann den Tubanten und hierauf den Usipiern gehört; und weil den Göttern der Himmel, den Menschen die Erde zustehe, so dürfe jedes Volk ein leeres Land besetzen. Darauf wandte Bojokal (die Abneigung der Römer voraussehend) seine Augen zur Sonne, rief die übrigen Gestirne an und stellte sie öffentlich zur Rede: Ob sie den leeren Grund und Boden bescheinen wollten? Sie möchten lieber das Meer wider diejenigen ausschütten, welche also den Menschen das Land entzögen. Die Römer aber schlugen das Gesuch ab und wollten keinen andern Richter anerkennen über das, was sie zu geben oder zu nehmen hätten, als sich selbst. Das antworteten sie den Ansivaren öffentlich und boten doch zugleich dem Bojokal ein Grundstück für ihn selbst, als ihrem guten Freund, an (den sie sich durch ein solches

Geschenk geneigt zu erhalten trachteten). Bojokal verachtete das, um dessentwillen er sein Volk hätte verraten sollen, und sagte: »Haben wir gleich keine Erde, auf der wir leben können, so soll uns doch keine gebrechen, auf der wir sterben.« Darauf zogen sie feindlich ab und riefen ihre Bundesgenossen, die Brukterer, Tenkterer und noch andere, zum Kriege auf. Der Römerfeldherr überzog schnell die Tenkterer, daß sie abstehen mußten, und wie diese sich lossagten, befiel auch die Brukterer und die andern Furcht. Da wichen die verlassenen Ansivaren in das Gebiet der Usipier und Tubanten; die wollten sie nicht leiden. Von da vertrieben, kamen sie zu den Chatten und dann zu den Cheruskern. Über dem langen unsteten Herumziehen auf fremdem Boden, bald als Gäste, bald als Dürftige, bald als Feinde, wurde ihre Mannschaft und mannbare Jugend aufgerieben. Die Unmündigen fielen als Beute andern zuteil.

368. Die Seefahrt der Usipier

Eine Schar Usipier, von den Römern in Deutschland geworben und nach Britannien gebracht, beging ein großes und bewundernswürdiges Wagstück. Nachdem sie den Hauptmann und die Soldaten der Römer, welche unter ihren Haufen, um sie zum Dienst abzurichten, gemischt worden waren, getötet hatten, bestiegen sie drei leichte Schiffe, deren Steuerleute sie mit Gewalt dazu nötigten. Zwei derselben, die ihnen verdächtig wurden, brachten sie gleichfalls um und stachen mit dem einen Ruderer in die hohe See, ein wahres Wunder! Bald hier, bald dahin getrieben, hatten sie mit den britannischen Küstenbewohnern, die ihre Habe verteidigten, um Lebensmittel zu kämpfen; meistens siegten, einigemal unterlagen sie. Zuletzt stieg die Hungersnot so weit auf ihren Schiffen, daß sie erst ihre Schwachen und Kranken verzehrten, bald aber Lose darum zogen, wer den andern zur Speise dienen mußte. Als sie endlich Britannien umfahren und aus Unkunde der Schiffahrt ihre Schiffe eingebüßt hatten, wurden sie für Räuber angesehen und von den Sweben, dann von den Friesen aufgefangen. Einige darunter kamen verhandelt und verkauft hernachmals wieder in die Hände der Römer nach Italien, wo sie ihre merkwürdige Begebenheit selbst erzählten.

369. Wanderung der Goten

Aus der Insel Schanze (Skantia) brachen die Völker wie ein Schwarm Bienen hervor. Die Goten nämlich fuhren von da unter Berich, ihrem Könige; dem Ort, wo sie aus den Schiffen zuerst landeten, legten sie den Namen Gotenschanze bei. Drauf zogen sie zu den Ulmrügern, die am Meerufer wohnten, und besiegten sie. Dann schlugen sie die Vandalen, deren Nachbarn. Als aber ihres Volkes Menge mächtig wuchs und schon seit Berich ihr fünfter König, namens Filimer, herrschte, wurde beschlossen, daß er mit den Goten weiterziehen möchte. Da nun diese sich eine gute Niederlassung aussuchen wollten, kamen sie nach Skythien ins Land Ovin, wo ein Teil des Heers durch eine gebrochene Brücke abgeschnitten wurde. Die, welche den Fluß glücklich hinübergegangen waren, zogen weiter bis an das äußerste Ende Skythiens an das Schwarze Meer.

Sie waren anfangs aus Skantien unter Berich bloß mit dreien Schiffen ausgefahren. Von diesen Schiffen fuhr eins langsamer wie die andern, darum wurde es Gepanta (das gaffende*) geheißen, und davon bekam der Stamm den Unnamen der Gepiden. Denn sie sind auch groß von Leib und träg an Geist. Diese Gepiden blieben auf einer Insel der Weichsel wohnen, die Ostgoten und Westgoten zogen weiter fort, ließen sich aber auch eine Weile nieder. Dann führten sie Krieg mit den Gepiden, schlugen sie und teilten sich nachher selbst voneinander ab; jeder Stamm wanderte seine eigenen Wege.

370. Die eingefallene Brücke

Die Goten kamen auf ihren Wanderungen auch in das Land Skythien und fanden einen fruchtbaren Strich, bequem und zur Niederlassung einladend. Ihr Zug mußte aber über einen breiten Fluß setzen, und als die Hälfte des Heers hinüber war, geht die Sage, sei die Brücke gebrochen, so daß kein Mann zurückkehren, der hinüber war, und keiner mehr übersetzen konnte. Die ganze Gegend ist durch Moor und Sumpf, den niemand zu betreten wagt, eingeschlossen. Man soll aber noch heutzutag*, wie Reisende versichern, von jenseits aus weiter Ferne Vieh brüllen hören und andere Anzeichen daselbst wohnender Menschen finden.

371. Warum die Goten in Griechenland eingebrochen

Folgende Sage hat man von den silbernen Bildsäulen, die zur Abhaltung der Barbaren eingeweiht worden waren: Zur Zeit der Herrschaft Kaiser Konstantins geschah dem Valerius, Präfekten in Thrakien, Anzeige von einem zu hebenden Schatz. Valerius begab sich an Ort und Stelle und erfuhr von den Einwohnern, daß es ein altes, feierlich geweihtes Heiligtum wäre. Dieses meldete er dem Kaiser, empfing aber Weisung, die Kostbarkeiten zu heben. Man grub daher in die Erde und fand drei aus gediegenem Silber gearbeitete Bildsäulen, nach barbarischer Weise mit gehenkelten (eingestemmten) Armen, in bunten Gewändern und Haaren auf dem Haupt; sie lagen mit den Gesichtern gen Norden, wo der Barbaren Land ist, gewendet. Sobald diese Bildsäulen gehoben und weggenommen waren, brachen wenig Tage darauf die Goten zuerst in Thrakien ein, und ihnen folgten andere Barbaren, von welchen ganz Thrakien und Illyrien überschwemmt wurde. Jene geheiligte Stätte lag zwischen Thrakien und Illyrien, und die drei Bildsäulen schienen gegen alle barbarischen Völker eingeweiht gewesen zu sein.

372. Fridigern

Fridigerns Taten priesen die Goten in Liedern. Von ihm ist folgende Sage aufbehalten worden: Als die Westgoten noch keinen festen Wohnsitz hatten, brach Hungersnot über sie ein. Fridigern, Alatheus und Safrach, ihre Vorsteher und Anführer, von dieser Plage bedrängt, wandten sich an die Anführer des römischen Heers, Lupicinus und Maximus, und handelten um Lebensmittel. Die Römer, aus schändlichem Geiz, feilschten ihnen Schaf- und Ochsenfleisch, ja selbst das Aas von Hunden und andern unreinen Tieren zu teurem Preis, so daß sie für ein Brot einen Knecht, für ein Fleisch zehn Pfund (Geld) erhandelten. Die Goten gaben, was sie hatten; als die Knechte und ihre Habe ausgingen, handelte der grausame Käufer um die Söhne der Eltern. Die Goten erwägten, es sei besser, die Freiheit aufzugeben als das Leben, und barmherziger, einen durch Verkauf zu erhalten als durch Behalten zu töten. Unterdessen ersann Lupicinus, der Römer Anführer, einen Verrat und ließ Fridigern zum Gastmahl laden. Dieser kam arglos mit kleinem Gefolge; als er inwendig speiste, drang das Geschrei von Sterbenden zu seinem Ohr. In einer andern Abteilung der Wohnung, wo Alatheus und Safrach speisten, waren Römer über sie gefallen und wollten sie morden. Da erkannte Fridigern sogleich den Verrat, zog das Schwert mitten am Gastmahl, und verwegen und schnell eilte er seinen Gesellen zur Hilfe. Glücklich rettete er noch ihr Leben, und nun rief er alle Goten zur Vernichtung der Römer auf, denen es erwünscht war, lieber in der Schlacht als vor Hunger zu fallen. Dieser Tag machte dem Hunger der Goten und der ruhigen Herrschaft der Römer ein Ende, und die Goten walteten in dem Lande, das sie besetzt hatten, nicht wie Ankömmlinge und Fremde, sondern wie Herren und Herrscher.

373. Des Königs Grab

Die Westgoten wollten durch Italien nach Afrika wandern, unterwegs starb plötzlich Alarich, ihr König, den sie über die Maße liebten. Da huben sie an und leiteten den Fluß Barent, der neben der Stadt Consentina vom Fuße des Berges fließt, aus seinem Bette ab. Mitten in dem Bett ließen sie nun durch einen Haufen Gefangener ein Grab graben, und in den Schoß der Grube bestatteten sie, nebst vielen Kostbarkeiten, ihren König Alarich. Wie das geschehen war, leiteten sie das Wasser wieder ins alte Bett zurück und töteten, damit die Stätte von niemand verraten würde, alle die, welche das Grab gegraben hatten.

374. Athaulfs Tod

Den Tod König Athaulfs, der mit seinen Westgoten Spanien eingenommen hatte, erzählt die Sage verschieden. Nach einigen nämlich soll ihn Wernulf, über dessen lächerliche Gestalt der König gespottet hatte, mit dem Schwert erstochen haben. Nach andern stand Athaulf im Stalle und betrachtete seine Pferde, als ihn Dobbius, einer seiner Hausleute, ermordete. Dieser hatte früher bei einem andern, von Athaulf aus dem Wege geräumten Gotenkönig in Dienst gestanden und war hernach in Athaulfs Hausgesinde aufgenommen worden. So rächte Dobbius seinen ersten Herrn an dem zweiten.

375. Die Trullen

Die Vandalen nannten die Goten Truller, aus dieser Ursache: Einst litten die Goten Hungersnot und mußten sich Getreide von den Vandalen kaufen. Sie bekamen aber für ein Goldstück nur eine Trulle voll Korn. Eine Trulle hält noch nicht einmal den dritten Teil eines Sechters.

376. Sage von Gelimer

Zur Zeit, da die Vandalen Afrika besetzt hatten, war in Karthago ein altes Sprichwort unter den Leuten: daß G. das B., hernach aber B. das G. verfolgen würde. Dieses legte man von Genserich aus, der den Bonifatius, und Belisarius, der den Gelimer überwunden hatte. Dieser Gelimer wäre sogleich gefangengenommen worden, wo sich nicht folgender Umstand zugetragen hätte. Belisarius beauftragte damit den Johannes, in dessen Gefolge sich Uliares, ein Waffenträger, befand. Uliares ersah ein Vöglein auf einem Baume sitzen und spannte den Bogen; weil er aber in Wein berauscht und seiner Sinne nicht recht mächtig war, fehlte er den Vogel und traf seinen Herrn in den Nacken. Johannes starb an der Wunde, und Gelimer hatte Zeit zu fliehen. Gelimer entrann und langte noch denselben Tag bei den Maurusiern an. Belisarius folgte ihm nach und schloß ihn ganz hinten in Numidien auf einem kleinen Berge ein. So wurde nun Gelimer mitten im Winter hart belagert und litt an allem Lebensunterhalt Mangel, denn Brot backen die Maurusier nicht, sie haben keinen Wein und kein Öl, sondern essen, unvernünftigen Tieren gleich, unreifes Korn und Gerste. Da schrieb der Vandalenkönig einen Brief an Pharas, Hüter des griechischen Heeres, und bat um drei Dinge: eine Laute, ein Brot und einen Schwamm. Pharas fragte den Boten: »Warum das?«

Der Bote antwortete: »Das Brot will Gelimer essen, weil er keines gesehen, seit er auf dieses Gebirge stieg; mit dem Schwamm will er seine roten Augen waschen, die er die Zeit über nicht gewaschen hat; auf der Laute will er ein Lied spielen und seinen Jammer beweinen.« Pharas aber erbarmte sich des Königs und sandte ihm die Bedürfnisse.

377. Gelimer in silberner Kette

Gelimer (Childemer), nach verlorener Schlacht, rettete sich nur mit zwölf Vandalen in eine sehr befestigte Burg, worin er von Belisarius belagert wurde.

Als er nun keinen weiteren Ausweg sah, wollte er sich auf die Bedingung ergeben, daß er frei und ohne Fesseln vor das Angesicht des Kaisers geführt würde. Belisarius sagte ihm zu, weder mit Seilen noch Stricken noch eisernen Ketten sollte er gebunden werden. Gelimer verließ sich auf dieses Wort, aber Belisarius ließ ihn mit einer silbernen Kette binden und führte ihn im Triumphe nach Konstantinopel. Hier wurde der unglückliche König von den Höflingen gehöhnt und beschimpft; er flehte zum Kaiser, man möge ihm das Pferd geben, das er vorher gehabt, so wolle er es auf einmal mit zwölfen von denen aufnehmen, die ihn angespien und ihm Ohrschläge gegeben hatten, »dann soll ihre Feigheit und mein Mut kundwerden«. Der Kaiser ließ es geschehen, und Gelimer besiegte zwölf Jünglinge, die es mit ihm aufnahmen.

378. Ursprung der Hunnen

Die Entstehung der Hunnen wird von alters her so erzählt: Filimer, Gandarichs Sohn, der fünfte König der Goten seit ihrer Auswanderung aus Skantien, fand unter seinem Volke gewisse wahrsagende Weiber, die in gotischer Sprache Alirunen hießen. Diese wollte er nicht länger dulden, sondern verjagte sie aus der Mitte des Volks weit weg in die Wildnis. Als die Alirunen eine Zeitlang in der Wüste herumirrten, wurden sie von den Waldleuten, die man Faune und Feigenblattmänner nennt, gesehen, und sie vermischten sich zusammen.

Das Geschlecht, welches von den Waldleuten und Alirunen ausging, war klein, häßlich und wild; es hauste anfangs in den mäotischen Sümpfen. Bald aber rückten sie aus und kamen an die Grenze der Goten.

379. Die Einwanderung der Hunnen

Die Hunnen lebten von Raub und Jagd. Eines Tages kamen Jäger von ihnen an das Ufer des mäotischen Sees, und unvermutet zeigte sich ihren Augen eine Hindin. Diese Hindin trat in das Gewässer und ging bald vorwärts, bald stand sie still; so zeigte sie ihnen den Weg. Die Jäger folgten nach und kamen zu Fuß durch den See, den sie undurchwandelbar, wie das Meer, früher geglaubt hatten. Sobald sie nun das nie gesehene skythische Land erblickten, verschwand die Hindin. Erstaunt von dem Wunder, kehrten sie heim und verkündigten ihren Leuten das schöne Land und den Weg, den die Hirschkuh gewiesen hatte. Darauf sammelten sich die Hunnen und brachen mit unwiderstehlicher Macht in Skythien ein.

380. Sage von den Hunnen

Zu Jornandes' Zeit ging eine mündliche Sage um, die er zwar verwirft, wonach die Hunnen nicht aus Skythien gekommen wären, sondern anderswoher. In Britannien oder auf irgendeinem andern Eilande seien sie (auf ihrer Wanderung) vormalen in Knechtschaft geraten, aber durch das Lösegeld eines einzigen Pferdes wieder in Freiheit gesetzt worden.

Im Mittelalter glaubte man hernach, die Hunnen und Türken, die für ein Volk galten, wären Ungetüme, von einem Zauberer mit einer Wölfin zusammen erzeugt. Sie selbst scheinen diesen Aberglauben, um die Furcht vor ihnen zu mehren, geflissentlich ausgebreitet zu haben. Noch heutzutage hat er sich an der türkischen Grenze unter den östreichischen Christen erhalten.

381. Das Kriegsschwert

Ein Hirt weidete seine Herde und sah, wie ein Vieh am Fuße hinkte. Als er nun die Ursache der scharfen Wunde nicht erklären konnte, folgte er den Blutspuren und fand endlich das Schwert, worauf die grasende Kuh unvorsichtig getreten hatte. Der Hirt grub das Schwert aus und brachte es dem König Attila. Attila aber freute sich und sah, daß er zum Herrn der Welt bestimmt war, weil ihm das Kriegsschwert, das die Skythen stets heilig hielten, in seine Hände geliefert worden sei.

382. Die Störche

Als Attila schon lange die Stadt Aquileja belagerte und die Römer hartnäckig widerstanden, fing sein Heer an zu murren und wollte von dannen ziehen. Da geschah es, daß der König, im Zweifel, ob er das Lager aufheben oder noch länger harren sollte, um die Mauern der Stadt wandelte und sah, wie die weißen Vögel, nämlich die Störche, welche in den Giebeln der Häuser nisteten, ihre Jungen aus der Stadt trugen und gegen ihre Gewohnheit auswärts ins Land schleppten. Attila, als ein weiser Mann, rief seinen Leuten und sprach: »Seht, diese Vögel, die der Zukunft kündig sind, verlassen die bald untergehende Stadt und die einstürzenden Häuser!« Da schöpfte das Heer neuen Mut, und sie bauten Werkzeuge und Mauerbrecher; Aquileja fiel im Sturm und ging in den Flammen auf; diese Stadt wurde so verheert, daß kaum die Spuren übrigblieben, wo sie gestanden hatte.

383. Der Fisch auf der Tafel

Theoderich, der Ostgoten König, nachdem er lange Jahre in Ruhm und Glanz geherrscht hatte, befleckte sich mit einer Grausamkeit am Ende seines Lebens. Er ließ seine treuen Diener Symmachus und den weisen Boethius auf die Verleumdung von Neidern hinrichten und ihre Güter einziehen.

Als nun Theoderich wenige Tage darauf zu Mittag aß, geschah es, daß seine Leute den Kopf eines großen Fisches zur Speise auftrugen. Kaum erblickte ihn der König auf der Schüssel liegen, so schien ihm der Kopf der des enthaupteten Symmachus zu sein, wie er die Zähne in die Unterlippe biß und mit verdrehten Augen drohend schaute. Erschrocken und von Fieberfrost ergriffen eilte der König ins Bett, beweinte seine Untat und verschied in kurzer Zeit. Dies war die erste und letzte Ungerechtigkeit, die er begangen hatte, daß er den Symmachus und Boethius verurteilte, ohne wider seine Gewohnheit die Sache vorher untersucht zu haben.

384. Theoderichs Seele

Zu den Zeiten Theoderichs, Königs der Ostgoten, kehrte ein Mann von einer nach Sizilien getanen Reise wieder nach Italien zurück; sein Schiff, vom Sturm verschlagen, trieb zu der Insel Liparis. Daselbst wohnte ein frommer Einsiedel, und während seine Schiffsleute das zerbrochene Gerät wieder einrichteten, beschloß der Mann, hin zu dem Heiligen zu gehen und sich dessen Gebet zu empfehlen. Sobald der Einsiedel ihn und die andern Begleitenden kommen sah, sagte er im Gespräch: »Wißt ihr schon, daß König Theoderich gestorben ist?« Sie antworteten schnell: »Unmöglich, denn wir verließen ihn lebendig und haben nichts dergleichen von ihm gehört.« Der Diener Gottes versetzte: »Er ist aber gestorben, denn gestern am Tage um die neunte Stunde sah ich, daß er entgürtet und entschuht*, mit gebundenen Händen, zwischen Johannes dem Papst und Symmachus dem Patrizier hergeführt und in den Schlund des benachbarten Vulkans gestürzt wurde.« Die Leute schrieben sich Tag und Stunde genau, wie sie gehört hatten, auf, reisten heim nach Italien und vernahmen, daß Theoderich gerade zu jener Zeit gestorben war. Und weil er den Papst Johannes im Gefängnisse totgemartert und den Patrizier Symmachus mit dem Schwert enthauptet hatte: so wurde er gerecht von denen ins Feuer geleitet, die er ungerecht in seinem Leben gerichtet hatte.

385. Urajas und Ildebad*

Urajas, der Gote, hatte eine Ehefrau, reich an Vermögen und schön an Gestalt. Diese ging einmal ins Bad, angetan in herrlichem Schmuck und begleitet von einer Menge Dienstfrauen. Da sah sie im Bade sitzen Ildebads, des Königes, Gemahlin in schlechten Kleidern, grüßte sie nicht demütig, wie es sich vor einer Königin ziemt, sondern sprach höhnende Reden aus stolzem Mut. Denn es war Ildebads Einkommen noch gering und seine Macht noch nicht königlich.

Allein diesen Schimpf ertrug die Königin nicht, entbrannte vor Schmerz und ging zu ihrem Gemahl; den bat sie mit Tränen, daß er das von Urajas Frau ihr zugefügte Unrecht räche. Bald darauf schuldigte Ildebad den Urajas bei den Goten an, daß er zum Feinde übergehen wollte, und nicht lange darauf brachte er ihn hinterlistig ums Leben. Darüber fingen die Goten an, sich in Haß und Zwietracht zu spalten, und Wilas, ein Gepide, beschloß, den König zu morden. Als Ildebad eben am Gastmahl saß und aß, hieb ihm Wilas unversehens mit dem Schwert in den Nacken, so daß seine Finger noch die Speise hielten, während sein abgeschnittenes Haupt auf den Tisch fiel und alle Gäste sich entsetzten.

386. Totila versucht den Heiligen

Als Totila, König der Goten, vernommen hatte, daß auf dem heiligen Benediktus ein Geist der Weissagung ruhe, brach er auf und ließ seinen Besuch in dem Kloster ankündigen. Er wollte aber versuchen, ob der Mann Gottes die Gabe der Weissagung wirklich hätte. Einem seiner Waffenträger, namens Riggo, gab er seine Schuhe und ließ ihm königliche Kleider antun; so sollte er sich in Gestalt des Königs dem Heiligen nahen. Drei andere Herren aus dem Gefolge, Wulderich, Ruderich und Blindin*, mußten ihn begleiten, seine Waffen tragen und sich nicht anders anstellen, als ob er der wahre König wäre. Riggo begab sich nun in seinem prächtigen Gewande unter dem Zulaufen vieler Leute in das Münster, wo der Mann Gottes in der Ferne saß. Sobald Benediktus den Kommenden in der Nähe, daß er von ihm gehört werden konnte, sah, rief er aus: »Lege ab, mein Sohn, lege ab; was du trägst, ist nicht dein!« Riggo sank zu Boden vor Schrecken, daß er sogleich entdeckt worden war, und alle seine Begleitung beugte sich mit ihm. Darauf erhuben sie sich wieder, wagten aber nicht, dem Heiligen näher zu gehen, sondern kehrten zitternd zu ihrem König zurück mit der Nachricht, wie ihnen geschehen wäre. Nunmehr machte sich Totila selbst auf und beugte sich vor dem in der Weite sitzenden Benediktus nieder. Dieser trat hinzu, hob den König auf, tadelte ihn über seinen grausamen Heereszug und verkündete ihm in wenig Worten die Zukunft: »Du tust viel Böses und hast viel Böses getan; jetzt laß ab vom Unrecht! Du wirst in Rom einziehen, über das Meer gehen, neun Jahre herrschen und im zehnten sterben.« Totila erschrak heftig, beurlaubte sich von dem Heiligen und war seitdem nicht so grausam mehr.

387. Der blinde Sabinus

Der Bischof Sabinus hatte vor hohem Alter das Licht der Augen verloren und war ganz blind. Da nun Totila von diesem Mann hörte, daß er weissagen könne, wollte er's nicht glauben, sondern selbst prüfen. Bei seiner Ankunft in jener Gegend lud der Mann Gottes den König zum Gastmahl ein. Totila wollte nicht speisen, sondern setzte sich zur Rechten des Greises. Als darauf ein Diener dem Sabinus den Weinbecher reichen wollte, streckte der König seine Hand stillschweigend aus, nahm den Kelch und reichte ihn mit seiner eigenen Hand statt des Knaben dem Bischof hin. Dieser empfing ihn, sagte aber:

»Heil dieser Hand!« Totila, errötend über seine Entdeckung, freute sich gefunden zu haben, was er suchte.

Dieser Sabinus brachte sein Leben weit hinauf, so daß endlich sein Archidiakonus, aus Begierde, ihm als Bischof zu folgen, den frommen Mann zu vergiften trachtete. Er gewann den Weinschenken, daß er ihm Gift in den Kelch mischte, und bestach den Knaben, der dem Sabinus bei dem Mittagsmahl den Trank zu reichen pflegte. Der Bischof sprach auf der Stelle zum Knaben: »Trinke du selbst, was du mir reichst.« Zitternd wollte der Knabe doch lieber trinken und sterben als die Qualen leiden, die auf einem solchen Menschenmord standen. Wie er aber den Becher eben an den Mund setzte, hielt ihn Sabinus zurück und sprach: »Trinke nicht, sondern reiche mir, ich will trinken; geh aber hin und sage dem, der dir's gab, daß ich tränke und er doch nicht Bischof werden würde.« Hierauf machte der Bischof das Zeichen des Kreuzes und trank ohne Gefahr. Zur selben Stunde sank der Archidiakonus an einem andern Orte, wo er sich eben aufhielt, tot zu Boden, als ob das Gift in seine Eingeweide durch des Bischofs Mund gelaufen wäre.

388. Der Ausgang der Langobarden

Die Winiler, hernachmals Langobarden genannt, als sie sich in dem Eiland Skandinavien so vermehrt hatten, daß sie nicht länger zusammen wohnen konnten, teilten sich in drei Haufen ab und losten. Wer nun das Los zog, der Haufen sollte das Vaterland verlassen und sich eine fremde Heimat suchen. Als nun das Los auf einen Teil gefallen war, so zog dieser unter zwei Heerführern, den Brüdern Ibor und Ayo (oder Agio) samt ihrer weisen Mutter Gambara aus. Sie langten zuerst in Skoringen an, schlugen die Vandalen und deren Könige Ambri und Aßy; zogen sodann nach Moringen und dann nach Goland. Nachdem sie da eine Zeitlang verweilt, besetzten sie die Striche Anthaib, Banthaib und Wurgenthaib, wo sie auch noch nicht blieben, sondern durch Rugiland zogen, eine Zeit über im offenen Felde wohnten, mit den Herulern, Gepiden und Goten Händel hatten und zuletzt in Italien festen Sitz nahmen.

389. Der Langobarden Ausgang

In Dänemark herrschte König Snio (Schnee), da brach im Land Hunger und Not aus; der König gab ein Gesetz, welches Gastereien und Trinkgelage verbot; aber das wollte nicht helfen, sondern die Teurung nahm immer zu. Der König ließ seinen Rat versammeln und beschloß, den dritten Teil des Volkes töten zu lassen. Ebbe und Aage, zwei mannliche Helden, saßen zuoberst im Rat; ihre Mutter hieß Gambaruk, wohnte in Jütland und war eine weise Frau. Als sie dieser den Entschluß des Königs meldeten, mißfiel ihr es höchlich, daß soviel unschuldig Volk umkommen sollte: »Ich weiß bessern Rat, der uns frommt; laßt Alte und Junge losen; auf welche unter diesen das Los fällt, die müssen aus Dänemark fahren und ihr Heil zur See versuchen.« Dieser Ratschlag wurde allgemein beliebt und das Los geworfen. Es fiel auf die Jungen, und alsbald wurden die Schiffe ausgerüstet. Ebbe und Aage waren nicht träg dazu und ließen ihre Wimpel wehen; Ebbe führte die Jüten und Aage die Gundinger aus.

390. Sage von Gambara* und den Langbärten

Als das Los geworfen war und der dritte Teil der Winiler aus der Heimat in die Fremde ziehen mußte, führten den Haufen zwei Brüder an, Ibor und Ayo** mit Namen, junge und frische Männer. Ihre Mutter aber hieß Gambara, eine schlaue und kluge Frau, auf deren weisen Rat in Nöten sie ihr Vertrauen setzten. Wie sie sich nun auf ihrem Zug ein anderes Land suchten, das ihnen zur Niederlassung gefiele, langten sie in die Gegend, die Schoringen hieß; da weilten sie einige Jahre. Nah dabei wohnten die Vandalen, ein rauhes und siegstolzes Volk, die hörten ihrer Ankunft und sandten Boten an sie: daß die Winiler entweder den Vandalen Zoll gäben oder sich zum Streit rüsteten. Da ratschlagten Ibor und Ayo mit Gambara, ihrer Mutter, und wurden eins, daß es besser sei, die Freiheit zu verfechten, als sie mit dem Zoll zu beflecken, und ließen das den Vandalen sagen. Es waren die Winiler zwar mutige und kräftige Helden, an Zahl aber gering. Nun traten die Vandalen vor Wodan und flehten um Sieg über die Winiler. Der Gott antwortete: »Denen will ich Sieg verleihen, die ich bei Sonnenaufgang zuerst sehe.« Gambara aber trat vor Frea, Wodans Gemahlin, und flehte um Sieg für die Winiler. Da gab Frea den Rat: Die Winilerfrauen sollten ihre Haare auflösen und um das Gesicht in Bartes Weise zurichten, dann aber frühmorgens mit ihren

Männern sich dem Wodan zu Gesicht stellen, vor das Fenster gen Morgen hin, aus dem er zu schauen pflegte. Sie stellten sich also dahin, und als Wodan ausschaute bei Sonnenaufgang, rief er: »Was sind das für Langbärte?« Frea fügte hinzu: »Wem du Namen gabst, dem mußt du auch Sieg geben.«*** Auf diese Art verlieh Wodan den Winilern den Sieg, und seit der Zeit nannten sich die Winiler Langbärte (Langobarden).

391. Die Langobarden und Aßipiter

Bald nach Besiegung der Winiler mußten die Langbarten aus Hungersnot das Land Schoringen verlassen und gedachten in Moringen zu ziehen. Die Aßipiter (Dsipeter?) aber widerstanden und wollten ihnen keinen Durchzug durch ihre Grenzen verstatten. Da nun die Langbarten die große Zahl der Feinde und ihre geringe sahen, sprengten sie listig aus, daß sie Hundsköpfe im Lager bei sich führten, das heißt ungeheure Menschen mit Hundsköpfen; die dürsteten nach Menschenblut und tränken, wenn sie keinen Feind erreichen könnten, ihr eigenes. Und um dies glaubhafter zu machen, stellten sie ihre Zelte weit auseinander und zündeten viele Feuer im Lager an. Die Aßipiter gerieten dadurch in Furcht und wagten nun den Krieg, womit sie gedroht hatten, nicht mehr zu führen. Doch hatten sie unter sich einen starken Mann, auf dessen Kräfte sie vertrauten; mit diesem boten sie den Langbarten einen Einkampf an. Die Langbarten möchten nämlich auch einen aus ihren Leuten, welchen sie wollten, wählen und ihrem Fechter entgegenstellen. Siegte der Aßipiter, so sollten die Langbarten auf dem Wege, den sie gekommen wären, wieder zurückwandern; würde er aber besiegt, so müßte ihnen der freie Durchzug gestattet werden.

Als nun die Langbarten anstanden, wen sie von ihren Männern dazu auswähleten, da bot sich einer aus der Knechtschaft von freien Stücken zum Kampf an und hielt sich aus, wo er den Feind besiegen würde, daß er und seine Nachkommen in den Stand der Freien aufgenommen werden sollte. Dies wurde ihm verheißen, er übernahm den Kampf und besiegte seinen Gegner. Seinem Wunsche gemäß wurde er darauf freigesprochen und erwarb den Langbarten freien Durchzug, worauf sie glücklich in das Land Moringen einrückten.

392. Die sieben schlafenden Männer in der Höhle

In ganz Deutschland weiß man folgende wunderbare Begebenheit: An der äußersten Meeresküste liegt unter einem ragenden Felsen eine Höhle, in der, man kann nicht mehr sagen seit welcher Zeit, lange her sieben Männer schlafen; ihre Leiber bleiben unverwest, ihre Kleider verschleißen nicht, und das Volk verehrt sie hoch. Der Tracht nach scheinen sie Römer zu sein. Einen reizte die Begierde, daß er der Schläfer einem das Gewand ausziehen wollte; alsbald erdorrten ihm die Arme, und die Leute erschraken so, daß niemand näher zu treten wagte. Die Vorsehung bewahrt sie zu einem heiligen Zweck auf, und dereinst sollen sie vielleicht aufstehen und den heidnischen Völkern die heilige Lehre verkündigen.

393. Der Knabe im Fischteich

Zu den Zeiten Agelmunds, des langobardischen Königs, trug es sich zu, daß ein Weib dieses Volkes sieben Knäblein auf einmal gebar und, um der Schande zu entgehn, grausamer als wilde Tiere sie sämtlich in einen Fischteich warf. Bei diesem Teich ritt der König gerade vorüber, sah die elenden Kinder liegen, hielt sein Pferd an und wandte sie mit dem Spieß, den er in der Hand trug, von einer Seite auf die andere um. Da griff eins der Kindlein mit seinen Händchen den königlichen Spieß fest. Der König sah darin ein Zeichen, daß aus diesem Kind ein besonderer Mann werden würde, befahl, es aus dem Fischbehälter zu ziehen, und übergab es einer Amme zum Säugen. Und weil er ihn aus dem Fischteich, der in ihrer Sprache Lama* heißt, gezogen hatte, legte er dem Kind den Namen Lamissio bei. Es erwuchs, wurde ein streitbarer Held und nach Agelmunds Tode König der Langobarden.

394. Lamissio und die Amazonen

Als die Langobarden sich dem Reiche der Kriegsjungfrauen (deren es noch in dem Innern Deutschlands geben soll) näherten, wollten ihnen diese den Übergang eines Flusses an ihrer Grenze nicht verstatten. Es wurde daher ausgemacht, daß ein auserwählter Held von seiten der Langobarden mit einer der Frauen in dem Flusse schwimmend fechten sollte. Würde nun ihr Kämpfer von der Jungfrau besiegt, so sollte das lombardische Heer zurückweichen; unterläge sie hingegen dem Helden, so sollte ihnen der Übergang vergönnt sein. Diesen Kampf bestand der tapfere Lamissio und erwarb sich durch seinen Sieg großen Ruhm, seinen Landsleuten aber den freien Zug über den Strom.

395. Sage von Rodulf und Rumetrud

Als die Heruler und Langobarden ihren Krieg durch ein Friedensbündnis aufheben wollten, sandte König Rodulf seinen Bruder zu König Tato, daß er alles abschließen sollte. Nach beendigtem Geschäfte kehrte der Gesandte heim; da geschah es, daß er unterwegs vorbeiziehen mußte, wo Rumetrud wohnte, des langobardischen Königs Tochter. Diese sah die Menge seines Gefolges, fragte, wer das wohl sein möchte, und hörte, daß es der herulische Gesandte, Rodulfs leiblicher Bruder, wäre, der in sein Land heimzöge. Da schickte sie einen zu ihm und ließ ihn laden, ob er kommen wolle, einen Becher Wein zu trinken. Ohne Arg folgte er der Ladung; aber die Jungfrau spottete seiner aus Übermut, weil er kleinlicher Gestalt war, und sprach höhnende Reden. Er dagegen, übergossen von Scham und Zorn, stieß noch härtere Worte aus, also daß die Königstochter viel mehr beschämt wurde und innerlich von Wut entbrannte. Allein sie verstellte ihre Rache und versuchte mit freundlicher Miene ein angenehmes Gespräch zu führen und lud den Jüngling zu sitzen ein. Den Sitz aber wies sie ihm da an, wo in der Wand eine Luke war, darüber sie, gleichsam zu des Gastes Ehren, einen köstlichen Teppich hängen lassen; eigentlich aber wollte sie damit allen Argwohn entfernen. Nun hatte sie ihren Dienern befohlen, sobald sie zu dem Schenken das Wort sprechen würde: »Mische den Becher!« daß sie durch die Luke des Gastes Schulterblatt durchstoßen sollten, und so geschah es auch. Denn bald gab das grausame Weib jenes Zeichen, und der unselige Gast sank mit Wunden durchbohrt zur Erde.

Da König Rodulf von seines Bruders Mord Kundschaft bekam, klagte er schmerzlich und sehnte sich nach Rache; alsbald brach er den neuen Bund und sagte den Langobarden Krieg an. Wie nun der Schlachttag erschien, war Rodulf seiner Sache so gewiß, daß ihm der Sieg unzweifelhaft deuchte, und während das Heer ausrückte, er ruhig im Lager blieb und Schachtafel spielte. Denn die Heruler waren dazumal im Kampf wohlerfahren und durch viele Kriege berühmt. Um freier zu fechten, oder als verachteten sie alle Wunden, pflegten sie auch nackend zu streiten und nichts als die Scham zu bedecken an ihrem Leibe.

Als nun der König, wie gesagt, fest auf die Tapferkeit der Heruler baute und ruhig Tafel spielte, hieß er einen seiner Leute auf einen nahestehenden Baum steigen, daß er ihm der Heruler Sieg desto schneller verkündige; doch mit der zugefügten Drohung: »Meldest du mir von ihrer Flucht, so ist dein Haupt verloren.« Wie nun der Knecht oben auf dem Baume stand, sah er, daß die Schlacht übel ging; aber er wagte nicht zu sprechen, und erst wie das ganze Heer dem Feinde den Rücken kehrte, brach er in die Worte aus: »Weh dir, Herulerland, der Zorn des Himmels hat dich betroffen!« Das hörte Rodulf und sprach: »Wie, fliehen meine Heruler?« »Nicht ich«, rief jener, »sondern du, König, hast dies Wort gesprochen.« Da traf den König Schrecken und Verwirrung, daß er und seine umstehenden Leute keinen Rat wußten und bald die langobardischen Haufen einbrachen und alles erschlugen. Da fiel Rodulf ohne männliche Tat. Und über der Heruler Macht, wie sie hierhin und dorthin zerstreut wurde, waltete Gottes Zorn schrecklich. Denn als die Fliehenden blühende Flachsfelder vor sich sahen, meinten sie vor einem schwimmbaren Wasser zu stehen, breiteten die Arme aus, in der Meinung zu schwimmen, und sanken grausam unter der Feinde Schwert*. Die Langobarden aber trugen unermeßliche Beute davon und teilten sie im Lager; Rodulfs Fahne und Helm, den er in den Schlachten immer getragen hatte, bekam Tato, der König. Von der Zeit an war alle Kraft der Heruler gebrochen, sie hatten keine Könige mehr; die Langobarden aber wurden durch diesen Sieg reicher und mächtiger als je vorher.

396. Alboin wird dem Audoin tischfähig

Als Alboin, Audoins Sohn, siegreich vom Feldzug gegen die Gepiden heimkehrte, wollten die Langobarden, daß er auch seines Vaters Tischgenoß würde. Audoin aber verwarf dies, weil nach der Gewohnheit des Volks der Königssohn nicht eher mit dem Vater speisen dürfe, bis er von einem auswärtigen König gewaffnet worden sei. Sobald dies Alboin hörte, ritt er, nur von vierzig Jünglingen begleitet, zu Thurisend, dem Gepidenkönig, dessen Sohn Thurismod er eben erlegt hatte, und erzählte ihm, aus welcher Ursache er käme. Thurisend nahm ihn freundlich auf, lud ihn zu Gast und setzte ihn zu seiner Rechten an der Mahlzeit, wo sonst sein Sohn zu sitzen pflegte. Als nun Thurisend so saß und seines Sohnes Mörder neben sich erblickte, seufzte er vor Schmerz und sprach: »Der Platz ist mir lieb, aber der Mann leid, der jetzt darauf sitzt.« Durch diese Worte gereizt, hub der andere Sohn Thurisends an, der Langobarden zu spotten, weil sie unterhalb der Waden weiße Binden trügen, und verglich sie Pferden, deren Füße bis an die Schenkel weiß sind, »das sind ekelhafte Mähren, denen ihr gleicht«. Einer der Langobarden versetzte hierauf: »Komm mit ins Asfeld; da kannst du sehen, wie gut die, welche du Mähren nennst, mit den Hufen schlagen; da liegen deines Bruders Gebeine wie die eines elenden Gauls mitten auf der Wiese.« Die Gepiden gerieten dadurch in Wut und wollten sich rächen, augenblicklich faßten alle Langobarden ihre Degengriffe. Der König aber stand vom Tische auf, warf sich in ihre Mitte und bedrohte den, welcher zuerst den Streit anheben würde: der Sieg mißfalle Gott, wenn man in seinem eignen Hause den Feind erlege. So beschwichtigte er den Zank, nahm nach vollbrachtem Mahle die Waffen seines Sohnes Thurismod und übergab sie dem Alboin. Dieser kehrte in Frieden zu seinem Vater heim und wurde nun dessen Tischgenoß. Er erzählte alles, was ihm bei den Gepiden begegnet war, und die Langobarden lobten mit Bewunderung sowohl Alboins Wagstück als Thurisends große Treue.

397. Ankunft der Langobarden in Italien

Narses, weil er seiner Mannheit beraubt worden war, wurde von der Kaiserin verhöhnt, indem sie ihm ein goldenes Spinnrad sandte: mit den Weibern solle er spinnen, aber nicht unter den Männern befehlen. Da antwortete Narses: »So will ich ihr ein solches Gewebe spinnen, aus dem sie zeitlebens ihren Hals nicht wieder wird loswickeln können.« Darauf lockte er die Langobarden und leitete sie mit ihrem König Alboin aus Pannonien nach Italien.

Die altdeutsche Weltchronik errählt dieses nicht von Narses, sondern von Aetius, dem die Königin spottweise entbieten ließ, in ihrer Frauenstube Wolle zu zeisen.

398. Alboin gewinnt Ticinum*

Drei Jahre und etliche Monate hatte Alboin Ticinum belagert, eh es sich ergab. Als nun der König durch die Johannespforte an der Ostseite der Stadt einritt, fiel sein Pferd mitten unter dem Tor hin und konnte durch keine Streiche dahin gebracht werden, wieder aufzustehen. Da sagte ein Langobarde: »Gedenk, o König, deines Gelübdes und brich es, so wirst du in die Stadt eingehen, denn es wohnt auch

Christenvolk darin.« Alboin hatte nämlich gelobt, das ganze Volk, weil es sich nicht ergeben wollte, über die Klinge springen zu lassen. Hierauf brach er nun das harte Gelübde und verhieß den Bürgern Gnade; alsbald hob sich sein Pferd auf, und er hielt ruhig den Einzug.

399. Alboin betrachtet sich Italien

Alboin war nun mit seinem Heer und einer großen Menge Volkes an die äußerste Grenze Italiens gekommen. Da stieg er auf einen in der Gegend emporragenden Berg und beschaute das Land, soweit er von da hineinsehen konnte. Seit der Zeit heißt derselbe Berg nach ihm der Königsberg. Auf diesem Gebirge sollen wilde Wisente hausen. Ein wahrhafter Greis erzählte, die Haut eines auf dem Berg erlegten Wisents gesehen zu haben, welche so groß gewesen sei, daß fünfzehn Männer nebeneinander daraufliegen können.

400. Alboin und Rosimund

Nach Thurisends Tod brach dessen Sohn und Nachfolger Kunimund aufs neue den Frieden mit den Langobarden. Alboin aber schlug die Feinde, erlegte den Kunimund selber und machte sich aus dessen Schädel eine Trinkflasche. Kunimunds Tochter Rosimund führte er mit vielen andern in die Gefangenschaft und nahm sie darauf zu seiner Gemahlin. Alboins Taten erschollen überall, und sein Ruhm wurde nicht bloß bei den Langobarden, sondern auch bei den Bayern, Sachsen und andern Völkern der deutschen Zunge in Liedern besungen. Auch erzählen viele, daß zu seiner Zeit ganz vorzügliche Waffen geschmiedet worden seien.

Eines Tages saß Alboin zu Verona fröhlich am Mahl und befahl der Königin, in jener Schale Wein zu schenken, die er aus ihres Vaters Haupt gemacht hatte, und sprach zu ihr: »Trinke fröhlich mit deinem Vater!« Rosimund empfand tiefen Schmerz, bezwang sich gleichwohl und sann auf Rache. Sie wandte sich aber an Helmichis, des Königs Waffenträger (Schilpor) und Milchbruder, und bat ihn, daß er den Alboin umbringe. Dieser riet ihr, den Peredeo, einen tapfern Helden, ins Verständnis zu ziehen. Peredeo wollte aber mit dieser Untat nichts gemein haben. Da barg sich Rosimund heimlich in ihrer Kammermagd Bett, mit welcher Peredeo vertrauten Umgang hatte; und so geschah's, daß er unwissend dahin kam und bei der Königin schlief.

Nach vollbrachter Sünde frug sie ihn: für wen er sie wohl halte? Und als er den Namen seiner Freundin nannte, sagte sie: »Du irrst dich sehr, ich, Rosimund, bin's; und nun du einmal dieses begangen hast, geb ich dir die Wahl, entweder den Alboin zu ermorden oder zu erwarten, daß er dir das Schwert in den Leib stoße.« Da sah Peredeo das unausweichliche Übel ein und bewilligte gezwungen des Königs Mord.

Eines Mittags also, wie Alboin eingeschlafen war, gebot Rosimund Stille im ganzen Schlosse, schaffte alle Waffen beiseite und band Alboins Schwert an die Bettstelle stark fest, daß es nicht weggenommen noch aus der Scheide gezogen werden mochte. Dann führte sie, nach Helmichis' Rat, Peredeo herein. Alboin, aus dem Schlafe erwachend, sah die Gefahr, worin er schwebte, und wollte sein Schwert ergreifen; da er's nicht losbringen konnte, griff er den Fußschemel und wehrte sich eine gute Weile tapfer damit. Endlich aber mußte dieser kühne und gewaltige Mann, der so viele Feinde besiegt hatte, durch die List seiner Frau wehrlos unterliegen. Seinen Leichnam bestatteten die Langobarden weinend und klagend unter den Aufstieg einer Treppe, nah beim königlichen Schloß. Später öffnete Herzog Gisilbert das Grab und nahm das Schwert zusamt anderm Schmuck heraus. Er berühmte sich auch, den Alboin gesehen zu haben.

401. Rosimund, Helmichis und Peredeo

Nach Alboins Tode dachte Helmichis das Reich zu bekommen, allein die Langobarden hinderten das und stellten ihm, vor tiefem Schmerz über ihres Herrschers Ermordung, nach dem Leben. Also entflohen Helmichis und Rosimund, jetzt seine Gemahlin, auf einem Schiffe, das ihnen Longinus, Vorsteher zu Ravenna, gesandt hatte, nachts aus Verona, entwandten Albsuind, Alboins Tochter erster Ehe, und den ganzen langobardischen Schatz. Wie sie zu Ravenna angelangt waren, nahm Rosimundens Schönheit auch den Longinus ein, und er beredete sie, den Helmichis zu töten und sich hernach ihm zu vermählen. Zum Bösen aufgelegt und wünschend, Ravennas Herrin zu werden, reichte sie dem Helmichis, als er aus dem Bad kam, einen Becher Gift; er aber, sobald er merkte, daß er den Tod getrunken, zog das Schwert über sie und zwang sie, was im Becher geblieben war, auszuleeren. So starben diese beiden Mörder durch Gottes Gericht zu einer Stunde. Longinus schickte Albsuind und die lombardischen Schätze nach Konstantinopel zum Kaiser Tiberius. Einige erzählen: Auch Peredeo sei mit Helmichis und Rosimund nach Ravenna gekommen und ebenfalls mit Albsuinden nachher zu Tiberius gesandt worden.

Er soll zu Konstantinopel Beweise seiner großen Stärke gegeben und einmal im Schauspiel vor dem Kaiser und allem Volk einen ungeheuren Löwen erlegt haben. Aus Furcht, daß er kein Unheil stifte, ließ ihm der Kaiser die Augen ausstechen. Peredeo schaffte sich zwei kleine Messer, barg sie in seinen Ärmeln und ging in den Palast unter dem Vorwand, er habe dem Kaiser etwas Wichtiges zu offenbaren. Dieser sandte zwei seiner vertrauten Diener, daß sie ihn anhörten; alsbald nahte er sich ihnen, als wolle er etwas Heimliches entdecken, und schlug ihnen mit seinen beiden kleinen Schwertern solche Wunden, daß sie zur Stelle hinsanken und ihren Geist aufgaben. So rächte dieser tapfere Mann, dem Samson (Simson) nicht ungleich, seiner beiden Augen Verlust an dem Kaiser durch den Tod zweier wichtiger Hofmänner.

402. Sage vom König Authari

Authari, König der Lamparten, sandte nach Bayern zu König Garibald und ließ um dessen Tochter Theodelind (Dietlind) freien. Garibald nahm die Boten freundlich auf und sagte die Braut zu. Auf diese Botschaft hatte Authari Lust, seine Verlobte selbst zu sehn, nahm wenige, aber geprüfte Leute mit, und darunter seinen Getreuesten, der als Ältester den ganzen Zug anführen sollte. So langten sie ohne Verzug in Bayern an und wurden dem König Garibald in der Weise anderer Gesandten vorgestellt; der Älteste sprach den üblichen Gruß, hernach trat Authari selbst, der von keinem Bayer erkannt wurde, vor und sprach: »Authari, mein Herr und König, hat mich deshalb hierhergesandt, daß ich seine bestimmte Braut, die unsere Herrin werden soll, schaue und ihm ihre Gestalt genau berichten könne.« Auf diese Worte hieß der König seine Tochter kommen, und als sie Authari stillschweigend betrachtet hatte, auch gesehen, daß sie schön war und seinen Augen gefiel, redete er weiter: »Weil ich, o König, deine Tochter so gestaltet sehe, daß sie wert ist, unsere Königin zu werden, möge es dir belieben, daß ich aus ihrer Hand den Weinbecher empfange.« Der König gab seinen Willen dazu, Dietlind stand auf, nahm den Becher und reichte zuerst dem zu trinken, der unter ihnen der Älteste zu sein schien; hernach schenkte sie Authari ein, von dem sie nicht wußte, daß er ihr Bräutigam war. Authari trank, und beim

Zurückgeben des Bechers rührte er leise mit dem Finger, ohne daß jemand es merkte, Dietlindens Hand an, darauf fuhr er sich selbst mit der Rechten von der Stirn an über die Nase das Antlitz herab. Die Jungfrau, vor Scham errötend, erzählte es ihrer Amme. Die Amme versetzte: »Der dich so anrührte, muß wohl der König und dein Bräutigam selber sein, sonst hätte er's nimmer gewagt; du aber schweige, daß es dein Vater nicht vernehme; auch ist er so beschaffen von Gestalt, daß er wohl wert scheint, König und dein Gemahl zu heißen.«

Authari war schön in blühender Jugend, von gelbem Haar und zierlich von Anblick. Bald darauf empfingen die Gesandten Urlaub beim König und zogen, von den Bayern geleitet, heim. Da sie aber nahe an der Grenze und die Bayern noch in der Gesellschaft waren, richtete sich Authari, soviel er konnte, auf dem Pferde auf und stieß mit aller Kraft ein Beil, das er in der Hand hielt, in einen nahe stehenden Baum. Das Beil haftete fest, und er sprach: »Solche Würfe pflegt König Authari zu tun!« Aus diesen Worten verstanden die Bayern, die ihn geleiteten, daß er selber der König war. Als einige Zeit darauf Dietlinde nach Lamparten kam und die Hochzeit festlich gehalten wurde, trug sich folgendes zu: Unter den Gästen war auch Agilulf, ein vornehmer Langobard. Es erhob sich aber ein Unwetter, und der Blitzstrahl fuhr mit heftigem Donner in ein Holz, das innerhalb des Königs Zaungarten lag. Agilulf hatte unter seinem Gesinde einen Knecht, der sich auf die Auslegung der Donnerkeile verstand und, was daraus erfolgen würde, durch seine Teufelskunst wohl wußte. Nun begab sich's, daß Agilulf an einen geheimen Ort ging, sich des natürlichen Bedürfnisses zu erledigen, da trat der Knecht hinzu und sprach: »Das Weib, die heute unserm König vermählt worden ist, wird, nicht über lang, dein Gemahl werden.« Als Agilulf das hörte, bedrohte er ihn hart und sagte: »Du mußt dein Haupt verlieren, wo du ein Wort von dieser Sache fallen lässest.« Der Knabe erwiderte: »Du kannst mich töten, allein das Schicksal ist unwandelbar; denn traun, diese Frau ist darum in dies Land gekommen, damit sie dir anvermählt würde.« Dies geschah auch nach der Zeit.

403. Autharis Säule

Von Authari, dem König der Lombarden, wird erzählt: Er sei über Spoleto vorgedrungen bis gen Benevent, habe das Land genommen und sogar Reggio heimgesucht, welches die letzte Stadt des festen

Landes an der Meerenge, Sizilien gegenüber, ist. Daselbst soll in den Meereswellen eine Säule gesetzt sein; bis zu der hin sprengte Authari auf seinem Roß und rührte sie mit der Spitze seiner Lanze an, indem er ausrief: »Hier soll der Langobarden Grenze stehen!« Diese Säule heißt bis auf den heutigen Tag Autharis Säule.

404. Agilulf und Theudelind

Nach Autharis (Vetaris) Tode ließen die Langobarden Theudelind, die königliche Witwe, die ihnen allen wohlgefiel, in ihrer Würde bestehen und stellten ihr frei, welchen sie wollte, aus dem Volk zu wählen, den würden sie alle für ihren König erkennen. Sie aber berief Agilulf, Herzog von Taurin, einen tapfern kriegerischen Mann, und reiste ihm selbst bis nach Laumell entgegen. Gleich nach dem ersten Gruß ließ sie Wein schenken, trank selber und reichte das übrige dem Agilulf hin. Als er nun beim Empfang des Bechers ehrerbietig die Hand der Königin küßte, sprach sie lächelnd und errötend: »Der braucht mir nicht die Hand zu küssen, welcher mir seinen Kuß auf den Mund geben soll.« Hierauf ließ sie ihn zum Kuß und tat ihm den gefaßten Entschluß kund; unter allgemeinem Frohlocken wurde bald die Hochzeit begangen und Agilulf von allem versammelten Volk zum König angenommen.

Unter der weisen und kräftigen Herrschaft dieses Königs stand das Reich der Langobarden in Glück und Frieden; Theudelind, seine Gemahlin, war schön und tugendsam. Es begab sich aber, daß ein Jüngling aus dem königlichen Gesinde eine unüberwindliche Liebe zu der Königin faßte und doch, seiner niedern Abkunft halben, keine Hoffnung nähren durfte, jemals zur Befriedigung seiner Wünsche zu gelangen. Er beschloß endlich, das Äußerste zu wagen, und wenn er sterben müsse. Weil er nun abgemerkt hatte, daß der König nicht jede Nacht zu der Königin ging, sooft er es aber tat, in einen langen Mantel gehüllt, in der einen Hand eine Kerze, in der andern ein Stäblein tragend, vor das Schlafgemach Theudelindens trat und mit dem Stäblein ein- oder zweimal vor die Türe schlug, worauf ihm alsbald geöffnet und ihm die Kerze abgenommen wurde so verschaffte er sich einen solchen Mantel, wie er denn auch von Gestalt genau dem Könige gleichkam.

Eines Nachts hüllte er sich in den Mantel, nahm Kerze und Stäblein zur Hand und tat zwei Schläge an die Türe des Schlafzimmers; sogleich ward ihm von der Kämmerin aufgetan, die Kerze abgenommen, und der Diener gelangte wirklich in das Bett der Königin, die ihn für keinen andern als ihren Gemahl hielt. Indessen fürchtete er, auf solches Glück möge schnelles Unheil folgen, machte sich daher bald aus den Armen der Königin und gelangte auf dieselbe Weise, wie er gekommen war, unerkannt in seine Schlafstube zurück.

Kaum hatte er sich entfernt, als sich der König selbst vornahm, diese Nacht seine Gemahlin zu besuchen, die ihn froh empfing, aber verwundert fragte, warum er gegen seine Gewohnheit, da er sie eben erst verlassen, schon wieder zu ihr kehre. Agilulf stutzte, bildete sich aber augenblicklich ein, daß sie durch die Ähnlichkeit der Gestalt und Kleidung könne getäuscht worden sein; und da er ihre Unschuld deutlich sah, gab er als verständiger Mann sich nicht bloß, sondern antwortete: »Traut Ihr mir nicht zu, daß, nachdem ich einmal bei Euch gewesen, ich nicht noch einmal zu Euch kommen möge?« Worauf sie versetzte: »Ja, mein Herr und Gemahl, nur ich bitte Euch, daß Ihr auf Eure Gesundheit sehen möget.« »Wenn Ihr mir so ratet«, sprach Agilulf, »so will ich Euch folgen und diesmal nicht weiter bemühen.« Nach diesen Worten nahm der König seinen Mantel wieder um und verließ voll innerem Zorn und Unwillen, wer ihm diesen Schimpf zugefügt habe, das Gemach der Königin. Weil er aber richtig schloß, daß einer aus dem Hofgesinde der Täter sein müßte und noch nicht aus dem Hause habe gehen können, so beschloß er, auf der Stelle nachzuspüren, und ging mit einer Leuchte in einen langen Saal über dem Marstall, wo die ganze Dienerschaft in verschiedenen Betten schlief. Und indem er weiter bedachte, dem, der es vollbracht, müßte noch das Herz viel stärker schlagen als den andern, so trat der König der Reihe nach zu den Schlafenden, legte ihnen die Hand auf die Brust und fühlte, wie ihre Herzen schlugen. Alle aber lagen in tiefer Ruhe, und die Schläge ihres Bluts waren still und langsam, bis er sich zuletzt dem Lager dessen näherte, der es wirklich verübt hatte. Dieser war noch nicht entschlafen, aber, als er den König in den Saal treten gesehn, in große Furcht geraten und glaubte gewiß, daß er umgebracht werden sollte; doch tröstete ihn, daß er den König ohne Waffen erblickte, schloß daher, wie jener näher trat, fest die Augen und stellte sich schlafend. Als ihm nun der König die Hand auch auf die Brust legte und sein Herz heftig pochen fühlte, merkte er wohl, daß dieser der Täter war, und nahm, weil er bis auf den Tag verschieben wollte, was er mit ihm zu tun willens hatte, eine Schere und schnitt ihm von der Seite über dem Ohr eine Locke von den langen Haaren ab. Darauf ging der König weg, jener aber, der listig und sinnreich war, stand unverzüglich auf, schnitt jedem seiner Schlafgesellen auf derselben Seite eine

Locke mit der Schere und legte sich hernach ganz ruhig nieder in sein Bett und schlief. Morgens in aller Frühe, bevor die Tore der Burg eröffnet wurden, befahl der König sämtlichem Gesinde, in seiner Gegenwart zu erscheinen, und begann sie anzusehen, um denjenigen, den er geschoren hatte, darunter auszufinden. Da er aber erstaunt sahe, daß den meisten unter ihnen auf derselben Stelle die Locke fehlte, sagte er zu sich selbst: »Der, den ich suche, ist von niederer Herkunft, aber gewiß von klugem Sinn.« Und sogleich erkennend, daß er ihn ohne großes öffentliches Ärgernis nicht mehr finden werde, sprach er laut zu ihnen allen: »Wer es getan hat, schweige und tue es nimmermehr!« Bei diesen Worten des Königs sahen sich alle Diener einander verwundert an und wußten nicht, was sie bedeuteten; außer dem einen, der das Stück begangen hatte, welcher klug genug war, sein Lebelang nichts davon laut werden zu lassen und sich an dem Glück zu genügen, das ihm widerfahren war.

405. Theodelind und das Meerwunder

Eines Tages wandelte Theodelind, Agilulfs Gemahlin, in der grünen Au, nahe am Meerufer, sich zu erfrischen und Blumen zu brechen. Da stieg plötzlich ein scheußliches Meerwunder ans Land, rauchbehaart, mit glühenden Augen, faßte die zarte Königin und bewältigte sie. Aber ein Edelmann, der in der Nähe Hirsch und Hind jagte, hörte ihr klägliches Wehgeschrei, ritt eilends hinzu, und sobald ihn das Meerwunder kommen sah, ließ es die Königin und sprang in das Meer zurück. Der Edelmann geleitete Theodelinden heim; seit der Zeit war ihr Herz traurig und betrübt, doch sagte sie niemand, was ihr geschehen war. Hierauf brachte sie ein Kind zur Welt, rauch und schwarz und rotäugig gleich seinem Vater; Agilulf erschrak innig, daß er einen solchen Sohn erzeugt hätte, doch ließ er ihn sorgfältig auferziehen. Das Kind wuchs auf und war bös und tückisch, andern Kindern griff es mit Fingern die Augen aus oder zerbrach ihnen Arm und Beine, daß sich jeder vor ihm hütete wie vor dem leidigen Teufel. Und als es älter wurde, schwächte es Frauen und Jungfrauen und tötete die Männer; da zürnte der edle König und dachte es mit Worten zu strafen, aber es wehrte sich und schlug auf seinen Vater selber los, daß es ihn beinahe umgebracht hätte; seit der Zeit strebte es ihm und des Königs rechtem ehelichem Sohne nach dem Leben. Dieser Teufel kann nimmermehr mein Kind sein, dachte der König, und ermahnte seinen Sohn, daß sie mit dem Ungeheuer streiten und es erlegen wollten, ehe es noch mehr

Mord beginge. Viele Helden tötete es in dem Kampfe und schlug seinem Vater und Bruder manche tiefe Wunde; das Blut rann im Saal; da nahm seine Mutter selbst Pfeil und Bogen und half mitfechten, bis es zuletzt von vielen getroffen zu Boden niedersank. Als das Ungeheuer tot lag, sprach der König zu Theodelinde: »Nimmermehr war das mein Sohn, bekenne mir frei, von wem du es empfangen hattest, so soll dir alles vergeben sein.« Die Königin bat um Gnade und sagte, wie sie vor Jahren am Gestade des Meeres gegangen, sei ein scheußliches Meerwunder hervorgesprungen und habe sie mit Gewalt bezwungen; das könne ihr der Edelmann bezeugen, der sie nach Haus geleitet. Dieser wurde herbeigerufen und bestätigte, daß er auf das Geschrei der Königin hinzugeeilt sei und das Meerwunder entspringen gesehen habe. Der König sprach: »Nun möchte ich wissen, ob es noch am Leben ist, damit ich mich an ihm rächen könnte; darum will ich, daß Ihr Euch an dieselbe Stelle wiederum hinleget und seiner wartet.« »Was Ihr gebietet, tue ich«, versetzte die Königin, »was mir immer darum geschehe.« Da ging die Frau, zierlich gekleidet, hin an des Meeres Flut; der König aber und sein Sohn bargen sich mit Waffen im Gesträuche. Nicht lange lag sie da, als das Meerwunder aus den Wellen sprang und auf sie zulief; in demselben Augenblicke wurde es vom König und seinem Sohne überfallen, daß es nicht entrinnen konnte. Die Königin aber ergriff ein Schwert und stach es durch den Leib des Untiers, welches auf diese Weise mit dem Leben büßte; alle lobten Gott und zogen in Freuden heim.

406. Romhild und Grimoald der Knabe

Die Hunnen oder Awaren waren mit Heereskraft in die Lombardei eingebrochen; Gisulf, Herzog von Friaul, stellte sich mannhaft entgegen, unterlag aber mit seinem schwachen Häuflein der großen Menge. Nur wenige Lombarden kamen lebendig davon; sie flüchteten mit Romhild, Gisulfs Gemahlin, und seinen Söhnen in die Festung Friaul. Als nun Cacan, der Hunnenkönig, vor den Mauern der Burg, um sie zu besichtigen, herritt, ersah ihn Romhild und sah, daß er ein blühender Jüngling war. Da ward sie entzündet und sandte ihm heimliche Botschaft: wenn er sie ehelichen würde, wolle sie die Burg mit allen, die darin wären, in seine Hände geben. Cacan ging dieses ein, und Romhild ließ die Tore öffnen. Die Hunnen verheerten die ganze Stadt; was von Männern darin war, töteten sie durchs Schwert, um die Weiber und Kinder aber losten sie. Doch entrannen Taso und Romoald, Gisulfs älteste Söhne, glücklich; und weil sie Grimoald, ihren jüngsten Bruder, noch für zu klein hielten, ein Roß zu besteigen, so dachten sie, es wäre besser, daß er stürbe als in Gefangenschaft fiele, und wollten ihn töten. Und schon war der Speer gegen den Knaben erhoben, da rief Grimoald mit Tränen: »Erschlag mich nicht, denn ich kann mich schon auf dem Pferde halten.« Sein Bruder ergriff ihn beim Arm und setzte ihn auf den bloßen Rücken eines Pferdes; der Knabe faßte die Zügel und folgte seinen Brüdern nach. Die Hunnen rannten hinterher, und einer fing den kleinen Grimoald; doch wollte er ihn, seiner zarten Jugend wegen, nicht töten, sondern zu seiner Bedienung aufheben. Der Knabe war schön von Bildung, glänzend von Augen und gelb von Haaren; als ihn der Hunne ins Lager zurückführte, zog er unversehens sein Schwert und traf den Feind, daß er vom Pferde zu Boden stürzte. Dann griff er schnell in die Zügel und rannte den Brüdern nach, die er auch, fröhlich seiner Tat, einholte.

Der Hunnenkönig, um sein gegebenes Wort zu erfüllen, vermählte sich zwar mit Romhilden, behielt sie aber nur eine Nacht und gab sie dann zwölf Hunnen preis; darauf ließ er sie zu Tod an einen Pfahl aufspießen. Gisulfs Töchter hingegen waren nicht dem Beispiel ihrer geilen Mutter gefolgt, sondern sie hatten sich, um ihre Keuschheit zu bewahren, rohes Hühnerfleisch unter die Brüste gebunden, damit der Gestank des Fleisches jeden Feind, der sich ihnen nähere, zurücktriebe. Die Hunnen glaubten darauf, daß sie von Natur so röchen, verabscheuten sie und sprachen: »Die Lombardinnen stinken!« Durch diese Tat erhielten die Jungfrauen ihre Reinheit und wurden hernachmals, wie es ihrer edlen Geburt ziemte, vermählt; die eine dem König der Alemannen, die andere dem Herzog der Bayern.

407. Leupichis entflieht

Zu dieser Zeit wurde auch Leupichis als ein Kind aus dem Friaul in die Gefangenschaft mitgeschleppt, einer von fünf Brüdern, wovon die andern alle umkamen; er aber strebte, den Hunnen zu entfliehen und in seine Heimat wiederzukommen. Eines Tages führte er die vorgehabte Flucht aus, nahm bloß Pfeil und Bogen mit und etwas Speise; er wußte aber nicht, wohinaus. Da gesellte sich ein Wolf zu ihm und wurde sein Wegweiser. Und als er das Tier sich oft nach ihm umblicken und, sooft er stillstand, auch stillstehen sah, dachte er, daß es ihm von Gott gesandt wäre. So wanderten sie, das Tier und der Knabe, einige Tage durch Berge und Täler der Wildnis; endlich ging dem Leupichis das wenige Brot aus, das er hatte. Bald verzehrte ihn der Hunger, und er spannte seinen Bogen auf den Wolf, damit ihm das Tier zur Speise dienen sollte. Der Wolf wich dem Pfeil aus und verschwand. Nun aber wußte er nicht mehr, welchen Weg einzuschlagen, und warf sich ermattet zu Boden; im Schlaf sah er einen Mann, der zu ihm redete: »Stehe auf, der du schläfst, und nimm den Weg nach der Gegend hin, wohin deine Füße gerichtet sind, denn dort liegt Italien.« Alsbald stand Leupichis auf und ging dahinwärts; er gelangte zu den Wohnungen der Slaven, eine alte Frau nahm ihn auf, verbarg ihn in ihrem Haus und gab ihm Lebensmittel. Darauf setzte er den Weg fort und kam nach wenig Tagen in die Lombardei, an den Ort, wo er herstammte. Das Haus seiner Eltern fand er so verödet, daß es kein Dach mehr hatte und voll Dorn und Disteln stand. Er hieb sie nieder, und zwischen den Wänden war ein großer Ulmbaum gewachsen, an den hing er seinen Bogen auf. Hernach bebaute er die Stätte von neuem, nahm sich ein Weib und wohnte daselbst. Dieser Leupichis wurde des Geschichtsschreibers Urahn. Leupichis zeugte Arichis, Arichis den Warnefried und Warnefried den Paulus.

408. Die Fliege vor dem Fenster

Als der Lombardenkönig Kunibert mit seinem Marpahis (Stallmeister) Rat pflog, wie er Aldo und Grauso umbringen möchte, siehe, da saß an dem Fenster, vor dem sie standen, eine große Schmeißfliege. Kunibert nahm sein Messer und hieb nach ihr; aber er traf nicht recht und schnitt ihr bloß einen Fuß ab. Die Fliege flog fort. Aldo und Grauso, nichts ahnend von dem bösen Ratschlag, der gegen sie geschmiedet worden war, wollten eben in die königliche Burg gehen, und nahe bei der Romanuskirche kam ihnen entgegen ein Hinkender, dem ein Fuß abgehauen war, und sprach: »Gehet nicht zu König Kunibert, sonst werdet ihr umgebracht.« Erschrocken flohen jene in die Kirche und bargen sich hinter dem Altar. Es wurde aber bald dem König hinterbracht, daß sich Aldo und Grauso in die Kirche geflüchtet hätten. Da warf Kunibert Verdacht auf seinen Marpahis, er möchte den Anschlag verraten haben; der antwortete: »Mein Herr und König, wie vermag ich das, der ich nicht aus deinen Augen gewichen bin, seit wir das ratschlagten?« Der König sandte nach Aldo und Grauso und ließ fragen, aus was Ursache sie zu dem heiligen Ort geflüchtet wären. Sie versetzten: »Weil uns gesagt worden ist, der König wolle uns umbringen.« Und von neuem sandte der König und ließ sagen, wer

Holzschnitt zum 10. Kapitel über die Verwandlung von Hexen und Zauberern aus: Molitor, U.: De lamiis et phitonicis mulieribus [...] tractatus (1489)

ihnen das gesagt hätte? Und nimmermehr würden sie Gnade finden, wo sie nicht den Verräter offenbaren wollten. Da erzählten jene, wie es sich zugetragen hatte, nämlich: es sei ihnen ein hinkender Mann begegnet, dem ein Bein bis ans Knie gefehlt und der an dessen Stelle ein hölzernes gehabt hätte. Der habe ihnen das bevorstehende Unheil vorausverkündigt. Da erkannte der König, daß die Fliege, der er das Bein abgehauen, ein böser Geist gewesen war und seinen geheimen Anschlag hernach verraten hatte. Er gab dem Aldo und Grauso darauf sein Wort, daß sie aus der Kirche gehen könnten und ihre Schuld verziehen sein sollte, und zählte sie von der Zeit an unter seine getreuen Diener.

409. König Liutprands Füße

Liutprand, König der Langobarden, soll der Sage nach so lange Füße gehabt haben, daß sie das Maß eines menschlichen Ellenbogens erreichten. Nach seinem Fuß, dessen vierzehn auf der Stange oder dem Seil eine Rute* ausmachen, pflegen seitdem die Langobarden ihre Äcker zu messen.

410. Der Vogel auf dem Speer

Als König Liutprand siech daniederlag und die Lombarden an seinem Aufkommen zweifelten, nahmen sie Hildeprand, seinen Neffen, führten ihn vor die Stadt zur Liebfrauenkirche und erhoben ihn zum König. Indem sie ihm nun, wie es bräuchlich war, den Speer in die Hand gaben, kam ein Kuckuck geflogen und setzte sich oben auf des Speeres Spitze. Da sprachen kluge Männer, dieses Wunder zeige an, daß Hildeprands Herrschaft unnütz sein werde.

411. Aistulfs Geburt

Von König Aistulf, der mitten des VIII. Jahrhunderts die Langobarden beherrschte, geht folgende Sage: Seine Mutter brachte in einer Stunde und in einem Gebären fünf Kinder zur Welt. Als man diese wunderbare Nachricht dem Könige ankündigte, befahl er, alle fünfe in einem großen Korb vor ihn zu tragen. Er sah die Kinder an, erschrak, wollte sie aber doch nicht geradezu aussetzen lassen. Da hieß er seinen königlichen Spieß holen und sprach zu seinen Leuten: »Dasjenige von den Kindern, welches meinen Spieß mit der Hand greifen wird, soll beim Leben erhalten werden!« Hierauf streckte er den Spieß in den Korb unter die Kinder, und eins von den Brüdern reichte mit dem Ärmelein nach der Stange. Darauf nannte der Vater dieses Kind mit Namen Aistulf.

412. Walter im Kloster

Nachdem er viele Kriegstaten in der Welt verrichtet hatte und hochbejahrt war, dachte Held Walter seiner Sünden und nahm sich vor, durch ein strenges, geistliches Leben die Verzeihung des Himmels zu erwerben. Sogleich suchte er sich einen Stab aus, ließ oben an die Spitze mehrere Ringe und in jeden Ring eine Schelle heften; darauf zog er ein Pilgrimkleid an und durchwanderte so fast die ganze Welt. Er wollte aber die Weise und Regel aller Mönche genau erforschen und ging in jedes Kloster ein; wenn er aber in die Kirche getreten war, pflegte er zwei- oder dreimal mit seinem Stabe hart auf den Boden zu stoßen, daß alle Schellen klangen; hierbei prüfte er nämlich den Eifer des Gottesdienstes. Als er nun einmal in das Kloster Novalese gekommen war, stieß er auch hier seiner Gewohnheit nach den Pilgerstab hart auf den Boden. Einer der Kirchenknaben drehte sich um, rückwärts, um zu sehen, was so erklänge; alsbald sprang der Schulmeister zu und gab dem Zögling eine Maulschelle. Da seufzte Walter und sprach: »Nun bin ich schon lange und viele Tage durch die Welt gewandert und habe dergleichen nicht finden können.« Darauf meldete er sich bei dem Abt, bat um Aufnahme ins Kloster und legte das Kleid dieser Mönche an; auch wurde er nach seinem Willen zum Gärtner des Klosters bestellt. Er nahm zwei lange Seile und spannte sie durch den Garten, eins der Länge und eins der Quere nach; in der Sommerhitze hing er alles Unkraut darauf, die Wurzeln gegen die Sonne, damit sie verdörren und nicht wieder lebendig werden sollten.

Es war aber in dem Kloster ein hölzerner Wagen, überaus schön gearbeitet, auf den man nichts anders legte als eine große, oben mit einer hell lautenden Schelle versehene Stange. Diese Stange wurde zuweilen aufgesteckt, so daß sie jedermann sehen und den Klang hören konnte. Alle Höfe und Dörfer des Klosters hatten nun auch ihre Wagen, auf denen die Mönche Dienstleute Korn und Wein zufuhren; jener Wagen mit der Stange fuhr dann voraus, und hundert oder fünfzig andere Wagen folgten nach, und jedermann erkannte daran, daß der Zug dem berühmten Kloster Novalese gehörte. Und da war kein Herzog, Graf, Herr oder Bauer, der gewagt hätte, ihn zu beschädigen; ja, die Kaufleute auf den Jahrmärkten sollen ihren Handel nicht eher eröffnet haben, als bis sie erst den Schellenwagen heranfahren sahen. Als diese Wagen einmal beladen zum Kloster zurückkehrten, stießen sie auf des Königs Leute, welche die königlichen Pferde auf einer Wiese weideten. Diese sahen kaum soviel Güter ins Kloster fahren, als sie übermütig darauf herfielen und alles wegnahmen. Die Dienstleute widersetzten sich vergeblich, ließen aber, was geschehen war, augenblicklich dem Abt und den ganzen Brüdern kundtun. Der Abt versammelte das ganze Kloster und berichtete die Begebenheit. Der Vorsteher der Brüderschaft war damals einer namens Asinarius, von Herkunft ein Franke, ein tugendhafter, verständiger Mann. Dieser, auf Walters Rat, man müsse zu den Räubern kluge Brüder absenden und ihnen die Sache gehörig darstellen lassen, sagte sogleich: »So sollst du, Walter, schnell dahin gehen, denn wir haben keinen klügeren, weiseren Bruder.« Walter aber, der sich wohl bewußt war, er werde den Trotz und Hochmut jener Leute nicht ertragen können, versetzte: »Sie werden mir mein Mönchskleid ausziehen.« »Wenn sie dir dein Kleid ausziehen«, sprach Asinarius, »so gib ihnen noch die Kutte dazu und sag, also sei dir's von den Brüdern befohlen.« Walter sagte: »Wie soll ich mit dem Pelz und Unterkleid verfahren?« »Sag«, versetzte der ehrwürdige Vater, »es sei von den Brüdern befohlen worden, sich auch diese Stücken nehmen zu lassen.« Darauf setzte Walter hinzu: »Zürne mir nicht, daß ich weiterfrage, wenn sie auch mit den Hosen tun wollen wie mit dem übrigen?« »Dann«, antwortete der Abt, »hast du deine Demut schon hinlänglich bewiesen; denn in Ansehung der Hosen kann ich dir nicht befehlen, daß du sie ihnen lassest.«

Hiermit war Walter zufrieden, ging hinaus und fragte die Klosterleute, ob hier ein Pferd wäre, auf dem man im Notfall einen Kampf wagen dürfe. »Es sind hier gute, starke Karrengäule«, antworteten jene. Schnell ließ er sie herbeiführen, bestieg einen und spornte ihn und dann einen zweiten, verwarf sie aber beide und nannte ihre Fehler. Dann erinnerte er sich eines guten Pferdes, das er einst mit ins Kloster gebracht habe, und frug, ob es noch lebendig wäre. »Ja, Herr«, sagten sie, »es lebt noch, ist aber ganz alt und dient bei den Bäckern, denen es täglich Korn in die Mühle trägt und wiederholt.« Walter sprach: »Führt es mir vor, damit ich es selber sehe.« Als es herbeigebracht wurde und er daraufgestiegen war, rief er aus: »Oh, dieses Roß hat die Lehren noch nicht vergessen, die ich ihm in meinen jungen Jahren gab.« Hierauf beurlaubte sich Walter von dem Abt und den Brüdern, nahm nur zwei oder drei Knechte mit und eilte zu den Räubern hin, die er freundlich grüßte und ermahnte, von dem Unrecht abzustehn, das sie den Dienern Gottes zugefügt hätten. Sie aber wurden desto zorniger und aufgeblasener und zwangen Waltern, das Kleid auszuziehen, welches er trug. Geduldig litt er alles und sagte, daß ihm so befohlen worden sei. Nachdem sie ihn ausgezogen hatten, fingen sie an, auch seine Schuhe und Schienen aufzulösen; bis sie an die Hosen kamen, sprach Walter: das sei ihm nicht befohlen. Sie aber antworteten, was die Mönche befohlen hätten, daran wäre ihnen gar nichts gelegen. Walter hingegen sagte, ihm stehe das auch nicht länger an; und wie sie Gewalt brauchen wollten, machte er unvermerkt seinen Steigbügel los und traf damit einen Kerl solchergestalt, daß er für tot niedersank, ergriff dessen Waffen und schlug damit rechts und links um sich. Darnach schaute er und sah neben sich ein Kalb auf dem Grase weiden, sprang zu, riß ihm ein Schulterblatt aus und schlug damit auf die Feinde los, welche er durch das ganze Feld hintrieb. Einige erzählen, Walter habe demjenigen, der sich am frechsten erzeigt und gerade gebückt habe, um ihm die Schuhe abzubinden, mit der Faust einen solchen Streich über den Hals versetzt, daß ihm das zerbrochene Halsbein sogleich in den Schlund gefallen sei. Als er nun viele erschlagen hatte, machten sich die übrigen auf die Flucht und ließen alles im Stich. Walter aber bemächtigte sich nicht nur des eigenen, sondern auch des fremden Gutes und kehrte mit reicher Beute beladen ins Kloster zurück.

Der Abt empfing ihn seufzend und schalt ihn heftig aus; Walter aber ließ sich eine Buße auflegen, damit er sich nicht leiblich über eine solche Tat freuen möge, die seiner Seele verderblich war. Er soll indessen, wie einige versichern, dreimal so mit den einbrechenden Heiden gekämpft und sie schimpflich von den Gefilden des Klosters zurückgetrieben haben.

Ein andermal fand er die Pferde Königs Desiderius auf der Klosterwiese, namens Mollis (Molard), weiden und das Gras verwüsten, verjagte die Hüter und erschlug viele derselben. Auf dem Rückwege, vor Freude über diesen Sieg, schlug er mit geballter Faust zweimal auf eine neben dem Weg stehende steinerne Säule und hieb das größte Stück davon herunter, daß es zu Boden fiel. Daselbst heißt es bis auf heutigen Tag noch Walters Schlag oder Hieb.

Dieser berühmte Held Graf Walter starb uralt im Kloster, wo er sich selbst noch sein Grab auf einem Berggipfel sorgfältig gehauen hatte. Nach seinem Ableben wurde er und Rathald, sein Enkel, hineinbestattet. Dieser Rathald war der Sohn Rathers, des Sohnes Walters und Hildgundens. Des Rathalds Haupt hatte einst eine Frau, die Betens halber zu der Grabstätte gekommen war, heimlich mitgenommen und auf ihre Burg gebracht. Als eines Tages Feuer in dieser Burg ausbrach, erinnerte sie sich des Hauptes, zog es heraus und hielt es der Flamme entgegen. Alsobald erlosch die Feuersbrunst. Nach dem letzten Einbruch der Heiden, und bevor der heilige Ort wiedererbaut wurde, wußte niemand von den Einwohnern mehr, wo Walters Grab war. Dazumal lebte in der Stadt Segusium eine sehr alte Witwe namens Petronilla, gebückt am Stabe einhergehend und wenig mehr sehend aus ihren Augen. Dieser hatten die Heiden ihren Sohn Maurinus gefangen weggeführt, und über dreißig Jahre mußte er bei ihnen dienen. Endlich aber erlangte er die Freiheit und wanderte in seine

Heimat zurück. Er fand seine Mutter vom Alter beinahe verzehrt. Sie pflegte sich täglich auf einem Felsen bei der Stadt an der Sonne zu wärmen, und die Leute gingen oft zu ihr und fragten nach den Altertümern; sie wußte ihnen mancherlei zu erzählen, zumal vom novalesischen Kloster, viele unerhörte Dinge, die sie teils noch gesehen, teils von ihren Eltern vernommen hatte. Eines Tages ließ sie sich wiederum von einigen Männern herumführen, denen wies sie Walters Grab, das man nicht mehr kannte, so wie sie es von ihren Vorfahren gehört hatte; wiewohl ehemals keine Frau gewagt hätte, diese Stätte zu betreten. Auch verzählte sie, wieviel Brunnen ehemals hier gewesen. Die Nachbarsleute behaupteten, gedachte Frau sei beinahe zweihundert Jahre alt geworden.

413. Ursprung der Sachsen

Nach einer alten Volkssage sind die Sachsen mit Aschanes (Askanius), ihrem ersten König, aus den Harzfelsen mitten im grünen Wald bei einem süßen Springbrünnlein herausgewachsen. Unter den Handwerkern hat sich noch heuzutage der Reim erhalten:

> Darauf so bin ich gegangen nach Sachsen,
> wo die schönen Mägdlein auf den Bäumen wachsen;
> hätt ich daran gedacht,
> so hätt ich mir eins davon mitgebracht.

Und Aventin leitet schon merkwürdig den Namen der Germanen von germinare, auswachsen, ab, weil die Deutschen auf den Bäumen gewachsen sein sollen.

414. Abkunft der Sachsen

Man lieset, daß die Sachsen weiland Männer des wunderlichen Alexanders waren, der die Welt in zwölf Jahren bis an ihr Ende erfuhr. Da er nun zu Babylonia umgekommen war, so teilten sich viere in sein Reich, die alle Könige sein wollten. Die übrigen fuhren in der Irre umher, bis ihrer ein Teil mit vielen Schiffen nieder zur Elbe kam, da die Thüringer saßen. Da erhub sich Krieg zwischen den Thüringern und Sachsen. Die Sachsen trugen große Messer, damit schlugen sie die Thüringer aus Untreuen bei einer Sammensprache, die sie zum Frieden gegenseitig gelobet hatten. Von den scharfen Messern wurden sie

Sachsen geheißen. Ihr wankeler Mut tat den Römern Leids genug; sooft sie Caesar glaubte überwunden zu haben, standen sie doch wieder gegen ihn auf.

415. Herkunft der Sachsen

Die alten Sachsen (welche die Thüringer vertrieben), ehe sie her zu Land kamen, waren sie in Alexanders Heer gewesen, der auch mit ihrer Hilfe die Welt bezwang. Da Alexander starb, mochten sie sich nicht untertun in dem Lande durch des Landes Haß willen und schifften auch von dannen mit dreihundert Kielen; die verdarben alle bis auf vierundfünfzig, und derselben kamen achtzehn gen Preußen und besaßen das Land, zwölfe besaßen Rugien, und vierundzwanzig kamen hierher zu Lande. Und da ihr so viel nicht waren, daß sie den Acker möchten bauen, und da sie auch die thüringischen Herrn schlugen und vertrieben, ließen sie den Bauern sitzen ungeschlagen und bestätigten ihnen den Acker zu solchem Rechte, als noch die Lassen haben. Und davon kommen die Lassen, und von den Lassen, die sich verwirkten an ihrem Recht, sind kommen die Tagwerker.

Die Glosse führt das noch mehr aus und sagt: Da man sie aber berennen wollte, waren sie bereit und segelten hinweg. Daß die Kiel verdarben, kam davon, daß sie zu Wasser nicht schiffen konnten. Und der kamen achtzehn gen Preußen, da war noch ein Wildnisse. Diese sind da verwandelt in Heiden. Und zwölf kamen gen Rugien, und von denen sind kommen die Stormere und Ditmarsen und Holsten und Hadeler. Und vierundzwanzig kamen her zu Lande, die heißen noch die Steine, denn im Griechischen so heißt Petra ein Stein und Saxum ein Kieslingstein, und daher heißen wir noch Sachsen, denn wir sind geleichet den Kieslingsteinen in unsern Streitern.

Unter den Thüringern sind aber gemeint, nicht die da bürtig sind aus der Landgrafschaft von Thüringen, denn diese sind Sachsen, sondern die Notthüringer, das waren Wenden. Die heißen die Sachsen fortan Notdöringe, das ist soviel gesprochen als: Nottörichte oder Törichte. Denn sie waren streittoll und töricht.

416. Die Sachsen und die Thüringer

Die Sachsen zogen aus und kamen mit ihren Schiffen an den Ort, der Hadolava heißt, da waren ihnen die Landeseinwohner, die Thüringer, zuwider und stritten heftig. Allein die Sachsen behaupteten den Hafen, und es wurde ein Bund geschlossen, die Sachsen sollten kaufen und verkaufen können, was sie beliebten, aber abstehen von Menschenmord und Länderraub. Dieser Friede wurde nun auch viele Tage gehalten. Als aber den Sachsen Geld fehlte, dachten sie, das Bündnis wäre unnütz. Da geschah, daß einer ihrer Jünglinge aus den Schiffen ans Land trat, mit vielem Gold beladen, mit güldenen Ketten und güldenen Spangen. Ein Thüringer begegnete diesem und sprach: »Was trägst du soviel Gold an deinem ausgehungerten Halse?« »Ich suche Käufer«, antwortete der Sachse, »und trage dies Gold bloß des Hungers halben, den ich leide; wie sollte ich mich an Gold vergnügen?« Der Thüringer fragte, was es gelten solle. Hierauf sagte der andere: »Mir liegt nichts daran, du sollst mir geben, was du selber magst.« Lächelnd erwiderte jener: »So will ich dir dafür deinen Rock mit Erde füllen;« denn es lag an dem Ort gerade viel Erde angehäuft. Der Sachse hielt also seinen Rock auf, empfing die Erde und gab das Gold hin; sie gingen voneinander, ihres Handels beide froh. Die Thüringer lobten den ihrigen, daß er um so schlechten Preis so vieles Gold erlangt; der Sachse aber kam mit der Erde zu den Schiffen und rief, da ihn etliche töricht schalten, die Sachsen ihm zu folgen auf; bald würden sie seine Torheit gutheißen. Wie sie ihm nun nachfolgten, nahm er Erde, streute sie fein dünne auf die Felder aus und bedeckte einen großen Raum. Die Thüringer aber, welche das sahen, schickten Gesandte und klagten über Friedensbruch. Die Sachsen ließen sagen: »Den Bund haben wir jederzeit und heilig gehalten; das Land, das wir mit unserm Gold erworben, wollen wir ruhig behalten oder es mit den Waffen verteidigen.« Hierauf verwünschten die Einwohner das Gold, und den sie kürzlich gepriesen hatten, hielten sie für ihres Unheiles Ursächer. Die Thüringer rannten nun zornig auf die Sachsen ein, die Sachsen aber behaupteten durch das Recht des Krieges das umliegende Land. Nachdem von beiden Teilen lange und heftig gestritten war und die Thüringer unterlagen, so kamen sie überein, an einem bestimmten Ort, jedoch ohne Waffen, des neuen Friedens wegen zusammenzugehen. Bei den Sachsen nun war es hergebrachte Sitte, große Messer zu tragen, wie die Angeln noch tun, und diese nahmen sie unter ihren Kleidern auch mit in die Versammlung. Als die Sachsen ihre Feinde so wehrlos und ihre Fürsten alle gegenwärtig sahen, achteten sie die

Gelegenheit für gut, um sich des ganzen Landes zu bemächtigen, überfielen die Thüringer unversehens mit ihren Messern und erlegten sie alle, daß auch nicht einer überblieb. Dadurch erlangten die Sachsen großen Ruf, und die benachbarten Völker huben sie zu fürchten an. Und verschiedene leiten den Namen von der Tat ab, weil solche Messer in ihrer Sprache Sachse hießen.

417. Ankunft der Angeln und Sachsen

Als die Briten grausame Hungersnot und schwere Krankheit erfahren hatten und, aus der Art geschlagen, nicht mehr stark genug waren, um die Einbrüche fremder Völker und der wilden Tiere abzuwenden, ratschlagten sie, was zu tun wäre, und beschlossen mit Wyrtgeorn (Vortigern), ihrem König, daß sie der Sachsen Volk über die See sich zur Hilfe rufen wollten. Der Angeln und Sachsen Volk wurde geladen und kam nach Britenland in dreien großen Schiffen. Es bekam im Ostteil des Eilandes Erde angewiesen, die es bauen und des Gebotes des Königs, der sie geladen hatte, gewärtig sein sollte, daß sie Hilfe leisteten und wie für ihr Land zu kämpfen und fechten hätten. Darauf besiegten die Sachsen die Feinde der Briten und sandten Boten in ihre Heimat, daß sie den großen Sieg geschlagen hätten und das Land schön und fruchtbar, das Volk der Briten träg und faul wäre. Da sandten sie aus Sachsenland einen noch strengeren und mächtigeren Haufen. Als die dazugekommen waren, wurde ein unüberwindliches Volk daraus. Die Briten liehen und gaben ihnen Erde neben ihnen, damit sie für das Heil und den Frieden ihres Grundes streiten und gegen ihre Widersacher kämpfen sollten; für das, was sie gewonnen, gaben sie ihnen Sold und Speise. Sie waren aus drei der stärksten deutschen Völker gekommen, den Sachsen, Angeln und Jüten. Von den Jüten stammen in Britannien die Cantwaren und Wichtsaten ab; von den Altsachsen: die Ostsachsen, Südsachsen und Westsachsen; von den Angeln: die Ostangeln, Mittelangeln, Mercier und all Northumbergeschlecht. Das Land der Angeln in Deutschland lag zwischen den Jüten und Sachsen, und es soll, der Sage nach, von der Zeit an, daß sie darausgingen, wüst und unbewohnt geblieben sein. Ihre Führer und Herzogen waren zwei Gebrüder, Hengst und Horsa; sie waren Wichtgisels Söhne, dessen Vater hieß Wicht und Wichts Vater Woden, von dessen Stamm vieler Länder Könige ihren Ursprung herleiten. Das Volk aber begann sich auf der britischen Insel bald zu mehren und wurde der Schrecken der Einwohner.

418. Ankunft der Pikten

Da geschah es, daß der Peohten Volk aus Skythienland in Schiffen kam, und langten in Schottland an und fanden da der Schotten Volk. Und sie verlangten Sitz und Erde in ihrem Land zwischen ihnen. Die Schotten antworteten, ihr Land wäre nicht groß genug, daß sie beide Raum darin hätten. »Wir wollen euch aber guten Rat geben, was ihr zu tun habt. Wir wissen nicht fern von hinnen ein ander Eiland, gen Osten hin, das können wir an klaren Tagen von hier aus der Weite sehen. Wollt ihr das besuchen, so werdet ihr da Erde zu wohnen finden; und widersetzt sich jemand, so wollen wir euch Hilfe leisten.« Da fuhren die Peohten nach Britannien und ließen sich in den Nordteilen dieses Eilands nieder. In den Südteilen wohnten die Briten. Da nun die Peohten keine Weiber hatten, baten sie solche von den Schotten. Diese willigten ein und gaben ihnen Weiber unter dem Vertrag, daß sie in streitigen Fällen ihren König mehr aus dem Weibergeschlecht als aus den Männern kiesen möchten. Dies wird noch jetztzutag unter den Peohten so gehalten.

419. Die Sachsen erbauen Ochsenburg

Als die Sachsen in England angekommen waren, baten sie den König, daß er ihnen ein solch Bleck Landes gäbe, das sie mit einer Ochsenhaut beziehen könnten. Da er dies bewilligte, schnitten sie die Haut in schmale Riemen, bezogen damit eine raume Stelle, bauten dahin eine Burg namens Ossenburg.

420. Haß zwischen den Sachsen und Schwaben

Dieweil Hengst (Hest, Hesternus) ausgezogen war mit seinen Männern nach England, und ihre Weiber daheim belassen hatten, kamen die Schwaben, bezwangen Sachsenland und nahmen der Sachsen Weiber. Da aber die Sachsen wiederkamen und die Schwaben vertrieben, so zogen einige Weiber mit den Schwaben fort. Der Weiber Kinder, die dazumal mit den Schwaben zu Land zogen, die hieß man Schwaben. Darum sind die Weiber auch erblos aus diesem Geschlecht, und es heißt im Gesetz, daß »die Sachsen behielten das schwäbisch Recht durch der Weiber Haß«.

Ansicht der Ochsenburg. Holzschnitt aus: Pomarius 1588

421. Herkunft der Schwaben

Die Vordern der Schwaben waren weiland über Meer gekommen mit großer Heereskraft und schlugen ihre Zelte auf an dem Berg Suevo, davon hießen sie Sweben oder Schwaben. Sie waren ein gutes und kluges Volk und nahmen sich oft vor, daß sie gute Recken wären, streitfertig und sieghaft. Brenno, ihr Herzog, schlug mit Julius Caesar eine blutige Schlacht.

422. Abkunft der Bayern

Das Geschlecht der Bayern soll aus Armenien eingewandert sein, in welchem Noah aus dem Schiffe landete, als ihm die Taube den grünen Zweig gebracht hatte. In ihrem Wappen führen sie noch die Arche auf dem Berg Ararat. Gegen Indien hin sollen noch deutsch redende Völker wohnen.

Die Bayern waren je streitbar und tapfer und schmiedeten solche Schwerter, daß keine anderen besser bissen. »Reginsburg die märe«

heißt ihre Hauptstadt. Den Sieg, den Caesar über Boemund, ihren Herzog, und Ingram, dessen Bruder, gewann, mußt er mit Römerblute gelten.

423. Herkunft der Franken

Das Geschlecht der Franken ist dem der Römer nah verwandt, ihrer beider Vorfahren stammten aus der alten Troja ab. Da nun die Griechen diese Burg nach Gottes Urteil zerstört hatten, entronnen nur wenige Trojaner, fuhren lange in der Welt herum. Franko mit den Seinen kam nieder zu dem Rhein und saß daselbst; da baute er zum Andenken seiner Abstammung ein kleines Troja mit Freuden auf und nannte den vorbeifließenden Bach Santen, nach dem Fluß in ihrem alten Lande. Den Rhein nahmen sie für das Meer. So wuchs das fränkische Volk auf.

424. Die Merowinger

Die Merowinger hießen die Borstigen*, weil der Sage nach allen Königen aus diesem Geschlecht Borsten, wie den Schweinen, mitten auf dem Rücken wachsen. Chlodio, Faramunds Sohn, saß eines Tages mit der Königin am Meergestade, sich von der Sommerhitze zu kühlen, da stieg ein Ungeheuer (Meermann), einem Stiere gleich, aus den Wogen, ergriff die badende Königin und überwältigte sie. Sie gebar darauf einen Sohn von seltsamem, wunderbarem Ansehen, weshalb er Merowig, das heißt Merefech geheißen wurde, und von ihm entspringen die Frankenkönige, Merowinger (Merofingi, Mereiangelingi) genannt.

425. Childerich und Basina

Childerich, Merowigs Sohn, hub an übel zu regieren und die Töchter der Edeln zu mißbrauchen; da warfen ihn die Franken vom Thron herab. Landflüchtig wandte er sich zu Bissinus, König der Thüringer, und fand bei ihm Schutz und ehrenvollen Aufenthalt lange Zeit hindurch. Er hatte aber unter den edelsten Franken einen vertrauten Freund gehabt, Winomadus mit Namen, der ihm, als er noch regierte, in allen Dingen riet und beistand. Dieser war auch zur Zeit, da der

König aus dem Reiche vertrieben wurde, der Meinung gewesen, Childerich müsse sich notwendig entfernen und erwarten, daß sich allmählich sein übler Ruf in der Abwesenheit mindere; wogegen er sorgsam die Gemüter der Franken stets erforschen und wieder zu ihm hinlenken wolle. Zugleich nahm Winomad seinen Ring und teilte ihn in zwei Hälften, die eine gab er dem König und sprach: »Wenn ich dir die andere sende und beide Teile ineinanderpassen, so soll es dir ein Zeichen sein, daß dir die Franken wieder versöhnt sind, und dann säume nicht, in dein Vaterland zurückzukehren.«

Unterdessen wählten sich die Franken Aegidius, den Römer, zu ihrem König. Winomadus verstellte sein Herz und wurde bald dessen Vertrauter. Darauf beredete er ihn, nicht nur das Volk mit schweren Abgaben zu belasten, sondern selbst einige der Mächtigsten im Lande hinzurichten; dazu wählte aber Winomad klüglich gerade Childerichs Feinde aus. Die Franken wurden durch solche Grausamkeiten bald von Aegidius abgewandt, und es kam dahin, daß sie bereuten, ihren eingeborenen Herrn verwiesen zu haben.

Da sandte Winomad einen Boten mit dem halben Goldring nach Thüringen ab, von woher Childerich schnell wiederkehrte, sich allerwärts Volk sammelte und den Aegidius überwand.

Wie nun der König in Ruhe sein Reich beherrschte, machte sich Basina, des thüringischen Königs Bissinus Weib, auf, verließ ihren Gemahl und zog zu Childerich, mit dem sie, als er sich dort aufhielt, in vertrauter Liebe gelebt hatte. Dem Childerich sagte sie, kein Hindernis und keine Beschwerde habe sie abhalten können, ihn aufzusuchen; denn sie vermöge keinen Würdigern in der ganzen Welt zu finden als ihn. Childerich aber, der Wohltat, die ihm Bissinus erwiesen, vergessen, weil er ein Heide war, nahm Basina bei Lebzeiten ihres ersten Gemahls zur Ehe. In der Hochzeitsnacht nun geschah es, daß Basina den König von der ehelichen Umarmung zurückwies, ihn hinaus vor die Türe der Königsburg treten und, was er da sehen werde, ihr hinterbringen hieß. Childerich folgte ihren Worten und sah vor dem Tore große wilde Tiere, Parder, Einhörner und Löwen, wandeln. Erschrocken eilte er zu seiner Gemahlin zurück und verkündigte ihr alles. Sie ermahnte ihn, ohne Sorge zu sein und zum zweitenmal hinauszugehen. Da sah der König Bären und Wölfe wandeln und hinterbrachte es der Königin, die ihn auch zum drittenmal hinaussandte. Dieses drittemal erblickte er Hunde und kleinere Tiere, die sich untereinander zerrissen. Staunend stieg er ins Ehebett zurück, erzählte alles und verlangte von seiner weisen Frau Auslegung, was diese Wunder bedeuteten. Basina hieß den König die Nacht keusch und enthaltsam zubringen, bei anbrechendem Tag solle er alles erfahren. Nach Sonnenaufgang sagte sie ihm: »Dies bezeichnet zukünftige Dinge und unsere Nachkommen. Unser erster Sohn wird mächtig und stark gleich einem Löwen oder Einhorn werden, seine Kinder raubgierig und frech wie Wölfe und Bären; deren Nachkommen und die Letzten aus unserm Geschlecht feig wie die Hunde. Aber das kleine Getier, was du gesehen hast sich untereinander zerreißen, bedeutet das Volk, welches sich nicht mehr vor dem König scheut, sondern untereinander in Haß und Torheit verfolgt. Dies ist nun die Auslegung der Gesichter, die du gehabt hast.« Childerich aber freute sich über die ausgebreitete Nachkommenschaft, die aus ihm erwachsen sollte.

426. Der Kirchenkrug

Als Chlodowich mit seinen Franken noch im Heidentum lebte und den Gütern der Christen nachstellte, geschah es, daß sie auch aus der Kirche zu Reims einen großen, schweren und zierlichen Krug raubten. Der heilige Remig sandte aber einen Boten an den König und flehte, daß, wenngleich das übrige Unrecht nicht wiedergutgemacht werden sollte, wenigstens dieser Krug zurückgegeben würde. Der König befahl dem Boten, ihm nach Suession* zu folgen, wo die ganze Beute durch Los geteilt werden sollte: »Weist mir dann das Los dieses Gefäß zu, warum du bittest, so magst du es gern zurücknehmen.« Der Bote gehorsamte, ging mit an den bestimmten Ort, wo sie kaum angelangt waren, als auf Befehl des Königs alles gewonnene Gerät herbeigetragen wurde, um es zu verlosen. Weil aber Chlodowich fürchtete, der Krug könnte einem andern als ihm zufallen, berief er seine Dienstmänner und Genossen und bat sich von ihnen zur Gefälligkeit aus, daß sie ihm jenen Krug außer seinem Losteil an der Beute besonders zuweisen möchten. Die Franken versetzten: wem sie ihr Leben widmeten, wollten sie auch nichts anders absagen. Und alle waren's zufrieden bis auf einen, der sich erhob, mit seinem Schwert den Krug in Scherben schlug und sagte: »Du sollst weiter nichts haben, König, als was dir das gerechte Los zuteilt.« Alle staunten ob des Mannes Kühnheit; der König aber verstellte seinen Zorn und übergab das zerbrochene Gefäß dem Boten des Bischofs. Ein Jahr darauf befahl der König, das Heer auf dem Märzfeld zu versammeln, und jeder sollte so gewaffnet erscheinen, daß er gegen den Feind streiten könne. Als sich nun jedermann in glänzenden Waffen darstellte und Chlodowich alle musterte, kam er zu dem, der mit dem Schwert den Krug zerschlagen hatte, sah ihn an und sprach: »Im ganzen Heer ist kein Feiger wie du; dein Spieß und Helm, Schild und Schwert sind unnütz und schlecht.« Mit diesen Worten streckte er die Hand nach des Kriegers Schwert und warf es auf den Boden hin. Als sich nun jener bückte, das Schwert aufzuheben, zog der König seines, stieß es ihm heftig in den Nacken und sprach: »So hast du mir zu Suession mit dem Kruge getan!« Auf diese Weise blieb der Krieger tot, der König hieß die übrigen heimziehen und stand seitdem in viel größerer Furcht bei allen Franken, daß ihm keiner zu widerstreben wagte.

427. Remig umgeht sein Land

Chlodowich, der Frankenkönig, schenkte dem heiligen Remigius, Bischof zu Reims, soviel Land, als er umgehen würde, solange der König den Mittagsschlaf hielte. Also machte sich der heilige Mann auf und steckte die Grenzen ab durch Zeichen, die man noch heutigestages sieht. Da er nun vor einer Mühle vorüberkam und sie in seinen Bezirk schließen wollte, trat der Müller hervor, wies ihn ab und sprach ein dagegen, daß er ihn in seine Grenzen mitbegriffe. Sanft redete der Mann Gottes ihm zu: »Freund, laß dich's nicht verdrießen, wir wollen die Mühle zusammen haben.« Der Müller beharrte bei seiner Weigerung; alsbald fing das Mühlrad an sich verkehrt umzudrehen. Da rief er dem Heiligen nach: »Komm, Gottesdiener, und laß uns die Mühle zusammen haben!« Remig antwortete: »Weder ich noch du sollen sie haben.« Von der Zeit an wich daselbst der Erdboden, und es entstand eine solche Untiefe, daß an dem Ort niemand mehr eine Mühle haben konnte. Remig schritt weiter fort und gelangte an einen kleinen Wald; da waren wieder die Leute und wollten nicht, daß er ihn einschlösse in seine Begrenzung. Der Heilige sprach: »So soll nimmermehr ein Blatt von eurem Wald über meine Grenze fliegen (die ganz hart daran herlief) und kein Ast auf meine Grenze fallen!« Alles das traf hernach ein und blieb, solange der Wald dauerte. Endlich kam Remig einem Dorf vorüber, Caviniac (Chavignon) mit Namen, und wollte es in seinen Strich eingrenzen. Die Einwohner wiesen ihn gleichfalls zurück, wie er bald näher kam, bald wieder ferner ging und die noch jetzt sichtbaren Zeichen einsteckte; zuletzt rief er ihnen zu: »Ihr werdet harte Arbeit zu tun haben und in Dürftigkeit leben!« welches alles in der Folge der Zeit so erfüllt wurde. Wie aber der König aus dem Mittagsschlaf erstand, gewährte er durch königliche Schenkung dem heiligen Bischof für seine Kirche alles Land, das er in den Kreis seines Umgangs eingeschlossen hatte.

428. Remig verjagt die Feuersbrunst

Als in der Stadt Reims ein wütendes Feuer ausgebrochen und schon der dritte Teil der Wohnungen verzehrt worden war, erfuhr der Heilige die Botschaft in der Nikasienkirche, warf sich nieder und flehte Gott um Hilfe. Darauf eilte er mit schnellen Schritten in die Stadt; auf den Stufen der Kirchentreppe drückten sich seine Fußtapfen in den harten Stein, als wär es weicher Ton, ein und werden noch heutigestags zum Beweis des göttlichen Wunders da gesehen. Darauf wandte er sich der Flamme entgegen, und kaum hatte er mit seiner Rechten das Kreuz gemacht, als sie wich und vor des Heiligen Gegenwart gleichsam zu fliehen anfing. Er verfolgte sie, trieb sie von allen noch unverletzten Örtern ab und zuletzt dem offenen Tor hinaus. Darauf schloß er die Türe und gebot, unter ausgesprochener Drohung gegen jeden Frevler, daß sie nimmermehr geöffnet werden sollte. Als nach einigen Jahren ein daneben wohnender Bürger, namens Fercinctus, das Mauerwerk, womit dieses Tor verschlossen war, durchbrach, kam die Seuche in sein Haus, daß darin weder Mensch noch Vieh lebendig blieb.

429. Des Remigs Teil vom Wasichenwald

E6s hatte der heilige Remig für seine Kirche ein großes Stück des Wasichenwaldes erkauft, woselbst er einige Weiler, namens Kosla und Gleni, gebaut haben soll. In diese setzte er Einwohner aus der nahgelegenen Stadt Berna, die der Kirche jährlich ein Gewisses an Pech liefern mußten. Die Grenzen dieses Besitztums hatte er ringsherum so genau abgesteckt, daß sie jedermann bekannt sind, unter andern mit seiner eignen Hand einen Stein auf ein hohles Baumloch hingeworfen. Mit diesem Stein hat es die wunderbare Bewandtnis, daß man ihn zwar aufheben und mit der Hand in die Höhle reichen, niemals aber den Stein ganz von der Stelle wegbringen kann. Als dies ein Abgünstiger einmal vergeblich versucht hatte, wollte er mit einem Beile das Loch größer hauen; kaum aber schwang er's gegen den Baum, so dorrte seine rechte Hand, und seine Augen erblindeten.

Zu Kaiser Ludwigs Zeiten waren zwei Brüder zu Förstern des

königlichen Waldes gesetzt. Diese behaupteten, daß jenes Stück dem Könige höre, und stritten darüber mit den Leuten der Kirche. Es geschah, daß einer dieser Brüder seine Schweine, die er in den Wald geschickt hatte, sehen wollte und einen Wolf unter ihnen traf. Indem er das Raubtier verfolgte, scheute sein Roß, und er zerschellte sich sein Haupt an einem Baum, daß er augenblicklich verschied. Als hernach der andere Bruder einmal zu einem Felsen im Wald kam und ausrief: »Jedermann sei kund und zu wissen, alles, was bis zu diesem Felsstein gehet, ist Kaiserswald!« auch bei diesen Worten mit seiner Axt an den Stein schlug, so sprangen Stücke daraus in seine Augen, daß er blind wurde.

430. Krothilds Verlobung

Dem Könige Chlodowich hatten seine Botschafter von der Schönheit Krothildens, die am burgundischen Königshofe lebte, vieles erzählt. Er sandte also Aurelian, seinen Busenfreund, mit Gaben und Geschenken ab an die Jungfrau, daß er ihre Gestalt genauer erkundigte, ihr des Königs Willen offenbare und ihre Neigung erforsche. Aurelian gehorchte, machte sich auf nach Burgund, und wie er bald an die königliche Burg gelangt war, hieß er seine Gesellen, sich in einen nahen Wald bergen. Er selbst aber nahm das Kleid eines Bettlers an, begab sich nach dem Hof und forschte, wie er mit seiner künftigen Herrin ein Gespräch halten könnte. Dazumal war Burgund schon christlich, Franken aber noch nicht. Krothild ging nun, weil es eben Sonntag war, in die Messe, ihr Gebet zu verrichten; und Aurelian stellte sich zu den übrigen Bettlern vor die Türe hin und wartete, bis sie herauskäme. Wie also die Messe vorüber war, trat die Jungfrau aus der Kirche und gab, der Sitte nach, den Armen Almosen. Aurelian näherte sich und bettelte. Als ihm nun Krothild einen Goldgulden reichte, erfaßte er ihre bloße Hand unter dem Mantel hervor und drückte sie an seinen Mund zum Kuß. Mit jungfräulicher Schamröte übergossen, ging sie in ihre Wohnung, sandte aber bald eine ihrer Frauen, daß sie ihr den vermeintlichen Bettler zuführte. Bei seiner Ankunft frug sie: »Was fiel dir ein, Mann, daß du beim Empfahen des Almosens meine Hand vom Mantel entblößtest und küßtest?« Aurelian, mit Übergehung der Frage, sagte folgendes: »Mein Herr, der Frankenkönig, hat von deiner Herrlichkeit gehört und begehrt dich zur Gemahlin; hier ist sein Ring samt anderm Schmuck der Verlöbnis.« Wie er sich aber wandte, den Sack zu langen, den er neben die

Türe gelegt hatte und aus dem er die Brautgaben nehmen wollte, war der Sack heimlich gestohlen. Auf angestellte Untersuchung wurde er dennoch wiederentdeckt und dem Gast zugestellt, der nun, der geschehenen Verlobung sicher und gewiß, die Gaben der Jungfrau zustellte. Sie aber sprach dieses: »Nicht ziemt's einer Christenfrau, einen Heidenmann zu nehmen; fügt es jedoch der Schöpfer, daß er durch mich bekehret werde, so weigere ich mich nicht seinem Gesuch, sondern des Herrn Wille ergehe.« Die Jungfrau bat aber, alles, was sie gesagt, geheimzuhalten, und hinterlegte den Ring, den ihr Chlodowich gesandt hatte, in ihres Oheims Schatzkammer.

431. Die Schere und das Schwert

Als Krothild, die alte Königin, sich der verwaisten Kinder Chlodomers, ihres Sohnes, annahm und sie zärtlich liebte, sah das, mit Neid und Furcht, König Childebert, ihr andrer Sohn; und er wollte nicht, daß sie mit der Gunst seiner Mutter einmal nach dem Reich streben möchten. Also sandte er insgeheim an König Chlotar, seinen dritten Bruder: »Unsre Mutter hält die Kinder unsers Bruders bei sich und denkt ihnen das Reich zu; komm schnell nach Paris, auf daß wir überlegen, was ratsamer zu tun sei: entweder ihnen das Haupthaar zu scheren, daß sie für gemeines Volk angesehn werden, oder sie zu töten und unsers Bruders hinterlassenes Reich unter uns zu teilen.« Chlotar freute sich der Botschaft, ging in die Stadt Paris und ratschlagte. Darauf beschickten sie vereint ihre Mutter und ließen ihr sagen: »Sende uns die beiden Kleinen, damit sie eingesetzt werden in ihre Würde.« Denn es hatte auch Childebert öffentlich geprahlt, als wenn er mit Chlotar darum zusammenkomme, um die Knaben im Reich zu bestätigen. Krothild, erfreut und nichts Arges ahnend, gab den Kindern zu essen und zu trinken und sprach: »Den Tod meines Sohnes will ich verschmerzen, wenn ich euch an seine Stelle erhoben sehen werde.« Die Knaben gingen also hin, wurden sogleich ergriffen, von ihren Spieldienern und Erziehern abgesondert und gefangengehalten.

Darauf sandten Childebert und Chlotar einen Boten zur alten Königin mit einer Schere und mit einem entblößten Schwert. Der Bote kam und zeigte ihr beiderlei mit den Worten: »Durchlauchtigste Königin! Deine Söhne, meine Herren, verlangen deine Meinung zu wissen, was mit den beiden Kindern zu tun sei, ob sie mit abgeschnittenen Haaren leben oder vom Leben zum Tod zu bringen seien?« Da erschrak die unglückliche Großmutter und zürnte, und das bloße

Schwert und die Schere ansehend: »Lieber will ich«, sprach sie, »wenn ihnen ihr Reich doch nicht werden soll, sie tot sehen als geschoren.« Bald darauf wurden die Knaben ertötet.

432. Sage von Attalus, dem Pferdeknecht, und Leo, dem Küchenjungen

Zur Zeit, als Theoderich und Childebert, die Frankenkönige, in Hader und Zwietracht lebten, und viele edele Söhne zu Geiseln gegeben oder in Knechtschaft gebracht wurden, trug sich auch folgende Begebenheit zu:

Attalus, von guter Abkunft und ein naher Verwandter des heiligen Gregor, geriet in die Dienstschaft eines Franken im trierischen Gebiet und wurde zum Pferdewärter bestellt. Der Bischof Gregor, um sein Schicksal besorgt, sandte Boten aus, die ihn aufsuchen sollten, endlich auch fanden und seinem Herrn Gaben anboten, um Attalus freizukaufen. Der Mann verwarf sie aber und sprach: »Einer von solcher Geburt muß losgekauft werden mit zehn Pfunden Goldes.« Also kamen die Abgesandten unverrichteterdinge wieder heim zu Gregor; aber Leo, einer seiner Küchendiener, sprach: »Wofern Ihr mir erlauben wollet, ihn aufzusuchen, könnte ich ihn vielleicht aus der Gefangenschaft erledigen.« Der Bischof war froh und gestattete es ihm; da kam auch Leo an jenen Ort und suchte den Knaben heimlich fortzuschaffen, allein er konnte nicht. Darauf verabredete er sich mit einem andern Manne und sprach: »Komm mit mir dahin und verkaufe mich in dem Hause des Franken; der Preis, den du empfängst, soll dein Gewinn sein.« Der Mann tat's und schlug ihn um zwölf Goldgulden los; der Käufer aber fragte den Knecht, welchen Dienst er verstünde? »In Zubereitung aller Dinge, die auf der Herren Tische gegessen werden, bin ich gar geschickt und befürchte nicht, daß einer mich darin übertreffe; denn selbst königliche Gerichte kann ich bereiten, wenn du dem König ein Gastmahl geben wolltest!« Jener antwortete: »Nächsten Sonntag werden meine Nachbarn und Freunde zu mir eingeladen werden; da sollst du ein Mahl zurichten, daß alle sagen, in des Königs Hause hätten sie Besseres nicht gefunden.« Leo sagte: »Mein Herr, lasse mir nur eine Menge junger Hähne bringen, so will ich dein Gebot schon erfüllen.« Als nun das geschehen war, stellte er auf den Sonntag ein solches und dermaßen köstliches Essen zu, daß alle Gäste nicht genug loben konnten. Die Freunde des Herrn kehrten nach Haus zurück, der Herr aber schenkte dem Küchenknecht seine Gunst und gab ihm Gewalt und Aufsicht über alle seine Vorräte. So verlief ein Jahr, und der Herr liebte ihn immer mehr und setzte alles Vertrauen auf ihn. Einmal ging nun Leo auf die Wiese nahe beim Haus, wo Attalus der Pferde wartete, und fing an, mit ihm zu reden; und sie legten sich weit voneinander auf die Erde, mit sich zugedrehten Rükken, damit niemand mutmaßen möchte, daß sie zusammen sprächen. »Zeit ist es«, sagte Leo, »daß wir an unser Vaterland denken; ich mahne dich, wenn du heut nacht die Pferde in den Stall gebracht hast, so laß dich nicht vom Schlaf bewältigen, sondern sei munter, wann ich dich rufe, daß wir uns alsobald fortmachen können.« Der Franke hatte aber wieder viele Verwandten und Freunde zu Gast geladen, unter andern den Schwiegersohn, der mit seiner Tochter verheiratet war. Als sie nun um Mitternacht aufstiegen und schlafen gehen wollten, reichte Leo seines Herrn Schwiegersohn einen Becher zu trinken. Der scherzte und sprach: »Wie, Leo? Möchtest du wohl mit deines Herrn Pferden durchgehen und wieder in deine Heimat?« Er antwortete gleichsam scherzweise die Wahrheit und sagte: »Ja, heut nacht, wenn's Gottes Wille ist.« »Wenn mich nur'« erwiderte der Schwiegersohn, »meine Leute gut bewachen, daß du mir nichts von meinen Sachen mit entführest.« So im Lachen schieden sie voneinander. Wie aber alle entschlafen waren, rief Leo den Attalus aus dem Bett. »Hast du ein Schwert?« »Nein, bloß einen kurzen Spieß.« Da ging Leo in seines Herrn Gemach und nahm Schild und Lanze. Der Herr aber fragte halbwach: »Wer bist du und was willst du?« »Leo bin ich, dein Diener; und ich wecke den Attalus, daß er früh aufstehe und die Pferde zur Weide führe. Denn er verschläft sich und ist noch trunken.« Der Herr sprach: »Tu, wie du meinst.« Und nach diesen Worten schlief er von neuem ein. Leo aber ging zur Tür hinaus, wappnete den Jüngling; und die Stalltüre, die er noch abends zur Sicherung der Pferde mit Hammerschlägen vernagelt hatte, stand jetzt offen, gleichsam durch göttliche Schickung. Da dankte er Gott seines Beistandes, und sie nahmen die Pferde mit aus dem Stall und entwichen; auch einen Falken nahmen sie nebst den Decken. Beim Übergang der Mosel wurden sie aufgehalten und mußten Pferde und Decken im Stich lassen; und auf ihre Schilde gelegt, schwammen sie den Strom hinüber. Als die Nacht kam und es dunkel wurde, gingen sie in einen Wald und bargen sich. Und schon war die dritte Nacht gekommen, und noch keinen Bissen Speise hatten sie in ihren Mund gebracht und wanderten in einem fort. Da fanden sie auf Gottes Wink einen Baum voll Obst, dem, das man Zwetschen zu nennen pflegt, und erlabten sich daran. Darauf langten sie in Campanien (Champagne) an; bald hörten sie hinter sich Roßtritte und sprachen: »Es kommen Männer geritten, werfen wir uns zur Erde, daß sie uns nicht erspähen!« Und siehe, ein großer Dornstrauch stand daneben; dahinter traten sie, warfen sich nieder zu Boden mit aus der Scheide gezogenen Schwertern, damit, wenn sie entdeckt würden, sie sich alsbald wehren könnten. Die Reiter aber, als sie zu der Stelle gelangt waren, hielten gerade vor dem Dornstrauch still; ihre Pferde ließen den Harn, und einer unter ihnen sprach: »Übel geht es mir mit diesen beiden Flüchtlingen, daß wir sie nimmer finden können; das weiß ich aber, so wahr ich lebe, würden sie ertappt, so ließ ich den einen an den Galgen hängen, den andern in tausend Stücken zerhauen mit Schwertschlägen.« Der die Worte sprach, war ihr Herr, der Franke, welcher aus Reims herkam, sie zu suchen, und sie unfehlbar gefunden hätte, wo nicht die Nacht dazwischengekommen wäre. Nach diesem ritten die Männer wieder weiter, jene aber erreichten noch selbe Nacht glücklich die Stadt, gingen hinein und suchten einen Bürger auf, den sie fragten, wo Paullulus, des Priesters, Haus wäre. Der Bürger zeigte ihnen das Haus. Als sie aber durch die Gasse gingen, läutete das Zeichen zur Frühmette; denn es war Sonntag. Sie aber klopften an des Priesters Türe, und sie ward aufgetan. Der Knabe fing an zu erzählen von seinem Herrn. Da sprach der Priester: »So wird wahr mein Traum! Denn es träumte mir heut von zwei Tauben, die flogen her und setzten sich auf meine Hand. Und eine von ihnen war weiß, die andere schwarz.« Die Knaben sagten dem Priester: »Weil ein heiliger Tag heute ist, bitten wir, daß du uns etwas Speise gebest; denn heute leuchtet der vierte Tag, daß wir kein Brot noch Mus genossen haben.« Er barg aber die Knaben bei sich, gab ihnen Brot mit Wein begossen und ging in seine Metten. Der Franke war auch an diesen Ort gegangen und hatte die Knaben gesucht; als ihm aber der Priester eine Täuschung vorgesagt, kehrte er zurück. Denn der Priester stand in alter Freundschaft mit dem heiligen Gregor. Als sich nun die Knaben mit Speisen zu neuen Kräften gestärkt hatten und zwei Tage in diesem Hause geblieben waren, schieden sie und kamen glücklich bei Bischof Gregorius an, der sich über ihren Anblick freute und an dem Halse seines Neffen (Enkels) Attalus weinte. Den Leo aber mit all seinem Geschlechte machte er frei von der Knechtschaft und gab ihm ein eigen Land, wo er mit Frau und Kindern als ein Freier das Leben beschloß.

433. Der schlafende König

Der fränkische König Guntram war eines gar guten, friedliebenden Herzens. Einmal war er auf die Jagd gegangen, und seine Diener hatten sich hierhin und dahin zerstreut; bloß ein einziger, sein liebster und getreuster, blieb noch bei ihm. Da befiel den König große Müdigkeit; er setzte sich unter einen Baum, neigte das Haupt in des Freundes Schoß und schloß die Augenlider zum Schlummer. Als er nun entschlafen war, schlich aus Guntrams Munde ein Tierlein hervor in Schlangenweise, lief fort bis zu einem nahe fließenden Bach, an dessen Rand stand es still und wollte gern hinüber. Das hatte alles des Königs Gesell, in dessen Schoß er ruhte, mit angesehen, zog sein Schwert aus der Scheide und legte es über den Bach hin. Auf dem Schwert schritt nun das Tierlein hinüber und ging hin zum Loch eines Berges, da hinein schloff es. Nach einigen Stunden kehrte es zurück und lief über die nämliche Schwertbrücke wieder in den Mund des Königs. Der König erwachte und sagte zu seinem Gesellen: »Ich muß dir meinen Traum erzählen und das wunderbare Gesicht, das ich gehabt. Ich erblickte einen großen, großen Fluß, darüber war eine eiserne Brücke gebaut; auf der Brücke gelangte ich hinüber und ging in die Höhle eines hohen Berges; in der Höhle lag ein unsäglicher Schatz und Hort der alten Vorfahren.« Da erzählte ihm der Gesell alles, was er unter der Zeit des Schlafes gesehen hatte und wie der Traum mit der wirklichen Erscheinung übereinstimmte. Darauf ward an jenem Ort nachgegraben und in dem Berg eine große Menge Goldes und Silbers gefunden, das vorzeiten dahin verborgen war.

434. Der kommende Wald und die klingenden Schellen

Als Childebert mit großer Heeresmacht in Guntrams und Fredegundens Reich einbrach, ermahnte die Königin ihre Franken zu tapferem Streit und ließ Guntrams hinterlassenes Söhnlein in der Wiege voraustragen; dem Säugling an der Mutterbrust folgten die gewaffneten Scharen. Fredegund ersann eine List. In finsterer Mitternacht, angeführt von Landerich, des jungen Chlotars Vormund, erhob sich das Heer und zog in einen Wald. Landerich griff ein Beil und hieb sich einen Baumast; drauf nahm er Schellen und hing sie an des Pferdes Hals, auf dem er ritt. Dasselbe zu tun, ermahnte er alle seine Krieger; jeder mit Baumzweigen in der Hand und klingenden Schellen auf ihren Pferden, rückten sie in früher Morgenstunde dem feindlichen Lager näher. Die Königin, den jungen Chlotar in den Armen haltend, ging voraus, damit Erbarmen über das Kind die Krieger entzünden möchte, welches gefangengenommen werden mußte, wo sie unterlägen. Als nun einer der feindlichen Wächter in der Dämmerung ausschaute, rief er seinem Gesellen: »Was ist das für ein Wald, den ich dort stehen sehe, wo gestern abend nicht einmal kleines Gebüsch war?« »Du bist noch weintrunken und hast alles vergessen«, sprach der andere Wächter; »unsere Leute haben im nahen Wald Futter und Weide für ihre Pferde gefunden. Hörst du nicht, wie die Schellen klingen am Halse der weidenden Rosse?« (Denn es war von alten Zeiten her Sitte der Franken, und zumal der östlichen, daß sie ihren grasenden Pferden Schellen anhingen, damit, wenn sie sich verirrten, das Läuten sie wiederfinden ließe.) Währenddessen die Wächter solche Reden untereinander führten, ließen die Franken die Laubzweige fallen, und der Wald stand da leer an Blättern, aber dicht von den Stämmen schimmernder Spieße. Da überfiel Verwirrung die Feinde und jäher Schrecken; aus dem Schlaf erweckt wurden sie zur blutigen Schlacht, und die nicht entrinnen konnten, fielen erschlagen; kaum mochten sich die Heerführer auf schnellen Rossen vor dem Tode zu retten.

435. Chlotars Sieg über die Sachsen

Chlotar hatte seinen Sohn Dagobert über die austrasischen Franken zum König gesetzt. Dieser brach mit Heereskraft über den Rhein auf, um die sich empörenden Sachsen zu züchtigen. Der sächsische Herzog Bertoald lieferte ihm aber eine schwere Schlacht; Dagobert empfing einen Schwertstreich in sein Haupt und sandte die mit dem Stück vom Helm zugleich abgeschnittenen Haare alsbald seinem Vater, zum Zeichen, daß er ihm schleunig zur Hilfe eile, ehe ihm das übrige Heer zerrinne. Chlotar bekam die Botschaft, wie er gerade auf der Jagd war; bestürzt machte er sich sogleich mit dem geringen Gefolg, das ihn begleitete, auf den weiten Weg, reiste Tag und Nacht und langte endlich an der Weser an, wo der Franken Lager stand. Frühmorgens erhuben die Franken ein Freudengeschrei über ihres Königs Ankunft; Bertoald am andern Ufer hörte den Jubel und fragte, was er bedeute. »Die Franken feiern Chlotars Ankunft«, antwortete man ihm. »Das ist ein falscher Wahn«, versetzte Bertoald, »denn ich habe gewisse Kundschaft, daß er nicht mehr am Leben sei.« Da stand Chlotar am Ufer, sprach keinen Laut, sondern hob schnell seinen Helm vom Haupte, daß das schöne, mit weißen Locken gemischte Haupthaar herunterwallte. An diesem königlichen Schmucke erkannten ihn gleich die Feinde; Bertoald rief: »Bist du also da, du stummes Tier!« Glühend von Zorn setzte der König den Helm aufs Haupt und spornte sein Roß durch den Fluß, daß er sich an den Feinden räche; alle Franken sprengten ihm nach; Chlotars Waffen waren schwer, und beim Durchschwimmen hatte ihm Wasser den Brustharnisch und die Schuhe gefüllt; dennoch folgte er dem fliehenden Sachsenherzog unermüdlich nach. Bertoald rief zurück: ein so berühmter König und Herr solle doch seinen Knecht nicht ungerecht verfolgen. Chlotar aber wußte wohl, daß er aus Hinterlist so redete, kümmerte sich nicht um die Worte, sondern holte ihn mit seinem schnellen Rosse ein und brachte ihn um. Darauf schlug er ihm das Haupt ab und trug es den nachkommenden Franken entgegen. Da verwandelte sich ihre Trauer in Freude; sie überzogen ganz Sachsenland, und der König Chlotar hieß alle Einwohner männlichen Geschlechts, die länger waren als das Schlachtschwert, das er damals gerade trug, hinrichten, auf daß die jüngeren und kleineren durch das lebendige Andenken hieran abgeschreckt würden. Und so verfuhr Chlotar.

436. Das Grab der Heiligen

Dagobert, als er noch Jüngling war, ritt eines Tages auf die Jagd und verfolgte einen Hirsch, der ihm durch Berg und Tal entrann.
Endlich floh das Tier in ein Häuslein, worin die Gebeine des heiligen Dionysius und seiner Gefährten begraben lagen; die Hunde fanden die Spur, aber sie vermochten, ungeachtet die Türen des Hauses offenstanden, nicht hineinzudringen, sondern standen außen und bollen. Dagobert kam dazu und betrachtete staunend das Wunder. Von der Zeit an wandte sich Dagobert zu den Heiligen. Es geschah aber, daß Dagobert, durch den Stolz eines Herzogs Sadregisel beleidigt, ihn mit Schlägen und Bartscherung beschimpfen ließ. Dieser verwegenen Tat halber flüchtete Dagobert in den Wald und barg sich in demselben Schlupfwinkel, wohin damals der Hirsch geflohen war vor dem Zorn seines Vaters. Der König Chlotar, sobald er die Beschimpfung des Dieners hörte, befahl, seinen Sohn augenblicklich aufzusuchen und zu bestrafen. Während dies geschah, hatte sich Dagobert vor den heiligen Leichnamen demütigen Herzens niedergeworfen und versank in Schlaf. Da erschien ihm ein ehrwürdiger Greis mit freundlichem

Antlitz und hieß ihn ohne Furcht sein: wenn er verheiße, die Heiligen in steter Ehre zu halten, solle er nicht allein aus dieser, sondern auch der ewigen Not gezogen und mit dem Königsthrone begabt werden. Die Boten, die ihn aus dem heiligen Haus abführen sollten, konnten sich ihm nicht auf eine Stunde weit nähern. Betroffen kehrten sie heim und hinterbrachten das. Der König schalt sie und sandte andere aus, aber diese erfuhren das nämliche. Da machte sich Chlotar selbst auf, und siehe, auch ihn verließ seine Stärke, als er sich dem heiligen Orte nähern wollte; nunmehr erkannte er Gottes Macht, verzieh seinem Sohne und söhnte sich mit ihm aus. Dieser Ort war dem Dagobert lieb und angenehm vor allen andern.

437. Sankt Arbogast

St. Arbogast, Bischof zu Straßburg, kam in große Huld und Heimlichkeit mit Dagobert, König zu Frankreich; und nichts gehrte der König lieber, als oft mit ihm zu sprechen und seinen weisen Rat zu haben. Einmal geschah, daß des Königs Jäger und Siegebert, sein Sohn, in den Büschen und Wäldern jagten an der Ill, wo nachher Ebersheim, das Münster, aufkam, und fanden einen großen Eber; dem rannten sie nach mit den Hunden, einer hin, der andre her. Und da kam's, daß Siegebert der Knabe ganz allein ritt und ungewarnt auf den Eber stieß. Das Roß scheute vor dem Wild, daß der Knabe abfiel und im Stegreif hangenblieb; da trat ihn das Pferd, daß er für tot dalag. Als ihn nun des Königs Diener ertreten fanden, hoben sie ihn auf mit großem Leide, führten ihn heim, und er starb am andern Tag. Da wurde Dagoberten geraten, zu St. Arbogast zu schicken; der kam alsbald, und nach viel Rede und Klage kniete er vor die Leiche und rief Unsre Frauen an: seit sie das Leben aller Welt geboren hätte, daß sie dem Knaben sein Leben wieder erwürbe. Da ward der Knabe wieder lebend und stund auf in den Totenkleidern, die zog man ihm aus und tät ihm an königliche Kleider. Da fielen König und Königin und alles ihr Gefolg dem Heiligen zu Füßen und dankten seiner Gnaden; weder Gold noch Silber wollte er nehmen, aber nach seinem Rate gab der König an Unser Frauen Münster zu Straßburg Rufach mit Äckern, Wäldern, Wonn und Weide. Als nun nach vielen Jahren Arbogast an das Alter kam und krank wurde, sprach er zu seinen Untertanen: Gleichwie unser Herr Jesus begraben worden wäre auswendig Jerusalem an der Statt, da man böse Leute verderbet, also wolle er dem Heiland nachfolgen; und wann er verführe, sollte man ihn auswendig

Straßburg begraben bei dem Galgen an die Stätte, wo man über böse Leute richtet. Das mußten sie ihm geloben zu tun. Also ward er nach seinem Tode begraben auf St. Michelsbühel, das war der Henkebühel, und stund damals der Galgen da. Da baute man über sein Grab eine Kapelle in St. Michaels Ehren, in dieser lag er viel Jahre leibhaftig.

438. Dagobert und Sankt Florentius

St. Florentius fing jung an, Gott zu dienen. Und er ging aus Schottland, wo er geboren war, in Pilgrimsweise mit vier Gesellen: Arbogast, Fidelis, Theodatus und Hildolf, und kamen zujüngst im Elsaß an die Brüsche (das Flüßchen Breusch), da, wo jetzt Haselo liegt. Sprach Florentius, er wollte dableiben. Also gingen seine Gesellen fürbaß gen Straßburg; er aber baute ein Häuselein bei der Brüsche, dalp (grub) die Bäume und Hürste aus und machte ein neues Feld; dahin säete er Korn und das Kraut nach seiner Notdurft. Da aßen ihm die wilden Tiere das Korn und das Kraut ab. Da steckete St. Florentius vier Gerten um das Feld und gebot allen wilden Tieren, daß sie auf seinen neuen Acker nicht mehr kämen, so fern, als die Gerten gesteckt wären; und dies Ziel überschritten sie seitdem nimmer. In diesen Zeiten hatte König Dagobert eine Tochter, die war blind geboren, dazu stumm; und als er sagen hörte von Florentius, Heiligkeit, sandte er ehrbare Boten und ein Roß mit vergüldetem Gedecke, daß er zu ihm ritte. Der Heilige war aber demütig, wollte das Roß nicht und saß auf einen Esel und ritt zu dem Könige. Noch war er nicht ganz an der Burg, so ward des Königs Tochter sehend und redend und rief mit lauter Stimme, und das erste Wort, das sie sprach, sprach sie also: »Sehet! Dort reitet Florentius her, durch dessen Gnade mich Gott sehend und redend gemacht hat.« Da erschraken der König und die Königin von Wunder und von Freuden, und alles Volk lief aus gegen dem heiligen Manne und empfingen ihn gar ehrwürdiglich und fielen zu seinen Füßen um des Zeichens willen, das Gott durch ihn gewirkt hatte. Der König aber gab die Gebreite (Ebene) und Stätte, wo Florentius wohnte und nun Haselo liegt, ihm zu eigen und auch sein selbes Besitztum zu Kirchheim. Da bat der Heilige noch König Dagobert, daß er ihm sein Ländlein unterschiede (abgrenzte), daß er desto besser möchte wissen, wie weit und breit er hätte. Da sprach der König: »Was du mit deinem Eselein magst umfahren, bis ich aus dem Bade gehe und meine Kleider antue, das soll alles zu dir und deiner Wohnung hören.« Da wußte Florentius wohl, wie lange der König hätte Gewohnheit, im Bade zu sitzen, eilte weg mit seinem Eselein und fuhr über Berg und Tal, viel mehr und weiter, denn einer möchte getan haben auf schnellem Pferde in zweimal so langer Zeit. Und fuhr wieder zum König und kam zeitig genug, wie es beredet worden war. Und nach Arbogasts Tode ward Florentius einhelliglich von allem Volke, Laien und Pfaffen, zum Bischof von Straßburg gewählt.

439. Dagoberts Seele im Schiff

Als der gute König Dagobert aus dieser Welt geschieden war, ließ es Gott der Herr geschehn, weil er sich nicht von allen Sünden gereinigt hatte, daß die Teufel seine Seele faßten, auf ein Schiff setzten und mit sich fortzuführen dachten. Aber der heilige Dionysius vergaß seines guten Freundes nicht, sondern bat unsern Herrn um die Erlaubnis, der Seele zu Hilfe zu kommen, welches ihm auch verstattet wurde. St. Dionysius nahm aber mit sich St. Mauritius und andere Freunde, die König Dagobert in seinen Lebzeiten vorzüglich geehrt und gefeiert hatte; auch folgten ihnen Engel nach und geleiteten sie bis ins Meer. Da sie nun an die Teufel kamen, huben sie an mit ihnen zu fechten, die Teufel hatten wenig Gewalt gegen den Heiligen, wurden besiegt und hie und da aus dem Schiffe ins Meer gestoßen. Die Engel nahmen darauf Dagoberts Seele in Empfang, und der Heilige nebst seinem Gefolge kehrte ins Paradies zurück.

440. Dagobert und seine Hunde

Noch heutzutage kennt das Volk in Frankreich zwei Sprichwörter vom König Dagobert, deren Ursprung man vergessen hat: »Wann König Dagobert gegessen hatte, so ließ er auch seine Hunde essen«, und: »König Dagobert auf seinem Sterbebette redete seine Hunde an und sprach: ›Keine Gesellschaft ist so gut, aus der man nicht scheiden muß.‹«

441. Die zwei gleichen Söhne

König Pippin von Frankreich vermählte sich mit einer schönen Jungfrau, die ihm einen Sohn zur Welt brachte, aber über dessen Geburt starb. Bald darauf nahm er eine neue Gemahlin, die gebar ihm ebenfalls einen Sohn. Diese beiden Söhne sandte er in weite Länder und ließ sie auswärtig erziehen; sie wurden sich aber in allen Stücken ähnlich, daß man sie kaum unterscheiden konnte. Nach einiger Zeit lag die Königin ihrem Gemahle an, daß er sie doch ihr Kind sehen ließe; er aber befahl, die beiden Söhne an Hof zu bringen. Da war der jüngste dem ältesten, ungeachtet des einen Jahres Unterschied, in Gestalt und Größe vollkommen gleich, und einer wie der andere glich dem Vater, daß die Mutter nicht wissen konnte, welches ihr Kind darunter wäre. Da hub sie an zu weinen, weil es Pippin nicht offenbaren wollte; endlich sprach er: »Laß ab zu weinen, dieser ist dein Sohn«, und wies ihr den von der ersten Gemahlin. Die Königin freute sich und pflegte und besorgte dieses Kind auf alle Weise; während sie das andere, welches ihr rechter Sohn war, nicht im geringsten achtete.

442. Hildegard

Kaiser Karl war im Heereszug und hatte die schöne Hildegard, seine Gemahlin, zu Hause gelassen. Während der Zeit mutete ihr Taland, Karls Stiefbruder, an, daß sie zu seinem Willen sein möchte. Aber die tugendhafte Frau wollte lieber den Tod leiden als ihrem Herrn Treue brechen; doch verstellte sie sich und gelobte dem Bösewicht, in sein Begehren zu willigen, sobald er ihr dazu eine schöne Brautkammer würde haben bauen lassen. Alsbald baute Taland ein kostbares Frauengemach, ließ es mit drei Türen verwahren und bat die Königin, hineinzukommen und ihn zu besuchen. Hildegard tat, als ob sie ihm nachfolgte, und bat ihn vorauszugehen; als er fröhlich durch die dritte Türe gesprungen war, warf sie schnell zu und legte einen schweren Riegel vor. In diesem Gefängnis blieb Taland eine Zeitlang eingeschlossen, bis Karl siegreich aus Sachsen heimkehrte; da ließ sie ihn aus Mitleiden und auf vielfältiges erheucheltes Flehen und Bitten los und dachte, er wäre genug gestraft. Karl aber, als er ihn zuerst erblickte, fragte, warum er so bleich und mager aussähe. »Daran ist Eure gottlose, unzüchtige Hausfrau schuld«, antwortete Taland; die habe bald gemerkt, wie er sie sorgsam gehütet, daß sie keine Sünde begehen dürfen, und darum einen neuen Turm gebaut und ihn darin gefangengehalten. Der König betrübte sich heftig über diese Nachricht und befahl im Zorn seinen Dienern, Hildegard zu ertränken. Sie floh und barg sich heimlich bei einer ihrer Freundinnen; aber sobald der König ihren Aufenthalt erfuhr, verordnete er aufs neue, sie in einen Wald zu führen, da zu blenden und so, beider Augen beraubt, Landes zu verweisen. Was geschah? Als sie die Diener ausführten, begegnete ihnen ein Edelmann des Geschlechts von Freudenberg, den hatte gerade Gräfin Adelgund, ihre Schwester, mit einer Botschaft zu Hildegarden abgesandt. Als dieser die Gefahr und Not der Königin sah, entriß er sie den Henkersknechten und gab ihnen seinen mitlaufenden Hund. Dem Hunde stachen sie die Augen aus und hinterbrachten sie dem König zum Zeichen, daß sein Befehl geschehen wäre. Hildegard aber, als sie mit Gottes Hilfe gerettet war, zog in Begleitung einer Edelfrau, namens Rosina von Bodmer, nach Rom und übte die Heilkunst, die sie ihr Lebtag gelernt und getrieben hatte, so glücklich aus, daß sie bald in großen Ruhm kam. Mittlerweile strafte Gott den gottlosen Taland mit Blindheit und Aussatz. Niemand vermochte ihn zu heilen, und endlich hörte er, zu Rom lebe eine berühmte Heilfrau, die diesem Siechtum abhelfen könne. Als Karl nun nach Rom zog, war Taland auch im Gefolg, erkundigte der Frauen Wohnung, nannte ihr seinen Namen und begehrte Arznei und Hilfe für seine Krankheit; er wußte aber nicht, daß sie die Königin wäre. Hildegard gab ihm auf, daß er seine Sünden dem Priester beichten und Buße und Besserung geloben müsse; dann wollte sie ihre Kunst erweisen. Taland tat es und beichtete; darauf kam er wieder zur Frauen hin, die ihn frisch und gesund machte. Über diese Heilung wunderten sich Papst und König aus der Maßen und wünschten die Ärztin zu sehen und besandten sie. Allein sie erbot sich, daß sie tags darauf in das Münster St. Petri gehen wollte. Da kam sie hin und berichtete dem König, ihrem Herrn, alsbald die ganze Geschichte, wie man sie verraten hatte. Karl erkannte sie mit Freuden und nahm sie wieder zu seiner Gemahlin; aber seinen Stiefbruder verurteilte er Todes. Doch bat die Königin sich sein Leben aus, und er wurde bloß in das Elend verwiesen.

443. Der Hahnenkampf

Zu einer Zeit kam Karl der Große auf sein Schloß bei Kempten zu seiner Gemahlin Hildegard. Als sie nun eines Tages über Tische saßen und mancherlei von der Vorfahren Regierung redeten, während ihre Söhne Pippin, Karl und Ludwig darneben standen, hub Pippin an und sprach: »Mutter, wenn einmal der Vater im Himmel ist, werde ich dann König?« Karl aber wandte sich zum Vater und sagte: »Nicht Pippin, sondern ich folge dir nach im Reich.« Ludwig aber, der jüngste, bat beide Eltern, daß sie ihn doch möchten lassen König werden. Als die Kinder so stritten, sprach die Königin: »Eure Zwist wollen wir bald ausmachen; geht hinab ins Dorf und laßt euch jeder sich einen Hahn von den Bauern geben.« Die Knaben stiegen die Burg hinab mit ihrem Lehrmeister und den übrigen Schülern und holten die Hähne. Hierauf sagte Hildegard: »Nun laßt die Hähne aufeinander los! Wessen Hahn im Kampfe siegt, der soll König werden.« Die Vögel stritten, und Ludwigs Hahn überwand die beiden andern. Dieser Ludwig erlangte auch wirklich nach seines Vaters Tode die Herrschaft.

444. Karls Heimkehr aus Ungerland

König Karl, als er nach Ungarn und Walachei fahren wollte, die Heiden zu bekehren, gelobte er seiner Frauen, in zehn Jahren heimzukehren; wäre er nach Verlauf derselben ausgeblieben, so solle sie seinen Tod für gewiß halten. Würde er ihr aber durch einen Boten sein golden Fingerlein zusenden, dann möge sie auf alles vertrauen, was er ihr durch denselben entbieten lasse. Nun geschah es, daß der König schon über neun Jahre ausgewesen war, da hob sich zu Aachen an dem Rhein Raub und Brand über alle Länder. Da gingen die Herren zu der Königin und baten, daß sie sich einen andern Gemahl auswählte, der das Reich behüten könnte. Die Frau antwortete: »Wie möcht ich so wider König Karl sündigen und meine Treue brechen! So hat er mir auch das Wahrzeichen nicht gesandt, das er mir kundtät, als er von hinnen schied.« Die Herren aber redeten ihr so lange zu, weil das Land in dem Krieg zugrund gehen müsse, daß sie ihrem Willen endlich zu folgen versprach. Darauf wurde eine große Hochzeit angestellt, und sie sollte über den dritten Tag mit einem reichen König vermählt werden. Gott der Herr aber, welcher dies hindern wollte, sandte einen Engel als Boten nach Ungerland, wo der König lag und schon manchen Tag gelegen hatte. Als König Karl die Kundschaft vernommen, sprach er: »Wie soll ich in dreien Tagen heimkehren, einen Weg, der hundert Raste lang ist und fünfzehn Raste dazu, bis ich in mein Land komme?« Der Engel versetzte: »Weißt du nicht, Gott kann tun, was er will, denn er hat viel Gewalt. Geh zu deinem Schreiber, der hat ein gutes, starkes Pferd, das du ihm abgewinnen mußt; das soll dich in einem Tage tragen über Moos und Heide bis in die Stadt zu Raab, das sei deine erste Tagweide. Den andern Morgen sollst du früh ausreiten, die Donau hinauf bis gen Passau; das sei deine andere Tagweide. Zu Passau sollst du dein Pferd lassen; der Wirt, bei dem du einkehrest, hat ein schön Füllen; das kauf ihm ab, es wird dich den dritten Tag bis in dein Land tragen.« Der Kaiser tat, wie ihm geboten war, handelte dem Schreiber das Pferd ab und ritt in einem Tag aus der Bulgarei bis nach Raab, ruhte über Nacht und kam den zweiten Tag bei Sonnenschein nach Passau, wo ihm der Wirt gutes Gemach schuf. Abends, als die Viehherde einging, sah er das Füllen, griff's bei der Mähne und sprach: »Herr Wirt, gebt mir das Roß, ich will es morgen über Feld reiten.« »Nein«, sagte dieser; »das Füllen ist noch zu jung, Ihr seid ihm zu schwer, als daß es Euch tragen könnte.« Der König bat ihn von neuem; der Wirt sagte: ja, wenn es gezäumt oder geritten wäre. Der König bat ihn zum drittenmal, und da der Wirt sah, daß es Karl so lieb wäre, so wollte er das Roß ablassen; und der König verkaufte ihm dagegen sein Pferd, das er die zwei Tage geritten hatte und von dem es ein Wunder war, daß es ihm nicht erlag. Also machte sich der König des dritten Tages auf und ritt schnell und unaufhaltsam bis gen Aachen vor das Burgtor, da kehrte er bei einem Wirt ein. Überall in der ganzen Stadt hörte er großen Schall von Singen und Tanzen. Da fragte er, was das wäre. Der Wirt sprach: »Eine große Hochzeit soll heute ergehen, denn meine Frau wird einem reichen König anvermählt; da wird große Kost gemacht und Jungen und Alten, Armen und Reichen Brot und Wein gereicht und ungemessen Futter vor die Rosse getragen.« Der König sprach: »Hier will ich mein Gemach haben und mich wenig um die Speise bekümmern, die sie in der Stadt austeilen; kauft mir für meine Guldenpfennige, was ich bedarf, schafft mir viel und genug.« Als der Wirt das Gold sah, sagte er bei sich selbst: Das ist ein rechter Edelmann, desgleichen meine Augen nie erblickten! Nachdem die Speise köstlich und reichlich zugerichtet und Karl zu Tisch gesessen war, forderte er einen Wächter vom Wirt, der sein des Nachts über pflege, und legte sich zu Bette. In dem Bette aber liegend, rief er den Wächter und mahnte ihn teuer: »Wann man den Singos im Dom läuten wird, sollst du mich wecken, daß ich das Läuten höre; dies gülden Fingerlein will ich dir zu Miete geben.‹, Als nun der Wächter die Glocke vernahm, trat er ans Bette vor den schlafenden König: »Wohlan, Herr, gebt mir meine Miete, eben läuten sie den Singos im Dom.« Schnell stand er auf, legte ein reiches Gewand an und bat den Wirt, ihn zu geleiten. Dann nahm er ihn bei der Hand und ging mit ihm vor das Burgtor, aber es lagen starke Riegel davor. »Herr«, sprach der Wirt, »Ihr müßt unten durchschliefen, aber dann wird Euer Gewand kotig werden.« »Daraus mach ich mir wenig, und würde es ganz zerrissen.« Nun schloffen sie dem Tor hinein; der König, voll weisen Sinnes, hieß den Wirt um den Dom gehen, während er selber in den Dom ging. Nun war das Recht in Franken: Wer auf dem Stuhl im Dom saß, der mußte König sein. Das deuchte ihm gut; er setzte sich auf den Stuhl, zog sein Schwert und legte es bar über seine Knie. Da trat der Mesner in den Dom und wollte die Bücher vortragen; als er aber den König sitzen sah mit barem Schwert und stillschweigend, begann er zu zagen und verkündete eilends dem Priester: »Da ich zum Altar ging, sah ich einen greisen Mann mit bloßem Schwert über die Knie auf dem gesegneten Stuhl sitzen.« Die Domherren wollten dem Mesner nicht glauben; einer von ihnen griff ein Licht und ging unverzagt zu dem Stuhle. Als er die Wahrheit sah, wie der greise Mann auf dem Stuhle saß, warf er das Licht aus der Hand und floh erschrocken zum Bischof. Der Bischof ließ sich zwei Kerzen von Knechten tragen, die mußten ihm zu dem Dom leuchten; da sah er den Mann auf dem Stuhle sitzen und sprach furchtsam: »Ihr sollt mir sagen, was Mannes Ihr seid, geheuer oder ungeheuer, und wer Euch ein Leids getan, daß Ihr an dieser Stätte sitzet?« Da hob der König an: »Ich war Euch wohlbekannt, als ich König Karl hieß, an Gewalt war keiner über mich!« Mit diesen Worten trat er dem Bischof näher, daß er ihn recht ansehen könnte. Da rief der Bischof: »Willkommen, liebster Herr! Eurer Kunft will ich froh sein«, umfing ihn mit seinen Armen und leitete ihn in sein reiches Haus. Da wurden alle Glocken geläutet, und die Hochzeitgäste frugen, was der Schall bedeute. Als sie aber hörten, daß König Karl zurückgekehrt wäre, stoben sie auseinander, und jeder suchte sein Heil in der Flucht. Doch der Bischof bat, daß ihnen der König Friede gäbe und der Königin wieder hold würde, es sei ohne ihre Schuld geschehen. Den gewährte Karl der Bitte und gab der Königin seine Huld.

445. Der Hirsch zu Magdeburg

Zu Magdeburg, gegen dem Roland, stand vor diesem auf einer steinernen Säule ein Hirsch mit guldenem Halsband, den Kaiser Karl gefangen haben soll. Andere sagen, er habe ihn wieder laufen lassen und ihm ein gulden Halsband umgehängt, worauf ein Kreuz mit den Worten: »Lieber Jäger, laß mich leben, ich will dir mein Halsband geben.« Und dieser Hirsch ist hernach zu Zeiten Friedrich Rotbarts allererst wiedergefangen worden.

446. Der lombardische Spielmann

Als Karl vorhatte, den König Desiderius mit Krieg zu überziehen, kam ein lombardischer Spielmann zu den Franken und sang ein Lied folgendes Inhalts: »Welchen Lohn wird der empfangen, der Karl in das Land Italien führt? Auf Wegen, wo kein Spieß gegen ihn aufgehoben, kein Schild zurückgestoßen und keiner seiner Leute verletzt werden soll?« Als das Karl zu Ohren kam, berief er den Mann zu sich und versprach ihm, alles, was er fordern würde, nach erlangtem Sieg zu gewähren. Das Heer wurde zusammenberufen, und der Spielmann mußte vorausgehen. Er wich aber aus allen Straßen und Wegen und leitete den König über den Rand eines Berges, wo es bis auf heutigen Tag noch heißt: der Frankenweg. Wie sie von diesem Berg niederstiegen in die gavenische Ebene, sammelten sie sich schnell und fielen den Langobarden unerwarteterweise in den Rücken; Desiderius floh nach Pavia, und die Franken überströmten das ganze Land. Der Spielmann aber kam vor den König Karl und ermahnte ihn seines Versprechens. Der König sprach: »Fordre, was du willst!« Darauf antwortete er: »Ich will auf einen dieser Berge steigen und stark in mein Horn blasen; soweit der Schall gehört werden mag, das Land verleihe mir zum Lohn meiner Verdienste mit Männern und Weibern, die darin sind.« Karl sprach: »Es geschehe, wie du gesagt hast.« Der Spielmann neigte sich, stieg sogleich auf den Berg und blies; stieg sodann herab, ging durch Dörfer und Felder, und wen er fand, fragte er: »Hast du Horn blasen hören?« Und wer nun antwortete: »Ja, ich hab's gehört«, dem versetzte er eine Maulschelle mit den Worten: »Du bist mein Eigen.« So verlieh ihm Karl das Land, soweit man sein Blasen hatte hören können; der Spielmann, solange er lebte, und seine Nachkommen besaßen es ruhig, und bis auf den heutigen Tag heißen die Einwohner dieses Landes die Zusammengeblasenen (transcornati).

447. Der eiserne Karl

Zur Zeit, als König Karl den Lombardenkönig Desiderius befeindete, lebte an des letztern Hofe Ogger (Odger, Autchar), ein edler Franke, der vor Karls Ungnade das Land hatte räumen müssen. Wie nun die Nachricht erscholl, Karl rücke mit Heeresmacht heran, standen Desiderius und Ogger auf einem hohen Turm, von dessen Gipfel man weit und breit in das Reich schauen konnte. Das Gepäck rückte in Haufen an. »Ist Karl unter diesem großen Heer?« frug König Desiderius.

»Noch nicht!« versetzte Ogger. Nun kam der Landsturm des ganzen fränkischen Reichs. »Hierunter befindet sich Karl aber gewiß«, sagte Desiderius bestimmt. Ogger antwortete: »Noch nicht, noch nicht.« Da tobte der König und sagte: »Was sollen wir anfangen, wenn noch mehrere mit ihm kommen?« »Wie er kommen wird«, antwortete jener, »sollst du gewahr werden; was mit uns geschehe, weiß ich nicht.« Unter diesen Reden zeigte sich ein neuer Troß. Erstaunt sagte Desiderius: »Darunter ist doch Karl?« »Immer noch nicht«, sprach Ogger. Nächstdem erblickte man Bischöfe, Äbte, Kapellane mit ihrer Geistlichkeit. Außer sich stöhnte Desiderius: »O laß uns niedersteigen und uns bergen in der Erde vor dem Angesichte dieses grausamen Feindes.« Da erinnerte sich Ogger der herrlichen, unvergleichlichen Macht des Königs Karl aus bessern Zeiten her und brach in die Worte aus: »Wenn du die Saat auf den Feldern wirst starren sehen, den eisernen Po und Tissino mit dunkeln, eisenschwarzen Meereswellen die Stadtmauern überschwemmen, dann gewarte, daß Karl kommt.« Kaum war dies ausgeredet, als sich im Westen wie eine finstere Wolke zeigte, die den hellen Tag beschattete. Dann sah man den eisernen Karl in einem Eisenhelm, in eisernen Schienen, eisernem Panzer um die breite Brust, eine Eisenstange in der Linken hoch aufreckend. In der Rechten hielt er den Stahl, der Schild war ganz aus Eisen, und auch sein Roß schien eisern an Mut und Farbe. Alle, die ihm vorausgingen, zur Seite waren und ihm nachfolgten, ja, das ganze Heer schien auf gleiche Weise ausgerüstet. Einen schnellen Blick darauf werfend, rief Ogger: »Hier hast du den, nach dem du soviel frugest«, und stürzte halb entseelt zu Boden.

448. Karl belagerte Pavia

Desiderius floh mit Adelgis, seinem Sohn, und einer Tochter in die Mauern von Pavia, worin ihn Karl lange belagerte. Desiderius war gut und demütig; stets soll er, der Sage nach, um Mitternacht aufgestanden und in die Kirchen zum Gebet gegangen sein; die Tore der Kirchen öffneten sich ihm von selbst vor seinem bloßen Anblick. Während jener Belagerung schrieb nun die Königstochter einen Brief an König Karl und schoß ihn auf einer Armbrust über den Fluß Tessino; in dem Brief stand, wenn sie der König zum Ehegemahl nehmen wolle, werde sie ihm die Stadt und den Schatz ihres Vaters überliefern. Karl antwortete ihr so, daß die Liebe der Jungfrau nur noch stärker entzündet wurde. Sie stahl unter dem Haupt ihres schlafenden Vaters die

Schlüssel der Stadt und meldete dem Frankenkönig, daß er sich diese Nacht bereite, in die Stadt zu rücken. Als sich das Heer den Toren nahte und einzog, sprang ihm die Jungfrau fröhlich entgegen, geriet aber im Gedränge unter die Hufe det Rosse und wurde, weil es finstre Nacht war, von diesen zertreten. Über dem Gewieher der Rosse erwachte Adelgis, zog sein Schwert und tötete viele Franken. Aber sein Vater verbot ihm, sich zu wehren, weil es Gottes Wille sei, die Stadt dem Feinde zu geben. Adelgis entfloh hierauf, und Karl nahm die Stadt und die königliche Burg in seinen Besitz.

449. Adelgis

Adelgis (Algis, Adelger), Desiderius' Sohn, war von Jugend auf stark und heldenmütig. In Kriegszeiten pflegte er mit einer Eisenstange zu reiten und viele Feinde zu erschlagen; so tötete er auch viele der Franken, die in Lombarden gezogen kamen. Dennoch mußte er der Übermacht weichen, und Karl hatte selbst Ticinum unterworfen. In dieser Stadt aber beschloß ihn der kühne Jüngling auszukundschaften. Er fuhr auf einem Schiff dahin, nicht wie ein Königssohn, sondern umgeben von wenigen Leuten, wie einer aus geringem Stande. Keiner der Krieger erkannte ihn, außer einem der ehemaligen treusten Diener seines Vaters; diesen bat er flehentlich, daß er ihn nicht verraten möchte. »Bei meiner Treue«, antwortete jener, »ich will dich niemanden offenbaren, solange ich dich verhehlen kann.« »Ich bitte dich«, sagte Adelgis, »heute, wann du beim König zu Mittag speisest, so setze mich ans Ende eines der Tische und schaffe, daß alle Knochen, die man von der Tafel aufhebt, vor mich gelegt werden.« Der andere versprach es, denn er war's, der die königlichen Speisen auftragen mußte. Als nun das Mahl gehalten wurde, so tat er allerdings so und legte die Knochen vor Adelgis, der sie zerbrach und gleich einem hungrigen Löwen das Mark daraus aß. Die Splitter warf er unter den Tisch und machte einen tüchtigen Haufen zusammen. Dann stand er früher als die andern auf und ging fort. Der König, wie er die Tafel aufgehoben hatte und die Menge Knochen unter dem Tisch erblickte, fragte: »Welcher Gast hat so viele Knochen zerbrochen?« Alle antworteten, sie wüßten es nicht; einer aber fügte hinzu: »Es saß hier ein starker Degen, der brach alle Hirsch-, Bären- und Ochsenknochen auf, als wären es Hanfstengel.« Der König ließ den Speisaufträger rufen und sprach: »Wer oder woher war der Mann, der hier die vielen Knochen zerbrach?« Er antwortete: »Ich weiß es nicht, Herr.« Karl erwiderte: »Bei meines Hauptes Krone, du weißt es.« Da er sich betreten sah, fürchtete er und schwieg. Der König aber merkte leicht, daß es Adelgis gewesen, und es tat ihm leid, daß man ihn ungestraft von dannen gehen lassen; er sagte: »Wohinaus ist er gegangen?« Einer versetzte: »Er kam zu Schiff und wird vermutlich so weggehen.« »Willst du«, sprach ein andrer, »daß ich ihm nachsetze und ihn töte?« »Auf welche Weise?« antwortete Karl. »Gib mir deine goldenen Armspangen, und ich will ihn berücken.« Der König gab sie ihm alsbald, und jener eilte ihm schnell zu Lande nach, bis er ihn einholte. Und aus der Ferne rief er zu Adelgis, der im Schiffe fuhr: »Halt an! Der König sendet dir seine Goldspangen zur Gabe; warum bist du so heimlich fortgegangen?« Adelgis wandte sein Schiff ans Ufer, und als er näher kam und die Gabe auf der Speerspitze ihm dargereicht erblickte, ahndete er Verrat, warf seinen Panzer über die Schulter und rief: »Was du mir mit dem Speere reichst, will ich mit dem Speere empfangen*; sendet dein Herr betrüglich diese Gabe, damit du mich töten sollest, so werde ich nicht nachstehen und ihm meine Gabe senden.« Darauf nahm er seine Armspangen und reichte sie jenem auf dem Speer, der in seiner Erwartung getäuscht heimkehrte und dem König Karl Adelgis' Spangen brachte. Karl legte sie sogleich an, da fielen sie ihm bis auf die Schultern nieder. Karl aber rief aus: »Es ist nicht zu wundern, daß dieser Mann Riesenstärke hat.« König Karl fürchtete diesen Adelgis allzeit, weil er ihn und seinen Vater des Reiches beraubt hatte. Adelgis floh zu seiner Mutter, der Königin Ansa, nach Brixen, wo sie ein reiches Münster gestiftet hatte.

450. Von König Karl und den Friesen

Als König Karl aus Franken und König Radbot aus Dänemark in Friesenland widereinander stießen, besetzte jeder seinen Ort und sein End im Franekergau mit einem Heerschild und jedweder sagte: das Land wäre sein. Das wollten weise Leute sühnen, aber die Herren wollten es ausfechten. Da suchte man die Sühne so lange, bis man sie endlich in die Hand der beiden Könige selber legte: wer von ihnen den andern an Stillstehen überträfe, der sollte gewonnen haben. Da brachte man die Herren zusammen. Da standen sie ein Etmal (Zeit von Tag und Nacht) in der Runde. Da ließ König Karl seinen Handschuh entfallen. Da hub ihn König Radbot auf und reichte ihn König Karl. Da sprach Karl: »Haha, das Land ist mein«, und lachte; darum hieß sein Ort Hachense. »Warum?« sprach Radbot. Da sprach Karl: »Ihr seid mein Mann worden.« Da sprach Radbot: »O wach (o weh);« darum hieß sein Ort Wachense. Da fuhr König Radbot aus dem Lande, und der König wollte ein Ding (Gericht) halten; das vermocht er nicht, denn soviel lediges Landes war nicht da, darauf er dingen konnte. Da sandte er in die sieben Seelande und hieß ihnen, daß sie ihm eine freie Stelle gewönnen, darauf er möchte dingen. Da kauften sie mit Schatz und mit Schilling Deldemanes. Dahin dingte er und lud die Friesen, dahin zu ihm zu fahren und sich ihr Recht erkören, das sie halten wollten. Da baten sie Frist zu ihrer Vorsprechung. Da gab er ihnen Urlaub. Des andern Tages hieß er sie, daß sie vor das Recht führen. Da kamen sie und erwählten Vorsprecher, zwölf von den sieben Seelanden. Da hieß er sie, daß sie das Recht erkörten. Da begehrten sie Frist. Des dritten Tages hieß er sie wiederkommen. Da zogen sie Notschein (beriefen sich auf gesetzliche Hindernis), des vierten Tages ebenso, des fünften auch so. Dies sind die zwei Fristen und die drei Notscheine, die die freien Friesen mit Recht haben sollen. Des sechsten Tages hieß er sie Recht kören. Da sprachen sie, sie könnten nicht. Da sprach der König: »Nun leg ich euch vor drei Kören, was euch lieber ist: daß man euch töte oder daß ihr alle eigen (leibeigen) werdet oder daß man euch ein Schiff gebe, so fest und so stark, daß es eine Ebbe und eine Flut mag ausstehen, und das sonder Riem und Ruder und sonder Tau?« Da erkoren sie das Schiff und fuhren aus mit der Ebbe so fern weg, daß sie kein Land mehr sehen mochten. Da war ihnen leid zumut. Da sprach einer, der aus Wittekinds Geschlecht war, des ersten Asegen (Richters): »Ich habe gehört, daß unser Herr Gott, da er auf Erden war, zwölf Jünger hatte und er selbst der dreizehnte war, und kam zu jedem bei verschlossenen Türen, tröstete und lehrete sie; warum bitten wir nicht, daß er uns einen dreizehnten sende, der uns Recht lehre und zu Lande weise?« Da fielen sie alle auf ihre Knie und beteten inniglich. Da sie die Betung getan hatten, sahen sie einen dreizehnten am Steuer sitzen und eine Achse auf seiner Achsel, da er mit ans Land steuerte, gegen Strom und Wind. Da sie zu Land kamen, da warf er mit der Achse auf das Land und warf einen Erdwasen auf. Da entsprang da ein Born, davon heißt die Stelle: zu Achsenhof. Und zu Eschweg kamen sie zu Land und saßen um den Born herum; und was ihnen der dreizehnte lehrte, das nahmen sie zu Recht an. Doch wußte niemand, wer der dreizehnte war; so gleich war er jedem unter ihnen. Da er ihnen das Recht gewiesen hatte, waren ihrer nur zwölf. Darum sollen in dem Land allzeit dreizehn Asegen sein, und ihr Urteil sollen sie fällen zu Achsenhof und zu Eschwege, und wenn sie entzwei sprechen (verschiedener

Meinung sind), so haben die sieben die sechs einzuhalten. So ist das Landrecht aller Friesen.

451. Radbot läßt sich nicht taufen

Als der heilige Wolfram den Friesen das Christentum predigte, brachte er endlich Radbot, ihren Herzog, dazu, daß er sich taufen lassen wollte. Radbot hatte schon einen Fuß in das Taufbecken gestellt, da fiel ihm ein, vorher zu fragen, wohin denn seine Vorfahren gekommen wären. Ob sie bei den Scharen der Seligen oder in der Hölle seien? St. Wolfram antwortete: »Sie waren Heiden, und ihre Seelen sind verloren.« Da zog Radbot schnell den Fuß zurück und sprach: »Ihrer Gesellschaft mag ich mich nicht begeben; lieber will ich elend bei ihnen in der Hölle wohnen als herrlich ohne sie im Himmelreich.« So verhinderte der Teufel, daß Radbot nicht getauft wurde; denn er starb den dritten Tag darauf und fuhr dahin, wo seine Magen waren. Andere erzählen so: Radbot habe auf Wolframs Antwort, daß seine Vorfahren zur Hölle wären, weitergefragt, ob da der meiste Haufe sei. Wolfram sprach: »Ja, es steht zu befürchten, daß in der Hölle der meiste Haufen ist.« Da zog der Heide den Fuß aus der Taufe und sagte: »Wo der meiste Haufen ist, da will ich auch bleiben.«

452. Des Teufels goldnes Haus

St. Wolfram hatte im Schlafe ein Gesicht, das ihm gebot, den Friesen das Evangelium zu predigen. Er kam mit einigen Gefährten nach Friesland. Es war aber Sitte bei den Friesen, daß, wen das Los traf, den Göttern geopfert wurde. Diesmal fiel das Los auf einen Knaben, Occo genannt. Als St. Wolfram ihn sich vom Fürsten Radbot ausbat, antwortete dieser: »Er sei dein, wenn dein Christus ihn vom Tode errettet.« Als sie ihn aber zum Galgen schleppten, betete Wolfram; und sogleich riß der Strick, der Knabe fiel zur Erde, stand unverletzt und wurde getauft. Die Weise aber, wie Radbot vom Teufel betrogen wurde, erzählt der genannte Occo: Der Teufel erschien ihm in Engelsgestalt, um das Haupt eine Goldbinde mit Gestein besetzt und in einem Kleide aus Gold gewirkt. Als Radbot auf ihn hinsah, sprach der Teufel zu ihm: »Tapferster unter den Männern, was hat dich also verführt, daß du abweichen willst von dem Fürsten der Götter? Wolle das nicht tun, sondern beharre bei dem, was du gelernt, und du sollst in goldne Häuser kommen, die ich dir in alle Ewigkeit zum Eigentum geben will. Gehe morgen zu Wolfram, dem Lehrer der Christen, und befrage ihn, welches jene Wohnung der ewigen Klarheit sei, die er dir verspricht. Kann er sie dir nicht augenscheinlich dartun, dann mögen beide Teile Abgeordnete wählen, und ich will ihr Führer sein auf der Reise und will ihnen das goldene Haus zeigen und die schöne Wohnung, die ich dir bereitet.« Wie Radbot erwachte, erzählte er alles dem heiligen Wolfram. Dieser sagte, der Betrüger Satanas wolle ihm ein Gaukelspiel vormachen. Der Fürst antwortete, er wolle Christ werden, wenn sein Gott ihm jene Wohnung nicht zeige. Sogleich ward ein Friese von seiner Seite und ein Diakonus von seiten Wolframs ausgesandt, die, als sie etwas von der Stadt sich entfernt, einen Reisegefährten fanden, der ihnen sagte: »Eilt schnell, denn ich zeige euch die schöne, dem Herzog Radbot bereitete Wohnung.« Sie gingen auf breitem Wege durch unbewohnte Örter und sahen einen Weg, mit verschiedenen Arten glatten Marmors aufs schönste geziert. Von ferne sahen sie ein Haus glänzen wie Gold und kamen zu einer Straße, die zum Hause führte, mit Gold und edlem Gestein gepflastert. Als sie das Haus betraten, sahen sie es von wunderbarer Schönheit und unglaublichem Glanze und in ihm einen Thron von wunderbarer Größe. Da sprach der Führer: »Das ist die dem Herzog Radbot bereitete Wohnung!« Darauf sprach der Diakonus staunend: »Wenn das von Gott gemacht ward, wird es ewig bestehen; wenn vom Teufel, muß es schnell verschwinden.« Somit bezeichnete er sich mit dem Zeichen des Kreuzes, da verwandelte sich der Führer in den Teufel, das goldne Haus in Kot, und der Diakon befand sich mit dem Friesen inmitten von Sümpfen, die voll Wassers waren, mit langen Binsen und Geröhren. Sie mußten in drei Tagen einen unermeßlichen Weg zurücklegen, bis sie zur Stadt kamen, und fanden dort den Herzog tot und erzählten, was sie gesehen, St. Wolfram. Der Friese wurde getauft und hieß Sugomar.

453. Wittekinds Taufe

König Karl hatte eine Gewohnheit: alle große Feste folgten ihm viele Bettler nach, denen er ließ geben einem jeglichen einen Silberpfennig. So war es in der Stillen Woche, daß Wittekind von Engern Bettlerskleider anlegte und ging in Karls Lager unter die Bettler sitzen und wollte die Franken auskundschaften. Auf Ostern aber ließ der König in seinem Zelt Messe lesen; da geschah ein göttliches Wunder, daß

Wittekind, als der Priester das Heiligtum emporhob, darin ein lebendiges Kind erblickte; das deuchte ihm ein so schönes Kind, als er sein Lebtag je gesehen, und kein Auge sah es außer ihm. Nach der Messe wurden die Silberpfennige den armen Leuten ausgeteilt; da erkannte man Wittekind unter dem Bettelrock, griff und führte ihn vor den König. Da sagte er, was er gesehen hätte, und ward unterrichtet aller Dinge, daß sein Herz bewegt wurde, und empfing die Taufe und sandte nach den andern Fürsten in seinem Lager, daß sie den Krieg einstellten und sich taufen ließen. Karl aber machte ihn zum Herzogen und wandelte das schwarze Pferd in seinem Schilde in ein weißes.

454. Wittekinds Flucht

Wittekind wurde, wie noch jetzt ein jeder in der dortigen Gegend weiß, zu Engter von den Franken geschlagen (783), und viele blieben dort auf dem Wittenfeld tot liegen. Flüchtend zog er gegen Ellerbruch; als nun alles mit Weib und Kind an den Furt kam und sich drängte, mochte eine alte Frau nicht weitergehen. Weil sie aber dem Feinde nicht in die Hände fallen sollte, so wurde sie von den Sachsen lebendig in einen Sandhügel bei Bellmanns Kamp begraben; dabei sprachen sie: »Krup under, krup under, de Welt is di gramm*, du kannst den Rappel** nich mehr folgen.« Spuk hat mancher hier gesehen, mancher auch nicht; aber über das weiße Feld geht doch niemand gern bei Nacht. Die meisten wissen aus alter Zeit her, daß in lärmendem Zuge die Heere mit blanken Spießen dort ziehen. Als daher vor einigen Jahren Völker wirklich darüberzogen, geriet die ganze Gegend in Schrecken und glaubte fliehen zu müssen.

455. Erbauung Frankfurts

Als König Karl, von den Sachsen geschlagen, floh und zum Main kam, wußten die Franken das Furt nicht zu finden, wo sie über den Fluß gehen und sich vor ihren Feinden retten könnten. Da soll plötzlich eine Hirschkuh erschienen, ihnen vorangegangen und eine Wegweiserin geworden sein. Daher gelangten die Franken über den Main, und seitdem heißt der Ort Frankenfurt.

456. Warum die Schwaben dem Reich vorfechten

Die Schwaben haben von alten Zeiten her unter allen Völkern des deutschen Reiches das Recht, dem Heer vorzustreiten. Und dies verlieh Karl der Große ihrem Herzoge Gerold (Hildegardens Bruder), der in der blutigen Schlacht von Runzefal vor dem Kaiser auf das Knie fiel und diesen Vorzug als der älteste im Heer verlangte. Seitdem darf ihnen niemand vorfechten. Andere erzählen es von der Einnahme von Rom, wozu die Schwaben Karl dem Großen tapfer halfen. Noch andere von der Einnahme Mailands, wo der schwäbische Herzog das kaiserliche Banner getragen und dadurch das Vorrecht erworben.

457. Eginhart und Emma

Eginhart, Karls des Großen Erzkapellan und Schreiber, der in dem königlichen Hofe löblich diente, wurde von allen Leuten wert gehalten, aber von Imma, des Kaisers Tochter, heftig geliebt. Sie war dem griechischen König als Braut verlobt, und je mehr Zeit verstrich, desto mehr wuchs die heimliche Liebe zwischen Eginhart und Imma. Beide hielt die Furcht zurück, daß der König ihre Leidenschaft entdekken und darüber erzürnen möchte. Endlich aber mochte der Jüngling sich nicht länger zu bergen, faßte sich, weil er den Ohren der Jungfrau nichts durch einen fremden Boten offenbaren wollte, ein Herz und ging bei stiller Nacht zu ihrer Wohnung. Er klopfte leise an der Kammer Türe, als wäre er auf des Königs Geheiß hergesandt, und wurde eingelassen. Da gestanden sie sich ihre Liebe und genossen der ersehnten Umarmung. Als inzwischen der Jüngling bei Tagesanbruch zurückgehen wollte, woher er gekommen war, sah er, daß ein dicker Schnee über Nacht gefallen war, und scheute sich, über die Schwelle zu treten, weil ihn die Spuren von Mannsfüßen bald verraten würden. In dieser Angst und Not überlegten die Liebenden, was zu tun wäre, und die Jungfrau erdachte sich eine kühne Tat: sie wollte den Eginhart auf sich nehmen und ihn, eh es licht wurde, bis nah zu seiner Herberg tragen, daselbst absetzen und dann vorsichtig in ihren eigenen Fußspuren wieder zurückkehren. Diese Nacht hatte gerade durch Gottes Schickung der Kaiser keinen Schlaf, erhub sich bei der frühen Morgendämmerung und schaute von weitem in den Hof seiner Burg. Da erblickte er seine Tochter unter ihrer schweren Last vorüberwanken und nach abgelegter Bürde schnell zurückspringen. Genau sah der Kaiser zu und fühlte Bewunderung und Schmerz zu gleicher Zeit;

doch hielt er Stillschweigen. Eginhart aber, welcher sich wohl bewußt war, diese Tat würde in die Länge nicht verborgen bleiben, ratschlagte mit sich, trat vor seinen Herrn, kniete nieder und bat um Abschied, weil ihm doch sein treuer Dienst nicht vergolten werde. Der König schwieg lange und verhehlte sein Gemüt; endlich versprach er dem Jüngling, baldigen Bescheid zu sagen. Unterdessen setzte er ein Gericht an, berief seine ersten und vertrautesten Räte und offenbarte ihnen, daß das königliche Ansehen durch den Liebeshandel seiner Tochter Imma mit seinem Schreiber verletzt worden sei. Und während alle erstaunten über die Nachricht des neuen und großen Vergehens, sagte er ihnen weiter, wie sich alles zugetragen und er es mit seinen eigenen Augen angesehen hätte und er jetzo ihren Rat und ihr Urteil heische. Die meisten aber, weise und darum mild von Gesinnung, waren der Meinung, daß der König selbst in dieser Sache entscheiden solle. Karl, nachdem er alle Seiten geprüft hatte und den Finger der Vorsehung in dieser Begebenheit wohl erkannte, beschloß, Gnade für Recht ergehen zu lassen und die Liebenden miteinander zu verehelichen. Alle lobten mit Freuden des Königs Sanftmut, der den Schreiber vor sich forderte und also anredete: »Schon lange hätte ich deine Dienste besser vergolten, wo du mir dein Mißvergnügen früher entdeckt hättest; jetzo will ich dir zum Lohn meine Tochter Imma, die dich hochgegürtet willig getragen, zur ehelichen Frau geben.« Sogleich befahl er, nach der Tochter zu senden, welche mit errötendem Gesicht in des Hofes Gegenwart ihrem Geliebten angetraut wurde. Auch gab er ihr reiche Mitgift an Grundstücken, Gold und Silber; und nach des Kaisers Absterben schenkte ihnen Ludwig der Fromme durch eine besondere Urkunde in dem Maingau Michlinstadt und Mühlenheim, welches jetzo Seligenstadt heißt. In der Kirche zu Seligenstadt liegen beide Liebende nach ihrem Tode begraben. Die mündliche Sage erhält dort ihr Andenken, und selbst dem nah liegenden Walde soll, ihr zufolge, Imma, als sie ihn einmal »O du Wald!« angeredet, den Namen Odenwald verliehen haben. Auch Seligenstadt soll einer Sage nach daher den Namen haben: Karl habe Emma verstoßen und, auf der Jagd verirrt, wieder an diesem Orte gefunden; nämlich als sie ihm in einer Fischerhütte sein Lieblingsgericht vorgesetzt, erkannte er die Tochter daran und rief: »Selig sei die Stadt genannt, Wo ich Emma wiederfand!«

458. Der Ring im See bei Aachen

Petrarca, auf seiner Reise durch Deutschland, hörte von den Priestern zu Aachen eine Geschichte erzählen, die sie für wahrhaft ausgaben und die sich von Mund zu Munde fortgepflanzt haben sollte. Vorzeiten verliebte sich Karl der Große in eine gemeine Frau so heftig, daß er alle seine Taten vergaß, seine Geschäfte liegenließ und selbst seinen eigenen Leib darüber vernachlässigte. Sein ganzer Hof war verlegen und mißmutig über diese Leidenschaft, die gar nicht nachließ; endlich verfiel die geliebte Frau in eine Krankheit und starb. Vergeblich hoffte man aber, daß der Kaiser nunmehr seine Liebe aufgeben würde; sondern er saß bei dem Leichnam, küßte und umarmte ihn und redete zu ihm, als ob er noch lebendig wäre. Die Tote hub an zu riechen und in Fäulnis überzugehen; nichtsdestoweniger ließ der Kaiser nicht von ihr ab. Da ahnte Turpin, der Erzbischof, es müsse darunter eine Zauberei walten; daher, als Karl eines Tages das Zimmer verlassen hatte, befühlte er den Leib der toten Frau allerseits, ob er nichts entdecken könnte; endlich fand er im Munde unter der Zunge einen Ring, den nahm er weg. Als nun der Kaiser in das Zimmer wiederkehrte, tat er erstaunt wie ein Aufwachender aus tiefem Schlafe und fragte: »Wer hat diesen stinkenden Leichnam hereingetragen?« und befahl zur Stunde, daß man ihn bestatten solle. Dies geschah, allein nunmehr wandte sich die Zuneigung des Kaisers auf den Erzbischof, dem er allenthalben folgte, wohin er ging. Als der weise, fromme Mann dieses merkte und die Kraft des Ringes erkannte, fürchtete er, daß er einmal in unrechte Hände fiele, nahm und warf ihn in einen See nah bei der Stadt. Seit der Zeit, sagt man, gewann der Kaiser den Ort so lieb, daß er nicht mehr aus der Stadt Aachen weichen wollte, ein kaiserliches Schloß und ein Münster da bauen ließ und in jenem seine übrige Lebenszeit zubrachte, in diesem aber nach seinem Tode begraben sein wollte. Auch verordnete er, daß alle seine Nachfolger in dieser Stadt sich zuerst sollten salben und weihen lassen.

459. Der Kaiser und die Schlange

Als Kaiser Karl zu Zürich in dem Hause, genannt zum Loch, wohnte, ließ er eine Säule mit einer Glocke oben und einem Seil daran errichten: damit es jeder ziehen könnte, der Handhabung des Rechts fordere, sooft der Kaiser am Mittagsmahl sitze. Eines Tages nun geschah es, daß die Glocke erklang, die hinzugehenden Diener aber niemanden beim Seile fanden. Es schellte aber von neuem in einem weg. Der

Kaiser Karl und die Schlange. Kupferstich aus: Wyß 1815

Kaiser befahl ihnen, nochmals hinzugehen und auf die Ursache achtzuhaben. Da sahen sie nun, daß eine große Schlange sich dem Seile näherte und die Glocke zog. Bestürzt hinterbrachten sie das dem Kaiser, der alsbald aufstand und dem Tiere, nicht weniger als den Menschen, Recht sprechen wollte. Nachdem sich der Wurm ehrerbietig vor dem Fürsten geneigt, führte er ihn an das Ufer eines Wassers, wo auf seinem Nest und auf seinen Eiern eine übergroße Kröte saß. Karl untersuchte und entschied der beiden Tiere Streit dergestalt, daß er die Kröte zum Feuer verdammte und der Schlange recht gab. Dieses Urteil wurde gesprochen und vollstreckt. Einige Tage darauf kam die Schlange wieder an Hof, neigte sich, wand sich auf den Tisch und hob den Deckel von einem darauf stehenden Becher ab. In den Becher legte sie aus ihrem Munde einen kostbaren Edelstein, verneigte sich wiederum und ging weg. An dem Ort, wo der Schlangen Nest gestanden, ließ Karl eine Kirche bauen, die nannte man Wasserkilch; den Stein aber schenkte er, aus besonderer Liebe, seiner Gemahlin. Dieser Stein hatte die geheime Kraft in sich, daß er den Kaiser beständig zu seinem Gemahl hinzog und daß er abwesend Trauern und Sehnen nach ihr empfand. Daher barg sie ihn in ihrer Todesstunde unter der Zunge, wohl wissend, daß, wenn er in andere Hände komme, der Kaiser ihrer bald vergessen würde. Also wurde die Kaiserin samt dem Stein begraben; da vermochte Karl sich gar nicht zu trennen von ihrem Leichnam, so daß er ihn wieder aus der Erde graben ließ und achtzehn Jahr mit sich herumführte, wohin er sich auch begab. Inzwischen durchsuchte ein Höfling, dem von der verborgenen Tugend des Steines zu Ohren gekommen war, den Leichnam und fand endlich den Stein unter der Zunge liegen, nahm ihn weg und steckte ihn zu sich. Alsbald kehrte sich des Kaisers Liebe ab von seiner toten Gemahlin und auf den Höfling, den er nun gar nicht von sich lassen wollte. Aus Unwillen warf einmal der Höfling auf einer Reise nach Köln den Stein in eine heiße Quelle; seitdem konnte ihn niemand wiedererlangen. Die Neigung des Kaisers zu dem Ritter hörte zwar auf, allein er fühlte sich nun wunderbar hingezogen zu dem Orte, wo der Stein verborgen lag, und an dieser Stelle gründete er Aachen, seinen nachherigen Lieblingsaufenthalt.

460. König Karl

Das Reich stund leer, da nahmen die Römer die Krone, setzten sie auf St. Peters Altar nieder und schwuren vor all dem Volke, daß sie aus ihrem Geschlechte nimmermehr Könige erwählen wollten, sondern aus fremden Landen.

Damals war Sitte, daß die Römer Jünglinge aus andern Reichen an ihrem Hofe fleißig und löblich auferzogen. Kamen sie zu den Jahren, daß sie das Schwert führen mochten, so sandten die Römer sie wieder fröhlich heim in ihr Land, und darum dienten ihnen alle Reiche in großer Furcht.

Da geschah, daß Pippin, ein reicher König zu Kerlingen, zwei Söhne hatte; der eine hieß Leo, der wurde zu Rom erzogen und saß auf St. Peters Stuhl. Der zweite hieß Karl und war noch daheim.

Eines Nachts, da Karl entschlief, sprach eine Stimme dreimal zu ihm: »Wohlauf, Karl, Lieber! Fahr gen Rom, dich fordert Leo, dein Bruder.«

Schier bereitete er sich zu der Fahrt, offenbarte aber niemand, was er vorhatte, bis er den König, seinen Vater, um Urlaub bat; er sprach: »Ich will gerne den Papst sehen und zu Rom in der Hauptstadt beten.«

Mit reicher Gabe ausgerüstet, hob sich Karl auf den Weg und betete mit nassen Augen zu Gott, still, daß es niemand innenwurde. Zu Rom ward er von Alten und Jungen wohl empfangen; der Papst sang eine heilige Messe; alle Römer sprachen, daß Karl ihr rechter Vogt und Richter sein sollte.

Karl achtete ihrer Rede nicht, denn er war, um zu beten, dahin gekommen und ließ sich durch nichts irren. Mit bloßen Füßen besuchte er die Kirchen, flehte inniglich zu Gott und dingte um seine Seele. So diente er Gott vier Wochen lang; da warfen sich der Papst, sein Bruder, und all das Volk vor ihm nieder, er empfing die teure Krone, und alle riefen Amen.

König Karl saß zu Gericht; der Papst klagte ihm, daß die Zehenden, Wittümer und Pfründen von den Fürsten genommen wären. »Das ist ja der Welt Brauch«, sagte Karl, »was einer um Gottes willen gibt, nimmt der andere hin. Wer diesen offenen Raub begeht, ist kein guter Christ. Ich kann jetzt diese Klage noch nicht richten; erlebe ich aber den Tag, daß ich es tun darf, so fordre es mir St. Peter ab.«

Da schieden sich die Herren mit großem Neid; Karl wollte nicht länger in diesem Lande bleiben, sondern fuhr nach Riflanden*. Die Römer hatten wohl erkannt, daß er ihr rechter Richter wäre; aber die Bösen unter ihnen bereuten die Unterwerfung. Sie drangen in St. Peters Münster, fingen den Papst und brachen ihm beide Augen aus. Darauf sandten sie ihn blind nach Riflanden dem Könige zum Hohn. Der Papst saß auf einen Esel, nahm zwei Kapellane und zwei Knechte, die ihm den Weg weisen sollten; auf der Reise stand er Kummer und Not aus. Als er zu Ingelnheim in des Königs Hof ritt, wußte noch niemand, was ihm geschehen war; still hielt er auf dem Esel und hieß einen seiner Kapellane heimlich zu dem König gehen: »Schone deiner Worte und eile nicht zu sehr; sage dem König nur, ein armer Pilgrim wollte ihn gerne sprechen.« Der Priester ging und weinte, daß ihm das Blut über den Bart rann. Als ihn der König kommen sah, sagte er: »Diesem Mann ist großes Leid getan; wir sollen ihm richten, wo wir können.«

Nieder kniete der Priester, kaum vermochte er zu sprechen: »Wohlan, reicher König! Komm und rede mit einem deiner Kapellane, dem große Not geschehen ist.« Karl folgte dem Priester eilends über den Hof und hieß die Leute vor sich weichen. »Ihr guten Pilgrime«, sprach er, »wollt ihr hier bei mir bleiben, ich beherberge euch gerne; klaget mir euer Leid, so will ich's büßen, wo ich kann.«

Da wollte der arme Papst zu dem König sich kehren, sein Haupt stand zwerch, sein Gesicht scheel; er sprach: »Daß mir Gott deiner Hilfe gönne! Es ist erst kurze Zeit, daß ich dir zu Rom die Messe sang; damals sah ich noch mit meinen Augen.« An diesen Worten erkannte König Karl seinen Bruder, erschrak so heftig, daß er zu Boden fallen wollte, und raufte die Haare aus. Die Leute sprangen herzu und hielten ihren Herrn. »Zu deinen Gnaden«, klagte Leo, »bin ich hierhergekommen, um deinetwillen hab ich die Augen verloren; weine nicht mehr, lieber Bruder, sondern loben wir Gott seiner großen Barmherzigkeit!« Da war großer Jammer unter dem Volke, und niemand mochte das Weinen verhalten.

Als nun der König alles von dem Papst erfahren hatte, sagte er: »Deine Augen will ich rächen oder nimmermehr das Schwert länger führen.« Er sandte Boten zu Pippin, seinem Vater, und den Fürsten in Kerlingen. Alle waren ihm willig, die Boten eilten von Lande zu Lande, von Herren zu Mannen; Bauleute und Kaufmänner, die niemand entbieten konnte, ließen freiwillig Hab und Gut und folgten dem Heere. Sie zogen sich zusammen wie die Wolken. Der Zug ging über die Alpen durch Triental, eine unzählige Schar und die größte Heerfahrt, die je nach Rom geschah.

Als das Heer so weit gekommen war, daß sie Rom von ferne erblickten, auf dem Mendelberg**, da betete der werte König drei Tag und drei Nacht, daß es den Fürsten leid tat, und sie sprachen: wie er so lange ihre Not ansehen möchte, nun sie so weit gekommen wären? Der König antwortete: »Erst müssen wir zu Gott flehen und seinen Urlaub haben, dann können wir sanft streiten; auch bedarf ich eines Dienstmannes in dieser Not, den sende mir Gott gnädiglich.«

Früh am vierten Morgen scholl die Stimme vom Himmel, nicht länger zu warten, sondern auf Rom loszuziehen; »die Rache soll ergehen, und Gottes Urteil sei erfolgt.« Da bereitete man des Königs Fahne. Als das Volk den Berg herabzog, ritt Gerold dem König entgegen. Herrlich redete ihn der König an: »Lange warte ich dein, liebster unter meinen Mannen!« Karl rückte den Helm auf und küßte ihn. Alle verwunderte es, wer der Einschilde*** wäre, den der König so vertraut grüßte. Es war der kühne Gerold, dem das schwäbische Volk folgte in drei wonnesamen Scharen. Da verlieh ihnen Karl, daß die Schwaben dem Reich immer vorfechten sollten.

Sieben Tage und sieben Nächte belagerte das Heer Rom und den Lateran, an denen niemand wagte, mit ihnen zu streiten. Den achten Tag schlossen die Römer das Tor auf und ließen den König ein. Karl saß zu Gerichte, die Briefe wurden gelesen, die Schuldigen genannt. Als man sie vorforderte, so leugneten sie. Da verlangte der Kaiser Kampf, daß die Wahrheit davon erscheine. Die Römer sprachen: das wäre ihr Recht nicht, und kein König hätte sie noch dazu gezwungen; ihre Finger wollten sie recken und schwören. Da sagte er: »Von eurem Rechte will ich keinen treiben, aber schwören sollt ihr mir auf Pankratius, dem heiligen Kinde.«

Sie zogen in Pankratius' Stift und sollten die Finger auf das Heiligtum legen. Der erste, welcher schwören wollte, sank zu Boden. Da verzweifelten die andern, wichen zurück und begannen zu fliehen. Zornig ritt ihnen der König nach, drei Tage ließ er sie erschlagen, die Toten aus St. Peters Dome tragen, den Estrich reinigen und den Papst wieder einführen. Darauf fiel Karl vor dem Altar nieder und bat um ein Wunder, damit das böse Volk der Römer zum Glauben gebracht würde. Auch forderte er St. Peter, den Türhüter des Himmels, daß er seinen Papst schauen sollte: »Gesund ließ ich ihn in deinem Hause; blind hab ich ihn gefunden; und machst du ihn nicht wieder sehend heut am Tage, so zerstöre ich deinen Dom, zerbreche deine Stiftung und fahre heim nach Riflanden.«

Da bereitete sich Papst Leo, und als er die Beichte ausgesprochen, sah er ein himmlisches Licht, kehrte sich um zu dem Volk und hatte seine beiden Augen wieder. Der König samt allem dem Heer fielen in Kreuzesstellung und lobten Gott. Der Papst weihete ihn zum Kaiser und sprach allen seinen Gefährten Ablaß. Da war große Freude zu Rom.

Karl setzte sein Recht und Gesetz mit der Hilfe des himmlischen Boten, und alle Herren schwuren, es zu halten. Zuerst richtete er Kirchen und Bischöfe und stiftete ihnen Zehenden und Wittümer. Alsdann verordnete er über die Bauleute (Bauern): Schwarz oder Grau sollten sie tragen und nicht anders, einen Spieß daneben, rinderne

Schuhe, sieben Ellen zu Hemd und Bruch rauhes Tuches; sechs Tage bei dem Pfluge und der Arbeit, an dem Sonntag zur Kirche gehen mit der Gerte in der Hand. Wird ein Schwert bei dem Bauern gefunden, so soll er an den Kirchzaun gebunden und ihm Haut und Haar abgeschlagen werden; trägt er Feindschaft, so wehre er sich mit der Gabel. Dieses Recht setzte König Karl.

Da wuchs die Ehre und der Name des Königs, seine Feinde besiegte er; Adelhart, Fürsten von Apulia, ließ er das Haupt abschlagen, und Desiderius, Fürst von Sosinnia, mußte auf seine Gnade dingen; dessen Tochter Aba nahm sich Karl zur Frauen und führte sie an den Rhein. Die Westfalen ergaben ihm ihr Land, die Friesen bezwang er, aber die Sachsen wollten ihn nicht empfangen. Sie pflogen ihre alte Sitte und fochten mit dem Kaiser, daß er sieglos wurde. Doch Wittekind genoß es nicht, denn Gerold schlug ihn mit Listen; es geschah noch mancher Streit, eh die Sachsen unterworfen wurden.

Darauf kehrte Karl nach Spanien und Navarra, focht zwei lange Tage und behauptete die Walstatt. Er mußte nun eine Burg, geheißen Arl, belagern, länger als sieben Jahre, weil ihnen Wein und Wasser unter der Erde zufuhr: bis endlich der König ihre List gewahrte und die Gänge abschnitt. Da vermochten sie nicht länger zu streiten, kamen vor das Burgtor und fochten mit festem Mut. Keiner bot dem andern Friede, und Christen und Heiden wurden so viel untereinander erschlagen, daß es niemand sagen kann. Doch überwand Karl mit Gott und ließ die Christen in wohlgezierten Särgen bestatten.

Hierauf**** nahm er die Burg Gerundo***** ein, zwang sie mit Hunger und taufte alle Leute darin. Aber in Gallacia tat ihm der Heidenkönig großes Leid, die Christen wurden erschlagen, Karl allein entrann kaum. Noch heute ist der Stein naß******, worauf heiß weinend der König saß und Gott seine Sünden klagte: »Gnade, o Herr, meiner Seele, und scheide meinen Leib von dieser Welt! Nimmer kann ich wieder froh werden.« Da kam ein Engel, der tröstete ihn: »Karl, du bist Gott lieb, und deine Freude kehret schier wieder; sende deine Boten eilends heim und mahne Frauen und Jungfrauen, daß sie dir deine Ehre wiedergewinnen helfen.«

Die Boten eilten in alle seine Länder und sammelten die Mägde und Jungfrauen, fünfzigtausend und drei und sechsundsechzig in allem. An einem Ort, geheißen Karles Tal, bereiteten die Mägde männlich sich zur Schlacht. Der Heiden Wartleute nahm es wunder, woher diese Menge Volkes gekommen war. »Herr«, sprachen sie zu ihrem Könige, »die Alten haben wir erschlagen, die Jungen sind hergekommen, sie zu rächen; sie sind stark um die Brüste, ihr Haar ist ihnen lang, schön ist ihr Gang; es ist ein vermessenes Volk, gegen das unser Fechten nicht taugen wird; und was auf diesem Erdboden zusammenkommen könnte, würde sie nicht bestehen, so vreisam sind ihre Gebärden.«

Da erschrak der Heide, seine Weisen rieten, daß er dem Kaiser Geisel gab, sich und sein Volk taufen ließ. So machte Gott die Christen sieghaft ohne Stich und Schlag, und die Mägde erkannten, daß der Himmel mit ihnen war.

Karl und die Seinen zogen heim. Die heermüden Heldinnen kamen zu einer grünen Wiese, steckten ihre Schäfte auf und fielen in Kreuzstellung, um Gott zu loben. Da blieben sie über Nacht; am andern Morgen grünten, laubten und blühten ihre Schäfte. Davon heißet die Stelle der Schäftenwald*******, wie man noch heutigestages sehen mag. Der König aber ließ, Christus und der heiligen Marien zu Ehren, daselbst eine reiche Kirche bauen.

Karl hatte eine Sünde getan, keinem Menschen auf Erden wollt er sie beichten und darin ersterben. In die Länge aber wurde ihm die Bürde zu schwer, und da er von Egidius, dem heiligen Manne, gehört hatte, so legte er ihm Beichte ab aller Dinge, die er bis dahin getan. »Außerdem«, sprach er, »habe ich noch eine Sünde auf mir, die mag ich dir nicht eröffnen und bin doch in großen Ängsten.« Egidius riet ihm, dazubleiben bis den andern Morgen; beide waren über Nacht zusammen, und keiner pflog Schlafes. Am andern Tage früh bat der König den heiligen Mann, daß er ihn dannen fertigte. Da bat Egidius Gott von Herzen und eröffnete ihm des Königs heimliche Not; als er die Messe endete und den Segen sprach, sah er einen Brief geschrieben ohne Menschenhand, vom Himmel gesandt. Den wies er dem Könige, und Karl las daran: »Wer seine Schuld inniglich bereut und Gott vertraut, die fordert er nimmermehr.«

Sollte man alle Wunder des Königs erzählen, so wäre lange Zeit nötig. Karl war kühn, schön, gnädig, selig, demütig, stet, löblich und furchtlich. Zu Aachen liegt er begraben.

461. Der schlafende Landsknecht

Als Heinrich, Erzbischof zu Reims, des König Ludwigs Bruder, auf eine Zeit im Sommer über Land reiste und um Mittag von der Hitz wegen ein Schläflein tat, ruhten sich auch einige seiner Landsknechte und schliefen. Die übrigen aber, welche Wacht hielten, sahen aus dem offenen Mund eines der schlafenden Landsknechte ein klein weiß

Karl auf dem Schlachtfeld liegend, seine Seele tragen zwei Engel in den Himmel. Miniatur aus: Les Grandes Chroniques de France, Ms. um 1375

Tierlein, gleich einem Wiesel, herauskriechen und gegen dem nächsten Bächlein zulaufen. Am Gestad des Bächleins lief es aber hin und wider und konnte nicht überkommen. Da fuhr einer von denen, die dabei standen, zu und legte sein entblößtes Schwert wie eine Brücke hin; darüber lief das Tierlein und verschwand. Über eine kleine Weil kam es jenseits wieder und suchte emsig die vorige Brücke, die mittlerweile der Kriegsknecht weggetan hatte. Also brückte er nun wieder über das Bächlein, das Tierlein ging darauf, näherte sich dem noch aufgetanen Mund des schlafenden Landsknechtes und kehrte in seine alte Herberg ein. Von Stund an erwachte der Landsknecht. Seine Spießgesellen fragten, was ihm im Schlafe begegnet sei. Er antwortete: »Mir träumte, ich wäre gar müd und hellig von wegen eines gar fernen, weiten Wegs, den ich zog, und auf dem Wege mußt ich zweimal über eine eiserne Brücke gehen.« Die Landsknechte konnten daraus abnehmen, daß, was sie mit Augen gesehen, ihm wirklich im Traum vorgeschwebt hatte.

462. Kaiser Ludwig bauet Hildesheim

Kaiser Ludwig führte allzeit ein Marienbild an seinem Halse; nun begab sich's, daß er ritt durch einen Wald, stieg ab, seine Füße zu decken, und setzte dieweil das Bild auf einen Stein (oder auf einen Stamm). Als er's darauf wieder zu sich nehmen wollte, vermochte er es nicht von der Stätte zu bringen. Da fiel der König auf die Knie und betete zu Gott, daß er ihm kundtäte, ob er einer Missetat schuldig wäre, derentwegen das Bild nicht von dem Steine weichen wollte. Da hörte er eine Stimme rufen, die sprach: »So ferne und weit ein Schnee fallen wird, so groß und weit sollt du einen Tumb bauen zu Marien Ehre!« Und alsbald hub es an vom Himmel zu schneien auf die Stätte; da sprach Ludwig: »Dies ist Hilde Schnee (dit is tomalen hilde Snee), und es soll auch Hildeschnee heißen.« So weit nun der Schnee gefallen war, stiftete er einen Kirchenbau, unserer Lieben Frauen zu Ehren, und Günther war der erste Bischof, den er darin bestätigte. Also kriegte der Tumb und die Stadt den Namen nach dem Schnee, der »do hilde« fiel; das ward genennet Hildeschnee und folgends Hildesheim.

463. Der Rosenstrauch zu Hildesheim

Als Ludwig der Fromme winters in der Gegend von Hildesheim jagte, verlor er sein mit Heiligtum gefülltes Kreuz, das ihm vor allem lieb war. Er sandte seine Diener aus, um es zu suchen, und gelobte, an dem Orte, wo sie es finden würden, eine Kapelle zu bauen. Die Diener verfolgten die Spur der gestrigen Jagd auf dem Schnee und sahen bald aus der Ferne mitten im Wald einen grünen Rasen und darauf einen grünenden wilden Rosenstrauch. Als sie ihm näher kamen, hing das verlorene Kreuz daran; sie nahmen es und berichteten dem Kaiser, wo sie es gefunden. Alsobald befahl Ludwig, auf der Stätte eine Kapelle zu erbauen und den Altar da hinzusetzen, wo der Rosenstock* stand. Dieses geschah, und bis auf diese Zeiten grünt und blüht der Strauch und wird von einem eigens dazu bestellten Manne gepflegt. Er hat mit seinen Ästen und Zweigen die Ründung des Doms bis zum Dache umzogen.

464. König Ludwigs Rippe klappt

Von König Ludwigs in Deutschland Härte und Stärke wird erzählet wie folgt: Es geschah auf einem Heerzug, daß eine Laube oder Kammer unter ihm einging, er hinunterstürzte und eine Rippe ausfiel. Allein er verbarg den Schaden vor jedermann, vollbrachte seine Reise, und es heißt, die, welche dieselbige Zeit ihn begleiteten, haben seine Rippe im Zug klappern hören. Wie alles ausgerichtet war, zog er gen Ach und lag zwei Monat im Bett nieder, ließ sich erst da recht verbinden.

465. Die Königin im Wachshemd

Ludwig der Deutsche hinterließ drei Söhne: Karl, Ludwig und Karlmann. Unter diesen nahm sich König Karl eine schöne und tugendsame Gemahlin, deren reines Leben ihr bald Neider am Hofe erweckte. Als der König eines Morgens früh in die Mette ging, folgte ihm Siegerat, sein Dienstmann, der sprach: »Herr, was meine Frau begeht, ziemt nicht Euren Ehren, mehr darf ich nicht sagen.« Der König blickte ihn an und sagte traurig: »Sage mir schnell die Wahrheit, wo du irgend etwas gesehen hast, was wider des Reiches Ehren stößt.« Der listige Alte versetzte: »Leider, ich werde nimmermehr froh, seit ich gesehen habe, daß meine Frau andere Männer minnet; lüge ich, so heißt mich an einen Baum hängen.«

Der König eilte schnell in seine Schlafkammer zurück und legte sich stillschweigend an der Königin Seite. Da sprach die Frau: »Des bin ich ungewohnt, warum seid Ihr schon wiedergekommen?« Er schlug ihr einen Faustschlag und sagte: »Weh mir, daß dich meine Augen je gesehen und ich meine Ehre durch dich verloren habe; das soll dir ans Leben gehen.« Die Königin erschrak und erweinete: »Schonet Eure Worte und haltet auf Eure Ehre! Ich sehe, daß ich verlogen worden bin; ist es aber durch meine Schuld, so will ich den Leib verloren haben.« Karl zwang seinen Zorn und antwortete: »Du pflegst unrechter Minne, wie möchtest du länger dem Reiche zur Königin taugen!« Sie sprach: »Ich will auf Gottes Urteil dingen, daß ich es nimmermehr getan habe, und vertraue, seine Gnade wird mir beistehen.«

Die Frau sandte nach vier Bischöfen, die mußten ihre Beichte hören und immer bei ihr sein; sie betete und fastete, bis der Gerichtstag kam. Bischöfe, Herzöge und eine große Volksmenge hatten sich versammelt, die Königin bereitete sich zu der schweren Arbeit. Als die edeln

Herren sich dazwischenlegen wollten, sprach sie: »Das wolle Gott nicht, daß man solche Reden von mir höre und ich länger die Krone trage.« Da jammerte es allen Fürsten.

Die Fraue, mit auferhobenen Augen und unter manchem guten Segen, schloff in ein Hemde, das darzu gemacht war. Gebete wurden gesungen und gelesen, und an vier Ecken zu Füßen und Händen zündete man ihr Hemde an. In kurzer Stunde brann es von ihr ab, das Wachs floß auf das Steinpflaster nieder; unversehrt, ohne Arg stand die Königin. Alle sprachen: »Gott Lob!« Der König ließ die Lügner an einen Galgen hängen. Die Königin aber schied fröhlich von dannen, tat sich des Reiches ab und diente Gott ihr übriges Leben.

466. Königin Adelheid

Als die Königin Adelheid, Lothars Gemahlin, von König Berengar hart in der Burg Canusium belagert wurde und schon auf Mittel und Wege dachte zu entfliehen, fragte Arduin: »Wieviel Scheffel Weizen habt Ihr noch auf der Burg?« »Nicht mehr«, sagte Atto, »als fünf Scheffel Roggen und drei Sechter Weizen.« »So folgt meinem Rate, nehmt ein Wildschwein, füttert es mit dem Weizen und laßt es zum Tore hinauslaufen.« Dieses geschah. Als nun das Schwein unten im Heer gefangen und getötet wurde, fand man in dessen Magen die viele Frucht. Man schloß daraus, daß es vergebens sein würde, diese Festung auszuhungern, und hob die Belagerung auf.

467. König Karl sieht seine Vorfahren in der Hölle und im Paradies

König Karl (der Dicke), als er auf Weihnachten nach der Mette frühmorgens ruhen wollte und fast schlummerte, vernahm eine schreckliche Stimme, die zu ihm sprach: »Karl, jetzt soll dein Geist aus deinem Leibe gehen, das Gericht des Herrn zu schauen, und dann wieder zurückkehren!« Und alsobald wurde sein Geist entzückt, und der ihn wegzuckte, war ein ganz weißes Wesen, welches einen leuchtenden Faden, ähnlich dem fallender Sterne, hielt und sagte: »Fasse das Ende dieses Fadens, binde ihn fest an den Daumen deiner rechten Hand, ich will dich daran führen zu dem Ort der höllischen Pein.« Nach diesen Worten schritt es vor ihm her, indem es den Faden von dem leuchtenden Knäuel abwickelte, und leitete ihn durch tiefe Täler voll feuriger Brunnen; in diesen Brunnen war Schwefel, Pech, Blei und Wachs. Er erblickte darin die Bischöfe und Geistlichen aus der Zeit seines Vaters und seiner Ahnen; Karl fragte furchtsam, warum sie also leiden müßten. »Weil wir«, sprachen sie, »Krieg und Zwietracht unter die Fürsten streuten, statt sie zum Frieden zu mahnen.« Während sie noch redeten, flogen schwarze Teufel auf glühenden Haken heran, die sich sehr mühten, den Faden, woran sich der König hielt, zu ihnen zu ziehen; allein sie vermochten nicht, seiner großen Klarheit wegen, und fuhren davor zurück. Darauf kamen sie von hinten und wollten Karl mit langen Haken ziehen und fallen machen; allein der, welcher ihn führte, warf ihm den Faden doppelt um die Schulter und hielt ihn stark zurück.

Hierauf bestiegen sie hohe Berge, zu deren Füßen glühende Flüsse und Seen lagen. In diese fand er die Seelen der Leute seines Vaters, seiner Vorfahren und Brüder bis zu den Haupthaaren, einige bis zum Kinn, andere bis zum Nabel getaucht. Sie huben an, ihm entgegenzuschreien, und heulten: »Karl, Karl, weil wir Mordtaten begingen, Krieg und Raub, müssen wir in diesen Qualen bleiben!« Und hinter ihm jammerten andre; da wandte er sich um und sah an den Ufern des Flusses Eisenöfen voll Drachen und Schlangen, in denen er andere bekannte Fürsten leiden sah. Einer der Drachen flog herzu und wollte ihn schlingen: aber sein Führer wand ihm den dritten Schleif des Fadens um die Schulter.

Nächstdem gelangten sie in ein ungeheuer großes Tal, welches auf der einen Seite licht, auf der andern dunkel war. In der dunkeln lagen einige Könige, seine Vorfahren, in schrecklichen Peinen; und am Lichte, das der Faden warf, erkannte Karl in einem Faß mit siedendem Wasser seinen eigenen Vater, König Ludwig, der ihn kläglich ermahnte und ihm links zwei gleiche Kufen zeigte, die ihm selber zubereitet wären, wenn er nicht Buße für seine Sünden tun würde. Da erschrak er heftig, der Führer aber brachte ihn auf die lichte Seite des Tals; da sah Karl seinen Oheim Lothar sitzen auf einem großen Edelstein, andere Könige um ihn her, gekrönt und in Wonnen; die ermahnten ihn und verkündigten, daß sein Reich nicht mehr lange dauern werde; aber es solle fallen an Ludwig, Lothars Tochtersohn. Und indem sah Karl dieses Kind, Ludwig, da stehen. Lothar, sein Ahnherr, sprach: »Hier ist Ludwig, das unschuldige Kind, dem übergib jetzo deines Reiches Gewalt durch den Faden, den du in deiner Hand hältst.« Da wand Karl den Faden vom Daumen und übergab dem Kind das Reich; augenblicklich knäuelte sich der Faden, glänzend wie ein Strahl der Sonne, in des Kindes Hand.

Hierauf kehrte Karls Geist in den Leib zurück, ganz müde und abgearbeitet.

468. Adalbert von Babenberg

Im Jahre 905, zu König Ludwig des Kindes Zeiten, trug sich eine Begebenheit zu, die man lange auf Kreuzwegen und Malstätten vor dem Volke singen hörte und deren die geschriebenen Bücher von den Taten der Könige nicht geschweigen. Adalbert, ein edler fränkischer Graf, hatte Konraden, König Ludwigs Bruder, erlegt und wurde in seiner Burg Babenberg darum belagert. Da man aber diese Helden mit Gewalt nicht bezwingen konnte, so sann des jungen Königs Ratgeber, Erzbischof Hatto von Mainz, auf eine List. Mit frommer Gleisnerei ging er hinauf zu einem Gespräch in das Schloß und redete dem Adalbert zu, die Gnade des Königs zu suchen. Adalbert, fromm und demütig, fügte sich gerne, bedang sich aber aus, daß ihn Hatto sicher und ohne Gefahr seines Lebens wieder in die Burg zurückbringe. Hatto gab ihm sein Wort darauf, und beide machen sich auf den Weg. Als sie sich dem nächsten Dorfe, namens Teurstadt, näherten, sprach der Bischof: »Es wird uns das Fasten schwer halten, bis wir zum Könige kommen, sollten wir nicht vorher frühstücken, wenn es dir gefiele?« Adalbert, einfältig und gläubig nach Art der Alten, ohne Böses zu ahnden, lud den Bischof alsbald nach diesen Worten bei sich zum Essen ein, und sie kehrten wieder in die Burg zurück, die sie soeben verlassen hatten. Nach eingenommenem Mahl begaben sie sich sodann ins Lager, wo die Sache des Fürsten vorgenommen und er der Klage des Hochverrats schuldig gesprochen und zur Enthauptung verdammt wurde. Als man dieses Urteil zu vollziehen Anstalt machte, mahnte Adalbert den Bischof an die ihm gegebene Treue. Hatto antwortete verräterisch: »Die hab ich dir wohl gehalten, als ich dich ungefährdet wieder in deine Burg zum Frühstücken zurückführte.« Adalbert von Babenberg wurde hierauf enthauptet und sein Land eingezogen.

Andere erzählen mit der Abweichung: Adalbert habe gleich anfangs dem Hatto eine Mahlzeit angeboten, dieser aber sie ausgeschlagen und nachher unterwegens gesagt: »Fürwahr, oft begehrt man, was man erst abgelehnt, ich bin wegmüd und nüchtern.« Da neigte sich der Babenberger auf die Knie und lud ihn ein, mit zurückzugehn und etwas zu essen. Der Erzbischof aber meinte sich seines Schwurs ledig, sobald er ihn zur Burg zurückgebracht hatte. Die Verurteilung Adalberts geschah zu Tribur.

469. Herzog Heinrich und die goldne Halskette

Heinrich, Ottos Sohn, folgte in sein väterliches Erbe sowie in die meisten Güter, die auch Otto vom Reiche getragen hatte; doch nicht in alle, weil König Konrad fürchtete, Heinrich möchte übermächtig werden. Dieses schmerzte auch Heinrichen, und die Feindschaft, wie Unkraut unter dem Weizen, wuchs zwischen beiden. Die Sachsen murrten; aber der König stellte sich freundlich in Worten gegen Heinrich und suchte ihn durch List zu berücken. Des Verrates Anstifter wurde aber Bischof Hatto von Mainz, der auch Grafen Adalbert, Heinrichs Vetter, trüglich ums Leben gebracht hatte. Dieser Hatto ging zu einem Schmied und bestellte eine goldene Halskette, in welcher Heinrich erwürgt werden sollte. Eines Tages kam nun einer von des Königs Leuten in die Werkstätte, die Arbeit zu besehen, und als er sie betrachtete, seufzte er. Der Goldschmied fragte: »Warum seufzet Ihr so?« »Ach«, antwortete jener, »weil sie bald rot werden soll vom Blute des besten Mannes, Herzogs Heinrich.« Der Schmied aber schwieg still als um eine Kleinigkeit. Sobald er hernach das Werk mit großer Kunst vollendet hatte, entfernte er sich insgeheim und ging dem Herzog Heinrich, der schon unterwegens war, entgegen. Er traf ihn bei dem Orte Cassala und fragte, wo er hin gedächte. Heinrich antwortete: »Zu einem Gastmahl und großen Ehren, wozu ich geladen worden bin.« Da entdeckte ihm der Schmied die ganze Beschaffenheit der Sache; Heinrich rief den Gesandten, der ihn eingeladen hatte, hieß ihn allein ziehen und den Herren danken und absagen. Für Hatto soll er ihm folgenden Bescheid mitgegeben haben: »Geh hin und sage Hatto, daß Heinrich keinen härteren Hals trägt als Adalbert; und lieber will er zu Haus bleiben, als ihn mit seinem vielen Gefolg belästigen.« Hierauf überzog Heinrich des Bischofs Besitzungen in Sachsen und Thüringen und befeindete des Königs Freunde. Hatto starb bald darnach aus Verdruß, einige sagen, daß er drei Tage später vom Blitzstrahl getötet worden sei. Das Glück verließ den König und wandte sich überall zu Herzog Heinrich (hernachmals Heinrich der Vogler genannt).

470. Kaiser Heinrich der Vogeler

Als die Fürsten den Heinrich suchten, daß sie ihn zum deutschen Kaiser erklären wollten, da fanden sie ihn mit einem Garnnetze und Kloben bei seinen lieben Kindern, wie er mit ihnen vogelte. Darum nannte man ihn scherzweise Heinrich den Vogeler oder Finkler (auceps).

471. Der kühne Kurzbold*

König Heinrich der Finkler hatte einen getreuen Helden namens Kuno, aus königlichem Geschlecht, klein von Gestalt, aber groß an Herz und Mut. Seines winzigen Aussehens wegen gab man ihm den Beinamen Kurzbold. Gisilbert von Lothringen und Eberhard von Franken hatten sich gegen den König empört und waren gerade im Begriffe, bei Breisach das Heer überzuschiffen; aber während sie am Rheinufer Schach spielten, überfiel sie der Kurzbold bloß mit vierundzwanzig Männern. Gisilbert sprang in den Nachen, Kuno stieß seine Lanze mit solcher Gewalt hinein, daß er den Herzog mit allen, die im Schiff waren, versenkte. Den Eberhard durchbohrte er am Ufer mit dem Schwert. Zu einer andern Zeit stand Kurzbold allein bei dem Könige, als ein Löwe aus dem Käfig losbrach. Der König wollte dem Kuno das Schwert, welches er nach damaliger Sitte trug, entreißen; aber jener sprang ihm zuvor auf den Löwen los und tötete ihn. Diese Tat erscholl weit und breit. Kuno hatte einen natürlichen Abscheu vor Weibern und Äpfeln, und wo er auf eins von beiden stieß, war seines Bleibens nicht. Es gibt von ihm viele Sagen und Lieder**. Einsmals hatte er auch einen Heiden (Slawen) von riesenhafter Gestalt, auf dessen Ausforderung er aus des Königs Lager erschien, überwunden.

472. Otto mit dem Bart*

Kaiser Otto der Große wurde in allen Landen gefürchtet, er war strenge und ohne Milde, trug einen schönen roten Bart; was er bei diesem Barte schwur, machte er wahr und unabwendlich. Nun geschah es, daß er zu Babenberg (Bamberg) eine prächtige Hofhaltung hielt, zu welcher geistliche und weltliche Fürsten des Reiches kommen mußten. Ostermorgens zog der Kaiser mit allen diesen Fürsten in das Münster, um die feierliche Messe zu hören, unterdessen in der Burg zu dem Gastmahl die Tische bereitet wurden; man legte Brot und setzte schöne Trinkgefäße darauf. An des Kaisers Hofe diente aber dazumal auch ein edler und wonnesamer Knabe, sein Vater war Herzog in Schwaben und hatte nur diesen einzigen Erben. Dieser schöne Jüngling kam von ungefähr vor die Tische gegangen, griff nach einem linden Brot mit seinen zarten, weißen Händen, nahm es auf und wollte essen, wie alle Kinder sind, die gerne in hübsche Sachen beißen, wonach ihnen der Wille steht. Wie er nun ein Teil des weißen Brotes abbrach, ging da mit seinem Stabe des Kaisers Truchseß, welcher die Aufsicht über die Tafel haben sollte; der schlug zornig den Knaben aufs Haupt, so hart und ungefüge, daß ihm Haar und Haupt blutig ward. Das Kind fiel nieder und weinte heiße Tränen, daß es der Truchseß gewagt hätte, es zu schlagen. Das ersah ein auserwählter Held, genannt Heinrich von Kempten, der war mit dem Kinde aus Schwaben gekommen und dessen Zuchtmeister; heftig verdroß es ihn, daß man das zarte Kind so unbarmherzig geschlagen hatte, und fuhr den Truchsessen seiner Unzucht wegen mit harten Worten an. Der Truchseß sagte, daß er kraft seines Amtes allen ungefügen Schälken am Hofe mit seinem Stabe wehren dürfe. Da nahm Herr Heinrich einen großen Knüttel und spaltete des Truchsessen Schädel, daß er wie ein Ei zerbrach und der Mann tot zu Boden sank.

Unterdessen hatten die Herren Gotte gedient und gesungen und kehrten zurück; da sah der Kaiser den blutigen Estrich, fragte und vernahm, was sich zugetragen hatte. Heinrich von Kempten wurde auf der Stelle vorgefordert, und Otto, von tobendem Zorn entbrannt, rief: »Daß mein Truchseß hier erschlagen liegt, schwöre ich an Euch zu rächen! Sam mir mein Bart!« Als Heinrich von Kempten diesen teuren Eid ausgesprochen hörte und sah, daß es sein Leben galt, faßte er sich, sprang schnell auf den Kaiser los und begriff ihn bei dem langen roten Barte. Damit schwang er ihn plötzlich auf die Tafel, daß die kaiserliche Krone von Ottos Haupte in den Saal fiel, und zuckte als die Fürsten, den Kaiser von diesem wütenden Menschen zu befreien, herzusprangen sein Messer, indem er laut ausrief: »Keiner rühre mich an, oder der Kaiser liegt tot hier!« Alle traten hinter sich, Otto, mit großer Not, winkte es ihnen zu; der unverzagte Heinrich aber sprach: »Kaiser, wollt Ihr das Leben haben, so tut mir Sicherheit, daß ich genese.« Der Kaiser, der das Messer an seiner Kehle stehen sah, bot alsbald die Finger in die Höhe und gelobte dem edlen Ritter bei kaiserlichen Ehren, daß ihm das Leben geschenkt sein solle.

Heinrich, sobald er diese Gewißheit hatte, ließ er den roten Bart aus seiner Hand und den Kaiser aufstehen. Dieser setzte sich aber ungezögert auf den königlichen Stuhl, strich sich den Bart und redete in diesen Worten: »Ritter, Leib und Leben hab ich Euch zugesagt; damit fahrt Eurer Wege, hütet Euch aber vor meinen Augen, daß sie Euch nimmer wiedersehn, und räumet mir Hof und Land! Ihr seid mir zu schwer zum Hofgesind, und mein Bart müsse immerdar Euer Schermesser meiden!« Da nahm Heinrich von allen Rittern und Bekannten Urlaub und zog gen Schwaben auf sein Land und Feld, das er vom Stifte zu Lehen trug; lebte einsam und in Ehren.

Danach über zehn Jahre begab es sich, daß Kaiser Otto einen schweren Krieg führte, jenseits des Gebirges, und vor einer festen Stadt lag. Da wurde er nothaft an Leuten und Mannen und sandte heraus nach deutschen Landen: wer ein Lehn von dem Reiche trage, solle ihm schnell zu Hilfe eilen, bei Verlust des Lehens und seines Dienstes. Nun kam auch ein Bote zu dem Abt nach Kempten, ihn auf die Fahrt zu mahnen. Der Abt besandte wiederum seine Dienstleute und forderte Herrn Heinrich, als dessen er vor allen bedürftig war. »Ach, edler Herr, was wollt Ihr tun«, antwortete der Ritter, »Ihr wißt doch, daß ich des Kaisers Huld verwirkt habe; lieber geb ich Euch meine zwei Söhne hin und lasse sie mit Euch ziehen.« »Ihr aber seid mir nötiger als sie beide zusammen«, sprach der Abt, »ich darf Euch nicht von diesem Zug entbinden oder ich leihe Euer Land andern, die es besser zu verdienen wissen.« »Traun«, antwortete der edle Ritter, »ist dem so, daß Land und Ehre auf dem Spiel stehen, so will ich Euer Gebot leisten, es komme, was da wolle, und des Kaisers Drohung möge über mich ergehen.«

Hiermit rüstete sich Heinrich zu dem Heerzug und kam bald nach Welschland zu der Stadt, wo die Deutschen lagen; jedoch barg er sich vor des Kaisers Antlitz und floh ihn. Sein Zelt ließ er ein wenig seitwärts vom Heere schlagen. Eines Tages lag er da und badete in einem Zuber und konnte aus dem Bad in die Gegend schauen. Da sah er einen Haufen Bürger aus der belagerten Stadt kommen und den Kaiser dagegenreiten zu einem Gespräch, das zwischen beiden Teilen verabredet worden war. Die treulosen Bürger hatten aber diese List ersonnen; denn als der Kaiser ohne Waffen und arglos zu ihnen ritt, hielten sie gerüstete Mannschaft im Hinterhalte und überfielen den Herrn mit frechen Händen, daß sie ihn fingen und schlügen. Als Herr Heinrich diesen Treubruch und Mord geschehen sah, ließ er Baden und Waschen, sprang aus dem Zuber, nahm den Schild mit der einen und sein Schwert mit der andern Hand und lief bloß und nackend nach dem Gemenge zu. Kühn schlug er unter die Feinde, tötete und verwundete eine große Menge und machte sie alle flüchtig. Darauf löste er den Kaiser seiner Bande und lief schnell zurück, legte sich in den Zuber und badete nach wie vor. Otto, als er zu seinem Heer wieder gelangte, wollte erkundigen, wer sein unbekannter Retter gewesen wäre; zornig saß er im Zelt auf seinem Stuhl und sprach: »Ich war verraten, wo mir nicht zwei ritterliche Hände geholfen hätten; wer aber den nackten Mann erkennt, führe ihn vor mich her, daß er reichen Lohn und meine Huld empfange; kein kühnerer Held lebt hier noch anderswo.«

Nun wußten wohl einige, daß es Heinrich von Kempten gewesen war; doch fürchteten sie den Namen dessen auszusprechen, dem der Kaiser den Tod geschworen hatte. »Mit dem Ritter«, antworteten sie, »stehet es so, daß schwere Ungnade auf ihm lastet; möchte er deine Huld wiedergewinnen, so ließen wir ihn vor dir sehen.« Da nun der Kaiser sprach, und wenn er ihm gleich seinen Vater erschlagen hätte, solle ihm vergeben sein, nannten sie ihm Heinrich von Kempten. Otto befahl, daß er alsobald hergebracht würde; er wollte ihn aber erschrekken und übel empfahen.

Als Heinrich von Kempten hereingeführt war, gebärdete der Kaiser sich zornig und sprach: »Wie getrauet Ihr, mir unter die Augen zu treten? Ihr wißt doch wohl, warum ich Euer Feind bin, der Ihr meinen Bart gerauft und ohne Schermesser geschoren habt, daß er noch ohne Locke steht. Welch hochfärtiger Übermut hat Euch jetzt dahergeführt?« »Gnade, Herr«, sprach der kühne Degen, »ich kam gezwungen hierher, und mein Fürst, der hier steht, gebot es bei seinen Hulden. Gott sei mein Zeuge, wie ungern ich diese Fahrt getan; aber meinen Diensteid mußte ich lösen; wer mir das übelnimmt, dem lohne ich so, daß er sein letztes Wort gesprochen hat.« Da begann Otto zu lachen: »Seid mir tausendmal willkommen, Ihr auserwählter Held! Mein Leben habt Ihr gerettet, das mußte ich ohne Eure Hilfe verloren haben, seliger Mann.« So sprang er auf, küßte ihm Augen und Wangen. Ihr zweier Feindschaft war dahin und eine lautere Sühne gemachet; der hochgeborne Kaiser lieh und gab ihm großen Reichtum und brachte ihn zu Ehren, deren man noch gedenket.

473. Der Schuster zu Lauingen

Auf dem Hofturm der Stadt Lauingen findet sich folgende Sage abgemalt*: Zur Zeit, als die Heiden oder Hunnen bis nach Schwaben vorgedrungen waren, rückte ihnen der Kaiser mit seinem Heere entgegen und lagerte sich unweit der Donau zwischen Lauingen und dem Schloß Faimingen. Nach mehreren vergeblichen Anfällen von beiden Seiten kamen endlich Christen und Heiden überein, den Streit durch einen Zweikampf entscheiden zu lassen. Der Kaiser wählte den Marschall von Calatin (Pappenheim) zu seinem Kämpfer, der den Auftrag freudig übernahm und nachsann, wie er den Sieg gewiß erringen möchte. Indem trat ein unbekannter Mann zu ihm und sprach: »Was sinnst du? Ich sage dir, daß du nicht für den Kaiser fechten sollst, sondern ein Schuster aus Henfwil (später Lauingen) ist dazu ausersehen.« Der Calatin versetzte: »Wer bist du? Wie dürfte ich die Ehre dieses Kampfes von mir ablehnen?« »Ich bin Georg, Christi Held«, sprach der Unbekannte, »und zum Wahrzeichen nimm meinen Däumling.« Mit diesen Worten zog er den Däumling von der Hand und gab ihn dem Marschall, welcher ungesäumt damit zum Kaiser ging und den ganzen Vorfall erzählte. Hierauf wurde beschlossen, daß der Schuster gegen den Heiden streiten sollte. Der Schuster übernahm es und besiegte glücklich den Feind. Da gab ihm der Kaiser die Wahl von drei Gnaden sich auszubitten. Der Schuster bat erstens um eine Wiese in der Nähe von Lauingen, daß diese der Stadt als Gemeingut gegeben würde. Zweitens, daß die Stadt mit rotem Wachs siegeln dürfte (welches sonst keinem mittelbaren Ort verstattet war). Drittens, daß die Herrn von Calatin eine Mohrin als Helmkleinod führen dürften. Alles wurde ihm bewilligt und der Daumen St. Georgs sorgfältig von den Pappenheimern aufbewahrt, die eine Hälfte in Gold gefaßt zu Kaisheim, die andre zu Pappenheim.

474. Das Rad im Mainzer Wappen

Im Jahre 1009 wurde Willegis, ein frommer und gelehrter Mann, zum Bischof von Mainz gewählt; er war aber von geringer, armer Herkunft und sein Vater ein Wagnersmann gewesen. Des haßten ihn die adligen Tumherren und Stiftsgenossen, nahmen Kreide und maleten ihm verdrießweise Räder an die Wände und Türen seines Schlosses; gedachten ihm damit eine Schmach zu tun. Als der fromme Bischof ihren Spott vernahm, da hieß er einen Maler rufen; dem befahl er, mit guter Farbe in alle seine Gemächer weiße Räder in rote Felder zu malen, und ließ dazusetzen einen Reim, der sagte: »Willegis, Willegis, denk, woher du kommen sis.« Daher rührt, daß seit der Zeit alle Bischöfe zu Mainz weiße Räder im roten Schild führen. Andere fügen hinzu, Willegis habe, von Demütigkeit wegen, ein hölzernes Pflugrad stets an seiner Bettstätte hangen gehabt.

475. Der Rammelsberg

Zur Zeit, als Kaiser Otto I. auf der Harzburg hauste, hielt er auch an dem Harzgebirge große Jagden. Da geschah es, daß Ramm (nach andern Remme), seiner besten Jäger einer, an den Vorbergen jagte, der Burg gegen Niedergang, und ein Wild verfolgte. Bald aber wurde der Berg zu steil, darum stand der Jäger ab von seinem Roß, band es an einen Baum und eilte dem Wild zu Fuße nach. Sein zurückbleibendes Pferd stampfte ungeduldig und kratzte mit den Vorderhufen auf dem Grund. Als sein Herr, der Jäger Ramm, von der Verfolgung des Wildes zurückkehrte, sah er verwundert, wie sein Pferd gearbeitet und mit den Füßen einen schönen Erzgang aufgescharrt hatte. Da hub er einige Stufen auf und trug sie dem Kaiser hin, der alsbald das entblößte Bergwerk angreifen und mit Schürfen versuchen ließ. Man fand eine reichliche Menge Erz, und der Berg wurde dem Jäger zu Ehren Rammelsberg* geheißen. Des Jägers Frau nannte sich Gosa, und von ihr empfing die Stadt Goslar, die nahe bei dem Berg gebaut wurde, ihren Namen. Das Flüßchen, das durch die Stadt rinnt, heißt ebenfalls Gose, desgleichen das daraus gebraute Weißbier. Der Jäger wurde in der Augustinskapelle begraben und auf dem Leichenstein mit seiner Frau in Lebensgröße ausgehauen; Rammel trägt in der Rechten ein Schwert über sich und Gosa eine Krone auf dem Haupt.

Nach andern hat nicht der Jäger, sondern eines Jungherrn Pferd Rammel geheißen, das man einmal an dem Berge anband, wo es so rammelte und stampfte, daß seine wohlgeschärften Hufeisennägel eine Goldader bloßmachten.

Noch sieht man auf dem Rammelsberge einen Brunnen, der Kinderbrunnen genannt, worauf zwei steingehauene Kinder stehen; daher, weil unter Heinrich II. eine schwangere Frau bei diesem Brunnen zweier Söhnlein entbunden wurde. Kaiser Otto soll auf dem Berg oben an dem Platz namens Werl ein Schloß oder einen Saal gehabt haben, vor dem er einst einem gefangenen König das Haupt abschlagen ließ. Späterhin schlug das Bergwerk einmal ein und verdarb so viel Arbeiter, daß vierthalbhundert Witwen vor dem Berge standen und ihre Männer klagten; darauf lagen die Gruben hundert Jahr still, und Goslar wurde so einsam, daß in allen Straßen hohes Gras wuchs.

476. Die Grafen von Eberstein

Als Kaiser Otto seine Feinde geschlagen und die Stadt Straßburg bezwungen hatte, lagerte er vor der Burg der Grafen Eberstein, die es mit seinen Feinden hielten. Das Schloß stand auf einem hohen Fels am Wald (unweit Baden in Schwaben), und dritthalb Jahr lang konnte es das kaiserliche Heer immer nicht bezwingen, sowohl der natürlichen Festigkeit als der tapfern Verteidigung der Grafen wegen. Endlich riet ein kluger Mann dem Kaiser folgende List: er solle einen Hoftag nach Speyer ausschreiben, zu welchem jedermann ins Turnier sicher kommen dürfte; die Grafen von Eberstein würden nicht säumen, sich dazu einzufinden, um ihre Tapferkeit zu beweisen; mittlerweile möge der Kaiser durch geschickte und kühne Leute ihre Burg bewältigen lassen. Der Festtag zu Speyer wurde hierauf verkündigt; der König, viele Fürsten und Herren, unter diesen auch die drei Ebersteiner, waren zugegen; manche Lanze wurde gebrochen. Des Abends begannen die Reihen, wobei der jüngste Graf von Eberstein, ein schöner, anmutiger Mann mit krausem Haar, vortanzen mußte. Als der Tanz zu Ende ging, nahte sich heimlich eine schöne Jungfrau den dreien Grafen und raunte: »Hütet euch, denn der Kaiser will eure Burg ersteigen lassen, während ihr hier seid, eilt noch heute nacht zurück!« Die drei Brüder berieten sich und beschlossen, der Warnung zu gehorchen. Darauf kehrten sie zum Tanz, forderten die Edeln und Ritter zum Kampf auf morgen und hinterlegten hundert Goldgülden zum Pfand in die Hände der Frauen. Um Mitternacht aber schifften sie über den Rhein und gelangten glücklich in ihre Burg heim. Kaiser und Ritterschaft warteten am andern Tage vergebens auf ihre Erscheinung beim Lanzenspiel; endlich befand man, daß die Ebersteiner gewarnt worden wären. Otto befahl, aufs schleunigste die Burg zu stürmen; aber die Grafen waren zurückgekehrt und schlugen den Angriff mutig ab. Als mit Gewalt gar nichts auszurichten war, sandte der Kaiser drei Ritter auf die Burg, mit den Grafen zu unterhandeln. Sie wurden eingelassen und in Weinkeller und Speicher geführt; man holte weißen und roten Wein, Korn und Mehl lagen in großen Haufen. Die Abgesandten verwunderten sich über solche Vorräte. Allein die Fässer hatten doppelte Boden oder waren voll Wasser; unter dem Getreide lag Spreu, Kehricht und alte Lumpen. Die Gesandten hinterbrachten dem Kaiser, es sei vergeblich, die Burg länger zu belagern; denn Wein und Korn reiche denen inwendig noch auf dritthalb Jahr aus. Da wurde Otton geraten, seine Tochter mit dem jüngsten Grafen Eberhard von Eberstein zu vermählen und dadurch dieses tapfre Geschlecht auf seine

Seite zu bringen. Die Hochzeit ward in Sachsen gefeiert, und der Sage nach soll es die Braut selber gewesen sein, welche an jenem Abend die Grafen gewarnt hatte. Otto sandte seinen Schwiegersohn hernachmals zum Papst in Geschäften; der Papst schenkte ihm eine Rose in weißem Korb, weil es gerade der Rosensonntag war. Diese nahm Eberhard mit nach Braunschweig, und der Kaiser verordnete, daß die Rose in weißem Felde künftig das ebersteinische Wappen bilden sollte.

477. Otto läßt sich nicht schlagen

Otto III. war noch klein, als man ihn zu Aachen weihte, und stand unter seines Oheims, Bischof Brunos, Vormundschaft. Eines Tages geschah, daß das Kind im Bad unziemlich geschlagen wurde; da ließ es ein totes Kind in sein Bett tragen und verbarg sich heimlich. Bruno, als er vor das Bett trat, erschrak heftig und glaubte den König tot; doch bald darauf wurde er wiedergefunden. Da fragte der Bischof Otton, warum er das getan hätte. Das Kind sprach: »Du hießest mich im Bade hart mit einer scharfen Gerte schlagen, und half mir all mein Weinen nicht; da zürnte ich auf dich und wollte dich drum erschrecken.« Da gelobte ihm Bruno, daß ihm fürbaß kein Leid mehr geschehen sollte, berief die Fürsten nach Mainz auf einen Tag und übergab ihnen das Kind mit dem Reiche. Die Fürsten aber empfahlen das Kind nunmehr Willegis, Bischof zu Mainz.

478. König Otto in Lamparten

Der König Otto fuhr da mit großem Heer zu Lamparten und gewann Mailand und satzte da Pfenning, die hießen Ottelin. Da der König dannen kam, verwarfen sie ihm seine Münze zu Laster, und er fuhr wieder dar und bezwang sie dazu, daß sie von altem Leder Pfenning nehmen und geben müßten. Da kam eine Frau vor ihn und klagte über einen Mann, der ihr Gewalt angetan hätte. Der König sprach: »Wann ich herwieder komme, will ich dir richten.« »Herr«, sagte die Frau, »du vergissest es.« Der König wies sie mit seiner Hand an eine Kirche und sprach: »Diese Kirche sei des mein Urkund.« Er fuhr dann wieder in deutsche Land und bezwang Ludolf, seinen Sohn, der sich empört hatte. Und als er nach der Zeit wieder in Lamparten zog, führte ihn der Weg an der Kirche her, die er dem Weib gewiesen hatte, daß er ihr richten wollte um ihre Not. Der König ließ sie rufen und ließ sie klagen. Sie sprach: »Herr, er ist nun mein ehelicher Mann, und ich habe liebe Kinder mit ihm.« Der sprach da: »Sammer Otten Bart!« Also schwur er ihr: »Er soll meiner Barten (Beile) schmecken!« und befahl, den Missetäter an seinem Leibe nach dem Recht zu strafen. Also richtete er dem Weib wider ihren Willen.

479. Der unschuldige Ritter

Kaiser Otto III., genannt das Kind, hatte am Hofe einen edlen Ritter, den langte die Kaiserin Maria, gebürtig von Aragonien, bittend an, daß er mit ihr buhlete. Der Ritter erschrak und sprach: »Das sei ferne von mir, das wäre meiner und meines Herrn Ehre viel zu nah«, und ging weg von der Kaiserin. Da sie sah, daß er also im Zorne von ihr ging, kam sie zum Kaiser, schmeichelte und sprach: »Was habt Ihr für Ritter an Eurem Hofe? Einer von ihnen wollte mich schänden.« Da dies der Kaiser hörte, ließ er von Stund an den Ritter fangen und ihm das Haupt abschlagen. Aber es soll aus seinem Halse kein Blut geflossen sein, sondern Milch. Der Kaiser, als er das Wunder sah, rief: »Hierum steht's nicht recht«, ließ die Kaiserin vorfordern und fragte sie hart um die Wahrheit. Sie fiel bestürzt zu Fuß und bat um Gnade; er aber als ein gestrenger Richter, nachdem er die Lügen erfahren, ließ sein Weib dieser Untat wegen fangen und brennen, blieb auch ohne Weib und Erben sein Lebetage.

480. Kaiser Otto hält Witwen- und Waisengericht

Otto III. hatte ein unstet Weib, die warb an einen Grafen, daß er mit ihr buhlen sollte; das wollte der Graf nicht tun und seinen Herren nicht entehren, noch sich selber. Da gab die Königin diesen Grafen an beim König und sprach: »Der Graf hat mich meiner Ehren angemutet.« Der König hieß in jähem Zorn den Grafen töten. Indem er aber zum Tod geführt wurde, begegnete ihm sein Ehegemahl; der offenbarte er, wie ihn die Königin böslich um Frömmigkeit, Biederkeit und Leben bringe, und ermahnte sie, nach seinem Tode das glühende Eisen zu tragen auf seine Unschuld. Nun ward dem Grafen sein Haupt abgeschlagen, und eine Zeit darauf geschah's, daß der Kaiser ein Gericht berief und dazu Witwen und Waisen, daß nach dem Recht gerichtet würde. Als nun das Gericht besetzt war, trat des Grafen Gemahlin vor, trug das Haupt ihres Mannes heimlich unterm Gewand, kniete nieder und forderte Hilfe und Recht. Hierauf fragte sie, welchen Tod zu leiden der schuldig sei, der einen andern unschuldig enthaupten lasse. Der Kaiser sprach: »Man soll ihm wieder sein eigen Haupt abschlagen.« Da zog sie des Grafen Haupt hervor und sprach: »Herr, du selbst bist es, der diesen meinen Mann unschuldig hast töten lassen«, und offenbarte der Königin Falschheit. Der Kaiser erschrak und forderte Beweis. Die Witwe wählte das Gottesurteil und trug das glühende Eisen, daß ihr nie kein Leid davon geschah. Da gab sich der Kaiser in der Frauen Gewalt, daß sie ihn töten lassen könne nach dem Recht. Die Herren aber legten sich hinein und erwarben dem Kaiser von der Frauen einen Aufschlag des Gerichts zehen Tage, darnach acht Tage, darnach sieben Tage, darnach sechs Tage. Und der Kaiser gab der Gräfin um jeden Aufschlag eine gute Feste, die haben davon den Namen; eine heißt die Zehent, die andere die Acht, die dritte die Siebent, die vierte die Sechst und liegen im Lümer Bistum. Und eh die Tage vollgingen da die Witwe auf des Kaisers Haupt bestand, es wäre denn, daß die Hure sterbe, und damit allein könne sich der König lösen, so ließ er die Königin fahen und lebendig vergraben; mit den vier Schlössern hatte er sich selber gelöst.

481. Otto III. in Karls Grabe

Als nach langen Jahren Kaiser Otto III. an das Grab kam, wo Karls Gebeine bestattet ruhten, trat er mit zwei Bischöfen und dem Grafen Otto von Laumel (der dieses alles berichtet hat) in die Höhle ein. Die Leiche lag nicht wie andere Tote, sondern saß aufrecht wie ein Lebender auf einem Stuhl. Auf dem Haupte war eine Goldkrone, den Zepter hielt er in den Händen, die mit Handschuhen bekleidet waren, die Nägel der Finger hatten aber das Leder durchbohrt und waren herausgewachsen. Das Gewölbe war aus Marmor und Kalk sehr dauerhaft gemauert. Um hineinzugelangen, mußte eine Öffnung gebrochen werden; sobald man hineingelangt war, spürte man einen heftigen Geruch. Alle beugten sogleich die Knie und erwiesen dem Toten Ehrerbietung. Kaiser Otto legte ihm ein weißes Gewand an, beschnitt ihm die Nägel und ließ alles Mangelhafte ausbessern. Von den Gliedern war nichts verfault, außer von der Nasenspitze fehlte etwas; Otto ließ sie von Gold wiederherstellen. Zuletzt nahm er aus Karls Munde einen Zahn, ließ das Gewölbe wieder zumauern und ging von dannen.

Nachts darauf soll ihm im Traume Karl erschienen sein und verkündigt haben, daß Otto nicht alt werden und keinen Erben hinter sich lassen werde.

Pflugscharprobe der Kaiserin Kunigunde. Holzschnitt im Legendenbuch des Nonnosus Stettfelder (1511)

482. Die heilige Kunigund

Kaiser Heinrich II. und Kunigund, die blieben beide unbefleckt bis an ihren Tod. Der Teufel wollte sie da unehren, daß sie der Kaiser zieh von eines Herzogen wegen, mit dem sollte sie in Ungebühr stehen. Die Fraue bot dafür ihr Recht, dazu kam mannig Bischöfe und Fürsten. Da wurden sieben glühende Eisenscharen gelegt, die sollte die Fraue treten. Sie hub auf ihre Hände zu Gott und sprach: »Gott, du weißt wohl alleine meine Unschuld; ledige mich von dieser Not, als du tätest der guten Susannen von der ungerechten Bezeugnis!« Sie trat die Schar kecklich und sprach: »Sieh, Kaiser, so schuldig ich deiner bin, bin ich aller Männer.« Da ward die Fraue gereinigt mit allen Ehren. Der König fiel ihr zu Füßen und die Herren alle.

483. Der Dom zu Bamberg

Baba, Heinrich des Voglers Schwester und Graf Albrechts Gemahlin, nach andern aber Kunigund, Kaiser Heinrichs II. Gemahlin, stiftete mit eigenem Gut den Dom zu Babenberg. Solange sie baute, setzte sie täglich eine große Schüssel voll Geldes auf für die Taglöhner und ließ einen jeden so viel herausnehmen, als er verdient hätte; denn es konnte keiner mehr nehmen, als er verdient hatte. Sie zwang auch den Teufel, daß er ihr große marmelsteinerne Säulen mußte auf den Berg tragen, auf den sie die Kirche setzte, die man noch heutigentages wohl siehet.

484. Taube sagt den Feind an

Man erzählt, unter Kaiser Heinrich II. habe es sich begeben, daß eine Taube in eine Stadt, die bald darauf vom Feind überfallen und belagert wurde, geflogen kam. Um ihren Hals fand man einen Zettel gebunden, auf dem diese Nachricht geschrieben stand.

485. Der Kelch mit der Scharte

In den Zeiten, als Kaiser Heinrich II. starb, war ein frommer Einsiedel, der hörte einen großen Rausch von Teufeln in der Luft und beschwor sie bei Gott, wo sie hinfahren wollten? Die bösen Geister sagten: »Zu Kaiser Heinrich.« Da beschwor sie der gute Mann, daß sie ihm hinterbrächten, was sie geworben hätten. Die Teufel fuhren ihren Weg, aber der gute Mann betete zu Gott für des Kaisers Seele. Bald darauf kamen die Teufel wieder gefahren zu dem Einsiedel und sprachen: »Als die Missetat des Kaisers seine Gutheit überwiegen sollte und wir die Seele in unsre Gewalt nehmen wollten, da kam der gesegnete Laurentius und warf einen Kelch schnell in die Waage, daß dem Kelch eine Scherbe ausbrach, also verloren wir die Seele; denn derselbe Kelch machte die gute Schale schwerer.« Auf diese Botschaft dankte der Einsiedel Gott seiner Gnaden und tat sie kund den Domherren von Merseburg. Und sie fanden den Kelch mit der Scharte, als man ihn noch heute kann schauen. Der Kaiser aber hatte ihn einst bei seinen Lebzeiten dem heiligen Laurenz zu Merseburg aus Guttat geweihet.

486. Sage von Kaiser Heinrich III.

Kaiser Konrad der Franke ließ ein Gebot ausgehn: Wer den Frieden bräche, dem sollte man das Haupt abschlagen. Dies Gebot brach Graf Leopold von Calw, und da der König zu Land kam, entwich Graf Leopold in den Schwarzwald in eine öde Mühle, meinte sich da zu enthalten mit seiner Hausfrau, bis ihm des Königs Huld wieder würde. Einesmals ritt der König ungefähr in den Wald und vor dieselbe Mühle hin. Und da ihn Leopold hörte, fürchtete er, der König wolle ihn suchen, und floh in das Dickicht. Seine Hausfrau ließ er in der Mühle, die konnte nirgends hin; denn es war um die Zeit, daß sie ein Kind gebären sollte. Als nun der König nah bei der Mühle war und die Frau in ihren Nöten hörte schreien, hieß er nachsehen, was der Frauen gebräche. In den Dingen hörte der König eine Stimme, die sprach: »Auf diese Stunde ist ein Kind hier geboren, das wird dein Tochtermann!« Konrad erschrak, denn er wußte anders nicht, denn daß die Frau eine Bäuerin wäre, und dachte, wie er dem zuvorkommen möchte, daß seine Tochter keinem Bauern zuteil würde. Und schickte zwei seiner Diener in die Mühle, daß sie das neugeborne Kind töteten und zu dessen Sicherheit ihm des Kindes Herz brächten; denn er müsse es haben zu einer Buße. Die Diener mußten dem Kaiser genugtun, fürchteten doch Gott und wollten das Kind nicht töten, denn es war gar ein hübsches Knäbelein, und legten's auf einen Baum, darum, daß etwer des Kindes innewürde.

Dem Kaiser brachten sie eines Hasen Herz, das warf er den Hunden vor und meinte, damit zuvorgekommen zu sein der Stimme der Weissagung.

In den Weilen jagte Herzog Heinrich von Schwaben auf dem Wald und fand das Kind mutterallein daliegen. Und sah, daß es neugeboren war, und brachte es heimlich seiner Frauen, die war unfruchtbar, und bat sie, daß sie sich des Kindes annähme, sich in ein Kindbett legte und das Kind wie ihr natürliches hätte; denn es sei ihnen von Gott geschickt worden. Die Herzogin tat es gern, und also ward das Kind getauft und ward Heinrich geheißen; niemand aber hielt es anders als für einen Herzogen zu Schwaben. Und da das Kind also erwuchs, ward es König Konrad gesandt zu Hof. Der hieß den Knaben öfter vor sich stehen denn die andern Junkern an seinem Hofe, von seiner klugen

Weisheit und Höflichkeit wegen. Nun geschah es, daß dem Kaiser eine Verleumdung zu Ohren kam: der junge Herr wäre nicht ein rechter Herzog von Schwaben, sondern ein geraubt Kind. Da der Kaiser das vernahm, rechnete er seinem Alter nach und kam ihm Furcht, es wäre dasjenige, wovon die Stimme bei der Waldmühle geredet hätte. Und wollte wiederum zuvorkommen, daß es nicht seiner Tochter zu einem Mann würde. Da schrieb er einen Brief der Kaiserin, in dem befahl er, als lieb ihr Leib und Leben wäre, daß sie den Zeiger dieses Briefes töten hieße. Den Brief befahl er beschlossen dem jungen Herrn an, daß er ihn der Kaiserin einhändigte und niemand anderm. Der junge Heinrich verstund sich darunter nichts als Gutes, wollte die Botschaft vollenden und kam unterwegs in eines gelehrten Wirtes Haus; dem vertraute er seine Tasche von Sicherheit wegen, worin der Brief und anders Ding lagen. Der Wirt kam über den Brief aus Fürwitz, und da, wo er geschrieben fand, daß die Kaiserin ihn töten sollte, schrieb er, daß die Kaiserin dem jungen Herrn, Zeiger des Briefs, ihre Tochter gäbe und zulegte unverzogenlich; den Brief beschloß er wieder mit dem Insiegel gar säuberlich ohne Fehl. Da nun der junge Herr der Kaiserin den Brief zeigte, gab sie ihm die Tochter und legte sie ihm zu. Die Mären kamen aber bald vor den Kaiser. Da befand der Kaiser mit dem Herzogen von Schwaben und andern Rittern und Knechten, daß der Jüngling war von Leopolds Weib in der Mühle geboren, von dem die Stimme geweissagt hatte, und sprach: »Nun merk ich wohl, daß Gottes Ordnung niemand hintertreiben mag«, und förderte seinen Tochtermann zu dem Reich. Dieser König Heinrich baute und stiftete hernachmals Hirschau, das erste Kloster, an die Statt der Mühle, darin er geboren worden war.

487. Der Teufelsturm am Donaustrudel

Es ist eine Stadt in Österreich mit Namen Grein, ob der Stadt hat es einen gefährlichen Ort in der Donau, nennet man den Strudel bei Stockerau, da hört man das Wasser weit und breit rauschen, also hoch fällt es über den Felsen, macht einen großen Schaum, ist gar gefährlich da durchzufahren; kommen die Schiff in einen Wirbel, gehen gescheibweis herum, schlägt das Wasser in die Schiffe und werden alle, die auf dem Schiff sind, ganz und gar naß. Wenn ein Schiff nur ein wenig an den Felsen rührt, zerstößt es sich zu kleinen Trümmern. Da muß jedermann arbeiten, an den Rudern mit Gewalt ziehen, bis man herdurchkommt. Daselbst herum wohnen viel Schiffleut, die des

Wassers Art im Strudel wissen; die werden alsdann von den Schiffleuten bestellt, daß sie also desto leichter, ohn sondern Schaden, durch den Strudel kommen mögen.

Kaiser Heinrich, der dritte dieses Namens, fuhr hinab durch den Strudel; auf einem andern Schiff war Bischof Bruno von Würzburg, des Kaisers Vetter; und als dieser auch durch den Strudel fahren wollte, saß auf einem Felsen, der über das Wasser herausging, ein schwarzer Mann, wie ein Mohr, ein greulicher Anblick und erschrecklich. Der schreit und sagt zu dem Bischof Bruno: »Höre, höre, Bischof! Ich bin dein böser Geist, du bist mein eigen; fahr hin, wo du willt, so wirst du mein werden; jetzund will ich dir nichts tun, aber bald wirst du mich wiedersehen.« Alle Menschen, die das hörten, erschraken und fürchteten sich. Der Bischof machte ein Kreuz und gesegnete sich, sprach etlich Gebet, und der Geist verschwand vor ihnen allen. Dieser Stein wird noch auf diesen Tag gezeigt; ist darauf ein kleines Türmlein gebaut, allein von Steinen und kein Holz dabei, hat kein Dach, wird der Teufelsturm genannt. Nicht weit davon, etwan zwei Meilen Wegs, fuhr der Kaiser mit den Seinen zu Land, wollt da über Nacht bleiben in einem Flecken, heißt Pösenbeiß. Daselbst empfing Frau Richilta, des Grafen Adelbar von Ebersberg Hausfrau (er war aber schon gestorben), den Kaiser gar herrlich; hielt ihn zu Gast und bat ihn daneben, daß er den Flecken Pösenbeiß und andere Höfe herum, so ihr Gemahl vogtsweise besessen und verwaltet hätte, ihres Bruders Sohn, Welf III., verleihen wollte. Der Kaiser ging in die Stube, und während er da stand bei dem Bischof Bruno, Grafen Aleman von Ebersberg und bei Frau Richilta und er ihr die rechte Hand gab und die Bitte gewährte, fiel jähling der Boden in der Stube ein; der Kaiser fiel hindurch auf den Boden der Badstube ohne allen Schaden, dergleichen auch Graf Aleman und die Frau Richilta; der Bischof aber fiel auf eine Badwanne auf die Taufel, fiel die Rippe und das Herz ein, starb also in wenig Tagen hernach.

488. Quedl, das Hündlein

Mathild, die schöne Kaiserstochter Heinrich III., war so anmutig, daß sich ihr Vater in sie verliebte. Da flehte sie zu Gott und betete inbrünstig, daß er sie häßlich werden ließe, damit ihres Vaters Herz sich abwende. Aber Gott erhörte sie nicht. Da erschien ihr der böse Feind und bot sich an, mit dem Beding, daß sie ihm angehöre, so solle des Kaisers Liebe gewandelt werden in Haß und Zorn. Und sie ging es ein; doch hielt sie aus: erst dann solle sie sein eigen sein, wenn er sie in dreien Nächten schlafend fände; bliebe sie aber wachen, so dürfe er ihr nichts anhaben. Also webte sie ein köstliches Tuch und stickte dran die lange Nacht, das erhielt ihren Geist munter; auch hatte sie ein treues Hündlein bei sich namens Quedl oder Wedl, das bellte laut und wedelte mit dem Schwanz, wenn ihr die Augen vor Schlaf wollten zunicken. Wie nun der Teufel die drei Nächte hintereinander kam und sie immer wach und munter fand, da zürnte er und griff ihr mit der Kralle ins Angesicht, daß er ihr die Nase platt drückte, den Mund schlitzte und ein Auge ausstieß. Da war sie scheel, großmäulig und platschnasig geworden, daß sie ihr Vater nicht weiter leiden konnte und seine sündliche Liebe verlor. Sie aber führte ein geistliches Leben und erbaute eine Abtei zu Ehren ihres Hündleins, genannt Quedlinburg.

489. Sage vom Schüler Hildebrand

Dieweil Kaiser Heinrich III. zu Rom war, wo er drei Päpste entsetzt und ins Elend geschickt hatte, wohnte ein Zimmermann in der Stadt, der ein klein Kind hatte. Das Kind spielete an dem Werk mit den Spänen und legte die Späne in Buchstabenweise zusammen. Da kam ein Priester hinzu und las das. Das Kind hatte mit den Spänen geleget: dominabor a mari usque ad mare, das spricht: ich werde Herr vom Meer bis zum Meer. Der Priester wußte wohl, daß dies Kind Papst werden sollte, und sagte es seinem Vater. Der Vater ließ das Kind lehren. Da es Schüler war, kam es an des Kaisers Hof und ward den Schreibern viel lieb; aber des Kaisers Sohn Heinrich, der nachher auch Kaiser ward, tat dem Schüler Leides viel und spielte ihm ungefüglich mit; denn es ahnt, ihm sein Herz wohl, was ihm von dem Schüler aufstehen sollte. Der Kaiser spottete seines Sohns und des Schülers Spieles. Der Kaiserin war es leid, und sie schalt ihren Sohn darum. Dem Kaiser träumte eines Nachts, wie sein Sohn zum Tisch wäre gesessen und wie dem Schüler Hildebranden wüchsen zwei Hörner bis in den Himmel und wie er mit diesen Hörnern seinen Sohn aufhübe und ihn in das Horb (in den Kot) würfe. DiesenTraum sagte der Kaiser der Kaiserin, die beschied ihn also, daß der Schüler Papst werden und ihren Sohn von dem Reich werfen würde. Da hieß der Kaiser den Hildebrand fahen und ihn zu Hammerstein in einen Turm werfen und wähnte, daß er Gottes Willen wenden möchte. Die Kaiserin verwies ihm oft, daß er eines bloßen Traumes willen an dem armen Schüler so schändlich täte; und über ein Jahr ließ er ihn wieder ledig. Der ward ein Mönch, fuhr mit seinem Abt hin zu Rom, ward zu Hof lieb und zujüngst Papst.

490. Der Knoblauchskönig

Kaiser Heinrich IV. entbot den Sachsen, wo sie seinen Sohn zum König wähleten, wolle er nimmermehr ziehen in Sachsenland. Aber die Leute hatten keine Lust, und sprach Otto von der Weser: »Ich habe je in der Welt sagen hören, von einer bösen Kuh kommt kein gut Kalb.« Und sie koren zum Gegenkönig Herzog Herrmann von Lothringen (Luxemburg), der ward vom Mainzer Bischof geweihet, und setzten ihn auf die Burg Eisleben, da der Knoblauch wächset. Die Kaiserlichen nannten ihn zum Spott Knoblauchskönig oder König Knoblauch, und er kam nie zur Macht, sondern wurde nachher auf einer Burg erschlagen, wohin er geflohen war. Da sagte man abermals: »König Knoblauch ist tot!«

491. Kaiser Heinrich versucht die Kaiserin

Der König nahm da Rat von den Herren, was er mit seines Vaters (Kaiser Heinrich IV.) Leichnam schaffen oder tun sollte; der war begraben in St. Lamprechts Münster zu Ludeke (Lüttich). Sie rieten, daß er ihn ausgrübe und legen ließe in ein ungeweiht Münster, bis daß er seinen Boten nach Rom gesandt hätte. Also getan Ende nahm der Kaiser. Dies war Kaiser Heinrich der Übele. Er ließ das beste Roß, das er im Lande fand, binden und in den Rhein werfen, bis es ertrank. Er ließ einen seiner Mannen die Kaiserin um ihre Minne bitten. Das war ihr leid. Der Ritter bat sie sehr, da sprach die Fraue, sie wolle tun, als ihr Herr raten würde. Da dies der Kaiser vernahm, gebärdete er, als er ausreiten wollte; legte des Mannes, der nach seinem Rate das geworben hatte, Kleider an und kam des Nachts zu der Kaiserin. Die Kaiserin hatte bereit starke Männer in Weibsgewand, die trugen große Knüttel, sie nahmen den Kaiser unter sich und schlugen ihn sehr. Der Kaiser rief, daß er es wäre. Die Kaiserin erschrak und sprach: »Herr, Ihr habt übel an mir getan.«

492. Graf Hoyer von Mansfeld

In dem sogenannten Welpshölzchen, wo im Jahre 1112 die Schlacht zwischen Kaiser Heinrich V. und den Sachsen vorfiel, liegt ein Stein, der die Eigenschaft hat, bei Gewitter ganz zu erweichen und erst nach einiger Zeit wieder hart zu werden. Er ist voller Nägel geschlagen, und man sieht auf ihm ganz deutlich den Eindruck einer Hand und eines Daumens. Graf Hoyer von Mansfeld, der Oberfeldherr, soll ihn vor der Schlacht ergriffen und gerufen haben: »So wahr ich in diesen Stein greife, so wahr will ich den Sieg gewinnen!« Auch wurden die Kaiserlichen geschlagen; aber der Hoyer blieb tot und wurde von Wiprecht von Groitsch erschlagen. Zu seinen Ehren ließen die Sachsen die Bildsäule eines gehelmten Mannes mit dem eisernen Streitkolben in der Rechten aufrichten und dem sächsischen Wappen in der Linken. Diese Denksäule nannte man Jodute, da gingen die Landleute fleißig zu beten hin, und auch die Priesterschaft ehrte sie als ein heiliges Bild. Kaiser Rudolf aber, als er 1289 zu Erfurt Reichstag hielt, ließ sie wegnehmen, weil man fast Abgötterei damit trieb, und eine Kapelle an der Stelle bauen. Allein das Volk verehrte noch einen Weidenstock in dieser Kapelle, von dem die Priester sagten, er habe in jener Schlacht Jodute gerufen und dadurch den Sieg zuwege gebracht.

493. Die Weiber zu Weinsberg

Als König Konrad III. den Herzog Welf geschlagen hatte (im Jahr 1140) und Weinsberg belagerte, so bedingten die Weiber der Belagerten die Übergabe damit, daß eine jede auf ihren Schultern mitnehmen dürfte, was sie tragen könne. Der König gönnte das den Weibern. Da ließen sie alle Dinge fahren, und nahm eine jegliche ihren Mann auf die Schulter und trugen den aus. Und da des Königs Leute das sahen, sprachen ihrer viele, das wäre die Meinung nicht gewesen, und wollten das nicht gestatten. Der König aber schmutzlachte und tät Gnade dem listigen Anschlag der Frauen. »Ein königlich Wort«, rief er, »das einmal gesprochen und zugesagt ist, soll unverwandelt bleiben.«

Weiber von Weinsberg. Flugblatt zwischen 1600 und 1610

494. Der verlorene Kaiser Friedrich*

Kaiser Friedrich war vom Papst in den Bann getan, man verschloß ihm Kirchen und Kapellen, und kein Priester wollte ihm die Messe mehr lesen; da ritt der edle Herr kurz vor Ostern, als die Christenheit das heilige Fest begehen wollte, darum, daß er sie nicht daran irren möchte, aus auf die Jagd. Keiner von des Kaisers Leuten wußte seinen Mut und Sinn; er legte ein edles Gewand an, das man ihm gesendet hatte von Indien, nahm ein Fläschlein mit wohlriechendem Wasser zu sich und bestieg ein edles Roß. Nur wenig Herren waren ihm in den tiefen Wald nachgefolgt; da nahm er plötzlich ein wunderbares Fingerlein in seine Hand, und wie er das tat, war er aus ihrem Gesicht verschwunden. Seit dieser Zeit sah man ihn nimmermehr, und so war der hochgeborne Kaiser verloren. Wo er hinkam, ob er in dem Wald das Leben verlor oder ihn die wilden Tiere zerrissen oder ob er noch lebendig sei, das kann niemand wissen. Doch erzählen alte Bauern, Friedrich lebe noch und lasse sich als ein Waller bei ihnen sehen; und dabei habe er öffentlich ausgesagt, daß er noch auf römischer Erde gewaltig werden und die Pfaffen stören wolle und nicht ehnder ablassen, er habe denn das Heilige Land wieder in die Gewalt der Christen gebracht; dann werde er »seines Schildes Last hahen an den dürren Ast«.

495. Albertus Magnus und Kaiser Wilhelm

Albertus Magnus, ein sehr berühmter und gelehrter Mönch, hat den Kaiser Wilhelm von Holland, als er im Jahr 1248 zu Köln auf den Tag der Drei Könige angelangt, in einen Garten, beim Predigerkloster gelegen, mit seinem ganzen Hof zu Gast gebeten, dem der Kaiser gern willfahrt. Es ist aber auf berührten Tag nicht allein große, unleidliche Kälte, sondern auch ein tiefer Schnee gefallen; deshalb die kaiserlichen Räte und Diener beschwerliches Mißfallen an des Mönchs unordentlicher Ladung getragen und dem Kaiser, außer dem Kloster zu so strenger winterlicher Zeit Mahl zu halten, widerraten; haben aber doch denselben von seiner Zusag nicht wenden können, sondern hat sich samt den Seinen zu rechter Zeit eingestellt. Albert der Mönch hat etliche Tafeln samt aller Bereitschaft in den Klostergarten, darin Bäume, Laub und Gras alles mit Schnee bedeckt gewesen, mit großem Befremden eines jeden über die seltsame und widersinnige Anstalt lassen stellen und zum Aufwarten eine gute Anzahl von Gestalt des Leibes überaus schöne, ansehnliche Gesellen zur Hand bracht. Indem nun der Kaiser samt Fürsten und Herren zur Tafel gesessen und die Speisen vorgetragen und aufgestellt sind, ist der Tag obenrab unversehens heiter und schön worden, aller Schnee zusehends abgegangen und gleich in einem Augenblick ein lustiger, lieblicher Sommertag erschienen. Laub und Gras sind augenscheinlich, desgleichen allerhand schöne Blumen aus dem Boden hervorgebrochen, die Bäume haben anfahen, zu blühen und gleich nach der Blüt ein jeder feine Frucht zu tragen; darauf allerhand Gevögel niedergefallen und den ganzen Ort mit lieblichem Gesang erfüllet; und hat die Hitze dermaßen überhandgenommen, daß fast männiglich der winterlichen Kleider zum Teil sich entblößen müssen. Es hat aber niemand gesehen, wo die Speisen gekocht und zubereitet worden; auch niemand die zierlichen und willfährigen Diener gekannt oder Wissenschaft gehabt, wer und wannen sie seien, und jedermann voll großer Verwunderung über all die Anstellung und Bereitschaft gewesen. Demnach aber die Zeit des Mahls herum, sind erstlich die wunderbar köstlichen Diener des Mönchs, bald die lieblichen Vögel samt Laub und Gras auf Bäumen und Boden verschwunden, und ist alles wieder mit Schnee und Kälte dem anfänglichen Winter ähnlich worden: also daß man die abgelegten Kleider wieder angelegt und die strenge Kälte dermaßen empfunden, daß männiglich davon und zum Feuer und warmen Stube geeilet.

Um solcher abenteuerlichen Kurzweil halben hat Kaiser Wilhelm den Albertus Magnus und sein Konvent, Predigerordens, mit etlichen

Gütern reichlich begabt und denselben wegen seiner großen Geschicklichkeit in großem Ansehen und Wert gehalten.

496. Kaiser Maximilian und Maria von Burgund

Der hochlöbliche Kaiser Maximilian I. hatte zum Gemahl Maria von Burgund, die ihm herzlich lieb war und deren Tod ihn heftig bekümmerte. Dies wußte der Abt zu Spanheim, Johannes Trithem, wohl und erbot sich dem Kaiser, so es ihm gefalle, die Verstorbene wieder vor Augen zu bringen, damit er sich an ihrem Angesicht ergötze. Der Kaiser ließ sich überreden und willigte in den gefährlichen Vorwitz. Sie gingen miteinander in ein besonderes Gemach und nahmen noch einen zu sich, damit ihrer drei waren. Der Zauberer verbot ihnen, daß ihrer keiner beileibe ein Wort rede, solange das Gespenst gegenwärtig sei. Maria kam hereingetreten, ging säuberlich vor ihnen vorüber, der lebendigen, wahren Maria so ähnlich, daß gar kein Unterschied war und nicht das geringste mangelte. Ja, in Bemerkung und Verwunderung der Gleichheit ward der Kaiser eingedenk, daß sie am Halse hinten ein kleines schwarzes Flecklein gehabt, hatte acht darauf und befand es also, daß sie zum andernmal vorüberging. Da ist dem Kaiser ein Grauen ankommen, hat dem Abt gewinkt, er solle das Gespenst wegtun, und darnach mit Zittern und Zorn zu ihm gesprochen: »Mönch, mache mir der Possen keine mehr«, und hat bekannt, wie schwerlich und kaum er sich habe enthalten, daß er nicht zu ihr geredet.

497. Sage von Adelger zu Bayern

Zur Zeit Kaisers Severus war in Bayern ein Herzog namens Adelger, der stand in großem Lobe und wollte sich nicht vor den Römern demütigen. Da es nun dem König zu Ohren kam, daß niemand im ganzen Reiche ihm die gebührliche Ehre weigerte außer Herzog Adelger, so sandte er Boten nach Bayern und ließ ihn nach Rom entbieten. Adelger hatte nun einen getreuen Mann, den er in allen Dingen um Rat fragte; den rief er zu sich in sein Gemach und sprach: »Ich bin ungemut, denn die Römer haben nach mir gesendet und mein Herz stehet nicht dahin; sie sind ein böses Geschlecht und werden mir Böses antun; gern möchte ich dieser Fahrt entübrigt sein, rate mir dazu, du hast kluge Gedanken.« Der alte Ratgeber antwortete: »Gerne rate ich dir alles, was zu deinen Ehren stehet; willst du mir folgen, so besende deine Mannen und heiß sie sich kleiden in das beste Gewand, das im Lande gefunden wird; fahr mit ihnen furchtlos nach Rom und sei ihm alles Rechtes bereit. Denn du bist nicht stark genug, um wider das römische Reich zu fechten; verlangt der König aber über sein Recht hinaus, so kann's ihm übel ausschlagen.«

Herzog Adelger berief seine Mannen und zog an des Königs Hof nach Rom, wo er übel empfangen wurde. Zornig sprach der König ihm entgegen: »Du hast mir viel Leides getan, das sollst du heute mit deinem Leben gelten.« »Dein Bote«, antwortete Adelger, »hat mich zu Recht und Urteil hierhergeleitet; was alle Römer sprechen, dem will ich mich unterwerfen und hoffen auf deine Gnade.« »Von Gnade weiß ich nichts mehr«, sagte der König, »das Haupt soll man dir abschlagen und dein Reich einen andern Herrn haben.«

Als die Römer den Zorn des Königs sahen, legten sie sich dazwischen und erlangten, daß dem Herzog Leib und Leben geschenkt wurde. Darauf pflogen sie Rat und schnitten ihm sein Gewand ab, daß es ihm nur zu den Knien reichte, und schnitten ihm das Haar vornen aus; damit gedachten sie den edeln Helden zu entehren.

Adelger aber ging hart ergrimmt in seine Herberge. Alle seine Mannen trauerten, doch der alte Ratgeber sprach: »Herr, Gott erhalte dich! Laß nur dein Trauern sein und tu nach meinem Rat, so soll alles zu deinen Ehren ausgehen.« »Dein Rat«, sagte Adelger, »hat mich hierhergebracht; magst du nun mit guten Sinnen meine Sache herstellen, so will ich dich desto werter halten; kann ich aber meine Ehre nicht wiedergewinnen, so komm ich nimmermehr heim nach Bayerland.« Der Alte sprach: »Herr, nun heiß mir tun, wie dir geschehen ist, und besende alle deine Mann und leih und gib ihnen, daß sie sich allesamt bescheren lassen; damit rette ich dir alle deine Ehre.« Da forderte der Herzog jeden Mann sonders vor sich und sagte: »Wer mir in dieser Not beisteht, dem will ich leihen und geben; wer mich liebhat, der lasse sich scheren, wie mir geschehen ist.« Ja, sprachen alle seine Leute, sie wären ihm treu bis in den Tod und wollten alles erfüllen. Zur Stunde beschoren sich alle, die mit ihm ausgekommen waren, Haar und Gewand, daß es nur noch bis an die Knie reichte; die Helden waren lang gewachsen und herrlich geschaffen, tugendreich und lobesam, daß es jeden wundernahm, der sie ansah, so vermessentlich war ihre Gebärde.

Früh den andern Morgen ging Adelger mit allen seinen Mannen zu des Königs Hof. Als sie der König ansah, sagte er in halbem Zorn: »Rede, lieber Mann, wer hat dir diesen Rat gegeben?« »Ich führte mit mir einen treuen Dienstmann«, sprach Herzog Adelger, »der mir schon viele Treue erwiesen, der ist es gewesen; auch ist unsrer Bayern Gewohnheit daheim: ›Was einem zuleide geschieht, das müssen wir allesamt dulden.‹ So tragen wir uns nun einer wie der andre, arm oder reich, und das ist unsre Sitte so.« Der König von Rom sprach: »Gib mir jenen alten Dienstmann, ich will ihn an meinem Hofe halten, wenn du hinnen scheidest; damit sollst du alle meine Gnade gewinnen.« So ungern es auch der Herzog täte, konnte er doch dieser Bitte nicht ausweichen, sondern nahm den treuen Ratgeber bei der Hand und befahl ihn in die Gewalt des Königs. Darauf nahm er Urlaub und schied heim in sein Vaterland; voraus aber sandte er Boten und befahl allen seinen Untertanen, die Lehnrecht oder Rittersnamen haben wollten, daß sie sich das Haar vornen aus- und das Gewand abschnitten, und wer es nicht täte, daß er die rechte Hand verloren hätte. Als es nun auskam, daß sich die Bayern so beschoren, da beliebte der Gebrauch hernach allen in deutschen Landen.

Es stund aber nicht lange an, so war die Freundschaft zwischen dem römischen König und dem Herzog wieder zergangen, und Adelgern ward von neuem entboten, nach Rom zu ziehen bei Leib und Leben, der König wolle mit ihm Rede haben. Adelger, ungemut über dieses Ansinnen, sandte heimlich einen Boten nach Welschland zu seinem alten Dienstmann, den sollte er bei seinen Treuen mahnen, ihm des Königs Willen, weshalb er ihn nach Hof rief, zu offenbaren und zu raten, ob er kommen oder bleiben sollte. Der alte Mann sprach aber zu Adelgers Boten: »Es ist nicht recht, daß du zu mir fährst; hiebevor, da ich des Herzogen war, riet ich ihm je das Beste; er gab mich dem König hin, daran warb er übel; denn verriet ich nun das Reich, so tät ich als ein Treuloser. Doch will ich dem König am Hofe ein Beispiel erzählen, das magst du wohl in acht behalten und deinem Herrn hinterbringen; frommt es ihm, so steht es gut um seine Ehre.«

Früh des andern Morgens, als der ganze Hof versammelt war, trat der Alte vor den König und bat sich aus, daß er ein Beispiel erzählen dürfte. Der König sagte, daß er ihn gerne hören würde, und der alte Ratgeber begann: »Vorzeiten, wie mir mein Vater erzählte, lebte hier ein Mann, der mit großem Fleiß seines Gartens wartete und viel gute Kräuter und Würze darin zog. Dies wurde ein Hirsch gewahr, der schlich sich nachts in den Garten und zerfraß und verwüstete die Kräuter des Mannes, daß alles niederlag. Das trieb er manchen Tag lang, bis ihn der Gärtner erwischte und seinen Schaden rächen wollte. Doch war ihm der Hirsch zu schnell, der Mann schlug ihm bloß das eine Ohr ab. Als der Hirsch dennoch nicht von dem Garten ließ, betrat ihn der Mann von neuem und schlug ihm halb den Schwanz ab. ›Das trag dir‹, sagte er ›zum Wahrzeichen! Schmerzt's dich, so kommst du nicht wieder.‹ Bald aber heilten dem Hirsch die Wunden, er strich seine alten Schliche und äste dem Mann Kraut und Wurzeln ab, bis daß dieser den Garten listig mit Netzen umstellen ließ. Wie nun der Hirsch entfliehen wollte, ward er gefangen; der Gärtner stieß ihm seinen Spieß in den Leib und sagte: ›Nun wird dir das Süße sauer, und du bezahlst mir teuer meine Kräuter.‹ Darauf nahm er den Hirsch und zerwirkte ihn, wie es sich gehörte. Ein schlauer Fuchs lag still neben in einer Furche; als der Mann wegging, schlich der Fuchs hinzu und raubte das Herz vom Hirsch. Wie nun der Gärtner, vergnügt über seine Jagd, zurückkam und das Wild holen wollte, fand er kein Herz dabei, schlug die Hände zusammen und erzählte zu Haus seiner Frau das große Wunder von dem Hirsch, den er erlegt habe, der groß und stark gewesen, aber kein Herz im Leibe gehabt. ›Das hätte ich zuvorsagen wollen‹, antwortete des Gärtners Weib; ›denn als der Hirsch Ohr und Schwanz verlor, hätte er ein Herz gehabt, so wäre er nimmer in den Garten wiedergekommen.‹«

All diese kluge Rede war Adelgers Boten zu nichts nütze, denn er vernahm sie einfältig und kehrte mit Zorn gen Bayernland. Als er den Herzogen fand, sprach er: »Ich habe viel Arbeit erlitten und nichts damit erworben; was sollte ich da zu Rom tun? Der alte Ratgeber entbietet dir nichts zurück als ein Beispiel, das er dem König erzählte. Das hieß er mich dir hinterbringen. Daß er ein übel Jahr möge haben!«

Als Adelger das Beispiel vernahm, berief er schnell seine Mannen. »Dies Beispiel«, sagte er, »will ich euch, ihr Helden, wohl bescheiden. Die Römer wollen mit Netzen meinen Leib umgarnen; wißt aber, daß sie mich zu Rom in ihrem Garten nimmer berücken sollen. Wäre aber, daß sie mich selbst in Bayern heimsuchen, so wird ihnen der Leib durchbohrt, wo ich anders ein Herz habe und meine lieben Leute mir helfen wollen.«

Da man nun am römischen Hofe erfuhr, daß Adelger nicht nach Rom gehen wollte, sagte der König, so wolle er sehen, in welchem Lande der Herzog wohne. Das Heer wurde versammelt und brach, dreißigtausend wohlgewaffneter Knechte stark, schnell nach Bayern auf; erst zogen sie vor Bern, dann ritten sie durch Triental. Adelger, mit tugendlichem Mute, sammelte all seine Leute, Freunde und Verwandten; bei dem Wasser, heißet Inn, stießen sie zusammen, der Herzog trat auf eine Anhöhe und redete zu ihnen: »Wohlan, ihr Helden, unverzagt! Jetzt sollt ihr nicht vergessen, sondern leisten, was ihr mir gelobt habt. Man tut mir groß Unrecht. Zu Rom wurde ich gerichtet und hielt meine Strafe aus, als mich der König schändete an Haar und Gewand; damit gewann ich Verzeihung. Nun sucht er mich ohne Schuld heim; läge der Mann im Streite tot, so wäre die Not gering. Aber sie werfen uns in den Kerker und quälen unsern Leib, höhnen unsre Weiber, töten unsre Kinder, stiften Raub und Brand; nimmermehr hinführo gewinnt Bayern die Tugend und Ehre, deren es unter mir gewohnt war; um so mehr, ihr Helden, wehret beides, Leib und Land.« Alle reckten ihre Hände auf und schwuren: Wer heute entrinne, solle nimmerdar auf bayerischer Erde weder Eigen noch Leben haben. Gerold, den Markgrafen, sandte Adelger ab, daß er den Schwaben die Mark wehrete. Er focht mit ihnen einen starken Sturm, doch Gott machte ihn sieghaft; er fing Brenno, den Schwabenherzog, und hing ihn an einen Galgen auf.

Rudolf, den Grafen, mit seinen beiden Brüdern sandte Adelger gegen Böheim, dessen König zu Salre mit großer Macht lag und Bayern heerte. Rudolf nahm selbst die Fahne und griff ihn vermessen an. Er erschlug den König Osmig und gewann allen Raub wieder. Zu Kambach wandt er seine Fahne.

Wirent, den Burggrafen, sandte Adelger gegen die Hunnen. Niemand kann sagen, wieviel der Hunnen in der Schlacht tot lagen; einen sommerlangen Tag wurden sie getrieben bis an ein Wasser, heißet Traun, da genasen sie kaum.

Herzog Adelger selbst leitete sein Heer gen Brixen an das Feld, da schlugen sie ihr Lager auf; das ersahen die Wartmänner der Römer, die richteten ihre Fahne auf und zogen den Bayern entgegen. Da fielen viele Degen und brach mancher Eschenschaft! Volkwin stach den Fähnrich des Königs, daß ihm der Spieß durch den Leib drang. »Diesen Zins«, rief der vermessene Held, »bringe deinem Herrn und sage ihm, als er meinen Herrn schändete an Haar und Gewand, das ist jetzt dahin gekommen, daß er's ihm wohl vergelten mag.« Volkwin zuckte die Fahne wieder auf, nahm das Roß mit den Sporen und durchbrach den Römern die Schar. Von keiner Seite wollten sie weichen, und viel frommer Helden sank zu Boden; der Streit währte den sommerlangen Tag. Die grünen Fahnen der Römer wurden blutfärbig, ihre leichte Schar troff von Blut. Da mochte man kühne Jünglinge schwer verhauen sehen, Mann fiel auf Mann, das Blut rann über eine Meile. Da mochte man hören schreien nichts als ach und weh! Die kühnen Helde schlugen einander, sie wollten nicht von der Walstätte kehren, weder wegen des Tods, noch wegen irgendeiner Not; sie wollten ihre Herren nicht verlassen, sondern sie mit Ehren dannen bringen; das war ihr aller Ende.

Der Tag begann sich zu neigen, da wankten die Römer. Volkwin, der Fähnrich, dies gewahrend, kehrte seine Fahne wider den König der Römer; auf ihn drangen die mutigen Bayern mit ihren scharfen Schwertern und sangen das Kriegslied. Da vermochten die Welschen weder zu fliehen noch zu fechten. Severus sah, daß die Seinen erschlagen oder verwundet lagen und die Walstätte nicht behaupten konnten. Das Schwert warf er aus der Hand und rief: »Rom, dich hat Bayern in Schmach gebracht, nun acht ich mein Leben nicht länger!« Da erschlug Volkwin den König; als der König erschlagen war, steckte Herzog Adelger seinen Schaft in die Erde neben den Haselbrunnen: »Dies Land hab ich gewonnen den Bayern zu Ehre; diese Mark diene ihnen immerdar.«

498. Die treulose Störchin

Kranz, ein Kanzler Herzog Tassilos III., schreibt gar ein seltsames Wunder von Störchen zur Zeit Herzog Haunbrechts. Der Ehebruch sei derselbigen Zeit gemein gewesen, und Gott habe dessen harte Strafe an unvernünftigen Tieren zeigen wollen.

Oberhalb Abbach in Unterbayern, nicht weit von der Donau, stand ein Dorf, das man jetzund Teygen nennet. In dem Dorf nisteten ein Paar Störche und hatten Eier zusammen. Während die Störchin brütete und um Futter ausflog, kam ein fremder Storch, buhlte um die Störchin und überkam sie zuletzt. Nach vollbrachtem Ehebruch flog die Störchin über Feld zu einem Brunnen, taufte und wusch sich und kehrte wieder ins Nest zurück, dermaßen, daß der alte Storch bei seiner Rückkunft nichts von der Untreue empfand. Das trieb nun die Störchin mit dem Ehebrecher fort, einen Tag wie den andern, bis sie die Jungen ausgebrütet hatte. Ein Bauer aber auf dem Felde nahm es wahr und verwunderte sich, was doch die Störchin alle Tage zum Brunnen flöge und badete, vermachte also den Brunnen mit Reisig und Steinen und sah von ferne zu, was geschehen würde. Als nun die Störchin wiederkam und nicht zum Brunnen konnte, tat sie kläglich, mußte doch zuletzt ins Nest zurückfliegen. Da aber der Storch, ihr Mann, heimkam, merkte er die Treulosigkeit, fiel die Störchin an, die sich heftig wehrte; endlich flog der Storch davon und kam nimmer wieder, die Störchin mußte die Jungen allein nähren. Nachher um St. Laurenztag, da die Störche fortzuziehen pflegen, kam der alte Storch zurück, brachte unsäglich viel andre Störche mit, die fielen zusammen über die Störchin, erstachen und zerfleckten sie in kleine Flecken.

Davon ist das gemeine Sprichwort aufkommen: »Du kannst es nicht schmecken.«

499. Herzog Heinrich in Bayern hält reine Straße

Herzog Heinrich zu Bayern, dessen Tochter Elsbeth nach Brandenburg heiratete und die Märker nur »dat schon Elsken ut Bayern« nannten, soll das Rotwild zu sehr liebgehabt und den Bauern die Rüden durch die Zäun gejagt haben. Doch hielt er guten Frieden und litt Reuterei, oder wie die Kaufleute sagten: Räuberei, gar nicht im Lande. Die Kaufleut hießen sein Reich: im Rosengarten. Die Reuter aber klagten und sagten: »Kein Wolf mag sich in seinem Land erhalten und dem Strang entrinnen.« Man sagt auch sonst von ihm, daß er seine Vormünder, die ihn in großen Verlust gebracht, ehe er zu seinen Jahren kam, gewaltig gehaßt, und einmal, als er über Land geritten, begegnete ihm ein Karren, geladen mit Häfen. Nun kaufte er denselben ganzen Karren, stellte die Häfen nebeneinander her und hob an zu fragen jeglichen Hafen: »Wes bist du?« Antwortete drauf selber: »Des Herzogs«, und sprach dann: »Nun du mußt es bezahlen«, und zerschlug ihn. Welcher Hafen aber sagte: »Er wäre der Regenten«, dem tat er nichts, sondern zog das Hütel vor ihm ab. Sagte nachmals: »So haben meine Regenten mit mir regiert.« Man nannt ihn nur den reichen Herzog; den Turm zu Burghausen füllte er mit Geld aus.

500. Diez Schwinburg

Kaiser Ludwig der Bayer ließ im Jahre 1337 den Landfriedensbrecher Diez Schwinburg mit seinen vier Knechten gefangen in München einbringen und zum Schwert verurteilen. Da bat Diez die Richter, sie möchten ihn und seine Knechte an eine Zeil, jeden acht Schuhe voneinander, stellen und mit ihm die Enthauptung anfangen; dann wolle er aufstehen und vor den Knechten vorbeilaufen, und vor so vielen er vorbeigelaufen, denen möchte das Leben begnadigt sein. Als ihm dieses die Richter spottweise gewährt, stellte er seine Knechte, je den liebsten am nächsten, zu sich, kniete getrost nieder, und wie sein Haupt abgefallen, stand er alsbald auf, lief vor allen vier Knechten hinaus, fiel alsdann hin und blieb liegen. Die Richter getrauten sich doch den Knechten nichts zu tun, berichteten alles dem Kaiser und erlangten, daß den Knechten das Leben geschenkt wurde.

501. Der geschundene Wolf

Herzog Otto von Bayern vertrieb des Papstes Legaten Albrecht, daß er flüchten mußte und kam nach Passau. Da zog Otto vor die Stadt, nahm sie ein und ließ ihn da jämmerlich erwürgen. Etliche sagen: Man habe ihn schinden lassen, darum führen noch die von Passau einen geschundenen Wolf. Auch zeigt man einen Stein, der Blutstein geheißen, darauf soll Albrecht geschunden und zu Stücken gehauen sein. Es sei ihm, wie es wolle: Er hat den Lohn dafür empfangen, daß er soviel Unglück in der Christenheit angestiftet.

502. Die Gretlmühl

Herzog Ott, Ludwigs von Bayern jüngster Sohn, verkaufte Mark Brandenburg an Kaiser Karl IV. um 200 000 Gülden, räumte das Land und zog nach Bayern. Da verzehrte er sein Gut mit einer schönen Müllerin, namens Margaret, und wohnte im Schloß Wolfstein, unterhalb Landshut. Dieselbige Mühl wird noch die Gretlmühl genannt und der Fürst Otto der Finner, darum, weil er also ein solches Land verkauft. Man sagt: Karl hab ihn im Kauf überlistet und die Stricke an den Glocken im Land nicht bezahlt.

503. Herzog Friedrich und Leopold von Österreich

Da König Friedrich in der Gewalt Ludwig des Bayern gefangen lag auf einer Feste, genannt Trausnitz*, kam ein wohlgelehrter Mann ein zu Herzog Leopold von Östreich (des Gefangenen Bruder) und sprach: »Ich will Gut nehmen und den Teufel beschwören und zwingen, daß er muß Euern Bruder, König Friedrich, aus der Gefängnis her zu Euch bringen.« Also gingen die zwei, Herzog Leopold und der Meister, in die Kammer; da trieb der Meister seine Kunst, und kam der Teufel zu ihnen in eines Pilgrims Weise und ward geheißen, daß er König Friedrich brächte ohn allen Schaden. Der Teufel antwortete, er wolle das wohl tun, wo ihm der König folgen würde. Also fuhr der Teufel weg, kam zu Friedrich nach Trausnitz und sprach: »Sitze her auf mich, so will ich dich bringen ohne Schaden zu deinem Bruder.« Der König sagte: »Wer bist du?« Der Teufel versetzte und sprach: »Frage nicht danach; willst du aus dem Gefängnis kommen, so tue, das ich dich heiße.« Da ward dem Könige und denen, die sein hüteten, grauen und machten Kreuze vor sich. Da verschwand der Teufel.

Danach tät Herzog Leopold dem König Ludwig also weh mit Kriege, daß er mußte König Friedrich aus dem Gefängnis lassen. Doch mußte er schwören und verbürgen, König Ludwig fürder nicht zu irren an dem Reiche.

504. Der Markgräfin Schleier

Agnes, Kaiser Heinrichs IV. Tochter, stand mit Leopold dem Heiligen, Markgrafen von Östreich, den achten Tag ihrer Hochzeit an einem Fenster der Burg und redete von der Stiftung eines Klosters, um die ihm Agnes anlag. Indem kam ein starker Wind und führte den Schleier der Markgräfin mit sich fort. Leopold aber schlug ihr die Bitte mit den Worten ab: »Wenn sich dein Schleier findet, will ich dir auch ein Kloster bauen.« Acht Jahre später geschah es, daß Leopold im Walde jagte und auf einem Holunderstrauch Agnesens Schleier hangen sah. Dieses Wunders wegen ließ der Markgraf auf der Stelle, wo er ihn gefunden hatte, das Kloster Neuburg bauen; und noch heutigentages weist man daselbst den Schleier sowohl als den Stamm des Holunderbusches.

505. Der Brennberger (erste Sage)

Der Brennberger, ein edler Ritter, war zu Wien an des Herzogs von Östreich Hofe und sah die auserwählte Herzogin an, ihre Wangen und ihren roten Mund, die blühten gleich den Rosen. Da sang er Lieder zu ihrem Preis: Wie selig wäre, der sie küssen dürfe, und wie kein schöner Frauenbild auf Erde lebe, als die sein Herr besitze und der König von Frankreich; diesen beiden Weibern tue es keine gleich. Als die Herzogin von diesem Lobe vernahm, ließ sie den Ritter vor sich kommen und sprach: »Ach, Brennberger, du allerliebster Diener mein, ist es dein Ernst oder Scherz, daß du mich so besingest? Und wärst du nicht mein Diener, nähm ich dir's übel.« »Ich rede ohne Scherz«, sagte Brennberger, »und in meinem Herzen seid Ihr die Schönste auf Erden. Zwar spricht man von der Königin zu Frankreich Schönheit, doch kann ich's nicht glauben.« Da sprach die zarte Frau: »Brennberger, allerliebster Diener mein, ich bin dir hold und bitte dich sehr, nimm mein Gold und Silber und schaue die Königin und sieh, welche die schönste sei unter uns zweien; bringst du mir davon die Wahrheit, so erfreust du meinen Mut.« »Ach, edle Frau«, sagte der Brennberger,

»ich fürchte die Müh und die lange Reise; und brächt ich das zurück, das Ihr nicht gerne hörtet, so wär mein Herze schwer; bring ich Euch aber gute Mär, daß Ihr Euch freuetet, so geschäh's auch mir zulieb, darum will ich die Reise wagen.« Die Frau sprach: »Zeuch hin und laß dir's an nichts gebrechen, an Geschmeide noch an Gewändern.«

Brennberger aber ließ sich ein Krämlein machen; darein tat er, was Frauen gehöret, Gürtel und Spinnzeug, und wollte das als Krämerin feiltragen; und zog über Berg und Tal im Dienste seiner Frauen, bis er gen Paris kam. Zu Paris nahm er Herberg bei einem auserwählten Wirt, der unten am Berge wohnte, der gab ihm Futter und Streu, Speise und Trank aufs freundlichste. Brennberger hatte doch weder Ruh noch Rast, winkte den Wirt und frug ihn um Rat, wie er's anfange, der Königin unter Augen zu kommen; denn um ihrentwillen habe ihn die Herzogin aus Östreich hergesandt. Der Wirt sprach: »Stellt Euch dahin, wo sie pflegt zur Kirche zu gehen, so sehet Ihr sie sicherlich.«

Da kleidete sich Brennberger fräulich an, nahm seinen Kram und setzte sich vors Burgtor, hielt Spindel und Seide feil. Endlich kam auch die Königin gegangen, ihr Mund brannte wie ein Feuer, und elf Jungfrauen traten ihr nach. »Gott grüß dich, Krämerin«, sprach sie im Vorübergang; »was Schönes hast du feil?« Die Krämerin dankte tugendlich und sagte: »Hochgelobte Königin, gnadet's anzuschauen und kauft von mir samt Euern Jungfrauen!«

Abends spat sprach die edle Königin: »Nun hat sich die Krämerin vor dem Tore verspätet; laßt sie ein, fürwahr, sie mag heut bei uns bleiben.« Und die Krämerin saß mit den Frauen züchtiglich zu Tisch. Als das Mahl vollbracht war, sagte die Königin: »Bei wem wollt Ihr schlafen?« Die Krämerin wär gern daheim gewesen, antwortete: »Gott dank Euch, edle Königin! Geliebt's Euch, so laßt mich allein liegen.« »Das wäre schlechte Ehre«, versetzte sie; »wohlan, ich habe zwölf Jungfrauen hier, bei der jüngsten ziemt Euch zu liegen, da ist Euer Ehre gar wohl bewahrt.« Also lag die Krämerin die lange Nacht bei der zarten Jungfrau und hatte dreizehn Tage feil in der Burg, und jede Nacht schlief sie bei einer andern Jungfrau. Wie nun die letzte Nacht kam, sagte die Königin: »Hat sie euch allen beigelegen, was sollt ich's denn entgelten?« Da wurde dem Brennberger angst, daß es um sein Leben geschehen wäre, wenn er bei der Königin liegen müßte; und schlich sich des Abends von dannen zu seinem Wirt, setzte sich alsbald zu Pferd und ritt ohn Aufenthalt, bis er in die Stadt zu Wien kam.

»Ach, Brennberger, allerliebster Diener mein, wie ist es dir ergangen, was bringst du guter Märe?« »Edle Frau«, antwortete der Ritter, »ich hab Lieb und Leid gehabt, wie man noch nie erhört. Dreizehn Tage hatte ich feil meinen Kram vor dem Burgtor; nun möget Ihr Wunder hören, welches Heil mir widerfuhr; jeden Abend wurde ich eingelassen und mußte bei jeder Jungfrau besonders liegen; ich fürchtete mich, es könnte nicht so lang verschwiegen bleiben, und die letzte Nacht wollte mich die Königin selber haben.« »Weh mir, Brennberger, daß ich je geboren ward«, sprach die Herzogin, »daß ich dir je den Rat gab, die edle Frau zu kränken; nun sag mir aber, welche die schönste sei unter uns zweien?« »Frau, in Wahrheit, sie ist schön ohnegleichen, nie sah ich ein schöner Weib auf Erden; ein lichter Schein brach von ihrem Angesicht, als sie das erstemal vor meinen Kram ging, sonderliche Kraft empfing ich von ihrer Schöne.« »Ach, Brennberger, gefällt sie dir besser als ich, so sollst du auch ihr Diener sein!« »Nein, edle Frau, das sag ich nicht; Ihr seid die Schönste in meinem Herzen.« »Nun sprachst du eben erst, kein schöner Weib hast du nie gesehen.« – »Wißt, Frau, sie hatte einen hohen Mund, darum seid Ihr schöner auch an Hals und Kinn; aber nach Euch ist die Königin das schönste Weib, das ich je auf der Welt gesehen; das ist meine allergrößte Klage, ob ich einen unrechten Tod an ihr verdient hätte!«

506. Der Brennberger (zweite Sage)

Als nun der edle Brennberger mannigfalt gesungen hatte von seiner schönen Frauen, da gewahrte es ihr Gemahl, ließ den Ritter fahen und sagte: »Du hast meine Frau lieb, das geht dir an dein Leben!« Und zur Stunde ward ihm das Haupt abgehauen; sein Herz aber gebot der Herr auszuschneiden und zu kochen. Darauf wurde das Gericht der edlen Frau vorgestellt, und ihr roter Mund aß das Herz, das ihr treuer Dienstmann im Leibe getragen hatte. Da sprach der Herr: »Frau, könnt Ihr mich bescheiden, was Ihr jetzund gegessen habt?« Die Frau antwortete: »Nein, ich weiß es nicht; aber ich möcht es wissen, denn es schmeckt mir schön.« Er sprach: »Fürwahr, es ist Brennbergers Herz, deines Dieners, der dir viel Lust und Scherz brachte, und konnte dir wohl dein Leid vertreiben.« Die Frau sagte: »Hab ich gegessen, das mir Leid vertrieben hat, so tu ich einen Trunk darauf zu dieser Stund, und sollte meiner armen Seele nimmer Rat werden; von Essen und Trinken kommt nimmermehr in meinen Mund.« Und eilends stund sie auf, schloß sich in ihre Kammer und flehte die himmlische Königin um Hilfe an: »Es muß mich immer reuen um den treuen Brennberger, der unschuldig den Tod erlitt um meinetwillen; fürwahr, er ward nie meines Leibes teilhaftig und kam mir nie so nah, daß ihn meine Arme umfangen hätten.« Von der Zeit an kam weder Speise noch Trank über der Frauen Mund; elf Tage lebte sie, und am zwölften schied sie davon. Ihr Herr aber, aus Jammer, daß er sie so unehrlich verraten, stach sich mit einem Messer tot.

507. Schreckenwalds Rosengarten

Unterhalb Melk in Östreich, auf dem hohen Agstein, wohnte vorzeiten ein furchtbarer Räuber, namens Schreckenwald. Er lauerte den Leuten auf, und nachdem er sie beraubt hatte, sperrte er sie oben auf dem steilen Felsen in einen engen, nicht mehr als drei Schritte langen und breiten Raum, wo die Unglücklichen vor Hunger verschmachteten, wenn sie sich nicht in die schreckliche Tiefe des Abgrundes stürzen und ihrem Elend ein Ende machen wollten. Einmal aber geschah es, daß jemand kühn und glücklich springend auf weiche Baumäste fiel und herabgelangte. Dieser offenbarte nun nach vollbrachter Rettung das Raubnest und brachte den Räuber gefangen, der mit dem Schwert hingerichtet wurde. Sprichwörtlich soll man von einem Menschen, der sich aus höchster Not nur mit Leib- und Lebensgefahr retten mag, sagen: »Er sitzt in Schreckenwalds Rosengärtlein.«

508. Margareta Maultasch

In Tirol und Kärnten erzählen die Einwohner viel von der umgehenden Margareta Maultasch, welche vor alten Zeiten Fürstin des Landes gewesen und ein so großes Maul gehabt, davon sie benannt wird. Die Klagenfurter gehen nach der Betglocke nicht gern ins Zeughaus, wo ihr Panzer verwahrt wird, oder der Vorwitz wird mit derben Maulschellen bestraft. Am großen Brunnen, da, wo der aus Erz gegossene Drache steht, sieht man sie zu gewissen Zeiten auf einem dunkelroten Pferde reiten. Unfern des Schlosses Osterwitz stehet ein altes Gemäuer; manche Hirten, die da auf dem Felde ihre Herden weideten, nahten sich unvorsichtig und wurden mit Peitschenhieben empfangen. Man hat deshalb gewisse Zeichen aufgesteckt, über welche hinaus keiner dort sein Vieh treibt; und selbst das Vieh mag das schöne, fette Gras, das an dem Orte wächst, nicht fressen, wenn unwissende Hirten es mit Mühe dahin getrieben haben. Zumal aber erscheint der

Geist auf dem alten Schlosse bei Meran, neckt die Gäste und soll einmal mit dem bloßen Schwerte auf ein neuvermähltes Brautpaar in der Hochzeitsnacht eingehauen haben, doch ohne jemand zu töten. In ihrem Leben war diese Margareta kriegerisch, stürmte und verheerte Burgen und Städte und vergoß unschuldiges Blut.

509. Dietrichstein in Kärnten

Als bei fortwährender Belagerung des Schlosses Dietrichstein (im Jahr 1334) die Obersten gesehen, daß sie den Platz in die Länge wider die Frau Margarete Maultasch nicht erhalten möchten, da sie ihnen zu mächtig gewesen, darzu dann auch kommen, daß sie von Erzherzog Otten keine Hilf auf diesmal zu verhoffen gehabt: sind sie hierauf mit einhelligem Gemüt auf einen Abend, da ein gewaltiger Nebel eingefallen, in aller Stille mit dem ganzen kärntischen Kriegsvolk von Dietrichstein abgezogen und ganz glücklich in die Stadt St. Veit gekommen, dessen sich eine ganze Bürgerschaft höchlich erfreut hat. Wie nun aber die Maultaschischen folgenden Tages mit Stürmung angehalten und keinen einigen Widerstand befunden, konnten sie leichtlich aus dem stillen Wesen abnehmen, daß die Unsern sie betrogen und das Schloß ihnen leer verlassen hätten; darum Frau Maultasch, im Zorn entbrannt, mit großem Geschrei die Ihren nötigte und zwang, die Mauern zu ersteigen und das Haus einzunehmen, welches sie leichtlich, weil niemand darauf gewesen, tun können; und eroberten es also, und wurden die Mauern ungestümiglich zerbrochen, die Türm und Tore alle der Erde gleich eingerissen, die Zimmer verbrannt, und ließen sie allda wenig Gebäu aufrecht stehen. Damit ist Dietrichstein von der Maultasch zerstört und greulich verwüst worden, das doch die Herren von Dietrichstein folgender Zeit wiederaufgebaut und in etwas bewohnt gemacht haben. Es ist die gemeine Sage im Land, wie daß in diesem verödeten Schloß ein groß unsäglich Gut soll verborgen liegen; wie dann heutezutage oft geschehen soll, wenn man recht in das verfallne Gebäu kommt, daß sich ein solches Werfen, Poltern und Sausen erhebt, gleich als wenn es alles über einen Haufen werfen wollt; darum sich denn auch niemand unterstehen darf, lang an diesem Ort zu bleiben.

510. Die Maultasch-Schutt

Wie das Schloß Dietrichstein von der Frau Margaret Maultasch (im Jahre 1334) belagert und verwüstet worden, sind hiezwischen viel Herren und Landleut aus Kärnten mit Weib und Kind in eilender Flucht gen Osterwitz kommen, dem edeln und gestrengen Herrn Reinher Schenk zugehörig, von dem sie dann mit großen Ehren sind empfangen worden. An diesem Orte, als von Natur überaus stark und ungewinnlich, hatten sie alle gute Hoffnung, mit den Ihren vor der Tyrannin sicher zu bleiben. Es liegt aber Osterwitz eine Meil Wegs von St. Veit gegen Völkermarkt wärts zur rechten Hand auf einem starken und sehr hohen Felsen, der an keinem Ort mag weder gestürmt noch angelaufen werden. Nun zog aber Frau Maultasch mit ihrem Kriegsvolk stracks auf Osterwitz zu, sonderlich nachdem sie verstanden, daß ein großer Adel allda beisammen wäre, des endlichen Vorhabens, so lange davorzuliegen, bis sie solches in ihre Gewalt bringen und der vorberührten Herren und Frauen würde habhaft sein. Wie solches dem Herrn Reinher Schenk von seinen Kundschaftern angekündet worden, hat er hierauf unverzogenlich seine Kriegsleute, derselben nicht viel über dreihundert gewesen, mit großem Fleiß auf die Wehren der Mauern und allenthalben auf dem hohen Berge geordnet und gar nichts unterlassen, was auf diesmal dazu gedienet. Hiezwischen kam die Frau Maultasch so weit hinaus, daß sie mit den Ihren das Feld weit und breit eingenommen, auch das Schloß in dem Gezirk also umringet, daß schier niemand zu den Belagerten kommen oder aus der Festung weichen konnte. Und weil die Tyrannin gesehen, daß es unmöglich, Osterwitz zu bewältigen, hat sie demnach, in der Zeit der Belagerung, den armen Bauersleuten in den Dörfern mit Brennen, Rauben, Morden und andern Gewalttätigkeiten nicht geringen Schaden zugefügt; wie dessen die zerbrochnen Schlösser und Burgen noch heutigestages genugsame Zeugnis geben. Doch als sie zuletzt gesehen, daß sie Zeit umsonst und vergeblich vertrieben, auch mit aller Gewalt wenig ausrichten würde, hat sie so viel im Rat befunden, ihre Gesandten an Reinher Schenk zu verordnen mit dem Befehl: daß sie ihn mit vielen und reichen Verheißungen dahin bewegen sollten, das Schloß Osterwitz ihr zu übergeben und mit den Seinen frei abzuziehen. Als auf solche Werbung Herr Reinher Schenk abschläglich antwortete und sagen ließ, er müsse ein Kind sein, wenn er darauf horchen und nach ihren Drohungen fragen wollte, also daß die Gesandten mit betrübten Herzen ins Lager zurückkamen: rieten ihr alle, den Ort, da mit Gewalt nichts auszurichten wäre, auszuhungern und mit solchem Mittel den kärntischen Adel zum Brett zu treiben. Welchem getreuen Rat auch Frau Maultasch nachkommen wollte, weil doch keine andere Gelegenheit vorhanden war, ihres Willens habhaft zu werden.

Weil dann nun diese Belagerung ziemlich lange gewähret, entstand hiezwischen in dem Schloß zu Osterwitz nicht allein unter den gemeinen Knechten, sondern auch denen vom Adel, sonderlich aber bei dem Frauenzimmer ein großer Mangel in allen Sachen, vornehmlich aber an Wasser, daß auch täglich viel umkamen. Denn es waren von den dreihundert Knechten kaum hundert überblieben, die sich gedrungenerweise mit abscheulicher Speise, als Katzen-, Hund- und Roßfleisch, ersättigen mußten. Indem sich nun etliche vornehme Herren und vom Adel deswegen miteinander beratschlagten, wie den Sachen zu tun wäre, erfanden sie endlich einen trefflich guten und erwünschten Weg. Denn als sie täglich den großen Jammer vermerkten und ihnen gar schmerzlich war, daß sie samt Weib und Kindern in großem Unglück standen und noch zukünftiger Zeit mehrerm Unfall möchten unterworfen sein, gingen sie sämtlich zu Herrn Reinher Schenk und sagten ihm, wie sie diesmal nur durch einen listigen Fund, weil sie keine Hilfe von Erzherzog Otto zu gewarten hätten, zu erretten wären. Nun hätten sie eine gute und geschwinde Kriegslist erdacht, damit den grimmen Feind ab ihrem Hals zu bringen. Nämlich dieweil sie gesehen, daß alle Essensspeisen und des Leibes Notdurft nun bereits verzehrt und nichts mehr in ihrer Gewalt wäre als ein dürrer Stier und zwei Vierling Roggen, so wäre ihr getreuer Rat, Gutdünken und Meinung, man sollte hierauf den Stier abschlachten, in dessen abgezogene Haut den Roggen einschütten und sie also, wohl vermacht, den Berg herabwerfen. Wenn die Feinde dann solches sähen, würde es ihnen Ursache geben zu denken, wir wären mit allerlei Notdurft und Lebensmittel noch reichlich versehen und könnten die Belagerung noch eine gute Zeit ausharren. Derowegen sie unzweifelig würden aufbrechen und mit dem ganzen Kriegsheer abziehen. Diesem Rat kam Herr Reinher Schenk alsbald nach, ließ den Stier abnehmen, den Roggen dareintun und solche damit über den Berg abstürzen, dem jedermann mit großer Verwunderung zugesehen. Als aber solches Frau Maultasch erfahren, tät sie hierauf einen lauten hellen Schrei und sagte: »Ha! Das sind die Klaus-Rappen, so eine gute Zeit ihre Nahrung in die Kluft zusammengetragen und auf den hohen Felsen sich versteckt haben, die wir nicht so leichtlich in unsern Klauen werden fassen können; darum wir sie in ihrem tiefen Nest sitzen und andre gemästete Vögel suchen wollen.« Hat von Stund an darauf ihren Kriegsleuten geboten, daß ein jeder insonderheit seine Sturmhaube voll Erde fassen und solches auf einem ebenen Felde, gleich gegen Osterwitz über, ausschütten sollte. Welches, als es geschehen, ist aus der Erde ein ziemlich groß Berglein worden, das man lange Zeit im Land zu Kärnten die Maultasch-Schutt genannt hat. Noch vor kurzem, im Jahre 1580, hat Herr Georg Kevenhüller, Freiherr zu Aichelberg, als Landeshauptmann von Kärnten der Frau Maultasch Bildnis in schönem weißem Stein ausgehauen lassen, welche Säul das Kreuz bei der Maultasch-Schutt genannt worden.

511. Radbod von Habsburg

Im X. Jahrhundert gründete Radbod auf seinem eigenen Gute im Aargau eine Burg, genannt Habsburg (Habichtsburg, Felsennest), klein, aber fest. Als sie vollendet war, kam Bischof Werner, sein Bruder, der ihm Geld dazu hergegeben, den Bau zu sehen, und war unzufrieden mit dem kleinen Umfang. Nachts aber ließ Graf Radbod seine Dienstmannen aufbieten und die Burg umringen. Als nun der Bischof morgens ausschaute und sich verwunderte, sprach sein Bruder: »Ich hab eine lebendige Mauer erbaut, und die Treue tapferer Männer ist die festeste Burg.«

512. Rudolf von Strättlingen

König Rudolf von Burgund herrschte mächtig zu Strättlingen auf der hohen Burg; er war gerecht und mild, baute Kirchen weit und breit im Lande; aber zuletzt übernahm ihn der Stolz, daß er meinte, niemand, selbst der Kaiser nicht, sei ihm an Macht und Reichtum zu vergleichen. Da ließ ihn Gott der Herr sterben; alsbald nahte sich der Teufel und wollte seine Seele empfangen; dreimal hatte er schon die Seele ergriffen, aber St. Michael wehrte ihm. Und der Teufel verlangte von Gott, daß des Königs Taten gewogen würden; und wessen Schale dann schwerer sei, dem solle der Zuspruch geschehen. Michael nahm die Waage und warf in die eine Schale, was Rudolf Gutes, in die andere, was er Böses getan hatte; und wie die Schalen schwankten und sachte die gute niederzog, wurde dem Teufel angst, daß seine auffahre; und schnell klammerte er sich von unten dran fest, daß sie schwer hinuntersank. Da rief Michael: »Wehe, der erste Zug geht zum Gericht!« Drauf hebt er zum zweitenmal die Waage, und abermal hängt sich Satan unten dran und machte seine Schale lastend. »Wehe«, sprach der Engel, »der zweite Zug geht zum Gericht!« Und zum drittenmal hob er und zögerte; da erblickte er die Krallen des Drachen am schmalen Rand der Waagschale, die sie niederdrückten. Da zürnte Michael und verfluchte den Teufel, daß er zur Hölle fuhr; langsam, nach langem Streit hob sich die Schale des Guten um eines Haares Breite, und des Königs Seele war gerettet.

513. Idda von Toggenburg

Ein Rabe entführte der Gräfin Idda von Toggenburg, des Geschlechtes von Kirchberg, ihren Brautring durch ein offenes Fenster. Ein Dienstmann des Grafen Heinrichs, ihres Gemahls, fand ihn und nahm ihn auf; der Graf erkannte ihn an dessen Finger. Wütend eilte er zu der unglücklichen Idda und stürzte sie in den Graben der hohen Toggenburg; den Dienstmann ließ er am Schweif eines wilden Pferdes die Felsen herunterschleifen. Indes erhielt sich die Gräfin im Herabfall an einem Gesträuch, wovon sie sich nachts losmachte. Sie ging in einen Wald, lebte von Wasser und Wurzeln; als ihre Unschuld klar geworden, fand ein Jäger die Gräfin Idda. Der Graf bat viel; sie wollte nicht mehr bei ihm leben, sondern blieb still und heilig im Kloster zu Fischingen.

514. Auswanderung der Schweizer

Es war ein altes Königreich im Lande gegen Mitternacht, im Lande der Schweden und Friesen*; über dasselbe kam Hunger und teure Zeit. In dieser Not sammelte sich die Gemeinde; durch die meisten Stimmen wurde beschlossen, daß jeden Monat das Volk zusammenkommen und losen sollte; wen das Los träfe, der müsse bei Lebensstrafe aus dem Land ziehen, Hohe und Niedere, Männer, Weiber und Kinder. Dies geschah eine Zeitlang; aber es half bald nicht aus, und man wußte den Menschen keine Nahrung mehr zu finden. Da versammelte sich nochmals der Rat und verordnete, es solle nun alle acht Tage der zehnte Mann losen, auswandern und nimmermehr wiederkehren. So geschah der Ausgang aus dem Land in Mitternacht, über hohe Berge und tiefe Täler, mit großem Wehklagen aller Verwandten und Freunde; die Mütter führten ihre unmündigen Kinder. In drei Haufen zogen die Schweden, zusammen sechstausend Männer, groß wie die Riesen, mit Weib und Kindern, Hab und Gut. Sie schwuren,

Idda von Toggenburg. Kupferstich aus: Alpenrosen, ein Schweizer Taschenbuch auf das Jahr 1826

sich einander nie zu verlassen, und erwählten drei Hauptleute über sich durchs Los, deren Namen waren Switer (Schweizer), Swey und Hasius. Zwölfhundert Friesen schlossen sich ihnen an. Sie wurden reich an fahrendem Gut durch ihren sieghaften Arm. Als sie durch Franken zogen und über den Rheinstrom wollten, ward es Graf Peter von Franken kund und andern; die machten sich auf, wollten ihrem Zug wehren und ihnen die Straße verlegen. Die Feinde dachten, mit ihrem starken Heer das arme Volk leicht zu bezwingen, wie man Hunde und Wölfe jagt, und ihnen Gut und Waffen zu nehmen. Aber die Schweizer schlugen sich glücklich durch, machten große Beute und baten zu Gott um ein Land wie das Land ihrer Altvordern, wo sie möchten ihr Vieh weiden in Frieden; da führte sie Gott in die eine Gegend, die hieß das Brochenburg. Da wuchs gut Fleisch und auch Milch und viel schönes Korn, daselbst saßen sie nieder und bauten Schwyz, genannt nach Schwyzer, ihrem ersten Hauptmann. Das Volk mehrte sich, in dem Tal war nicht Raum genug, sie hatten manchen schweren Tag, eh ihnen das Land Nutzen gab; den Wald ausrotten war ihr Geigenbogen. Ein Teil der Mengen zog ins Land an den schwarzen Berg, der jetzt Brauneck heißt. Sie zogen über das Gebirg ins Tal, wo die Aar rinnt, da werkten sie emsig zu Tag und Nacht und bauten Hütten. Die aber aus der Stadt Häßle in Schweden stammten, besetzten Hasli im Weißland (Oberhasli) und wohnten daselbst unter Hasius, dem dritten Hauptmann. Der Graf von Habsburg gab ihnen seine Erlaubnis dazu. Gott hatte ihnen das Land gegeben, daß sie drinnen sein sollten; aus Schweden waren sie geboren, trugen Kleider aus grobem Zwillich, nährten sich von Milch, Käs und Fleisch und erzogen ihre Kinder damit.

Hirten wußten noch zwischen 1777–80 zu erzählen, wie in alten Jahrhunderten das Volk von Berg zu Berg, aus Tal in Tal, nach Frutigen, Obersibental, Saanen, Afflentsch und Jaun gezogen; jenseits Jaun wohnen andere Stämme. Die Berge waren aber vor den Tälern bewohnt.

515. Die Ochsen auf dem Acker zu Melchtal

Es saß zu Sarnen einer von Landenberg, der war daselbst Vogt; der vernahm, daß ein Landmann in Melchtal einen hübschen Zug Ochsen hätte; da fuhr er zu, schickte einen Knecht und hieß ihm die Ochsen bringen: Bauern sollten den Pflug ziehen, er wolle die Ochsen haben. Der Knecht tat, was ihm befohlen war. Nun hatte der arme fromme Landmann einen Sohn; als der Knecht die Joche der Ochsen aufbinden wollte, schlug der Sohn mit dem Garb (Stecken) dem Knecht die Finger entzwei. Der gehub sich übel, lief heim und klagte. Der gute arme Knab versah sich wohl: wo er nicht wiche, daß er darum leiden müßte, floh und entrann. Der Herr ward zornig und schickte noch mehr Leute aus, da war der Junge entronnen; da fingen sie den alten Vater, dem ließ der Herr die Augen ausstechen und nahm ihm, was er hatte.

516. Der Landvogt im Bad

Zu den Zeiten war auch ein Biedermann auf Allzellen im Wald gesessen, der hatte eine schöne Frau, die gefiel dem Landvogt und hätte sie gern zu seinem Willen gehabt. Weil er aber sah, daß das wider den Willen der Frau war, und sie ihn bat, abzustehen und sie unbekümmert zu lassen, denn sie wolle fromm bleiben: da dachte er die Frau zu zwingen. Eines Tages ritt er zu der Frauen Haus; da war der Mann ungefähr zu Holz gefahren; da zwang er die Frau, daß sie ihm ein Bad machen mußte, das tat sie unwillig. Da das Bad gemacht war, saß der Herr hinein und wollte, daß die Frau sich zu ihm ins Bad setzte; das war die gute Frau nicht willens und verzog die Sache, solange sie mochte, bat Gott, daß er ihre Ehre beschirmen und beschützen möge. Und Gott der Herr verließ sie in ihren Nöten nicht; denn da sie am größten waren, kam der Mann eben beizeit aus dem Walde; und wäre er nicht gekommen, so hätte die Frau des Herrn Willen tun müssen. Da der Mann gekommen war und seine Frau traurig stehen sah, fragte er, was ihr wäre, warum sie ihn nicht fröhlich empfänge. »Ach, lieber Mann«, sagte sie, »unser Herr ist da innen und zwang mich, ihm ein Bad zu richten; und wollte gehabt haben, daß ich zu ihm säße, seinen Mutwillen mit mir zu verbringen, das hab ich nicht wollen tun.« Der Mann sprach: »Ist dem also, so schweig still, und sei Gott gelobt, daß du deine Ehre behalten hast; ich will ihm schon das Bad gesegnen, daß er's keiner mehr tut.« Und ging hin zum Herrn, der noch im Bad saß und der Frauen wartete, und schlug ihn mit der Axt zu Tode. Das alles wollte Gott.

517. Der Bund in Rütli

Einer von Schwyz, genannt Stöffacher, saß zu Steinen, dieshalb der Burg, der hatte gar ein hübsches Haus erbaut. Da ritt auf eine Zeit Grißler, Vogt zu des Reichs Handen in Uri und Schwyz, vorüber, rief dem Stöffacher und fragte: wes die schöne Herberg wäre? Sprach der

Mann: »Euer Gnaden und mein Lehen«, wagte aus Furcht nicht, zu sprechen: Sie ist mein. Grißler schwieg still und zog heim. Nun war der Stöffacher ein kluger, verständiger Mann, hatte auch eine fromme weise Frau; der setzte sich die Sache zu Herzen und dachte, der Vogt nähme ihm noch Leib und Gut. Die Frau aber, als sie ihn bekümmert sah, fragte ihn aus; er sagte ihr alles. Da sagte sie: »Des wird noch Rat, geh und klag es deinen vertrauten Freunden.« So geschah es bald, daß drei Männer zusammenkamen, einer von Uri, der von Schwyz und der Unterwaldner, dem man den Vater geblendet hatte. Diese drei schwuren heimlich den ersten Eid, des ewigen Bundes Anfang, daß sie wollten Recht mehren, Unrecht niederdrücken und Böses strafen; darum gab ihnen Gott Glück. Wann sie aber ihre Anschläge tun wollten, fuhren sie an den Mittenstein, an ein Ende, heißt im Bettlin, da tageten sie zusammen im Rütli.

518. Wilhelm Tell

Es fügte sich, daß des Kaisers Landvogt, genannt der Grißler*, gen Uri fuhr; als er da eine Zeit wohnte, ließ er einen Stecken unter der Linde, da jedermann vorbeigehen mußte, richten, legte einen Hut drauf und hatte einen Knecht zur Wacht dabeisitzen. Darauf gebot er durch öffentlichen Ausruf: Wer der wäre, der da vorüberginge, sollte sich dem Hut neigen, als ob der Herr selber zugegen sei; und übersähe es einer und täte es nicht, den wollte er mit schweren Bußen strafen. Nun war ein frommer Mann im Lande, hieß Wilhelm Tell, der ging vor dem Hut über und neigte ihm keinmal; da verklagte ihn der Knecht, der des Hutes wartete, bei dem Landvogt. Der Landvogt ließ den Tell vor sich bringen und fragte: warum er dem Stecken und Hut nicht neige, als doch geboten sei? Wilhelm Tell antwortete: »Lieber Herr, es ist von ungefähr geschehen; dachte nicht, daß es Euer Gnad so hoch achten und fassen würde; wär ich witzig, so hieß ich anders dann der Tell.« Nun war der Tell gar ein guter Schütz, wie man sonst keinen im Lande fand, hatte auch hübsche Kinder, die ihm lieb waren. Da sandte der Landvogt, ließ die Kinder holen, und als sie gekommen waren, fragte er Tellen, welches Kind ihm das allerliebste wäre. »Sie sind mir alle gleich lieb.« Da sprach der Herr: »Wilhelm, du bist ein guter Schütz, und find't man nicht deinsgleichen; das wirst du mir jetzt bewähren; denn du sollst deiner Kinder einem den Apfel vom Haupte schießen. Tust du das, so will ich dich für einen guten Schützen achten.« Der gute Tell erschrak, fleht um Gnade und daß man ihm solches erließe, denn es wäre unnatürlich; was er ihm sonst hieße, wolle er gerne tun. Der Vogt aber zwang ihn mit seinen Knechten und legte dem Kinde den Apfel selbst aufs Haupt. Nun sah Tell, daß er nicht ausweichen konnte, nahm den Pfeil und steckte ihn hinten in seinen Göller, den andern Pfeil nahm er in die Hand, spannte die Armbrust und bat Gott. daß er sein Kind behüten wolle; zielte und schoß glücklich ohne Schaden den Apfel von des Kindes Haupt. Da sprach der Herr, das wäre ein Meisterschuß. »Aber eins wirst du mir sagen: Was bedeutet, daß du den ersten Pfeil hinten ins Göller stießest?« Tell sprach: »Das ist so Schützengewohnheit.« Der Landvogt ließ aber nicht ab und wollte es eigentlich hören; zuletzt sagte Tell, der sich fürchtete, wenn er die Wahrheit offenbarte: wenn er ihm das Leben sicherte, wolle er's sagen. Als das der Landvogt getan, sprach Tell: »Nun wohl! Sintemal Ihr mich des Lebens gesichert, will ich das Wahre sagen.« Und fing an und sagte: »Ich hab es darum getan: hätte ich des Apfels gefehlt und mein Kindlein geschossen, so wollte ich Euer mit dem andern Pfeil nicht gefehlt haben.« Da das der Landvogt vernahm, sprach er: »Dein Leben ist dir zwar zugesagt; aber an ein Ende will ich dich legen, da dich Sonne und Mond nimmer bescheinen;« ließ ihn fangen und binden und in denselben Nachen legen, auf dem er wieder nach Schwyz schiffen wollte. Wie sie nun auf dem See fuhren und kamen bis gen Axen hinaus, stieß sie ein grausamer starker Wind an, daß das Schiff schwankte und sie elend zu verderben meinten; denn keiner wußte mehr dem Fahrzeug vor den Wellen zu steuern. Indem sprach einer der Knechte zum Landvogt: »Herr, hießet Ihr den Tell aufbinden, der ist ein starker, mächtiger Mann und versteht sich wohl auf das Wetter: so möchten wir wohl aus der Not entrinnen.« Sprach der Herr und rief dem Tell: »Willt du uns helfen und dein Bestes tun, daß wir von hinnen kommen, so will ich dich heißen aufbinden.« Da sprach der Tell: »Ja, gnädiger Herr, ich will's gerne tun und getraue mir's.« Da ward Tell aufgebunden und stand an dem Steuer und fuhr redlich dahin; doch so lugte er allenthalben auf seinen Vorteil und auf seine Armbrust, die nah bei ihm am Boden lag. Da er nun kam gegen einer großen Platte die man seither stets genannt hat ›Des Tellen Platte‹ und noch heutbeitag also nennet , deucht es ihm Zeit zu sein, daß er entrinnen konnte; rief allen munter zu, fest anzuziehen, bis sie auf die Platte kämen, denn wann sie davorkämen, hätten sie das Böseste überwunden. Also zogen sie der Platte nah, da schwang er mit Gewalt, als er denn ein mächtig starker Mann war, den Nachen, griff seine Armbrust und tat einen Sprung auf die Platte, stieß das Schiff von ihm und ließ es schweben und schwanken auf dem See.

Lief durch Schwyz schattenhalb (im dunkeln Gebirg), bis daß er kam gen Küßnacht in die hohle Gassen; da war er vor dem Herrn hingekommen und wartete sein daselbst. Und als der Landvogt mit seinen Dienern geritten kam, stand Tell hinter einem Staudenbusch und hörte allerlei Anschläge, die über ihn gingen, spannte die Armbrust auf und schoß einen Pfeil in den Herrn, daß er tot umfiel. Da lief Tell hinter sich über die Gebirge gen Uri, fand seine Gesellen und sagte ihnen, wie es ergangen war.

519. Der Knabe erzählt's dem Ofen

Als auch Luzern dem ewigen Bunde beigetreten war, da wohnten doch noch östreichisch Gesinnte in der Stadt, die erkannten sich an den roten Ärmeln, die sie trugen. Diese Rotärmel versammelten sich einer Nacht unter dem Schwibbogen, willens, die Eidgenossen zu überfallen. Und wiewohl sonst niemand um so späte Zeit an den Ort zu gehen pflegte, geschah es damals durch Gottes Schickung, daß ein junger Knab unter dem Bogen gehen wollte, der hörte die Waffen klirren und den Lärm, erschrak und wollte fliehen. Sie aber holten ihn ein und drohten hart: wenn er einen Laut von sich gebe, müsse er sterben. Drauf nahmen sie ihm einen Eid ab, daß er's keinem Menschen sagen wolle; er aber hörte alle ihre Anschläge und entlief ihnen unter dem Getümmel, ohne daß man sein achtete. Da schlich er und lugte, wo er Licht sähe; und sah ein groß Licht auf der Metzgerstube, war froh und legte sich dahinten auf den Ofen. Es waren noch Leute da, die tranken und spielten. Und der gute Knab fing laut zu reden an: »O Ofen, Ofen!« und redete nichts weiter. Die andern hatten aber kein acht drauf. Nach einer Weile fing er wieder an: »O Ofen, Ofen, dürft ich reden.« Das hörten die Gesellen, schnarzten ihn an: »Was Gefährts treibst du hinterm Ofen? Hat er dir ein Leid getan, bist du ein Narr, oder was sonst, daß du mit ihm schwatzest?« Da sprach der Knab: »Nichts, nichts, ich sage nichts«, aber eine Weile drauf hub er an zum drittenmal und sagte laut:

»O Ofen, Ofen, ich muß dir klagen,
ich darf es keinem Menschen sagen,«

setzte hinzu, daß Leute unterm Schwibbogen stünden, die wollten heut einen großen Mord tun. Da die Gesellen das hörten, fragten sie nicht lange nach dem Knaben, liefen und taten's jedermann kund, daß bald die ganze Stadt gewarnt wurde.

520. Der Luzerner Harschhörner

Die Schweizer brauchen Trompeten, Trummeln und Pfeifen, doch ist ein großer Unterschied zwischen dem landsknechtischen und eidgenössischem Schlag; denn der ist etwas gemächer. Die von Uri haben einen Mann dazu verordnet, den man den Stier von Uri nennt, der im Krieg ein Horn von einem wilden Urochsen bläst, schön mit Silber beschlagen. Die von Luzern brauchen aber ehrine Harschhörner, die gab ihnen König Karl zu Ehren, als sie tapfer stritten in der Runzifaller Schlacht. Da gönnte er ihnen, daß sie immerdar Hörner führen möchten und sollten, wie sie Roland, sein eigner Vetter, auch geführt.

521. Ursprung der Welfen

Warin war ein Graf zu Altorf und Ravensburg in Schwaben, sein Sohn hieß Isenbart und Irmentrut dessen Gemahlin. Es geschah, daß ein armes Weib unweit Altorf drei Kindlein auf einmal zur Welt brachte; als das Irmentrut, die Gräfin, hörte, rief sie aus: »Es ist unmöglich, daß dies Weib drei Kinder von einem Mann haben könne ohne Ehbruch.« Dieses redete sie öffentlich vor Graf Isenbart, ihrem Herrn, und allem Hofgesinde, und diese Ehebrecherin verdiene nichts anders, als in einen Sack gesteckt und ertränkt zu werden.

Das nächste Jahr wurde die Gräfin selbst schwanger und gebar, als der Graf eben ausgezogen war, zwölf Kindlein, eitel Knaben. Zitternd und zagend, daß man sie nun gewiß, ihren eigenen Reden nach, Ehbruchs zeihen würde, befahl sie der Kellnerin, die andern elfe (denn das zwölfte behielt sie) in den nächsten Bach zu tragen und zu ersäufen. Indem nun die Alte diese elf unschuldigen Knäblein, in ein großes Becken gefaßt, in den vorfließenden Bach, die Scherz genannt, tragen wollte, schickte es Gott, daß der Isenbart selber heimkam und die Alte frug, was sie da trüge. Welche antwortete, es wären Welfe oder junge Hündlein. »Laß schauen«, sprach der Graf, »ob mir einige zur Zucht gefallen, die ich zu meiner Notdurft hernach gebrauchen will.« »Ei, Ihr habt Hunde genug«, sagte die Alte und weigerte sich, »Ihr möchtet ein Grauen nehmen, sähet Ihr einen solchen Wust und Unlust von Hunden.« Allein der Graf ließ nicht ab und zwang sie hart, die Kinder zu blößen und zu zeigen. Da er nun die elf Kindlein erblickte, wiewohl klein, doch von adliger, schöner Gestalt und Art, fragte er heftig und geschwind, wes die Kinder wären. Und als die alte Frau bekannte und ihn des ganzen Handels verständigte, wie daß nämlich die Kindlein seinem Gemahl zustünden, auch aus was Ursach sie hätten umgebracht werden sollen, befahl der Graf diese Welfen einem reichen Müller der Gegend, welcher sie aufziehen sollte; und verbot der Alten ernstlich, daß sie wiederum zu ihrer Frau ohne Furcht und Scheu gehen und nichts anders sagen sollte als: ihr Befehl sei ausgerichtet und vollzogen worden.

Sechs Jahre hernach ließ der Graf die elf Knaben, adlig geputzt und geziert, in sein Schloß, da jetzo das Kloster Weingarten stehet, bringen, lud seine Freundschaft zu Gast und machte sich fröhlich. Wie das Mahl schier vollendet war, hieß er aber die elf Kinder, alle rot gekleidet, einführen; und alle waren dem zwölften, den die Gräfin behalten hatte, an Farbe, Gliedern, Gestalt und Größe so gleich, daß man eigentlich sehen konnte, wie sie von einem Vater gezeugt und unter einer Mutter Herzen gelegen wären.

Unterdessen stand der Graf auf und frug feierlich seine gesamte Freundschaft, was doch ein Weib, die so herrlicher Knaben elfe umbringen wollen, für einen Tod verschulde. Machtlos und ohnmächtig sank die Gräfin bei diesen Worten hin; denn das Herz sagte ihr, daß ihr Fleisch und Blut zugegen waren; als sie wieder zu sich gebracht worden, fiel sie dem Grafen mit Weinen zu Füßen und flehte jämmerlich um Gnade. Da nun alle Freunde Bitten für sie einlegten, so verzieh der Graf ihrer Einfalt und kindlichen Unschuld, aus der sie das Verbrechen begangen hatte. Gottlob, daß die Kinder am Leben sind.

Zum ewigen Gedächtnis der wunderbaren Geschichte begehrte und verordnete in seiner Freunde Gegenwart der Graf, daß seine Nachkommen sich fürder nicht mehr Grafen zu Altorf, sondern Welfen und sein Stamm der Welfen Stamm heißen sollten.

Andere berichten des Namens Entstehung auf folgende verschiedene Art:

Der Vorfahre dieses Geschlechtes habe sich an des Kaisers Hof aufgehalten, als er von seiner eines Sohnes entbundenen Gemahlin zurückgerufen wurde. Der Kaiser sagte scherzweise: »Was eilst du um eines Welfen willen, der dir geboren ist?« Der Ritter antwortete: Weil nun der Kaiser dem Kind den Namen gegeben, solle das gelten; und bat ihn, es zur Taufe zu halten, welches geschah.

522. Welfen und Giblinger

Herzog Friedrich von Schwaben, Konrads Sohn, überwand die Bayern unter ihrem Herzog Heinrich und dessen Bruder Welf in dem Ries (Holz) bei Neresheim. Welf entfloh aus der Schlacht, wurde aber im nächsten Streit vor Winsperg erstochen. Und war die Krei (Schlachtgeschrei) des bayrischen Heeres: »Hie Welf!« aber der Schwaben: »Hier Gibling!« und ward die Krei genommen von einem Wiler, darin die Säugamme Friedrichs war; und wollte damit bezeugen, daß er durch seine Stärke, die er durch die Bauernmilch empfangen hätte, die Welfen überwinden könne.

523. Herzog Bundus, genannt der Wolf

Herzog Balthasar von Schwaben hatte Herzog Albans von München Tochter zur Ehe, die gebar ihm in vierzehn Jahren kein Kind. Da hatte der Herzog einen Jäger, dem er in allen Dingen traute; mit dem legte er's an, wenn des Jägers Frau schwanger würde, daß er es heimlich hielte, so sollte sein Gemahl tun, als ob sie schwanger wäre. Wann dann sein Weib genese, solle er das Kind bringen und es die Herzogin für ihres ausgeben. Das geschah. Da war große Freude und nannten das Kind Bundus. Nun hatten des Jägers Nachbarn zu derselben Nacht etwas Ungeheures gehört, die fragten, was es gewesen wäre. Er sagte ihnen, seine Jagdhunde hätten gewelfet. Da der Knabe vierzehn Jahre alt war, da wollt er nun bei den Jägern sein; und da er in dem zweiundzwanzigsten Jahre war, starb der alte Herzog; da wollten sie dem Jungen eine Frau geben, die Herzogin von Geldern. Indem schlug der Jäger einen am Hof und wurde in den Turm gelegt; da kam des Jägers Weib, begehrte heimlich mit dem Herrn zu reden. Das trieb sie so ernstlich, daß sie der Herr ein hieß gehen und jedermann hinaus. Da fiel sie ihm um den Hals und sprach: »Herzlieber Sohn!« und sagte ihm, daß der Jäger sein Vater wäre und wie es ein Gestalt hätte ganz überall. Da erschrak er von Herzen sehr und besandte seinen Beichtvater; der wollte ihm nicht raten, ein Weib zu nehmen, er möge dann seine Seele verlieren. Da nahm er Hugo, des Herrn vom Heiligenberg Sohn, zu sich und hieß ihm die Herzogin von Geldern geben, mit aller Landsherren Willen; und kam mit ihnen überein, daß dieser sein Lebtag das Herzogtum inhaben und beherrschen sollte. Herzog Bundus aber nahm viel Geld und einige liegende Güter, damit kam er ins Gotteshaus Altorf, diente Gott ernstlich neunundzwanzig Jahr. Und als er sterben wollte, besandte er Herzog Hugo und die mächtigsten Landesherren und offenbarte ihnen, wes Sohn er wäre, und den ganzen Verlauf. Da ward er geheißen Herzog Wolf (Welf) und also in die Gedächtnis und Jahrzahl geschrieben.

524. Heinrich mit dem güldenen Wagen

Zu Zeiten König Ludwigs von Frankreich lebte in Schwaben Eticho der Welf, ein reicher Herr, gesessen zu Ravensburg und Altorf; seine Gemahlin hieß Judith, Königstochter aus Engelland, und ihr Sohn Heinrich. Eticho war so reich und stolz, daß er einen güldenen Wagen im Schilde führte, und wollte sein Land weder von Kaiser noch König in Lehen nehmen lassen; verbot es auch Heinrich, seinem Sohne. Dieser aber, dessen Schwester Kaiser Ludwig vermählt war, ließ sich einmal von derselben bereden, daß er dem Kaiser ein Land abforderte und bat, ihm so viel zu verleihen, als er mit einem güldenen Wagen in einem Vormittag umfahren könnte in Bayern. Das geschah, Ludwig aber traute ihm nicht solchen Reichtum zu, daß er einen güldenen Wagen vermöchte. Da hatte Heinrich immer frische Pferde und umfuhr einen großen Fleck Lands und hatte einen güldenen Wagen im Schoß. Ward also des Kaisers Mann. Darum nahm sein Vater, im Zorn und aus Scham, sein edles Geschlecht so erniedrigt zu sehen, zwölf Edelleute zu sich, ging in einen Berg und blieb darinnen, vermachte das Loch, daß ihn niemand finden konnte. Das geschah bei dem Scherenzer* Walde, darin verhärmte er sich mit den zwölf Edelleuten.

525. Heinrich mit dem goldenen Pfluge

Eticho der Welf liebte die Freiheit dergestalt, daß er Heinrich, seinem Sohne, heftig abriet, er möchte kein Land vom Kaiser zu Lehen tragen. Heinrich aber, durch Zutun seiner Schwester Judith, die Ludwig dem Frommen die Hand gegeben hatte, tat sich in des Kaisers Schutz und Dienst und erwarb von ihm die Zusage, daß ihm so viel Landes geschenkt sein solle, als er mit seinem Pfluge zur Mittagszeit umgehen könne. Heinrich ließ darauf einen goldenen Pflug schmieden, den er unter seinem Kleide barg; und zur Mittagszeit, da der Kaiser Schlaf hielt, fing er an, das Land zu umziehen. Er hatte auch an verschiedenen Orten Pferde bereit stehen, wenn sie ermüdeten, gleich umzuwechseln. Endlich, wie er eben einen Berg überreiten wollte, kam er an ein böses Mutterpferd, das gar nicht zu bezwingen war, so daß er es nicht besteigen konnte. Daher der Berg davon Mährenberg heißt bis auf den heutigen Tag; und die Ravensburger Herren das Recht behaupten, daß sie nicht genötigt werden können, Stuten zu besteigen. Mittlerweile war der Kaiser aufgewacht, und Heinrich mußte einhalten. Er ging mit seinem Pfluge an den Hof und erinnerte Ludwig an das gegebene Wort. Dieser hielt es auch; wiewohl es ihm leid tat, daß er so belistet und um ein großes Land gebracht worden. Seitdem führte Heinrich den Namen eines Herrn von Ravensburg; denn Ravensburg lag mit im umgepflügten Gebiet, da seine Vorfahren bloß Herren von Altorf geheißen hatten.

Als aber Eticho hörte, daß sich sein Sohn hatte belehnen lassen, machte er sich traurig auf aus Bayern, zog mit zwölfen seiner treusten Diener auf das Gebirg, ließ alle Zugänge sperren und blieb da bis in sein Lebensende. Späterhin hieß einer seiner Nachfahren, um Gewißheit dieser Sage zu erlangen, die Gräber auf dem Gebirg suchen und die Totenbeine ausgraben. Da er nun die Wahrheit völlig daran erkannt hatte, ließ er an dem Ort eine Kapelle bauen und sie da zusammen bestatten.

526. Heinrich der Löwe

Zu Braunschweig stehet aus Erz gegossen das Denkmal eines Helden, zu dessen Füßen ein Löwe liegt; auch hängt im Dom daselbst eines Greifen Klaue. Davon lautet folgende Sage: Vorzeiten zog Herzog Heinrich, der edle Welf, nach Abenteuern aus. Als er in einem Schiff das wilde Meer befuhr, erhub sich ein heftiger Sturm und verschlug den Herzogen; lange Tage und Nächte irrte er, ohne Land zu finden. Bald fing den Reisenden die Speise an auszugehen, und der Hunger quälte sie schrecklich. In dieser Not wurde beschlossen, Lose in einen Hut zu werfen; und wessen Los gezogen ward, der verlor das Leben und mußte der andern Mannschaft mit seinem Fleische zur Nahrung dienen; willig unterwarfen sich diese Unglücklichen und ließen sich für den geliebten Herrn und ihre Gefährten schlachten. So wurden die übrigen eine Zeitlang gefristet; doch schickte es die Vorsehung, daß niemals des Herzogen Los herauskam. Aber das Elend wollte kein Ende nehmen; zuletzt war bloß der Herzog mit einem einzigen Knecht noch auf dem ganzen Schiffe lebendig, und der schreckliche Hunger hielt nicht stille. Da sprach der Fürst: »Laß uns beide losen, und auf wen es fällt, von dem speise sich der andere.« Über diese Zumutung erschrak der treue Knecht, doch so dachte er, es würde ihn selbst betreffen, und ließ es zu; siehe, da fiel das Los auf seinen edlen, liebwerten Herrn, den jetzt der Diener töten sollte. Da sprach der Knecht: »Das tu ich nimmermehr, und wenn alles verloren ist, so habe ich noch ein andres ausgesonnen; ich will Euch in einen ledernen Sack einnähen, wartet dann, was geschehen wird.« Der Herzog gab seinen Willen dazu; der Knecht nahm die Haut eines Ochsen, den sie vordem auf dem Schiffe gespeist hatten, wickelte den Herzogen darein und nähte sie zusammen; doch hatte er sein Schwert neben ihn mit hineingesteckt. Nicht lange, so kam der Vogel Greif geflogen, faßte den ledernen Sack in die Klauen und trug ihn durch die Lüfte über das weite Meer bis in sein Nest. Als der Vogel dies bewerkstelligt hatte, sann er auf einen neuen Fang, ließ die Haut liegen und flog wieder aus. Mittlerweile faßte Herzog Heinrich das Schwert und zerschnitt die Nähte des Sackes; als die jungen Greifen den lebendigen Menschen erblickten, fielen sie gierig und mit Geschrei über ihn her. Der teure Held wehrte sich tapfer und schlug sie sämtlich zu Tode. Als er sich aus dieser Not befreit sah, schnitt er eine Greifenklaue ab, die er zum Andenken mit sich nahm, stieg aus dem Neste den hohen Baum hernieder und befand sich in einem weiten, wilden Wald. In diesem Wald ging der Herzog eine gute Weile fort; da sah er einen fürchterlichen Lindwurm wider einen Löwen streiten, und der Löwe schwebte in großer Not, zu unterliegen. Weil aber der Löwe insgemein für ein edles und treues Tier gehalten wird und der Wurm für ein böses, giftiges, säumte Herzog Heinrich nicht, sondern sprang dem Löwen mit seiner Hilfe bei. Der Lindwurm schrie, daß es durch den Wald erscholl, und wehrte sich lange Zeit; endlich gelang es dem Helden, ihn mit seinem guten Schwerte zu töten. Hierauf nahte sich der Löwe, legte sich zu des Herzogs Füßen neben den Schild auf den Boden und verließ ihn nimmermehr von dieser Stunde an. Denn als der Herzog nach Verlauf einiger Zeit, während welcher das treue Tier ihn mit gefangenem Hirsch und Wild ernähret hatte, überlegte, wie er aus dieser Einöde und der Gesellschaft des Löwen wieder unter die Menschen gelangen könnte, baute er sich eine Horde aus zusammengelegtem Holz, mit Reis durchflochten, und setzte sie aufs Meer. Als nun einmal der Löwe in den Wald zu jagen gegangen war, bestieg Heinrich sein Fahrzeug und stieß vom Ufer ab. Der Löwe aber, welcher zurückkehrte und seinen Herrn nicht mehr fand, kam zum Gestade und erblickte ihn aus weiter Ferne; alsbald sprang er in die Wogen und schwamm so lange, bis er auf dem Floß bei dem Herzogen war, zu dessen Füßen er sich ruhig niederlegte. Hierauf fuhren sie eine Zeitlang auf den Meereswellen, bald überkam sie Hunger und Elend. Der Held betete und wachte, hatte Tag und Nacht keine Ruh; da erschien ihm der böse Teufel und sprach: »Herzog, ich bringe dir Botschaft; du schwebst hier in Pein und Not auf dem offenen Meere, und daheim zu Braunschweig ist lauter Freude und Hochzeit; heute an diesem Abend hält ein Fürst aus fremden Landen Beilager mit deinem Weibe; denn die gesetzten sieben Jahre seit deiner Ausfahrt sind verstrichen.« Traurig versetzte Heinrich, das möge wahr sein, doch wolle er sich zu Gott lenken, der alles wohl mache. »Du redest noch viel von Gott«, sprach der Versucher, »der hilft dir nicht aus diesen Wasserwogen; ich aber will dich noch heute zu deiner Gemahlin führen, wofern du mein sein willst.« Sie hatten ein lang Gespräche, der Herr wollte sein Gelübde gegen Gott, dem ewigen Licht, nicht brechen; da schlug ihm der Teufel vor, er wolle ihn ohne Schaden samt dem Löwen noch heut abend auf den Giersberg vor Braunschweig tragen und hinlegen, da solle er seiner warten; finde er ihn nach der Zurückkunft schlafend, so sei er ihm und seinem Reiche verfallen. Der Herzog, welcher von heißer Sehnsucht nach seiner geliebten Gemahlin gequält wurde, ging dieses ein und hoffte auf des Himmels Beistand wider alle Künste des Bösen. Alsbald ergriff ihn der Teufel, führte ihn schnell durch die Lüfte bis vor Braunschweig, legte ihn auf dem Giersberg nieder und rief: »Nun wache, Herr! Ich kehre bald wieder.« Heinrich aber war aufs höchste ermüdet, und der Schlaf setzte ihm mächtig zu. Nun fuhr der Teufel zurück und wollte den Löwen, wie er verheißen hatte, auch abholen; es währte nicht lange, so kam er mit dem treuen Tier dahergeflogen. Als nun der Teufel, noch aus der Luft herunter, den Herzog in Müdigkeit versenkt auf dem Giersberge ruhen sah, freute er sich schon im voraus; allein der Löwe, der seinen Herrn für tot hielt, hub laut zu schreien an, daß Heinrich in demselben Augenblicke erwachte. Der böse Feind sah nun sein Spiel verloren und bereute es zu spät, das wilde Tier herbeigeholt zu haben; er warf den Löwen aus der Luft zu Boden, daß es krachte. Der Löwe kam glücklich auf den Berg zu seinem Herrn, welcher Gott dankte und sich aufrichtete, um, weil es Abend werden wollte, hinab in die Stadt Braunschweig zu gehen. Nach der Burg war sein Gang, und der Löwe folgte ihm immer nach, großes Getön scholl ihm entgegen. Er wollte in das Fürstenhaus treten, da wiesen ihn die Diener zurück. »Was heißt das Getön und Pfeifen?« rief Heinrich aus, »sollte doch wahr sein, was mir der Teufel gesagt? Und ist ein fremder Herr in diesem Haus?« »Kein fremder«, antwortete man ihm, »denn er ist unsrer gnädigen Frauen verlobt und

Heinrich der Löwe kehrt heim nach Braunschweig. Miniatur aus der Abschrift von Wyssenherres Gedicht (1474)

bekommt heute das Braunschweiger Land.« »So bitte ich«, sagte der Herzog, »die Braut um einen Trunk Weins, mein Herz ist mir ganz matt.« Da lief einer von den Leuten hinauf zur Fürstin und hinterbrachte, daß ein fremder Gast, dem ein Löwe mitfolge, um einen Trunk Wein bitten lasse. Die Herzogin verwunderte sich, füllte ihm ein Geschirr mit Wein und sandte es dem Pilgrim. »Wer magst du wohl sein«, sprach der Diener, »daß du von diesem edlen Wein zu trinken begehrst, den man allein der Herzogin einschenkt?« Der Pilgrim trank, nahm seinen goldnen Ring und warf ihn in den Becher und hieß diesen der Braut zurücktragen. Als sie den Ring erblickte, worauf des Herzogs Schild und Name geschnitten war, erbleichte sie, stund eilends auf und trat an die Zinne, um nach dem Fremdling zu schauen. Sie ward den Herrn inne, der da mit dem Löwen saß; darauf ließ sie ihn in den Saal entbieten und fragen, wie er zu dem Ringe gekommen wäre und warum er ihn in den Becher gelegt hätte. »Von keinem hab ich ihn bekommen, sondern ihn selbst genommen, es sind nun länger als sieben Jahre; und den Ring hab ich hingeleget, wo er billig hingehört.« Als man der Herzogin diese Antwort hinterbrachte, schaute sie den Fremden an und fiel vor Freuden zur Erde, weil sie ihren geliebten Gemahl erkannte; sie bot ihm ihre weiße Hand und hieß ihn willkommen. Da entstand große Freude im ganzen Saal, Herzog Heinrich setzte sich zu seiner Gemahlin an den Tisch; dem jungen Bräutigam aber wurde ein schönes Fräulein aus Franken angetraut. Hierauf regierte Herzog Heinrich lange und glücklich in seinem Reich; als er in hohem Alter verstarb, legte sich der Löwe auf des Herrn Grab und wich nicht davon, bis er auch verschied. Das Tier liegt auf der Burg begraben, und seiner Treue zu Ehren wurde ihm eine Säule errichtet.

527. Ursprung der Zähringer

Die Sage ist, daß die Herzöge von Zähringen vorzeiten Köhler sind gewesen und haben ihre Wohnung gehabt in dem Gebirg und den Wäldern hinter Zähring dem Schloß, da es dann jetzund stehet, und haben allda Kohlen gebrennt. Nun hat es sich begeben, daß der Köhler an einem Ort im Gebirg Kohlen brannte, Grund und Boden nahm und damit den Kohlhaufen, um ihn auszubrennen, bedeckte. Als er nun die Kohlen hinwegtat, fand er am Boden eine schwere geschmelzte Materie; und da er sie besichtigte, da ist es gut Silber gewesen. Also brennte er fürder immerdar an dem Orte seine Kohlen, deckte sie mit demselben Grund und Erdboden und fand aber Silber wie zuvor. Dabei konnte er merken, daß es des Berges Schuld wäre, behielt es geheim, brannte von Tag zu Tag Kohlen da und brachte großen Schatz Silbers zusammen.

Nun hat es sich damals ereignet, daß ein König vertrieben ward vom Reich und floh auf den Berg im Breisgau, genannt der Kaiserstuhl, mit Weib und Kindern und allem Gesinde, litt da viel Armut mit den Seinen. Ließ darauf ausrufen, wer da wäre, der ihm wollte Hilfe tun, sein Reich wiederzuerlangen, der sollte zum Herzoge gemacht und eine Tochter des Kaisers ihm gegeben werden. Da der Köhler das vernahm, fügte sich's, daß er mit einer Bürde Silbers vor den König trat und begehrte, er wolle sein Sohn werden und des Königs Tochter ehelichen, auch dazu Land und Gegend wo jetzt Zähringen, das Schloß, und die Stadt Freiburg stehet zu eigen haben; alsdann wolle er ihm einen solchen Schatz von Silber geben und überliefern, damit er sein ganzes Reich wiedergewinnen könne. Als der König solches vernahm, willigte er ein, empfing die Last Silbers und gab dem Köhler, den er zum Sohn annahm, die Tochter zur Ehe und die

Gegend des Landes darzu, wie er begehret hatte. Da hub der Sohn an und ließ sein Erz schmelzen, überkam groß Gut damit und baute Zähringen samt dem Schloß; da macht ihn der römische König, sein Schwäher, zu einem Herzogen von Zähringen. Der Herzog baute Freiburg und andere umliegende Städte und Schlösser mehr; und wie er nun mächtig ward, zunahm an Gut, Gewalt und Ehre, hub er an und ward stolz und frevelhaft. Eines Tages, so rief er seinen eignen Koch und gebot, daß er ihm einen jungen Knaben briete und zurichte; denn ihn gelüste zu schmecken, wie gut Menschenfleisch wäre. Der Koch vollbrachte alles nach seines Herrn Befehl und Willen, und da der Knab gebraten war und man ihn zu Tische trug dem Herrn und er ihn sah vor sich stehen, da fiel Schrecken und Furcht in ihn und empfand Reu und Leid um diese Sünde. Da ließ er zur Sühne zwei Klöster bauen, mit Namen das eine zu St. Ruprecht und das andere zu St. Peter im Schwarzwald, damit ihm Gott der Herr barmherzig verzeihen möge und vergeben.

528. Herr Peter Dimringer von Staufenberg

In der Ortenau unweit Offenburg liegt Staufenberg, das Stammschloß Ritter Peters Dimringer, von dem die Sage lautet: Er hieß einen Pfingsttag früh den Knecht das Pferd satteln und wollte von seiner Feste gen Nußbach reiten, daselbst Metten zu hören. Der Knabe ritt voran, unterwegs am Eingang des Waldes sah er auf einem Stein eine wunderschöne, reichgeschmückte Jungfrau mutterallein sitzen; sie grüßte ihn, der Knecht ritt vorüber. Bald darauf kam Herr Peter selbst daher, sah sie mit Freuden, grüßte und sprach die Jungfrau freundlich an. Sie neigte ihm und sagte: »Gott danke dir deines Grußes.« Da stund Peter vom Pferde, sie bot ihm ihre Hände, und er hob sie vom Steine auf, mit Armen umfing er sie; sie setzten sich beide ins Gras und redeten, was ihr Wille war. »Gnade, schöne Fraue, darf ich fragen, was mir zu Herzen liegt, so sagt mir, warum Ihr hier so einsam sitzet und niemand bei Euch ist.« »Das sag ich dir, Freund, auf meine Treue: weil ich hier dein warten wollte; ich liebe dich, seit du je Pferd überschrittest; und überall in Kampf und in Streit, in Weg und auf Straßen hab ich dich heimlich gepfleget und gehütet mit meiner freien Hand, daß dir nie kein Leid geschah.« Da antwortete der Ritter tugendlich: »Daß ich Euch erblickt habe, nichts Liebers konnte mir geschehen, und mein Wille wäre, bei Euch zu sein bis an den Tod.« »Dies mag wohl geschehen«, sprach die Jungfrau, »wenn du meiner Lehre folgest:

Willst du mich liebhaben, darfst du fürder kein ehelich Weib nehmen, und tätest du's doch, würde dein Leib den dritten Tag sterben. Wo du aber allein bist und mein begehrest, da hast du mich gleich bei dir und lebest glücklich und in Wonne.« Herr Peter sagte: »Frau, ist das alles wahr?« Und sie gab ihm Gott zum Bürgen der Wahrheit und Treue. Darauf versprach er sich ihr zu eigen, und beide verpflichteten sich zueinander. Die Hochzeit sollte auf der Frauen Bitte zu Staufenberg gehalten werden; sie gab ihm einen schönen Ring, und nachdem sie sich tugendlich angelacht und einander umfangen hatten, ritt Herr Peter weiter fort seine Straße. In dem Dorfe hörte er eine Messe lesen und tat sein Gebet, kehrte alsdann heim auf seine Feste, und sobald er allein in der Kemenate war, dachte er bei sich im Herzen: Wenn ich doch nun meine liebe Braut hier bei mir hätte, die ich draußen auf dem Stein fand! Und wie er das Wort ausgesprochen hatte, stand sie schon vor seinen Augen, sie küßten sich und waren in Freuden beisammen.

Also lebten sie eine Weile, sie gab ihm auch Geld und Gut, daß er fröhlich auf der Welt leben konnte. Nachher fuhr er aus in die Lande, und wohin er kam, war seine Frau bei ihm, sooft er sie wünschte.

Endlich kehrte er wieder heim in seine Heimat. Da lagen ihm seine Brüder und Freunde an, daß er ein ehelich Weib nehmen sollte; er erschrak und suchte es auszureden. Sie ließen ihm aber härter zusetzen durch einen weisen Mann, auch aus seiner Sippe. Herr Peter antwortete: »Eh will ich meinen Leib in Riemen schneiden lassen, als ich mich vereheliche.« Abends nun, wie er allein war, wußte es seine Frau schon, was sie mit ihm vorhatten, und er sagte ihr von neuem sein Wort zu. Es sollte aber zu damal der deutsche König in Frankfurt gewählt werden; dahin zog auch der Staufenberger unter viel andern Dienstmännern und Edelleuten. Da tat er sich so heraus im Ritterspiel, daß er die Augen des Königs auf sich zog und der König ihm endlich seine Muhme aus Kärnten zur Ehe antrug. Herr Peter geriet in heftigen Kummer und schlug das Erbieten aus; und weil alle Fürsten darein redeten und die Ursache wissen wollten, sprach er zuletzt, daß er schon eine schöne Frau und von ihr alles Gute hätte, aber um ihretwillen keine andere nehmen dürfte, sonst müßte er tot liegen innerhalb drei Tagen. Da sagte der Bischof: »Herr, laßt mich die Frau sehen.« Da sprach er: »Sie läßt sich vor niemand denn vor mir sehen.« »So ist sie kein rechtes Weib«, redeten sie alle, »sondern vom Teufel; und daß Ihr die Teufelin minnet mehr denn reine Frauen, das verdirbt Euren Namen und Eure Ehre vor aller Welt.« Verwirrt durch diese Reden sagte der Staufenberger, er wolle alles tun, was dem König gefalle, und alsobald war ihm die Jungfrau verlobet unter kostbaren, königlichen Geschenken. Die Hochzeit sollte nach Peters Willen in der Ortenau gehalten werden. Als er seine Frau wieder das erstemal bei sich hatte, tat sie ihm klägliche Vorwürfe, daß er ihr Verbot und seine Zusage dennoch übertreten hätte, so sei nun sein junges Leben verloren. »Und zum Zeichen will ich dir folgendes geben: Wenn du meinen Fuß erblicken wirst und ihn alle andere sehen, Frauen und Männer, auf deiner Hochzeit, dann sollst du nicht säumen, sondern beichten und dich zum Tod bereiten.« Da dachte aber Peter an der Pfaffen Worte, daß sie ihn vielleicht nur mit solchen Drohungen berücken wolle und es eitel Lüge wäre. Als nun bald die junge Braut nach Staufenberg gebracht wurde, ein großes Fest gehalten wurde und der Ritter ihr über Tafel gegenübersaß, da sah man plötzlich etwas durch die Bühne stoßen, einen wunderschönen Menschenfuß bis an die Knie, weiß wie Elfenbein. Der Ritter erblaßte und rief: »Weh, meine Freunde, ihr habt mich verderbet, und in drei Tagen bin ich des Todes.« Der Fuß war wieder verschwunden, ohne ein Loch in der Bühne zurückzulassen. Pfeifen, Tanzen und Singen lagen darnieder, ein Pfaff wurde gerufen, und nachdem er von seiner Braut Abschied genommen und seine Sünden gebeichtet hatte, brach sein Herz. Seine junge Ehefrau begab sich ins Kloster und betete zu Gott für seine Seele, und in allen deutschen Landen wurde der mannhafte Ritter beklaget.

Im XVI. Jahrhundert, nach Fischarts Zeugnis, wußte das Volk der ganzen Gegend noch die Geschichte von Peter dem Staufenberger und der schönen Meerfei, wie man sie damals nannte. Noch jetzt ist der Zwölfstein zwischen Staufenberg, Nußbach und Weilershofen zu sehen, wo sie ihm das erstemal erschienen war; und auf dem Schlosse wird die Stube gezeigt, da sich die Meerfei soll unterweilen aufgehalten haben.

529. Des edlen Möringers Wallfahrt

Zu Mörungen an der Donau lebte vorzeiten ein edler Ritter; der lag eines Nachts bei seiner Frau und bat sie um Urlaub, weil er weit hinziehen wollte in St. Thomas' Land, befahl ihr Leute und Gut und sagte, daß sie sieben Jahre seiner harren möchte. Frühmorgens stand er auf, kleidete sich an und empfahl seinem Kämmerer, daß er sieben Jahre lang seiner Frauen pflege, bis zu seiner Wiederkehr. Der Kämmerer sprach: »Frauen tragen lange Haar und kurzen Mut; fürwahr nicht länger denn sieben Tage mag ich Eurer Frauen pflegen.« Da ging der edle Möringer hin zu dem jungen von Neufen und bat, daß er sieben Jahre seiner Gemahlin pflege; der sagt's ihm zu und gelobte seine Treue.

Also zog der edle Möringer fern dahin, und ein Jahr verstrich um das andere. Wie das siebente nun sich vollendete, lag er im Garten und schlief. Da träumte ihm, wie daß ein Engel riefe und spräche: »Erwache, Möringer, es ist Zeit! Kommst du heut nicht zu Land, so nimmt der junge von Neufen dein Weib.« Der Möringer raufte vor Leid seinen grauen Bart und klagte flehentlich seine Not Gott und dem heiligen Thomas; in den schweren Sorgen entschlief er von neuem. Wie er aufwachte und die Augen öffnete, wußte er nicht, wo er war; denn er sah sich daheim in Schwaben vor seiner Mühle, dankte Gott, jedoch traurig im Herzen, und ging zu der Mühle. »Müller«, sprach er, »was gibt's Neues in der Burg? Ich bin ein armer Pilgrim.« »Viel Neues«, antwortete der Müller, »der von Neufen will heut des edlen Möringers Frau nehmen; leider soll unser guter Herr tot sein.« Da ging der edle Möringer an sein eigen Burgtor und klopfte hart dawider. Der Torwart trat heraus. »Geh und sag deiner Frauen an, hier stehe ein elender Pilgrim; nun bin ich vom weiten Gehen so müde geworden, daß ich sie um ein Almosen bitte, um Gottes und St. Thomas, willen und des edlen Möringers Seele.« Und als das die Frau erhörte, hieß sie eilends auftun und solle er dem Pilger zu essen geben ein ganzes Jahr. Der edle Möringer trat in seine Burg, und es war ihm so leid und schwer, daß ihn kein Mann empfing; er setzte sich nieder auf die Bank, und als die Abendstunde kam, daß die Braut bald zu Bett gehen sollte, redete ein Dienstmann und sprach: »Sonst hatte mein Herr Möring die Sitte, daß kein fremder Pilgrim schlafen durfte, er sang denn zuvor ein Lied.« Das hörte der junge Herr von Neufen, der Bräutigam, und rief: »Singt uns, Herr Gast, ein Liedelein, ich will Euch reich begaben.« Da hub der edle Möringer an und sang ein Lied, das anfängt: »Eins langen Schweigens hatt ich mich bedacht, so muß ich aber singen als eh« und so weiter*, und sang darin, daß ihn der junge Mann an der alten Braut rächen und sie mit Sommerlatten (Ruten) schlagen solle; ehemals sei er Herr gewesen und jetzt Knecht und auf der Hochzeit ihm nun eine alte Schüssel vorgesetzt worden. Sobald die edle Frau das Lied hörte, trübten sich ihre klaren Augen, und einen goldnen Becher setzte sie dem Pilgrim hin, in den schenkte sie klaren Wein. Möringer aber zog ein goldrotes Fingerlein von seiner Hand, womit ihm seine liebste Frau vermählt worden war, senkt es in den Becher und gab ihn dem Weinschenken, daß er ihn der edlen Frau vorsetzen sollte. Der Weinschenk brachte ihn: »Das sendet Euch der Pilger, laßt's Euch nicht verschmähen, edle Frau.« Und als sie trank und das Fingerlein im Becher sah, rief sie laut: »Mein Herr ist hier, der edle Möringer«, stand auf und fiel ihm zu Füßen. »Gott willkommen, liebster Herr, und laßt Euer Trauern sein! Meine Ehre hab ich noch behalten, und hätt ich sie verbrochen, so sollt Ihr mich vermauern lassen.« Aber der Herr von Neufen erschrak und fiel auf die Knie: »Liebster Herr, Treu und Eid hab ich gebrochen, darum schlagt mir ab mein Haupt!« »Das soll nicht sein, Herr von Neufen, sondern ich will Euren Kummer lindern und Euch meine Tochter zur Ehe geben; nehmt sie und laßt mir meine alte Braut.« Des war der von Neufen froh und nahm die Tochter. Mutter und Tochter waren beide zarte Frauen, und beide Herren waren wohlgeboren.

530. Graf Hubert von Calw

Vor alten Zeiten lebte zu Calw ein Graf in Wonne und Reichtum, bis ihn zuletzt sein Gewissen antrieb und er zu seiner Gemahlin sprach: »Nun ist vonnöten, daß ich auch lerne, was Armut heißt, wo ich nicht ganz will zugrunde gehen.« Hierauf sagte er ihr Lebewohl, nahm die Kleidung eines armen Pilgrims an und wanderte in die Gegend nach der Schweiz zu. In einem Dorfe, genannt Deislingen, wurde er Kuhhirt und weidete die ihm anvertraute Herde auf einem nahe gelegenen Berge mit allem Fleiß. Wiewohl nun das Vieh unter seiner Hut gedieh und fett ward, so verdroß es die Bauern, daß er sich immer auf dem nämlichen Berge hielt, und sie setzten ihn vom Amte ab. Da ging er wieder heim nach Calw und heischte das Almosen vor der Türe seiner Gemahlin, die eben ihre Hochzeit mit einem andern Mann feierte. Als ihm nun ein Stück Brot herausgebracht wurde, weigerte er es anzunehmen, es wäre denn, daß ihm auch der Gräfin Becher voll Wein dazu gespendet würde. Man brachte ihm den Becher, und indem er trank, ließ er seinen güldenen Mahlring dareinfallen und kehrte stillschweigend nach dem vorigen Dorfe zurück. Die Leute waren seiner Rückkunft froh, weil sie ihr Vieh unterdessen einem schlechten Hirten hatten untergeben müssen, und setzten den Grafen neuerdings in seine Stelle ein. So hütete er bis zu seinem Lebensende; als er sich dem Tode nah fühlte, offenbarte er den Leuten, wer und woher er wäre; auch verordnete er, daß sie seine Leiche von Rindern ausfahren lassen und da, wo diese stillstehen würden, beerdigen sollten, daselbst aber eine Kapelle bauen. Sein Wille ward genau vollzogen und über seinem Grabe ein Heiligtum errichtet, nach seinem Namen Hubert oder Obert zu St. Huprecht geheißen. Viele Menschen wallfahreten dahin und ließen zu seiner Minne Messen lesen; jeder Bürger von Calw, der da vorübergeht, hat das Recht, an der Kapellentüre anzuklopfen.

531. Udalrich und Wendilgart und der ungeborne Burkard

Udalrich, Graf zu Buchhorn (am Bodensee), abstammend aus Karls Geschlecht, war mit Wendilgart, Heinrich des Voglers Nichte, vermählt. Zu seiner Zeit brachen die Heiden (Ungarn) in Bayern ein, Udalrich rückte aus in den Krieg, wurde gefangen und weggeführt. Wendilgart, die gehört hatte, daß er tot in der Schlacht geblieben, wollte nicht wieder heiraten, sondern begab sich nach St. Gallen, wo sie still und eingezogen lebte und für ihres Gemahls Seele den Armen Wohltaten erwies. Weil sie aber zart aufgezogen war, trug sie immer große Lust nach süßen Speisen. Sie saß eines Tages bei Wiborad, einer frommen Klosterfrau, im Gespräch und bat sie um süße Äpfel. »Ich habe schöne Äpfel, wie sie arme Leute essen«, sprach Wiborad, »die will ich dir geben«, und zeigte ihr wilde Holzäpfel. Wendilgart nahm sie gierig und biß darein; sie schmeckten so herb, daß sie ihr den Mund zusammenzogen, warf sie weg und sagte: »Deine Äpfel sind sauer, Schwester; hätte der Schöpfer alle so erschaffen, so würde Eva keinen gekostet haben.« »Mit Recht führst du Even an«, sprach Wiborad, »denn sie gelüstete gleich dir nach süßer Speise.« Da errötete die edle Frau und tat sich hernach Gewalt an, entwöhnte sich aller Süßigkeiten und gedieh bald zu solcher Frömmigkeit, daß sie vom Bischof den heiligen Schleier begehrte. Er wurde ihr gewährt, und sie ließ sich einkleiden, lebte auch fortan in Tugend und Strenge. Vier Jahre verflossen, da ging sie am Todestage Udalrichs, ihres Gemahls, nach Buchhorn und beschenkte die Armen, wie sie alljährlich zu tun pflegte.

Udalrich war aber unterdessen glücklich aus der Gefangenschaft entronnen und hatte sich heimlich unter die übrigen verlumpten Bettler gestellt. Als Wendilgart hinzutrat, rief er laut um ein Kleid. Sie schalt, daß er ungestüm fordere, gab ihm aber doch das Kleid, als dessen er bedurfte. Er zog die Hand der Geberin mit dem Kleide an sich, umfaßte und küßte sie wider ihren Willen. Da warf er seine langen Haare mit der Hand hinter die Schulter und sprach, indem einige Umstehende mit Schlägen droheten: »Verschont mich mit Schlägen, ich habe ihrer genug ausgehalten, und erkennt euren Udalrich!« Das Volk hörte die Stimme des alten Herrn und erkannte sein

Gesicht unter den wilden Haaren. Laut schrie ihm alles zu. Wendilgart war, gleichsam beschimpft, zurückgetreten: »Jetzt erst empfinde ich meines Gemahls gewissen Tod, da mir jemand Gewalt zu tun wagt.« Er aber reichte ihr die Hand, um sie aufzuheben, an der Hand sah sie eine ihr wohlbekannte Wundennarbe. Wie vom Traum erwachend, rief sie: »Mein Herr, den ich auf der Welt am liebsten habe, willkommen, mein liebster Gemahl!« und unter Küssen und Umarmungen: »Kleidet euern Herrn und richtet ihm ein Bad zu!« Als er angezogen war, sagte er: »Laßt uns zur Kirche gehen.« Unter dem Gehen sah er ihren Schleier und fragte: »Wer hat dein Haupt eingeschleiert?« Und als sie antwortete: »Der Bischof in der Kirchenversammlung«, sprach Udalrich zu sich selbst: »Nun darf ich dich erst mit der Kirche Erlaubnis umarmen.« Geistlichkeit und Volk sangen Loblieder; darauf ging man ins Bad und zur Mahlzeit. Bald versammelte sich die Kirche, und Udalrich forderte seine Gemahlin zurück. Der Bischof löste ihr den Schleier und verschloß ihn im Schrein, damit, wann ihr Gemahl früher verstürbe, sie ihn wiedernehmen sollte. Die Hochzeit wurde von neuem gefeiert, und als Wendilgart sich nach einiger Zeit schwanger befand, ging sie mit dem Grafen nach St. Gallen und gelobte dem Kloster das Kind, wenn es ein Knabe wäre. Vierzehn Tage vor ihrer Niederkunft erkrankte plötzlich Wendilgart und starb. Das Kind aber wurde lebendig aus dem Leibe geschnitten und in eine frisch abgezogene Speckschweinschwarte gewickelt. So kam es auf, wurde Burkard getauft und sorgsam im Kloster erzogen. Das Kind wuchs, zart von Leib, aber wunderschön; die Brüder pflegten ihn den Ungeborenen (Burcardus ingenitus) zu nennen. Seine Haut blieb immer so fein, daß jeder Mückenstich Blut herauszog und ihn sein Meister mit der Rute gänzlich verschonen mußte. Burkard der Ungeborne ward mit der Zeit ein gelehrter, tugendhafter Mann.

532. Stiftung des Klosters Wettenhausen

Zwischen Ulm und Augsburg, am Flüßchen Kammlach, liegt das Augustinerkloster Wettenhausen. Es wurde im Jahre 982 von zwei Brüdern, Konrad und Wernher, Grafen von Rochenstain, oder vielmehr von deren Mutter Gertrud gestiftet. Diese verlangte und erhielt von ihren Söhnen so viel Lands zur Erbauung einer heiligen Stätte, als sie innerhalb eines Tages umpflügen könnte. Dann schaffte sie einen ganz kleinen Pflug, barg ihn in ihren Busen und umritt dergestalt das Gebiet, welches noch heutigestages dem Kloster unterworfen ist.

533. Ritter Ulrich, Dienstmann zu Wirtenberg

Eine Burg liegt in Schwabenland, geheißen Wirtenberg, auf der saß vorzeiten Graf Hartmann, dessen Dienstmann, Ritter Ulrich, folgendes Abenteuer begegnete: Als er eines Freitags in den Wald zu jagen zog, aber den ganzen Tag kein Wild treffen konnte, verirrte sich Ritter Ulrich auf unbekanntem Wege in eine öde Gegend, die sein Fuß noch nie betreten hatte. Nicht lange, so kamen ihm entgegengeritten ein Ritter und eine Frau, beide von edlem Aussehen; er grüßte sie höflich, aber sie schwiegen, ohne ihm zu neigen; da sah er derselben Leute noch mehr herbeiziehen. Ulrich hielt beiseit in dem Tann, bis fünfhundert Männer und ebensoviel Weiber vorüberkamen, alle in stummer, schweigender Gebärde, und ohne seine Grüße zu erwidern. Zuhinterst an der Schar fuhr eine Frau allein ohne Mann, die antwortete auf seinen Gruß: »Gott vergelt's!« Ritter Ulrich war froh, Gott nennen zu hören, und begann diese Frau weiterzufragen nach dem Zuge, und was es für Leute wären, die ihm ihren Gruß nicht vergönnt hätten. »Laßt's Euch nicht verdrießen«, sagte die Frau, »wir grüßen nicht, denn wir sind tote Leute.« »Wie kommt's aber, daß Euer Mund frisch und rot steht?« »Das ist nur der Schein; vor dreißig Jahren war mein Leib schon erstorben und verweset, aber die Seele leidet Qual.« »Warum zoget Ihr allein, das nimmt mich wunder, da ich doch jede Frau samt einem Ritter fahren sah?« »Der Ritter, den ich haben soll, der ist noch nicht tot, und gerne wollte ich lieber allein fahren, wenn er noch Buße täte und seine Sünde bereute.« »Wie heißt er mit Namen?« »Er ist genannt von Schenkenburg.« »Den kenne ich wohl, er hob mir ein Kind aus der Taufe; gern möchte ich ihm hinterbringen, was mir hier begegnet ist; aber wie wird er die Wahrheit glauben?« »Sagt ihm zum Wahrzeichen dieses: Mein Mann war ausgeritten, da ließ ich ihn ein in mein Haus, und er küßte mich an meinen Mund; da wurden wir einander bekannt, und er zog ein rotgülden Fingerlein von seiner Hand und schenkte mir's; wollte Gott, meine Augen hätten ihn nie gesehen!« »Mag denn nichts Eure Seele retten, Gebete und Wallfahrten?« »Aller Pfaffen Zungen, die je lasen und sangen, können mir nicht helfen, darum, daß ich nicht zur Beichte gelangt bin und gebüßt habe vor meinem Tod; ich scheute aber die Beichte; denn wäre meinem biderben Mann etwas zu Ohren kommen von meiner Unzucht, es hätte mir das Leben gekostet.«

Ritter Ulrich betrachtete diese Frau, während sie ihre jämmerliche Geschichte erzählte; an dem Leibe erschien nicht das Ungemach ihrer Seele, sondern sie war wohlaussehend und reichlich gekleidet. Ulrich wollte mit ihr dem andern Volk bis in die Herberge nachreiten; und als ihn die Frau nicht von diesem Vorsatz ablenken konnte, empfahl sie ihm bloß, keine der Speisen anzurühren, die man ihm bieten würde, auch sich nicht daran zu kehren, wie übel man dies zu nehmen scheine. Sie ritten zusammen über Holz und Feld, bis der ganze Haufen vor eine schön erbaute Burg gelangte, wo die Frauen abgehoben, den Rittern die Pferde und Sporen in Empfang genommen wurden. Darauf saßen sie je zwei, Ritter und Frauen, zusammen auf das grüne Gras; denn es waren keine Stühle vorhanden; jene elende Frau saß ganz allein am Ende, und niemand achtete ihrer. Goldne Gefäße wurden aufgetragen, Wildbret und Fische, die edelsten Speisen, die man erdenken konnte, weiße Semmel und Brot; Schenken gingen und füllten die Becher mit kühlem Weine. Da wurde auch dieser Speisen Ritter Ulrich vorgetragen, die ihn lieblich anrochen; doch war er so weise, nichts davon zu berühren. Er ging zu der Frauen sitzen und vergaß sich, daß er auf den Tisch griff und einen gebratenen Fisch aufheben wollte; da verbrunnen ihm schnell seiner Finger viere wie von höllischem Feuer, daß er laut schreien mußte. Kein Wasser und kein Wein konnte ihm diesen Brand löschen; die Frau, die neben ihm saß, sah ein Messer an seiner Seite hangen, griff schnell danach, schnitt ihm ein Kreuz über die Hand und stieß das Messer wieder ein. Als das Blut über die Hand floß, mußte das Feuer davor weichen, und Ritter Ulrich kam mit dem Verluste der Finger davon. Die Frau sprach: »Jetzt wird ein Turnier anheben und Euch ein edles Pferd vorgeführt und ein goldbeschlagener Schild vorgetragen werden; davor hütet Euch.« Bald darauf kam ein Knecht mit dem Roß und Schild vor den Ritter, und so gern er's bestiegen hätte, ließ er's doch standhaft fahren. Nach dem Turnier erklangen süße Töne, und der Tanz begann; die elende Frau hatte den Ritter wieder davor gewarnt. Sie selbst aber mußte mit anstehen und stellte sich unten hin; als sie Ritter Ulrich anschaute, vergaß er alles, trat hinzu und bot ihr die Hand. Kaum berührte er sie, als er für tot niedersank; schnell trug sie ihn seitwärts auf einen Rain, grub ihm ein Kraut und steckte es in seinen Mund, wovon er wieder auflebte. Da sprach die Frau: »Es nahet dem Tage, und wann der Hahn kräht, müssen wir alle von hinnen.« Ulrich antwortete: »Ist es denn Nacht? Mir hat es so geschienen, als ob es die ganze Zeit heller Tag gewesen wäre.« Sie sagte: »Der Wahn trügt Euch; Ihr werdet einen Waldsteig finden, auf dem Ihr sicher zu dem Ausgang aus der Wildnis gelangen könnet.« Ein Zelter wurde der armen Frau vorgeführt, der brann als eine Glut; wie sie ihn bestiegen hatte, streifte sie den Ärmel zurück: da sah Ritter Ulrich das Feuer von ihrem bloßen Arm schießen, wie wenn die Flammen um ein brennendes Haus schlagen. Er segnete sie zum Abschied und kam auf dem angewiesenen Steige glücklich heim nach Wirtenberg geritten, zeigte dem Grafen die verbrannte Hand und machte sich auf zu der Burg, wo sein Gevatter saß. Dem offenbarte er, was ihm seine Buhlin entbieten ließ, samt dem Wahrzeichen mit dem Fingerlein und den verbrannten Fingern. Auf diese Nachricht rüstete sich der von Schenkenburg samt Ritter Ulrich, fuhren über Meer gegen die ungetauften Heiden, denen sie so viel Schaden, dem deutschen Hause zum Trost, antaten, bis die Frau aus ihrer Pein erlöst worden war.

534. Freiherr Albrecht von Simmern

Albrecht Freiherr von Simmern war bei seinem Landesherrn Herzog Friedrich von Schwaben, der ihn auferzogen hatte, wohlgelitten und stand in besonderer Gnade. Einstmals tat dieser in der Begleitung seiner Grafen und Ritter, unter welchen sich auch der Freiherr Albrecht befand, einen Lustritt zu dem Grafen Erchinger, bei dem er schon öfter gewesen und dessen Schloß Mogenheim im Zabergau lag. Der Graf war ein Mann von fröhlichem Gemüte, der Jagd und andern ehrlichen Übungen ergeben. Mit seiner Frau, Maria von Tübing, hatte er nur zwei Töchter und keinen Sohn erzeugt, und sein gräflicher Stamm drohte zu erlöschen.

Nahe an dem Schlosse lag ein lustiges Gehölz, der Stromberg genannt; darin lief seit langer Zeit ein ansehnlicher großer Hirsch, den weder die Jäger noch Hofbediente je hatten fahen können. Als er sich eben jetzt wieder sehen ließ, freuten sich alle, besonders der Graf Erchinger, welcher die übrige Gesellschaft aufmahnte, sich mit dem gewöhnlichen Jägerzeuge dahin zu begeben. Unter dem Jagen kam der Freiherr Albrecht von den andern ab in eine besondere Gegend des Waldes, wo er eines großen und schönen Hirsches ansichtig ward, wie er noch nie glaubte einen gesehen zu haben. Er setzte ihm lange durch den Wald nach, bis er ihn ganz aus dem Gesicht verlor und er nicht wußte, wo das Tier hingeraten war.

Indem trat ein Mann schrecklicher Gestalt vor ihn, und ob er gleich sonst beherzt und tapfer war, so entsetzte er sich doch heftig und wahrte sich wider ihn mit dem Zeichen des Kreuzes. Der Mann aber sprach: »Fürchte dich nicht! Ich bin von Gott gesandt, dir etwas zu offenbaren. Folge mir nach, so sollst du wunderbare Dinge sehen, wie sie deine Augen noch nie erblickt haben, und soll dir kein Haar dabei gekrümmt werden.« Der Freiherr willigte ein und folgte seinem Führer, der ihn aus dem Walde leitete. Als sie heraustraten, deuchte ihm, er sehe schöne Wiesen und eine überaus lustige Gegend. Ferner ein Schloß, das mit vielen Türmen und anderer Zier so prangte, daß dergleichen seine Augen niemals gesehen. Indem sie sich diesem Schlosse nahten, kamen viele Leute, gleich als Hofdiener, entgegen. Keiner aber redete ein Wort, sondern als er bei dem Tor anlangte, nahm einer sein Pferd ab, als wollte er es unterdessen halten. Sein Führer aber sprach: »Laß dich ihr Schweigen nicht befremden; dagegen rede auch nicht mit ihnen, sondern allein mit mir und tue in allem, wie ich dir sagen werde.«

Nun traten sie ein, und Herr Albrecht ward in einen großen, schönen Saal geführt, wo ein Fürst mit den Seinigen zu Tische saß. Alle standen auf und neigten sich ehrerbietig, gleich als wollten sie ihn willkommen heißen. Darauf setzten sie sich wieder und taten, als wenn sie äßen und tränken. Herr Albrecht blieb stehen, hielt sein Schwert in der Hand und wollte es nicht von sich lassen; indessen betrachtete er das wunderköstliche silberne Tafelgeschirr, darin die Speisen auf- und abgetragen wurden, samt den andern vorhandenen Gefäßen. Alles dieses geschah mit großem Stillschweigen; auch der Herr und seine Leute aßen für sich und bekümmerten sich nicht um ihn. Nachdem er also lange gestanden und alles angeschaut, erinnerte ihn der, welcher ihn hergeführt, daß er sich vor dem Herrn neigen und dessen Leute grüßen solle; dann wolle er ihn wieder herausgeleiten. Als er das getan, stand der Herr mit allen seinen Leuten wiederum höflich auf, und sie neigten gleichfalls ihre Häupter gegen ihn. Darauf ward Herr Albrecht von seinem Führer zu der Schloßpforte gebracht. Hier stellten diejenigen, welche bisher sein Pferd gehalten, ihm selbes wieder zu, legten ihm aber dabei Stillschweigen auf; worauf sie ins Schloß zurückkehrten. Nun gürtete Herr Albrecht sein Schwert wieder an und ward von seinem Gefährten auf dem vorigen Wege nach dem Stromberger Walde gebracht. Er fragte ihn, was das für ein Schloß und wer dessen Einwohner wären, die darin zur Tafel gesessen. Der Geist antwortete: »Der Herr, welchen du gesehen, ist deines Vaters Bruder gewesen, ein gottesfürchtiger Mann, welcher vielmals wider die Ungläubigen gefochten. Ich aber und die andern, die du gesehen, waren bei Leibes Leben seine Diener und müssen nun unaussprechlich harte Pein leiden. Er hat bei Lebzeiten seine Untertanen mit unbilligen Auflagen sehr gedrückt und das Geld zum Krieg gegen die Ungläubigen angewendet; wir andern aber haben ihm dazu Rat und Anschläge gegeben und werden jetzt solcher Ungerechtigkeit willen hart gestraft. Dieses ist deiner Tugenden wegen offenbart, damit du vor solchen und ähnlichen Dingen dich hüten und dein Leben bessern mögest. Siehe, da ist der Weg, welcher dich wiederum durch den Wald an deinen vorigen Ort bringen wird; doch kannst du noch einmal zurückkehren, damit du siehest, in was für Elend und Jammer sich die vorige Glückseligkeit verkehrt hat.« Wie der Geist dieses gesagt, war er verschwunden. Herr Albrecht aber kehrte wieder zu dem Schlosse zurück. Siehe, da war alles miteinander zu Feuer, Pech und Schwefel worden, davon ihm der Geruch entgegenqualmte; dabei hörte er ein jammervolles Schreien und Klagen, worüber er sich so sehr entsetzte, daß ihm die Haare zu Berge stunden. Darum wendete er schnell sein Pferd um und ritt des vorigen Weges wieder nach seiner Gesellschaft zu.

Als er anlangte, kam er allen so verändert und verstellet vor, daß sie ihn fast nicht erkannten. Denn ungeachtet er noch ein junger und frischer Mann war, hatte ihn doch Schrecken und Bestürzung zu einem eisgrauen umgestaltet, indem Haupthaar und Bart weiß wie der Schnee waren. Sie verwunderten sich zwar darüber nicht wenig, aber noch mehr über die durch seine veränderte Gestalt beglaubigte Erzählung, so daß sie insgesamt traurig nach Hause umkehrten.

Der Freiherr von Simmern beschloß, an dem Orte, wo sich das zugetragen, zur Ehre Gottes eine Kirche zu erbauen. Graf Erchinger, auf dessen Gebiet er lag, gab gern seine Einwilligung, und er und seine Gemahlin versprachen Rat und Hilfe, damit daselbst ein Frauenkloster aufgerichtet und Gott stets gedienet würde. Auch der Herzog Friedrich von Schwaben verhieß seinen Beistand zur Förderung des Baues und hat verschiedene Zehnten und Einkünfte dazu verordnet. Die Geschichte hat sich im Jahr 1134 unter Lothar II. begeben.

535. Andreas von Sangerwitz, Komtur auf Christburg

Im Jahr 1410, am 15. Juli, ward bei Tannenberg zwischen den Kreuzherren in Preußen und Wladislaw, Könige von Polen, eine große Schlacht geliefert. Sie endigte mit der Niederlage des ganzen Ordensheeres; der Hochmeister Ulrich von Jungingen selbst fiel darin. Seinen Leichnam ließ der König den Brüdern zu Osterode zukommen, die ihn zu Marienburg begruben; das abgehauene Kinn aber mit dem Bart ward gen Krakau gebracht, wo es noch heutigestages (zu Caspar Schützens Zeit) gezeigt wird.

Hochmeister Ulrich von Jungingen. Holzstich aus: Hennenberger, C.: Erclerung der preussischen grössern Landtaffel oder Mappen. Königsberg 1595

Als der Hochmeister mit den Gebietigern über diesen Krieg ratschlagte, riet der Komtur der Christburg, Andreas Sangerwitz, ein Deutscher von Adel, getreulich zum Frieden, unangesehen die andern fast alle zum Krieg stimmten und der Feind schon im Lande war; welches den Hochmeister übel verdroß, und rechnete es ihm zur Furcht und Zagheit. Er aber, der nicht weniger Herz als Witz und Verstand hatte, sagte zu ihm: »Ich habe Euer Gnaden zum Frieden geraten, wie ich's am besten merk und verstehe, und bedünket mich, nach Frieden dienete uns dieser Zeit Gelegenheit am besten. Weil es aber Gott anders ausersehen, auch Euer Gnaden anders gefällt, so muß ich folgen und will Euch in künftiger Schlacht, es laufe, wie es wolle, so mannlich beistehen und mein Leib und Leben für Euch lassen, als getreulich ich jetzt zum Frieden rate.« Welchem er auch als redlicher Mann nachgelebet und ist nebst dem Hochmeister, nachdem er sich tapfer gegen den Feind gehalten, auf der Walstatt geblieben.

Da nun dieser Komtur zur Schlacht auszog und gewappnet aus dem Schlosse ritt, begegnete ihm ein Chorherr, der seiner spottete und ihn höhnisch fragte, wem er das Schloß in seinem Abwesen befehlen wollte. Da sprach er aus großem Zorn: »Dir und allen Teufeln, die zu diesem Kriege geraten haben!« Demnach, als die Schlacht geschehen und der Komtur umgekommen, hat solch eine Teufelei und Gespenst in dem Schlosse anfangen zu wanken und zu regieren, daß nachmals kein Mensch darinnen bleiben und wohnen konnte. Denn sooft die Ordensbrüder im Schlosse aßen, so wurden alle Schüsseln und Trinkgeschirr voll Bluts; wann sie außerhalb des Schlosses aßen, widerfuhr ihnen nichts dergleichen. Wenn die Knechte wollten in den Stall gehen, kamen sie in den Keller und tranken so viel, daß sie nicht mehr wußten, was sie taten. Wenn der Koch und sein Gesinde in die Küche ging, so fand er Pferde darin stehen und war ein Stall daraus worden. Wollte der Kellermeister seine Geschäfte im Keller verrichten, so fand er an der Stelle der Wein- und Bierfässer lauter Hafen, Töpfe, Bälge und Wassertröge; und dergleichen ging es in allen Dingen und Orten widersinnigs. Dem neuen Komtur, der aus Frauenberg dahin kam, ging es noch viel wunderlicher und ärger: einmal ward er in den Schloßbrunnen an den Bart gehängt; das andre Mal ward er auf das oberste Dach im Schlosse gesetzet, da man ihn kaum ohne Lebensgefahr herunterbringen konnte. Zum drittenmal fing ihm der Bart von selbst an zu brennen, so daß ihm das Gesicht geschändet wurde; auch konnte ihm der Brand mit Wasser nicht gelöscht werden, und nur, als er aus dem verwünschten Schlosse herauslief, erlosch das Feuer. Derowegen fürder kein Komtur in dem Schlosse bleiben wollte, wurde auch von jedermänniglich verlassen und nach des verstorbenen Komturs Prophezeiung des Teufels Wohnung geheißen.

Zwei Jahre nach der Schlacht kam ein Bürger von Christburg wiederum zu Hause, der während der Zeit auf einer Wallfahrt nach Rom gewesen war. Als er von dem Gespenst des Schlosses hörte, ging er auf einen Mittag hinauf: sei es nun, daß er die Wahrheit selbst erfahren wollte, oder daß er vielleicht ein Heiligtum mit sich gebracht, das gegen die Gespenster dienen sollte. Auf der Brücke fand er stehen des Komturs Bruder, welcher auch mit in der Schlacht geblieben war;

er erkannte ihn alsbald, denn er hatte ihm ein Kind aus der Taufe gehoben und hieß Otto von Sangerwitz; und weil er meinte, es wäre ein lebendiger Mensch, trat er auf ihn zu und sprach: »O Herr Gevatter, wie bin ich erfreut, daß ich Euch frisch und gesund sehen mag; man hat mich überreden wollen, Ihr wärt erschlagen worden; ich bin froh, daß es besser ist, als ich meinete. Und wie stehet es doch in diesem Schlosse, davon man so wunderliche Dinge redet?« Das Teufelsgespenst sagte wieder zu ihm: »Komm mit mir, so wirst du sehen, wie man allhier haushält.« Der Schmied folgte ihm nach, die Wendeltreppe hinauf; da sie in das erste Gemach gingen, fanden sie einen Haufen Volks, die nichts anders taten denn mit Würfel und Karten spielen; etliche lachten, etliche fluchten Wunden und Marter. Im andern Gemach saßen sie zu Tische, da war nichts anders denn Fressen und Saufen zu ganzen und halben; von dannen gingen sie in den großen Saal, da fanden sie Männer, Weiber, Jungfrauen und junge Gesellen; da hörte man nichts denn Saitenspiel, singen, tanzen und sahe nichts denn Unzucht und Schande treiben. Nun gingen sie in die Kirche; da stund ein Pfaff vor dem Altar, als ob er Messe halten wollte; die Chorherren aber saßen ringsumher in ihren Stühlen und schliefen. Darnach gingen sie wieder zum Schloß hinaus, alsbald hörte man in dem Schloß so jämmerlich heulen, weinen und Zetergeschrei, daß dem Schmied angst und bange ward, gedachte auch, es könnte in der Hölle nicht jämmerlicher sein. Da sprach sein Gevatter zu ihm: »Gehe hin und zeige dem neuen Hochmeister an, was du gesehen und gehört hast! Denn so ist unser Leben gewesen, wie du drinnen gesehen; das ist der erfolgte Jammer darauf, den du hier außen gehört hast.« Mit den Worten verschwand er, der Schmied aber erschrak so, daß ihm zu allen Füßen kalt ward; dennoch wollt er den Befehl verrichten, ging zum neuen Hochmeister und erzählte ihm alles, wie es ergangen. Der Hochmeister ward zornig, sagte, es wäre erdichtet Ding, seinem hochwürdigen Orden zu Verdruß und Schanden, ließ den Schmied ins Wasser werfen und ersäufen.

536. Der Virdunger Bürger

Zu Rudolfs von Habsburg Zeiten saß in der Stadt Virdung (Verdun) ein Bürger, der verfiel in Armut; und um aufs neue zu Schätzen zu gelangen, versprach er sich mit Hilfe eines alten Weibes dem Teufel. Und als er sich Gott und allen himmlischen Gnaden abgesagt hatte, füllte ihm der Höllenrabe den Beutel mit Pfennigen, die nimmer all wurden; denn sooft sie der Bürger ausgegeben hatte, lagen sie immer wieder unten. Da wurde seines Reichtums unmaßen viel; er erwarb Wiesen und Felder und lebte nach allen Gelüsten. Eines Tages, da er fröhlich bei seinen Freunden saß, kamen zwei Männer auf schwarzen Pferden angeritten; der eine zog bei der Hand ein gesatteltes und gezäumtes brandschwarzes Roß, das führte er zu dem Bürger und mahnte, daß er ihnen folgen sollte, wohin er gelobt hätte. Traurig nahm der Bürger Abschied, bestieg das Roß und schied mit den Boten von dannen, im Angesicht von mehr als fünfzig Menschen und zweier seiner Kinder, die jämmerlich klagten und nicht wußten, was aus ihrem Vater geworden sei. Da gingen sie beide zu einem alten Weib, die viele Künste wußte, und verhießen ihr viel Geld, wenn sie ihnen die rechte Wahrheit von ihrem Vater zeigen würde. Darauf nahm das Weib die Jünglinge mit sich in einen Wald und beschwor den Erdboden, bis er sich auftat und die zwei herauskamen, mit welchen ihr Vater fortgeritten war. Das Weib fragte, ob sie ihren Vater sehen wollten. Da fürchtete sich der älteste; der jüngere aber, welcher ein männlicher Herz hatte, bestand bei seinem Vorsatz. Da gebot die Meisterin den Höllenboten, daß sie das Kind unverletzt hin zu seinem Vater und wieder zurückführeten. Die zwei führten ihn nun in ein schönes Haus, da saß sein Vater ganz allein in demselben Kleid und Gewand, in welchem er abgeschieden war, und man sah kein Feuer, das ihn quälte. Der Jüngling redete ihn an und fragte: »Vater, wie steht es um dich, ist dir sanft oder weh?« Der Vater antwortete: »Weil ich die Armut nicht ertragen konnte, gab ich um irdisches Gut dem Teufel Leib und Seele dahin und alles Recht, was Gott an mir hatte; darum, mein Sohn, behalte nichts von dem Gut, das du von mir geerbt hast, sonst wirst du verloren gleich mir.« Der Sohn sprach: »Wie kommt's, daß man kein Feuer an dir brennen siehet?« »Rühre mich mit der Spitze deines Fingers an«, versetzte der Vater, »zuck aber schnell wieder weg!« In dem Augenblick, wo es der Sohn tat, brannte er sich Hand und Arm bis an den Ellenbogen; da ließ erst das Feuer nach. Gerührt von seines Vaters Qualen, sprach er: »Sag an, mein Vater, gibt es nichts auf der Welt, das dir helfen möge oder irgend fromme?« »Sowenig des Teufels selber Rat werden mag«, sagte der Vater, »sowenig kann meiner Rat werden; du aber, mein Sohn, tue so mit deinem Gut, daß deine Seele erhalten bleibe.« Damit schieden sie sich. Die zwei Führer brachten den Jüngling wieder heraus zu dem Weib, dem er den verbrannten Arm zeigte. Darauf erzählte er Armen und Reichen, was ihm widerfahren war und wie es um seinen Vater stand; begab sich alles seines Gutes und lebte freiwillig arm in einem Kloster bis an sein Lebensende.

537. Der Mann im Pflug

Zu Metz in Lothringen lebte ein edler Ritter, namens Alexander, mit seiner schönen und tugendhaften Hausfrau Florentina. Dieser Ritter gelobte eine Wallfahrt nach dem Heiligen Grabe, und als ihn seine betrübte Gemahlin nicht von dieser Reise abwenden konnte, machte sie ihm ein weißes Hemde mit einem roten Kreuz, das sie ihm zu tragen empfahl. Der Ritter zog hierauf in jene Länder, wurde von den Ungläubigen gefangen und mit seinen Unglücksgefährten in den Pflug gespannt; unter harten Geißelhieben mußten sie das Feld ackern, daß das Blut von ihren Leibern lief. Wunderbarerweise blieb nun jenes Hemd, welches Alexander von seiner Frauen empfangen hatte und beständig trug, rein und unbefleckt, ohne daß ihm Regen, Schweiß und Blut etwas schadeten; auch zerriß es nicht. Dem Sultan selbst fiel diese Seltsamkeit auf, und er befragte den Sklaven genau über seinen Namen und Herkunft und wer ihm das Hemd gegeben habe. Der Ritter unterrichtete ihn von allem, »und das Hemd habe ich von meiner tugendsamen Frau erhalten; daß es so weiß bleibt, zeigt mir ihre fortdauernde Treue und Keuschheit an«. Der Heide, durch diese Nachricht neugierig gemacht, beschloß, einen seiner Leute heimlich nach Metz zu senden; der sollte kein Geld und Gut sparen, um des Ritters Frau zu seinem Willen zu verführen; so würde sich nachher ausweisen, ob das Hemd die Farbe verändere. Der Fremde kam nach Lothringen, kundschaftete die Frau aus und hinterbrachte ihr, wie elendiglich es ihrem Herrn in der Heidenschaft ginge; worüber sie höchst betrübt wurde, aber sich so tugendhaft bewies, daß der Abgesandte, nachdem er alles Geld verzehrt hatte, wieder unausgerichteter Sache in die Türkei zurückreisen mußte. Bald darauf nahm Florentina sich ein Pilgerkleid und eine Harfe, welche sie wohl zu spielen verstand, und reiste dem fremden Heiden nach, holte ihn auch noch zu Venedig ein und fuhr mit ihm in die Heidenschaft, ohne daß er sie in der veränderten Tracht erkannt hätte. Als sie nun an des Heidenkönigs Hofe anlangten, wußte der Pilgrim diesen so mit seinem Gesang und Spiel einzunehmen, daß ihm große Geschenke dargebracht wurden. Der Pilgrim schlug diese alle aus und bat bloß um einen von den gefangenen Christen, die im Pfluge gingen. Die Bitte wurde bewilligt, und Florentina ging unerkannt zu den Gefangenen, bis sie zuletzt zu dem Pflug kam, in welchen ihr lieber Mann gespannt war. Darauf forderte und erhielt sie diesen Gefangenen, und beide reisten zusammen über die See glücklich nach Deutschland heim. Zwei Tagreisen vor Metz sagte der Pilgrim zu Alexander: »Bruder, jetzt scheiden sich unsere Wege; gib mir zum Andenken ein Stücklein aus deinem Hemde, von dessen Wunder ich soviel habe reden hören, damit ich's auch andern erzählen und beglaubigen kann.« Diesem willfahrte der Ritter, schnitt ein Stück aus dem Hemde und gab es dem Pilgrim; sodann trennten sich beide. Florentina kam aber auf einem kürzeren Wege einen ganzen Tag früher nach Metz, legte ihre gewöhnlichen Frauenkleider an und erwartete ihres Gemahles Ankunft. Als diese erfolgte, empfing Alexander seine Gemahlin auf das zärtlichste; bald aber bliesen ihm seine Freunde und Verwandten in die Ohren, daß Florentina als ein leichtfertiges Weib zwölf Monate lang in der Welt umhergezogen sei und nichts habe von sich hören lassen. Alexander entbrannte vor Zorn, ließ ein Gastmahl anstellen und hielt seiner Frau öffentlich ihren geführten Lebenswandel vor. Sie trat schweigend aus dem Zimmer, ging in ihre Kammer und legte das Pilgerkleid an, das sie während der Zeit getragen hatte, nahm die Harfe zur Hand, und nun offenbarte sich, indem sie ihm das ausgeschnittene Stück von dem Hemde vorwies, wer sie gewesen war und daß sie selbst als Pilgrim ihn aus dem Pflug erlöst hatte. Da verstummten ihre Ankläger, fielen der edlen Frau zu Füßen, und ihr Gemahl bat sie mit weinenden Augen um Verzeihung.

538. Siegfried und Genofeva

Zu den Zeiten Hildolfs, Erzbischofs von Trier, lebte daselbst Pfalzgraf Siegfried mit Genofeva, seiner Gemahlin, einer Herzogstochter aus Brabant, schön und fromm. Nun begab es sich, daß ein Zug wider die Heiden geschehen sollte und Siegfried in den Krieg ziehen mußte; da befahl er Genofeven, im Meifelder Gau auf seiner Burg Simmern still und eingezogen zu wohnen; auch übertrug er einem seiner Dienstmänner, namens Golo, auf den er zumal vertraute, daß er seine Gemahlin in besonderer Aufsicht hielte. Die letzte Nacht vor seiner Abreise hatte aber Genofeva einen Sohn von ihrem Gemahl empfangen. Als nun Siegfried abwesend war, dauerte es nicht lange, und Golo entbrann von sündlicher Liebe zu der schönen Genofeva, die er endlich nicht mehr zurückhielt, sondern der Pfalzgräfin erklärte. Sie aber wies ihn mit Abscheu zurück. Darauf schmiedete Golo falsche Briefe, als wenn Siegfried mit allen seinen Leuten im Meer ertrunken wäre, und las sie der Gräfin vor; jetzt gehöre ihm das ganze Reich zu, und sie dürfe ihn ohne Sünde lieben. Als er sie aber küssen wollte, schlug sie ihm hart mit der Faust ins Gesicht, und er merkte wohl, daß er nichts

Genovefa von Brabant. Holzschnitt Lille (um 1820)

ausrichten konnte; da verwandelte er seinen Sinn, nahm der edlen Frau all ihre Diener und Mägde weg, daß sie in ihrer Schwangerschaft die größte Not litt. Und als ihre Zeit heranrückte, gebar Genofeva einen schönen Sohn, und niemand außer einer alten Waschfrau stand ihr bei oder tröstete sie; endlich aber hörte sie, daß der Pfalzgraf lebe und bald zurückkehre; und sie fragte den Boten, wo Siegfried jetzo sei. »Zu Straßburg«, antwortete der Bote und ging darauf zu Golo, dem er dieselbe Nachricht brachte. Golo erschrak heftig und hielt sich für verloren. Da redete eine alte Hexe mit ihm, was er sich Sorgen um diese Sache mache? Die Pfalzgräfin habe zu einer Zeit geboren, daß niemand wissen könne, ob nicht der Koch oder ein andrer des Kindes Vater sei; »sag nur dem Pfalzgrafen, daß sie mit dem Koch gebuhlt habe, so wird er sie töten lassen, und du ruhig sein.« Golo sagte: »Der Ratschlag ist gut«, ging daher eilends seinem Herrn entgegen und erzählte ihm die ganze Lüge. Siegfried erschrak und seufzte aus tiefem Leid. Da sprach Golo: »Herr, es ziemt dir nicht länger, diese zum Weibe zu haben.« Der Pfalzgraf sagte: »Was soll ich tun?« »Ich will«, versetzte der Treulose, »sie mit ihrem Kind an den See führen und im Wasser ersäufen.« Als nun Siegfried eingewilligt hatte, ergriff Golo

Genofeven und das Kind und übergab sie den Knechten, daß sie sie töten sollten. Die Knechte führten sie in den Wald, da hub einer unter ihnen an: »Was haben diese Unschuldigen getan?« Und es entstand ein Wortwechsel, keiner aber wußte Böses von der Pfalzgräfin zu sagen und keinen Grund, warum sie sie töten sollten. »Es ist besser«, sprachen sie, »daß wir sie hier von den wilden Tieren zerreißen lassen, als unsre Hände mit ihrem Blut zu beflecken.« Also ließen sie Genofeven allein in dem wilden Wald und gingen fort. Da sie aber ein Wahrzeichen haben mußten, das sie Golo mitbrächten, so riet einer, dem mitlaufenden Hunde die Zunge auszuschneiden. Und als sie vor Golo kamen, sagte er: »Wo habt ihr sie gelassen?« »Sie sind ermordet«, antworteten sie und wiesen ihm Genofevens Zunge. Genofeva aber weinte und betete in der öden Wildnis; ihr Kind war noch nicht dreißig Tage alt, und sie hatte keine Milch mehr in ihren Brüsten, womit sie es ernähren könnte. Wie sie nun die Heilige Jungfrau um Beistand flehte, sprang plötzlich eine Hindin durchs Gesträuch und setzte sich neben das Kind nieder; Genofeva legte die Zitzen der Hindin in des Knäbleins Mund, und es sog daraus. An diesem Orte blieb sie sechs Jahre und drei Monate; sie selbst aber nährte sich von Wurzeln und Kräutern, die sie im Walde fand; sie wohnten unter einer Schichte von Holzstämmen, welche die arme Frau, so gut sie konnte, mit Dörnern gebunden hatte.

Nach Verlauf dieser Zeit trug sich's zu, daß der Pfalzgraf gerade in diesem Wald eine große Jagd anstellte; und da die Jäger die Hunde hetzten, zeigte sich ihren Augen dieselbe Hirschkuh, die den Knaben mit ihrer Milch nährte. Die Jäger verfolgten sie; und weil sie zuletzt keinen andern Ausweg hatte, floh sie zu dem Lager, wohin sie täglich zu laufen pflegte, und warf sich wie gewöhnlich zu des Knaben Füßen. Die Hunde drangen nach, des Kindes Mutter nahm einen Stock und wehrte die Hunde ab. In diesem Augenblick kam der Pfalzgraf hinzu, sah das Wunder und befahl, die Hunde zurückzurufen. Darauf fragte er die Frau, ob sie eine Christin wäre. Sie antwortete: »Ich bin eine Christin, aber ganz entblößt; leih mir deinen Mantel, daß ich meine Scham bedecke.« Siegfried warf ihr den Mantel zu, und sie bedeckte sich damit. »Weib«, sagte er, »warum schafftest du dir nicht Speise und Kleider?« Sie sprach: »Brot habe ich nicht, ich aß die Kräuter, die ich im Walde fand; mein Kleid ist vor Alter zerschlissen und auseinandergefallen.« »Wieviel Jahre sind's, seit du hierhergekommen?« »Sechs, und drei Monden wohne ich hier.« »Wem gehört der Knabe?« »Es ist mein Sohn.« »Wer ist des Kindes Vater?« – »Gott weiß es.« »Wie kamst du hierher und wie heißest du?« »Mein Namen ist Genofeva.« Als der Pfalzgraf den Namen hörte, gedachte er seiner Gemahlin; und einer der Kämmerer trat hinzu und rief: »Bei Gott, das scheint mir unsre Frau zu sein, die schon lange gestorben ist, und sie hatte ein Mal im Gesicht.« Da sahen sie alle, daß sie noch dasselbe Mal an sich trug. »Hat sie auch noch den Trauring?« sagte Siegfried. Da gingen zwei hinzu und fanden, daß sie noch den Ring trage. Alsobald umfing sie der Pfalzgraf und küßte sie und nahm weinend den Knaben und sprach: »Das ist mein Gemahl, und das ist mein Kind.« Die gute Frau erzählte nun allen, die da standen, von Wort zu Wort, was ihr begegnet war, und alle vergossen Freudentränen; indem kam auch der treulose Golo dazu, da wollten sie alle auf ihn stürzen und ihn töten. Der Pfalzgraf rief aber: »Haltet ihn, bis wir aussinnen, welches Todes er würdig ist.« Dies geschah; und nachher verordnete Siegfried, vier Ochsen zu nehmen, die noch vor keinem Pfluge gezogen hätten, und jeden Ochsen dem Missetäter an die vier Teile des Leibes zu spannen, zwei an die Füße, zwei an die Hände, und dann die Ochsen gehn zu lassen. Und als sie auf diese Weise festgebunden waren, ging jeder Ochse mit seinem Teile durch, und Golos Leib wurde in vier Stücke gerissen.

Der Pfalzgraf wollte nunmehr seine geliebte Gemahlin nebst dem Söhnlein heimführen. Sie aber schlug es aus und sprach: »An diesem Ort hat die Heilige Jungfrau mich vor den wilden Tieren bewahrt und durch ein Wild mein Kind erhalten; von diesem Orte will ich nicht weichen, bis er ihr zu Ehren geweiht ist.« Sogleich besandte der Pfalzgraf den Bischof Hildolf, welchem er alles berichtete; der Bischof war erfreut und weihte den Ort. Nach der Weihung führte Siegfried seine Gemahlin und seinen Sohn herzu und stellte ein feierliches Mahl an; sie bat, daß er hier eine Kirche bauen ließe, welches er zusagte. Die Pfalzgräfin konnte fürder keine Speisen mehr vertragen, sondern ließ sich im Walde die Kräuter sammeln, an welche sie gewohnt worden war. Allein sie lebte nur noch wenige Tage und wanderte selig zum Herrn; Siegfried ließ ihre Gebeine in der Waldkirche, die er zu bauen gelobt hatte, bestatten; diese Kapelle hieß Frauenkirche (unweit Meyen), und manche Wunder geschahen daselbst.

539. Karl Ynach, Salvius Brabon und Frau Schwan

Gottfried, mit dem Zunamen der Karl, war König von Tongern und wohnte an der Maas auf seiner Burg Megen. Er hatte einen Sohn, namens Karl Ynach, den verbannte er aus dem Land, weil er einer

Jungfrau Gewalt getan hatte. Karl Ynach floh nach Rom zu seinem Oheim Cloadich, welcher daselbst als Geisel gefangen lebte, und wurde von diesem ehrenvoll empfangen. Karl Ynach wohnte zu Rom bei einem Senator, namens Octavius, bis dieser vor des Sylla Grausamkeit aus der Stadt wich nach Arkadien. Hier aber lebte Lucius Julius Prokonsul, welcher zwei Töchter hatte, die eine hieß Julia, die andere Germana. In diese Germana verliebte sich nun Karl Ynach, offenbarte ihr, daß er eines Königs Sohn wäre, und beredete sie zur Flucht. Eines Nachts nahmen sie die besten Kleinode aus ihrem Schatz, schifften sich heimlich ein und kamen nach Italien, nahe bei Venedig. Hier stiegen beide zu Pferd, ritten über Mailand durch Savoyen und Burgund ins Land Frankreich und trafen nach viel Tagefahrten zu Cambray ein. Von da gingen sie noch weiter an einen Ort, der damals das Schloß Senes hieß, und ruhten in einem schönen Tale aus. In diesem Tal auf einem lustigen Fluß schwammen Schwäne; einer ihrer Diener, der Bogenschütze war, spannte und schoß einen Pfeil. Aber er fehlte den Schwan, der erschrokkene Vogel hob sich in die Luft und flüchtete sich in der schönen Germana Schoß. Froh über dieses Wunder, und weil der Schwan ein Vogel guter Bedeutung ist, fragte sie Karl Ynach, ihren Gemahl, wie der Vogel in seiner Landessprache heiße. »In deutscher Sprache«, antwortete er, »heißt man ihn Swana.« »So will ich«, sagte sie, »hinfüro nicht länger Germana, sondern Schwan heißen;« denn sie befürchtete, eines Tages an ihrem rechten Namen erkannt zu werden. Der ganze Ort aber bekam von der Menge seiner Schwäne den Namen Schwanental (vallis cignea, Valenciennes) an der Schelde. Jenen Schwan nahm die Frau mit, fütterte und pflag ihn sorgsam. Karl und Frau Schwan gelangten nach diesem bis zu dem Schlosse Florimont, unweit Brüssel; daselbst erfuhr er den Tod seines Vaters Gottfried Karl und zog sogleich dahin. Zu Löwen opferte er seinen Göttern und wurde in Tongern mit Jubel und Freude als König und Erbe empfangen. Karl Ynach herrschte hierauf eine Zeitlang in Frieden und zeugte mit seiner Gemahlin einen Sohn und eine Tochter. Der Sohn wurde Octavian, die Tochter wiederum Schwan benannt. Bald danach hatte Ariovist, König der Sachsen, Krieg mit Julius Caesar und den Römern; Karl Ynach verband sich mit Ariovist und zog den Römern entgegen, blieb aber tot in einer Schlacht, die bei Besanon geliefert wurde. Frau Schwan, seine Witwe, barg sich mit ihren Kindern in dem Schlosse Megen an der Maas und fürchtete, daß Julius Caesar, ihr Bruder, sie auskundschaften möchte. Das Reich Tongern hatte sie an Ambiorix abgetreten, nahm aber ihren Schwan mit nach Megen, wo sie ihn auf den Burggraben setzte und oft mit eigner Hand fütterte, zum Angedenken ihres Gemahls.

Julius Caesar hatte dazumal in seinem Heer einen Helden, namens Salvius Brabon, der aus dem Geschlechte des Frankus, Hektors von Troja Sohn, abstammte. Julius Caesar, um sich von der Arbeit des Krieges ein wenig auszuruhen, war ins Schloß Kleve gekommen; Salvius Brabon belustigte sich in der Gegend von Kleve mit Bogen und Pfeil, gedachte an sein bisheriges Leben und an einen bedeutenden Traum, den er eines Nachts gehabt. In diesen Gedanken befand er sich von ungefähr am Ufer des Rheins, der nicht weit von dem Schlosse Kleve fließt, und sah auf dem Strom einen schneeweißen Schwan; der spielte und biß mit seinem Schnabel in einen Kahn am Ufer. Salvius Brabon blickte mit Vergnügen und Verwunderung zu, und die glückliche Bedeutung dieses Vogels mit seinem Traum verbindend, trat er in das Schifflein; der Schwan, ganz kirr und ohne scheu zu werden, flog ein wenig voraus und schien ihm den Weg zu weisen; der Ritter empfahl sich Gott und beschloß, ihm zu folgen. Ganz ruhig geleitete ihn der Schwan den Lauf des Rheins entlang, und Salvius schaute sich allenthalben um, ob er nichts sähe; so fuhren sie lang und weit, bis endlich der Schwan das Schloß Megen erkannte, wo seine Herrin wohnte, kümmerlich als eine arme Witwe in fremdem Lande ihre beiden Kinder auferziehend. Der Schwan, als er nun seinen gewohnten Aufenthalt erblickte, schlug die Flügel, erhob sich in die Lüfte und flog zum Graben, wo ihn die Frau aus ihrer Hand fressen ließ. Als sich aber Salvius von seinem Führer verlassen sah, wurde er betrübt, landete mit seinem Nachen und sprang ans Land; er hielt den Bogen gespannt und dachte den Schwan zu schießen, falls er ihn erreichen könnte. Wie er nun weiterging und den Vogel im Schloßgraben fand, legte er den Pfeil auf und zielte. Indem war die Frau ans Fenster getreten, den Schwan zu liebkosen, und sah einen fremden Mann darauf anlegen. Erschrocken rief sie laut in griechischer Sprache: »Ritter, ich beschwöre dich, töte mir nicht diesen Schwan.« Salvius Brabon, der sich mit diesen Worten in einem wildfremden Lande und durch eine Frau in seiner Sprache anrufen hörte, war überaus betroffen, zog jedoch die Hand vom Bogen und tat den Pfeil vom Strang; darauf fragte er die Frau auf griechisch, was sie in dem abgelegenen, wilden Lande mache. Sie aber war noch mehr erschrocken, sich in ihrer Muttersprache anreden zu hören, und lud ihn ein, in die Burg zu treten, so würden sie sich vollständig einander Aufschluß geben können; welches er auch mit Vergnügen annahm. Als er innen war, fragte sie ihn eine Menge Dinge und erfuhr auch Julius Caesars Aufenthalt in Kleve. Weil sie aber hörte, daß der Ritter aus Arkadia stammte, nahm sie sich ein Herz und forderte ihm einen Eid ab, daß er ihr beistehn wolle, »wie man Witwen und Waisen soll«. Darauf erzählte sie umständlich alle ihre Begebenheiten. Sie bat, daß er sie wieder mit ihrem Bruder aussöhnen möchte, und gab ihm für diesen zum Wahrzeichen ein goldnes Götzenbild, das ihr Julius Caesar einstmals aufzuheben vertraut hatte, mit. Salvius Brabon versprach, das Seinige zu tun, und kehrte wieder zu seinem Herrn nach Kleve zurück. Er grüßte ihn von seiner Schwester und gab ihm das Goldbild, welches Julius Caesar auf den ersten Blick erkannte. Sodann fragte er den Salvius, wo er sie gefunden hätte. Dieser erzählte ihr Leben und Schicksal und bat um Verzeihung. Caesar wurde gerührt zum Erbarmen und bedauerte auch seines Schwagers, Karl Ynachs, Tod; hierauf wollte er sogleich seine Schwester und Neffen sehen; Salvius Brabon führte ihn mit Freuden nach dem Schlosse Megen. Sie erkannten sich mit herzlicher Wonne; Salvius Brabon bat sich die junge Schwan, des Kaisers Nichte, zur Gemahlin aus, die ihm auch bewilligt wurde. Die Hochzeit geschah zu Löwen. Julius Caesar verlieh seiner Nichte und ihrem Gemahl eine weite Strecke Landes als ein Herzogtum, von dem Meer mit dem Wald Soigne und dem Flusse Schelde bis zu dem Bächlein, welches heißet Lace. Brabon war hier der erste Fürst, und von ihm trägt dieses Land den Namen Brabant. Seinem Neffen Octavian gab der Kaiser das Königreich Agrippina am Rhein, ein weites Gebiet.

Tongern aber benannte er hinfüro nach dem Namen seiner Schwester Germana Germania und wollte auch, daß Octavian den Beinamen Germanicus führte. Seitdem heißen die Deutschen nun Germanen.

540. Der Ritter mit dem Schwan

Zu Flandern war vor alters ein Königreich Lillefort, da, wo jetzt die Städte Rybel und Doway liegen; in demselben herrschte Pyrion mit Matabruna, seiner Gemahlin. Sie zeugten einen Sohn, namens Oriant. Dieser jagte eines Tages im Walde einen Hirsch, der Hirsch entsprang ihm aber in ein Wasser, und Oriant setzte sich müde an einen schönen Brunnen, um dabei auszuruhen. Als er so allein saß, kam eine edle Jungfrau gegangen, die seine Hunde sah und ihn fragte, mit wessen Urlaub er in ihrem Wald jage. Diese Jungfrau hieß Beatrix, und Oriant wurde von ihrer wunderbaren Schönheit so getroffen, daß er ihr die Liebe erklärte und seine Hand auf der Stelle bot. Beatrix willigte ein, und der junge König nahm sie mit aus dem Wald nach Lillefort, um eine fröhliche Hochzeit zu feiern. Matabrun, seine Mutter, ging ihm aber entgegen und war der jungen Braut gram darum, daß er sie nackt und bloß heimgeführt hatte und niemand wußte, woher sie stammte. Nach einiger Zeit nun wurde die Königin schwanger; währenddessen geschah's, daß sie von ungefähr am Fenster stand und zwei Kindlein, die eine Frau auf einmal geboren hatte, zur Taufe tragen sah. Da rief sie heimlich ihren Gemahl und sprach: wie das möglich wäre, daß eine Frau zwei Kinder gebäre, ohne zwei Männer zu haben? Oriant antwortete: »Mit Gottes Gnaden kann eine Frau sieben Kinder auf einmal von ihrem Manne empfangen.« Bald darnach mußte der König in den Krieg ziehen; da sich nun seine Gemahlin schwanger befand, empfahl er sie seiner Mutter zu sorgfältiger Obhut und nahm Abschied. Matabruna hingegen dachte auf nichts als Böses und beredete sich mit der Wehmutter, daß sie der Königin, wenn sie gebären würde, statt der Kinder junge Hunde unterschieben, die Kinder selbst töten und Beatrix einer strafbaren Gemeinschaft mit Hunden anklagen wollten.

Als nun ihre Zeit heranrückte, ward Beatrix von sechs Söhnen und einer Tochter entbunden, und jedem Kindlein lag um seinen Hals eine silberne Kette. Matabruna schaffte sogleich die Kinder weg und legte sieben Wölpe hin; die Wehfrau aber rief: »Ach, Königin, was ist Euch geschehen! Ihr habt sieben scheußliche Wölpe geboren, tut sie weg und laßt sie unter die Erde graben, daß dem Könige seine Ehre bewahrt bleibe.« Beatrix weinte und rang die Hände, daß es einen erbarmen mußte; die alte Königin aber hub an sie heftig zu schelten und des schändlichsten Ehebruchs zu zeihen. Darauf ging Matabruna weg, rief einen vertrauten Diener, dem sie die sieben Kindlein übergab, und sprach: »Die silbernen Ketten an dieser Brut bedeuten, daß sie dereinst Räuber und Mörder werden; darum muß man eilen, sie aus der Welt zu schaffen.« Der Knecht nahm sie in seinen Mantel, ritt in den Wald und wollte sie töten; als sie ihn aber anlachten, wurde er mitleidig, legte sie hin und empfahl sie der Barmherzigkeit Gottes. Darauf kehrte er an den Hof zurück und sagte der Alten, daß er ihren Befehl ausgerichtet, wofür sie ihm großen Lohn versprach. Die sieben Kinder schrien unterdessen vor Hunger im Walde; das hörte ein Einsiedler, Helias mit Namen, der fand sie und trug sie in seinem Gewande mit sich in die Klause. Der alte Mann wußte aber nicht, wie er sie ernähren sollte; siehe, da kam eine weiße Geiß gelaufen, bot den Kindern ihre Mammen, und sie sogen begierig daran. Diese Geiß stellte sich nun von Tag zu Tage ein, bis daß die Kinder wuchsen und größer wurden. Der Einsiedel machte ihnen dann kleine Röcklein von Blättern, sie gingen spielen im Gesträuch und suchten sich wilde Beeren, die sie aßen, und wurden auferzogen in Gottes Furcht und Gnade.

Der König, nachdem er den Feind besiegt hatte, kehrte heim und wurde mit Klagen empfangen, daß sein Gemahl von einem schändlichen Hunde sieben Wölpe geboren hätte, welche man weggeschafft. Da befiel ihn tiefer Schmerz; er versammelte seinen Rat und fragte, was zu tun wäre. Und einige rieten, die Königin zu verbrennen, andere aber, sie nur gefangen einzuschließen. Dieses letztere gefiel dem Könige besser, weil er sie noch immer liebte. Also blieb die unschuldige Beatrix eingeschlossen, bis zur Zeit, daß sie wieder erlöst werden sollte.

Der Einsiedel hatte unterdessen die sieben Kinder getauft und eines, das er besonders liebte, Helias nach seinem Namen geheißen. Die Kinder aber in ihren Blätterröcklein, barfuß und barhaupt, liefen stets miteinander im Wald herum. Es geschah, daß ein Jäger der alten Königin daselbst jagte und die Kindlein alle sieben, mit ihren Silberketten um den Hals, unter einem Baum sitzen sah, von dem sie die wilden Äpfel abrupften und aßen. Der Jäger grüßte sie, da flohen die Kinder zu der Klause, und der Einsiedler bat, daß der Jäger ihnen kein Leid tun möchte. Als dieser Jäger wieder nach Lillefort kam, erzählte er Matabrunen alles, was er gesehen hatte; sie wunderte sich und riet wohl, daß es Oriants sieben Kinder wären, welche Gott beschirmt hatte. Da sprach sie auf der Stelle: »O guter Gesell, nehmt von Euren Leuten und kehret mir eilends zum Wald, daß Ihr die sieben Kinder tötet, und bringt mir die sieben Ketten zum Wahrzeichen mit! Tut Ihr das nicht, so ist's um Euer eigen Leben geschehn, sonst aber sollt Ihr großen Lohn haben.« Der Jäger sagte: »Euer Wille soll befolgt werden«, nahm sieben Männer und machte sich auf den Weg nach dem Walde. Unterwegs mußten sie durch ein Dorf, wo ein großer Haufen Menschen versammelt war. Der Jäger fragte nach der Ursache und erhielt zur Antwort: »Es soll eine Frau hingerichtet werden, weil sie ihr Kind ermordet hat.« Ach, dachte der Jäger, diese Frau wird verbrennt, weil sie ein Kind getötet hat, und ich gehe darauf aus, sieben Kinder zu morden; verflucht sei die Hand, die dergleichen vollbringt! Da sprachen alle Jäger: »Wir wollen den Kindern kein Leid tun, sondern ihnen die Ketten ablösen und sie der Königin bringen, zum Beweise, daß sie tot seien.« Hierauf kamen sie in den Wald, und der Einsiedler war gerade ausgegangen, auf dem Dorfe Brot zu betteln, und hatte eins der Kinder mitgenommen, das ihm tragen helfen mußte. Die sechs andern schrien vor Furcht, wie sie die fremden Männer sahen. »Fürchtet euch nicht«, sprach der Jäger. Da nahmen sie die Kinder und taten ihnen die Ketten vom Hals; in demselben Augenblick, wo dies geschah, wurden sie zu weißen Schwänen und flogen in die Luft. Die Jäger aber erschraken sehr, und zuletzt gingen sie nach Haus und brachten der alten Königin die sechs Ketten unter dem Vorgeben, die siebente hätten sie verloren. Darüber war Matabruna sehr bös und entbot einen Goldschmied, aus den sechsen einen Napf zu schmieden. Der Goldschmied nahm eine der Ketten und wollte sie im Feuer prüfen, ob das Silber gut wäre. Da wurde die Kette so schwer, daß sie allein mehr wog als vorher die sechse zusammen. Der Schmied war verwundert, gab die fünfe seiner Frau, sie aufzuheben; und aus der sechsten, die geschmolzen war, wirkte er zwei Näpfe, jeden so groß, als ihn Matabrun begehrt hatte. Den einen Napf behielt er auch noch zu den Ketten und den andern trug er der Königin hin, die sehr zufrieden mit seiner Schwere und Größe war. Als nun die Kinder in weiße Schwäne verwandelt worden waren, kam der Einsiedler mit dem jungen Helias auch wieder heim und war erschrocken, daß die andern fehlten. Und sie suchten nach ihnen den lieben langen Tag bis zum Abend und fanden nichts und waren sehr traurig. Morgens frühe begann der kleine Helias wieder nach seinen Geschwistern zu suchen, bis er zu einem Weiher kam, worauf sechs Schwäne schwammen, die zu ihm hinflossen und sich mit Brot füttern ließen. Von nun ging er alle Tage zu dem Wasser und brachte den Schwänen Brot; es verstrich eine geraume Zeit.

Während Beatrix gefangen saß, dachte Matabrun auf nichts anderes, als sie durch den Tod wegzuräumen. Sie stiftete daher einen falschen Zeugen an, welcher aussagte, den Hund gekannt zu haben, mit dem die Königin Umgang gepflogen hätte. Oriant wurde dadurch von neuem erbittert; und als der Zeuge sich erbot, seine Aussage gegen jedermann im Gotteskampf zu bewähren, schwur der König, daß Beatrix sterben solle, wenn kein Kämpfer für sie aufträte. In dieser Not betete sie zu Gott, der ihr Flehen hörte und einen Engel zum Einsiedler sandte. Dieser erfuhr nunmehr den ganzen Verlauf: wer die Schwäne wären und in welcher Gefahr ihre arme Mutter schwebte. Helias, der Jüngling, war erfreut über diese Nachricht und machte sich barfuß, barhaupt und in seinem Blätterkleid auf, an den Hof des Königs, seines Vaters, zu gehen. Das Gericht war gerade versammelt, und der Verräter stand zum Kampfe bereit. Helias erschien, seine einzige Waffe war eine hölzerne Keule. Hierauf überwand der Jüngling seinen Gegner und tat die Unschuld der geliebten Mutter dar, die sogleich befreit und in ihre vorigen Rechte eingesetzt wurde. Als sich nun die ganze Verräterei enthüllt hatte, wurde sogleich der Goldschmied gesandt, der die Schwanketten verschmieden sollte. Er kam und brachte fünf Ketten und den Napf, der ihm von der sechsten übergeschossen war. Helias nahm nun diese Ketten und war begierig, seine Geschwister wieder zu erlösen; plötzlich sah man sechs Schwäne zu dem Schloßweiher geflogen kommen. Da gingen Vater und Mutter mit ihm hinaus, und das Volk stand um das Ufer und wollte dem Wunder zusehen. Sobald die Schwäne Helias erblickten, schwammen sie hinzu, und er strich ihnen die Federn und wies ihnen die Ketten. Hierauf legte er einem nach dem andern die Kette um den Hals, augenblicklich standen sie in menschlicher Gestalt vor ihm, vier Söhne und eine Tochter, und die Eltern liefen hinzu, ihre Kinder zu halsen und zu küssen. Als aber der sechste Schwan sah, daß er allein übrigblieb und kein Mensch wurde, war er tief betrübt und zog sich im Schmerz die Federn aus; Helias weinte und ermahnte ihn tröstend zur Geduld. Der Schwan neigte mit dem Hals, als ob er ihm dankte, und jedermann bemitleidete ihn. Die fünf andern Kinder wurden darauf zur Kirche geführt und getauft; die Tochter empfing den Namen Rose, die vier Brüder wurden hernachmals fromme und tapfere Helden.

König Oriant, nach diesen wunderbaren Begebenheiten, gab nun die Regierung des Reichs in seines Sohnes Helias Hände. Der junge König aber beschloß, vor allem das Recht walten zu lassen, eroberte die feste Burg, wohin Matabrun geflohen war, und überlieferte sie dem Gericht, welches die Übeltäterin zum Tode des Feuers verdammte. Dieses Urteil wurde sodann vollstreckt. Helias regierte nun eine Weile zu Lillefort; eines Tages aber, da er den Schwan, seinen Bruder, auf dem Schloßweiher einen Nachen ziehen sah, hatte er keine längre Ruhe, sondern hielt dies für ein Zeichen des Himmels, daß er dem Schwan folgen und irgendwo Ruhm und Ehre erwerben solle. Er versammelte daher Eltern und Geschwister, entdeckte ihnen sein Vorhaben und küßte sie zum Abschied. Dann ließ er sich Harnisch und Schild bringen. Oriant, sein Vater, schenkte ihm ein Horn und sprach: »Dieses Horn bewahre wohl! Denn alle, die es blasen hören, denen mag kein Leid geschehen!« Der Schwan schrie drei- oder viermal mit ganz seltsamer Stimme, da ging Helias zum Gestade hinab; sogleich schlug der Vogel die Flügel, als ob er ihn fröhlich bewillkommnete, und neigte seinen Hals. Helias betrat den Nachen, und der Schwan stellte sich vornen hin und schwamm voraus; schnell flossen sie davon, von Fluß in Fluß, von Strom in Strom, bis sie zu der Stelle gelangten, wohin sie nach Gottes Willen beschieden waren.

Zu diesen Zeiten herrschte Otto I., Kaiser von Deutschland, und unter ihm stand das Ardennerland, Lüttich und Namur. Dieser hielt gerade seinen Reichstag zu Nijmwegen, und wer über ein Unrecht zu klagen hatte, der kam dahin und brachte seine Worte an. Es begab sich nun, daß auch der Graf von Frankenburg vor den Kaiser trat und die Herzogin von Billon (Bouillon), namens Clarissa, beschuldigte, ihren Gemahl vergiftet und während seiner dreijährigen Meerfahrt eine unrechte Tochter erzeugt zu haben; darum sei das Land nunmehr an ihn, den Bruder des Herzogs, verfallen. Die Herzogin verantwortete sich, so gut sie konnte; aber das Gericht sprach einen Gotteskampf aus, und daß sie sich einen Streiter gegen den Grafen von Frankenburg stellen müsse, der ihre Unschuld dartun wolle. Die Herzogin sah sich aber vergebens nach einem Retter um; indem hörten alle ein Horn blasen. Da schaute der Kaiser zum Fenster, und man erblickte auf dem Wasser den Nachen fahren, von dem Schwan geleitet, in welchem Helias gewappnet stand. Kaiser Otto verwunderte sich, und als das Fahrzeug anhielt und der Held landete, hieß er ihn sogleich vor sich führen. Die Herzogin sah ihn auch kommen und erzählte ihrer Tochter einen Traum, den sie die letzte Nacht gehabt hatte: »Es träumte mir, daß ich vor Gericht mit dem Grafen dingte, und ward verurteilt, verbrannt zu werden. Und wie ich schon an den Flammen stand, flog über meinem Haupt ein Schwan und brachte Wasser zum Löschen des Feuers; aus dem Wasser stieg ein Fisch, vor dem fürchteten sich alle, so daß sie bebten; darum hoffe ich, daß uns dieser Ritter vom Tode erlösen wird.« Helias grüßte den Kaiser und sprach: »Ich bin ein armer Ritter, der durch Abenteuer hierherkommt, um Euch zu dienen.« Der Kaiser antwortete: »Abenteuer habt Ihr hier gefunden! Hier stehet eine auf den Tod verklagte Herzogin; wollt Ihr für sie kämpfen, so könnt Ihr sie retten, wenn ihre Sache gut ist.« Helias sah die Herzogin an, die ihm sehr ehrbar zu sein schien, und ihre Tochter war von wunderbarer Schönheit, daß sie ihm herzlich wohlgefiel. Sie aber schwur ihm mit Tränen, daß sie unschuldig wäre; und Helias gelobte, ihr Kämpfer zu werden. Das Gefecht wurde hierauf anberaumt, und nach einem gefährlichen Streite schlug der Ritter mit dem Schwan dem Grafen Otto das Haupt vom Halse, und der Herzogin Unschuld wurde offenbar. Der Kaiser begrüßte den Sieger; die Herzogin aber begab sich des Landes zugunsten ihrer Tochter Clarissa und vermählte sie mit dem Helden, der sie befreit hatte. Die Hochzeit wurde prächtig zu Nijmwegen gefeiert; hernach zogen sie in ihr Land Billon, wo sie mit Freuden empfangen wurden. Nach neun Monaten gebar die Herzogin eine Tochter, welche den Namen Ida empfing und späterhin die Mutter berühmter Helden ward. Eines Tages nun fragte die Herzogin ihren Gemahl nach seinen Freunden und Magen, und aus welchem Lande er gekommen wäre. Helias aber antwortete nichts, sondern verbot ihr diese Frage; sonst müsse er von ihr scheiden. Sie fragte ihn also nicht mehr, und sechs Jahre lebten sie in Ruhe und Frieden zusammen.

Was man den Frauen verbietet, das tun sie zumeist, und die Herzogin, als sie einer Nacht bei ihrem Gemahl zu Bette lag, sprach dennoch: »O mein Herr! Ich möchte gerne wissen, von wannen Ihr seid.« Als dies Helias hörte, wurde er betrübt und antwortete: »Ihr wißt, daß Ihr das nicht wissen sollt; ich gelobe Euch nun, morgen von Lande zu scheiden.« Und wieviel sie und die Tochter klagten und weinten, stand der Herzog morgens auf, berief seine Mannen und gebot ihnen, Frau und Tochter nach Nijmwegen zu geleiten, damit er sie dort dem Kaiser empfehlen könne; denn er kehre nimmermehr wieder. Unter diesen Reden hörte man schon den Schwan schreien, der sich über seines Bruders Wiederkunft freuete, und Helias trat in den Nachen. Die Herzogin reiste mit ihrer Tochter zu Lande nach Nijmwegen, dahin kam bald der Schwan geschwommen. Helias blies ins Horn und trat vor den Kaiser, dem er sagte, daß er notgedrungen sein Land verlassen müsse, und dringend seine Tochter Ida empfahl. Otto sagte es ihm zu, und Helias, nachdem er Abschied genommen, Weib und Kind zärtlich geküßt hatte, fuhr in dem Nachen davon.

Der Schwan aber geleitete ihn wieder nach Lillefort, wo ihn alle, und zumal Beatrix, seine Mutter, fröhlich bewillkommten. Helias dachte vor allen Dingen, wie er seinen Bruder Schwan wieder lösen möchte. Er ließ daher den Goldschmied rufen und händigte ihm die Näpfe ein, mit dem Befehl, daraus eine Kette zu schmieden, wie die gewesen war, die er einstens geschmolzen hatte. Der Schmied tat es, und brachte die Kette; Helias hängte sie dem Schwan um, der ward alsobald ein schöner Jüngling, wurde getauft und Eßmer (nach andern Emeri, Emerich) genannt.

Einige Zeit darauf erzählte Helias seinen Verwandten die Begebenheit, die er im Lande Billon erfahren hatte; begab sich darauf der Welt und ging in ein Kloster, um da geistlich zu leben bis an sein Ende. Aber zum Andenken ließ er ein Schloß bauen, ganz wie das in Ardennen, und nannte es auch mit demselben Namen Billon.

Als nun Ida, Helias, Tochter, vierzehn Jahre alt geworden war, vermählte sie Kaiser Otto mit Eustachias, einem Grafen von Bonn. Ida lag auf eine Zeit im Traum, da deuchte ihr, als wenn drei Kinder an ihrer Brust lägen, jedes mit einer Krone auf dem Haupt; aber dem dritten zerbrach die Krone, und sie hörte eine Stimme, die sprach, sie würde drei Söhne gebären, von denen der Christenheit viel Frommen erwachsen solle; nur müsse sie verhüten, daß sie keine andere Milch sögen als ihre eigene. Innerhalb drei Jahren brachte auch die Gräfin drei Söhne zur Welt; der älteste hieß Gottfried, der zweite Baldewin, der dritte Eustachias; alle aber zog sie sorgfältig mit ihrer Milch groß. Da begab sich, daß auf einen Pfingsttag die Gräfin in der Kirche war und etwas lange von ihrem Säugling Eustachias blieb; da weinte das Kind so, daß eine andere Frau ihm zu säugen gab. Als die Gräfin zurückkehrte und ihren Sohn an der Frauen Brust fand, sprach sie: »Ach, Frau, was habt Ihr getan? Nun wird mein Kind seine Würdigkeit verlieren.« Die Frau sagte: »Ich meinte wohlzutun, weil es so weinte, und dachte es zu stillen.« Die Gräfin aber war betrübt, aß und trank den ganzen Tag nicht und grüßte die Leute nicht, die ihr vorgestellt wurden.

Die Herzogin, ihre Mutter, hätte unterdessen gar zu gern Kundschaft von ihrem Gemahl gehabt, wohin er gekommen wäre; und sie sandte Pilger aus, die ihn suchen sollten in allen Landen. Nun kam endlich einer dieser Pilger vor ein Schloß, nach dessen Namen er fragte, und hörte mit Erstaunen, daß es Billon hieße; da er doch wohl wußte, Billon liege noch viel weiter. Die Landleute erzählten ihm aber, warum Helias diesen Bau gestiftet und so benannt habe, und berichteten den Pilgrim der ganzen Geschichte. Der Pilgrim dankte Gott, daß er endlich gefunden hatte, was er so lange suchte; ließ sich bei dem König Oriant und seinen Söhnen melden und erzählte, wie es um die Herzogin in Billon und ihre Tochter stünde. Eßmer brachte dem Helias die frohe Botschaft in sein Kloster, Helias gab dem Pilgrim seinen Trauring zum Wahrzeichen mit; auch sandten die andern viele Kostbarkeiten ihren Freunden zu Billon. Der Pilgrim fuhr damit in seine Heimat, und bald zogen die Herzogin und die Gräfin hin zu ihrem Gemahl und Vater in sein Kloster. Helias empfing sie fröhlich, starb aber nicht lange darnach; die Herzogin folgte ihm aus Betrübnis. Die Gräfin aber, als ihre Eltern begraben waren, zog wieder heim in ihr Land und unterwies ihre Söhne in aller Tugend und Gottesfurcht. Diese Söhne gewannen hernachmals den Ungläubigen das Heilige Land ab, und Gottfried und Baldewin wurden zu Jerusalem als Könige gekrönt.

541. Das Schwanschiff am Rhein

Im Jahr 711 lebte Dietrichs, des Herzogen zu Kleve, einzige Tochter Beatrix, ihr Vater war gestorben, und sie war Frau über Kleve und viel Lande mehr. Zu einer Zeit saß diese Jungfrau auf der Burg von

Nimwegen, es war schön klar Wetter, sie schaute in den Rhein und sah da ein wunderlich Ding. Ein weißer Schwan trieb den Fluß abwärts, und am Halse hatte er eine goldne Kette. An der Kette hing ein Schiffchen, das er fortzog, darin ein schöner Mann saß. Er hatte ein goldnes Schwert in der Hand, ein Jagdhorn um sich hängen und einen köstlichen Ring am Finger. Dieser Jüngling trat aus dem Schifflein ans Land und hatte viel Worte mit der Jungfrau und sagte, daß er ihr Land schirmen sollte und ihre Feinde vertreiben. Dieser Jüngling behagte ihr so wohl, daß sie ihn liebgewann und zum Manne nahm. Aber er sprach zu ihr: »Fraget mich nie nach meinem Geschlecht und Herkommen; denn wo Ihr danach fraget, werdet Ihr mein los sein und ledig und mich nimmer sehen.« Und er sagte ihr, daß er Helias hieße; er war groß von Leibe, gleich einem Riesen. Sie hatten nun mehrere Kinder miteinander. Nach einer Zeit aber, so lag dieser Helias bei Nacht neben seiner Frau im Bette, und die Gräfin fragte unachtsam und sprach: »Herr, solltet Ihr Euren Kindern nicht sagen wollen, wo Ihr herstammet?« Über das Wort verließ er die Frau, sprang in das Schwanenschiff hinein und fuhr fort, wurde auch nicht wieder gesehen. Die Frau grämte sich und starb aus Reue noch das nämliche Jahr. Den Kindern aber soll er die drei Stücke, Schwert, Horn und Ring, zurückgelassen haben. Seine Nachkommen sind noch vorhanden, und im Schloß zu Kleve stehet ein hoher Turm, auf dessen Gipfel ein Schwan sich drehet, genannt der Schwanturm, zum Andenken der Begebenheit.

542. Lohengrin zu Brabant

Der Herzog von Brabant und Limburg starb, ohne andere Erben als eine junge Tochter Els oder Elsam zu hinterlassen; diese empfahl er auf dem Todbette einem seiner Dienstmannen, Friedrich von Telramund*. Friedrich, sonst ein tapferer Held, der zu Stockholm in Schweden einen Drachen getötet hatte, wurde übermütig und warb um der jungen Herzogin Hand und Land unter dem falschen Vorgeben, daß sie ihm die Ehe gelobt hatte. Da sie sich standhaft weigerte, klagte Friedrich bei dem Kaiser Heinrich dem Vogler; und es wurde Recht gesprochen, daß sie sich im Gotteskampf durch einen Helden gegen ihn verteidigen müsse. Als sich keiner finden wollte, betete die Herzogin inbrünstig zu Gott um Rettung. Da erscholl weit davon zu Montsalvatsch beim Gral der Laut der Glocke, zum Zeichen, daß jemand dringender Hilfe bedürfe; alsobald beschloß der Gral, den

Sohn Parzivals, Lohengrin, darnach auszusenden. Eben wollte dieser seinen Fuß in den Stegreif setzen, da kam ein Schwan auf dem Wasser geflossen und zog hinter sich ein Schiff daher. Kaum erblickte ihn Lohengrin, als er rief: »Bringt das Roß wieder zur Krippe; ich will nun mit diesem Vogel ziehen, wohin er mich führt.« Speise im Vertrauen auf Gott nahm er nicht in das Schiff; nachdem sie fünf Tage über Meer gefahren hatten, fuhr der Schwan mit dem Schnabel ins Wasser, fing ein Fischlein auf, aß es halb und gab dem Fürsten die andere Hälfte zu essen.

Unterdessen hatte Elsam ihre Fürsten und Mannen nach Antwerpen zu einer Landsprache berufen. Gerade am Tage der Versammlung sah man einen Schwan die Schelde heraufschwimmen, der ein Schifflein zog, in welchem Lohengrin auf sein Schild ausgestreckt schlief. Der Schwan landete bald am Gestade, und der Fürst wurde fröhlich empfangen; kaum hatte man ihm Helm, Schild und Schwert aus dem Schiff getragen, als der Schwan sogleich zurückfuhr. Lohengrin vernahm nun das Unrecht, welches die Herzogin litt, und übernahm es gerne, ihr Kämpfer zu sein. Elsam ließ hierauf alle ihre Verwandten und Untertanen entbieten, die sich bereitwillig in großer Zahl einstellten; selbst König Gotthart, ihr mütterlicher Ahn, kam aus Engelland, durch Gundemar, Abt zu Clarbrunn, berufen. Der Zug machte sich auf den Weg, sammelte sich nachher vollständig zu Saarbrück und ging von da nach Mainz. Kaiser Heinrich, der sich zu Frankfurt aufhielt, kam nach Mainz entgegen; und in dieser Stadt wurde das Gestühl errichtet, wo Lohengrin und Friedrich kämpfen sollten. Der Held vom Gral überwand; Friedrich gestand, die Herzogin angelogen zu haben, und wurde mit Schlägel und Barte (Beil) gerichtet. Elsam fiel nun dem Lohengrin zuteile, die sich längst einander liebten; doch behielt er sich insgeheim voraus, daß ihr Mund alle Fragen nach seiner Herkunft zu vermeiden habe; denn sonst müsse er sie augenblicklich verlassen.

Eine Zeitlang verlebten die Eheleute in ungestörtem Glück, und Lohengrin beherrschte das Land weise und mächtig; auch dem Kaiser leistete er auf den Zügen gegen die Hunnen und Heiden große Dienste. Es trug sich aber zu, daß er einmal im Speerwechsel den Herzog von Kleve herunterstach und dieser den Arm zerbrach; neidisch redete da die Klever Herzogin laut unter den Frauen: »Ein kühner Held mag Lohengrin sein, und Christenglauben scheint er zu haben; schade, daß Adels halben sein Ruhm gering ist; denn niemand weiß, woher er ans Land geschwommen kam.« Dies Wort ging der Herzogin von Brabant durch das Herz, sie errötete und erblich. Nachts im Bette, als ihr

Gemahl sie in Armen hielt, weinte sie; er sprach: »Lieb, was wirret dir?« Sie antwortete: »Die Klever Herzogin hat mich zu tiefem Seufzen gebracht«, aber Lohengrin schwieg und fragte nicht weiter. Die zweite Nacht weinte sie wieder; er aber merkte es wohl und stillte sie nochmals. Allein in der dritten Nacht konnte sich Elsam nicht länger halten und sprach: »Herr, zürnt mir nicht! Ich wüßte gern, von wannen Ihr geboren seid; denn mein Herz sagt mir, Ihr seiet reich an Adel.« Als nun der Tag anbrach, erklärte Lohengrin öffentlich, von woher er stamme: daß Parzival sein Vater sei und Gott ihn vom Grale hergesandt habe. Darauf ließ er seine beiden Kinder bringen, die ihm die Herzogin geboren, küßte sie und befahl, ihnen Horn und Schwert, das er zurücklasse, wohl aufzuheben; der Herzogin ließ er das Fingerlein, das ihm einst seine Mutter geschenkt hatte. Da kam mit Eile sein Freund, der Schwan, geschwommen, hinter ihm das Schifflein; der Fürst trat hinein und fuhr wider Wasser und Wege in des Grales Amt. Elsam sank ohnmächtig nieder, daß man mit einem Keil ihre Zähne aufbrechen und ihr Wasser eingießen mußte. Kaiser und Reich nahmen sich der Waisen an; die Kinder hießen Johann und Lohengrin. Die Witwe aber weinte und klagte ihr übriges Leben lang um den geliebten Gemahl, der nimmer wiederkehrte.

543. Loherangrins Ende in Lothringen

Als nun Loherangrin mit Zurücklassung des Schwerts, Hornes und Fingerlins aus Brabant fortgezogen war, kam er in das Land Lyzaborie (Luxemburg) und ward der schönen Belaye Gemahl, die sich wohl vor der Frage nach seiner Herkunft hütete und ihn über die Maßen liebte, so daß sie keine Stunde von ihm sein konnte, ohne zu siechen. Denn sie fürchtete seinen Wankelmut und lag ihm beständig an, zu Haus zu bleiben; der Fürst aber mochte ein so verzagtes Wesen nicht gerne leiden, sondern ritt oft zu birsen auf die Jagd. Solange er abwesend war, saß Belaye halbtot und sprachlos daheim; sie kränkelte, und es schien ihr durch Zauberei etwas angetan. Nun wurde ihr von einem Kammerweib geraten: wolle sie ihn fester an sich bannen, so müsse sie Loherangrin, wann er müde von der Jagd entschlafen sei, ein Stück Fleisch von dem Leibe schneiden und essen. Belaye aber verwarf den Ratschlag und sagte: »Eh wollt ich mich begraben lassen, als daß ihm nur ein Finger schwüre!« zürnte dem Kammerweib und verwies sie seitdem aus ihrer Huld. Giftig ging die Verräterin hin zu Belayens Magen, die dem Helden die Königstochter neideten, und brachte ihnen falsche Lügen vor. Da beriet sich Belayens Sippschaft, daß sie aus Loherangrin das Fleisch, womit allein Belayens Not gelindert werden könnte, schneiden wollten; und als er eines Tages wieder auf die Jagd gegangen und entschlafen war, träumte ihm, tausend Schwerter stünden zumal ob seinem einzigen Haupt gezückt. Erschrocken fuhr er auf und sah die Schwerter der Verräter. Alle bebten vor dem Helden, mit seiner einen Hand erschlug er mehr denn hundert. Sie waren aber untereinander zu fest verbunden und ließen nicht nach, ihn anzugreifen, bis ihm ihrer zuviel wurde und er eine Wunde durch den linken Arm empfing, so schwer, daß sie kein Arzt heilen konnte. Als sie ihn todwund sahen, fielen sie ihm alle zu Füßen, seiner großen Tugend wegen. Belaye starb nach empfangener Todesbotschaft alsbald vor Herzeleid. Loherangrin und Belaye wurden gebalsamt und zusammen eingesargt, hernach ein Kloster über ihren Gräbern gebauet; ihre Leichname werden da den Pilgrimen noch gewiesen. Das Land, vorher Lyzaborie genannt, nahm von ihm den Namen Lotharingen an. Diese Begebenheit hat sich ereignet nach Christi Geburt fünfhundert Jahr.

544. Der Schwanritter

Herzog Gottfried von Brabant war gestorben, ohne männliche Erben zu hinterlassen; er hatte aber in einer Urkunde gestiftet, daß sein Land der Herzogin und seiner Tochter verbleiben sollte. Hieran kehrte sich jedoch Gottfrieds Bruder, der mächtige Herzog von Sachsen, wenig, sondern bemächtigte sich, aller Klagen der Witwe und Waisen unerachtet, des Landes, das nach deutschem Recht auf keine Weiber erben könne.

Die Herzogin beschloß daher, bei dem König zu klagen; und als bald darauf Karl nach Niederland zog und einen Tag zu Neumagen am Rheine halten wollte, kam sie mit ihrer Tochter dahin und begehrte Recht. Dahin war auch der Sachsenherzog gekommen und wollte der Klage zu Antwort stehen. Es ereignete sich aber, daß der König durch ein Fenster schaute; da erblickte er einen weißen Schwan, der schwamm den Rhein heran und zog an einer silbernen Kette, die hell glänzte, ein Schifflein nach sich; in dem Schiff aber ruhte ein schlafender Ritter, sein Schild war sein Hauptkissen, und neben ihm lag Helm und Halsberg; der Schwan steuerte gleich einem geschickten Seemann und brachte sein Schiff an das Gestade. Karl und der ganze Hof verwunderten sich höchlich ob diesem seltsamen Ereignis; jedermann vergaß der Klage der Frauen und lief hinab dem Ufer zu. Unterdessen war der Ritter erwacht und stieg aus der Barke; wohl und herrlich empfing ihn der König, nahm ihn selbst zur Hand und führte ihn gegen die Burg. Da sprach der Held zu dem Vogel: »Flieg deinen Weg wohl, lieber Schwan! Wann ich dein wieder bedarf, will ich dir schon rufen.« Sogleich schwang sich der Schwan und fuhr mit dem Schifflein aus aller Augen weg. Jedermann schaute den fremden Gast neugierig an; Karl ging wieder ins Gestühl zu seinem Gericht und wies jenem eine Stelle unter den andern Fürsten an.

Die Herzogin von Brabant, in Gegenwart ihrer schönen Tochter, hub nunmehr ausführlich zu klagen an, und hernach verteidigte sich auch der Herzog von Sachsen. Endlich erbot er sich zum Kampf für sein Recht, und die Herzogin solle ihm einen Gegner stellen, das ihre zu bewähren. Da erschrak sie heftig; denn er war ein auserwählter Held, an den sich niemand wagen würde; vergebens ließ sie im ganzen Saal die Augen umgehen, keiner war da, der sich ihr erboten hätte. Ihre Tochter klagte laut und weinte; da erhob sich der Ritter, den der Schwan ins Land geführt hatte, und gelobte, ihr Kämpfer zu sein. Hierauf wurde sich von beiden Seiten zum Streit gerüstet, und nach einem langen und hartnäckigen Gefecht war der Sieg endlich auf seiten des Schwanritters. Der Herzog von Sachsen verlor sein Leben, und der Herzogin Erbe wurde wieder frei und ledig. Da neigten sie und die Tochter dem Helden, der sie erlöst hatte, und er nahm die ihm angetragene Hand der Jungfrau mit dem Beding an, daß sie nie und zu keiner Zeit fragen solle, woher er gekommen und welches sein Geschlecht sei; denn außerdem müsse sie ihn verlieren.

Der Herzog und die Herzogin zeugten zwei Kinder zusammen, die waren wohlgeraten; aber immer mehr fing es an, ihre Mutter zu drücken, daß sie gar nicht wußte, wer ihr Vater war; und endlich tat sie an ihn die verbotene Frage. Der Ritter erschrak herzlich und sprach: »Nun hast du selbst unser Glück zerbrochen und mich am längsten gesehen.« Die Herzogin bereute es aber zu spät, alle Leute fielen zu seinen Füßen und baten ihn zu bleiben. Der Held waffnete sich, und der Schwan kam mit demselben Schifflein geschwommen; darauf küßte er beide Kinder, nahm Abschied von seinem Gemahl und segnete das ganze Volk; dann trat er ins Schiff, fuhr seine Straße und kehrte nimmer wieder. Der Frau ging der Kummer zu Bein und Herzen, doch zog sie fleißig ihre Kinder auf. Aus dem Samen dieser Kinder stammen viel edle Geschlechter, die von Geldern sowohl als Kleve, auch die Rieneker Grafen und manche andre; alle führen den Schwan im Wappen.

545. Der gute Gerhard Schwan

Eines Tages stand König Karl am Fenster einer Burg und sah hinaus auf den Rhein. Da sah er einen Schwan auf dem Wasser schwimmen kommen, der hatte einen Seidenstrang um den Hals, und daran hing ein Boot; in dem Boot saß ein Ritter ganz gewaffnet, an seinem Hals hatte er eine Schrift. Und wie der Ritter ans Land kam, fuhr der Schwan mit dem Schiffe fort und wurde nimmermehr gesehen. Navilon (Nibelung), einer von des Königs Männern, ging dem Fremden entgegen, gab ihm die Hand und führte ihn vor den König. Da fragte Karl nach seinem Namen; aber der Ritter konnte nicht reden, sondern zeigte ihm die Schrift; und die Schrift besagte, daß Gerhard Schwan gekommen sei, ihm um ein Land und eine Frau zu dienen. Navilon nahm ihm darauf die Waffen ab und hob sie auf; aber Karl gab ihm einen guten Mantel, und sie gingen dann zu Tisch. Als aber Rolland den Neukömmling sah, frug er, was er für ein Mann wäre. Karl antwortete: »Diesen Ritter hat mir Gott gesandt«, und Rolland sprach: »Er scheinet heldenmütig.« Der König befahl, ihn wohl zu bedienen. Gerhard war ein weiser Mann, diente dem König wohl und gefiel jedermann; schnell lernte er die Sprache. Der König wurde ihm sehr hold, vermählte ihm seine Schwester Adalis (im Dänischen: Elisa) und setzte ihn zu einem Herzog über Ardennenland.

546. Die Schwanringe zu Plesse

Die Herren von Schwanring zogen aus einem fremden Land in die Gegend von Plesse und wollten sich niederlassen. Im Jahr 892 bekamen sie Fehde mit denen von Beverstein; es waren ihrer drei Brüder: Siegfried, Sieghart und Gottschalk von Schwanring; und sie führten Schwanflügel und Ring in ihren Schilden. Bodo von Beverstein erschoß den Sieghart mit einem Pfeil und floh vor der Rache der Brüder nach Finnland, wo er sich niedersetzte. Und die andern Beversteine legten eine feste Burg an gegen die Schwanringe, geheißen Hardenberg oder Beverstein. Gottschalk und Siegfried gingen aber damit um, eine Gegenburg anzulegen. Eines Tages jagten sie von Höckelheim aus in dem hohen Wald (der auch Langforst oder Plessenwald heißt), und mit ihnen war ihr Bastardbruder, genannt Heiso Schwanenflügel, ein guter, listiger Jäger, der Wege und Stege in Feld und Holz wohl erfahren; der wußte von den Anschlägen der Hardenberger. Dieser ersah ein gutes Plätzchen an einer Ecke gegen die Leine, wies es seinen

Brüdern; die sprachen: »Wohlan, ein gut gelegen Plätzken! Hier wollen wir Haus, Burg und Feste bauen.« Also bauten sie an demselben Flecken; das Haus wurde Plätzken und nach und nach Plesse genannt; endlich nahmen die Schwanringe selbst den Namen der von Plesse an. Der Streit mit den Hardenbergern wurde vertragen. Die Schäfer zeigen noch die Stelle, wo Sieghart erschossen wurde (zwischen den Dörfern Angerstein und Parnhosen), und fügen hinzu, daß auch daselbst vorzeiten ein steinern Kreuz gestanden habe, das Schwanringer Kreuz genannt.

547. Das Oldenburger Horn

In dem Hause Oldenburg wurde sonst ein künstlich und mit viel Zieraten gearbeitetes Trinkhorn sorgfältig bewahrt, das sich aber gegenwärtig zu Kopenhagen befindet. Die Sage lautet so: Im Jahr 990 (967) beherrschte Graf Otto das Land. Weil er als ein guter Jäger große Lust am Jagen hatte, begab er sich am 20. Juli gedachten Jahres mit vielen von seinen Edelleuten und Dienern auf die Jagd und wollte zuvörderst in dem Walde, Bernefeuer genannt, das Wild heimsuchen. Da nun der Graf selbst ein Reh hetzte und demselben vom Bernefeuersholze bis an den Osenberg allein nachrannte, verlor er sein ganzes Jagdgefolge aus Augen und Ohren, stand mit einem weißen Pferde mitten auf dem Berge und sah sich nach seinen Winden um, konnte aber auch nicht einmal einen lautenden (bellenden) Hund zu hören bekommen. Hierauf sprach er bei ihm selber, denn es eine große Hitze war: Ach Gott, wer nur einen kühlen Trunk Wassers hätte! Sobald, als der Graf das Wort gesprochen, tat sich der Osenberg auf und kommt aus der Kluft eine schöne Jungfrau, wohl gezieret, mit schönen Kleidern angetan, auch schönen, über die Achsel geteilten Haaren und einem Kränzlein darauf, und hatte ein köstlich silbern Geschirr, so vergüldt war, in Gestalt eines Jägerhorns, wohl und gar künstlich gemacht, in der Hand, das gefüllt war. Dieses Horn reichte sie dem Grafen und bat, daß er daraus trinken wolle, sich zu erquicken.

Als nun solches vergüldtes silbern Horn der Graf von der Jungfrau auf- und angenommen, den Deckel davongetan und hineingesehen: da hat ihm der Trank, oder was darinnen gewesen, welches er geschüttelt, nicht gefallen und deshalben solch Trinken der Jungfrau geweigert. Worauf aber die Jungfrau gesprochen: »Mein lieber Herr, trinket nur auf meinen Glauben! Denn es wird Euch keinen Schaden geben, sondern zum Besten gereichen,« mit fernerer Anzeige, wo er, der

Graf, draus trinken wolle, sollt's ihm, Graf Otten und den Seinen, auch folgends dem ganzen Hause Oldenburg wohlgehn und die Landschaft zunehmen und ein Gedeihen haben. Da aber der Graf ihr keinen Glauben zustellen noch daraus trinken würde, so sollte künftig im nachfolgenden gräflich-oldenburgischen Geschlecht keine Einigkeit bleiben. Als aber der Graf auf solche Rede keine acht gab, sondern bei ihm selber, wie nicht unbillig, ein groß Bedenken machte, daraus zu trinken: hat er das silbern vergüldte Horn in der Hand behalten und hinter sich geschwenket und ausgegossen, davon etwas auf das weiße Pferd gespritzet; und wo es begossen und naß worden, sind ihm die Haare abgangen. Da nun die Jungfrau solches gesehen, hat sie ihr Horn wiederbegehret; aber der Graf hat mit dem Horn, so er in der Hand hatte, vom Berge abgeeilet, und als er sich wieder umgesehn, vermerkt, daß die Jungfrau wieder in den Berg gangen; und weil darüber dem Grafen ein Schrecken ankommen, hat er sein Pferd zwischen die Sporn genommen und im schnellen Lauf nach seinen Dienern geeilet und denselbigen, was sich zugetragen, vermeldet, das silbern vergüldte Horn gezeiget und also mit nach Oldenburg genommen. Und ist dasselbige, weil er's so wunderbarlich bekommen, vor ein köstlich Kleinod von ihm und allen folgenden regierenden Herren des Hauses gehalten worden.

548. Friedrich von Oldenburg

Graf Huno von Oldenburg war ein frommer und rechter Mann. Als zu seiner Zeit Kaiser Heinrich IV. einen großen Fürstentag in der Stadt Goslar hielt, säumte Huno, weil er Gott und frommen Werken oblag, dahin zu gehen. Da verleumdeten ihn falsche Ohrenbläser und klagten ihn des Aufruhrs gegen das Reich an; der Kaiser aber verurteilte ihn zum Gottesurteil durch Kampf, und kämpfen sollte er mit einem ungeheuern, grausamen Löwen. Huno begab sich nebst Friedrich, seinem jungen Sohne, in des Kaisers Hof; Friedrich wagte, mit dem Tier zu fechten. Vater und Sohn flehten Gottes Beistand an und gelobten, der Jungfrau Maria ein reiches Kloster zu stiften, wenn ihnen der Sieg zufiele. Friedrich ließ einen Strohmann zimmern und gleich einem Menschen bewaffnen, den warf er listig dem Löwen vor, schreckte ihn und gewann unverletzt den Sieg. Der Kaiser umarmte den Helden, schenkte ihm Gürtel und Ring und belehnte ihn mit vielen Gütern vom Reich. Die Friesen sangen Lieder von dieser Tat.

549. Die neun Kinder

Zu Möllenbeck, einer Klosterkirche an der Weser, zeigt man das Holzbild einer Heiligen, die eine Kirche im Arm trägt. Die Sage lautet: Einst kehrte Graf Uffo aus fernen Landen nach langer Abwesenheit in seine Heimat wieder; unterwegs träumte ihm, Hildburg, seine Gemahlin, habe ihm unterdessen neun Kinder geboren. Erschrocken beschleunigte er seine Reise, und Hildburg kam ihm fröhlich mit den Worten entgegen: »Ich glaubte dich tot, aber blieb nicht allein, sondern habe neun Töchter geboren, die sind alle Gott geweiht.« Uffo antwortete: »Deine Kinder sind auch die meinen, ich will sie ausstatten.« Es waren aber neun Kirchen, darunter das Kloster zu Möllenbeck, welche die fromme Frau gebaut und gestiftet hatte.

550. Amalaberga von Thüringen

In Thüringen herrschten drei Brüder, Baderich, Hermenfried und Berthar. Den jüngsten tötete Hermenfried auf Anstiften seiner Gemahlin Amalaberga, einer Tochter Theodorichs von Franken. Darauf ruhte sie nicht, sondern reizte ihn, auch den ältesten wegzuräumen, und soll auf folgende listige Weise den Bruderkrieg erweckt haben: Als ihr Gemahl eines Tages zum Mahl kam, war der Tisch nur halb gedeckt. Hermenfried fragte, was dies zu bedeuten hätte. »Wer nur ein halbes Königreich besitzt«, sprach sie, »der muß sich auch mit einer halb gedeckten Tafel begnügen.«

551. Sage von Irminfried, Iring und Dieterich

Der Frankenkönig Hugo (Chlodwig) hinterließ keinen rechtmäßigen Erben außer seiner Tochter Amelberg, die an Irminfried, König von Thüringen, vermählt war. Die Franken aber wählten seinen unehelichen Sohn Dieterich zum König; der schickte einen Gesandten zu Irminfried um Frieden und Freundschaft; auch empfing ihn derselbe mit allen Ehren und hieß ihn eine Zeitlang an seinem Hofe bleiben. Allein die Königin von Thüringen, welche meinte, daß ihr das Frankenreich mit Recht gehörte und Dieterich ihr Knecht wäre, berief Iring, den Rat des Königs, zu sich und bat ihn, ihrem Gemahl zuzureden, daß er sich nicht mit dem Botschafter eines Knechtes einlassen möchte. Dieser Iring war sehr stark und tapfer, klug und fein in allem

Ratgeben und brachte also den König von dem Frieden mit Dieterich ab, wozu ihm die andern Räte geraten hatten. Daher trug Irminfried dem Abgesandten auf, seinem Herrn zu antworten, er möge doch eher sich die Freiheit als ein Reich zu erwerben trachten. Worauf der Gesandte versetzte: »Ich wollte dir lieber mein Haupt geben als solche Worte von dir gehört haben; ich weiß wohl, daß um derentwillen viel Blut der Franken und Thüringer fließen wird.«

Wie Dieterich diese Botschaft vernommen, ward er erzürnt, zog mit einem starken Heere nach Thüringen und fand den Schwager bei Runibergun seiner warten. Am ersten und zweiten Tage ward ohne Entscheidung gefochten; am dritten aber verlor Irminfried die Schlacht und floh mit den übriggebliebenen Leuten in seine Stadt Schiding, am Flusse Unstrut gelegen.

Da berief Dieterich seine Heerführer zusammen. Unter denen riet Waldrich, nachdem man die Toten begraben und die Wunden gepflegt, mit dem übrigen Heere heimzukehren, das nicht hinreiche, den Krieg fortzuführen. Es hatte aber der König einen getreuen, erfahrenen Knecht, der gab andern Ratschlag und sagte, die Standhaftigkeit wäre in edlen Dingen das Schönste, wie bei den Vorfahren; man müßte aus dem eroberten Lande nicht weichen und die Besiegten wieder aufkommen lassen, die sonst durch neue Verbindungen gefährlich werden könnten, jetzt aber allein eingeschlossen wären. Dieser Rat gefiel auch dem König am besten, und er ließ den Sachsen durch Gesandte anbieten: wenn sie ihm ihre alten Feinde, die Thüringer, bezwingen hälfen, so wollte er ihnen deren Reich und Land auf ewig verleihen.

Die Sachsen ohne Säumen schickten neun Anführer, jeden mit tausend Mann, deren starke Leiber, fremde Sitten, Waffen und Kleider die Franken bewunderten. Sie lagerten sich aber nach Mittag zu auf den Wiesen am Fluß und stürmten am folgenden Morgen die Stadt; auf beiden Seiten wurde mit großer Tapferkeit gestritten, von den Thüringern für das Vaterland, von den Sachsen für den Erwerb des Landes. In dieser Not schickte Irminfried den Iring ab, Schätze und Unterwerfung für den Frieden dem Frankenkönig anzubieten. Dieterichs Räte, mit Gold gewonnen, rieten um so mehr zur Willfahrung, da die Sachsen sehr gefährliche Nachbarn werden würden, wenn sie Thüringen einbekämen; und also versprach der König, morgenden Tages seinen Schwager wieder aufzunehmen und den Sachsen abzusagen. Iring blieb im Lager der Franken und sandte seinem Herrn einen Boten, um die Stadt zu beruhigen; er selbst wollte sorgen, daß die Nacht die Gesinnungen nicht änderte.

Da nun die Bürger wieder sicher des Friedens waren, ging einer mit seinem Sperber heraus, ihm an dem Flußufer Futter zu suchen. Es geschah aber, daß der Vogel, losgelassen, auf die andere Seite des Wassers flog und von einem Sachsen gefangen wurde. Der Thüringer forderte ihn wieder, der Sachse weigerte ihn. Der Thüringer: »Ich will dir etwas offenbaren, wenn du mir den Vogel lässest, was dir und deinen Gesellen sehr nützlich ist.« Der Sachse: »So sage, wenn du haben willst, was du begehrst!« »So wisse«, sprach der Thüringer, »daß die Könige Frieden gemacht und vorhaben, euch morgen im Lager zu fangen und zu erschlagen!« Als er nun dieses dem Sachsen nochmals ernstlich beteuert und ihnen die Flucht angeraten hatte, so ließ dieser alsbald den Sperber los und verkündigte seinen Gefährten, was er vernommen.

Wie sie nun alle in Bestürzung und Zweifel waren, ergriff ein von allen geehrter Greis, genannt Hathugast, ihr heiliges Zeichen, welches eines Löwen und Drachen und darüber fliegenden Adlers Bild war, und sprach: »Bis hierher habe ich unter Sachsen gelebt und sie nie fliehen gesehen; so kann ich auch jetzt nicht genötigt werden, das zu tun, was ich niemals gelernt. Kann ich nicht weiterleben, so ist es mir das liebste, mit den Freunden zu fallen; die erschlagenen Genossen, welche hier liegen, sind mir ein Beispiel der alten Tugend, da sie lieber ihren Geist aufgegeben haben, als vor dem Feinde gewichen sind. Deswegen laßt uns heut in der Nacht die sichere Stadt überwältigen.«

Beim Einbruche der Nacht drangen die Sachsen über die unbewachten Mauern in die Stadt, brachten die Erwachsenen zum Tod und schonten nur die Kinder; Irminfried entfloh mit Weib und Kindern und weniger Begleitung. Die Schlacht geschah am 1. Oktober. Die Sachsen wurden von den Franken des Sieges gerühmt, freundlich empfangen und mit dem ganzen Lande auf ewig begabt. Den entronnenen König ließ Dieterich trüglich zurückrufen und beredete endlich den Iring mit falschen Versprechungen, seinen Herrn zu töten. Als nun Irminfried zurückkam und sich vor Dieterich niederwarf, so stand Iring dabei und erschlug seinen eigenen Herrn. Alsbald verwies ihn der König aus seinen Augen und aus dem Reich, als der um der unnatürlichen Tat allen Menschen verhaßt sein müßte. Da versetzte Iring: »Ehe ich gehe, will ich meinen Herrn rächen«, zog das Schwert und erstach den König Dieterich. Darauf legte er den Leib seines Herrn über den des Dieterich, auf daß der, welcher lebend überwunden worden, im Tod überwände; bahnte sich Weg mit dem Schwert und entrann.

Irings Ruhm ist so groß, daß der Milchkreis am Himmel Iringsstraße nach ihm benannt wird.

552. Das Jagen im fremden Walde

Friedrich, Pfalzgraf zu Sachsen, wohnete im Osterland bei Thüringen, auf Weißenburg an der Unstrut, seinem schönen Schloß. Sein Gemahel war eine geborene Markgräfin zu Stade und Salzwedel, Adelheid genannt, ein junges, schönes Weib, brachte ihm keine Kinder. Heimlich aber buhlete sie mit Ludwig, Grafen zu Thüringen und Hessen, und verführt durch die Liebe zu ihm, trachtete sie hin und her, wie sie ihres alten Herrn abkommen möchte und den jungen Grafen, ihren Buhlen, erlangen. Da wurden sie einig, daß sie den Markgrafen umbrächten auf diese Weise: Ludwig sollte an bestimmtem Tage eingehen in ihres Herrn Forst und Gebiet, in das Holz, genannt die Reißen, am Münchroder Feld (nach andern bei Schipplitz), und darin jagen, unbegrüßt und unbefragt; denn so wollte sie ihren Herrn reizen und bewegen, ihm die Jagd zu wehren; da möchte er dann seines Vorteils ersehen. Der Graf ließ sich vom Teufel und der Frauen Schöne blenden und sagte es zu. Als nun der mordliche Tag vorhanden war, richtete die Markgräfin ein Bad zu, ließ ihren Herrn darin wohl pflegen und warten. Unterdessen kam Graf Ludwig, ließ sein Hörnlein schallen und seine Hündlein bellen und jagte dem Pfalzgraf in dem Seinen bis hart vor die Tür. Da lief Frau Adelheid heftig in das Bad zu Friedrichen, sprach: »Es jagen dir ander Leut freventlich auf dem Deinen; das darfst du nimmer gestatten, sondern mußt ernstlich halten über deiner Herrschaft Freiheit.« Der Markgraf erzürnte, fuhr auf aus dem Bad, warf eilends den Mantel über das bloße Badhemd und fiel auf seinen Hengst, ungewappnet und ungerüstet. Nur wenig Diener und Hunde rannten mit ihm in den Wald; und da er den Grafen ersah, strafte er ihn mit harten Worten. Der wandte sich und stach ihn mit einem Schweinspieß durch seinen Leib, daß er tot vom Pferde sank. Ludwig ritt seinen Weg, die Diener brachten den Leichnam heim und beklagten und betrauerten ihn sehr; die Pfalzgräfin rang die Hände und raufte das Haar und gebärdete sich gar kläglich, damit keine Inzicht auf sie falle. Friedrich wurde begraben und an der Mordstätte ein steinern Kreuz gesetzt, welches noch bis auf den heutigen Tag stehet; auf der einen Seite ist ein Schweinspieß, auf der andern der lateinische Spruch ausgehauen: Anno domini 1065 hic exspiravit palatinus Fridericus, hasta prostravit comes illum dum Ludovicus. Ehe das Jahr um war, führte Graf Ludwig Frau Adelheiden auf Schauenburg, sein Schloß, und nahm sie zu seinem ehelichen Weib.

553. Wie Ludwig Wartburg überkommen*

Als der Bischof von Mainz Ludwigen, genannt den Springer, taufte, begabte er ihn mit allem Land, was dem Stift zuständig war, von der Hörsel bis an die Werra. Ludwig aber, nachdem er zu seinen Jahren kam, bauete Wartburg bei Eisenach, und man sagt, es sei also gekommen: Auf eine Zeit ritt er an die Berge aus jagen und folgte einem Stück Wild nach bis an die Hörsel hei Niedereisenach, auf den Berg, da jetzo die Wartburg liegt. Da wartete Ludwig auf sein Gesinde und Dienerschaft. Der Berg aber gefiel ihm wohl, denn er war stickel und fest; gleichwohl oben räumig und breit genug, darauf zu bauen. Tag und Nacht trachtete er dahin, wie er ihn an sich bringen möchte, weil er nicht sein war und zum Mittelstein** gehörte, den die Herren von Frankenstein innehatten. Er ersann eine List, nahm Volk zusammen und ließ in einer Nacht Erde von seinem Grund in Körben auf den Berg tragen und ihn ganz damit beschütten; zog darauf nach Schönburg, ließ einen Burgfrieden machen und fing an, mit Gewalt auf jenem Berg zu bauen. Die Herren von Frankenstein verklagten ihn vor dem Reich, daß er sich des ihren freventlich und mit Gewalt unternähme. Ludwig antwortete, er baue auf das Seine und gehörte auch zu dem Seinen und wollte das erhalten mit Recht. Da ward zu Recht erkannt: Wo er das erweisen und erhalten könne mit zwölf ehrbaren Leuten, hätte er's zu genießen. Und er bekam zwölf Ritter und trat mit ihnen auf den Berg, und sie zogen ihre Schwerter aus und steckten sie in die Erde (die er darauf hatte tragen lassen), schwuren, daß der Graf auf das Seine baue, und der oberste Boden hätte von alters zum Land und Herrschaft gehört. Also verblieb ihm der Berg, und die neue Burg benannte er Wartburg, darum, weil er auf der Stätte seines Gesindes gewartet hatte.

554. Ludwig der Springer

Die Brüder und Freunde Markgraf Friedrichs klagten Landgraf Ludwigen zu Thüringen und Hessen vor dem Kaiser an, von wegen der frevelen Tat, die er um des schönen Weibes willen begangen hatte. Sie brachten auch so viel beim Kaiser aus, daß sie den Landgrafen, wo sie ihn bekommen könnten, fahen sollten. Also ward er im Stift Magdeburg getroffen und auf den Giebichenstein bei Halle an der Saal geführet, wo sie ihn über zwei Jahre gefangenhielten in einer Kemnaten (Steinstube) ohne Fessel. Wie er nun vernahm, daß er mit dem

Leben nicht davonkommen möchte, rief er Gott an und verhieß und gelobte, eine Kirche zu bauen in St. Ulrichs Ehr in seine neulich erkaufte Stadt Sangerhausen, so ihm aus der Not geholfen würde. Weil er aber vor schwerem Kummer nicht aß und nicht trank, war er siech geworden; da bat er, man möge ihm sein Seelgeräte* setzen, eh dann der Kaiser zu Lande käme und ihn töten ließe. Und ließ beschreiben einen seiner heimlichen Diener, mit dem legte er an: Wann er das Seelgeräte von dannen führete, daß er den anderen Tag um Mittag mit zwei Kleppern unter das Haus an die Saale käme und seiner wartete. Es saßen aber bei ihm auf der Kemnate sechs ehrbare Männer, die sein hüteten. Und als die angelegte Zeit herzukam, klagte er, daß ihn heftig fröre; tat derwegen viel Kleider an und ging sänftiglich im Gemach auf und nieder. Die Männer spielten vor Langerweile im Brett, hatten auf sein Herumgehen nicht sonderliche Achtung; unterdessen gewahrte er unten seines Dieners mit den zwei Pferden, da lief er zum Fenster und sprang durch den hohen Stein in die Saale hinab.

Der Wind führte ihn, daß er nicht hart ins Wasser fiel, da schwemmte der Diener mit dem ledigen Hengst zu ihm. Der Landgraf schwang sich zu Pferd, warf der nassen Kleider ein Teil von sich und rannte auf seinem weißen Hengst, den er den Schwan hieß, bis gen Sangerhausen. Von diesem Sprunge heißt er Ludwig der Springer; dankte Gott und baute eine schöne Kirche, wie er gelobet hatte. Gott gab ihm und seiner Gemahlin Gnad in ihr Herz, daß sie Reu und Leid ob ihrer Sünde hatten.

555. Reinhartsbrunn

Als Landgraf Ludwig nach Rom zog und vom Papst Buße empfangen hatte für seine und seines Weibes Sünde, war ihm aufgelegt worden, sich der Welt zu begeben und eine Kirche zu bauen in Unser Lieb Frauen und St. Johannes Minne, der mit ihr unterm Kreuze stand am Stillen Freitag. Also fuhr er wiederum heim zu Lande, übergab das Reich seinem Sohne und suchte eine bequeme Baustätte aus. Und als er eine Zeit von Schönberg nach der Wartburg ritt, da saß ein Töpfer bei einem großen Brunnen. Von dem vernahm der Graf, und auch sonst von etlichen Bauern zu Fricherode, daß sie alle Nacht zwei schöne Lichter brennen sähen, das eine an der Stätte, da das Münster liegt, das andere, da St. Johannes' Kapelle liegt. Da gedachte der Graf an sein Gelübde, und daß Gott, durch Offenbarung der Lichter, dahin die Kirche haben wollte; ließ sobald die Stätte räumen und die Bäume abhauen und nahm des Bischofs von Halberstadt Rat zu dem Bau. Als das Gebäude fertig war, nannte er es von dem Töpfer und Brunnen Reinhartsbrunn; da liegen die alten Landgrafen zu Hessen und Thüringen mehrenteils bestattet.

556. Der hartgeschmiedete Landgraf

Zu Ruhla im Thüringer Wald liegt eine uralte Schmiede, und sprichwörtlich pflegte man von langen Zeiten her einen strengen, unbiegsamen Mann zu bezeichnen: Er ist in der Ruhla hart geschmiedet worden.

Landgraf Ludwig zu Thüringen und Hessen war anfänglich ein gar milder und weicher Herr, demütig gegen jedermann; da huben seine Junkern und Edelinge an stolz zu werden, verschmähten ihn und seine Gebote; aber die Untertanen drückten und schatzten sie aller Enden. Es trug sich nun einmal zu, daß der Landgraf jagen ritt auf dem Walde und traf ein Wild an; dem folgte er nach so lange, daß er sich verirrte, und ward benächtiget. Da gewahrte er eines Feuers durch die Bäume, richtete sich danach und kam in die Ruhla zu einem Hammer oder Waldschmiede. Der Fürst war mit schlechten Kleidern angetan, hatte sein Jagdhorn umhängen. Der Schmied frug, wer er wäre. »Des Landgrafen Jäger.« Da sprach der Schmied: »Pfui, des Landgrafen! Wer ihn nennet, sollte allemal das Maul wischen, des barmherzigen Herrn!« Ludwig schwieg, und der Schmied sagte zuletzt: »Herbergen will ich dich heunt; in der Schuppen, da findest du Heu, magst dich mit deinem Pferde behelfen; aber um deines Herrn willen will ich dich nicht beherbergen.« Der Landgraf ging beiseit, konnte nicht schlafen. Die ganze Nacht aber arbeitete der Schmied, und wenn er so mit dem großen Hammer das Eisen zusammenschlug, sprach er bei jedem Schlag: »Landgraf, werde hart, Landgraf, werde hart wie dies Eisen!« und schalt ihn und sprach weiter: »Du böser, unseliger Herr! Was taugst du den armen Leuten zu leben? Siehst du nicht, wie deine Räte das Volk plagen und mähren dir im Munde?« Und erzählte also die liebe lange Nacht, was die Beamten für Untugend mit den armen Untertanen übeten. Klagten dann die Untertanen, so wäre niemand, der ihnen Hilfe täte; denn der Herr nähme es nicht an, die Ritterschaft spottete seiner hinterrücks, nennten ihn Landgraf Metz und hielten ihn gar unwert. »Unser Fürst und seine Jäger treiben die Wölfe ins Garn und die Amtleute die roten Füchse (die Goldmünzen) in ihre Beutel.« Mit solchen und andern Worten redete der Schmied die ganze lange

Nacht zu dem Schmiedegesellen; und wenn die Hammerschläge kamen, schalt er den Herrn und hieß ihn hart werden wie Eisen. Das trieb er an bis zum Morgen; aber der Landgraf fassete alles zu Ohren und Herzen und ward seit der Zeit scharf und ernsthaftig in seinem Gemüt, begundte die Widerspenstigen zwingen und zum Gehorsam bringen. Das wollten etliche nicht leiden, sondern bunden sich zusammen und unterstunden sich gegen ihren Herrn zu wehren.

557. Ludwig ackert mit seinen Adligen

Als nun Ludwig der Eiserne seiner Ritter einen überzog, der sich wider ihn verbrochen hatte, sammleten sich die andern und wollten's nicht leiden. Da kam er zu streiten mit ihnen bei der Naumburg an der Saal, bezwang und fing sie und führte sie zu der Burg; redete seine Notdurft und strafte sie hart mit Worten: »Euren geleisteten Eid, so ihr mir geschworen und gelobet, habt ihr böslich gehalten. Nun wollte ich zwar euer Untreu wohl lohnen; wenn ich's aber täte, spräche man vielleicht, ich tötete meine eignen Diener; sollte ich euch schatzen, spräche man mir's auch nicht wohl; und ließe ich euch aber los, so achtetet ihr meines Zorns fürder nicht.« Da nahm er sie und führte sie zu Felde und fand auf dem Acker einen Pflug, darein spannete er der ungehorsamen Edelleute je vier, ahr (riß, ackerte) mit ihnen eine Furche, und die Diener hielten den Pflug; er aber trieb mit der Geißel und hieb, daß sie sich beugten und oft auf die Erde fielen. Wann dann eine Furche geahren war, sandte er vier andere ein und ahrete also einen ganzen Acker, gleich als mit Pferden; und ließ darnach den Acker mit großen Steinen zeichnen zu einem ewigen Gedächtnis. Und den Acker machte er frei, dergestalt, daß ein jeder Übeltäter, wie groß er auch wäre, wenn er darauf käme, daselbst solle frei sein; und wer diese Freiheit brechen würde, sollte den Hals verloren haben; nannte den Acker den Edelacker, führte sie darauf wieder zur Naumburg, da mußten sie ihm auf ein neues schwören und hulden. Darnach ward der Landgraf im ganzen Lande gefürchtet; und wo die, so im Pfluge gezogen hatten, seinen Namen hörten nennen, erseufzten sie und schämeten sich. Die Geschichte erscholl an allen Enden in deutschen Landen, und etliche scholten den Herrn darum und wurden ihm gram; etliche scholten die Beamten, daß sie so untreu waren; etliche meinten auch, sie wollten sich eh haben töten lassen denn in den Pflug spannen. Etliche auch demütigten sich gegen ihren Herrn, denen tat er gut und hatte sie lieb. Etliche aber wollten's ihm nicht vergessen, stunden ihm heimlich und öffentlich nach Leib und Leben. Und wenn er solche mit Wahrheit hinterkam, ließ er sie hängen, enthaupten und ertränken und in den Stöcken sterben. Darum gewann er viel heimliche Neider von ihren Kindern und Freunden, ging derohalben mit seinen Dienern stetig in einem eisern Panzer, wo er hinging. Darum hieß man ihn den Eisernen Landgrafen.

558. Ludwig baut eine Mauer

Einmal führte der Eiserne Landgraf den Kaiser Friedrich Rotbart, seinen Schwager, nach Naumburg aufs Schloß; da ward der Kaiser von seiner Schwester freundlich empfangen und blieb eine Zeitlang da bei ihnen. Eines Morgens lustwandelte der Kaiser, besah die Gebäu und ihre Gelegenheit und kam hinaus auf den Berg, der sich vor dem Schloß ausbreitete. Und sprach: »Eure Burg behaget mir wohl, ohne daß sie nicht Mauern hier vor der Kemnate hat, die sollte auch stark und feste sein.« Der Landgraf erwiderte: »Um die Mauern sorg ich nicht, die kann ich schnell erschaffen, sobald ich ihrer bedarf.« Da sprach der Kaiser: »Wie hald kann eine gute Mauer hierum gemachet werden?« »Näher denn in drei Tagen«, antwortete Ludwig. Der Kaiser lachte und sprach: das wäre ja Wunder; und wenn alle Steinmetzen des deutschen Reiches hier beisammen wären, so möchte das kaum geschehen. Es war aber an dem, daß der Kaiser zu Tisch ging; da bestellte der Landgraf heimlich mit seinen Schreibern und Dienern, daß man von Stund an Boten zu Roß aussandte zu allen Grafen und Herren in Thüringen und ihnen meldete, daß sie zur Nacht mit wenig Leuten in der besten Rüstung und Geschmuck auf die Burg kämen. Das geschah. Frühmorgens, als der Tag anbrach, richtete Landgraf Ludwig das also an, daß ein jeder auf den Graben um die Burg trat, gewappnet und geschmuckt in Gold, Sammet, Seiden und den Wappenröcken, als wenn man zu streiten auszieht; und jeder Graf oder Edelmann hatte seinen Knecht vor ihm, der das Wappen trug, und seinen Knecht hinter ihm, der den Helm trug; so daß man deutlich jedes Wappen und Kleinod erkennen konnte. So standen nun alle Dienstmannen rings um den Graben, hielten bloße Schwerter und Äxte in Händen, und wo ein Mauerturm stehen sollte, da stand ein Freiherr oder Graf mit dem Banner. Als Ludwig alles dies stillschweigend bestellet hatte, ging er zu seinem Schwager und sagte, die Mauer, die er sich gestern berühmt hätte zu machen, stehe bereit und fertig. Da sprach Friedrich: »Ihr täuschet mich«, und segnete sich, wenn er es etwa mit der schwarzen Kunst zuwege gebracht haben möchte. Und als er auswendig zu dem Graben trat und soviel Schmuck und Pracht erblickte, sagte er: »Nun hab ich köstlicher, edler, teurer und besser Mauern zeit meines Lebens noch nicht gesehen; das will ich Gott und Euch bekennen, lieber Schwäher; habt immer Dank, daß Ihr mir solche gezeiget habt.«

559. Ludwigs Leichnam wird getragen

Im Jahr 1173 befiel den Landgrafen schwere Krankheit, und lag auf der Neuenburg, hieß vor sich seine Ritterschaft, die ihm widerspenstig gewesen war, und sprach: »Ich weiß, daß ich sterben muß, und mag dieser Krankheit nicht genesen. Darum so gebiete ich euch, so lieb euch euer Leben ist, daß ihr mich, wann ich gestorben bin, mit aller Ehrwürdigkeit begrabet und auf euern Hälsen von hinnen bis gen Reinhartsborn traget.« Solches mußten sie ihm geloben bei Eiden und Treuen, denn sie fürchteten ihn mehr als den Teufel. Als er nun starb, leisteten sie die Gelübde und trugen ihn auf ihren Achseln weiter denn zehn Meilen Wegs.

560. Wie es um Ludwigs Seele geschaffen war

Als nun Ludwig der Eiserne gestorben war, da hätte sein Sohn, Ludwig der Milde, gern erfahren von seines Vaters Seele, wie es um die gelegen wäre, gut oder bös. Das vernahm ein Ritter an des Fürsten Hofe, der war arm und hatte einen Bruder, der war ein Pfaffe und kundig der schwarzen Kunst. Der Ritter sprach zu seinem Bruder: »Lieber Bruder, ich bitte dich, daß du von dem Teufel erfahren wollest, wie es um des Eisernen Landgrafen Seele sei.« Da sprach der Pfaffe: »Ich will es gerne tun, auf daß Euch der neue Herr desto gütlicher handle.« Der Pfaffe lud den bösen Geist und fragte ihn um die Seele. Da antwortete der Teufel: »Willt du mit mir darfahren, ich weise sie dir.« Der Pfaffe wollte das, so er's ohne Schaden tun möchte; der Teufel schwur, daß er ihn gesund wiederbringen würde. Nach diesem saß er auf des Teufels Hals, der führte ihn in kurzer Zeit an die Stätte der Pein. Da sah der Pfaff gar mancherlei Pein, und in mancherlei Weise, davon erbebte er sehr. Da rief ein ander Teufel und sprach: »Wer ist der, den du hast auf deinem Halse sitzen, bringe ihn auch her.« »Es ist unser Freund«, antwortete jener, »dem hab ich geschwo-

Ludwig II., Landgraf von Thüringen, der Eiserne. Aus: Koch 1710

ren, daß ich ihn nicht letze, sondern daß ich ihm des Landgrafen Seele weise.« Zuhand da wandte der Teufel einen eisernen glühenden Dekkel ab von einer Grube, da er aufsaß; und hatte eine eherne Posaune, die steckte er in die Grube und blies darein also sehr, daß dem Pfaffen deuchte, die ganze Welt erschölle und erbebete. Und nach einer Weile, als viel Funken und Flammen mit Schwefelgestank ausgingen, kam der Landgraf auch darin gefahren, gab sich dem Pfaffen zu schauen und sprach: »Sieh, ich bin hier gegenwärtig, ich armer Landgraf, weiland dein Herre; und wollte Gott, daß ich's nie gewesen wäre, so stete Pein muß ich drum leiden.« Sprach der Pfaffe: »Herr, ich bin zu Euch gesandt von Eurem Sohne, daß ich ihm sagen sollte, wie's um Euch getan wäre, ob er Euch helfen möchte mit irgend etwas.« Da antwortete er: »Wie es mir geht, hast du wohl gesehn; jedoch solltu wissen, wär's, daß meine Kinder den Gotteshäusern, Klöstern und andern Leuten ihr Gut wiedergäben, das ich ihnen wider Recht mit Gewalt abgenommen habe, das wäre meiner Seele eine große Hilfe.« Da sprach der Pfaffe: »Sie glauben mir dieser Rede nicht.« Da sagte er ihm ein Wahrzeichen, das niemand wüßte als sie. Und da ward der Landgraf wieder zur Gruben gesenkt, und der Teufel führte den Pfaffen wieder von dannen; der blieb gelb und bleich, daß man ihn kaum erkannte, wiewohl er sein Leben nicht verlor. Da offenbarte er die Worte und Wahrzeichen, die ihm ihr Vater gesagt hatte; aber es ward seiner Seele wenig Nutzen, denn sie wollten das Gut nicht wiederkehren. Darnach übergab der Pfaffe alle seine Lehen und ward ein Mönch zu Volkeroda.

561. Der Wartburger Krieg

Auf der Wartburg bei Eisenach kamen im Jahr 1206 sechs tugendhafte und vernünftige Männer mit Gesang zusammen und dichteten die Lieder, welche man hernach nennte: den Krieg zu der Wartburg. Die Namen der Meister waren: Heinrich Schreiber, Walther von der Vogelweide, Reimar Zweter, Wolfram von Eschenbach, Biterolf und Heinrich von Ofterdingen. Sie sangen aber und stritten von der Sonne und dem Tag, und die meisten verglichen Hermann, Landgrafen von Thüringen und Hessen, mit dem Tag und setzten ihn über alle Fürsten. Nur der einzige Ofterdingen pries Leopolden, Herzog von Österreich, noch höher und stellte ihn der Sonne gleich. Die Meister hatten aber untereinander bedungen, wer im Streit des Singens unterliege, der solle des Haupts verfallen, und Stempfel, der Henker, mußte mit dem Strick daneben stehen, daß er ihn alsbald aufhängte. Heinrich von Ofterdingen sang nun klug und geschickt; allein zuletzt wurden ihm die andern überlegen und fingen ihn mit listigen Worten, weil sie ihn aus Neid gern von dem Thüringer Hof weggebracht hätten. Da klagte er, daß man ihm falsche Würfel vorgelegt, womit er habe verspielen müssen. Die fünf andern riefen Stempfel, der sollte Heinrich an einen Baum hängen. Heinrich aber floh zur Landgräfin Sophia und barg sich unter ihrem Mantel; da mußten sie ihn in Ruhe lassen, und er dingte mit ihnen, daß sie ihm ein Jahr Frist gäben: so wolle er sich aufmachen nach Ungern und Siebenbürgen und Meister Klingsor holen; was der urteile über ihren Streit, das solle gelten. Dieser Klingsor galt damals für den berühmtesten deutschen Meistersänger; und weil die Landgräfin dem Heinrich ihren Schutz bewilligt hatte, so ließen sie sich alle die Sache gefallen.

Heinrich von Ofterdingen wanderte fort, kam erst zum Herzogen nach Österreich und mit dessen Briefen nach Siebenbürgen zu dem Meister, dem er die Ursache seiner Fahrt erzählte und seine Lieder vorsang.

Klingsor lobte diese sehr und versprach ihm, mit nach Thüringen zu ziehen und den Streit der Sänger zu schlichten. Unterdessen verbrachten sie die Zeit mit mancherlei Kurzweil, und die Frist, die man Heinrichen bewilligt hatte, nahte sich ihrem Ende. Weil aber Klingsor immer noch keine Anstalt zur Reise machte, so wurde Heinrich bang und sprach: »Meister, ich fürchte, Ihr lasset mich im Stich, und ich muß allein und traurig meine Straße ziehen; dann bin ich ehrenlos und darf zeitlebens nimmermehr nach Thüringen.« Da antwortete Klingsor: »Sei unbesorgt! Wir haben starke Pferde und einen leichten Wagen, wollen den Weg kürzlich gefahren haben.«

Heinrich konnte vor Unruhe nicht schlafen; da gab ihm der Meister abends einen Trank ein, daß er in tiefen Schlummer sank. Darauf legte er ihn in eine lederne Decke und sich dazu und befahl seinen Geistern, daß sie ihn schnell nach Eisenach in Thüringerland schaffen sollten, auch in das beste Wirtshaus niedersetzen. Das geschah, und sie brachten ihn in Helgrevenhof, eh der Tag erschien. Im Morgenschlaf hörte Heinrich bekannte Glocken läuten, er sprach: »Mir ist, als ob ich das mehr gehört hätte, und deucht, daß ich zu Eisenach wäre.« »Dir träumt wohl«, sprach der Meister. Heinrich aber stand auf und sah sich um, da merkte er schon, daß er wirklich in Thüringen wäre. »Gott sei Lob, daß wir hier sind, das ist Helgrevenhaus, und hier sehe ich St.-Georgen-Tor und die Leute, die davorstehen und über Feld gehen wollen.«

Bald wurde nun die Ankunft der beiden Gäste auf der Wartburg bekannt, der Landgraf befahl, den fremden Meister ehrlich zu empfahen und ihm Geschenke zu tragen. Als man den Ofterdingen fragte, wie es ihm ergangen und wo er gewesen, antwortete er: »Gestern ging ich zu Siebenbürgen schlafen, und zur Metten war ich heute hier; wie das zuging, hab ich nicht erfahren.« So vergingen einige Tage, eh daß die Meister singen und Klingsor richten sollten; eines Abends saß er in seines Wirtes Garten und schaute unverwandt die Gestirne an. Die Herren fragten, was er am Himmel sähe. Klingsor sagte: »Wisset, daß in dieser Nacht dem König von Ungarn eine Tochter geboren werden soll; die wird schön, tugendreich und heilig und des Landgrafen Sohne zur Ehe vermählt werden.«

Als diese Botschaft Landgraf Hermann hinterbracht worden war, freute er sich und entbot Klingsor zu sich auf die Wartburg, erwies ihm große Ehre und zog ihn zum fürstlichen Tische. Nach dem Essen ging er aufs Richterhaus (Ritterhaus), wo die Sänger saßen, und wollte Heinrich von Ofterdingen ledig machen. Da sangen Klingsor und Wolfram mit Liedern gegeneinander, aber Wolfram tat so viel Sinn und Behendigkeit kund, daß ihn der Meister nicht überwinden mochte. Klingsor rief einen seiner Geiste, der kam in eines Jünglings Gestalt. »Ich bin müde worden vom Reden«, sprach Klingsor, »da bringe ich dir meinen Knecht, der mag eine Weile mit dir streiten, Wolfram.« Da hub der Geist zu singen an von dem Anbeginne der Welt bis auf die Zeit der Gnaden, aber Wolfram wandte sich zu der göttlichen Geburt des Ewigen Wortes; und wie er kam, von der heiligen Wandlung des Brotes und Weines zu reden, mußte der Teufel schweigen und von dannen weichen. Klingsor hatte alles mit angehört, wie Wolfram mit gelehrten Worten das göttliche Geheimnis besungen hatte, und glaubte, daß Wolfram wohl auch ein Gelehrter sein möge. Hierauf gingen sie auseinander. Wolfram hatte seine Herberge in Titzel Gottschalks Hause, dem Brotmarkt gegenüber mitten in der Stadt. Nachts, wie er schlief, sandte ihm Klingsor von neuem seinen Teufel, daß er ihn prüfen sollte, ob er ein Gelehrter oder ein Laie wäre; Wolfram aber war bloß gelehrt in Gottes Wort, einfältig und andrer Künste unerfahren. Da sang ihm der Teufel von den Sternen des Himmels und legte ihm Fragen vor, die der Meister nicht aufzulösen vermochte; und als er nun schwieg, lachte der Teufel laut und schrieb mit seinem Finger auf die steinerne Wand, als ob sie ein weicher Teig gewesen wäre: »Wolfram, du bist ein Laie Schnipfenschnapf!« Darauf entwich der Teufel, die Schrift aber blieb in der Wand stehen. Weil jedoch viele Leute kamen, die das Wunder sehen wollten, verdroß es den Hauswirt, ließ den Stein aus der Mauer brechen und in die Horsel werfen. Klingsor aber, nachdem er dieses ausgerichtet hatte, beurlaubte sich von dem Landgrafen und fuhr mit Geschenken und Gaben belohnt samt seinen Knechten in der Decke wieder weg, wie und woher er gekommen war.

562. Doktor Luther zu Wartburg

Doktor Luther saß auf der Wartburg und übersetzte die Bibel. Dem Teufel war das unlieb und hätte gern das heilige Werk gestört; aber als er ihn versuchen wollte, griff Luther das Tintenfaß, aus dem er schrieb, und warf's dem Bösen an den Kopf. Noch zeigt man heutigestages die Stube und den Stuhl, worauf Luther gesessen, auch den Flecken an der Wand, wohin die Tinte geflogen ist.

563. Die Vermählung der Kinder Ludwig und Elisabeth

Meister Klingsor hatte zu Wartburg in der Nacht, da Elisabeth zu Ungarn geboren wurde, aus den Sternen gelesen, daß sie dem jungen Ludwig von Thüringen vermählt werden sollte. Im Jahr 1211 sandte der weitberühmte Landgraf Hermann herrliche Boten von Mann und Weiben zu dem Könige in Ungarn um seine Tochter Elisabeth, daß er sie nach Thüringen sendete, seinem Sohne zum Ehgemahl. Fröhlich zogen die Boten zu Roß und Wagen und wurden unterwegens, durch welche Landschaft sie kamen, herrlich bewirtet und, als sie in Ungerland eintrafen, von dem König und der Königin lieblich empfangen. Andreas war ein guter, sittiger Mann, aber die Königin schmückte ihr Töchterlein mit Gold und Silber zu der Reise und entsandte sie nach Thüringen in silberner Wiege, mit silberner Badewanne und goldnen Ringen, auch köstlichen Decken aus Purpur und Seide, Bettgewand, Kleinoden und allem Hausrat. Dazu viel tausend Mark Golds, bis daß sie groß würde, begabte auch die Boten gar reichlich und ließ dem Landgrafen sagen, daß er getrost und in Frieden lebe. Als nun Elisabeth mit ihrer Amme in Thüringen ankam, da war sie vier Jahre alt, und Ludwig, ihr Friedel, war elf Jahre alt. Da wurde sie höchlich empfangen und auf die Wartburg gebracht, auch mit allem Fleiß erzogen, bis daß die Kinder zu ihren Jahren kamen. Von dem heiligen Leben dieser Elisabeth und den Wundern, die sie im Lande Hessen und

Thüringen zu Wartburg und Marburg verrichtet, wäre viel zu schreiben.

564. Heinrich das Kind von Brabant

Als nach Landgrafen und Königs Heinrich* Tode der thüringisch-hessische Mannsstamm erloschen war, entspann sich langer Zwiespalt um die Erbschaft, wodurch zuletzt Thüringen und Hessen voneinander gerissen wurde. Alle Hessen und auch viele Thüringer erklärten sich für Sophien, Tochter der heiligen Elisabeth und vermählte Herzogin in Brabant, deren unmündigen Sohn, genannt Heinrich das Kind (geboren 1244), sie für ihren wahren Herrn erkannten. Der Markgraf von Meißen hingegen sprach das Land an, weil es aus König Heinrichs Munde, dessen Schwestersohn er war, erstorben wäre, und überfiel Thüringen mit Heereskraft. Damals war allenthalben Krieg und Raub im Lande, und als der Markgraf Eisenach eroberte, soll er, der Volkssage zufolge, einen Mann, der es mit dem hessischen Teil gehalten, von dem Felsen der Wartburg herabschleudern lassen, dieser aber in der Luft noch laut ausgerufen haben: »Thüringen gehört doch dem Kinde von Brabant!«

Sophia zog aus Hessen vor Eisenach; da man die Tore verschlossen und sie nicht einlassen wollte, nahm sie eine Axt und hieb in St. Jörgentor, daß man das Wahrzeichen zweihundert Jahre hernach noch in dem Eichenholz sah.

Die Chroniken erzählen, jener Mann sei ein Bürger aus Eisenach, namens Welspeche, gewesen, und weil er den Meißnern nicht huldigen wollen, zweimal mit der Blide über die Burgmauer in die Stadt geworfen worden, aber unverletzt geblieben. Als er immer standhaft bei seiner Aussage verharrte, wurde er zum drittenmal hinabgeschleudert und verlor sein Leben.

565. Frau Sophiens Handschuh

Als Sophia mit ihrem dreijährigen Sohn aus Brabant nach Hessen kam, zog sie gen Eisenach und hielt eine Sprache mit Heinrich, Markgraf von Meißen, daß er ihr das Land Hessen wieder herausgäbe. Da antwortete der Fürst: »Gern, allerliebste Base, meine getreue Hand soll dir und deinem Sohne unbeschlossen sein.« Wie er so im Reden stund, kam sein Marschall Helwig von Schlotheim und sein Bruder

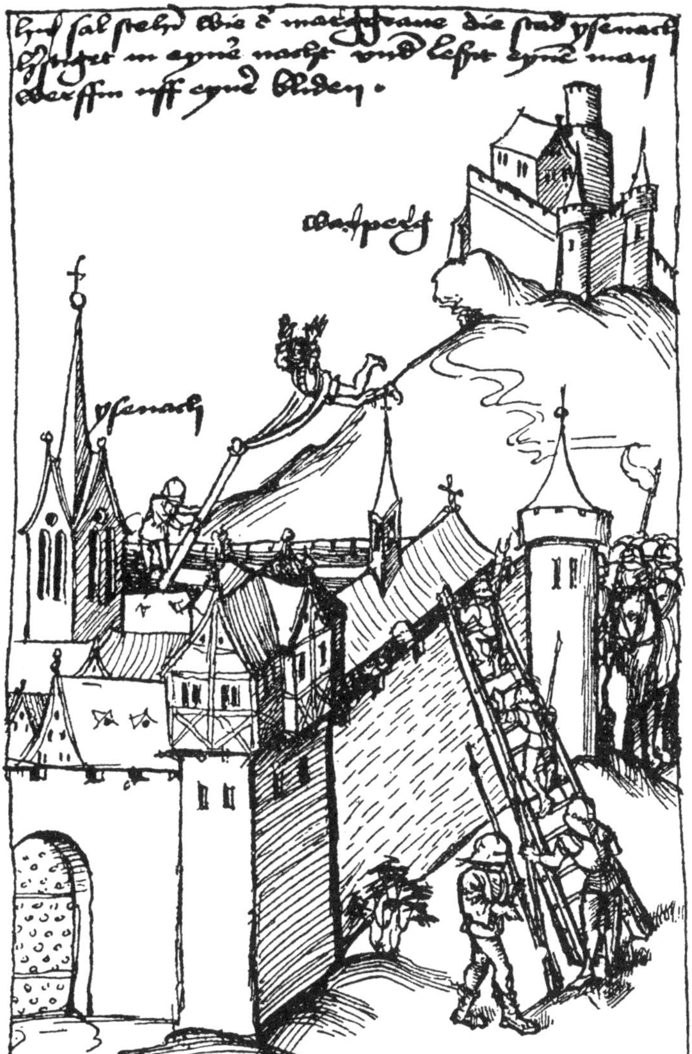

Markgraf Heinrich von Meißen erobert Eisenach und läßt den Ratsherrn von Velsbach durch eine Wurfmaschine in die Luft schleudern. Federzeichnung von Wigand Gerstenberg (um 1500)

Hermann, zogen ihn zurück und sprachen: »Herr, was wollt Ihr tun? Und wäre es möglich, daß Ihr einen Fuß im Himmel hättet und den andern zu Wartburg: viel eher solltet Ihr den aus dem Himmel ziehen und zu dem auf Wartburg setzen!« Also kehrte sich der Fürst wieder zu Sophien und sprach: »Liebe Base, ich muß mich in diesen Dingen bedenken und Rat meiner Getreuen haben«, schied also von ihr, ohne ihrem Recht zu willfahren. Da ward die Landgräfin betrübt, weinte bitterlich und zog den Handschuh von ihrer Hand und rief: »O du Feind aller Gerechtigkeit, ich meine dich, Teufel! Nimm hin den Handschuh mit den falschen Ratgebern!« warf ihn in die Luft. Da wurde der Handschuh weggeführt und nimmermehr gesehen. Auch sollen diese Räte hernachmals keines guten Todes gestorben sein.

566. Friedrich mit dem gebissenen Backen

Landgraf Albrecht in Thüringen, der Unartige, vergaß aller ehlichen Lieb und Treue an seinem Gemahel und hing sich an ein ander Weibsbild, Gunda von Eisenberg genannt. Der Landgräfin hätte er gerne mit Gift vergeben, konnte aber nicht dazu kommen; verhieß also einem Eseltreiber, der ihm auf der Wartburg täglich das Küchenholz zuführte, Geld, daß er ihr nachts den Hals brechen sollte, als ob es der Teufel getan hätte. Als nun die dazu bestimmte Zeit kam, ward dem Eseltreiber bange und gedachte: Ob ich wohl arm bin, hab ich doch fromme, ehrliche Eltern gehabt; soll ich nun ein Schalk werden und meine Fürstin töten? Endlich mußte er daran, wurde heimlich in der Landgräfin Kammer geleitet, da fiel er vor dem Bette zu ihren Füßen und sagte: »Gnadet, liebe Fraue!« Sie sprach: »Wer bist du?« Er nannte sich. »Was hast du getan, bist du trunken oder wahnsinnig?« Der Eseltreiber antwortete: »Schweiget und ratet mir! Denn mein Herr hat mir Euch zu töten geheißen; was fangen wir jetzo an, daß wir beide das Leben behalten?« Da sprach sie: »Gehe und heiß meinen Hofmeister zu mir kommen.« Der Hofmeister gab ihr den Rat, sich zur Stunde aufzumachen und von ihren Kindern zu scheiden. Da setzte sich die Landgräfin an ihrer Söhnlein Bette und weinte; aber der Hofmeister und ihre Frauen drangen in sie zu eilen. Da es nun nicht anders sein konnte, gesegnete sie ihre Kinder, ergriff das älteste, namens Friedrich, und küßte es oftermal; und aus sehnlichem, mütterlichen Herzen biß sie ihm in einen Backen, daß er davon eine Narbe bekam, die er zeitlebens behalten. Daher ihm auch erwachsen, daß man ihn genennet Friedrich mit dem gebissenen Backen. Da wollte sie den andern

Sohn auch beißen; das wehrte ihr der Hofmeister und sprach: »Wollt Ihr die Kinder umbringen?« Sie sprach: »Ich hab ihn gebissen, wann er groß wird, daß er an meinen Jammer und dieses Scheiden gedenkt.«

Also nahm sie ihre Kleinode und ging aufs Ritterhaus, wo sie der Hofmeister mit einer Frauen, einer Magd und dem Eseltreiber an Seilen das Fenster hinabließ. Noch dieselbe Nacht flüchtete sie auf den Kreinberg, der dazumal dem Hersfelder Abt hörte; von da ließ sie der Amtmann geleiten bis nach Fulda. Der Abt empfing sie ehrbarlich und ließ sie sicher geleiten bis gen Frankfurt, wo sie in einem Jungfrauenkloster Herberge nahm, aber schon im folgenden Jahre vor Jammer starb. Sie liegt zu Frankfurt begraben.

567. Markgraf Friedrich läßt seine Tochter säugen

Dieser Friedrich mit dem Biß führte hernachmals Krieg wider seinen Vater und den römischen König und war auf der Wartburg eingeschlossen, denn der Gegenteil hielt die Stadt Eisenach hart besetzt. In dieser Not gebar ihm seine Gemahlin eine junge Tochter. Als sie acht Tage alt war und er nicht länger auf der Burg aushalten konnte, setzte er sich mit Hofgesinde, der Amme und dem Töchterlein selbzwölfte auf Pferde, ritten nachts von der Burg in den Wald, doch nicht so heimlich, daß es nicht die Eisenacher Wächter gewahrt hätten; sie jagten ihm schnell nach, in der Flucht begann das Kindlein heftig zu schreien und weinen. Da rief Friedrich der Amme zu, die er vor sich herreiten ließ, was dem Kinde wäre. Sie sollte es schweigen. Die Amme sprach: »Herre, es schweiget nicht, es sauge denn.« Da ließ er den ganzen Zug halten und sagte: »Um dieser Jagd willen soll meine Tochter nichts entbehren, und kostete es ganz Thüringerland!« Da hielt er mit dem Kinde und stellte sich mit den Seinen zur Wehre so lange, bis sich die Tochter satt getrunken hatte; und es glückte, daß er die Feinde abhielt und ihnen hernach entrann.

568. Otto der Schütze

Landgraf Heinrich der Eiserne zu Hessen zeugte zwei Söhne und eine Tochter; Heinrich, dem ältesten Sohne, beschied er, sein Land nach ihm zu besitzen; Otto, den andern, sandte er auf die hohe Schule, zu studieren und darnach geistlich zu werden. Otto hatte aber zur Geistlichkeit wenig Lust, kaufte sich zwei gute Roß, nahm einen guten

Harnisch und eine starke Armbrust und ritt unbewußt seinem Vater aus. Als er an den Rhein zu des Herzogen von Kleve Hof gekommen war, gab er sich für einen Bogenschützen aus und begehrte Dienst. Dem Herzog behagte seine feine, starke Gestalt und behielt ihn gern; auch zeigte sich Otto als ein künstlicher, geübter Schütze so wohl und redlich, daß ihn sein Herr bald hervorzog und ihm vor andern vertraute.

Unterdessen trug es sich zu, daß der junge Heinrich, sein Bruder, frühzeitig starb und der Braunschweiger Herzog, dem des Landgrafen Tochter vermählt worden war, begierig auf den Tod des alten Herrn wartete, weil Otto, der andere Erbe, in die Welt gezogen war, niemand von ihm wußte und allgemein für tot gehalten wurde. Darüber stand das Land Hessen in großer Traurigkeit, denn alle hatten an dem Braunschweiger ein Mißfallen, und zumeist der alte Landgraf, der lebte in großem Kummer. Mittlerweile war Otto der Schütz guter Dinge zu Kleve und hatte ein Liebesverständnis mit Elisabeth, des Herzogs Tochter, aber nichts von seiner hohen Abkunft laut lassen werden.

Dies bestund etliche Jahre, bis daß ein hessischer Edelmann, Heinrich von Homburg genannt, weil er eine Wallfahrt nach Aachen gelobt hatte, unterwegs durch Kleve kam und den Herzog, den er von alten Zeiten her kannte, besuchte. Als er bei Hof einritt, sah er Otten, kannte ihn augenblicklich und neigte sich, wie vor seinem Herrn gebührte. Der Herzog stand gerade vor seinem Fenster und verwunderte sich über die Ehrerbietung, die vom Ritter seinem Schützen bewiesen wurde, berief den Gast und erfuhr von ihm die ganze Wahrheit und wie jetzt alles Erbe auf Otten stünde. Da bewilligte ihm der Herzog mit Freuden seine Tochter, und bald zog Otto mit seiner Braut nach Marburg in Hessen ein. (Otto, geboren 1322, gestorben 1366.)

569. Landgraf Philips und die Bauersfrau

Landgraf Philips pflegte gern unbekannterweise in seinem Lande umherzuziehen und seiner Untertanen Zustand zu forschen. Einmal ritt er auf die Jagd und begegnete einer Bäuerin, die trug ein Gebund Leinengarn auf dem Kopfe. »Was tragt Ihr und wohin wollt Ihr?« frug der Landgraf, den sie nicht erkannte, weil er in schlechten Kleidern einherging. Die Frau antwortete: »Ein Gebund Garn, damit will ich zur Stadt, daß ich es verkaufe und die Schatzung und Steuer bezahlen kann, die der Landgraf hat lassen ausschreiben; des Garns muß ich selber wohl an zehn Enden entraten«, klagte erbärmlich über die böse Zeit. »Wieviel Steuer trägt es Euch?« sprach der Fürst. »Einen Ortsgulden«, sagte sie; da nahm er sein Säckel, zog soviel heraus und gab ihr das Geld, damit sie ihr Garn behalten könnte. »Ach, nun lohn's Euch Gott, lieber Junker«, rief das Weib, »ich wollte, der Landgraf hätte das Geld glühend auf seinem Herzen!« Der leutselige Fürst ließ die Bäuerin ihres Weges ziehn, kehrte sich gegen sein Gesinde um und sprach mit lachendem Munde: »Schauet den wunderlichen Handel! Den bösen Wunsch hab ich mit meinem eigenen Geld gekauft.«

570. In Ketten aufhängen

Landgraf Philipp von Hessen mußte eine Zeitlang bei dem Kaiser gefangen sitzen; mittlerweile überschwemmte das Kriegsvolk seine Länder und schleifte ihm alle Festungen, ausgenommen Ziegenhain. Darin lag Heinz von Lüder, hielt seinem Herrn rechte Treue und wollte die Feste um keinen Preis übergeben, sondern lieber sich tapfer wehren. Als nun endlich der Landgraf ledig wurde, sollte er auf des Kaisers Geheiß, sobald er nach Hessen zurückkehren würde, diesen hartnäckigen Heinz von Lüder unter dem Ziegenhainer Tore in Ketten aufhängen lassen, und zu dem Ende wurde ein kaiserlicher Abgeordneter als Augenzeuge mitgegeben. Philipp, nachdem er zu Ziegenhain eingetroffen, versammelte den Hof, die Ritterschaft und des Kaisers Gesandten. Da nahm er eine güldene Kette, ließ seinen Obersten daran an einer Wand, ohne ihm wehe zu tun, aufhängen, gleich wieder abnehmen und verehrte ihm die goldene Kette unter großen Lobsprüchen seiner Tapferkeit. Der kaiserliche Abgeordnete machte Einwendungen, aber der Landgraf erklärte standhaft, daß er sein Wort, ihn aufhängen zu lassen, streng gehalten und es nie anders gemeint habe. Das kostbare Kleinod ist bei dem Lüderschen Geschlecht in Ehren aufbewahrt worden und jetzt, nach Erlöschung des Mannsstammes, an das adlige Haus Schenk zu Wilmerode gekommen.

571. Landgraf Moritz von Hessen

Es war ein gemeiner Soldat, der diente beim Landgrafen Moritz, ging gar wohl gekleidet und hatte immer Geld in der Tasche; und doch war seine Löhnung nicht so groß, daß er sich, seine Frau und Kinder so stolz hätte halten können. Nun wußten die andern Soldaten nicht, wo er den Reichtum herkriegte, und sagten es dem Landgrafen. Der Landgraf sprach: »Das will ich wohl erfahren.« Und als es Abend war, zog er einen alten Linnenkittel an, hing einen rauhen Ranzen über, als wenn er ein alter Bettelmann wäre, und ging zum Soldaten. Der Soldat fragte, was sein Begehren wäre. Ob er ihn nicht über Nacht behalten wollte? Ja, sagte der Soldat, wenn er rein wäre und kein Ungeziefer an sich trüge; dann gab er ihm zu essen und zu trinken, und als er fertig war, sprach er zu ihm: »Kannst du schweigen, so sollst du in der Nacht mit mir gehen, und da will ich dir etwas geben, daß du dein Lebtag nicht mehr zu betteln brauchst.« Der Landgraf sprach: »Ja, schweigen kann ich, und durch mich soll nichts verraten werden.« Darauf wollten sie schlafen gehen; aber der Soldat gab ihm erst ein rein Hemd, das sollte er anziehen und seines aus, damit kein Ungeziefer in das Bett käme. Nun legten sie sich nieder, bis Mitternacht kam; da weckte der Soldat den Armen und sprach: »Steh auf, zieh dich an und geh mit mir.« Das tat der Landgraf, und sie gingen zusammen in Kassel herum. Der Soldat aber hatte ein Stück Springwurzel, wenn er das vor die Schlösser der Kaufmannsläden hielt, sprangen sie auf. Nun gingen sie beide hinein; aber der Soldat nahm nur vom Überschuß etwas, was einer durch die Elle oder das Maß herausgemessen hatte, vom Kapital griff er nichts an. Davon nun gab er dem Bettelmann auch etwas in seinen Ranzen. Als sie nun in Kassel herum waren, sprach der Bettelmann: »Wenn wir doch dem Landgrafen könnten über seine Schatzkammer kommen!« Der Soldat antwortete: »Die will ich dir auch wohl weisen; da liegt ein bißchen mehr als bei den Kaufleuten.« Da gingen sie nach dem Schloß zu, und der Soldat hielt nur die Springwurzel gegen die vielen Eisentüren, so taten sie sich auf; und sie gingen hindurch, bis sie in die Schatzkammer gelangten, wo die Goldhaufen aufgeschüttet waren. Nun tat der Landgraf, als wollte er hineingreifen und eine Handvoll einstecken; der Soldat aber, als er das sah, gab ihm drei gewaltige Ohrfeigen und sprach: »Meinem gnädigen Fürsten darfst du nichts nehmen, dem muß man getreu sein!« »Nun sei nur nicht bös«, sprach der Bettelmann, »ich habe ja noch nichts genommen.« Darauf gingen sie zusammen nach Haus und schliefen wieder, bis der Tag anbrach; da gab der Soldat dem Armen erst zu essen und zu trinken und noch etwas Geld dabei, sprach auch: »Wenn das all ist und du brauchst wieder, so komm nur getrost zu mir; betteln sollst du nicht.«

Der Landgraf aber ging in sein Schloß, zog den Linnenkittel aus und seine fürstlichen Kleider an. Darauf ließ er den wachthabenden Hauptmann rufen und befahl, er sollte den und den Soldaten und nannte den, mit welchem er in der Nacht herumgegangen war zur Wache an seiner Tür beordern. Ei, dachte der Soldat, was wird da los sein, du hast noch niemals die Wache getan; doch wenn's dein gnädiger Fürst befiehlt, ist's gut. Als er nun da stand, hieß der Landgraf ihn hereintreten und fragte ihn, warum er sich so schön trüge und wer ihm das Geld dazu gäbe. »Ich und meine Frau, wir müssen's verdienen mit arbeiten«, antwortete der Soldat und wollte weiter nichts gestehen. »Das bringt soviel nicht ein«, sprach der Landgraf, »du mußt sonst was haben.« Der Soldat gab aber nichts zu. Da sprach der Landgraf endlich: »Ich glaube gar, du gehst in meine Schatzkammer, und wenn ich dabei bin, gibst du mir eine Ohrfeige.« Wie das der Soldat hörte, erschrak er und fiel vor Schrecken zur Erde hin. Der Landgraf aber ließ ihn von seinen Bedienten aufheben, und als der Soldat wieder zu sich selber gekommen war und um eine gnädige Strafe bat, so sagte der Landgraf: »Weil du nichts angerührt hast, als es in deiner Gewalt stand, so will ich dir alles vergeben; und weil ich sehe, daß du treu gegen mich bist, so will ich für dich sorgen«, und gab ihm eine gute Stelle, die er versehen konnte.

572. Brot und Salz segnet Gott

Es ist ein gemeiner Brauch unter uns Deutschen, daß der, welcher eine Gasterei hält, nach der Mahlzeit sagt: »Es ist nicht viel zum besten gewesen, nehmt so vorlieb.« Nun trug es sich zu, daß ein Fürst auf der Jagd war, einem Wild nacheilte und von seinen Dienern abkam, also daß er einen Tag und eine Nacht im Walde herumirrte. Endlich gelangte er zu einer Köhlerhütte, und der Eigentümer stand in der Türe. Da sprach der Fürst, weil ihn hungerte: »Glück zu, Mann! Was hast du zum besten?« Der Köhler antwortete: »Ick hebbe Gott un allewege wol (genug).« »So gib her, was du hast«, sprach der Fürst. Da ging der Köhler und brachte in der einen Hand ein Stück Brot, in der andern einen Teller mit Salz; das nahm der Fürst und aß, denn er war hungrig. Er wollte gern dankbar sein, aber er hatte kein Geld bei sich; darum löste er den einen Steigbügel ab, der von Silber war, und gab ihn dem Köhler; dann bat er ihn, er möchte ihn wieder auf den rechten Weg bringen, was auch geschah.

Als der Fürst heimgekommen war, sandte er Diener aus, die mußten diesen Köhler holen. Der Köhler kam und brachte den geschenkten Steigbügel mit; der Fürst hieß ihn willkommen und zu Tische sitzen, auch getrost sein: es sollt ihm kein Leid widerfahren. Unter dem Essen fragte der Fürst: »Mann, es ist diese Tage ein Herr bei dir gewesen; sieh herum, ist derselbe hier mit über der Tafel?« Der Köhler antwortete: »Mi ducht, ji sünd et wol sülvest«, zog damit den Steigbügel hervor und sprach weiter: »Will ji düt Ding wedderhebben?« »Nein«, antwortete der Fürst, »das soll dir geschenkt sein, laß dir's nur schmecken und sei lustig.« Wie die Mahlzeit geschehen und man aufgestanden war, ging der Fürst zu dem Köhler, schlug ihn auf die Schulter und sprach: »Nun, Mann, nimm so vorlieb, es ist nicht viel zum besten gewesen.« Da zitterte der Köhler; der Fürst fragte ihn, warum; er antwortete, er dürfte es nicht sagen. Als aber der Fürst darauf bestand, sprach er: »Och Herre! Ase ji säden, et wäre nig väle tom besten west, do stund de Düfel achte ju!« »Ist das wahr«, sagte der Fürst, »so will ich dir auch sagen, was ich gesehen. Als ich vor deine Hütte kam und dich fragte, was du zum besten hättest, und du antwortetest: ›Gott und all genug!‹ da sah ich einen Engel Gottes hinter dir stehen. Darum aß ich von dem Brot und Salz und war zufrieden; will auch nun künftig hier nicht mehr sagen, daß nicht viel zum besten gewesen.«

573. Nidda

Eine Gräfin hatte das Gelübde getan, an der Stelle, wo ihr Esel zuerst mit ihr stehenbliebe, ein Schloß zu erbauen. Als nun der Esel in einer sumpfigen Stelle stehenblieb, soll sie gerufen haben: »Nit da, nit da!« Allein das fruchtete nichts, und das Tier war nicht von demselben Platz zu bringen. Also baute sie wirklich ihr Schloß dahin, welches gleich der später da herum entstandenen Stadt den Namen Nidda behielt, die nah gelegene Wiese aber den der Eselswiese.

Noch mehreres davon wußten die Spielknaben vor einem halben Jahrhundert zu sagen, was damals unter dem Volk allgemein verbreitet war, jetzo vielleicht verschollen ist und vermutlich mit den abweichenden Umständen, die Winkelmann wohl auch aus mündlicher Sage erzählt, näher eintrifft. Zu Zeiten Friedrich Rotbarts war Berthold, Graf zu Nidda, ein Raubritter, hatte seinen Pferden die Hufeisen umkehren lassen, um die Wandersleute sicher zu berücken, und durch sein Umschweifen in Land und Straßen großen Schaden getan. Da zog des Kaisers Heer vor Altenburg, seine Raubfeste, und drängte ihn hart; allein Berthold wollte sich nicht ergeben. In der Not unterhandelte die Gräfin auf freien Abzug aus der Burg und erlangte endlich vom Heerführer, daß sie mit ihrem beladenen Maulesel und dem, was sie auf ihren Schultern ertragen könnte, frei herausgelassen werden sollte; mit ausdrücklicher Bedingung, daß sie nur ihre beste Sache trüge, auch der Graf selbst nicht auf dem Maulesel ritte. Hierauf nahm sie ihre drei Söhnlein, setzte sie zusammen auf das Tier, ihren Herrn aber hing sie über den Rücken und trug ihn den Berg hinab. So errettete sie ihn; allein bald ermatteten ihre Kräfte, daß sie nicht weiter konnte, und auch der müde Esel blieb im Sumpfe stecken. An der Stelle, wo sie nun diese Nacht zubrachten und ein Feuer angemacht, baute hernach die Gräfin drei Häuser ihren drei Söhnen auf, in der Gegend, wo jetzo Nieder-Nidda stehet. Die Altenburg ist zertrümmert, hat aber noch starke Gewölbe und Keller. Es geht gemeine Sage, daß da ein Schatz verborgen stecke; die Einwohner haben nachgegraben und Hufeisen gefunden, solche, die man den Pferden verkehrt aufnageln kann.

574. Ursprung der von Malsburg

Die von der Malsburg gehören zu dem ältesten Adel in Hessen und erzählen: Zur Zeit Karl der Große den Brunsberg in Westfalen erobert, habe er seine treuen und versuchten Diener belohnen wollen, einen Edelmann, namens Otto, im Feld vor sich gerufen und ihm erlaubt, daß er sich den Fels und Berg, worauf er in der Ferne hindeute, ausmalen (das heißt eingrenzen, bezeichnen) und für sich und seine Erben eine Festung dahin bauen dürfe. Der Edelmann bestieg den Felsen, um sich den Ort zu besehen, auszumalen und zu beziehen; da fand er auf der Höhe einen Dornstrauch mit drei weißen Blumen, die nahm er zum Mal-, Kenn- und Merkzeichen. Als ihn der König hernach frug, wie ihm der Berg gefalle, erzählte er, daß er oben einen Dornbusch mit drei weißen Rosen gefunden. Der König aber sonderte ihm sein gülden Schild in zwei gleiche Teile, obenhin einen Löwen und unten drei weiße Rosen. An dem ausgemalten Ort baute Otto hernach seine Burg und nannte sie Malsburg, welcher Name hernach bei dem Geschlecht geblieben ist, das auch den zugeteilten Schild bis auf heute fortführt.

575. Ursprung der Grafen von Mansfeld

Während einst Kaiser Heinrich sein Hoflager auf der Burg bei Wallhausen in der Goldenen Aue hatte, bat sich einer seiner Mannen von ihm ein Stück Feld zum Eigentum aus, das an die Goldne Aue grenzte und so groß wäre, daß er es mit einem Scheffel Gerste umsäen könnte. Der Kaiser, weil er den Ritter seiner Tapferkeit wegen liebte, bewilligte ihm die Bitte, ohne sich zu bedenken. Dieser nahm einen Scheffel Gerste und umsäte damit die Grenzen der nachmaligen Grafschaft Mansfeld.

Doch dies erregte den Neid der übrigen Mannen, und sie hinterbrachten dem Kaiser, daß seine Gnade durch eine falsche Deutung gemißbraucht worden. Aber der Kaiser antwortete lachend: »Gesagt ist gesagt! Das ist des Mannes Feld!« Daher der Name Mansfeld und in dem gräflichen Wappen die Gerstenkörner, welche die Wappenkünstler Wecken nennen.

576. Henneberg

Ein Herr von edlem Geschlecht zog um in Deutschland, suchte Frieden und eine bequeme Stätte, zu bauen; da kam er nach Franken an einen Ort und fand einen Berg im Land, der ihm gefiel. Als er nun hinritt, ihn zu beschauen, flog vor ihm auf eine Birkhenne, die hatte Junge; die nahm er sich zum Wappen und nannte den Berg Hennenberg und baute ein schön Schloß drauf, wie das noch vor Augen ist; und an dem Berge war ein Köre (Kehre, wo man den Pflug wendet?), da baute er seinen Dienern gar eine lustige Wohnung und nannte sie von der Köre.

577. Die acht Brunos

Zu alter Zeit herrschte Graf Gebhard mit seiner Gemahlin auf dem Hause Quernfurt in Sachsen. Diese gebar in Abwesenheit des Grafen neun Kinder auf einmal, worüber sie mit ihren Weibern heftig erschrak, und wußten nicht, wie sie den Sachen immer mehr tun sollten. Denn weil ihr Herr gar wunderlich war, besorgten sie, er würde schwerlich glauben, daß es mit rechten Dingen zugegangen sei, daß eine Frau auf einmal von einem Manne neun Kinder sollte haben können; sonderlich, weil er zum öfternmal beschwerliche Gedanken und Reden von den Weibern gehabt hatte, die zwei oder drei Kinder auf einmal zur Welt brachten, und niemand ihn überreden mochte, dieselben für ehrlich zu halten. In dieser Furcht wurde die Gräfin mit ihren Weibern eins, dieser jungen Kindlein achte heimlich beiseite zu schaffen und nur das neunte und stärkste zu behalten. (Dieses wurde Burkhart genannt und nachmals Großvater Kaiser Lothars.) Eines der Weiber empfing demnach Befehl, die acht Kinder in einem Kessel, darein man sie gelegt, fortzutragen, im Teich über der Mühle unter dem Schlosse im Kessel mit Steinen zu beschweren, zu versenken und zu ertränken.

Das Weib nahm es auf sich und trug mit dem frühesten die Kinder aus der Burg. Nun war aber eben damals des Grafen Bruder, der heilige Bruno, mit dem Tage ins Feld gegangen, sein Gebet zu tun. Als er unterm Berge bei dem schönen Quellbrunnen (hernach Brunsbrunnen genannt) hin und her wandelte, stieß ihm das Weib auf und eilte stracks ihres Weges dahin, als fürchtete sie sich; im Vorübergehen hörte Bruno die Kindlein im Kessel unter ihrem Mantel winseln. Er wunderte sich und fragte, was sie da trüge. Ob nun gleich das Weib sagte: »Junge Wölferlin oder Hündlein«, so deuchte es Bruno doch nicht aller Dinge, als ob die Stimme wie junger Hündlein lautete; wollte deswegen sehen, was es doch Wunders wäre. Als er ihr nun den Mantel aufrückte, sah er, daß sie acht junge Kindlein trage. Über die Maßen erschrocken, drang er in die vor Furcht erstarrte Frau, ihm alsbald anzuzeigen, woher sie mit den Kindlein komme, wem sie zuständig und was sie damit tun wolle. Zitternd berichtete sie ihm die ganze Wahrheit. Darauf verbot ihr Herr Bruno ernstlich, von dieser Sache keinem Menschen, auch der Mutter selbst, nicht anders, als ob sie deren Befehl vollzogen, zu melden. Er aber nahm die Kinder, taufte sie bei dem Brunnen, nannte sie insgesamt mit Namen Bruno und schaffte, daß die armen Waisen untergebracht wurden, eins oder zwei in der Mühle unterm Schloß, die übrigen an andern Orten in der Nähe. Denen er die Kindlein aufzuziehen befahl, gab er Geld her und hieß es heimlich halten, vertraute auch keinem Menschen davon; bis auf die Zeit, da er zum letztenmal aus Quernfurt ins Land Preußen ziehen mußte und dachte, er möchte nimmer wiederkehren. Da offenbarte er vernünftiglichen seinem Bruder Gebhard, was sich zugetragen, wie die Kinder geboren und lebendig erhalten worden und wo sie anzutreffen wären. Gebhard mußte sich aber zuvor verpflichten, daß er es seiner Gemahlin nicht unfreundlich entgelten, sondern hierin Gottes Wunder und Gnadenwerk erkennen wolle. Darauf ging der heilige Bruno auch zu der Gemahlin hin, entdeckte ihr alles und strafte sie wegen ihres sündlichen Argwohns. Da war groß Leid und Freud beieinander, die acht Kindlein wurden geholt und alle gleichgekleidet ihren Eltern vorgestellt. Diesen wallte das väterliche und mütterliche Herz, und spürte man auch an Gestalt und Gebärden der Kindlein, daß sie des neunten rechte Brüderlein waren. Den Kessel, darinnen das Weib diese acht Welfe soll von der Burg getragen haben, zeigt man noch heutigestages zu Quernfurt, da er in der Schloßkirche oben vor dem Chor in dem steinernen Schwibbogen, mit einer eisernen Kette angeschmiedet, zum Gedächtnis dieser Geschichte hängt. Der Teich aber heißt noch heutigestages der Wölferteich, gemeinlich Wellerteich.

578. Die Eselswiese

Osterdonnerstags, nach gesprochenem Segen, ritt der heilige Bruno von seinem Bruder Gebhard weg, willens, nach Preußen zur Bekehrung der Heiden zu ziehen. Als er nun auf den grünen Anger hart vor Quernfurt kam, wurde ihm das Maultier oder der Esel stätig, wollte weder vor noch hinter sich, alles Schlagens, Peitschens und Spornens unerachtet. Daraus schlossen Gebhard und andere, die ihn geleitet hatten, es wäre nicht Gottes Wille, daß er diesen Zug tue, und überredeten ihn so lange, bis er wieder mit aufs Schloß Quernfurt zog. Die Nacht aber überschlug der Heilige die Sache von neuem, geriet in große Traurigkeit, und sein Herz hatte nicht Ruhe, bis er endlich den Zug doch unternahm und in Preußen von den Heiden gefangen, gepeinigt und getötet wurde (im Jahr 1008 oder 1009). Auf der Stelle, wo damals das Tier ständig wurde, baute man nach seinem Tode ein Heiligtum, genannt die Kapell zu Eselstett auf den heutigen Tag; und man erteilte da jeden Gründonnerstag sonderlichen Ablaß aus. Darum geschahen große Wallfahrten des Volkes auf die Quernfurter Eselswiese, und in spätern Zeiten wurde ein Jahrmarkt daraus, dem von Sonnenauf- bis zum Sonnenniedergang eine lebendige Menge der umwohnenden Leute zuzuströmen pflegen.

579. Thalmann von Lunderstedt

Thalmann von Lunderstedt lebte in Feindschaft mit Erfurt, der Hauptstadt von Thüringen. Einmal wurde dieser Ritter von seinen Feinden zwischen Jena und Kahla an der Saal bei dem Rothenstein hart bedrängt, also daß es unmöglich schien zu entrinnen. In der Not sprengte aber Thalmann mit dem Gaul vom Felsen in die Saal und entkam glücklich. Dem Thalmann hatte es geglückt; Hunderttausenden sollt es wohl nicht glücken.

580. Hermann von Treffurt

In der ersten Hälfte des XIV. Jahrhunderts lebte zu Treffurt ein Ritter, Hermann von Treffen genannt, der gern auf die Buhlschaft gegangen und viel ehrbare Frauen und Jungfrauen um ihre Ehre gebracht, also daß kein Mann in seinem Gebiet seine Tochter über zwölf Jahre daheim behalten durfte. Daneben aber ist er andächtig gewesen, fleißig in die Messe gegangen, hat auch die Gezeiten St. Marien mit großer Andacht gesprochen. Dieser hat einsmals zu seiner Buhlschaft reiten wollen und zuvor, seinem Gebrauch nach, die Gezeiten St. Marien mit großer Andacht gesprochen; wie er nun in der Nacht im Finstern allein über den Hellerstein geritten, hat er des rechten Weges gefehlt und ist auf den hohen Felsen des Berges gekommen, wo das Pferd zwar stutzte, der Ritter aber meinte, es scheue vor irgendeinem Tier; gab ihm deswegen im Zorn den Sporn, also daß das Roß mit ihm den hohen Felsen hinabgesprungen und sich zu Tod gefallen; auch ist der Sattel mitsamt dem Schwert in der Scheide an vielen Stücken zerbrochen. Der Ritter aber hat in dem Fall noch die Muttergottes angerufen, und da hat ihn gedeucht, als werde er von einer Frau empfangen, die ihn sanft und unverletzt auf die Erde gesetzt.

Nach dieser wunderbaren Errettung ist er nach Eisenach in ein Kloster gegangen, hat sein Leben gebessert, all sein Gut um Gottes willen von sich gegeben und als ein Mönch barfuß und in Wolle sein Brot gebettelt. Auch als 1347 sein Tod herannahete, hat er nicht bei andern frommen Christen sein Ruhebettlein haben wollen, sondern an einem heimlichen, unsaubern Orte, zwischen der Liebfrauenkirche und der Stadtmauer, begraben sein wollen, seine unreinen Taten desto härter zu büßen; wie auch geschehen ist.

581. Der Graf von Gleichen

Graf Ludwig von Gleichen zog im Jahr 1227 mit gegen die Ungläubigen, wurde aber gefangen und in die Knechtschaft geführt. Da er seinen Stand verbarg, mußte er gleich den übrigen Sklaven die

Graf von Gleichen. Aus: Curiositäten der [. . .] Vor- und Mitwelt 3 (1813). ed. A. Vulpius

schwersten Arbeiten tun, bis er endlich der schönen Tochter des Sultans in die Augen fiel wegen seiner besondern Geschicklichkeit und Anmut zu allen Dingen, so daß ihr Herz von Liebe entzündet wurde. Durch seinen mitgefangenen Diener erfuhr sie seinen Stand, und nachdem sie mehrere Jahre vertraulich mit ihm gelebt, verhieß sie, ihn frei zu machen und mit großen Schätzen zu begaben, wenn er sie zur Ehe nehmen wolle. Graf Ludwig hatte eine Gemahlin mit zwei Kindern zu Haus gelassen; doch siegte die Liebe zur Freiheit, und er sagte ihr alles zu, indem er des Papstes und seiner ersten Gemahlin Einwilligung zu erwirken hoffte. Glücklich entflohen sie darauf, langten in der Christenheit an, und der Papst, indem sich die schöne Heidin taufen ließ, willfahrte der gewünschten Vermählung. Beide reisten nach Thüringen, wo sie im Jahre 1249 ankamen. Der Ort bei Gleichen, wo die beiden Gemahlinnen zuerst zusammentrafen, wurde das Freudental benannt, und noch steht dabei ein Haus dieses Namens. Man zeigt noch das dreischläfrige Bett mit rundgewölbtem Himmel, grün angestrichen; auch zu Tonna den türkischen Bund und das goldne Kreuz der Sarazenin. Der Weg, den sie zu der Burg pflastern ließ, heißt bis auf den heutigen Tag der Türkenweg. Die Burggrafen von Kirchberg besitzen auf Farrenrode, ihrer Burg bei Eisenach, alte Tapeten, worauf die Geschichte eingewirkt ist. Auf dem Petersberge zu Erfurt liegen die drei Gemahel begraben, und ihre Bilder sind auf dem Grabsteine ausgehauen.

582. Hungersnot im Grabfeld

Als im Grabfeld große Hungersnot herrschte, wanderte ein Mann mit seiner Frau und einem zarten Kinde nach Thüringen, um dem Mangel auszuweichen. Unterwegs in einem Wald übernahm ihn das Elend, und er sprach zur Frau: »Tun wir nicht besser, daß wir unser Kind schlachten und sein Fleisch essen, als daß wir selbst durch die Nahrungslosigkeit verzehrt werden?« Die Frau widersetzte sich einem so großen Verbrechen; zuletzt aber drückte ihn der Hunger so, daß er das Kind gewaltsam aus den Mutterarmen riß und seinen Willen durch die Tat ausgeführt hätte, wenn nicht Gottes Erbarmen zuvorgekommen wäre. Denn indem er, wie er hernachmals in Thüringen oft erzählte, das Schwert zog, um das Söhnlein zu würgen, sah er in der Ferne zwei Wölfe über einer Hindin stehen und sie zerfleischen. Sogleich ließ er von seinem Kinde ab, scheuchte die Wölfe vom Aas weg, das sie kaum gekostet hatten, und kam mit dem lebendigen Sohn und der gefundenen Speise zu seiner Frau wieder.

583. Der Kroppenstedter Vorrat

Das Wahrzeichen des Städtchens Kroppenstedt, im alten niedersächsischen Hartingau gelegen, ist ein großer silberner Becher, der Kroppenstedter Vorrat genannt, und wird auf dem dortigen Rathause aufbewahrt. Man sieht in erhabener Arbeit dreizehn Wiegen und eine Wanne, worin vierzehn Kinder liegen, sauber abgebildet. Eine lateinische Inschrift besagt in gedrängten Zeilen, was das Volk in der Gegend umständlicher zu erzählen weiß: Es lebte vorzeiten ein Kuhhirte an dem Ort, dem in einem Jahre von zwölf Frauen vierzehn Knaben geboren wurden. Die Mütter hatten sich aber nur auf dreizehn Wiegen geschickt, und das vierzehnte Kind mußte, weil sie nicht ausreichten, in eine Wanne oder Mulde gelegt werden.

584. So viel Kinder als Tag' im Jahr

Eine Meile vom Haag liegt Loosduynen (Leusden), ein kleines Dorf, in dessen Kirche man noch heutigestages zwei Taufbecken zeigt mit der Inschrift: »In deze twee beckens zyn alle deze kinderen ghedoopt.« Und auf einer dabeihangenden Tafel stehet in lateinischen und niederländischen Versen das Andenken einer Begebenheit erhalten, wovon die Volkssage wie folgt berichtet: Vor alten Zeiten lebte in dem Dorfe eine Gräfin, Margaretha nach einigen, Mathilde nach anderen geheißen, Gemahlin Grafen Hermanns von Henneberg. Auch wird sie bloß die Gräfin von Holland genannt. Zu der kam einst ein armes Weib, Zwillinge auf dem Arm tragend, und sprach um ein mildes Almosen an. Die Gräfin aber schalt sie aus und sprach: »Packt Euch, unverschämte Bettlerin! Es ist unmöglich, daß ein Weib zwei Kinder auf einmal von einem Vater habe!« Die arme Frau versetzte: »So bitte ich Gott, er lasse Euch so viel Kinder auf einmal bringen, als das Jahr Tage hat!« Hernach wurde die Gräfin schwanger und gebar auf einen Tag zur Welt dreihundertfünfundsechzig Kinder. Dies geschah im Jahr 1270 (1276), im dreiundvierzigsten Jahre der Gräfin. Diese Kinder wurden alle lebendig getauft von Guido, Bischof zu Utrecht, in zwei messingenen Becken, die Söhnlein Johannes, die Töchterlein Elisabeth sämtlich genannt. Sie starben aber alle auf einen Tag mit ihrer Mutter und liegen bei ihr in einem Grab in der Dorfkirche. Auch in der Delfter Kirche soll ein Denkmal dieses Ereignisses vorhanden sein.

585. Die Gräfin von Orlamünde

Otto, Graf zu Orlamünde, starb 1340 (nach andern 1275, 1280, 1298) mit Hinterlassung einer jungen Witwe, Agnes, einer gebornen Herzogin von Meran, mit welcher er zwei Kinder, ein Söhnlein von drei, und ein Töchterlein von zwei Jahren, erzeugt hatte. Die Witwe saß auf der Plassenburg und dachte daran, sich wieder zu vermählen. Einstens wurde ihr die Rede Albrechts des Schönen, Burggrafen zu Nürnberg, hinterbracht, der gesagt hatte: »Gern wollt ich dem schönen Weib meinen Leib zuwenden, wo nicht vier Augen wären!« Die Gräfin glaubte, er meinte damit ihre zwei Kinder, sie ständen der neuen Ehe im Weg; da trug sie, blind von ihrer Leidenschaft, einem Dienstmanne, Hayder oder Hager genannt, auf und gewann ihn mit reichen Gaben, daß er die beiden Kindlein umbringen möchte. Der Volkssage nach sollen nun die Kinder diesem Meuchelmörder geschmeichelt und ihn ängstlich gebeten haben. »Lieber Hayder, laß mich leben! Ich will dir Orlamünden geben, auch Plassenburg des neuen, es soll dich nicht gereuen«, sprach das Knäblein; das Töchterlein aber: »Lieber Hayder, laß mich leben, ich will dir alle meine Docken geben.« Der Mörder wurde hierdurch nicht gerührt und vollbrachte die Untat; als er später noch andre Bubenstücke ausgerichtet hatte und gefangen auf der Folter lag, bekannte er, sosehr ihn der Mord des jungen Herrn reue, der in seinem Anbieten doch schon gewußt habe, daß er Herrschaften auszuteilen gehabt, so gereue ihn noch hundertmal mehr, wenn er der unschuldigen Kinderworte des Mägdleins gedenke. Die Leichname der beiden Kinder wurden im Kloster Himmelskron beigesetzt und werden zum ewigen Andenken der Begebenheit als ein Heiligtum den Pilgrimen gewiesen.

Nach einer andern Sage soll die Gräfin die Kinder selbst getötet, und zwar Nadeln in ihre zarten Hirnschalen gesteckt haben. Der Burggraf aber hatte unter den vier Augen die seiner beiden Eltern gemeint und heiratete hernach die Gräfin dennoch nicht. Einigen zufolge ging sie, von ihrem Gewissen gepeinigt, barfuß nach Rom und starb auf der Stelle, sobald sie heimkehrte, vor der Himmelskroner Kirchtüre. Noch gewöhnlicher aber wird erzählt, daß sie in Schuhen, inwendig mit Nadeln und Nägeln besetzt, anderthalb Meilen von Plassenburg nach Himmelskron ging und gleich beim Eintritt in die Kirche tot niederfiel. Ihr Geist soll in dem Schloß umgehen.

Nachwort

Schon in jungen Jahren hatten die Brüder Jacob (1785-1863) und Wilhelm (1786-1859) Grimm begonnen, sich für Volksüberlieferungen zu interessieren. Ihre Ausgaben deutscher Sagen, Märchen und Heldendichtung dienten späteren Sammlern in ganz Europa als Vorbild und gelten bis heute als mustergültig. Mit dem Namen der Brüder Grimm verbunden ist die noch heute häufig zu vernehmende Ansicht, Sagen würden vom Volk tradiert. Diese mündliche Volksüberlieferung hätte entscheidend dazu beigetragen, daß geschichtliche Ereignisse, wichtige allgemeine Einstellungen, Bräuche und anderes über viele Jahrhunderte bewahrt worden seien. Kurzum: Sagen bildeten eine wichtige Ergänzung insbesondere beim Fehlen anderer schriftlicher Quellen. Doch ist die Überlieferung und Vermittlung der Sagen viel komplizierter, als uns die Brüder Grimm einzureden versucht haben: Die von ihnen behauptete Funktion der Sage als einer Betrachtung historischer Prozesse im Bewußtsein des Volkes muß daher kritisch hinterfragt werden.

Anlaß und Entstehung der Sammlung

Im Vorwort zum ersten Band der »Deutschen Sagen« (1816, V) schreiben die Brüder Grimm Über den Unterschied zwischen Sage und Märchen kurz und bündig : »Das Märchen ist poetischer, die Sage historischer; jenes stehet beinahe nur in sich selber fest, in seiner angeborenen Blüte und Vollendung; die Sage, von einer geringern Mannigfaltigkeit der Farbe, hat noch das Besondere, daß sie an etwas Bekanntem und Bewußtem hafte, an einem Ort oder einem durch die Geschichte gesicherten Namen.« Diese hohe Bewertung der Kreativität und der geschichtlichen Dimension der Volkspoesie mußte überraschen und wie eine radikale Umkehr und Aufwertung der von den gebildeten Schichten verachteten Volkskultur erscheinen, galten doch Märchen, alte ›Fabuln‹ und anderes Erzähltes von dem gemeinen Mann bis weit ins 18. Jahrhundert hinein als ›Altweibergeschwätz‹ und nicht Bewahrenswertes, das bestenfalls nur mündlich weitergegeben werden könne. Die von den Brüdern Grimm vertretene Auffassung wurzelt in der romantischen Idee, es habe einst eine Volksüberlieferung gegeben: In literarischen Zeugnissen und Geschichtsquellen der ›Vorzeit‹ sei Geschichte noch greifbar. Aus denen müsse man die ›Wahrheit‹ erst herausfinden und fragmentarische Erzählungen unter Zuhilfenahme von Vergleichen zu einem Ganzen rekonstruieren. Im Vordergrund stehe der poetische Wert, dann der geschichtliche, dann der sprachliche Wert. »Die älteste Geschichte jedwedes Volkes ist Volksage« (Grimm, Kl. Schriften 4, 10, Anm. 4), heißt es z.B. 1807 in Jacobs Beitrag »Von Übereinstimmung der alten Sagen« für den »Neuen literarischen Anzeiger«. Und ähnlich äußerte sich Wilhelm in verschiedenen Rezensionen, wenn er z.B. 1816 in einer Besprechung der von Johann Friedrich Gottlieb Nagel anonym herausgegebenen »Wundergeschichten und Legenden der Deutschen« über »die wahrscheinlich aus mündlicher Überlieferung aufgefassten Sagen« feststellt: »Hätte der Verf. auf ein paar Bogen die Sagen, wie er sie gehört hatte, ohne etwas auszulassen, aber auch ohne die Zuthat von falschem Gewürz gerad und schlicht erzählt, so wären wir ihm für den wenn auch kleinen Beitrag dankbar gewesen. Denn der Werth dieser Überlieferungen [...] wird kein Verständiger mehr ableugnen und sie so gut zu schätzen wissen, als etwa die griechischen bei Herodot oder die römischen bei Livius oder die nordischen bei Saxo Grammaticus« (Grimm, Kl.re Schriften, Bd. 2, 197). Diese keineswegs nur dort, sondern auch später geäußerte Einschätzung Jacobs und Wilhelms spiegelt eine zu Beginn des 19. Jahrhunderts von vielen Historikern und Philologen geteilte Bewertung schriftlicher Quellen wider, die sich nur darin unterschied, in welchem Maße zeitgenössische Sammler in den Sagen Spuren der Geschichte zu finden glaubten oder Sagen wie die Brüder Grimm als Reflexion historischer Vorgänge im Bewußtsein des Volkes auffaßten.

Bereits vor dem Erscheinen der Grimmschen Sagensammlung gab es eine große Diskussion über die Bedeutung von Sagentexten als kulturhistorischen Dokumenten. Eine wichtige und von den Brüdern Grimm geschätzte Sammlung von »Volcks-Sagen«, verbunden mit Anmerkungen über den Gehalt von Sagen, hatte Otmar, das heißt der Halberstädter Generalsuperintendent Johann Carl Christoph Nachtigal († 1819), im Jahre 1800 herausgegeben. Über den Nutzen von Sagen hatte der heimatkundlich interessierte Geistliche geäußert: Sie dienten der Unterhaltung, ermöglichten Aufschlüsse über die früheren Kulturperioden des Volkes und vermittelten Erfahrungen, die für die Zukunft wichtig wären, böten Erklärungen für das Entstehen der Mythen, für die Bedeutung bestimmter Wörter und Naturgegebenheiten. Eine solche Auffassung geht etwa auch aus einem »Vorschlag, die Deutschen Volkssagen zu sammeln« hervor, den Carl Teuthold

Heinze († 1813) 1806 im »Freimüthigen« (Abdruck bei Erfurth 1938, 10 f.) veröffentlicht hatte und der sich auch unter den nachgelassenen Dokumenten der Brüder Grimm befindet. Hier sind schon die Funktionsbestimmungen über »den Nutzen und die Brauchbarkeit« von Sagen vorgegeben, wie sie später im Vorwort der Brüder Grimm anklingen: Sagen als Geschichtsquellen zu nutzen, forderte Heinze, gab aber zu bedenken, daß solche Texte dann »ganz ohne alle romantische Verschönerung« abgedruckt werden müßten. Dies bedeutete für ihn, aus der Volksdichtung »die Goldkörner der Wahrheit« »herausscheiden zu können«, was er jedoch nicht näher ausführte, sondern statt dessen bei diesem Prozeß auf die von Sprachwissenschaftlern geübte Methode verwies und deren »Treue und Sorgfalt«.

Doch gab es durchaus auch andere Bewertungen, wie sie etwa 1814 in einer von dem fürstlichen Assistenzrat und Bibliothekar Friedrich Gottschalck herausgegebenen Sagensammlung begegnen: Sagen sind keine Geschichtsquellen, höchstens Belege. Sagen stechen hervor durch Poesie, Einfalt, Moral, religiöse Neigung für das Wunderbare, dienen nicht nur der Unterhaltung, sondern der Blick ist auf eine höhere Ordnung gerichtet und zuletzt auf Gott selbst. In der wichtigen Vorrede der Sammlung (23 S.), verfaßt von dem Arzt und späteren Leiter des Volksschulwesens in Preußen Ludolf Beckedorff (1778-1858), werden auch Unterscheidungskriterien für ›Volkssagen‹ aufgestellt: (1) Sie ruhen auf historischem oder lokalem Grund. Sie haben einen Bezug auf historische Personen, Familien und Begebenheiten oder auf bekannte Gegenden und Orte und bekommen dadurch einen Schein oder Anstrich von Wahrheit. (2) Sagen enthalten auch einen wunderbaren oder wenigstens abenteuerlichen Bestandteil, durch welchen jener Anschein von Wahrheit immer wieder zunichte gemacht wird, doch ergibt sich dadurch ein anziehendes Halbdunkel für das Ganze. (3) Sagen sind erdacht; wer sie zuerst erzählt hat, ist unbekannt. (4) Es gibt Sagen aus fabelhafter Umwelt, aus dunkler Vorzeit, aus späterer historisch erhaltener Zeit und solche, die außerhalb aller Beziehung auf irgendeine Zeit stehen und die man Märchen nennen könnte.

Aus dem ersten Jahrzehnt des 19. Jahrhunderts stammen die ersten öffentlichen Äußerungen der Brüder Grimm. In erster Linie ist es Jacob, der seit 1807 und auch in verschiedenen Rezensionen 1811 und öfter jede nur erdenkliche Gelegenheit ergreift, um zur Frage der Einschätzung von Poesie und Geschichte deutlich Stellung zu beziehen: »Sagen sind grünes Holz, frisches Gewässer und reiner Laut entgegen der Dürre, Lauheit und Verwirrung unserer Geschichte«

(Zeitung für Einsiedler, 155), schreibt er, und diese (eher gefühlsmäßige denn analytische) Auffassung von dem hohen Wert der alten ›Fabeln und Sagen‹, in denen sich die Geschichte spiegle, findet sich durchgängig in seinen Schriften und mündet schließlich in die »Deutsche Mythologie« von 1835 (Kellner 1993), gewissermaßen eine Fortsetzung der aus den »Deutschen Sagen« gewonnenen Erkenntnisse mit Orientierung auf den pangermanischen Ursprung (vgl. auch Link/Wülfing 1991).

Nun war diese Bewertung des alten, in literarischen Zeugnissen belegten Sagen- und Fabelgutes keineswegs neu. Der geistige Vater dieser Denkweise war insbesondere Johann Gottfried Herder (1744-1803), der Volkspoesie als »lebendige Gedächtnißkunst« (Herder, Bd. 32, 151) und tatsächlichen Ausdruck sozial und ethnisch unterschiedener Völker begriff. Volks- oder Naturpoesie gebe im Unterschied zur ›Letterncultur‹, das heißt der individuell hergestellten Dichtkunst, einen Einblick in Leben, Denken und Fühlen des ganzen Volkes, keineswegs sei dies nur eine einseitige elitäre Sehweise des Gebildeten. Indem Herder seine anthropologischen Ideen aus der Gegenwart und für die Realität entwickelte und die Prozesse darlegte, wie aus geschichtlichen Situationen hervorgehendes ›Erzählen‹ sich verändern kann, lehnte er zugleich eine auf den Quellen der Dichtung basierende, einzig historisch-faktisch orientierte Sehweise ab, die symbolisch zu wertende oder strukturelle Gehalte nicht beachte. Hierin unterscheidet er sich deutlich von den Brüdern Grimm, die besonders die mytho-poetische Dimension des älteren Erzählguts im Blickwinkel hatten und darum bemüht waren, bei der Wiedergabe der Sagen die von Chronisten, Dichtern, Kompilatoren und Sammlern ›denkwürdiger‹ Materien geäußerten Zweifel am Wahrheitsgehalt des Berichteten zu übergehen und ihre Sagen faktisch auszurichten.

In späterer Zeit rückte Herder von einer solchen übergreifenden Perspektive der überlieferten Erzählungen ab. Er betrachtete die zeit- und kontextgebundene authentische Naturpoesie nunmehr als Rohmaterial und rief gar dazu auf – mehr idealisierend und unter ästhetischem Aspekt –, Nach- und Umdichtungen von Vorhandenem (Paramythien) passend im ›Ton‹ zu produzieren und die Leser zur auswählenden Lektüre zu veranlassen. Diese Betrachtungsweise hatte er mit den Brüdern Grimm und den vielen Nachfolgern gemeinsam, welche ältere Vorlagen immer wieder aufs neue ›polierten‹, von zeitgenössischem ›Ballast‹ befreiten und für die verschiedenen Käuferschichten als Sagen ›aus der Vergangenheit‹ oder ›für die Jugend bearbeitet‹ aktualisierten.

Den nach Herders Auffassung wichtigen externen Textfunktionen für den Ablauf des Geschehens und zur Herausarbeitung der mentalen Grundbedingungen von Erzählungen, wie sie sich als kollektive und individuelle Bedürfnisse in populären Erzählüberlieferungen niedergeschlagen haben, gilt übrigens auch das Augenmerk moderner Erzählforscher: Sie interessiert nicht nur die Erzählung per se unter philologischen Gesichtspunkten, sondern wichtiger ist die Frage nach dem Gehalt von Erzählungen, den Trägern und Vermittlern der Texte, dem jeweiligen Kontext, der Textfunktion und dem damit verbundenen Bedeutungswandel. Dahinter steht unter anderem das Bedürfnis zu verstehen, welche konkreten Eingriffe innerhalb der Tradierung von Erzählstoffen deren Attraktivität und stete Revitalisierung über längere Zeiträume bewirken. Bis heute ist die Diskussion nicht abgerissen, ob es denn überhaupt einen kollektiven Produktionsprozeß gebe oder ob nicht alles Tradierte einem ständigen Wandel unterliege, also stets eine individuelle Schöpfung – beeinflußt von sozialen und kulturalen Werten der jeweiligen Zeit. Oder anders ausgedrückt: Gibt es überhaupt ›Volks‹-Sagen? Sind nicht alle Sagen im Sinne von ›Gesagtem‹ individuelle Schöpfungen, also Kunstprodukte?

Im einzelnen ist nicht bekannt, wer das Interesse für ›Volksliteratur‹ bei den Brüdern geweckt hat. Doch war es zunächst wohl Clemens Brentano (1778-1842), dem die Brüder 1803/04 erstmals begegneten, und später Achim von Arnim (1781-1831), den sie 1807 auch persönlich kennenlernten. Sowohl Brentano als auch von Arnim, mit der älteren Literatur gut vertraut, hatte sich für die Ideen eines Herder, Friedrich Wilhelm Schelling (1775-1854) und anderer begeistert und deren Überlegungen von der Darbietung des ›Volks‹-Gutes in der Volksliedsammlung »Des Knaben Wunderhorn« (1806-1808) umgesetzt, indem sie nicht nur schriftliche Quellen auswerteten und nach Volksüberlieferungen durchforsteten, sondern ebenso daran interessiert waren, diesen Fundus durch Hinweise von anderen und durch Aufzeichnungen aus mündlicher Überlieferung abzurunden. Um Erfolg bemüht, hatte sowohl Brentano als auch Arnim seit 1805 mit mehreren in Zeitschriften veröffentlichten Aufrufen dafür gesorgt, daß ihre Aktivitäten möglichst breit innerhalb literarisch interessierter Kreise bekannt wurden. Brentano selbst hatte 1806 gar ein gedrucktes Zirkular zur ›Aufsammlung‹ von Volkspoesie versandt und darin unter anderem die Bedeutung der Informanten mündlicher Überlieferungen herausgestellt. In diese kreative Atmosphäre waren die Brüder Grimm seit 1807 einbezogen, halfen bei der Redaktion der Sammlung, diskutierten mit den beiden, ihnen freundschaftlich zugetanen Dichtern und erhielten auch Anregung, alte mündlich überlieferte Märchen und Sagen zu sammeln sowie literarisch überlieferte Texte heranzuziehen. Bezeichnend für das neuerwachte Interesse an deutscher Dichtung ist die Äußerung Jacobs an seinen Lehrer und Förderer Friedrich Karl von Savigny (1779-1861): In einem Brief teilt er Savigny mit (Frühjahr 1807), er wolle das Studium der Jurisprudenz aufgeben, und fährt fort: »ich werde jetzt mit mehr Neigung zum Studium der Geschichte der Poesie und Literatur überhaupt hingezogen.« (Grimm/Savigny, 30).

In dem Umfeld einerseits aufklärerischer Bemühungen und der Entdeckung kollektiver Überlieferungen als Gradmesser von Wertvorstellungen sozialer und ethnischer Gruppen und andererseits frühromantischer Bestrebungen, schriftlich tradierte Quellen aus der Vergangenheit unter einem sentimentalen Blickwinkel als glaubwürdige Zeugnisse einer mytho-poetischen kontinuierlichen Tradition zu betrachten, wächst seit etwa 1806 die Sammlung der damals knapp zwanzigjährigen Brüder Jacob und Wilhelm. Sie legen sich eine stetig wachsende Bibliothek zu und sammeln alte literarische Zeugnisse aus ganz Europa, die sie sorgsam in Augenschein nehmen. Was ihnen daraus wichtig erscheint, verzetteln sie (vermutlich seit 1807) in einer nach stoff- und motivgeschichtlichen Inhalten alphabetisch angeordneten Datei.

Die Entstehung der Sammlung »Deutsche Sagen« beginnt demnach in Grundzügen schon um 1806/07. Zwischen 1807 und 1812 lagen bereits einige Sagen fertig oder grob skizziert vor, wie etwa die Sagen vom Schwanenritter (DS 539-543). Die Glockensagen von Breslau und Attendorn (DS 126, 127) hatten die Brüder Grimm schon 1808 in der von Arnim herausgegebenen »Zeitung für Einsiedler« veröffentlicht und ihm darüber hinaus die Sage vom Seeburger See (DS 132) zugesandt, die aber dort nicht abgedruckt wurde. Der Hauptanteil der schriftlich festgehaltenen Texte fällt jedoch in die Zeit zwischen 1812 und 1817.

Der erste Band kam schließlich 1816 (Eintrag im Handexemplar: »fertig im Druck Anfang Mai«) bei Nicolai in Berlin heraus. Das Erscheinen des zweiten Bandes verzögerte sich, was vermutlich darauf zurückzuführen war, daß das Textkorpus nicht so zügig wie ursprünglich geplant zusammengestellt werden konnte. So hatten die Brüder der Nicolaischen Buchhandlung bereits im Februar 1817 das druckfertige Manuskript angekündigt, doch offenbar zu früh. Erst zur Ostermesse 1818 lag der zweite Band dann vor.

Der Anteil der Brüder an der Entstehung der Sammlung läßt sich nur schwer abschätzen, ist aber manchmal aufgrund der Briefwechsel oder der Bestände der Bibliothek der Brüder Grimm zu rekonstruieren. So dürfte Wilhelm die Texte aus den »Sagen der Vorzeit« (sogenanntes ›Brixener Volksbuch‹) beigesteuert haben. Hierbei handelte es sich um eine anonym erschienene Schrift mit Prophezeiungscharakter auf die bevorstehende Endzeit und einer Fülle eingestreuter sagenhafter Erlebnisse, die ein Lazarus Gitschner bei einem Besuch des an der bayrisch-österreichischen Grenze gelegenen Tafelgebirges Untersberg und seinen reichen Höhlen erfahren haben wollte. Die im Besitz der Brüder befindliche kleine Schrift weist nur Spuren von Wilhelms Beschäftigung mit dem Büchlein auf. Die meisten Sagen sind aus dem Zusammenhang herausgenommen und als DS 24, 27, 28, 39, 50, 138, 162, 163 eingefügt worden, zum größten Teil fast wörtlich, DS 163 unter Fortfall des Kommentars und DS 28 gekürzt, DS 27 mit allgemeinen Informationen über den Untersberg und zusammengezogen aus mehreren im Buch verstreuten Angaben, DS 24 mit einer größeren Textkürzung in der Mitte. Wilhelm trug wohl auch alle Sagen bei, die ›Jornandes‹ (recte: Jordanes) als Quelle nennen (DS 369, 370, 372-374, 378-382). Er hatte sich mit dem römischen Historiker des 6. Jahrhunderts ausführlich im ersten Band (1813) der von den Brüdern Grimm edierten Zeitschrift »Altdeutsche Wälder« beschäftigt.

Die meisten Sagenfassungen dürften jedoch auf Jacob zurückgehen, der sich auch noch in späterer Zeit mit den Sagen beschäftigte und die Stoffe und Motive als Belege vor allem für seine »Deutsche Mythologie« von 1835 nutzte. Von ihm stammen die verschiedenen Verzeichnisse im Handexemplar, wie ein Motivregister und die umfangreiche Aufstellung der Sagen nach geographischen Gesichtspunkten. Auch die meisten dortigen handschriftlichen Eintragungen mit ergänzenden Hinweisen auf weitere Quellen und gelegentlich auf abweichende Fassungen und sprachwissenschaftliche Erläuterungen sind von seiner Hand. Jacob fertigte außerdem eine Reinschrift aller Sagen an, die für den Druck des geplanten dritten Bandes vorgesehen waren, der aber mangels Käuferinteresse (s. hierzu den von B. Kindermann-Bieri herausgegebenen Sagenband mit den bislang unveröffentlichten Texten) niemals zustande kam.

Wer glaubt, daß die Konzeption der Sammlung aus den beiden Vorworten der Brüder von 1816 und 1818 hervorgehen müsse, sieht sich im Stich gelassen und erfährt nur einige vage Hinweise auf die »Treue und Wahrheit«, welche die Brüder beim Sammeln geleitet hätten, und auf die »Mannigfaltigkeit und Eigentümlichkeit« der Sagen. Über die Anordnung der Texte heißt es mehr nebulös als klärend, man habe »am liebsten der Spur der Natur folgen wollen«. Nur über Zweck und Ziel der Sammlung lassen uns die Brüder nicht im unklaren: »Ein Lesebuch«, so heißt es im Vorwort 1816, »soll unsere Sammlung gar nicht erst werden, in dem Sinn, daß man alles, was sie enthält, hintereinander auszulesen hätte.« Statt dessen betonten sie: »Wir empfehlen unser Buch den Liebhabern deutscher Poesie, Geschichte und Sprache und hoffen, es werde ihnen allen, schon als lautere deutsche Kost, willkommen sein, im festen Glauben, daß nichts mehr auferbaue und größere Freude bei sich habe als das Vaterländische.«

Erst aus anderen schriftlichen Zeugnissen erfahren wir Genaueres. Wie Jacob Grimm Sagenbearbeitungen angehen wollte, lassen seine Äußerungen (Grimm, Kl. Schriften 6, 130-133, hier 130 f.) in der Rezension zu den 1812 von J.G.G. Büsching zusammengestellten Volkssagen erkennen: »mündlich lebende volkssagen getreu und umbständlich zu sammeln«, »schon gedruckte traditionen sollten nicht aus neueren geschätzten büchern, sondern aus älteren oder ausländischen seltnen geschöpft und zusammengestellt, diese aber auch so vollständig genutzt und ausgezogen werden, dasz niemand nöthig hätte, sich solche noch auszerdem anzuschaffen«. Einschränkend hieß es aber dann über solche Exzerpierarbeit: »Wir billichen dann blosz das ausschreiben solcher [gedr. Werke], die nur weniges dahin gehörendes enthalten, da es freilich angenehm ist, dieses beisammen zu haben«.

Doch diese Konzeption ließ sich nur ansatzweise realisieren. Gewiß, die Brüder Grimm haben in zwei ausführlichen Vorworten zu den beiden Bänden der »Deutschen Sagen« ihre Anordnungsprinzipien erläutert, auch grundsätzliche Bemerkungen zum Wert solcher Texte gemacht und mit der Unterscheidung von Orts- und Historischen Sagen versucht, das heterogene Material zu differenzieren. Aber schon bald stellte sich heraus, daß die Bezeichnungen ›Ortssage‹ und ›Historische Sage‹ viel zu global sind und wie ›Märchen‹ eine unglaubliche Fülle verschiedenster Stoffe bündeln. Auch die Charakterisierung ›historisch‹ bietet Anlaß zu Mißdeutungen, wenn anekdotenhafte Sagenschilderungen von historischen Ereignissen und Personen in den Rang authentischer Quellen gehoben werden. Die Auswahl der »Deutschen Sagen« besonders des ersten Bandes ist weniger durch systematische Exzerpierarbeit eines festumrissenen Quellenkorpus charakterisiert als vielmehr durch das Zufallsprinzip und durch eine nicht näher erläuterte Subjektivität (»Untrügliches Gefühl«), aber nicht ganz so planlos, wie es scheinen könnte. Keineswegs begnügten sich die Brüder Grimm mit dem bloßen Ausschreiben von Texten, sondern jede Vorlage ist mehr oder weniger sprachlich bearbeitet. Die 585 Sagen sind regional allen deutschen Sprachgebieten zuzuordnen, wenngleich eine Ungewichtigkeit bei der Berücksichtigung einzelner Regionen zu registrieren ist. Eine große Zahl der Sagen des ersten Bandes läßt sich in Niedersachsen, Westfalen, Franken, Hessen und Thüringen lokalisieren, während Mecklenburg nur mit zwei, Holstein mit vier oder die Pfalz mit sieben Texten vertreten sind. Rheinsagen wurden weitestgehend ausgelassen, da für 1816 eine mehrbändige Veröffentlichung von Niklas Vogt (erschienen Frankfurt a.M. 1817) angekündigt war, zu welcher die Brüder Grimm offenbar nicht in Konkurrenz treten wollten. So findet sich in den »Deutschen Sagen« weder die Lorelei-Sage noch jene Sage über die feindlichen Brüder und den Zerfall der Rheinburgen Liebenstein und Sternberg. Von den bekannten Rheinsagen fand einzig die Sage vom Binger Mäuseturm (DS 242) Aufnahme. Dagegen gibt es eine ungewöhnlich hohe Zahl von Harzsagen. Fast fünfzig Sagen stammen aus Österreich, und nahezu ebensoviele aus der Schweiz. Doch sollte die ungleichgewichtige Verteilung der Sagen nicht den Brüdern Grimm angelastet werden, ihre Anordnungsprinzipien waren eben nicht von einer homogenen Berücksichtigung aller deutschsprachigen Regionen bestimmt. Außerdem hing die Aufnahme von Sagen auch von der Quellenlage ab, und da machte sich dann schon die eingehende Auswertung von Sammlungen mit regionalen Schwerpunkten (Otmar, J. Praetorius) besonders bemerkbar.

Obwohl Jacob und Wilhelm im ersten Band alle Texte vereinen wollten, die ihrer Meinung nach in keinerlei Weise Anknüpfungspunkte an historische Ereignisse oder Gestalten der deutschen Geschichte boten, ließ sich dieses Gliederungsprinzip gar nicht stringent durchhalten. So finden sich z.B. schon im ersten Band historische Gestalten wie Karl der Große (DS 18, 22, 26, 28, 323) oder Friedrich Barbarossa (DS 23, 28, 296, 297). Ortssagen, die als Erklärungssagen den Namen eines Ortes in einer Art Volksetymologie begründen, lassen sich in nicht unbeträchtlicher Zahl auch im zweiten Band nachweisen, wenn es etwa um den Ursprung des Namens Nidda (DS 573) oder Seligenstadt (DS 457) geht. Aber dennoch besticht der erste Band durch die große Gruppe der Sagen, die von übernatürlichen Erlebnissen handeln: von der Begegnung mit Zauberern, Geistern und diversen Gespenstern – deren Unterschiede kaum deutlich werden, Weißen Frauen, Hexen und Teufeln, Wiedergängern. Die Teufelssagen etwa sind vor allem innerhalb DS 182-209 zu finden, aber auch öfter an ganz entlegener Stelle, was sicher nicht ohne Absicht geschah, um die Sagenanordnung nicht allzu eintönig erscheinen zu lassen. Gerade Jacob Grimm hatte eine Vorliebe für die Gestalt der ›Weißen Frau‹ und versuchte später in seiner »Deutschen Mythologie« (vgl. Kellner 1993), die mythische Übereinstimmung der Weißen Frau mit der Percht, Perchta, Frau Berta, mit Frau Holle, Frau Hulda und anderen zu erweisen (s. z.B. DS 10-12, 25, 41, 123, 222, 224). Unter den sogenannten ›dämonologischen‹ Sagen sind es dann vor allem die Sagen von Riesen (DS 16-19, 135-141, 323-327), vom sogenannten Riesenspielzeug (DS 16-17, 20, 325) und von Zwergen, die im ersten Band immer wieder als hilfreiche Wesen, Bewohner unterirdischer Höhlen und Gänge und Bewacher von Schätzen begegnen. Jacob schätzte besonders die Zwergensagen Otmars und Wyß' (DS 148-150, 153-155) hoch ein. An Ludowine von Haxthausen schrieb er am 7.6.1818, sie seien ihm »wegen ihrer eigentümlichen Heimlichkeit besonders lieb« (Grimm/Reifferscheid, 40 f.). Darüber hinaus finden sich noch weitere Elementargeister wie Wassergeister und Nixen (bes. DS 51-53, 55-67, 305-308) und Moosweibchen (DS 47-48), Erdgeister (DS 2-3), Feurige (DS 278, 283-284, 332) und solche Spukgestalten wie der Wilde Jäger bzw. die Wilde Jagd (z.B. DS 47-48, 172-173) mit regional bekannten Anführern wie dem getreuen Eckhart (DS 314) oder Frau Trud (DS 81, 248) oder die Dämonen Türst, Posterli und Sträggele (DS 270).

Thematisch breit gestreut stehen Baumeistersagen neben Bauplatzlegenden (d.h. Kirchen- und Klostergründungssagen), Ikonographischen Sagen, Denkmalsagen, Wappensagen oder den sogenannten Geschlechtersagen, die den Ursprung oder das Vergehen eines Adelsgeschlechts begründen. Hinzu kommen Sagen über einzelne Berufe (Bergmann: DS 1-3; Fischer: DS 276; Jäger: DS 257-258; Müller: DS 128; Schmied: DS 156, 556) oder Stände (besonders Bauern, Adel), von deren Auftreten, Eigenschaften und Handeln die Sagen berichten. Ohne Zweifel haben die Brüder Grimm aus dem ungeheuren Fundus über Denkwürdigkeiten vor allem des 16.-18. Jahrhunderts die zentralen Themenbereiche erfaßt und nacherzählt. Sie übernehmen von den Kompilatoren Prophezeiungssagen vom Weltuntergang (DS 295), von Krieg (DS 169-170) und Pest (DS 168, 235) oder auch von der

Wiederkehr des bergentrückten Kaisers (z.B. DS 23, 296-297). Sie schildern in ihren sagenhaften Berichten die Hinrichtung Unschuldiger, häufig mit Berichten von deren wunderbarer Rettung verbunden (DS 98, 261), verkünden Sensationsgeschichten von Mord, Raub (DS 128-131, 264), Inzest (DS 358), geben Zeugnis von unverhofften Schätzen oder von ungerechten Grenzziehungen und von daraus resultierenden Streitigkeiten (DS 287, 289). Viele dieser Sagen lassen sich auch unter dem Oberbegriff der Rechtssage fassen, die Rechtsvorstellungen exemplarisch schildert, aber unter dem Aspekt der Beugung bzw. Verletzung und übernatürlichen Ahndung. Daß hier wie auch in zahlreichen anderen Fällen das ethische Moment von Vergeltung geprägt ist, charakterisiert wie in kaum einer anderen Erzählgattung den Extremstil der Sage, die mit Todestrafe, Verwünschungen, Verwandlungen in Tiere und mit kollektivem Tod (sog. Untergangssage wie die berühmte Schweizer Sage von der Blümlisalp, DS 93) alles unnachgiebig verfolgt, was auf irgendeine Weise gegen christlich geprägte Wertvorstellungen verstoßen könnte. Dies läßt sich etwa festmachen an der Strafe für Entheiligung des Sonntags (DS 34, 229, 233), Brot- (DS 234-238, 241) oder Hostienfrevel (DS 356), aber auch an der unnachgiebigen Härte gegenüber Räubern und Dieben (DS 84, 134), hartherzigen Gutsherrn (DS 180, 345), Bischöfen (DS 242) oder Mönchen (DS 241).

Gleichzeitig sind die Erzählungen Aufhänger für außergewöhnliche Erlebnisse und für die Schilderung von Zauber- und Hexenkünsten wie Besenritt (DS 251) oder Liebeszauber (DS 115-121). Weitere Beispiele aus der reichen Palette der durch Magica- und Kuriositätenliteratur tradierten Glaubensvorstellungen bieten Sagen von Werwolfsverwandlungen (DS 214-216), unverwundbaren Männern (DS 255-256), über Glücksbringer wie Heckpfennig (DS 87), Springwurzel (DS 9, 571) oder Alraune (DS 84, 86). Eine weitere große Gruppe der Sagen ist der legendären Überlieferung zuzuordnen, Erzählungen also, in denen dem Heiligmäßigen eine besondere Rolle zukommt. Diese Texte finden sich sowohl im ersten als auch im zweiten Band, und dazu gehören so bekannte Legenden wie die vom Heiligen Bonifatius (DS 181-182, 291), Nikolaus (DS 134), von Notburga (DS 351), Remigius (DS 426-429), Wolfram (DS 452), Kunigunde (DS 482-483) oder die Spielmannslegende von der Volksheiligen Kümmernis (DS 330).

Ohne übertreiben zu wollen, läßt sich generell sagen, daß die Stoffe und Motivbereiche der Sagen des ersten Bandes die Vielfalt der neuzeitlichen Überlieferungen widerspiegeln, auch wenn mancher Text nicht aus dem Original, sondern nur aus einer sekundären Quelle geschöpft worden ist. Im ganzen fällt auf, daß der Umfang des zweiten Bandes der Erstausgabe (380 Seiten) und die Zahl der dort behandelten Sagen (223) zwar geringer sind als die des ersten Bandes (464 Seiten, 362 Texte), daß aber die Länge der Texte im zweiten Band ungleich höher ist. Dies hat vor allem damit zu tun, daß die Brüder Grimm auf die Wiedergabe fragmentarischer ›Natursagen‹ verzichteten, die nur eine dürre Information über den Zustand einer Felsformation oder ähnliches boten (z.B. DS 189-200), und daß ihre Vorlagen nicht selten Heldensagen, Volksbücher oder Romane waren, die zudem noch auf wenige Seiten komprimiert werden mußten. Erzähltechnisch hieß dies auch, daß die im ersten Band häufiger zu findende, auf Faktizität ausgerichtete Handlung nun vielfach novellistische Elemente (z.B. DS 412: Walter im Kloster) aufweist und mitunter auch eine Schilderung ins Epische, was wiederum mit den Inhalten der ›geschichtlichen‹ Sagen zu tun hat. Während im ersten Band nicht selten ein einziges übernatürliches Ereignis den Anlaß zur Wiedergabe der Sage geboten hatte, waren es nun bei den äußerst verwickelten Stoffen Ereignisse, die sich über mehrere Jahrzehnte oder Generationen oder über eine längere Zeitspanne hinzogen: hierbei ist etwa an die Schwanrittersagen zu denken (DS 539-545) oder an den Stoff von Heinrich dem Löwen (DS 526). Nicht wenige Themen des zweiten Bandes lassen sich als Stoffe international verbreiteter Wandersagen charakterisieren. So kennen wir die hier dem Minnesänger Reinmar von Brennenberg (DS 506) zugeschriebene Gruselgeschichte über die Bluttat eines eifersüchtigen Ehemannes, der einen Rivalen tötet und dessen Herz seiner nichtsahnenden Ehefrau vorsetzt, bereits ähnlich aus der antiken Literatur (Aischylos, Sophokles), dem um 1170 entstandenen »Tristanroman« des Thomas und aus mehreren Novellen unter anderem von Giovanni Boccaccio oder Giovanni Sercambi. Der Stoff von der sogenannten Glocke der Gerechtigkeit (DS 459), den die Brüder Grimm einer Schweizer Sammlung des 18. Jahrhunderts entnehmen, findet sich bereits in der »Weltchronik« des Jans Enikel und in den »Gesta Romanorum«, die beide literarisch ungemein nachwirkten. Erzählungen von unschuldig verfolgten Frauen wie der Genovefa (DS 538) und von Mehrlingsgeburten (DS 393, 411, 521, 540, 549, 577, 583-584) – im Zusammenhang mit der Entstehung von Adelsgeschlechtern – waren bevorzugte Themen in der literarischen Überlieferung der frühen Neuzeit.

Der zweite Band läßt das Gliederungsprinzip wesentlich deutlicher durchscheinen. Der Aufbau des Bandes ist an der Auswahl und Abfolge der Quellen gut zu erkennen. Einzig die letzten elf Sagen – darunter die weitverbreitete Sage über eine Kindsmörderin (DS 585: Die Gräfin von Orlamünde) und über den Bigamisten, dessen Doppelehe der Papst sanktioniert haben soll (DS 581: Der Graf von Gleichen) – fallen aus diesem Schema heraus: Es sind mehr oder minder Variationen bereits behandelter Stoffe und Motive. Der wunderbare Sprung in DS 579 und DS 580 begegnet bereits in DS 142 und DS 319-322, die Geburt mehrerer Kinder (DS 577, 583-584) unter anderem in der Sage von Aistulfs Geburt (DS 411) oder in der Gründungssage für die Klosterkirche Möllenbeck (DS 549). Das Anordnungsprinzip geht auch aus Jacobs handschriftlichen Eintragungen im Handexemplar hervor. So rechnete er DS 364-368 zu den Sagen aus germanischer Zeit, gotisch waren für ihn DS 369-387, lombardisch DS 388-412 und DS 446-449. Dann folgen Sagen aus sächsischer, merowingischer und karolingischer Zeit, hernach solche von ›deutschen Kaisern‹ (bis DS 496). Dieses im wesentlichen chronologische Prinzip in der Abfolge der Texte liegt auch den anderen Sagen zugrunde, wenn es um die ›sagenhafte‹ Geschichte einzelner Ethnien geht: Nach der Wiedergabe der Sagen über Bayern, Österreicher und Schweizer (DS 497-520) sowie Schwaben (DS 521-533) folgen in Verdun, Metz und dem Flamenland verortete (DS 536-545) »ausrassische« Sagen (DS 536-545), thüringische (DS 550-563) und hessisch-thüringische (DS 564-574).

Eine grobe Zuordnung der Texte zu den verschiedenen Quellenbereichen ergibt: Über 200 Texte sind der Chronikliteratur und anderen historischen Werken entnommen, etwa 125 Texte stammen aus der Kuriositätenliteratur und aus regionalen Landesbeschreibungen überwiegend des 17./18. Jahrhunderts, rund 50 Texte sind die komprimierte Fassung eines längeren Volksbuches, und bei circa 70 Texten oder Textabschnitten des ersten Bandes (von 363) und fünf Texten des zweiten Bandes (von 222) ist mit allen Vorbehalten über mehrere Vermittlungsinstanzen hinweg eine (teilweise) Herkunft aus mündlicher Überlieferung zu vermuten.

Die Definition dessen, was eine Sage sei, ist nicht so präzise wie in heutigen Gattungstypologien. Wie fließend die Terminologie zu Zeiten der Brüder Grimm und bei ihnen selbst war, geht daraus hervor, daß sie in ihrer seit etwa 1807 existierenden Stoff- und Motivdatei unter dem Stichwort »Tod des Helden« »Sagen vom Vogel Phönix« einordneten, unter »Prüfung der Königsbraut« die »Sage vom Aschenputtel« notierten, das französische Tierepos »Renard« in Beziehung zu den Kindermärchen setzten oder das Gruselmärchen

»Blaubart« als »Stütze alter Volkssage« ausgaben. Später notierte Wilhelm Grimm nach Erscheinen der »Kinder- und Hausmärchen« in der Sagen- und Märchen-Datei unter anderem: »aus den Märchen ist in die Sagen aufzunehmen« die in der ersten Auflage der »Kinder- und Hausmärchen« abgedruckte Geschichte »Wie Kinder Schlachtens mit einander gespielt haben« (Nr. 22, 1812) vom tödlichen Ausgang eines Kinderspiels und »Die Kinder in Hungersnoth« (Nr. 57, 1815), das später in einer wesentlich erweiterten Fassung als »Hänsel und Gretel«-Märchen bekannt wurde, doch blieb es bei der bloßen Absicht. Oder Jacob bezeichnete Vorformen des »Tapferen Schneiderleins« in der Sagen-Datei als »Sage von dem schlafenden Riesen, der die Schläge auf sein Haupt für vom Baum fallende Nüsse hält«.

Ein Blick in die von den Brüdern angegebenen Quellen läßt rasch erkennen, daß sie in ihrer Sammlung wie in den »Kinder- und Hausmärchen« ein buntes Allerlei von Texten vereinigt hatten. Ein Gesamtvergleich der Vorlagen und der Sagentexte macht deutlich, daß sie wie in den »Kinder- und Hausmärchen« alle Vorlagen einer je nach Einschätzung mehr oder weniger starken Bearbeitung unterzogen hatten. Als schriftliche Quellen insbesondere des zweiten Bandes dienten die Werke der Geschichtsschreiber, beginnend mit der »Germania« und den »Annalen« des Tacitus und fortgesetzt mit den Berichten der Historiker des 6.-10. Jahrhunderts: für die Geschichte der Goten Jordanes, der Franken Gregor von Tours, der Langobarden Paulus Diaconus und der Sachsen Widukind von Corvey. Überwiegend aus der Zeit des Spätmittelalters bis zur Neuzeit sind es dann die von Gottfried von Viterbo, Beda Venerabilis, Otto von Freising und anderen berichteten Überlieferungen, gefolgt von den chronikalisch angelegten Werken über einzelne deutsche Stämme oder Regionen: die Kölner Chronik, Johannes Aventins bayrische Chronik, die schwäbische Chronik des Martin Crusius, oder Johann Banges bzw. Johannes Becherers thüringische Chroniken bis hin zu den späten Kompilationen, etwa Thomas Lirers schwäbische Chronik von 1761 oder des J. Micraelius »Sechs Bücher vom alten Pommernlande« (1721). Und die Historien- und Chronikliteratur auch benachbarter Gebiete wurde ebenso herangezogen: etwa die »Historiae Francorum« des A. Duchesne (1636 ff.), Peterman Etterlins »Kronica von der löblichen Eidgnoschaft« (1507) in der von Johann Jakob Streng besorgten zweiten Auflage von 1764 oder Ottokar von Hornecks Chronik der österreichischen Geschichte in der von H. Pez verantworteten Ausgabe von 1745. Daneben steht der große Bereich von Vorlagen, die Ende des 18. und Anfang des 19. Jahrhunderts bei der Wiederentdeckung mittelalterlicher Dichtung und der Rückbesinnung auf eine gemeinsame deutsche Vergangenheit zutage gefördert und in Büschings »Wöchentlichen Nachrichten für die Freunde des Mittelalters«, in den »Altdeutschen Wäldern« und in vielen anderen literarischen Wochen- und Monatsmagazinen einer begierigen Leserschaft dargeboten und rezipiert wurden – gleichsam kompensatorisch für den instabilen politischen Zustand der deutschen Kleinstaaten und deren Niedergang. Es überrascht die Fülle ›sagenhafter‹ Berichte aus der sogenannten »Kaiserchronik«, den »Gesta Romanorum« und Nacherzählungen (zum Teil als Prosafassung) aus dem »Evangelienbuch« Otfrieds von Weißenburg, aus den Dichtungen Konrads von Würzburg, dem »Annolied«, dem Epos »Lohengrin« usw. Dabei wurden die versifizierten Fassungen in Prosafassungen umgewandelt, eine Technik, die in der jüngeren Romantik weit verbreitet war. An manchen Formulierungen läßt sich noch erkennen, daß ein Gedicht die Vorlage abgegeben hat (z.B. DS 472: Otto mit dem Bart). Für Heiligenviten und Kloster-/Kirchengründungssagen gab die hagiographische Literatur wie etwa die Werke Gregors des Großen oder Gregors von Tours oder Legendensammlungen wie die »Legenda aurea« die Vorlage ab; andere religiös bestimmte Themen und Stoffe entnahmen die Brüder Grimm der Mirakelliteratur (Petrus Canisius) oder der Predigt- und Exempelliteratur (A. Hondorff, J. Manlius, D. Schneider). Schier unerschöpflich sprudelte die Prodigien- und Kuriositätenliteratur des 16.–18. Jahrhunderts (vor allem J. Praetorius, E. Francisci, J.J. Bräuner) als Quelle. Und hier sind es dann auch die zahlreichen Landschaftsbeschreibungen und Abhandlungen über regionale Geschichte, etwa die »Ausführliche Beschreibung des Fichtel-Berges« (1716) von J.C. Pachelbel oder »Pforzheim's Kleine Chronik« (1792) von J.C. Gehres, die die Brüder Grimm ausgewertet haben. Der Anteil von in Reisebeschreibungen (besonders seit 2. Hälfte 18. Jahrhundert) eingeflochtenen Texten, die meistens ursprünglich als Bestandteil der Chronik- und Historienliteratur tradiert waren und nun als anekdotischer Bericht von Fremdenführern ausgegeben werden, ist nicht unerheblich – wie überhaupt der Anteil an Texten aus Kalendern, Zeitschriften und anderen Vermittlungsinstanzen oftmals zweiter Hand.

Die von den Brüdern Grimm seit etwa 1806 betriebene Sammeltätigkeit erstreckte sich demnach auf alle schriftlichen Zeugnisse und Hinweise, welche ihnen bei ihrem eingehenden Studium alles Gedruckten begegneten. Dies betraf sowohl die (nicht immer vollständige) Auswertung von Büchern, welche die Brüder Grimm in ihrer

Bibliothek besaßen, gezielt anschafften oder, seltener, von Freunden wie Brentano (DS 139) ausliehen, als auch die Notierung von Sagen und Sagenelementen, welche ihnen bei der regelmäßigen und aufwendigen Durchsicht zeitgenössischer Zeitungen und Zeitschriften vor Augen kamen. Etwa ein Viertel der »Deutschen Sagen« läßt sich auf das offenkundig kontinuierliche Studium von Zeitschriften, Kalendern und dergleichen sowie auf die Sichtung zeitgenössischer Sagensammlungen zurückführen, die den Brüdern den notwendigen Überblick über die Chronik- und Historienliteratur verschaffte und sie zur Nachsuche und dem Aufspüren von Querverbindungen inspirierte. Noch so mancher Zeitungsausriß befindet sich im Nachlaß. Die Brüder informierten sich unter anderem in der »Nationalzeitung der Deutschen« (DS 62), »Zeitung für die elegante Welt« (DS 170), im »Museum für altdeutsche Literatur und Kunst«, »Freimüthigen« (DS 109, 363), in der »Jenaischen Allgemeinen Literatur-Zeitung«, »Zeitung für Einsiedler« (DS 126, 127), in »Das Ausland«, den »Göttingischen gelehrten Anzeigen«, im »Gesellschafter oder Blättern für Geist und Herz« (DS 444, 572), »Morgenblatt für gebildete Stände« (DS 103, 192, 234), »Neuen Hannöverschen Magazin« (DS 132), in der »Badischen Wochenschrift (DS 96, 306, 307, 528) oder der »Wiener Litterarischen Zeitung« (DS 141).

Auf Reisen durch deutsche Städte und in benachbarte europäische Länder wie Frankreich und Österreich kamen weitere Texte zusammen, und es ist erstaunlich, wie gut sich die Brüder bei der Sammeltätigkeit ergänzten und immer wieder ihre Ergebnisse gleich einander brieflich mitteilten. Wilhelm etwa erwarb in Berlin unter anderem den »Simplicissimus« von Grimmelshausen (Vorlage für DS 59, 85, 86, 160), den er auf Anregung seines Bruders auswertete, oder Jacob kaufte während seines Aufenthalts in Paris 1815 Ausgaben z.B. des Gregor von Tours, Aimoin, Paulus Diaconus und teilte hernach Wilhelm mit, dies böte genügend Anlaß, »daß wir einen eigenen Band der manchen schönen deutschen Sagen daraus zusammentragen müssen« (Grimm, Jugendbriefe, 480).

Weitere Informationsquellen für die Brüder waren die bereits vorliegende Sagensammlung Otmars (1800), die »Volks-Sagen, Märchen und Legenden« (1812) des Breslauer Germanisten Johann Gustav Gottlieb Büsching (1783-1829), die »Volksmährchen und Sagen der Deutschen« Gottschalcks (1814) sowie Friedrich Ludwig Ferdinand von Dobenecks »Des deutschen Mittelalters Volksglauben und Heroensagen« (1815). Diese Sammlungen schätzten sie keineswegs gleichermaßen und sparten nicht mit Kritik, wie aus dem Vorwort und aus ihren Buchbesprechungen aus jener Zeit hervorgeht. Das aber hinderte sie überhaupt nicht daran, in vielen Fällen die gleichen Sagenstoffe wie die geschmähten Vorgänger auszuwählen. In nicht wenigen Fällen erweist sich ihre allgemeine Behauptung im Vorwort ihrer Sammlung, sie hätten von diesen Sagensammlungen nichts »angerührt«, als unzutreffend, da einige Formulierungen sehr wohl auf Büsching (vgl. etwa DS 263-265 mit den Büsching-Sagen), Dobeneck (DS 296, 297) und Gottschalck (DS 307, 317) zurückgehen, wie Vergleiche mit den Vorlagen und den Bearbeitungen erweisen. Allerdings dachten sich die Brüder Grimm für die Sagen neue Titel aus; nur in den seltensten Fällen übernahmen sie den Titel aus schon vorliegenden Sammlungen.

Gedruckte Sammlungen und ältere Literatur waren allerdings nicht die einzigen Informationsquellen. In weit stärkerem Maße als ihre Vorgänger hatten die Brüder bei der Veröffentlichung von Sagen auf mündliche Überlieferungen zurückgegriffen. So erscheint in etwa 15% der Sagenausgabe von 1816/18 unter den Quellenangaben der Zusatz »Mündlich«, vielfach mit dem Zusatz auf die Region (»aus Hessen«, »aus dem Odenwald«, »aus Deutschböhmen«). Doch ist die Beteuerung der Mündlichkeit nicht wörtlich zu verstehen, sondern wohl eher ein Zugeständnis an den Zeitgeist, da dem Volk als Überlieferungsträger bei den Brüdern Grimm und vielen ihrer Zeitgenossen eine hohe Bedeutung zukam. In Wahrheit waren die Sagen, wie aus den noch vorhandenen Briefwechseln hervorgeht, den Brüdern schriftlich mitgeteilt worden, kaum unter Bezug auf eine ›Gewährsperson‹, manchmal jedoch unter Hinweis auf eine andere schriftliche Vorlage oder mit der Beteuerung, diese Sage sei noch heute in jener Gegend zu hören.

Die Informanten kamen in den meisten Fällen aus dem Verwandten- oder Freundeskreis. Dem Bruder Ferdinand Philipp Grimm (1788-1845), der später auch einige Sagensammlungen veröffentlichte, dankten Jacob und Wilhelm sogar ausdrücklich für seine Mithilfe bei der Materialsuche (im Vorwort zum ersten Band). Was er aber beigesteuert hat, wissen wir nicht. Ferdinand selbst hatte 1813 den Brüdern über seine Sammeltätigkeit geschrieben:

»Ich gehe täglich auf die Bibl. u. sammle für euch an Sagen, die mich interessiren besonders die Zwergsagen. Meine Sammlung besteht schon ohne die, die ich mündlich gesammelt habe, über [!] 84 Volkssagen die Otmar u. Büsching nicht haben; u. wenn ich sie euch einmal gebe, soll mich freuen, wenn ihr die meisten wenigstens auch nicht habt. [...] Es wäre mir lieb, wenn ich so eine Uebersicht der eurigen

Volkssagen haben konnte [!]; oder vielleicht einige derj. Schriften wo du am meisten herausgezogen hast.« (zitiert nach Bluhm/Hölter 1989, 269).

Beiträger waren unter anderem auch der Privatgelehrte und Philosoph Friedrich Wilhelm Carové (1789-1852), der damalige Student August von Haxthausen (1792-1866) aus westfälischem Adelsgeschlecht, dessen Schwester Ludowine (1795-1872), die Verwandte Maria Anna (=Jenny) von Droste-Hülshoff (1795-1859) sowie der Schulfreund und Friedensrichter Paul Wigand (1786-1866) aus Höxter. Es fällt auf, daß nicht selten die gleiche Person auch als Informant bzw. Informantin für Märchentexte genannt wird. Selbst unter Zuhilfenahme der nachgelassenen Briefe und Schriften ist jedoch nicht immer im einzelnen erkennbar, wer die Beiträge geliefert hat und ob sie nun tatsächlich aus mündlicher Überlieferung stammten oder ob nicht einer der Beiträger die geschilderte Begebenheit in einem Buch vorgefunden hatte, dies den Brüdern mitteilte und versicherte, solches habe er noch aus mündlicher Überlieferung gehört. Nur bei DS 454 erfahren wir von den Brüdern Grimm, daß diese Sage von Wittekinds Flucht »Mündlich vom Freiherrn Hans von Hammerstein mitgeteilt« sei. Der General und Diplomat Hans von Hammerstein-Equord (1771-1841) hatte sie den Brüdern Grimm brieflich unter dem Hinweis mitgeteilt, dies habe ihm der Bauer Stickfurth (84 Jahre alt) am 29.4.1817 erzählt (vgl. Erfurth 1938, 49-55). Andere Informationen aus Briefen wurden gleich in das Handexemplar der DS eingearbeitet wie z.B. die Mitteilung des Korrespondenzpartners August Heinrich Hoffmann von Fallersleben, unweit Braunschweig gebe es auch eine Sage über die Roggenmuhme (DS 90), nur nenne man sie dort »Kornwif« (Erfurth 1938, 60).

Immer wieder versuchen die Brüder, ihre zahlreichen Korrespondenzpartner und -partnerinnen zur Mitarbeit an den Sagen zu bewegen. Geradezu typisch sind die ständigen Ermahnungen und freundlichen Bitten an die Briefpartner, Sagen zu sammeln. Ein typisches Beispiel, wie mühevoll derartige Unternehmungen abliefen, erhellt aus dem Briefwechsel (1815) mit dem Schulfreund Paul Wigand, der an Wilhelm schreibt, er habe nichts gefunden: »Schriftlich hatte ich einige Leute aufgefordert; was sie eingesandt, ist wenig, aber schlecht, horrendes Zeug! [...] einer, den ich mündlich aufs gründlichste instruiert zu haben glaubte, schickt mir das unbedeutendste Zeug in solchem hochtrabenden, verrückten Styl, daß es zum Kranklachen war« (Erfurth 1938, 64 f.).

Die Bemühungen um die Zusendung von Texten oder Hinweise

auf eine noch auszuwertende Quelle waren jedoch offenbar selten von Erfolg gekrönt. Und berief sich ein Sagenherausgeber einmal auf die Mündlichkeit der von ihm zusammengetragenen Texte, dann erfuhr er von den Konkurrenten Kritik. So ließ Wilhelm (Grimm, Kl.re Schriften, Bd. 2, 234) in einer anonym erschienenen kleinen Besprechung von Frau Holle-Erzählungen (1819) durchblicken, wie wenig Glauben er der Versicherung des Karl Christoph Schmieder (Verfasser des Vorberichts) schenkte, wenn jener versicherte, er habe die Erzählungen »theils auf dem Berge, theils in den Orten umher« gesammelt. Er, Wilhelm, sei »auf dem bekannten merkwürdigen Meisnergebirge selbst gewesen und hat sich sorgfältig so wie in den umliegenden Dörfern nach vorhandenen Volkssagen erkundigt, aber keine erfragen noch durch andere bemüht gewesene Reisende erfahren können, das Wenige abgerechnet, was man (aber fast in ganz Hessen und Thüringen) von Frau Holle zu erzählen weiss und das in vielen Büchern gedruckt steht«. Und zum Schluß der Rezension wiederholt Wilhelm denn noch die Bitte nach Mitteilung von Erzählungen: »Wer baare, unverfälschte Volkssagen dieser Gegend (wo sie gewiss vor Zeiten geblüht haben) noch ausspüren könnte und mittheilen wollte, darf des Dankes der Kenner und Liebhaber des vaterländischen Alterthums gewiss sein.«

»Aus mündlicher Erzählung« und andere Wendungen finden sich als Angaben auch zu manchen der auf schriftlicher Tradition beruhender Sagen. Diese Feststellung der Brüder bezieht sich auf den häufig von Praetorius oder anderen den klassischen Vorbildern aus der Exempelliteratur nachgebildeten Topos von der Berufung auf einen Zeugen, was den Anspruch auf Authentizität untermauern sollte. So wird in DS 49, 65, 66 z.B. eine alte Wehmutter als Quelle der Begebenheit bemüht, oder im »Abentheuerlichen Glücks-Topf« des Vielschreibers Johannes Praetorius, der Vorlage zu DS 64, ist zu lesen: »Ich habe es von einem Müller, einem feinen und glaubwürdigen Manne, daß dieses sich bey ihme auff seiner Wanderschafft zugetragen habe.« Ein gutes Beispiel für die Tatsache, daß die Angabe »Mündlich aus Wien« (Ausgabe 1816/18) oder ähnliche Formulierungen hinterfragt werden müssen, bietet die Sage zum Altar von Seefeld (DS 356). Gemeint sein kann hier nur der mündliche Hinweis auf die hernach angeführte Quelle von 1580 bzw. 1603, auf die Jacob möglicherweise während seines Wien-Besuchs aufmerksam gemacht wurde. Von Mündlichkeit läßt DS 356 jedoch nichts erkennen. Sondern die Anlage der Sage mit der Zielrichtung einer Gründungslegende und unter Auslassung allzu mirakulöser Beigaben der Vorlage – selbst der Titel ist bewußt um die »hochheiligsten« Elemente gekürzt, die nicht in das Weltbild der protestantischen Brüder paßten – zeigt deutlich die Handschrift der Brüder. Ihre Vorlage, die zugleich auch allgemein die Hauptquelle ist, ist der erstmals 1580 erschienene Bericht des Jesuiten Petrus Canisius (1521-97). Aus dieser »wahrhafften und gewißen Historia«, so der Untertitel, schälen sie den Kern der Sage heraus und reduzieren die zum Teil ungemein langatmigen und mit allgemeinen Belehrungen versehenen 98 Seiten der Vorlage auf knapp eine Druckseite: fürwahr eine nicht zu unterschätzende Leistung, wenn man zudem bedenkt, daß dabei auch die Reihenfolge noch so geändert wurde, daß zunächst der Anlaß für die Entstehung des Hostienfrevels als auch der Grund für die Erklärung des Altars deutlich werden. Erst dann folgt die bekannte Zweiglegende, die hier mit dem Schicksal der Frau verknüpft ist.

Verschiedene Aufrufe zum Sammeln volkstümlicher Überlieferungen, von denen das 1815/16 in etwa 360 Exemplaren verschickte »Circular wegen Aufsammlung der Volkspoesie« (Ziel: »alles, was unter dem gemeinen deutschen Landvolke von Lied und Sage vorhanden ist, zu retten und zu sammeln«) am bekanntesten geworden ist, finden nur geringen Widerhall. Zwar befinden sich einige daraufhin eingegangene Sagen und Märchen im Nachlaß der Brüder, aber für die »Deutschen Sagen« hat sich aus diesen Aufrufen offenbar nichts Konkretes ergeben. Bemerkenswert ist jedenfalls im ganzen, daß die Sagen nicht direkt von dem vielbeschworenen gemeinen Mann oder dem Volk stammten, die als Zeugen für Glaubwürdigkeit herhalten mußten (z.B. DS 79, 105). Sondern in nahezu allen Fällen kamen den Brüdern die Texte über Mittelsmänner zu, die ausnahmslos aus sozial gutgesicherten Verhältnissen stammten und in der Regel akademisch vorgebildet waren. Sie hatten bereits die von ihnen notierten Texte sprachlich und auch inhaltlich gefiltert, was um so näher lag, als nicht wenige der Korrespondenzpartner sich auch literarisch betätigten. Eine weitere, z.T. kräftige sprachliche Überarbeitung erfuhren die brieflich mitgeteilten Texte danach von den Brüdern Grimm, und es ist gut vorstellbar und aufgrund von Textvergleichen nachzuvollziehen, wie auf diese Weise die ursprünglichen Funktionen und Intentionen der Texte unkenntlich werden oder ins Gegenteil verdreht erscheinen.

Hinzu kam, daß den Brüdern Grimm gar nicht daran gelegen war, die Sagen individuellen Überlieferungsträgern zuzuordnen. Denn schließlich hatte der starke romantische Einfluß von dem Wesen der Volkspoesie dazu geführt, den Sagen möglichst die Individualität abzusprechen und deren Inhalte als kollektive Überlieferung erscheinen zu lassen. Dieser Trend zeigt sich besonders in solchen Formulierungen wie »der gemeinen Sage nach«, »Die Sage erzählt« oder »Nach einer alten Volkssage«, die so oder ähnlich in viele Sagen eingestreut sind (z.B. DS 4, 16, 30, 34, 61, 86, 115, 143, 208). Aber wer ist das Volk?

Bei Übernahmen aus Reisebeschreibungen haben Nachprüfungen der ›Gewährsleute‹ ergeben, daß es sich bei den Geschichten um die von Reiseführern beliebten kleinen Anekdoten handelt, die Touristen bei der Besichtigung von Denkmälern, Burgen und anderen Sehenswürdigkeiten zur Unterhaltung und vor allem als möglichst rational scheinende Erklärungen zur Existenz dieser Bauwerke oder entsprechender Überreste geboten werden, ohne daß jemals das Bedürfnis der Zuhörer geschweige denn der Erzähler vorhanden wäre, den Wahrheitsgehalt zu überprüfen (vgl. auch Schenda 1985 b). Wichtig erscheint nur eine wahrhaftig klingende Erklärung, wenn historische Ereignisse nicht anzuführen waren: So geschieht es auch heute noch, daß etwa Besucher der Stadt Hameln glaubhaft, manchmal mit erzählerischer Distanz, versichert wird, die Rattenfängersage bestehe seit dem 13. Jahrhundert, obwohl schriftliche Bezeugungen der Sage erst seit Mitte des 16. Jahrhunderts vorliegen, oder Besucher des hessischen Frau Holle-Teichs erfahren von ihrer Reiseleitung, der Name rühre seit alters von dem weiblichen Wassergeist, der dort seinen Sitz gehabt habe...

Wer die Erstausgabe der »Deutschen Sagen« in die Hand nimmt, ist überrascht von der Mannigfaltigkeit der dort unmittelbar nach dem Sagentitel folgenden Quellen- bzw. Herkunftsangaben – ein schon in Herders »Volksliedern« und in Arnim/Brentanos »Des Knaben Wunderhorn« gängiges Verfahren. Die Angaben erwecken den Anschein, als hätten die Brüder alle Quellen eingesehen, sie für die dann folgende Sage herangezogen und zur Grundlage ihres Textes gemacht. Doch ist vielfach schon herausgestellt worden, daß die breite Quellenkenntnis nur vorgetäuscht war. In vielen Fällen waren die Quellen gar nicht durch Autopsie geprüft worden (was Jacob zwar angestrebt hatte, aber offenbar nicht durchhalten konnte), sondern die Angaben basierten, wie schon betont, häufig auf zufälligen Funden. Bei der Rattenfängersage (DS 245) entnahmen die Brüder ihre Hinweise auf ältere Texte einer einzigen Quelle, ohne deren Vorlagen nachgeprüft zu haben. Während die von ihnen eingesehenen chronikalischen Werke ohne größere Unkorrektheiten notiert sind, häufen sich ungenaue und oftmals fehlerhafte Angaben bei der von ihnen auch öfters benutzten

Reiseliteratur. Wie sehr sie ihnen auch suspekt erschienen sein muß, so sehr haben sie doch öfter auf Reisebeschreibungen (z.B. DS 130, 194; indirekt: DS 92) zurückgegriffen, dann aber recht konsequent bei den Angaben ihrer Vorlagen diesen Quellenbereich verschleiert und ungenau zitiert. Und ebenso verfuhren sie bei der Übernahme von Produkten aus der Schauerromantik, wenn sie die Werke eines Kristian Heinrich Spieß (DS 32, 152, 158, 223, 230) nur ungenau vermerkten oder der Glaubwürdigkeit halber hinzusetzten: »aus der Volkssage« (DS 230). Offenbar wollten sie die wissenschaftlich angestrebte Seriosität der Quellen von argwöhnischen Zeitgenossen nicht in Frage gestellt wissen. Es ist jedenfalls augenfällig, wie ungenau gerade diese Titel als Nachweise erscheinen, wenn wir an einige der für Schweizer Sagen genannte Quellen denken oder etwa an die sogenannte »Quedlinburger Sammlung«, hinter der sich der »Unentbehrliche Führer für Harzreisende« von 1809 verbarg.

Die Heterogenität der Quellen spiegelt sich ebenso in der Art der sprachlichen und inhaltlichen Bearbeitung. So kam den älteren Berichten – das heißt den benutzten Quellen aus der Antike und der Zeit bis ins 17. Jahrhundert hinein – nach Auffassung der Brüder Grimm ein hoher dokumentarischer Wert zu. Dies läßt sich rasch feststellen, wenn man die entsprechenden Sagentexte mit den Vorlagen aus der »Kaiserchronik« oder mit denen aus den Geschichtswerken eines Tacitus oder eines Gregor von Tours vergleicht. Diese Vorlagen (z.T. übersetzt) wurden häufig nur geringfügig sprachlich bearbeitet. Allerdings ist diese Art der Darbietung, die besonders in Texten mit historisierender Tendenz begegnet, nicht durchgängig zu beobachten. Es gibt auch andere Beispiele, die durch die Herauslösung aus einem anderen Kontext und durch unkritische Wiedergabe, verstärkt durch eine konstruierte Faktizität, als eine tendenziöse Berichterstattung gewertet werden kann. Zu denken ist hierbei etwa an DS 353, die unter dem Titel »Der Judenstein« die völlig unbewiesene und von der katholischen Kirche geförderte Ritualmordlegende des Anderl aus dem oberhalb Innsbruck gelegenen Dorfe Rinn so wiedergibt, als habe sich dieser Vorfall tatsächlich in der geschilderten Weise abgespielt. Doch kam es für den Verfasser des hagiographisch gefärbten Berichts, den Jesuiten Jacob Schmid, primär darauf an, die Heiligmäßigkeit auch sozial niedrig stehender Stände zu erweisen und insbesondere das ethnische Stereotyp des dem Christentum feindlichen Juden erneut durch ein Beispiel zu demonstrieren, was seine Darstellung mithin äußerst problematisch machte. Daß die Brüder Grimm ausschließlich aus der ausführlichen Darstellung des Jesuiten zitieren und die vermeintlichen Fakten unkritisch übernehmen, wirft ein bezeichnendes Licht auf die Arbeitsweise und Mentalität der Brüder Grimm, weil der zugrundeliegende Antisemitismus hier wie auch in DS 354: »Das von den Juden getötete Mägdlein« offen zutage tritt.

Bei den aus der Kuriositätenliteratur des 16.-18. Jahrhunderts (ursprünglich unterhaltsam dargebotenen, jedoch mit deutlichen Kommentaren versehenen Texten unterschiedlicher Materien für ein wissenshungriges Publikum) entlehnten Texten gibt es ebenfalls sehr heterogene Bearbeitungstendenzen. Exemplarisch erhellt dies aus einem Vergleich der Grimm-Texte mit dem Original der von Johann Jacob Bräuner 1737 herausgegebenen »Physicalisch= und Historisch= Erörterten Curiositaeten« (21mal Vorlage für die DS). Bräuner kompiliert unter Angabe des jeweiligen Autors recht wortgetreu und läßt schon durch die Diktion (öfter Gebrauch des Konjunktivs, indirekte Rede) eine Distanz zum Berichteten erkennen und macht deutlich, welchen Wahrheitsgehalt er der Geschichte jeweils zumißt. Darüber hinaus kommentiert er die einzelnen Kapitel seiner Kuriositätensammlung einleitend oder zusätzlich am Schluß, nicht selten auch ergänzend im Zusammenhang mit dem Berichteten, und streut seine Warnungen vor abergläubischen Vorstellungen, seine Unterweisungen und wohlmeinenden Ratschläge ein. Vielfach sucht er die Ursache übernatürlicher Erscheinungen und Ereignisse zu entmythisieren und/oder mit Hilfe medizinischer auctoritates zu erklären, wenn es um das Alpdrücken geht oder darum, was außer einem Wassergeist den plötzlichen Tod eines Schwimmers hervorgerufen haben könnte (DS 54). Während Bräuner auf diese Weise dazu beiträgt, die von ihm zitierten Quellen des 16. bis frühen 18. Jahrhunderts von allzuviel Spekulation und Mystizismen zu befreien selbst wenn die Distanz zum Erzählen nicht immer deutlich hervortritt, erscheinen die konstruierten und rekonstruierten ›Sagen‹ der Brüder Grimm dagegen als ein Sammelsurium von Geschichten: konzentriert unter Auslassung wesentlicher Einleitungs- und Schlußpassagen auf Faktisches, als habe sich das ›Gesagte‹ so vor langer Zeit abgespielt, und herausgelöst aus dem geistigen Kontext der jeweiligen Kompilation (die wiederum verschiedene Zielsetzungen und Zeitströmungen vereinigen konnte). Sämtliche subjektive Stellungnahmen sind ausgespart, dies gilt für Bräunersche Polemik, Argumente, gar Besserwisserei oder ›Unterweisung‹ (nur einmal wird in DS 81 Johannes Praetorius als Autorität zitiert). Das dabei allgemein zu konstatierende Bestreben zur Erzähllogik und zur Erhöhung der Glaubwürdigkeit durch stringenten Gebrauch des Indikativs und formelhafter Einschübe wie auch durch

Reduktion von Einleitungs-, Überleitungs- und Schlußpassagen führt zu einer Re-Mythisierung der Inhalte. Diese Bearbeitungsprinzipien sind durchgängig erkennbar und ohne weiteres auf das Gesamtkorpus der Sagen zu übertragen. Keineswegs ist, wie öfter behauptet wurde, davon auszugehen, daß die Brüder Grimm »eine poetische Vorlage in eine ziemlich papierene Prosafassung umgewandelt« (L. Röhrich in Röhrich/Lindig 1989, 52) hätten oder daß ihre Sagenbearbeitungen durchwegs »spröde, fast kanzleimäßig« (H. Rölleke in Hoffmann/Rölleke 1979, 16) gefaßt seien. Nahezu alle Bearbeitungsgrade können allein schon bei der Adaptation Bräunerscher Texte festgestellt werden: von fast wörtlicher Übernahme über leichte sprachliche Bearbeitung bis hin zu starken Eingriffen und Ergänzungen, die nur noch der Struktur nach auf die Vorlage hindeuten. Es entfallen a l l e von den Autoren irgendwie geäußerten Zweifel hinsichtlich der Glaubwürdigkeit des von ihnen Berichteten (z.B. DS 60, 81, 115) oder auch Bewertungen. Dazu gehört, daß denkbare medizinische Ursachen (DS 181) oder rationale Erklärungen (DS 61) nicht wiederholt werden. Dies trifft auch für jegliche Moralisation (DS 82, 83) oder die in den Vorlagen zu findenden Ermahnungen an Gottes Macht und Wirken zu.

Kernpunkt aller sprachlichen und inhaltlichen Bearbeitungen der Vorlagen ist die Absicht, den Text nicht als Fiktion erscheinen zu lassen, das heißt, daß die Brüder Grimm bestrebt sind, die Texte auf Faktizität zurechtzuzimmern und – ausgehend von einer allgemeinen Feststellung – das jeweilig Besondere zu schildern. Dazu gehört die Änderung der Modi der Vorlagen: Vom Konjunktiv wird in den Indikativ gewechselt (DS 81, 116, 259, 534). Den Brüdern Grimm umständlich vorkommende Texte haben sie durch Umstellung von Satzteilen und eine straffere Schilderung des Berichteten (DS 81, 84) präzisiert, manchmal auch mit kleineren Wendungen, um die Anschaulichkeit zu erhöhen (DS 84). Nur selten findet sich die Neigung zur Dramatisierung (DS 128, 177). Dialektfassungen sind nicht so häufig wie in den »Kinder- und Hausmärchen«. Niederdeutsches begegnet z.B. in DS 157, 226 und 284, einzelne Ausdrücke, Sätze oder auch Verse dagegen jedoch häufiger (DS 76, 83), wenn es etwa in DS 245 als Erinnerung an den Rattenfänger am Rathaus heißt: »Im Jahr 1284 na Christi gebort/ to Hamel worden uthgevort/ hundert und dreißig Kinder dasülvest geborn/ dorch einen Piper under den Köppen verlorn.«

Fremdsprachige Wörter oder Begriffe der Vorlagen werden konsequent eingedeutscht, und dieses auch für alle seit 1819 erscheinenden

Ausgaben der »Kinder- und Hausmärchen« zu beobachtende Prinzip läßt die Vorliebe der beiden Sammler zur Reinheit der deutschen Sprache von allem Fremdsprachigen erkennen: z.B. DS 177: »Laquay«: »Hofdiener«, 185: »Ruine«: »Trümmer«, 256: »Commando-Stab«: »Befehlshaberstab«, 318: »ovalrund«: »eirund«, 320: »Prinzessin«: »Königstochter«, 577: »spazieren«: »wandeln«. Nebensätze haben sie oft in Gliedsätze umgewandelt, also Parataxe statt Hypotaxe (DS 119). ›Anstößige‹ Schilderungen, Wendungen oder einzelne Begriffe werden purifiziert (z.B. DS 84, 535). So heißt es bei DS 580, Hermann von Treffurt habe »viel ehrbare Frauen und Jungfrauen um ihre Ehre gebracht«, während Johannes Becherer in seiner »Thüringischen Chronik« von 1601 noch davon sprach, jener habe sie »geschändet« (DS 334: »tötete sie alle drei«, dagegen Falckenstein 1738: »der ihnen allen die Hälse umgedrehet«). Eine der wenigen Ausnahmen ist die Verwendung eines lateinischen und nicht übersetzten bzw. paraphrasierten Zitats (»aut sperma in terram effundit«) in der Alraunsage (DS 84), das ganz gegen die sonst von den Brüdern Grimm geübte Praxis der Eindeutschung und der Vermeidung ›fremdländisch‹ klingender Wörter im Text aufscheint und in den Vorlagen (auch in der lateinisch abgefaßten Dissertation Gottfried Christian Roths von 1737 zum Thema nicht) keine Parallele hat. In der Vorlage Bräuner (und auch in älteren Vorlagen) heißt es ohne Schnörkel über die unter dem Galgen wachsende Wurzel: sie sei »aus dem Saamen oder Urin, der von den erhenckten Dieben herunter trieffe«. Aus dem heruntertriefenden »Urin« wird purifizierend »Wasserlassen« und aus dem Samen eine neutral klingende Übersetzung ins Lateinische. Der Grund für das lateinische Zitat an dieser Stelle wird nun deutlicher und läßt auf eine prüde Geisteshaltung der Brüder schließen, weil sie offenbar eine Aversion gegen alles Sexuelle empfanden und eine Enterotisierung der Texte anstrebten, was auch für die »Kinder- und Hausmärchen« der Brüder gilt, wie etwa das Beispiel des »Rapunzel«-Märchens (KHM 12) erkennen läßt, das seit der 2. Auflage (1819) seiner zarten erotischen Andeutungen beraubt ist.

Jegliche erzählerische Distanz, die bis ins 19. Jahrhundert bei den meisten Autoren mehr oder weniger ausgeprägt ist, lassen die Brüder Grimm vermissen (z.B. DS 2, 37, 60, 81, 119). Persönliche Bewertungen der Vorlagen haben sie konsequent eliminiert. In der Vorlage zu DS 7 z.B. heißt es: »Das sind nun freylich solche Historichen [im Sinn: unglaubwürdige Geschichten], welche die Bauern auf denen Bier-Bäncken in der Schencke, oder die Mägde beym Spinne-Rocken einander erzehlen« (J. Praetorius). Die Vorlage für DS 12 kommentiert abschließend die Erscheinung der Schloßjungfrau, einer badenden Wiedergängerin: »Dieses Weibes Bild wollen einige gar genau gesehen und betrachtet haben, welches man aber dahin gestellet seyn lässet, und sind viele, welche alles, was davon erzehlet wird, für Fabeln halten.« Chronikalische Berichte dagegen lassen die Brüder zumeist in ihrer Diktion (Wilhelm über Aventins Chronik: sein Werk ist »treue Abschrift und Zusammenstellung alter Chroniken«, Kl.re Schriften, Bd. 1, 98)), ändern nur Kleinigkeiten, und diese Wiedergabe gilt auch für Sagen, deren Inhalte von Autoritäten wie Martin Luther (DS 95) übernommen wurden. Andere Texte dagegen werden nur als Handlungsgerüst benutzt und sprachlich völlig neu gefaßt. Sehr häufig findet sich auch die Montagetechnik, indem verschiedene Vorlagen zu einem neuen Text verschmolzen werden (z.B. DS 2, 37, 60, 61, 81, 115), was sich als Bearbeitungsprinzip ebenfalls häufig in den »Kinder- und Hausmärchen« der Brüder Grimm beobachten läßt. Das Kontaminationsprinzip hat seine geistigen Wurzeln in der Vorstellung, daß aus älterer Zeit nur Fragmentarisches überliefert sei, das zum allgemeinen Verständnis wieder zusammengefügt werden müsse.

Es geht daher nicht um eine wörtliche Übernahme von Erzähltem aus alter Zeit, sondern um eine neue Bewertung des zuvor im Zeitalter der Aufklärung oftmals abgetanen Sagen- und Glaubensgutes, das durch die Brüder Grimm aus dem ursprünglichen Kontext herausgelöst und als mythologische Erinnerung an die ›Vorzeit‹ (DS 75, 76), d.h. stets die germanische Vorzeit, dargeboten wurde. Es interessierte nun nicht mehr die in den Quellen zu findende sorgfältige Wertung der älteren literarischen Zeugnisse, sondern der Schwerpunkt bei der Adaptation der Vorlagen ist eindeutig im motivlichen Teil angesiedelt: Bezeichnend ist, daß die Brüder offenbar alle von ihnen eingesehenen Titel systematisch nach allem durchsahen, was irgendwie wie eine Erzählung aussah. Selbst in die Fußnote Verbanntes, das zweifellos nur marginalen Charakter haben und auch nur zur Abrundung der Dokumentation, nicht selten mit skeptischem Einwand, zitiert war (DS 290, 317), übernehmen die Brüder Grimm aus umfangreichen Abhandlungen, geben diesem entlegen Berichteten durch Aufnahme als ›historische‹ Sage eine andere Gewichtung, so daß sogar ein ›Gerücht‹ ins Zentrum der Sage rückt (z.B. DS 511). Ein Beispiel für eine umsichtige Arbeitsweise der Brüder Grimm, aus einem umfangreichen Werk über die Geschichte der Stadt Heidelberg auch Entlegenes in einer Information zu bündeln, das zudem noch an unterschiedlichen Stellen abgedruckt war, bietet DS 139 über die vermeintliche Entstehung des Namens Jettenhügel zu Heidelberg. Doch selbst dieser Sagentext aus dem »Schau-Platz der alten berühmten Stadt Heydelberg« des Pfarrers Johann Peter Kayser zeigt beim Vergleich mit der Vorlage, daß uns die Brüder Grimm die von Kayser betonte Distanz zum Berichteten verschwiegen haben, da eine solche Haltung nicht zu dem von ihnen forcierten historischen Gepräge der Sage paßte.

Daß ein solches Vorgehen im Widerspruch zu der im Vorwort zu den »Deutschen Sagen« vielbeschworenen »Treue und Wahrheit« stehen muß und einer subjektiven Bearbeitungsweise Tür und Tor geöffnet sind, liegt auf der Hand. Die später zum Topos werdende Beteuerung ist auch nur als eine Schutzbehauptung zu werten. Die Brüder Grimm entnahmen der älteren Literatur somit nicht wörtlich die Stoffe für ihre »Sagen«, sondern sie interpretierten das Material neu – teilweise radikal. Hatten die Kompilatoren des 16.–18. Jahrhunderts, die zeitlich auch die Hauptquelle für die Brüder Grimm bildeten, alle jeweils erreichbaren Berichte über ein historisches Ereignis, etwas Glaubwürdiges oder über in der Natur zu findende Besonderheiten rationalistisch kommentiert und gewissermaßen entmythologisiert, so stellt die im wesentlichen von Jacob Grimm vertretene Einstellung von der Aufwertung des zuvor oftmals abgetanen Glaubens- und Sagengutes zu dieser Entwicklung einen Rückschritt dar. Die Brüder Grimm erweckten die von den aufklärerischen Wissenschaftlern zum Aberglauben ungebildeter Kreise erklärten Materien aus ihrem Dämmerschlaf und gaben sie als mythologische Reminiszenz und als das einzige und eigentliche Wissen über die Vorzeit aus, dem durch die Überhöhung ins Göttliche noch mehr Bedeutung zukam als dem eigentlich Historischen. Welche Bedeutung Jacob den älteren literarischen Zeugnissen zumaß, wird am ehesten in der Vorrede zur 1835 erschienenen »Deutschen Mythologie« deutlich: »aller sage grund ist nun mythus, d.h. götterglaube, wie er von volk zu volk in unendlicher abstufung wurzelt: ein viel allgemeineres, unstäteres element als das historische.«

Sorglos und unbekümmert um den akademischen Wissensstand und zeitgenössischen Kontext haben die Brüder die Quellen ihrer Texte ›ausgeschlachtet‹. Wie auch viele ihrer Vorgänger sind sie keine Meister des genauen Zitierens. Ein Vergleich mit der Erstausgabe und den jetzt ermittelten Quellen zeigt, daß die Brüder Grimm gar nicht einmal selten vergaßen, Seitenzahlen zu den von ihnen benutzten Quellen zu ergänzen (DS 84, 156, 328, 569), ungenaue (nicht selten falsche) Angaben machten (DS 101, 123, 127, 271, 539), Quellen verschwiegen (DS 233) oder in vielen Fällen die von ihnen zitierte

Quelle gar nicht eingesehen hatten (z.B. DS 84, 119). Bei DS 177 z.B. geben sie als Belege Francisci und Bräuner an, was auch in diesem Fall stimmt, weil sie den Text nach Francisci und Bräuner wiedergeben. Doch bei der Prüfung der Originaltexte stellt sich heraus, daß Bräuner seine Angaben zu diesem Text ausschließlich Francisci verdankt, also diesen erneut bearbeitet hatte: Beider Bearbeitungen sind dann einer erneuten sprachlichen Glättung durch die Brüder Grimm unterworfen. Außerdem macht dieses Verfahren deutlich, daß es den Brüdern Grimm bei ihrer recht unsystematischen Sammeltätigkeit – wie schon eine Durchsicht der von den Brüdern benutzten Werke eines Scheuchzer, Bräuner, Francisci oder Praetorius zeigt – und bei ihrem häufig zufälligen Exzerpieren (z.B. DS 119, 256, 259) gar nicht darauf angekommen war, die ältesten Belege für den jeweiligen Text durch Autopsie zu erheben. Wäre es so, dann hätten sie wie bei DS 84, 534 die dort genannten Texte alle einsehen und erst danach den ältesten Text auswählen müssen. Oft findet sich unter den Quellen als frühester Beleg eine Angabe aus dem 16. Jahrhundert. Bei der Tänzersage (DS 232) reicht die Überlieferung jedoch bis ins 11. Jahrhundert zurück. Oder DS 581, die Sage vom Grafen von Gleichen, begegnet erstmals im 16. Jahrhundert, doch nennen die Brüder Grimm Quellenangaben des 17. Jahrhunderts. Die Sage von den Weibern von Weinsberg (DS 493) ist seit dem 12. Jahrhundert bekannt, die Brüder Grimm zitieren die »Cölner Chronik« von 1499. DS 241 erzählt von Brot, das zu Stein geworden sei, und die Brüder Grimm beziehen sich auf Quellen des 17. und 18. Jahrhunderts, doch läßt sich die Geschichte von der durch Gott gestraften Hartherzigkeit schon Mitte des 16. Jahrhunderts bei dem lutherischen Prodigienspezialisten Jobus Fincel und später bei dem protestantischen Exempelkompilator Andreas Hondorff (1595) nachweisen.

In den Vorlagen zu bestimmten Themen zusammengefaßte und längere Zeit zusammenhängend überlieferte Berichte haben die Brüder Grimm außerdem aus unverständlichen Gründen auseinandergerissen, obwohl sie thematisch eng verbunden sind (DS 177 und DS 279, DS 14 und DS 169, bei DS 2, 37, 35, 68, 81, 248, 249). Andererseits faßten sie verschiedene und zeitlich auseinanderliegende Versionen zusammen und boten die Texte hintereinander dar. Dies ist z.B. der Fall bei der Sage über die versunkene Stadt Stavoren (DS 238, 239) oder bei den Schwanritterfassungen (DS 540-545), die auf eine ursprünglich als Roman seit Anfang des 14. Jahrhunderts (zwischen 1322 und 1355) vorliegende Dichtung zurückgehen. Damit boten sie zugleich einen Einblick in einen Stoff, der für eine Vermischung von literarischer Fiktion mit historischen und pseudo-historischen Fakten steht, ein für das Spätmittelalter typisches literarisches Produkt. Auch hier gilt, daß die von ihnen genannten Quellen nicht die ältesten Belege sind; denn diese stammen aus dem 12. Jahrhundert. Der französische Roman »Chevalier au Cygne« hatte auch stoffliche Parallelen bzw. kurze Hinweise in der »Weltchronik« des Helinand und im »Speculum historiale« des Vincent de Beauvais sowie dessen Übertragung als »Spiegel historiael« durch Jacob von Maerlant (zwischen 1286 und 1290). »Titurel« und »Lohengrin« dagegen gingen auf Wolfram von Eschenbach zurück.

Im ganzen ergibt sich folgendes Bild: Die Brüder Grimm haben keineswegs systematisch ältere Kompendien ausgewertet. Ungeachtet historischer Kontexte haben sie von früheren Zeitgenossen als unglaubwürdig empfundene Berichte durch die Transformierung ins Faktische in den Stand der Re-Mythisierung erhoben, sämtliche Zweifel am Wahrheitsgehalt des Berichteten unterschlagen und den Lesern ihrer »Deutschen Sagen« in der Angabe der angeblich von ihnen benutzten Quellen vorgespiegelt, als hätten sie eine ungeheure und systematische Exzerpierarbeit vorgenommen, wo sie doch in Wahrheit in vielem von ihren auch Sagen sammelnden Zeitgenossen übernahmen oder Spuren aus literarischen Zeitschriften nachgingen und derartige Berichte noch durch ihre subjektive Weltsicht filterten.

Nachwirkung

Während die »Kinder- und Hausmärchen« es zu Lebzeiten der Brüder Grimm auf 7 »Große« und 10 »Kleine« Ausgaben brachten, verlief die Nachwirkung der »Deutschen Sagen« als Gesamtausgabe enttäuschend. Erst nach dem Tod der Brüder kam eine von Wilhelms Sohn Herman (1828-1901) besorgte zweite Auflage (1865/66) heraus; rund 30 Jahre später folgte eine dritte Auflage (1891). Im 20. Jahrhundert allerdings erschienen dann mehrere vollständige Editionen. Übersetzungen dagegen, etwa ins Dänische (1824), Französische (1838), Englische (1981), sind selten.

Die Erwartungshaltung der Brüder Grimm zur Zeit des Erscheinens ihrer Sagensammlung war offenbar zwiespältig. Auf der einen Seite waren sie stolz auf die Fülle der zusammengebrachten Texte, nachdem sie mehrere Jahre intensiv alle erreichbaren Informationsquellen ausgewertet und über ihre Briefpartner versucht hatten, an Sagentexte heranzukommen. »Wir haben nun Jahre lang mühsame

Materialien zusammengebracht, woraus sich tüchtige Werke arbeiten lassen« (Görres 1874, 534), schrieb Jacob am 18. Juni 1817 an Joseph (von) Görres (1776-1848), den einflußreichen Journalisten und späteren Münchener Professor für ›allgemeine und Literärgeschichte‹. Und von diesen tüchtigen Werken erhofften sich die Brüder bei der Veröffentlichung auch einen kleinen materiellen Gewinn als Entschädigung für die mühevolle Sammeltätigkeit. Dafür spricht, daß sie einzelne Sagen vor Erscheinen des Gesamtbandes nicht veröffentlicht sehen wollten und nach einem akzeptablen Verleger Ausschau hielten. So teilte Jacob seinem Bruder Wilhelm am 18.1.1815 aus Wien mit: »Die Majersche Buchhandlung [...] hat uns neulich um Überlassung unserer Localsagen (gegen Honorar) gebeten. Steht aber noch billig im weiten Feld« (Grimm, Jugendbriefe, 415). Auf der anderen Seite macht sich schon bei Erscheinen des ersten Bandes Skepsis breit, so daß Jacob seinem Bruder Ferdinand in einem Brief vom 12. Mai 1816 prognostiziert: »Ohnedem fragt sich, ob dies Sagenbuch so abgeht, wie das Märchenbuch, es ist nicht so fürs allgemeine Lesepublikum, namentlich für Frauen; dagegen wird es auf der anderen Seite mehr von sogenannten Geschichtsforschern gekauft« (zitiert nach Steig 1916, 58). Enttäuschung über das geringe öffentliche Interesse, aber die Hoffnung auf eine größere internationale Nachwirkung spricht auch aus seinen Worten (1817): »Unsere sammlung deutscher sagen, so wenig aufsehen sie in Deutschland macht, scheint das gute zu bewirken, dasz man im norden, wo das gedächtnis des volks viel ungestörter geblieben ist, den gegenstand in betrachtung zu ziehen anfängt« (Kl. Schriften, Bd. 6, 292). Später versuchte er (vergeblich) seinem Bruder Ferdinand auszureden, eine Sammlung mit ausländischen Sagen herauszubringen (Brief vom 30.6.1819): Er, Jacob, habe noch einen reichlichen »Haufe Sammlungen«, wann der aber herauskomme, sei höchst fraglich. Das »hängt vom Verlage ab, der nichts von sich hören läßt und wohl mit dem Absatz des 2ten Bandes wenig zufrieden ist. Das liegt weder an den Sagen noch an uns, sondern an der Erschlaffung des Publicums, die hoffentlich auch einmal aufhören muß« (zitiert nach Hoffmann 1981, 437). Die mangelnde Resonanz führte auch dazu, daß ein geplanter dritter Band und ein Anmerkungsband nicht mehr realisiert wurden. Noch zwei Jahrzehnte später waren die Sagenbände erhältlich, wie aus Anzeigen hervorgeht. Die Schuld für den schleppenden Verkauf suchte Jacob bei den Rezensenten. Der erste Band, so teilte er seinem langjährigen Korrespondenzpartner Görres in dem schon erwähnten Brief vom Juni 1817 mit, sei »nirgends recensirt worden«, »außer vom Merkel und Vulpius heruntergemacht« (Görres 1874, 534). Bei dem einen handelte es sich um den Herausgeber des »Freimütigen«, bei dem anderen um den ›Schwager‹ Goethes, den Bibliothekar, Schriftsteller und Herausgeber populärwissenschaftlicher Zeitschriften.

Die »Deutschen Sagen« waren demnach kein Verkaufserfolg. Wenn man ferner bedenkt, daß die durchschnittliche Auflage eines Buches in den ersten Jahrzehnten des 19. Jahrhunderts ohnedies selten über 1000 Exemplare betrug, so wird deutlich, daß der Absatz der »Deutschen Sagen« alles andere als erfolgreich gewesen sein muß. Auch die zweite und dritte Auflage der »Deutschen Sagen« brachte es jeweils auf nicht mehr als 1500 Exemplare. Gleichwohl hatten die Brüder Grimm durch ihre rege wissenschaftliche Tätigkeit und umfangreiche Korrespondenz dafür gesorgt, daß die intellektuellen Vermittler der Volkspoesie von der Existenz der von ihnen herausgegebenen Werke erfuhren. Nicht wenigen, so geht aus vielen Briefen hervor, hatten sie ein Exemplar ihrer Sagensammlung übersandt, darunter auch Goethe (1816; vgl. Steig 1892, 110). Dies zusammengenommen dürfte wesentlich dazu beigetragen haben, daß einzelne Sagen der Brüder Grimm von akademisch Gebildeten und schriftstellerisch Tätigen aufgegriffen und entweder im Wortlaut unter Namensnennung der Brüder oder in neuer Überformung (romantische Sage, Epos) und sprachlicher Gestaltung (Versform: Ballade, Gedicht) Eingang in die ersten Lesebücher, die Kalenderliteratur und literarische Zeitschriften fanden.

So setzt die Rezeption der Grimm-Sagen schon kurz nach Erscheinen ihrer Sagensammlung ein und nicht erst, wie öfter zu lesen ist, Mitte des 19. Jahrhunderts, als die Brüder Grimm als Denkmäler ihrer selbst galten. Auch die häufiger zu hörende Feststellung, nicht die Sagen- und Märchentexte seien ausschlaggebend für das hohe Ansehen der Brüder, sondern deren Ideologie vom Wert der ›Volkspoesie‹ und dem Gewicht der mündlichen Tradierung sei dafür bestimmend geworden, läßt außer acht, daß die Märchen wie die Sagen herausgelöst aus dem Grimm-Korpus schon recht früh in anderen Sammlungen begegnen. Einzelne Sagen wirken in der von den Brüdern geprägten Form nach und verdrängen Fassungen desselben Stoffes aus anderen zeitgenössischen Sagensammlungen, die diese Akzeptanz nicht erreichen. Für die Vermittlung mittelalterlicher Literaturdenkmäler stellen die »Deutschen Sagen« ein wichtiges Bindeglied zur Neuzeit mit der Umsetzung von Reimchroniken, Meisterliedern und Volksliedern in Prosaparaphrasen und der komprimierten Zusammenfassung von Volksbuchstoffen dar.

Etwa ein Zehntel der Grimm-Sagen nimmt der Pädagoge Heinrich Dittmar in die beiden frühen, anonym erschienenen und mehrfach aufgelegten Lesebücher »Der Knaben Lustwald« (1821) und »Der Mägdlein Lustgarten« (1823) sowie »Der Kinder Lustfeld« (1827) auf. Ein weiteres Lesebuch, Wilhelm Wackernagels »Deutsches Lesebuch« von 1843, das recht gut verbreitet war, nennt die Brüder Grimm mit ihren Märchen und Sagen weit vor allen anderen Quellen an erster Stelle. Im ganzen verlief die Verbreitung einzelner Sagen in Schullesebüchern jedoch sicher unterschiedlich. Im 19. Jahrhundert wurde z.B. oft die Sage vom Spielzeug der Riesen (DS 17) nachgedruckt. Sie läßt sich in verschiedenen Ausgaben seit etwa 1840 nachweisen, während im 20. Jahrhundert die Rattenfängersage (DS 245) zu dominieren scheint. Gerade die Sage vom Riesenspielzeug und vom Rattenfänger beeinflußte auch andere Dichter wie Adelbert von Chamisso, Friedrich Rückert, Wilhelm Raabe, Julius Wolf, Emanuel Geibel, Bertolt Brecht. Gerade die Verfasser von Gedichten und Balladen nehmen nicht selten eine Anleihe bei den »Deutschen Sagen«: Chamisso inspirierte DS 24 zu seiner Bearbeitung »Der Birnbaum auf dem Walserfeld«, Wilhelm Müller brachte den »Glockenguß zu Breslau« (DS 126) 1817 als gereimten Vierzeiler in 30 Strophen heraus, Justinus Kerner im Dezember 1816 in 26 Strophen den »Geiger zu Gmünd« (DS 330) und später die »Weiber von Weinsberg« (DS 493), Annette von Droste verwendete DS 85 als Vorspann zu ihrem balladesken Versepos »Der Spiritus familiaris des Roßtäuschers«, Karl Simrock dichtete unter anderem »So viel Kinder als Tag‹ im Jahr« (DS 584), »Der Schwanritter« (DS 544), oder Agnes Miegel griff mit der »Gräfin von Gleichen« auf den Stoff vom Grafen von Gleichen (DS 581) zurück. Von Franz Grillparzer ist bekannt, daß er die Werke der Brüder Grimm hoch einschätzte. In seiner Bibliothek hatte er mehrere Exemplare ihrer Ausgaben, darunter auch eins der raren »Deutschen Sagen«. Aus der »Sage von Attalus, dem Pferdeknecht, und Leo, dem Küchenjungen« (DS 432) entlehnte er einige sprachliche Wendungen für sein zwischen 1834 und 1837 endgültig bearbeitetes Lustspiel »Weh dem, der lügt«, obwohl er auch die Hauptquelle der Brüder Grimm, die »Historia Francorum« des Gregor von Tours, kannte und schon früher exzerpiert hatte. In der Kalenderliteratur finden sich häufiger die Sagen vom Binger Mäuseturm (DS 242), von den Weibern von Weinsberg (DS 493) oder die Sage von Kaiser Heinrich III. (DS 486) mit der Thematik des vertauschten Briefes. Eine Präferenz für einzelne Sagen ist zwar mitunter erkennbar, aber offenbar nicht so dominant, daß andere Sagen in Anthologien keinen Platz mehr gefunden hätten.

Daß auch der Grimmbruder Ferdinand in seinen »Märchen der Deutschen und Ausländer« (erschienen unter dem Pseudonym Lothar) 1820 eine Sage brachte, die DS 425: Childerich und Basina entspricht, gehört ebenso zur frühen Nachwirkung wie die Veröffentlichung einzelner Sagen in Österreich, wo 1819 in Josef von Hormayrs »Archiv für Geographie, Historie und Staatskunst« nicht etwa österreichische Originalquellen abgedruckt werden, sondern die Begebenheit von Räuber »Schreckenwalds Rosengarten« (DS 507) in der Bearbeitung der Brüder Grimm innerhalb der »Österreichischen Überlieferungen aus der Gebrüder Grimm deutschen Sagen« erscheint. Oder die mehrbändige romantische Sammlung von Burgensagen, die Friedrich Gottschalck in den zwanziger Jahren in zweiter Auflage herausbrachte, bezog nun auch gleich die ›neuen‹ Grimm-Sagen ein, indem die Sage vom hartgeschmiedeten Landgraf zu Ruhla im Thüringer Wald (DS 556) oder ein Abschnitt aus der Sage über die Frau von Alvensleben (DS 68) in der Version der Brüder wiedergegeben wurde. Andere Sammler ließen sich von den »Deutschen Sagen« zu einer eigenen Sammlung anregen, wie z.B. Friedrich Studemund, der bedauerte, daß die Brüder Grimm nur eine mecklenburgische Sage herausgebracht hätten, und deshalb eine Sammlung »Mecklenburgische Sagen« (1820/22) veröffentlichte. Geradezu Mode wurde es dann in den folgenden Jahrzehnten, sich bei der Veröffentlichung von zumeist regional angelegten Sagenbänden auf das Vorbild der Brüder Grimm zu berufen und einige ihrer Sagen unverändert abzudrucken. So finden sich bei allen zentralen Sammlungen des 19. Jahrhunderts Beispiele von Grimm-Sagen, etwa bei Jodocus Deodatus Hubertus Temme (1840), Herrmann Harrys (1840), Adalbert Kuhn/Wilhelm Schwartz (1848), Karl Seifart (1854), Karl Lyncker (1854), Georg Schambach/Wilhelm Müller (1855) oder Ulrich Jahn (1889). Und wer schon keine Sagen der Brüder bringen wollte, berief sich immerhin auf ihre Sammlung wie etwa die Schweizer Josef Anton Henne (1798-1870) oder Arnold Büchli (1885-1970). Bemerkenswert ist außerdem, daß es sich bei der Übernahme der Sagen keineswegs um periphere Sagenbeispiele handelt. Häufig folgt eine der zentralen Sagen des Bandes im Wortlaut der Brüder, etwa die Hütchensage bei Seifart, oder Harrys setzt die Sage vom Seeburger See (DS 132) sogar an den Anfang seiner Sammlung. Bei dieser hohen Akzeptanz ist nicht verwunderlich, daß die Grimm-Sagen gewissermaßen als Markenzeichen galten und bis in heutige Tage hinein immer wieder als Gütesiegel für eine Volkstradition herhalten müssen.

Die Erforschung der »Deutschen Sagen« insgesamt wie auch einzelner Quellen ist bis heute im Vergleich mit der Beschäftigung der »Kinder- und Hausmärchen« stiefmütterlich verlaufen. Wilhelms Sohn Herman war dafür verantwortlich, daß die Numerierung der Sagentexte geändert wurde, indem er die in der Erstausgabe als Anhang gebotenen bzw. während des Druckvorgangs nachgeschobenen Texte Jacobs und seines Vaters Wilhelm an den entsprechenden Stellen einfügte. Außerdem zog er das Handexemplar der Brüder heran und teilte zusätzliche Bemerkungen zu weiteren Quellen und einige geänderte bzw. ergänzte Fassungen mit. Erst um die Jahrhundertwende kamen einzelne Sagen in den Blickwinkel der Forschung, als es um die Edition neuer Gesamtausgaben ging. So beschäftigte sich Reinhold Steig mit einigen Quellen der Brüder Grimm, deckte manche stilistische Eigenheiten bei der Bearbeitung der Vorlagen auf, spürte Originalvorlagen nach und zog briefliche Mitteilungen aus dem umfangreichen Nachlaß hinzu. Er widmete sich außerdem der Vorgeschichte der Sagen, blieb aber unkritisch da, wo es um die Mündlichkeit ging, die er den Brüdern immer unterstellte, und um die von ihm nicht hinterfragte mehrhundertjährige Kontinuität in der Überlieferung der Sagen. Weder Steig noch spätere Herausgeber unterzogen sich der Aufgabe, die tatsächlichen Vorlagen der »Deutschen Sagen« zu ermitteln und die Bearbeitungsprinzipien bei der Behandlung einzelner Sagen zu eruieren. Dieses Vorhaben blieb unausgeführt, obwohl immer wieder auf die Bedeutung einer solchen Arbeit als Grundlage weiterer quellenkritischer Recherchen hingewiesen wurde (z.B. Röhrich 1976, 55; H. Gerndt 1988, 6; Seidenspinner 1992, 17). Wenig Beachtung fand die Dissertation Siegfried Aschners (1909), die erstmals anhand zahlreicher Beispiele dokumentierte, daß die Brüder Grimm die Anregung zu vielen ihrer Sagen nicht nur zeitgenössischen Sammlungen verdankten, sondern auch entgegen ihrer Behauptung einzelne Formulierungen aus manchen der abgedruckten Texte übernommen hatten. Vorrangig der Entstehungsgeschichte der Sagen, insbesondere den aus Westfalen stammenden Texten, galt ebenso das Interesse Fritz Erfurths, dessen Dissertation 1938 erschien. Erfurth konnte an manchen Beispielen nachweisen, in welchem Maße die Brüder Grimm ihre Vorlagen bearbeitet hatten und daß manche ihrer Hinweise auf eine mündliche Quelle nicht durch eigene Feldforschungen, sondern durch briefliche Mitteilungen von Freunden und Bekannten zustande gekommen waren.

Ein vermehrtes Forscherinteresse an den »Deutschen Sagen« ist erst – abgesehen von einigen wenigen Beiträgen, die einzelnen Sagen galten – seit den letzten 15 Jahren zu beobachten. Die erneute Beschäftigung mit den »Deutschen Sagen« war zum einen durch die erstmalige Gesamtübersetzung der Sagen ins Englische (1981) hervorgerufen worden, die der Herausgeber Donald Ward mit Nachwort, Kommentaren, Bibliographie und einem Register versehen hatte. Die verdienstvolle Leistung wird allerdings dadurch geschmälert, daß zahlreiche Quellen bibliographisch nicht oder fehlerhaft erfaßt oder in abweichenden Ausgaben angegeben sind. Kein einziger der Grimm-Texte wurde mit den in Frage kommenden Vorlagen verglichen, so daß die tatsächlich von den Brüdern Grimm benutzten Texte nach wie vor im dunkeln blieben. Zum anderen gab es eine Umorientierung in der historisch-komparatischen Erforschung von Erzählungen. Das Interesse galt nunmehr weniger der Vergleichung einzelner Stoffe und Motive, wobei die »Deutschen Sagen« der Brüder Grimm in der Vergangenheit oft nur als Steinbruch und deren Sagentexte für das 19. Jahrhundert als späte Ausformung gewertet wurden. Es war vielmehr auf bestimmte Quellen der Brüder Grimm und andere ihrer Zeitgenossen gerichtet (vgl. z.B. Schenda 1985, Kindermann-Bieri 1989), um das durch sie geprägte Bild von derlei Geschichten als Berichten über historische Ereignisse unter Berufung auf die »Deutschen Sagen« kritisch zu hinterfragen, Vermittlungswegen nachzuspüren, zwischen den Zeilen zu lesen und einen eventuell erkennbaren Bedeutungswandel des Erzählten deutlich zu machen: Was begründet die Produktion neuer Literaturgattungen auf der Folie gleicher Stoffe und Motive, und in welch heterogener Weise dienen ›Geschichten‹, Historien also, als Exempla für Schule und Kirche, und welche Historienbücher, Predigt- und Exemplasammlungen wurden als immerwährende Stoffquellen bis ins 18. Jahrhundert hinein rezipiert?

Es interessierte die Ideologie der Brüder Grimm (z.B. Paul 1985, Brückner 1987, Deneke 1988, Kellner 1993), das zeitgenössische Umfeld und damit verbunden die Frage nach der Vermittlung älterer Erzählungstexte, deren Kontext, Funktionen und die Bearbeitungstechnik, nachdem einzelne Grimm-Sagen nur typologisch, entstehungsmäßig und stilistisch ohne größere Zusammenhänge diskutiert worden waren. Oder anders gesagt: Im Vordergrund der Forschung steht eine diachronische Behandlung der Sagen, wobei nicht nur die Frage nach dem vermeintlichen historischen Gehalt von Sagentexten interessiert, sondern auch Gattungs- und Zuordnungsfragen diskutiert werden müssen sowie die Distribution und die unterschiedliche Vermittlung von Texten über längere Zeiträume bis hin zu den Grimm-Bearbeitungen (die manchen unserer Zeitgenossen bis heute sakrosankt erscheinen) und deren erneuter Rezeption und Umformung. Nicht so bedeutsam ist die Frage, welche Texte der mündlichen Tradierung zu verdanken und welche der schriftlichen Überlieferung entlehnt sind. Wie künstlich sind Sagen? Sind es Texte, die ein Reisender auf seinen Besichtigungstouren von Touristenführern notiert hat, erzählt zur Untermalung einer Begebenheit oder als Begründung für den Ruinenzustand einer Burg? Wie glaubwürdig sind diese Texte gegenüber jenen aus der Magica- und Kuriositätenliteratur vor allem des 16. bis 18. Jahrhunderts, die alle von den Brüdern Grimm eher in dem Gewand des Faktischen als des Fiktiven dargeboten worden sind. Oder welche Funktionen hatten solche Texte außerdem? Trugen sie bei zur Propaganda für Wallfahrten oder bestimmte Wallfahrtsorte (DS 530, 537, 568, 585), nutzten sie der Heiligmäßigkeit bestimmter Personen wie des Bischofs Arbogast (DS 437) oder des Bonifatius (DS 181, 182, 291) oder schrieben sie bestimmte Tugenden berühmter Herrscher wie Karl der Große, Friedrich I. (Barbarossa) oder Otto I. fort?

Unabhängig davon ist zudem seit einiger Zeit gerade im Zusammenhang mit den modernen Sagen die Diskussion um die Gattungszuweisung der einzelnen Sagen neu entbrannt, zumal die volkskundliche Erzählforschung sich vor allem mit den Sagen des ersten Bandes (ursprünglich DS 1-362) befaßt hat, während die sogenannten ›historischen‹ Sagen weitestgehend unbeachtet blieben.

Zusammenfassend ist festzustellen: Mit ihren Sammlungen haben die Brüder Grimm keineswegs neuen Boden betreten, auch nicht neue Ideen entwickelt, sondern konsequent umgesetzt, was einige ihrer Zeitgenossen vorgedacht oder schon in Textsammlungen veröffentlicht hatten. Auf diese Weise haben sie (und ihre vielfach mythologisch orientierten Zeitgenossen) mit ihrer Auswahl deutscher Sagen unsere Auffassung vom Mittelalter und der frühen Neuzeit nicht unwesentlich beeinflußt, insbesondere die Kriterien von dem tatsächlich von der Bevölkerung Erzählten und Erzählbarem. Um so dringlicher erscheint die hier verfolgte Frage, welche quantitativen und qualitativen Auswahlprinzipien die Sammlung tatsächlich bestimmten, welche Rolle die Brüder den doch sehr heterogenen Texten zumaßen und welche Bearbeitungsgrundsätze sie bei der Behandlung der Vorlagen leiteten. Hierzu soll die vorliegende Ausgabe anregen.

Zu dieser Ausgabe

Die Texte der Ausgabe folgen in der Anordnung der von Herman Grimm besorgten dritten Auflage von 1891, die seither für die wenigen vollständigen Editionen die Grundlage abgegeben hat. Von der Erstausgabe abweichende Sagennummern sind vermerkt. Die Illustrationen sollen einen Eindruck von der Vielfalt bildlicher Darstellungen vermitteln, wie sie bereits in nicht wenigen der von den Brüdern Grimm herangezogenen Werke zur Visualisierung der Textaussagen begegnen. Von Herman vorgenommene Textergänzungen, die er aus Jacobs und Wilhelms Handexemplar übernahm, sind im Text belassen, aber als Zusätze kenntlich gemacht worden, auch einige bislang unberücksichtigt gebliebene sprachliche Erläuterungen aus dem Handexemplar, die vor allem von Jacobs Hand stammen.

Orthographie und Interpunktion richten sich nach heutigem Gebrauch. Dies gilt auch für die Schreibweise von Eigennamen. Abweichende Schreibweisen oder falsche Zuweisungen von Namen sind erläutert, ebenso einige schwer verständliche Begriffe aus älterem Sprachgut. Gegenüber der Erstausgabe von 1816/18 sind außerdem einige sprachliche Verbesserungen eingefügt worden, wenn es sich um offenkundige Verlesungen der Brüder Grimm gehandelt hatte.

Die Quellenangaben der Brüder Grimm einschließlich der später im Handexemplar nachgetragenen Hinweise wurden verifiziert, durch Autopsie überprüft und die tatsächlich von den Brüdern Grimm mit hoher Wahrscheinlichkeit benutzten Texte mit genauen Seitenzahlen (manchmal in einer anderen, zum Teil textkritischen Ausgabe) ermittelt. Dazu war in nicht wenigen Fällen detektivische Sucharbeit nötig, weil die Brüder ungenaue Nachweise oder nur Werkshinweise ohne Seitenangaben oder mit falschen Angaben verzeichnet hatten. Das hier aufgestellte Verzeichnis der Quellen gibt außerdem erstmals Auskunft darüber, welche Quellen tatsächlich von den Brüdern Grimm herangezogen sind und für welche Sagen welche Quellen als Vorlage gedient haben. Außerdem wurde versucht, bei den oftmals aus mehreren Quellen kombinierten Sagentexten die Anteile der jeweiligen Vorlage und auch den Grad der Bearbeitung zu dokumentieren. In einigen wenigen Fällen war eine Überprüfung nicht möglich, weil die betreffenden Titel über Bibliotheken des deutschen Sprachgebiets nicht beschafft werden konnten.

Wenig sinnvoll erschien es, die in der Erstauflage von 1816/18 mit Kurztitel und häufig fehlerhaft aufgeführten Herkunftsnachweise erneut abzudrucken. Dies gilt in gleichem Maße für die in späterer Zeit vorgenommenen Ergänzungen der Quellen, einzelner Begriffe oder Motive von Jacobs und Wilhelms Hand. So finden sich im Handexemplar der Brüder z.B. Notizen zur Verbreitung der »Fußspuren« in den verschiedensten Literaturen (DS 136), über vom Teufel erbaute Brücken (DS 185) oder über die Verortung der sogenannten Hungerbrunnen (DS 105). Diese Bemerkungen wurden zwar ausgelassen, da die Thematik heute durch ausführliche Forschungen besser dokumentiert ist, sind aber gekennzeichnet, so daß Benutzer und Benutzerinnen dieser Ausgabe bei Bedarf eine der älteren Ausgaben heranziehen können.

Die nochmalige Wiedergabe aller von den Brüdern Grimm genannten Quellen (genauer: Varianten) hätte zudem nur den Eindruck einer ungeheuren Sammel- und Exzerpierarbeit verstärkt und in nicht wenigen Fällen bei der Beschäftigung mit einzelnen Sagen zu unnötigen und aufwendigen Recherchen bei der Ermittlung der tatsächlichen Quellen geführt. Wenn daher nicht alle ›Quellen‹ registriert sind, so geschah dies auch, weil es sich offensichtlich um zufällige Funde handelte bzw. um häufig nicht von den Brüdern Grimm überprüfte Belege und weil die historische und vergleichende Forschung heutiger Tage über eine breitere Quellenbasis verfügt. Auf ältere Vorlagen wurde vor allem dann hingewiesen, wenn sich Angaben darüber in den von den Brüdern Grimm benutzten Quellen fanden und wenn keine ergänzenden Literaturhinweise genannt werden können. Typen- und Motivangaben (in der Regel mit weiteren Literaturhinweisen) sind in die Anmerkungen aufgenommen. Auch wird insbesondere auf solche Literatur hingewiesen, die auf die Sagensammlung der Brüder Grimm oder auf eine spezielle Sage eingeht. Dabei ist zu berücksichtigen, daß von der älteren Literatur nur zentrale Arbeiten aufgeführt sind, die sich speziell mit den »Deutschen Sagen« beschäftigt haben. Die Stoff-, Typen- und Motivkomplexe sowie in den »Deutschen Sagen« begegnende Namen und Orte sind überdies in einem Gesamtregister erfaßt. Aus Platzgründen wurde darauf verzichtet, allgemeine Literatur zu einzelnen Autoren oder Motivkomplexen anzuführen. Wer hier Näheres erfahren möchte, sei unter anderem auf die »Enzyklopädie des Märchens« verwiesen. In diesem Handwörterbuch zur historischen und vergleichenden Erzählforschung (erschienen sind bisher die Artikel A–Ka) finden sich rasch Informationen zu einzelnen Autoren (etwa Abraham a Sancta Clara, Erasmus Francisci, Johann Jakob Christoph von Grimmelshausen, Georg Harsdörffer), zu Stoffen und Motiven (z.B. Abwehrzauber, Bann, Bauplatzlegende, Berg, Entführung, Entrückung, Fluch, Frevel, Furcht, Geister, Gespenster, Gold, Heiden, Höhle, Jagd, Jagen, Jäger) oder zu Kristallisationsfiguren von Sagen (Hl. Bonifatius, Dietrich von Bern, Frau Holle).

Die Ausgabe abzuschließen, war mir möglich, weil ich von vielen Seiten Unterstützung erfahren habe. Mein aufrichtiger Dank gilt den Bibliotheken des deutschsprachigen Gebiets bei der Beschaffung schwer zugänglicher Literatur, in besonderem Maße der Göttinger Staats- und Universitätsbibliothek mit ihren reichhaltigen Beständen älterer Literatur und der Staatsbibliothek zu Berlin Preußischer Kulturbesitz für die Benutzung des Nachlasses der Brüder Grimm, insbesondere des Handexemplars (Grimm 84, 86) sowie der hinterlassenen Unterlagen zu Sagen (vor allem Grimm 1756). Bei der Ermittlung der Quellen haben mich in verschiedenen Phasen Kristine Knüppel (Göttingen), Klaus Schmidt (Göttingen), Helma Leidag (Brüder Grimm-Museum Kassel) und Ingo Schneider (Innsbruck) mit wertvollen Hinweisen unterstützt. Michaela Fenske (Göttingen) danke ich für ihre Mithilfe beim Korrekturlesen, Sabine Dinslage (Münster), Barbara Kindermann-Bieri (Berlin), Ingrid Tomkowiak (Göttingen) und meinem Kollegen Ulrich Marzolph (Göttingen) für die Bereitschaft zur Diskussion offener Fragen.

Göttingen, im Februar 1993 *Hans-Jörg Uther*

Anmerkungen und Kommentare

Statt der von den Brüdern Grimm angeführten und oftmals re-zitierten Quellen und Varianten sind jeweils die einzige oder zu vermutende Herkunft (»Mündlich«) oder alle Vorlagen angegeben, nach der die Brüder Grimm die Sage tatsächlich bearbeitet haben. Varianten und weitere Quellen sind über die angegebene Literatur sowie die Erzähltypen und -motive erschließbar. Deshalb wurde auch weitgehend darauf verzichtet, ergänzende, von den Brüdern Grimm im Handexemplar hin und wieder notierte Hinweise auf Quellen oder Literatur aufzunehmen. Größere Kürzungen, Bearbeitungen oder Abweichungen von den Vorlagen sind vermerkt. Die von den Brüdern Grimm ursprünglich als Fußnoten festgehaltenen Anmerkungen (auch sprachwissenschaftlicher Art) sind aus Gründen der Einheitlichkeit nachstehend bei den einzelnen Nummern aufgeführt (mit *), spätere Texteinschübe aus dem Handexemplar der Brüder Grimm in den Erläuterungen als solche erklärt oder wiedergegeben. Abschließend finden sich noch Hinweise auf Erzähltypen und wichtige -motive. Ergänzend ist das Register heranzuziehen. Die Numerierung der Sagen weicht gegenüber dem Erstdruck ab und richtet sich nach der seit Jahrzehnten gebräuchlichen, durch Herman Grimm eingeführten Zählung: DS 1-69 = DS 1-69 (1816); durch die nach DS 69 im Handexemplar von Jacobs Hand eingelegte Sage »Die Frau von Bonikau« (=DS 70) verschieben sich alle Nummern bis DS 393 um jeweils eine Nummer. Hernach gibt es weitere Umstellungen durch die »b«-Nummern, die als Varianten im Anhang des 2. Bandes von 1818 abgedruckt waren und nun unmittelbar nach der betreffenden DS folgen: zu DS 393 (1818: DS 392): »Der Knabe im Fischteich« ergänzend DS 394: »Lamissio und die Amazonen« (= 392 b [1818]), zu DS 398 (1818: DS 396): »Alboin gewinnt Ticinum« ergänzend DS 399: »Alboin betrachtet sich Italien« (= DS 396 b [1818]), zu DS 402 (1818: DS 399): »Sage vom König Authari« ergänzend DS 403: »Autharis Säule« (= DS 399 b [1818]), zu DS 410 (1818: DS 406): »Der Vogel auf dem Speer« ergänzend DS 407: »Aistulfs Geburt« (= DS 406 b [1818]) und zu DS 453: »Wittekinds Taufe« (1818: DS 448) ergänzend DS 454: »Wittekinds Flucht« (= DS 448 b [1818]).
Qu. = Quelle/Vorlage. E = zusätzliche Erläuterungen des Herausgebers. Lit. = Hinweis auf zentrale Literatur oder auf Arbeiten, die sich speziell auf die DS beziehen (zumeist mit Angabe von Varianten). Hdex. = Handexemplar der Brüder Grimm (heute Staatsbibliothek Berlin, Preußischer Kulturbesitz: Grimm Nachlaß 84 und 86).

Vorrede zu Bd. 2: *Vita Mathildis, bei Leibniz 1737, Bd. 1, 205; es ist die jüngere Vita, Kap. 22. **Kein deutscher Landstrich hat auch so viel Chroniken als Thüringen und Hessen für die alte Zeit ihrer Vereinigung. Es gibt deren gewiß über zwanzig gedruckte und ungedruckte von verschiedenen Verfassern, wiewohl sie auf ähnlicher Grundlage ruhen. ***Wie die Liebe zum Vaterlande und das wahre Heimweh auf einheimischen Sagen hafte, hat lebhaft gefühlt Brandes 1810, 163-168. ****Man beschränkt sich hier auf das Zeugnis von Alboin, bei Paulus Diaconus, Buch 1, Kap. 27: »Alboini ita praeclarum longe lateque nomen percrebuit, ut hactenus etiam tam apud Bajoariorum gentem quam et Saxonum, sed et alios ejusdem linguae homines, ejus liberalitas et gloria, bellorumque felicitas et

virtus in eorum carminibus celebretur.« *****Eckehardus jun.: De casibus S. Galli (bei Goldast 1727, 15): »Hattonem franci illi saepe perdere moliti sunt, sed astutia hominis in falsam regis gratiam suasi; qualiter ad alpes (I. Adalpertus) fraude ejus de urbe Pabinberk detractus capite sit plexus, quoniam vulgo concinnatur et canitur, scribere supersedeo.« Otto von Freising, Buch 6, Kap. 15: »Itaque, ut non solum in regum gestis invenitur, sed etiam ex vulgari traditione in compitis et curiis hactenus auditur, praefatus Atto Albertum in castro suo Babenberg adiit« etc. Eckehardus jun. (Goldast 1727, 29): »Chuono quidam regii generis Churzibolt a brevitate cognominatus de quo multa concinnantur et canuntur.« ******Chron. ursperg.: »Erbo et Boto, illius famosi Erbonis posteri, quem in venatu a bisonte (die Ausgabe 1540, 256 [= Burchard, Chronicum] und 1609, 185 [= Burchard, Chronicon] lesen ab insonte) bestia confossum vulgares adhuc cantilenae resonant.« Norbert, Vita Bennonis (Eccard, Bd. 2, 2165 [= Kap. 6]): »Quantae utilitati, quanto honori, quanto denique vitae tutamini et praesidio fuerit, populares etiamnum adhuc notae fabulae attestari solent et cantilenae vulgares.« Vgl. Möser 1768, Teil 2, 32. Vita Ludgeri (mehrmals gedr. hier nach einer alten Kasseler Handschrift): »Is, Bernlef cognomento, vicinis suis admodum carus erat, quia antiquorum actus regumque certamina more gentis suae non inurbane cantare noverat, sed per triennium ita erat continua caecitate depressus« etc. etc. *******Grimm 1815 a, 286-298. ********Eine besondere Sammlung dessen, was aus der Heiligenlegende zur deutschen Sage gerechnet werden muß, schickt sich besser für ein eigenes Werk. Dahin gehört zum Beispiel die Geschichte von Zeno (lombardisch), von Meinrad und Ottilie (alemannisch), von Elisabeth (thüringisch-hessisch), und vorzüglich viel altfränkische: von Martin, Hubert, Gregor vom Stein, Gangolf und so weiter.
E: Jornandes: gemeint ist der Historiker Jordanes.

364. Der heilige Salzfluß. Qu.: Tacitus, Annales, Buch 13, Kap. 57 (1. Hälfte), zusätzlicher Hinweis von den Brüdern Grimm auf Plinius, Historia naturalis, Buch 30, Kap. 39. *Nach Wenck 1783 ff. die fränkische Saale, die bei Gemünden in den Main fließt. E: Daß es sich dabei um die Saale handle, ist freie Zutat der Brüder Grimm und stützt sich auf die von ihnen angeführte Literatur (s. auch Hdex.). Lit.: Grimm/Ward 2, 239 f.
365. Der heilige See der Hertha. Qu.: Tacitus, Germania, Kap. 40. E: im Hdex. wird noch ein Sprichwort aus Pommern zitiert: »De Hertha gifft Gras/ und füllt Schün un Faß«. Lit.: Grimm/Ward 2, 240 f.
366. Der heilige Wald der Semnonen. Qu.: Tacitus, Germania, Kap. 39. Lit.: Grimm/Ward 2, 241 f.
367. Die Wanderung der Ansivaren. Qu.: gekürzt aus Tacitus, Annales, Buch 13, Kap. 54-56. Lit.: Grimm/Ward 2, 242 f.
368. Die Seefahrt der Usipier. Qu.: Tacitus, Agricola, Kap. 28. Vgl. auch DS 526.
369. Wanderung der Goten. Qu.: Jordanes, 83, 98. *Die gewöhnliche Ableitung von beiten (got. beidan) warten, ist unzulässig, die hier gegebene von Gapan, Gepan, unserm Gaffen, dagegen natürlich; das Wort bedeutet: das Maul aufsperren, stutzen, gähnen, und hat gleich dem latein. hiare den Nebensinn von harren, faul und unentschlossen sein. Diese ganze Erklärung des Namens ist indessen sagenmäßig, und, wie in solchen Fällen insgemein, nie die eigentliche. Lit.: Grimm/Ward 2, 243.
370. Die eingefallene Brücke. Qu.: Jordanes, 83. *Das heißt zu Jordanes' Lebzeiten.

371. Warum die Goten in Griechenland eingebrochen. Qu.: Olympiodorus, ausgezogen bei Stritter 1771, Bd. 1, § 50 (S. 73 f.).
372. Fridigern. Qu.: Jordanes, Kap. 35 (zusätzliche Hinweise: Ammianus Marcellinus, Buch 31, Kap. 5 und Zosimus, Buch 4, Kap. 34).
373. Des Königs Grab. Qu.: Jordanes, Kap. 30. Lit.: HdS, 185 f.; Grimm/Ward 2, 244 f.; das Grab im Fluß ist öfter auch für Attila bezeugt, vgl. EM 1 (1977) 957 f. (M. Popescu).
374. Athaulfs Tod. Qu.: Jordanes, Kap. 31 und Olympiodorus, ausgezogen bei Stritter 1771, Bd. 1, §§ 47, 48 (S. 72 f.).
375. Die Trullen. Qu.: Olympiodorus, ausgezogen bei Stritter 1771, Bd. 1, § 51 (S. 74). E: Zum Wort Trull in der Bedeutung Weinkanne s. Leibniz 1711, Bd. 3, 507, Nr. 168 innerhalb des Abschnitts »Van Husvrede« der Goslarischen Gesetze.
376. Sage von Gelimer. Qu.: Historia miscella, Kap. 16 und vgl. Stritter 1771, Bd. 1, 346.
377. Gelimer in silberner Kette. Qu.: Aimoin, Buch 2, Kap. 6. Lit.: Rehermann 1977, 354, Nr. 21 (Var.n).
378. Ursprung der Hunnen. Qu.: Jordanes, 103 f. E: mäotische Sümpfe: in der Antike Name für das Asowsche Meer.
379. Die Einwanderung der Hunnen. Qu.: Jordanes, 104 (Var. bei Müller 1806, Bd. 1, 245 [Anm.78]). Lit.: EM 6 (1990) 1068 f. Vgl. DS 455.
380. Sage von den Hunnen. Qu.: Jordanes, Kap. 5 (S. 85), 2. Abschnitt nach Simonde de Sismondi 1807, Bd. 1, 54, Anm. 1. Lit.: Grimm/Ward 2, 246.
381. Das Kriegsschwert. Qu.: Jordanes, Kap. 35 (S.116), zusätzlicher Hinweis: Altdeutsche Wälder 1813, Bd. 1, 212, Anm. 10, und S. 319. Lit.: Grimm DM, 185 f.; zu Attila vgl. HdS, 684-688 und EM 1 (1977) 956-958 (M. Popescu).
382. Die Störche. Qu.: Jordanes, 123 f. Lit.: Grimm/Ward 2, 247; zu Attila vgl. HdS, 684-688 und EM 1 (1977) 956-958 (M. Popescu).
383. Der Fisch auf der Tafel. Qu.: Procopius von Caesarea, De bello Gothico, Buch 1, Kap. 1. Lit.: Rehermann 1977, 140, 470, Nr. 31 (Var.n). Dömötör, Nr. 353, AaTh 780 C: Singender Knochen.
384. Theoderichs Seele. Qu.: Gregor der Große, Dialogi, Buch 4, Kap. 30 (zusätzliche Hinweise in: Altdeutsche Wälder 1813, Bd. 1, 315, 318 und ebda. 1814, Bd. 2, 132 f. und ebda. 1815, Bd. 3, 283). *Discinctus et discalceatus, in der Weise einer vogelfreien Verbannten. Lex Salica, Tit. 61. Lit.: Grimm DM, 424; Aschner 1909, 98; Ohly 1968, 222-224; Graus 1975, 41 f. Tubach, Nr. 4767.
385. Urajas und Ildebad. Qu.: Procopius von Caesarea, De bello Gothico, Buch 3, Kap. 1. *Bei Ammianus Marcellinus/Sirmond, 70 f., Orajus und Heldebadus statt Uraja und Ildebad genannt.
386. Totila versucht den Heiligen. Qu.: Gregor der Große, Dialogi, Buch 2, Kap. 14, 15. *Bei Ammianus Marcellinus/Sirmond, 72, heißen die drei Herzöge des Totila Ruderit, Viliarid, Bleda.
387. Der blinde Sabinus. Qu.: Gregor der Große, Dialogi, Buch 3, Kap. 5. Lit.: Brückner 1974, 277.
388. Der Ausgang der Langobarden. Qu.: Paulus Diaconus, Buch 1, Kap. 1-3 und Origo gentis Langobardorum, Kap. 1 und 2. E: Burgenthaib: Burgundaib; Rugiland: gemeint sind Niederösterreich und Mähren.
389. Der Langobarden Ausgang. Qu.: Suhm 1782, Bd. 1, 28-30. Lit.: zu Aage: HdS, 6.
390. Sage von Gambara und den Langbärten. Qu.: Paulus Diaconus, Buch 1, Kap. 8; Gregor von Tours, Hist. epitom., Kap. 65; Gottfried von Viterbo/Pistorius,

Teil 17, Kap. 445 (S. 304 f.; vgl. auch noch S. 299). *Diese Gambara ist merkwürdig die Cambra des Hunibald. **Bei Gottfried von Viterbo Hibor et Hangio. *** Siehe das Lied von Helge und Swawa in unserer Ausg. der Edda [Grimm 1815 b] Str. 8. Anm. S. 33. E: Frea: ahd. Frija, altnord. Frigg. Lit.: Kellner 1993 (Teil 2.2.1.1, 2.2.2.1).
391. Die Langobarden und Aßipiter. Qu.: Paulus Diaconus, Buch 1, Kap. 11-12. Lit.: allg. Art. »Hundsköpfige« in EM 6 (1990) 1372-1380 (B. Holbek). Mot. B 25.1, B 25.1.2.
392. Die sieben schlafenden Männer in der Höhle. Qu.: Paulus Diaconus, Buch 1, Kap. 4. Lit.: Brückner 1974, 665. Tubach, Nr. 4440, AaTh 766: Siebenschläfer.
393. Der Knabe im Fischteich. Qu.: Paulus Diaconus, Buch 1, Kap. 15. *Aus keiner germanischen Sprache jetzt zu erläutern, aber im Latein. ist lama Pfütze, Sumpf, Schlund, griech. lamos. Vgl. Schlamm. E: Hdex.: lit[auisch]: lama locus depressus in agro; lett[isch]: loma palus, fossa. Lit.: Grimm/Ward 2, 250. Vgl. DS 411.
394. Lamissio und die Amazonen. Qu.: Paulus Diaconus, Buch 1, Kap. 15. Lit.: Grimm/Ward 2, 250 f.
395. Sage von Rodulf und Rumetrud. Qu.: Paulus Diaconus, Buch 1, Kap. 20 (vgl. Aimoin, Buch 2, Kap. 13). *Diesen poetischen und ganz sagenhaften Zug hat auch Aimoin in seinen sonst kurzen Exzerpten aus Paulus Diaconus (Buch 2, Kap. 13). Lit.: Grimm/Ward 2, 251.
396. Alboin wird dem Audoin tischfähig. Qu.: Paulus Diaconus, Buch 1, Kap. 23-24.
397. Ankunft der Langobarden in Italien. Qu.: Paulus Diaconus, Buch 2, Kap. 5. Gregor von Tours, Hist. epitom., Kap. 65; 2. Abschnitt nach Altdeutsche Wälder 1816, Bd. 3, 292 (vgl. Stritter 1771, Bd. 1, 406 f.).
398. Alboin gewinnt Ticinum. Qu.: Paulus Diaconus, Buch 2, Kap. 27. *Pavia. Lit.: zu Aetius s. HdS, 397 f.
399. Alboin betrachtet sich Italien. Qu.: Paulus Diaconus, Buch 2, Kap. 8.
400. Alboin und Rosimund. Qu.: Paulus Diaconus, Buch 1, Kap. 27 und Buch 2, Kap. 28; Gottfried von Viterbo/Pistorius, Teil 17, Kap. 451-453 (S. 308 f.) (vgl. Theophylactus bei Stritter 1771, Bd. 1, 386). Lit.: Grimm/ Ward 2, 252 f.; Frenzel 1981. Mot. Q 478.1.2, Tubach, Nr. 4022.
401. Rosimund, Helmichis und Peredeo. Qu.: Paulus Diaconus, Buch 2, Kap. 29-30.
402. Sage vom König Authari. Qu.: Paulus Diaconus, Buch 3, Kap. 30.
403. Autharis Säule. Qu.: Paulus Diaconus, Buch 3, Kap. 32.
404. Agilulf und Theudelind. Qu.: Paulus Diaconus, Buch 3, Kap. 35 und Boccaccio, Decamerone, 3,2. Lit.: zu Agilulf s. HdS, 166. Mot. J 1142.2.1.
405. Theodelind und das Meerwunder. Qu.: Prosafassung nach Hans Sachs' »Königin Deudalinda mit dem Meerwunder« aus dem Jahr 1562 (= Sachs 1616, Band 4, Buch 2, Bl. 130-132), ergänzender Hinweis auf das Dresdener Heldenbuch (= Hagen/Primisser 1825, Bd. 2, Teil 2, 222-226). Lit.: Art. »Meerwunder« in Verflex. 6 (1987) 293-297 (W. Haug). Vgl. DS 424.
406. Romhild und Grimoald der Knabe. Qu.: Paulus Diaconus, Buch 4, Kap. 38.
407. Leupichis entflieht. Qu.: Paulus Diaconus, Buch 4, Kap. 39.
408. Die Fliege vor dem Fenster. Qu.: Paulus Diaconus, Buch 6, Kap. 6 und Burchard, Chronicum, 150 f.
409. König Liutprands Füße. Qu.: Chronicon Novaliciense, Buch 3, Kap. 1. *tabula.
410. Der Vogel auf dem Speer. Qu.: Paulus Diaconus, Buch 6, Kap. 55.

411. Aistulfs Geburt. Qu.: Agnellus, Vita Sergii, Kap. 2 (= MPL 106 [1864] Sp. 725 f.). Lit.: zu Agilulf s. HdS, 166. Vgl. DS 393.
412. Walter im Kloster. Qu.: Chronicon Novaliciense, Buch 2, Kap. 7-13. E: Walther, ursprünglich ein Westgote, ist der Held des Waltholiedes; die beiden Fußnoten der Brüder Grimm sowie ein handschriftlicher Zusatz zu anderen Kristallisationsfiguren der Sage sind nicht abgedruckt. Lit.: Aschner 1909, 97; Langosch 1956.
413. Ursprung der Sachsen. Qu.: Aventinus 1580, Bl. 18 b und Rollenhagen 1595, Teil 1, Kap. 2. E: im Hdex. Hinweise auf das Vorkommen ähnlicher Namen wie Aschanes. Lit.: HdS, 655 f.; vgl. Graus 1975, 112-144.
414. Abkunft der Sachsen. Qu.: Annolied, Strophe 21 (S. 101 f.) und Cod. pal. germ. 361, Bl. 2d (= Kaiserchronik). Lit.: Steig 1916, 245; vgl. Graus 1975, 112-144; Grimm/ Ward 2, 256.
415. Herkunft der Sachsen. Qu.: Sachsenspiegel, Buch 3, Kap. 44 und Glosse. Lit.: vgl. Graus 1975, 112-144; Grimm/Ward 2, 256.
416. Die Sachsen und die Thüringer. Qu.: Widukind, Buch 1, 3-7 und Cod. pal. germ. 361, Bl. 2d (= Kaiserchronik). Lit.: vgl. Graus 1975, 112-144; Rehermann 1977, 486, Nr. 73. AaTh 2400: Gründungssage.
417. Ankunft der Angeln und Sachsen. Qu.: Beda Venerabilis, Buch 1, Kap. 1, Kap. 14,15 (Auszüge); Gottfried von Viterbo/Pistorius, Teil 17, Kap. 523, 524 (S.358 f.). E: Briten: gemeint sind die vorgermanischen, also keltischen Bewohner Englands; Cantwaren: Einwohner von Canterbury; Wichtsaten: Einwohner von Wessex. Lit.: vgl. Graus 1975, 112-144.
418. Ankunft der Pikten. Qu.: Beda Venerabilis, Buch 1, Kap. 1.
419. Die Sachsen erbauen Ochsenburg. Qu.: bearbeitet und aus einer längeren Beschreibung herausgenommen nach Pomarius 1588, 15 (das mit dem Namen der Dido verbundenes Motiv ist in Europa seit dem 4./3. Jh. vor Christi nachweisbar). Lit.: Steig 1916, 245. Art. »Gründungssage« in EM 6 (1990) 264-267, bes. 266 f. (L. Priesner). AaTh 2400: vgl. Gründungssage.
420. Haß zwischen den Sachsen und Schwaben. Qu.: Sachsenspiegel, Buch 1, Kap. 17 (mit Glosse) und Buch 2, Kap. 12 (mit Glosse).
421. Herkunft der Schwaben. Qu.: Annolied, Strophe 19 (S. 97 f.) und Cod. pal. germ. 361, Bl. 2d (= Kaiserchronik). Lit.: Ohly 1968, 44.
422. Abkunft der Bayern. Qu.: Annolied, Strophe 20 (S. 99 f.) und Cod. pal. germ. 361, Bl. 2c-d (= Kaiserchronik). E: die märe: die berühmte. Lit.: Ohly 1968, 44.
423. Herkunft der Franken. Qu.: Annolied, Strophe 22, 23 (S. 103-109), Otfried von Weißenburg, Buch 1, Kap. 1 sowie Cod. pal. germ. 361, Bl. 3 a (= Kaiserchronik). E: ein kleines Troja: gemeint ist Xanten (Colonia Traiana, im MA. öfter als Colonia Troiana). Lit.: Grimm 1881, Bd. 1, 208-211; Graus 1975, 81-89; Brunner 1983, 4.
424. Die Merowinger. Qu.: Theophanes, Chronographia, Kap. 337 (= MPG 108 [1861] 63-1010, hier Sp. 811-814, griech./lat.) (im Exzerpt bei Bouquet 5 [1744] 187-189 ist die Stelle absichtlich ausgelassen) und Burchard, Chronicon (1609) 92. *Kristatai (cristati) und trichorachatai. E: im Hdex. sprachwiss. Erläuterungen zu Merofech usw. und zu den als Borstigen bezeichneten heidnischen Meres. Lit.: Art. »Meerwunder« in Verflex. 6 (1987) 293-297 (W. Haug). Vgl. DS 405.
425. Childerich und Basina. Qu.: Aimoin, Buch 1, Kap. 7-8 (vgl. Gregor von Tours, Buch 2, Kap. 12).
426. Der Kirchenkrug. Qu.: Gregor von Tours, Buch 2, Kap. 27; Aimoin, Buch 1,

Kap. 12 und Flodoardus, Buch 1, Kap. 13 (Auszug), (Eichhorn 1808, 72 nur Hinweis auf die Strafmöglichkeit des Feldherrn). *Soissons. Im Parzival [des Wolfram von Eschenbach], 7785: Sessun.

427. Remig umgeht sein Land. Qu.: Flodoardus, Buch 1, Kap. 14 (Auszug) und (verkürzt) Legenda aurea/Benz, Von St. Remigius (S. 763). AaTh 2400: Gründungssage.

428. Remig verjagt die Feuersbrunst. Qu.: Flodoardus, Buch 1, Kap. 6, 12 (Auszug).

429. Des Remigs Teil vom Wasichenwald. Qu.: Flodoardus, Buch 1, Kap. 20 (Auszug). E: Mit Wasichenwald sind die Vogesen gemeint.

430. Krothilds Verlobung. Qu.: Aimoin, Buch 1, Kap. 13-14 (vgl. Gregor von Tours, Buch 2, Kap. 28). E: Krothild ist besser bekannt als Klotilde, Nichte des Königs Gundobad von Burgund.

431. Die Schere und das Schwert. Qu.: Gregor von Tours, Buch 3, Kap. 18 (1. Teil). E: s. Kommentar zu DS 430.

432. Sage von Attalus, dem Pferdeknecht, und Leo, dem Küchenjungen. Qu.: Gregor von Tours, Buch 3, Kap.15 (gekürzt), Aimoin, Buch 2, Kap. 11. Lit.: Grimm/Ward 2, 260. Mot. D 1812.3.3.

433. Der schlafende König. Qu.: Grimm, Kl. Schr., Bd. 6 (1869), 192 f. [1815], erneut bearbeitet (nach Paulus Diaconus, Aimoin u.a.). Lit.: vgl. den bereits 1815 erschienenen Aufsatz J. Grimms »Das Märlein von der ausschleichenden Maus« (Grimm, Kl. Schriften 6 [1869], 192-196); EM 6, 305-311 (H.-J. Uther); Chesnutt 1991. AaTh 1645 A: Guntram. Siehe auch DS 461.

434. Der kommende Wald und die klingenden Schellen. Qu.: Aimoin, Buch 3, Kap. 82.

435. Chlotars Sieg über die Sachsen. Qu.: Aimoin, Buch 4, Kap. 18 und Vita des hl. Faro (innerhalb der Gesta Dagoberti): Historiae Francorum, Bd. 1, 569 f. (Kap. 71-73).

436. Das Grab der Heiligen. Qu.: Aimoin, Buch 4, Kap. 17. Lit.: Grimm/Ward 2, 261.

437. Sankt Arbogast. Qu.: Königshoven 1698, 234 f.

438. Dagobert und Sankt Florentius. Qu.: Königshoven 1698, 235 f.

439. Dagoberts Seele im Schiff. Qu.: Les grans Croniques de France, Bd. 1, Bl. 58 a (Chronik des Guillaume de Nangis). Tubach, Nr. 1409.

440. Dagobert und seine Hunde. Qu.: Argenson 1780, Bd. 4, 33 (Anm.).

441. Die zwei gleichen Söhne. Qu.: Gesta Romanorum, Nr. 116 (gekürzt um den Schluß). Tubach und Dvořák, Nr. 4621.

442. Hildegard. Qu.: nicht eindeutig. Die Brüder Grimm zitieren die »Annales Campidonenses« (s. Reiser 1894, Nr. 542) und die von Jacob Grimm übersetzte Komödie des Nicodemus Frischlin, »Hildegardis Magna« (zuerst 1579, Ausg. Straßburg 1585), doch weisen Namen und Handlungsverlauf eher auf eine Vorlage, die der Fassung des Caspar Bruschius (1551) nähersteht wie z.B. das im Besitz der Brüder Grimm (Denecke/Teitge, Nr. 4046) befindliche schwedische Volksbuch (Hildegardis 1786). Die »Annales Campidonenses« (auf sie verweist schon Kirchhof, s. Kirchhof/Österley, Buch 2, Nr. 23) sind vermutlich gar nicht von den Brüdern Grimm eingesehen worden: Die Quelle dient dazu, mit Hilfe der historischen Autorität Karls des Großen der Abtei Kempten (=Gründungslegende) einen unumstößlichen Rechtsstatus zu garantieren. Lit.: Stefanović 1911, bes. 500-511; Art. »Hildegardis« in EM 6 (1990) 1017-1021 (W. Maaz). Tubach und Dvořák, Nr. 1898.

443. Der Hahnenkampf. Qu.: Crusius 1595, 1, Buch 12, Kap. 6 (330; Crusius 1738, 280).
444. Karls Heimkehr aus Ungerland. Qu.: gekürzt nach cod. pal. germ. 336, Bl. 259-267 (= Kaiserchronik, Bd. 3, 111 und 1032-1035) und gegenüber der Erstveröffentlichung im Gesellschafter 33. Bl., 1818, 129-131 (= Grimm 1881, Bd. 1, 577-581) vom Freitag 27. Febr. (eingesandt von W. Grimm am 23.1.1818) sprachlich verändert. E: Raste: Meilen. Lit.: Aschner 1909, 29; Erfurth 1938, 56.
445. Der Hirsch zu Magdeburg. Qu.: Zeiller 1632, 128. Lit.: zum Reim s. Rehermann 1977, 471 f., Nr. 33 und Arnim/Brentano, Bd. 7, 374-384 (Kommentar). Grimm/Ward 2, 263; Art. »Hubertus, Hl.« in EM 6 (1990) 1286-1290 (H. Fischer).
446. Der lombardische Spielmann. Qu.: Chronicon Novaliciense, Buch 3, Kap. 10, 14.
447. Der eiserne Karl. Qu.: Monachus Sangallensis, Buch 2, Kap. 26 (= Bouquet 5 [1744] S. 131 f.).
448. Karl belagerte Pavia. Qu.: Chronicon Novaliciense, Buch 3, Kap. 14.
449. Adelgis. Qu.: Chronicon Novaliciense, Buch 3, Kap. 10, 22-24. *Vgl. Hildebrandslied, Z. 36.
450. Von König Karl und den Friesen. Qu.: Wierdsma/Brandsma 1782, Teil 1, 103-108. Lit.: Steig 1916, 246; HdS, 81.
451. Radbot läßt sich nicht taufen. Qu.: Stoke 1699, 5 und Beka 1643, 13; 2. Abschnitt nach Pomarius 1588, 57. E: Magen: Verwandte. Dömötör, Nr. 287.
452. Des Teufels goldnes Haus. Qu.: wörtlich mit kleineren Änderungen nach Rheinischer Mercur 1816 vom 4. Januar (dort wiedergegeben nach J. Görres). Lit.: Steig 1916, 246 f.; Rehermann 1977, 561 f., Nr. 13 (ältere Quellen); Grimm/Ward 2, 265.
453. Wittekinds Taufe. Qu.: Abel 1732, 61 f. (Umwandlung der niederdeutschen Textvorlage mit kleineren Änderungen und Eindeutschung der Fremdwörter; der von den Brüdern Grimm zitierte Pomarius 1588, 40 f. wurde zur Bearbeitung nicht herangezogen). E: weitere Varianten nennt das Hdex.
454. Wittekinds Flucht. Qu.: mündlich nach brieflicher Vorlage des Generals und Diplomaten Hans zu Hammerstein-Equord (1771-1841), in den DS kräftig bearbeitet. *Im Holsteinischen geht die Sage, daß die Zigeuner die sehr alten, welche sie nicht mehr mit fortschleppen können, ins Wasser tauchen und ersäufen; dabei sprechen sie: »Duuk ünner, duuk ünner! De Weld is di gramm!« (Schütze 1800, Bd. 1, 267). Daselbst (2, 357) wird der oben bemerkte Spruch als ein Sprichwort angeführt; daß es auch am Harz üblich ist, sieht man aus Otmar 1800, 44; es heißt: Niemand bekümmert sich mehr um dich, du bist der Welt abgestorben. **Lärm. E: Krup: krieche; zu den Sprüchen weitere Hinweise im Hdex. Lit.: Erfurth 1938, 47-55 (mit Wiedergabe des Briefs), 92 f.
455. Erbauung Frankfurts. Qu.: Thietmar von Merseburg, Buch 7, Kap. 75. Lit.: EM 6 (1990) 1068 f. Vgl. DS 379.
456. Warum die Schwaben dem Reich vorfechten. Qu.: Kombination verschiedener Quellen wie Stricker/Scherz 1727, 99 b; Lohengrin, Strophe 413; Schwabenspiegel, Kap. 32; Königshoven 1698, 327 (vgl. Pfister 1805, Bd. 2, 113 f.; Aretin 1807, Bd. 9, 1063-1076). Lit.: Röhrich 1992, 1423.
457. Eginhart und Emma. Qu.: Codex Laureshamensis, Bd. 1, 40-46 (Zusätze stark gekürzt), die Vorlage für den letzten Abschnitt (etymologische Sage zu Seligenstadt), ergänzt nach dem Hdex., war dort nicht angegeben: Vogt 1811, 64 f., hier 65. E: Der Hinweis auf eine Variation der Sage bei Vincent de Beauvais in der Fußnote zu DS 457 wie auch die Ergänzungen im Hdex. zur Lokalisierung der

Sage in Aachen und Ingelheim sind nicht abgedruckt, s. Lit. Lit.: Art. »Eginhard und Emma« in EM 3 (1981) 1020-1023 (E. Frenzel); Lundt 1992, 152 f. Mot. K 1549.3.

458. Der Ring im See bei Aachen. Qu.: Pasquier 1723, Buch 6, Kap. 33 (= Bd. 1, 646). E: Petrarca: Der ital. Dichter bereiste Deutschland im Jahre 1333. Lit.: Aschner 1909, 83 f.; EM 5 (1987) 1296; Lundt 1992, 152. Mot. T 85.4.1.

459. Der Kaiser und die Schlange. Qu.: nach Scheuchzer 1723, 381; von ihm übernahm Wyß 1815, 211-216; andere von den Brüdern Grimm aufgeführte Quellen sind nicht herangezogen worden. Lit.: Grimm DM, 405 f., 895; Aschner 1909, 84; Art. »Glocke der Gerechtigkeit« in EM 5, 1295-1299 (H.-J. Uther); Schenda/Doornkaat 1988, 195 f. (W. Schweizer); Kindermann-Bieri 1989, 181-189. AaTh 207 C: Glocke der Gerechtigkeit + Mot. T 85.4.1.

460. König Karl. Qu.: Cod. pal. germ. 361, Bl. 87 etc. (= Kaiserchronik, Bd. 3, 4 f., 987-1004) und aus einem Wiener Codex (12./13. Jh.): Aretin 1807, Bd. 9, 1063-1076 (B.J. Docen). *Ripuaria. **Mons gaudii, mont joie, wovon der Heerruf Karls des Großen. ***Der nur ein Schild führt. **** Den hier folgenden Teil der Sage von dem nassen Stein und dem Schäftenwald kennt auch Pomarius 1588, 54. *****Girona. ******Karl, 116 b. Er muß von dem Stein mit Gewalt weggetragen werden. ******* Auch Schächtewald und Gluvinkwald, von Glevin, Schaft. E: zwerch: quer; Bruch: Hose. Lit.: Dorn 1967, 75-77; Ohly 1968, 224-233; zu Aegidius s. HdS, 132. Vgl. Tubach, Nr. 945.

461. Der schlafende Landsknecht. Qu.: Gesta Romanorum, Nr. 172. E: hellig: abgemattet. Lit.: vgl. den bereits 1815 erschienenen Aufsatz J. Grimms »Das Märlein von der ausschleichenden Maus« (Grimm, Kl. Schriften 6 [1869], 192-196) mit einer ersten Fassung auf Seite 193; Art. »Guntram« in EM 6, 305-311 (H.-J. Uther). Tubach, Nr. 2390, AaTh 1645 A: Guntram. Siehe auch DS 433.

462. Kaiser Ludwig bauet Hildesheim. Qu.: nahezu wörtlich mit kleinen Änderungen nach Pomarius 1588, 63 (Abel 1732, 67 f. nur Hinweis auf weiteren Text). E: hilde: eifrig, heftig; weitere sprachwiss. Erläuterungen hierzu im Hdex.

463. Der Rosenstrauch zu Hildesheim. Qu.: mündlich aus Hildesheim (jedoch nach schriftlicher Mitteilung des Fritz von Haxthausen, geringfügig bearbeitet). E: im Hdex.: »beiliegendes Rosenzweiglein ist davon«. Lit.: Erfurth 1938, 79, 93.

464. König Ludwigs Rippe klappt. Qu.: Aventinus 1580, Bl. 301 b.

465. Die Königin im Wachshemd. Qu.: Cod. pal. germ. 361, Bl. 94 (= Kaiserchronik). Lit.: Grimm/Ward 2, 268.

466. Königin Adelheid. Qu.: Chronicon Novaliciense, Buch 4, Kap. 8 (Sp. 735). Lit.: Rehermann 1977, 307, Nr. 57 und 329, Nr. 28 (Var.n). Vgl. DS 476.

467. König Karl sieht seine Vorfahren in der Hölle und im Paradies. Qu.: Chroniques de S. Denis, abgedruckt bei Bouquet 1749, Bd. 7, 126-151, hier 148 f. und vgl. 255 (Var.: Crusius 1596, 2, Buch 3, Kap. 2, S. 70; dt.: Crusius 1738, 344). Lit.: Kellner 1993 (Teil 2.3.2).

468. Adalbert von Babenberg. Qu.: 1. Abschnitt nach Otto von Freising, Buch 6, Kap. 15; Liudprand, Antapodosis, Buch 2, Kap. 6; Schmincke 1747, 46-48 (sinngemäß); 2. Abschnitt nach Pomarius 1588, 83 (dort allerdings Markgraf Albrecht von Bamberg unter dem Jahr 908 zugeschrieben). E: Malstätten: Gerichtsstätten; im Hdex. Hinweise auf ältere Schreibungen von Teurstadt. Lit.: HdS, 89; Grimm/Ward 2, 269.

469. Herzog Heinrich und die goldne Halskette. Qu.: Widukind, Buch 1, 21-22 (vgl. auch Teilabdruck bei Leibniz 1737, Bd. 1, 213; vgl. auch Thietmar von Merseburg, Buch 1, Kap. 7). E: im Hdex.: Cassala soll sein »Kassel in Hessen«;

Variante zum Tod durch Blitzstrahl: »Andere, daß seine Seele von Teufeln in den Ätna geführt wurde.« Lit.: Zum Tod durch Blitz vgl. Ohly 1968, 78; zu Adalbert s. HdS, 89.

470. Kaiser Heinrich der Vogeler. Qu.: »aus dem chronikalischen Bestandteile des Lohengrin gewonnen«: Lohengrin, Strophe 317; Cod. pal. germ. 525, Bl. 59 b (= Sächsische Weltchronik des Eike von Repkow); Cronica 1499, Bl. 125 a; Gottfried von Viterbo/Pistorius, Teil 17, Kap. 477 (S. 324). Lit.: zur Beschäftigung mit dem Lohengrin vgl. J. Grimm, Kl. Schriften, Bd. 6 (1869), 134-144 [1813]. Aschner 1909, 70-73, Zitat 72; Grimm/ Ward 2, 270.

471. Der kühne Kurzbold. Qu.: Goldast 1727, 29. *Churziboldt, pugillus, Däumling (Gloss. zwetl.). Kurzbolt, eine Art Kleid (Rother, 4576), altfranz. cortibaut, courtibaut, lat. cortibaldus. **Zu Ekkehards Zeit (2. Hälfte 11. Jh.), der, weil die Lieder zu allgemein bekannt, die Erzählung der Begebenheiten ausläßt.

472. Otto mit dem Bart. Qu.: Konglomerat: Prosaübertragung aus Gottfried von Viterbo/Pistorius, Teil 17, Kap. 478, 479 (S. 326 f.); Gedicht »Otte mit dem Barte« von Konrad von Würzburg (Cod. pal. germ. 341, Bl. 241 b-246 a und Cod. pal. germ. 395, fol. 92 d-98 b); Crusius 1596, Bd. 2, 2, Buch 4, Kap. 10 (130 f.; Crusius 1738, 389-391) (nur zusätzlich: Königshoven 1698, 108; Cronica 1499, Bl. 129). *Otto Rotbart ist vermutlich Otto II., nicht Otto I. Vgl. Lohengrin, Str. 741, und Leibniz 1698, Bd.1, 184. Indessen schwankt die Sage überhaupt bei gleichen aufeinanderfolgenden Namen. Lit.: Röhrich 1951; Grimm/Ward 2, 270. Tubach, Nr. 1244.

473. Der Schuster zu Lauingen. Qu.: Crusius 1596, Teil 3, Buch 3, Kap. 5 (151 f.; Crusius 1738, 845-849), Var.: Zeiller 1632, 154. *Auf diesem Turm steht auch ein anderes Gemälde von einem Pferd, das fünfzehn Schuh lang gewesen, zwei Herzen gehabt haben und um 1260 zu Lauingen geboren worden sein soll.

474. Das Rad im Mainzer Wappen. Qu.: Bange 1599, Bl. 39 a (ergänzend: Lirer 1761, Bl. L 1a). E: Tumherr: Domherr; sis: seist. Lit.: Röhrich 1976, 115 f.; Rehermann 1977, 506, Nr. 18 (Var.). Dömötör, Nr. 356.

475. Der Rammelsberg. Qu.: weitgehend nach Happel 1680, Bd. 1, 753; Behrens 1703, 145, 124 f., 105 f. und Gregorius 1715, 643 (nach Behrens). *In den Rammelsberg soll mehr Holz verbaut sein als in die Städte Braunschweig und Goslar. Man hatte ein altes Lied, das so anfängt: De Ramelsburgk hefft enen gulden Foet, drumb tragen wi en stolten Moet. E: gegen Niedergang (der Sonne), d.h. gegen Westen. Lit.: Aschner 1909, 76; Heilfurth/Greverus 1967, Nr. 74.

476. Die Grafen von Eberstein. Qu.: Crusius 1596, Bd. 2, Teil 3, Buch 2, Kap. 16 (108 f.; Crusius 1738, 812-815) (aus Familiennachrichten von Caspar Baldung gesammelt).

477. Otto läßt sich nicht schlagen. Qu.: Lohengrin, Strophe 743, 744; Cod. pal. germ. 525, Bl. 64 a (= Sächsische Weltchronik des Eike von Repkow). E: Otto II. ist wohl gemeint. Lit.: zu J. Grimms Beschäftigung mit dem Lohengrin vgl. Kl. Schriften, Bd. 6, 134-144 (1813); Aschner 1909, 70-73, Zitat 72; Grimm/Ward 2, 271.

478. König Otto in Lamparten. Qu.: Cod. pal. germ. 525, Bl. 62 a-b (= Sächsische Weltchronik des Eike von Repkow). E: Lamparten: Lombardei; sammer: so wahr mir. Lit.: Tomkowiak 1991 (mit Belegen seit dem 16. Jh.: Kristallisationsfigur ist Karl der Kühne).

479. Der unschuldige Ritter. Qu.: Bange 1599, Bl. 37, Pomarius 1588, 175. Lit.: Rehermann 1977, 160, Nr. 51 (Var.n). Tubach, Nr. 1284.

480. Kaiser Otto hält Witwen- und Waisengericht. Qu.: Gottfried von Viterbo/

Pistorius, Teil 17, Kap. 482 (S. 329 f.); Lirer 1761, Bl. K 4 b-L 1a; Königshoven 1698, 109; Etterlin 1764, 60 f.; Schmincke 1747, 77-80 (sinngemäß bis zur 10. Z. von unten). E: sich hineinlegen: ins Mittel legen; im Lümer Bistum: gemeint wohl im Gebiet des Bistums Luni in Ligurien. Lit.: Petzoldt 1976/77, Nr. 532.

481. Otto III. in Karls Grabe. Qu.: Chronicon Novaliciense, Buch 3, Kap. 32 (vgl. u.a. Walch 1750, 19-22, § 5); letzter Abschnitt nach Lohengrin, Strophe 748. Lit.: Aschner 1909, 97. Mot. D 1812.3.3.

482. Die heilige Kunigund. Qu.: Cod. pal. germ. 525, Bl. 65 b (=Sächsische Weltchronik des Eike von Repkow) (s. auch Legenda aurea/Benz, Von St. Laurentius [S. 572]), Pomarius 1588, 181 (zusätzlich kleiner Hinweis auf Lohengrin, Str. 754). Lit.: Roth 1988; zum Gottesurteil s. den gleichnamigen Art. von H. Gröchenig in EM 6 (1990) 24-31. Vgl. Tubach, Nr. 2524, 2525.

483. Der Dom zu Bamberg. Qu.: mit kleineren sprachlichen Verbesserungen nach Pomarius 1588, 185 f. (die angegebene Quelle Munster, lib. 3. [= Munster 1628, Bd. 3, 5. Buch, 1109 f.] erklärt nur den Namen Babenhausen von Baba und ist ein zusätzlicher Beleg). Lit.: Dünninger 1963, Nr. 5 (Anm. S. 117 f.); Roth 1988.

484. Taube sagt den Feind an. Qu.: Gesta Romanorum, Nr. 38 (aus dem Lateinischen und unter Weglassung des Wortlauts der Nachricht sowie der Moralisation). Tubach, Nr. 1769.

485. Der Kelch mit der Scharte. Qu.: Cod. pal. germ. 525, Bl. 66 b (= Sächsische Weltchronik des Eike von Repkow) (s. auch u.a. Legenda aurea/Benz, Von St. Laurentius [S. 572 f.]). Lit.: Kretzenbacher 1958; Dorn 1967, 78-80; Rehermann 1977, 154. Tubach, Nr. 1501 (d), vgl. AaTh 808: Teufel und Engel kämpfen um die Seele. Vgl. DS 512.

486. Sage von Kaiser Heinrich III. Qu.: sinngemäß nach Schmincke 1747, 90-94 (Schluß geändert) Gottfried von Viterbo/Pistorius, Teil 17, Kap. 487-491 (S. 333-336); ferner Lirer 1761, Bl. L 1a-L 2a; Crusius 1596, Bd. 2, Teil 2, Buch 6, Kap. 9 (198 f.; Crusius 1738, 437-440); Etterlin 1764, 66-68; Becherer 1601, 199 f. E: sich enthalten: sich aufhalten. Lit.: Rehermann 1977, 481, Nr. 56 (Var.n); Graf 1987, 181-183; zur Thematik des vertauschten Briefes vgl. Art. »Gang zum Eisenhammer (Kalkofen)« in EM 5 (1987) 662-671 (C. Shojaei Kawan). Tubach und Dvořák, Nr. 647, AaTh 930: Uriasbrief; zum Herz als Todeszeichen vgl. Mot. H 105.

487. Der Teufelsturm am Donaustrudel. Qu.: Aventinus 1580, Bl. 330. E: gescheibweis: in der Weise eines Rades; Taufel: breites, dünnes Holz. Lit.: Steig 1916, 247; Dünninger 1963, Nr. 10 (Anm. S. 120 f.).

488. Quedl, das Hündlein. Qu.: Gottschalck 1814, 260-263 (nach Honemann 1754/55 und Heß 1793), von einem Quedelhund spricht Fischart 1574, Bl. 31 a (»Der Wädelburger wadelloser, begrabener Quedelhund«). Lit.: Aschner 1909, 82. Zum Motiv »Hund als Wächter« s. Mot. B 134.3.

489. Sage vom Schüler Hildebrand. Qu.: Cod. pal. germ. 525, Bl. 69-70 (= Sächsische Weltchronik des Eike von Repkow). E: ins Elend: in die Verbannung. Mot. D 1812.3.3.

490. Der Knoblauchskönig. Qu.: Cod. pal. germ. 525, Bl. 74 b (= Sächsische Weltchronik des Eike von Repkow), Pomarius 1588, 218, Bange 1599, Bl. 49 b-50a.

491. Kaiser Heinrich versucht die Kaiserin. Qu.: Cod. pal. germ. 525, Bl. 78 (= Sächsische Weltchronik des Eike von Repkow). Lit.: Steig 1916, 247 f.

492. Graf Hoyer von Mansfeld. Qu.: mündlich (vgl. Oberlin und Jodute). Handschriftlich verweist Jacob Grimm auf Wigalois/Benecke, 451-453 (= Anm. zu Z.

2862, wo Hoyer erwähnt wird), dort findet sich der erste Teil der Sage. Lit.: Grimm 1882, Bd. 2, 247; zu Rudolf von Habsburg s. Kleinschmidt 1977.

493. Die Weiber zu Weinsberg. Qu.: fast wörtlich nach Cronica 1499, Bl. 169. E: schmutzlachte: lächelte. Lit.: Steig 1916, 248; Wildermuth 1990. Var.n: Rehermann 1977, 142 f., 306 f., Nr. 55; Grimm/Ward 2, 275 f. Siehe auch DS 92, 573. Dömötör, Nr. 355, Mot. J 1545.4.1 = AaTh 875 IV: Bauerntochter: Die kluge B.

494. Der verlorene Kaiser Friedrich. Qu.: gekürzte Bearbeitung und Prosaübertragung eines Gedichts von Oswalt dem Schreiber (15. Jh.), Abdruck bei Grimm, Kl. Schr., Bd. 3 (1866) 89 f. (mit weiteren Quellen). *Die Sage mischt den zweiten zu dem ersten Friedrich. E: hahen: hängen; zwei Varianten zur Sage s. Hdex. Lit.: Aschner 1909, 57 f.; HdS, 81; Grimm/Ward 2, 276; Schenda/Doornkaat 1988, 71.

495. Albertus Magnus und Kaiser Wilhelm. Qu.: Dobeneck 1815, Bd. 1, 181 (nach Lehmann 1612, Buch 5, Kap. 90 [S. 534]). Lit.: zu älteren Quellen s. Aschner 1909, 92 f.; zu Albertus Magnus s. HdS, 256-258; EM 1 (1977) 255-261 (L. Petzoldt). Mot. D 1664.

496. Kaiser Maximilian und Maria von Burgund. Qu.: Lerchheimer 1585, Bl. 18 (= Theatrum de veneficis 1586, 274 f.). Lit.: Aschner 1909, 93; Grimm/Ward 2, 277.

497. Sage von Adelger zu Bayern. Qu.: Cod. pal. germ. 361, 39b-42c (= Kaiserchronik) (Var.: vgl. Abele 1712, Nr. 116). E: Reiternamen: Ritterwürde. Lit.: Ohly 1968, 144-156; HdS, 106; Graus 1975, 109-111; Art. »Eselherzfabel« in EM 4 (1984) 442-445 (L.G. Barag). Tubach, Nr. 717, AaTh 52: Eselherzfabel.

498. Die treulose Störchin. Qu.: Aventinus 1580, Bl. 276 a. Ältester Beleg im mittelalterlichen Europa bei Alexander Neckam ([12. Jh.] Buch 1, Kap. 64). Lit.: zum Sprichwort »Du kannst es nicht schmecken« s. Röhrich 1992, Bd. 3, unter »Schmecken«. Tubach und Dvořák, Nr. 4640 (vgl. auch Nr. 3073).

499. Herzog Heinrich in Bayern hält reine Straße. Qu.: Aventinus 1580, Bl. 411 b.

500. Diez Schwinburg. Qu.: Trithemius 1559, Bd. 2, 181 f. (beigesteuert von Clemens Brentano). Lit.: Aschner 1909, 26, Anm. 7 (mit Lit.); Grimm/Ward 2, 278. Müller/Röhrich D 17.

501. Der geschundene Wolf. Qu.: Aventinus 1580, Bl. 376 a.

502. Die Gretlmühl. Qu.: Aventinus 1580, Bl. 406 a. Lit.: Grimm/Ward 2, 279.

503. Herzog Friedrich und Leopold von Österreich. Qu.: Königshoven 1698, 127 f., ergänzend Cronica 1499, Bl. 250, Zusatz nach Aventin 1522, 8, 18 (S. 393, 396). *Als der Gefangene hineingeführt wurde und diesen Namen aussprechen hörte, rief er aus: »Jawohl, Trausnicht (Druwesnit), ich habe sein je nicht getraut, daß ich so sollte dareingebracht worden sein.« Lit.: Steig 1916, 248.

504. Der Markgräfin Schleier. Qu.: Berckenmeyer 1720, 497; Taschenbuch 1811 (zusätzlicher Hinweis der Brüder Grimm auf romanhaft ausgestaltete Var.: Naubert, Bd. 3, 113-117, 130-138). Lit.: Aschner 1909, 11.

505. Der Brennberger (erste Sage). Qu.: Lied von dem Bremberger (s. Kopp 1908, 13-22), Prosaauflösung. E: Der Minnesänger Reinmar von Brennenberg (gest. 1276) ist der Protagonist einer Volksballade aus dem 2. Drittel des 16. Jahrhunderts, inhaltlich keine Berührungen zu DS 506. Lit.: Kopp 1908; Aschner 1909, 25; Art. »Bremberger« in Verflex. 1 (1978) 1014-1016 (P. Sappler).

506. Der Brennberger (zweite Sage). Qu.: »Fliegendes Blatt«, Prosaauflösung (s. Arnim/Brentano, Bd. 2, 229 b und Kopp 1908, 43-47, Nr. 11 und vgl. 49-51, Nr. 12). Vom 2. Drittel des 16. Jahrhunderts an sind derartige Bremberger-Balladen in handschriftlichen und gedruckten Liedersammlungen nachweisbar, mit DS 505 keine inhaltliche Übereinstimmung: vgl. Nachweise bei DVldr, Nr. 16 (s. auch

17). Lit.: Kopp 1908; Art. »Bremberger« in Verflex. 1 (1978) 1014-1016 (P. Sappler); Arnim/ Brentano, Bd. 7, 371-374 (Kommentar); Art. »Herzmäre« in EM 6 (1990) 933-939 (A. Gier). AaTh 992: Herzmäre.

507. Schreckenwalds Rosengarten. Qu.: Mylius 1621, 681 f. Lit.: Schindler 1981, 35-41; zum Aggstein s. HdS, 163-165.

508. Margareta Maultasch. Qu.: Wahrhafftige Nachrichten 1737, 60-66 (Titel bei Denecke/Teitge, Nr. 5277). Lit.: Moser 1987, 123-145.

509. Dietrichstein in Kärnten. Qu.: nach Megiser 1612, Bd. 2, 973 f. (oft wörtlich, kleinere Abweichungen). Lit.: Steig 1916, 248 f.; Moser 1987, 123-145.

510. Die Maultasch-Schutt. Qu.: Megiser 1612, Bd. 2, 974-977. E: zum Brett treiben: gefügig, gehorsam machen (Brett=Strafbank). Lit.: Steig 1916, 249; Moser 1987, 123-145.

511. Radbod von Habsburg. Qu.: Müller 1806, Bd. 1, 262, Anm. 161 (Text mit Zusätzen aus der Anm. verwoben). Lit.: Kindermann-Bieri 1989, 335-340.

512. Rudolf von Strättlingen. Qu.: Wyß 1815, 187-194 (gekürzte Bearbeitung des Reimpaargedichts; Wyß' Vorlage war die »Strättlinger Chronik« des Eulogius Kiburger; Hs. nicht genannt). Lit.: Aschner 1909, 100; Schenda/Doornkaat 1988, 71; Kindermann-Bieri 1989, 323-326; vgl. allg. Kretzenbacher 1958; Dorn 1967, 78-80. Vgl. DS 485. AaTh 808: Teufel und Engel kämpfen um die Seele.

513. Idda von Toggenburg. Qu.: Müller 1806, Bd. 1, 402 f. Lit.: Schenda/ Doornkaat 1988, 71 (R. Schenda); Kindermann-Bieri 1989, 341-343.

514. Auswanderung der Schweizer. Qu.: Kontamination nach Spazier 1790, 343-347 (dessen Prosabericht vermischt mit Elementen des historischen Liedes: »Eyn schön Lied vom Ursprung und Herkommen der alten Schweitzeren«) und Müller 1806, Bd. 1, Kap. 15. *Das Lied nennt den damaligen König Risbert und den Grafen Christoph von Ostfriesland. Lit.: Schenda 1985 b, 291; Kindermann-Bieri 1989, 98-105.

515. Die Ochsen auf dem Acker zu Melchtal. Qu.: Etterlin 1764, 25. Lit.: Kindermann-Bieri 1989, 66.

516. Der Landvogt im Bad. Qu.: Etterlin 1764, 25 f. Lit.: Kindermann-Bieri 1989, 67 f.

517. Der Bund im Rütli. Qu.: gekürzt nach Etterlin 1764, 26-28. Lit.: Kindermann-Bieri 1989, 69-73 (losgelöst vom Kontext mit der Tell-Sage).

518. Wilhelm Tell. Qu.: gekürzt und hauptsächlich nach Etterlin 1764, 28-31, mit zum Teil wörtlichen Übernahmen. *Sonst Geßler. Spiel und Lied nennen ihn gar nicht mit Namen. E: Göller: Koller, Halsbekleidung. Lit.: Rehermann 1977, 328 f., Nr. 26 (Var.n); Graus 1975, 61-72; Kindermann-Bieri 1989, 74-88.

519. Der Knabe erzählt's dem Ofen. Qu.: Etterlin 1764, 42 f. E: schnarzen: scheltend anfahren; Was Gefährts: welches Benehmen, Verfahren. Lit.: Kindermann-Bieri 1989, 89-94. Mot. H 13.2: The Confession to the Oven.

520. Der Luzerner Harschhörner. Qu.: hauptsächlich nach Simler 1645, Buch 2, 340. E: Harschhorn: Kriegshorn (Harsch=Kriegsschar). Lit.: Kindermann-Bieri 1989, 95-97.

521. Ursprung der Welfen. Qu.: Reineccius 1581, 13-23. Lit.: Steig 1916, 250; Rehermann 1977, 138, 429, Nr. 15 und 492, Nr. 1 (Var.n); Ude-Koeller 1991, 271 f. Vgl. Dömötör, Nr. 408, AaTh 762: Mehrlingsgeburten.

522. Welfen und Giblinger. Qu.: Königshoven 1698, 424. E: Winsperg: Weinsberg.

523. Herzog Bundus, genannt der Wolf. Qu.: sinngemäß nach Lirer 1761, Kap. 17, einige stilistische Änderungen. Lit.: Steig 1916, 250.

524. Heinrich mit dem güldenen Wagen. Qu.: Aventinus 1580, Bl. 304, 363 und Bange 1599, Bl. 31 a-b (ähnlich u.a. bei Ludewig 1727, Bd. 8, 150 f.). *Scerenzerewald ist die älteste und beste Lesart; andere haben Scherendewald. AaTh 2400: Gründungssage.
525. Heinrich mit dem goldenen Pfluge. Qu.: Reineccius 1580, 4. Lit.: Steig 1916, 250 f. AaTh 2400: Gründungssage.
526. Heinrich der Löwe. Qu.: Büsching 1812, 211-242 (Volkslied [verfaßt von den Dresdner Maler Heinrich Göding], gekürzt und in Prosa übertragen), vgl. auch Anm. S. 449-451. Lit.: weitere zeitgenössische Bearbeitungen bei Aschner 1909, 53 f.; Brückner 1974, 678, Anm. 107 (Var.n aus dem 16. Jh.); Röhrich 1976, 116 f.; Gerndt 1980; Kellner 1993 (Teil 2.3.1).
527. Ursprung der Zähringer. Qu.: Königshoven/Schilter 1698, Anhang (Bericht des Kaplans Johann Sattler, gest. 1523, innerhalb der »Chronicke der Stadt Freyburg im Brisgaw«, 44). Lit.: Steig 1916, 251; Pfaff 1906.
528. Herr Peter Dimringer von Staufenberg. Qu.: Prosaauflösung von Egenolts Gedicht, das im ältesten Druck benutzt wurde (Nürnberg? 15. Jh.?), einleitend s. Arnim/Brentano, Bd. 1, 407 und Badische Wochenschrift 1806, 59-61. Lit.: Grimm DM, 391, 395; Aschner 1909, 25, 86 f.; Röhrich 1976, 137 f.; Petzoldt 1976/77, Nr. 107; Grimm/Ward 2, 289; Arnim/Brentano, Bd. 5, 681-703 (Kommentar und Lesarten); Lundt 1991. Mot. C 31, C 932; Petzoldt 1976/77, Nr. 107.
529. Des edlen Möringers Wallfahrt. Qu.: Hagen/Büsching 1807, 102-115 (Volkslied in Prosa übertragen). *Vgl. Samml. von Minnesingern 1, 124 [Bodmer 1758], wo das Lied merkwürdig dem Walther von der Vogelweide beigelegt wird. E: St. Thomas' Land: Indien. Lit.: Grimm/Ward 2, 290 f.; allg. Art. »Heimkehr des Gatten« in EM 6 (1990) 702-707 (O. Holzapfel). AaTh 974: Heimkehr des Gatten.
530. Graf Hubert von Calw. Qu.: Crusius 1595, 2, Buch 8, Kap. 6 (263; Crusius 1738, 485). Lit.: Steig 1916, 251.
531. Udalrich und Wendilgart und der ungeborne Burkard. Qu.: Goldast 1727, 40 f. Grimm/Ward 2, 291.
532. Stiftung des Klosters Wettenhausen. Qu.: Crusius 1596, 2, Buch 5, Kap. 3 (149; Crusius 1738, 403). Vgl. AaTh 2400: Gründungssage.
533. Ritter Ulrich, Dienstmann zu Wirtenberg. Qu.: Gedicht »Des von wirtemberg puch« im Cod. vindob. phil. 119, Bl. 188-192 (= Hoffmann von Fallersleben, Nr. 37). Lit.: Grimm/Ward 2, 292.
534. Freiherr Albrecht von Simmern. Qu.: Bräuner 1737, 329-335 (der sich auf Speidel 1657, 440 f. beruft), gekürzt und kräftig bearbeitet; die anderen von den Brüdern Grimm genannten Quellen des bereits aus der Zimmerischen Chronik (Zimmerische Chronik/Barack, 109-113) bekannten Textes liegen der Bearbeitung nicht zugrunde. Zum descensus ad inferos vgl. Mot. V 211.7. Vgl. auch DS 177, 279.
535. Andreas von Sangerwitz, Komtur auf Christburg. Qu.: Schütz 1599, 102 f. Lit.: Steig 1916, 251 f.; Petzoldt 1976/77, Nr. 342.
536. Der Virdunger Bürger. Qu.: Ottokar von Horneck/Pez, 298-301 (Kap. 335-338), Reimvorlage in Prosa übertragen und bearbeitet.
537. Der Mann im Pflug. Qu.: Florentina de ghetrouwe, Huysfrouwe van Alexander an Mets (Vrouwen-Peerle 1621) und Adelung 1784, Bd. 2, 114-120. Lit.: Debaene 1951, 27-31; Arnim/Brentano, Bd. 5, 564-569 (Kommentar); allg. vgl. Art. »Frau: Die treue F.« in EM 5 (1987) 203-207 (W. Williams-Krapp). AaTh 888: Frau: Die treue F.
538. Siegfried und Genofeva. Qu.: Freher 1613, 38 f. und Anhang, 18-22. Lit.:

Aschner 1909, 28; allg. Art. »Genovefa« in EM 5 (1984) 1003-1009 (K. Vanja). Zur Zunge als Todeszeichen vgl. Mot. H 105.
539. Karl Ynach, Salvius Brabon und Frau Schwan. Qu.: Jean Lemaire 1512, 3. Buch (Übers. aus dem Französischen und erheblich gekürzt). Lit.: Aschner 1909, 70-73; Steig 1916, 252; Cramer 1971, 97, 109-114.
540. Der Ritter mit dem Schwan. Qu.: gekürzt nach Historie Van den Ridder metter Zwane (ca. 17. Jh.; s. Denecke/Teitge, Nr. 3518). Lit.: Aschner 1909, 70-73; Cramer 1971.
541. Das Schwanschiff am Rhein. Qu.: Hopp 1655, 148-150; älteste Nachricht wohl in der von Guillaume de Tyr [Wilhelm von Tyrus] beschriebenen Geschichte des 1. Kreuzzuges, 9. Buch, ca. 1184. Lit.: Aschner 1909, 70-73; Cramer 1971; Lecouteux 1978.
542. Lohengrin zu Brabant. Qu.: Gedicht von Ulrich Füetrer, bearbeitet nach Hofstäter 1811, Bd. 2, 131-171 (vgl. Wolfram von Eschenbach, Parzival, 24624 ff.), Prosaauflösung. *Die Erzählung im Parzival ist noch einfacher. Friedrich fehlt ganz„ die demütige Herzogin wird von Land und Leuten bedrängt, sich zu vermählen. Sie verschwört jeden Mann, außer den ihr Gott sende, und da schwimmt der Schwan herzu. Lit.: Aschner 1909, 70-73; Cramer 1971; Lecouteux 1978.
543. Loherangrins Ende in Lothringen. Qu.: nach dem strophischen Epos »Titurel« des Albrecht. Lit.: Aschner 1909, 70-73; Cramer 1971.
544. Der Schwanritter. Qu.: Gedicht »Der Schwanritter« (15. Jh., 1643 Verse) nach Konrad von Würzburg (ed. Schröder 1925, Bd.2, 1-39; s. Altdeutsche Wälder 3 [1816] 49-96), Prosaauflösung. Lit.: Aschner 1909, 72; Cramer 1971; Lecouteux 1978; Lundt 1991.
545. Der gute Gerhard Schwan. Qu.: nahezu wörtlich nach Karlamagnus Saga/ Unger, 42 f. (= 48. Kapitel; 15. Jh.), mitgeteilt von R. Nyerup (ca. 1810/11). Lit.: Aschner 1909, 71; Cramer 1971.
546. Die Schwanringe zu Plesse. Qu.: stark gekürzt und verdichtet nach Meier 1713, 115-122 (unter Berufung u.a. auf Letzner 1587).
547. Das Oldenburger Horn. Qu.: Dobeneck 1815, Bd. 1, 83-86 (weitestgehend nach Hamelmann 1595, Bd. 1, Kap. 10). Lit.: Aschner 1909, 60.f.; Petzoldt 1976/ 77, Nr. 199a; Grimm/Ward 2, 297 f.
548. Friedrich von Oldenburg. Qu.: Aus dem Chronicon Rastedense, s. Meibom 1688, Teil 2, 90 f. (Übertragung aus dem Lat.). E: Heinrich IV. ergänzt aus dem Hdex. Lit.: Aschner 1909, 79 f.; Grimm/Ward 2, 298.
549. Die neun Kinder. Qu.: Kombination aus Halem 1803, Bd. 1, 252 und Miszellen für die Neueste Weltkunde Bd. 5 (1811) Nr. 11 vom 6. Februar 1811. Lit.: Steig 1916, 252 f. Dömötör, Nr. 408, AaTh 762: Mehrlingsgeburten.
550. Amalaberga von Thüringen. Qu.: Gregor von Tours, Buch 3, Kap. 4. Lit.: Graus 1975, 112 f.
551. Sage von Irminfried, Iring und Dietrich. Qu.: Rohte 1728, 1644-1650 (gekürzt). Lit.: Steig 1916, 253; Graus 1975, 112 f.
552. Das Jagen im fremden Walde. Qu.: weitestgehend nach Bange 1599, Bl. 43 b-44 b (die anderen von den Brüdern Grimm zitierten Quellen sind nicht herangezogen). E: Inzicht: Bezichtigung; Schlegel: Keule. Lit.: Büsching 1812, 189-192; Aschner 1909, 51; Steig 1916, 253 f.; Grimm/Ward 2, 300.
553. Wie Ludwig Wartburg überkommen. Qu.: Bange 1599, Bl. 44 b-45 b (Var.n: Schmincke 1747, 118 f. [sinngemäß], Rohte 1728, 1674 f.). *Ähnliche Sage von Konstantin und Byzanz. Cod. pal. germ. 361, Bl. 63b (= Kaiserchronik). **Weil er

die Fünfscheide macht zwischen Hessen, Thüringen, Franken, Buchen und Eichsfeld. E: stickel: steil.

554. Ludwig der Springer. Qu.: Bange 1599, Bl. 48b-49 a (die anderen zitierten Quellen, z.B. Rohte 1728, 1675 f., sind nicht herangezogen). *Letzter Willen, Testament. E: beschreiben: zum Besuch schriftlich auffordern. Lit.: Grimm DM, 126, 344, 422; Grimm, Kl. Schr. 7 (1871), 83-86; Aschner 1909, 50.

555. Reinhartsbrunn. Qu.: Bange 1599, Bl. 50 a-b (fast wörtlich), Var. Rohte 1728, 1678 f. Lit.: Steig 1916, 254.

556. Der hartgeschmiedete Landgraf. Qu.: 1. Abschnitt nach Odina und Teutona (1812) 140-151 (Kinderling, J.F.A.: Nähere Erläuterung über den in der Schmiede zu Ruhla hart geschmiedeten Landgrafen Ludwig den Eisernen), weiter nach Bange 1599, Bl. 61 a-b (fast wörtlich), sprichwörtlicher Zusatz nach Koch 1710, 22; die anderen zitierten Quellen, z.B. Rohte 1728, 1683 f., sind nicht herangezogen. Lit.: Aschner 1909, 49 f.; Grimm/Ward 2, 301. Zur Redensart »Landgraf, werde hart!« s. Röhrich 1992, Bd. 2, 926.

557. Ludwig ackert mit seinen Adligen. Qu.: Bange 1599, Bl. 61 b-62 b (die anderen zitierten Quellen, z.B. Rohte 1728, 1684, sind nicht herangezogen). Lit.: Steig 1916, 254; Grimm/Ward 2, 301 f.

558. Ludwig baut eine Mauer. Qu.: Bange 1599, Bl. 63 a-b; Winkelmann 1754, Bd. 2, 234 und Rothe 1728, 1684.

559. Ludwigs Leichnam wird getragen. Qu.: Bange 1599, Bl. 65 a-b; Winkelmann 1754, Bd. 2, 235 und Rothe 1728, 1686.

560. Wie es um Ludwigs Seele geschaffen war. Qu.: Bange 1599, Bl. 65 b-66 a (die anderen zitierten Quellen, z.B. Rohte 1728, 1686 f., sind nicht herangezogen). Lit.: Steig 1916, 255; Grimm/Ward 2, 302. Tubach, Nr. 4858. Vgl. DS 536.

561. Der Wartburger Krieg. Qu.: weitgehend nach Rothe 1728, 1697-1700 und vgl. Reimpaargedicht De vita S. Elisabethae: Mencken 1728, 2035-2045, gekürzte Bearbeitung (z.T. Prosaauflösung); die anderen bei DS zitierten Quellen wurden nicht benutzt. E: Schnipfenschnapf (mhd. snippesnapp): höhnisch gemeinter Ausruf. Lit.: Grimm DM, 820, 862 f.; Aschner 1909, 93-96; Grimm/Ward 2, 303 f.

562. Doktor Luther zu Wartburg. Qu.: bearbeitet nach Berckenmeyer 1720, 641 und »mündliche Sage«. Lit.: Brückner 1974, 276 (Var.n aus dem 16./17. Jh.), vgl. auch 301, Nr. 45 (Var.n aus dem 19. Jh.); Grimm/Ward 2, 304.

563. Die Vermählung der Kinder Ludwig und Elisabeth. Qu.: Schmincke, 281 (Eingangssatz), 287-289 (sinngemäß). E: Friedel: Geliebter. Lit.: Grimm/Ward 2, 304 f.; allg. vgl. Art. Elisabeth, Hl. in EM 3 (1981) 1356-1361 (E. Wimmer).

564. Heinrich das Kind von Brabant. Qu.: verschiedene Vorlagen: Brandes 1810, 164 und Rohte 1728, 1738-1742; 2. Abschnitt Bange 1599, Bl. 100 a-b. Steig 1916, 255 f. *Er war Bruder Landgrafen Ludwigs, hatte die heilige Elisabeth, dessen Witwe, hart behandelt und Herrmann, ihren einzigen Sohn, der Sage nach, vergiften lassen. E: erstorben: durch Todesfall vererbt; Blide: Steinschleuder; im Hdex. noch Zusatz nach »erkannten«: »Der Sage nach sollen die roten Streifen in dem hess. Löwen von den Windeln, worin Sophie ihr Kind gewaschen, rühren. Der thüring. Löwe sei ganz weiß gewesen.« Lit.: Grimm/Ward 2, 305.

565. Frau Sophiens Handschuh. Qu.: Senckenberg 1735, Bd. 3, 325. E: Sprache: Beratung. Lit.: Steig 1916, 256; Grimm/Ward 2, 305.

566. Friedrich mit dem gebissenen Backen. Qu.: Bange 1599, Bl. 104 a-b (fast wörtlich) (ergänzend: Rohte 1728, 1743-1745).

567. Markgraf Friedrich läßt seine Tochter säugen. Qu.: Rohte 1728, 1747. Lit.: zu Adolf von Nassau s. HdS, 117.

568. Otto der Schütze. Qu.: Spangenberg 1594, Bd. 2, Buch 9, Kap. 4 (Bl. 120 b) und Schmincke 1746, 14, 22 f., 24 f., 27 f., 32, 34 f., 37-39 (u.a. nach Spangenberg 1594). E: hervorzog: auszeichnete. Die Regesten Schminckes sind miteinander verbunden und als Sage wiedergegeben. Lit.: Aschner 1909, 26, Anm. 8 (mit Lit.).
569. Landgraf Philips und die Bauersfrau. Qu.: bearbeitet unter Einführung der wörtlichen Rede nach Kirchhof/Österley [1563], Buch 3, Nr. 12 (weitere Nachweise ebda., Buch 5, 87). E: an zehn Enden: allerwärts, durchaus; entraten: verzichten auf. Mot. K 1812.
570. In Ketten aufhängen. Qu.: Wigand 1792, Bd. 1, 90 f. (die von den Brüdern Grimm angegebene Quelle Justi 1805, Bd. 4, 477 f. ist nur ein zusätzlicher Hinweis [vom Ziegenhainer Oberschultheißen Christoph Heinrich Günther] auf die Sage und wurde zur Abfassung des Textes nicht herangezogen).
571. Landgraf Moritz von Hessen. Qu.: mündliche Sage in Hessen. AaTh 951 A: König und Räuber.
572. Brot und Salz segnet Gott. Qu.: nach Praetorius, Wündschel-Ruthen, 7-9 und erneuter Bearbeitung (Erstveröffentlichung von W. Grimm als »Alte Sage« und ohne Nennung des Praetorius im »Gesellschafter« im 37. Blatt, vom 6.3.1818; eingesandt am 23.1.1818 = Grimm 1881, Bd. 1, 382 f.). Lit.: Aschner 1909, 29; Erfurth 1938, 56; Grimm/Ward 2, 307.
573. Nidda. Qu.: 1. Abschnitt nach Justi 1805, Bd. 4, 298 (Bericht von Prof. Schwarz), 2. Abschnitt Winkelmann 1754, Bd. 2, 231 f. und vgl. Bd. 1, 193. Lit.: Grimm/Ward 2, 307 f. Mot. J 1545.4.1 = AaTh 875 IV: Bauerntochter: Die kluge B. Siehe auch DS 92, 493.
574. Ursprung der von Malsburg. Qu.: bearbeitet nach Winkelmann 1754, Bd. 2, 127. E: Der Dichter Otto von der Malsburg zählte zu den Hanauer und Kasseler Freunden der Brüder. Lit.: Steig 1916, 256 f.
575. Ursprung der Grafen von Mansfeld. Qu.: Otmar 1800, 199-202 (gekürzt). Vgl. AaTh 2400: Gründungssage.
576. Henneberg. Qu.: Senckenberg 1735, Bd. 3, 311 f. Lit.: Steig 1916, 257.
577. Die acht Brunos. Qu.: Spangenberg 1590, Buch 2, Kap. 11 (134-138). E: strafen: ausschelten. Lit.: Steig 1916, 257 f.; Rehermann 1977, 492 f., Nr. 2 (Var.n). Dömötör, Nr. 408, AaTh 762: Mehrlingsgeburten.
578. Die Eselswiese. Qu.: Spangenberg 1590, 128, 132 f. E: stetig werden: fest stehenbleiben. Lit.: Grimm/Ward 2, 309; allg. vgl. Art. »Bauplatzlegende« in EM 1 (1977) 1401-1404 (M.-V. Blümmel) und »Gespannwunder« in EM 5 (1987) 1179-1186 (L. Röhrich).
579. Thalmann von Lunderstedt. Qu.: Agricola 1534, Nr. 189.
580. Hermann von Treffurt. Qu.: Becherer 1601, 337 f. und Toppius/ Juncker 1710, 22 f., 57 sowie Gregorius 1715, unter Hellerstein. E: Die Gezeiten St. Marien: die Gebetsstunden (horae canonicae).
581. Der Graf von Gleichen. Qu.: sinngemäß aus einer längeren Abhandlung bei Tentzel 1696 (Juli), 597-622 (mit Nennung zahlreicher älterer Quellen), ergänzender Hinweis auf Gregorius 1713, 20-31 (zur Bearbeitung nicht herangezogen). Lit.: Aschner 1909, 26, Anm. 8 (mit Lit.); Brückner 1974, 683, Anm. 133 und Rehermann 1977, 153, 377, Nr. 9, 405, Nr. 58 (Var.n aus dem 16./17. Jh.); Grimm/Ward 2, 309 f.; allg. Frenzel 1981.
582. Hungersnot im Grabfeld. Qu.: Annales Fuldenses unter dem Jahr 850 (Bouquet 1749, Bd. 7, 159-183, hier 163). E: 1816 hieß es eingangs, daß der Mann »auswanderte« (statt »wanderte«). Lit.: Petzoldt 1976/77, Nr. 491; Grimm/Ward 2, 310 f.

583. Der Kroppenstedter Vorrat. Qu.: Otmar 1800, 46 f. (von Otmar zitierte Hexameter sind in Prosa übertragen), gekürzt. Lit.: Aschner 1909, 34.
584. So viel Kinder als Tag' im Jahr. Qu.: Dielhelm 1744, 885 (ergänzend 876). Lit.: Brückner 1974, 677, Anm. 103 und Rehermann 1977, 322, Nr. 13 (Var.n aus dem 16./17. Jh.). Dömötör, Nr. 408, AaTh 762: Mehrlingsgeburten.
585. Die Gräfin von Orlamünde. Qu.: bearbeitet und gekürzt nach einem lateinisch und deutsch dargebotenen Reimgedicht bei Waldenfels 1677, 465-474. E: Docken: Puppen; im Hdex. ist noch ein abweichender Spruch vermerkt: »O lieber Löwe, laß mich leben, ich will dir gern meine Schaube geben.« Lit.: Aschner 1909, 25; Steig 1916, 258 f.; Rehermann 1977, 471 f., Nr. 33 (Var.n); Arnim/Brentano, Bd. 7, 374-383 (Kommentar).

Bibliographie

A Ausgaben

Deutsche Sagen 1-2. Hrsg. von den Brüdern Grimm. Berlin 1816/18.
Deutsche Sagen 1-2. Hrsg. von den Brüdern Grimm. 2. Aufl. ed. H. Grimm. 1865/66 (3. Aufl. 1891 mit Zusätzen aus den handschriftlichen Aufzeichnungen der Brüder Grimm).
Deutsche Sagen. Hrsg. von den Brüdern Grimm. ed. R. Steig. Berlin 4. Aufl.[1905].
Deutsche Sagen. Hrsg. von den Brüdern Grimm. ed. A. Stoll. Leipzig [1911].
Deutsche Sagen. Hrsg. von den Brüdern Grimm. Neu hrsg. von H. Floerke. München 1911.
Die deutschen Sagen der Brüder Grimm. ed. H. Schneider. Berlin/Leipzig/Wien/Stuttgart [1914].
Deutsche Sagen, herausgegeben von den Brüdern Grimm. Zwei Bände in einem Band. Berlin 1956 ([auch München 1956, Darmstadt 1956] mit den Vorreden der Brüder Grimm zur 1. Aufl. von 1816/18 sowie einer Vorbemerkung von H. Grimm; Nachwort von L. Röhrich [1965]) u.ö.
Übersetzungen u.a. ins Dänische (1824), ins Französische (1838), Rumänische (1901), Japanische (1959), Englische (1981).

B Quellen

Aufgenommen sind die in den »Anmerkungen und Kommentaren« erwähnten Quellen bzw. Varianten oder von den Brüdern Grimm zusätzlich angeführte Titel. Bei den Quellen, die als direkte Vorlage(n) für die »Deutschen Sagen« ermittelt wurden, sind zusätzlich alle jeweiligen DS-Nummern vermerkt.

Abel 1732 Abel, C.: Sammlung etlicher noch nicht gedruckten Alten Chronicken, als der Nieder-Sächsischen, Halberstädtischen, Quedlinburgischen, Ascherslebischen, und Ermslebischen [...] Sampt einer Zugabe zu den Teutschen und Sächsischen Alterthümern. Braunschweig 1732. DS 453
Abele 1712 Abele, M.: Metamorphosis telae judiciariae, das ist, Seltzame Gerichts-Händel [...]. Nürnberg 1712 (Erstausgabe Nürnberg 1651-54).
Abraham a Sancta Clara zitiert von den Brüdern Grimm ohne nähere Angabe. 142
Adelung 1783f. Adelung, J.J.: Magazin für die deutsche Sprache 1-2. Leipzig 1783/84. DS 537
Aelurius 1625 Aelurius [d.i. Katschker], G.: Glaciographia, oder Glätzische Chronica/ Das ist: Gründliche historische Beschreibung der berümbten und vornemen Stadt/ ja gantzen Graffschaft Glatz [...]. Leipzig 1625. DS 318,352
Agnellus, Vita Sergii Agnellus: Liber Pontificalis 1-2. In: MPL 106 (1864). DS 111
Agricola 1530 Agricola, G.: Bermannus sive de re metallica. Basel 1530 (s. Agricola 1657)
Agricola 1534 Agricola, J.: Sybenhundert und Fünfftzig Teutscher Sprichwörter, verneuwert und gebessert. Hagenau 1534 (Nachdr. Hildesheim/New York 1970). DS 23. 33, 174, 175, 188, 212, 293, 314, 579

Agricola 1549 Agricola, G.: De animantibus subterraneis Liber. Basel 1549.

Agricola 1657 Agricola, G: De re metallica Libri XII [...]. Basel 1657 (Erstausgabe Basel 1556).

Aimoin [...] Aimoini Floriacensis Monachi [...] Opus omnia. In: Patrologiae cursus completus [...]. ed. J.-P. Migne. Series Latina 139 (1853) 627-852. DS 377, 425, 426, 430, 432, 434, 435, 436

Alexander Neckam Alexander Neckam: De naturis rerum libri duo. ed. T. Wright. London 1863 (Nachdr. 1967). DS 498

Alpenrosen Alpenrosen. Ein Schweizer Almanach. ed. G.J. Kuhn/J.R. Wyß u.a. Bern/Leipzig 1811 ff. DS 143, 350

Altdeutsche Wälder Altdeutsche Wälder 1-3. Hrsg. durch die Brüder Grimm. Kassel u.a. 1813-16. DS 381, 397, 544

Ammianus Marcellinus/Sirmond Marcellini v.c. comitis Illyriciani chronicon. Muto quam antea em. et auctius. Opera I. Sirmondi. Paris 1619.

Annales Fuldenses Annales Fuldenses. ed. G.H. Pertz (MGH Scriptores 1). Hannover 1826. DS 582; s. auch Bouquet

Annolied Der Lobgesang auf den heiligen Anno. ed. G.A.F. Goldmann. Leipzig/ Altenburg 1816. DS 414, 421, 422, 423

Appenzeller 1810 Appenzeller, J.C.: Potpourri von Reminiszenzen, kleinen Gemälden und Gedichten über die Schweiz. Winterthur 1810. DS 357

Aretin 1803 Aretin, J.C. Frhr. von: Beyträge zur Geschichte und Literatur [...] 1-9. München 1803-07. DS 460

Argenson 1780 Argenson, M.A.R. de Voyer: Mélanges tirées d' un grande bibliothque 4. Paris 1780 (Bd. 1 ff., 1779 ff.). DS 440

Arndt 1801 Arndt, E.M.: Bruchstücke aus einer Reise von Baireuth bis Wien im Sommer 1798. Leipzig 1801. DS 130, 194

Arnim/Brentano Arnim, L.A. von/Brentano, C.: Des Knaben Wunderhorn. Alte deutsche Lieder [1806-08]. ed. H. Rölleke. 9 Bände. Stuttgart/Berlin/Köln/ Mainz 1979. DS 171, 506, 528

Aurora 1794 s. Vulpius

Ausführliche Beschreibung s. Pachelbel

Außerordentliche Herzhaftigkeit Außerordentliche Herzhaftigkeit einer Müllermeisterinn, durch welche ein Verbrecher seine wohlverdiente Strafe empfing. Wien s.a. DS 128

Aventinus 1580 Johannis Auentini [i.e. J. Turmair] [...] Chronica, Darinn nicht allein deß gar alten Hauß Beyern Keyser, Könige [...] Stamm und Geschichte, sondern auch der uralten Teutschen Ursprung [...] beschrieben [...]. Frankfurt 1580. DS 18, 413, 464, 487, 498, 499, 501, 502, 524

Badische Wochenschrift Badische Wochenschrift für Belehrung und Unterhaltung für alle Stände. Bd. 1-2. Hrsg. von A. Schreiber. Heidelberg 1806/07. DS 96, 306, 307, 528

Balbín Balbín, Bohuslav: Miscellanea historica regni Bohemiae [...]. Prag 1679-88.

Bange 1599 Bange, J.: Thüringische Chronick oder Geschichtbuch von allerhand denckwürdigen Sachen, Thaten und Händeln [...]. Mühlhausen 1599. DS 164, 232, 242, 474, 479, 490, 524, 552, 553, 554, 555, 556, 557, 558, 559, 560, 564, 566

Bassompierre 1665 Bassompierre, Franois de: Mémoires du maréchal de Bassompierre contenant l' histoire de sa vie et de ce qui s' est fait de plus remarquable à la cour de France pendant quelques années 1-2. Cologne 1665.

Becherer 1601 Becherer, J.: Newe Thüringische Chronica. Das ist: Historische Beschreibung aller ihrer Könige, Hertzogen, Fürsten, Graffen und Stätte Ankunfft [...] Mühlhausen 1601. DS 242, 245, 486, 580

Beda Venerabilis Beda Venerabilis: Historiae ecclesiasticae gentis Angelorum Libri V. Canterbury 1644. DS 417, 418

Beer 1679 [Beer, J.:] Des simplicianischen Welt-Kucker Oder Abentheuerlichen Jan Rebhu Anderer Theil. [Halle 1679]. DS 282

Behrens 1703 Behrens, G.H.: Hercynia curiosa, oder Curiöser Hartz-Wald. Nordhausen 1703 (Neudruck Nordhausen 1899). DS 237, 303, 320, 324, 475

Beka 1643 I. de Beka [...] et W. Heda [...] De Episcopis Ultraiectinis [...] recogniti et notis historicis illustrati ab A. Buchelio Batavo. Utrecht 1643. DS 451

Bekker 1693 Bekker, B.: Die Bezauberte Welt: Oder eine gründliche Untersuchung des Allgemeinen Aberglaubens [...]. Amsterdam [=Hamburg] 1693 (ndl. Ausgabe Amsterdam 1691). DS 123

Berckenmeyer 1720 Berckenmeyer, P. L.: Vermehrter Curieuser Antiquarius. Hamburg 5. Aufl. 1720. DS 504, 562

Boccaccio, Decamerone Boccaccio, G.: Cento novelle. Hundert neuwer Historien, welche von dreyen Männern und sieben Weibern, so zu Florentz ein groß Sterben geflohen, zusammen geredt 1-2. Frankfurt a.M. 1580. DS 404

Bodin 1581 Bodin, J.: DE MAGORUM DAEMONOMANIA. Vom Außgelassnen Wütigen Teuffelsheer/[...] Vnholden/Teuffelsbeschwerern/[...] durch [...] J. Fischart [...] in Teutsche gebracht [...]. Straßburg 1581 u.ö.

Bodmer 1758 f. Bodmer, J.J.: Sammlung von Minnesingern aus dem Schwaebischen Zeitpuncte CXL Dichter enthaltend 1-2. Zürich 1758-59.

Botho/Leibniz Botho, C.: Chronicon Brunsvicensium picturatum. In: Leibniz 3 (1711) 277-425. DS 284

Bouquet 1738 ff. Bouquet, M.: Recueil des historiens des Gaules et de la France. Bd. 1 ff. Paris 1738 ff. DS 447, 467, 582

Brandes 1810 Brandes, E.: Ueber den Einfluß und die Wirkungen des Zeitgeistes [...]. Hannover 1810. DS 564

Brandis 1678 Brandis, F. A. Graf von: Dess Tirolischen Adlers Immergrünendes Ehren-Kräntzel [...]. Bozen 1678. DS 353

Bräuner 1737 Bräuner, Johann Jacob: Physicalisch= und Historisch= Erörterte Curiositaeten; Oder: Entlarvter Teufflischer Aberglaube von Wechselbälgen/ Wehr=Wölffen/ Fliegenden Drachen/ Galgen=Männlein/ Diebs=Daumen/ Hexen=Tantz/ Holung auf dem Bock/ Irrwischen/ Spiritu Familiari/ Festmachung/ Wütenden Heer/ Lösel=Nächten/Alpdrücken/ Nessel=Knüpfen/ Hexen=Buhlschafft mit dem Teuffel/ Crystallen=Schauern/ Wahr=sagungen und andern dergleichen [...] in 50. curiosen Materien fürgestellet. Frankfurt 1737. DS 2, 14, 37, 54, 60, 61, 82, 84, 115, 116, 119, 120, 121, 169, 177, 216, 256, 259, 260, 336, 534

Brautschau s. Spieß 1796

Bruschius 1551 Bruschius, C.: Monasteriorum Germaniae praecipuorum ac maxime illustrium centuria prima. Ingolstadt 1551.

Bucelinus 1655 Bucelinus, G.: Germania topo-, chrono-, stemmatographica sacra et profana 1-4. Ulm 1655/62/71/78.

Burchard, Chronicon Conradi a Lichtenau [d.i. Burchard, Abt von Ursperg] [...] Chronicon. Straßburg 1609. DS 424

Burchard, Chronicum Chronicum Abbatis Urspergensis, continens historium rerum memorabilium [...]. Straßburg 1540. DS 408

Büsching 1812 Büsching, J.G.: Volks-Sagen, Märchen und Legenden. Leipzig 1812. DS 75, 175, 286, 319, 321, 341, 359, 526
Büsching s. auch Wöchentliche Nachrichten
Canisius 1580 [Canisius, Petrus:] Von den hoch und weitberühmpten Wunderzeichen, so sich mit dem hochheiligsten Sacrament des Altars auff dem Seefeld in der fürstlichen Graffschaft Tyrol Anno 1384 zugetragen [...]. Dillingen 1580 (unter anderem Titel Innsbruck 1603 u.ö.). DS 356
Chronicon Novaliciense Chronicon Novaliciense. ed. L.C. Bethmann. In: Monumenta Germaniae Historica 7. Hannover 1846, 73-133. DS 409, 412, 446, 448, 449, 481 466
Chroniques de S. Denis s. Bouquet
Clüver 1616 Philippi Cluverii Germaniae antiquae libri tres. Leyden 1616.
Cod. pal. germ. Die altdeutschen Handschriften der Universitäts-Bibliothek in Heidelberg 1-2. ed. K. Bartsch. Heidelberg 1887. DS 414, 416, 421, 422, 423, 444, 460, 465, 470, 477, 478, 482, 485, 489, 490, 491, 497
Cod. vindob. phil. Hoffmann von Fallersleben [, A.H.]: Verzeichniß der altdeutschen Handschriften der k.k. Hofbibliothek zu Wien. Leipzig 1841. DS 533
Codex Laureshamensis Codex principis olim Laureshamensis abbatiae diplomaticus [...] 1-3. Mannheim 1768. DS 457
Corvin s. Unentbehrlicher Führer
Crantzius s. Krantz
Cronica 1499 Die Cronica van der hilliger stat van Coellen. In: Die Chroniken der niederrheinischen Städte. Cöln. Bd. 2-3. ed. H. Cardauns (Die Chroniken der deutschen Städte vom 14. bis ins 16. Jahrhundert 13, 14). Leipzig 1876/77. DS 493, 503
Crusius 1595 Crusius, M.: Annales Suevici, sive chronica rerum gestarum [...] Suevicae gentis [...] 1-3 (in 2 Bd.). Frankfurt 1595-96. DS 222, 472, 473, 476, 486, 530, 532
Crusius 1738 Crusius, M.: Schwäbische Chronick [...] 1-3 (in 2 Bd.). Übers. J.J. Moser. Frankfurt/Leipzig 1738. DS 179, 443, 473
Curiositäten Curiositäten der physisch-, literarisch-, artistisch-, historischen Vor- und Mitwelt [...]. ed. C.A. Vulpius. Weimar 1811 ff.
Cuspinianus, Austria Cuspinianus, J.: Austria, cum omnibus archiducibus eiusdem, ac urbis Viennensis descriptione [...]. In: Joannis Cuspiniani [...] consiliis & oratoris, de Consulibus Romanorum Commentarii. Basel 1553, 591-667. DS 352
Cysat 1661 Cysat, J.L.: Beschreibung deß Berühmbten Lucerner- oder 4. Waldstätten Sees/ und dessen Fürtrefflichen Qualiteten und sonderbaaren Eygenschafften. Luzern 1661.
Dalby 1618 Dalby, C.: Tractatus de peregrinatione mortalium. Frankfurt a.M. 1618.
Dedekennus 1623 Dedekennus, G.: Thesauri consiliorum et decisionum Volumen II. Hamburg 1623.
Delrio 1599 Delrio, M.: Disquisitionum magicarum libri sex. Löwen 1599 (u.ö.).
Dielhelm 1744 [Dielhelm, J.H.:] Denkwürdiger und nützlicher Rheinischer Antiquarius. Neue und verm. Aufl. Frankfurt a.M. 1744 (zuerst 1739). DS 199, 241, 341, 584
Dobeneck 1815 Dobeneck, F.L.F. von: Des deutschen Mittelalters Volksglauben und Heroensagen. Bd. 1-2. Berlin 1815. DS 22, 75, 215, 296, 297, 298, 495, 547
Döderlin 1723 Döderlin, J.A.: Schediasma historicum. Nürnberg 1723. DS 189

Dramatisierte Erzählungen s. Wenzel
Draudius 1620 Draudius, G.: Fürstliche Tischreden 1-3. Frankfurt a. M. 1617-20.
Dreyhaupt 1772 ff. Dreyhaupt, J. C. von: Pagus neletici et nudzici, oder diplomatisch-, historische Beschreibung des Saalkreises [...] 1-2. Halle 1772/73. DS 105
DVldr Deutsche Volkslieder mit ihren Melodien 1 ff. Berlin 1935 ff.; ab Bd. 5 Freiburg 1965 ff.
Eccard s. Norbert, Vita Bennonis
Eichhorn 1808 Eichhorn, K.F.: Deutsche Staats- und Rechtsgeschichte. Göttingen 1808.
Erholungen s. Otmar
Erich 1654 Erich, S.: Exodus Hamelensis. Das ist der Hämelischen Kinder Außgang. Hannover 1654 (u.ö.; lateinische Ausgaben von 1657, 1662). DS 245
Ernst 1719 Ernst, J.D.: Gemüthsergötzlichkeiten oder lustige Gespräche. Magdeburg 1719. DS 241
Etterlin 1764 Etterlin, P.: Kronica von der löblichen Eidgnoschaft. ed. J.J. Spreng. Basel 2. Aufl. 1764 (Erstausgabe Basel 1507). DS 218, 480, 486, 515, 516, 517, 518, 519
Ettner 1700 [Ettner, J.C.:] Des getreuen Eckarths Ungewissenhafter Apotheker. Augsburg/Leipzig 1700. DS 250, 255
Faber s. Goldast
Falckenstein 1738 Falckenstein, J.H. von: Thüringische Chronika, oder vollständige alt- und mittel- und neue Historie von Thüringen 1-3. Erfurt 1734/38/ 88. DS 7, 12, 291, 334, 338, 358
Fincel 1556 Fincelius, Jobus: Wunderzeichen 1-3. Jena 1556/Leipzig 1559/Jena 1562 (u.ö.).
Fischart 1574 [Fischart, J.:] Affentheurlich Naupengeheuerliche Geschichtklitterung von Thaten und Rathen der der von kurtzen langen unnd je weiten vollenwolbeschreiten Helden und Herren etwan von M. Franz Rabelais frantzösisch entworffen. Nun aber uberschröcklich lustig in einen teutschen Model vergossen [...] durch Huldrich Elloposcieron. o.O. 1574. DS 488
Fischart s. auch Bodin
Flodoardus Flodoardi Historia Canonici Remensis Historia Remensis Ecclesiae Libri Quatuor. In: MPL 135, 9-429. DS 426, 427, 428, 429
Flögel 1788 Flögel, K.F.: Geschichte des Groteskkomischen. Liegnitz/Leipzig 1788. DS 269
Francisci 1670 Francisci, E.: Neu-polirter Geschicht- Kunst- und Sittenspiegel ausländischer Völcker [...]. Nürnberg 1670. DS 75
Francisci 1690 Francisci, Erasmus: Der Höllische Proteus, oder Tausendkünstige Versteller [...]. Nürnberg 1690. DS 115, 263, 264, 265, 266, 267, 269, 186
Freher 1612 f. Freher, M.: Originum Palatinarum commentarius 2. Teil 1-2. Heidelberg 1612/13. DS 538
Freimüthiger Der Freimüthige und Scherz und Ernst. ed. G. Merkel. 1803 ff. DS 109, 363
Frick 1802 Frick, F.: Historische und Architectonische Erläuterungen der Prospecte des Schlosses Marienburg in Preußen. Berlin 1802. DS 180
Friedlieb Friedlieb, P.H.: Medulla theologicae. Frankfurt 1683.
Frischlin 1579 Frischlin, N.: Hildegardis Magna. Comoedia nova. Tübingen 1579 (u.ö.).
Frommann 1675 Frommann, J.C.: Tractatus de fascinatione novus et singularis. Nürnberg 1675.

Fürst 1739 Fürst, G. von: Curiöse Reisen durch Europa. Soran 1739. DS 180
Gehres 1792 Gehres, S.F.: Pforzheim's Kleine Chronik. Memmingen 1792. DS 354
Gensau 1807 Gensau, A.F. von: Gesammelte Meinungen von der Entstehung des Nahmens und des Alterthums der Spinnerin am Kreuze auf dem Wienerberg. Wien 1807. DS 179
Gerlach 1674 Gerlach, S.: Tagebuch des an die Ottomanische Pforte zu Constantinopel vollbrachte Gesandtschaft. Frankfurt a.M. 1674.
Geschichtliche Denkwürdigkeiten s. Lang
Gesellschafter Der Gesellschafter oder Blätter für Geist und Herz. Berlin 1817 ff.
Gesta Romanorum Gesta Romanorum. ed. H. Oesterley. Berlin 1872 (Nachdr. Hildesheim 1963). DS 441, 461, 484
Godelmann/Nigrinus 1592 Godelmann, G.: Von Zauberern, Hexen und Unholden. Wahrhafftiger und wohlgegründter Bericht. Übers. von G. Nigrinus. Frankfurt a.M. 1592 (lat. Ausg. 1591). DS 209, 251
Goethe 1795 f. Goethe [J.G. von]: Wilhelm Meisters Lehrjahre 1-4. Berlin 1795/96. DS 62
Goldast 1727 Rerum Svevicarum Scriptores aliquot veteres velleji Galli Fragmentum vetustum [...]. Praecipue Felicis Fabri Historia Suevica. ed. M. Goldast. Ulm 2. Aufl. 1727. DS 471, 531
Goldschmidt 1698 Goldschmidt, P.: Höllischer Morpheus/ welcher kund wird/ durch/ die geschehene Erscheinungen/ derer Gespenster/ und Polter= Geister [...]. Hamburg 1698 (2. Aufl. 1704).
Görres 1807 Görres, J. von: Die teutschen Volksbücher. Heidelberg 1807 (Nachdr. Hildesheim/New York 1982). DS 25
Gottfried von Viterbo/Pistorius Germanicorum scriptorum, qui rerum a Germanis per multas aetates gestarum historias vel annales posteris reliquerunt, tomus alter. ed. J. Pistorius. 3. Aufl. besorgt von B.G. Struvius. Regensburg 1726 (u.a. mit der Chronica des Gottfried von Viterbo). DS 390, 400, 417, 472, 480, 486
Gottschalck 1811 ff. Gottschalck, C.F.: Die Ritterburgen und Bergschlösser Deutschlands 1-8. Halle 1810-18. DS 108
Gottschalck 1814 Gottschalck, [C.] F.: Die Sagen und Volksmährchen der Deutschen 1. Halle 1814. DS 132, 183, 232, 237, 242, 245, 307, 488
Graben zum Stein 1730 ff. [Graben zum Stein, O.:] Unterredungen von dem Reiche der Geister 1-3. Leipzig 1730; [2] 1731; [3] Berlin 1741. DS 42, 72
Grabner 1792 Grabner, J.: Über dem vereinigten Niederlande. Briefe. Gotha 1792. DS 239
Grans Croniques de France, Les Les grans Croniques de France 1-3. Paris 1514. DS 439
Gregor der Große, Dialogi Dialogorum Sancti Gregorii Magni libri IV. Coloniae [1473]. DS 384, 386, 387
Gregor von Tours Gregorii Episcopi Turonensis Libri historiarum (MGH Scriptores rerum Merovingicarum 1,1). ed. B. Krusch/W. Levinson. Hannover 1937-51 (Nachdr. 1965). DS 426, 431
Gregor von Tours, Hist. epitom. Gregorii Episcopi Turonensis Excerpta Chronica, sive Historia Francorum Epitomata, ex Fredegarii Scholastici Historia miscella. In: Historiae Francorum Scriptores Coaetanei 1. ed. A. Duchesne. Paris 1636, 712-739. DS 390, 397, 550
Gregorius 1713 Melissantes [d.i. Gregorius, J.G.]: Das erneuerte Alterthum, oder

curieuse Beschreibung einiger vormals berühmten, theils verwüsteten und zerstörten, theils aber wieder neu-aufgebauten Berg-Schlösser in Deutschland. Frankfurt/Leipzig 1713. DS 581
Gregorius 1715 Melissantes [d.i. Gregorius, J.G.]: Die curieuse Orographia, oder Akkurate Beschreibung derer berühmtesten Berge in Europa, Asia, Africa und America. Frankfurt/Leipzig 1714 (zitiert nach 2. Aufl. 1715). DS 19, 23, 229, 320, 475, 580
Gregorius 1744 Melissantes [d.i. Gregorius, J.G.]: Handbuch für alle Bürger und Bauern. Frankfurt a.M. 1744. DS 241
Grimm 1815 a Grimm, J.: Silva de romances viejos. Wien 1815.
Grimm 1815 b Lieder der alten Edda. Aus der Handschrift herausgegeben und erklärt durch die Brüder Grimm. Berlin 1815.
Grimm 1815 c Grimm, J.: Circular wegen Aufsammlung der Volkspoesie. Wien 1815. Facsimile. Mit e. Nachw. von K. Ranke ed. L. Denecke. Kassel 1968.
Grimm, Kl. Schr. Grimm, J.: Kleinere Schriften 1-8. 1-5 ed. K. Müllenhoff. Berlin 1864/65/66/69/71, Bd. 6-7 ed. E. Ippel. Berlin 1882/84, Bd. 8 ed. E. Ippel. Gütersloh 1890 (Nachdr. Hildesheim 1965/66). DS 433, 494
Grimm, Kl.re Schr. Grimm, W.: Kleinere Schriften 1-4. ed. G. Hinrichs. Bd. 1-3 Berlin 1881/82/83, Bd. 4 Gütersloh 1887.
Grimmelshausen 1669 German Schleifheim von Sulsfort [d.i. Grimmelshausen, H.J. C. von: Der Abentheurliche Simplicissimus teutsch. Monpelgart 1669. DS 59, 86, 160
Grimmelshausen 1670 Philarchus Grossus von Trommenheim [d.i. J.J.C. von Grimmelshausen]: Trutz Simplex: Oder Ausführliche und wunderseltzame Lebensbeschreibung Der Ertzbetrügerin und Landstörtzerin Courasche [...]. [Nürnberg] 1670. DS 85
Grimmelshausen 1672 Stainfels von Grupensholm, Erich [d.i. Grimmelshausen, J.J.C.]: Ratstübel Plutonis [1672]. In: Grimmelshausen Werke 1-4. ed. S. Streller. Berlin/Weimar 4. Aufl. 1977, Bd. 4, 182-262. DS 127
Grundmann 1655 Grundmann, M.: Geist- und Weltliche Geschichtschule oder Ergetzliche nutz- und lehrreiche Geschichte, Beyspiele und Begebnüsse [...]. Dresden 1655.
Grundmann 1677 Grundmann, M.: Neueröffnete Geist- und Weltliche Geschichtschule. Görlitz 1677. DS 107, 210
Gustav s. Heydenreich
Hagen 1812 Hagen, F. von der, u.a.: Sammlung für altdeutsche Literatur und Kunst 1. Berlin 1812. DS 309
Hagen/Büsching Hagen, F. von der/Büsching, J.G.: Sammlung Deutscher Volkslieder [...]. Berlin 1807. DS 529
Hagen/Primisser Der Helden Buch in der Ursprache 1-2. ed. F.H. von der Hagen/ A. Primisser. Berlin 1820/25.
Halem 1803 Halem, G.A. von: Schriften 1-3. Münster 1803-10. DS 549
Hamelmann 1599 Hamelmann, H.: Oldenburgische Chronicon. [Oldenburg] 1599. DS 35
Hanauischer Landcalender 1730 Hanauischer Landcalender. Hanau 1730 (Titel in deutschen Bibliotheken 1991/92 nicht nachweisbar). DS 313, 314
Happel 1683 Happel, E.W.: Gröste Denkwürdigkeiten der Welt Oder so genannte Relationes Curiosae [...]. Bd. 1. Hamburg 1683; Bd. 2-5 u.d.T. Grösseste [...] Oder so genandte [...]. Hamburg 1685/87/89/91. DS 43, 71, 87, 99, 100, 104, 110, 161, 280, 475

Harsdörffer 1656 [Harsdörffer, G. P.:] Der Grosse Schau-Platz jämmerlicher Mordgeschichte 1-2. 3. Aufl. Hamburg 1656 (zuerst 1649/50). DS 233

Heller 1732 Heller, J.B.: Zehen Sammlungen Sonderbahrer Alt- und Neuer Merckwürdigkeiten Aus der Berühmten Land-Graffschafft Thüringen [...]. Jena/Leipzig 1732.

Hennenfeld 1704 Hennenfeld, N.H.: Silesiographia renovata [...] 1-3. Breslau/ Leipzig 1704.

Hessische Denkwürdigkeiten s. Justi

Heydenreich 1804 [Heydenreich, J.H.C.:] Erzählungen und Märchen von Gustav. Leipzig 1804 (Titel in deutschen Bibliotheken 1991/92 nicht nachweisbar). DS 332

Heß 1793 Heß, D.: Durchflüge durch Deutschland. Bd. 1-5. Hamburg 1793-1800.

Heß 1802 [Heß, D.:] Kleine Gemählde, Reminiszenzen und Abgebrochene Gedanken von einem Dilettanten. Zürich 1802 (neue Ausg. unter dem Namen des Autors Zürich 1810). DS 340

Hildebrandslied Das Hildebrandslied. Faksimile der Kasseler Handschrift mit einer Einführung von H. Broszinski. Kassel 1984.

Hildegardis 1786 En skön och lustig Historia, Om Fyra Köpmän, som reste uti främmande Land [...] Derhos ock en annan sannfärdig Historia, Om Drottning Hildegardis, Caroli Magni Hus-Fru, och hennes Styf-Broder Talando [...]. Lund 1786. DS 442

Hilscher 1702 Hilscher, P.C.: Curiöse Gedancken von Wütenden Heere. Dresden/ Leipzig 1702 (= Übers. der Dissertation: Hilscher, P.C. [Präses]/Heins[ius], B.H. [Respondent]: De exercitu furioso, vulgo Wütenden Heer. Leipzig 1688). DS 313, 314

Hilscher 1719 Hilscher, P.C.: Gerichte Gottes über Zungensünden. Leipzig 1719. DS 102

Historia miscella Pauli Diaconi Libri VIII ad Eutropii historiam additi. Venedig 1521. DS 376

Historiae Francorum 1636 ff. Historiae Francorum Scriptores Coaetanei 1 ff. ed. A. Duchesne. Paris 1636 ff. DS 435

Historiae Francorum s. auch Gregor von Tours, Hist. epitom.

Historie Van den Ridder Een Schoone en miraculeuze Historie Van den Ridder metter Zwane. Amsterdam s.a. DS 540

Hofstäter 1811 Hofstäter, F.F.: Altdeutsche Gedichte aus den Zeiten der Tafelrunde aus Handschriften der k.k. Hofbibliothek in die heutige Sprache übertragen 1-2. Wien 1811. DS 542

Holzwart 1568 Holzwart, M.: Lustgarten newer deutscher Poeteri. Straßburg 1568. DS 140

Homilien des Teufels 1800 Homilien des Teufels. Frankfurt a.M. 1800 (Titel 1991/ 92 in deutschen Bibliotheken nicht nachweisbar). DS 191

Hondorff 1595 Hondorff, A.: Promptuarium exemplorum. Historienn und Exempelbuch. Leipzig 1568 (u.ö.).

Honemann 1754 Honemann, R.L.: Die Alterthümer des Harzes 1-4. Clausthal 1754-55.

Hopp 1655 Hopp, E.: Kurtze Beschreibung dess Landes sampt angehenckter Genealogia der Graffen und Hertzogen zu Cleve. Cleve 1655. DS 541

Hormayr 1806 Hormayr, J. von: Geschichte der gefürsteten Grafschaft Tirol 1-2. Tübingen 1806/08. DS 151

Hornung 1626 Hornung, J.: Cista medica, qua in epistola clarissimorum Germaniae medicorum, familiares & in re medica [...] asservantur. Nürnberg 1626. DS 56

Isidor von Sevilla Isidori iunioris episcopi Hispalensis Historia Gothorum Wandelorum Sueborum (MGH Auctores Antiquissimi 14). ed. T. Mommsen. Berlin 1894 (Nachdr. 1951), 267-303.

Jäger 1803 Jäger, F.A.: Briefe über die hohe Rhöne Frankens in geographisch-, topographisch-, physisch- und historischer Hinsicht. Arnstadt/Rudolfstadt 1803. DS 63, 114, 196, 197

Jean Lemaire 1512 Jehan le Maire de Belges: Les Illustrations de Gaule et Singularitez de Troye. Paris [um 1512]. DS 539

Jordanes Jornandes [d.i. Jordanes]: De Getarum sive Gothorum origine et rebus gestis. Leyden 1595. DS 369, 370, 372, 373, 374, 378, 379, 380, 381, 382

Josephus Flavius Josephus Flavius: Bellum Judaicum 1-3. ed. O. Michel/O. Bauernfeind. Darmstadt 1959-69.

Journal für Literatur Journal für Literatur, Kunst, Luxus und Mode. ed. F. Bertuch/ G. Kraus. Weimar 1786 ff. (1811-15 fortgesetzt u.d.T.: Journal des Luxus und der Mode. ed. Carl Bertuch).

Journal von und für Deutschland Journal von und für Deutschland 1-9. ed. S. Frhr. von Bibra. Ellrich 1784-92. DS 269, 310

Jung-Stilling 1777 [Jung-Stilling, J.H.:] Henrich Stillings Jugend. Berlin/Leipzig 1777. DS 129

Jung-Stilling 1778 [Jung-Stilling, J.H.:] Henrich Stillings Jünglings-Jahre. Berlin/ Leipzig 1778. DS 235

Justi 1799 ff. Hessische Denkwürdigkeiten. Bd. 1-4. ed. K.W.Justi (Bd. [1] mit J.M. Hartmann). Marburg 1799/1800/02/05. DS 4, 92, 573

Kaiserchronik Der keiser und der kunige buoch oder die sogenannte Kaiserchronik 1-3. ed. H.F. Massmann. Quedlinburg/Leipzig 1849/49/54. DS 414, 416, 421, 422, 423, 444, 460, 465, 470, 477, 478, 482, 485, 489, 490, 491, 497

Karlamagnussaga/Unger Karlamagnussaga ok Kappa Hans. ed. C.R. Unger. Christiania 1868. DS 545

Katschker, Georg s. Aelurius

Kayser 1733 Kayser, J.P.: Historischer Schau-Platz Der Alten berühmten Stadt Heydelberg [...]. Frankfurt a.M. 1733. DS 139

Kircher 1650 Kircher, A.: Musurgia universalis. Rom 1650.

Kircher 1665 Kircher, A.: Mundus subterraneus. Amsterdam 1665 u.ö.

Kirchhof/Österley Wendunmuth von Hans Wilhelm Kirchhof 1-5 [= Buch 1-7]. ed. H. Österley. Tübingen 1869. 83, 172, 175, 251, 569

Kirchmaier/Nieremberger 1701 Kirchmaier, T. (Präses)/Nieremberger, N. (Respondent): Historia Hamelensis; sive de inauspicato liberorum Hamelensium egressu. Wittenberg 1671. DS 245

Kleine Gemählde s. Heß 1802

Koch 1710 Koch, J.M.: Hist. Erzehlung von dem Hoch-Fürstl. Sächs. berühmten Berg-Schloß und Festung Wartburg ob Eisenach. Leipzig/Eisenach 1710. DS 556

Königshoven/Schilter 1698 Königshoven, J. von: Die Alteste Teutsche so wol Allgemeine Als insonderheit Elsassische und Straßburgische Chronicke. ed. J. Schilter. Straßburg 1698. DS 437, 438, 456, 480, 503, 522, 527

Konrad von Würzburg Konrad von Würzburg. Kleinere Dichtungen 1-3. ed. E. Schröder. Berlin 1924/25/26. DS 472, 544

Kopp 1908 Kopp, A.: Bremberger-Gedichte. Wien 1908. DS 506

Körner 1815 Körners poetischer Nachlaß 1-2. ed. C.A. Tiedge. Leipzig 2. Aufl. 1815. DS 323, 329

Kornmann 1614 Kornmann, H.: Mons Veneris, Fraw Veneris Berg. Das ist/ Wunderbare und eigentliche Beschreibung der alten Haydnischen und Newen Scribenten Meynung/ von der Göttin Venere [...]. Frankfurt 1614. DS 56, 174

Kosegarten 1790 Kosegarten, L.T.: Rhapsodien 1-2. Leipzig 1790/94. DS 133, 281

Krantz 1563 Krantz, A.: Saxonia. Weithleufftige, Fleissige und richtige Beschreibung der Ankunfft, Sietten [...] Geschichten, Hendel und tapfferer Thaten der Sachsen [...]. [...] verdeutscht, erkleret unnd gebessert Durch Basilium Fabrum Soranum. Leipzig 1563 (lat. Erstausgabe 1503).

Kuhn 1806 Kuhn, G.J.: Volkslieder und Gedichte. Bern 1806.

Kurhessisches Magazin Kurhessisches Magazin 1804 (Titel in deutschen Bibliotheken nicht nachweisbar). DS 131

L'amant oisif 1711 L'amant oisif, nouvelles espagnoles. Bruxelles 1711.

Lang 1813 ff. [Lang, C.:] Geschichtliche Denkwürdigkeiten und Seltenheiten der Natur [...] für alle Stände zum Nutzen und Vergnügen faßlich beschrieben 1-3. Nürnberg 1813-15. DS 181

Lavater 1569 Lavater, L.: Von Gespänsten/unghüren, fälen, und anderen wunderbaren dingen [...]. Zürich 1569 (2. Aufl. 1578) s. Theatrum de veneficis.

Legenda aurea/Benz Die Legenda aurea des Jacobus de Voragine aus dem Lateinischen übersetzt von R. Benz. Heidelberg 8. Aufl. 1975. DS 427

Lehmann 1612 Lehmann, C.: Chronica der Freyen Reichs Statt Speyr [...]. Frankfurt 1612.

Lehmann 1699 Lehmann, C.: Historischer Schauplatz derer natürlichen Merckwürdigkeiten in dem Meißnischen Ober-Ertzgebirge [...]. Leipzig 1699.

Leibniz 1698 Leibniz, G.W. von: Accessiones historicae quibus potissimum continentur scriptores rerum Germanicarum aliorum, hactenus inediti [...] 1-2. Hannover 1698/1700.

Leibniz 1707 Leibniz, G.W. von: Scriptores rerum Brunsvicensium illustrationi inservientes, antiqui omnes et religionis reformatione priores 1-3. Hannover 1707/10/11.

Lerchheimer 1585 Lercheimer, A. [d.i. H. Witekind]: Christlich bedencken vnd/ erinnerung von/ Zauberey/ woher, was, und wie vielfältig/ sie sey [...]. Heidelberg 1585 (s. auch Theatrum de veneficis) DS 94, 183, 251,253, 257, 496

Letzner 1587 Letzner, J.: Stammbuch der Edlen von Schwanringen und Herren zu Plesse [...]. Mühlhausen 1587.

Letzner 1596 Letzner, J.: Dasselische und Einbeckische Chronika 1-8. Erfurt 1596. DS 203, 204, 294

Letzner 1744 [Letzner, J.:] Wunderbare Begebenheit, welche sich mit einem Göttingischen Studenten auf dem alten Schloße Plesse vor einigen Jahren zugetragen hat [...] 1-3 (3 u.d.T.: Die merkwürdige Geschichte des Göttingischen Studenten [...] dritter und letzter Teil). o.O. 1744-48 (Teil 3 Frankfurt/Leipzig). DS 30

Lied von dem Bremberger Ein hübsch Lied von dem Bremberger und eyner Hertzogin von Osterreich. 4 Bl. o.O. o.J. (Abdruck bei Kopp 1908). DS 505

Lirer 1761 Thome Lirers von Ranckweil Alte Schwäbische Geschichten samt Chronick eines ungenandten Authoris [...] mit Anmerkungen von Licentiat Wegelin Burgermeister. Lindau 1761. DS 480, 486, 523

Liudprand, Antapodosis Die Werke Liudprands von Cremona. 3. Aufl. ed. J. Bekker. Hannover/Leipzig 1915. DS 568

Lohengrin Cramer, T.: Lohengrin. Edition und Untersuchungen. München 1971. DS 456, 470, 477, 481
Lucae 1689 Lucae, F.: Schlesiens curieuse Denckwürdigkeiten, oder vollkommene Chronica von Ober- und Nieder-Schlesien. Frankfurt a.M. 1689. DS 359
Ludewig 1720 ff. Ludewig, J.P. de: Reliquiae manuscriptorum omnis Aevi diplomatum ac monumentorum ineditorum [...] adhuc 1-12. Frankfurt/Leipzig 1720-41.
Luther/Aurifaber 1566 Luther, M.: Tischreden Oder Colloqvia Doct. Mart. Luthers [...]. [ed. Johannes Aurifaber]. Eisleben 1566 u.ö. DS 95, 211, 256, 362
Lütolf 1862 Lütolf, A.: Sagen, Bräuche und Legenden aus den 5 Orten Lucern, Uri, Schwyz, Unterwalden und Zug. Lucern 1862 (Nachdr. Hildesheim 1976).
Manlius 1565 Manlius, J.: Locorum communium, Der Erste Theil. Frankfurt 1565 (Erstausg. Basel 1563). DS 295
Megiser 1612 Megiser, H,: Annales Carinthiae, das ist: Chronica des löblichen Erzherzogthums Chärndten 1-2. Leipzig 1612. DS 509, 510
Meibom 1688 Meibom, H. Iunior: Rerum Germanicum 3. Helmstedt 1688. DS 245, 548
Meier 1713 Meier, J.: Origines et antiquitates Plessenses. Das ist: Pleßischer Ursprung und Denkwürdigkeiten [...]. Leipzig 1713. DS 546
Melissantes s. Gregorius
Mencken 1728 Mencken, J.B.: Scriptores rerum Germanicorum, praecipue Saxonicarum [...] 2. Leipzig 1727. DS 561
Micraelius 1727 Micraelius, J.: Antiquitates Pomeraniae, Oder Sechs Bücher vom alten Pommernlande 1-2. Stettin/Leipzig 1727. DS 274, 327, 342
Miszellen Miszellen für die Neueste Weltkunde 1-7. Hrsg. von H. Zschokke. Aarau 1807-13. DS 351, 549
Monachus Sangallensis s. Bouquet
Monatliche Unterredungen s. Tentzel
Morgenblatt Morgenblatt für gebildete Stände 1-26. Tübingen 1807-32. DS 103, 192, 234
Moscherosch 1665 Gesichte Philanders von Sittewalt [d.i. J.M. Moscherosch] [...] Ander Theil. Straßburg 1665 [recte 1666] (Erstausgabe 1642 ff.). DS 21
Möser 1768 Möser, J.: Osnabrückische Geschichte 1-2. Berlin/ Stettin 2. Aufl. 1780.
MPG Patrologiae cursus completus [...]. ed. J.-P. Migne. Series Latina. Paris 1844 ff.
MPL Patrologiae cursus completus [...]. ed. J.-P. Migne. Series Graeca. Paris 1857 ff.
Müchler Müchler, K.F.: Spiele mußiger Stunden 1-4. Berlin 1809/10. DS 183
Müller 1806 Müller, J. von: Der Geschichten schweizerischer Eidgenossenschaft 1-3. Neue verb. und verm. Ausg. Leipzig 1806. DS 331, 511, 513, 514
Munster 1628 Munster, S.: Cosmographia: Oder Beschreibung der gantzen Welt 1-4. Basel 1628 (Nachdr. Lindau 1978) (Erstausgabe Basel 1544).
Mylius 1621 Mylius, M.: Anmütiger Weissheit Lust Garten [...] in unser Muttersprach versetzt, und darneben vermehret und gebessert durch Lycosthenem Psellinoros [d.i. W. Spangenberg]. Straßburg 1621. DS 507
Nachtigal, J.C.C. s. Otmar
Naso 1667 Naso, E.I.: Phoenix redivivus, Ducatuum, Svidnicensis, & Javroviensis. Der wieder-lebendige Phoenix der beyden Fürstenthümer Schweidnitz und Jauer. Breslau 1667.

Nationalzeitung der Deutschen Nationalzeitung der Deutschen. Gotha 1796. DS 62

Naubert [Naubert, B.:] Neue Volksmährchen der Deutschen 1-5. Leipzig 1789/91/92/92/93.

Neues Hannöversches Magazin Neues Hannöv. Magazin. Hannover 1807. DS 132

Norbert, Vita Bennonis Norberti Abbatis Iburgensis Vita Bennonis Episcopi Osnabrugensis. In: Eccard, J.G.: Corpus historiacum Medii Aevi 2. Leipzig 1723, Bd. 2, 2161-2194.

Nothburga 1738 [Volksschauspiel:] Die heilige Dienstmagd Nothburga auf dem Schlosse Rottenburg. Schwaaz 1738. DS 351

Odina und Teutona Odina und Teutona. Ein neues Magazin für nordische und altdeutsche Literatur. ed. F.D. Gräter. Breslau 1812. DS 556

Orléans 1798 Orléans, Charlotte E. de: Anekdoten vom französischen Hofe vorzüglich aus den Zeiten Ludewigs des XIV. und des Duc Regent, aus Briefen der Madame d'Orleans. Straßburg 1798. DS 70

Otfried von Weißenburg Otfried von Weißenburg: Evangelienharmonie [Evangelienbuch]. Vollständige Faksimile-Ausgabe des Codex Vindobonensis 2687 der Österreichischen Nationalbibliothek. Graz 1972. DS 423

Otmar 1796 Otmar (d.i. J.C.C. Nachtigal): Einige Winke über Volkssagen und Volkserzählungen. In: Erholungen 2 (1796) 163-207.

Otmar 1797 Otmar (d.i. J.C.C. Nachtigal): Oertliche Volkssagen am Unterharz. In: Erholungen 3 (1797) 250-268.

Otmar 1800 Otmar (d.i. J.C.C. Nachtigal): Volcks-Sagen. Bremen 1800. DS 153, 154, 155, 156, 183, 184, 190, 201, 215, 228, 232, 304, 305, 311, 312, 317, 319, 320, 326, 328, 355, 575, 583

Otto von Freising Ottonis Episcopi Frisingensis Chronica sive Historia de duabus civitatibus. ed. A. Hofmeister. Hannover/Leipzig 2. Aufl. 1912. DS 468

Ottokar von Horneck/Pez Scriptores rerum Austriacarum veteres ac genuini tomus III. quo Ottocari Horneckii Chronicon Austriacum Rhythmicum [. . .] continetur. ed. H. Pez. Regensburg 1745. DS 29, 124, 536

Pachelbel 1716 [Pachelbel, J.C.:] Ausführliche Beschreibung des Fichtel-Berges. Leipzig 1716. DS 34, 46, 130, 144, 193

Parzifal Parzifal. In: Wolfram von Eschenbach. ed. K. Lachmann. Berlin/Leipzig 6. Aufl. 1926, 11-333.

Pasquier 1723 Les Œuvres d'Estienne Pasquier, contenant ses recherches de la France. 1-2. Amsterdam 1723. DS 458

Paulus Diaconus Paulus Diaconus: Historia Langobardorum (Monumenta Germaniae Historica. Scriptores rerum Langobardicarum et Italicarum saec. VI-IX. Bd. 1). Hannover 1878 (Nachdr. 1964). DS 388, 390, 391, 392, 393, 394, 395, 396, 398, 399, 400, 401, 402, 403, 404, 406, 407, 408, 410

Paulus Diaconus s. auch Historia miscella

Peschek 1792 Peschek, C. A.: Der Oybin bey Zittau. Zittau/Leipzig 1792.

Pfister 1803 ff. Pfister, J.C.: Geschichte von Schwaben. Heilbronn u.a. 1803-27.

Philander von Sittewalt s. Moscherosch

Philarchus Grossus s. Grimmelshausen 1670

Piccart 1614 Piccart, M.: Orationes academicae. Leipzig 1614.

Plinius, Historia naturalis Naturkunde. Historia naturalis. C. Plinii Secundi naturalis historiae libri. ed. R. König u.a. 29/30: Medizin und Pharmakologie. Heilmittel aus der Tierwelt. Darmstadt 1991.

Pomarius 1588 Chronica der Sachsen und Nidersachsen. Wittenberg 1588. DS 41, 451, 462, 468, 479, 482, 483, 490

Praetorius 1663 Praetorius, J.: Saturnalia: Das ist/ Eine Compagnie Weihnachts-=Fratzen/ Oder Centner=Lügen/ und possierliche Positiones [...]. Leipzig [1663]. DS 5, 7, 8, 84, 116, 117, 118
Praetorius 1668 Praetorius, J.: DaeMonoLogia RVbInzaLII sILesII, das ist ein außführlicher Bericht von dem wunderbarlichen, sehr alten und weit beschrienen Gespenste, dem Rübezahl. 3. Ausg. Arnstadt 1668. DS 23
Praetorius 1668/77 Praetorius, J.: Anthropodemus plutonicus. Das ist eine Neue Weltbeschreibung [...]. Magdeburg 1668 (= 2. Aufl. der Ausg. Magdeburg 1666); Ander Theil der Neuen Welt-Beschreibung [...]. Magdeburg 1677 (= 2. Aufl. der Ausg. Magdeburg 1667). DS 2, 6, 13, 37, 40, 44, 47, 48, 49, 55, 57, 60, 61, 65, 66, 67, 68, 69, 72, 75, 82, 88, 89, 90, 91, 112, 113, 134, 135, 145, 146, 208, 231, 248, 249, 308, 310, 335
Praetorius 1669 Praetorius, J.: Der abentheuerliche Glücks-Topf [...]. [Leipzig] 1669. DS 11, 38, 64, 100
Praetorius 1671 Praetorius, J.: Des Rübezahls Anderen, und ganz frischer historischer Theil. Drinnen mehr als hundert wahrhafftige, und über alle massen possierliche, oder anmuthige Fratzen, von dem berüchtigten Gespenste, kurtzweilig vorgebracht. Leipzig 1671. DS 90, 271
Praetorius, Wündschel-Ruthen Praetorius, J.: Gazophylaci gaudium, das ist ein Ausbund von Wündschel-Ruthen oder sehr lustreiche und ergetzliche Historien von wunderseltzamen Erfindungen der Schätze. Leipzig 1667. DS 330, 572
Procopius von Caesarea Procopii Caesariensis opera omnia 1-2. De bellis Libri I-VIII. ed. G. Wirth. Leipzig 1963. DS 383, 385
Psellinoros s. Mylius
Reineccius 1580 Reineccius, R. (d.i. R. Reynecke): Chronika des Chur- und Fürstlichen Hauses [...] Brandenburg. Wittenberg 1580. DS 525
Reineccius 1581 Reineccius, R. (d.i. R. Reynecke): Origines illustrissimis stirpis Brandeburgicae. Frankfurt a.M. 1581. DS 521
Reiser 1894 Reiser, K.: Sagen, Gebräuche und Sprichwörter des Allgäus 1. Kempten 1894. DS 442
Reitzenstein s. Seybold
Remigius 1598 Remigius, N.: Daemonolatria, Das ist von Unholden und Zauber Geistern. Frankfurt 1598. DS 207, 214, 252
Reynecke s. Reineccius
Rheinischer Antiqarius s. Dielhelm
Rheinischer Mercur Rheinischer Mercur 1814 ff. DS 452
Rist 1668 [Rist, J.]: Die alleredelste Zeit=Verkürtzung der Gantzen Welt [...] Von dem Rüstigen [d.i. Johannes Rist]. Frankfurt 1668.
Rohte 1728 Rothe, J.: Chronicon Thuringiae [...]. In: Scriptores rerum Germanicorum, praecipue Saxonicarum [...] 2. ed. J.B. Mencken. Leipzig 1727, 1634-1824. DS 551, 553, 555, 558, 559, 561, 564, 567
Rollenhagen 1595 Rollenhagen, G.: Froschmeuseler. Der Frösch und Meuse wunderbare Hoffhaltunge. Magdeburg 1595. DS 413
Sachs 1616 Sachs, H.: Das vierdt poetisch Buch mancherley artliche newe Stük schöner gebundener Reimen in drey underschidliche Bücher abgetheylet. Kempten 1616. DS 405
Sachsenspiegel Sachsenspiegel [1:] Landrecht. ed. K.A. Eckardt. Göttingen/Berlin/Frankfurt a.M. 1955. DS 415, 420
Sagen der Vorzeit 1782 Sagen der Vorzeit, oder ausführliche Beschreibung von

dem berühmten Salzburgischen Untersberg oder Wunderberg. Brixen 1782. DS 24, 27, 28, 39, 50, 138, 162, 163

Sagittarius 1685 Casparis Sagittarii Antiquitates gentilismi et christianismi Thuringici. Das ist: Gründlicher und ausführlicher Bericht von dem Heiden- und Christenthum der alten Thüringer [...] Jena 1685. DS 182

Sammler für Geschichte 1809 Sammler für Geschichte und Statistik von Tirol. Bd. 5. Innsbruck 1809. DS 349

Sartori 1807 Sartori, F.: Naturwunder des Österreichischen Kaiserthums. Wien 1807 (Titel in deutschen Bibliotheken 1990-92 nicht erhältlich). DS 28

Schaub Schaub, J.: Physikalisch-, mineralogisch-, bergmännische Beschreibung des Meißners in Hessen. Kassel 1799. DS 4

Scheuchzer 1723 Scheuchzer, J.J.: Ouresiphoites Helvetica, sive Itinera per Helvetiae Alpinas Regiones 1-9. Leyden 1723. DS 143, 217, 218, 220, 337, 459

Scheuchzer 1746 Scheuchzer, J.J.: Natur-Geschichte des Schweizerlandes [...] 1-2. ed. J.G. Sulzer. Zürich 1746.

Schleifheim von Sulsfort s. Grimmelshausen

Schmid 1732 Schmid, J.: Heiliger Ehren-Glantz der Gefürsteten Graffschaft Tyrol. Augsburg 1732. DS 353

Schmincke 1746 Schmincke, J.H.: Historische Untersuchung von des Otto Schützen gebohrnen Printzen von Hessen. Kassel 1746. DS 568

Schmincke 1747 Schmincke, F.C.: Monimenta Hassiaca, darinnen verschiedene zur Hessischen Geschichte und Rechtsgelahrsamkeit dienende Nachrichten und Abhandlungen [...] 1-2. Kassel 1747/48. DS 232, 447, 480, 486

Schneider 1680 Schneider, D.: Titius Continuatus et Illustratus. Wittenberg 1680. DS 101

Schott 1657ff. Schott, G.: Magia universalis naturae et artis [...] Opus quadripartitum. Würzburg 1657-1672 (Bd. 3 erschien in Bamberg). DS 123

Schottel 1663 Schottelius, J.-G.: Ausführliche Arbeit von der Teutschen Haubt Sprache [...] abgetheilet in fünf Bücher. Braunschweig 1643. DS 188

Schultze 1660 Schultze, G.: Neu=augirte und continuirte Chronica [...]. Lübeck 6. Aufl. 1660 (zuerst Lübeck 1645) (benutzte Ausg.n Lübeck 3. Aufl. 1650, 6. Aufl. 1660).

Schumann s. Volks-Sagen

Schütz 1599 Schütz, C.: Historia rerum Prussicarum 1-3. Leipzig 1599. DS 535

Schütze 1800ff. Schütze, J.F.: Holsteinisches Idiotikon, ein Beitrag zur Volkssittengeschichte [...] 1-4. 1-3: Hamburg 1800-02; 4: Altona 1806.

Schwabenspiegel Laßberg, F.L.A. Frhr. von (ed.): Der Schwabenspiegel oder Schwäbisches Land- und Lehen-Rechtbuch, nach einer Handschrift vom Jahr 1287. Tübingen 1840. DS 456

Senckenberg 1734 Senckenberg, H.C. von: Selecta juris et historiarum tum anecdota tum iam edita, sed rariora 1-6. Frankfurt 1734-43. DS 565, 576

Seybold 1778f. [Seybold, D.C.:] Reitzenstein oder die Geschichte eines teutschen Offiziers 1-2. Leipzig 1778/79. DS 77

Seyfrid 1694 Seyfrid, J.H.: Medulla mirabilium naturae. Das ist: Auserlesene unter den Wundern der Natur allerverwunderlichste Wunder [...]. Nürnberg 1679. DS 41, 144

Simler 1645 Simler, J.: Von dem Regiment loblicher Eydgnoschafft. Zwey Bücher [...]. Zürich 2. Aufl. 1645. DS 520

Simonde de Sismondi 1807ff. Simonde de Sismondi, J.C.L.: Histoire des républiques italiennes du moyen âge 1-6. Zürich 1807-1818.

Spangenberg 1561 Spangenberg, C.: Ehespiegel, das ist, Alles was vom heyligen ehestande, nützliches, nötiges und tröstliches mag gesagt werden. Straßburg 1563 (u.ö.). DS 232
Spangenberg 1590 Spangenberg, C.: Quernfurtische Chronica. Erfurt 1590. DS 577, 578
Spangenberg 1591 Spangenberg, C.: Adels Spiegel 1-2. Schmalkalden 1591/94. DS 568
Spazier 1790 Spazier, K.: Wanderungen durch die Schweiz. Gotha 1790. DS 514
Speer 1854 [Speer, D.:] Ungarischer oder Dacianischer Simplicissimus vorstellend Seinen wunderlichen Lebens-Lauff [...]. ed. Johann Christian Seiz. Leipzig 1854 (zuerst 1683). DS 126
Speidel 1657 Speidel, Johann Jacob: Speculum Juridico-, Politico-, Philologico-, Historicarum Observationum et Notabilium; Verborum, Rerum et Antiqvitatum, Germanicarum, Clausularum item & Terminorum Practicorum [...]. Nürnberg 1657.
Spieß 1796 Die Brautschau oder der Kuß des Schreckens auf der Burg Nothweiler. Ein Mährlein aus den Vogesischen Gebirgen von C.F.W. [d.i. Kristian Heinrich Spieß]. Magdeburg 1796 ([auch Frankfurt/Leipzig 1796]). DS 223
Spieß 1798 ff. Spieß, K.H.: Hans Heiling, vierter und letzter Regent der Erde-, Luft-, Feuer- und Wassergeist 1-4. Ein Volksmärchen des zehnten Jahrhunderts. Leipzig u.a. 1798-99. DS 32, 152, 158
Spieß, Biographien, 1795 f. Spieß, K.H.: Biographien der Wahnsinnigen 1-4. Leipzig 1795-96. DS 230
Stainfels von Grupensholm s. Grimmelshausen
Stalder 1797 Stalder, F.J.: Fragmente über Entlebuch 1-2. Zürich 1797/98.
Stalder 1806 Stalder, F.: Versuch eines Schweizerischen Idiotikon, mit etymologischen Bemerkungen untermischt 1-2. Basel/Aarau 1806/12. DS 105, 270, 289
Stilling s. Jung-Stilling
Stoke 1699 Hollandse jaar-boeken of rijm-kronijk van Melis Stoke. ed. C. van Alkemade. Leyden 1699. DS 451
Stricker/Scherz 1727 Strickeri rhythmus antiquus Germanicus de Caroli Magni Expeditione Hispanic. ed. J.G. Scherzius. Ulm 1727. DS 456
Stritter 1771 ff. Stritter, J.G. von: Memoriae populorum 1-4. Petersburg 1771/74/78/79. DS 371, 375, 376
Strodtmann 1756 Strodtmann, J.C.: Idioticon Osnabrugense. Leipzig/Altona 1756. DS 200
Stumpf 1586 Stumpf, J.: Gemeiner loblicher Eydgnoschaft Stetten/Landen und Völckeren Chronick wirdiger Thaaten Beschreybung 1-2. Zürich 2. Aufl. 1586 (Erstausgabe 1548).
Süddeutsche Miscellen Süddeutsche Miscellen für Leben, Literatur und Kunst 1-3. Tübingen 1811-14. DS 351
Suhm 1782 Suhm, P.F.: Historie af Danmark fra de ældste Tider 1-2. Kopenhagen 1782/87. DS 389
Tacitus, Agricola Tacitus, C. Cornelius: Agricola. ed. M. Engel. Leipzig 1788. DS 368
Tacitus, Annales Tacitus, C. Cornelius: Annales. Göttingen 1804. DS 367
Tacitus, Germania C. Cornelii Taciti de origine, situ, moribus et populis Germaniae libellus. ed. G.G. Bredow. Helmstedt 1808. DS 364, 365, 366
Taschenbuch 1800 Taschenbuch für häusliche und gesellschaftliche Freuden auf das Jahr 1800 (erschienen 1796-1802). DS 185

Taschenbuch 1811 Taschenbuch für die vaterländische Geschichte. ed. [J.] von Hormayr/[A.] von Mednyanski. Wien 1811 ff. DS 504

Taschenbuch 1816 Das Taschenbuch für das Jahr 1816. Der Liebe und Freundschaft gewidmet. Frankfurt 1816. DS 137, 206

Tentzel 1689 ff. [Tentzel, W.E.:] Monatliche Unterredungen Einiger Guten Freunde [...]. Thorn/Leipzig 1689-1698. DS 23, 73, 581

Tharsander 1736 ff. Tharsander [d.i.F.G.W. Wegener]: Schau-Platz Vieler Ungereimten Meynungen und Erzehlungen 1-3. Berlin 1736/39, Leipzig 1742. DS 90

Theatrum de veneficis 1586 Theatrum de veneficis. Das ist: Von Teuffelsgespenst, Zauberern vnd Gifftbereitern/Schwartzkünstlern/Hexen vnd Vnholden/ vieler fürnemmen Historien vnd Exempel [...]. Frankfurt 1586. Darin u.a.: Frisius, Paul: Von deß Teuffels Nebelkappen [...]; Lavater, Ludwig: Von Gespensten/ ungehewren/Fällen/oder Poltern [...]; Lerch(h)eimer, August: Ein Christlich Bedencken und Erinnerung von Zauberey [...]; Liechtenberg, Jacob Freiherr von: Ware Entdeckung und Erklärung aller fürnembster Artickel der Zauberey [...].

Theophanes, Chronographia S. Theophanis Chronographia. In: MPG 108, 63-1010. DS 424

Thietmar von Merseburg Die Chronik des Bischofs Thietmar von Merseburg und ihre Korveier Überarbeitung. ed. R. Holtzmann (Monumenta Germaniae Historica. Scriptores 9). Berlin 1935. DS 455

Titurel Der jüngere Titurel. ed. K.A. Hahn. Quedlinburg 1842. DS 543

Toppius/Juncker 1710 Toppius, A.: Historie der Stadt Eisenach [1660]. In: Eines Anonymi Statt des Fürstenthums Eisenach [...]. ed. C. Juncker. Eisenach/ Leipzig 1710. DS 580

Traditiones Corbeienses Codex traditionum Corbeiensium [...]. ed. J.F. Falke. Leipzig/Helmstedt 1752. DS 196

Trithemius 1559 Trithemius, J.: Chronicon insigne Monasterii Hirsaugiensis, ordinis S. Benedicti. Basel 1559 (Erstausgabe 1514). DS 500

Turmair s. Aventinus

Unentbehrlicher Führer 1809 [Corvin, A.?:] Unentbehrlicher Führer für Harzreisende. Enthaltend Die Geschichten u[nd] Sagen der alten Schlösser, Klöster und Ruinen, und die Beschreibung aller Merkwürdigkeiten des Harzes. Quedlinburg [1809]. DS 184, 290, 317

Ungarischer Simplicissimus s. Speer 1854

Ungewissenhafter Apotheker s. Ettner

Universal Lexicon Grosses vollständiges Universal Lexicon aller Wissenschaften und Künste. Bd. 1-64. Halle/Leipzig 1732-1750 (4 Supplementbände Leipzig 1751-54) (Nachdruck Graz 1961-64). DS 255

Valvasor 1689 Valvasor, J.W. Freiherr von: Die Ehre deß Hertzogthums Crain [...]. Übers. E. Francisci. Laibach 1689. DS 37, 51, 74, 116, 144, 257, 292

Vielförmiger Hintzelmann 1704 Der vielförmige Hintzelmann/Oder Umbständliche und merckwürdige Erzehlung von einem Geist [...]. Leipzig 1704 (Nachdr. Göttingen 1965). DS 75, 76

Vogt 1811 Vogt, N.: Die Bildergallerie des Rheins. In: Rheinisches Archiv für Geschichte und Litteratur 5 (1811) 53-79. DS 457

Volks-Sagen [Schumann, F.W.:?] Volks-Sagen 1-4. Eisenach 1795/95/99/1800. DS 75, 147, 227

Vrouwen-Peerle 1621 De Vrouwen-Peerle, ofte dryvoudighe Historie van Helena de Verduldighe, Griseldis de Saeghtmoedige, Florentina de Getrouwe. Amsterdam 1621. DS 537

Vulpius s. Curiositäten
Wagner 1680 Wagner, J.J.: Historia Naturalis Helvetiae curiosa. Zürich 1680.
Wahrhafftige Nachrichten 1737 Wahrhafftige Nachrichten Von einigen Geistern Und Gespenstern [...]. Frankfurt/Leipzig 1737. DS 15, 508
Walch 1750 Walch, C.W.F.: Historia canonisationis Caroli Magni variis observationibus illustrata. Jena 1750.
Waldenfels 1677 Waldenfels, C.P. de: Selectae antiquitatis libri I-XII. Nürnberg 1677. DS 585
Wegener s. Tharsander
Weier 1586 Weier, J.: De Praestigiis Dæmonum. Von Teuffelsgespenst, Zauberern und Gifftbereytern [...]. Frankfurt a.M. 1586. DS 75, 79, 245, 247, 254, 255, 276
Wenck 1783 ff. Wenck, H.B.: Hessische Landesgeschichte 1-3. Darmstadt 1783-1803.
Wenzel 1800 [Wenzel, G.F.:] Dramatisirte Erzählungen aus dem Gebiete des Wunderbaren und dem Reiche der Zauberer, Schwarzkünstler, Hexen, Schatzgräber, Geisterbanner und Geisterseher. Leipzig 1800 (zuerst unter dem Titel »Dramatische Erzählungen [...]«. Wien 1796). DS 333
Westenrieder 1803 Westenrieder [L. von]: Historisches Taschenbuch für 1803 und 1804. München o.J. DS 360
Widmann/Meyer Quellen zur Geschichte der Stadt Hof. 1: Chronik des M. Enoch Widmann. In: Hohenzollerische Forschungen. Jahrbuch für die Geschichte der Hohenzollern [...] 2, 1 (1893) 1-128. DS 168, 176
Widukind Widukindi res gestae Saxoniae ex recensione Waitzii. ed. G.H. Pertz. Hannover 1839. DS 416, 469
Wiener Allg. Literaturzeitung Wiener Allgemeine Literaturzeitung. Wien 1813. DS 141
Wierdsma/Brantsma 1782 Oude friesche wetten. Met eene nederduitsche vertaaling en ophelderende aantekeningen voorzien 1-2. ed. Wierdsma/Brantsma. Campen/Leeuwarden 1782. DS 450
Wierus s. Weier
Wigalois/Benecke Benecke, G.F. (ed.): Wigalois der Ritter mit dem Rade. Berlin 1819. DS 492
Wigand 1792 Wigand, K.S.: Kleine hessische Chronik 1-3. Kassel 1792-95. DS 570
Winkelmann 1684 Winkelmann, J.J.: Des Oldenburgischen Wunder Horns Ursprung, Herkunft, Materie, Form, Gestalt, Figuren und Hieroglyphische Auslegung. Bremen 1684. DS 43
Winkelmann 1697 Winkelmann, J.J.: Gründliche und warhafte Beschreibung der Fürstenthümer Hessen und Hersfeld [...] 1-2 (6 Teile). Bremen 1697/Kassel 1754 (Teil 6). DS 19, 111, 166, 167, 198, 558, 573, 574
Winsemius 1622 Winsemius, P.: Chronique of te historische geschiedenisse van Vrieslant. Franeker 1622. DS 239, 323
Witekind s. Lerchheimer
Wöchentliche Nachrichten Wöchentliche Nachrichten für Freunde der Geschichte, Kunst und Gelahrtheit des Mittelalters. ed. J.G. Büsching. Breslau 1816 ff. DS 70
Wolfram von Eschenbach Wolfram von Eschenbach. ed. K. Lachmann. Berlin 6. Aufl. 1926 (Nachdr. Berlin 1965).
Worm 1643 Worm, O.: Danicorum monumentorum Libri 6. Kopenhagen 1643.
Wyß 1815 Wyß, J.R.: Idyllen, Volkssagen, Legenden und Erzählungen aus der

Schweiz 1-2. Bern/Leipzig 1815/22. DS 45, 93, 148, 149, 150, 221, 288, 299, 302, 512
Zedler s. Universal Lexicon
Zeiller 1632 Zeiller, M.: Itinerarium Germaniae nov-, antiquae. Teutsches Reyßbuch durch Hoch- vnd Nider Teutschland. Straßburg 1632. DS 445
Zeiller 1648 ff. Zeiller, M.: Ein Hundert Episteln oder Sendschreiben von unterschiedlichen politischen, hist. und andern Materien und Sachen 1-6. Ulm 3. Aufl. 1648/2. Aufl. 1648/43/44/46/51.
Zeiller 1655 Zeiller, M.: Handbuch von allerley nützlichen Erinnerungen, anmüetigen und lustigen, erbaulichen, denckwürdigen und meistentheils Neuen Exempeln oder Beyspielen [...]. Ulm 1655. DS 241
Zeiller 1656 Zeiller, M.: 606 Episteln oder Send-Schreiben [...] 1-2. Marburg 1656.
Zeit-Verkürtzung s. Rist
Zeitung für die elegante Welt Zeitung für die elegante Welt. Leipzig 1801 ff. DS 170
Zeitung für Einsiedler Zeitung für Einsiedler (= Trösteinsamkeit). ed. A. von Arnim. Heidelberg 1808.
Zimmerische Chronik/Barack Froben Christoph von Zimmern: Die Zimmerische Chronik 1-4. ed. A. Barack. Freiburg/Tübingen 2. Aufl. 1881/81/81/82.
Zöllner 1787 Zöllner, J.F.: Reise durch Pommern nach der Insel Rügen [...] 1795. Berlin 1797. DS 281
Zosimus Zosimi historiae Graece et Latine rec., notis criticis et commentario historico illustr. J.F. Reitemeier. Leipzig 1784.
Zschokke s. Miszellen

C Literatur

AaTh Aarne, A./Thompson, S.: The Types of the Folktale. Second Revision (FFC 184). Helsinki 1961 u. ö.
Alpers 1964 Alpers, P.: Paul Wigand, eine Lebensfreundschaft mit den Brüdern Grimm. In: Hessisches Jahrbuch für Landesgeschichte 14 (1964) 271-327.
Arnim/Brentano s. Quellen
Aschner 1909 Aschner, S.: Die deutschen Sagen der Brüder Grimm. Diss. Berlin 1909.
Battafarano 1984 Battafarano, I.M.: Mandragora-Alraun-Galgen-Männlin. Grimmelshausens Auseinandersetzung mit dem Aberglauben. In: Jahrbuch für Volkskunde N.F. 7 (1984) 179-194.
Bausinger 1964 Bausinger, H.: Natur und Geschichte bei Wilhelm Grimm. In: Zeitschrift für Volkskunde 60 (1964) 54-69.
Bausinger 1980 Bausinger, H.: Formen der »Volkspoesie«. Berlin (1968), 2. Aufl. 1980.
Bausinger/Brückner 1969 Bausinger, H./Brückner, W. (edd.): Kontinuität? Geschichtlichkeit und Dauer als volkskundliches Problem. Festschrift H. Moser. Berlin 1969.
Beckmann 1974 Beckmann, B.: Von Mäusen und Menschen. Die hoch- und spätmittelalterlichen Mäusesagen [...]. Zürich 1974.
Bluhm/Hölter 1989 Bluhm, L./Hölter, A.: Die »Quedlinburger Sammlung«. Eine quellenkritische Untersuchung zu Grimms Deutschen Sagen. In: Fabula 30 (1989) 257-270.

Böckmann Böckmann, P.: Die Welt der Sage bei den Brüdern Grimm. In: Germanisch Romanische Monatsschrift 23 (1935) 81-104.

Brückner 1961 Brückner, W.: Zur Problematik einer Bergmannssage. Kuttenberg und Daniel. In: Rheinisch-Westfälische Zeitschrift für Volkskunde 8 (1961) 175-181.

Brückner 1962 Brückner, W.: Zur Diskussion um eine Bergmannssage. In: Rheinisch-Westfälische Zeitschrift für Volkskunde 9 (1962) 267-272.

Brückner 1974 Brückner, W. (ed.): Volkserzählung und Reformation. Ein Handbuch zur Tradierung und Funktion von Erzählstoffen und Erzählliteratur im Protestantismus. Berlin 1974.

Brückner 1987 Brückner, W.: Tradition und Geschichte. Zu den Denkfiguren der Grimmschen Mythologie. In: Die Brüder Grimm. Eine Würzburger Ringvorlesung [...]. ed. A. Kuchinke-Bach. Frankfurt a.M./Bern/New York 1987, 49-59.

Brunner 1983 Brunner, K.: Auf den Spuren verlorener Traditionen. In: Peritia 2 (1983) 1-22.

Chesnutt 1980 Chesnutt, M.: The Colbeck Legend in English Tradition of the Twelfth and Thirteenth Centuries. In: Folklore Studies in the Twentieth Century. ed. V.J. Newall. Woodbridge/Totowa 1980, 158-166.

Chesnutt 1991 Chesnutt, M.: Nordic Variants of the Guntram Legend. In: arv 47 (1991) 153-165.

Cramer 1971 Cramer, T.: Lohengrin. Edition und Untersuchungen. München 1971.

Daffis 1923 Daffis, H.: Inventar der Grimmschränke in der Preußischen Staatsbibliothek. Berlin/Leipzig 1923.

Daxelmüller 1979 Daxelmüller, C.: Disputationes curiosae. Zum »volkskundlichen« Polyhistorismus an den Universitäten des 17. und 18. Jahrhunderts. Würzburg 1979.

Debaene 1951 Debaene, L.: De nederlandse volksboeken. Antwerpen 1951.

Denecke 1971 Denecke, L.: Jacob Grimm und sein Bruder Wilhelm. Stuttgart 1971.

Denecke 1983 Denecke, L.: Bibliographie der Briefe von und an Jacob und Wilhelm Grimm. In: Aurora 43 (1983) 169-227.

Denecke 1990 Denecke, L.: Die Brüder Jacob und Wilhelm Grimm – zwei große Europäer. In: Brüder Grimm Gedenken 9. ed. L. Denecke. Marburg 1990, 1-9.

Denecke/Oberfeld 1989 Denecke, L./Oberfeld, C.: Die Bedeutung der »Volkspoesie« bei Jacob und Wilhelm Grimm. In: Brüder Grimm: Volkslieder. 2: Kommentar. ed. C. Oberfeld u.a. Marburg 1989, 1-23.

Denecke/Teitge Denecke, L./Teitge, I.: Die Bibliothek der Brüder Grimm. Annotiertes Verzeichnis des festgestellten Bestandes. Stuttgart 1989.

Deneke 1958 Deneke, B.: Legende und Volkssage. Diss. Frankfurt 1958.

Deneke 1988 Deneke, B.: Sage und Geschichte im 19. Jahrhundert. In: Jahrbuch für Volkskunde N.F. 11 (1988) 67-82.

Dinzelbacher 1981 Dinzelbacher, P.: Vision und Visionsliteratur im Mittelalter. Stuttgart 1981.

Dobbertin 1970 Dobbertin, H.: Quellensammlung zur Hamelner Rattenfängersage. Göttingen 1970.

Dömötör Dömötör, Á.: A magyar protestáns exemplumok katalógusa (Katalog der ungarischen protestantischen Exempel). Budapest 1992.

Dorn 1967 Dorn, E.: Der sündige Heilige in der Legende des Mittelalters. München 1967.

Dünninger 1963 Dünninger, J.: Fränkische Sagen vom 15. bis zum Ende des 18. Jahrhunderts. Kulmbach 1963 (2. Aufl. 1964).
Dvořák Dvořák, K.: Soupis staročeských exempel. Prag 1978.
EM Enzyklopädie des Märchens. Handwörterbuch zur historischen und vergleichenden Erzählforschung. Begründet von K. Ranke. ed. R. W. Brednich u.a. Berlin/New York 1977 ff. (bisher sind die Artikel Aarne-Kalender erschienen, Stand 1992).
Erb 1992 Erb, R. (ed.): Die Legende vom Ritualmord. Zur Geschichte der Blutbeschuldigungen gegen Juden. Berlin 1992.
Erfurth 1938 Erfurth, F.: Die »Deutschen Sagen« der Brüder Grimm. Ein Beitrag zu ihrer Entstehungsgeschichte, unter besonderer Berücksichtigung des westfälischen Anteils. (Diss. Münster 1937) Düsseldorf 1938.
Fink 1966 Fink, G.-L.: Naissance et apogée du conte merveilleux en Allemagne, 1740-1800. Paris 1966.
Fink 1978 Fink, G.-L.: Volk und Volksdichtung in der ersten Berliner Romantik. In: Brinkmann, R. (ed.): Romantik in Deutschland. Stuttgart 1978, 532-549.
Frenzel 1981 Frenzel, E.: Stoffe der Weltliteratur. Stuttgart (1963) 5. Aufl. 1981.
Gerndt 1980 Gerndt, H.: Das Nachleben Heinrichs des Löwen in der Sage. In: Mohrmann, W.-D. (ed.): Heinrich der Löwe. Göttingen 1980, 440-465.
Gerndt 1983 Gerndt, H.: Zur Frühgeschichte der Sagenforschung. In: Dona Ethnologica Monacensia. Festschrift für L. Kretzenbacher. München 1983, 251-266.
Gerndt 1986 Gerndt, H.: Volkssagen. Über den Wandel ihrer zeichenhaften Bedeutung vom 18. Jahrhundert bis heute. In: Volkskultur in der Moderne. ed. U. Jeggle/G. Korff/M. Scharfe/B.J. Warneken. Reinbek 1986, 397-409.
Gerndt 1988 Gerndt, H.: Sagen und Sagenforschung im Spannungsfeld von Mündlichkeit und Schriftlichkeit. In: Fabula 29 (1988) 1-20.
Ginschel 1967 Ginschel, G.: Der junge Jacob Grimm 1805-1819. Berlin 1967.
Görres 1874 Görres, J. von: Gesammelte Briefe. 2: Freundesbriefe. ed. F. Binder. München 1874.
Graf 1987 Graf, K.: Exemplarische Geschichten. Thomas Lirers »Schwäbische Chronik« und die »Gmünder Kaiserchronik«. München 1987.
Graf 1988 Graf, K.: Thesen zur Verabschiedung des Begriffs der ›historischen Sage‹. In: Fabula 29 (1988) 21-47.
Graf 1991 Graf, K.: Sagensammler vor dem 18. Jh.? Anmerkungen zum Sagenbegriff. In: Beiträge zur Vk. in Baden-Württemberg 4 (1991) 295-304.
Grätz 1988 Grätz, M.: Das Märchen in der deutschen Aufklärung. Stuttgart 1988.
Graus 1975 Graus, F.: Lebendige Vergangenheit. Überlieferung im Mittelalter und in den Vorstellungen vom Mittelalter. Köln/Wien 1975.
Graus 1987 Graus, F.: Funktionen der spätmittelalterlichen Geschichtsschreibung. In: Patze, H. (ed.): Geschichtsschreibung und Geschichtsbewußtsein im späten Mittelalter. Sigmaringen 1987, 11-55.
Gräße 1874 Gräße, J.G.T.: Der Sagenschatz des Königreichs Sachsen. Dresden 2. Aufl. 1874 (Nachdr. Lpz. 1978).
Grimm DM Grimm, J.: Deutsche Mythologie. Bd. 1-3. ed. E.H. Meyer. Gütersloh/Berlin 1875-78 (Nachdr. Frankfurt/Berlin/Wien 1981).
Grimm, Jugendbriefe Grimm, J. und W.: Briefwechsel aus der Jugendzeit. ed. H. Grimm/G. Hinrichs. Weimar 1881.
Grimm, Kl. Schriften Grimm, J.: Kleinere Schriften 1-7. Berlin 1864-1884; Bd. 8. Gütersloh 1890 (Nachdr. Hildesheim 1965/66) (Bd. 1-5. ed. K. Müllenhoff; Bd. 6-8 ed. E. Ippel).

Grimm, Kl.re Schriften Grimm, W.: Kleinere Schriften 1-4. ed. G. Hinrichs. Berlin 1881-83, Bd. 4 Gütersloh 1884.
Grimm/Reifferscheid Reifferscheid, A.: Freundesbriefe von Wilhelm und Jacob Grimm. Heilbronn 1878.
Grimm/Savigny Briefe der Brüder Grimm an Savigny. ed. W. Schoof (in Verb. mit I. Schnack). Berlin 1953.
Grimm/Ward The German Legends of the Brothers Grimm 1-2. Philadelphia 1981.
Gurjewitsch 1986 Gurjewitsch, A.J.: Das Weltbild des mittelalterlichen Menschen. München 1986.
Gürtler 1916/17 Gürtler, H.: Zur Geschichte der »Deutschen Sagen« der Brüder Grimm. In: Die Bücherwelt 14 (1916/17) 110-116.
Hampel 1991 Hampel, G.: Der Pfarrer Bang von Gossfelden und der Kreis der Romantiker in Marburg. In: Jahrbuch der Brüder-Grimm-Gesellschaft 1 (1991) 85-98.
HDA Handwörterbuch des deutschen Aberglaubens. ed. E. Hoffmann-Krayer/ H. Bächtold-Stäubli. Bd. 1-10. Leipzig/Berlin 1927-42 (Nachdr. Berlin 1986).
HdS Handwörterbuch der Sage. ed. W.-E. Peuckert. Lieferung 1-3. Göttingen 1961-63.
Heilfurth/Greverus 1967 Heilfurth, G. (unter Mitarbeit von I.-M. Greverus): Bergbau und Bergmann in der deutschsprachigen Sagenüberlieferung Mitteleuropas. 1: Quellen. Marburg 1967.
Hellermann 1912 Hellermann, J.: Die Entwickelung der Landeshoheit der Grafen von Hoya. Hildesheim 1912.
Herder 1877 ff. Herder, J.G.: Sämmtliche Werke 1-33. ed. B. Suphan. Berlin 1877-1913.
Hoffmann 1981 Hoffmann, G.: Der Sagen- und Märchensammler »Lothar« war Ferdinand Grimm. In: Brüder Grimm Gedenken 3. ed. L. Denecke. Marburg 1981, 435-444.
Hoffmann/Rölleke 1979 Der unbekannte Bruder Grimm. Deutsche Sagen von Ferdinand Ludwig Grimm. Aus dem Nachlaß herausgegeben von G. Hoffmann/H. Rölleke. Düsseldorf/Köln 1979.
Humburg 1985 Geschichten und Geschichte. Erzählforschertagung in Hameln, Oktober 1984. ed. N. Humburg. Hildesheim 1985.
Jones 1983 Jones, C.W.: San Nicola. Biografia di una leggenda. Roma/Bari 1983.
Kammerhofer-Aggermann 1991/92 Sagenhafter Untersberg. Die Untersbergsage in Entwicklung und Rezeption (Salzburger Beiträge zur Volkskunde 5). Salzburg 1991/92.
Kellner 1993 Kellner, B.: Mythen in Jacob Grimms Deutscher Mythologie. Studien zum Mythosbegriff und seiner Anwendung in der »Deutschen Mythologie«. (Diss. masch. München 1992). München 1993 (im Druck).
Kindermann-Bieri 1989 Kindermann-Bieri, B.: Heterogene Quellen – Homogene Sagen. Philologische Studien zu den Grimmschen Prinzipien der Quellenbearbeitung untersucht anhand des Schweizer Anteils an den Deutschen Sagen. Basel 1989.
Kleinschmidt 1974 Kleinschmidt, E.: Herrscherdarstellung. Zur Disposition mittelalterlichen Aussageverhaltens, untersucht an Texten über Rudolf von Habsburg. Bern/München 1974.
Kopp 1908 Kopp, A.: Bremberger-Gedichte. Wien 1908.
Kramer 1972 Kramer, K.S.: Volkssage und Volksglauben. Glaubenssagen und

Glaubenswirklichkeit. In: Studien zur Volkskultur, Sprache und Landesgeschichte. Festschrift M. Zender. Bonn 1972, 888-899.
Kretzenbacher 1958 Kretzenbacher, L.: Die Seelenwaage. Zur religiösen Idee vom Jenseitsgericht auf der Schicksalswaage in Hochreligion, Bildkunst und Volksglaube. Klagenfurt 1958.
Kube 1960 Kube, S.: Die drei Bergleute. Eine Grimmsche Sage und ein Neuruppiner Bilderbogen. In: Deutsches Jahrbuch für Volkskunde 6 (1960) 229-238.
Langosch 1956 Langosch, K.: Waltharius. Ruodlieb. Märchenepen. Darmstadt 1956.
Lecouteux 1978 Lecouteux, C.: Zur Entstehung der Schwanrittersage. In: Zeitschrift für deutsches Altertum und deutsche Literatur 107 (1978) 18-33.
Liebs 1986 Liebs, E.: Kindheit und Tod. Der Rattenfänger-Mythos als Beitrag zu einer Kulturgeschichte der Kindheit. München 1986.
Lindig 1987 Lindig, E.: Hausgeister. Die Vorstellungen übernatürlicher Schützer und Helfer in der deutschen Sagenüberlieferung. Frankfurt/Bern/New York/Paris 1987.
Link/Wülfing 1991 Link, J./Wülfing, W. (edd.): Nationale Mythen und Symbole in der zweiten Hälfte des 19. Jahrhunderts. Strukturen und Funktionen von Konzepten nationaler Identität. Stuttgart 1991.
Lundt 1991 Lundt, B.: Melusine und Merlin im Mittelalter. München 1991.
Lundt 1992 Lundt, B.: Kaiser Karls dritter Körper. Präsenz und Dominanz des Herrschers im Spiegel der Vita Einhards und im Sogenannten Volksbuch. In: Von Aufbruch und Utopie. Perspektiven einer neuen Gesellschaftsgeschichte des Mittelalters. Festschr. F. Seibt. Köln/Weimar/Wien 1992, 131-154.
Lüthi 1961 Lüthi, M.: Volksmärchen und Volkssage. Zwei Grundformen erzählender Dichtung. Bern/München 1961.
Lüthi 1980 Lüthi, M.: Aspekte der Blümlisalpsage. In: Schweizerisches Archiv für Volkskunde 76 (1980) 229-243.
Lützeler 1983 Lützeler, P.M.: Die Kaisersage bei den Romantikern der Napoleonischen Ära. In: Das Weiterleben des Mittelalters in der deutschen Literatur. ed. J.F. Poag/G. Scholz-Williams. Königstein 1983, 74-86.
Meiche 1903 Meiche, A.: Sagenbuch des Königreichs Sachsen. Leipzig 1903.
Meisen 1931 Meisen, K.: Nikolauskult und Nikolausbrauch im Abendland. Düsseldorf 1931.
Metzner 1972 Metzner, E.E.: Zur frühesten Geschichte der europäischen Balladendichtung. Der Tanz in Kölbigk. Frankfurt 1972.
Meyer 1954 Meyer, H.: Die Hackelbergsage. Diss. (masch.) Göttingen 1954.
Mildenberger 1987 Mildenberger, U.: Deutschsprachige Sagensammlungen des 19. Jahrhunderts. Ein Beitrag zur Rezeptionsgeschichte der »Deutschen Sagen« der Brüder Grimm. Magisterarbeit München 1987.
Moser 1977 Moser, D.-R.: Die Tannhäuser-Legende. Eine Studie über Intentionalität und Rezeption katechetischer Volkserzählungen zum Buß-Sakrament. Berlin/New York 1977.
Moser 1981 Moser, D.-R.: Verkündigung durch Volksgesang. Studien zur Liedpropaganda und -katechese der Gegenreformation. Berlin 1981.
Moser 1987 Moser, O.: Margarethe Maultasch in den Sagen Kärntens. In: Studien zur Volkserzählung. Berichte und Referate des ersten und zweiten Symposions zur Volkserzählung, Brunnenburg/Südtirol 1984/85. ed. L. Petoldt/S. de Rachewiltz. Frankfurt/Bern/New York/Paris 1987, 123-145.
Mössinger 1962 Mössinger, F.: Die Sage vom Rodensteiner. Mainz 1962.

Mot. Thompson, S.: Motif-Index of Folk-Literature. 5 Bde. und 1 Registerbd. 2. Aufl. Kopenhagen 1955-58.
Müller/Röhrich Müller, I./Röhrich, L.: [Deutscher Sagenkatalog] X. Der Tod und die Toten. In: Deutsches Jahrbuch für Volkskunde 13 (1967) 346-397.
Obenaus 1982 Obenaus, S.: Die Besprechungen von Jacob Grimms ›Über den altdeutschen Meistergesang‹ (1811). Eine Fallstudie zum deutschen Rezensionsbetrieb zu Beginn des 19. Jahrhunderts. In: Archiv für Geschichte des Buchwesens 23 (1982) 605-656, Resümee 657-658.
Ohly 1968 Ohly, F.: Sage und Legende in der Kaiserchronik. 2. Aufl. Darmstadt 1968.
Paul 1985 Paul, F.: »Aller sage grund ist nun mythus«. Religionswissenschaft und Mythologie im Werk der Brüder Grimm. In: 200 Jahre Brüder Grimm 1. ed. D. Hennig/B. Lauer. Ausstellungskatalog Kassel 1985, 77-90.
Petzoldt 1968 Petzoldt, L.: Der Tote als Gast. Volkssage und Exempel (FFC 200). Helsinki 1968.
Petzoldt 1969 Vergleichende Sagenforschung. ed. L. Petzoldt. Darmstadt 1969.
Petzoldt 1976/77 Petzoldt, L.: Historische Sagen 1-2. München 1976/77.
Petzoldt 1978 Petzoldt, L.: Deutsche Volkssagen. München 2. Aufl. 1978.
Petzoldt 1987 Petzoldt, L.: Religion zwischen Sentiment und Protest. Zur Sistierung des Kultes um »Andreas von Rinn« in Tirol. In: Zeitschrift für Volkskunde 83 (1987) 169-192.
Petzoldt 1989 Petzoldt, L.: Die Haare der Saligen. Wanderungen und Wandlungen eines dämonologischen Motivs in Literatur und Volksdichtung. In: Petzoldt, L./Rachewiltz, S. de (edd.): Der Dämon und sein Bild. Frankfurt/Bern/New York/Paris 1989, 83-102.
Peuckert 1953 Peuckert, W.-E.: Graf Isang. In: Beiträge zur sprachlichen Volksüberlieferung. Festschrift A. Spamer. Berlin 1953, 89-105.
Pfaff 1906 Pfaff, F.: Die Sage vom Ursprung der Herzoge von Zähringen. In: Volkskunde im Breisgau. ed. F. Pfaff. Freiburg 1906, 9-34.
Pfaundler 1962 Pfaundler, W. von: Sankt Notburga. Eine Heilige aus Tirol. Wien/München 1962.
Pirchegger 1935 Pirchegger, H.: Der Jungfernsprung. In: Zeitschrift für Volkskunde 45 (1935) 112-119.
Ranke 1911 Ranke, F.: Der Erlöser in der Wiege. München 1911.
Ranke 1934 Ranke, F.: Volkssage 1. Leipzig [1934].
Rehermann 1977 Rehermann, E.H.: Das Predigtexempel bei protestantischen Theologen des 16. und 17. Jahrhunderts. Göttingen 1977.
Röhrich 1951 Röhrich, L.: »Kaiser Otto« oder »Heinrich von Kempten«? Eine Studie zu Konrad von Würzburg. In: Germanisch-romanische Monatsschrift 32, N.F. 1 (1951) 151-154.
Röhrich 1958 Röhrich, L.: Die deutsche Volkssage. Ein methodischer Abriß. In: Studium Generale 11 (1958) 664-691.
Röhrich 1963 Röhrich, L.: Die Ballade vom Teufelsroß. In: Der Deutschunterricht 15 (1963) 73-89.
Röhrich 1965 Röhrich, L.: Die Frauenjagdsage (Mot. E 501.5.1). In: Laographia 22 (1965) 408-423.
Röhrich 1968 Röhrich, L.: Die Sage vom Schlangenbann. In: Volksüberlieferung. Festschrift K. Ranke. Göttingen 1968, 327-344.
Röhrich 1971 Röhrich, L.: Sage. Stuttgart 2. Aufl. 1971.
Röhrich 1976 Röhrich, L.: Sage und Märchen. Freiburg/Basel/Wien 1976.

Röhrich 1979 Röhrich, L.: Märchen und Wirklichkeit. Wiesbaden 4. Aufl. 1979.
Röhrich 1991 f. Röhrich, L.: Das große Lexikon der sprichwörtlichen Redensarten 1-3. Freiburg/Basel/Wien 1991/92/92.
Röhrich/Lindig 1989 Röhrich, L./Lindig, E. (edd.): Volksdichtung zwischen Mündlichkeit und Schriftlichkeit. Tübingen 1989.
Rölleke 1975 Rölleke, H.: Die »Deutschen Sagen« der Brüder Grimm und Franz Grillparzers Lustspiel »Weh dem, der lügt!« In: Brüder Grimm Gedenken 2. ed. L. Denecke. Marburg 1975, 271-274.
Rölleke 1985 Rölleke, H.: Die Märchen- und Sagensammlung der Brüder Grimm. In: 200 Jahre Brüder Grimm 1. ed. D. Hennig/B. Lauer. Ausstellungskatalog Kassel 1985, 579-586.
Rosenfeld 1958 Rosenfeld, H.-F.: Zur Arbeitsweise der Brüder Grimm in ihren Deutschen Sagen. In: Deutsches Jahrbuch für Volkskunde 4 (1958) 82-90.
Roth 1988 Roth, E.: Sankt Kunigunde. Legende und Bildaussage. Bamberg 1988 (Sonderdruck aus 123. Bericht des Historischen Vereins Bamberg 1987, mit Nachtrag).
Rumpf 1983 Volkskundliche Kostproben aus dem »Grimm-Schrank«. Begleitheft zur Ausstellung während des 24. Deutschen Volkskunde-Kongresses in Berlin vom 26. bis 30. September 1983. ed. M. Rumpf. Berlin 1983.
Schenda 1985 a Schenda, R.: Die drei Telle aus dem Modejournal. In: Neue Zürcher Zeitung Nr. 267 vom 16./17. Nov. 1985.
Schenda 1985 b Schenda, R.: Jacob und Wilhelm Grimm: Deutsche Sagen Nr. 103, 298, 337, 340, 350, 357 und 514. In: Schweizerisches Archiv für Volkskunde 81 (1985) 196-206.
Schenda 1985 c Schenda, R.: Schweizer Sagen von deutschen Schreibtischen? In: Neue Zürcher Zeitung Nr. 161 vom 16. Juli 1985, 15.
Schenda/Doornkaat 1988 Schenda, R. (unter Mitarbeit von H. ten Doornkaat): Sagenerzähler und Sagensammler der Schweiz. Bern/Stuttgart 1988.
Schindler 1981 Schindler, M.: Die Kuenringer in Sage und Legende. Wien 1981.
Schmidt 1974 Schmidt, L.: Die Brüder Grimm und der Entwicklungsgang der österreichischen Volkskunde [1963]. In: Wunder über Wunder. ed. L. Schmidt. Wien 1974, 9-28.
Schmidt 1977 Schmidt, J.: Volksdichtung und Kinderlektüre in der ersten Hälfte des 19. Jahrhunderts. Berlin 1977.
Schmidt 1987 Schmidt, H.: »Kein Deutscher darf einen Sclaven halten« Jacob Grimm und Friedrich Wilhelm Carové. In: Bedeutungen und Ideen in Sprachen und Texten. Festschr. W. Bahner. Berlin 1987, 183-192.
Schroubek 1985 Schroubek, G.R.: Zur Frage der Historizität des Andreas von Rinn. In: Das Fenster. Tiroler Kulturzeitschrift 38 (1985) 3766-3774.
Schroubek 1986 Schroubek, G.R.: Zur Verehrungsgeschichte des Andreas von Rinn. In: Das Fenster. Tiroler Kulturzeitschrift 39 (1986) 3845-3855.
Seidenspinner 1988 Seidenspinner, W.: Mythen von historischen Sagen. In: Jahrbuch für Volkskunde 11 (1988) 83-104.
Seidenspinner 1991 Seidenspinner, W.: Sagen als Gedächtnis des Volkes? Archäologisches Denkmal, ätiologische Sage, kommunikatives Erinnern. In: Erinnern und Vergessen. Vorträge des 27. Dt. Volkskundekongresses, Göttingen 1989. ed. B. Bönisch-Brednich/R.W. Brednich/H. Gerndt. Göttingen 1991, 525-534.
Seidenspinner 1992 Seidenspinner, W.: Sage und Geschichte. Zur Problematik Grimmscher Konzeptionen und was wir daraus lernen können. In: Fabula 33 (1992) 14-38.

Stefanović 1911 Stefanović, S.: Die Crescentia-Florence-Sage. In: Romanische Forschungen 29 (1911) 461-556.
Steig 1892 Steig, R.: Goethe und die Brüder Grimm. Berlin 1892.
Steig 1896 Steig, R.: Frau Auguste Pattberg, geb. von Kettner. Ein Beitrag zur Geschichte der Heidelberger Romantik. In: Neue Heidelberger Jahrbücher 6 (1896) 62-122.
Steig 1901 Steig, R.: Zur Entstehungsgeschichte der Märchen und Sagen der Brüder Grimm. In: Archiv für das Studium der neueren Sprachen und Literaturen 107 (1901) 277-310.
Steig 1916 Steig, R.: Über Grimms »Deutsche Sagen«. In: Archiv für das Studium der neueren Sprachen und Literaturen 135 (1916) 47-68, 225-259.
Strobach Strobach, H.: Struktur und Prozeß. Zur Methodologie historischer Volksdichtungsforschung. In: Dona Folcloristica. Festgabe für L. Röhrich. Frankfurt/Bern/New York/Paris 1990, 225-233.
Takehara 1991 Takehara, T.: Grimms Sage »Traum vom Schatz auf der Brücke«. In: Doitsu Bungaku 86 (1991) 71-81 (dt. Res. 82-84).
Tomkowiak 1991 Tomkowiak, I.: »Hat er sie geschändet, so soll er sie auch behalten«. In: Fabula 32 (1981) 240-257.
Tubach Tubach, F.C.: Index Exemplorum. A Handbook of Medieval Religious Tales (FFC 204). Helsinki 1969.
Ude-Koeller 1991 Ude-Koeller, S.: ›Straff der weiber so jre kinder tödten‹. Zur ›sagenhaften‹ Geschichte des Kindsmordes. In: Fabula 32 (1991) 258-274.
Uther 1985 a Uther, H.-J.: Die Rattenfängersage und die Brüder Grimm. In: Geschichten und Geschichte. Erzählforschertagung in Hameln Oktober 1984. ed. N. Humburg. Hildesheim 1985, 19-27.
Uther 1985 b Uther, H.-J.: Eulenspiegel und die Landesverweisung (Historie 25, 26). Einige Betrachtungen zur Stoff- und Motivgeschichte. In: Eulenspiegel-Jahrbuch 25 (1985) 60-74.
Uther 1990 Uther, H.-J.: Johann Jacob Bräuners »Curiositäten« als Vorlage der »Deutschen Sagen« der Brüder Grimm. Zum Bedeutungswandel von Geschichten durch Nacherzählen. In: Volkskultur – Geschichte – Region. Festschr. W. Brückner. ed. D. Harmening/E. Wimmer. Würzburg 1990, 552-571.
Verflex. Die deutsche Literatur des Mittelalters. Verfasserlexikon. 2. Aufl. ed. K. Ruh u.a. Berlin/New York 1978 ff.
Wesselski 1936 Wesselski, A.: Probleme der Sagenbildung. In: Schweizerisches Archiv für Volkskunde 35 (1936) 131-188.
Wildermuth 1990 »Zweimal ist kein Traum zu träumen.« Die Weiber von Weinsberg und die Weibertreu. Bearb. R. Wildermuth. Ausstellungskatalog Marbach 1990.
Wildhaber 1958 Wildhaber, R.: »Die Stunde ist da, aber der Mann nicht«. Ein europäisches Sagenmotiv. In: Rheinisches Jahrbuch für Volkskunde 9 (1958) 65-88.
Wolfersdorf 1968 Wolfersdorf, P.: Die niedersächsischen Berggeistsagen. Göttingen 1968.
Wyl 1909 Wyl, K. de: Rübezahl-Forschungen. Die Schriften des M. Johannes Praetorius. Breslau 1909.
Zägel 1990 Zägel, S.: Das »Deutsche Lesebuch« Heinrich Dittmars und die Brüder Grimm. In: Jugendbuchmagazin 40 (1990) 63-68, 114-119.
Zägel 1991 Zägel, S.: Literaturvermittlung im frühen 19. Jahrhundert. Diss. (masch.) Essen 1991.

Register

Erfaßt sind Bezeichnungen für Völker, Stämme, Länder, Orte, Örtlichkeiten (Burgen, Schlösser, Klöster), Gebirge und Berge, Namen und Sachen. Ein Asteriskus (*) bedeutet, daß die Örtlichkeit nicht nachweisbar bzw. die Person nicht historisch bezeugt ist. Ein Fragezeichen soll darauf hinweisen, daß Zweifel bestehen, ob die Örtlichkeit existiert bzw. die Person gelebt hat, ob die Person einer bestimmten Familie zuzuweisen oder die im Register genannte Person oder Örtlichkeit tatsächlich gemeint ist.
Die Zahlen beziehen sich auf die Nummern der Sagen.

Brüder Grimm

Deutsche Sagen

Band 1

Brüder Grimm

Deutsche Sagen

Band 1
Herausgegeben von
Hans-Jörg Uther

Diederichs

Die Deutsche Bibliothek – CIP-Einheitsaufnahme

Deutsche Sagen / Brüder Grimm. – München : Diederichs.
ISBN 3-424-01177-0
NE: Grimm, Jacob [Hrsg.]
Bd. 1, Hrsg. von Hans-Jörg Uther. – 1993
NE: Uther, Hans-Jörg [Hrsg.]

Umschlaggestaltung: Zembsch' Werkstatt, München
Produktion: Tillmann Roeder, München
Satz: Uhl + Massopust, Aalen
Druck und Bindung: Spiegel Buch, Ulm-Jungingen

Printed in Germany

ISBN 3-424-01177-0

Inhalt

Vorrede der Brüder Grimm zum ersten Band

1. Wesen der Sage

Es wird dem Menschen von Heimats wegen ein guter Engel beigegeben, der ihn, wann er ins Leben auszieht, unter der vertraulichen Gestalt eines Mitwandernden begleitet; wer nicht ahnt, was ihm Gutes dadurch widerfährt, der mag es fühlen, wenn er die Grenze des Vaterlandes überschreitet, wo ihn jener verläßt. Diese wohltätige Begleitung ist das unerschöpfliche Gut der Märchen, Sagen und Geschichte, welche nebeneinander stehen und uns nacheinander die Vorzeit als einen frischen und belebenden Geist nahezubringen streben. Jedes hat seinen eigenen Kreis. Das Märchen ist poetischer, die Sage historischer; jenes stehet beinahe nur in sich selber fest, in seiner angeborenen Blüte und Vollendung; die Sage, von einer geringern Mannigfaltigkeit der Farbe, hat noch das Besondere, daß sie an etwas Bekanntem und Bewußtem hafte, an einem Ort oder einem durch die Geschichte gesicherten Namen. Aus dieser ihrer Gebundenheit folgt, daß sie nicht, gleich dem Märchen, überall zu Hause sein könne, sondern irgendeine Bedingung voraussetze, ohne welche sie bald gar nicht da, bald nur unvollkommener vorhanden sein würde. Kaum ein Flecken wird sich in ganz Deutschland finden, wo es nicht ausführliche Märchen zu hören gäbe, manche, an denen die Volkssagen bloß dünn und sparsam gesät zu sein pflegen. Diese anscheinende Dürftigkeit und Unbedeutendheit zugegeben, sind sie dafür innerlich auch weit eigentümlicher; sie gleichen den Mundarten der Sprache, in denen hin und wieder sonderbare Wörter und Bilder aus uralten Zeiten hangengeblieben sind, während die Märchen ein ganzes Stück alter Dichtung sozusagen in einem Zuge zu uns übersetzen. Merkwürdig stimmen auch die erzählenden Volkslieder entschieden mehr zu den Sagen wie zu den Märchen, die wiederum in ihrem Inhalt die Anlage der frühesten Poesien reiner und kräftiger bewahrt haben, als es sogar die übriggebliebenen größeren Lieder der Vorzeit konnten. Hieraus ergibt sich ohne alle Schwierigkeit, wie es kommt, daß fast nur allein die Märchen Teile der urdeutschen Heldensage erhalten haben, ohne Namen (außer wo diese allgemein und in sich selbst bedeutend wurden, wie der des alten Hildebrand), während in den Liedern und Sagen unseres Volks so viele einzelne, beinahe trockene Namen, Örter und Sitten aus der ältesten Zeit festhaften. Die Märchen also sind teils durch ihre äußere Verbreitung, teils ihr inneres Wesen dazu bestimmt, den reinen Gedanken einer kindlichen Weltbetrachtung zu fassen, sie nähren unmittelbar, wie die Milch, mild und lieblich, oder der Honig, süß und sättigend, ohne irdische Schwere; dahingegen die Sagen schon zu einer stärkeren Speise dienen, eine einfachere, aber desto entschiedenere Farbe tragen und mehr Ernst und Nachdenken fodern. Über den Vorzug beider zu streiten wäre ungeschickt; auch soll durch diese Darlegung ihrer Verschiedenheit weder ihr Gemeinschaftliches übersehen, noch geleugnet werden, daß sie in unendlichen Mischungen und Wendungen ineinandergreifen und sich mehr oder weniger ähnlich werden. Der Geschichte stellen sich beide, das Märchen und die Sage, gegenüber, insofern sie das sinnlich Natürliche und Begreifliche stets mit dem Unbegreiflichen mischen, welches jene, wie sie unserer Bildung angemessen scheint, nicht mehr in der Darstellung selbst verträgt, sondern es auf ihre eigene Weise in der Betrachtung des Ganzen neu hervorzusuchen und zu ehren weiß. Die Kinder glauben an die Wirklichkeit der Märchen, aber auch das Volk hat noch nicht ganz aufgehört, an seine Sagen zu glauben, und sein Verstand sondert nicht viel darin; sie werden ihm aus den angegebenen Unterlagen genug bewiesen, das heißt, das unleugbar nahe und sichtliche Dasein der letzteren überwiegt noch den Zweifel über das damit verknüpfte Wunder. Diese Eingenossenschaft der Sage ist folglich gerade ihr rechtes Zeichen. Daher auch von dem, was wirkliche Geschichte heißt (und einmal hinter einen gewissen Kreis der Gegenwart und des von jedem Geschlecht Durchlebten tritt), dem Volk eigentlich nichts zugebracht werden kann, als was sich ihm auf dem Wege der Sage vermittelt; einer in Zeit und Raum zu entrückten Begebenheit, der dieses Erfordernis abgeht, bleibt es fremd oder läßt sie bald wieder fallen. Wie unverbrüchlich sehen wir es dagegen an seinen eingeerbten und hergebrachten Sagen haften, die ihm in rechter Ferne nachrücken und sich an alle seine vertrautesten Begriffe schließen. Niemals können sie ihm langweilig werden, weil sie ihm kein eiteles Spiel, das man einmal wieder fahrenläßt, sondern eine Notwendigkeit scheinen, die mit ins Haus gehört, sich von selbst versteht und nicht anders als mit einer gewissen, zu allen rechtschaffenen Dingen nötigen Andacht, bei dem rechten Anlaß, zur Sprache kommt. Jene stete Bewegung und dabei immerfortige Sicherheit der Volkssagen stellt sich, wenn wir es deutlich erwägen, als eine der trostreichsten und erquickendsten Gaben Gottes dar. Um alles menschlichen Sinnen Ungewöhnliche, was die

Natur eines Landstrichs besitzt oder wessen ihn die Geschichte gemahnt, sammelt sich ein Duft von Sage und Lied, wie sich die Ferne des Himmels blau anläßt und zarter, feiner Staub um Obst und Blumen setzt. Aus dem Zusammenleben und Zusammenwohnen mit Felsen, Seen, Trümmern, Bäumen, Pflanzen entspringt bald eine Art von Verbindung, die sich auf die Eigentümlichkeit jedes dieser Gegenstände gründet und zu gewissen Stunden ihre Wunder zu vernehmen berechtigt ist. Wie mächtig das dadurch entstehende Band sei, zeigt an natürlichen Menschen jenes herzzerreißende Heimweh. Ohne diese sie begleitende Poesie müßten edele Völker vertrauern und vergehen; Sprache, Sitte und Gewohnheit würde ihnen eitel und unbedeckt dünken, ja hinter allem, was sie besäßen, eine gewisse Einfriedung fehlen. Auf solche Weise verstehen wir das Wesen und die Tugend der deutschen Volkssage, welche Angst und Warnung vor dem Bösen und Freude an dem Guten mit gleichen Händen austeilt. Noch geht sie an Örter und Stellen, die unsere Geschichte längst nicht mehr erreichen kann, vielmehr aber fließen sie beide zusammen und untereinander; nur daß man zuweilen die an sich untrennbar gewordene Sage, wie in Strömen das aufgenommene grünere Wasser eines anderen Flusses, noch lange zu erkennen vermag.

2. Treue der Sammlung

Das erste, was wir bei Sammlung der Sagen nicht aus den Augen gelassen haben, ist Treue und Wahrheit. Als ein Hauptstück aller Geschichte hat man diese noch stets betrachtet; wir fodern sie aber ebensogut auch für die Poesie und erkennen sie in der wahren Poesie ebenso rein. Die Lüge ist falsch und bös; was aus ihr herkommt, muß es auch sein. In den Sagen und Liedern des Volks haben wir noch keine gefunden: es läßt ihren Inhalt, wie er ist und wie es ihn weiß; dawider, daß manches abfalle in der Länge der Zeit, wie einzelne Zweige und Äste an sonst gesunden Bäumen vertrocknen, hat sich die Natur auch hier durch ewige und von selbst wirkende Erneuerungen sichergestellt. Den Grund und Gang eines Gedichts überhaupt kann keine Menschenhand erdichten; mit derselben fruchtlosen Kraft würde man Sprachen, und wären es kleine Wörtchen darin, ersinnen, ein Recht oder eine Sitte alsobald neu aufbringen oder eine unwirkliche Tat in die Geschichte hinstellen wollen. Gedichtet kann daher nur werden, was der Dichter mit Wahrheit in seiner Seele empfunden und erlebt hat und wozu ihm die Sprache halb bewußt, halb unbewußt auch die

Worte offenbaren wird; woran aber die einsam dichtenden Menschen leicht, ja fast immer verstoßen, nämlich an dem richtigen Maß aller Dinge, das ist der Volksdichtung schon von selbst eingegeben. Überfeine Speisen widerstehen dem Volk, und für unpoetisch muß es gelten, weil es sich seiner stillen Poesie glücklicherweise gar nicht bewußt wird; die ungenügsamen Gebildeten haben dafür nicht bloß die wirkliche Geschichte, sondern auch das gleich unverletzliche Gut der Sage mit Unwahrheiten zu vermengen, zu überfüllen und überbieten getrachtet. Dennoch ist der Reiz der unbeugsamen Wahrheit unendlich stärker und dauernder als alle Gespinste, weil er nirgends Blößen gibt und die rechte Kühnheit hat. In diesen Volkssagen steckt auch eine so rege Gewalt der Überraschung, vor welcher die überspannteste Kraft der aus sich bloß schöpfenden Einbildung zuletzt immer zuschanden wird, und bei einer Vergleichung beider würde sich ein Unterschied dargeben wie zwischen einer geradezu ersonnenen Pflanze und einer neu aufgefundenen wirklichen, bisher von den Naturforschern noch unbeobachteten, welche die seltsamsten Ränder, Blüten und Staubfäden gleich aus ihrem Innern zu rechtfertigen weiß oder in ihnen plötzlich etwas bestätiget, was schon in andern Gewächsen wahrgenommen worden ist. Ähnliche Vergleichungen bieten die einzelnen Sagen untereinander sowie mit solchen, die uns alte Schriftsteller aufbewahrt haben, in Überfluß dar. Darum darf ihr Innerstes bis ins kleinste nicht verletzt und darum müssen Sachen und Tatumstände lügenlos gesammelt werden. An die Worte war sich, soviel tunlich, zu halten, nicht an ihnen zu kleben.

3. Mannigfaltigkeit der Sammlung

Das zweite, eigentlich schon im ersten mitbegriffene Hauptstück, worauf es bei einer Sammlung von Volkssagen anzukommen scheint, bestehet darin, daß man auch ihre Mannigfaltigkeit und Eigentümlichkeit sich recht gewähren lasse. Denn darauf eben beruhet ihre Tiefe und Breite, und daraus allein wird ihre Natur zu erforschen sein. Im Epos, Volkslied und der ganzen Sprache zeigt sich das gleiche wieder; bald haben jene den ganzen Satz miteinander gemein, bald einzelne Zeilen, Redensarten, Ausdrücke; bald hebt, bald schließt es anders und bahnt sich nur neue Mittel und Übergänge. Die Ähnlichkeit mag noch so groß sein, keins wird dem andern gleich; hier ist es voll und ausgewachsen, dort stehet es ärmer und dürftiger. Allein diese Armut, weil sie schuldfrei, hat in der Besonderheit fast jedesmal ihre Vergütung und wird eine Armutseligkeit. Sehen wir die Sprache näher an, so stuft sie sich ewig und unendlich in unermeßlichen Folgen und Reihen ab, indem sie uns ausgegangene neben fortblühenden Wurzeln, zusammengesetzte und vereinfachte Wörter und solche, die sich neu bestimmen oder irgendeinem verwandten Sinn gemäß weiter ausweichen, zeigt; ja es kann diese Beweglichkeit bis in den Ton und Fall der Silben und die einzelnen Laute verfolgt werden. Welches unter dem Verschiedenen nun das Bessere sei und mehr zur Sache gehöre, das ist kaum zu sagen, wo nicht ganz unmöglich und sündlich, sofern wir nicht vergessen wollen, daß der Grund, woraus sie alle zusammen entsprungen, die göttliche Quelle, an Maß unerhört, an Ausstrahlung unendlich, selber war. Und weil das Sonnenlicht über groß und klein scheint und jedem hilft, soweit es sein soll, bestehen Stärke und Schwäche, Keime, Knospen, Trümmer und Verfall neben- und durcheinander. Darum tut es nichts, daß man in unserm Buch Ähnlichkeiten und Wiederholungen finden wird; denn die Ansicht, daß das verschiedene Unvollständige aus einem Vollständigen sich aufgelöst, ist uns höchst verwerflich vorgekommen, weil jenes Vollkommene nichts Irdisches sein könnte, sondern Gott selber, in den alles zurückfließt, sein müßte. Hätten wir also dieser ähnlichen Sagen nicht geschont, so wäre auch ihre Besonderheit und ihr Leben nicht zu retten gewesen. Noch viel weniger haben wir arme Sagen reich machen mögen, weder aus einer Zusammenfügung mehrerer kleinen, wobei zur Not der Stoff geblieben, Zuschnitt und Färbung aber verlorengegangen wäre, noch gar durch unerlaubte, fremde Zutaten, die mit nichts zu beschönigen sind und denen der unerforschliche Gedanke des Ganzen, aus dem jene Bruchstücke übrig waren, notwendig fremd sein mußte. Ein Lesebuch soll unsere Sammlung gar nicht werden, in dem Sinn, daß man alles, was sie enthält, hintereinander auszulesen hätte. Jedwede Sage stehet vielmehr geschlossen für sich da und hat mit der vorausgehenden und nachfolgenden eigentlich nichts zu tun; wer sich darunter aussucht, wird sich schon begnügen und vergnügen. Übrigens braucht, sosehr wir uns bemühten, alles lebendig Verschiedene zu behüten, kaum erinnert zu werden, daß die bloße Ergänzung einer und derselben Sage aus mehrern Erzählungen, das heißt die Beseitigung aller nichtsbedeutenden Abweichungen, einem ziemlich untrüglichen kritischen Gefühl, das sich von selbst einfindet, überlassen worden ist.

4. Anordnung der Sammlung

Auch bei Anordnung der einzelnen Sagen haben wir am liebsten der Spur der Natur folgen wollen, die nirgends steife und offenliegende Grenzen absteckt. In der Poesie gibt es nur einige allgemeine Abteilungen, alle andern sind unrecht und zwängen, allein selbst jene großen haben noch ihre Berührung und greifen ineinander über. Der Unterschied zwischen Geschichte, Sage und Märchen gehört nun offenbar zu den erlaubten und nicht zu versäumenden; dennoch gibt es Punkte, wo nicht zu bestimmen ist, welches von dreien vorliege, wie zum Beispiel Frau Holla in den Sagen und Märchen auftritt oder sich ein sagenhafter Umstand auch einmal geschichtlich zugetragen haben kann. In den Sagen selbst ist nur noch ein Unterschied, nach dem eine äußerliche Sammlung zu fragen hätte, anerkannt worden; der nämlich, wonach wir die mehr geschichtlich gebundenen von den mehr örtlich gebundenen trennen und jene für den zweiten Teil des Werks zurücklegen. Die Ortssagen aber hätten wiederum nach den Gegenden, Zeiten oder dem Inhalt abgeteilt werden mögen. Eine örtliche Anordnung würde allerdings gewisse landschaftliche Sagenreihen gebildet und dadurch hin und wieder auf den Zug, den manche Art Sagen genommen, gewiesen haben. Allein es ist klar, daß man sich dabei am wenigsten an die heutigen Teilungen Deutschlands, denen zufolge zum Beispiel Meißen Sachsen, ein großer Teil des wahren Sachsens aber Hannover genannt, im kleinen, einzelnen noch viel mehr untereinander gemengt wird, hätte halten dürfen. War also eine andere Einteilung, nicht nach Gebirgen und Flüssen, sondern nach der eigentlichen Richtung und Lage der deutschen Völkerstämme, unbekümmert um unsere politischen Grenzen, aufzustellen, so ist hierzu so wenig Sicheres und Gutes vorgearbeitet, daß gerade eine sorgsamere Prüfung der aus gleichem Grund verschmähten und versäumten Mundarten und Sagen des Volks erst muß dazu den Weg bahnen helfen. Was folglich aus der Untersuchung derselben künftig einmal mit herausgehen dürfte, kann vorläufig jetzo noch gar nicht ihre Einrichtung bestimmen. Ferner: Im allgemeinen einigen Sagen vor den andern höheres Alter zuzuschreiben möchte großen Schwierigkeiten unterworfen und meistens nur ein mißverständlicher Ausdruck sein, weil sie sich unaufhörlich wiedergebären. Die Zwerg- und Hünensagen haben einen gewissen heidnischen Anstrich voraus, aber in den so häufigen von den Teufelsbauten brauchte man bloß das Wort Teufel mit Turst oder Riese zu tauschen oder ein andermal bei dem Weibernamen Jette sich nur der alten Jöten (Hünen) gleich zu erinnern, um auch solchen Erzählungen ein Ansehen zu leihen, das also noch in andern Dingen außer den Namen liegt. Die Sagen von Hexen und Gespenstern könnte man insofern die neuesten nennen, als sie sich am öftersten erneuern, auch, örtlich betrachtet, am lockersten stehen; inzwischen sind sie im Grund vielmehr nur die unvertilglichsten, wegen ihrer stetigen Beziehung auf den Menschen und seine Handlungen, worin aber kein Beweis ihrer Neuheit liegt. Es bewiese lediglich, daß sie auch alle anderen überdauern werden, weil die abergläubische Neigung unseres Gemüts mehr Gutes und Böses von Hexen und Zauberern erwartet als von Zwergen und Riesen; weshalb merkwürdigerweise gerade jene Sagen sich beinahe allein noch aus dem Volk Eingang unter die Gebildeten machen. Diese Beispiele zeigen hinlänglich, wie untunlich es gewesen wäre, nach dergleichen Rücksichten einzelne Sagen chronologisch zu ordnen, zudem fast in jeder die verschiedensten Elemente lebendig ineinander verwachsen sind, welche demnächst erst eine fortschreitende Untersuchung, die nicht einmal bei der Scheidung einzelner Sagen stehenbleiben darf, sondern selbst aus diesen wiederum Kleineres heraussuchen muß, in das wahre Licht setzen könnte. Letzterer Grund entscheidet endlich auch ganz gegen eine Anordnung nach dem Inhalt, indem man zum Beispiel alle Zwergsagen oder die von versunkenen Gegenden und so weiter unter eigene Abschnitte faßte. Offenbar würden bloß die wenigsten einen einzigen dieser Gegenstände befassen, da vielmehr in jeder mannigfaltige Verwandtschaften und Berührungen mit andern anschlagen. Daher uns bei weitem diejenige Anreihung der Sagen am natürlichsten und vorteilhaftesten geschienen hat, welche, überall mit nötiger Freiheit und ohne viel herumzusuchen, unvermerkt auf einige solcher geheim und seltsam waltenden Übergänge führt. Dieses ist auch der notwendig noch überall lückenhaften Beschaffenheit der Sammlung angemessen. Häufig wird man also in der folgenden eine deutliche oder leise Anspielung auf die vorhergehende Sage finden; äußerlich ähnliche stehen oft beisammen, oft hören sie auf, um bei verschiedenem Anlaß anderswo im Buch von neuem anzuheben. Unbedenklich hätten also noch viele andere Ordnungen derselben Erzählungen, die wir hier mitteilen, insofern man weitere Beziehungen berücksichtigen wollte, versucht werden können, alle aber würden doch nur geringe Beispiele der unerschöpflichen Triebe geben, nach denen sich Sage aus Sage und Zug aus Zug in dem Wachstum der Natur gestaltet.

5. Erklärende Anmerkungen

Einen Anhang von Anmerkungen, wie wir zu den beiden Bänden der Kinder- und Hausmärchen geliefert, haben wir dieses Mal völlig weggelassen, weil uns der Raum zu sehr beschränkt hätte und erst durch die äußere Beendigung unserer Sammlung eine Menge von Beziehungen bequem und erleichtert werden wird. Eine vollständige Abhandlung der deutschen Sagenpoesie, soviel sie in unsern Kräften steht, bleibt also einer eigenen Schrift vorbehalten, worin wir umfassende Übersichten des Ganzen nicht bloß in jenen dreien Einteilungen nach Ort, Zeit und Inhalt, sondern noch in anderen versuchen wollen.

6. Quellen der Sammlung

Diese Sammlung hatten wir nun schon vor etwa zehn Jahren angelegt*, seitdem unablässig gesorgt, um für sie sowohl schriftliche Quellen in manchen allmählich selten werdenden Büchern des XVI. und XVII. Jahrhunderts fleißig zu nutzen und auszuziehen, als auch vor allen Dingen mündliche, lebendige Erzählungen zu erlangen. Unter den geschriebenen Quellen waren uns die Arbeiten des Johannes Praetorius weit die bedeutendsten. Er schrieb in der zweiten Hälfte des XVII. Jahrhunderts und verband mit geschmackloser, aber scharfsichtiger Gelehrsamkeit Sinn für Sage und Aberglauben, der ihn antrieb, beide unmittelbar aus dem bürgerlichen Leben selbst zu schöpfen, und ohne welchen, was er gewiß nicht ahnte, seine zahlreichen Schriften der Nachwelt unwert und unfruchtbar scheinen würden. Ihm dankt sie zumal die Kenntnis und Beziehung mannigfacher Sagen, welche den Lauf der Saale entlang und an den Ufern der Elbe, bis wo sich jene in diese ausmündet, im Magdeburgischen und in der Altmark bei dem Volke gehn.

Den Praetorius haben Spätere, oft ohne ihn zu nennen, ausgeschrieben, selten durch eigene mündliche Zusammlung sich ein gleiches Verdienst zu erwerben gewußt. In den langen Zeitraum zwischen ihm und der Otmarischen Sammlung (1800) fällt kein einzig Buch von Belang für deutsche Sagen, abgesehen von bloßen Einzelheiten. Indessen hatten kurz davor Musäus und Frau Naubert in ihren Verarbeitungen einiger echten Grundsagen aus Schriften, sowie teilweise aus mündlicher Überlieferung, die Neigung darauf hingezogen, wenigstens hingewiesen. In Absicht auf Treue und Frische verdient Otmars Sammlung der Harzsagen so viel Lob, daß dieses den Tadel der hin und wieder aufgesetzten unnötigen Bräme und Stilverzierung zudeckt. Viele sind aber auch selbst den Worten nach untadelhaft, und man darf ihnen trauen. Seitdem hat sich die Sache zwar immer mehr geregt und ist auch zuweilen wirklich gefördert, im ganzen jedoch nichts Bedeutendes gesammelt worden, außer ganz neuerlich (1815) ein Dutzend Schweizer Sagen von Wyß. Ihr Herausgeber hat sie geschickt und gewandt in größere Gedichte versponnen; wir erkennen neben dem Talent, was er darin bewiesen, doch eine Trübung trefflicher einfacher Poesie, die keines Behelfs bedarf und welche wir unserm Sinn gemäß aus der Einkleidung wieder in die nackende Wahrheit einzulösen getrachtet haben, darin auch durch die zugefügt gewesenen Anmerkungen besonders erleichtert waren. Dieses, sowie daß wir aus der Otmarischen Sammlung etwa ebensoviel, oder einige mehr aufgenommen, war für unsern Zweck und den uns seinethalben vorschwebenden Grad von Vollständigkeit unentbehrlich; teils hatten wir manche noch aus andern Quellen zu vergleichen, zu berichtigen und in den einfachen Stil zurückzuführen. Es sind außerdem noch zwei andere neue Sammlungen deutscher Volkssagen anzuführen, von Büsching (1812) und Gottschalk (1814), deren die erste sich auch auf auswärtige Sagen, sodann einheimische Märchen, Legenden und Lieder, selbst Vermutungen über Sagen, wie Spangenbergs, mit erstreckt, also ein sehr ausgedehntes, unbestimmtes Feld hat. Beide zusammen verdanken mündlicher Quelle nicht über zwölf bisher ungekannte deutsche Sagen, welche wir indessen aufgenommen haben würden, wenn nicht jede dieser Sammlungen selbst noch im Gang wäre und eigene Fortsetzungen versprochen hätte. Wir haben ihnen also nichts davon angerührt, übrigens, wo wir dieselben schriftlichen Sagen längst schon aus denselben oder verschiedenen Quellen ausgeschrieben hatten, unsre Auszüge darum nicht hintanlegen wollen; denn nach aufrichtiger Überlegung fanden wir, daß wir umsichtiger und reiflicher gesammelt hatten. Beide geben auch vermischt mit den örtlichen Sagen die geschichtlichen, deren wir mehrere Hunderte für den nächsten Teil aufbehalten. Wir denken keine fremde Arbeit zu irren oder zu stören, sondern wünschen ihnen glücklichen Fortgang, der Gottschalkischen insbesondere mehr Kritik zur Ausscheidung des Verblümten und der Falschmünze. Die Dobeneckische Abhandlung endlich von dem Volksglauben des Mittelalters (1815) breitet sich teils über ganz Europa, teils schränkt sie sich wieder auf das sogenannt Abergläubische und sonst in anderer Absicht zu ihrem Schaden ein; man kann sagen: sie ist eine mehr sinnvolle als reife, durchgearbeitete Ansicht der Volkspoesie und eigentlich Sammlung bloß nebenbei, weshalb wir auch einige Auszüge aus Praetorius, wo wir zusammentrafen, nicht ausgelassen haben; sie wird inzwischen dem Studium dieser Dichtungen zur Erregung und Empfehlung gereichen. Ausdrücklich ist hier noch zu bemerken, daß wir vorsätzlich die vielfachen Sagen von Rübezahl, die sich füglich zu einer besonderen Sammlung eignen, sowie mehrere Rheinsagen auf die erhaltene Nachricht, Vogt wolle solche zu Frankfurt in diesem Jahr erscheinen lassen, zurücklegen.

7. *Zweck und Wunsch*

Wir empfehlen unser Buch den Liebhabern deutscher Poesie, Geschichte und Sprache und hoffen, es werde ihnen allen, schon als lautere deutsche Kost, willkommen sein, im festen Glauben, daß nichts mehr auferbaue und größere Freude bei sich habe als das Vaterländische. Ja, eine bedeutungslos sich anlassende Entdeckung und Bemühung in unserer einheimischen Wissenschaft kann leicht am Ende mehr Frucht bringen als die blendendste Bekanntwerdung und Anbauung des Fremden, weil alles Eingebrachte zugleich auch doch etwas Unsicheres an sich trägt, sich gern versteigt und nicht so warm zu umfassen ist. Es schien uns nunmehr Zeit, hervorzutreten, und unsere Sammlung zu dem Grad von Vollständigkeit und Mannigfaltigkeit gediehen zu sein, der ihre unvermeidlichen Mängel hinreichend entschuldigen könne und in unsern Lesern das Vertrauen erwecke, daß und inwiefern wir ihre Beihilfe zur Vervollkommnung des Werkes brauchen und nicht mißbrauchen werden. Aller Anfang ist schwer; wir fühlen, daß uns eine große Menge von deutschen Sagen gänzlich fehlt und daß ein Teil der hier gegebenen genauer und besser noch aus dem Mund des Volks zu gewinnen ist; manches in Reisebeschreibungen des vorigen Jahrhunderts Zerstreute mag gleichfalls mangeln. Die Erfahrung beweist, daß auf Briefe und Schreiben um zu sammelnde Beiträge wenig oder nichts erfolge, bevor durch ein Muster von Sammlung selbst deutlich geworden sein kann, auf welche verachtete und scheinlose Dinge es hierbei ankommt. Aber das Geschäft des Sammelns, sobald es einer ernstlich tun will, verlohnt sich bald der Mühe, und das Finden reicht noch am nächsten an jene unschuldige Lust der Kindheit, wann sie in Moos und Gebüsch ein brütendes Vöglein auf seinem Nest überrascht; es ist auch hier bei den Sagen ein leises Aufheben der Blätter und behutsames Wegbiegen der Zweige, um das Volk nicht zu stören und um verstohlen in die seltsam, aber bescheiden in sich geschmiegte, nach Laub, Wiesengras und frischgefallenem Regen riechende Natur blicken zu können. Für jede Mitteilung in diesem Sinn werden wir dankbar sein und danken hiermit öffentlich unserm Bruder Ferdinand Grimm und unsern Freunden August von Haxthausen und Carové, daß sie uns schon fleißig unterstützt haben.

Kassel, am 14. März 1816

1. Die drei Bergleute im Kuttenberg

In Böhmen liegt der Kuttenberg, darin arbeiteten drei Bergleute lange Jahre und verdienten damit für Frau und Kind das Brot ehrlich. Wann sie morgens in den Berg gingen, so nahmen sie dreierlei mit: erstens ihr Gebetbuch, zweitens ihr Licht, aber nur auf einen Tag mit Öl versehen, drittens ihr bißchen Brot, das reichte auch nur auf einen Tag. Ehe sie die Arbeit anhuben, taten sie ihr Gebet zu Gott, daß er sie in dem Berge bewahren möchte, und darnach fingen sie getrost und fleißig an zu arbeiten. Es trug sich zu, als sie einen Tag gearbeitet hatten und es bald Abend war, daß der Berg vornen einfiel und der Eingang verschüttet wurde. Da meinten sie begraben zu sein und sprachen: »Ach Gott! Wir armen Bergleute, wir müssen nun Hungers sterben! Wir haben nur einen Tag Brot zu essen und einen Tag Öl auf dem Licht!« Nun befahlen sie sich Gott und dachten bald zu sterben, doch wollten sie nicht müßig sein, solange sie noch Kräfte hätten, arbeiteten fort und fort und beteten. Also geschah es, daß ihr Licht sieben Jahr brannte, und ihr kleines bißchen Brot, von dem sie tagtäglich aßen, ward auch nicht all, sondern blieb ebenso groß, und sie meinten, die sieben Jahre wären nur ein Tag. Doch da sie sich nicht ihr Haar schneiden und den Bart abnehmen konnten, waren diese ellenlang gewachsen. Die Weiber hielten unterdessen ihre Männer für tot, meinten, sie würden sie nimmermehr wiedersehen, und dachten daran, andere zu heiraten.

Nun geschah es, daß einer von den dreien unter der Erde so recht aus Herzensgrund wünschte: »Ach! Könnt ich noch einmal das Tageslicht sehen, so wollt ich gerne sterben!« Der zweite sprach: »Ach! Könnt ich noch einmal daheim bei meiner Frau zu Tische sitzen und essen, so wollt ich gerne sterben!« Da sprach auch der dritte: »Ach! Könnt ich nur noch ein Jahr friedlich und vergnügt mit meiner Frau leben, so wollt ich gerne sterben!« Wie sie das gesprochen hatten, so krachte der Berg gewaltig und übermächtig und sprang voneinander, da ging der erste hin zu dem Ritz und schaute hinauf und sah den blauen Himmel, und wie er sich am Tageslicht gefreut, sank er augenblicklich tot nieder. Der Berg aber tat sich immer mehr voneinander, also daß der Riß größer ward, da arbeiteten die beiden andern fort, hackten sich Treppen, krochen hinauf und kamen endlich heraus. Sie gingen nun fort in ihr Dorf und in ihre Häuser und suchten ihre Weiber, aber die wollten sie nicht mehr kennen. Sie sprachen: »Habt ihr denn keine Männer gehabt?« – »Ja«, antworteten jene, »aber die sind schon sieben Jahre tot und liegen im Kuttenberg begraben!« Der zweite sprach zu seiner Frau: »Ich bin dein Mann«, aber sie wollt es nicht glauben, weil er den ellenlangen Bart hatte und ganz unkenntlich war. Da sagte er: »Hol mir das Bartmesser, das oben in dem Wandschrank liegen wird, und ein Stückchen Seife dazu.« Nun nahm er sich den Bart ab, kämmte und wusch sich, und als er fertig war, sah sie, daß es ihr Mann war. Sie freute sich herzlich, holte Essen und Trinken, so gut sie es hatte, deckte den Tisch, und sie setzten sich zusammen hin und aßen vergnügt miteinander. Wie aber der Mann satt war und den letzten Bissen Brot gegessen hatte, da fiel er um und war tot. Der dritte Bergmann wohnte ein ganzes Jahr in Stille und Frieden mit seiner Frau zusammen; als es herum war, zu derselben Stunde aber, wo er aus dem Berg gekommen war, fiel er und seine Frau mit ihm tot hin. Also hatte Gott ihre Wünsche ihrer Frömmigkeit wegen erfüllt.

2. Der Bergeist

Der Berggeist, Meister Hämmerling, gemeiniglich Bergmönch genannt, zeigt sich zuweilen in der Tiefe, gewöhnlich als Riese in einer schwarzen Mönchskutte. In einem Bergwerk der Graubündner Alpen erschien er oft und war besonders am Freitage geschäftig, das ausgegrabene Erz aus einem Eimer in den andern zu schütten; der Eigentümer des Bergwerks durfte sich das nicht verdrießen lassen, wurde aber auch niemals von ihm beleidigt. Dagegen als einmal ein Arbeiter, zornig über dies vergebliche Hantieren, den Geist schalt und verfluchte, faßte ihn dieser mit so großer Gewalt, daß er zwar nicht starb, aber das Antlitz sich ihm umkehrte. Im Annaberg, in der Höhle, welche der Rosenkranz heißt, hat er zwölf Bergleute während der Arbeit angehaucht, wovon sie tot liegengeblieben sind, und die Grube ist, obgleich silberreich, nicht ferner angebaut worden. Hier hat er sich in Gestalt eines Rosses mit langem Hals gezeigt, furchtbar blickende Augen auf der Stirne. Zu Schneeberg ist er aber als ein schwarzer Mönch in der St.-Georgen-Grube erschienen und hat einen Bergknappen ergriffen, von der Erde aufgehoben und oben in die Grube, die vorzeiten gar silberreich war, so hart niedergesetzt, daß ihm seine Glieder verletzt waren. Am Harz hat er einmal einen bösen Steiger, der die Bergleute quälte, bestraft. Denn als dieser zu Tage fuhr, stellte er sich, ihm unsichtbar, über die Grube, und als er emporkam, drückte ihm der Geist mit den Knien den Kopf zusammen.

Bergleute beim Zerkleinern der Erze. Holzschnitt aus: Agricola 1556

3. Der Bergmönch im Harz

Zwei Bergleute arbeiteten immer gemeinschaftlich. Einmal, als sie anfuhren und vor Ort kamen, sahen sie an ihrem Geleucht, daß sie nicht genug Öl zu einer Schicht auf den Lampen hatten. »Was fangen wir da an?« sprachen sie miteinander, »geht uns das Öl aus, so daß wir im Dunkeln sollen zu Tag fahren, sind wir gewiß unglücklich, da der Schacht schon gefährlich ist. Fahren wir aber jetzt gleich aus, um von Haus Öl zu holen, so straft uns der Steiger, und das mit Lust, denn er ist uns nicht gut.« Wie sie also besorgt standen, sahen sie ganz fern in der Strecke ein Licht, das ihnen entgegenkam. Anfangs freuten sie sich, als es aber näher kam, erschraken sie gewaltig, denn ein ungeheurer, riesengroßer Mann ging, ganz gebückt, in der Strecke herauf. Er hatte eine große Kappe auf dem Kopf und war auch sonst wie ein Mönch angetan, in der Hand aber trug er ein mächtiges Grubenlicht. Als er bis zu den beiden, die in Angst da stillstanden, geschritten war, richtete er sich auf und sprach: »Fürchtet euch nicht, ich will euch kein Leids antun, vielmehr Gutes«, nahm ihr Geleucht und schüttete Öl von seiner Lampe darauf. Dann aber griff er ihr Gezäh und arbeitete ihnen in einer Stunde mehr, als sie selbst in der ganzen Woche bei allem Fleiß herausgearbeitet hätten. Nun sprach er: »Sagt's keinem Menschen je, daß ihr mich gesehen habt«, und schlug zuletzt mit der Faust links an die Seitenwand; sie tat sich auseinander, und die Bergleute erblickten eine lange Strecke, ganz von Gold und Silber schimmernd. Und weil der unerwartete Glanz ihre Augen blendete, so wendeten sie sich ab, als sie aber wieder hinschauten, war alles verschwunden. Hätten sie ihre Bilhacke (Hacke mit einem Beil) oder sonst nur einen Teil ihres Gezähs hineingeworfen, wäre die Strecke offengeblieben und ihnen viel Reichtum und Ehre zugekommen; aber so war es vorbei, wie sie die Augen davon abgewendet.

Doch blieb ihnen auf ihrem Geleucht das Öl des Berggeistes, das nicht abnahm und darum noch immer ein großer Vorteil war. Aber nach Jahren, als sie einmal am Sonnabend mit ihren guten Freunden im Wirtshaus zechten und sich lustig machten, erzählten sie die ganze Geschichte, und montags morgen, als sie anfuhren, war kein Öl mehr auf der Lampe, und sie mußten nun jedesmal wieder, wie die andern, frisch aufschütten.

4. Frau Hollen Teich

Auf dem hessischen Gebirg Meißner weisen mancherlei Dinge schon mit ihren bloßen Namen das Altertum aus, wie die Teufelslöcher, der Schlachtrasen und sonderlich der Frau Hollen Teich. Dieser, an der Ecke einer Moorwiese gelegen, hat gegenwärtig nur vierzig bis fünfzig Fuß Durchmesser; die ganze Wiese ist mit einem halb untergegangenen Steindamm eingefaßt, und nicht selten sind auf ihr Pferde versunken.

Von dieser Holle erzählt das Volk vielerlei, Gutes und Böses. Weiber, die zu ihr in den Brunnen steigen, macht sie gesund und fruchtbar; die neugeborenen Kinder stammen aus ihrem Brunnen, und sie trägt sie daraus hervor. Blumen, Obst, Kuchen, das sie unten im Teiche hat und was in ihrem unvergleichlichen Garten wächst, teilt sie denen aus, die ihr begegnen und zu gefallen wissen. Sie ist sehr ordentlich und hält auf guten Haushalt; wann es bei den Menschen schneit, klopft sie ihre Betten aus, davon die Flocken in der Luft fliegen. Faule Spinnerinnen straft sie, indem sie ihnen den Rocken besudelt, das Garn wirrt oder den Flachs anzündet; Jungfrauen hingegen, die fleißig abspinnen, schenkt sie Spindeln und spinnt selber für sie über Nacht, daß die Spulen des Morgens voll sind. Faulenzerinnen zieht sie die Bettdecken ab und legt sie nackend aufs Steinpflaster; Fleißige, die schon frühmorgens Wasser zur Küche tragen in reingescheuerten Eimern, finden Silbergroschen darin. Gern zieht sie Kinder in ihren Teich, die guten macht sie zu Glückskindern, die bösen zu Wechselbälgen. Jährlich geht sie im Land um und verleiht den Äckern Fruchtbarkeit, aber auch erschreckt sie die Leute, wenn sie durch den Wald fährt, an der Spitze des wütenden Heers. Bald zeigt sie sich als eine schöne weiße Frau in oder auf der Mitte des Teiches, bald ist sie unsichtbar, und man hört bloß aus der Tiefe ein Glockengeläut und finsteres Rauschen.

5. Frau Holla zieht umher

In der Weihnacht fängt Frau Holla an herumzuziehen, da legen die Mägde ihren Spinnrocken aufs neue an, winden viel Werg oder Flachs darum und lassen ihn über Nacht stehen. Sieht das nun Frau Holla, so freut sie sich und sagt:

»So manches Haar,
so manches gutes Jahr.«

Diesen Umgang hält sie bis zum großen Neujahr, das heißt den heiligen Dreikönigstag, wo sie wieder umkehren muß nach ihrem Horselberg; trifft sie dann unterwegens Flachs auf dem Rocken, zürnt sie und spricht:

»So manches Haar,
so manches böses Jahr.«

Daher reißen feierabends vorher alle Mägde sorgfältig von ihren Rokken ab, was sie nicht abgesponnen haben, damit nichts dran bleibe und ihnen übel ausschlage. Noch besser ist's aber, wenn es ihnen gelingt, alles angelegte Werg vorher im Abspinnen herunterzubringen.

6. Frau Hollen Bad

Am Meißner in Hessen liegt ein großer Pfuhl oder See, mehrenteils trüb von Wasser, den man Frau Hollen Bad nennt. Nach alter Leute Erzählung wird Frau Holle zuweilen badend um die Mittagsstunde darin gesehen und verschwindet nachher. Berg und Moore in der ganzen Umgegend sind voll von Geistern und Reisende oder Jäger oft von ihnen verführt oder beschädiget worden.

7. Frau Holla und der treue Eckart

In Thüringen liegt ein Dorf namens Schwarza, da zog Weihnachten Frau Holla vorüber, und vorn im Haufen ging der treue Eckart und warnte die begegneten Leute, aus dem Wege zu weichen, daß ihnen kein Leid widerfahre. Ein paar Bauernknaben hatten gerade Bier in der Schenke geholt, das sie nach Haus tragen wollten, als der Zug erschien, dem sie zusahen. Die Gespenster nahmen aber die ganze breite Straße ein, da wichen die Dorfjungen mit ihren Kannen abseits in eine Ecke; bald nahten sich unterschiedene Weiber aus der Rotte, nahmen die Kannen und tranken. Die Knaben schwiegen aus Furcht stille, wußten doch nicht, wie sie ihnen zu Haus tun sollten, wenn sie mit leeren Krügen kommen würden. Endlich trat der treue Eckart herbei und sagte: »Das riet euch Gott, daß ihr kein Wörtchen gesprochen habt, sonst wären euch eure Hälse umgedreht worden; gehet nun flugs heim und sagt keinem Menschen etwas von der Geschichte, so werden eure Kannen immer voll Bier sein und wird ihnen nie gebrechen.« Dieses taten die Knaben, und es war so, die Kannen wurden niemals leer, und drei Tage nahmen sie das Wort in acht. Endlich aber konnten sie's nicht länger bergen, sondern erzählten ihren Eltern von der Sache, da war es aus, und die Krüglein versiegten. Andere sagten, es sei dies nicht eben zu Weihnacht geschehen, sondern auf eine andere Zeit.

8. Frau Holla und der Bauer

Frau Holla zog einmal aus, begegnete ihr ein Bauer mit der Axt. Da redete sie ihn mit den Worten an, daß er ihr den Wagen verkeilen oder verschlagen sollte. Der Taglöhner tat, wie sie ihm hieß, und als die Arbeit verrichtet war, sprach sie: »Raff die Späne auf und nimm sie zum Trinkgeld mit;« drauf fuhr sie ihres Weges. Dem Manne kamen die Späne vergeblich und unnütz vor, darum ließ er sie meistenteils liegen, bloß ein Stück oder drei nahm er für die Langeweile mit. Wie er nach Hause kam und in den Sack griff, waren die Späne eitel Gold. Alsbald kehrte er um, noch die andern zu holen, die er liegengelassen; so sehr er suchte, so war es doch zu spät und nichts mehr vorhanden.

9. Die Springwurzel

Vorzeiten hütete ein Schäfersmann friedlich auf dem Köterberg, da stand, als er sich einmal umwendete, ein prächtiges Königsfräulein vor ihm und sprach: »Nimm die Springwurzel und folge mir nach.« Die Springwurzel erhält man dadurch, daß man einem Grünspecht (Elster oder Wiedehopf) sein Nest mit einem Holz zukeilt; der Vogel, wie er das bemerkt, fliegt alsbald fort und weiß die wunderbare Wurzel zu finden, die ein Mensch noch immer vergeblich gesucht hat. Er bringt sie im Schnabel und will sein Nest damit wieder öffnen; denn hält er sie vor den Holzkeil, so springt er heraus, wie vom stärksten Schlag getrieben. Hat man sich versteckt und macht nun, wie er herankommt, einen großen Lärm, so läßt er sie erschreckt fallen (man kann aber auch nur ein weißes oder rotes Tuch unter das Nest breiten, so wirft er sie darauf, sobald er sie gebraucht hat). Eine solche Springwurzel besaß der Hirt, ließ nun seine Tiere herumtreiben und folgte dem Fräulein. Sie führte ihn bei einer Höhle in den Berg hinein. Kamen sie zu einer Türe oder einem verschlossenen Gang, so mußte er seine Wurzel vorhalten, und alsbald sprang sie krachend auf. Sie gingen immer fort, bis sie etwa in die Mitte des Bergs gelangten, da saßen noch zwei Jungfrauen und spannen emsig; der Böse war auch da, aber ohne Macht und unten an den Tisch, vor dem die beiden saßen, festgebunden. Ringsum war in Körben Gold und leuchtende Edelsteine aufgehäuft, und die Königstochter sprach zu dem Schäfer, der da stand und die Schätze anlusterte: »Nimm dir, soviel du willst.« Ohne Zaudern griff er hinein und füllte seine Taschen, soviel sie halten konnten, und wie er, also reich beladen, wieder hinaus wollte, sprach sie: »Aber vergiß das Beste nicht!« Er meinte nicht anders, als das wären die Schätze, und glaubte sich gar wohl versorgt zu haben, aber es war das Springwort*. Wie er nun hinaustrat, ohne die Wurzel, die er auf den Tisch gelegt, schlug das Tor mit Schallen hinter ihm zu, hart an die Ferse, doch ohne weiteren Schaden, wiewohl er leicht sein

Leben hätte einbüßen können. Die großen Reichtümer brachte er glücklich nach Haus, aber den Eingang konnte er nicht wiederfinden.

10. Fräulein von Boyneburg

Auf eine Zeit lebten auf der Boyneburg drei Fräulein zusammen. Der jüngsten träumte in einer Nacht, es sei in Gottes Rat beschlossen, daß eine von ihnen im Wetter sollte erschlagen werden. Morgens sagte sie ihren Schwestern den Traum, und als es Mittag war, stiegen schon Wolken auf, die immer größer und schwärzer wurden, also daß abends ein schweres Gewitter am Himmel hinzog und ihn bald ganz zudeckte und der Donner immer näher herbeikam. Als nun das Feuer von allen Seiten herabfiel, sagte die älteste: »Ich will Gottes Willen gehorchen, denn mir ist der Tod bestimmt«, ließ sich einen Stuhl hinaustragen, saß draußen einen Tag und eine Nacht und erwartete, daß der Blitz sie träfe. Aber es traf sie keiner; da stieg am zweiten Tage die zweite herab und sprach: »Ich will Gottes Willen gehorchen, denn mir ist der Tod bestimmt«, und saß den zweiten Tag und die zweite Nacht, die Blitze versehrten sie auch nicht, aber das Wetter wollte nicht fortziehen. Da sprach die dritte am dritten Tage: »Nun seh ich Gottes Willen, daß ich sterben soll«, da ließ sie den Pfarrer holen, der ihr das Abendmahl reichen mußte, dann machte sie auch ihr Testament und stiftete, daß an ihrem Todestage die ganze Gemeinde gespeist und beschenkt werden sollte. Nachdem das geschehen war, ging sie getrost hinunter und setzte sich nieder, und nach wenigen Augenblicken fuhr auch ein Blitz auf sie herab und tötete sie.

Hernach, als das Schloß nicht mehr bewohnt war, ist sie oft als ein guter Geist gesehen worden. Ein armer Schäfer, der all sein Hab und Gut verloren hatte und dem am andern Tage sein Letztes sollte ausgepfändet werden, weidete an der Boyneburg, da sah er im Sonnenschein an der Schloßtüre eine schneeweiße Jungfrau sitzen. Sie hatte ein weißes Tuch ausgebreitet, darauf lagen Knotten, die sollten in der Sonne aufklinken. Der Schäfer verwunderte sich, an dem einsamen Ort eine Jungfrau zu finden, trat zu ihr hin und sprach: »Ei, was schöne Knotten!« nahm ein paar in die Hand, besah sie und legte sie wieder hin. Sie sah ihn freundlich und doch traurig an, antwortete aber nichts, da ward dem Schäfer angst, daß er fortging, ohne sich umzusehen, und die Herde nach Haus trieb. Es waren ihm aber ein paar Knotten, als er darin gestanden, neben in die Schuhe gefallen, die drückten ihn auf dem Heimweg, da setzte er sich, zog den Schuh ab und wollte sie herauswerfen; wie er hineingriff, so fielen ihm fünf oder sechs Goldkörner in die Hand. Der Schäfer eilte zur Boyneburg zurück, aber die weiße Jungfrau war samt den Knotten verschwunden; doch konnte er sich mit dem Golde schuldenfrei machen und seinen Haushalt wieder einrichten.

Viele Schätze sollen in der Burg noch verborgen liegen. Ein Mann war glücklich und sah in der Mauer ein Schubfach; als er es aufzog, war es ganz voll Gold. Eine Witwe hatte nur eine Kuh und Ziege, und weil an der Boyneburg schöne Heiternesseln wachsen, wollte sie davon zum Futter abschneiden, wie sie aber eben nach einem Strauch packte, glitt sie aus und fiel tief hinab. Sie schrie und rief nach Hilfe, es war aber niemand mehr in der einsamen Gegend, bis abends ihre Kinder, denen angst geworden war, herbeikamen und ihre Stimme hörten. Sie zogen sie an Stricken herauf, und nun erzählte sie ihnen, tief da unten sei sie vor ein Gitter gefallen, dahinter habe sie einen Tisch gesehen, der mit Reichtümern und Silberzeug ganz beladen gewesen.

11. Der Pielberg

Bei Annaberg in Meißen liegt vor der Stadt ein hoher Berg, der Pielberg genannt, darauf soll vorzeiten eine schöne Jungfrau verbrannt und verwünscht sein, die sich noch öfters um Mittag, weshalb sich dann niemand dort darf sehen lassen, in köstlicher Gestalt, mit prächtigen, gelben, hinter sich geschlagenen Haaren zeigt.

12. Die Schloßjungfrau

Auf dem Schloßberg unweit Ohrdruf in Thüringen soll sich manchmal eine Jungfrau sehen lassen, welche ein großes Gebund Schlüssel anhängen hat. Sie kommt dann allezeit um zwölf Uhr mittags vom Berg herab und geht nach dem unten im Tal befindlichen Hierlings- oder Hörlingsbrunn und badet sich in demselben, worauf sie wiederum den Berg hinaufsteigt. Einige wollen sie genau gesehen und betrachtet haben.

13. Die Schlangenjungfrau

Um das Jahr 1520 war einer zu Basel im Schweizerlande mit Namen Leonhard, sonst gemeinlich Lienimann genannt, eines Schneiders Sohn, ein alberner und einfältiger Mensch, und dem dazu das Reden, weil er stammerte, übel abging. Dieser war in das Schlaufgewölbe oder den Gang, welcher zu Augst über Basel unter der Erde her sich erstreckt, ein- und darin viel weiter, als jemals einem Menschen möglich gewesen, fortgegangen und hineingekommen und hat von wunderbarlichen Händeln und Geschichten zu reden wissen. Denn er erzählt, und es gibt noch Leute, die es aus seinem Munde gehört haben, er habe ein geweihtes Wachslicht genommen und angezündet und sei mit diesem in die Höhle eingegangen. Da hätte er erstlich durch eine eiserne Pforte und darnach aus einem Gewölbe in das andere, endlich auch durch etliche gar schöne und lustige grüne Gärten gehen müssen. In der Mitte aber stünde ein herrlich und wohlgebautes Schloß oder Fürstenhaus, darin wäre eine gar schöne Jungfrau mit menschlichem Leibe bis zum Nabel, die trüge auf ihrem Haupt eine Krone von Gold, und ihre Haare hätte sie zu Felde geschlagen; unten vom Nabel an wäre sie aber eine greuliche Schlange. Von derselben Jungfrau wäre er bei der Hand zu einem eisernen Kasten geführt worden, auf welchem zwei schwarze bellende Hunde gelegen, also daß sich niemand dem Kasten nähern dürfen, sie aber hätte ihm die Hunde gestillt und im Zaum gehalten und er ohne alle Hinderung hinzugehen können. Darnach hätte sie einen Bund Schlüssel, den sie am Hals getragen, abgenommen, den Kasten aufgeschlossen, silberne und andere Münzen herausgeholt. Davon ihm dann die Jungfrau nicht wenig aus sonderlicher Mildigkeit geschenkt, welche er mit sich aus der Schluft gebracht; wie er denn auch selbige vorgezeigt und sehen lassen. Auch habe die Jungfrau zu ihm gesprochen, sie sei von königlichem Stamme und Geschlecht geboren, aber also in ein Ungeheuer verwünscht und verflucht und könne durch nichts erlöst werden, als wenn sie von einem Jüngling, dessen Keuschheit rein und unverletzt wäre, dreimal geküßt werde; dann würde sie ihre vorige Gestalt wiedererlangen. Ihrem Erlöser wolle sie dafür den ganzen Schatz, der an dem Orte verborgen gehalten würde, geben und überantworten. Er erzählte weiter, daß er die Jungfrau bereits zweimal geküßt, da sie denn alle beidemal, vor großer Freude der unverhofften Erlösung, mit so greulichen Gebärden sich erzeigt, daß er sich gefürchtet und nicht anders gemeint, sie würde ihn lebendig zerreißen; daher er zum drittenmal sie zu küssen nicht gewagt, sondern weggegangen wäre. Hernach hat es sich begeben, daß ihn etliche in ein Schandhaus mitgenommen, wo er mit einem leichtsinnigen Weibe gesündigt. Also vom Laster befleckt, hat er nie wieder den Eingang zu der Schlaufhöhle finden können; welches er zum öftern mit Weinen beklagt.

14. Das schwere Kind

Im Jahr 1686, am 8. Juni, erblickten zwei Edelleute auf dem Wege nach Chur in der Schweiz an einem Busch ein kleines Kind liegen, das in Linnen eingewickelt war. Der eine hatte Mitleiden, ließ seinen Diener absteigen und das Kind aufheben, damit man es ins nächste Dorf mitnehmen und Sorge für es tragen könnte. Als dieser abgestiegen war, das Kind angefaßt hatte und aufheben wollte, war er es nicht vermögend. Die zwei Edelleute verwunderten sich hierüber und befahlen dem andern Diener, auch abzusitzen und zu helfen. Aber beide mit gesamter Hand waren nicht so mächtig, es nur von der Stelle zu rücken. Nachdem sie es lange versucht, hin und her gehoben und gezogen, hat das Kind anfangen zu sprechen und gesagt: »Lasset mich liegen, denn ihr könnt mich doch nicht von der Erde wegbringen. Das aber will ich euch sagen, daß dies ein köstliches fruchtbares Jahr sein wird, aber wenig Menschen werden es erleben.« Sobald es diese Worte ausgeredet hatte, verschwand es. Die beiden Edelleute legten nebst ihren Dienern ihre Aussagen bei dem Rat zu Chur nieder.

15. Der alte Weinkeller bei Salurn

Auf dem Rathause des Tiroler Fleckens Salurn an der Etsch werden zwei alte Flaschen vorgezeigt und davon erzählt: Im Jahr 1688 ging Christoph Patzeber von St. Michael nach Salurn in Verrichtungen, und wie er bei den Trümmern der alten Salurner Burg vorüberkam, wandelte ihn Lust an, das Gemäuer näher zu betrachten. Er sah sich im obern Teil um und fand ungefähr eine unterirdische Treppe, welche aber ganz hell schien, so daß er hinabstieg und in einen ansehnlichen Keller gelangte, zu dessen beiden Seiten er große Fässer liegen sah. Der Sonnenstrahl fiel durch die Ritzen, er konnte deutlich achtzehn Gefäße zählen, deren jedes ihm deuchte fünfzig Irten zu halten; an denen, die vorn standen, fehlte weder Hahn noch Kran, und als der Bürger vorwitzig umdrehte, sah er mit Verwunderung einen Wein, köstlich wie Öl, fließen. Er kostete das Getränk und fand es von solchem herrlichen Geschmack, als er zeitlebens nicht über seine Zunge gebracht hatte. Gern hätte er für Weib und Kind davon mitgenommen, wenn ihm ein Geschirr zu Händen gewesen wäre; die gemeine Sage fiel ihm ein von diesem Schloß, das schon manchen Menschen unschuldigerweise reich gemacht haben sollte, und er sann hin und her, ob er nicht durch diesen Fund glücklich werden möchte. Er schlug daher den Weg nach der Stadt ein, vollbrachte sein Geschäft und kaufte sich zwei große irdene Flaschen nebst Trichter und verfügte sich noch vor Sonnenuntergang in das alte Schloß, wo er alles geradeso wiederfand als das erstemal. Ungesäumt füllte er seine beiden Flaschen mit Wein, welche etwa zwanzig Maß fassen konnten, hierauf wollte er den Keller verlassen. Aber im Umdrehen sah er plötzlich an der Treppe, also daß sie ihm den Gang sperrten, drei alte Männer an einem kleinen Tisch sitzen, vor ihnen lag eine schwarze, mit Kreide beschriebene Tafel. Der Bürger erschrak heftig, hätte gern allen Wein im Stich gelassen, hub an inbrünstig zu beten und die Kellerherren um Verzeihung zu bitten. Da sprach einer aus den dreien, welcher einen langen Bart, eine Ledermütze auf dem Haupt und einen schwarzen Rock anhatte: »Komm, sooft du willst, so sollst du allezeit erhalten, was dir und den Deinen vonnöten ist.« Hierauf verschwand das ganze Gesicht. Patzeber konnte frei und ungehindert fortgehen und gelangte glücklich heim zu seinem Weibe, dem er alles erzählte, was ihm begegnet war. Anfangs verabscheute die Frau diesen Wein, als sie aber sah, wie ohne Schaden sich ihr Hauswirt daran labte, versuchte sie ihn auch und gab allen ihren Hausgenossen dessen zu trinken. Als nun der Vorrat all wurde, nahm er getrost die zwei irdenen Krüge, ging wieder in den Keller und füllte von neuem, und das geschah etlichemal ein ganzes Jahr durch; dieser Trunk, der einer kaiserlichen Tafel wohlgestanden hätte, kostete ihn keinen Heller. Einmal aber besuchten ihn drei Nachbaren, denen er von seinem Gnadentrunk zubrachte und die ihn so trefflich fanden, daß sie Verdacht schöpften und argwohnten, er sei auf unrechtem Wege dazu gekommen. Weil sie ihm ohnedes feind waren, gingen sie aufs Rathaus und verklagten ihn; der Bürger erschien und verhehlte nicht, wie er zu dem Wein gelangt war, obgleich er innerlich dachte, daß er nun den letzten geholt haben würde. Der Rat ließ von dem Wein vor Gericht bringen und befand einstimmig, daß dergleichen im Lande nirgends anzutreffen wäre. Also mußten sie zwar den Mann nach abgelegtem Eid heim entlassen, gaben ihm aber auf, mit seinen Flaschen nochmals den vorigen Weg zu unternehmen. Er machte sich auch dahin, aber weder Treppe noch Keller war dort zu spüren, und er empfing unsichtbare Schläge, die ihn betäubt und halbtot zu Boden streckten. Als er so lange Zeit lag, bedeuchte ihn, den vorigen Keller, aber fern in einer Tiefe, zu erblicken; die drei Männer saßen wieder da und kreideten still und schweigend bei einer hellen Lampe auf dem Tisch, als hätten sie eine wichtige Rechnung zu schließen; zuletzt wischten sie alle Ziffern aus und zogen ein Kreuz über die ganze Tafel, welche sie hernach beiseite stellten. Einer stand auf, öffnete drei Schlösser an einer eisernen Tür, und man hörte Geld klingen. Auf einer anderen Treppe kam dann dieser alte Mann heraus zu dem auf der Erde liegenden Bürger, zählte ihm dreißig Taler in den Hut, ließ aber nicht den geringsten Laut von sich hören. Hiermit verschwand das Gesicht, und die Salurner Uhr aus der Ferne schlug elf. Der Bürger raffte sich auf und kroch aus den Mauern; auf der Höhe sah er einen ganzen Leichenzug mit Lichtern vorbeiwallen und deutete das auf seinen eigenen Tod. Inzwischen kam er nach und nach auf die Landstraße und wartete auf Leute, die ihn nach Haus schleppten. Darauf berichtete er dem Rat den ganzen Verlauf, und die dreißig alten Taler bewiesen deutlich, daß sie ihm von keiner oberirdischen Hand waren gegeben worden. Man sandte des folgenden Tags acht beherzte Männer aus zu der Stelle, die gleichwohl nicht die mindesten Spuren entdeckten, außer in einer Ecke der Trümmer die beiden irdenen Flaschen liegen fanden und zum Wahrzeichen mitbrachten.

Der Patzeber starb zehn Tage darauf und mußte die Weinzeche mit seinem Leben bezahlen; das gemachte große Kreuz hatte die Zahl der zehn Tage vielleicht vorbedeutet.

16. Hünenspiel

Bei Höxter, zwischen Godelheim und Amelunxen, liegen der Brunsberg und Wiltberg, auf welchen die Sachsen im Kampf mit Karl dem Großen sollen ihre Burgen gehabt haben. Nach der Sage des Godelsheimer Volks wohnten dort ehedem Hünen, die so groß waren, daß sie sich morgens, wenn sie aufstanden, aus ihren Fenstern grüßend die Hände herüber- und hinüberreichten. Sie warfen sich auch, als Ballspiel, Kugeln zu und ließen sie hin und her fliegen. Einmal fiel eine solche Kugel mitten ins Tal herab und schlug ein gewaltiges Loch in den Erdboden, das man noch heute sieht. Die Vertiefung heißt die Knäuelwiese.

Die Riesen herrschten da zu Land, bis ein mächtiges, kriegerisches Volk kam und mit ihnen stritt. Da gab es eine ungeheuere Schlacht, daß das Blut durchs Tal strömte und die Weser rot färbte; alle Hünen

Riesendarstellungen. Aus: Kircher, A.: Mundus subterraneus (Amsterdam 1678)

wurden erschlagen, ihre Burgen erobert, und das neuangekommene Volk schaltete von nun an in der Gegend.

Nach einer andern Erzählung sandte der Riese von Brunsberg dem von Wiltberg täglich einen Brief, der in ein großes Knäuel Garn gewunden, und so warfen sie es hinüber und herüber. Eines Tages fiel das Knäuel im Lauh, einem Holz unter dem Braunberge, nieder, und da ist ein großer Teich geworden, wo lauter weiße Lilien aufwachsen und wo noch zu dieser Stunde alle Jahr am Ostermontag die weiße Frau kommt und sich wäscht.

17. Das Riesenspielzeug

Im Elsaß auf der Burg Niedeck, die an einem hohen Berg bei einem Wasserfall liegt, waren die Ritter vorzeiten große Riesen. Einmal ging das Riesenfräulein herab ins Tal, wollte sehen, wie es da unten wäre, und kam bis fast nach Haslach auf ein vor dem Wald gelegenes Ackerfeld, das gerade von den Bauern bestellt ward. Es blieb vor Verwunderung stehen und schaute den Pflug, die Pferde und Leute an, das ihr alles etwas Neues war. »Ei«, sprach sie und ging herzu, »das nehm ich mir mit.« Da kniete sie nieder zur Erde, spreitete ihre Schürze aus, strich mit der Hand über das Feld, fing alles zusammen und tat's hinein. Nun lief sie ganz vergnügt nach Haus, den Felsen hinaufspringend; wo der Berg so jäh ist, daß ein Mensch mühsam klettern muß, da tat sie einen Schritt und war droben.

Der Ritter saß gerad am Tisch, als sie eintrat. »Ei, mein Kind«, sprach er, »was bringst du da, die Freude schaut dir ja aus den Augen heraus.« Sie machte geschwind ihre Schürze auf und ließ ihn hineinblicken. »Was hast du so Zappeliges darin?« »Ei Vater, gar zu artiges Spielding! So was Schönes hab ich mein Lebtag noch nicht gehabt.« Darauf nahm sie eins nach dem andern heraus und stellte es auf den Tisch: den Pflug, die Bauern mit ihren Pferden; lief herum, schaute es an, lachte und schlug vor Freude in die Hände, wie sich das kleine Wesen darauf hin und her bewegte. Der Vater aber sprach: »Kind, das ist kein Spielzeug, da hast du was Schönes angestiftet! Geh nur gleich und trag's wieder hinab ins Tal.« Das Fräulein weinte, es half aber nichts. »Mir ist der Bauer kein Spielzeug«, sagt der Ritter ernsthaftig, »ich leid's nicht, daß du mir murrst, kram alles sachte wieder ein und trag's an den nämlichen Platz, wo du's genommen hast. Baut der Bauer nicht sein Ackerfeld, so haben wir Riesen auf unserm Felsennest nichts zu leben.«

18. Riese Einheer

Zu Zeiten Karls des Großen lebt ein Ries, und Recke, hieß Einheer, war ein Schwab, bürtig aus Thurgau, jetzt Schweiz, der wuthe (watete) über alle Wasser, dorft (braucht) über keine Brücke gehen, zoge sein Pferd bei dem Schwanz hernach, sagt allzeit: »Nun Gesell, du mußt auch hernach!« Dieser reiset auch in diesen Kaiser Karls Kriegen wider die Winden (Wenden) und Haunen (Hunnen); er mähet die Leut, gleichwie das Gras mit einer Sensen, alle nieder, hängt sie an den Spieß, trug's über die Achseln wie Hasen oder Füchs, und da er wieder heimkam und ihn seine guten Gesellen und Nachbarn fragten, was er ausgerichtet hätte, wie es im Kriege gegangen wäre, sagt er aus Unmut und Zorn: »Was soll ich viel von diesen Fröschlein sagen! Ich trug ihr sieben oder acht am Spieß über die Achsel, weiß nicht, was sie quaken, ist der Mühe nicht wert, daß der Kaiser soviel Volks wider solche Kröten und Würmlein zusammenbracht, ich wollt's viel leichter zuwegen gebracht haben!« Diesen Riesen nennt man Einheer, daß (weil) er sich in Kriegen schier einem Heer vergleicht und alsoviel ausrichtet. Es flohen ihm die Feinde, Winden und Haunen, meinten, es wär der leidige Teufel.

19. Riesensäulen

Bei Miltenberg oder Kleinen-Haubach auf einem hohen Gebirg im Walde sind neun gewaltige, große, steinerne Säulen zu sehen und daran die Handgriffe, wie sie von den Riesen im Arbeiten herumgedreht worden, damit eine Brücke über den Main zu bauen, solches haben die alten Leute je nach und nach ihren Kindern erzählt, auch daß in dieser Gegend vorzeiten viele Riesen sich aufgehalten.

20. Der Köterberg

Der Köterberg (an der Grenze des Paderbornschen, Lippeschen und Corveyschen) war sonst der Götzenberg genannt, weil die Götter der Heiden da angebetet wurden. Er ist innen voll Gold und Schätze, die einen armen Mann wohl reich machen könnten, wenn er dazu gelangte. Auf der nördlichen Seite sind Höhlen, da fand einmal ein Schäfer den Eingang und die Türe zu den Schätzen, aber wie er eingehen wollte, in demselben Augenblick kam ein ganz blutiger, entsetzlicher Mann übers Feld dahergelaufen und erschreckte und verscheuchte ihn. Südlich auf einem waldbewachsenen Hügel am Fuße des Berges stand die Harzburg, wovon die Mauern noch zu sehen und noch vor kurzem Schlüssel gefunden sind. Darin wohnten Hünen, und gegenüber, auf dem zwei Stunden fernen Zierenberg, stand eine andere Hünenburg! Da warfen die Riesen sich oft Hämmer herüber und hinüber.

21. Geroldseck

Geroldseck, ein altes Schloß im Wasgau, von dem man vor Jahren her viel Abenteuer erzählen hören: daß nämlich die uralten deutschen Helden, die Könige Ariovist, Hermann, Wittekind, der hürnen Siegfried und viele, viele andere in demselben Schlosse zu gewisser Zeit des Jahres gesehen würden; welche, wann die Deutschen in den höchsten Nöten und am Untergang sein würden, wieder da heraus und mit etlichen alten deutschen Völkern denselben zu Hilf erscheinen sollten.

22. Kaiser Karl zu Nürnberg

Die Sage geht, daß Karl der Große sich zu Nürnberg auf der Burg in den tiefen Brunnen verflucht habe und daselbst aufhalte. Sein Bart ist durch den Steintisch gewachsen, vor welchem er sitzt.

23. Friedrich Rotbart auf dem Kyffhäuser

Von diesem Kaiser gehen viele Sagen im Schwange. Er soll noch nicht tot sein, sondern bis zum Jüngsten Tage leben, auch kein rechter Kaiser nach ihm mehr aufgekommen. Bis dahin sitzt er verhohlen in dem Berg Kyffhausen, und wann er hervorkommt, wird er seinen Schild hängen an einen dürren Baum, davon wird der Baum grünen und eine bessere Zeit werden. Zuweilen redet er mit den Leuten, die in den Berg kommen, zuweilen läßt er sich auswärts sehen. Gewöhnlich sitzt er auf der Bank an dem runden steinernen Tisch, hält den Kopf in die Hand und schläft, mit dem Haupt nickt er stetig und zwinkert mit den Augen. Der Bart ist ihm groß gewachsen, nach einigen durch den steinernen Tisch, nach andern um den Tisch herum, dergestalt, daß er dreimal um die Rundung reichen muß bis zu seinem Aufwachen, jetzt aber geht er erst zweimal darum.

Ein Bauer, der 1669 aus dem Dorf Reblingen Korn nach Nordhausen fahren wollte, wurde von einem kleinen Männchen in den Berg geführt, mußte sein Korn ausschütten und sich dafür die Säcke mit Gold füllen. Dieser sah nun den Kaiser sitzen, aber ganz unbeweglich.

Der Kyffhäuser. Stahlstich aus Segniz, A: Sagen, Legenden, Mährchen und Erzählungen aus der Geschichte des sächsischen Volkes. Meißen 1839/40

Auch einen Schäfer, der einstmals ein Liedchen gepfiffen, das dem Kaiser so wohlgefallen, führte ein Zwerg hinein, da stand der Kaiser auf und fragte: »Fliegen die Raben noch um den Berg?« Und auf die Bejahung des Schäfers rief er: »Nun muß ich noch hundert Jahre länger schlafen.«

24. Der Birnbaum auf dem Walserfeld

Bei Salzburg auf dem sogenannten Walserfeld soll dermaleinst eine schreckliche Schlacht geschehen, wo alles hinzulaufen und ein so furchtbares Blutbad sein wird, daß den Streitenden das Blut vom Fußboden in die Schuh rinnt. Da werden die bösen von den guten Menschen erschlagen werden. Auf diesem Walserfeld steht ein ausgedorrter Birnbaum zum Angedenken dieser letzten Schlacht; schon dreimal wurde er umgehauen, aber seine Wurzel schlug immer aus, daß er wiederum anfing zu grünen und ein vollkommener Baum ward. Viele Jahre bleibt er noch dürr stehen, wann er aber zu grünen anhebt, wird die greuliche Schlacht bald eintreten, und wann er Früchte trägt, wird sie anheben. Dann wird der Bayerfürst seinen Wappenschild daran aufhängen und niemand wissen, was es zu bedeuten hat.

25. Der verzauberte König zu Schildheiß

Das alte Schloß Schildheiß, in einer wüsten Wald- und Berggegend von Deutschböhmen, sollte aufs neue gebaut und wiederhergestellt werden. Als die Werkmeister und Bauleute die Trümmer und Grundfesten untersuchten, fanden sie Gänge, Keller und Gewölbe unter der Erde in großer Menge, mehr als sie gedacht; in einem Gewölbe saß ein gewaltiger König im Sessel, glänzend und schimmernd von Edelgestein, und ihm zur Rechten stund unbeweglich eine holdselige Jungfrau, die hielt dem König das Haupt, gleich als ruhete es drinnen. Als sie nun verwitzig und beutegierig näher traten, wandelte sich die Jungfrau in eine Schlange, die Feuer spie, so daß alle weichen mußten. Sie berichteten aber ihren Herrn von der Begebenheit, welcher alsbald vor das bezeichnete Gewölbe ging und die Jungfrau bitterlich seufzen hörte. Nachher trat er mit seinem Hund in die Höhle, in der sich Feuer und Rauch erzeigte, so daß der Ritter etwas zurückwich und seinen Hund, der vorausgelaufen war, für verloren hielt. Das Feuer verlosch, und wie er sich von neuem näherte, sah er, daß die Jungfrau seinen Hund unbeschädigt im Arme hielt, und eine Schrift an der Wand, die ihm Verderben drohte. Sein Mut trieb ihn aber nachher dennoch an, das Abenteuer zu wagen, und er wurde von den Flammen verschlungen.

26. Kaiser Karl des Großen Auszug

Zwischen Gudensberg und Besse in Hessen liegt der Odenberg, in welchem Kaiser Karl der Große mit seinem ganzen Heer versunken ist. Ehe ein Krieg ausbricht, tut sich der Berg auf, Kaiser Karl kommt hervor, stößt in sein Hifthorn und zieht nun mit seinem ganzen Heer aus in einen andern Berg.

27. Der Untersberg

Der Untersberg oder Wunderberg liegt eine kleine deutsche Meile von der Stadt Salzburg an dem grundlosen Moos, wo vorzeiten die Hauptstadt Helfenburg soll gestanden haben. Er ist im Innern ganz ausgehöhlt, mit Palästen, Kirchen, Klöstern, Gärten, Gold- und Silberquellen versehen. Kleine Männlein bewahren die Schätze und wanderten sonst oft um Mitternacht in die Stadt Salzburg, in der Domkirche daselbst Gottesdienst zu halten.

28. Kaiser Karl im Untersberg

In dem Wunderberg sitzt außer andern fürstlichen und vornehmen Herren auch Kaiser Karl, mit goldner Krone auf dem Haupt und seinen Zepter in der Hand. Auf dem großen Walserfeld wurde er verzückt und hat noch ganz seine Gestalt behalten, wie er sie auf der zeitlichen Welt gehabt. Sein Bart ist grau und lang gewachsen und bedeckt ihm das goldne Bruststück seiner Kleidung ganz und gar. An Fest- und Ehrentagen wird der Bart auf zwei Teile geteilt, einer liegt auf der rechten Seite, der andere auf der linken, mit einem kostbaren Perlenband umwunden. Der Kaiser hat ein scharfes und tiefsinniges Angesicht und erzeigt sich freundlich und gemeinschaftlich gegen alle Untergebenen, die da mit ihm auf einer schönen Wiese hin und her gehen. Warum er sich da aufhält und was seines Tuns ist, weiß niemand und steht bei den Geheimnissen Gottes.

Franz Sartori erzählt, daß Kaiser Karl V., nach andern aber Friedrich an einem Tisch sitzt, um den sein Bart schon mehr denn zweimal herumgewachsen ist. Sowie der Bart zum drittenmal die letzte Ecke desselben erreicht haben wird, tritt dieser Welt letzte Zeit ein. Der Antichrist erscheint, auf den Feldern von Wals kommt es zur Schlacht, die Engelposaunen ertönen, und der Jüngste Tag ist angebrochen.

29. Der Scherfenberger und der Zwerg

Mainhard, Graf von Tirol, der auf Befehl des Kaisers Rudolf von Habsburg Steier und Kärnten erobert hatte und zum Herzoge von Kärnten ernannt ward, lebte mit dem Grafen Ulrich von Heunburg in Fehde. Zu diesem schlug sich auch Wilhelm von Scherfenberg, treulos und undankbar gegen Mainhard. Hernach in dem Kampfe ward er vermißt, und Konrad von Aufenstein, der für Mainhard gestritten hatte, suchte ihn auf.

Sie fanden aber den Scherfenberger im Sande liegen von einem Speer durchstochen, und hatte er da sieben Wunden, doch nur eine Pein. Der Aufensteiner fragte ihn, ob er der Herr Wilhelm wäre. »Ja, und seid Ihr's, der Aufensteiner, so stehet hernieder zu mir.« Da sprach der Scherfenberger mit krankem Munde: »Nehmt dieses Fingerlein; derweil es in Eurer Gewalt ist, zerrinnt Euch Reichtum und weltliche Ehre nimmermehr;« damit reichte er es ihm von der Hand. Indem kam auch Heinrich der Told geritten und hörte, daß es der Scherfenberger war, der da lag. »So ist es der«, sprach er, »welcher seine Treue an meinem Herrn gebrochen, das rächt nun Gott an ihm in dieser Stund.« Ein Knecht mußte den Todwunden auf ein Pferd legen, aber er starb darauf. Da machte der Told, daß man ihn wieder herablegte, wo er vorher gelegen war. Darnach ward der Scherfenberger beklagt von Männern und Weibern; mit dem Ring aber, den er dem Aufensteiner gegeben, war es auf folgende Weise zugegangen:

Eines Tages sah der Scherfenberger von seiner Burg auf dem Feld eine seltsame Augenweide. Auf vier langen vergüldeten Stangen trugen vier Zwerge einen Himmmel von klarem und edlem Tuche. Darunter ritt ein Zwerg, eine goldene Krone auf dem Häuptlein, und in allen Gebärden als ein König. Sattel und Zaum des Pferdes war mit Gold beschlagen, Edelsteine lagen darin, und so war auch alles Gewand beschaffen. Der Scherfenberger stand und sah es an, endlich ritt er hin und nahm seinen Hut ab. Der Zwerg gab ihm guten Morgen und sprach: »Wilhelm, Gott grüß Euch!« »Woher kennt Ihr mich?«

antwortete der Scherfenberger. »Laß dir nicht leid sein«, sprach der Zwerg, »daß du mir bekannt bist und ich deinen Namen nenne; ich suche deine Mannheit und deine Treue, von der mir viel gesagt ist. Ein gewaltiger König ist mein Genosse um ein großes Land, darum führen wir Krieg, und er will mir's mit List angewinnen. Über sechs Wochen ist ein Kampf zwischen uns gesprochen, mein Feind aber ist mir zu groß, da haben alle meine Freunde mir geraten, dich zu gewinnen. Willst du dich des Kampfes unterwinden, so will ich dich also stark machen, daß, ob er einen Riesen brächte, dir's doch gelingen soll. Wisse, guter Held, ich bewahre dich mit einem Gürtel, der dir zwanzig Männer Stärke gibt.« Der Scherfenberger antwortete: »Weil du mir so wohl traust und auf meine Mannheit dich verläßt, so will ich zu deinem Dienste sein; wie es auch mit mir gehen wird, es soll alles gewagt werden.« Der Zwerg sprach: »Fürchte dich nicht, Herr Wilhelm, als wäre ich ungeheuer, nein, mir wohnt christlicher Glaube an die Dreifaltigkeit bei und daß Gott von einer Jungfrau menschlich geboren wurde.« Darüber ward der Scherfenberger froh und versprach, wo nicht Tod oder Krankheit ihn abhalte, daß er zu rechter Stunde kommen wollte. »So kommt mit Roß, Rüstung und einem Knaben an diese Stätte hier, sagt aber niemanden etwas davon, auch Eurem Weibe nicht, sonst ist das Ding verloren.« Da beschwur der Scherfenberger alles. »Sieh hin«, sprach nun das Gezwerg, »dies Fingerlein soll unserer Rede Zeuge sein; du sollst es mit Freuden besitzen, denn lebst du tausend Jahre, solang du es hast, zerrinnet dir dein Gut nimmermehr. Darum sei hohen Mutes und halt deine Treue an mir.« Damit ging es über die Heide, und der Scherfenberger sah ihm nach, bis es in den Berg verschwand.

Als er nach Haus kam, war das Essen bereit, und jedermann fragte, wo er gewesen wäre, er aber sagte nichts, doch konnt er von Stund an nicht mehr so fröhlich gebaren wie sonst. Er ließ sein Roß besorgen, sein Panzerhemd bessern, schickte nach dem Beichtiger, tat heimlich lautere Beichte und nahm darnach mit Andacht des Herrn Leib. Die Frau suchte von dem Beichtiger die Wahrheit an den Sachen zu erfahren, aber der wies sie ernstlich ab. Da beschickte sie vier ihrer besten Freunde, die führten den Priester in eine Kammer, setzten ihm das Messer an den Hals und drohten ihm auf den Tod, bis er sagte, was er gehört hatte.

Als die Frau es nun erfahren, ließ sie die nächsten Freunde des Scherfenberger kommen, die mußten ihn heimlich nehmen und um seinen Vorsatz fragen. Als er aber nichts entdecken wollte, sagten sie ihm vor den Mund, daß sie alles wüßten, und als er es an ihren Reden sah, da bekannte er allererst die Wahrheit. Nun begannen sie seinen Vorsatz zu schwächen und baten ihn höchlich, daß er von der Fahrt ablasse. Er aber wollt seine Treue nicht brechen und sprach, wo er das tue, nehme er fürder an allem Gut ab. Sein Weib aber tröstete ihn und ließ nicht nach, bis sie ihn mit großer Bitte überredete, dazubleiben; doch war er unfroh.

Darauf über ein halbes Jahr ritt er eines Tages zu seiner Feste Landstrotz hinter den Seinigen zuallerletzt. Da kam der Zwerg neben zu ihm und sprach: »Wer Eure Mannheit rühmt, der hat gelogen! Wie habt Ihr mich hintergangen und verraten! Ihr habt an mir verdient Gottes und guter Weiber Haß. Auch sollt Ihr wissen, daß Ihr in Zukunft sieglos seid, und wäre das gute Ringlein nicht, das ich Euch leider gegeben habe, Ihr müßtet mit Weib und Kind in Armut leben.« Da griff der Zwerg ihm an die Hand und wollt's ihm abzucken, aber der Scherfenberger zog die Hand zurück und steckte sie in die Brust; dann ritt er von ihm über das Feld fort. Die vor ihm waren, die hatten alle nichts gesehen.

30. Das stille Volk zu Plesse

Auf dem hessischen Bergschloß Plesse sind im Felsen mancherlei Quellen, Brunnen, Schluchten und Höhlen, wo der Sage nach Zwerge wohnen und hausen sollen, die man das stille Volk nennt. Sie sind schweigsam und guttätig, dienen den Menschen gern, die ihnen gefallen. Geschieht ihnen ein Leid an, so lassen sie ihren Zorn doch nicht am Menschen aus, sondern rächen sich am Vieh, das sie plagen. Eigentlich hat dies unterirdische Geschlecht keine Gemeinschaft mit den Menschen und treibt inwendig sein Wesen, da hat es Stuben und Gemächer voll Gold und Edelgestein. Steht ihm ja etwas oben auf dem Erdboden zu verrichten, so wird das Geschäft nicht am Tage, sondern bei der Nacht vorgenommen. Dieses Bergvolk ist von Fleisch und Bein wie andere Menschen, zeugt Kinder und stirbt; allein es hat die Gabe, sich unsichtbar zu machen und durch Fels und Mauer ebenso leicht zu gehen als wir durch die Luft. Zuweilen erscheinen sie den Menschen, führen sie mit in die Kluft und beschenken sie, wenn sie ihnen gefallen, mit kostbaren Sachen. Der Haupteingang ist beim tiefen Brunnen; das nah gelegene Wirtshaus heißt zum Rauschenwasser.

31. Des kleinen Volks Hochzeitfest

Das kleine Volk auf der Eilenburg in Sachsen wollte einmal Hochzeit halten und zog daher in der Nacht durch das Schlüsselloch und die Fensterritzen in den Saal, und sie sprangen hinab auf den glatten Fußboden, wie Erbsen auf die Tenne geschüttet werden. Davon erwachte der alte Graf, der im hohen Himmelbette in dem Saal schlief, und verwunderte sich über die vielen kleinen Gesellen. Da trat einer von ihnen, geschmückt wie ein Herold, zu ihm heran und lud ihn in ziemenden Worten gar höflich ein, an ihrem Fest teilzunehmen. »Doch um eins bitten wir«, setzte er hinzu, »Ihr allein sollt zugegen sein, keins von Euerm Hofgesinde darf sich unterstehen, das Fest mit anzuschauen, auch nicht mit einem einzigen Blick.« Der alte Graf antwortete freundlich: »Weil ihr mich im Schlaf gestört, so will ich auch mit euch sein.« Nun ward ihm ein kleines Weiblein zugeführt, kleine Lampenträger stellten sich auf, und eine Heimchenmusik hob an. Der Graf hatte Mühe, das Weibchen beim Tanzen nicht zu verlieren, das ihm so leicht dahersprang und endlich so im Wirbel umdrehte, daß er kaum zu Atem kommen konnte. Mitten in dem lustigen Tanz aber stand auf einmal alles still, die Musik hörte auf, und der ganze Haufe eilte nach den Türspalten, Mauslöchern, und wo sonst ein Schlupfwinkel war. Das Brautpaar aber, die Herolde und Tänzer schauten aufwärts nach einer Öffnung, die sich oben in der Decke des Saals befand, und entdeckten dort das Gesicht der alten Gräfin, welche vorwitzig nach der lustigen Wirtschaft herabschaute. Darauf neigten sie sich vor dem Grafen, und derselbe, der ihn eingeladen, trat wieder hervor und dankte ihm für die erzeigte Gastfreundschaft. »Weil aber«, sagte er dann, »unsere Freude und unsere Hochzeit also ist gestört worden, daß noch ein anderes menschliches Auge darauf geblickt, so soll fortan Euer Geschlecht nie mehr als sieben Eilenburgs zählen.« Darauf drängten sie nacheinander schnell hinaus, bald war es still und der alte Graf wieder allein im finstern Saal. Die Verwünschung ist bis auf gegenwärtige Zeit eingetroffen und immer einer von den sechs lebenden Rittern von Eilenburg gestorben, ehe der siebente geboren war.

32. Steinverwandelte Zwerge

In Böhmen, nicht weit von Ellbogen, liegt in einem rauhen, aber schönen Tal, durch welches sich die Eger bis beinahe ans Karlsbad in mancherlei Krümmungen durchwindet, die berühmte Zwergenhöhle. Die Bewohner der benachbarten Dörfer und Städte erzählen davon folgendes: Diese Felsen wurden in alten Zeiten von kleinen Bergzwergen bewohnt, die im stillen da ihr Wesen trieben. Sie taten niemanden etwas zuleid, vielmehr halfen sie ihren Nachbarn in Not und Trübsal. Lange Zeit wurden sie von einem gewaltigen Geisterbanner beherrscht, einmal aber, als sie eben eine Hochzeit feiern wollten und darum zu ihrer Kirche ausgezogen waren, geriet er in heftigen Zorn und verwandelte sie in Stein, oder vielmehr, da sie unvertilgbare Geister waren, bannte er sie hinein. Die Reihe dieser Felsen heißt noch jetzt die verwünschte Zwergenhochzeit, und man sieht sie in verschiedenen Gestalten auf den Bergspitzen stehen. In der Mitte eines der Felsen zeigt man das Bild eines Zwergs, welcher, als die übrigen dem Bann entfliehen wollten, zu lange im Gemach verweilte und, indem er aus dem Fenster nach Hilfe umherblickte, in Stein verwandelt wurde.

Auch zeigt man auf dem Rathause zu Ellbogen noch jetzt die verbannten ruchlosen und goldgeizigen Burggrafen in einem Klumpen klingenden Metall. Der Sage nach soll niemand, der mit einer Todsünde befleckt ist, diesen Klumpen in die Höhe heben können.

33. Zwergberge

Zu Aachen ist nicht weit von der Stadt ein Berg, dessen Bewohner zu ihren Hochzeiten von den Städtern Kessel, eherne Töpfe, Schüssel und Bratspieß entlehnen, hernachmals richtig wiederbringen. Ähnliche Zwergberge stehen in der Gegend von Jena und in der Grafschaft Hohenstein.

34. Zwerge leihen Brot

Der Pfarrer Hedler zu Selbitz und Marlsreuth erzählte im Jahr 1684 folgendes: Zwischen den zweien genannten Orten liegt im Wald eine Öffnung, die insgemein das Zwergenloch genannt wird, weil ehedessen und vor mehr als hundert Jahren daselbst Zwerge unter der Erde gewohnet, die von gewissen Einwohnern in Naila die notdürftige Nahrung zugetragen erhalten haben.

Albert Steffel, siebenzig Jahr alt und im Jahr 1680 gestorben, und Hans Kohmann, dreiundsechzig Jahr alt und 1679 gestorben, zwei ehrliche, glaubhafte Männer, haben etlichemal ausgesagt, Kohmanns Großvater habe einst auf seinem bei diesem Loch gelegenen Acker geackert und sein Weib ihm frischgebackenes Brot zum Frühstück aufs Feld gebracht und in ein Tüchlein gebunden am Rain hingelegt. Bald sei ein Zwergweiblein gegangen kommen und habe den Ackermann um sein Brot angesprochen: ihr Brot sei eben auch im Backofen, aber ihre hungrigen Kinder könnten nicht darauf warten, und sie wolle es ihnen mittags von dem ihrigen wiedererstatten. Der Großvater habe eingewilligt, auf den Mittag sei sie wiedergekommen, habe ein sehr weißes Tüchlein gebreitet und darauf einen noch warmen Laib gelegt, neben vieler Danksagung und Bitte, er möge ohne Scheu des Brots essen, und das Tuch wolle sie schon wieder abholen. Das sei auch geschehen, dann habe sie zu ihm gesagt, es würden jetzt so viele Hammerwerke errichtet, daß sie, dadurch beunruhigt, wohl weichen und den geliebten Sitz verlassen müßte. Auch vertriebe sie das Schwören und große Fluchen der Leute, wie auch die Entheiligung des Sonntags, indem die Bauern vor der Kirche ihr Feld zu beschauen gingen, welches ganz sündlich wäre.

Vor kurzem haben sich an einem Sonntag mehrere Bauernknechte mit angezündeten Spänen in das Loch begeben, inwendig einen schon verfallenen, sehr niedrigen Gang gefunden; endlich einen weiten, fleißig in den Felsen gearbeiteten Platz, viereckig, höher als mannshoch, auf jeder Seite viel kleine Türlein. Darüber ist ihnen ein Grausen angekommen, und sind herausgegangen, ohne die Kämmerlein zu besehen.

35. Der Graf von Hoya

Es ist einmal einem Grafen zu Hoya ein kleines Männlein in der Nacht erschienen, und wie sich der Graf entsetzte, hat es zu ihm gesagt, er sollte sich nicht erschrecken, es hätte ein Wort an ihm zu werben und zu bitten, er wolle ihm das nicht abschlagen. Der Graf antwortete, wenn es ihm und den Seinen unbeschwerlich wäre, so wollte er es gern tun. Da sprach das Männlein: »Es wollen die folgende Nacht etliche zu dir auf dein Haus kommen und Ablager halten, denen wollest du Küche und Saal so lange leihen und deinen Dienern gebieten, daß sie sich schlafen legen und keiner nach ihrem Tun und Treiben sehe, auch keiner darum wisse, ohne du allein. Man wird sich dafür dankbarlich erzeigen, du und dein Geschlecht sollen's zu genießen haben, es soll auch im allergeringsten weder dir noch den Deinen Leid geschehen.« Solches hat der Graf eingewilliget. Also sind folgende Nacht, gleich als mit einem reisigen Zug, die Brücke hinauf ins Haus gezogen allesamt kleine Leute, wie man die Bergmännlein zu beschreiben pflegt. Sie haben in der Küche gekocht, zugehauen und aufgegeben, und hat sich nicht anders ansehen lassen, als wenn eine große Mahlzeit angerichtet würde. Darnach, fast gegen Morgen, wie sie wiederum scheiden wollen, ist das kleine Männlein abermal zum Grafen gekommen und hat ihm neben Danksagung gereicht ein Schwert, ein Salamanderlaken und einen güldenen Ring, in welchem ein roter Löwe oben eingemacht; mit Anzeigung, diese drei Stücke sollte er und seine Nachkömmlinge wohl verwahren, und solange sie dieselben beieinander hätten, würde es einig und wohl in der Grafschaft zustehen: sobald sie aber voneinander kommen würden, sollte es ein Zeichen sein, daß der Grafschaft nichts Gutes vorhanden wäre; und ist der rote Löwe auch allzeit darnach, wann einer vom Stamm sterben sollte, erblichen.

Es sind aber zu den Zeiten, da Graf Jobst und seine Brüder unmündig waren und Franz von Halle Statthalter im Land, die beiden Stücke, als das Schwert und Salamanderlaken, weggenommen, der Ring aber ist bei der Herrschaft geblieben bis an ihr Ende. Wohin er aber seit der Zeit gekommen, weiß man nicht.

36. Zwerge ausgetrieben

Im Erzgebirge wurden die Zwerge durch Errichtung der Hämmer und Pochwerke vertrieben. Sie beklagten sich schwer darüber, äußerten jedoch, sie wollten wiederkommen, wenn die Hämmer abgingen. Unter dem Berg Sion vor Quedlinburg ist vorzeiten ein Zwergenloch gewesen, und die Zwerge haben oft den Einwohnern zu ihren Hochzeiten viel Zinnwerk und dergleichen gern vorgeliehen.

37. Die Wichtlein

Die Wichtlein oder Bergmännlein erscheinen gewöhnlich wie die Zwerge, nur etwa dreiviertel Elle groß. Sie haben die Gestalt eines alten Mannes mit einem langen Bart, sind bekleidet wie Bergleute mit einer weißen Hauptkappe am Hemd und einem Leder hinten, haben Laterne, Schlägel und Hammer. Sie tun den Arbeitern kein Leid, denn wenn sie bisweilen auch mit kleinen Steinen werfen, so fügen sie ihnen doch selten Schaden zu, es sei denn, daß sie mit Spotten und Fluchen erzürnt und scheltig gemacht werden. Sie lassen sich vornehmlich in den Gängen sehen, welche Erz geben oder wo gute Hoffnung dazu ist. Daher erschrecken die Bergleute nicht vor ihnen, sondern halten es für eine gute Anzeige, wenn sie erscheinen, und sind desto fröhlicher und fleißiger. Sie schweifen in den Gruben und Schachten herum und scheinen gar gewaltig zu arbeiten, aber in Wahrheit tun sie nichts. Bald ist's, als durchgrüben sie einen Gang oder eine Ader, bald, als faßten sie das Gegrabene in den Eimer, bald, als arbeiteten sie an der Rolle und wollten etwas hinaufziehen, aber sie necken nur die Bergleute damit und machen sie irre. Bisweilen rufen sie, wenn man hinkommt, ist niemand da.

Am Kuttenberg in Böhmen hat man sie oft in großer Anzahl aus den Gruben heraus- und hineinziehen gesehen. Wenn kein Bergknappe drunten, besonders wenn groß Unglück oder Schaden vorstand (sie klopfen dem Bergmann dreimal den Tod an), hat man die Wichtlein hören scharren, graben, stoßen, stampfen und andere Bergarbeiten mehr vorstellen. Bisweilen auch, nach gewisser Maße, wie die Schmiede auf dem Amboß pflegen, das Eisen umkehren und mit Hämmern schmieden. Eben in diesem Bergwerke hörte man sie vielmals klopfen, hämmern und picken, als ob drei oder vier Schmiede etwas stießen; daher sie auch von den Böhmen Hausschmiedlein genannt wurden.

In Idria stellen ihnen die Bergleute täglich ein Töpflein mit Speise an einen besonderen Ort. Auch kaufen sie jährlich zu gewissen Zeiten ein rotes Röcklein, der Länge nach einem Knaben gerecht, und machen ihnen ein Geschenk damit. Unterlassen sie es, so werden die Kleinen zornig und ungnädig.

38. Beschwörung der Bergmännlein

Zu Nürnberg ist einer gewesen, mit Namen Paul Creuz, der eine wunderbare Beschwörung gebraucht hat. In einen gewissen Plan hat er ein neues Tischlein gesetzt, ein weißes Tuch daraufgedeckt, zwei Milchschüßlein draufgesetzt, ferner zwei Honigschüßlein, zwei Tellerchen und neun Messerchen. Weiter hat er eine schwarze Henne genommen und sie über einer Kohlpfanne zerrissen, so daß das Blut in das Essen hineingetropft ist. Hernach hat er davon ein Stück gegen Morgen, das andere gegen Abend geworfen und seine Beschwörung begonnen. Wie dies geschehen, ist er hinter einen grünen Baum gelaufen und hat gesehen, daß zwei Bergmännlein sich aus der Erde hervorgefunden, zu Tisch gesetzt und bei dem kostbaren Rauchwerke, das auch vorhanden gewesen, gleichsam gegessen. Nun hat er ihnen Fragen vorgelegt, worauf sie geantwortet; ja, wenn er das oft getan, sind die kleinen Geschöpfe so vertraut geworden, daß sie auch zu ihm ins Haus zu Gast gekommen. Hat er nicht recht aufgewartet, so sind sie entweder nicht erschienen oder doch bald wieder verschwunden. Er hat auch endlich ihren König zuwege gebracht, der dann allein gekommen in einem roten, scharlachen Mäntlein, darunter er ein Buch gehabt, das er auf den Tisch geworfen und seinem Banner erlaubt hat, soviel und solange er wollte, drinnen zu lesen. Davon hat sich der Mensch große Weisheit und Geheimnisse eingebildet.

39. Das Bergmännlein beim Tanz

Es zeigten alte Leute mit Wahrhaftigkeit an, daß vor etlichen Jahren zu Glas im Dorf, eine Stunde von dem Wunderberg und eine Stunde von der Stadt Salzburg, Hochzeit gehalten wurde, zu welcher gegen Abend ein Bergmännlein aus dem Wunderberge gekommen. Es ermahnte alle Gäste, in Ehren fröhlich und lustig zu sein, und verlangte, mittanzen zu dürfen; das ihm auch nicht verweigert wurde. Also machte es mit einer und der andern ehrbaren Jungfrau allzeit drei Tänze, und zwar mit besonderer Zierlichkeit, so daß die Hochzeitsgäst mit Verwunderung und Freude zuschauten. Nach dem Tanz bedankte es sich und schenkte einem jeden der Brautleute drei Geldstücke von einer unbekannten Geldmünze, deren jedes man zu vier Kreuzer im Werte hielt, und ermahnte sie dabei, in Frieden und Eintracht zu hausen, christlich zu leben und bei einem frommen Wandel ihre Kinder zum Guten zu erziehen. Diese Münze sollten sie zu ihrem Geld legen und stets seiner gedenken, so würden sie selten in Not kommen; sie sollten aber dabei nicht hoffärtig werden, sondern mit ihrem Überfluß ihren Nachbarn helfen.

Dieses Bergmännlein blieb bei ihnen bis zur Nachtzeit und nahm von jedermann Trank und Speis, die man ihm darreichte, aber nur etwas weniges. Alsdann bedankte es sich und begehrte einen Hochzeitsmann, der es über den Fluß Salzach gegen den Berg zu schiffen sollte. Bei der Hochzeit war ein Schiffmann, namens Johann Ständl, der machte sich eilfertig auf, und sie gingen miteinander zur Überfahrt. Während derselben begehrte der Schiffmann seinen Lohn: das Bergmännlein gab ihm in Demut drei Pfennige. Diesen schlechten Lohn verschmähte der Fährmann sehr, aber das Männlein gab ihm zur Antwort, er sollte sich das nicht verdrießen lassen, sondern die drei Pfennige wohl behalten, so würde er an seiner Habschaft nicht Mangel leiden, wo er anders dem Übermut Einhalt tue. Zugleich gab es dem Fährmann ein kleines Steinlein mit den Worten: »Wenn du dieses an den Hals hängst, so wirst du in dem Wasser nicht zugrunde gehen können.« Und dies bewährte sich noch in demselben Jahre. Zuletzt ermahnte es ihn zu einem frommen und demütigen Lebenswandel und ging schnell von dannen.

40. Das Kellermännlein

Im Jahr 1665 trug sich zu Lützen folgendes zu: In einem Haus lief ein klein Männlein aus dem Keller hervor und sprengte vor dem Haus Wasser aus einer Kelte oder goß sie aus. Lief darauf wieder stillschweigends nach dem Keller, aber die Magd, die zugegen war, fürchtete sich, fiel auf ihre Knie und betete einen Psalm. Da fiel das Männlein zugleich mit ihr nieder, betete so lange als die Magd. Bald darauf kam Feuersbrunst im Städtlein aus und wurden mehrere neuerbaute Häuser in Asche gelegt, selbes Haus aber blieb unverletzt übrig. Auch soll nach solchem Begebnis das Männchen noch einmal erschienen sein und gesprengt haben, allein es erfolgte an selbigem Orte nichts darauf.

41. Die Ahnfrau von Ranzau

In dem holsteinischen adligen Geschlecht der von Ranzau gehet die Sage: Einesmals sei die Großmutter des Hauses bei Nachtzeit von der Seite ihres Gemahls durch ein kleines Männlein, so ein Laternlein getragen, erweckt worden. Das Männlein führte sie aus dem Schloß in einen hohlen Berg zu einem kreißenden Weib. Selbiger legte sie auf Begehren die rechte Hand auf das Haupt, worauf das Weibchen alsbald genas. Der Führer aber führte die Ahnfrau wieder zurück ins Schloß und gab ihr ein Stück Gold zur Gabe mit dem Bedeuten, daraus dreierlei machen zu lassen: fünfzig Rechenpfennige, einen Hering und eine Spille, nach der Zahl ihrer dreien Kinder, zweier Söhne und einer Tochter; auch mit der Warnung, diese Sachen wohl zu verwahren, ansonst ihr Geschlecht in Abnahme fallen werde.

Die neuvermählte Gräfin, welche aus einem dänischen Geschlecht abstammte, ruhte an ihres Gemahles Seite, als ein Rauschen geschah: die Bettvorhänge wurden aufgezogen, und sie sah ein wunderbar schönes Fräuchen, nur ellnbogengroß, mit einem Lichte vor ihr stehen. Dieses Fräuchen hub an zu reden: »Fürchte dich nicht, ich tue dir kein Leid an, sondern bringe dir Glück, wenn du mir die Hilfe leistest, die mir not tut. Steh auf und folge mir, wohin ich dich leiten werde, hüte dich, etwas zu essen von dem, was dir geboten wird, nimm auch kein ander Geschenk an außer dem, was ich dir reichen will, und das kannst du sicher behalten.«

Hierauf ging die Gräfin mit, und der Weg führte unter die Erde. Sie kamen in ein Gemach, das flimmerte von Gold und Edelstein und war erfüllt mit lauter kleinen Männern und Weibern. Nicht lange, so erschien ihr König und führte die Gräfin an ein Bett, wo die Königin in Geburtsschmerzen lag, mit dem Ersuchen, ihr beizustehn. Die Gräfin benahm sich aufs beste, und die Königin wurde glücklich eines Söhnleins entbunden. Da entstand große Freude unter den Gästen, sie führten die Gräfin zu einem Tisch voll der köstlichsten Speisen und drangen in sie zu essen. Allein sie rührte nichts an, ebensowenig nahm sie von den Edelsteinen, die in goldnen Schalen standen. Endlich wurde sie von der ersten Führerin wieder fortgeführt und in ihr Bett zurückgebracht.

Da sprach das Bergfräuchen: »Du hast unserm Reich einen großen Dienst erwiesen, der soll dir gelohnt werden. Hier hast du drei hölzerne Stäbe, die leg unter dein Kopfkissen, und morgen früh werden sie in Gold verwandelt sein. Daraus laß machen: aus dem ersten einen Hering, aus dem zweiten Rechenpfennige, aus dem dritten eine Spindel und offenbare die ganze Geschichte niemanden auf der Welt, außer deinem Gemahl. Ihr werdet zusammen drei Kinder zeugen, die die drei Zweige eures Hauses sein werden. Wer den Hering bekommt, wird viel Kriegsglück haben, er und seine Nachkommen; wer die Pfennige, wird mit seinen Kindern hohe Staatsämter bekleiden; wer die Kunkel, wird mit zahlreicher Nachkommenschaft gesegnet sein.«

Nach diesen Worten entfernte sich die Bergfrau, die Gräfin schlief ein, und als sie aufwachte, erzählte sie ihrem Gemahl die Begebenheit wie einen Traum. Der Graf spottete sie aus, allein als sie unter das Kopfkissen griff, lagen da drei Goldstangen; beide erstaunten und verfuhren genau damit, wie ihnen geheißen war.

Die Weissagung traf völlig ein, und die verschiedenen Zweige des Hauses verwahrten sorgfältig die Schätze. Einige, die sie verloren, sind verloschen. Die vom Zweig der Pfennige erzählen: Einmal habe der König von Dänemark einem unter ihnen einen solchen Pfennig abgefordert, und in dem Augenblick, wie ihn der König empfangen, habe der, so ihn vorher getragen, in seinen Eingeweiden heftigen Schmerz gespürt.

Nach einer mündlichen Erzählung erhielt die Gräfin eine Schürze voll Späne, die sie in das Kamin wirft. Morgens, wo ihr das Ganze wie ein Traum vorkommt, schaut sie in das Kamin und sieht, daß es lauter Gold ist. In der folgenden Nacht kommt das Fräuchen wieder und sagt ihr, sie solle aus dem Gold dreierlei machen lassen: eine Spindel, einen Becher und ein Schwert. Wenn das Schwert schwarz werde, so sterbe einer in der Familie durch ein Schwert, und wenn es ganz verschwinde, so sei er von einem Bruder ermordet. Die Gräfin läßt die drei Stücke arbeiten. In der Folge wird das Schwert einmal schwarz und verschwindet dann ganz; es war ein Graf Ranzau ermordet worden und, wie sich hernach ergab, von seinem Bruder, der ihn nicht gekannt hatte.

42. Herrmann von Rosenberg

Als Herrmann von Rosenberg sein Beilager hielt, erschienen die Nacht darauf viele Erdgeister, kaum zwei Spannen lang, hatten ihre Musik bei sich und suchten um Erlaubnis nach, die Hochzeit eines ihrer Brautpaare ebenfalls hier begehen zu dürfen; sie gaben sich für still und friedlich aus. Auf erhaltene Verwilligung begingen sie nun ihr Fest.

43. Die Osenberger Zwerge

Als Winkelmann im Jahr 1653 aus unserm Hessenlande nach Oldenburg reiste und, über den Osenberg kommend, in dem Dorf Bümmerstedt von der Nacht übereilt wurde, erzählte ihm ein hundertjähriger Krugwirt, daß bei seines Großvaters Zeiten das Haus treffliche Nahrung gehabt, anjetzo wäre es aber schlecht. Wenn der Großvater gebrauet, wären Erdmännlein vom Osenberg gekommen, hätten das Bier ganz warm aus der Bütte abgeholt und mit einem Geld bezahlt, das zwar unbekannt, aber von gutem Silber gewesen. Einsmal hätte ein altes Männlein im Sommer bei großer Wärme Bier holen wollen und vor Durst alsogleich getrunken, aber zu viel, daß es davon eingeschlafen. Hernach beim Aufwachen, wie es sah, daß es sich so verspätet hatte, hub das alte kleine Männlein an, bitterlich zu weinen: »Nun wird mich mein Großvater des langen Außenbleibens wegen schlagen.« In dieser Not lief es auf und davon, vergaß, seinen Bierkrug mitzunehmen, und kam seitdem nimmer wieder. Den hinterlassenen Krug hatte sein (des Wirtes) Vater und er selbst auf seine ausgesteuerte Tochter erhalten und, solang der Krug im Haus gewesen, die Wirtschaft vollauf Nahrung gehabt. Als er aber vor kurzem zerbrochen worden, wäre das Glück gleichsam mitzerbrochen und alles krebsgängig.

44. Das Erdmännlein und der Schäferjung

Im Jahr 1664 hütete unfern Dresden ein Junge die Herde des Dorfs. Auf einmal sah er einen Stein neben sich, von mäßiger Größe, sich von selbst in die Höhe heben und etliche Sprünge tun. Verstaunt trat er näher zu und besah den Stein, endlich hob er ihn auf. Und indem er ihn aufnahm, hüpfte ein jung Erdmännchen aus der Erde, stellte sich kurz hin vor den Schäferjungen und sprach: »Ich war dahin verbannt, du hast mich erlöst, und ich will dir dienen; gib mir Arbeit, daß ich etwas zu tun habe.« Bestürzt antwortete der Junge: »Nun gut, du sollst mir helfen Schafe hüten.« Das verrichtete das Männchen sorgsam, bis der Abend kam. Da fing es an und sagte: »Ich will mit dir gehen, wo du hingehst.« Der Junge versetzte aber sogleich: »In mein Haus kann ich dich nicht gut mitnehmen, ich habe einen Stiefvater und andre Geschwister mehr, der Vater würde mich übel schlagen, wollte ich ihm noch jemand zubringen, der ihm das Haus kleiner machte.« »Ja, du hast mich nun einmal angenommen«, sprach der Geist, »willst du mich selber nicht, mußt du mir anderswo Herberg schaffen.« Da wies ihn der Junge ins Nachbars Haus, der keine Kinder hatte. Bei diesem kehrte nun das Erdmännchen richtig ein und konnte es der Nachbar nicht wieder loswerden.

45. Der einkehrende Zwerg

Vom Dörflein Ralligen am Thuner See und von Schillingsdorf, einem durch Bergfall verschütteten Ort des Grindelwaldtales, vermutlich von andern Orten mehr, wird erzählt: Bei Sturm und Regen kam ein wandernder Zwerg durch das Dörflein, ging von Hütte zu Hütte und pochte regentriefend an die Türen der Leute, aber niemand erbarmte sich und wollte ihm öffnen, ja sie höhnten ihn noch aus dazu. Am Rand des Dorfes wohnten zwei fromme Arme, Mann und Frau, da schlich das Zwerglein müd und matt an seinem Stab einher, klopfte dreimal bescheidentlich ans Fensterchen, der alte Hirt tat ihm sogleich auf und bot gern und willig dem Gaste das wenige dar, was sein Haus vermochte. Die alte Frau trug Brot auf, Milch und Käs, ein paar Tropfen Milch schlürfte das Zwerglein und aß Brosamen von Brot und Käse. »Ich bin's eben nicht gewohnt«, sprach es, »so derbe Kost zu speisen, aber ich dank euch von Herzen und Gott lohn's; nun ich geruht habe, will ich meinen Fuß weitersetzen.« »Ei bewahre«, rief die Frau, »in der Nacht in das Wetter hinaus, nehmt doch mit einem Bettlein vorlieb.« Aber das Zwerglein schüttelte und lächelte: »Droben auf der Fluh habe ich allerhand zu schaffen und darf nicht länger ausbleiben, morgen sollt ihr mein schon gedenken.« Damit nahm's Abschied, und die Alten legten sich zur Ruhe. Der anbrechende Tag aber weckte sie mit Unwetter und Sturm, Blitze fuhren am roten Himmel und Ströme Wassers ergossen sich. Da riß oben am Joch der Fluh ein gewaltiger Fels los und rollte zum Dorf herunter mitsamt Bäumen, Steinen und Erde. Menschen und Vieh, alles, was Atem hatte im Dorf, wurden begraben, schon war die Woge gedrungen bis an die Hütte der beiden Alten; zitternd und bebend traten sie vor ihre Türe hinaus. Da sahen sie mitten im Strom ein großes Felsenstück nahen, oben drauf hüpfte lustig das Zwerglein, als wenn es ritte, ruderte mit einem mächtigen Fichtenstamm, und der Fels staute das Wasser und wehrte es von der Hütte ab, daß sie unverletzt stand und die Hausleute außer Gefahr. Aber das Zwerglein schwoll immer größer und höher, ward zu einem ungeheuren Riesen und zerfloß in Luft, während jene auf gebogenen Knien beteten und Gott für ihre Errettung dankten.

46. Zeitelmoos

Auf dem Fichtelberg, zwischen Wunsiedel und Weißenstadt, liegt ein großer Wald, Zeitelmoos genannt, und daran ein großer Teich; in dieser Gegend hausen viele Zwerge und Berggeister. Ein Mann ritt einmal bei später Abendzeit durch den Wald und sah zwei Kinder beieinander sitzen, ermahnte sie auch, nach Haus zu gehen und nicht länger zu säumen. Aber diese fingen an, überlaut zu lachen. Der Mann ritt fort, und eine Strecke weiter traf er dieselben Kinder wieder an, welche wieder lachten.

47. Das Moosweibchen

Ein Bauer aus der Gegend von Saalfeld mit Namen Hans Krepel hatte ums Jahr 1635 Holz auf der Heide gehauen, und zwar nachmittags; da trat ein kleines Moosweibchen herzu und sagte zu ihm: »Vater, wenn Ihr hernach aufhöret und Feierabend macht, haut doch beim Umfällen des letzten Baums ja drei Kreuze in den Stamm, es wird Euch gut sein.« Nach diesen Worten ging es weg. Der Bauer, ein grober und roher Kerl, dachte, zu was hilft mir die Quackelei und was kehr ich mich an ein solch Gespenste, unterließ also das Einhauen der drei Kreuze und ging abends nach Haus. Den folgenden Tag um die nämliche Zeit kehrte er wieder in den Wald, um weiterzuhauen; trat ihn wieder das Moosweibchen an und sprach: »Ach, Ihr Mann, was habt Ihr gestern die drei Kreuze nicht eingehauen? Es sollte Euch und mir geholfen haben, denn uns jagt der wilde Jäger nachmittags und nachts ohn Unterlaß und tötet uns jämmerlich; haben auch anders keinen Frieden vor ihm, wenn wir uns nicht auf solche behauene Baumstämme setzen können; davon darf er uns nicht bringen, sondern wir sind sicher.« Der Bauer sprach: »Hoho, was sollten dabei die Kreuze helfen; dir zu Gefallen mach ich noch keine dahin.« Hierauf aber fiel das Moosweibchen den Bauer an und drückte ihn dergestalt, daß er, obgleich stark von Natur, krank und elend wurde. Seit der Zeit folgte er der empfangenen Lehre besser, unterließ das Kreuzeinhauen niemals, und es begegnete ihm nichts Widerliches mehr.

Der wilde Jäger. Ausschnitt aus: Deutsche Bilderbogen Nr. 13 (1867), Holzstich, gezeichnet von A. Baur

48. Der wilde Jäger jagt die Moosleute

Auf der Heide oder im Holz an dunkeln Örtern, auch in unterirdischen Löchern, hausen Männlein und Weiblein und liegen auf grünem Moos, auch sind sie um und um mit grünem Moos bekleidet. Die Sache ist so bekannt, daß Handwerker und Drechsler sie nachbilden und feilbieten. Diesen Moosleuten stellt aber sonderlich der wilde Jäger nach, der in der Gegend zum öftern umzieht, und man hört vielmal die Einwohner zueinander sprechen: »Nun, der wilde Jäger hat sich ja nächtens wieder zujagt, daß es immer knisterte und knasterte!«

Einmal war ein Bauer aus Arntschgereute nah bei Saalfeld aufs Gebirg gegangen, zu holzen; da jagte der wilde Jäger, unsichtbar, aber so, daß er den Schall und das Hundegebell hörte. Flugs gab dem Bauer sein Vorwitz ein, er wolle mithelfen jagen, hub an zu schreien, wie Jäger tun, verrichtete daneben sein Tagewerk und ging dann heim. Frühmorgens den andern Tag, als er in seinen Pferdestall gehen wollte, da war vor der Tür ein Viertel eines grünen Moosweibchens aufgehängt, gleichsam als ein Teil oder Lohn der Jagd. Erschrocken lief der Bauer nach Wirbach zum Edelmann von Watzdorf und erzählte die Sache, der riet ihm, um seiner Wohlfahrt willen, ja das Fleisch nicht anzurühren, sonst würde ihn der Jäger hernach drum anfechten, sondern sollte es ja hangen lassen. Dies tat er denn auch, und das Wildbret kam ebenso unvermerkt wieder fort, wie es hingekommen war; auch blieb der Bauer ohne Anfechtung.

49. Der Wassermann

Gegen das Jahr 1630 erzählte in der Pfarrei zu Breulieb, eine halbe Meile von Saalfeld, in Gegenwart des Priesters eine alte Wehmutter folgendes, was ihrer Mutter, ebenfalls Kinderfrau daselbst, begegnet sei:

Diese letzte wurde einer Nacht gerufen, schnell sich anzuziehen und zu kreißenden Frauen mitzukommen. Es war finster, doch machte sie sich auf und fand unten einen Mann warten, zu dem sagte sie: er möchte nur verziehen, bis sie sich eine Leuchte genommen, dann wollte sie nachfolgen; er aber drang auf Eile, den Weg würde er schon ohne Licht zeigen, und sie sollten nicht irren. Ja, er verband ihr noch dazu die Augen, daß die Frau erschrak und schreien wollte, allein der Mann sprach ihr Trost ein: Leid werde ihr gar nicht widerfahren, sondern sie könne furchtlos mitgehen. Also gingen sie miteinander; die Frau merkte darauf, daß er mit einer Rute ins Wasser schlug und sie immer tiefer hinuntergingen, bis sie in eine Stube kamen. In der Stube war niemand als die Schwangere. Der Gefährte tat ihr nunmehr das Band von den Augen, führte sie vors Bett und ging, nachdem er sie seiner Frauen anbefohlen, selber hinaus. Hierauf half sie das Kindlein zur Welt befördern, brachte die Kindbetterin zu Bett, badete das Kindlein und verrichtete alle notwendigen Sachen dabei. Aus heimlicher Dankbarkeit warnungsweise hob die Wöchnerin an, zur Wehmutter zu sprechen: »Ich bin sowohl als Ihr ein Christenmensch und entführt worden von einem Wassermann, der mich ausgetauscht hat. Wenn ich nun ein Kind zur Welt bringe, frißt er mir's allemal den dritten Tag; kommet nur am dritten Tag zu Eurem Teich, da werdet Ihr Wasser in Blut verwandelt sehen. Wenn mein Mann jetzt hereinkommt und Euch Geld bietet, so nehmet ja nicht mehr Geld von ihm, als Ihr sonst zu kriegen pflegt, sonst dreht er Euch den Hals um, nehmt Euch ja in acht.« Indem kam der Mann, zornig und bös aussehend, hinein, sah um sich und befand, daß alles hübsch aufgelaufen, lobete darum die Wehmutter. Hernach warf er einen großen Haufen Geld auf den Tisch, mit den Worten: »Davon nehmt Euch, soviel Ihr wollt.« Sie aber, gescheit, antwortete etlichemal: »Ich gehre von Euch nichts mehr denn von andern, welches dann ein geringes Geld gewesen; und gebt Ihr mir das, hab ich gnug dran; oder ist Euch auch das zuviel, verlange ich gar nichts, außer daß Ihr mich nach Haus bringet.« Er hub an: »Das hieß dich Gott sprechen.« Zahlte ihr soviel Geld und geleitete sie richtig nach Haus. An den Teich zu gehen wagte sich aber den bestimmten Tag die Wehefrau nicht, aus Furcht.

50. Die wilden Frauen im Untersberge

Die Grödiger Einwohner und Bauersleute zeigten an, daß zu diesen Zeiten (um das Jahr 1753) vielmals die wilden Frauen aus dem Wunderberge zu den Knaben und Mägdlein, die zunächst dem Loche innerhalb Glanegg das Weidvieh hüteten, herausgekommen und ihnen Brot zu essen gegeben.

Mehrmals kamen die wilden Frauen zu der Ährenschneidung. Sie kamen frühmorgens herab, und abends, da die andern Leute Feierabend genommen, gingen sie, ohne die Abendmahlzeit mitzunehmen, wiederum in den Wunderberg hinein.

Einstens geschah auch nächst diesem Berge, daß ein kleiner Knab auf einem Pferde saß, das sein Vater zum Umackern eingespannt hatte. Da kamen auch die wilden Frauen aus dem Berge hervor und wollten diesen Knaben mit Gewalt hinwegnehmen. Der Vater aber, dem die Geheimnisse und Begebenheiten dieses Berges schon bekannt waren, eilte den Frauen ohne Furcht zu und nahm ihnen den Knaben ab, mit den Worten: »Was erfrecht ihr euch, so oft herauszugehen und mir jetzt sogar meinen Buben wegzunehmen? Was wollt ihr mit ihm machen?« Die wilden Frauen antworteten: »Er wird bei uns bessere Pflege haben und ihm besser bei uns gehen als zu Haus; der Knabe wäre uns sehr lieb, es wird ihm kein Leid widerfahren.« Allein der Vater ließ seinen Knaben nicht aus den Händen, und die wilden Frauen gingen bitterlich weinend von dannen.

Abermals kamen die wilden Frauen aus dem Wunderberge nächst der Kugelmühle oder Kugelstadt genannt, so bei diesem Berge schön auf der Anhöhe liegt, und nahmen einen Knaben mit sich fort, der das Weidvieh hütete. Diesen Knaben, den jedermann wohl kannte, sahen die Holzknechte erst über ein Jahr in einem grünen Kleid auf einem

Stock dieses Berges sitzen. Den folgenden Tag nahmen sie seine Eltern mit sich, willens, ihn am Berge aufzusuchen, aber sie gingen alle umsonst, der Knabe kam nicht mehr zum Vorschein.

Mehrmals hat es sich begeben, daß eine wilde Frau aus dem Wunderberg gegen das Dorf Anif ging, welches eine gute halbe Stunde vom Berg entlegen ist. Alldort machte sie sich in die Erde Löcher und Lagerstätte. Sie hatte ein ungemein langes und schönes Haar, das ihr beinahe bis zu den Fußsohlen hinabreichte. Ein Bauersmann aus dem Dorfe sah diese Frau öfter ab- und zugehen und verliebte sich in sie, hauptsächlich wegen der Schönheit ihrer Haare. Er konnte sich nicht erwehren, zu ihr zu gehen, betrachtete sie mit Wohlgefallen und legte sich endlich in seiner Einfalt ohne Scheu zu ihr in ihre Lagerstätte. Es sagte eins zum andern nichts, viel weniger, daß sie etwas Ungebührliches getrieben. In der zweiten Nacht aber fragte die wilde Frau den Bauern, ob er nicht selbst eine Frau hätte? Der Bauer aber verleugnete seine Ehefrau und sprach nein. Diese aber machte sich viel Gedanken, wo ihr Mann abends hingehe und nachts schlafen möge. Sie spähete ihm daher nach und traf ihn auf dem Feld schlafend bei der wilden Frau. »O behüte Gott«, sprach sie zur wilden Frau, »deine schönen Haare! Was tut ihr da miteinander?« Mit diesen Worten wich das Bauersweib von ihnen, und der Bauer erschrak sehr hierüber. Aber die wilde Frau hielt dem Bauern seine treulose Verleugnung vor und sprach zu ihm: »Hätte deine Frau bösen Haß und Ärger gegen mich zu erkennen gegeben, so würdest du jetzt unglücklich sein und nicht mehr von dieser Stelle kommen; aber weil deine Frau nicht bös war, so liebe sie fortan und hause mit ihr getreu und untersteh dich nicht mehr, daher zu kommen, denn es steht geschrieben: ‚Ein jeder lebe getreu mit seinem getrauten Weibe‹, obgleich die Kraft dieses Gebots einst in große Abnahme kommen wird und damit aller zeitlicher Wohlstand der Eheleute. Nimm diesen Schuh von Gold von mir, geh hin und sieh dich nicht mehr um.«

51. Tanz mit dem Wassermann

Zu Laibach hat in dem gleichbenannten Fluß ein Wassergeist gewohnt, den man den Nix oder Wassermann hieß. Er hat sich sowohl bei Nacht den Fischern und Schiffleuten als bei Tag andern gezeigt, daß jedermann zu erzählen wußte, wie er aus dem Wasser hervorgestiegen sei und in menschlicher Gestalt sich habe sehen lassen. Im Jahre 1547 am ersten Sonntag im Julius kam nach alter Sitte zu Laibach auf

Wassermensch, der sog. Piscis Monachus (Fisch-Mönch) aus Conrad Gesners »Historiae animalium« 4 (Zürich 1558)

dem alten Markt bei dem Brunnen, der durch eine dabeistehende schöne Linde lustig beschattet war, die ganze Nachbarschaft zusammen. Sie verzehrten in freundlicher und nachbarlicher Vertraulichkeit bei klingendem Spiel ihr Mahl und huben darauf mit dem Tanze an. Nach einer Weil trat ein schöngestalter, wohlgekleideter Jüngling herzu, gleich als wollte er an dem Reigen teilnehmen. Er grüßte die ganze Versammlung höflich und bot jedem Anwesenden freundlich die Hand, welche aber ganz weich und eiskalt war und bei der Berührung jedem ein seltsames Grauen erregte. Hernach zog er ein wohlaufgeschmücktes und schöngebildetes, aber frisches und freches Mägdlein von leichtfertigem Wandel, das Ursula Schäferin hieß, zum Tanze auf, die sich in seine Weise auch meisterlich zu fügen und in alle lustige Possen zu schicken wußte. Nachdem sie eine Zeitlang miteinander wild getanzt, schweiften sie von dem Platz, der den Reigen zu umschränken pflegte, immer weiter aus, von jenem Lindenbaum nach dem Sitticher Hofe zu, daran vorbei, bis zu der Laibach, wo er in Gegenwart vieler Schiffleute mit ihr hineinsprang, und beide vor ihren Augen verschwanden.

Der Lindenbaum stand bis ins Jahr 1638, wo er altershalben umgehauen werden mußte.

52. Der Wassermann und der Bauer

Der Wassermann schaut wie ein anderer Mensch, nur daß, wenn er den Mund bleckt, man ihm seine grünen Zähne sieht. Auch trägt er grünen Hut. Er zeigt sich den Mädchen, wenn sie am Teich vorübergehen, mißt Band aus und wirft's ihnen zu.

Einmal lebte er in guter Nachbarschaft mit einem Bauer, der unweit des Sees wohnte, besuchte ihn manchmal und bat endlich, daß der Bauer ihn ebenfalls unten in seinem Gehäus besuchen möchte. Der Bauer tat's und ging mit. Da war unten im Wasser alles wie in einem prächtigen Palast auf Erden, Zimmer, Säle und Kammern voll mancherlei Reichtum und Zierat. Der Wassermann führte den Gast aller Enden umher und wies ihm jedes, endlich gelangten sie in ein kleines Stübchen, wo viel neue Töpfe umgekehrt, die Öffnung bodenwärts, standen. Der Bauer fragte, was das doch wäre. »Das sind die Seelen der Ertrunkenen, die hebe ich unter den Töpfen auf und halte sie damit fest, daß sie nicht entwischen können.« Der Bauer schwieg still und kam hernach wieder heraus ans Land. Das Ding mit den Seelen wurmte ihn aber lange Zeit, und er paßte dem Wassermann auf, daß er einmal ausgegangen sein würde. Als das geschah, hatte der Bauer den rechten Weg hinunter sich wohl gemerkt, stieg in das Wasserhaus und fand auch jenes Stübchen glücklich wieder; da war er her, stülpte die Töpfe um, einen nach dem andern, alsbald stiegen die Seelen der ertrunkenen Menschen hinauf in die Höhe aus dem Wasser und wurden wieder erlöst.

53. Der Wassermann an der Fleischerbank

Der Wassermann kam auch wöchentlich in die Stadt zur Fleischerbank, sich da einzukaufen, und wiewohl seine Kleidung etwas anders war als der übrigen Menschen, ließ ihn doch jeder gewähren und dachte sich weiter nichts Besonders dabei. Allein er bezahlte immer nur mit alten durchlöcherten Groschen. Daran merkte ihn zuletzt ein Fleischer und sprach: »Wart, den will ich zeichnen, daß er nicht wiederkommt.« Jetzt, wie der Wassermann wiederkam und Fleisch kaufen wollte, ersah's der Metzger und ritzte ihn flugs mit dem Messer in den ausgestreckten Finger, worin er das Geld hinreichte, so daß sein Blut floß. Seit der Zeit ist der Wassermann ganz weggeblieben.

54. Der Schwimmer

In Meißen hat es sich zugetragen, daß etliche Bäckersknechte am Pfingstfest unter der Predigt hinausgegangen sind und oberhalb der Ziegelscheune, gleich dem Baumgarten gegenüber, in der Elbe gebadet. Einer unter ihnen, der sich auf seine Fertigkeit im Schwimmen verlassen, hat zu seinen Gesellen gesagt, wofern sie ihm einen Taler aufsetzten, wollte er dreimal nacheinander unausgeruht dies Wasser hin und her beschwimmen. Den zwei andern kam das unglaublich vor, und sie willigten ein. Nachdem der verwegene Mensch es zweimal vollbracht und nun zum drittenmal nach dem Sieben-Eichen-Schloß zu hinüberschwimmen wollte, da sprang ein großer Fisch, wie ein Lachs, vor ihm in die Höhe und schlug ihn mit sich ins Wasser hinab, also daß er ertrinken mußte. Man hat ihn noch selbiges Tages gesucht und oberhalb der Brücke gefunden: am ganzen Leibe waren gezwickte Mäler, von Blut unterlaufen, zu sehen, und man konnte gar leicht die Narben erkennen, die ihm der Nix oder Wassergeist gemacht.

55. Bruder Nickel

Auf der Insel Rügen liegt in einem dichten Walde ein tiefer See, fischreich, aber trüb von Wasser, und kann man nicht wohl darauf fischen. Doch aber unterstanden's vor langen Jahren etliche Fischer und hatten ihren Kahn schon auf den See gebracht. Den andern Tag holten sie zu Haus ihre Netze, als sie wiederkehrten, war das Schiffel oder der Kahn verschwunden; da schaute der eine Fischer um und sah das Fahrzeug oben auf einem hohen Buchbaum stehen, deswegen schrie er: »Wer Teufel hat mir den Kahn auf den Baum gebracht?« Da antwortete aus der Nähe eine Stimme, aber man sah niemand, und sprach: »Das haben nicht alle Teufel, sondern ich mit meinem Bruder Nickel getan!«

56. Nixenbrunnen

Nicht weit von Kirchhain in Hessen liegt ein sehr tiefer See, welcher der Nixenbronn heißt, und oftmals erscheinen die Nixen, an dessen Gestad sich zu ersonnen. Die Mühle daran heißt gleichfalls die Nixenmühle. Auch zu Marburg soll 1615 in der Lahn bei der Elisabether Mühle ein Wassernix gesehen worden sein.

57. Magdeburger Nixen

Zu Magdeburg an einer Stelle der Elbe ließ sich oft die Nixe sehen, zog die überschwimmenden Leute hinab und ersäufte sie. Kurz vor der Zerstörung der Stadt durch Tilly schwomm ein hurtiger Schwimmer um ein Stück Geld hinüber; als er aber herüber wollt und an den Ort geriet, wurde er festgehalten und hinuntergerissen. Niemand konnte ihn retten, und zuletzt schwomm sein Leichnam ans Ufer. Zuweilen soll sich das Meerwunder am hellen Tag und bei scheinender Sonne zeigen, sich ans Ufer setzen oder auf die Äste anstehender Bäume und wie schöne Jungfrauen lange, goldgelbe Haare kämmen. Wenn aber Leute nahen, hüpft es ins Wasser. Einmal, weil das Brunnenwasser hart zu kochen ist, das Elbwasser aber weit und mühselig in die Stadt getragen werden muß, wollte die Bürgerschaft eine Wasserleitung bauen lassen. Man fing an, große Pfähle in den Fluß zu schlagen, konnte aber bald nicht weit vorrücken. Denn man sah einen nackenden Mann in der Flut stehen, der mit Macht alle eingesetzten Pfähle ausriß und zerstreute, so daß man den vorgenommenen Bau wieder einstellen mußte.

58. Der Döngessee

Bei dem Dorfe Dönges in Hessen liegt der Dönges- oder Hautsee, der an einem gewissen Tage im Jahr ganz blutrot wird. Davon gibt es folgende Sage: Einmal war im Dorfe Dönges Kirmes, und dazu kamen auch zwei fremde, unbekannte, aber schöne Jungfrauen, die mit den Bauersburschen tanzten und sich lustig machten, aber nachts zwölf Uhr verschwunden waren, während doch Kirmes Tag und Nacht fortdauert. Indes waren sie am andern Tag wieder da, und ein Bursche, dem es lieb gewesen, wenn sie immer geblieben wären, nahm einer von ihnen während des Tanzes die Handschuhe weg. Sie tanzten nun wieder mit, bis Mitternacht herannahte, da wollten sie fort, und die eine ging und suchte nach ihren Handschuhen in allen Ecken. Da sie solche nirgends finden konnte, ward sie ängstlich, als es aber während des Suchens zwölf Uhr schlug, so liefen sie beide in größter Angst fort, gerade nach dem See, und stürzten sich hinein. Am andern Tag war der See blutrot und wird es an selbigem noch jedesmal im Jahr. An den zurückgebliebenen Handschuhen waren oben kleine Kronen zu sehen.

Es wird auch erzählt, daß in einer Nacht zwei Reiter vor das Haus einer Kinderfrau kamen, sie weckten und sie mitgehen hießen. Als sie sich weigerte, brauchten sie Gewalt, banden sie aufs Pferd und jagten mit ihr fort zum Döngessee, wo sie ihrer Königin in Kindesnöten Beistand leisten sollte. Sie sah viel wundersame Dinge, große Schätze und Reichtümer, mußte aber schwören, keinem Menschen je etwas davon zu sagen. Nachdem sie einen ganzen Tag unten geblieben war, ward sie, reichlich beschenkt, in der Nacht wieder heraufgebracht. Nach vielen Jahren erkrankte sie und konnte nicht sterben, bis sie dem Pfarrer alles entdeckt hatte.

59. Mummelsee

Im Schwarzwald, nicht weit von Baden, liegt ein See, auf einem hohen Berg, aber unergründlich. Wenn man ungerad, Erbsen, Steinlein oder was anders, in ein Tuch bindet und hineinhängt, so verändert es sich in gerad, und also, wenn man gerad hineinhängt, in ungerad. So man einen oder mehr Steine hinunterwirft, trübt sich der heiterste Himmel, und ein Ungewitter entsteht, mit Schloßen und Sturmwinden. Die Wassermännlein tragen auch alle hineingeworfenen Steine sorgfältig wieder heraus ans Ufer.

Da einst etliche Hirten ihr Vieh bei dem See gehütet, so ist ein brauner Stier daraus gestiegen, sich zu den übrigen Rindern gesellend, alsbald aber ein Männlein nachgekommen, denselben zurückzutreiben, auch da er nicht gehorchen wollen, hat es ihn verwünscht, bis er mitgegangen.

Ein Bauer ist zur Winterszeit über den hartgefrorenen See mit seinen Ochsen und einigen Baumstämmen ohne Schaden gefahren, sein nachlaufendes Hündlein aber ertrunken, nachdem das Eis unter ihm gebrochen.

Ein Schütz hat im Vorübergehen ein Waldmännlein darauf sitzen sehen, den Schoß voll Geld und damit spielend; als er darauf Feuer geben wollen, so hat es sich niedergetaucht und bald gerufen: wenn er es gebeten, so hätte es ihn leicht reich gemacht, so aber er und seine Nachkommen in Armut verbleiben müßten.

Eines Males ist ein Männlein auf späten Abend zu einem Bauern auf dessen Hof gekommen, mit der Bitte um Nachtherberg. Der Bauer, in Ermangelung von Betten, bot ihm die Stubenbank oder den Heuschober an, allein es bat sich aus, in der Hanfräze zu schlafen. »Meinethalben«, hat der Bauer geantwortet, »wenn dir damit gedienet ist, magst du wohl gar im Weiher oder am Brunnentrog schlafen.« Auf diese Verwilligung hat es sich gleich zwischen die Binsen und das Wasser eingegraben, als ob es Heu wäre, sich darin zu wärmen. Frühmorgens ist es herausgekommen, ganz mit trockenen Kleidern, und als der Bauer sein Erstaunen über den wundersamen Gast bezeiget, hat es erwidert: ja, es könne wohl sein, daß seinesgleichen nicht in etlich hundert Jahren hier übernachtet. Von solchen Reden ist es mit dem Bauer so weit ins Gespräch kommen, daß es solchem vertraut, es sei ein Wassermännlein, welches sein Gemahl verloren und in dem Mummelsee suchen wolle, mit der Bitte, ihm den Weg zu zeigen. Unterwegs erzählte es noch viel wunderliche Sachen, wie es schon in viel Seen sein Weib gesucht und nicht gefunden, wie es auch in solchen Seen beschaffen sei. Als sie zum Mummelsee gekommen, hat es sich untergelassen, doch zuvor den Bauer zu verweilen gebeten, so lange bis zu seiner Wiederkunft, oder bis es ihm ein Wahrzeichen senden werde. Wie er nun ungefähr ein paar Stunden bei dem See aufgewartet, so ist der Stecken, den das Männlein gehabt, samt ein paar Handvoll Bluts mitten im See durch das Wasser heraufgekommen und etliche Schuh hoch in die Luft gesprungen, dabei der Bauer wohl abnehmen können, daß solches das verheißene Wahrzeichen gewesen.

Ein Herzog zu Württemberg ließ ein Floß bauen und damit auf den See fahren, dessen Tiefe zu ergründen. Als aber die Messer schon neun Zwirnnetz hinuntergelassen und immer noch keinen Boden gefunden hatten, so fing das Floß gegen die Natur des Holzes zu sinken an, also daß sie von ihrem Vorhaben ablassen und auf ihre Rettung bedacht sein mußten. Vom Floß sind noch Stücke am Ufer zu sehen.

60. Die Elbjungfer und das Saalweiblein

Zu Magdeburg weiß man von der schönen Elbjungfer, die zuweilen aus dem Fluß heraufkam, um an dem Fleischermarkt einzukaufen. Sie trug sich bürgerlich, aber sehr reinlich und sauber, hatte einen Korb in der Hand und war von sittsamer Gebärde. Man konnte sie in nichts von andern Mädchen unterscheiden, außer, wer genau achtgab und es wußte, der eine Zipfel ihrer schloßenweißen Schürze war immer naß, zum Zeichen ihrer Abkunft aus dem Fluß. Ein junger Fleischergesell verliebte sich in sie und ging ihr nach, bis er wußte, woher sie kam und wohin sie zurückkehrte, endlich stieg er mit ins Wasser hinab. Einem Fischer, der den Geliebten beistand und oben am Ufer wartete, hatte sie gesagt, wenn ein hölzerner Teller mit einem Apfel aus dem Strom hervorkomme, sei's gut, sonst aber nicht. Bald aber schoß ein roter Strahl herauf, zum Beweis, daß den Verwandten der Elbjungfer der Bräutigam mißfallen und sie ihn getötet. Es gibt aber hiervon auch abweichende andere Erzählungen, nach welchen die Braut hinabgestiegen und der Jüngling am Ufer sitzengeblieben war, um ihren Bescheid abzuwarten. Sie wollte unten bei ihren Eltern um die Erlaubnis zur Heirat bitten, aber die Sache erst ihren Brüdern sagen; statt aller Antwort erschien oben ein Blutflecken; sie hatten sie selbst ermordet.

Aus der Saale kamen auch zuweilen die Nixfrauen in die Stadt Saalfeld und kauften Fleisch auf der Bank. Man unterschied sie allein an den großen und gräßlichen Augen und an dem triefenden Schweif ihrer Röcke unten. Sie sollen vertauschte Menschenkinder sein, statt deren die Nixen ihre Wechselbälge oben gelassen haben. Zu Halle vor dem Tore liegt gleichfalls ein rund Wasser, der Nixteich genannt, aus dem die Weiber kommen in die Stadt, ihre Notdurft zu kaufen, und ebenmäßig an ihren nassen Kleidersäumen zu erkennen sind. Sonst haben sie Kleider, Sprache, Geld wie wir andern auch.

Unweit Leipzig ist ein Nixweiblein oft auf der Straße gesehen worden. Es ist unter andern Bauersweiblein auf den Wochenmarkt mit einem Tragkorbe gegangen, Lebensmittel einzukaufen. Ebenso ging es auch wieder zurück, redete aber mit niemandem ein einziges Wort; grüßte und dankte auch keinem auf der Straße, aber, wo es etwas einkaufte, wußte es so genau wie andere Weiber zu dingen und zu handeln. Einmal gingen ihr zweie auf dem Fuß nach und sahen, wie sie an einem kleinen Wasser ihren Tragkorb niedersetzte, der im Augenblick mit dem Weiblein verschwunden war. In der Kleidung war zwischen ihr und andern kein Unterschied, außer daß ihre Unterkleider zwei Hände breit naß waren.

61. Wasserrecht

Bei Leipzig, wo die Elster in die Pleiße fällt, pflegt im Sommer das junge Volk zu baden, aber das Wasser hat da einen betrüglichen Lauf, zuweilen Untiefen, zuweilen Sandbänke, besonders an einem Ort, welcher das Studentenbad genannt wird. Davon, wie von andern Flüssen, ist gemeine Sage, daß es alle Jahr einen Menschen haben müsse, wie auch fast jeden Sommer ein Mensch darin ertrinkt, und wird davon geglaubt, daß die Wassernixe einen hinunterziehe.

Man erzählt, daß die Nixen vorher auf dem Wasser zu tanzen pflegen, wann einer ertrinken wird.

Kindern, die baden wollen und am Ufer stehen, rufen die Eltern in Hessen warnend zu: »Der Nöcken (Nix) möchte dich hineinziehen!« Folgenden Kinderreim hat man:

Nix in der Grube,
du bist ein böser Bube,
wasch dir deine Beinchen
mit roten Ziegelsteinchen!

62. Das ertrunkene Kind

Man pflegt vielerlei von den Wassern zu erzählen, und daß der See oder der Fluß alle Jahre ein unschuldiges Kind haben müsse; aber er leide keinen toten Leichnam und werfe ihn früh oder spät ans Ufer aus, ja sogar das letzte Knöchelchen, wenn es zu Grunde gesunken sei, müsse wieder hervor. Einmal war einer Mutter ihr Kind im See ertrunken, sie rief Gott und seine Heiligen an, ihr nur wenigstens die Gebeine zum Begräbnis zu gönnen. Der nächste Sturm brachte den Schädel, der folgende den Rumpf ans Ufer, und nachdem alles beisammen war, faßte die Mutter sämtliche Beinlein in ein Tuch und trug sie zur Kirche. Aber, o Wunder! als sie in den Tempel trat, wurde das Bündel immer schwerer, und endlich, als sie es auf die Stufen des Altars legte, fing das Kind zu schreien an und machte sich zu jedermanns Erstaunen aus dem Tuche los. Nur fehlte ein Knöchelchen des kleinen Fingers an der rechten Hand, welches aber die Mutter nachher noch sorgfältig aufsuchte und fand. Dies Knöchelchen wurde in der Kirche unter anderen Reliquien zum Gedächtnis aufgehoben. Die Schiffer und Fischerleute bei Küstrin in der Neumark reden ebenfalls von einem den Oderstrom beherrschenden unbekannten Wesen, das jährlich sein bestimmtes Opfer haben müsse. Wem nun dies Schicksal zugedacht sei, für den werde der Wassertod unvermeidlich. Die Halloren zu Halle fürchten besonders den Johannestag.

Ein Graf Schimmelmann ging an diesem Tage doch in die Saale und ertrank.

63. Schlitzöhrchen

Leute, die unter Mellrichstadt über das Flüßchen Streu gehen, werden durch einen Wassergeist, Schlitzöhrchen genannt, in den Fluß getaucht und oftmals ersäuft.

64. Die Wassernixe und der Mühlknappe

Zwei Mühlknappen gehen an einem Fluß; als der eine ungefähr übers Wasser sieht, erblickt er eine Nixe daraufsitzend und ihre Haare kämmend. Er faßt seine Büchse und legt an, sie zu schießen, aber die Nixe springt in den Fluß, winkt mit den Fingern und verschwindet darauf. Das alles war so geschwind und unvermerkt vorgegangen, daß der andere Knappe, der vorangewandert, nichts davon gesehen und erfahren, bis es ihm sein Gefährte bald erzählte. Drauf hat es sich begeben, daß dieser Gefährte am dritten Tage ertrank, wie er sich hat baden wollen.

65. Vor den Nixen hilft Dosten und Dorant

Eine hallische Wehmutter erzählte, daß folgendes ihrer Lehrmeisterin begegnet: Diese wurde nachts zum Tor, welches offenstand, von einem Manne hinaus an die Saale geführt. Unterwegs bedräute sie der Mann, kein Wort zu sagen und ja nicht zu mucksen, sonst drehte er ihr bald den Hals um, übrigens sollte sie nur getrost sein. Sie gedachte an Gott, der würde sie behüten, und ergab sich drein, denn sie ginge in ihrem Beruf. An der Saale nun tat sich das Wasser auf und weiter hinunter auch das Erdreich, sie stiegen allmählich hinab, da war ein schöner Palast, worin ein niedliches Weiblein lag. Der half die Wehmutter in Kindesnöten, unterdessen ging der Mann wieder hinaus. Nach glücklicher Verrichtung ihres Amts redete mitleidend das Weibchen: »Ach, liebe Frau, nun jammert mich, daß Ihr hierbleiben müßt bis an den Jüngsten Tag, nehmt Euch wohl in acht; mein Mann wird Euch jetzt eine ganze Mulde voll Dukaten vorsetzen, nehmt nicht mehr, als Euch auch andre Leute zu geben pflegen für Eure Mühwaltung. Weiter, wenn Ihr zur Stube hinauskommt und unterwegs seid, greifet flugs an die Erde, da werdet Ihr Dosten* und Dorant** erfassen, solches haltet fest und lasset's aus der Hand nicht fahren. Dann werdet Ihr wieder auf freien Fuß kommen und zu Eurer Stelle geraten.« Kaum hatte sie ausgeredet, als der Nix, gelbkraus von Haar und bläulich von Augen, in die Stube trat; er hatte eine große Mulde voll Gold und setzte sie in dem schönen hellen Zimmer der Wehfrau vor, sprechend: »Sieh da, nimm, soviel du willst.« Drauf nahm sie einen Goldgülden. Der Nix verzog sein Gesicht und machte grausame Augen und sprach: »Das hast du nicht von dir selber, sondern mit meines Weibes Kalbe gepflügt, die soll schon dafür leiden! Und nun komm und geh mit mir.« Drauf war sie aufgestanden, und er führte sie hinaus; da bückte sie sich flugs und griff in ihre Hand Dosten und Dorant. Der Führer sagte dazu: »Das heißt dich Gott sprechen, und das hast du auch von meinem Weibe gelernt. Nun geh nur hin, wo du herkommen bist.« Hierauf war sie aus dem Fluß ans Ufer gewesen, ging zur Stadt ein, deren Tore noch offenstanden, und erreichte glücklich ihr Haus.

Eine andere Hebamme, bürtig aus Eschätz bei Querfurt, erzählte Nachstehendes: In ihrer Heimat war der Ehmann ausgegangen und hatte seine Frau als Kindbetterin zu Haus lassen müssen. Um Mitternacht kam der Nix vors Haus, nahm die Sprache ihres Mannes an und rief zum Gartenfenster hinein: sie solle schnell herauskommen, er habe ihr etwas Sonderlichs zu weisen. Dies schien der Frau wunderlich, und sie antwortete: »Komm du doch herein, aufzustehen mitten in der Nacht schickt sich für mich nicht. Du weißt ja, wo der Schlüssel liegt, draußen im Loch über der Haustür.« »Das weiß ich wohl, du mußt aber herausgehen«, und plagte sie so lang mit den Worten, daß sie sich zuletzt aufmachte und in den Garten trat. Das Gespenst ging aber vor ihr her und immer tiefer hinab; sie folgte nach bis zu einem Wasser, unweit des Hauses fließend, mittlerweile sprach der Nix:

»Heb auf dein Gewand,
daß du nicht fallst in Dosten und Dorant«,

welche Kräuter eben viel im Garten wuchsen. Indem aber erblickte sie das Wasser und fiel mit Fleiß ins Kräutich hinein, augenblicklich verschwand der Nix und konnte ihr nichts mehr an- noch abgehaben. Nach Mitternacht kehrte der Ehmann heim, fand Tür und Stube offen, die Kindermutter nicht im Bett, hub an erbärmlich zu rufen, bis er leise ihre Stimme im Garten vernahm und er sie aus dem Kraut wieder ins Zimmer brachte. Die Wehemütter halten deshalb gar viel auf diese Kräuter und legen sie allenthalben in Betten, Wiegen, Keller, tragen es an sich und lassen andere es bei sich stecken. Die Leipziger Krautweiber führen es häufig feil zu Markte.

Einmal soll auch ein Weib um Mittag in den Keller gegangen sein, Bier abzulassen. Da fing ein Gespenst drinnen an und sprach:

»Hättest du bei dir nicht Dosten
wollt ich dir das Bier helfen kosten«,

und man hört diesen Reim noch in andern Geschichten wiederkehren.

Wassermensch, der sog. Piscis Episcopus (Fisch-Bischof) aus Conrad Gesners »Historiae animalium« 4 (Zürich 1558)

66. Des Nixes Beine

Eine Wehmutter, bürtig von Eschätz, eine halbe Meile von Querfurt, erzählte, zu Mitternacht sei in Merseburg ein Weib vor ein Balbier-Haus gekommen, der nahe am Wasser gewohnet, und habe dem Fenster hineingeschrien: die Wehmutter solle doch herausgehen, welches sie anfänglich nicht tun wollen. Endlich sei der Balbier mitgegangen, habe ein Licht bei sich gehabt und flugs nach des befürchteten Nixes Beinen gesehen. Darauf es sich niedergeduckt. Wie solches der Balbier gemerkt, da hat er es greulich ausgescholten und gehen heißen, darauf es verschwunden.

67. Die Magd bei dem Nix

Folgendes hat sich auf einem Dorf bei Leipzig zugetragen: Eine Dienstmagd kam unter das Wasser und diente drei Jahre lang bei dem Nix. Sie hatte es an einem guten Leben und allen Willen, ausgenommen, daß ihr Essen ungesalzen war. Dies nahm sie auch zur Ursache, wieder wegzuziehen. Allein sie sagte noch weiter: »Nach dieser Zeit habe ich nicht über sieben Jahre zu leben, davon bleiben mir jetzo noch dreie.« Sonst war sie immer traurig und simpel. Praetorius hörte die Geschichte im Jahr 1664.

68. Die Frau von Alvensleben

Vor etlichen hundert Jahren lebte zu Kalbe in dem Werder aus dem Alvenslebischen Geschlecht eine betagte, gottesfürchtige, den Leuten gnädige und zu dienen bereitsame Edelfrau; sie stand vornehmlich den Bürgersweibern bei in schweren Kindesnöten und wurde in solchen Fällen von jedermänniglich begehrt und hochgeehret. Nun ereignete sich aber folgendes: Zu nächtlichen Zeiten kam eine Magd vor das Schloß, klopfte an und rief ängstlich: sie möge ihr doch nicht zuwider sein lassen, womöglich alsobald aufzustehen und mit hinaus vor die Stadt zu folgen, wo eine schwangere Frau in Kindesnot liege, weil die äußerste Stunde und Gefahr da sei und ihre Frau ihrem Leibe gar keinen Rat wisse. Die Adelfrau sprach: »Es ist gleich mitten in der Nacht, alle Stadttore sind gesperrt, wie wollen wir hinauskommen?« Die Magd antwortete: das Tor sei schon im voraus geöffnet, sie solle nur fortmachen (doch sich hüten, wie einige hinzusetzen, an dem Ort, wo sie hingeführt werden würde, nichts zu essen noch zu trinken, auch das ihr Angebotene nicht anzurühren). Darauf stand die adlige Frau aus dem Bett, zog sich an, kam herunter und ging mit der Magd fort, welche angeklopft hatte; das Tor fand sie aufgetan, und wie sie weiter ins Feld kamen, war da ein schöner Gang, der mitten in einen Berg führte. Der Berg stand aufgesperrt, und ob sie wohl sah, das Ding wäre unklar, beschloß sie doch unerschrocken weiterzugehen, bis sie endlich vor ein kleines Weiblein gelangte, das auf dem Bette lag in großen Geburtswehen. Die adlige Frau aber reichte ihr Hilfe (nach einigen brauchte sie nur die Hand ihr auf den Leib zu legen), und glücklich wurde ein Kindlein zum Tageslicht geboren. Nach geförderter Sache sehnte sie sich wieder aus dem Berg heimzugehen, nahm von der Kindbetterin Abschied (ohne etwas von den Speisen und Getränken, die ihr geboten waren, berührt zu haben), und die vorige Magd gesellte sich ihr aufs neue zu und brachte sie unverletzt nach dem Schlosse zurück. Vor dem Torweg aber stand die Magd still, bedankte sich höchlich in ihrer Frauen Namen und zog einen güldenen Ring vom Finger herab, den verehrte sie der adligen Frau mit den Worten: »Nehmet dies teure Pfand wohl in acht und lasset es nicht von Euch noch von Eurem Geschlecht kommen; die von Alvensleben werden blühen, solange sie diesen Ring besitzen; kommt er ihnen dermaleinst ab, so muß der ganze Stamm erlöschen.« Hiermit verschwand die Magd. Dieser Ring soll noch heutigestages richtig und eigentlich bei dem Hause verwahrt werden und zu guter Sicherheit in Lübeck hinterlegt sein. Andere aber behaupten, er sei bei der Teilung in zwei Linien mit Fleiß entzweigeteilt worden. Noch andere: die eine Hälfte sei zerschmolzen, seitdem gehe es dem einen Stamm übel, die andere Hälfte liege bei dem andern Stamme zu Zichtau. Auch wird erzählt: Die hilfreiche Frau war ein Ehweib; als sie drauf den folgenden Morgen ihrem Ehherrn die Geschichte erzählt, die ihr nachts begegnet, habe er ihr's nicht wollen glauben, bis sie gesprochen: »Ei, wollt Ihr mir nicht glauben, so holt nur die Schlüssel zu jener Stube vom Tische her, darinnen wird der Ring noch liegen.« Es befand sich so ganz richtig. Es ist ein Wunderliches um die Geschenke, die Menschen von den Geistern empfangen haben.

69. Die Frau von Hahn und der Nix

Eine vornehme Frau von Adel aus dem Geschlechte der von Hahn wurde einstmal durch einer Wassernixe Zofe abgerufen und genötigt, mit unter den Fluß zur Wehmutter zu gehen. Das Wasser teilte sich voneinander, und sie gerieten auf einem lustigen Weg tief ins Erdreich hinein, wo sie einem kleinen Weiblein in Kindesschmerzen hilfreiche Hand leistete. Nachdem alles glücklich verrichtet und die Frau von Hahn wegfertig war, willens nach Haus zu eilen, kam ein kleiner Wassermann herein, langte ihr ein Geschirr voll Asche und sagte: sie solle für ihre Mühe herausnehmen, soviel ihr beliebe. Sie aber weigerte sich und nahm nichts; da sprach der Nix: »Das heißt dich Gott sprechen, sonst hätte ich dich wollen umbringen.« Darauf ging sie fort und wurde von der vorigen Zofe rücklings nach Haus gebracht. Wie sie beide da waren, zog die Magd drei Stücke Goldes hervor, verehrte sie der adligen Frau und ermahnte, diesen Schatz wohl zu verwahren und nicht abhändig kommen zu lassen, sonst werde ihr Haus ganz durch Armut verderben, im andern Fall aber Hülle und Fülle in allen Sachen haben. Drauf ging die Zofe weg, und die drei Stücke wurden unter die drei Söhne ausgeteilt; noch heute blühen zwei Stämme des Hauses, die ihren Schatz sorgsam aufheben; das dritte Stück hingegen soll neulich von einer Frau verwahrlost worden sein, drüber sie armselig in Prag verstarb und ihre Linie eine Endschaft genommen hat.

70. Frau von Bonikau

Als die Frau von Bonikau in Sachsen einmal im Kindbett lag und allein war, kam ein klein Weibchen zu ihr: sie bäte sie zu erlauben, daß sie eine Hochzeit in ihrer Kammer halten möchte, sie wollte sich wohl in acht nehmen, daß niemand als sie dabei sein würde. Als die Frau von Bonikau eingewilligt, kam einsmals eine große Gesellschaft von den Erdmännchen und Weibchen in die Kammer. Man brachte ein klein Tischchen und deckte es, setzte viel Schüsseln darauf, und die ganze Gesellschaft und Hochzeit setzte sich an die Tafel. Als sie in vollem Essen waren, kommt eins von den kleinen Weibchen gelaufen und ruft mit lauter Stimme:

»Gott Lob und Dank, wir sind aus großer Not,
denn die alte Schump ist tot.«

71. Das Streichmaß, der Ring und der Becher

Im Herzogtum Lothringen, als es noch lange zu Deutschland gehörte, herrschte zwischen Nanzig und Luenstadt (Luneville) der letzte Graf von Orgewiler. Er hatte keine Schwertmagen mehr und verteilte auf dem Todbette seine Länder unter seine drei Töchter und Schwiegersöhne. Die älteste Tochter hatte Simons von Bestein, die mittlere Herr von Crony und die jüngste ein deutscher Rheingraf geheiratet. Außer den Herrschaften teilte er noch seinen Erben drei Geschenke aus, der ältesten Tochter einen Streichlöffel (Streichmaß), der mittleren einen Trinkbecher und der dritten einen Kleinodring, mit der Vermahnung, daß sie und ihre Nachkömmlinge diese Stücke sorgfältig aufheben sollten, so würden ihre Häuser beständig glücklich sein.

Die Sage, wie der Graf diese Stücke bekommen, erzählt der Marschall von Bassompierre (Bassenstein), Urenkel des Simons, selbst: Der Graf war vermählt, hatte aber noch eine geheime Liebschaft mit einer wunderbaren schönen Frau, die wöchentlich alle Montage in ein Sommerhaus des Gartens zu ihm kam. Lange blieb dieser Handel seiner Gemahlin verborgen; wann er sich entfernte, bildete er ihr ein, daß er des Nachts im Wald auf den Anstand ginge. Aber nach ein paar Jahren schöpfte die Gräfin Verdacht und trachtete die rechte Wahrheit zu erfahren. Eines Sommermorgens frühe schlich sie ihm nach und kam in die Sommerlaube. Da sah sie ihren Gemahl schlafen in den Armen eines wunderschönen Frauenbildes; weil sie aber beide so sanfte schliefen, wollte sie sie nicht wecken, sondern nahm ihren

Schleier vom Haupt und breitete ihn über der Schlafenden Füße. Als die schöne Buhlerin erwachte und des Schleiers innen ward, tat sie einen hellen Schrei, hub an jämmerlich zu klagen und sagte: »Hinfüro, mein Liebster, sehen wir uns nimmermehr wieder, nun muß ich hundert Meilen weit weg und abgesondert von dir bleiben.« Damit verließ sie den Grafen, verehrte ihm aber vorher noch obgemeldete drei Gaben für seine drei Töchter, die möchten sie niemals abhanden kommen lassen. Das Haus Bassenstein hatte lange Zeit durch aus der Stadt Spinal (Epinal) einen Fruchtzins zu ziehen, wozu dieser Maßlöffel (cuiller de la mesure) stets gebraucht wurde.

72. Der Kobold

An einigen Orten hat fast jeder Bauer, Weib, Söhne und Töchter einen Kobold, der allerlei Hausarbeit verrichtet, in der Küche Wasser trägt, Holz haut, Bier holt, kocht, im Stall die Pferde striegelt, den Stall mistet und dergleichen. Wo er ist, nimmt das Vieh zu, und alles gedeiht und gelingt. Noch heute sagt man sprichwörtlich von einer Magd, der die Arbeit recht rasch von der Hand geht: »Sie hat den Kobold.« Wer ihn aber erzürnt, mag sich vorsehen.

Sie machen, eh sie in die Häuser einziehen wollen, erst eine Probe. Bei Nachtzeit nämlich schleppen sie Sägespäne ins Haus, in die Milchgefäße aber bringen sie Kot von unterschiedenem Vieh. Wenn nun der Hausvater genau achtet, daß die Späne nicht zerstreut, der Kot in den Gefäßen gelassen und daraus die Milch genossen wird, so bleibt der Kobold im Haus, so lange nur noch einer von den Hausbewohnern am Leben ist.

Hat die Köchin einen Kobold zu ihrem heimlichen Gehilfen angenommen, so muß sie täglich um eine gewisse Zeit und an einem besondern Ort im Haus ihm sein zubereitetes Schüsselchen voll gutes Essen hinsetzen und ihren Weg wieder gehen. Tut sie das, so kann sie faulenzen, am Abend früh zu Bette gehen und wird dennoch ihre Arbeit frühmorgens beschickt finden. Vergißt sie das einmal, so muß sie in Zukunft nicht nur ihre Arbeit selbst wieder tun, sondern sie hat nun auch eine unglückliche Hand, indem sie sich im heißen Wasser verbrennt, Töpfe und Geschirr zerbricht, das Essen umschüttet, also daß sie von ihrer Herrschaft notwendig ausgescholten wird. Darüber hat man den Kobold öfters lachen und kichern gehört.

Verändert sich auch das Gesinde, so bleibt er doch, ja die abziehende Magd muß ihn ihrer Nachfolgerin anempfehlen, damit diese sein auch

Hilfreicher Hausgeist. Kupferstich aus: Der vielförmige Hintzelmann. Leipzig 1704

warte. Will diese nicht, so hat sie beständiges Unglück, bis sie wieder abgeht.

Man glaubt, sie seien rechte Menschen, in Gestalt kleiner Kinder, mit einem bunten Röcklein. Darzu etliche setzen, daß sie teils Messer im Rücken hätten, teils noch anders und gar greulich gestaltet wären, je nachdem sie so und so, mit diesem oder jenem Instrument, vorzeiten umgebracht wären, denn sie halten sie für die Seelen der vorweilen im Hause Ermordeten.

Zuweilen ist die Magd lüstern, ihr Knechtchen, Kurd Chimgen oder Heinzchen, wie sie den Kobold nennen, zu sehen, und wenn sie nicht nachläßt, nennt der Geist den Ort. wo sie ihn sehen solle, heißt sie aber zugleich einen Eimer kalt Wasser mitbringen. Da begibt sich's dann, daß sie ihn etwa auf dem Boden auf einem Kißchen nackt liegen sieht und ein großes Schlachtmesser ihm im Rücken steckt. Manche ist so sehr erschrocken, daß sie ohnmächtig niedergefallen, worauf der Kobold alsbald aufsprang und sie mit dem kalten Wasser über und über begoß, damit sie wieder zu sich selbst kam. Darnach ist ihr die Lust vergangen, den Kobold zu sehen.

73. Der Bauer mit seinem Kobold

Ein Bauer war seines Kobolds ganz überdrüssig geworden, weil er allerlei Unfug anrichtete; doch mochte er es anfangen, wie er immer wollte, so konnte er ihn nicht wieder loswerden. Zuletzt ward er Rats, die Scheune anzustecken, wo der Kobold seinen Sitz hatte, und ihn zu verbrennen. Deswegen führte er erst all sein Stroh heraus, und bei dem letzten Karrn zündete er die Scheune an, nachdem er den Geist wohl versperrt hatte. Wie sie nun schon in voller Glut stand, sah sich der Bauer von ungefähr um, siehe! da saß der Kobold hinten auf dem Karrn und sprach: »Es war Zeit, daß wir herauskamen! Es war Zeit, daß wir herauskamen!« Mußte also wieder umkehren und den Kobold behalten.

74. Der Kobold in der Mühle

Es machten einmal zwei Studenten von Rinteln eine Fußreise. Sie gedachten in einem Dorfe zu übernachten, weil aber ein heftiger Regen fiel und die Finsternis so sehr überhand nahm, daß sie nicht weiter konnten, gingen sie zu einer in der Nähe liegenden Mühle, klopften und baten um Nachtherberge. Der Müller wollte anfangs nicht hören, endlich gab er ihren inständigen Bitten nach, öffnete die Türe und führte sie in eine Stube. Sie waren beide hungrig und durstig, und da auf dem Tisch eine Schüssel mit Speise und eine Kanne mit Bier stand, baten sie den Müller darum und waren bereitwillig, es zu bezahlen. Der Müller aber schlug's ab, selbst nicht ein Stück Brot wollt er ihnen geben und nur die harte Bank zum Ruhbett vergönnen. »Die Speise und der Trank«, sprach er, »gehört dem Hausgeist; ist euch das Leben lieb, so laßt beides unberührt, sonst aber habt ihr kein Leid zu befürchten, lärmt's in der Nacht vielleicht, so bleibt nur still liegen und schlafen.« Mit diesen Worten ging er hinaus und schloß die Türe hinter sich zu.

Die zwei Studenten legten sich zum Schlafen nieder, aber etwa nach einer Stunde griff den einen der Hunger so übermächtig an, daß er sich aufrichtete und die Schüssel suchte. Der andere, ein Magister, warnte ihn, er sollte dem Teufel lassen, was dem Teufel gewidmet wäre, aber er antwortete: »Ich habe ein besser Recht dazu als der Teufel«, setzte sich an den Tisch und aß nach Herzenslust, so daß wenig von dem Gemüse übrigblieb. Darnach faßte er die Bierkanne, tat einen guten pommerschen Zug, und nachdem er also seine Begierde etwas gestillt, legte er sich wieder zu seinem Gesellen. Doch als ihn über eine Weile der Durst aufs neue plagte, stand er noch einmal auf und tat einen zweiten so herzhaften Zug, daß er dem Hausgeist nur die Neige hinterließ. Nachdem er sich's also selbst gesegnet und wohl bekommen geheißen, legte er sich und schlief ein.

Es blieb alles ruhig bis zu Mitternacht; aber kaum war die herum, so kam der Kobold mit großem Lärm hereingefahren, wovon beide mit Schrecken erwachten. Er brauste ein paarmal in der Stube auf und ab, dann setzte er sich, als wollte er seine Mahlzeit halten, zu dem Tisch, und sie hörten deutlich, wie er die Schüssel herbeirückte. Gleich drauf setzte er sie, als wär er ärgerlich, hart nieder, ergriff die Kanne und drückte den Deckel auf, ließ ihn aber gleich wieder ungestüm zuklappen. Nun begann er seine Arbeit, wischte den Tisch, darnach die Tischfüße sorgfältig ab und kehrte dann, wie mit einem Besen, den Boden fleißig ab. Als das geschehen war, ging er noch einmal zur Schüssel und Kanne zurück, ob es jetzt vielleicht besser damit stehe, stieß aber beides wieder zornig hin. Darauf fuhr er in seiner Arbeit fort, kam zu den Bänken, wusch, scheuerte, rieb sie, unten und oben; als er zu der Stelle gelangte, wo die beiden Studenten lagen, zog er vorüber und nahm das übrige Stück unter ihren Füßen in die Arbeit. Wie er zu Ende war, fing er an der Bank oben zum zweitenmal an und überging auch zum zweitenmal die Gäste. Zum drittenmal aber, als er an sie kam, strich er dem einen, der nichts genossen hatte, über die Haare und den ganzen Leib, ohne ihm im geringsten weh zu tun. Den andern aber packte er an den Füßen, riß ihn von der Bank herab, zog ihn ein paarmal auf dem Erdboden herum, bis er ihn endlich liegenließ und hinter den Ofen lief, wo er ihn laut auslachte. Der Student kroch zu der Bank zurück, aber nach einer Viertelstunde begann der Kobold seine Arbeit von neuem: kehrte, säuberte, wischte. Die beiden lagen da, in Angst zitternd, den einen fühlte er, als er an ihn kam, ganz lind an, aber den andern warf er wieder zur Erde und ließ hinter dem Ofen ein grobes und spottendes Lachen hören.

Die Studenten wollten nun nicht mehr auf der Bank liegen, standen auf und erhuben vor der verschlossenen Türe ein lautes Geschrei, aber es hörte niemand darauf. Sie beschlossen endlich, sich auf den platten Boden hart nebeneinanderzulegen, aber der Kobold ließ sie nicht ruhen. Er begann sein Spiel zum drittenmal, kam und zog den Schuldigen herum und lachte ihn aus. Dieser war zuletzt wütend geworden, zog seinen Degen, stach und hieb in die Ecke, wo das Gelächter herschallte, und forderte den Kobold mit Drohworten auf, hervorzukommen. Dann setzte er sich mit seiner Waffe auf die Bank, zu erwarten, was weiter geschehen würde, aber der Lärm hörte auf, und alles blieb ruhig. Der Müller verwies ihnen am Morgen, daß sie seiner Ermahnung nicht nachgelebt und die Speise nicht unangerührt gelassen; es hätte ihnen leicht das Leben kosten können.

75. Hütchen

An dem Hofe des Bischof Bernhard von Hildesheim hielt sich ein Geist auf, der sich vor jedermann in einem Bauernkleide unter dem Schein der Freundlichkeit und Frömmigkeit sehen ließ; auf dem Haupt trug er einen kleinen Filzhut, wovon man ihm den Namen Hütchen, auf niedersächsisch Hödeken gegeben hatte. Er wollte die Leute gern überreden, daß es ihm vielmehr um ihren Vorteil als ihren Schaden zu tun wäre, daher warnte er bald den einen vor Unglück, bald war er dem andern in einem Vorhaben behilflich. Es schien, als trüge er Lust und Freude an der Menschen Gemeinschaft, redete mit jedermann, fragte und antwortete gar gesprächig und freundlich.

Zu dieser Zeit wohnte auf dem Schlosse Winzenburg ein Graf aus Schwaben bürtig, namens Hermann, welcher das Amt als eine eigene Grafschaft besaß. Einer seiner Diener hatte eine schöne Frau, auf die er ein lüsternes Auge warf und die er mit seiner Leidenschaft verfolgte, aber sie gab ihm wenig Gehör. Da sann er endlich auf schlechte Mittel, und als ihr Mann einmal an einen weit entlegenen Ort verreist war, raubte er ihr mit Gewalt, was sie ihm freiwillig versagte. Sie mußte das Unrecht verschweigen, solang ihr Mann abwesend war, bei seiner Rückkehr aber eröffnete sie es ihm mit großem Schmerz und wehmütigen Gebärden. Der Edelmann glaubte, dieser Schandflecken könne nur mit dem Blute des Täters abgewaschen werden, und da er die Freiheit hatte, wie ihm beliebte, in des Grafen Gemach zu gehen, so nahm er die Zeit wahr, wo dieser noch mit seiner Gemahlin zur Ruhe lag, trat hinein, hielt ihm die begangene Tat mit harten Worten vor, und als er merkte, daß jener sich aufmachen und zur Gegenwehr anschicken möchte, faßte er sein Schwert und erstach ihn im Bette an der Seite der Gräfin. Diese entrüstete sich aufs allerheftigste, schalt den Täter gewaltig, und da sie gerade schwangeren Leibes war, sprach sie dräuend: »Derjenige, den ich unter dem Gürtel trage, soll diesen Mord an dir und den Deinigen rächen, daß die ganze Nachwelt daran ein Beispiel nehmen wird.« Der Edelmann, als er die Worte hörte, kehrte wieder um und durchstach die Gräfin wie ihren Herrn.

Graf Hermann von Winzenburg war der Letzte seines Stammes und demnach mit seinem und der schwangern Gräfin Tod das Land ohne Herrn. Da trat Hütchen in selbiger Morgenstunde, in welcher die Tat geschehen war, vor das Bett des schlafenden Bischofs Bernhard, weckte ihn und sprach: »Steh auf, Glatzkopf, und führe dein Volk zusammen! Die Grafschaft Winzenburg ist durch die Ermordung ihres Herrn ledig und verlassen, du kannst sie mit leichter Mühe unter deine Botmäßigkeit bringen.« Der Bischof stand auf, brachte sein Kriegsvolk eilig zusammen und besetzte und überzog damit die Grafschaft, so daß er sie, mit Einwilligung des Kaisers, auf ewig dem Stift Hildesheim einverleibte.

Die mündliche Sage erzählt noch eine andere, wahrscheinlich frühere Geschichte. Ein Graf von Winzenburg hatte zwei Söhne, die in Unfrieden lebten; um einen Streit wegen der Erbschaft abzuwenden, war mit dem Bischof zu Hildesheim festgemacht, daß derjenige mit der Grafschaft belehnt werden solle, welcher zuerst nach des Vaters Tod sich darum bei dem Bischof melden würde. Als nun der Graf starb, setzte sich der älteste Sohn gleich auf sein Pferd und ritt fort zum Bischof; der jüngste aber hatte kein Pferd und wußte nicht, wie er sich helfen sollte. Da trat Hütchen zu ihm und sprach: »Ich will dir beistehen, schreib einen Brief an den Bischof und melde dich darin um Belehnung; er soll eher dort sein als dein Bruder auf seinem jagenden

Pferd.« Da schrieb er ihm den Brief, und Hütchen nahm und trug ihn auf einem Wege, der über Gebirge und Wälder geradaus ging, nach Hildesheim und war in einer halben Stunde schon da, lang eh der älteste herbeigeeilt kam, und gewann also dem jüngsten das Land. Dieser Pfad ist schwer zu finden und heißt noch immer Hütchens Rennpfad.

Hütchen erschien an dem Hofe des Bischofs gar oft und hat ihn ungefragt vor mancherlei Gefahr gewarnt. Großen Herren offenbarte es die Zukunft. Bisweilen zeigte es sich, wenn es sprach, bisweilen redete es unsichtbar. Es hatte den großen Hut aber immer so tief in den Kopf gedrückt, daß man niemals sein Gesicht sehen konnte. Die Wächter der Stadt hat es fleißig in acht genommen, daß sie nicht schliefen, sondern hurtig wachen mußten. Niemand fügte es etwas Leid zu, es wäre denn am ersten beschimpft worden; wer seiner aber spottete, dem vergaß es solches nicht, sondern bewies ihm wiederum einen Schimpf. Gemeinlich ging es den Köchen und Köchinnen zur Hand, schwatzte auch vielmal mit ihnen in der Küche. Eine Mulde im Keller war seine Schlafstätte, und es hatte ein Loch, wo es in die Erde gekrochen ist. Als man nun seiner gar gewohnt worden und sich niemand weiter vor ihm gefürchtet hat, begann ein Küchenjunge es zu spotten und höhnen, mit Lästerworten zu hudeln und, sooft er nur vermochte, mit Dreck aus der Küche auf es loszuwerfen oder es mit Spülwasser zu begießen. Das verdroß Hütchen sehr, weshalb es den Küchenmeister bat, den Jungen abzustrafen, damit er solche Büberei unterwegen ließe, oder er selbst müßte die Schmach an ihm rächen. Der Küchenmeister lachte ihn aus und sprach: »Bist du ein Geist und fürchtest dich vor dem kleinen Knaben!« Darauf antwortete Hütchen: »Weil du auf meine Bitten den Buben nicht abstrafen willst, will ich nach wenig Tagen dir zeigen, wie ich mich vor ihm fürchte«, und ging damit im Zorn weg. Nicht lange darauf saß der Junge nach dem Abendessen allein in der Küche und war vor Müdigkeit eingeschlafen; da kam der Geist, erwürgte ihn und zerhackte ihn in kleine Stücke. Dann warf er selbige vollends in einen großen Kessel und setzte ihn ans Feuer. Als der Küchenmeister kam und in dem Kessel Menschenglieder kochen sah, auch aus den übrigen Umständen merkte, daß der Geist ein fremdes Gericht zurichten wolle, fing er an, ihn greulich zu schelten und zu fluchen. Hütchen, darüber noch heftiger erbittert, kam und zerdrückte über alle Braten, die für den Bischof und dessen Hofleute am Spieße zum Feuer gebracht waren, abscheuliche Kröten, also daß sie von Gift und Blut träufelten. Und weil ihn der Koch deswegen wiederum schmähete und schändete, stieß er ihn, als er einstens aus dem Tore gehen wollte, von der Brücke, die ziemlich hoch war, in den Graben. Weil man auch in Sorgen stand, er möchte des Bischofs Hof und andere Häuser anzünden, mußten alle Hüter auf den Mauern, sowohl der Stadt als des Schlosses, fleißig wachen. Aus dieser und andern Ursachen suchte der Bischof Bernhard seiner loszuwerden und zwang ihn endlich auch durch Beschwörung zu weichen.

Sonst beging der Geist noch unterschiedliche, abenteuerliche Streiche, welche doch selten jemand schadeten. In Hildesheim war ein Mann, der ein leichtfertiges Weib hatte, als er nun verreisen wollte, sprach er zu Hütchen: »Mein guter Gesell, gib ein wenig Achtung auf mein Weib, dieweil ich aus bin, und siehe zu, daß alles recht zugeht.« Hütchen tat es, und wie das Weib, nach der Abreise des Mannes, ihre Buhler kommen ließ und sich mit ihnen lustig machen wollte, stellte sich der Geist allzeit ins Mittel, verjagte sie durch Schreckgestalten, oder wenn einer sich ins Bett gelegt, warf er unsichtbarerweise ihn so unsauber heraus, daß ihm die Rippen krachten. So ging es einem nach dem andern, wie sie das leichtfertige Weib in die Kammer führte, so daß keiner ihr nahen durfte. Endlich, als der Mann wieder nach Hause kam, lief ihm der ehrbare Hüter voller Freuden entgegen und sprach: »Deine Wiederkunft ist mir trefflich lieb, damit ich der Unruhe und Mühe, die du mir aufgeladen hast, einmal abkomme.« Der Mann fragte: »Wer bist du denn?« Er antwortete: »Ich bin Hütchen, dem du bei deiner Abreise dein Weib in seine Hut anbefohlen. Dir zu Gefallen habe ich sie diesmal gehütet und vor dem Ehebruch bewahret, wiewohl mit großer und unablässiger Mühe. Allein ich bitte, du wollest sie meiner Hut nicht mehr untergeben, denn ich will lieber der Schweine in ganz Sachsen als eines einzigen solchen Weibes Hut auf mich nehmen und Gewährschaft vor sie leisten, so vielerlei List und Ränke hat sie erdacht, mich zu hintergehen.«

Zu einer Zeit befand sich zu Hildesheim ein Geistlicher, welcher sehr wenig gelernt hatte. Diesen traf die Reihe, daß er zu einer Kirchenversammlung von der übrigen Geistlichkeit sollte verschickt werden, aber er fürchtete sich, daß er in einer so ansehnlichen Versammlung durch seine Unwissenheit Schimpf einlegen möchte. Hütchen half ihm aus der Not und gab ihm einen Ring, der von Lorbeerlaub und andern Dingen zusammengeflochten war, und machte dadurch diesen Gesandten dermaßen gelehrt und auf eine gewisse Zeit beredt, daß sich auf der Kirchenversammlung jedermann über ihn verwunderte und ihn zu den berühmtesten Rednern zählte.

Einem armen Nagelschmiede zu Hildesheim ließ Hütchen ein Stück Eisen zurück, woraus goldene Nägel geschmiedet werden konnten, und dessen Tochter eine Rolle Spitzen, von der man immer abmessen konnte, ohne daß sie sich verminderte.

76. Hinzelmann

Auf dem alten Schlosse Hudemühlen, das im Lüneburgischen nicht weit von der Aller liegt und von dem nur noch Mauern stehen, hat sich lange Zeit ein wunderlicher Hausgeist aufgehalten. Zuerst ließ er sich im Jahre 1584 hören, indem er durch bloßes Poltern und Lärmen sich zu erkennen gab. Darnach fing er an, bei hellem Tage mit dem Gesinde zu reden, welches sich vor der Stimme, die sich hören ließ, ohne daß jemand zu sehen war, erschreckte, nach und nach aber daran gewöhnte und nicht mehr darauf achtete. Endlich ward er ganz mutig und hub an, vor dem Hausherrn selbst zu reden, und führte mittags und abends während der Mahlzeit mit den Anwesenden, fremden und einheimischen, allerhand Gespräche. Als sich nun die Furcht verlor, ward er gar freundlich und zutraulich, sang, lachte und trieb allerlei Kurzweil, solang ihn niemand bös machte; dabei war seine Stimme zart, wie die eines Knaben oder einer Jungfrau. Als er gefragt wurde, woher er sei und was er an diesem Ort zu schaffen habe, sagte er, daß er aus dem böhmischen Gebirg gekommen wäre und im Böhmerwalde seine Gesellschaft hätte, die wolle ihn nicht leiden; daher sei er nun gezwungen, sich so lang zu entfernen und bei guten Leuten Zuflucht zu suchen, bis seine Sachen wieder besser ständen. Sein Name sei Hinzelmann, doch werde er auch Lüring genannt; er habe eine Frau, die heiße Hille Bingels. Wann die Zeit gekommen, wolle er sich in seiner wahren Gestalt sehen lassen, jetzt aber wäre es ihm nicht gelegen. Übrigens wäre er ein guter und ehrlicher Geselle wie einer. Der Hausherr, als er sah, daß sich der Geist je mehr und mehr zu ihm tat, empfand ein Grauen und wußte nicht, wie er ihn loswerden sollte. Auf Anraten seiner Freunde entschloß er sich endlich, sein Schloß auf eine Zeit zu verlassen und nach Hannover zu ziehen. Auf dem Weg bemerkte man eine weiße Feder, die neben dem Wagen herflog, wußte aber nicht, was sie zu bedeuten habe. Als der Edelmann zu Hannover angelangt war, vermißte er eine goldene Kette von Wert, die er um den Hals getragen hatte, und warf Verdacht auf das Gesinde des Hauswirts; dieser aber nahm sich seiner Leute an und verlangte Genugtuung für die ehrenrührige Anklage. Der Edelmann, der nichts beweisen konnte, saß unmutig in seinem Zimmer und überlegte, wie er sich aus diesem verdrießlichen Handel ziehen könnte, als er auf einmal neben sich Hinzelmanns Stimme hörte, der zu ihm sprach: »Warum bist du so traurig? Ist dir etwas Widerwärtiges begegnet, so entdecke mir's, ich weiß dir vielleicht Hilfe. Soll ich auf etwas raten, so sage ich, du bist wegen einer verlorenen Kette verdrießlich.« »Was machst du hier?« antwortete der erschrockene Edelmann, »warum bist du mir gefolgt? Weißt du von der Kette?« Hinzelmann sagte: »Freilich bin ich dir gefolgt und habe dir auf der Reise Gesellschaft geleistet und war allzeit gegenwärtig. Hast du mich nicht gesehen? Ich war die weiße Feder, die neben deinem Wagen flog. Wo die Kette ist, will ich dir sagen: such nur unter dem Hauptkissen in deinem Bett, da wird sie liegen.« Als sie sich da gefunden hatte, ward dem Edelmann der Geist noch ängstlicher und lästiger, und er redete ihn heftig an, warum er ihn durch die Kette mit dem Hauswirt in Streit gebracht, da er doch seinetwegen schon die Heimat verlassen. Hinzelmann antwortete: »Was weichst du vor mir? Ich kann dir ja allenthalben leichtlich folgen und sein, wo du bist! Es ist besser, daß du in dein Eigentum zurückkehrst und meinetwegen nicht daraus entweichst. Du siehst wohl, wenn ich wollte, könnte ich das Deinige all hinwegnehmen, aber darauf steht mein Sinn nicht.« Der Edelmann besann sich darauf und faßte den Entschluß, zurückzugehen und dem Geist, im Vertrauen auf Gott, keinen Fußbreit zu weichen.

Zu Hudemühlen zeigte sich Hinzelmann nun gar zutätig und fleißig in allerhand Arbeit. In der Küche hantierte er nachts, und wenn die Köchin abends nach der Mahlzeit Schüssel und Teller unabgewaschen durcheinander in einen Haufen hinsetzte, so waren sie morgens wohl gesäubert, glänzend wie Spiegel, in guter Ordnung hingestellt. Daher sie sich auf ihn verlassen und gleich abends nach der Mahlzeit ohne Sorgen zur Ruhe legen konnte. Auch verlor sich niemals etwas in der Küche, oder war ja etwas verlegt, so wußte es Hinzelmann gleich in der verborgnen Ecke, wo es steckte, wiederzufinden und gab es seinem Herrn in die Hände. Hatte man fremde Gäste zu erwarten, so ließ sich der Geist sonderlich hören, und sein Arbeiten dauerte die ganze Nacht: da scheuerte er die Kessel, wusch die Schüsseln, säuberte Eimer und Zuber. Die Köchin war ihm dafür dankbar, tat nicht nur, was er begehrte, sondern bereitete ihm freiwillig seine süße Milch zum Frühstück. Auch übernahm der Geist die Aufsicht über die andern Knechte und Mägde, gab Achtung, was ihre Verrichtung war, und bei der Arbeit ermahnte er sie mit guten Worten, fleißig zu sein. Wenn sich aber jemand daran nicht kehrte, ergriff er auch wohl den Stock und gab ihm damit die Lehre. Die Mägde warnte er oft vor dem Unwillen ihrer Frau und erinnerte sie an irgendeine Arbeit, die sie nun anfangen sollten. Ebenso geschäftig zeigte sich der Geist auch im Stalle: er wartete der Pferde, striegelte sie fleißig, daß sie glatt anzusehen waren wie ein Aal, auch nahmen sie sichtbarlich zu wie in keiner Zeit, also daß sich jedermann darüber verwunderte.

Seine Kammer war im obersten Stockwerk zur rechten Seite, und sein Hausgerät bestand aus drei Stücken. Erstlich aus einem Sessel oder Lehnstuhl, den er selbst von Stroh in allerhand Farben gar kunstreich geflochten, voll zierlicher Figuren und Kreuze, die nicht ohne Verwunderung anzusehen waren. Zweitens aus einem kleinen runden Tisch, der auf sein vielfältiges Bitten verfertigt und dahin gesetzt war. Drittens aus einer zubereiteten Bettstatt, die er gleichfalls verlangt hatte. Man hat nie ein Merkmal gefunden, daß ein Mensch darin geruht, nur fand man ein kleines Grüblein, als ob eine Katze da gelegen. Auch mußte ihm das Gesinde, besonders die Köchin, täglich eine Schüssel voll süßer Milch mit Brocken von Weißbrot zubereiten und auf sein Tischlein stellen, welche hernach rein ausgegessen war. Zuweilen fand er sich an der Tafel des Hausherrn ein, wo ihm an einer besonderen Stelle Stuhl und Teller gesetzt werden mußte. Wer vorlegte, gab ihm die Speise auf seinen Teller, und ward das vergessen, so geriet der Hausgeist in Zorn. Das Vorgelegte verschwand, und ein gefülltes Glas Wein war eine Weile weg und wurde dann leer wieder an seine Stelle gesetzt. Doch fand man die Speisen hernach unter den Bänken oder in einem Winkel des Zimmers liegen.

In der Gesellschaft junger Leute war Hinzelmann lustig, sang und machte Reime; einer der gewöhnlichsten war:

»Ortgieß läßt du mick hier gan,
glücke sallst du han;
wultu mick aver verdrieven,
unglück warst du kriegen.«

wiewohl er auch die Lieder und Sprüche anderer wiederholte zur Kurzweil, oder um sie damit aufzuziehen. Als der Pfarrer Feldmann einmal auf Hudemühlen zu Gast geladen war und vor die Türe kam, hörte er oben im Saal jemand singen, jauchzen und viel Wesens treiben, weshalb er dachte, es wären abends vorher Fremde angekommen, die oben ihre Zimmer hätten und sich also lustig bezeigten. Er sagte darum zu dem Hofmeier, der auf dem Platz stand und Holz gehackt hatte: »Johann, was habt ihr droben vor Gäste?« Der Hofmeier antwortete: »Niemand Fremdes; es ist unser Hinzelmann, der sich so lustig stellt, es wird sonst kein lebendiger Mensch im Saal sein.« Als der Pfarrer nun in den Saal hinaufstieg, sang ihm Hinzelmann entgegen:

»Mien Duhme (Daumen), mien Duhme,
mien Ellboeg sind twey!«

Der Pfarrer verwunderte sich über diesen ungewöhnlichen Gesang und sprach zu Hinzelmann: »Was soll das für eine Musik sein, damit du nun aufgezogen kommst?« »Ei«, antwortete der Geist, »das Liedlein hab ich von Euch gelernt, denn Ihr habt es oft gesungen, und ich hab es noch vor etlichen Tagen, als Ihr an einem gewissen Ort zur Kindtauf waret, von Euch gehört.«

Hinzelmann neckte gern, ohne aber jemand Schaden dabei zu tun. Knechte und Arbeitsleute, wenn sie abends beim Trank saßen, brachte er in Handgemeng und sah ihnen dann mit Lust zu. Wenn ihnen der Kopf ein wenig warm geworden war, und es ließ einer etwa unter den Tisch etwas fallen und bückte sich darnach, so gab er ihm rückwärts eine gute Ohrfeige, seinen Nachbar aber zwickte er ins Bein. Da gerieten die beiden aneinander, erst mit Worten, dann mit Werken, und nun mischten sich die andern hinein, so daß jeder seine Schläge austeilte und erhielt und am andern Morgen die blauen Augen und geschwollenen Gesichter als Wahrzeichen überall zu sehen waren. Daran ergötzte sich Hinzelmann von Herzen und erzählte hernach, wie er es angefangen, um sie hintereinander zu bringen. Doch wußte er es immer so zu stellen, daß niemand am Leben oder an der Gesundheit Schaden litt. Auf dem fürstlichen Schlosse zu Ahlden wohnte zu der Zeit Otto Aschen von Mandelslohe, Drost und Braunschweigischer Rat; diesem spielte Hinzelmann auch zuweilen einen Possen. Als einmal Gäste bei ihm waren, stiftete er einen Zank, so daß sie zornig auffuhren und nach ihren Degen greifen wollten. Keiner aber konnte den seinigen finden, und sie mußten es bei ein paar Querhieben mit der dicken Faust bewenden lassen. Dieses Streichs hat sich Hinzelmann gar sehr gefreut und mit vielem Lachen erzählt, daß er Urheber des Zanks gewesen, vorher aber alles tödliche Gewehr versteckt und beiseite gebracht. Er habe dann zugeschaut, wie ihm sein Anschlag so wohl gelungen wäre, daß sie sich weidlich herumgeschmissen.

Zu einer Zeit war ein Edelmann zu Hudemühlen eingetroffen, welcher sich erbot, den Hausgeist auszutreiben. Als er ihn nun in einem Gemach merkte, dessen Türen und Fenster überall fest geschlossen waren, ließ er erst diese Kammer, sowie das ganze Haus mit bewaffneten Leuten besetzen und ging darauf selbst, von einigen begleitet, mit gezogenem Degen hinein. Sie sahen nichts, fingen aber an, links und rechts nach allen Seiten zu hauen und zu stechen in der Meinung, den Hinzelmann, wo er nur einen Leib habe, damit gewißlich zu erreichen und zu töten; indessen fühlten sie nicht, daß ihre Klingen etwas anders als die leere Luft durchschnitten. Wie sie glaubten, ihre Arbeit vollbracht zu haben, und müd von dem vielen Fechten hinausgehen wollten, sahen sie, als sie die Türe des Gemachs öffneten, eine Gestalt gleich einem schwarzen Marder hinausspringen und hörten die Worte: »Ei! Ei! Wie fein habt ihr mich doch ertappt!« Hernach hat sich Hinzelmann über diese Beleidigung bitterlich beschwert und gesagt: er würde leicht Gelegenheit haben, sich zu rächen, wenn er nicht den beiden Fräulein im Hause Verdruß ersparen wollte. Als dieser Edelmann nicht lang darauf in eine leere Kammer des Hauses ging, erblickte er auf einer wüsten Bettstatt eine zusammengeringelte große Schlange liegen, die sogleich verschwand, aber er hörte die Worte des Geistes: »Bald hättest du mich erwischt!«

Ein anderer Edelmann hatte viel von Hinzelmann erzählen gehört und war begierig, selbst etwas von ihm zu erfahren. Als er nun nach Hudemühlen kam, ward sein Wunsch erfüllt, und der Geist ließ sich in dem Zimmer aus einem Winkel bei einem großen Schrank hören, wo etliche leere Weinkrüge mit langen Hälsen hingesetzt waren. Weil nun die Stimme zart und fein war und ein wenig heiser, gleich als spräche sie aus einem hohlen Gefäße, so meinte der Edelmann, er sitze vielleicht in einem dieser Krüge, lief hinzu, faßte sie und wollte sie zustopfen, um auf diese Weise den Geist zu erhaschen. Als er damit umging, fing Hinzelmann an überlaut zu lachen und sprach: »Hätte ich nicht vorlängst von anderen Leuten gehört, daß du ein Narr wärst, so könnte ich's nun selbst mit ansehen, weil du meinst, ich säße in den leeren Krügen, und deckst sie mit der Hand zu, als hättest du mich gefangen. Ich achte dich nicht der Mühe wert, sonst wollte ich dich schon witzigen, daß du eine Zeitlang meiner gedenken solltest. Aber ein wenig gebadet wirst du doch bald werden.« Damit schwieg er und ließ sich nicht wieder hören, solange der Edelmann da war; ob dieser hernach wirklich ins Wasser gefallen, wird nicht gemeldet, doch ist's zu vermuten.

Es kam auch ein Teufelsbanner, ihn auszujagen. Als dieser mit seinen Zauberworten die Beschwörung anhub, war Hinzelmann zuerst still und ließ nichts von sich hören, aber wie jener nun die kräftigsten Sprüche gegen ihn ablesen wollte, riß er ihm das Buch aus den Händen, zerstückelte es, daß die Blätter in dem Zimmer herumflogen, packte den Banner dann selbst und drückte und kratzte ihn, daß er voll Angst fortlief. Auch hierüber beklagte er sich und sprach: »Ich bin ein

Christ wie ein anderer Mensch und hoffe selig zu werden.« Als er gefragt wurde, ob er die Kobolde und Poltergeister kenne, antwortete er: »Was gehen mich diese an? Das sind Teufelsgespenster, zu welchen ich nicht gehöre. Von mir hat sich niemand Böses, vielmehr alles Gute zu versehen. Laßt mich unangefochten, so werdet ihr überall Glück spüren: das Vieh wird gedeihen, die Güter in Aufnahme kommen und alles wohl vonstatten gehen.«

Laster und Untugenden waren ihm zuwider; einen von den Hausgenossen strafte er wegen seiner Kargheit oft mit harten Worten und sagte zu den übrigen, daß er ihn um seines Geizes willen gar nicht leiden könnte. Einem andern verwies er seine Hoffart, die er von Herzen hasse. Als einmal zu ihm gesagt wurde, wenn er ein guter Christ sein wolle, so müßte er Gott anrufen und die Gebete der Christen sprechen, fing er an, das Vaterunser zu sagen, und sprach es bis zur sechsten Bitte; die Worte »Erlöse uns von dem Bösen« murmelte er nur leise. Er sagte auch den christlichen Glauben her, aber zerrissen und stammelnd. Denn als er zu den Worten gelangte: »Ich glaube eine Vergebung der Sünden, Auferstehung des Fleisches und ein ewiges Leben«, brachte er sie mit heiserer und undeutlicher Stimme hervor, also daß man ihn nicht recht hören und verstehen konnte. Der Prediger zu Eickelohe, weiland Hr. Marquard Feldmann, berichtet, daß sein Vater um die Zeit der Pfingsten auf Hudemühlen zu Gast gebeten worden; da habe Hinzelmann den schönen Gesang: »Nun bitten wir den Heiligen Geist« wie eine Jungfrau oder ein junger Knabe mit sehr hoher und nicht unangenehmer Stimme bis ganz zu Ende gesungen. Ja, nicht allein diesen, sondern viele andere geistliche Gesänge habe er auf Verlangen angestimmt, besonders, wenn ihn diejenigen darum begrüßt, die er für seine Freunde gehalten und mit welchen er vertraulich gewesen.

Darum ward der Geist gewaltig bös, wenn man ihn nicht ehrlich und nicht als einen Christen behandelte. Einmal reiste ein Edelmann aus dem Ge schlecht von Mandelslohe nach Hudemühlen. Er stand wegen seiner Gelehrsamkeit in großem Ansehen, war Domherr bei dem Stift Verden und Gesandter bei dem Kurfürst von Brandenburg und dem Königе von Dänemark. Als er nun von dem Hausgeist hörte, und daß er als ein Christ wollte angesehen sein, sprach er, er könnte nicht glauben, daß es gut mit ihm stehe, er müsse ihn vielmehr für den bösen Feind und den Teufel halten, denn Menschen solcher Art und Gestalt habe Gott nicht erschaffen, die Engel aber lobten Gott ihren Herrn und schirmten und schützten die Menschen; damit stimme das Poltern und Toben und die abenteuerlichen Händel des Geistes nicht überein. Hinzelmann, der während seiner Anwesenheit sich noch nicht hatte hören lassen, machte ein Geräusch und sprach: »Was sagst du, Barthold (also hieß der Edelmann)? Bin ich der böse Feind? Ich rate dir, sage nicht zuviel, oder ich werde dir ein anderes zeigen und dir weisen, daß du ein andermal ein besseres Urteil von mir fällen sollst.« Der Herr entsetzte sich, als er, ohne jemand zu sehen, eine Stimme sprechen hörte, brach die Rede ab und wollte nichts mehr von ihm hören, sondern ihn in seinen Würden lassen. Zu einer andern Zeit kam ein Edelmann, welcher bei Tisch, als er den Stuhl und den Teller für Hinzelmann sah, ihm nicht zutrinken wollte. Darüber beschwerte sich der Geist und sprach: »Ich bin ein so ehrlicher und guter Gesell als dieser: warum trinkt er mich vorüber?« Darauf antwortete der Edelmann: »Weiche von hinnen und trinke mit deinen höllischen Gesellen, hier hast du nichts zu schaffen!« Als Hinzelmann das hörte, ward er so heftig erbittert, daß er ihn bei dem Schnallriemen packte, damit er nach damaliger Sitte seinen Mantel unter dem Halse zugeschnallt hatte, nieder zur Erde zog und also würgte und drückte, daß allen Anwesenden angst wurde, er möchte ihn umbringen, und jener, nachdem der Geist von ihm abgelassen, sich erst nach einigen Stunden wieder erholen konnte. Wiederum reiste einmal ein guter Freund des Hausherrn bei Hudemühlen vorbei, trug aber Bedenken wegen des Hausgeistes, von dessen Schalkheit ihm vieles war erzählt worden, einzukehren und schickte seinen Diener, um zu melden, daß er nicht einsprechen könne. Der Hausherr ließ ihn inständig bitten, bei ihm die Mittagsmahlzeit zu nehmen, aber der Fremde entschuldigte sich höflich damit, daß er sich nicht aufhalten dürfte; doch setzte er hinzu, es errege ihm zu großen Schrecken, mit einem Teufelsgespenst an einem Tisch zu sitzen, zu essen und zu trinken. Bei dieser Unterredung draußen hatte sich Hinzelmann auch eingefunden, denn man hörte, nachdem sich der Fremde also geweigert, die Worte: »Warte, mein guter Geselle, die Rede soll dir schon bezahlt werden!« Als nun der Reisende fortfuhr und auf die Brücke kam, welche über die Meiße geht, stiegen die Pferde mit den vordern Füßen in die Höhe, verwikkelten sich ins Geschirr, daß wenig fehlte, so wäre er mit Roß und Wagen ins Wasser gestürzt. Wie alles wieder zurechtgebracht war und der Wagen einen Schuß weit gefahren, wurde er zwischen Eickelohe und Hudemühlen auf ebener Erde in den Sand umgekehrt, doch ohne daß die Darinsitzenden weiteren Schaden nahmen.

Wie Hinzelmann gern in Gesellschaft und unter Leuten war, so hielt er sich doch am liebsten bei den Frauen auf und war mit ihnen gar freundlich und umgänglich. Auf Hudemühlen waren zwei Fräulein,

Anna und Katharine, welchen er besonders zugetan war; ihnen klagte er sein Leid, wenn er war erzürnt worden, und führte sonst allerhand Gespräche mit ihnen. Wenn sie über Land reisten, wollte er sie nicht verlassen und begleitete sie in Gestalt einer weißen Feder allenthalben. Legten sie sich nachts schlafen, so ruhte er unten zu ihren Füßen auf dem Deckbett, und man sah am Morgen eine kleine Grube, als ob ein Hündlein da gelegen hätte. Beide Fräulein verheirateten sich nicht, denn Hinzelmann schreckte alle Freier ab. Manchmal kam es so weit, daß eben die Verlobung sollte gehalten werden, aber der Geist wußte es doch immer wieder rückgängig zu machen. Den einen, wenn er bei dem Fräulein seine Worte vortragen wollte, machte er ganz irre und verwirrt, daß er nicht wußte, was er sagen wollte. Bei dem andern erregte er solche Angst, daß er zitterte und bebte. Gemeinlich aber machte er an die gegenüberstehende weiße Wand eine Schrift mit großen goldenen Buchstaben ihnen vor die Augen: »Nimm Jungfer Anne und laß mir Jungfer Katharine.« Kam aber einer und wollte sich bei Jungfer Anne beliebt machen und um sie werben, so veränderte sich auf einmal die goldene Schrift und lautete umgekehrt: »Nimm Jungfer Katharine und laß mir Jungfer Anne.« Wenn sich jemand nicht daran kehrte und bei seinem Vorsatz blieb und etwa im Hause übernachtete, quälte er ihn so und narrte ihn im Dunkeln mit Poltern, Werfen und Toben, daß er sich aller Heiratsgedanken entschlug und froh war, wenn er mit heiler Haut davonkam. Etliche hat er, wenn sie auf dem Rückweg waren, mit den Pferden über und über geworfen, daß sie Hals und Beine zu brechen meinten und nicht wußten, wie ihnen geschehen. Also blieben die zwei Fräulein unverheiratet, erreichten ein hohes Alter und starben beide innerhalb acht Tagen.

Einmal hatte eine dieser Fräulein von Hudemühlen einen Knecht nach Rethem geschickt, dies und jenes einzukaufen. Während dessen Abwesenheit fing der Geist in dem Gemache der Fräulein plötzlich an wie ein Storch zu klappern und sprach dann: »Jungfer Anne, heut magst du deine Sachen im Mühlengraben wieder suchen!« Sie wußte nicht, was das heißen sollte, bald aber trat der Knecht ein und erzählte, daß er auf dem Heimritt unterwegs einen Storch nicht weit von sich sitzen gesehen, auf den er aus Langerweile geschossen. Es habe auch nicht anders geschienen, als ob er ihn getroffen, der Storch aber wäre dennoch sitzengeblieben und, nachdem er angefangen laut zu klappern, endlich fortgeflogen. Nun zeigte sich, daß Hinzelmann das gewußt, bald aber traf auch seine Weissagung ein. Der Knecht, einigermaßen berauscht, wollte sein von Schweiß und Staub bedecktes Pferd rein baden und ritt es in das vor dem Schloß liegende Mühlenwasser, verfehlte aber in der Trunkenheit des rechten Orts, geriet in einen tiefen Abgrund, und da er sich nicht auf dem Pferd erhalten konnte, fiel er hinab und ertrank. Die geholten Sachen hatte er noch nicht abgelegt, daher sie samt dem Leichnam aus dem Wasser mußten herausgesucht werden.

Auch andern hat Hinzelmann die Zukunft vorausgesagt und sie gewarnt. Es kam ein Oberster nach Hudemühlen, der bei dem König Christian III. von Dänemark in besonderm Ansehen stand und in den Kriegen mit der Stadt Lübeck tapfere Dienste geleistet hatte. Dieser war ein guter Schütze und großer Liebhaber der Jagd, also daß er manche Stunde damit zubrachte, in dem umliegenden Gehölze den Hirschen und wilden Sauen nachzustellen. Als er sich eben wieder zu einer Jagd bereitete, kam Hinzelmann und sprach: »Thomas (das war sein Name), ich warne dich, daß du im Schießen dich vorsiehst, sonst hast du in kurzem ein Unglück.« Der Oberst achtete nicht darauf und meinte, das hätte nichts zu bedeuten. Wenige Tage hernach, als er auf ein Reh losbrannte, zersprang die Büchse von dem Schuß und schlug ihm den Daumen aus der linken Hand. Wie es geschehen war, fand sich gleich Hinzelmann bei ihm und sprach: »Sieh, nun hast du's, wovor ich dich gewarnt; hättest du dich diese Zeit über des Schießens enthalten, der Unfall wäre dir nicht begegnet.«

Es war ein andermal ein Herr von Falkenberg, auch ein Kriegsmann, zum Besuch auf Hudemühlen angelangt. Da er ein frisches und fröhliches Herz hatte, fing er an, den Hinzelmann zu necken und allerhand kurzweilige Reden zu gebrauchen. Dies wollte dem Geist in die Länge nicht gefallen, sondern er begann sich unwillig zu gebärden und fuhr endlich mit den Worten heraus: »Falkenberg, du machst dich jetzt trefflich lustig über mich, aber komm nur hin vor Magdeburg, da wird man dir die Kappe ausbürsten, daß du deiner Spottreden vergessen wirst.« Der Edelmann erschrak, glaubte, daß mehr hinter diesen Worten stecke, brach die Unterredung mit Hinzelmann ab und zog bald darauf fort. Nicht lange nachher begann die Belagerung von Magdeburg unter dem Kurfürst Moritz, wobei auch dieser Herr von Falkenberg unter einem vornehmen deutschen Fürsten zugegen war. Die Belagerten wehrten sich tapfer und gaben Tag und Nacht mit Doppelhaken und anderm Geschütz Feuer, und es traf sich, daß diesem Falkenberg von einer Falkonettkugel das Kinn ganz hinweggeschossen wurde und er drei Tage darauf, nach den größten Schmerzen, an dieser Wunde starb.

Ein Mann aus Hudemühlen war einmal samt andern Arbeitsleuten und Knechten im Feld und mähte Korn, ohne an etwas Unglückliches zu denken. Da kam Hinzelmann zu ihm auf den Acker und rief: »Lauf! Lauf in aller Eile nach Haus und hilf deinem jüngsten Söhnlein, das ist eben jetzt mit dem Gesicht ins Feuer gefallen und hat sich sehr verbrannt.« Der Mann legte erschrocken seine Sense nieder und eilte heim, zu sehen, ob Hinzelmann die Wahrheit geredet. Kaum aber war er über die Türschwelle geschritten, als man ihm schon entgegenlief und das Unglück erzählte, wie er denn auch sein Kind über das ganze Gesicht elendiglich verbrannt sah. Es hatte sich auf einen kleinen Stuhl bei dem Feuer gesetzt, wo ein Kessel überhing. Als es nun mit einem Löffel hineinlangen wollte und sich mit dem Stuhl vorwärts überbog, fiel es mit dem Gesicht mitten ins Feuer. Indes, weil die Mutter in der Nähe war, lief sie herzu und riß es aus den Flammen wieder heraus, also daß es zwar etwas verbrannt war, doch aber dem Tode noch entrissen ward. Merkwürdig ist, daß fast in demselben Augenblick, wo das Unglück geschehen, der Geist es auch schon dem Vater im Felde verkündigte und ihn zur Rettung aufmahnte.

Wen der Geist nicht leiden konnte, den plagte er oder strafte ihn für seine Untugenden. Den Schreiber zu Hudemühlen beschuldigte er gar zu großer Hoffart, ward ihm darum gehässig und tat ihm Tag und Nacht mancherlei Drangsal an. Einsmals erzählte er ganz fröhlich, er habe dem hochmütigen Schreiber eine rechtschaffene Ohrfeige gegeben. Als man den Schreiber darum fragte, und ob der Geist bei ihm gewesen, antwortete er: »Ja, mehr als zuviel ist er bei mir gewesen, er hat mich diese Nacht gequält, daß ich vor ihm nicht zu bleiben wußte.« Er hatte aber eine Liebschaft mit dem Kammermädchen, und als er sich nun einmal nachts bei ihr zu einem vertraulichen Gespräch eingefunden und sie in größter Lust beisammensaßen und meinten, daß niemand als die vier Wände sie sehen könnte, kam der arglistige Geist, trieb sie auseinander und stöberte den guten Schreiber unsanft zur Türe hinaus, ja er faßte überdem einen Besenstiel und setzte ihm nach, der über Hals und Kopf nach seiner Kammer eilte und seine Liebe ganz vergaß. Hinzelmann soll ein Spottlied auf den unglücklichen Liebhaber gemacht, solches zur Kurzweil oft gesungen und den Durchreisenden unter Lachen vorgesagt haben.

Es war jemand zu Hudemühlen plötzlich gegen Abend von heftigem Magenweh angefallen und eine Magd in den Keller geschickt, einen Trunk Wein zu holen, darin der Kranke die Arznei nehmen sollte. Als nun die Magd vor dem Fasse saß und eben den Wein zapfen wollte, fand sich Hinzelmann neben ihr und sprach: »Du wirst dich erinnern, daß du mich vor einigen Tagen gescholten und geschmäht hast, dafür sollst du diese Nacht zur Strafe im Keller sitzen. Mit dem

Kranken hat es ohnehin keine Not, in einer halben Stunde wird all sein Weh vorüber sein, und der Wein, den du ihm brächtest, würde ihm eher schaden als nützen. Bleib nur hier sitzen, bis der Keller wieder aufgemacht wird.« Der Kranke wartete lang; als der Wein nicht kam, ward eine andere hinabgeschickt, aber sie fand den Keller außen mit einem Hängeschloß fest verwahrt und die Magd darin sitzen, die ihr erzählte, daß Hinzelmann sie also eingesperrt habe. Man wollte zwar den Keller öffnen und die Magd heraus haben, aber es war kein Schlüssel zu dem Schloß aufzufinden, so fleißig auch gesucht ward. Folgenden Morgen war der Keller offen, und Schloß und Schlüssel lagen vor der Türe, so daß die Magd wieder herausgehen konnte. Bei dem Kranken hatten, wie der Geist gesagt, nach einer halben Stunde sich alle Schmerzen verloren.

Dem Hausherrn zu Hudemühlen hat sich der Geist niemals gezeigt; wenn er ihn bat, er möchte sich, wo er wie ein Mensch gestaltet sei, vor ihm sehen lassen, antwortete er, die Zeit wäre noch nicht gekommen, er sollte warten, bis es ihm anständig sei. Als der Herr in einer Nacht schlaflos im Bette lag, merkte er ein Geräusch an der einen Seite der Kammer und vermutete, es müsse der Geist gegenwärtig sein. Er sprach demnach: »Hinzelmann, bist du da, so antworte mir.« »Ja, ich bin es«, erwiderte er, »was willst du?« Da eben vom Mondschein die Kammer ziemlich erhellt war, deuchte den Herrn, als ob an dem Orte, wo der Schall herkam, der Schatten einer Kindesgestalt zu sehen wäre. Als er nun merkte, daß sich der Geist ganz freundlich und vertraulich anstellte, ließ er sich mit ihm in ein Gespräch ein und sprach endlich: »Laß dich doch einmal von mir sehen und anfühlen.« Hinzelmann aber wollte nicht. »So reich mir wenigstens deine Hand, damit ich erkennen kann, ob du Fleisch und Bein hast wie ein Mensch.« »Nein«, sprach Hinzelmann, »ich traue dir nicht, du bist ein Schalk, du möchtest mich ergreifen und hernach nicht wieder gehen lassen.« Nach langem Anhalten aber, und als er ihm bei Treu und Glauben versprochen, ihn nicht zu halten, sondern alsbald wieder gehen zu lassen, sagte er: »Siehe, da ist meine Hand!« Wie nun der Herr danach griff, deuchte ihn, als wenn er die Finger einer kleinen Kinderhand fühlte; der Geist aber zog sie gar geschwind wieder zurück. Der Herr begehrte ferner, er sollte ihn nun sein Angesicht fühlen lassen, worin er endlich willigte, und wie jener darnach tastete, kam es ihm vor, als ob er gleichsam an Zähne oder an ein fleischloses Totengerippe rührte; das Gesicht aber zog sich ebenfalls im Augenblick zurück, also daß er seine eigentliche Gestalt nicht wahrnehmen konnte; nur bemerkte er, daß es, wie die Hand, kalt und ohne menschliche Lebenswärme war.

Die Köchin, welche mit ihm ganz vertraulich war, meinte, sie dürfte ihn wohl um etwas bitten, wo es ein anderer unterlassen müßte, und als ihr nun die Lust kam, den Hinzelmann, den sie täglich reden hörte, mit Essen und Trinken versorgte, leiblich zu sehen, bat sie ihn inständig, ihr das zu gewähren. Er aber wollte nicht und sagte, dazu wäre jetzt noch nicht die Gelegenheit; nach Ablauf gewisser Zeit wollte er sich von jedermann sehen lassen. Aber durch diese Weigerung ward ihre Lust nur noch heftiger erregt, und sie lag ihm je mehr und mehr an, ihr die Bitte nicht zu versagen. Er sagte, sie würde den Vorwitz bereuen, wenn er ihrer Bitte nachgeben wollte, als dies aber nichts fruchtete und sie gar nicht abstehen wollte, sprach er endlich: »Morgen vor Aufgang der Sonne komm in den Keller und trag in jeder Hand einen Eimer voll Wasser, so soll dir deine Bitte gewährt werden.« Die Magd fragte: »Wozu soll das Wasser?« »Das wirst du erfahren«, antwortete der Geist, »ohne das würde dir mein Anblick schädlich sein.« Am andern Morgen war die Köchin in aller Frühe bereit, nahm in jede Hand einen Eimer mit Wasser und ging in den Keller hinab. Sie sah sich darin um, ohne etwas zu erblicken, als sie aber die Augen auf die Erde warf, ward sie vor sich eine Mulde gewahr, worin ein nacktes Kind, der Größe nach etwa von dreien Jahren, lag: in seinem Herzen steckten zwei Messer kreuzweis übereinander, und sein ganzer Leib war mit Blut beflossen. Von diesem Anblick erschrak die Magd dermaßen, daß ihr alle Sinne vergingen und sie ohnmächtig zur Erde fiel. Alsbald nahm der Geist das Wasser, das sie mitgebracht, und goß es ihr über den Kopf aus, wodurch sie wieder zu sich selber kam. Sie sah sich nach der Mulde um, aber es war alles verschwunden, und sie hörte nur Hinzelmanns Stimme, der zu ihr sprach: »Siehst du nun, wie nützlich das Wasser dir gewesen, war solches nicht bei der Hand, so wärst du hier im Keller gestorben. Ich hoffe, nun wird deine heiße Begierde, mich zu sehen, abgekühlt sein.« Er hat hernach die Köchin oft mit diesem Streiche geneckt und ihn Fremden mit vielem Lachen erzählt.

Der Prediger Feldmann von Eickelohe schreibt in einem Brief vom 15. Dezember 1597, Hinzelmann habe eine kleine Hand, gleich der eines Knaben oder einer Jungfrau, öfters sehen lassen, sonst aber hätte man nichts von ihm erblicken können.

Unschuldigen, spielenden Kindern hat er sich immer gezeigt. Der Pfarrer Feldmann wußte sich zu besinnen, daß, als er vierzehn bis fünfzehn Jahre alt gewesen und sich nicht sonderlich um ihn bekümmert, er den Geist in Gestalt eines kleinen Knaben die Treppe gar geschwind habe hinaufsteigen gesehen. Wenn sich Kinder um das

Haus Hudemühlen versammelten und miteinander spielten, fand er sich unter ihnen ein und spielte mit in der Gestalt eines kleinen schönen Kindes, also daß alle andern Kinder ihn deutlich sahen und hernach ihren Eltern daheim erzählten, wie, wenn sie im Spiel begriffen wären, ein fremdes Kindlein zu ihnen käme und mit ihnen Kurzweil triebe. Dies bekräftigte eine Magd, die einmal in ein Gemach getreten, wo vier oder sechs Kinder miteinander gespielt; unter diesen hat sie ein unbekanntes Knäblein gesehen, von schönem Angesicht, mit gelben, über die Schulter hängenden krausen Haaren, in einen roten Sammetrock gekleidet, welches, wie sie es recht betrachten wollte, aus dem Haufen sich verlor und verschwand. Auch von einem Narren, der sich dort aufhielt und Klaus hieß, hat sich Hinzelmann sehen lassen und allerhand Kurzweil mit ihm getrieben. Wenn man den Narren nirgends finden konnte und hernach befragte, wo er so lange gewesen, antwortete er: »Ich war bei dem kleinen Männlein und habe mit ihm gespielt.« Fragte man weiter, wie groß das Männlein gewesen, zeigte er mit der Hand eine Größe wie etwa eines Kindes von vier Jahren.

Als die Zeit kam, wo der Hausgeist wieder fortziehen wollte, ging er zu dem Herren und sprach: »Siehe, da will ich dir etwas verehren, das nimm wohl in acht und gedenk meiner dabei.« Damit überreichte er ihm erstlich ein kleines Kreuz (es ist ungewiß nach des Verfassers Worten, ob aus Seide oder Saiten), gar artig geflochten. Es war eines Fingers lang, inwendig hohl und gab, wenn man es schüttelte, einen Klang von sich. Zweitens einen Strohhut, den er gleichfalls selbst verfertigt hatte und worin gar künstlich Gestalten und Bilder durch das bunte Stroh zu sehen waren. Drittens einen ledernen Handschuh, mit Perlen besetzt, die wunderbare Figuren bildeten. Dann fügte der Geist die Weissagung hinzu: »Solange diese Stücke unzerteilt bei deinem Hause in guter Verwahrung bleiben, wird das ganze Geschlecht blühen und ihr Glück immer höher steigen. Werden diese Geschenke aber zergliedert, verloren oder verschleudert, so wird euer Geschlecht abnehmen und sinken.« Und als er wahrnahm, daß der Herr keinen sonderlichen Wert auf die Geschenke zu legen schien, sprach er weiter: »Ich fürchte, daß du diese Dinge nicht viel achtest und sie abhanden kommen lässest, darum will ich dir raten, daß du sie deinen beiden Schwestern Anne und Katharine aufzuheben übergibst, die besser dafür sorgen werden.« Darauf gab der Hausherr diese Geschenke seinen Schwestern, welche sie annahmen und in guter Verwahrung hielten und nur aus sonderlicher Freundschaft jemand zeigten. Nach ihrem Tode fielen sie auf ihren Bruder zurück, der sie zu sich nahm und bei dem sie, solang er lebte, blieben. Dem Pfarrer

Feldmann hat er sie bei einer vertraulichen Unterredung auf seine Bitte gezeigt. Als dieser Herr auch starb, kamen sie auf dessen einzige Tochter Adelheid, an L. v. H. verheiratet, mit andern Erbschaftssachen und blieben eine Zeitlang in ihrem Besitz. Wo diese Geschenke des Hausgeistes hernach hingekommen, hat sich der Sohn des Pfarrers Feldmann vielfach erkundigt und erfahren, daß der Strohhut dem Kaiser Ferdinand II. sei verehrt worden, der ihn für etwas gar Wunderbares geachtet. Der lederne Handschuh war noch zu dieser Zeit in Verwahrung eines Edelmannes. Er war kurz und reichte genau nur über die Hand; oben über der Hand ist mit Perlen eine Schnecke gestickt. Wohin das kleine Kreuz gekommen, blieb unbekannt.

Der Geist schied freiwillig, nachdem er vier Jahre zu Hudemühlen sich aufgehalten, vom Jahr 1584 bis 1588. Ehe er von dannen gezogen, hat er noch gesagt, er werde einmal wiederkommen, wenn das Geschlecht in Abnahme gerate, und dann werde es aufs neue wieder blühen und aufsteigen.

77. Klopfer

Im Schloß zu Flügelau hauste ein guter Geist, der den Mädchen alles zu Gefallen tat; sie durften nur sagen: »Klopfer hol's!« so war's da. Er trug Briefe weg, wiegte die Kinder und brach das Obst. Aber wie man einmal von ihm haben wollte, er sollte sich sehen lassen, und nicht nachließ, bis er's tat, fuhr er feurig durch den Rauchfang hinaus, und das ganze Schloß brannte ab, das noch nicht wiederaufgebaut ist. Es ist kurze Zeit vor dem Schwedenkriege geschehen.

78. Stiefel

In dem Schlosse Calenberg hauste ein kleiner Geist namens Stiefel. Er war einmal an einem Bein beschädigt worden und trug seitdem einen großen Stiefel, der ihm das ganze Bein bedeckte, weil er fürchtete, es möchte ihm ausgerissen werden.

79. Ekerken

Bei dem Dorf Elten, eine halbe Meile von Emmerich im Herzogtum Kleve, war ein Geist, den die gemeinen Leute Ekerken (Eichhörnchen) zu nennen pflegten. Er sprang auf der Landstraße umher und neckte und plagte die Reisenden auf alle Weise. Etliche schlug er, andere warf er von den Pferden ab, anderen kehrte er Karrn und Wagen unterst zuoberst. Man sah aber mit Augen von ihm nichts als eine menschlich gestaltete Hand.

80. Nachtgeist zu Kendenich

Auf dem alten Rittersitz Kendenich, etwa zwei Stunden von Köln am Rhein, ist ein mooriger, von Schilf und Erlensträuchen dicht bewachsener Sumpf. Dort sitzt eine Nonne verborgen, und keiner mag am Abend an ihr vorübergehen, dem sie nicht auf den Rücken zu springen sucht. Wen sie erreicht, der muß sie tragen, und sie treibt und jagt ihn durch die ganze Nacht, bis er ohnmächtig zur Erde stürzt.

81. Der Alp

Wenngleich vor den Alpen Fenster und Türe verschlossen werden, so können sie durch die kleinsten Löcher doch hereinkommen, welche sie mit sonderlicher Lust aufsuchen. Man kann in der Stille der Nacht das Geräusch hören, welches sie dabei in der Wand machen. Steht man nun geschwind auf und verstopft das Loch, so müssen sie bleiben, können auch nicht von dannen, selbst wenn Tür und Tor geöffnet würden. Man muß ihnen hierauf das Versprechen abnehmen, daß sie diesen Ort niemals beunruhigen wollen, bevor man sie in Freiheit setzt. Sie haben bei solchen Gelegenheiten erbärmlich geklagt, wie sie zu Haus ihre Kinderchen hätten, die verschmachten müßten, so sie nicht loskämen.

Der Trud oder Alp kommt oft weit her bei seinen nächtlichen Besuchen. Einstmals sind Hirten mitten in der Nacht im Felde gewesen und haben nicht weit von einem Wasser ihrer Herden gewartet. Da kommt ein Alp, steigt in den Kahn, löst ihn vom Ufer ab und rudert mit einer selbst mitgebrachten Schwinge hinüber, steigt alsdann aus, befestigt den Kahn jenseits und verfolgt seinen Weg. Nach einer Weile kehrt er zurück und rudert ebenso herüber. Die Hirten aber, nachdem sie solchem mehrere Nächte zugesehen und es geschehen lassen, bereden sich, diesen Kahn wegzunehmen. Wie nun der Alp wiederkommt, so hebt er an kläglich zu winseln und droht den Hirten, den Kahn gleich herüberzuschaffen, wenn sie Frieden haben wollten; welches sie auch tun müssen.

Jemand legte, um den Alp abzuhalten, eine Hechel auf den Leib, aber der Alp drehte sie gleich um und drückte ihm die Spitzen in den Leib. Ein besseres Mittel ist es, die Schuhe vor dem Bette umzukehren, also daß die Hacken das Spannbett am nächsten bei sich haben. Wenn er drückt, und man kann den Daumen in die Hand bringen, so muß er weichen. Nachts reitet er oft die Pferde, so daß man ihnen morgens anmerkt, wie sie abgemattet sind. Mit Pferdeköpfen kann er auch vertrieben werden. Wer vor dem Schlafengehen seinen Stuhl nicht versetzt, den reitet der Mahr des Nachts. Gern machen sie den Leuten Weichselzöpfe (Schrötleinszöpfe, Mahrenflechten), indem sie das Haar saugen und verflechten. Wenn die Muhme ein Kind windelt, muß sie ein Kreuz machen und einen Zipfel aufschlagen, sonst windelt es der Alp noch einmal.

Sagt man zu dem drückenden Alp:

»Trud, komm morgen,
so will ich borgen!«

weicht er alsbald und kommt am andern Morgen in Gestalt eines Menschen, etwas zu borgen. Oder ruft man ihm nach: »Komm morgen und trink mit mir«, so muß derjenige kommen, der ihn gesandt hat.

Nach Praetorius stoßen seine Augenbraunen in gleichen Linien zusammen, andere erzählen, daß Leute, denen die Augenbrauen auf der Stirne zusammengewachsen sind, andern, wenn sie Zorn oder Haß auf sie haben, den Alp mit bloßen Gedanken zuschicken können. Er kommt dann aus den Augenbrauen, sieht aus wie ein kleiner weißer Schmetterling und setzt sich auf die Brust des andern Schlafenden.

82. Der Wechselbalg

Zu Heßloch, bei Odernheim im Gau gelegen, hat sich's zugetragen, daß der Kellner eines geistlichen Herrn mit der Köchin wie seiner Ehefrau gelebt, nur daß er sich nicht durfte öffentlich einsegnen lassen. Sie zeugten ein Kind miteinander, aber das wollte nicht wachsen und zunehmen, sondern es schrie Tag und Nacht und verlangte immer zu essen. Endlich hat sich die Frau beraten und wollte es gen Neuhausen auf die Cyriakswiege tragen und wiegen lassen und aus dem Cyriaksbrunnen ihm zu trinken geben, so möchte es besser mit ihm werden. Denn es war damals Glauben, ein Kind müsse dann nach neun Tagen sich zum Leben oder Tod verändern*. Wie nun die Frau bei Westhofen in den Klauer kommt mit dem Kinde auf dem Rücken, welches ihr so schwer geworden, daß sie keucht und der Schweiß ihr übers Angesicht läuft, begegnet ihr ein fahrender Schüler, der redet sie an: »Ei Frau, was tragt Ihr da für ein wüstes Geschöpf, es wäre kein Wunder, wenn es Euch den Hals eindrückte.« Sie antwortete, es wäre ihr liebes Kind, das wollte nicht gedeihen und zunehmen, daher es zu Neuhausen sollte gewogen werden. Er aber sprach: »Das ist nicht Euer Kind, es ist der Teufel**, werft ihn in den Bach!« Als sie aber nicht wollte, sondern beharrte, es wäre ihr Kind, und es küßte, sprach er weiter: »Euer Kind stehet daheim in der Stubenkammer hinter der Arke in einer neuen Wiege, werfet diesen Unhold in den Bach!« da hat sie es mit Weinen und Jammern getan. Alsobald ist ein Geheul und Gemurmel unter der Brücke, auf der sie stand, gehört worden, gleichwie von Wölfen und Bären. Und als die Mutter heimgekommen, hat sie ihr Kindlein frisch und gesund und lachend in einer neuen Wiege gefunden.

83. Die Wechselbälge im Wasser

Bei Halberstadt hatte ein Bauer einen Kielkropf, der seine Mutter und fünf Muhmen ausgesogen, dabei unmäßig gegessen hatte (denn sie essen mehr als zehn andere Kinder) und sich so angestellt, daß sie seiner gar müd geworden. Es ward ihm der Rat gegeben, er solle das Kind zur Wallfahrt gen Heckelstadt zur Jungfrau Maria geloben und daselbst wiegen lassen. Diesem Rat folgte der gute Bauer, setzte es in einen Rückkorb und trug es hin. Wie er aber über ein Wasser geht und auf der Brücke ist, ruft's unten im Wasser: »Kielkropf! Kielkropf!« da antwortete das Kind in dem Korbe, das niemals zuvor ein Wort geredet hatte: »Ho! Ho!« Dessen war der Bauer ungewohnt und sehr erschrocken. Darauf fragte der Teufel im Wasser ferner: »Wo willt du hin?« Der Kielkropf oben antwortete: »Ick well gen Heckelstadt to unser Leven Fruggen:

mik laten wigen
dat ick möge gedigen (gedeihen).«

Wie der Bauer hörte, daß der Wechselbalg ordentlich reden konnte, ward er zornig und warf ihn samt dem Korb ins Wasser. Da sind die zwei Teufel zusammengefahren, haben geschrien: »Ho! Ho! Ha!« miteinander gespielt und sich überworfen und sind darnach verschwunden.

84. Der Alraun

Es ist Sage, daß, wenn ein Erbdieb, dem das Stehlen durch Herkunft aus einem Diebesgeschlecht angeboren ist oder dessen Mutter, als sie mit ihm schwanger ging, gestohlen, wenigstens groß Gelüsten dazu gehabt (nach andern: wenn er zwar ein unschuldiger Mensch, in der Tortur aber sich für einen Dieb bekennet), und der ein reiner Jüngling ist, gehenkt wird und das Wasser läßt (aut sperma in terram effundit), so wächst an dem Ort der Alraun oder das Galgenmännlein. Oben hat er breite Blätter und gelbe Blumen. Bei der Ausgrabung desselben ist große Gefahr, denn wenn er herausgerissen wird, ächzt, heult und schreit er so entsetzlich, daß der, welcher ihn ausgräbt, alsbald sterben muß. Um ihn daher zu erlangen, muß man am Freitag vor Sonnenaufgang, nachdem man die Ohren mit Baumwolle, Wachs oder Pech wohl verstopft, mit einem ganz schwarzen Hund, der keinen andern Flecken am Leib haben darf, hinausgehen, drei Kreuze über den Alraun machen und die Erde ringsherum abgraben, so daß die Wurzel nur noch mit kleinen Fasern in der Erde steckenbleibt. Darnach muß man sie mit einer Schnur dem Hund an den Schwanz binden, ihm ein Stück Brot zeigen und eilig davonlaufen. Der Hund, nach dem Brot gierig, folgt und zieht die Wurzel heraus, fällt aber, von ihrem ächzenden Geschrei getroffen, alsbald tot hin. Hierauf nimmt man sie auf, wäscht sie mit rotem Wein sauber ab, wickelt sie in weiß und rotes Seidenzeug, legt sie in ein Kästlein, badet sie alle Freitag und gibt ihr alle Neumond ein neues weißes Hemdlein. Fragt man nun den Alraun, so antwortet er und offenbart zukünftige und heimliche Dinge zu Wohlfahrt und Gedeihen. Der Besitzer hat von nun an keine Feinde, kann nicht arm werden, und hat er keine Kinder, so kommt Ehesegen. Ein Stück Geld, das man ihm nachts zulegt, findet man am Morgen doppelt; will man lange seines Dienstes genießen und sichergehen, damit er nicht abstehe oder sterbe, so überlade man ihn nicht, einen halben Taler mag man kühnlich alle Nacht ihm zulegen, das höchste ist ein Dukaten, doch nicht immer, sondern nur selten.

Wenn der Besitzer des Galgenmännleins stirbt, so erbt es der jüngste

Sohn, muß aber dem Vater ein Stück Brot und ein Stück Geld in den Sarg legen und mit begraben lassen. Stirbt der Erbe vor dem Vater, so fällt es dem ältesten Sohn anheim, aber der jüngste muß ebenso schon mit Brot und Geld begraben werden.

85. Spiritus familiaris

Er wird gemeinlich in einem wohlverschlossenen Gläslein aufbewahrt, sieht aus nicht recht wie eine Spinne, nicht recht wie ein Skorpion, bewegt sich aber ohne Unterlaß. Wer ihn kauft, in dessen Tasche bleibt er, er mag das Fläschlein hinlegen, wohin er will, immer kehrt es von selbst zu ihm zurück. Er bringt großes Glück, läßt verborgene Schätze sehen, macht bei Freunden geliebt, bei Feinden gefürchtet, im Krieg fest wie Stahl und Eisen, also daß sein Besitzer immer den Sieg hat, auch behütet er vor Haft und Gefängnis. Man braucht ihn nicht zu pflegen, zu baden und kleiden wie ein Galgenmännlein.

Wer ihn aber behält, bis er stirbt, der muß mit ihm in die Hölle, darum sucht ihn der Besitzer wieder zu verkaufen. Er läßt sich aber nicht anders verkaufen als immer wohlfeiler, damit ihm einer bleibe, der ihn nämlich mit der geringsten Münze eingekauft hat.

Ein Soldat, der ihn für eine Krone gekauft und den gefährlichen Geist kennenlernte, warf ihn seinem vorigen Besitzer vor die Füße und eilte fort; als er zu Hause ankam, fand er ihn wieder in seiner Tasche. Nicht besser ging es ihm, als er ihn in die Donau warf.

Ein augsburgischer Roßtäuscher und Fuhrmann zog in eine berühmte deutsche Stadt ein. Der Weg hatte seine Tiere sehr mitgenommen, im Tore fiel ihm ein Pferd, im Gasthaus das zweite, und binnen wenig Tagen die übrigen sechs. Er wußte sich nicht zu helfen, ging in der Stadt umher und klagte den Leuten mit Tränen seine Not. Nun begab sich, daß ein anderer Fuhrmann ihm begegnete, dem er sein Unglück erzählte. Dieser sprach: »Seid ohne Sorgen, ich will Euch ein Mittel vorschlagen, dessen Ihr mir danken sollt.« Der Roßtäuscher meinte, das wären leere Worte. »Nein, nein, Gesell, Euch soll geholfen werden. Geht in jenes Haus und fragt nach einer Gesellschaft«, die er ihm nannte, »der erzählt Euren Unfall und bittet um Hilfe.« Der Roßtäuscher folgte dem Rat, ging in das Haus und fragte einen Knaben, der da war, nach der Gesellschaft. Er mußte auf Antwort warten. Endlich kam der Knabe wieder und öffnete ihm ein Zimmer, in welchem etliche alte Männer an einer runden Tafel saßen. Sie redeten ihn mit Namen an und sagten: »Dir sind acht Pferde gefallen, darüber bist du niedergeschlagen, und nun kommst du, auf Anraten eines deiner Gesellen, zu uns, um Hilfe zu suchen: du sollst erlangen, was du begehrst.« Er mußte sich an einen Nebentisch setzen, und nach Verlauf weniger Minuten überreichten sie ihm ein Schächtelchen mit den Worten: »Dies trage bei dir, und du wirst von Stund an reich werden, aber hüte dich, daß du die Schachtel, wo du nicht wieder arm werden willst, niemals öffnest.« Der Roßtäuscher fragte, was er für dieses Schächtelchen zu zahlen habe, aber die Männer wollten nichts dafür; nur mußte er seinen Namen in ein großes Buch schreiben, wobei ihm die Hand geführt ward. Der Roßtäuscher ging heim, kaum aber war er aus dem Haus getreten, so fand er einen ledernen Sack mit dreihundert Dukaten, womit er sich neue Pferde kaufte. Ehe er die Stadt verließ, fand er in dem Stalle, wo die neuen Pferde standen, noch einen großen Topf mit alten Talern. Kam er sonstwohin und setzte das Schächtlein auf die Erde, so zeigte sich da, wo Geld verloren oder vorzeiten vergraben war, ein hervordringendes Licht, also daß er es leicht heben konnte. Auf diese Weise erhielt er ohne Diebstahl und Mord große Schätze zusammen.

Als die Frau des Roßtäuschers von ihm vernahm, wie es zuging, erschrak sie und sprach: »Du hast etwas Böses empfangen, Gott will nicht, daß der Mensch durch solch verbotene Dinge reich werde, sondern hat gesagt, im Schweiße deines Angesichts sollst du dein Brot essen. Ich bitte dich um deiner Seligkeit willen, daß du wieder nach der Stadt zurückreisest und der Gesellschaft deine Schachtel zustellst.« Der Mann, von diesen Worten bewogen, entschloß sich und sendete einen Knecht mit dem Schächtelein hin, um es zurückzuliefern; aber der Knecht brachte es wieder mit der Nachricht zurück, daß diese Gesellschaft nicht mehr zu finden sei, auch niemand wisse, wo sie sich gegenwärtig aufhalte. Hierauf gab die Frau genau acht, wo ihr Mann das Schächtlein hinsetze, und bemerkte, daß er es in einem besonders von ihm gemachten Täschchen in dem Bund seiner Beinkleider verwahre. In einer Nacht stand sie auf, zog es hervor und öffnete es: da flog eine schwarze summende Fliege heraus und nahm ihren Weg durch das Fenster hin. Sie machte den Deckel wieder darauf und steckte es an seinen Ort, unbesorgt, wie es ablaufen würde. Allein von Stund an verwandelte sich all das vorherige Glück in das empfindlichste Unglück. Die Pferde fielen um oder wurden gestohlen. Das Korn auf dem Boden verdarb, das Haus brannte zu dreien Malen ab, und der eingesammelte Reichtum verschwand zusehends. Der Mann geriet in Schulden und ward ganz arm, so daß er in Verzweiflung erst seine

Frau mit einem Messer tötete, dann sich selbst eine Kugel durch den Kopf schoß.

86. Das Vogelnest

Noch herrscht in mehreren Gegenden der Glaube, daß es gewisse Vogelnester (auch Zwissel- und Zeißelnestlein genannt) gebe, die, selbst gewöhnlich unsichtbar, jeden, der sie bei sich trägt, unsichtbar machen. Um sie nun zu finden, muß man sie zufällig in einem Spiegel oder Wasser erblicken. Vermutlich hängt die Sage mit dem Namen einer Gattung des Zweiblatts, bifolium, zusammen, die in fast allen europäischen Sprachen Vogelnest heißt und etwas alraunhaft zu sein scheint. Den näheren Verlauf ergibt der angeführte Roman des XVII. Jahrhunderts am deutlichsten, gewiß aus volksmäßiger Quelle:

Unter solchem Gespräch sah ich am Schatten oder Gegenschein eines Baums im Wasser etwas auf der Zwickgabel liegen, das ich gleichwohl auf dem Baum nicht sehen konnte, solches wies ich meinem Weib Wunders wegen. Als sie solches betrachtet und die Zwickgabel gemerkt, darauf es lag, kletterte sie auf den Baum und holte es herunter, was wir im Wasser gesehen hatten. Ich sah ihr gar eben zu und wurde gewahr, daß sie in demselben Augenblick verschwand, als sie das Ding, dessen Schatten (Abbild) wir im Wasser erblickt, in die Hand genommen hatte; allein ich sah noch wohl ihre Gestalt im Wasser, wie sie nämlich den Baum wieder abkletterte und ein kleines Vogelnest in der Hand hielt, das sie vom Zwickast heruntergenommen. Ich fragte sie: was sie für ein Vogelnest hätte? Sie hingegen fragte mich: ob ich sie denn sähe? Ich antwortete: »Auf dem Baum selbst sehe ich dich nicht, aber wohl deine Gestalt im Wasser.« »Es ist gut«, sagte sie, »wenn ich herunterkomme, wirst du sehen, was ich habe.« Es kam mir gar wunderlich vor, daß ich mein Weib sollte reden hören, die ich doch nicht sah, und noch seltsamer, daß ich ihren Schatten an der Sonne wandeln sah und sie selbst nicht. Und da sie sich besser zu mir in den Schatten näherte, so daß sie selbst keinen Schatten mehr warf, weil sie sich nunmehr außerhalb dem Sonnenschein im Schatten befand, konnte ich gar nichts mehr von ihr merken, außer daß ich ein kleines Geräusch vernahm, welches sie beides mit ihrem Fußtritt und ihrer Kleidung machte, welches mir vorkam, als ob ein Gespenst um mich her gewesen wäre; sie setzte sich zu mir und gab mir das Nest in die Hand, sobald ich dasselbige empfangen, sah ich sie wiederum, hingegen sie aber mich nicht; solches probierten wir oft miteinander und befanden jedesmal, daß dasjenige, so das Nest in Händen hatte, ganz unsichtbar war. Drauf wickelte sie das Nestlein in ein Nasentüchel, damit der Stein oder das Kraut oder Wurzel, welches sich im Nest befand und solche Wirkung in sich hatte, nicht herausfallen sollte und etwan verloren würde, und nachdem sie solches neben sich gelegt, sahen wir einander wiederum wie zuvor, ehe sie auf den Baum gestiegen; das Nestnastüchel sahen wir nicht, konnten es aber an demjenigen Ort wohl fühlen, wohin sie es geleget hatte.

87. Der Brutpfennig

Der Brutpfennig oder Heckegroschen soll auf folgende heillose Weise erlangt werden: Die sich dem Teufel verbinden wollen, gehen auf Weihnachtsabend, so es beginnet zu dunkeln, nach einem Scheideweg unter dem offenbaren Himmel. Mitten auf diesem Flecken legen sie dreißig Pfennige oder auch Groschen, Taler in einem runden Ring der Reihe nach nebeneinander hin und heben an, die Stücke vorwärts und rückwärts zu zählen. Dies Zählen muß gerade geschehen in der Zeit, wenn man zur Messe läutet. In dem Zählen nun sucht der höllische Geist durch allerhand schreckliche Gesichter von glühenden Ofen, seltsamen Wagen und hauptlosen Menschen irrezumachen, denn wenn der Zählende im geringsten wankt und stolpert, wird ihm der Hals umgedreht. Wofern er aber richtig vor- und nachgezählt, so wirft der Teufel zu den dreißig Stücken das einunddreißigste in gleicher Münze hin. Dieser einunddreißigste Pfennig hat die Eigenschaft, daß er alle und jede Nacht einen gleichen ausbrütet.

Eine Bäuerin zu Pantschdorf bei Wittenberg, die einen solchen Brutpfennig hatte, wurde auf diese Art als Hexe kundgemacht: Sie mußte einmal notwendig ausgehen und hieß die Magd, die Milch von der gemelkten Kuh (eh sie die andern melkte) alsbald sieden, auf Weißbrot in einer dastehenden Schüssel gießen und in eine gewisse Kiste setzen, welche sie ihr zeigte. Die Dienstmagd vergaß das entweder oder dachte, es wäre gleichviel, ob sie die Milch vor oder nach dem Melken der anderen Kühe aufkochte, und tat also erst ihre ganze Arbeit. Nachher nahm sie die siedende Milch vom Feuer, und in der einen Hand den Topf haltend, mit der andern im Begriff, die bezeichnete Kiste zu öffnen, sah sie in dieser ein pechschwarz Kalb sitzen, das den Mund aufsperrte. Vor Schrecken goß sie die gesottene Milch in seinen Rachen, und in selbem Augenblick floh das Kalb davon und steckte das ganze Haus in Brand. Die Frau wurde eingezogen und

Titelholzschnitt eines Buches über Hexen und Unholde. Molitor, U.: De lamiis et phitonicis mulieribus [. . .] tractatus (1489)

bekannte; ihren Brutpfennig haben die Bauern noch lange Zeit in der gemeinen Kassa aufbewahret.

88. Wechselkind mit Ruten gestrichen

Im Jahre 1580 hat sich folgende wahrhaftige Geschichte begeben: Nahe bei Breslau wohnet ein namhaftiger Edelmann, der hat im Sommer viel Heu und Grummet aufzumachen, dazu ihm seine Untertanen frönen müssen. Unter diesen ward auch berufen eine Kindbetterin, so kaum acht Tage im Kindbett gelegen. Wie sie nun siehet, daß es der Junker haben wollte und sie sich nicht weigern kann, nimmt sie ihr

Kind mit ihr hinaus, legt es auf ein Häuflein Gras, geht von ihm und wartet dem Heumachen ab. Als sie eine gute Weile gearbeitet und ihr Kindlein zu säugen gehet, siehet sie es an, schreiet heftig und schlägt die Hände überm Kopf zusammen und klaget männiglich, dies sei nicht ihr Kind, weil es geizig ihr die Milch entziehe und so unmenschlich heule, das sie an ihrem Kinde nicht gewohnt sei. Wie dem allen, so behielt sie es etliche Tag über, das hielt sich so ungebührlich, daß die gute Frau nahe zugrund gerichtet wäre. Solches klaget sie dem Junker, der sagt zu ihr: »Frau, wenn es Euch bedünket, daß dies nicht Euer Kind, so tut eins und tragt es auf die Wiese, da Ihr das vorige Kind hingeleget habt, und streichet es mit der Rute heftig, so werdet Ihr Wunder sehen.«

Die Frau folgte dem Junker, ging hinaus und strich das Wechselkind mit der Rute, daß es sehr geschrien hat; da brachte der Teufel ihr gestohlen Kind und sprach: »Da hast's!« und mit dem nahm er sein Kind hinweg.

Diese Geschichte ist lautbar und beiden, Jung und Alten, in derselbigen Gegend um und in Breslau landkündig.

89. Das Schauen auf die Kinder

Ein glaubwürdiger Bürger aus Leipzig erzählte: Als sein erstes Kind schon etliche Wochen alt gewesen, habe man es zu drei unterschiedlichen Nächten in der Wiege aufgedeckt und in der Quer liegend gefunden, da doch die Wiege hart vor dem Wochenbette der Mutter gestanden. Der Vater nahm sich also vor, in der vierten Nacht aufzubleiben und auf sein Kind gute Acht zu haben. Er harrte eine lange Weile und wachte stetig bis nach Mitternacht, da war dem Kinde noch nichts begegnet, deswegen, weil er es selber betrachtet und angeschauet hatte. Aber indem fielen ihm die Augen ein wenig zu, und als die Mutter kurz darauf erwachte und sich umsah, war das Kind wieder in die Quer gezogen und das Deckbett von der Wiege mitten über ihr Bett geworfen, da sie es sonsten nur immer aufzuschlagen und zu Füßen des Kinds in der Wiege zu legen pflegen, nach allgemeinem Gebrauche. Denke einer, in so geschwinder Eile, daß sich alle verwundern mußten. Aber weiter hatte das Ungetüm keine Macht zum Kinde gehabt.

90. Die Roggenmuhme

In der Mark Brandenburg geht unter den Landleuten eine Sage von der Roggenmuhme, die im Kornfeld stecke, weshalb die Kinder sich hineinzugehen fürchten.

In der Altmark schweiget man die Kinder mit den Worten: »Halts Maul, sonst kommt die Regenmöhme mit ihrem schwarzen langen Hitzen und schleppt dich hinweg!«

Im Braunschweigischen, Lüneburgischen heißt sie das Kornwyf. Wenn die Kinder Kornblumen suchen, erzählen sie sich davon, daß es die Kleinen raube, und wagen sich nicht zu weit ins grüne Feld.

Im Jahre 1662 erzählte auch die Saalfelder Frau dem Praetorius: Ein dortiger Edelmann habe eine Sechswöchnerin von seinen Untertanen gezwungen, zur Erntezeit Garben zu binden. Die Frau nahm ihr junges, säugendes Kindlein mit auf den Acker und legte es, um die Arbeit zu fördern, zu Boden. Über eine Weile sah der Edelmann, welcher zugegen war, ein Erdweib mit einem Kinde kommen und es um das der Bäuerin tauschen. Dieses falsche Kind hob an zu schreien, die Bäuerin eilte herzu, es zu stillen, aber der Edelmann wehrte ihr und hieß sie zurückbleiben, er wolle ihr schon sagen, wann's Zeit wäre. Die Frau meinte, er täte so der fleißigeren Arbeit wegen, und fügte sich mit großem Kummer. Das Kind schrie unterdessen unaufhörlich fort, da kam die Roggenmutter von neuem, nahm das weinende Kind zu sich und legte das gestohlene wieder hin. Nachdem alles das der Edelmann mit angesehen, rief er der Bäuerin und hieß sie nach Hause gehen. Seit der Zeit nahm er sich vor, nun und nimmermehr eine Kindbetterin zu Diensten zu zwingen.

91. Die zwei unterirdischen Weiber

Folgende Begebenheit hat Praetorius von einem Studenten erfahren, dessen Mutter gesagt hatte, sie sei zu Dessau geschehen.

Nachdem eine Frau ein Kind zur Welt gebracht, hat sie es bei sich gelegt und ist noch vor dessen Taufe in einen tiefen Schlaf verfallen. Zur Mitternacht sind zwei unterirdische Weiber gekommen, haben Feuer auf dem Hausherde gemacht, einen Kessel voll Wasser übergesetzt, ihr mitgebrachtes Kind darin gebadet und abgewaschen, solches hernach in die Stube getragen und mit dem andern schlafenden Kind ausgetauschet. Hierauf sind sie damit weggegangen, bei dem nächsten Berg aber um das Kind in Streit geraten, darüber es eine der andern zugeworfen und gleichsam damit geballet haben, bis das Kind darüber geschrien und die Magd im Hause erwachet. Als sie der Frauen Kind angeblickt und die Verwechselung gemerkt, ist sie vors Haus gelaufen und hat die Weiber noch also mit dem gestohlenen Kind hantieren gefunden, darauf sie hinzugetreten und hat mitgefangen, sobald sie aber das Kind in ihre Arme bekommen, ist sie eilends nach Haus gelaufen und hat die Wechselbutte vor die Tür geleget, welche darauf die Bergfrauen wieder zu sich genommen.

92. König Grünewald

Auf dem Christenberg in Oberhessen wohnte vor alters ein König, und stand da sein Schloß. Und er hatte auch eine einzige Tochter, auf die er gar viel hielt und die wunderbare Gaben besaß. Nun kam einmal sein Feind, ein König, der hieß Grünewald, und belagerte ihn in seinem Schlosse, und als die Belagerung lange dauerte, so sprach dem König im Schlosse seine Tochter immer noch Mut ein. Das währte bis zum Maientag. Da sah auf einmal die Tochter, wie der Tag anbrach, das feindliche Heer herangezogen kommen mit grünen Bäumen. Da wurde es ihr angst und bang, denn sie wußte, daß alles verloren war, und sagte ihrem Vater:

»Vater, gebt Euch gefangen,
der grüne Wald kommt gegangen!«

Darauf schickte sie ihr Vater ins Lager König Grünewalds, bei dem sie ausmachte, daß sie selbst freien Abzug haben sollte und noch dazu mitnehmen dürfte, was sie auf einen Esel packen könnte. Da nahm sie ihren eigenen Vater, packte ihn drauf samt ihren besten Schätzen und zog nun fort. Und als sie eine gute Strecke in einem fort gegangen und ermüdet waren, sprach die Königstochter: »Hier wollemer ruhen!« Daher hat ein Dorf den Namen, das dort liegt (Wollmar, eine Stunde vom Christenberg, in der Ebene). Bald zogen sie weiter durch Wildnisse hin ins Gebirg, bis sie endlich einen Flecken fanden; da sagte die Königstochter: »Hier hat's Feld!« und da blieben sie und bauten ein Schloß und nannten es Hatzfeld. Dort sind noch bis auf den heutigen Tag die Überbleibsel, und die Stadt dabei hat auch von der Burg den Namen. (Hatzfeld, ein Städtchen an der Eder, im Gebirg, gegen vier Stunden vom Christenberge westlich.)

93. Blümelisalp

Mehr als eine Gegend der Schweiz erzählt die Sage von einer jetzt in Eis und Felstrümmern überschütteten, vor alten Zeiten aber beblümten, herrlichen und fruchtbaren Alpe. Zumal im Berner Oberland wird sie von den Klariden (einem Gebirg) berichtet:

Ehmals war hier die Alpweide reichlich und herrlich, das Vieh gedieh über alle Maßen, jede Kuh wurde des Tages dreimal gemolken, und jedesmal gab sie zwei Eimer Milch, den Eimer von dritthalb Maß. Dazumal lebte am Berg ein reicher, wohlhabender Hirte und hob an stolz zu werden und die einfache alte Sitte des Landes zu verhöhnen. Seine Hütte ließ er sich stattlicher einrichten und buhlte mit Kathrine, einer schönen Magd, und im Übermut baute er eine Treppe ins Haus aus seinen Käsen, und die Käse legte er aus mit Butter und wusch die Tritte sauber mit Milch. Über diese Treppe gingen Kathrine, seine Liebste, und Brändel, seine Kuh, und Rhyn, sein Hund, aus und ein.

Seine fromme Mutter aber wußte nichts von dem Frevel, und eines Sonntags im Sommer wollte sie die Senne ihres Sohnes besuchen. Vom Weg ermüdet, ruhte sie oben aus und bat um einen Labetrunk. Da verleitete den Hirten die Dirne, daß er ein Milchfaß nahm, saure Milch hineintat und Sand daraufstreute, das reichte er seiner Mutter. Die Mutter aber, erstaunt über die ruchlose Tat, ging rasch den Berg hinab, und unten wandte sie sich, stand still und verfluchte die Gottlosen, daß sie Gott strafen möchte.

Plötzlich erhob sich ein Sturm, und ein Gewitter verheerte die gesegneten Fluren. Senne und Hütte wurden verschüttet, Menschen und Tiere verdarben. Des Hirten Geist samt seinem Hausgesinde sind verdammt, so lange, bis sie wieder erlöst worden, auf dem Gebirg umzugehen: »Ich und min Hund Rhyn und mi Chu Brändli und mine Kathry müssen ewig uf Klaride syn!« Die Erlösung hangt aber daran, daß ein Senner am Karfreitag die Kuh, deren Euter Dornen umgeben, stillschweigend ausmelke. Weil aber die Kuh, der stechenden Dornen wegen, wild ist und nicht stillhält, so ist das eine schwere Sache. Einmal hatte einer schon den halben Eimer vollgemolken, als ihm plötzlich ein Mann auf die Schulter klopfte und fragte: »Schäumt's auch wacker?« Der Melker aber vergaß sich und antwortete: »O ja!« Da war alles vorbei, und Brändlein, die Kuh, verschwand aus seinen Augen.

94. Die Lilie

Im Land zu H. war ein Edelmann, A. v. Th. genannt, der konnte Köpfe abhauen und wieder aufsetzen. Er hatte bei sich beschlossen, hinfort des teuflischen, gefährlichen Dings müßig zu gehen, eh er einmal darüber in ein Unglück geriete, wie dann doch geschah. Bei einer Gasterei ließ er sich von guten Gesellen überreden, diese Ergötzlichkeit ihnen noch einmal zu guter Letzt zu zeigen. Nun wollte, wie leicht zu erachten, niemand gern seinen Kopf dazu leihen; letztlich ließ sich der Hausknecht dazu brauchen, doch mit dem gewissen Geding, daß ihm sein Kopf wieder festgemacht würde. Nun hieb ihm der Edelmann den Kopf ab, aber das Wiederaufsetzen wollte nicht gehen. Da sprach er zu den Gästen: »Es ist einer unter euch, der mich verhindert, den will ich vermahnt haben und gewarnt, daß er es nicht tue.« Da versuchte er's abermal, konnte aber nichts ausrichten. Da vermahnte und dräute er zum andernmal, ihn unverhindert zu lassen. Da das auch nicht half und er beim drittenmal den Kopf nicht wieder aufsetzen konnte, ließ er auf dem Tisch eine Lilie wachsen, der hieb er das Haupt und die Blume oben ab. Alsbald fiel einer von den Gästen hinter sich von der Bank und war ihm der Kopf ab. Nun setzte er dem Hausknecht den seinen wieder auf und floh aus dem Lande, bis die Sache vertragen ward und er Verzeihung erhielt.

95. Johann von Passau

Doktor Martinus Luther erzählt: Ein Edelmann hatte ein schön jung Weib gehabt, die war ihm gestorben und auch begraben worden. Nicht lange darnach, da liegt der Herr und der Knecht in einer Kammer beieinander, da kommt des Nachts die verstorbene Frau und lehnet sich über des Herren Bette, gleich als redete sie mit ihm. Da nun der Knecht sah, daß solches zweimal nacheinander geschah, fraget er den Junkherrn, was es doch sei, daß alle Nacht ein Weibsbild in weißen Kleidern vor sein Bett komme, da saget er nein, er schlafe die ganze Nacht aus und sehe nichts. Als es nun wieder Nacht ward, gibt der Junker auch acht drauf und wachet im Bette, da kömmt die Frau wieder vor das Bett, der Junker fraget: wer sie sei und was sie wolle? Sie antwortet: sie sei seine Hausfrau. Er spricht: »Bist du doch gestorben und begraben!« Da antwortet sie: »Ja, ich habe deines Fluchens halben und um deiner Sünde willen sterben müssen, willst du mich aber wieder zu dir haben, so will ich wieder deine Hausfrau werden.«

Er spricht: »Ja, wenn's nur sein könnte.« Aber sie bedingt aus und ermahnt ihn, er müsse nicht fluchen, wie er denn einen sonderlichen Fluch an ihm gehabt hatte, denn sonst würde sie bald wieder sterben; dieses sagt ihr der Mann zu, da blieb die verstorbene Frau bei ihm, regierte im Haus, schlief bei ihm, aß und trank mit ihm und zeugete Kinder.

Nun begibt sich's, daß einmal der Edelmann Gäste kriegt und nach gehaltener Mahlzeit auf den Abend das Weib Pfefferkuchen zum Obst aus einem Kasten holen soll und bleibet lange außen. Da wird der Mann scheltig und fluchet den gewöhnlichen Fluch, da verschwindet die Frau von Stund an und war mit ihr aus. Da sie nun nicht wiederkommt, gehen sie hinauf in die Kammer, zu sehen, wo die Frau bliebe. Da liegt ihr Rock, den sie angehabt, halb mit den Ärmeln in dem Kasten, das andere Teil aber heraußen, wie sich das Weib hatte in den Kasten gebücket, und war das Weib verschwunden und seit der Zeit nicht gesehen worden.

96. Das Hündlein von Bretta

In der Rheinpfalz, besonders im Kraichgau, geht unter den Leuten das Sprichwort um, wenn von übel belohnter Treue die Rede ist: »Es geschieht dir wie dem Hündchen zu Bretten.« Die Volkssage davon muß schon alt sein, und namentlich spielt auch Fischart an zwei verschiedenen Stellen darauf an.

In dem Städtchen Bretten lebte vorzeiten ein Mann, welcher ein treues und zu mancherlei Dienst abgerichtetes Hündlein hatte, das pflegte er auszuschicken, gab ihm einen Korb ins Maul, worin ein beschriebener Zettel mit dem nötigen Gelde lag, und so langte es Fleisch und Bratwurst beim Metzger, ohne je einen Bissen davon anzurühren. Einmal aber sandte es sein Herr, der evangelisch war, an einem Freitag zu einem Metzger, der katholisch war und streng auf die Fasten hielt. Als nun der Metzger auf dem Zettel eine Wurst bestellt fand, hielt er das Hündlein fest, haute ihm den Schwanz ab und legte den in den Korb mit den Worten: »Da hast du Fleisch!« Das Hündlein aber, beschimpft und verwundet, trug den Korb treulich über die Gasse nach Haus, legte sich nieder und verstarb. Die ganze Stadt trauerte, und das Bild eines Hündleins ohne Schwanz wurde, in Stein ausgehauen, übers Stadttor gesetzt.

Andere erzählen so: Es habe seinem armen Herrn Fleisch und Würste gestohlen zugetragen, bis es endlich ein Fleischer ertappt und mit dem Verlust des Schwanzes gestraft.

97. Das Dorf am Meer

Eine Heilige ging am Strand, sah nur zum Himmel und betete; da kamen die Bewohner des Dorfs sonntags nachmittag, ein jeder geputzt in seidenen Kleidern, seinen Schatz im Arm, und spotteten ihrer Frömmigkeit. Sie achtete nicht darauf und bat Gott, daß er ihnen diese Sünde nicht zurechnen wolle. Am andern Morgen aber kamen zwei Ochsen und wühlten mit ihren Hörnern in einem nahe gelegenen großen Sandberg, bis es Abend war; und in der Nacht kam ein mächtiger Sturmwind und wehte den ganzen aufgelockerten Sandberg über das Dorf hin, so daß es ganz zugedeckt wurde und alles darin, was Atem hatte, verdarb. Wenn die Leute aus benachbarten Dörfern herbeikamen und das Verschüttete aufgraben wollten, so war immer, was sie tagsüber gearbeitet, nachts wieder zugeweht. Das dauert bis auf den heutigen Tag.

98. Die verschütteten Silbergruben

Die reichsten Silberbergwerke am Harz waren die schon seit langen Jahren eingegangenen beiden Gruben der große Johann und der goldene Altar (bei Andreasberg?). Davon geht folgende Sage: Vorzeiten, als die Gruben noch bebaut wurden, war ein Steiger darübergesetzt, der hatte einmal, als der Gewinn groß war, ein paar reiche Stufen beiseite gelegt, um, wenn der Bau schlechter und ärmer sein würde, damit das Fehlende zu ersetzen und immer gleichen Gewinn hervorzubringen. Was er also in guter Absicht getan, das ward von andern, die es bemerkt hatten, als ein Verbrechen angeklagt und er zum Tode verurteilt. Als er nun niederkniete und ihm das Haupt sollte abgeschlagen werden, da beteuerte und beschwur er nochmals seine Unschuld und sprach: »So gewiß bin ich unschuldig, als mein Blut sich in Milch verwandeln und der Bau der Grube aufhören wird; wann in dem gräflichen Haus, dem diese beiden Bergwerke zugehören, ein Sohn geboren wird mit Glasaugen und mit Rehfüßen, und er bleibt am Leben, so wird der Bau wieder beginnen, stirbt er aber nach seiner Geburt, so bleiben sie auf ewig verschüttet.« Als der Scharfrichter den Hieb getan und das Haupt herabfiel, da sprangen zwei Milchströme statt des Bluts schneeweiß aus dem Rumpf in die Höhe und bezeugten seine Unschuld. Auch die beiden Gruben gingen alsbald ein. Nicht lange nachher ward ein junger Graf mit Glasaugen und Rehfüßen geboren, aber er starb gleich nach der Geburt, und die Silberberg-

Bergleute beim Ausschmelzen von Silber. Holzschnitt aus: Ercker, L.: Beschreibung der Erz- und Bergwerksarten. Frankfurt a. M. 1629

werke sind nicht wieder aufgetan, sondern bis auf diesen heutigen Tag verschüttet.

99. Die Fundgrübner

Die reichsten Berggänge pflegen von armen und geringen Grübnern entdeckt zu werden, darüber es mancherlei Sagen hat. In dem böhmischen Bergwerk auf der Eule war ein Bergmann, des Namens der rote Leu, so reich geworden, daß er König Wenzel zu Gaste lud, ihm eine Tonne Goldes schenkte und dem König Karl hundert geharnischte Reiter ausrüstete. Dieser rote Leu hatte anfangs sein ganzes Vermögen zugesetzt und schon sein Weib ihren Schleier (ihr Eingebrachtes) verkaufen müssen. Eines Tages stieß sich die Frau von ungefähr blutrünstig in die Ferse an einem großen Knauer. Der Mann wollte ihn wegstufen und traf auf gediegenes Gold, wodurch er plötzlich reich wurde. Aber Stolz und Hochmut kamen über ihn, in seinem Hause mußte alles seiden, silbern und golden sein, und das Weib sprach, es wäre Gott unmöglich, daß sie wieder arm werden sollten. Nach und nach wurde der rote Leu bettelarm und starb auf dem Misthaufen.

Im Salzburger Werk zu Gastein und Rauris lebte ein mächtiger Fundgrübner, genannt der alte Weinmoser. In der Stunde, wo er seinen Schuldnern entlaufen wollte und schon in der Tür stand, wurde ihm reicher Ausbruch und Handstein entgegengebracht. Die hielten Gold und Silber, wurden mit Macht geschüttet und gaben ihm und anderen bald große Reichtümer. Und da ihm auf seinem Sterbebette schöne Handsteine neuerdings aus der Grube getragen wurden, sagte er doch: »Der rechte und schönste Gang ist Jesus, mein Herr und Heiland, auf dem will ich bald eingehen ins ewige Leben.«

100. Ein gespenstiger Reiter

Ein unbekannter Mann hatte sich gegen das Ende des XVII. Jahrhunderts bei einem Grafen von Roggendorf zum Bereiter angegeben und wurde, nach geleisteter Probe, zu Diensten angenommen und ihm eine ehrliche Bestallung gemacht. Es begab sich aber, daß einer von Adel bei Hof anlangte und mit diesem Bereiter an die Tafel gesetzt wurde. Der Fremde ersah ihn mit Erstaunen, war traurig und wollte keine Speise zu sich nehmen, ob ihm wohl der Graf deswegen freundlichst zugesprochen. Nachdem nun die Tafel aufgehoben war und der

Graf den Fremden nochmals nach der Ursache seines Trauerns befragte, erzählte er, daß dieser Bereiter kein natürlicher Mensch, sondern vor Ostende ihm an der Seite erschossen sei, auch von ihm, dem Erzähler, selbst zu Grabe begleitet worden. Er gab auch alle Umstände an: des Toten Vaterland, Namen, Alter, und das traf alles mit dem, was der Bereiter von sich selbst gesagt, ein, so daß der Graf daran nicht zweifeln konnte. Er nahm daher Ursach, diesem Gespenst Urlaub zu geben mit Vorwenden, daß seine Einkünfte geringert und er seine Hofhaltung einzuziehen gesonnen. Der Bereiter sagte, daß ihn zwar der Gast verschwätzt, weil aber der Graf nicht Ursache hätte, ihn abzuschaffen, und er ihm getreue Dienste geleistet und noch leisten wolle, bitte er, ihn ferner an dem Hofe zu erdulden. Der Graf aber beharrte auf dem einmal gegebenen Urlaub. Deswegen begehrte der Bereiter kein Geld, wie bedingt war, sondern ein Pferd und Narrenkleid mit silbernen Schellen, welches ihm der Graf gerne geben ließ und noch mehr wollte reichen lassen, das der Bereiter anzunehmen verweigerte.

Es fügte sich aber, daß der Graf nach Ungarn verreiste und bei Raab, auf der Schütt, diesen Bereiter mit vielen Koppelpferden in dem Narrenkleid antraf, welcher seinen alten Herrn, wie er ihn erblickte, mit großen Freuden begrüßte und ein Pferd zu verehren anbot. Der Graf bedankt sich und will es nicht nehmen, als der Bereiter aber einen Diener ersieht, den er sonst am Hof wohl gekannt, gibt er diesem das Pferd. Der Diener setzt sich mit Freuden drauf, hat es aber kaum bestiegen, so springt das Pferd in die Höh und läßt ihn halbtot auf die Erde fallen. Zugleich ist der Roßtäuscher mit seiner ganzen Koppel verschwunden.

101. Der falsche Eid

Im Odenwald beim Kloster Schönau liegt ein Ort, genannt zum falschen Eid. Da hat auf eine Zeit ein Bauer geschworen, der Acker gehöre sein; alsbald öffnete sich der Erdboden unter seinen Füßen, und er versank, daß nichts übrigblieb als sein Stab und zwei Schuhe. Davon hat die Stelle den Namen erhalten.

Sonst weiß man auch von Meineidigen, daß ihnen die aufgerichteten Finger erstarren und nicht mehr gebogen werden mögen oder daß sie verschwarzen; auch daß sie nach dem Tode der Leute zum Grab herauswachsen.

102. Zwölf ungerechte Richter

Nah bei westfälisch Minden liegt ein Grund, davon wird erzählt, zwölf Richter hätten den Boden einem zugesprochen, dem er nicht gehörig, darüber sich die Erde aufgetan und sie bis an die Knie alsbald verschluckt; wie dessen noch Wahrzeichen vorhanden sind.

103. Die heiligen Quellen

Das Schweizer Landvolk redet noch von den heiligen Quellen, die im Rütli plötzlich entsprungen, als da der große Eidschwur geschah, und wie einem der Schwörenden, der den Bund verraten, sogleich Feuer zu Mund und Nase ausgefahren sei, auch sein Haus von selbst angefangen habe zu brennen.

104. Der quillende Brunnen

An einem Berge in Franken quillet ein Brunnen, wobei ein vornehmes adliges Geschlecht sein Stammhaus hat. Das ganze Jahr über hat er schönes, lauteres, überflüssiges Wasser, das nicht eher aufhöret, als wenn jemand aus demselbigen Geschlecht soll sterben. Alsdann vertrocknet er sogar, daß man auch fast kein Zeichen oder Spur mehr findet, es sei jemals ein Brunn daselbst gewesen. Als zur Zeit ein alter Herr des gedachten adligen Stammes in fremden Landen tödlich niederlag und, bereits achtzigjährig, seinen baldigen Tod mutmaßte, fertigte er in seine Heimat einen Boten ab, der sich erkundigen sollte, ob der Brunn vertrockne. Bei der Ankunft des Boten war das Wasser versiegt, allein man gebot ihm ernstlich, es dem alten Herrn zu verschweigen, vielmehr zu sagen: der Brunn befinde sich noch richtig und voll Wassers; damit ihm keine traurigen Gedanken erweckt würden. Da lachte der Alte und strafte sich selbst, daß er von dem Brunnen abergläubisch zu wissen gesuchet, was im Wohlgefallen Gottes stände, schickte sich zu einem seligen Abschied an. Plötzlich aber wurde es besser mit seiner Krankheit, und nicht lange, so kam er dieses Lagers völlig wieder auf. Damit der Brunnen nicht vergebens versiegte und ihm seine seit langen Jahren eingetroffene Bedeutung bestünde, trug es sich zu, daß des Geschlechts ein Junger von Adel, von einem untreuen Pferde abgeworfen, gleich zu der nämlichen Zeit Todes verfuhr.

105. Hungerquelle

Zu Halle auf dem Markt an dem roten Turm ist ein Quellbrunnen, der an der Mitternachtsseite zutag ausfließet und für eine Hungerquelle ausgegeben wird, indem aus dessen starkem oder schwachem Überlaufen der gemeine Mann Teurung oder wohlfeile Zeit weissagt. Die Bauern, welche in die Stadt kommen, pflegen nach dieser Quelle zu sehen, und wenn sie auslief, sagten sie: »Heuer wird es teuer.«

Dergleichen, gewöhnlich versiegende Quellen fließen bloß in nassen, unfruchtbaren Jahren. Von einem guten, warmen Sommer heißt es: Sonnenjahre Wonnenjahre.

106. Der Liebenbach

Die Stadt Spangenberg in Hessen erhält ihr Trinkwasser durch einen Bach, welcher die gute Quelle des gegenüberliegenden Bergs herbeileitet. Von der Entstehung dieses Bachs wird folgendes erzählt: Ein Jüngling und ein Mädchen in der Stadt liebten sich herzlich, aber die Eltern wollten lange nicht zu ihrer Verheiratung einwilligen. Endlich gaben sie nach unter der Bedingung, daß die Hochzeit erst dann solle gefeiert werden, wenn die zwei Liebenden die gute, frische Quelle von dem gegenüberliegenden Berge ganz allein herübergeleitet hätten; dadurch würde die Stadt Trinkwasser erhalten, woran sie bisher Mangel gelitten. Da fingen beide an, den Bach zu graben, und arbeiteten ohn Unterlaß. So haben sie vierzig Jahre gegraben; als sie aber fertig waren, starben sie beide in demselben Augenblick.

107. Der Helfenstein

Eine Meile von Trautenau in Böhmen auf dem Riesenberg liegt der Helfenstein, ein hoher Fels, auf dem sonst ein Raubschloß gestanden, nachher aber versunken ist, und weiß niemand, wo die Menschen, die darin lebten, hingekommen sind. Im Jahre 1614 war, viertelwegs davon, zu Maschendorf eine junge Magd, die ging nicht weit von diesem Fels Vieh hüten und hatte noch mehr Kinder bei sich. Zu diesen sprach sie: »Kommt, laßt uns hin zum Helfenstein, ob wir ihn vielleicht offen finden und das große Weinfaß sehen.« Da sie hingehen, ist der Felsen offen und eine Eisentür aufgetan, daran ein Schloß mit vielen Schlüsseln hängt. Aus Neugierde treten sie näher und endlich hinein. Es ist ein ziemlich weites Vorgemach, aber hinten wieder eine Tür. Sie gehen durch, in dem zweiten Gemach liegt allerhand Hausrat, besonders ein groß zehneimerig Faß Wein, davon waren die meisten Dauben abgefallen; allein es hatte sich eine fingersdicke Haut angesetzt, so daß der Wein nicht herauslaufen konnte. Als sie es alle vier mit Händen angriffen, schlotterte es und gab nach wie ein Ei mit weichen Schalen. Indem sie nun solches betrachten, kommt ein wohlgeputzter Herr aus einer schönen Stube, roten Federbusch auf dem Hut, in der Hand eine große zinnerne Kanne, Wein zu holen. Beim Türaufmachen hatten sie gesehen, daß es in der Stube lustig hergehet, an zwei Tischen schöne Manns- und Weibsbilder, haben Musik und sind fröhlich. Der aber den Wein zapft, heißt sie willkommen und in die Stube gehen. Sie erschrecken und wünschen sich weit davon, doch spricht die eine, sie wären zu unsauber und nicht angeschickt, zu so wohlgeputzten Leuten zu gehen. Er bietet ihnen dennoch Trinken an und reicht die Kanne. Wie sie sich entschuldigt, heißt er sie warten, bis er für sie eine andere Kanne geholt. Als er nun weg ist, spricht die Älteste: »Laßt uns hinausgehen, es möchte nicht gut werden; man sagt, die Leute seien in den Bergen hie verfallen.« Da gehen sie eilends heraus, hinter sich hören sie nach wenig Schritten ein Knallen und Fallen, daß sie heftig erschrecken.

Nach einer Stunde sagt die Älteste wieder: »Laßt uns noch einmal hin und sehen, was das gewesen ist, das so gekracht hat.« Die andern wollten nicht, da aber die Große so kühn war, allein hinzugehen, folgten die andern nach. Sie sehen aber weder Eingang noch eiserne Tür, der Fels war fest zu. Wie sie das Vieh eingetrieben, erzählten sie alles den Eltern, diese berichten es dem Verwalter; allein der Fels blieb zu, sooft man ihn auch in Augenschein genommen.

108. Die Wiege aus dem Bäumchen

Bei Baden in Österreich stehen die Trümmer des alten Bergschlosses Rauheneck. In diesen soll ein großer Schatz verborgen liegen, den aber nur der heben kann, der als Kind in einer Wiege geschaukelt sein wird, die aus dem Holz des Baumes gezimmert worden ist, der jetzt nur erst als ein schwaches Reis aus der Mauer des hohen Turmes zu Rauheneck sprießt. Verdorrt das Bäumchen und wird es abgehauen, so muß die Hebung des Schatzes warten, bis es von neuem ausschlägt und wieder wächst.

109. Hessental

Die alte Burg Schellpyrmont liegt nun in Trümmern, da soll der Sage nach vormals Thusneldens Sitz gewesen sein. Thusnelde hatte einen Vogel, der reden konnte. Eines Tages kam er aus dem Hessental, einem Waldgrunde am Burgberg, herauf und schrie in einem fort:

»Hessental blank, Hessental blank!«

damit die in dies Tal schon vorgedrungenen Römer mit ihren blanken Rüstungen anzudeuten; und die Deutschen gewannen nun Zeit, sich gegen den Überfall des Feindes zu rüsten.

110. Reinstein

Unter der uralten Burg Reinstein unweit Blankenburg am Harz liegt ein großes Felsenloch, angefüllt mit allerhand kleinen Steinen, wie man sie sonst nicht auf Gebirgen, sondern bloß in Ebenen findet. Wenn jemand von solchen Steinen viel oder wenig nimmt, führt oder trägt, so kommen sie doch wieder an denselben Ort, da sie sind weggenommen worden, so daß die Höhle immer voll von Steinen bleibt. Es soll aber noch keinem gefrommt haben, dergleichen Steine wegzubringen. Auf dem Fels, sonderlich um die Gegend der Höhle, hört man zur Mittagsstunde oft Schellen läuten, zuweilen auch ein Gehämmer wie von vielen Schmieden.

111. Der stillstehende Fluß

Von der Fulde heißt es, sooft ein Fürst aus dem Lande Hessen, sonderlich ein regierender Herr oder dessen Gemahlin, bald sterben soll, daß sie wider ihren natürlichen Lauf ganz stillstehe und gleichsam der Strom seine Trauer zu erkennen gebe. Man hält das für eine sichere Todesanzeige, und haben es die Einwohner mehrmals beobachtet.

112. Arendsee

Von dem Arendsee in der Altmark wird folgendes erzählt: An der Stelle, wo jetzt der See und der Ort dieses Namens liegt, stand vor alters ein großes Schloß. Dieses ging urplötzlich unter, und nicht mehr kam davon als ein Mann und ein Weib. Wie die beiden nun fortgingen, sah sich das Weib ungefähr um und ward der schleunigen Veränderung innen. Verwundert brach sie in die Worte aus: »Arend see!« (Arend sieh! Denn jenes war ihres Mannes Name) und darum gab man nachher dem Städtlein die Benennung, das an dem See auferbaut wurde. In diesem See ragt der feinste, weiße Streusand hervor, und wann die Sonne hell scheint, soll man (wie auch beim See Brock neben dem Ossenberg) noch alle Mauern und Gebäude des versunkenen Schlosses sehen. Einige haben einmal vorgehabt, das Wasser zu gründen, und ein Seil eingelassen; wie sie das herauszogen, fand sich ein Zettel dran mit dem Gebote: »Lasset ab von euerem Unternehmen, sonst wird euerm Orte widerfahren, was diesem geschehen ist.«

113. Der Ochsenberg

In der Alten Mark, nicht weit vom zertrümmerten Schloß Alvensleben, liegt ein großes, wacker lustiges Dorf, mit Namen Ursleben. Einen Büchsenschuß hinter dem Dorf stehet ein großer See, genannt Brock (Bruch), an dessen Stätte war vor alten Zeiten ein schönes Schloß, das hernach unterging, und seitdem war das große Wasser aufgekommen. Nämlich es sollen alle Leute drinnen versunken sein, ausgenommen eine einzige Edeljungfer, die ein Traum kurz vorher warnete. Als nun das Vieh und die Hühner sonderlich traurige Zeichen eines bevorstehenden großen Unglücks laut werden ließen, setzte sich diese Jungfrau auf einen Ochsen und ritt davon. Mit genauer Not erreichte sie einen dabei gelegenen Hügel, hinter ihr drein sank das Schloß zusammen, und wie sie, auf dem Ochsen sitzend, sich vom Hügel umsah, war das Gewässer überall aufgestiegen. Davon heißt der Hügel noch Ossenberg bis auf den heutigen Tag.

114. Die Moorjungfern

Auf der Rhön ist ein Sumpf, genannt das rote Moor. Nach der Volkssage stand daselbst vorzeiten ein Dorf, namens Poppenrode, das ist nunmehr versunken. Auf der Moorfläche bei Nacht schweben Lichtchen, das sind Moorjungfern. An einem andern Ort ebendaselbst liegt auch das schwarze Moor, schon in alten Urkunden so genannt, und die Sage weiß auch hier von einem versunkenen Dorf, von welchem noch ein Pflaster übrig ist, namens die steinerne Brücke.

115. Andreasnacht

Es ist Glaube, daß ein Mädchen in der Andreasnacht, Thomasnacht, Christnacht und Neujahrsnacht seinen zukünftigen Liebsten einladen und sehen kann. Es muß einen Tisch für zwei decken, es dürfen aber keine Gabeln dabei sein. Was der Liebhaber beim Weggehen zurückläßt, muß sorgfältig aufgehoben werden, er kommt dann zu derjenigen, die es besitzt, und liebt sie heftig. Es darf ihm aber nie wieder zu Gesicht kommen, weil er sonst der Qual gedenkt, die er in jener Nacht von übermenschlicher Gewalt gelitten, und er des Zaubers sich bewußt wird, wodurch großes Unglück entsteht.

Ein schönes Mädchen in Österreich begehrte einmal um Mitternacht, unter den nötigen Gebräuchen, seinen Liebsten zu sehen, worauf ein Schuster mit einem Dolche dahertrat, ihr denselben zuwarf und schnell wieder verschwand. Sie hob den nach ihr geworfenen Dolch auf und schloß ihn in eine Truhe. Bald kam der Schuster und hielt um sie an. Etliche Jahre nach ihrer Verheiratung ging sie einstmals sonntags, als die Vesper vorbei war, zu ihrer Truhe, etwas hervorzusuchen, das sie folgenden Tag zur Arbeit vornehmen wollte. Als sie die Truhe geöffnet, kommt ihr Mann zu ihr und will hineinschauen; sie hält ihn ab, aber er stößt sie mit Gewalt weg, sieht in die Truhe und erblickt seinen verlornen Dolch. Alsbald ergreift er ihn und begehrt kurz zu wissen, wie sie solchen bekommen, weil er ihn zu einer gewissen Zeit verloren hätte. Sie weiß in der Bestürzung und Angst sich auf keine Ausrede zu besinnen, sondern bekennet frei, es sei derselbe Dolch, den er ihr in jener Nacht hinterlassen, wo sie ihn zu sehen begehrt. Da ergrimmte der Mann und sprach mit einem fürchterlichen Fluch: »Hur! So bist du die Dirne, die mich in jener Nacht so unmenschlich geängstiget hat!« und stößt ihr damit den Dolch mitten durchs Herz.

Diese Sage wird an verschiedenen Orten von andern Menschen erzählt. Mündlich: Von einem Jäger, der seinen Hirschfänger zurückläßt; in dem ersten Wochenbett schickt ihn die Frau über ihren Kasten, Weißzeug zu holen, und denkt nicht, daß dort das Zaubergerät liegt, das er findet und womit er sie tötet.

116. Der Liebhaber zum Essen eingeladen

Zu Saalfeld in Thüringen war eine Schösserin (Steuereinnehmerin), die sich heimlich in ihren Schreiber verliebte. Durch Zauberei aber wollte sie ihn gewinnen, ließ ein frisches Brot backen und steckte mitten in der heiligen Christnacht kreuzweise zwei Messer hinein, indem sie etliche Worte dazu murmelte. Darauf kam der Schreiber aus dem Schlafe ganz nackigt zur Stube hereingesprungen, setzte sich nieder am Tisch und sah sie scharf an. Sie stand auf und lief davon, da zog er beide Messer aus dem Brot und warf sie hinter ihr drein und hätte sie bald sehr verletzt. Hernach ging er wieder zurück; eine Muhme, die in der Stube zugegen war, erschrak so heftig, daß sie etliche Wochen krank niederliegen mußte.

Der Schreiber soll den folgenden Tag zu den Hausleuten gesagt haben: er möchte nur gern wissen, welche Frau ihn verwichene Nacht so geängstet habe; er wäre so abgemattet, daß er es kaum sagen könne, denn er hätte sollen mit fortkommen und sich nicht genugsam erwehren können; er hätte auch beten mögen, was er gewollt, so wäre er getrieben worden.

Dieselbe alte Frau, die diese Geschichte erzählte, fügte hinzu: Auch zu Coburg haben einmal einige Edeljungfrauen von neunerlei Essen etwas aufgehoben und um Mitternacht aufgestellt und sich dabei zu Tische gesetzt. Darauf kamen ihre Liebsten alle, jeder brachte ein Messer mit, und wollten sich zu ihnen niederlassen. Darüber entsetzten sich die Jungfrauen und flohen; einer aber nahm das Messer und warf hinterher; sie schaute um, blickte ihn an und hob das Messer auf. Ein andermal soll statt des eingeladenen Buhlen der leibhaftige Tod in die Stube gekommen sein und sein Stundenglas bei einer niedergesetzt haben, die denn auch das Jahr über verstarb.

In Schlesien haben sich drei Hoffräulein in einer heiligen Nacht an einen gedeckten Tisch gesetzt und ihre zukünftigen Liebhaber erwartet, deren jedem ein Teller hingestellt war. Sie sind auch auf diese Einladung erschienen, aber nur zweie, die sich zu zwei Jungfrauen gesetzt; der dritte ist ausgeblieben. Als nun die Verlassene darüber traurig und ungeduldig geworden, endlich nach langem vergeblichen Warten aufgestanden und sich ans Fenster gestellt, hat sie gegenüber einen Sarg erblickt, darin eine Jungfrau gelegen, ihr ganz gleich gestaltet, worüber sie erkrankte und bald darauf starb. Nach einer mündlichen Erzählung kommt die Totenlade in die Stube, sie geht darauf zu, die Bretter tun sich auf, und sie fällt tot hinein.

117. Die Christnacht

Abergläubische Mägde, um Träume von ihren Liebsten zu bekommen, kaufen frühe des Tags vor dem Heiligen Abend um einen Pfennig Semmel, und zwar das letzte Stößchen, das auf einem Ende zu ist. Weiter schneiden sie ein bißchen Rinde unten ab, binden es unter den rechten Arm und gehen fleißig den ganzen Tag damit herum. Hernach beim Schlafengehen legen sie es unter den Kopf in der Christnacht und sprechen dabei:

»Jetzt hab ich mich gelegt und Brot bei mir,
wenn doch nun mein Feinslieb käme und äße mit mir!«

Darüber soll es geschehen, daß zur Mitternacht von solcher Semmelrinde etwas genagt wird, und daran kann man frühmorgens erkennen, daß der Liebste sie das Jahr über heiraten werde. Ist aber das Brot unverletzt gelassen, so haben sie schlechte Hoffnung. Also soll es sich begeben haben (1657 zu Leipzig), daß da ihrer zwei beieinander in einem Bette schliefen, die eine hatte solches Brot unter sich liegen, die andere nicht. Diese hörte nachts ein Knarren und Nagen, fürchtete sich und rüttelte ihre Gespielin, die aber in festem Schlaf lag und nichts gewahr wurde, bis sie aus den Träumereien erwachte. Als sie nun morgens das Brot besichtigten, war ein Kreuz hineingefressen. Das Weibsbild soll bald darauf einen Soldaten zum Mann bekommen haben.

Die alte Saalfelder Frau erzählte, daß andere ein Gefäß mit Wasser nehmen und es mit einem gewissen kleinen Maß in ein ander Gefäß messen. Sie tun dies aber etlichemal und sehen zu, ob sie in den wiederholten Bemessungen mehr Wasser antreffen als zuerst. Daraus schließen sie, daß sie das folgende Jahr über zunehmen werden an Hab und Gütern. Befinden sie einerlei Maß, so glauben sie, daß ihr Schicksal stillstehe und sie weder Glück noch Unglück haben werden. Ist aber zuletzt weniger Wasser, so entnehmen sie, daß ihr gutes Wohlergehn und Gedeihen zurückgehe. Der Saalfelder Frau war das mittelste einmal zu Händen gekommen.

Andere nehmen einen Erbschlüssel und einen Knäuel Zwirn, binden den Zwirn fest an den Schlüssel und bewinden das Knaul, damit es nicht weiter ablaufe, als sie es vorher haben laufen lassen. Sie lassen es aber bei ein Ellen oder sechs los; dann stecken sie dies Gebäumel zum Fenster aus und bewegen es von einer Seite zur andern an den äußerlichen Wänden und sprechen dabei: »Horch! Horch!« so sollen sie von der Seite und Gegend oder dem Orte her eine Stimme vernehmen, dahin sie werden zu freien und zu wohnen kommen. Andere greifen zur Türe hinaus und haben, wenn sie die Hand hereinziehen, einige Haare von ihrem zukünftigen Liebsten darin.

118. Das Hemdabwerfen

Zu Coburg saßen am Weihnachtsabend mehrere Mädchen zusammen, waren neugierig und wollten ihre künftigen Liebhaber erkündigen. Nun hatten sie tags vorher neunerlei Holz geschnitten, und als die Mitternacht kam, machten sie ein Feuer im Gemach, und die erste zog ihre Kleider ab, warf ihr Hemd vor die Stubentüre hinaus und sprach bei dem Feuer sitzend:

»Hier sitz ich splitterfasernackt und bloß,
wenn doch mein Liebster käme
und würfe mir mein Hemde in den Schoß!«

Hernach wurde ihr das Hemd wieder hereingeworfen, und sie merkte auf das Gesicht dessen, der es tat; dies kam mit dem überein, der sie nachdem freite. Die andern Mädchen kleideten sich auch aus, allein sie fehlten darin, daß sie ihre Hemden zusammen in einen Klump gewikkelt hinauswarfen. Da konnten sich die Geister nicht finden, sondern huben an zu lärmen und zu poltern, dermaßen, daß den Mädchen grausete. Flugs gossen sie ihr Feuer aus und krochen zu Bette bis frühe, da lagen ihre Hemden vor den Türen in viel tausend kleine Fetzen zerrissen.

119. Kristallschauen

Eine schöne und adlige Jungfrau und ein edler Jüngling trugen heftige Liebe zueinander, sie aber konnte von ihren Stiefeltern die Erlaubnis zur Verheiratung nicht erlangen, worüber sie beide in großer Trauer lebten. Nun begab sich, daß ein altes Weib, welches Zutritt im Hause hatte, zu der Jungfrau kam, sie tröstete und sprach: der, den sie liebe, werde ihr gewiß noch zuteil werden. Die Jungfrau, die das gern hörte, fragte, wie sie das wissen könne. »Ei, Fräulein«, sprach die Alte, »ich habe die Gnade von Gott, zukünftige Dinge vorherzuentdecken, darum kann mir dieses so wenig, als viel anderes, verborgen sein. Euch allen Zweifel zu benehmen, will ich Euch, wie es damit gehen wird, in einem Kristall so klärlich weisen, daß Ihr meine Kunst loben sollt. Aber wir müssen eine Zeit dazu wählen, wo Eure Eltern nicht daheim sind; dann sollt Ihr Wunder sehen.«

Die Jungfrau wartete, bis ihre Eltern auf ein Landgut gefahren waren, und ging dann zu dem Lehrer ihres Bruders, dem Johannes Rist, der hernach als Dichter berühmt geworden, vertraute ihm ihr Vorhaben und bat ihn gar sehr, mitzugehen und dabeizusein, wenn sie in den Kristall schaue. Dieser suchte ihr einen solchen Vorwitz als sündlich auszureden, der Ursache zu großem Unglück werden könne; aber es war vergeblich, sie blieb bei ihrem Sinn, so daß er sich endlich auf ihr inständiges Bitten bewegen ließ, sie zu begleiten. Als sie in die Kammer traten, war das alte Weib beschäftigt, ihre Gerätschaften aus einem kleinen Korbe herauszuziehen, sah aber ungern, daß dieser Rist die Jungfrau begleitete, und sagte, sie könne ihm an den Augen absehen, daß er von ihrer Kunst nicht viel halte. Hierauf hub sie an und breitete ein blauseiden Tüchlein, darin wunderliche Bilder von Drachen, Schlangen und anderm Getier eingenäht waren, über die Tafel, setzte auf dieses Tuch eine grüne gläserne Schale, legte darein ein anderes goldfarbenes Seidentuch und setzte endlich auf dieses eine ziemlich große kristallene Kugel, welche sie aber mit einem weißen Tuch wieder deckte. Dann begann sie, unter wunderlichen Gebärden, etwas bei sich selbst zu murmeln, und nachdem das geendigt war, nahm sie mit großer Ehrerbietung die Kugel, rief die Jungfrau und ihren Begleiter zu sich ans Fenster und hieß sie hineinschauen.

Anfangs sahen sie nichts, nun aber trat in dem Kristall die Braut hervor in überaus köstlicher Kleidung; ebenso prächtig angetan, als wäre heut ihr Hochzeitstag. So herrlich sie erschien, so sah sie doch betrübt und traurig aus, ja ihr Antlitz hatte eine solche Totenfarbe, daß man sie ohne Mitleid nicht betrachten konnt. Die Jungfrau schaute ihr Bild mit Schrecken an, der aber bald noch größer ward, als gerade gegenüber ihr Liebster hervorkam, mit so grausamen und gräßlichen Gesichtszügen, der sonst ein so freundlicher Mensch war, daß man hätte erzittern mögen. Er trug, wie einer, der von einer Reise kommt, Stiefel und Sporn und hatte einen grauen Mantel mit goldnen Knöpfen um. Er holte daraus zwei neublinkende Pistolen hervor, und indem er in jede Hand eine faßte, richtete er die eine auf sein Herz, die andere setzte er der Jungfrau an die Stirne. Die Zuschauer wußten vor Angst weder aus noch ein, sahen aber, wie er die eine Pistole, die er an die Stirne seiner Liebsten gesetzt, losdrückte, wobei sie einen dumpfen, fernen Schall vernahmen. Nun gerieten sie in solches Grausen, daß sie sich nicht bewegen konnten, bis sie endlich zitternd und mit schwankenden Tritten zur Kammer hinausgelangten und sich etwas wieder erholten.

Dem alten Weib, welches nicht gedacht, daß die Sache also ablaufen würde, war selbst nicht ganz wohl zumut; es eilte daher über Hals und Kopf hinaus und ließ sich so bald nicht wieder sehen. Bei der Jungfrau konnte der Schrecken die Liebe nicht auslöschen, aber die Stiefeltern beharrten auch bei dem Entschluß, ihre Einwilligung zu verweigern. Ja, sie brachten es endlich durch Drohen und Zwang dahin, daß sie sich mit einem vornehmen Hofbeamten in der Nachbarschaft verloben mußte; daraus erwuchs der Jungfrau erst das rechte Herzeleid, denn sie verbrachte nun ihre Zeit in nichts als Seufzen und Weinen, und ihr Liebster wurde fast in die äußerste Verzweiflung gerissen.

Inzwischen ward die Hochzeit angesetzt, und da einige fürstliche Personen zugegen sein sollten, um so viel herrlicher zugerichtet. Als der Tag kam, wo die Braut im größten Gepränge sollte abgeholt werden, schickte dazu die Fürstin ihren mit sechs Pferden bespannten Leibwagen samt einigen Hofdienern und Reitern; an welchen Zug sich die vornehmsten Anverwandten und Freunde der Braut anschlossen und also in stattlicher Ordnung auszogen. Dieses alles hatte der erste Liebhaber ausgekundschaftet und war als ein Verzweifelter entschlossen, dem andern seine Liebste lebendig nicht zu überlassen. Er hatte zu dem Ende ein Paar gute Pistolen gekauft und wollte mit der einen die Braut, mit der andern hernach sich selbst töten. Zu dem Ort der Ausführung war ein etwa zehn bis zwölf Schritte vor dem Tor gelegenes Haus, bei welchem die Braut vorbei mußte, von ihm ausersehen. Als nun der ganze prächtige Zug von Wagen und Reitern, den eine große Menge Volks begleitete, daherkam, schoß er mit der einen Pistole in den Brautwagen hinein. Allein der Schuß geschah ein wenig zu früh, also daß die Braut unversehrt blieb, einer andern Edelfrau aber, die im Schlag saß, ihr etwas hoher Kopfputz herabgeschossen ward. Da diese in Ohnmacht sank und jedermann herbeieilte, hatte der Täter Zeit, durch das Haus zur Hintertür hinaus zu entfliehen und, indem er über ein ziemlich breites Wasser glücklich sprang, sich zu retten. Sobald die Erschrockene wieder zu sich selbst gebracht war, setzte sich der Zug aufs neue in Bewegung, und die Hochzeit wurde mit der größten Pracht gefeiert. Doch die Braut hatte dabei ein trauriges Herz, welche nun der Kristallschauung nachdachte und sich den Erfolg davon zu Gemüte zog. Auch war ihre Ehe unglücklich, denn ihr Mann war ein harter und böser Mensch, der das tugendhafte und holdselige Fräulein, ungeachtet ihm ein liebes Kind geboren war, auf das grausamste behandelte.

120. Zauberkräuter kochen

Im Jahre 1672 hat sich zu Erfurt begeben, daß die Magd eines Schreiners und ein Färbersgesell, die in einem Hause gedient, einen Liebeshandel miteinander angefangen, welcher in Leichtfertigkeit einige Zeit gedauert. Hernach ward der Gesell dessen überdrüssig, wanderte weiter und ging in Langensalza bei einem Meister in Arbeit. Die Magd aber konnte die Liebesgedanken nicht loswerden und wollte ihren Buhlen durchaus wiederhaben. Am heiligen Pfingsttage, da alle Hausgenossen, der Lehrjunge ausgenommen, in der Kirche waren, tat sie gewisse Kräuter in einen Topf, setzte ihn zum Feuer, und sobald solche zu sieden kamen, hat auch ihr Buhle zugegen sein müssen. Nun trug sich zu, daß, als der Topf beim Feuer stand und brodelte, der Lehrjunge, unwissend, was darin ist, ihn näher zur Glut rückt und seine Pfanne mit Leim an dessen Stelle setzt. Sobald jener Topf mit den Kräutern näher zu der Feuerhitze gekommen, hat sich etlichemal darin eine Stimme vernehmen lassen und gesprochen: »Komm, komm, Hansel, komm! Komm, komm, Hansel, komm!« Indem aber der Bube seinen Leim umrührt, fällt es hinter ihm nieder wie ein Sack, und als er sich umschaut, sieht er einen jungen Kerl da liegen, der nichts als ein Hemd am Leibe hat, worüber er ein jämmerlich Geschrei anhebt. Die Magd kam gelaufen, auch andere im Haus wohnende Leute, zu sehen, warum der Bube so heftig geschrien, und fanden den guten Gesellen als einen aus tiefem Schlaf erwachten Menschen also im Hemde liegen. Indessen ermunterte er sich etwas und erzählte auf Befragen, es wäre ein großes schwarzes Tier, ganz zottigt, wie ein Bock gestaltet, zu ihm vor sein Bett gekommen und habe ihn also geängstigt, daß es ihn alsbald auf seine Hörner gefaßt und zum großen Fenster mit ihm hinausgefahren. Wie ihm weiter geschehen, wisse er nicht, auch habe er nichts Sonderliches empfunden, nun aber befinde er sich so weit weg, denn gegen acht Uhr habe er noch zu Langensalza im Bett gelegen, und jetzt wäre er zu Erfurt kaum halber neun. Er könne nicht anders glauben, als daß die Katharine, seine vorige Liebste, dieses zuwege gebracht, indem sie bei seiner Abreise zu ihm gesprochen, wenn er nicht bald wieder zu ihr käme, wollte sie ihn auf dem Bock holen lassen. Die Magd hat, nachdem man ihr gedroht, sie als eine Hexe der Obrigkeit zu überantworten, anfangen herzlich zu weinen und gestanden, daß ein altes Weib, dessen Namen sie auch nannte, sie dazu überredet und ihr Kräuter gegeben, mit der Unterweisung: wenn sie die sachte würde kochen lassen, müsse ihr Buhle erscheinen, er sei auch, so weit er immer wolle.

Zauberin versucht zwei Männer. Holzschnitt aus: Cicero: De officia. Augsburg 1521

121. Der Salzknecht in Pommern

In Pommern hatte ein Salzknecht ein altes Weib, das eine Zauberin war, bei dem er nicht gern bliebe, und darum einsmals vorgab, er wolle nach Hessen in seine Heimat wandern, allda seine Freunde zu besuchen. Weil sie aber besorgte, er würde nicht wiederkommen, wollte sie ihn nicht weglassen, nichtsdestoweniger reiste er fort. Wie er nun etliche Tage zurückgelegt, kommt hinter ihm auf dem Weg ein schwarzer Bock, schlupft ihm zwischen die Beine, erhebt und führt ihn wieder zurück, und zwar nicht über die Landwege, sondern geradezu durch dick und dünn, durch Feld und Wald, über Wasser und Land, und setzt ihn in wenig Stunden vor dem Tor nieder, in Angst, Zittern, Schweiß und Ohnmacht. Das Weib aber heißt ihn mit höhnischen Worten willkommen und spricht: »Schau! Bist du wieder da? So soll man dich lehren daheim bleiben!« Hierauf tat sie ihm andere Kleider an und gab ihm zu essen, daß er wieder zu sich selbst käme.

122. Jungfer Eli

Vor hundert und mehr Jahren lebte in dem münsterischen Stift Frekkenhorst eine Äbtissin, eine sehr fromme Frau; bei dieser diente eine Haushälterin, Jungfer Eli genannt, die war bös und geizig, und wenn arme Leute kamen, ein Almosen zu bitten, trieb sie sie mit einer Peitsche fort und band die kleine Glocke vor der Tür fest, daß die Armen nicht läuten konnten. Endlich ward Jungfer Eli todkrank, man rief den Pfarrer, sie zum Tode vorzubereiten, und als der durch der Äbtissin Baumgarten ging, sah er Jungfer Eli in ihrem grünen Hütchen mit weißen Federn auf dem Apfelbaum sitzen; wie er aber ins Haus kam, lag sie auch wieder in ihrem Bette und war böse und gottlos wie immer, wollte nichts von Besserung hören, sondern drehte sich um nach der Wand, wenn ihr der Pfarrer zureden wollte, und so verschied sie. Sobald sie die Augen schloß, zersprang die Glocke, und bald darauf fing sie an, in der Abtei zu spuken. Als eines Tags die Mägde in der Küche saßen und Fitzebohnen schnitten, fuhr sie mit Gebraus zwischen ihnen her, gerade wie sie sonst leibte und lebte, und rief: »Schniet ju nich in de Finger, schniet ju nich in de Finger!« Und gingen die Mägde zur Milch, so saß Jungfer Eli auf dem Stege und wollte sie nicht vorbeilassen, wenn sie aber riefen: »In Gottes Namen, gah wieder her«, mußte sie weichen, und dann lief sie hinterher, zeigte ihnen eine schöne Torte und sprach: »Tart! Tart!« Wollten sie die nun nicht nehmen, so warf sie die Torte mit höllischem Gelächter auf die Erde, und da war's ein Kuhfladen. Auch die Knechte sahen sie, wenn sie Holz haueten; da flog sie immer von einem Baumzweig im Wald zum andern. Nachts polterte sie im Hause herum, warf Töpfe und Schüsseln durcheinander und störte die Leute aus dem Schlaf. Endlich erschien sie auch der Äbtissin selbst auf dem Wege nach Warendorf, hielt die Pferde an und wollte in den Wagen hinein, die Äbtissin aber sprach: »Ich hab nichts zu schaffen mit dir; hast du Übel getan, so ist's nicht mein Wille gewesen.« Jungfer Eli wollte sich aber nicht abweisen lassen. Da warf die Äbtissin einen Handschuh aus dem Wagen und befahl ihr, den wieder aufzuheben, und während sie sich bückte, trieb die Äbtissin den Fuhrmann an und sprach: »Fahr zu, so schnell du kannst, und wenn auch die Pferde drüber zugrunde gehen!« So jagte der Fuhrmann, und sie kamen glücklich nach Warendorf. Die Äbtissin endlich, des vielen Lärmens überdrüssig, berief alle Geistlichen der ganzen Gegend, die sollten Jungfer Eli verbannen. Die Geistlichen versammelten sich auf dem Herrenchor und fingen an, das Gespenst zu zitieren, allein sie wollte nicht erscheinen, und eine Stimme rief: »He kickt, he kickt!« Da sprach die Geistlichkeit: »Hier muß jemand in der Kirche verborgen sein, der zulauscht«, suchten und fanden einen kleinen Knaben, der sich aus Neugierde drin versteckt hatte. Sobald der Knabe hinausgejagt war, erschien Jungfer Eli und ward in die Davert verbannt. Die Davert ist aber ein Wald im Münsterschen, wo Geister umgehen und wohin alle Gespenster verwiesen werden. Alle Jahr einmal fährt nun noch, wie die Sage geht, Jungfer Eli über die Abtei zu Freckenhorst mit schrecklichem Gebraus und schlägt einige Fensterscheiben ein oder dergleichen, und alle vier Hochzeiten kommt sie einen Hahnenschritt näher.

123. Die weiße Frau

Die schloßweiße Frau erscheint in Wäldern und auf Wiesen, bisweilen kommt sie in Pferdeställe mit brennenden Wachskerzen, kämmt und putzt die Pferde, und Wachstropfen fallen auf die Mähnen der Pferde. Sie soll, wann sie ausgehet, hell sehen, in ihrer Wohnung aber blind sein.

124. Taube zeigt einen Schatz

Als Herzog Heinrich von Breslau die Stadt Krakau erobert hatte, ging er in das Münster daselbst, kniete als ein frommer Mann vor dem Altar Unserer Frauen nieder und dankte ihr, daß sie ihm Gnade erzeigt und sein Leid in Freud gewendet hätte. Und als er aufgestanden war, erblickte er eine Taube, sah ihrem Fluge nach und bemerkte, wie sie sich über einem Pfeiler auf das Gesims eines Bogens setzte. Dann nahm er wahr, wie sie mit dem Schnabel in die Mauer pickte und mit den Füßen Mörtel und Stein hinter sich schob. Bald darauf lag unten ein Goldstück, das herabgefallen war. Der Herzog nahm es auf und sprach: »Das hat die Taube herausgestochen, des sollte leicht noch mehr da sein.« Alsbald ließ er eine Leiter holen und schickte nach einem Maurer, der sollt sehen, was sich oben fände. Der Maurer stieg hinauf, nahm den Meißel in die Hand, und bei dem ersten Schlag in die Wand entdeckte er, daß da ein großer Schatz von Gold lag. Da rief er: »Herr, gebt mir einen guten Lohn, hier liegt des glänzenden Goldes unmaßen viel.« Der Herzog ließ die Mauer aufbrechen und den Hort herabnehmen, den Gott ihm gab. Als man es wog, waren es fünfzigtausend Mark.

125. Taube hält den Feind ab

Im Dreißigjährigen Krieg wurde die Stadt Höxter oder Huxar im Corveyschen von den kaiserlichen Soldaten eingeschlossen und konnte nicht eingenommen werden; endlich kam der Befehl, sie sollte mit schwerem Geschütz geängstigt und gezwungen werden. Wie nun bei einbrechender Nacht der Fähndrich die erste Kanone losbrennen wollte, flog eine Taube und pickte ihm auf die Hand, so daß er das Zündloch verfehlte. Da sprach er: »Es ist Gottes Willen, daß ich nicht schießen soll«, und ließ ab. In der Nacht kamen die Schweden, und die Kaiserlichen mußten abziehen; so war die Stadt diesmal gerettet.

126. Der Glockenguß zu Breslau

Als die Glocke zu St. Maria Magdalena in Breslau gegossen werden sollte und alles dazu fast fertig war, ging der Gießer zuvor zum Essen, verbot aber dem Lehrjungen bei Leib und Leben, den Hahn am Schmelzkessel anzurühren. Der Lehrjunge aber war vorwitzig und neugierig, wie das glühende Metall doch aussehen möge, und wie er so den Kran bewegte und anregte, fuhr er ihm wider Willen ganz heraus, und das Metall rann und rann in die zubereitete Form. Höchst bestürzt weiß sich der arme Junge gar nicht zu helfen, endlich wagt er's doch und geht weinend in die Stube und bekennt seinem Meister, den er um Gottes willen um Verzeihung bittet. Der Meister aber wird vom Zorn ergriffen, zieht das Schwert und ersticht den Jungen auf der Stelle. Dann eilt er hinaus, will sehen, was noch vom Werk zu retten sei, und räumt nach der Verkühlung ab. Als er abgeräumt hatte, siehe, so war die ganze Glocke trefflich wohl ausgegossen und ohne Fehl; voll Freude kehrte der Meister in die Stube zurück und sah nun erst, was für Übels er getan hatte. Der Lehrjunge war verblichen, der Meister wurde eingezogen und von den Richtern zum Schwert verurteilt. Inmittelst war auch die Glocke aufgezogen worden, da bat der Glockengießer flehentlich: ob sie nicht noch geläutet werden dürfte, er möchte ihre Resonanz auch wohl hören, da er sie doch zugerichtet hätte, wenn er die Ehre vor seinem letzten Ende von den Herren haben könnte. Die Obrigkeit ließ ihm willfahren, und seit der Zeit wird mit dieser Glocke allen armen Sündern, wenn sie vom Rathaus herunterkommen, geläutet. Die Glocke ist so schwer, daß, wenn man fünfzig Schläge gezogen hat, sie andere fünfzig von selbst gehet.

127. Der Glockenguß zu Attendorn

Zu Attendorn, einem kölnischen Städtchen in Westfalen, wohnte bei Menschengedenken eine Witwe, die ihren Sohn nach Holland schickte, dort die Handlung zu lernen. Dieser stellte sich so wohl an, daß er alle Jahr seiner Mutter von dem Erwerb schicken konnte. Einmal sandte er ihr eine Platte von purem Gold, aber schwarz angestrichen, neben andern Waren. Die Mutter, von dem Wert des Geschenks unberichtet, stellte die Platte unter eine Bank in ihrem Laden, allwo sie stehenblieb, bis ein Glockengießer ins Land kam, bei welchem die Attendorner eine Glocke gießen und das Metall dazu von der Bürgerschaft erbetteln zu lassen beschlossen. Die, so das Erz sammelten, bekamen allerhand zerbrochene eherne Häfen, und als sie vor dieser Witwe Tür kamen, gab sie ihnen ihres Sohnes Gold, weil sie es nicht kannte und sonst kein zerbrochen Geschirr hatte.

Der Glockengießer, so nach Arensberg verreist war, um auch dort einige Glocken zu verfertigen, hatte einen Gesellen zu Attendorn hinterlassen, mit Befehl, die Form zu fertigen und alle sonstigen Anstalten zu treffen, doch den Guß einzuhalten bis zu seiner Ankunft. Als aber der Meister nicht kam und der Gesell selbst gern eine Probe tun wollte, so fuhr er mit dem Guß fort und verfertigte den Attendornern eine von Gestalt und Klang so angenehme Glocke, daß sie ihm solche bei seinem Abschied (denn er wollte zu seinem Meister nach Arensberg, ihm die Zeitung von der glücklichen Verrichtung zu bringen) so lang nachläuten wollten, als er sie hören könnte. Über das folgten ihm etliche nach, mit Kannen in den Händen, und sprachen ihm mit dem Trunk zu. Als er nun in solcher Ehr und Fröhlichkeit bis auf die steinerne Brücke (zwischen Attendorn und dem fürstenbergischen Schloß Schnellenberg) gelanget, begegnet ihm der Meister, welcher alsobald mit den Worten: »Was hast du getan, du Bestia!« ihm eine Kugel durch den Kopf jagte. Zu den Geleitsleuten aber sprach er: »Der Kerl hat die Glocke gegossen wie ein anderer Schelm«, er wäre erbietig, solche umzugießen und der Stadt ein ander Werk zu machen. Ritte darauf hinein und wiederholte seine Reden, als ob er den Handel gar wohl ausgerichtet. Aber er wurde wegen der Mordtat ergriffen und gefragt, was ihn doch dazu bewogen, da sie mit der Arbeit des Gesellen doch vollkommen zufrieden gewesen? Endlich bekannte er, wie er an dem Klang abgenommen, daß eine gute Masse Gold bei der Glocke wäre, so er nicht dazukommen lassen, sondern weggezwackt haben wollte, dafern sein Gesell befohlnermaßen mit dem Guß seine Ankunft abgewartet, weswegen er ihm den Rest gegeben.

Hierauf wurde dem Glockenmeister der Kopf abgeschlagen, dem Gesell aber auf der Brücke, wo er sein End genommen, ein eisern Kreuz zum ewigen Gedächtnis aufgerichtet. Unterdessen konnte niemand ersinnen, woher das Gold zu der Glocke gekommen, bis der Witwe Sohn mit Freuden und großem Reichtum beladen nach Haus kehrte und vergeblich betrauerte, daß sein Gold zween um das Leben gebracht, einen unschuldig und einen schuldig, gleichwohl hat er dieses Gold nicht wiederverlangt, weil ihn Gott anderwärts reichlich gesegnet.

Längst hernach hat das Wetter in den Kirchturm geschlagen und, wie sonst alles verzehret, außer dem Gemäuer, auch die Glocke geschmelzt. Worauf in der Asche Erz gefunden worden, welches an Gehalt den Goldgülden gleich gewesen, woraus derselbige Turm wiederhergestellt und mit Blei gedeckt worden.

128. Die Müllerin

Zwischen Enns und Wels in Österreich auf einer einsamen Mühle lebte ein Müller, der war an einem Sonntagmorgen, nach üblicher Weise, mit allen seinen Knechten in die Kirche gegangen und nur seine Frau, die ihre Niederkunft bald erwartete, daheim geblieben. Als die Müllerin so allein saß, kam die Hebamme, gleichsam zu Besuch, zu sehen, wie es mit ihr stehe. Die Müllerin war ihr freundlich, trug etwas auf, und sie setzten sich zusammen an den Tisch. Während sie aßen, ließ die Hebamme das Messer fallen und sprach: »Hebt mir einmal das Messer auf!« »Ei!« antwortete die Müllerin, »Ihr redet wunderlich, Ihr wißt doch, daß mir das Bücken saurer wird als Euch«, doch ließ sie's hingehen, hob das Messer auf, reichte es ihr, und wie sie es reichte, noch im Bücken, faßte die Hebamme das Messer in die Faust, zückte und sprach: »Nun gebt mir Euer Geld, das bar bei Euch liegt, oder ich stech Euch die kalte Klinge in die Brust!« Die Müllerin erschrak, faßte sich aber und sagte: »Kommt mit mir hinüber in die Kammer, da liegt im Schrank, was wir haben, und nehmt's.« Die Hebamme folgte ihr, nahm das Geld aus dem Schrank, und weil es ihrer Habsucht nicht genug war, suchte sie noch weiter in andern Gefächern. Diesen Augenblick benutzte die Müllerin, trat schnell hinaus und schloß die Türe fest zu, und da vor den Fenstern starke eiserne Gitter standen, so war die Hebamme in der Kammer eingefangen. Nun rief die Frau ihr siebenjähriges Söhnlein und sprach: »Eil dich und lauf zum Vater in die Kirche, ich bät ihn, eilends mit seinen

Knechten heimzukommen, ich wär in großer Gefahr.« Das Kind lief fort, aber nicht weit von der Mühle traf es auf den Mann der Hebamme, der verabredetermaßen kam, den Raub fortzutragen. Als er das Kind sah, faßte er's und riß es mit sich zur Mühle zurück. Die Müllerin, die, ihren Mann erwartend, am Fenster stand, sah ihn kommen, verschloß alsbald die Haustüre und schob alle Riegel vor. Als der Mann heran war, rief er, sie sollte ihm öffnen, und da sie es nicht tat, stieß er wütend dagegen und hoffte sie einzutreten. Die Müllerin schrie nun mit allen Kräften zu einem Fenster hinaus nach Hilfe, aber weil die Mühle zu fern, auch mit Gebüsch umwachsen lag, ward sie von niemand gehört. Indes wich die Tür den Stößen des Mannes nicht, und da er sah, in welche Gefahr er und seine Frau gerate, wenn er sich so lang aufhalte, bis der Müller aus der Kirche käme, zog er sein Messer und rief der Müllerin: »Wo Ihr nicht gleich öffnet, so stech ich das Kind vor Euern Augen nieder und zünde die Mühle Euch über dem Kopf an;« faßte auch das Kind, daß es laut zu schreien anfing. Da eilte die Müllerin und wollte die Tür öffnen, aber wie sie davorstand, ging ihr der Gedanke durchs Herz, daß der Mörder sie nur herauslocken wolle, um sie selbst und mit ihr das Kind in ihrem Leibe zu töten, so daß sie ein paar Augenblicke schwankte. Der Mann zauderte nicht, stach dem Knaben das Messer in die Brust, lief dann um die Mühle und suchte einen Eingang. Da fiel der Müllerin, die von dem allen nichts wußte, ein, sie wollte die Räder in Bewegung setzen, vielleicht lockte das am Sonntag ungewöhnliche Klappern Menschen zu ihrer Hilfe herbei. Der Mörder aber wollte gerade durch das stehende Rad in die Mühle eindringen, hatte eben den Fuß auf eine Speiche gesetzt und wär ohne Zweifel hineingeschlüpft, als in dem nämlichen Augenblick, nach Gottes wundervoller Schickung, das losgelassene Rad anhub sich zu drehen, ihn hinunterschlug und jämmerlich zermalmte.

Bald darauf kam der Müller mit seinen Knechten heim. Als er die Kammer aufschloß, worin die Hebamme gefangen war, lag sie tot auf der Erde und war vor Angst und Schrecken vom Schlag gerührt.

129. Johann Hübner

Auf dem Geißenberge in Westfalen stehen noch die Mauern von einer Burg, da vor alters Räuber gewohnt. Sie gingen nachts ins Land umher, stahlen den Leuten das Vieh und trieben es dort in den Hof, wo ein großer Stall war, und darnach verkauften sie's weit weg an fremde

Leute. Der letzte Räuber, der hier gewohnt hat, hieß Johann Hübner. Er hatte eiserne Kleider an und war stärker als alle anderen Männer im ganzen Land. Er hatte nur ein Auge und einen großen krausen Bart und Haare. Am Tage saß er mit seinen Knechten in einer Ecke, wo man noch das zerbrochene Fenster sieht, da tranken sie zusammen. Johann Hübner sah mit dem einen Auge sehr weit durchs ganze Land umher; wenn er dann einen Reiter sah, da rief er: »Heloh! Da reitet ein Reiter! Ein schönes Roß! Heloh!« Dann zogen sie hinaus, gaben acht, wann er kam, nahmen ihm das Roß und schlugen ihn tot. Nun war ein Fürst von Dillenburg, der schwarze Christian genannt, ein sehr starker Mann, der hörte viel von den Räubereien des Johann Hübner, denn die Bauern kamen immer und klagten über ihn. Dieser schwarze Christian hatte einen klugen Knecht, der hieß Hanns Flick, den schickte er über Land, dem Johann Hübner aufzupassen. Der Fürst aber lag hinten im Giller und hielt sich da mit seinen Reitern verborgen, dahin brachten ihm auch die Bauern Brot und Butter und Käse. Hanns Flick aber kannte den Johann Hübner nicht, streifte im Land umher und fragte ihn aus. Endlich kam er an eine Schmiede, wo Pferde beschlagen wurden, da stunden viele Wagenräder an der Wand, die auch beschlagen werden sollten. Auf dieselben hatte sich ein Mann mit dem Rücken gelehnt, er hatte nur ein Auge und ein eisernes Wams an. Hanns Flick ging zu ihm und sagte: »Gott grüß dich, eiserner Wamsmann mit einem Auge! Heißest du nicht Johann Hübner vom Geißenberg?« Der Mann antwortete: »Johann Hübner vom Geißenberg liegt auf dem Rad.« Hanns Flick verstunde das Rad auf dem Richtplatz und sagte: »War das kürzlich?« »Ja«, sprach der Mann, »erst heut.« Hanns Flick glaubte doch nicht recht und blieb bei der Schmiede und gab auf den Mann acht, der auf dem Rade lag. Der Mann sagte dem Schmied ins Ohr, er solle ihm sein Pferd verkehrt beschlagen, so daß das vorderste Ende des Hufeisens hinten käme. Der Schmied tat es, und Johann Hübner ritt weg. Wie er aufsah, sagte er dem Hanns Flick: »Gott grüß dich, braver Kerl, sage deinem Herren, er solle mir Fäuste schicken, aber keine Leute, die hinter den Ohren lausen.« Hanns Flick blieb stehen und sah, wo er übers Feld in den Wald ritt, lief ihm nach, um zu sehen, wo er bliebe. Er wollte seiner Spur nachgehen, aber Johann Hübner ritt hin und her, die Kreuz und Quer, und Hanns Flick wurde bald in den Fußtapfen des Pferdes irre, denn wo jener hingeritten war, da gingen die Fußtapfen zurück. Also verlor er ihn bald und wußte nicht, wo er geblieben war. Endlich aber ertappte er ihn doch, wie er nachts bei Mondenschein mit seinen Knechten auf der Heide im Wald lag und geraubt Vieh hütete. Da eilte er und sagte es dem Fürsten Christian, der ritt in der Stille mit seinen Kerlen unten durch den Wald, und sie hatten den Pferden Moos unter die Füße gebunden. So kamen sie nah herbei, sprangen auf ihn zu und kämpften miteinander. Der schwarze Christian und Johann Hübner schlugen sich auf die eisernen Hüte und Wämser, daß es klang, endlich aber blieb Johann Hübner tot, und der Fürst zog in das Schloß auf dem Geißenberg. Den Johann Hübner begruben sie in einer Ecke, der Fürst legte viel Holz um den großen Turm, und sie untergruben ihn auch. Am Abend, als im Dorfe die Kühe gemolken wurden, fiel der Turm um, und das ganze Land zitterte von dem Fall. Man sieht noch die Steine den Berg hinunter liegen. Der Johann Hübner erscheint oft um Mitternacht, mit seinem einen Auge sitzt er auf einem schwarzen Pferd und reitet um den Wall herum.

130. Eppela Gaila

Vor nicht lange sangen die Nürnberger Gassenbuben noch diesen alten Reim:

»Eppela Gaila von Dramaus
reit allzeit zum vierzehnt aus.«

und:

»Da reit der Nürnberger Feind aus,
Eppela Gaila von Dramaus.«

In alten Zeiten wohnte im Bayreuthischen bei Drameysel (einem kleinen, nach Muggendorf eingepfarrten Dörfchen) Eppelin von Gailing, ein kühner Ritter, der raubte und heerte dort herum, und sonderlich aufgesessen war er den Nürnbergern, denen schadete er, wo er mochte. Er verstand aber das Zaubern, und zumal so hatt er ein Rößlein, das konnte wohl reiten und traben, damit setzte er in hohen Sprüngen über Felsen und Risse und sprengte es über den Fluß Wiesent, ohne das Wasser zu rühren, und über Heuwagen auf der Wiese ritt er, daß seines Rosses Huf kein Hälmlein verletzte. Zu Gailenreuth lag sein Hauptsitz, aber ringsherum hatte er noch andere seiner Burgen, und im Nu wie der Wind flog er von einer zur andern. Von einer Bergseite war er flugs an der gegenüberstehenden und ritt oftmals nach Sankt Lorenz in Muggendorf. Zu Nürnberg hielten ihn weder Burgmauern auf noch der breite Stadtgraben, und viel andere Abenteuer hat er ausgeübt. Endlich aber fingen ihn die Nürnberger, und zu

Neumarkt ward er mit seinen Helfershelfern an den Galgen gehängt. In der Nürnberger Burg stehen noch seine Waffen zur Schau, und an der Mauer ist noch die Spur vom Hufe seines Pferdes zu sehen, die sich eingedrückt hatte, als er darüber sprang.

131. Der Blumenstein

Als auf dem Blumenstein bei Rotenburg in Hessen noch Ritter lebten, wettete eines Abends ein junges, mutiges Bauernmädchen in dem benachbarten Dorf Höhnebach, daß es um Mitternacht bei Mondschein hinaus auf die furchtbare Burg gehen und ein Ziegelstück herabholen wollte. Sie wagte auch den Gang, holte das Wahrzeichen und wollte eben wieder zurückgehen, als ihr ein Hufschlag in der stillen Nacht entgegenklang. Schnell sprang sie unter die Zugbrücke, und kaum stand sie darunter, so kam auch schon der Ritter herein und hatte eine schöne Jungfrau vor sich, die er geraubt und deren köstliche Kleidungsstücke er hinten aufgepackt hatte. Indem er über die Brücke ritt, fiel ein Bündel davon herab, den hob das Bauernmädchen auf und eilte schnell damit fort. Kaum aber hatte sie die Hälfte des Spisses, eines Berges, der zwischen Hönebach und dem Blumenstein liegt, erstiegen, so hörte sie, wie der Ritter schon wieder über die Zugbrücke ausritt und wahrscheinlich den verlorenen Bündel suchen wollte. Da blieb ihr nichts übrig, als den Weg zu verlassen und sich in den dicken Wald zu verbergen, bis er vorüber war. Und so rettete es seine Beute und brachte das Wahrzeichen glücklich nach Haus.

Andere erzählen ähnlich von andern Orten mit folgender weiterer Ausführung: Das Mädchen sah, wie der Reiter die Jungfrau mordete. Sie ließ ihr Bündel, vom Räuber ungesehen, fallen, das hob das Mädchen auf. Beim Öffnen fand es kostbare Kleider und andern Schmuck darin, darum verschwieg es den Fund, sagte lieber, es wäre aus zu großer Angst nicht an dem Ort gewesen. Mit der Zeit brachte es nach und nach ein Stück davon hervor, als wenn es sie selbst angeschafft hätte, endlich bei einem Tanz hatte es alle die prächtigen Kleider an. Da war ein Fremder, der es fest anschaute, mit ihr tanzte und zuletzt heimführen wollte. Auf dem Weg nach des Mädchens Dorf zog er plötzlich ein Messer und wollte es erstechen; sie rief aber um Hilfe, und er wurde verhaftet. Er war jener Mörder.

132. Seeburger See

Zwei kleine Stunden von Göttingen liegt der Seeburger See. Er vermindert sich jährlich, ist jetzt dreißig bis vierzig Fuß tief und von einer guten halben Stunde Umkreis. In der Gegend sind noch mehr Erdfälle und gefährliche Tiefen, die auf das Dasein eines unterirdischen Flusses vermuten lassen. Die Fischer erzählen folgende Sage:

In alten Zeiten stand da, wo jetzt der See ist, eine stolze Burg, auf welcher ein Graf namens Isang wohnte, der ein wildes und gottloses Leben führte. Einmal brach er durch die heiligen Mauern des Klosters Lindau, raubte eine Nonne und zwang sie, ihm zu Willen zu sein. Kaum war die Sünde geschehen, so entdeckte sich, daß diejenige, die er in Schande gebracht, seine bis dahin ihm verborgen gebliebene Schwester war. Zwar erschrak er und schickte sie mit reicher Buße ins Kloster zurück, aber sein Herz bekehrte sich doch nicht zu Gott, sondern er begann aufs neue nach seinen Lüsten zu leben. Nun geschah es, daß er einmal seinen Diener zum Fischmeister schickte, einen Aal zu holen, der Fischmeister aber dafür eine silberweiße Schlange gab. Der Graf, der etwas von der Tiersprache verstand, war damit gar wohl zufrieden, denn er wußte, daß, wer von einer solchen Schlange esse, zu allen Geheimnissen jener Sprache gelange. Er hieß sie zubereiten, verbot aber dem Diener bei Lebensstrafe, nichts davon zu genießen. Darauf aß er so viel, als er vermochte, aber ein weniges blieb übrig und wurde auf der Schüssel wieder hinausgetragen; da konnte der vom Verbot gereizte Diener seiner Lust nicht widerstehen und aß es. Dem Grafen aber fielen nach dem Genuß alsbald alle je begangenen Sünden und Frevel aufs Herz und standen so hell vor ihm, daß die Gedanken sich nicht davon abwenden konnten und er vor Angst sich nicht zu lassen wußte. »Mir ist so heiß«, sprach er, »als wenn ich die Hölle angeblasen hätte!« Er ging hinab in den Garten, da trat ihm ein Bote entgegen und sprach: »Eben ist Eure Schwester an den Folgen der Sünde, zu der Ihr sie gezwungen habt, gestorben.« Der Graf wendete sich in seiner Angst nach dem Schloßhof zurück, aber da ging alles Getier, das darin war, die Hühner, Enten, Gänse, auf und ab und sprachen von seinem ruchlosen Leben und entsetzlichen Frevel, den er all verbracht, und die Sperlinge und die Tauben auf dem Dache mengten sich in das Gespräch und riefen Antwort herab. »Nun aber«, sagten sie, »haben die Sünden ihr volles Maß, und das Ende ist gekommen: in kurzer Stunde werden die prächtigen Türme umfallen, und die ganze Burg wird versunken sein.« Eben als der Hahn gewaltig auf dem Dache krähte, trat der Diener, der von der Schlange gegessen hatte, herzu, und der Graf, der ihn versuchen wollte, fragte: »Was ruft der Hahn?« Der Diener, der in der Angst sich vergaß und es wohl verstand, antwortete: »Er ruft: Eil, eil! eh die Sonne untergeht, willst du dein Leben retten, eil, eil! Aber zieh allein!« »O du Verräter«, sprach der Graf, »so hast du doch von der Schlange gegessen, packe zusammen, was du hast, wir wollen entfliehen.« Der Diener lief hastig ins Schloß, aber der Graf sattelte sich selber sein Pferd, und schon war er aufgesessen und wollte hinaus, als der Diener zurückkam, leichenblaß und atemlos ihm in die Zügel fiel und flehentlich bat, ihn mitzunehmen. Der Graf schaute auf, und als er sah, wie die letzte Sonnenröte an den Spitzen der Berge glühte, und hörte, wie der Hahn laut kreischte: »Eil, eil! eh die Sonne untergeht, aber zieh allein!«, da nahm er sein Schwert, zerspaltete ihm den Kopf und sprengte über die Zugbrücke hinaus. Er ritt auf eine kleine Anhöhe bei dem Städtchen Gieboldehausen, da schaute er sich um, und als er die Turmspitzen seines Schlosses noch im Abendrot glänzen sah, deuchte ihm alles ein Traum und eine Betäubung seiner Sinne. Plötzlich aber fing die Erde an, unter seinen Füßen zu zittern, erschrocken ritt er weiter, und als er zum zweitenmal sich umschaute, waren Wall, Mauern und Türme verschwunden und an des Schlosses Stelle ein großer See.

Nach dieser wundervollen Errettung bekehrte sich der Graf und büßte seine Sünden im Kloster Gieboldehausen, welchem er seine übrigen reichen Besitzungen schenkte. Nach seiner Verordnung werden noch jetzt reuigen Sündern an einem gewissen Tage Seelenmessen gelesen. In dem Dorfe Berenshausen stiftete er den Chor und die Altarstühle, worüber sogar noch ein Schenkungsbrief da sein soll. Auch werden noch jetzt aus dem See behauene Quadern und Eichenbohlen herausgeholt; vor einiger Zeit sogar zwei silberne Töpfe mit erhabenen Kränzen in getriebener Arbeit, von denen der Wirt in Seeburg einen gekauft hat.

133. Der Burgsee und Burgwall

In der Stubnitz auf der pommerschen Insel Rügen liegt ein mächtiger Erdwall, von hohen Buchen bewachsen und einen langrunden Kreis umschließend, in dessen Mitte mancherlei Baumwurzeln und Steine verstreut liegen. Hart neben dem östlichen Rand des Walles fließt in einem runden und tiefen Kessel ein See, der schwarze See oder Burgsee genannt. Jener Wall heißt der Burgwall. Nach der Landsage soll in diesem Wall vor alten Zeiten der Teufel angebetet und zu seinem

Dienst eine Jungfrau unterhalten worden sein. Wenn er der Jungfrau überdrüssig wurde, so führten sie seine Priester zu dem schwarzen See und ersäuften sie darin.

134. Der heilige Niklas und der Dieb

Zu Greifswald in Pommern stund in der Gertrudenkapelle St. Niklasen Bild. Eines Nachts brach ein Dieb ein, wollte den Gotteskasten berauben und rief den Heiligen an: »O heiliger Niklaus, ist das Geld mein oder dein? Komm, laß uns wettlaufen darum, wer zuerst zum Gotteskasten kommt, soll gewonnen haben.« Hub damit zu laufen an, aber das Bild lief auch und überlief den Dieb zum drittenmal; der antwortete und sprach: »Mein heiliger Niklaus, du hast's redlicher gewonnen, aber das Geld ist dir doch nicht nutz, bist von Holz und bedarfst keines; ich will's nehmen und guten Mut dabei haben.« Bald darauf geschah, daß dieser Räuber starb und begraben wurde, da kamen die Teufel aus der Hölle, holten den Leib aus dem Grab, warfen ihn bei den beraubten Gotteskasten, hängten ihn zuletzt vor der Stadt an eine Windmühle auf und führten ihn auf ihren Flügeln wider Winds herum. Diese Mühle stand noch im Jahre 1633 und ging immer mit Gegenwind unter den andern umstehenden natürlich getriebenen Mühlen.

Nach andern war es der Verwalter, der das Opfergeld angegriffen oder, wie man sagt, mit dem Marienbild um die Wette gelaufen war.

Wo des Teufels Fuß die Erde berührte, versengte er das frische Gras und trat tiefe Stapfen, die stehenblieben und nie mehr mit Gras bewuchsen, bis die ganze Kirche, zu der sonst große Wallfahrten geschahen, samt dem Kirchhof verschüttet und zu Festungswällen verbaut wurde.

135. Riesensteine

Man findet hin und wieder greuliche Steine, worin die Male von Händen und Füßen eingedrückt sind und wovon die Sage ist, dieses rühre von Riesen her, die sich vor alters damit geworfen oder darauf gestanden. Ein solcher Stein liegt zu Leipzig beim Kirchturm am Wege, und die Spur einer großen Hand mit sechs Fingern steht darauf gedruckt. Ein andrer großer Stein ist auf dem Wege von Leipzig nach dem Dorf Hohentiegel zu finden, dem Dorfe näher als der Stadt, darauf man ein Schmarre sieht, als wäre sie mit einem Schlachtschwerte eingehauen.

Als Salzwedel vor uralters hart belagert wurde von einem grausamen Feind, der sie doch nicht einbekommen mochte, weil Engel auf der Stadtmauer hin und her gegangen, die Pfeile auffingen und die Stadt behüteten, da erbitterte der Feldherr; und wie im Lager ein großer Stein vor ihm lag, zog er sein Schlachtschwert und sprach: »Soll ich die Stadt nicht gewinnen, so gebe Gott, daß ich in diesen Stein haue wie in einen Butterweck.« Als er nun hieb, gab der Stein nach, als ob er ganz weich wäre. Dieser Stein wurde dem Praetorius an derselben Stelle im Jahr 1649 gezeigt, auf dem Wege zwischen Salzwedel und Tilsen, und er betastete ihn und sah mit eigenen Augen die tiefe Spalte, die er durch die Mitte hatte.

136. Spuren im Stein

Bei der Mindner Glashütte ist ein Wald, der heißt der Geismarwald, da hat vor dem Dreißigjährigen Krieg eine Stadt namens Geismar gestanden. Daneben ist ein andrer Berg, welcher der Totenberg heißt, und dabei ist eine Schlacht vorgefallen. Der Feldherr war anfänglich geschlagen, hatte sich in den Geismarwald zurückgezogen, saß da auf einem Stein und dachte nach, was zu tun am besten wäre. Da kam einer seiner Hauptleute und wollte ihn bereden, die Schlacht von neuem anzufangen und den Feind mutig anzugreifen; wo er jetzt noch siege, sei alles gerettet. Der Feldherr aber antwortete: »Nein, ich kann so wenig siegen, als dieser Stein, auf dem ich sitze, weich werden kann!« Mit diesen Worten stand er auf, aber seine Beine und selbst seine Hand, womit er sich beim Aufstehen auf den Stein gestützt, waren darin eingedrückt. Wie er das Wunder sah, ließ er zur Schlacht blasen, griff den Feind mit frischer Tapferkeit an und siegte. Noch heutzutag steht der Stein, und man sieht die Spuren darin ausgedrückt.

137. Der Riesenfinger

Am Strand der Saale, besonders in der Nähe von Jena, lebte ein wilder und böser Riese; auf den Bergen hielt er seine Mahlzeit, und auf dem Landgrafenberg heißt noch ein Stück der Löffel, weil er da seinen Löffel fallen ließ. Er war auch gegen seine Mutter gottlos, und wenn sie ihm Vorwürfe über sein wüstes Leben machte, so schalt er sie und schmähte und ging nur noch ärger mit den Menschen um, die er Zwerge hieß. Einmal, als sie ihn wieder ermahnte, ward er so wütend, daß er mit den Fäusten nach ihr schlug. Aber bei diesem Greuel verfinsterte sich der Tag zu schwarzer Nacht, ein Sturm zog daher, und der Donner krachte so fürchterlich, daß der Riese niederstürzte. Alsbald fielen die Berge über ihn her und bedeckten ihn, aber zur Strafe wuchs der kleine Finger ihm aus dem Grabe heraus. Dieser Finger aber ist ein langer schmaler Turm auf dem Hausberg, den man jetzt den Fuchsturm heißt.

138. Riesen aus dem Untersberge

Alte Männer aus dem Dorfe Feldkirchen, zwei Stunden von Salzburg, haben im Jahr 1645 erzählt, als sie noch unschuldige Buben gewesen, hätten sie aus dem Wunderberge Riesen herabgehen gesehen, die sich an die nächst dieses Berges stehende Grödicher Pfarrkirche angelehnt, daselbst mit Männern und Weibern gesprochen, dieselben eines christlichen Lebens und zu guter Zucht ihrer Kinder ermahnt, damit diese einem bevorstehenden Unglück entgingen. Sodann hätten sich die Riesen wiederum nach ihrem Wunderberg begeben. Die Grödiger Leute waren von den Riesen oft ermahnt, durch erbauliches Leben sich gegen verdientes Unglück zu sichern.

139. Der Jettenbühel zu Heidelberg

Der Hügel bei Heidelberg, auf dem jetzt das Schloß stehet, wurde sonst der Jettenhügel genannt, und dort wohnte ein altes Weib, namens Jetta, in einer Kapelle, von der man noch Überreste gesehen, als der Pfalzgraf Friedrich Kurfürst geworden war und ein schönes Schloß (1544) baute, das der neue Hof hieß. Diese Jetta war wegen ihres Wahrsagens sehr berühmt, kam aber selten aus ihrer Kapelle und gab denen, die sie befragten, die Antwort zum Fenster heraus, ohne daß sie sich sehen ließ. Unter andern verkündete sie, wie sie es in seltsamen Versen vorbrachte, es wäre über ihren Hügel beschlossen, daß er in künftigen Zeiten von königlichen Männern, welche sie mit Namen nannte, sollte bewohnt, beehrt und geziert und das Tal unter demselben mit vielem Volk besetzt werden. Es war damals noch Wald.

Als Jetta einst bei einem schönen Tage nach dem Brunnen ging, der sehr lustig am Fuß des Geißberges nah am Dorf Schlierbach, eine halbe

Wolf als Kinderfresser. Aus: Laube, T.: Dialogi und Gespräch. Von der Lycanthropia. Frankfurt 1686

Stunde von Heidelberg, liegt und trinken wollte, wurde sie von einem Wolf, der Junge hatte, zerrissen. Daher er noch jetzt der Wolfsbrunnen heißt. Nah dabei ist unter der Erde ein gewölbter Gang, von dem Volk das Heidenloch genannt.

140. Riese Haym

Es war vorzeiten ein Riese, genannt Haym oder Haymon. Als nun ein giftiger Drache in der Wildnis des Inntals hauste und den Einwohnern großen Schaden tat, so machte sich Haymon auf, suchte und tötete ihn. Dafür unterwarfen sich die Bewohner des Inntals seiner Herrschaft. Darnach erwarb er noch größeren Ruhm, indem er die Brücke über den Inn, daher die Stadt Innsbruck den Namen führt, fester baute, weshalb sich viel fremde Leute unter ihn begaben. Der Bischof von Chur aber taufte ihn, und Haymon erbaute zu Christi Ehren das Kloster Wilten, wo er bis an sein Ende lebte und begraben liegt.

Zu Wilten ist sein Grab zu sehen, vierzehn Schuh drei Zwergfinger lang, auf dem Grabe ist seine Gestalt in Rüstung aus Holz geschnitten. Auch zeigt man in der Sakristei die Drachenzunge samt einem alten Kelch, worauf die Passion abgebildet ist, den man vor mehr als elfhundert Jahren, wie man das Fundament des Klosters grub, in der Erde gefunden, also daß der Kelch bald nach Christi Himmelfahrt gemacht war. Neben Haymes Grab hängt eine Tafel, worauf sein Leben geschrieben steht.

141. Die tropfende Rippe

Im Cillierkreise der Steiermark liegt ein Ort Oberburg, auf slavisch Gornigrad, in dessen Kirche hangt eine ungeheure Rippe, dergleichen kein jetzt bekanntes Landtier hat. Man weiß nicht, wann sie ausgegraben worden, die Volkssage schreibt sie einer Heidenjungfrau (slavisch: ajdovska dekliza) zu, mit der Anmerkung, daß von dieser Rippe alljährlich ein einziger Tropfen abfällt und der Jüngste Tag in der Zeit komme, wo sie ganz vertröpfelt sein wird.

142. Jungfrausprung

Unweit Grätz in Steier liegt ein Ort, insgemein die Wand genannt, daselbst ist ein hoher Berg, welcher den Namen Jungfrausprung schon von etlichen hundert Jahren her führt. Als nämlich auf eine Zeit ein üppiger und gottloser Gesell einem ehrbaren Bauernmägdlein lang und ungestüm nachstrebte und er sie zuletzt nach vielen Ausspähungen auf besagtem Berg ertappte, erschrak sie und wagte einen Sprung. Sie sprang von dem Berg über den ganzen Fluß, Mur genannt, bis auf einen andern hohen Bühel jenseits. Davon heißt der Berg Jungfrausprung.

143. Der Stierenbach

Mitten durch das Tal der Surenalp ergießt sich der Stierenbach, der aus dem Surenersee entspringt und einer gemeinen Sage nach, die sowohl die Leute in Uri als in Engelberg erzählen, durch folgende Geschichte den Namen erhalten haben soll: Vor mehreren hundert Jahren lebte hier ein Alpenhirt, der in seiner Herde ein Lamm hatte, worauf er besonders viel hielt und dem er so zugetan war, daß er darauf verfiel, es taufen zu lassen und ihm einen Christennamen beizulegen, Was geschieht? Der Himmel, um diesen Frevel zu rächen, wandelte das Lamm in ein scheußliches Gespenst, welches bei Tag und Nacht auf der fruchtbaren Alpe umherging, alle Gräser und Kräuter abweidete und den Strich so verheerte, daß die Engelberger fürder kein Vieh mehr darauf halten konnten. Zu denen von Uri kam aber ungefähr ein fahrender Schüler und riet, wie sie das Untier zu vertreiben hätten. Nämlich sie sollten neun Jahr lang ein Stierkalb mit purer Milch auffüttern, das erste Jahr von einer einzigen Kuh, das zweite von der Milch zweier, das dritte dreier Kühe und so fort; nach Ablauf der neun Jahre den solchergestalt mit Milch auferzogenen Ochsen durch eine reine Jungfrau auf die Alpe führen lassen. Die Urer hofften auf guten Lohn von den Engelbergern und nährten einen solchen Stier auf der Alpe Waldnacht, wo man noch heutzutag seinen Stall weiß, genannt den Stiergaden. Wie nun der Stier zu seinen Jahren gekommen war, leitete ihn eine unbefleckte Jungfrau über den Felsengrat und ließ ihn da laufen. Der Stier, als er sich frei sah, ging sogleich auf das Gespenst los und fing einen Kampf mit ihm an. Der Streit war so hart und wütig, daß der Stier zwar das Ungeheuer zuletzt überwand, aber der Schweiß von seinem Leib heruntertroff. Da stürzte er zu einem vorbeifließenden Bach und trank so viel Wasser, daß er auf der Stelle des Todes war. Davon hat der Bach seitdem den Namen Stierenbach, und außerdem zeigen die Einwohner noch jetzo die Felsen und Steine vor, in denen sich die Hinterklauen des Stiers während des heftigen Kampfes eingedrückt haben.

144. Die Männer im Zottenberg

Im XVI. Jahrhundert lebte in Schweidnitz ein Mann, Johannes Beer genannt. Im Jahr 1570, als er seiner Gewohnheit nach zu seiner Lust auf den nahgelegenen Zottenberg ging, bemerkte er zum erstenmal eine Öffnung, aus der ihm beim Eingang ein gewaltiger Wind entgegenwehte. Erschrocken ging er zurück, bald darauf aber, am Sonntag Quasimodogeniti, beschloß er von neuem die Höhle zu untersuchen. Er kam in einen engen, geraden Felsengang, ging einem fernschimmernden Lichtstrahl nach und gelangte endlich zu einer beschlossenen Türe, in der eine Glasscheibe war, die jenes wundersame Licht warf. Auf dreimaliges Anklopfen ward ihm geöffnet, und er sah in der Höhle an einem runden Tisch drei lange abgemergelte Männer in altdeutscher Tracht sitzen, betrübte und zitternde. Vor ihnen lag ein schwarzsamtenes, goldbeschlagenes Buch. Hierauf redete er sie mit: »Pax vobis!« an und bekam zur Antwort: »Hic nulla pax!« Weiter vorschreitend rief er nochmals: »Pax vobis in nomine domini!« Erzitternd mit kleiner Stimme versetzten sie: »Hic non pax.« Indem er vor den Tisch kam, wiederholte er: »Pax vobis in nomine domini nostri Jesu Christi!« worauf sie verstummten und ihm jenes Buch vorlegten, welches geöffnet den Titel hatte: Liber obedientiae. Auf Beers Frage: wer sie wären? gaben sie zur Antwort: sie kennten sich selber nicht. Was sie hier machten? Sie erwarteten in Schrecken das Jüngste Gericht und den Lohn ihrer Taten. Was sie bei Leibesleben getrieben? Hier zeigten sie auf einen Vorhang, hinter dem allerlei Mordgewehre hingen, Menschengerippe und Hirnschädel. Ob sie sich zu diesen bösen Werken bekennten? »Ja!« Ob es gute oder böse? »Böse.« Ob sie ihnen leid wären? Hierauf schwiegen sie still, aber erzitterten: sie wüßten's nicht!

Die schlesische Chronik gedenkt eines Raubschlosses auf dem Zottenberge, dessen Ruinen noch zu sehen sind.

145. Verkündigung des Verderbens

Als die Magdeburger im Jahr 1550, am 22. September, mit dem Herzog Georg von Mecklenburg Schlacht halten sollten, ist ihnen bei ihrem Auszuge vor dem Dorf Barleben, eine Meile Wegs von der Stadt, ein langer, ansehnlicher, alter Mann, der Kleidung nach einem Bauersmanne nicht unähnlich, begegnet und hat gefragt, wo sie mit dem Kriegsvolk und der Kriegsrüstung hinausgedächten. Und da er ihres Vorhabens berichtet worden, hat er sie gleich mit aufgehobenen Händen herzlich gebeten und gewarnt, von ihrem Vorsatze abzustehen, wieder heimzukehren, ihre Stadt in acht zu nehmen und ja des Orts und sonderlich in dieser Zeit nichts zu beginnen, weil eben auch vor zweihundert Jahren die Magdeburger auf den St.-Moritz-Tag und an demselben Orte, an dem Wasser Ohra, geschlagen worden; wie ein jeder, der es wüßte, in der Tafel der St.-Johannes-Kirche zu Magdeburg lesen könnte. Und würde ihnen, wofern sie fortführen, gewiß auch diesmal glücklicher nicht ergehen. Ob nun wohl etliche sich über das Wesen und die Rede des Mannes verwunderten, so haben doch ihrer sehr viel ihm gespottet und die Warnung höhnisch verlacht, von welchen Spöttern hernach doch keiner in der Schlacht unerschlagen oder ungefangen geblieben sein soll. Man sagt, er sei als ein gar alter eisgrauer Mann erschienen, aber solches schönen, holdseligen, rötlichen und jungen Angesichts, daß es zu verwundern gewesen. Und demnach es leider gefolgt, wie er geweissagt, hat man allenthalben Nachforschung nach solchem Manne gehabt, aber niemand erfahren können, der ihn zuvor oder nachher gesehen hätte.

146. Das Männlein auf dem Rücken

Als im März 1669 nach Torgau hin ein Seiler seines Wegs gewandelt, hat er einen Knaben auf dem Felde angetroffen, der auf der Erde zum Spiel niedergesessen und ein Brett vor sich gehabt. Wie nun der Seiler solches im Überschreiten verrückt, hat das Knäblein gesprochen: »Warum stoßt Ihr mir mein Brett fort? Mein Vater wird's Euch danken!« Der Seiler geht immer weiter, und nach hundert Schritten begegnet ihm ein klein Männlein, mit grauem Bart und ziemlichem Alter, von ihm begehrend, daß er es tragen möge, weil es zum Gehen ermüdet sei. Diese Anmaßung verlacht der Seiler, allein es springet auf seine Schultern, so daß er es ins nächste Dorf hocken muß. Nach zehn Tagen stirbt der Seiler. Als darüber sein Sohn kläglich jammert, kommt das kleine Bübchen zu ihm mit dem Bericht, er solle sich zufrieden geben, es sei dem Vater sehr wohl geschehen. Weiter wolle er ihn, benebenst der Mutter, bald nachholen, denn es würde in Meißen bald eine schlimme Zeit erfolgen.

147. Gottschee

In der unterkrainischen Stadt Gottschee wohnen Deutsche, die sich in Sprache, Tracht und Sitten sehr von den andern Krainern unterscheiden. Nahe dabei liegt eine alte, denselben Namen tragende und dem Fürsten Auersperg zuhörende Burg, von der die umwohnenden Leute mancherlei Dinge erzählen. Noch jetzt wohnt ein Jägersmann mit seinen Hausleuten in dem bewohnbaren Teil der verfallenen Burg, und dessen Vorfahren einem soll einmal ganz besonders mit den da hausenden Geistern folgendes begegnet sein:

Die Frau dieses Jägers war in die Stadt hinuntergegangen, er selbst, von Schläfrigkeit befallen, hatte sich unter eine Eiche vor dem Schloß gestreckt. Plötzlich so sah er den ältesten seiner beiden Knaben, die er schlafend im Haus verlassen, auf sich zukommen, wie als wenn er geführt würde. Zwar keinen Führer erblickte er, aber das fünfjährige

Kind hielt die Linke stets in der Richtung, als ob es von jemanden daran gefaßt wäre. Mit schnellen Schritten eilte es vorbei und einem jähen Abgrund zu. Erschrocken sprang der Vater auf, sein Kind zu retten willens, faßte es rasch und mühte sich, die linke Hand von dem unsichtbaren Führer loszumachen. Mit nicht geringer Anstrengung bewerkstelligte er das zuletzt und riß die Hand des Kindes los aus einer andern, die der Jäger nicht sah, aber eiskalt zu sein fühlte. Das Kind war übrigens unerschrocken und erzählte, wie daß ein alter Mann gekommen sei, mit langem Bart, roten Augen, in schwarze Kleider angetan und ein ledernes Käppchen auf, habe sich freundlich angestellt und ihm viele schöne Sachen versprochen, wenn es mit ihm gehen wolle, darauf sei es ihm an der Hand gefolgt.

Abends desselben Tages hörte der Jäger sich bei seinem Namen rufen; als er die Tür aufmachte, stand der nämliche Alte draußen und winkte. Der Jäger folgte und wurde an ebendenselben Abgrund geleitet. Der Felsen tat sich auf, sie stiegen eine Steintreppe ab. Unterwegs begegnete ihnen eine Schlange, nachher gelangten sie in eine immer heller werdende Gruft. Sieben Greise, mit kahlen Häuptern, in tiefem Schweigen saßen in einem länglichen Raume. Weiter ging der Jäger durch einen engen Gang in ein kleines Gewölbe, wo er einen kleinen Sarg stehen sah, dann in ein größeres, wo ihm der Greis achtundzwanzig große Särge zeigte, in den Särgen lagen Leichname beiderlei Geschlechts. Unter den Verblichenen fand er einige bekannte Gesichter, wovon er sich jedoch nicht zu erinnern wußte, wo sie ihm vorgekommen waren. Nach diesem wurde der Jäger in einen hell erleuchteten Saal geführt, worin achtunddreißig Menschen saßen, worunter vier sehr junge Frauen, und ein Fest begingen. Allein alle waren totenblaß, und keiner sprach ein Wort. Durch eine rote Tür führte der Alte den Jäger zu einer Reihe altfränkisch gekleideter Leute, deren verschiedene der Jäger auch zu erkennen meinte, der Greis küßte den ersten und den letzten. Nunmehr beschwor der Jäger den Führer, ihm zu sagen, wer diese alle seien und ob ein Lebendiger ihnen die noch entbehrte Ruhe wiedergeben könne. »Lauter Bewohner dieses Schlosses sind es«, versetzte hohlstimmig der Alte, »die weitere Bewandtnis kannst du aber jetzt noch nicht erfahren, sondern wirst es demnächst einmal.« Nach diesen Worten wurde der Jäger sanft hinausgeschoben und merkte, daß er in einem naßfeuchten Gewölbe war. Er fand eine alte verfallene Treppe, und diese in die Höhe steigend, gelangte er in einen etwas weiteren Raum, von wo aus er durch ein kleines Loch vergnügt den Himmel und die Sterne erblickte. Ein starkes Seil, woran er stieß, und das Rauschen von Wasser ließ ihn mutmaßen, er befinde sich auf dem Grunde einer hinter dem Schlosse befindlichen Zisterne, von wo aus man das Wasser mittels eines Rades hinaufwand. Allein unglücklicherweise kam niemand in drei ganzen Tagen zum Brunnen, erst am Abend des vierten ging des Jägers Frau hin, die sehr staunte, als sie in dem schweren Eimer ihren totgeglaubten Mann herauszog.

Die Verheißung des alten Wegweisers blieb indessen unerfüllt, doch erfuhr der Jäger, daß er ihn in dem Vorgeben, diese Geister seien die alten Schloßbewohner, nicht belogen hätte. Denn als er einige Zeit darauf in dem fürstlichen Saal die Bilder der Ahnen betrachtete, erkannte er in ihren Gesichtszügen die in der Höhle gesehenen Leute und Leichen wieder.

148. Die Zwerge auf dem Baum

Des Sommers kam die Schar der Zwerge häufig aus den Flühen herab ins Tal und gesellte sich entweder hilfreich oder doch zuschauend den arbeitenden Menschen, namentlich zu den Mähdern im Heuet (der Heuernte). Da setzten sie sich denn wohl vergnügt auf den langen und dicken Ast eines Ahorns ins schattige Laub. Einmal aber kamen boshafte Leute und sägten bei Nacht den Ast durch, daß er bloß noch schwach am Stamme hielt, und als die arglosen Geschöpfe sich am Morgen darauf niederließen, krachte der Ast vollends entzwei, die Zwerge stürzten auf den Grund, wurden ausgelacht, erzürnten sich heftig und schrien:

»O wie ist der Himmel so hoch
und die Untreu so groß!
Heut hierher und nimmermehr!«

Sie hielten Wort und ließen sich im Lande niemals wieder sehen.

149. Die Zwerge auf dem Felsstein

Es war der Zwerglein Gewohnheit, sich auf einen großen Felsstein zu setzen und von da den Heuern zuzuschauen. Aber ein paar Schalke machten Feuer auf den Stein, ließen ihn glühend werden und fegten dann alle Kohlen hinweg. Am Morgen kam das winzige Volk und verbrannte sich jämmerlich; rief voll Zornes:

»O böse Welt, o böse Welt!«

und schrie um Rache und verschwand auf ewig.

150. Die Füße der Zwerge

Vor alten Zeiten wohnten die Menschen im Tal und rings um sie in Klüften und Höhen die Zwerge, freundlich und gut mit den Leuten, denen sie manche schwere Arbeit nachts verrichteten; wenn nun das Landvolk frühmorgens mit Wagen und Geräten herbeizog und erstaunte, daß alles schon getan war, steckten die Zwerge im Gesträuch und lachten hellauf. Oftmals zürnten die Bauern, wenn sie ihr noch nicht ganz zeitiges Getreide auf dem Acker niedergeschnitten fanden, aber als bald Hagel und Gewitter hereinbrach und sie wohl sahen, daß vielleicht kein Hälmlein dem Verderben entronnen sein würde, da dankten sie innig dem voraussichtigen Zwergvolk. Endlich aber verscherzten die Menschen durch ihren Frevel die Huld und Gunst der Zwerge, sie entflohen, und seitdem hat sie kein Aug wieder erblickt. Die Ursache war diese: Ein Hirt hatte oben am Berg einen trefflichen Kirschbaum stehen. Als die Früchte eines Sommers reiften, begab sich, daß dreimal hintereinander nachts der Baum geleert wurde und alles Obst auf die Bänke und Hürden getragen war, wo der Hirt sonst die Kirschen aufzubewahren pflegte. Die Leute im Dorfe sprachen: »Das tut niemand anders als die redlichen Zwerglein, die kommen bei Nacht in langen Mänteln mit bedeckten Füßen dahergetrippelt, leise wie Vögel, und schaffen den Menschen emsig ihr Tagwerk. Schon vielmal hat man sie heimlich belauscht, allein man stört sie nicht, sondern läßt sie kommen und gehen.« Durch diese Reden wurde der Hirt neugierig und hätte gern gewußt, warum die Zwerge so sorgfältig ihre Füße bärgen und ob diese anders gestaltet wären als Menschenfüße. Da nun das nächste Jahr wieder der Sommer und die Zeit kam, daß die Zwerge heimlich die Kirschen abbrachen und in den Speicher trugen, nahm der Hirt einen Sack voll Asche und streute die rings um den Baum herum aus. Den andern Morgen mit Tagesanbruch eilte er zur Stelle hin, der Baum war richtig leer gepflückt, und er sah unten in der Asche die Spuren von vielen Gänsfüßen eingedrückt. Da lachte der Hirt und spottete, daß der Zwerge Geheimnis verraten war. Bald aber zerbrachen und verwüsteten diese ihre Häuser und flohen tiefer in die Berge hinab, grollen dem Menschengeschlecht und versagen ihm ihre Hilfe. Jener Hirt, der sie verraten hatte, wurde siech und blödsinnig fortan bis an sein Lebensende.

151. Die wilden Geister

Unter den vicentinischen und veronesischen Deutschen wagt's von der zweiten Hälfte des Dezember bis gegen das Ende der ersten Jännerhälfte selbst der kühnsten Jager keiner, die Wildbahn zu besuchen. Sie fürchten den wilden Mann und die Waldfrau. Die Hirten treiben zu dieser Zeit das Vieh nicht, Kinder holen das Wasser in irdenen Gefäßen von der nächsten Quelle, und die Herden werden im Stall getränkt. Auch spinnen die Weiber der Waldfrau ein Stück Haar am Rocken und werfen es ihr ins Feuer, um sie zu versühnen. Am Vorabend des Festes wird die Hausküche und jeder Ort, wo ein Rauchfang ist oder eine Öffnung, aus der Luft herabfährt, mit Asche bestreut. Dann achtet man auf die Fußtritte in der Asche und sieht an ihrer Lage, Größe und zumal daran, ob sie ein- oder ausgehen, welche gute oder böse Geister das Haus besuchen.

152. Die Heilingszwerge

Am Fluß Eger zwischen dem Hof Wildenau und dem Schlosse Aicha ragen ungeheure große Felsen hervor, die man vor alters den Heilingsfelsen nannte. Am Fuß derselben erblickt man eine Höhle, inwendig gewölbt, auswendig aber nur durch eine kleine Öffnung, in die man, den Leib gebückt, kriechen muß, erkennbar. Die Höhle wurde von kleinen Zwerglein bewohnt, über die zuletzt ein unbekannter alter Mann, des Namens Heiling, als Fürst geherrscht haben soll. Einmal vorzeiten ging ein Weib, aus dem Dorfe Taschwitz bürtig, am Vorabend von Peter Pauli in den Forst und wollte Beeren suchen; es wurde ihr Nacht, und sie sah neben diesem Felsen ein schönes Haus stehen. Sie trat hinein, und als sie die Tür öffnete, saß ein alter Mann an einem Tische, schrieb emsig und eifrig. Die Frau bat um Herberge und wurde willig angenommen. Außer dem alten Mann war aber kein lebendes Wesen im ganzen Gemach, allein es rumorte heftig in allen Ecken, der Frau ward greulich und schauerlich, und sie fragte den Alten: »Wo bin ich denn eigentlich?« Der Alte versetzte, daß er Heiling heiße, bald aber auch abreisen werde, »denn zwei Drittel meiner Zwerge sind schon fort und entflohen«. Diese sonderbare Antwort machte das Weib nur noch unruhiger, und sie wollte mehr fragen, allein er gebot ihr Stillschweigen und sagte nebenbei: »Wäret Ihr nicht gerade in dieser merkwürdigen Stunde gekommen, solltet Ihr nimmer Herberge gefunden haben.« Die furchtsame Frau kroch demütig in einen Winkel und schlief sanft, und wie sie den Morgen mitten unter dem Felsstein erwachte, glaubte sie geträumt zu haben, denn nirgends war ein Gebäude da zu ersehen. Froh und zufrieden, daß ihr in der gefährlichen Gegend kein Leid widerfahren sei, eilte sie nach ihrem Dorfe zurück, es war alles so verändert und seltsam. Im Dorf waren die Häuser neu und anders aufgebaut, die Leute, die ihr begegneten, kannte sie nicht und wurde auch nicht von ihnen erkannt. Mit Mühe fand sie endlich die Hütte, wo sie sonst wohnte, und auch die war besser gebaut; nur dieselbe Eiche beschattete sie noch, welche einst ihr Großvater dahin gepflanzt hatte. Aber wie sie in die Stube treten wollte, ward sie von den unbekannten Bewohnern als eine Fremde von der Tür gewiesen und lief weinend und klagend im Dorfe umher. Die Leute hielten sie für wahnwitzig und führten sie vor die Obrigkeit, wo sie verhört und ihre Sache untersucht wurde; sieh da, es fand sich in den Gedenk und Kirchenbüchern, daß grad vor hundert Jahren an ebendiesem Tag eine Frau ihres Namens, welche nach dem Forst in die Beeren gegangen, nicht wieder heimgekehrt sei und auch nicht mehr zu finden gewesen war. Es war also deutlich erwiesen, daß sie volle hundert Jahr im Felsen geschlafen hatte und die Zeit über nicht älter geworden war. Sie lebte nun ihre übrigen Jahre ruhig und sorgenlos aus und wurde von der ganzen Gemeinde anständig verpflegt zum Lohn für die Zauberei, die sie hatte erdulden müssen.

153. Der Abzug des Zwergvolks über die Brücke

Die kleinen Höhlen in den Felsen, welche man auf der Südseite des Harzes, sonderlich in einigen Gegenden der Grafschaft Hohenstein findet und die größtenteils so niedrig sind, daß erwachsene Menschen nur hineinkriechen können, teils aber einen räumigen Aufenthaltsort für größere Gesellschaften darbieten, waren einst von Zwergen bewohnt und heißen nach ihnen noch jetzt Zwerglöcher. Zwischen Walkenried und Neuhof in der Grafschaft Hohenstein hatten einst die Zwerge zwei Königreiche. Ein Bewohner jener Gegend merkte einmal, daß seine Feldfrüchte alle Nächte beraubt wurden, ohne daß er den Täter entdecken konnte. Endlich ging er auf den Rat einer weisen Frau bei einbrechender Nacht an seinem Erbsenfelde auf und ab und schlug mit einem dünnen Stabe über dasselbe in die bloße Luft hinein. Es dauerte nicht lange, so standen einige Zwerge leibhaftig vor ihm. Er hatte ihnen die unsichtbar machenden Nebelkappen abgeschlagen. Zitternd fielen die Zwerge vor ihm nieder und bekannten, daß ihr

Volk es sei, welches die Felder der Landesbewohner beraubte, wozu aber die äußerste Not sie zwänge. Die Nachricht von den eingefangenen Zwergen brachte die ganze Gegend in Bewegung. Das Zwergvolk sandte endlich Abgeordnete und bot Lösung für sich und die gefangenen Brüder und wollte dann auf immer das Land verlassen. Doch die Art des Abzuges erregte neuen Streit. Die Landeseinwohner wollten die Zwerge nicht mit ihren gesammelten und versteckten Schätzen abziehen lassen, und das Zwergvolk wollte bei seinem Abzuge nicht gesehen sein. Endlich kam man dahin überein, daß die Zwerge über eine schmale Brücke bei Neuhof ziehen und daß jeder von ihnen in ein dorthin gestelltes Gefäß einen bestimmten Teil seines Vermögens als Abzugszoll werfen sollte, ohne daß einer der Landesbewohner zugegen wäre. Dies geschah. Doch einige Neugierige hatten sich unter die Brücke gesteckt, um den Zug der Zwerge wenigstens zu hören. Und so hörten sie denn viele Stunden lang das Getrappel der kleinen Menschen; es war ihnen, als wenn eine sehr große Herde Schafe über die Brücke ging. Seit dieser letzten großen Auswanderung des Zwergvolks lassen sich nur selten einzelne Zwerge sehen. Doch zu den Zeiten der Eltervāter stahlen zuweilen einige in den Berghöhlen zurückgebliebene aus den Häusern der Landesbewohner kleine, kaum geborene Kinder,die sie mit Wechselbälgen vertauschten.

154. Der Zug der Zwerge über den Berg

Auch auf der Nordseite des Harzes wohnten einst viele tausend Zwerge oder Kröpel in den Felsklüften und den noch vorhandenen Zwerglöchern. Bei Seehausen, einem magdeburgischen Städtchen, zeigt man ebenfalls solche Kröpellöcher. Aber nur selten erschienen sie den Landesbewohnern in sichtbarer Gestalt, gewöhnlich wandelten sie, durch ihre Nebelkappen geschützt, ungesehen und ganz unbemerkt unter ihnen umher. Manche dieser Zwerge waren gutartig und den Landesbewohnern unter gewissen Umständen sehr behilflich; bei Hochzeiten und Kindtaufen borgten sie mancherlei Tischgeräte aus den Höhlen der Zwerge. Nur durfte sie niemand zum Zorn reizen, sonst wurden sie tückisch und bösartig und taten dem, der sie beleidigte, allen möglichen Schaden an. In dem Tal zwischen Blankenburg und Quedlinburg bemerkte einmal ein Bäcker, daß ihm immer einige der gebackenen Brote fehlten, und doch war der Dieb nicht zu entdekken. Dieser beständig fortdauernde geheime Diebstahl machte, daß der Mann allmählich verarmte. Endlich kam er auf den Verdacht, die Zwerge könnten an seinem Unheil schuld sein. Er schlug also mit einem Geflechte von schwanken Reisern so lange um sich her, bis er die Nebelkappen einiger Zwerge traf, die sich nun nicht mehr verbergen konnten. Es wurde Lärm. Man ertappte bald noch mehrere Zwerge auf Diebereien und nötigte endlich den ganzen Überrest des Zwergvolks auszuwandern. Um aber die Landeseinwohner einigermaßen für das Gestohlene zu entschädigen und zugleich die Zahl der Auswandernden überrechnen zu können, wurde auf dem jetzt sogenannten Kirchberg bei dem Dorfe Thale, wo sonst Wendhausen lag, ein groß Gefäß hingestellt, worin jeder Zwerg ein Stück Geld werfen mußte. Dieses Faß fand sich nach dem Abzuge der Zwerge ganz mit alten Münzen angefüllt. So groß war ihre Zahl. Das Zwergvolk zog über Warnstedt (unweit Quedlinburg) immer nach Morgen zu. Seit dieser Zeit sind die Zwerge aus der Gegend verschwunden. Selten ließ sich seitdem hier und da ein einzelner sehen.

155. Die Zwerge bei Dardesheim

Dardesheim ist ein Städtchen zwischen Halberstadt und Braunschweig. Dicht an seiner nordöstlichen Seite fließt ein Quell des schönsten Wassers, welcher der Smansborn (Leßmannsborn) heißt und aus einem Berge quillt, in dem vormals die Zwerge wohnten. Wenn die ehemaligen Einwohner der Gegend ein Feierkleid oder zu einer Hochzeit ein seltenes Geräte brauchten, so gingen sie vor diesen Zwergberg, klopften dreimal an und sagten mit deutlicher, vernehmlicher Stimme ihr Anliegen, und

frühmorgens eh die Sonne aufgeht,
schon alles vor dem Berge steht.

Die Zwerge fanden sich hinlänglich belohnt, wenn ihnen etwas von den festlichen Speisen vor den Berg hingesetzt wurde. Nachher allmählich störten Streitigkeiten das gute Vernehmen des Zwergvolks und der Landeseinwohner. Anfangs auf kurze Zeit, aber endlich wanderten die Zwerge aus, weil ihnen die Neckworte und Spöttereien vieler Bauern unerträglich waren sowie der Undank für erwiesene Gefälligkeiten. Seit der Zeit sieht und hört man keine Zwerge mehr.

156. Schmied Riechert

Den Dardesheimer Zwergberg zieht auf der östlichen Seite ein Stück Acker hinan. Dieses Feld hatte einst ein Schmied, namens Riechert, mit Erbsen bestellt. Er bemerkte, als sie am wohlschmeckendsten waren, daß sie häufig ausgepflückt wurden. Um dem Erbsendieb aufzulauern, baute sich Riechert ein Hüttchen auf seinen Acker und wachte tags und nachts dabei; bei Tage entdeckte er keine Veränderung, aber alle Morgen sah er, daß seines Wachens unerachtet über Nacht das Feld bestohlen war. Voll Verdruß über seine mißlungene Mühe, beschloß er die noch übrigen Erbsen auf dem Acker auszudreschen. Mit Tagesanbruch begann Schmied Riechert seine Arbeit. Aber noch hatte er nicht die Hälfte der Erbsen ausgedroschen, so hörte er ein klägliches Schreien, und beim Nachsuchen fand er auf der Erde unter den Erbsen einen der Zwerge, dem er mit seinem Dreschflegel den Schädel eingeschlagen hatte und der nun sichtbar wurde, weil ihm seine Nebelkappe verlorengegangen war. Der Zwerg floh eilends in den Berg zurück.

157. Grinkenschmidt

In den Detterberge, drei Stunden von Mönster, do wuhrnde vor ollen Tieden en wilden Man, de hedde Grinkenschmidt, un de lag in en deip Lok unner de Erde, dat is nu ganz met Greß und Strüker bewassen; men man kann doch noch seihn, wo et west ist. In düt Lok hadde he siene Schmiede, un he mock so eislike rohre Saken, de duerden ewig, un siene Schlörter konn kien Mensk orpenkriegen sonner Schlürtel. An de Kerkendöhr to Nienberge sall auk en Schlott von em sien, do sind de Deiwe all vör west, men se könnt et nicht toschande maken. Wenn der denn ne Hochtied was, queimen de Bueren und lenden von Grinken en Spitt, do mosten se em en Broden vör gierwen. Kam auk es en Buer vör dat Lok und sede: »Grinkenschmidt, giff mi en Spitt.« »Krigst kien Spitt, giff mi en Broden.« – »Krigst kienen Broden, holt dien Spitt.« Do word Grinken so hellig aße der to un reep: »Wahr du, dat ik kienen Broden nierme.« De Buer gonk den Berg enbilink no sien Hues, do lag sien beste Perd in en Stall, un en Been was em utrierten, dat was Grinkenschmidt sien Broden*.

158. Die Hirtenjungen

Am Johannistag kamen zwei Hirtenknaben, indem sie den jungen Vögeln nachstellten, in die Gegend des Heilingsfelsen und erblickten unten an demselben eine kleine Türe offenstehen. Die Neugierde trieb sie hinein; in der Ecke standen zwei große Truhen, eine geöffnet, die andere verschlossen. In der offnen lag ein großer Haufen Geld, sie griffen hastig danach und füllten ihre Brotsäcklein voll. Drauf kam's ihnen greulich; sie eilten nach der Türe, glücklich trat der erste durch. Als aber der zweite folgte, knarrten die Angeln fürchterlich, er machte einen jähen großen Sprung nach der Schwelle, die Tür fuhr schnell zu und riß ihm noch den hölzernen Absatz seines linken Schuhes ab. So kam er noch heil davon, und sie brachten das Geld ihren erfreuten Eltern heim.

159. Die Nußkerne

Zwei junge Burschen, der Peter und Knipping zu Wehren im Corveyschen, wollten Vogelnester suchen, der Peter aber, weil er erstaunend faul war, nachdem er ein wenig umgeschaut, legte sich unter einen Baum und schlief ein. Auf einmal war's ihm, als packte ihn einer an den Ohren, so daß er aufwachte und herumsah, aber niemand erblickte. Also legte er den Kopf wieder und schlief aufs neue ein. Da kam's zum zweitenmal und packte ihn an den Ohren, als er aber niemand gewahr werden konnte, schlief er zum drittenmal ein. Aber zum drittenmal ward er wieder gezupft, da war er das Ding müde, stand auf und wollte sich einen andern Ort suchen, wo er in Ruhe liegen könnte. Auf einmal aber sah er vor sich das Fräulein von Willberg gehen, das knackte Nüsse entzwei und steckte die Schalen in die Tasche und warf die Kerne auf die Erde. Als die Nüsse zu Ende gingen, war sie verschwunden. Der Peter aber war immer hinter ihr hergegangen, hatte die Nüsse aufgelesen und gegessen. Darauf kehrte er um, suchte den Knipping und erzählte ihm alles, was er gesehen hatte. Da gingen sie nach Haus, holten noch andere zur Hilfe und fingen an, da, wo das Fräulein verschwunden war, zu graben, und kamen da auf eine alte Küche, darin noch altes Kochgerät stand, endlich in einen Keller mit Tonnen voll Geld. Sie nahmen so viel, als sie tragen konnten, und wollten den andern Tag wiederkommen, aber alles war fort, und sie konnten die Stätte gar nicht wiederfinden, sie mochten suchen, wo sie wollten. Der Peter baute sich von seinem Geld ein Haus, darin er noch lebt.

Schatzsucher. Holzschnitt von Hans Weidlitz aus: Petrarca, Trostspiegel (1532).

160. Der Soester Schatz

Im Dreißigjährigen Krieg befand sich unweit der Stadt Soest in Westfalen ein altes Gemäuer, von dem die Sage ging, daß darin eine eiserne Truhe voll Geldes wäre, welche ein schwarzer Hund hütete samt einer verfluchten Jungfrau. Nach der Erzählung der Großeltern werde einstens ein fremder Edelmann ins Land kommen, die Jungfrau erlösen und mit einem feurigen Schlüssel den Kasten eröffnen.

Mehrere fahrende Schüler und Teufelsbanner hätten sich bei Mannsgedenken dahin begeben, um zu graben, wären aber so seltsam empfangen und abgewiesen worden, daß es seithero niemand weiter gelüstet; besonders nach ihrer Eröffnung, daß der Schatz keinem zuteil werden könne, der nur ein einziges Mal Weibermilch getrunken.

Vor kurzer Zeit noch wäre ein Mägdlein aus ihrem Dorf nebst etlichen Geißen an den Ort zu weiden gewesen, und als deren eine sich in das Gemäuer verlaufen, nachgefolgt. Da sei eine Jungfrau inwendig im Hof gewesen und habe es angeredet: was es da zu schaffen? Auch nach erhaltenem Bescheid, auf ein Körblein Kirschen weisend, weiter gesagt: »So gehe und nimm dort von dem, was du vor dir siehest, mitsamt deiner Geiß, komm aber nicht wieder noch sieh dich um, damit dir nichts Arges geschehe!« Darauf habe das erschrockene Kind sieben Kirschen ertappet und sei in Angst aus der Mauer gekommen: die Kirschen seien aber sogleich zu Geld geworden.

161. Das quellende Silber

Im Februar des Jahrs 1605, unter dem Herzog Heinrich Julius von Braunschweig, trug sich zu, daß eine Meile Wegs von Quedlinburg, zum Tal genannt, ein armer Bauer seine Tochter in den nächsten Busch schickte, Brennholz aufzulesen. Das Mädchen nahm dazu einen Tragkorb und einen Handkorb mit, und als es beide angefüllt hatte und nach Haus gehen wollte, trat ein weißgekleidetes Männlein zu ihm hin und fragte: »Was trägst du da?« »Aufgelesenes Holz«, antwortete das Mädchen, »zum Heizen und Kochen.« »Schütte das Holz aus«, sprach weiter das Männlein, »nimm deine Körbe und folge mir; ich will dir etwas zeigen, das besser und nützlicher ist als das Holz.« Nahm es dabei an der Hand, führte es zurück an einen Hügel und zeigte ihm einen Platz, etwa zweier gewöhnlichen Tische breit, ein schön lauter Silber von kleiner und großer Münze von mäßiger Dicke, darauf ein Bild, wie eine Maria gestaltet, und ringsherum ein Gepräge von uralter Schrift. Als dieses Silber in großer Menge gleichsam aus der Erde hervorquoll, entsetzte sich das Mägdlein davor und wich zurück; wollte auch nicht seinen Handkorb von Holz ausschütten. Hierauf tat's das weiße Männlein selbst, füllte ihn mit dem Geld und gab ihn dem Mägdlein und sprach: »Das wird dir besser sein als Holz.« Es nahm ihn voll Bestürzung, und als das Männlein begehrte, es sollte auch seinen Tragkorb ausschütten und Silber hineinfassen, wehrte es ab und sprach: es müsse auch Holz mit heimbringen, denn es wären kleine Kinder daheim, die müßten eine warme Stube haben, und dann müßte auch Holz zum Kochen dasein. Damit war das Männlein zufrieden und sprach: »Nun, so ziehe damit hin« und verschwand darauf.

Das Mädchen brachte den Korb voll Silber nach Haus und erzählte, was ihm begegnet war. Nun liefen die Bauern haufenweis mit Hacken und anderm Gerät in das Wäldchen und wollten sich ihren Teil vom Schatz auch holen, aber niemand konnte den Ort finden, wo das Silber hervorgequollen war.

Der Fürst von Braunschweig hat sich von dem geprägten Silber ein Pfund holen lassen, so wie sich auch ein Bürger aus Halberstadt, N. Everkan, eins gelöst.

162. Goldsand auf dem Untersberg

Im Jahre 1753 ging ein ganz mittelloser, beim Hofwirt zu St. Zeno stehender Dienstknecht, namens Paul Mayr, auf den Berg. Als er unweit dem Brunnental fast die halbe Höhe erreicht hatte, kam er zu einer Steinklippe, worunter ein Häuflein Sand lag. Weil er schon so manches gehört hatte und nicht zweifelte, daß es Goldsand wäre, füllte er sich alle Taschen damit und wollte vor Freude nach Haus gehen; aber in dem Augenblick stand ein fremder Mann vor seinem Angesicht und sprach: »Was trägst du da?« Der Knecht wußte vor Schrekken und Furcht nichts zu antworten, aber der fremde Mann ergriff ihn, leerte ihm die Taschen aus und sprach: »Jetzt gehe nimmer den alten Weg zurück, sondern einen andern, und sofern du dich hier wieder sehen läßt, wirst du nicht mehr lebend davonkommen.« Der gute Knecht ging heim, aber das Gold reizte ihn also, daß er beschloß, den Sand noch einmal zu suchen, und einen guten Gesellen mitnahm. Es war aber alles umsonst, und dieser Ort ließ sich nimmermehr finden.

Ein andermal verspätete sich ein Holzmeister auf dem Berge und mußte in einer Höhle die Nacht zubringen. Anderen Tages kam er zu einer Steinklippe, aus welcher ein glänzend schwerer Goldsand herabrieselte. Weil er aber kein Geschirr bei sich hatte, ging er ein andermal hinauf und setzte das Krüglein unter. Und als er mit dem angefüllten Krüglein hinwegging, sah er unweit dieses Orts eine Tür sich öffnen, durch die er schaute, und da kam es ihm natürlich vor, als sehe er in den Berg hinein und darin eine besondere Welt mit einem Tageslicht, wie wir es haben. Die Tür blieb aber kaum eine Minute lang offen; wie sie zuschlug, hallte es in den Berg hinein wie in ein großes Weinfaß. Dieses Krüglein hat er sich allzeit angefüllt nach Haus tragen können, nach seinem Tode aber ist an dem Gold kein Segen gewesen. Jene Türe hat in folgender Zeit niemand wieder gesehen.

163. Goldkohlen

Im Jahre 1753 ging von Salzburg eine Kräutelbrockerin auf den Wunderberg; als sie eine Zeitlang auf demselben herumgegangen war, kam sie zu einer Steinwand, da lagen Brocken, grau und schwarz, als wie Kohlen. Sie nahm davon etliche zu sich, und als sie nach Haus gekommen, merkte sie, daß in solchen klares Gold vermischt war. Sie kehrte alsbald wieder zurück auf den Berg, mehr davon zu holen, konnte aber alles Suchens ungeachtet den Ort nicht mehr finden.

164. Der Brunnen zu Steinau

Im Jahre 1271 waren dem Abt Berold zu Fulda seine eigenen Untertanen feind und verschworen sich wider sein Leben. Als er einmal in der St.-Jakobs-Kapelle Messe las, überfielen ihn die Herrn von Steinau, von Eberstein, Albrecht von Brandau, Ebert von Spala und Ritter Konrad und erschlugen ihn. Bald hernach wurden die Räuber selbdreißig, mit zwanzig Pferden, zu Haselstein auf dem Kirchenraub betrappt, mit dem Schwert hingerichtet und ihre Wohnungen zerbrochen. Dieser Tat halben haben die Herrn von Steinau in ihrem Wappen hernachmals drei Räder mit drei Schermessern führen müssen, und an der Stätte, da sie das Verbündnis über den Abt gemacht, nämlich bei Steinau (an der Straße im Hanauischen) an einem Brunnen auf einem Rasen, wächst noch zur Zeit kein Gras.

165. Die fünf Kreuze

Vor dem Klaustor in Höxter, welches nach Pyrmont führt, gleich linker Hand, stehen an dem Wege fünf alte Steine, welche die fünf Kreuze heißen, vermutlich weil es versunkene Kreuze sind. Nun geht die Sage, es seien fünf Hünen dabei erschlagen worden: nach andern fünf Grafen von Reischach; wieder nach andern sind fünf Bürger von Tilly im Dreißigjährigen Krieg aufgehängt worden.

166. Der Schwerttanz zu Weißenstein

Unfern Marburg auf dem Wege nach Wetter liegt ein Dorf Wehre und dabei ein spitzer Berg, auf dem vor alten Zeiten eine Raubburg gestanden haben soll, genannt der Weißenstein, und Trümmer davon sind noch übrig. Aus diesem Schloß wurde den Umliegenden großer Schaden zugefügt, allein man konnte den Räubern nicht beikommen, wegen der Feste der Mauer und Höhe des Bergs. Endlich verfielen die Bauern aus Wehre auf eine List. Sie versahen sich heimlich mit allerhand Wehr und Waffen, gingen zum Schloß hinauf und gaben den Edelleuten vor, daß sie ihnen einen Schwerttanz* bringen wollten. Unter diesem Schein wurden sie eingelassen; da entblößten sie ihre Waffen und hieben das Raubvolk tapfer nieder, bis sich die Edelleute auf Gnaden ergaben und von den Bauern samt der Burg ihrem Landesfürsten überliefert wurden.

167. Der Steintisch zu Bingenheim

In dem hessischen Ort Bingenheim in der Wetterau wurden ehemals vor dem Rathaus unter der Linde jährlich drei Zentgerichte gehalten, wozu sich viel vornehmer Adel, der in der fuldischen Mark angesessen war, leiblich einfand. Unter der Linde stand ein steinerner Tisch, von dem erzählt wurde, er sei aus dem Hohen Berg, einem gegen Staden hin gelegenen Walde, dahin gebracht worden. In diesem Wald hätten früherhin wilde Leute gehaust, deren Handgriffe man noch in den Steinen sähe und von denen sich noch drei ausgehöhlte Steinsitze vorfänden. Im Jahr 1604 bei Sommerszeit habe man in gedachtem Wald an hellem Tag drei Leute in weißer Gestalt umwandern sehen.

168. Der lange Mann in der Mordgasse zu Hof

Vor diesem Sterben (der Pest zu Hof im Jahr 1519) hat sich bei Nacht ein großer, schwarzer, langer Mann in der Mordgasse sehen lassen, welcher mit seinen ausgebreiteten Schenkeln die zwei Seiten der Gassen betreten und mit dem Kopf hoch über die Häuser gereicht hat; welchen meine Ahnfrau Walburg Widmännin, da sie einen Abend durch gedachte Gasse gehen müssen, selbst gesehen, daß er den einen Fuß bei der Einfurt des Wirtshauses, den andern gegenüber auf der andern Seite bei dem großen Haus gehabt. Als sie aber vor Schrecken nicht gewußt, ob sie zurück- oder fortgehen sollen, hat sie es in Gottes Namen gewagt, ein Kreuz vor sich gemacht und ist mitten durch die Gasse und also zwischen seinen Beinen hindurchgegangen, weil sie ohne das besorgen müssen, solch Gespenst möchte ihr nacheilen. Da sie kaum hindurchgekommen, schlägt das Gespenst seine beiden Beine hinter ihr so hart zusammen, daß sich ein solch großes Geprassel erhebet, als wann die Häuser der ganzen Mordgasse einfielen. Es folgte darauf die große Pest und fing das Sterben in der Mordgasse am ersten an.

169. Krieg und Frieden

Im Jahre 1644, am 18. August, zog Kurfürst Johann Georg I. an der Stadt Chemnitz vorbei. Da fingen seine Leute in dem Gehölz der Gegend ein wildes Weiblein, das nur eine Elle groß, sonst aber recht menschlich gestaltet war. Angesicht, Hände und Füße waren glatt, aber der übrige Leib rauch. Es fing an zu reden und sagte: »Ich verkündige und bringe den Frieden im Lande.« Der Kurfürst befahl, man sollte es wieder frei gehen lassen, weil vor etwa fünfundzwanzig Jahren auch ein Männlein von gleicher Gestalt gefangen worden, welches den Unfrieden und Krieg verkündigt.

170. Rodensteins Auszug

Nah an dem zum gräflich erbachischen Amt Reichenberg gehörigen Dorf Oberkainsbach, unweit dem Odenwald, liegen auf einem Berge die Trümmer des alten Schlosses Schnellerts; gegenüber eine Stunde davon, in der Rodsteiner Mark, lebten ehemals die Herrn von Rodenstein, deren männlicher Stamm erloschen ist. Noch sind die Ruinen ihres alten Raubschlosses zu sehen.

Der letzte Besitzer desselben hat sich besonders durch seine Macht, durch die Menge seiner Knechte und des erlangten Reichtums berühmt gemacht; von ihm geht folgende Sage: Wenn ein Krieg bevorsteht, so zieht er von seinem gewöhnlichen Aufenthaltsort Schnellerts bei grauender Nacht aus, begleitet von seinem Hausgesind und schmetternden Trompeten. Er zieht durch Hecken und Gesträuche, durch die Hofraite und Scheune Simon Daums zu Oberkainsbach bis nach dem Rodenstein, flüchtet gleichsam, als wolle er das Seinige in Sicherheit bringen. Man hat das Knarren der Wagen und ein Hoho-

Schreien, die Pferde anzutreiben, ja selbst die einzelnen Worte gehört, die einherziehendem Kriegsvolk vom Anführer zugerufen werden und womit ihm befohlen wird. Zeigen sich Hoffnungen zum Frieden, dann kehrt er in gleichem Zuge vom Rodenstein nach dem Schnellerts zurück, doch in ruhiger Stille, und man kann dann gewiß sein, daß der Frieden wirklich abgeschlossen wird. Ehe Napoleon im Frühjahr 1815 landete, war bestimmt die Sage, der Rodensteiner sei wieder in die Kriegburg ausgezogen.

171. Der Tannhäuser

Der edle Tannhäuser, ein deutscher Ritter, hatte viele Länder durchfahren und war auch in Frau Venus‹ Berg zu den schönen Frauen geraten, das große Wunder zu schauen. Und als er eine Weile darin gehaust hatte, fröhlich und guter Dinge, trieb ihn endlich sein Gewissen, wieder herauszugehen in die Welt, und begehrte Urlaub. Frau Venus aber bot alles auf, um ihn wanken zu machen: sie wolle ihm eine ihrer Gespielen geben zum ehelichen Weibe, und er möge gedenken an ihren roten Mund, der lache zu allen Stunden. Tannhäuser antwortete: kein ander Weib gehre er, als die er sich in den Sinn genommen, wolle nicht ewig in der Hölle brennen, und gleichgültig sei ihm ihr roter Mund, könne nicht länger bleiben, denn sein Leben wäre krank geworden. Und da wollte ihn die Teufelin in ihr Kämmerlein locken, der Minne zu pflegen, allein der edle Ritter schalt sie laut und rief die himmlische Jungfrau an, daß sie ihn scheiden lassen mußte. Reuevoll zog er die Straße nach Rom zu Papst Urban, dem wollte er alle seine Sünden beichten, damit ihm Buße aufgelegt würde und seine Seele gerettet wäre. Wie er aber beichtete, daß er auch ein ganzes Jahr bei Frauen Venus im Berg gewesen, da sprach der Papst: »Wann der dürre Stecken grünen wird, den ich in der Hand halte, sollen dir deine Sünden verziehen sein, und nicht anders.« Der Tannhäuser sagte: »Und hätte ich nur noch ein Jahr leben sollen auf Erden, so wollte ich solche Reue und Buße getan haben, daß sich Gott erbarmt hätte«, und vor Jammer und Leid, daß ihn der Papst verdammte, zog er wieder fort aus der Stadt und von neuem in den teuflischen Berg, ewig und immerdar drinnen zu wohnen. Frau Venus aber hieß ihn willkommen, wie man einen lang abwesenden Buhlen empfängt; danach wohl auf den dritten Tag hub der Stecken an zu grünen, und der Papst sandte Botschaft in alle Land, sich zu erkundigen, wohin der edle Tannhäuser gekommen wäre. Es war aber nun zu spät, er saß im Berg und hatte sich sein Lieb erkoren, daselbst muß er nun sitzen bis zum Jüngsten Tag, wo ihn Gott vielleicht anderswohin weisen wird. Und kein Priester soll einem sündigen Menschen Mißtrost geben, sondern verzeihen, wenn er sich anbietet zu Buß und Reue.

172. Der wilde Jäger Hackelberg

Vorzeiten soll im Braunschweiger Land ein Jägermeister gewesen sein, Hackelberg genannt, welcher zum Waidwerk und Jagen solche große Lust getragen, daß, da er jetzt an seinem Todbett lag und vom Jagen so ungern abgeschieden, er von Gott soll begehrt und gebeten haben (ohnzweifelig aus Ursach seines christlichen und gottseligen Lebens halber, so er bisher geführt), daß er für sein Teil Himmelreich bis zum Jüngsten Tag am Solling möcht jagen. Auch deswegen in ermeldete Wildnis und Wald sich zu begraben befohlen, wie geschehen. Und wird ihm sein gottloser, ja teuflischer Wunsch verhängt, denn viermal wird ein greulich und erschrecklich Hornblasen und Hundegebell die Nacht gehört: jetzt hie, ein andermal anderswo in dieser Wildnis, wie mich diejenigen, die solch Gefährd auch selbst angehört, berichtet. Zudem soll es gewiß sein, daß, wenn man nachts ein solch Jagen vermerkt und am folgenden Tag gejagt wird, einer ein Arm, Bein, wo nicht den Hals gar bricht, oder sonst ein Unglück sich zuträgt.

Ich bin selbst (ist mir recht im Jahr 1558), als ich von Einbeck übern Solling nach Uslar geritten und mich verirrte, auf des Hackelbergers Grab ungefähr gestoßen. War ein Platz wie eine Wiese, doch von unartigem Gewächs und Schilf in der Wildnis, etwas länger denn breit, mehr denn ein Acker zu achten; darauf kein Baum sonst stund wie um die Ende. Der Platz kehrte sich mit der Länge nach Aufgang der Sonne, und am Ende lag die Zwerch ein erhabener roter (ich halt Wacken-) Stein, bei acht oder neun Schuhen lang und fünfe, wie mich deuchte, breit. Er war aber nicht, wie ein anderer Stein, gegen Osten, sondern mit dem einen Vorhaupt gegen Süden, mit dem andern gegen Norden gekehret.

Man sagte mir, es vermöchte niemand dieses Grab aus Vorwitz oder mit Fleiß, wie hoch er sich des unterstünde, zu finden, käme aber jemand ungefähr, lägen etliche greuliche schwarze Hunde daneben. Solches Gespensts und Wusts ward ich aber im geringsten nicht gewahr, sonst hatte ich wenig Haare meines Haupts, die nicht emporstiegen.

Stadtansicht von Eisenach. Aus: Koch 1710

173. Der wilde Jäger und der Schneider

Ein Schneider saß einmal auf seinem Tische am Fenster und arbeitete, da fuhr der wilde Jäger mit seinen Hunden über das Haus her, und das war ein Lärmen und Bellen, als wenn die Welt verginge. Man sagt sonst den Schneidern nach, sie seien furchtsam, aber dieser war es nicht, denn er spottete des wilden Jägers und schrie: »Huhu, huhu, kliffklaff, kliffklaff!« und hetzte die Hunde noch mehr an; da kam aber ein Pferdefuß ins Fenster hereingefahren und schlug den Schneider vom Tische herab, daß er wie tot niederfiel. Als er wieder zur Besinnung kam, hörte er eine fürchterliche Stimme:

»Wust du met mi jagen,
dan sost du auk met mi knagen!«

Ich weiß gewiß, er wird nie wieder den wilden Jäger geneckt haben.

174. Der Höselberg*

Im Lande zu Thüringen nicht fern von Eisenach liegt ein Berg, genannt der Höselberg, worin der Teufel haust und zu dem die Hexen wallfahrten. Zuweilen erschallt jämmerliches Heulen und Schreien her daraus, das die Teufel und armen Seelen ausstoßen; im Jahre 1398 am hellen Tage erhoben sich bei Eisenach drei große Feuer, brannten eine Zeitlang in der Luft, taten sich zusammen und wieder voneinander und fuhren endlich alle drei in diesen Berg. Fuhrleute, die ein andermal mit Wein vorbeigefahren kamen, lockte der böse Feind mit einem Gesicht hinein und wies ihnen etliche bekannte Leute, die bereits in der höllischen Flamme saßen.

Die Sage erzählt: Einmal habe ein König von England mit seiner Gemahlin, namens Reinschweig, gelebt, die er aus einem geringen Stand, bloß ihrer Tugend willen, zur Königin erhoben. Als nun der König gestorben war, den sie aus der Maßen lieb hatte, wollte sie ihrer Treu an ihm nicht vergessen, sondern gab Almosen und betete für die Erlösung seiner Seele. Da war gesagt, daß ihr Herr sein Fegefeuer zu Thüringen im Höselberg hätte, also zog die fromme Königin nach Deutschland und baute sich unten am Berg eine Kapelle, um zu beten, und ringsumher entstand ein Dorf. Da erschienen ihr die bösen Geister, und sie nannte den Ort Satansstedt, woraus man nach und nach Sattelstedt gemacht hat.

175. Des Rechenbergers Knecht

Es sagte im Jahre 1520 Herr Hans von Rechenberg im Beisein Sebastians Schlich und anderer viel ehrlicher und rechtlicher Leute, wie seinem Vater und ihm ein Knecht zur Zeit, da König Matthias in Ungarn gegen die Türken gestritten, treulich und wohl gedienet hätte viel Jahr, also daß sie nie einen bessern Knecht gehabt. Auf eine Zeit aber ward ihm Botschaft an einen großen Herrn auszurichten vertrauet, und da Herr Hans meinte, der Knecht wäre längst hinweg, ging er von ohngefähr in den Stall, da fand er den Knecht auf der Streu bei den Pferden liegen und schlafen, ward zornig und sprach, wie das käme? Der Knecht stand auf und zog einen Brief aus dem Busen, sagte: »Da ist die Antwort.« Nun war der Weg ferne und unmöglich einem Menschen, daß er da sollte gewesen sein. Dabei ward der Knecht erkannt, daß es ein Geist gewesen wäre. Bald nach diesem wurde er auf eine Zeit bedrängt von den Feinden, da hob der Knecht an: »Herr, erschrecket nicht, gebt eilends die Flucht, ich aber will zurückreiten und Kundschaft von den Feinden nehmen.« Der Knecht kam wieder, klingelte und klapperte feindlich in seinen vollgepfropften Taschen. »Was hast du da?« sprach der Herr. »Ich hab allen ihren Pferden die Eisen abgebrochen und weggenommen, die bring ich hier.« Damit schüttete er die Hufeisen aus, und die Feinde konnten Herrn Hansen nicht verfolgen.

Herr Hans von Rechenberg sagte auch, der Knecht wäre zuletzt weggekommen, niemand wüßte wohin, nachdem man ihn erkannt hätte.

Kirchhof, welcher von einem andern Edelmann, der sich aus dem Stegreif ernährt, die Sage erzählt, hat noch folgende Züge: Einmal ritt sein Herr fort und befahl ihm ein Pferd, das ihm sehr lieb war; er sollte dessen fleißig warten. Als der Junker weg war, führte der Knecht das Pferd auf einen hohen Turm, höher denn zehn Stufen; wie aber der Herr wiederkam, vernahm und kannte es ihn im Hineintreten, steckte den Kopf oben im Turm zum Fenster hinaus und fing an zu schreien, daß er sich gar sehr verwunderte und es mit Stricken und Seilen mußte vom Turm herablassen.

Auf eine andere Zeit lag der Edelmann um eines Totschlags willen gefangen und rief den Knecht an, daß er im hülfe. Sprach der Knecht: »Obschon es schwer ist, will ich's doch tun, doch müßt Ihr nicht viel mit den Händen vor mir flattern und Schirmstreich brauchen.« Damit meinte er ein Kreuz vor sich machen und sich segnen. Der Edelmann sprach, er sollte fortfahren, er wollte sich damit recht halten. Was geschah? Er nahm ihn mit Ketten und Fesseln, führte ihn in der Luft daher; wie sich aber der Edelmann in der Höhe fürchtet und schwindelt und rief: »Hilf Gott, hilf! Wo bin ich!« ließ er ihn herunter in einen Pfuhl fallen, kam heim und zeigte es der Frau an, daß sie ihn holen und heilen ließ, wie sie tat.

176. Geisterkirche

Um das Jahr 1516 hat sich eine wunderbare, doch wahrhaftige Geschichte in St.-Lorenz-Kirche und auf desselben Kirchhof zugetragen. Als eine andächtige, alte, fromme Frau ihrer Gewohnheit nach einsmals frühmorgens vor Tag hinaus gen St. Lorenz in die Engelmesse gehen wollen, in der Meinung, es sei die rechte Zeit, kommt sie um Mitternacht vor das obere Tor, findet es offen und geht also hinaus in die Kirche, wo sie dann einen alten, unbekannten Pfaffen die Messe vor dem Altar verrichten sieht. Viele Leut, mehrersteils unbekannte, sitzen hin und wieder in den Stühlen zu beiden Seiten, einesteils ohne Kopf, auch unter denselben etliche, die unlängst verstorben waren und die sie in ihrem Leben wohlgekannt hatte.

Das Weib setzt sich mit großer Furcht und Schrecken in der Stühle einen und, weil sie nichts denn verstorbene Leute, bekannte und unbekannte, siehet, vermeint, es wären der Verstorbenen Seelen; weiß auch nicht, ob sie wieder aus der Kirche gehen oder drinnen bleiben soll, weil sie viel zu früh kommen wär, und Haut und Haar ihr zu Berge steigen. Da geht eine aus dem Haufen, welche bei Leben, wie sie meinte, ihre Gevatterin gewesen und vor dreien Wochen gestorben war, ohne Zweifel ein guter Engel Gottes, hin zu ihr, zupfet sie bei der Kursen (Mantel), beutet ihr einen guten Morgen und spricht: »Ei, liebe Gevatterin, behüt uns der allmächtige Gott, wie kommt Ihr daher? Ich bitte Euch um Gottes und seiner lieben Mutter willen, habt eben acht auf, wann der Priester wandelt und segnet, so laufet, wie Ihr laufen könnt, und sehet Euch nur nicht um, es kostet Euch sonst Euer Leben.« Darauf sie, als der Priester wandeln will, aus der Kirche geeilet, sosehr sie gekonnt, und hat hinter ihr ein gewaltig Prasseln, als wann die ganze Kirche einfiele, gehöret, ist ihr auch alles Gespenst aus der Kirche nachgelaufen und hat sie noch auf dem Kirchhof erwischt, ihr auch die Kursen (wie die Weiber damals trugen) vom Hals gerissen, welche sie dann hinter sich gelassen, und ist sie also unversehret davonkommen und entronnen. Da sie nun wiederum zum obern Tor kommt und herein in die Stadt gehen will, findet sie es noch verschlossen, dann es etwa um ein Uhr nach Mitternacht gewesen: mußt derowegen wohl bei dreien Stunden in einem Haus verharren, bis das Tor geöffnet wird, und kann hieraus vermerken, daß kein guter Geist ihr zuvor durch das Tor geholfen habe und daß die Schweine, die sie anfangs vor dem Tor gesehen und gehört, gleich als wenn es Zeit wäre, das Vieh auszutreiben, nichts anders dann der leidige Teufel gewesen. Doch weil es ein beherztes Weib ohnedas gewesen und sie dem Unglück entgangen, hat sie sich des Dings nicht mehr angenommen, sondern ist zu Haus gegangen und am Leben unbeschädigt blieben, obwohl sie wegen des eingenommenen Schreckens zwei Tag zu Bett hat liegen müssen. Denselben Morgen aber, da ihr solches zuhanden gestoßen, hat sie, als es nun Tag worden, auf den Kirchhof hinausgeschicket und nach ihrer Kursen, ob dieselbe noch vorhanden, umsehen und suchen lassen; da ist dieselbe zu kleinen Stücklein zerrissen gefunden worden, also daß auf jedem Grabe ein kleines Flecklein gelegen, darob sich die Leut, die haufenweis derohalben hinaus auf den Kirchhof liefen, nicht wenig wunderten.

Diese Geschichte ist unsern Eltern sehr wohl bekannt gewesen, da man nicht allein hie in der Stadt, sondern auch auf dem Land in den benachbarten Orten und Flecken davon zu sagen gewußt, wie dann noch heutigentags Leute gefunden werden, die es vor der Zeit von ihren Eltern gehört und vernommen haben.

Nach mündlichen Erzählungen hat es sich in der Nacht vor dem Allerseelentag zugetragen, an welchem die Kirche feierlich das Gedächtnis der abgeschiedenen Seelen begeht. Als die Messe zu Ende ist, verschwindet plötzlich alles Volk aus der Kirche, so voll sie vorher war, und sie wird ganz leer und finster. Sie sucht ängstlich den Weg zur Kirchentür, und wie sie heraustritt, schlägt die Glocke im Turm ein Uhr, und die Türe fährt mit solcher Gewalt gleich hinter ihr zu, daß ihr schwarzer Regenmantel eingeklemmt wird. Sie läßt ihn, eilt fort, und als sie am Morgen kommt, ihn zu holen, ist er zerrissen, und auf jedem Grabhügel liegt ein Stücklein davon.

177. Geistermahl

Als König Friedrich III. von Dänemark eine öffentliche Zusammenkunft nach Flensburg ausgeschrieben, trug sich zu, daß ein dazu herbeigereister Edelmann, weil er spät am Abend anlangte, in dem Gasthaus keinen Platz finden konnte. Der Wirt sagte ihm, alle Zimmer wären besetzt bis auf ein einziges großes; darin aber die Nacht zuzubringen wolle er ihm selbst nicht anraten, weil es nicht geheuer und Geister darin ihr Wesen trieben. Der Edelmann gab seinen unerschrockenen Mut lächelnd zu erkennen und sagte, er fürchte keine Gespenster und begehre nur ein Licht, damit er, was sich etwa zeige, besser sehen könne. Der Wirt brachte ihm das Licht, welches der Edelmann auf den Tisch setzte und sich mit wachenden Augen versichern wollte, daß Geister nicht zu sehen wären. Die Nacht war noch nicht halb herum, als es anfing im Zimmer hier und dort sich zu regen und rühren, und bald ein Rascheln über das andere sich hören ließ. Er hatte anfangs Mut, sich wider den anschauernden Schrecken fest zu halten, bald aber, als das Geräusch immer wuchs, ward die Furcht Meister, so daß er zu zittern anfing, er mochte widerstreben, wie er wollte. Nach diesem Vorspiel von Getöse und Getümmel kam durch ein Kamin, welches im Zimmer war, das Bein eines Menschen herabgefallen, bald auch ein Arm, dann Leib, Brust und alle Glieder, zuletzt, wie nichts mehr fehlte, der Kopf. Alsbald setzten sich die Teile nach ihrer Ordnung zusammen, und ein ganz menschlicher Leib, einem Hofdiener ähnlich, hob sich auf. Jetzt fielen immer mehr und mehr Glieder herab, die sich schnell zu menschlicher Gestalt vereinigten, bis endlich die Türe des Zimmers aufging und der helle Haufen eines völligen königlichen Hofstaats eintrat.

Der Edelmann, der bisher wie erstarrt am Tisch gestanden, als er sah, daß der Zug sich näherte, eilte zitternd in einen Winkel des Zimmers; zur Tür hinaus konnte er vor dem Zuge nicht.

Er sah nun, wie mit ganz unglaublicher Behendigkeit die Geister eine Tafel deckten, alsbald köstliche Gerichte herbeitrugen und silberne und goldene Becher aufsetzten. Wie das geschehen war, kam einer zu ihm gegangen und begehrte, er solle sich als ein Gast und Fremdling zu ihnen mit an die Tafel setzen und mit ihrer Bewirtung vorliebnehmen. Als er sich weigerte, ward ihm ein großer silberner Becher dargereicht, daraus Bescheid zu tun. Der Edelmann, der vor Bestürzung sich nicht zu fassen wußte, nahm den Becher, und es schien auch, als würde man ihn sonst dazu nötigen, aber als er ihn ansetzte, kam ihn ein so innerliches, Mark und Bein durchdringendes Grausen an, daß er Gott um Schutz und Schirm laut anrief. Kaum hatte er das Gebet gesprochen, so war in einem Augenblick alle Pracht, Lärm und das ganze glänzende Mahl mit den herrlich scheinenden stolzen Geistern verschwunden.

Indessen blieb der silberne Becher in seiner Hand, und wenn auch alle Speisen verschwunden waren, blieb doch das silberne Geschirr auf der Tafel stehen, auch das eine Licht, das der Wirt ihm gebracht. Der Edelmann freute sich und glaubte, das alles sei ihm gewonnenes Eigentum, allein der Wirt tat Einspruch, bis es dem König zu Ohren kam, welcher erklärte, daß das Silber ihm heimgefallen wäre und es zu seinen Handen nehmen ließ. Woher es gekommen, hat man nicht erfahren können, indem auch nicht, wie gewöhnlich, Wappen und Namen eingegraben war.

178. Der Dachdecker

Ein junger Dachdecker sollte sein Meisterstück machen und auf der Spitze eines glücklich fertigen Turms die Rede halten. Mitten im Spruch aber fing er an zu stocken und rief plötzlich seinem unten unter vielem Volk stehenden Vater zu: »Vater, die Dörfer, Berge und Wälder dort, die kommen zu mir her!« Da fiel der Vater sogleich nieder auf die Knie und betete für die Seele seines Sohnes und ermahnte die Leute, ein gleiches zu tun. Bald auch stürzte der Sohn tot herab. Es soll auch nach ihren Rechten dem Vater zukommen, wenn der Sohn das erstemal vor ihm aufsteigt und anfängt irr zu reden, ihn gleich zu fassen und selbst herabzuwerfen, damit er im Sturz nicht selbst mitgerissen wird.

179. Die Spinnerin am Kreuz

Dicht bei Wien, wenn man die Vorstadt Landstraße hinausgeht, stehet ein steinernes, gut gearbeitetes Heiligenbild, unbedenklich über zwei Jahrhunderte alt. Davon geht die Sage: Eine arme Frau habe zu Gottes Ehren dieses Heiligtum wollen aufrichten lassen und also so lang gesponnen, bis sie für ihren Verdienst nach und nach das zum Bau nötige Geld zusammengebracht.

Zwischen Calw und Zabelstein steht an der Straße ein steinernes Kreuz, worin ein Spinnrocken und die Jahreszahl 1447 gehauen ist. Ein siebzigjähriger Mann erzählte, einst von einem Hundertjährigen gehört zu haben, es wäre eine arme Spinnerin gewesen, allda im greulich tiefen Schnee erstickt.

180. Buttermilchturm

Vom Buttermilchturm zu Marienburg in Preußen wird erzählt, einstmal habe der Deutschmeister auf einem nahgelegenen Dorfe etwas Buttermilch für sich fordern lassen. Allein die Bauern spotteten seines Boten und sandten tags darauf zwei Männer in die Burg, die brachten ein ganzes Faß voll Buttermilch getragen. Erzürnt sperrte der Deutschmeister die beiden Bauern in einen Turm und zwang sie, so lang drinzubleiben, bis sie die Milch sämtlich aus dem Faß gegessen hätten. Seitdem hat der Burgturm den Namen.

Andere aber berichten folgendes: Die Einwohner eines benachbarten Dorfs mußten bis zu dem Bauplatz einen Weg mit Mariengroschen legen und so viel Buttermilch herbeischaffen, als zur Bereitung des Kalks statt Wassers nötig war, und mit diesem Mörtel wurde hernach der Turm aufgemauert.

Die Bauern von Großlichtenau waren so gottlos, daß sie eine Sau ins Bett legten und den Pfaffen des Orts, dem Kranken die letzte Ölung zu geben, rufen ließen. Zur Strafe dieser Leichtfertigkeit wurde ihnen befohlen, auf ihre Kosten den Turm aufzuführen und den Kalk dazu mit Buttermilch anzumachen.

Der heilige Bonifatius. Titelkupfer aus Sagittarius 1685 (Ausschnitt)

181. Der heilige Winfried

Als der heilige Winfried, genannt Bonifatius, die Hessen bekehren wollte, kam er auf einen Berg, wo ein heidnisches Gotteshaus stand, das ließ er umreißen und die erste christliche Kirche bauen. Seitdem heißt der Berg Christenberg (vier Stunden von Marburg), und zweihundert Schritt von der Kirche weisen die Leute noch heutigestags einen Fußtritt im Stein, der von Bonifatius herrührt, als er vor heiligem Eifer auf den Boden stampfte. Er sagte: »So gewiß sich mein Fuß in den Stein drückt, so gewiß will ich die Heiden bekehren.« Der heidnische Name des Berges war Castorberg. Bonifatius wollte das C von diesem Wort erhalten, indem er ihn Christenberg nannte. In der Gegend von Christenberg erzählt das Volk noch von dem Bonifatiusweg, auf dem er durch den Wald gekommen und fortgegangen. Äcker, die daran stoßen, sind noch heutigestags zehntfrei, während alle anderen die Lasten tragen, und Frevel, der darauf verübt wird, muß härter gebüßt werden. Auf dem Totenhof um die Christenberger Kirche werden noch heute die Bauern der umliegenden Dörfer begraben und mühsam hinaufgetragen. Wie Bonifatius nach Thüringen kam, ließ er zu Großvargula eine Kirche bauen, die er selbst einweihen sollte. Da steckte er seinen dürren Stab in die Erde, trat in die Kirche und las die Messe; nach vollbrachtem Gottesdienst hatte der Stab gegrünt und Sprossen getrieben.

182. Der Hülfenberg

Eine Stunde von Wanfried auf der eichsfeldischen Grenze liegt der Hülfenberg, auf diesen Berg befahl der heilige Bonifaz eine Kapelle zu bauen. Unter dem Bauen kam nun oft ein Mann gegangen, der fragte: was es denn geben sollte? Die Zimmerleute antworteten immer: »Ei, eine Scheuer soll's geben.« Da ging er wieder seiner Wege. Zuletzt aber wurde die Kirche immer mehr fertig und der Altar aufgebaut und das Kreuz glücklich gesteckt. Wie nun der böse Feind wiederkam und das alles sehen mußte, ergrimmte er und fuhr aus, oben durch den Giebel; und das Loch, das er da gemacht, ist auch bis auf den heutigen Tag zu sehen und kann nimmer zugebaut werden. Auch ist er inwendig in den Berg gefahren und suchte die Kirche zu zertrümmern, es war aber eitel und vergebens. Es soll noch ein dem Abgott heiliger Eichenbaum in die Kapelle miteingemauert sein. Das Loch, worin er verschwand, nennt man das Stuffensloch (wie den ganzen Berg auch Stuffensberg), und es soll zuzeiten daraus dampfen und Nebel aufsteigen. Von dieser Kapelle wird weiter erzählt, sie sei einer Heiligen geweiht, rühre ein Kranker deren Gewand an, so genese er zur Stunde. Diese Heilige aber wäre vordem eine wunderschöne Prinzessin gewesen, in die sich ihr eigener Vater verliebt. In der Not hätte sie aber zu Gott im Himmel um Beistand gebetet, da wäre ihr plötzlich ein Bart gewachsen und ihre irdische Schönheit zu Ende gegangen.

183. Das Teufelsloch zu Goslar

In der Kirchenmauer zu Goslar sieht man einen Spalt und erzählt davon so: Der Bischof von Hildesheim und der Abt von Fulda hatten einmal einen heftigen Rangstreit, jeder wollte in der Kirche neben dem Kaiser sitzen, und der Bischof behauptete den ersten Weihnachtstag die Ehrenstelle. Da bestellte sich der Abt heimlich bewaffnete Männer in die Kirche, die sollten ihn den morgenden Tag mit Gewalt in Besitz seines Rechtes setzen. Dem Bischof wurde das aber verkundschaftet und ordnete sich auch gewaffnete Männer hin. Tags darauf erneuerten sie den Rangstreit mit Worten, dann mit der Tat, die gewaffneten Ritter traten hervor und fochten; die Kirche glich einer Walstätte, das Blut floß stromweise zur Kirche hinaus auf den Gottesacker. Drei Tage dauerte der Streit, und während des Kampfes stieß der Teufel ein Loch in die Wand und stellte sich den Kämpfern dar. Er entflammte sie zum Zorn, und von den gefallenen Helden holte er manche Seele ab.

Solang der Kampf währte, blieb der Teufel auch da, hernach verschwand er wieder, als nichts mehr für ihn zu tun war. Man versuchte hernachmals, das Loch in der Kirche wieder zuzumauern, und das gelang bis auf den letzten Stein; sobald man diesen einsetzte, fiel alles wieder ein, und das Loch stand ganz offen da. Man besprach und besprengte es vergebens mit Weihwasser, endlich wandte man sich an den Herzog von Braunschweig und erbat sich dessen Baumeister. Diese Baumeister mauerten eine schwarze Katze mit ein, und beim Einsetzen des letzten Steines bedienten sie sich der Worte: »Willst du nicht sitzen in Gottes Namen, so sitz ins Teufels Namen!« Dieses wirkte, und der Teufel verhielt sich ruhig, bloß bekam in der folgenden Nacht die Mauer eine Ritze, die noch zu sehen ist bis auf den heutigen Tag.

Nach Aug. Lerchheimer: Von der Zauberei, sollen der Bischof und Abt darüber gestritten haben, wer dem Erzbischof von Mainz zunächst sitzen dürfe. Nachdem der Streit gestillet war, habe man in der Messe ausgesungen: »Hunc diem gloriosum fecisti.« Da fiel der Teufel unterm Gewölb mit grober, lauter Stimme ein und sang: »Hunc diem bellicosum ego feci.«

184. Die Teufelsmühle

Auf dem Gipfel des Rammberges im Haberfeld liegen teils zerstreute, teils geschichtete Granitblöcke, welche man des Teufels Mühle heißt. Ein Müller hatte sich am Abhang des Bergs eine Windmühle erbaut, der es aber zuweilen an Wind fehlte. Da wünschte er sich oft eine, die oben auf dem Berggipfel stünde und beständig im Gang bliebe. Menschenhänden war sie aber unmöglich zu erbauen. Weil der Müller keine Ruh darüber hatte, erschien ihm der Teufel, und sie dingten lange miteinander. Endlich verschrieb ihm der Müller seine Seele gegen dreißig Jahre langes Leben und eine tadelfreie Mühle von sechs Gängen auf dem Gipfel des Rammbergs, die aber in der nächstfolgenden Nacht vor Hahnenschrei fix und fertig gebaut sein müßte. Der böse Feind war das zufrieden und begann den Bau zur gesetzten Zeit; da aber der Müller aus der geschwinden Arbeit merkte, daß noch vor dem Ziel alles vollendet sein könnte, so setzte er den schon fertig daliegenden Mühlstein insgeheim auf die runde Seite und ließ ihn den Berg hinablaufen. Wie das der Teufel sah, dachte er noch den Stein zu haschen und sprang ihm nach. Allein der Mühlstein tat einen Satz stärker als den andern, so daß ihm der Böse nicht folgen konnte, sondern ganz bergab mußte, eh er ihn zu fassen bekam. Nun mühte er sich, ihn schnell wieder bergan zu wälzen, und noch hatte er ihn nicht ganz oben, als der Hahn krähte und den Vertrag zunichte machte. Wütend faßte der böse Feind das Gebäude, riß Flügel, Räder und Wellen herab und streute sie weit umher, um dem Müller, der eine beinah fertige Mühle umsonst zu erhalten glaubte, das Wiederaufbauen zu vereiteln. Dann schleuderte er auch die Felsen, daß sie den Rammberg bedeckten. Nur ein kleiner Teil der Grundlage blieb stehen zum Angedenken seiner Mühle. Unten am Berge soll noch ein großer Mühlstein liegen.

185. Der Herrgottstritt

Auf einem Felsen der Alb bei Heuberg, in einem anmutigen, von der Rems durchflossenen Tal, liegen Trümmer der Burg Rosenstein, und unlängst sah man die Spur eines schönen menschlichen Fußes im Stein, den aber die Regierung mit Pulver hat versprengen lassen, weil Aberglauben damit getrieben wurde. Gegenüber auf dem Scheulberg stehet die ähnliche Spur eines Tritts landeinwärts, wie auf dem Rosenstein auswärts. Gegenüber im Walde ist die Kapelle der wundertätigen Maria vom Beißwang. Links eine Kluft, geheißen Teufelsklinge, aus der bei anhaltendem Regen trübes Wasser fließt; hinterm Schloß ein gehöhlter Felsen namens Scheuer.

Vor grauer Zeit zeigte von diesem Berge herab der Versucher Christo die schöne Gegend, das Remstal, die Lein, Ellwangen, Rechberg, Staufen, und bot sie ihm an, wenn er vor ihm kniebeugen wollte. Alsbald befahl Christus der Herr ihm zu entweichen, und der Satan stürzte den Berg hinab. Allein er wurde verflucht, tausend Jahre in Ketten und Banden in der Teufelsklinge zu liegen, und das trübe Wasser, das noch daraus strömt, sind seine teuflischen Tränen. Christus tat aber einen mächtigen Schritt übers Gebirg, und wo er seine Füße hingesetzt, drückten sich die Spuren ein.

Später, lang darauf, bauten die Herrn von Rosenstein hier eine Burg und waren Raubritter, welche das Raubgut in der Scheuer bargen. Einmal gab ihnen der Teufel ein, daß sie die Waldkapelle stürmen möchten. Kaum aber waren sie mit dem Kirchengut heimgekehrt, als sich ein ungeheurer Sturm hob und das ganze Raubnest zertrümmerte. Indem hörte man den Teufel laut lachen.

186. Die Sachsenhäuser Brücke zu Frankfurt

In der Mitte der Sachsenhäuser Brücke sind zwei Bogen oben zum Teil nur mit Holz zugelegt, damit dies in Kriegszeiten weggenommen und die Verbindung leicht, ohne etwas zu sprengen, gehemmt werden kann. Davon gibt es folgende Sage:

Der Baumeister hatte sich verbindlich gemacht, die Brücke bis zu einer bestimmten Zeit zu vollenden. Als diese herannahte, sah er, daß es unmöglich war, und wie nur noch zwei Tage übrig waren, rief er in der Angst den Teufel an und bat um seinen Beistand. Der Teufel erschien und erbot sich, die Brücke in der letzten Nacht fertig zu bauen, wenn ihm der Baumeister dafür das erste lebendige Wesen, das darüber ging, überliefern wollte. Der Vertrag wurde geschlossen, und der Teufel baute in der letzten Nacht, ohne daß ein Menschenauge in der Finsternis sehen konnte, wie es zuging, die Brücke ganz richtig fertig. Als nun der erste Morgen anbrach, kam der Baumeister und trieb einen Hahn über die Brücke vor sich her und überlieferte ihn dem Teufel. Dieser aber hatte eine menschliche Seele gewollt, und wie er sich also betrogen sah, packte er zornig den Hahn, zerriß ihn und warf ihn durch die Brücke, wovon die zwei Löcher entstanden sind, die bis auf den heutigen Tag nicht können zugemauert werden, weil alles in der Nacht wieder zusammenfällt, was tags daran gearbeitet ist. Ein goldner Hahn auf einer Eisenstange steht aber noch jetzt zum Wahrzeichen auf der Brücke.

187. Der Wolf und der Tannenzapf

Zu Aachen im Dom zeigt man an dem einen Flügel des ehernen Kirchentors einen Spalt und das Bild eines Wolfs nebst einem Tannenzapfen, beide gleichfalls aus Erz gegossen. Die Sage davon lautet: Vorzeiten, als man diese Kirche zu bauen angefangen, habe man mitten im Werk einhalten müssen aus Mangel an Geld. Nachdem nun die Trümmer eine Weile so dagestanden, sei der Teufel zu dem Ratsherrn gekommen mit dem Erbieten, das benötigte Geld zu geben unter der Bedingung, daß die erste Seele, die bei der Einweihung der Kirche in die Türe hineinträte, sein eigen würde. Der Rat habe lang gezaudert, endlich doch eingewilligt und versprochen, den Inhalt der Bedingung geheimzuhalten. Darauf sei mit dem Höllengeld das Gotteshaus ausgebaut, inmittelst aber auch das Geheimnis ruchbar geworden. Niemand wollte also die Kirche zuerst betreten, und man sann endlich eine List aus. Man fing einen Wolf im Wald, trug ihn zum Haupttor der Kirche, und an dem Festtag, als die Glocken zu läuten anhuben, ließ man ihn los und hineinlaufen. Wie ein Sturmwind fuhr der Teufel hinterdrein und erwischte das, was ihm nach dem Vertrag gehörte. Als er aber merkte, daß er betrogen war und man ihm eine bloße Wolfsseele geliefert hatte, erzürnte er und warf das eherne Tor so gewaltig zu, daß der eine Flügel sprang und den Spalt bis auf den heutigen Tag behalten hat. Zum Andenken goß man den Wolf und seine Seele, die dem Tannenzapf ähnlich sein soll. Die Franzosen hatten beide Altertümer nach Paris geschleppt, 1815 wurden sie zurückgegeben und zu beiden Seiten der Türe auf Postamenten wieder hingestellt. Der Wolf hat aber ein Paar Pfoten verloren. Andere erzählen es von einer sündhaften Frau, die man für das Wohl der ganzen Stadt dem Teufel geopfert habe, und erklären die Frucht durch eine Artischocke, welche der Frauen arme Seele bedeuten soll.

188. Der Teufel von Ach

Zu Aachen steht ein großer Turm in der Stadtmauer, genannt Ponellenturm, darin sich der Teufel mit viel Wundersgeschrei, Glockenklingen und anderm Unfug oftmals sehen und hören läßt, und ist die Sage, er sei hineinverbannt, und da muß er bleiben bis an den Jüngsten Tag. Darum, wenn man daselbst von unmöglichen Dingen redet, so sagt man: »Ja, es wird geschehen, wann der Teufel von Ach kommt«, das ist nimmermehr.

189. Die Teufelsmauer

Von der Nordgauer Pfahlhecke,zwischen Ellingen und Pleinfeld, anderthalb Stunden unweit Weißenburg, erzählten die Bauern um Obern- und Otmannsfeld: Der Teufel habe von Gott dem Herrn einen Teil der Erde gefordert und dieser insoweit dreingewilligt: dasjenige Stück Lands, daß er vor Hahnenkrat mit Mauer umschlossen habe, solle ihm zufallen. Der böse Feind habe sich stracks ans Werk gemacht, doch ehe er die letzte Hand angelegt und den Schlußstein aufgesetzt, der Hahn gekrähet. Vor Zorn nun, daß das Geding und seine Hoffnung zunicht geworden, sei er ungestüm über das ganze Werk hergefallen und habe alle Steine übern Haufen geworfen. Noch jetzt spuke es auf dieser Teufelsmauer.

Teufelsdarstellung. Holzschnitt aus D. Kleins »Tragi-Comedia« (Eßlingen 1570)

190. Des Teufels Tanzplatz

Auf dem nördlichen Harz, zwischen Blankenburg und Quedlinburg, siehet man südwärts vom Dorfe Thale eine Felsenfläche, die das Volk ›Des Teufels Tanzplatz‹ nennt, und nicht weit davon Trümmer einer Mauer, denen gegenüber nordwärts vom Dorfe sich ein großes Felsenriff erhebt. Jene Trümmer und dieses Riff nennt das Volk Teufelsmauer. Der Teufel stritt lange mit dem lieben Gott um die Herrschaft der Erde. Endlich wurde eine Teilung des damals bewohnten Landes verabredet. Die Felsen, wo jetzt der Tanzplatz ist, sollten die Grenze scheiden, und der Teufel erbaute unter lautem Jubeltanz seine Mauer. Aber bald erhub der Nimmersatte neuen Zank, der damit endigte, daß ihm noch das am Fuße jenes Felsens belegene Tal zugegeben wurde. Darauf türmte er noch eine zweite Teufelsmauer.

191. Die Teufelskanzel

Unweit Baden im Murgtal steht eine Felsenreihe. Die Leute nennen sie Teufelskanzel und behaupten, der böse Feind habe einsmals darauf gepredigет.

192. Das Teufelsohrkissen

Am Fuße des Schlosses Bentheim stehen einige sonderbare glatte Felsen. Einer derselben, oben flach wie ein aufrecht stehender runder Pfühl, wird Teufelsohrkissen genannt, weil der Teufel einmal darauf geschlafen habe. Die Spuren seines Ohrs drückten sich in den Stein und sind noch sichtbar darauf.

193. Der Teufelsfelsen

Die Fichtelberger erzählen: Es habe der Satan den Herrn Christus auf den Kösseinfelsen geführt und ihm die Reiche der Welt gezeigt, auch alle zu schenken verheißen, wenn er ihn anbeten wolle, außer den Dörfern N. und R. nicht, welche sein Leibgeding.

Die Einwohner dieser Dörfer sind rauh und mißgestalt; die Gegend dabei ist unfreundlich und heißt Türkei und Tartarei bei einigen Leuten.

194. Teufelsmauer

Diese Teufelsmauer läuft an der Donau hinter Melk nach Wien zu. Einst wollte der Teufel die Donau zumauern, aber die Steine entglitten ihm immer, wenn er sie zusammenfügen wollte.

195. Teufelsgitter

Zu Wismar in der Marienkirche um den Taufstein herum geht ein überkünstliches Gitter, das sollte ein Schmied bauen. Als er sich aber dran zerarbeitete und es nicht konnte zustand bringen, brach er unmutig aus: »Ich wollte, daß es der Teufel fertig machen müßte!« Auf diesen Wunsch kam der Teufel und baute das Gegitter fertig. Keiner soll es nachahmen oder das Ende daran finden können, so schlecht es aussieht.

196. Teufelsmühle

Im Wolfenbüttelischen zwischen Pegestorf und Grave an der Weser liegt eine Mühle, die der Teufel, der Volkssage nach, gebaut und durch ein Felsenwasser das Rad in Trieb gesetzt. Eine Teufelsmühle liegt auch auf der Rhöne.

197. Teufelskirche

Auf der Rhöne stehen oben Basaltfelsen getürmt. Der Teufel, als man im Tal eine Kirche bauen wollte, zürnte und trug alle Bausteine hin auf den Berg, wo er sie nebeneinander aufstellte und kein Mensch sie wieder heruntertragen konnte.

Man erzählt, da, wo der Teufel seinen Stein einmal hingelegt habe, könne man ihn nicht wegbringen, denn sooft man ihn auch wegnehme, lege der Teufel einen andern oder denselben wieder ebendahin.

198. Teufelsstein bei Reichenbach

Nicht weit von Reichenbach, Amts Lichtenau, dem hohen Steine gegenüber in einem Walde liegt der Teufelsstein. Er sieht aus, als wären etliche hundert Karren Steine kunstreich zusammengeschüttet, indem sich wunderbarlich Gemächer, Keller und Kammern von selbst gebildet, in welchen bei schweren und langen Kriegen die Bewohner der Gegend mit ihrem ganzen Haushalt gewohnt. Diesen Stein soll der Teufel in einer einzigen Nacht, nach der gemeinen Sage, also gebildet haben.

199. Teufelsstein zu Köln

Zu Köln bei der Kirche liegt ein schwerer Stein, genannt Teufelsstein, man sieht darauf noch die Kralle des bösen Feindes eingedruckt. Er warf ihn nach der Kapelle der Heiligen Drei Könige und wollte sie niederschmettern, es ist ihm aber mißlungen.

200. Süntelstein zu Osnabrück

Bei Osnabrück liegt ein uralter Stein, dreizehn Fuß aus der Erde ragend, von dem die Bauern sagen, der Teufel hätte ihn durch die Luft geführt und fallen lassen. Sie zeigen auch die Stelle daran, in welcher die Kette gesessen, woran er ihn gehalten, nennen ihn den Süntelstein.

201. Der Lügenstein

Auf dem Domplatz zu Halberstadt liegt ein runder Fels von ziemlichem Umfang, den das Volk nennet den Lügenstein. Der Vater der Lügen hatte, als der tiefe Grund zu der Domkirche gelegt wurde, große Felsen hinzugetragen, weil er hoffte, hier ein Haus für sein Reich entstehen zu sehen. Aber als das Gebäude aufstieg und er merkte, daß es eine christliche Kirche werden würde, da beschloß er, es wieder zu zerstören. Mit einem ungeheuren Felsstein schwebte er herab, Gerüst und Mauer zu zerschmettern. Allein man besänftigte ihn schnell durch das Versprechen, ein Weinhaus dicht neben die Kirche zu bauen. Da wendete er den Stein, so daß er neben dem Dom auf dem geebneten Platz niederfiel. Noch sieht man daran die Höhle, die der glühende Daumen seiner Hand beim Tragen eindrückte.

202. Die Felsenbrücke

Ein Hirt wollte abends spät seine Geliebte besuchen, und der Weg führte ihn über die Visper, da, wo sie in einer tiefen Felsenschlucht rauscht, worüber nur eine schmale Bretterbrücke hängt. Da sah er, der Chiltbube, was ihm sonst niemals wider fahren war, einen Haufen schwarze Kohlen mitten auf der Brücke liegen, daß sie den Weg versperrten; ihm war dabei nicht recht zumute, doch faßte er sich ein Herz und tat einen tüchtigen Sprung über den tiefen Abgrund von dem einen Ende glücklich bis zu dem andern. Der Teufel, der aus dem Dampf des zerstobenen Kohlenhaufens auffuhr, rief ihm nach: »Das war dir geraten, denn wärst du zurückgetreten, hätt ich dir den Hals umgedreht, und wärst du auf die Kohlen getreten, so hättest du unter ihnen versinken und in die Schlucht stürzen müssen.« Zum Glück hatte der Hirt, trotz der Gedanken an seine Geliebte, nicht unterlassen, vor dem Kapellchen der Mutter Gottes hinter St. Niklas, an dem er vorbeikam, wie immer sein Ave zu beten.

203. Das Teufelsbad zu Dassel

Unweit Dassel, in einem grundlosen Meerpfuhl, welcher der bedessische oder bessoische heißt, soll eine schöne und wohlklingende Glocke liegen, welche der leibhaftige Teufel aus der Kirche zum Portenhagen dahin geführt hat und von der die alten Leute viel wunderbare Dinge erzählen. Sie ist von lauterem Golde, und der böse Feind brachte sie aus Neid weg, damit sich die Menschen ihrer nicht mehr zum Gottesdienst bedienen können, weil sie besonders kräftig und heilig gewesen. Ein Taucher erbot sich, hinabzufahren und sie mit Stricken zu fassen, dann sollten die Leute oben getrost ziehen und ihrer Glocke wieder mächtig werden. Allein er kam unverrichteter Sachen heraus und sagte, daß unten in der Tiefe des Meerpfuhls eine grüne Wiese wäre, wo die Glocke auf einem Tische stehe und ein schwarzer Hund dabeiliege, welcher nicht gestatten wolle, sie anzurühren. Auch habe sich daneben ein Meerweib ganz erschrecklich sehen und hören lassen, die gesagt: es wäre viel zu früh, diese Glocke von dannen abzuholen. Ein achtzigjähriger Mann erzählte von diesem Teufelsbad: Einen Sonnabend habe ein Bauer aus Lüthorst unfern des Pfuhls länger als Brauch gewesen, nachdem man schon zur Vesper geläutet, gepflügt und beides, Pferde und Jungen, mit Fluchen und Schlägen genötigt. Da sei ein großer, schwarzer und starker Gaul aus dem Wasser ans Land gestiegen. Der gottlose und tobende Bauer habe ihn genommen und in Teufels Namen vor die andern Pferde gespannt, in der Meinung, nicht ehnder Feierabend zu machen, bis der Acker herumgepflüget wäre. Der Junge hub an zu weinen und wollte lieber nach Haus, aber der Bauer fuhr ihn hart an. Da soll der schwarze Gaul frisch und gewaltig die armen ausgemergelten Pferde mitsamt Pflug, Jung und Bauer in das grundlose Loch und Teufelsbad gezogen haben und nimmermehr von Menschen gesehen worden sein. Wer den Teufel fordert, muß ihm auch Werk schaffen.

204. Der Turm zu Scharzfeld

Von dem Turm auf Scharzfeld berichten viel alter Leute, daß er keine Dachung leide, der Teufel darin hausen und nachts viel Gerumpels droben sein sollte. Vorzeiten trug Kaiser Heinrich IV. unziemliche Liebe zu eines Herrn auf Scharzfeld Ehweib, konnte lange seinen Willen nicht vollführen. Da kam er ins Kloster Pöhlde in der Grafschaft Lutterberg, und ein Mönch machte ihm einen Anschlag. Er ließ den Herrn von Scharzfeld zu sich fordern ins Kloster und trug ihm eine weite Reise mit einer Werbung auf. Der Ritter war dem Kaiser untertan und gehorsam. Tags darauf zog der Kaiser mit dem Mönch in weltlichen Kleidern auf die Jagd, kam insgeheim vor das Haus Scharzfeld und wurde von dem Mönch bis vor der Edelfrau Kemenate geleitet. Da überfiel sie Heinrich und nötigte sie zu seinem Willen. Da soll der Teufel die Dachung vom Turm abgeworfen und, in der Luft hinfahrend, über den Mönch geschrien haben, daß er an dieser Untat schuldiger sei als der Kaiser. Der Mönch war seit der Zeit im Kloster stets traurig und unfroh.

205. Der Dom zu Köln

Als der Bau des Doms zu Köln begann, wollte man gerade auch eine Wasserleitung ausführen. Da vermaß sich der Baumeister und sprach: »Eher soll das große Münster vollendet sein als der geringe Wasserbau!« Das sprach er, weil er allein wußte, wo zu diesem die Quelle sprang und er das Geheimnis niemanden als seiner Frau entdeckt, ihr aber zugleich bei Leib und Leben geboten hatte, es wohl zu bewahren. Der Bau des Doms fing an und hatte guten Fortgang, aber die Wasserleitung konnte nicht angefangen werden, weil der Meister vergeblich die Quelle suchte. Als dessen Frau nun sah, wie er sich darüber grämte, versprach sie ihm Hilfe, ging zu der Frau des andern Baumeisters und lockte ihr durch List endlich das Geheimnis heraus, wonach die Quelle gerade unter dem Turm des Münsters sprang; ja, jene bezeichnete selbst den Stein, der sie zudeckte. Nun war ihrem Manne geholfen; folgenden Tags ging er zu dem Stein, klopfte darauf, und sogleich drang das Wasser hervor. Als der Baumeister sein Geheimnis verraten sah und mit seinem stolzen Versprechen zuschanden werden mußte, weil die Wasserleitung ohne Zweifel nun in kurzer Zeit zustande kam, verfluchte er zornig den Bau, daß er nimmermehr sollte vollendet werden, und starb darauf vor Traurigkeit. Hat man fortbauen wollen, so war, was an einem Tag zusammengebracht und aufgemauert stand, am andern Morgen eingefallen, und wenn es noch so gut eingefügt war und aufs festeste haftete, also daß von nun an kein einziger Stein mehr hinzugekommen ist. Andere erzählen abweichend. Der Teufel war neidig auf das stolze und heilige Werk, das Herr Gerhard, der Baumeister, erfunden und begonnen hatte. Um doch nicht ganz leer dabei auszugehen oder gar die Vollendung des Doms noch zu verhindern, ging er mit Herrn Gerhard die Wette ein: er wolle

Teufelsbuhlschaft. Holzschnitt aus: Molitor, U.: De lamiis et phitonicis mulieribus [. . .] tractatus (1489)

eher einen Bach von Trier nach Köln, bis an den Dom, geleitet als Herr Gerhard seinen Bau vollendet haben, doch müsse ihm, wenn er gewänne, des Meisters Seele zugehören. Herr Gerhard war nicht säumig, aber der Teufel kann teufelsschnell arbeiten. Eines Tags stieg der Meister auf den Turm, der schon so hoch war, als er noch heutzutag ist, und das erste, was er von oben herab gewahrte, waren Enten, die schnatternd von dem Bach, den der Teufel herbeigeleitet hatte, aufflogen. Da sprach der Meister in grimmem Zorn: »Zwar hast du, Teufel, mich gewonnen, doch sollst du mich nicht lebendig haben!« So sprach er und stürzte sich Hals über Kopf den Turm herunter, in Gestalt eines

Hundes sprang schnell der Teufel hintennach, wie beides in Stein gehauen noch wirklich am Turme zu schauen ist. Auch soll, wenn man sich mit dem Ohr auf die Erde legt, noch heute der Bach zu hören sein, wie er unter dem Dome wegfließt.

Endlich hat man eine dritte Sage, welche den Teufel mit des Meisters Frau Buhlschaft treiben läßt, wodurch er vermutlich, wie in der ersten, hinter das Baugeheimnis ihres Mannes kam.

206. Des Teufels Hut

Nicht weit von Altenburg bei dem Dorfe Ehrenberg liegt ein mächtiger Stein, so groß und schwer, daß ihn hundert Pferde nicht fortziehen würden. Vorzeiten trieb der Teufel sein Spiel damit, indem er ihn auf den Kopf sich legte, damit umherging und ihn als einen Hut trug. Einmal sprach er in Stolz und Hochmut: »Wer kann wie ich diesen Stein tragen? Selbst der ihn erschaffen, vermag's nicht und läßt ihn liegen, wo er liegt!« Da erschien Christus der Herr, nahm den Stein, steckte ihn an seinen kleinen Finger und trug ihn daran. Beschämt und gedemütigt wich der Teufel und ließ sich nie wieder an diesem Ort erblicken. Und noch heute sieht man in dem Stein den Abdruck von des Teufels Haupt und von des Herrn Finger.

207. Des Teufels Brand

Es liegt ein Städtlein im Schweizerland mit Namen Schiltach, welches im Jahr 1533 am 10. April plötzlich in den Grund abgebrannt ist. Man sagt, daß dieser Brand folgenderweise, wie die Bürger des Orts vor der Obrigkeit zu Freiburg angezeigt, entstanden sei: Es hat sich in einem Hause oben hören lassen, als ob jemand mit linder, lispelnder Stimme einem andern zuriefe und winkete, er solle schweigen. Der Hausherr meint, es habe sich ein Dieb verborgen, geht hinauf, findet aber niemand. Darauf hat er es wiederum von einem höheren Gemach her vernommen, er geht auch dahin und vermeint den Dieb zu greifen. Wie aber niemand vorhanden ist, hört er endlich die Stimme im Schornstein. Da denkt er, es müsse ein Teufelsgespenst sein, und spricht den Seinigen, die sich fürchten, zu, sie sollten getrost und unverzagt sein, Gott werde sie beschirmen. Darauf bat er zwei Priester zu kommen, damit sie den Geist beschwüren. Als diese nun fragten, wer er sei, antwortete er: »Der Teufel.« Als sie weiterfragten, was sein

Beginnen sei, antwortete er: »Ich will die Stadt in Grund verderben!« Da bedräuen sie ihn, aber der Teufel spricht: »Euere Drohworte gehen mich nichts an, einer von euch ist ein liederlicher Bube; alle beide aber seid ihr Diebe.« Bald darauf hat er ein Weib, mit welchem jener Geistliche vierzehn Jahre zusammen gelebt, hinauf in die Luft geführt, oben auf den Schornstein gesetzt, ihr einen Kessel gegeben und sie geheißen, ihn umkehren und ausschütten. Wie sie das getan, ist der ganze Flecken vom Feuer ergriffen worden und in einer Stunde abgebrannt.

208. Die Teufelshufeisen

Zu Schwarzstein, eine halbe Meile von Rastenburg in Preußen, hangen zwei große Hufeisen in der Kirche, davon eine gemeine Sage ist: Es war daselbst eine Krügerin (Bierwirtin), die den Leuten sehr übel das Bier zumaß, die soll der Teufel des Nachts vor die Schmiede geritten haben. Ungestüm weckte er den Schmied auf und rief: »Meister, beschlagt mir mein Pferd!« Der Schmied war nun gerade der Bierschenkin Gevatter, daher, als er sich über sie hermachte, raunte sie ihm heimlich zu: »Gevattermann, seid doch nicht so rasch!« Der Schmied, der sie für ein Pferd angesehen, erschrak heftig, als er diese Stimme hörte, die ihm bekannt deuchte, und geriet aus Furcht in Zittern. Dadurch verschob sich der Beschlag, und der Hahn krähte. Der Teufel mußte zwar das Reißaus nehmen, allein die Krügerin ist lange nachher krank geblieben. Sollte der Teufel alle Bierschenken, die da knapp messen, beschlagen lassen, würde das Eisen gar teuer werden.

209. Der Teufel führt die Braut fort

In Sachsen hatte eine reiche Jungfrau einem schönen, aber armen Jüngling die Ehe verheißen. Dieser, weil er sahe, was kommen würde, da sie reich und nach ihrer Art wankelmütig war, sprach zu ihr, sie werde ihm nicht Glauben halten. Sie fing an sich zu verschwören mit diesen Worten: »Wann ich einen andern denn dich nehme, so hole mich der Teufel auf der Hochzeit!« Was geschieht? Nach geringer Zeit wird sie andern Sinnes und verspricht sich einem andern mit Verachtung des ersten Bräutigams, welcher sie ein- oder etlichemal der Verheißung und des großen Schwurs erinnerte. Aber sie schlug alles in den Wind, verließ den ersten und hielt Hochzeit mit dem andern.

Am hochzeitlichen Tage, als die Verwandten, Freunde und Gäste fröhlich waren, ward die Braut, da ihr das Gewissen aufwachte, trauriger, als sie sonst zu sein pflegte. Endlich kommen zwei Edelleute in das Brauthaus geritten, werden als fremde geladene Gäste empfangen und zu Tisch geführt. Nach Essenszeit wird dem einen von Ehren wegen, als einem Fremden, der Vorreigen mit der Braut gebracht, mit welcher er einen Reihen oder zwei tät und sie endlich vor ihren Eltern und Freunden mit großem Seufzen und Heulen zur Tür hinaus in die Luft führte.

Des andern Tages suchten die betrübten Eltern und Freunde die Braut, daß sie sie, wo sie etwan herabgefallen, begraben möchten. Siehe, da begegneten ihnen eben die Gesellen und brachten die Kleider und Kleinode wieder mit diesen Worten: »Über diese Dinge hatten wir von Gott keine Gewalt empfangen, sondern über die Braut.«

210. Das Glücksrad

Zwölf Landsknechte kamen aus dem Ditmarser Krieg und hatten wenig vor sich gebracht. Da sie nun traurig und kleinmütig im Land umherstrichen und heut nicht wußten, was sie morgen zu beißen hatten, begegnete ihnen ein Grauröcklein, tat seinen Gruß und fragte: »Woher des Wegs und wohin?« Sie aber sagten: »Daher aus dem Krieg und dahin, wo wir reich werden sollen, können aber den Ort nicht finden.« Das Grauröcklein sagte: »Die Kunst soll euch offenbar werden, wenn ihr mir folgen wollt, begehr auch nichts dafür zu haben.« Die Landsknechte meinten: was es denn wäre? »Man heißt es das Glücksrad, das steht mir zu Gebot, und wen ich darauf bringe, der lernt wahrsagen den Leuten und graben den Schatz aus der Erde; doch nicht anders vermag ich euch darauf zu setzen als mit dem Beding, daß ich Macht und Gewalt habe, einen aus eurem Haufen mit mir wegzuführen.«

Sie begehrten nun zu wissen, welchen von ihnen er zu nehmen willens sei. Der Graurock antwortete: »Zu welchem ich Lust trage, das wird sich hernach zeigen, voraus weiß ich's nicht.« Drauf nahmen die Landsknechte eine lange Überlegung, sollten sie's tun oder aber lassen, schlossen endlich: »Sterben muß der Mensch doch einmal; wie nun, so wir in Ditmarsen gefallen wären in der Schlacht oder die Pest uns weggerafft hätte; wir wollen dies wagen, was viel leichter ist und nur einen einzigen trifft.« Ergaben sich also miteinander in des Mannes Hand mit dem Beding, daß er sie aufs Glücksrad brächte und dafür zum Lohn einen aus ihnen hinhätte, den, der ihm dazu gefiele.

Nach diesem so führte sie der Graurock hin an die Stelle, wo sein Rad stund, das war so groß, daß wie sie alle darauf kamen, jeglicher drei Klaftern weit ab vom andern saß; eins aber verbot er ihnen: daß ja keiner den andern ansähe, solange sie auf dem Rad säßen; wer das nicht tue, dem bräche er den Hals. Als sie nun ordnungsmäßig aufgesessen, packte der Meister das Rad mit den Klauen, die er beides an Händen und Füßen hatte, und hub zu drehen an, bis es umgedreht war, zwölf Stunden nacheinander und alle Stunden einmal. Ihnen aber deuchte, als ob unter ihnen helles Wasser sei, gleich einem Spiegel, worin sie alles sehen konnten, was sie vorhatten, Gutes oder Böses, und wen sie von Leuten da sahen, erkannten sie und wußten ihre Namen zu nennen. Über ihnen aber war es wie Feuer, und glühende Zapfen hingen herab.

Wie sie nun zwölf Stunden ausgehalten hatten, rückte der Glücksmeister einen feinen jungen Menschen vom Rade, der eines Bürgermeisters Sohn aus Meißen war, und führte ihn mitten durch die Feuerflamme mit sich hin. Die elf andern wußten nicht, wie ihnen geschehen, und sanken betäubt nieder in tiefen Schlaf, und als sie etliche Stunden lang unter freiem Himmel gelegen, wachten sie auf, aber ihre Kleider auf dem Leibe und ihre Hemden, die waren ganz mürbe geworden und zerfielen beim Angreifen, von der großen Hitze wegen, die auf dem Rad gewesen war.

Darauf erhoben sie sich und gingen jeder seines Weges, in der Hoffnung, ihr Lebtag alles genug und eitel Glück zu haben, aber nach wie vor arm und mußten das Brot vor anderer Leute Haustür suchen.

211. Der Teufel als Fürsprecher

In der Mark geschah es, daß ein Landsknecht seinem Wirt Geld aufzuheben gab, und als er es wiederforderte, dieser etwas empfangen zu haben ableugnete. Als der Landsknecht darüber mit ihm uneins ward und das Haus stürmte, ließ ihn der Wirt gefänglich einziehen und wollte ihn übertäuben, damit er das Geld behielte. Er klagte daher den Landsknecht zu Haut und Haar, zu Hals und Bauch an als einen, der ihm seinen Hausfrieden gebrochen hätte. Da kam der Teufel zu ihm ins Gefängnis und sprach: »Morgen wird man dich vor Gericht führen und dir den Kopf abschlagen, darum daß du den Hausfrieden gebrochen hast; willst du mein sein mit Leib und Seel, so will ich dir davonhelfen.« Aber der Landsknecht wollte nicht. Da sprach der Teufel: »So tue ihm also: Wann du vor Gericht kommst und man dich hart anklagt, so beruhe darauf, daß du dem Wirt das Geld gegeben, und sprich, du seiest übel beredt, man wolle dir vergönnen, einen Fürsprecher zu haben, der dir das Wort rede. Alsdann will ich nicht weit stehen in einem blauen Hute mit weißer Feder und dir deine Sache führen.« Dies geschah also; aber da der Wirt hartnäckig leugnete, so sagte des Landsknechts Anwalt im blauen Hut: »Lieber Wirt, wie magst du es doch leugnen! Das Geld liegt in deinem Bette unter dem Hauptpfühl: Richter und Schöffen, schicket hin, so werdet ihr es befinden.« Da verschwur sich der Wirt und sprach: »Hab ich das Geld empfangen, so führe mich der Teufel hinweg!« Als nun das Geld gefunden und gebracht war, sprach der im blauen Hütlein mit weißer Feder: »Ich wußte wohl, ich sollte einen davon haben, entweder den Wirt oder den Gast«, drehte damit dem Wirt den Kopf um und führte ihn in der Luft davon.

212. Traum vom Schatz auf der Brücke

Es hat auf eine Zeit einem getraumt, er solle gen Regensburg gehen auf die Brücken, da sollt er reich werden. Er ist auch hingegangen, und da er einen Tag oder vierzehn allda gegangen hat, ist ein reicher Kaufmann zu ihm kommen, der sich wunderte, was er alle Tage auf der Brücke mache, und ihn fragte, was er da suche. Dieser antwortete: »Es hat mir getraumt, ich soll gen Regensburg auf die Brücke gehen, da würde ich reich werden.« »Ach«, sagte der Kaufmann, »was redest du von Träumen, Träume sind Schäume und Lügen; mir hat auch getraumt, daß unter jenem großen Baume (und zeigte ihm den Baum) ein großer Kessel mit Geld begraben sei, aber ich acht sein nicht, denn Träume sind Schäume.« Da ging der andere hin, grub unter dem Baum ein, fand einen großen Schatz, der ihn reich machte, und sein Traum wurde ihm bestätigt.

Agricola fügt hinzu: »Das hab ich oftmals von meinem lieben Vater gehört.« Es wird aber auch von andern Städten erzählt, wie von Lübeck (Kempen), wo einem Bäckerknecht träumt, er werde einen Schatz auf der Brücke finden. Als er oft darauf hin und her geht, redet ihn ein Bettler an und fragt nach der Ursache und sagt hernach, ihm habe getraumt, daß auf dem Kirchhof zu Mölken unter einer Linde (zu Dordrecht unter einem Strauche) ein Schatz liege, aber er wolle den Weg nicht daranwenden. Der Bäckerknecht antwortet: »Ja, es träumt einem oft närrisch Ding, ich will mich meines Traums begeben und Euch meinen Brückenschatz vermachen«, geht aber hin und hebt den Schatz unter der Linde.

213. Der Kessel mit dem Schatz

An einem Winterabend saß vor vielen Jahren der Wagnermeister Wolf zu Großbieberau im Odenwald mit Kindern und Gesinde beim Ofen und sprach von diesem oder jenem. Da ward auf einmal ein verwunderlich Geräusch vernommen, und siehe, es drückte sich unter dem Stubenofen plötzlich ein großer Kessel voll Geldes hervor. Hätte nun gleich einer stillschweigends ein wenig Brot oder einen Erdschollen darauf geworfen, dann wäre es gut gewesen; aber nein, der Böse war dabei, und da mußt es wohl verkehrt gehen. Des Wagners Töchterlein hatte nie soviel Geld beisammen gesehen und rief laut: »Blitz, Vater, was Geld, was Geld!« Der Vater kehrte sich nicht ans Schreien, weil er besser wußte, was hier zu tun wäre. Schnell nahm er's Heft vom großen Nabenbohrer und steckte es rasch durch den Kesselring. Doch es war vorbei, der Kessel versank, und nur der Ring blieb zurück. Vor ungefähr zwanzig Jahren wurde der Kesselring noch gezeigt.

Zu Quedlinburg steht ein Haus, in dessen Grundtiefen sich große Goldschätze befinden sollen. Vor Jahren wohnte ein Kupferschmied darin, dessen Frau den Lehrjungen verschiedenes Handwerksgerät in Ordnung bringen hieß, besonders sollte er einen großen Kessel im Hintergebäude rein machen. Als am Abend der Junge mit der Arbeit zu Ende gekommen war und jetzt zum großen Kessel trat, fand er diesen bis oben gefüllt mit glänzenden Goldstücken. Vor Freude erschrocken, griff er einige Stücke heraus, eilte damit zur Meisterin und erzählte ihr, was er gesehen. Sie lief mit hin, aber noch waren beide nicht über die Schwelle der Türe zum Hintergebäude gekommen, als sie ein plötzliches Krachen, Rauschen und Klingen hörten; und drinnen sahen sie noch, wie sich der große Kessel in seiner alten Fuge bewegte und dann stillstand. Als sie aber hinzutraten, war er schon wieder leer und das Gold hinabgesunken.

214. Der Werwolf

Ein Soldat erzählte folgende Geschichte, die seinem eignen Großvater begegnet sein soll: Dieser, sein Großvater, sei einmal zu Wald holzhauen gegangen, mit einem Gevatter und noch einem dritten, welchen dritten man immer im Verdacht gehabt, daß es nicht ganz richtig mit ihm gewesen; doch so hätte man nichts Gewisses davon zu sagen gewußt. Nun hätten die dreie ihre Arbeit getan und wären müde geworden, worauf dieser dritte vorgeschlagen: ob sie nicht ein bißchen ausschlafen wollten. Das sei denn nun so geschehen, jeder hätte sich nieder an den Boden gelegt; er, der Großvater, aber nur so getan, als schliefe er, und die Augen ein wenig aufgemacht. Da hätte der dritte erst recht um sich gesehen, ob die andern auch schliefen, und als er solches geglaubt, auf einmal den Gürtel abgeworfen und wäre ein Werwolf gewesen, doch sehe ein solcher Werwolf nicht ganz aus wie ein natürlicher Wolf, sondern etwas anders. Darauf wäre er weggelaufen zu einer nahen Wiese, wo gerade ein jung Füllen gegraset, das hätte er angefallen und gefressen mit Haut und Haar. Hernach wäre er zurückgekommen, hätte den Gürtel wieder umgetan und nun, wie vor, in menschlicher Gestalt dagelegen. Nach einer kleinen Weile, als sie alle zusammen aufgestanden, wären sie heim nach der Stadt gegangen, und wie sie eben am Schlagbaum gewesen, hätte jener dritte über Magenweh geklagt. Da hätte ihm der Großvater heimlich ins Ohr geraunt: »Das will ich wohl glauben, wenn man ein Pferd mit Haut und Haar in den Leib gegessen hat;« jener aber geantwortet: »Hättest du mir das im Walde gesagt, so solltest du es jetzo nicht mehr sagen.«

Ein Weib hatte die Gestalt eines Werwolfs angenommen und war also einem Schäfer, den sie gehaßt, in die Herde gefallen und hatte ihm großen Schaden getan. Der Schäfer aber verwundete den Wolf durch einen Beilwurf in die Hüfte, so daß er in ein Gebüsch kroch. Da ging der Schäfer ihm nach und gedachte ihn ganz zu überwältigen, aber er fand ein Weib, beschäftigt, mit einem abgerissenen Stück ihres Kleides das aus der Wunde strömende Blut zu stillen.

Zu Lüttich wurden im Jahre 1610 zwei Zauberer hingerichtet, weil sie sich in Werwölfe verwandelt und viele Kinder getötet. Sie hatten einen Knaben bei sich von zwölf Jahren, welchen der Teufel zum Raben machte, wenn sie Raub zerrissen und gefressen.

215. Der Werwolfstein

Bei dem magdeburgischen Dorfe Eggenstedt, unweit Sommerschenburg und Schöningen, erhebt sich auf dem Anger nach Seehausen zu ein großer Stein, den das Volk den Wolf- oder Werwolfstein nennet. Vor langer, langer Zeit hielt sich an dem Brandsleber Holze, das sonst mit dem Hackel und dem Harz zusammenhing, ein Unbekannter auf, von dem man nie erfahren hat, wer er sei, noch woher er stamme. Überall bekannt unter dem Namen des Alten kam er öfters ohne Aufsehen in die Dörfer, bot seine Dienste an und verrichtete sie zu der Landleute Zufriedenheit. Besonders pflegte er die Hütung der Schafe zu übernehmen. Es geschah, daß in der Herde des Schäfers Melle zu Neindorf ein niedliches buntes Lamm fiel; der Unbekannte bat den Schäfer dringend und ohne Ablaß, es ihm zu schenken. Der Schäfer wollt es nicht lassen. Am Tag der Schur brauchte Melle den Alten, der ihm dabei half; bei seiner Zurückkunft fand er zwar alles in Ordnung und die Arbeit getan, aber weder den Alten noch das bunte Lamm. Niemand wußte geraume Zeit lang von dem Alten. Endlich stand er einmal unerwartet vor dem Melle, welcher im Kattental weidete, und rief höhnisch: »Guten Tag, Melle, dein buntes Lamm läßt dich grüßen!« Ergrimmt griff der Schäfer seinen Krummstab und wollte sich rächen. Da wandelte plötzlich der Unbekannte die Gestalt und sprang ihm als Werwolf entgegen. Der Schäfer erschrak, aber seine Hunde fielen wütend auf den Wolf, welcher entfloh; verfolgt rann er durch Wald und Tal bis in die Nähe von Eggenstedt. Die Hunde umringten ihn da, und der Schäfer rief: »Nun sollst du sterben!« da stand der Alte wieder in Menschengestalt, flehte bittend um Schonung und erbot sich zu allem. Aber wütend stürzte der Schäfer mit seinem Stock auf ihn ein urplötzlich stand vor ihm ein aufsprießender Dornenstrauch. Auch so schonte der Rachsüchtige ihn nicht, sondern zerhieb grausam die Zweige. Noch einmal wandelte sich der Unbekannte in einen Menschen und bat um sein Leben. Allein der hartherzige Melle blieb unerbittlich. Da suchte er als Werwolf zu entfliehen, aber ein Streich des Melle streckte ihn tot zur Erde. Wo er fiel und beigescharrt wurde, bezeichnet ein Felsstein den Ort und heißt nach ihm auf ewige Zeiten.

»Der Währ- oder Menschenwolf«. Flugblatt um 1700

216. Die Werwölfe ziehen aus

In Livland ist folgende Sage: Wann der Christtag verflossen ist, so geht ein Junge, der mit einem Bein hinkt, herum und fordert alle dem Bösen Ergebenen, deren eine große Zahl ist, zusammen und heißt sie nachfolgen. Zaudern etliche darunter und sind säumig, so ist ein anderer großer langer Mann da, der mit einer von Eisendraht und Kettlein geflochtenen Peitsche auf sie haut und mit Zwang forttreibt. Er soll so grausam auf die Leute peitschen, daß man nach langer Zeit Flecken und Narben auf ihrem Leibe sehen kann, wovon sie viele Schmerzen empfinden.

Sobald sie anheben, ihm zu folgen, gewinnt es das Ansehen, als ob sie ihre vorige Gestalt ablegten und in Wölfe verwandelt würden. Da kommen ihrer ein paar Tausende zusammen; der Führer mit der eisernen Geißel in der Hand geht voran. Wenn sie nun aufs Feld geführt sind, fallen sie das Vieh grausam an und zerreißen, was sie nur ergreifen können, womit sie großen Schaden tun. Doch Menschen zu verletzen ist ihnen nicht vergönnt. Kommen sie an ein Wasser, so schlägt der Führer mit seiner Rute oder Geißel hinein und teilt es voneinander, so daß sie trockenes Fußes übergehen können. Sind zwölf Tage verflossen, so legen sie die Werwolfsgestalt ab und werden wieder zu Menschen.

217. Der Drache fährt aus

Das Alpenvolk in der Schweiz hat noch viele Sagen bewahrt von Drachen und Würmern, die vor alter Zeit auf dem Gebirge hausten und oftmals verheerend in die Täler herabkamen. Noch jetzt, wenn ein ungestümer Waldstrom über die Berge stürzt, Bäume und Felsen mit sich reißt, pflegt es in einem tiefsinnigen Sprichwort zu sagen: »Es ist ein Drach ausgefahren.« Folgende Geschichte ist eine der merkwürdigsten:

Ein Binder aus Luzern ging aus, Daubenholz für seine Fässer zu suchen. Er verirrte sich in eine wüste, einsame Gegend, die Nacht brach ein, und er fiel plötzlich in eine tiefe Grube, die jedoch schlammig war, wie in einen Brunnen hinab. Zu beiden Seiten auf dem Boden waren Eingänge in große Höhlen; als er diese genauer untersuchen wollte, stießen ihm zu seinem großen Schrecken zwei scheußliche Drachen auf. Der Mann betete eifrig, die Drachen umschlangen seinen Leib verschiedenemal, aber sie taten ihm kein Leid. Ein Tag verstrich und mehrere, er mußte vom 6. November bis 10. April in Gesellschaft der Drachen harren. Er nährte sich gleich ihnen von einer salzigen Feuchtigkeit, die aus den Felsenwänden schwitzte. Als nun die Drachen witterten, daß die Winterszeit vorüber war, beschlossen sie auszufliegen. Der eine tat es mit großem Rauschen, und während der andere sich gleichfalls dazu bereitete, ergriff der unglückselige Faßbinder des Drachen Schwanz, hielt fest daran und kam aus dem Brunnen mit heraus. Oben ließ er los, wurde frei und begab sich wieder in die Stadt. Zum Andenken ließ er die ganze Begebenheit auf einen Priesterschmuck sticken, der noch jetzt in des heiligen Leodagars Kirche zu Luzern zu sehen ist. Nach den Kirchenbüchern hat sich die Geschichte im Jahre 1420 zugetragen.

218. Winkelried und der Lindwurm

In Unterwalden beim Dorf Wyler hauste in der uralten Zeit ein scheußlicher Lindwurm, welcher alles, was er ankam, Vieh und Menschen, tötete und den ganzen Strich verödete, dergestalt, daß der Ort selbst davon den Namen Ödwyler empfing. Da begab es sich, daß ein Eingeborener, Winkelried geheißen, als er einer schweren Mordtat halben landesflüchtig werden müssen, sich erbot, den Drachen anzugreifen und umzubringen, unter der Bedingung, wenn man ihn nachher wieder in seine Heimat lassen würde. Da wurden die Leute froh und erlaubten ihm wieder in das Land; er wagt, es und überwand das Ungeheuer, indem er ihm einen Bündel Dörner in den aufgesperrten Rachen stieß. Während es nun suchte, diesen auszuspeien, und nicht konnte, versäumte das Tier seine Verteidigung, und der Held nutzte die Blößen. Frohlockend warf er den Arm auf, womit er das bluttriefende Schwert hielt, und zeigte den Einwohnern die Siegestat, da floß das giftige Drachenblut auf den Arm und an die bloße Haut, und er mußte alsbald das Leben lassen. Aber das Land war errettet und ausgesöhnt; noch heutigentags zeigt man des Tieres Wohnung im Felsen und nennt sie die Drachenhöhle.

219. Der Lindwurm am Brunnen

Zu Frankenstein, einem alten Schlosse anderthalb Stunden weit von Darmstadt, hausten vor alten Zeiten drei Brüder zusammen, deren Grabsteine man noch heutigentags in der Oberbirbacher Kirche siehet. Der eine der Brüder hieß Hans, und er ist ausgehauen, wie er auf einem Lindwurm steht. Unten im Dorfe fließt ein Brunnen, in dem sich sowohl die Leute aus dem Dorf als aus dem Schloß ihr Wasser holen müssen; dicht neben den Brunnen hatte sich ein gräßlicher Lindwurm gelagert, und die Leute konnten nicht anders Wasser schöpfen als dadurch, daß sie ihm täglich ein Schaf oder ein Rindvieh brachten; solang der Drache daran fraß, durften die Einwohner zum Brunnen. Um diesen Unfug aufzuheben, beschloß Ritter Hans den Kampf zu wagen; lange stritt er, endlich gelang es ihm, dem Wurme den Kopf abzuhauen. Nun wollte er auch den Rumpf des Untiers, der noch zappelte, mit der Lanze durchstechen, da kringelte sich der spitzige Schweif um des Ritters rechtes Bein und stach ihn gerade in die Kniekehle, die einzige Stelle, welche der Panzer nicht deckte. Der ganze Wurm war giftig, und Hans von Frankenstein mußte sein Leben lassen.

220. Das Drachenloch

Bei Burgdorf im Bernischen liegt eine Höhle, genannt das Drachenloch, worin man vor alten Zeiten bei Erbauung der Burg zwei ungeheure Drachen gefunden haben soll. Die Sage berichtet: Als im Jahr 712 zwei Gebrüder Sintramund Beltram (nach andern Guntram und Waltram genannt), Herzoge von Lenzburg, ausgingen zu jagen, stießen sie in wilder und wüster Waldung auf einen hohlen Berg. In der Höhlung lag ein ungeheurer Drache, der das Land weit umher verödete. Als er die Menschen gewahrte, fuhr er in Sprüngen auf sie los, und im Augenblick verschlang er Beltram, den jüngeren Bruder, lebendig. Sintram aber setzte sich kühn zur Wehr und bezwang nach heißem Kampf das wilde Getier, in dessen gespaltenem Leib sein Bruder noch ganz lebendig lag. Zum Andenken ließen die Fürsten am Orte selbst eine Kapelle, der heiligen Margareta gewidmet, bauen und die Geschichte abmalen, wo sie annoch zu sehen ist.

221. Die Schlangenkönigin

Ein Hirtenmädchen fand oben auf dem Fels eine kranke Schlange liegen, die wollte verschmachten. Da reichte es ihr mitleidig seinen Milchkrug, die Schlange leckte begierig und kam sichtbar zu Kräften. Das Mädchen ging weg, und bald darauf geschah es, daß ihr Liebhaber um sie warb, allein ihrem reichen, stolzen Vater zu arm war und spöttisch abgewiesen wurde, bis er auch einmal so viel Herden besäße wie der alte Hirt. Von der Zeit an hatte der alte Hirt kein Glück mehr, sondern lauter Unfall; man wollte des Nachts einen feurigen Drachen über seinen Fluren sehen, und sein Gut verdarb. Der arme Jüngling war nun ebenso reich und warb nochmals um seine Geliebte, die wurde ihm jetzt zuteil. An dem Hochzeittag trat eine Schlange ins Zimmer, auf deren gewundenem Schweif eine schöne Jungfrau saß, die sprach, daß sie es wäre, der einstmal die gute Hirtin in der Hungersnot ihre Milch gegeben, und aus Dankbarkeit nahm sie ihre glänzende Krone vom Haupt ab und warf sie der Braut in den Schoß. Sodann verschwand sie, aber die jungen Leute hatten großen Segen in ihrer Wirtschaft und wurden bald wohlhabend.

222. Die Jungfrau im Oselberg

Zwischen Dinkelsbühl und Hahnkamm stand auf dem Oselberg vor alten Zeiten ein Schloß, wo eine einige Jungfrau gelebt, die ihrem Vater als Wittiber haushielt und den Schlüssel zu allen Gemächern in ihrer Gewalt gehabt. Endlich ist sie mit den Mauern verfallen und umkommen, und das Geschrei kam aus, daß ihr Geist um das Gemäuer schwebe und nachts an den vier Quatembern in Gestalt einer Fräulein, die ein Schlüsselbund an der Seite trägt, erscheine. Dagegen sagen alte Bauern dieser Orte aus, von ihren Vätern gehört zu haben, diese Jungfer sei eines alten Heiden Tochter gewesen und in eine abscheuliche Schlange verwünscht worden; auch werde sie in Weise einer Schlange, mit Frauenhaupt und Brust, ein Gebund Schlüssel am Hals, zu jener Zeit gesehen.

223. Der Krötenstuhl*

Auf Notweiler, einer elsässischen Burg im Wasgau, lebte vor alten Zeiten die schöne Tochter eines Herzogs, die aber so stolz war, daß sie keinen ihrer vielen Freier gut genug fand und viele umsonst das Leben verlieren mußten. Zur Strafe wurde sie dafür verwünscht und muß so lange auf einem öden Felsen hausen, bis sie erlöst wird. Nur einmal die Woche, nämlich den Freitag, darf sie sichtbar erscheinen, aber einmal in Gestalt einer Schlange, das zweitemal als Kröte und das drittemal als Jungfrau in ihrer natürlichen Art. Jeden Freitag wäscht sie sich auf dem

Felsen, der noch heutigentags Krötenstuhl heißt, an einem Quellborn und sieht sich dabei in die Weite um, ob niemand nahe, der sie erlöse. Wer das Wagstück unternehmen will, der findet oben auf dem Krötenstuhl eine Muschel mit drei Wahrzeichen: einer Schlangenschuppe, einem Stück Krötenhaut und einer gelben Haarlocke. Diese drei Dinge bei sich tragend, muß er einen Freitagmittag in die wüste Burg steigen, warten, bis sie sich zu waschen kommt, und sie drei Wochen hintereinander in jeder ihrer Erscheinungen auf den Mund küssen, ohne zu entfliehen. Wer das aushält, bringt sie zur Ruhe und empfängt alle ihre Schätze. Mancher hat schon die Merkzeichen gefunden und sich in die Trümmer der alten Burg gewagt, und viele sind vor Furcht und Greuel umgekommen. Einmal hatte ein kühner Bursch schon den Mund der Schlange berührt und wollte auf die andre Erscheinung warten, da ergriff ihn Entsetzen und er rannte bergab; zornig und raschelnd verfolgte sie ihn als Kröte bis auf den Krötenstuhl. Sie bleibt übrigens die Länge der Zeit hindurch, wie sie war, und altert nimmer. Als Schlange ist sie am gräßlichsten und nach dem Spruch des Volks »groß wie ein Wieschbaum (Heubaum), als Krott groß wie ein Backofen, und da spaucht sie Feuer«.

224. Die Wiesenjungfrau

Ein Bube von Auerbach an der Bergstraße hütete seines Vaters Kühe auf der schmalen Talwiese, von der man das alte Schloß sehen kann. Da schlug ihn auf einmal von hintenher eine weiche Hand sanft an den Backen, daß er sich umdrehte, und siehe, ein wunderschöne Jungfrau stand vor ihm, von Kopf zu den Füßen weiß gekleidet, und wollte eben den Mund auftun, ihn anzureden. Aber der Bub erschrak wie vor dem Teufel selbst und nahm das Reißaus ins Dorf hinein. Weil indessen sein Vater bloß die eine Wiese hatte, mußte er die Kühe immer wieder zu derselben Weide treiben, er mochte wollen oder nicht. Es währte lange Zeit, und der Junge hatte die Erscheinung bald vergessen, da raschelte etwas in den Blättern an einem schwülen Sommertag, und er sah eine kleine Schlange kriechen, die trug eine blaue Blume in ihrem Mund und fing plötzlich zu sprechen an: »Hör, guter Jung, du könntest mich erlösen, wenn du diese Blume nähmest, die ich trage und die ein Schlüssel ist zu meinem Kämmerlein droben im Schloß, da würdest du Gelds die Fülle finden.« Aber der Hirtenbub erschrak, da er sie reden hörte, und lief wieder nach Haus. Und an einem der letzten Herbsttage hütete er wieder auf der Wiese, da zeigte sie sich zum drittenmal in Gestalt der ersten weißen Jungfrau und gab ihm wieder einen Backenstreich, bat auch flehentlich, er möchte sie doch erlösen, wozu sie ihm alle Mittel und Wege angab. All ihr Bitten war für nichts und wieder nichts, denn die Furcht überwältigte den Buben, daß er sich kreuzte und segnete und wollte nichts mit dem Gespenst zu tun haben. Da holte die Jungfrau einen tiefen Seufzer und sprach: »Weh, daß ich mein Vertrauen auf dich gesetzt habe; nun muß ich neuerdings harren und warten, bis auf der Wiese ein Kirschenbaum wachsen und aus des Kirschbaums Holz eine Wiege gemacht sein wird. Nur das Kind, das in der Wiege zuerst gewiegt wird, kann mich dereinst erlösen.« Darauf verschwand sie, und der Bub, heißt es, sei nicht gar alt geworden; woran er gestorben, weiß man nicht.

225. Das Niesen im Wasser

An einem Brücklein, das über die Auerbach geht, hörte jemand etwas im Wasser dreimal niesen, da sprach er dreimal: »Gott helf!« und damit wurde der Geist eines Knaben erlöst, der schon dreißig Jahre auf diese Worte gelauert hatte. Oberhalb demselben Brücklein hörte, nach einer andern Erzählung, ein anderer dreimal aus dem Bach heraus niesen. Zweimal sagte er: »Gott helf!« beim drittenmal aber: »Der Teufel hol dich!« Da tat das Wasser einen Wall, wie wenn sich einer mit Gewalt darin umdrehte.

226. Die arme Seele

Et sit en arme Seele unner de Brügge för Haxthusen-Hofe to Paderborn, de prustet unnerwielen. Wenn nu ter sülvtigen Tiet en Wage deröverfärt und de Fohrmann seid nich: »Gott seegen«, so mot de Wage ümfallen. Un hät oll manig Mann Arm un Bein terbroken.

227. Die verfluchte Jungfer

Unweit Eisenach in einer Felsenhöhle zeigt sich zuweilen um die Mittagsstunde ein Fräulein, die nur dadurch erlöst werden kann, daß ihr jemand auf dreimaliges Niesen dreimal: »Helf Gott« zuruft. Sie war eine halsstarrige Tochter und wurde vorzeiten von ihrer guten Mutter im Zorn dahin verwünscht.

228. Das Fräulein von Staufenberg

Auf dem Harz bei Zorge, einem braunschweigischen Dorfe, liegt der Staufenberg, ehedem mit einer Burg bebaut. Man sieht jetzo eine Klippe da, auf der ein Menschenfuß eingedrückt stehet. Diese Fußtapfe drückte einst die Tochter des alten Burgherrn in den Fels, auf dem sie oft lange stand, weil es ihr Lieblingsplätzchen war. Noch von Zeit zu Zeit zeigt sich dort das verzauberte Fräulein in ihren goldgelben, geringelten Haaren.

229. Der Jungfernstein

In Meißen, unweit der Festung Königstein, liegt ein Felsen, genannt Jungfernstein, auch Pfaffenstein. Einst verfluchte eine Mutter ihre Tochter, welche sonntags nicht zur Kirche, sondern in die Heidelbeeren gegangen war. Da wurde die Tochter zu Stein und ist ihr Bild gegen Mittag noch zu sehen.

Im Dreißigjährigen Krieg flüchteten dahin die Leute vor den Soldaten.

230. Das steinerne Brautbett

In Deutschböhmen türmt sich ein Felsen, dessen Spitze, in zwei Teile geteilt, gleichsam ein Lager und Bett oben bildet. Davon hört man sagen: Es habe sonst da ein Schloß gestanden, worin eine Edelfrau mit ihrer einzigen Tochter lebte. Diese liebte wider Willen der Mutter einen jungen Herrn aus der Nachbarschaft, und die Mutter wollte niemals leiden, daß sie ihn heiratete. Aber die Tochter übertrat das Gebot und versprach sich heimlich ihrem Liebhaber mit der Bedingung, daß sie auf den Tod der Mutter warten und sich dann vermählen wollten. Allein die Mutter erfuhr noch vor ihrem Tode das Verlöbnis, sprach einen strengen Fluch aus und bat Gott inbrünstig, daß er ihn hören und der Tochter Brautbett in einen Stein verwandeln möge. Die Mutter starb, die ungehorsame Tochter reichte dem Bräutigam die Hand, und die Hochzeit wurde mit großer Pracht auf dem Felsenschloß gefeiert. Um Mitternacht, wie sie in die Brautkammer gingen, hörte die Nachbarschaft ringsumher einen fürchterlichen Donner schlagen. Am andern Morgen war das Schloß verschwunden, kein Weg und Steg führte zum Felsen, und auf dem Gipfel saß die Braut in dem steinernen Bette, welches man noch jetzt deutlich sehen und betrachten kann. Kein Mensch konnte sie erretten, und jeder, der versuchen wollte, die Steile zu erklettern, stürzte herab. So mußte sie verhungern und verschmachten; ihren toten Leichnam fraßen die Raben.

231. Zum Stehen verwünscht

Im Jahr Christi 1545 begab sich's zu Freiberg in Meißen, daß Lorenz Richter, ein Weber seines Handwerks, in der Weingasse wohnend, seinem Sohn, einem Knaben von vierzehn Jahren, befahl, etwas eilends zu tun; der aber verweilte sich, blieb in der Stube stehen und ging nicht bald dem Worte nach. Deswegen der Vater entrüstet wurde und im Zorn ihm fluchte: »Ei stehe, daß du nimmermehr könnst fortgehen!« Auf diese Verwünschung blieb der Knabe alsbald stehen, konnte von der Stelle nicht kommen und stand so fort drei ganzer Jahre an dem Ort, also daß er tiefe Gruben in die Dielen eindrückte, und ward ihm ein Pult untergesetzt, darauf er mit Haupt und Armen sich lehnen und ruhen konnte. Weil aber die Stelle, wo er stand, nicht weit von der Stubentüre und auch nahe dem Ofen war und deshalb den Leuten, welche hineinkamen, sehr hinderlich, so haben die Geistlichen der Stadt auf vorhergehendes fleißiges Gebet ihn von selbem Ort erhoben und gegenüber in den andern Winkel glücklich und ohne Schaden, wiewohl mit großer Mühe, fortgebracht. Denn wenn man ihn sonst forttragen wollen, ist er alsbald mit unsäglichen Schmerzen befallen und wie ganz rasend worden. An diesem Ort, nachdem er niedergesetzt worden, ist er ferner bis ins vierte Jahr gestanden und hat die Dielen noch tiefer durchgetreten. Man hatte nachgehends einen Umhang um ihn geschlagen, damit ihn die Aus- und Eingehenden nicht also sehen konnten, welches auf sein Bitten geschehen, weil er gern allein gewesen ist und vor steter Traurigkeit nicht viel geredet. Endlich hat der gütige Gott die Strafe in etwas gemildert, so daß er das letzte halbe Jahr sitzen und sich in das Bett, das neben ihn gestellt worden, hat niederlegen können. Fragte ihn jemand, was er mache, so gab er gemeinlich zur Antwort, er leide Gottes Züchtigung wegen seiner Sünden, setze alles in dessen Willen und halte sich an das Verdienst seines Herrn Jesu Christi, worauf er hoffe selig zu werden. Er hat sonst gar elend ausgesehen, war blaß und bleich von Angesicht, am Leibe gar schmächtig und abgezehrt, im Essen und Trinken mäßig, also daß er zur Speise oft Nötigens bedurfte. Nach Ausgang des siebenten Jahres ist er dieses seines betrübten Zustandes den 11. September 1552 gnädig entbunden worden, indem er eines vernünftigen und natürlichen Todes in wahrer Bekenntnis und Glauben an Jesum Christum selig entschlafen. Die Fußtapfen sieht man auf heutigen Tag in obgedachter Gasse und Haus (dessen jetziger Zeit Severin Tränkner Besitzer ist) in der oberen Stube, da sich die Geschichte begeben, die erste bei dem Ofen, die andere in der Kammer nächst dabei, weil nachgehender Zeit die Stuben unterschieden worden.

232. De Bauern zu Kolbeck

Im Jahr 1012 war ein Bauer im Dorfe Kolbeck bei Halberstadt, der hieß Albrecht, der machte in der Christnacht einen Tanz mit andern fünfzehn Bauern, dieweil man Messe hielt, außen auf dem Kirchhof, und waren drei Weibsbilder unter ihnen. Und da der Pfarrherr heraustrat und sie darum strafte, sprach jener: »Mich heißet (man) Albrecht, so heißet dich Ruprecht; du bist drinne fröhlich, so laß uns haußen fröhlich sein; du singst drinnen deine Leisen, so laß uns unsern Reihen singen.« Sprach der Pfarrherr: »So wolle Gott und der Herr St. Magnus, daß ihr ein ganzes Jahr also tanzen müsset!« Das geschah, und Gott gab den Worten Kraft, so daß weder Regen noch Frost ihre Häupter berührte, noch sie Hitze, Hunger und Durst empfanden, sondern sie tanzten allum, und ihre Schuhe zerschlissen auch nicht. Da lief einer (der Küster) zu und wollte seine Schwester aus dem Tanze ziehen, da folgten ihm ihre Arme. Als das Jahr vorüber war, kam der Bischof von Köln, Heribert, und erlösete sie aus dem Bann: da starben ihrer vier sobald, die andern wurden sehr krank, und man sagt, daß sie sich in die Erde fast an den Mittel (das heißt an den Gürtel) sollen getanzt haben und ein tiefer Graben in dem Grund ausgehöhlt wurde, der noch zu sehen ist. Der Landesherr ließ zum Zeichen soviel Steine darum setzen, als Menschen mitgetanzt hatten.

233. Der heilige Sonntag

Zu Kindstadt in Franken pflegte eine Spinnerin des Sonntags über zu spinnen und zwang auch ihre Mägde dazu. Einsten deuchte sie miteinander, es ginge Feuer aus ihren Spinnrocken, täte ihnen aber weiter kein Leid. Den folgenden Sonntag kam das Feuer wahrhaftig in den Rocken, wurde doch wieder gelöscht. Weil sie's aber nicht achtete, ging den dritten Sonntag das ganze Haus an vom Flachs und ver-

»Als Adam grub, und Eva spann, wo bleibt denn da der Edelmann.« Aus: Spiegel menschlicher Behaltnis. Augsburg 1476

brannte die Frau mit zweien Kindern, aber durch Gottes Gnade wurde ein kleines Kind in der Wiege erhalten, daß ihm kein Leid geschahe.

Man sagt auch, einem Bauer, der sonntags in die Mühle ging, sein Getreid zu mahlen, sei es zu Aschen geworden, einem andern Scheuer und Korn abgebrannt. Einer wollte auf den heiligen Tag pflügen und die Pflugschar mit einem Eisen scheuern, das Eisen wuchs ihm an die Hand und mußte es zwei Jahr in großem Schmerz tragen, bis ihn Gott nach vielem brünstigen Gebet von der Plage erledigte.

234. Frau Hütt

In uralten Zeiten lebte im Tirolerland eine mächtige Riesenkönigin, Frau Hütt genannt, und wohnte auf den Gebirgen über Innsbruck, die jetzt grau und kahl sind, aber damals voll Wälder, reicher Äcker und grüner Wiesen waren. Auf eine Zeit kam ihr kleiner Sohn heim, weinte und jammerte, Schlamm bedeckte ihm Gesicht und Hände, dazu sah sein Kleid schwarz aus wie ein Köhlerkittel. Er hatte sich eine Tanne zum Steckenpferd abknicken wollen, weil der Baum aber am Rande eines Morastes stand, so war das Erdreich unter ihm gewichen und er bis zum Haupt in den Moder gesunken, doch hatte er sich noch glücklich herausgeholfen. Frau Hütt tröstete ihn, versprach ihm ein neues schönes Röcklein und rief einen Diener, der sollte weiche Brosamen nehmen und ihm damit Gesicht und Hände reinigen. Kaum aber hatte dieser angefangen, mit der heiligen Gottesgabe also sündlich umzugehen, so zog ein schweres, schwarzes Gewitter daher, das den Himmel ganz zudeckte, und ein entsetzlicher Donner schlug ein. Als es wieder sich aufgehellt, da waren die reichen Kornäcker, grünen Wiesen und Wälder und die Wohnung der Frau Hütt verschwunden, und überall war nur eine Wüste mit zerstreuten Steinen, wo kein Grashalm mehr wachsen konnte, in der Mitte aber stand Frau Hütt, die Riesenkönigin, versteinert und wird so stehen bis zum Jüngsten Tag.

In vielen Gegenden Tirols, besonders in der Nähe von Innsbruck, wird bösen und mutwilligen Kindern die Sage zur Warnung erzählt, wenn sie sich mit Brot werfen oder sonst Übermut damit treiben. »Spart eure Brosamen«, heißt es, »für die Armen, damit es euch nicht ergehe wie der Frau Hütt.«

235. Der Kindelsberg

Hinter dem Geißenberg in Westfalen ragt ein hoher Berg mit dreien Köpfen hervor, davon heißt der mittelste noch der Kindelsberg, da stand vor alten Zeiten ein Schloß, das gleichen Namen führte, und in dem Schloß wohnten Ritter, die waren gottlose Leute. Zur Rechten hatten sie ein sehr schönes Silberbergwerk, davon wurden sie stockreich, und von dem Reichtum wurden sie so übermütig, daß sie sich silberne Kegel machten, und wenn sie spielten, so warfen sie diese Kegel mit silbernen Kugeln. Der Übermut ging aber noch weiter, denn sie buken sich große Kuchen von Semmelmehl wie Kutschenräder, machten mitten Löcher darein und steckten sie an die Achsen. Das war eine himmelschreiende Sünde, denn so viele Menschen hatten kein Brot zu essen. Gott ward es endlich auch müde. Eines Abends spät kam ein weißes Männchen ins Schloß und sagte an, daß sie alle binnen dreien Tagen sterben müßten, und zum Wahrzeichen gab er ihnen, daß diese Nacht eine Kuh zwei Lämmer werfen würde. Das traf auch ein, aber niemand kehrte sich daran als der jüngste Sohn, der

Ritter Siegmund hieß, und eine Tochter, die eine gar schöne Jungfrau war. Diese beteten Tag und Nacht. Die andern starben an der Pest, aber diese beiden blieben am Leben. Nun aber war auf dem Geißenberg ein junger kühner Ritter, der ritt beständig ein großes schwarzes Pferd und hieß darum der Ritter mit dem schwarzen Pferd. Er war ein gottloser Mensch, der immer raubte und mordete. Dieser Ritter gewann die schöne Jungfrau auf dem Kindelsberg lieb und wollte sie zur Ehe haben, sie schlug es ihm aber beständig ab, weil sie einem jungen Grafen von der Mark verlobt war, der mit ihrem Bruder in den Krieg gezogen war und dem sie treu bleiben wollte. Als aber der Graf immer nicht aus dem Krieg zurückkam und der Ritter mit dem schwarzen Pferd sehr um sie warb, so sagte sie endlich: »Wenn die grüne Linde hier vor meinem Fenster wird dürr sein, so will ich dir gewogen werden.« Der Ritter mit dem schwarzen Pferd suchte so lange in dem Lande, bis er eine dürre Linde fand, so groß wie jene grüne, und in einer Nacht bei Mondenschein grub er diese aus und setzte die dürre dafür hin. Als nun die schöne Jungfrau aufwachte, so war's so hell vor ihrem Fenster, da lief sie hin und sah erschrocken, daß eine dürre Linde da stand. Weinend setzte sie sich unter die Linde, und als der Ritter nun kam und ihr Herz verlangte, sprach sie in ihrer Not: »Ich kann dich nimmermehr lieben.« Da ward der Ritter mit dem schwarzen Pferd zornig und stach sie tot. Der Bräutigam kam noch denselben Tag zurück, machte ihr ein Grab und setzte eine Linde dabei und einen großen Stein, der noch zu sehen ist.

236. Die Semmelschuhe

Im Klatauer Kreis, eine Viertelstunde vom Dorf Oberkamenzen, stand auf dem Hradekberg ein Schloß, davon noch einige Trümmer bleiben. Vor alter Zeit ließ der Burgherr eine Brücke bauen, die bis nach Stankau, welches eine Stunde Wegs weit ist, führte, und die Brücke war der Weg, den sie zur Kirche gehen mußten. Dieser Burgherr hatte eine junge, hochmütige Tochter, die war so vom Stolz besessen, daß sie Semmeln aushöhlen ließ und statt der Schuhe anzog. Als sie nun einmal auf jener Brücke mit solchen Schuhen zur Kirche ging und eben auf die letzte Stufe trat, so soll sie und das ganze Schloß versunken sein. Ihre Fußstapfe sieht man noch jetzt in einem Stein, welcher eine Stufe dieser Brücke war, deutlich eingedrückt.

237. Der Erdfall bei Hochstedt

Im brandenburgischen Amt Klettenberg gegen den Unterharz, unfern des Dorfs Hochstedt, sieht man einen See und einen Erdfall, von dem die Einwohner folgende Sage haben: In vorigen Zeiten sei an der Stelle des Sees eine Grasweide gewesen. Da hüteten etliche Pferdejungen ihr Vieh, und als die andern sahen, daß einer unter ihnen Weißbrot aß, bekamen sie auch Lust, davon zu genießen, und forderten es dem Jungen ab. Dieser wollte ihnen aber nichts mitteilen, denn er bedürfe es zur Stillung seines eigenen Hungers. Darüber erzürnten sie, fluchten ihren Herrn, daß sie ihnen bloß gemeines schwarz hausbacken Brot gäben, warfen ihr Brot frevelhaft zur Erde, traten's mit Füßen und geißelten's mit ihren Peitschen. Alsbald kam Blut aus dem Brot geflossen, da erschraken die Knechte, wußten nicht, wohin sich wenden; der unschuldige aber (den, wie einige hinzufügen, ein alter, unbekannter, dazukommender Mann gewarnt haben soll) schwang sich zu Pferd und entfloh dem Verderben. Zu spät wollten die andern nachfolgen, sie konnten nicht mehr von der Stelle, und plötzlich ging der ganze Platz unter. Die bösen Buben samt ihren Pferden wurden tief in die Erde verschlungen, und nichts von ihnen kam je wieder ans Tageslicht. Andere erzählen anders. Auch sollen aus dem See Pflanzen mit Blättern wie Hufeisen wachsen.

238. Die Brotschuhe

Einer Bürgersfrau war ihr junges Kind gestorben, das ihr Augapfel war, und wußte gar nicht genug, was sie ihm noch Liebes und Gutes antun sollte, eh es unter die Erde käme und sie's nimmermehr sehen würde. Und wie sie's nun im Sarg auf das beste putzte und kleidete, so deuchten ihr die Schühlein doch nicht gut genug und nahm das weißeste Mehl, was sie hatte, machte einen Teig und buk dem Kind welche von Brot. In diesen Schuhen wurde das Kind begraben, allein es ließ der Mutter nicht Rast noch Ruh, sondern erschien ihr jammervoll, bis sein Sarg wieder ausgegraben wurde und die Schühlein aus Brot von den Füßen genommen und andere ordentliche angezogen waren. Von da an stillte es sich.

239. Das taube Korn

Zu Stavoren in Friesland waren die Einwohner durch ihren Reichtum stolz und übermütig geworden, daß sie Hausflur und Türen mit Gold beschlagen ließen, den ärmeren Städten der Nachbarschaft zum Trotz. Von diesen wurden sie daher nicht anders genannt als »die verwöhnten Kinder von Stavoren«. Unter ihnen war besonders eine alte geizhalsige Witwe, die trug einem Danzigfahrer auf, das Beste, was er laden könne, für ihre Rechnung mitzubringen. Der Schiffer wußte nichts Bessers, als er nahm einige tausend Lasten schönes polnisch Getreid, denn zur Zeit der Abreise hatte die Frucht gar hoch gestanden in Friesland. Unterwegs aber begegnete ihm nichts wie Sturm und Unwetter und nötigten ihn zu Bornholm überwintern, dergestalt, daß, wie er frühjahrs endlich daheim anlangte, das Korn gänzlich im Preise gefallen war und die Witwe zornig die sämtliche Ladung vor der Stadt in die See werfen ließ. Was geschah? An derselben Stelle tat sich seit der Zeit eine mächtige Sandbank empor, geheißen der Frauen sand, darauf nichts als taubes Korn (Wunderkorn, Dünenhelm, weil es die Dünen wider die See helmt [schützt], arundo arenaria) wuchs, und die Sandbank lag vor dem Hafen, den sie sperrte, und der ganze Hafen ging zugrunde. So wuchs an der Sünde der alten Frau die Buße für die ganze Stadt auf.

240. Der Frauensand

Westlich im Südersee wachsen mitten aus dem Meer Gräser und Halme hervor an der Stelle, wo die Kirchtürme und stolzen Häuser der vormaligen Stadt Stavoren in tiefer Flut begraben liegen. Der Reichtum hatte ihre Bewohner ruchlos gemacht, und als das Maß ihrer Übeltaten erfüllt war, gingen sie bald zugrunde. Fischer und Schiffe am Strand des Südersees haben die Sage von Mund zu Mund fortbewahrt.

Die vermögendste aller Insassen der Stadt Stavoren war eine sichere Jungfrau, deren Namen man nicht mehr nennt. Stolz auf ihr Geld und Gut, hart gegen die Menschen, strebte sie bloß, ihre Schätze immer noch zu vermehren. Flüche und gotteslästerliche Reden hörte man viel aus ihrem Munde. Auch die übrigen Bürger dieser unmäßig reichen Stadt, zu deren Zeit man Amsterdam noch nicht nannte und Rotterdam ein kleines Dorf war, hatten den Weg der Tugend verlassen.

Eines Tags rief die Jungfrau ihren Schiffsmeister und befahl ihm auszufahren und eine Ladung des Edelsten und Besten mitzubringen, was auf der Welt wäre. Vergebens forderte der Seemann, gewohnt an pünktliche und bestimmte Aufträge, nähere Weisung; die Jungfrau bestand zornig auf ihrem Wort und hieß ihn alsbald in die See stechen. Der Schiffsmeister fuhr unschlüssig und unsicher ab, er wußte nicht, wie er dem Geheiß seiner Frau, deren bösen, strengen Sinn er wohl kannte, nachkommen möchte und überlegte hin und her, was zu tun. Endlich dachte er: Ich will ihr eine Ladung des köstlichsten Weizen bringen, was ist Schöners und Edlers zu finden auf Erden als dies herrliche Korn, dessen kein Mensch entbehren kann? Also steuerte er nach Danzig, befrachtete sein Schiff mit ausgesuchtem Weizen und kehrte alsdann, immer noch unruhig und furchtsam vor dem Ausgang, wieder in seine Heimat zurück. »Wie, Schiffsmeister«, rief ihm die Jungfrau entgegen, »du bist schon hier? Ich glaubte dich an der Küste von Afrika, um Gold und Elfenbein zu handeln, laß sehen, was du geladen hast.« Zögernd, denn an ihren Reden sah er schon, wie wenig sein Einkauf ihr behagen würde, antwortete er: »Meine Frau, ich führe Euch zu dem köstlichsten Weizen, der auf dem ganzen Erdreich mag gefunden werden.« »Weizen«, sprach sie, »so elendes Zeug bringst du mir?« »Ich dachte, das wäre so elend nicht, was uns unser tägliches und gesundes Brot gibt.« »Ich will dir zeigen, wie verächtlich mir deine Ladung ist; von welcher Seite ist das Schiff geladen?« »Von der rechten Seite (Stuurboordszyde)«, sprach der Schiffsmeister. »Wohlan, so befehl ich dir, daß du zur Stunde die ganze Ladung auf der linken Seite (Backboord) in die See schüttest; ich komme selbst hin und sehe, ob mein Befehl erfüllt worden.«

Der Seemann zauderte, einen Befehl auszuführen, der sich so greulich an der Gabe Gottes versündigte, und berief in Eile alle armen und dürftigen Leute aus der Stadt an die Stelle, wo das Schiff lag, durch deren Anblick er seine Herrin zu bewegen hoffte. Sie kam und frug: »Wie ist mein Befehl ausgerichtet?« Da fiel eine Schar von Armen auf die Knie vor ihr und baten, daß sie ihnen das Korn austeilen möchte, lieber als es vom Meer verschlingen zu lassen. Aber das Herz der Jungfrau war hart wie Stein, und sie erneuerte den Befehl, die ganze Ladung schleunig über Bord zu werfen. Da bezwang sich der Schiffsmeister länger nicht und rief laut: »Nein, diese Bosheit kann Gott nicht ungerächt lassen, wenn es wahr ist, daß der Himmel das Gute lohnt und das Böse straft; ein Tag wird kommen, wo Ihr gerne die edlen Körner, die Ihr so verspielt, eins nach dem andern auflesen möchtet, Euren Hunger damit zu stillen!« – »Wie«, rief sie mit höllischem Gelächter, »ich soll dürftig werden können? Ich soll in Armut und

Brotmangel fallen? So wahr dies geschieht, so wahr sollen auch meine Augen diesen Ring wieder erblicken, den ich hier in die Tiefe der See werfe.« Bei diesem Wort zog sie einen kostbaren Ring vom Finger und warf ihn in die Wellen. Die ganze Ladung des Schiffes und aller Weizen, der darauf war, wurde also in die See ausgeschüttet.

Was geschieht? Einige Tage darauf ging die Magd dieser Frauen zu Markt, kaufte einen Schellfisch und wollte ihn in der Küche zurichten; als sie ihn aufschnitt, fand sie darin einen kostbaren Ring und zeigte ihn ihrer Frauen. Wie ihn die Meisterin sah, erkannte sie ihn sogleich für ihren Ring, den sie neulich ins Meer geworfen hatte, erbleichte und fühlte die Vorboten der Strafe in ihrem Gewissen. Wie groß war aber ihr Schrecken, als in demselben Augenblick die Botschaft eintraf, ihre ganze, aus Morgenland kommende Flotte wäre gestrandet! Wenige Tage darauf kam die neue Zeitung von untergegangenen Schiffen, worauf sie noch reiche Ladungen hatte. Ein anderes Schiff raubten die Mohren und Türken; der Fall einiger Kaufhäuser, worin sie verwikkelt war, vollendete bald ihr Unglück, und kaum war ein Jahr verflossen, so erfüllte sich die schreckliche Drohung des Schiffsmeisters in allen Stücken. Arm und von keinem betrauert, von vielen verhöhnt, sank sie je länger, je mehr in Not und Elend, hungrig bettelte sie Brot vor den Türen und bekam oft keinen Bissen, endlich verkümmerte sie und starb verzweifelnd.

Der Weizen aber, der in das Meer geschüttet worden war, sproß und wuchs das folgende Jahr, doch trug er taube Ähren. Niemand achtete das Warnungszeichen, allein die Ruchlosigkeit von Stavoren nahm von Jahr zu Jahr überhand, da zog Gott der Herr seine schirmende Hand ab von der bösen Stadt. Auf eine Zeit schöpfte man Hering und Butt aus dem Ziehbrunnen, und in der Nacht öffnete sich die See und verschwalg mehr als drei Viertel der Stadt in rauschender Flut. Noch beinah jedes Jahr versinken einige Hütten der Insassen, und es ist seit der Zeit kein Segen und kein wohlhabender Mann in Stavoren zu finden. Noch immer wächst jährlich an derselben Stelle ein Gras aus dem Wasser, das kein Kräuterkenner kennt, das keine Blüte trägt und sonst nirgends mehr auf Erden gefunden wird. Der Halm treibt lang und hoch, die Ähre gleicht der Weizenähre, ist aber taub und ohne Körner. Die Sandbank, worauf es grünt, liegt entlangs der Stadt Stavoren und trägt keinen andern Namen als den des Frauensands.

241. Brot zu Stein geworden

Man hat an vielen Orten, namentlich in Westfalen, die Sagen, daß zur Zeit großer Teurung eine hartherzige Schwester ihre arme Schwester, die für sich und ihre Kindlein um Brot gebeten, mit den Worten abgewiesen: »Und wenn ich Brot hätte, wollte ich, daß es zu Stein würde!« worauf sich ihr Brotvorrat alsbald in Stein verwandelt. Zu Leiden in Holland hebt man in der großen Peterskirche ein solches Steinbrot auf und zeigt es den Leuten zur Bewährung der Geschichte.

Im Jahr 1579 hatte ein Dortmunder Bäcker in der Hungersnot viel Korn aufgekauft und freute sich, damit recht zu wuchern. Als er aber mitten in diesem Geschäft war, ist ihm sein Brot im ganzen Hause eines Tages zu Stein worden und, wie er einen Laib ergriffen und mit dem Messer aufschneiden wollen, Blut daraus geflossen. Darüber hat er sich alsbald in seiner Kammer erhängt.

In der dem heiligen Kastulus geweihten Hauptkirche zu Landshut hängt mit silberner Einfassung ein runder Stein in Gestalt eines Brotes, in dessen Oberfläche sich vier kleine Höhlungen befinden. Davon geht folgende Sage: Kurz vor seinem Tode kam der heilige Kastulus als ein armer Mann zu einer Witwe in der Stadt und bat um ein Almosen. Die Frau hieß ihre Tochter, das einzige Brot, das sie noch übrig hatten, dem Dürftigen reichen. Die Tochter, die es ungern weggab, wollte vorher noch eilig einige Stücke abbrechen, aber in dem Augenblick verwandelte sich das dem Heiligen schon eigene Brot in Stein, und man erblickt noch jetzt darin die eingedrückten Finger deutlich.

Zur Zeit einer großen Teurung ging ein armes Weib, ein Kind auf dem Arm, eins neben sich herlaufend und nach Brot laut schreiend, durch eine Straße der Stadt Danzig. Da begegnete ihr ein Mönch aus dem Kloster Oliva, den sie flehentlich um ein bißchen Brot für ihre Kinder bat. Der Mönch aber sagte: »Ich habe keins.« Die Frau sprach: »Ach, ich sehe, daß Ihr in Euerm Busen Brot stecken habt.« »Ei, das ist nur ein Stein, die Hunde damit zu werfen«, antwortete der Mönch und ging fort. Nach einer Weile wollte er sein Brot holen und essen, aber er fand, daß es sich wirklich in Stein verwandelt hatte. Er erschrak, bekannte seine Sünde und gab den Stein ab, der noch jetzt in der Klosterkirche dort hängt.

Die Sage vom Mäuseturm zu Bingen. Kupferstich aus: Neu-eröffneter Historischer Bilder-Saal (Nürnberg 1713)

242. Der Binger Mäuseturm

Zu Bingen ragt mitten aus dem Rhein ein hoher Turm, von dem nachstehende Sage umgeht: Im Jahre 974 ward große Teuerung in Deutschland, daß die Menschen aus Not Katzen und Hunde aßen und doch viele Leute Hungers starben. Da war ein Bischof zu Mainz, der hieß Hatto der Andere, ein Geizhals, dachte nur daran, seinen Schatz zu mehren, und sah zu, wie die armen Leute auf der Gasse niederfielen und bei Haufen zu den Brotbänken liefen und das Brot nahmen mit Gewalt. Aber kein Erbarmen kam in den Bischof, sondern er sprach: »Lasset alle Armen und Dürftigen sammeln in einer Scheune vor der Stadt, ich will sie speisen.« Und wie sie in die Scheune gegangen waren, schloß er die Türe zu, steckte mit Feuer an und verbrannte die Scheune samt den armen Leuten, jung und alt, Mann und Weib. Als nun die Menschen unter den Flammen wimmerten und jammerten, rief Bischof Hatto: »Hört, hört, wie die Mäuse pfeifen!« Allein Gott der Herr plagte ihn bald, daß die Mäuse Tag und Nacht über ihn liefen und an ihm fraßen, und vermochte sich mit aller seiner Gewalt nicht wider sie behalten und bewahren. Da wußte er endlich keinen andern Rat, als er ließ einen Turm bei Bingen mitten im Rhein bauen, der noch heutigestags zu sehen ist, und meinte sich darin zu fristen, aber die Mäuse schwammen durch den Strom heran, erklommen den Turm und fraßen den Bischof lebendig auf.

243. Das Bubenried

In der Großbieberauer Gemarkung liegt ein Tal gegen Überau zu, das nennen die Leute das Bubenried und gehen nicht bei nächtlicher Weile dadurch, ohne daß ihnen die Hühnerhaut ankommt. Vorzeiten, als Krieg und Hungersnot im Reich war, gingen zwei Bettelbuben von Überau zurück, die hatten sich immer zueinander gehalten, und in dem Tal pflegten sie immer ihr Almosen zu teilen. Sie hatten heut nur ein paar Blechpfennige gekriegt, aber dem einen hatte der reiche Schulze ein Armenlaibchen geschenkt, das könne er mit seinem Gesellen teilen. Wie nun alles andre redlich geteilt war und der Bub das Brot aus dem Schubsack zog, roch es ihm so lieblich in die Nase, daß er's für sich allein behalten und dem andern nichts davon geben wollte. Da nahm der Friede sein Ende, sie zankten sich, und von den Worten kam's zum Raufen und Balgen, und als keiner den andern zwingen konnte, riß sich jeder einen Pfahl aus dem Pferch. Der böse Feind führte ihnen die Kolben, und jeder Bub schlug den andern tot. Drei Nächte lang nach dem Mord regte sich kein Blatt und sang kein Vogel im Ried, und seitdem ist es da ungeheuer, und man hört die Buben wimmern und winseln.

244. Kindelbrück

Diese thüringische Landstadt soll daher ihren Namen haben: Es seien vorzeiten zwei kleine Kinder auf Steckenpferden auf der Brücke, die über die Wipper führt, geritten und ins Wasser gefallen.

245. Die Kinder zu Hameln

Im Jahr 1284 ließ sich zu Hameln ein wunderlicher Mann sehen. Er hatte einen Rock von vielfarbigem, bunten Tuch an, weshalben er Bundting soll geheißen haben, und gab sich für einen Rattenfänger aus, indem er versprach, gegen ein gewisses Geld die Stadt von allen

Mäusen und Ratten zu befreien. Die Bürger wurden mit ihm einig und versicherten ihm einen bestimmten Lohn. Der Rattenfänger zog demnach ein Pfeifchen heraus und pfiff, da kamen alsobald die Ratten und Mäuse aus allen Häusern hervorgekrochen und sammelten sich um ihn herum. Als er nun meinte, es wäre keine zurück, ging er hinaus, und der ganze Haufen folgte ihm, und so führte er sie an die Weser; dort schürzte er seine Kleider und trat in das Wasser, worauf ihm alle die Tiere folgten und hineinstürzend ertranken.

Nachdem die Bürger aber von ihrer Plage befreit waren, reute sie der versprochene Lohn, und sie verweigerten ihn dem Manne unter allerlei Ausflüchten, so daß er zornig und erbittert wegging. Am 26. Juni auf Johannis- und Paulitag, morgens früh sieben Uhr, nach andern zu Mittag, erschien er wieder, jetzt in Gestalt eines Jägers, erschrecklichen Angesichts, mit einem roten, wunderlichen Hut, und ließ seine Pfeife in den Gassen hören. Alsbald kamen diesmal nicht Ratten und Mäuse, sondern Kinder, Knaben und Mägdlein vom vierten Jahr an, in großer Anzahl gelaufen, worunter auch die schon erwachsene Tochter des Bürgermeisters war. Der ganze Schwarm folgte ihm nach, und er führte sie hinaus in einen Berg, wo er mit ihnen verschwand. Dies hatte ein Kindermädchen gesehen, welches mit einem Kind auf dem Arm von fern nachgezogen war, darnach umkehrte und das Gerücht in die Stadt brachte. Die Eltern liefen haufenweis vor alle Tore und suchten mit betrübtem Herzen ihre Kinder; die Mütter erhoben ein jämmerliches Schreien und Weinen. Von Stund an wurden Boten zu Wasser und Land an alle Orte herumgeschickt, zu erkundigen, ob man die Kinder oder auch nur etliche gesehen, aber alles vergeblich. Es waren im ganzen hundertunddreißig verloren. Zwei sollen, wie einige sagen, sich verspätet und zurückgekommen sein, wovon aber das eine blind, das andere stumm gewesen, also daß das blinde den Ort nicht hat zeigen können, aber wohl erzählen, wie sie dem Spielmann gefolgt wären; das stumme aber den Ort gewiesen, ob es gleich nichts gehört. Ein Knäblein war im Hemd mitgelaufen und kehrte um, seinen Rock zu holen, wodurch es dem Unglück entgangen; denn als es zurückkam, waren die andern schon in der Grube eines Hügels, die noch gezeigt wird, verschwunden.

Die Straße, wodurch die Kinder zum Tor hinausgegangen, hieß noch in der Mitte des 18. Jahrhunderts (wohl noch heute) die bungelose (trommel-, tonlose, stille), weil kein Tanz darin geschehen noch Saitenspiel durfte gerührt werden. Ja, wenn eine Braut mit Musik zur Kirche gebracht ward, mußten die Spielleute über die Gasse hin stillschweigen. Der Berg bei Hameln, wo die Kinder verschwanden, heißt der Poppenberg, wo links und rechts zwei Steine in Kreuzform sind aufgerichtet worden. Einige sagen, die Kinder wären in eine Höhle geführt worden und in Siebenbürgen wieder herausgekommen.

Die Bürger von Hameln haben die Begebenheit in ihr Stadtbuch einzeichnen lassen und pflegten in ihren Ausschreiben nach dem Verlust ihrer Kinder Jahr und Tag zu zählen. Nach Seyfried ist der 22. statt des 26. Juni im Stadtbuch angegeben. An dem Rathaus standen folgende Zeilen:

Im Jahr 1284 na Christi gebort
to Hamel worden uthgevort
hundert und dreißig Kinder dasülvest geborn
dorch einen Piper under den Köppen verlorn.

Und an der neuen Pforte:

Centum ter denos cum magus ab urbe puellos
duxerat ante annos CCLXXII condita porta fuit.

Im Jahre 1572 ließ der Bürgermeister die Geschichte in die Kirchenfenster abbilden mit der nötigen Überschrift, welche größtenteils unleserlich geworden. Auch ist eine Münze darauf geprägt.

246. Der Rattenfänger

Der Rattenfänger weiß einen gewissen Ton, pfeift er den neunmal, so ziehen ihm alle Ratten nach, wohin er sie haben will, in Teich oder Pfütze.

Einmal konnte man in einem Dorfe der Ratten gar nicht loswerden und ließ endlich den Fänger holen. Der richtete nun einen Haselstock so zu, daß alle Ratten dran gebannt waren, und wer den Stock ergriff, dem mußten sie nach; er wartete aber bis sonntags und legte ihn vor die Kirchentür. Als nun die Leute vom Gottesdienst heimkamen, ging auch ein Müller vorbei und sah gerade den hübschen Stock liegen, sprach: »Das gibt mir einen feinen Spazierstock.« Also nahm er ihn zur Hand und ging dem Dorf hinaus, seiner Mühle zu. Indem so huben schon einzelne Ratten an, aus ihren Ritzen und Winkeln zu laufen, und sprangen querfeldein immer näher und näher, und wie mein Müller, der von nichts ahnte und den Stock immer behielt, auf die Wiese kam, liefen sie ihm aus allen Löchern nach, über Acker und Feld, und liefen ihm bald zuvor, waren eher in seinem Haus als er selbst und blieben nach der Zeit bei ihm zur unausstehlichen Plage.

247. Der Schlangenfänger

Zu Salzburg rühmte sich ein Zauberer, er wollte alle Schlangen, die in derselben Gegend auf eine Meil Wegs wären, in eine Grube zusammenbringen und töten. Als er es aber versuchen wollte, kam zuletzt eine große, alte Schlange hervorgekrochen, welche, da er sie mit Zauberworten in die Grube zu zwingen wagte, aufsprang, ihn umringelte, also daß sie wie ein Gürtel sich um seine Weiche wand, darnach in die Grube schleifte und umbrachte.

248. Das Mäuselein

In Thüringen bei Saalfeld auf einem vornehmen Edelsitz zu Wirbach hat sich anfangs des XVII. Jahrhunderts folgendes begeben: Das Gesinde schälte Obst in der Stube, einer Magd kam der Schlaf an, sie ging von den andern weg und legte sich abseits, doch nicht weit davon, auf eine Bank nieder, um zu ruhen. Wie sie eine Weile stillgelegen, kroch ihr zum offenen Maule heraus ein rotes Mäuselein. Die Leute sahen es meistenteils und zeigten es sich untereinander. Das Mäuslein lief eilig nach dem gerade geklefften Fenster, schlich hinaus und blieb eine Zeitlang aus. Dadurch wurde eine vorwitzige Zofe neugierig gemacht, sosehr es ihr die andern verboten, ging hin zu der entseelten Magd, rüttelte und schüttelte an ihr, bewegte sie auch an eine andre Stelle etwas fürder, ging dann wieder davon. Bald darnach kam das Mäuselein wieder, lief nach der vorigen bekannten Stelle, da es aus der Magd Maul gekrochen war, lief hin und her, und wie es nicht ankommen konnte noch sich zurechtfinden, verschwand es. Die Magd aber war tot und blieb tot. Jene Vorwitzige bereute es vergebens. Im übrigen war auf demselben Hof ein Knecht vorhermals oft von der Trud gedrückt worden und konnte keinen Frieden haben, dies hörte mit dem Tode der Magd auf.

249. Der ausgehende Rauch

Zu Hersfeld dienten zwei Mägde in einem Haus, die pflegten jeden Abend, eh sie zu Bett schlafen gingen, eine Zeitlang in der Stube stillzusitzen. Den Hausherrn nahm das endlich wunder, er blieb daher einmal auf, verbarg sich im Zimmer und wollte die Sache ablauern. Wie die Mägde sich nun beim Tisch allein sitzen sahen, hob die eine an und sagte:

»Geist, tue dich entzücken
und tue jenen Knecht drücken!«

Darauf stieg ihr und der andern Magd gleichsam ein schwarzer Rauch aus dem Halse und kroch zum Fenster hinaus; die Mägde fielen zugleich in tiefen Schlaf. Da ging der Hausvater zu der einen, rief sie mit Namen und schüttelte sie, aber vergebens, sie blieb unbeweglich. Endlich ging er davon und ließ sie. Des Morgens darauf war diejenige Magd tot, die er gerüttelt hatte, die andere aber, die er nicht angerührt, blieb lebendig.

250. Die Katze aus dem Weidenbaum

Ein Bauernknecht von Straßleben erzählte, wie daß in ihrem Dorfe eine gewisse Magd wäre, dieselbe hätte sich zuweilen vom Tanze hinweg verloren, daß niemand wußte, wo sie hinkommen, bis sie eine feine Weile hernach sich wieder eingefunden. Einmal beredete er sich mit andern Knechten, dieser Magd nachzugehn. Als sie nun sonntags wieder zum Tanze kam und sich mit den Knechten erlustigte, ging sie auch wieder ab. Etliche schlichen ihr nach, sie ging das Wirtshaus hinaus aufs Feld und lief ohne Umsehen fort, einer hohlen Weide zu, in welche sie sich versteckte. Die Knechte folgten nach, begierig zu sehen, ob sie lange in der Weide verharren würde, und warteten an einem Ort, wo sie wohlverborgen standen. Eine kleine Weile drauf merkten sie, daß eine Katze aus der Weide sprang und immer querfeldein nach Langendorf lief. Nun traten die Knechte näher zur Weide, da lehnte das Mensch oder vielmehr ihr Leib ganz erstarret, und sie vermochten ihn weder mit Rütteln noch Schütteln zum Leben bringen. Ihnen kommt ein Grauen an, sie lassen den Leib stehen und gehen an ihren vorigen Ort. Nach einiger Zeit spüren sie, daß die Katze den ersten Weg zurückgeht, in die Weide einschlüpft, die Magd aus der Weide kriecht und nach dem Dorfe zugeht.

251. Wetter und Hagel machen

Im Jahre 1553 sind zu Berlin zwei Zauberweiber gefangen worden, welche sich unterstanden, Eis zu machen, die Frucht damit zu verderben. Und diese Weiber hatten ihrer Nachbarin ein Kindlein gestohlen und dasselbe zerstückelt gekocht. Ist durch Gottes Schickung geschehen, daß die Mutter, ihr Kind suchend, dazukommt und ihres verlorenen Kindes Gliederlein in ein Töpfchen gelegt siehet. Da nun die beiden Weiber gefangen und peinlich gefragt worden, haben sie gesagt, wenn ihr Geköch fortgegangen, so wäre ein großer Frost mit Eis kommen, also daß alle Frucht verderbt wäre.

Zu einer Zeit waren in einem Wirtshause zwei Zauberinnen zusammengekommen, die hatten zwei Gelten oder Kübel mit Wasser an einen besonderen Ort gesetzt und ratschlagten miteinander, ob es dem Korne oder dem Weine sollt gelten. Der Wirt, der auf einem heimlichen Winkel stand, hörte das mit an, und abends, als sich die zwei Weiber zu Bett gelegt, nahm er die Gelten und goß sie über sie hin; da ward das Wasser zu Eis, so daß beide von Stund an zu Tode froren.

Eine arme Witfrau, die nicht wußte, wie sie ihre Kinder ernähren sollte, ging in den Wald, Holz zu lesen, und bedachte ihr Unglück. Da stand der Böse in eines Försters Gestalt und fragte: warum sie so traurig? Ob ihr Mann abgestorben? Sie antwortete: »Ja.« Er sprach: »Willt du mich nehmen und mir gehorsamen, will ich dir Gelds die Fülle geben.« Er überredete sie mit vielen Worten, daß sie zuletzt wich, Gott absagte und mit dem Teufel buhlte. Nach Monatsfrist kam ihr Buhler wieder und reichte ihr einen Besen zu, darauf sie ritten durch dick und dünn, trocken und naß auf den Berg zu einem Tanz. Da waren noch andre Weiber mehr, deren sie aber nur zwei kannte, und die eine gab dem Spielmann zwölf Pfennig Lohn. Nach dem Tanze wurden die Hexen eins und taten zusammen Ähren, Rebenlaub und Eichblätter, damit Korn, Trauben und Eicheln zu verderben; es gelang aber nicht damit, und das Hagelwetter traf nicht, was es treffen sollte, sondern fuhr nebenbei. Ihr selbst brachte sie damit ein Schaf um, darum daß es zu spät heimkam.

252. Der Hexentanz

Eine Frau von Hembach hatte ihren kaum sechzehnjährigen Sohn Johannes mit zu der Hexenversammlung geführt, und weil er hatte pfeifen lernen, verlangte sie, er sollte ihnen zu ihrem Tanze pfeifen, und damit man es besser hören könnte, auf den höchsten Baum steigen. Der Knabe gehorchte und stieg auf den Baum. Indem er nun daherpfiffe und ihrem Tanz mit Fleiß zusahe, vielleicht weil ihm alles so wunderseltsam deuchte, denn da geht es auf närrische Weise zu, sprach er: »Behüt, lieber Gott, woher kommt soviel närrisches und unsinniges Gesinde!« Kaum aber hatte er diese Worte ausgeredet, so fiel er vom Baum herab, verrenkte sich eine Schulter und rief, sie sollten ihm zu Hilfe kommen, aber da war niemand, ohn er allein.

253. Die Weinreben und Nasen

An dem Hofe zu H. war ein Geselle, der seinen Gästen ein seltsam schimpflich Gaukelwerk machte. Nachdem sie gegessen hatten, begehrten sie, darum sie vornehmlich kommen waren, daß er ihnen zur Lust ein Gaukelspiel vorbringe. Da ließ er aus dem Tisch eine Rebe wachsen mit zeitigen Trauben, deren vor jedem eine hing: hieß jeglichen die seine mit der Hand angreifen und halten und mit der andern das Messer an den Stengel setzen, als wenn er sie abschneiden wollte; aber er sollte beileibe nicht schneiden. Darnach ging er aus der Stube, kam wieder: da saßen sie alle und hielten sich ein jeglicher selber die Nase und das Messer darauf. Hätten sie geschnitten, hätte ein jeder sich selbst die Nase verwundet.

254. Festhängen

Zu Magdeburg war zu seiner Zeit ein seltsamer Zauberer, welcher in Gegenwart einer Menge Zuschauer, von denen er ein großes Geld gehoben, ein wunderkleines Rößlein, das im Ring herumtanzte, zeigte und, wenn sich das Spiel dem Ende näherte, klagte, wie er bei der undankbaren Welt so gar nichts Nutzes schaffen könnte, dieweil jedermann so karg wäre, daß er sich Bettelns kaum erwehren möchte. Deshalb wollte er von ihnen Urlaub nehmen und den allernächsten Weg gen Himmel, ob vielleicht seine Sache daselbst besser würde, fahren. Und als er diese Worte gesprochen, warf er ein Seil in die Höhe, welchem das Rößlein ohne allen Verzug stracks nachfuhre, der Zauberer erwischte es beim Wadel, seine Frau ihn bei den Füßen, die Magd die Frau an den Kleidern, also daß sie alle, als wären sie zusammengeschmiedet, nacheinander ob sich dahinfuhren. Als nun das Volk dastand, das Maul offen hatte und dieser Sache, wie wohl zu gedenken, erstaunt war, kam ohn alle Gefähr ein Bürger daher, welchem, als er fragte, was sie dastünden, geantwortet ward, der Gaukler wäre mit dem Rößlein in die Luft gefahren. Darauf er berichtete, er habe ihn eben zu gegen seiner Herberge gesehen dahergehn.

255. Das Nothemd

Das Nothemd wird auf folgende Weise zubereitet: In der Christnacht müssen zwei unschuldige Mägdlein, die noch nicht sieben Jahr alt sind, linnen Garn spinnen, weben und ein Hemd daraus zusammennähen. Auf der Brust hat es zwei Häupter, eins auf der rechten Seite mit einem langen Bart und Helm, eins auf der linken mit einer Krone, wie sie der Teufel trägt. Zu beiden Seiten wird es mit einem Kreuze bewahrt. Das Hemd ist so lang, daß es den Menschen vom Hals an bis zum halben Leib bedeckt.

Wer ein solches Nothemd im Kriege trägt, ist sicher vor Stich, Hieb, Schuß und anderm Zufall, daher es Kaiser und Fürsten hochhielten. Auch Gebärende ziehen es an, um schneller und leichter entbunden zu werden. Contra vero tale indusium, viro tamen mortuo ereptum, a foeminis luxuriosis quaeri ferunt, quo indutae non amplius gravescere perhibentur.

256. Festgemacht

Ein vornehmer Kriegsmann ging bei einer harten Belagerung mit zwei andern außerhalb den Laufgräben auf und ab. Von der Festung herab wurde heftig auf ihn gefeuert, er aber fuhr mit seinem Befehlshaberstab links und rechts umher und hieß die beiden an ihn halten und nicht ausweichen; wovon alle Kugeln abseits fuhren und weder ihn noch die andern beiden treffen oder verwunden konnten.

Ein General, welcher in eine Stadt aus einem Treffen fliehen mußte, schüttelte die Büchsenkugeln wie Erbsen häufig aus dem Ärmel, deren keine ihn hatte verwunden können.

Meister Peter, Bartscherer zu Wittenberg, hatte einen Schwiegersohn, der Landsknecht im Kriege gewesen. Er hatte die Kunst verstanden, sich sicher und unverwundbar zu machen. Ferner hat er auch seinen Tod vorhergesehen und gesagt: »Mein Schwäher soll's tun.« Desgleichen soll er denselben Tag zu seinem Weib gesagt haben: »Kauf ein, du wirst heute Gäste bekommen, das ist: Zuseher.« Welches also geschahe, denn da ihn sein Schwager erstach, lief jeder in des Bartscherers Haus und wollt den toten Menschen sehen.

257. Der sichere Schuß

Ein Büchsenmeister, den ich gekannt, vermaß sich, er wolle alles treffen, was ihm nur innerhalb Schusses wäre, daß er's erreichen könnte, ob er's gleich nicht sähe. Der ließ sich brauchen in der Stadt W. bei der Belagerung. Davor hielt in einem Wäldlein ein vornehmer Oberster und Herr, den er nicht sahe, erbot sich, er wollte ihn erschießen; aber es ward ihm gesagt, er sollt's nicht tun. Da schoß er durch den Baum, darunter er hielt auf seinem Roß und zu Morgen aß. Valvasor gedenkt eines vornehmen Herrn, welcher täglich nur drei unfehlbare Schüsse hatte, damit aber konnte er, was man ihm nur nannte, sicher treffen. Ein solcher Schütz kann sich aufgeben lassen, was er schießen soll, Hirsch, Reh oder Hasen, und braucht dann nur aufs Geratewohl die Flinte zum Fenster hinaus abzudrücken, so muß das Wild fallen.

258. Der herumziehende Jäger

Es trug sich zu, daß in einem großen Walde der Förster, welcher die Aufsicht darüber führte, totgeschossen wurde. Der Edelmann, dem der Wald gehörte, gab einem andern den Dienst, aber dem widerfuhr ein gleiches, und so noch einigen, die aufeinanderfolgten, bis sich niemand mehr fand, der den gefährlichen Wald übernehmen wollte. Sobald nämlich der neue Förster hineintrat, hörte man ganz in der Ferne einen Schuß fallen, und gleich auch streckte eine mitten auf die Stirn treffende Kugel ihn nieder; es war aber keine Spur ausfindig zu machen, woher und von wem sie kam.

Gleichwohl meldete sich nach ein paar Jahren ein herumziehender Jäger wieder um den Dienst. Der Edelmann verbarg ihm nicht, was geschehen war, und setzte noch ausdrücklich hinzu, so lieb es ihm wäre, den Wald wieder unter Aufsicht zu wissen, könnte er ihm doch selbst nicht zu dem gefährlichen Amte raten. Der Jäger antwortete zuversichtlich, er wolle sich vor dem unsichtbaren Scharfschützen schon Rat schaffen, und übernahm den Wald. Andern Tags, als er, von mehreren begleitet, zuerst hineingeführt wurde, hörte man, wie er eintrat, schon in der Ferne den Schuß fallen. Alsbald warf der Jäger seinen Hut in die Höhe, der dann, von einer Kugel getroffen, wieder herabfiel. »Nun«, sprach er, »ist aber die Reihe an mir«, lud seine Büchse und schoß sie mit den Worten: »Die Kugel bringt die Antwort!« in die Luft. Darauf bat er seine Gefährten, mitzugehen und den

Täter zu suchen. Nach langem Herumstreifen fanden sie endlich in einer an dem gegenseitigen Ende des Waldes gelegenen Mühle den Müller tot und von der Kugel des Jägers auf die Stirn getroffen.

Dieser herumziehende Jäger blieb noch einige Zeit in Diensten des Edelmanns, doch weil er das Wild festbannen und die Feldhühner aus der Tasche fliegen lassen konnte, auch in ganz unglaublicher Entfernung immer sicher traf und andere dergleichen unbegreifliche Kunststücke verstand, so bekam der Edelmann eine Art Grausen vor ihm und entließ ihn bei einem schicklichen Vorwande aus seinem Dienst.

259. Doppelte Gestalt

Ein Landfahrer kam zu einem Edelmann, der mit langwieriger Ohnmacht und Schwachheit behaftet war, und sagte zu ihm: »Ihr seid verzaubert, soll ich Euch das Weib vor Augen bringen, das Euch das Übel angetan?« Als der Edelmann einwilligte, sprach jener: »Welches Weib morgen in Euer Haus kommt, sich auf den Herd zum Feuer stellt und den Kesselhaken mit der Hand angreift und hält, die ist es, welche Euch das Leid angetan.« Am andern Tag kam die Frau eines seiner Untertanen, der neben ihm wohnte, ein ehrliches und frommes Weib, und stellte sich dahin genau auf die Weise, wie der Landfahrer vorhergesagt hatte. Der Edelmann verwunderte sich gar sehr, daß eine so ehrbare, gottesfürchtige Frau, der er nicht übelwollte, so böse Dinge treiben sollte, und fing an zu zweifeln, ob es auch recht zugehe. Er gab darum seinem Diener heimlichen Befehl, hinzulaufen und zu sehen, ob diese Nachbarin zu Hause sei oder nicht. Als dieser hinkommt, sitzt die Frau über ihrer Arbeit und hechelt Flachs. Er heißt sie zum Herrn kommen, sie spricht: »Es wird sich ja nicht schicken, daß ich so staubig und ungeputzt vor den Junker trete.« Der Diener aber sagt, es habe nichts zu bedeuten, sie solle nur eilig mit ihm gehen. Sobald sie nun in des Herrn Türe trat, verschwand die andere als ein Gespenst aus dem Saal, und der Herr dankte Gott, daß er ihm in den Sinn gegeben, den Diener hinzuschicken, sonst hätte er auf des Teufels Trug vertraut und die unschuldige Frau verbrennen lassen.

260. Gespenst als Eheweib

Zur Zeit des Herzogs Johann Casimir von Coburg wohnte dessen Stallmeister G. P. v. Z. zuerst in der Spitalgasse, hierauf in dem Hause, welches nach ihm D. Frommann bezogen, dann in dem großen Hause bei der Vorstadt, die Rosenau genannt, endlich im Schloß, darüber er Schloßhauptmann war. Zu so vielfachem Wechsel zwang ihn ein Gespenst, welches seiner noch lebenden Ehefrau völlig gleichsah, also daß er, wenn er in die neue Wohnung kam und am Tisch saß, bisweilen darüber zweifelte, welches seine rechte leibhafte Frau wäre, denn es folgte ihm, wenn er gleich aus dem Hause zog, doch allenthalben nach. Als ihm eben seine Frau vorschlug, in die Wohnung, die hernach jener Doktor innehatte, zu ziehen, dem Gespenst auszuweichen, hub es an mit lauter Stimme zu reden und sprach: »Du ziehest gleich hin, wo du willst, so ziehe ich dir nach, wenn auch durch die ganze Welt.« Und das waren keine bloßen Drohworte, denn nachdem der Stallmeister ausgezogen war, ist die Türe des Hinterhauses wie mit übermäßiger Gewalt zugeschlagen worden, und von der Zeit an hat sich das Gespenst nie wieder in dem verlassenen Hause sehen lassen, sondern ist in dem neubezogenen wieder erschienen.

Wie die Edelfrau Kleidung anlegte, in derselben ist auch das Gespenst erschienen, es mochte ein Feierkleid oder ein alltägliches sein und welche Farbe, als es nur wollte; weswegen sie niemals allein in ihren Hausgeschäften, sondern von jemand begleitet ging. Gemeinlich ist es in der Mittagszeit zwischen elf und zwölf Uhr erschienen. Wenn ein Geistlicher da war, so kam es nicht zum Vorschein. Als einmal der Beichtvater Johann Pfrüscher eingeladen war und ihn beim Abschied der Edelmann mit seiner Frau und seiner Schwester an die Treppe geleitete, stieg es von unten die Treppe hinauf und faßte durch ein hölzernes Gitter des Fräuleins Schürz und verschwand, als dieses zu schreien anfing. Einsmals ist es auf der Küchenschwelle mit dem Arm gelegen, und als die Köchin gefragt: »Was willst du?« hat es geantwortet: »Deine Frau will ich.« Sonst hat es der Edelfrau keinen Schaden zugefügt. Dem Fräulein aber, des Edelmanns Schwester, ist es gefährlich gewesen und hat ihm einmal einen solchen Streich ins Gesicht gegeben, daß die Backe davon aufgeschwollen ist und es in des Vaters Haus zurückkehren mußte. Endlich hat sich das Gespenst verloren, und es ist ruhig im Hause geworden.

261. Tod des Erstgeborenen

In einem vornehmen Geschlecht hat es sich vor ein paar hundert Jahren zugetragen, daß das erste Kind, ein Söhnlein, morgens bei der Amme im Bett tot gefunden wurde. Man verdachte sie, es absichtlich erdrückt zu haben, und ob sie gleich ihre Unschuld beteuerte, so ward sie doch zum Tode verurteilt. Als sie nun niederkniete und eben den Streich empfangen sollte, sprach sie noch einmal: »Ich bin so gewiß unschuldig, als in Zukunft jedesmal der Erstgeborene dieses Geschlechts sterben wird.« Nachdem sie dieses gesprochen, flog eine weiße Taube über ihr Haupt hin; darauf ward sie gerichtet. Die Weissagung aber kam in Erfüllung, und der älteste Sohn aus diesem Hause ist noch immer in früher Jugend gestorben.

262. Der Knabe zu Kolmar

Bei Pfeffel in Kolmar war ein Kind im Hause, das wollte nie über einen gewissen Flecken im Hausgarten gehen, auf dem seine Kameraden ruhig spielten. Diese wußten nicht warum und zogen es einmal mit Gewalt dahin; da sträubten ihm die Haare empor, und kalter Schweiß brach aus seinem Leibe. Wie der Knabe von der Ohnmacht endlich zu sich kam, wurde er um die Ursache befragt, wollte lange nichts gestehen, endlich auf vieles Zureden sagte er: »Es liegt an der Stelle ein Mensch begraben, dessen Hände so und so liegen, dessen Beine so und so gestellt sind (welches er alles genau beschrieb), und am Finger der einen Hand hat er einen Ring.« Man grub nach, der Platz war mit Gras bewachsen, und drei Fuß unter der Erde tief fand sich ein Gerippe in der beschriebenen Lage und am benannten Finger ein Ring. Man beerdigte es ordentlich, und seitdem ging der Knabe, dem man weder davon noch vom Ausgraben das mindeste gesagt, ruhig auf den Flecken. Dies Kind hatte die Eigenschaft, daß es an dem Ort, wo Tote lagen, immer ihre ganze Gestalt in Dünsten aufsteigen sah und in allem erkannte. Der vielen schrecklichen Erscheinungen wegen härmte es sich ab und verzehrte schnell sein Leben.

263. Tod des Domherrn zu Merseburg

Von langer Zeit her ward in der Stiftskirche zu Merseburg drei Wochen vor dem Absterben eines jeglichen Domherrn bei der Nacht ein großer Tumult gehört, indem auf dem Stuhl dessen, welcher sterben sollte, ein solcher Schlag geschah, als ob ein starker Mann aus allen Kräften mit geschlossener Faust einen gewaltsamen Streich täte. Sobald solches die Wächter vernommen, deren etliche sowohl bei Tag als bei Nacht in der Kirche gewacht und wegen der stattlichen Kleinodien, die darinnen vorhanden waren, die Runde gemacht, haben sie es gleich andern Tags hernach dem Kapitel angezeigt. Und solches ist dem Domherrn, dessen Stuhl der Schlag getroffen, eine persönliche Vertagung gewesen, daß er in dreien Wochen an den blassen Reigen müßte.

264. Die Lilie im Kloster zu Corvey

Das Kloster der Abtei zu Corvey an der Weser hat von Gott die sonderbare Gnade gehabt, daß, sooft einer aus den Brüdern sterben sollte, er drei Tage zuvor, ehe er verschieden, eine Vorwarnung bekommen, vermittelst einer Lilie an einem ehernen Kranze, der im Chor hing. Denn dieselbe Lilie kam allezeit wunderbarlich herab und erschien in dem Stuhl desjenigen Bruders, dessen Lebensende vorhanden war; also daß dieser dabei unfehlbar merkte und versichert war, er würde in dreien Tagen von der Welt scheiden. Dieses Wunder soll etliche hundert Jahre gewährt haben, bis ein junger Ordensbruder, als er auf diese Weise seiner herannahenden Sterbestunde ermahnt worden, solche Erinnerung verachtet und die Lilie in eines alten Geistlichen Stuhl versetzt hat: der Meinung, es würde das Sterben dem Alten besser anstehen als dem Jungen. Wie der gute alte Bruder die Lilie erblickt, ist er darüber, als über einen Geruch des Todes, so hart erschrocken, daß er in eine Krankheit, doch gleichwohl nicht ins Grab gefallen, sondern bald wieder gesund, dagegen der junge Warnungsverächter am dritten Tag durch einen jählingen Tod dahingerissen worden.

265. Rebundus im Dom zu Lübeck

Wenn in alten Zeiten ein Domherr zu Lübeck bald sterben sollte, so fand sich morgens unter seinem Stuhlkissen im Chor eine weiße Rose, daher es Sitte war, daß jeder, wie er anlangte, sein Kissen gleich umwendete, zu schauen, ob diese Grabesverkündigung darunterliege. Es geschah, daß einer von den Domherrn, namens Rebundus, eines Morgens diese Rose unter seinem Kissen fand, und weil sie seinen Augen mehr ein schmerzlicher Dornstachel als eine Rose war, nahm er sie behend weg und steckte sie unter das Stuhlkissen seines nächsten Beisitzers, obgleich dieser schon darunter nachgesehen und nichts gefunden hatte. Rebundus fragte darauf, ob er nicht sein Kissen umkehren wollte. Der andere entgegnete, daß er es schon getan habe; aber Rebundus sagte weiter: er habe wohl nicht recht zugeschaut und solle noch einmal nachsehen, denn ihm bedünke, es habe etwas Weißes darunter geschimmert, als er dahin geblickt. Hierauf wendete der Domherr sein Kissen um und fand die Grabblume; doch sprach er zornig: das sei Betrug, denn er habe gleich anfangs fleißig genug zugeschaut und unter seinem Sitz keine Rose gefunden. Damit schob und stieß er sie dem Rebundus wieder unter sein Kissen, dieser aber wollte sie nicht wieder sich aufdrängen lassen, also daß sie einer dem andern zuwarf und ein Streit und heftiges Gezänk zwischen ihnen entstand. Als sich das Kapitel ins Mittel schlug und sie auseinanderbringen, Rebundus aber durchaus nicht eingestehen wollte, daß er die Rose am ersten gehabt, sondern auf seinem unwahrhaftigen Vorgeben beharrte, hub endlich der andere, aus verbitterter Ungeduld, an zu wünschen: »Gott wolle geben, daß der von uns beiden, welcher unrecht hat, statt der Rosen in Zukunft zum Zeichen werde, und wann ein Domherr sterben soll, in seinem Grabe klopfen möge, bis an den Jüngsten Tag!« Rebundus, der diese Verwünschung wie einen leeren Wind achtete, sprach frevelig dazu: »Amen! Es sei also!«

Da nun Rebundus nicht lange darnach starb, hat es von dem an unter seinem Grabsteine, sooft eines Domherrn Ende sich nahte, entsetzlich geklopft, und es ist das Sprichwort entstanden: »Rehundus hat sich gerührt, es wird ein Domherr sterben!« Eigentlich ist es kein bloßes Klopfen, sondern es geschehen unter seinem sehr großen, langen und breiten Grabstein drei Schläge, die nicht viel gelinder krachen, als ob das Wetter einschlüge oder dreimal ein Kartaunenschuß geschähe. Beim dritten Schlag dringt über dem Gewölbe der Schall der Länge nach durch die ganze Kirche mit so starkem Krachen, daß man denken sollte, das Gewölbe würde ein- und die Kirche übern

Haufen fallen. Es wird dann nicht bloß in der Kirche, sondern auch in den umstehenden Häusern vernehmlich gehört.

Einmal hat sich Rebundus an einem Sonntage zwischen neun und zehn Uhr mitten unter der Predigt geregt und so gewaltig angeschlagen, daß etliche Handwerksgesellen, welche eben auf dem Grabstein gestanden und die Predigt angehört, teils durch starke Erbebung des Steins, teils aus Schrecken nicht anders herabgeprellt wurden, als ob sie der Donner weggeschlagen hätte. Beim dritten entsetzlichen Schlag wollte jedermann zur Kirche hinausfliehen, in der Meinung, sie würde einstürzen; der Prediger aber ermunterte sich und rief der Gemeinde zu, dazubleiben und sich nicht zu fürchten; es wäre nur ein Teufelsgespenst, das den Gottesdienst stören wolle, das müsse man verachten und ihm im Glauben Trotz bieten. Nach etlichen Wochen ist des Dechants Sohn verblichen, denn Rebundus tobte auch, wenn eines Domherrn naher Verwandter bald zu Grabe kommen wird.

266. Glocke läutet von selbst

In einer berühmten Reichsstadt hat im Jahr 1686, am 27. März, die sogenannte Marktglocke von sich selbst drei Schläge getan, worauf bald hernach ein Herr des Rats, welcher zugleich auch Marktherr war, gestorben.

In einem Hause fing sechs oder sieben Wochen vor dem Tode des Hausherrn eine überaus helle Glocke an zu läuten, und zwar zu zweien verschiedenen Malen. Da der Hausherr damals noch frisch und gesund, seine Ehefrau aber bettlägerig war, so verbot er dem Gesinde, ihr etwas davon zu sagen, besorgend, sie möchte erschrecken, von schwermütiger Einbildung noch kränker werden und gar davon sterben. Aber diese Anzeigung hatte ihn selbst gemeint, denn er kam ins Grab, seine Frau aber erholte sich wieder zu völliger Gesundheit. Siebzehn Wochen nachher, als sie ihres seligen Eheherrn Kleider und Mäntel reinigt und ausbürstet, fängt vor ihren Augen und Ohren die Tennenglocke an sich zu schwingen und ihren gewöhnlichen Klang zu geben. Acht Tage hernach erkrankt ihr ältester Sohn und stirbt in wenigen Tagen. Als diese Witwe sich wieder verheiratet und mit ihrem zweiten Mann etliche Kinder zeugte, sind diese wenige Wochen nach der Geburt gleich den Märzblumen verwelkt und begraben. Da dann jedesmal jene Glocke dreimal nacheinander stark angezogen wurde, obgleich das Zimmer, darin sie gehangen, versperrt war, so daß niemand den Draht erreichen konnte.

Einige glauben, dieses Läuten (welches oft nicht von den Kranken und Sterblägrigen, sondern nur von andern gehört wird) geschehe von bösen Geistern, andere dagegen: von guten Engeln. Wiederum andere sagen, es komme von dem Schutzgeist, welcher den Menschen warnen und erinnern wollte, daß er sich zu seinem heraneilenden Ende bereite.

267. Todesgespenst

Zu Schwaz und Innsbruck in Tirol läßt sich zur Sterbenszeit ein Gespenst sehen, bald klein, bald groß wie ein Haus. Zu welchem Fenster es hineinschaut, aus demselben Hause sterben die Leute.

268. Frau Berta oder die weiße Frau

Die weiße Frau erscheint in den Schlössern mehrerer fürstlichen Häuser, namentlich zu Neuhaus in Böhmen, zu Berlin, Bayreuth, Darmstadt und Karlsruhe und in allen, deren Geschlechter nach und nach durch Verheiratung mit dem ihren verwandt geworden sind. Sie tut niemanden zuleide, neigt ihr Haupt, vor wem sie begegnet, spricht nichts, und ihr Besuch bedeutet einen nahen Todesfall, manchmal auch etwas Fröhliches, wenn sie nämlich keine schwarzen Handschuh anhat. Sie trägt ein Schlüsselbund und eine weiße Schleierhaube. Nach einigen soll sie im Leben Perchta von Rosenberg geheißen, zu Neuhaus in Böhmen gewohnt haben und mit Johann von Lichtenstein, einem bösen, störrischen Mann, vermählt gewesen sein. Nach ihres Gemahls Tode lebte sie in Witwenschaft zu Neuhaus und fing an, zu großer Beschwerde ihrer Untertanen, die ihr frönen mußten, ein Schloß zu bauen. Unter der Arbeit rief sie ihnen zu, fleißig zu sein: »Wann das Schloß zustand sein wird, will ich euch und euren Leuten einen süßen Brei vorsetzen«, denn dieser Redensart bedienten sich die Alten, wenn sie jemand zu Gast luden. Den Herbst nach Vollendung des Baues hielt sie nicht nur ihr Wort, sondern stiftete auch, daß auf ewige Zeiten hin alle Rosenbergs ihren Leuten ein solches Mahl geben sollten. Dieses ist bisher fort geschehen*, und unterbleibt es, so erscheint sie mit zürnenden Mienen. Zuweilen soll sie in fürstliche Kinderstuben nachts, wenn die Ammen Schlaf befällt, kommen, die Kinder wiegen und vertraulich umtragen. Einmal, als eine unwissende Kinderfrau erschrocken fragte: »Was hast du mit dem Kinde zu schaffen?« und sie mit Worten schalt, soll sie doch gesagt haben: »Ich bin keine Fremde in diesem Hause wie du, sondern gehöre ihm zu; dieses Kind stammt von meinen Kindeskindern. Weil ihr mir aber keine Ehre erwiesen habt, will ich nicht mehr wieder einkehren.«

269. Die wilde Berta kommt

In Schwaben, Franken und Thüringen ruft man halsstarrigen Kindern zu: »Schweig, oder die wilde Berta kommt!« Andere nennen sie Bildaberta, Hildaberta, auch wohl: die eiserne Berta. Sie erscheint als eine wilde Frau mit zottigen Haaren und besudelt dem Mädchen, das den letzten Tag im Jahre seinen Flachs nicht abspinnt, den Rocken. Viele Leute essen diesen Tag Klöße und Hering. Sonst, behaupten sie, käme die Perchta oder Prechta, schnitte ihnen den Bauch auf, nähme das Erstgenossene heraus und tue Häckerling hinein. Dann nähe sie mit einer Pflugschar statt der Nadel und mit einer Röhmkette statt des Zwirns den Schnitt wieder zu.

270. Der Türst, das Posterli und die Sträggele

Wann der Sturm nachts im Walde heult und tobt, sagt das Volk im Luzernergau: »Der Türst (oder der Dürst) jagt!« Im Entlebuch weiß man dagegen von dem Posterli, einer Unholdin, deren Jagd die Einwohner Donnerstag vor Weihnachten in einem großen Aufzug, mit Lärm und Geräusch, jährlich vorstellen. In der Stadt Luzern heißt die Sträggele eine Hexe, welche in der Fronfastennacht am Mittwoch vor den heiligen Weihnachten herumspukt und die Mädchen, wie sie ihr Tagewerk nicht gesponnen, auf mancherlei Art schert; daher auch diese Nacht die Sträggelenacht genannt wird.

271. Der Nachtjäger und die Rüttelweiber

Die Einwohner des Riesengebirges hören bei nächtlichen Zeiten oft Jägerruf, Hornblasen und Geräusch von wilden Tieren; dann sagen sie: »Der Nachtjäger jagt.« Kleine Kinder fürchten sich davor und werden geschweiget, wenn man ihnen zuruft: »Sei still, hörst du nicht den Nachtjäger jagen?« Er jagt aber besonders die Rüttelweiber, welche kleine, mit Moos bekleidete Weiblein sein sollen, verfolgt und ängstigt sie ohn Unterlaß. Es sei denn, daß sie an einen Stamm eines abgehauenen Baumes geraten, und zwar eines solchen, wozu der Hölzer (Holzbauer) »Gott waels!« (Gott walte es) gesprochen hat. Auf solchem Holz haben sie Ruhe. Sollte er aber, als er die Axt zum erstenmal an den Baum gelegt, gesagt haben: »Waels Gott!« (so daß er das Wort Gott hintangesetzt), so gibt ein solcher Stamm keinem Rüttelweibchen Ruh und Frieden, sondern es muß vor dem Nachtjäger auf stetiger Flucht sein.

272. Der Mann mit dem Schlackhut

Es hat vor ein paar Jahren noch eine alte Frau eines der Zimmer des verfallenen Freiensteins bewohnt. Eines Abends trat zu ihr ganz unbefangen in die Stube herein ein Mann, der einen grauen Rock, einen großen Schlackhut und einen langen Bart trug. Er hing seinen Hut an den Nagel, saß, ohne sich um jemand zu bekümmern, nieder an den Tisch, zog ein kurz Tabakspfeifchen aus dem Sack und rauchte. So blieb dieser Graue immer hinter seinem Tisch sitzen. Die Alte konnte seinen Abgang nicht erwarten und legte sich ins Bett. Morgens war das Gespenst geschwunden. Des Schulzen Sohn verzählte: »Den ersten Christtagmorgen, während Amt in der Kirche gehalten wurde, saß meine Frähle (Großmutter) in unsrer Stube und betete. Als sie einmal vom Buch aufsah und gerade nach dem Schloßgarten guckte, erblickte sie oben einen Mann in grauer Kutte und einem Schlackhut stehen, der hackte von Zeit zu Zeit. So haben wir und alle Nachbarn ihn gesehen. Als die Sonne unterging, verschwand er.«

273. Der graue Hockelmann

Vor vielen Jahren ging einmal ein Bauer aus Auerbach abends unten am Schloßberg vorüber. Da wurde er plötzlich von einem grauen Mann angehalten und gezwungen, ihn bis hinauf in das Schloß zu hockeln. Auf einer dunkeln Stiege des Schlosses wurde der Bauer den andern Tag gefunden, wie einer, der sich übermüdet. Er starb kurze Zeit darauf.

274. Chimmeke in Pommern

Auf dem Schlosse Loitz soll ein Poltergeist, den die alten Pommern Chimmeke nennen, einen Küchenbuben klein gehackt und in einen irdenen Topf gesteckt haben, weil er ihm die Milch, die dem Geist in der Zeit des Aberglaubens alle Abend mußte hingesetzt werden, verzehrt hatte. Diesen Topf oder Grapen, worin Chimmeke sein Mütlein gekühlet, hat man lange Zeit vorgezeiget.

275. Der Krischer

Johann Peter Kriechbaum, Schultheiß der Oberkainsbacher Zent, erzählte den 12. März 1753: Im Bezirk, genannt die Spreng, halte sich ein Geist oder Gespenst auf, so allerhand Gekreisch als wie ein Reh, Fuchs, Esel, Hund, Schwein und anderer Tiere, auch gleich allerhand Vögel führe, dahero es von den Leuten der Krischer geheißen werde. Es habe schon viele irregeleitet, und getraue niemand, sonders die Hirten nicht, sich in dasigen Wiesen aufzuhalten. Ihm sei neulich selbst begegnet, als er nachts auf seine Wiese in der Spreng gegangen und das Wasser zum Wässern aufgewendet, da habe ein Schwein in dem Wäldchen auf der Langenbrombacher Seite geschrien, als ob ihm das Messer im Hals stäke. Das Gespenst gehe bis in den Holler Wald, wo man vor sechzehn Jahren Kohlen brennen lassen, über welches die Kohlenbrenner damals sehr geklagt und daß sie vielfältig von ihm geängstigt würden, indem es ihnen in Gestalt eines Esels erschienen. Ein Gleiches habe der verstorbene Johann Peter Weber versichert, der in der Nacht Kohlen allda geladen, um sie auf den Michelstädter Hammer zu führen. Heinrich Germann, der alte Zentschultheiß, versicherte, als er einstmalen die Ochsen in seiner Sprengswiese gehütet, wäre ein Fuchs auf ihn zugelaufen gekommen, nach dem er mit der Peitsche geschlagen, worauf er augenblicks verschwunden.

276. Die überschiffenden Mönche

In der Stadt Speier lebte vorzeiten ein Fischer. Als dieser in einer Nacht an den Rhein kam und sein Garn ausstellen wollte, trat ein Mann auf ihn zu, der trug eine schwarze Kutte in Weise der Mönche, und nachdem ihn der Fischer ehrsam gegrüßt hatte, sprach er: »Ich komm ein Bote fernher und möchte gern über den Rhein.« »Tritt in meinen Nachen ein zu mir«, antwortete der Fischer, »ich will dich überfahren.« Da er nun diesen übergesetzt hatte und zurückkehrte, standen noch fünf andere Mönche am Gestade, die begehrten auch zu schiffen, und der Fischer frug bescheiden: was sie doch bei so eitler Nacht reisten? »Die Not treibt uns«, versetzte einer der Mönche, »die Welt ist uns feind, so nimm du dich unser an und Gottes Lohn dafür.« Der Fischer verlangte zu wissen, was sie ihm geben wollten für seine Arbeit. Sie sagten: »Jetzo sind wir arm, wenn es uns wieder besser geht, sollst du unsere Dankbarkeit schon spüren.« Also stieß der Schiffer ab, wie aber der Nachen mitten auf den Rhein kam, hob sich ein fürchterlicher Sturm. Wasserwellen bedeckten das Schiff, und der Fischer erblaßte. Was ist das, dachte er sich, bei Sonnenniedergang war der Himmel klar und lauter, und schön schien der Mond, woher dieses schnelle Unwetter? Und wie er seine Hände hob, zu Gott zu beten, rief einer der Mönche: »Was liegst du Gott mit Beten in den Ohren, steuere dein Schiff.« Bei den Worten riß er ihm das Ruder aus der Hand und fing an, den armen Fischer zu schlagen. Halbtot lag er im Nachen, der Tag begann zu dämmern, und die schwarzen Männer verschwanden. Der Himmel war klar wie vorher, der Schiffer ermannte sich, fuhr zurück und erreichte mit Not seine Wohnung. Des andern Tags begegneten dieselben Mönche einem früh aus Speier reisenden Boten in einem rasselnden, schwarzbedeckten Wagen, der aber nur drei Räder und einen langnasigten Fuhrmann hatte. Bestürzt stand er still, ließ den Wagen vorüber und sah bald, daß er sich mit Prasseln und Flammen in die Lüfte verlor, dabei vernahm man Schwerterklingen, als ob ein Heer zusammenginge. Der Bote wandte sich, kehrte zur Stadt und zeigte alles an; man schloß aus diesem Gesicht auf Zwietracht unter den deutschen Fürsten.

277. Der Irrwisch

An der Bergstraße zu Hähnlein, auch in der Gegend von Lorsch, nennt man die Irrlichter Heerwische; sie sollen nur in der Adventszeit erscheinen, und man hat einen Spottreim auf sie: »Heerwisch, ho ho, brennst wie Haberstroh, schlag mich blitzebloe!« Vor länger als dreißig Jahren, wird erzählt, sah ein Mädchen abends einen Heerwisch und rief ihm den Spottreim entgegen. Aber er lief auf das Mädchen gerade zu, und als es floh und in das Haus zu seinen Eltern flüchtete, folgte er ihr auf der Ferse nach, trat mit ihr zugleich ins Zimmer hinein und schlug alle Leute, die darin waren, mit seinen feurigen Flügeln, daß ihnen Hören und Sehen verging.

278. Die feurigen Wagen

Konrad Schäfer aus Gammelsbach erzählte: »Ich habe vor einigen Jahren Frucht auf der Hirschhörnerhöhe nicht weit von Freienstein, dem alten Schloß, gehütet. Nachts um zwölfe begegneten mir zwei feurige Kutschen mit gräßlichem Gerassel; jede mit vier feurigen Rossen bespannt. Der Zug kam gerade vom Freienstein. Er ist mir öfter begegnet und hat mich jedesmal gewaltig erschreckt; denn es saßen Leute in den Kutschen, denen die Flamme aus Maul und Augen schlug.«

279. Räderberg

Ein Metzger von Nassau ging aus, zu kaufen. Auf der Landstraße stößt er bald auf eine dahinfahrende Kutsche und geht ihr nach, den Gleisen in Gedanken folgend. Mit einmal hält sie an und vor einem schönen großen Landhaus, mitten auf der Heerstraße, das er aber sonst noch niemals erblickt, sooft er auch dieses Wegs gekommen. Drei Mönche steigen aus dem Wagen, und der erstaunte Metzger folgt ihnen unbemerkt in das hell erleuchtete Haus. Erst gehen sie in ein Zimmer, einem die Kommunion zu reichen, und nachher in einen Saal, wo große Gesellschaft um einen Tisch sitzt, in lautem Lärmen und Schreien ein Mahl verzehrend. Plötzlich bemerkt der Obensitzende den fremden Metzger, und sogleich ist alles still und verstummt. Da steht der oberste auf und bringt dem Metzger einen Weinbecher mit den Worten: »Noch einen Tag!« Der Metzger erschauert und will nicht trinken. Bald hernach erhebt sich ein zweiter, tritt den Metzger mit einem Becher an und spricht wieder: »Noch ein Tag.« Er schlägt ihn wieder aus. Nachdem kommt ein dritter mit dem Becher und denselben Worten: »Noch ein Tag!« Nunmehr trinkt der Metzger. Aber kurz darauf nähert sich demselben ein vierter aus der Gesellschaft, den Wein nochmals darbietend. Der Metzger erschrickt heftiglich, und als er ein Kreuz vor sich gemacht, verschwindet auf einmal die ganze Erscheinung, und er befindet sich in dichter Dunkelheit. Wie endlich der Morgen anbricht, sieht sich der Metzger auf dem Räderberg, weit weg von der Landstraße, geht auf steinigtem, mühsamem Weg zurück in seine Vaterstadt, entdeckt dem Pfarrer die Begebenheit und stirbt genau in drei Tagen.

Die Sage war schon lang verbreitet, daß auf jenem Berg ein Kloster gestanden, dessen Trümmer noch jetzt zu sehen sind, dessen Orden aber ausgestorben wäre.

280. Die Lichter auf Hellebarden

Von dem uralten hanauischen Schloß Lichtenberg auf einem hohen Felsen im Unterelsaß, eine Stunde von Ingweiler belegen, wird erzählt: Sooft sich Sturm und Ungewitter rege, daß man auf den Dächern und Knöpfen des Schlosses, ja selbst auf den Spitzen der Hellebarden viele kleine blaue Lichter erblicke. Dies hat sich seit langen Jahren also befunden und nach einigen selbst dem alten Schloß den Namen gegeben.

Zwei Bauern gingen aus dem Dorf Langenstein (nah bei Kirchhain in Oberhessen) nach Embsdorf zu, mit ihren Heugabeln auf den Schultern. Unterwegs erblickte der eine unversehens ein Lichtlein auf der Partisan seines Gefährten, der nahm sie herunter und strich lachend den Glanz mit den Fingern ab, daß er verschwand. Wie sie hundert Schritt weitergingen, saß das Lichtlein wieder an der vorigen Stelle und wurde nochmals abgestrichen. Aber bald darauf stellte es sich zum drittenmal ein, da stieß der andere Bauer einige harte Worte aus, strich es jenem nochmals ab, und darauf kam es nicht wieder. Acht Tage hernach zu derselben Stelle, wo der eine dem andern das Licht zum drittenmal abgestrichen hatte, trafen sich diese beiden Bauern, die sonst gute alte Freunde gewesen, verunwilligten sich, und von den Worten zu Schlägen kommend, erstach der eine den andern.

281. Das Wafeln

An der Ostsee glauben die Leute den Schiffbruch, das Stranden, oftmals vorherzusehen, indem solche Schiffe vorher spukten, einige Tage oder Wochen an dem Ort, wo sie verunglücken, bei Nachtzeit wie dunkle Luftgebilde erschienen, alle Teile des Schiffs, Rumpf, Tauwerk, Maste, Segel, in bloßem Feuer vorgestellt. Dies nennen sie wafeln.

Es wafeln auch Menschen, die ertrinken, Häuser, die abbrennen werden, und Orte, die untergehen. Sonntags hört man noch unter dem Wasser die Glocken versunkener Städte klingen.

282. Weberndes Flammenschloß

In Tirol auf einem hohen Berg liegt ein altes Schloß, in welchem alle Nacht ein Feuer brennt; die Flamme ist so groß, daß sie über die Mauern hinausschlägt und man sie weit und breit sehen kann. Es trug sich zu, daß eine arme Frau, der es an Holz mangelte, auf diesem Schloßberge abgefallene Reiser zusammensuchte und endlich zu dem Schloßtor kam, wo sie aus Vorwitz sich umschaute und endlich hereintrat, nicht ohne Mühe, weil alles zerfallen und nicht leicht weiterzukommen war. Als sie in den Hof gelangte, sah sie eine Gesellschaft von Herren und Frauen da an einer großen Tafel sitzen und essen. Diener warteten auf, wechselten Teller, trugen Speisen auf und ab und schenkten Wein ein. Wie sie so stand, kam einer der Diener und holte sie herbei, da ward ihr ein Stück Gold in das Schürztuch geworfen, worauf in einem Augenblick alles verschwunden war und die arme Frau erschreckt den Rückweg suchte. Als sie aber den Hof hinausgekommen, stand da ein Kriegersmann mit brennender Lunte, den Kopf hatte er nicht auf dem Halse sitzen, sondern hielt ihn unter dem Arme. Der hub an zu reden und verbot der Frau, keinem Menschen, was sie gesehen und erfahren, zu offenbaren, es würde ihr sonst übel ergehen. Die Frau kam, noch voller Angst, nach Haus, brachte das Gold mit, aber sie sagte nicht, woher sie es empfangen. Als die Obrigkeit davon hörte, ward sie vorgefordert, aber sie wollte kein Wort sich verlauten lassen und entschuldigte sich damit, daß, wenn sie etwas sagte, ihr großes Übel daraus zuwachsen würde. Nachdem man schärfer mit ihr verfuhr, entdeckte sie dennoch alles, was ihr in dem Flammenschloß begegnet war, haarklein. In dem Augenblick aber, wo sie ihre Aussage beendigt, war sie hinwegentrückt, und niemand hat erfahren können, wo sie hingekommen ist.

Es hatte sich aber an diesem Ort ein junger Edelmann ins zweite Jahr aufgehalten, ein Ritter, wohlerfahren in allen Dingen. Nachdem er den Hergang dieser Sache erkündet, machte er sich tief in der Nacht mit seinem Diener zu Fuß auf den Weg nach dem Berg. Sie stiegen mit großer Mühe hinauf und wurden sechsmal von einer Stimme davon abgemahnt: sie würden's sonst mit großem Schaden erfahren müssen. Ohne aber darauf zu achten, gingen sie immer zu und gelangten endlich vor das Tor. Da stand jener Kriegersmann wieder als Schildwache und rief wie gebräuchlich: »Wer da?« Der Edelmann, ein frischer Herr, gab zur Antwort: »Ich bin's.« Das Gespenst fragte weiter: »Wer bist du?« Der Edelmann gab diesmal keine Antwort, sondern hieß den Diener das Schwert herlangen. Als dieses geschehen, kam ein schwarzer Reiter aus dem Schloß geritten, gegen welchen sich der Edelmann wehren wollte; der Reiter aber schwang ihn auf sein Pferd und ritt mit ihm in den Hof hinein, und der Kriegsmann jagte den Diener den Berg hinab. Der Edelmann ist nirgends zu finden gewesen.

283. Der Feuerberg

Einige Stunden von Halberstadt liegt ein ehemals kahler, jetzt mit hohen Tannen und Eichen bewachsener Berg, der von vielen der Feuerberg genannt wird. In seinen Tiefen soll der Teufel sein Wesen treiben und alles in hellen Flammen brennen. Vor alten Zeiten wohnte in der Gegend von Halberstadt ein Graf, der bös und raubgierig war und die Bewohner des Landes ringsherum drückte, wo er nur konnte. Einem Schäfer war er viel Geld seit langen Jahren schuldig, jedesmal aber, wenn dieser kam und darum mahnte, gab er ihm schnöde und abweisende Antworten. Auf einmal verschwand der Graf, und es hieß, er wäre gestorben in fernen Landen. Der Schäfer ging betrübt zu Felde und klagte über seinen Verlust, denn die Erben und Hinterlassenen des Grafen wollten von seiner Forderung nichts wissen und jagten ihn, als er sich meldete, die Burg hinab. Da geschah es, daß, als er zu einer Zeit im Walde war, eine Gestalt zu ihm trat und sprach: »Willst du deinen alten Schuldner sehen, so folge mir nach.« Der Schäfer folgte und ward durch den Wald geführt bis zu einem hohen, nackten Berg, der sich alsbald vor beiden mit Getöse öffnete, sie aufnahm und sich wieder schloß. Innen war alles ein Feuer. Der zitternde Schäfer erblickte den Grafen, sitzend auf einem Stuhle, um welchen sich, wie an den glühenden Wänden und auf dem Boden, tausend Flammen wälzten. Der Sünder schrie: »Willst du Geld haben, Schäfer, so nimm dieses Tuch und bringe es den Meinigen; sage ihnen, wie du mich im Höllenfeuer sitzen gesehen, in dem ich bis in Ewigkeit leiden muß.« Hierauf riß er ein Tuch von seinem Haupt und gab es dem Schäfer, und an seinen Augen und Händen sprühten Funken. Der Schäfer eilte mit schwankenden Füßen, von seinem Führer geleitet, zurück; der Berg tat sich wieder auf und verschloß sich hinter ihm. Mit dem Tuch ging er dann auf des Grafen Burg, zeigte es und erzählte, was er gesehen; worauf sie ihm gern sein Geld gaben.

284. Der feurige Mann

In düssem Jare (1125) sach me einen feurigen Man twischen den Borgen twen, de de heten Gelichghen (Gleichen), dat was in der rechten Middernacht. De Man gingk von einer Borch to der anderen unde brande alse ein Blase, alse ein glonich Für; düt segen de Wechters, und dede dat in dren Nechten unde nig mer. Georg Miltenberger, im sogenannten Hoppelrain bei Kailbach, Amts Freienstein, wohnhaft, erzählte: »In der ersten Adventssonntagsnacht zwischen elf und zwölf Uhr, nicht weit von meinem Hause, sah ich einen ganz in Feuer brennenden Mann. An seinem Leibe konnte man alle Rippen zählen. Er hielt seine Straße von einem Markstein zum andern, bis er nach Mitternacht plötzlich verschwand. Viel Menschen sind durch ihn in Furcht und Schrecken geraten, weil er durch Maul und Nase Feuer ausspie und in einer fliehenden Schnelligkeit hin und her flog, die Kreuz und die Quer.«

285. Die verwünschten Landmesser

Die Irrwische, welche nachts an den Ufern und Feldrainen hin und her streifen, sollen ehdem Landmesser gewesen sein und die Marken trüglich gemessen haben. Darum sind sie verdammt, nach ihrem Leben umzugehen und die Grenzen zu hüten.

286. Der verrückte Grenzstein

Auf dem Feld um Eger herum läßt sich nicht selten ein Gespenst in Gestalt eines Mannsbildes sehen, welches die Leute den Junker Ludwig nennen. Ehedessen soll einer dieses Namens da gelebt und die Grenz- und Marksteine des Feldes betrüglich verrückt haben. Bald nach seinem Tode fing er nun an zu wandern und hat viel Leute durch seine Begegnung erschreckt. Noch in jüngern Zeiten erfuhr das ein Mädchen aus der Stadt. Es ging einmal allein vor dem Tore und geriet von ungefähr in die berüchtigte Gegend. An der Stätte, wo der Markstein, wie man sagt, verrückt sein soll, wandelte ihr ein Mann entgegen, geradeso aussehend, als man ihr schon mehrmals die Erscheinung des bösen Junkers beschrieben hatte. Er ging auf sie an, griff ihr mit der Faust an die Brust und verschwand. In tiefster Entsetzung ging das Mädchen heim zu den Ihrigen und sprach: »Ich hab mein Teil.« Da fand man ihre Brust da, wo der Geist sie angerührt hatte, schwarz geworden. Sie legte sich gleich zu Bette und verschied dritten Tags darauf.

287. Der Grenzstreit

Zu Wilmshausen, einem hessischen Dorf unweit Münden, war vormals Uneinigkeit zwischen der Gemeinde und einer benachbarten über ihre Grenze entsprungen. Man wußte sie nicht mehr recht auszumitteln. Also kam man übereins, einen Krebs zu nehmen und ihn über das streitige Ackerfeld laufen zu lassen, folgte seinen Spuren und legte die Marksteine danach. Weil er nun so wunderlich in die Kreuz und Quer lief, ist daselbst eine sonderbare Grenze mit mancherlei Ecken und Winkeln bis den heutigen Tag.

288. Der Grenzlauf

Über den Klußpaß und die Bergscheide hinaus vom Schächentale weg erstreckt sich das Urner Gebiet am Fletschbache fort und in Glarus hinüber. Einst stritten die Urner mit den Glarnern bitter um ihre Landesgrenze, beleidigten und schädigten einander täglich. Da ward von den Biedermännern der Ausspruch getan: zur Tag- und Nachtgleiche solle von jedem Teil frühmorgens, sobald der Hahn krähte, ein rüstiger, kundiger Felsgänger ausgesandt werden und jedweder nach dem jenseitigen Gebiet zulaufen und da, wo sich beide Männer begegneten, die Grenzscheide festgesetzt bleiben, das kürzere Teil möge nun fallen diesseits oder jenseits. Die Leute wurden gewählt, und man dachte besonders darauf, einen solchen Hahn zu halten, der sich nicht verkrähe und die Morgenstunde auf das allerfrühste ansagte. Und die Urner nahmen einen Hahn, setzten ihn in einen Korb und gaben ihm sparsam zu essen und saufen, weil sie glaubten, Hunger und Durst werden ihn früher wecken. Dagegen die Glarner fütterten und mästeten ihren Hahn, daß er freudig und hoffärtig den Morgen grüßen könne, und dachten damit am besten zu fahren. Als nun der Herbst kam und der bestimmte Tag erschien, da geschah es, daß zu Altdorf der schmachtende Hahn zuerst erkrähte, kaum wie es dämmerte, und froh brach der Urner Felsenklimmer auf, der Marke zulaufend. Allein im Lintal drüben stand schon die volle Morgenröte am Himmel, die Sterne waren verblichen, und der fette

Hahn schlief noch in guter Ruh. Traurig umgab ihn die ganze Gemeinde, aber es galt die Redlichkeit, und keiner wagt es, ihn aufzuwekken; endlich schwang er die Flügel und krähte. Aber dem Glarner Läufer wird's schwer sein, dem Urner den Vorsprung wieder abzugewinnen! Ängstlich sprang er und schaute gegen das Scheideck, wehe, da sah er oben am Giebel des Grats den Mann schreiten und schon bergabwärts niederkommen; aber der Glarner schwang die Fersen und wollte seinem Volke noch vom Lande retten soviel als möglich. Und bald stießen die Männer aufeinander, und der von Uri rief: »Hier ist die Grenze!« »Nachbar«, sagte betrübt der von Glarus, »sei gerecht und gib mir noch ein Stück von dem Weidland, das du errungen hast!« Doch der Urner wollte nicht, aber der Glarner ließ ihm nicht Ruh, bis er barmherzig wurde und sagte: »Soviel will ich dir noch gewähren, als du mich an deinem Hals tragend bergan laufst.« Da faßte ihn der rechtschaffene Sennhirt von Glarus und klomm noch ein Stück Felsen hinauf, und manche Tritte gelangen ihm noch, aber plötzlich versiegte ihm der Atem, und tot sank er zu Boden. Und noch heutigestages wird das Grenzbächlein gezeigt, bis zu welchem der einsinkende Glarner den siegreichen Urner getragen habe. In Uri war große Freude ob ihres Gewinstes, aber auch die zu Glarus gaben ihrem Hirten die verdiente Ehre und bewahrten seine große Treue in steter Erinnerung.

289. Die Alpschlacht

Die Obwaldner und Entlebucher Hirten stritten sich um einige Weiden, aber die Obwaldner waren im Besitz und trieben ihr Vieh darauf. Weil sie etwa von ihren mutigen Gegnern einen Überfall besorgten, stellten sie Wächter zu ihrer Herde. Die geschwinden und feinen Entlebucher dachten auf einen Streich; nachdem sie sich eine Zeitlang still und ruhig verhalten hatten und die treuherzigen Obwaldner wenig Böses ahnten, sondern statt Wache zu haben, sich die Langeweile mit Spielen verkürzten, schlichen kühne Entlebucher Hirten auf die schlecht bewahrte Trift, banden dem Vieh ganz leise die klingenden Schellen ab und führten den Raub eilig zur Seite. Einer aus ihnen mußte zurückbleiben und so lange mit den Kühglocken läuten, bis die Räuber vor aller Gefahr sicher wären. Er tat's, warf dann all den Klumpen von Schellen auf den Boden und sprang unter lautem Hohngelächter mit überflügelnden Schritten fort. Die Obwaldner horchten auf und sahen das Unglück. Sie wollten sich rächen, sammelten bald einen Haufen Volks und überfielen jählings die Entlebucher, welche sich aber darauf vorbereitet hatten. Die Obwaldner wetzten ihren Schimpf nicht aus, sondern wurden noch dazu geschlagen; das ihnen damals abgewonnene Fähnlein bewahren die Entlebucher noch heutigestags in ihrer Heimlichkeit (einem alten Turm im Dorfe Schüpfen), und der Ort, wo das kleine Gefecht sich ereignete, wird auch diesen Augenblick noch immer die Alpschlacht genannt.

290. Der Stein bei Wenthusen

Wenthusen im Quedlinburgischen war vorzeiten ein Frauenkloster und kam nachher an die Grafen von Regenstein, nach deren Absterben an andere Herrn. Man gibt vor, es läge auf diesem Gut von Klosterzeiten her noch ein Stein, der stets unberührt und unbeschädigt liegenbleiben müßte, wo nicht dem Besitzer ein großes Unglück widerfahren sollte. Einer derselben soll ihn aus Neugierde haben wegnehmen lassen, aber dafür auf alle mögliche Art und Weise so lange gequält worden sein, bis der Stein wieder «MD3»auf seiner rechten Stelle gelegen habe.

291. Die Altenberger Kirche

Oberhalb dem Dorfe Altenberg im Thüringer Wald liegt auf einem hohen Berg lustig zwischen Bäumen das Kirchlein des Orts, die Johanneskirche genannt. Wegen des beschwerlichen Weges dahin, besonders im Winter bei Glatteis und wenn Leichen oder Kinder zur Taufe hinaufzutragen waren, wollten, nach der Sage, die Altenberger die Kirche abbrechen und unten im Dorfe aufrichten, aber sie waren es nicht vermögend. Denn was sie heute abgetragen und ins Tal herabgebracht hatten, fanden sie am andern Morgen wieder an seiner Stelle in gehöriger Ordnung oben auf der Kapelle, also daß sie von ihrem Vorhaben abstehen mußten.

Diese Kirche hat der heilige Bonifatius gestiftet und auf dem Berge öfters geprediget. Einmal, als er es dort unter freiem Himmel tat, geschah es, daß eine große Menge Raben, Dohlen und Krähen herbeigeflogen kamen und ein solches Gekrächz und Geschrei anfingen, daß die Worte des heiligen Bonifatius nicht mehr konnten verstanden werden. Da bat er Gott, daß er solchen Vögeln in diese Gegend zu kommen nimmermehr erlaube. Seine Bitte wurde ihm gewährt, und man hat sie hernach nie wieder an diesem Orte gesehen.

292. Der König im Lauenburger Berg

Auf einem Berg bei der Lauenburg in Kassuben fand man 1596 eine ungeheure Kluft. Der Rat hatte zwei Missetäter doch zum Tod verurteilt und schenkte ihnen unter der Bedingung das Leben, daß sie diesen Abgrund besteigen und besichtigen sollten. Als diese hineingefahren waren, erblickten sie unten auf dem Grund einen schönen Garten, darin stand ein Baum mit lieblichweißer Blüte; doch durften sie nicht daran rühren. Ein Kind war da, das führte sie über einen weiten Plan hin zu einem Schloß. Aus dem Schloß ertönte mancherlei Saitenspiel; wie sie eintraten, saß da ein König auf silbernem Stuhl, in der einen Hand einen goldenen Zepter, in der andern einen Brief. Das Kind mußte den Brief den beiden Missetätern überreichen.

293. Der Schwanberg

Man hat gesagt bei Menschen Gezeiten her, und niemand weiß, von wem es ausgekommen ist: »Es soll Schwanberg noch mitten in der Schweiz liegen«, das ist: ganz Deutschland wird Schweiz werden. Diese Sage ist gemein und ungeachtet.

294. Der Robbedisser Brunn

Wenn man von Dassel über die Höhe, Bier genannt, und über den Kirchberg gehen will, hat man zur linken Hand einen Ort namens Robbedissen, wo ein Quellbrunn fließt. Von diesem, von dem schwarzen Grund hinter dem Gericht und der großen Pappel vor Eilenhausen haben die Leute der Gegend den festen Glauben: Wann der Robbedisser Brunn seine Stätte verrücke, der schwarze Grund der andern Erde gleichwerde und der große Eilenhäuser Pappelbaum verdorre und vergehe, alsdann werde in der Schöffe, einem Feld zwischen Eilenhausen und Markoldendorf, eine große blutige Schlacht gehalten werden.

295. Bamberger Waage

Zu Bamberg, auf Kaiser Heinrichs Grab, ist die Gerechtigkeit mit einer Waagschale in der Hand eingehauen. Die Zunge der Waage steht aber nicht in der Mitte, sondern neigt etwas auf eine Seite. Es gehet hierüber ein altes Gerücht, daß, sobald das Zünglein ins Gleiche komme, die Welt untergehen werde.

296. Kaiser Friedrich zu Kaiserslautern

Etliche wollen, daß Kaiser Friedrich, als er aus der Gefangenschaft bei den Türken befreit worden, gen Kaiserslautern gekommen und daselbst seine Wohnung lange Zeit gehabt. Er baute dort das Schloß, dabei einen schönen See oder Weiher, noch jetzt der Kaisersee genannt, darin soll er einmal einen großen Karpfen gefangen und ihm zum Gedächtnis einen güldenen Ring von seinem Finger an ein Ohr gehangen haben. Derselbige Fisch soll, wie man sagt, ungefangen in dem Weiher bleiben bis auf Kaiser Friedrichs Zukunft. Auf eine Zeit, als man den Weiher gefischt, hat man zwei Karpfen gefangen, die mit güldenen Ketten um die Hälse zusammen verschlossen gewesen, welche noch bei Menschengedächtnis zu Kaiserslautern an der Metzlerpforte in Stein gehauen sind. Nicht weit vom Schloß war ein schöner Tiergarten gebauet, damit der Kaiser alle wunderbarliche Tier vom Schloß aus sehen konnte, woraus aber seit der Zeit ein Weiher und Schießgraben gemacht worden. Auch hängt in diesem Schloß des Kaisers Bett an vier eisernen Ketten, und, als man sagt, so man das Bett zu Abend wohl gebettet, war es des Morgens wiederum zerbrochen, so daß deutlich jemand über Nacht darin gelegen zu sein schien.

Ferner: Zu Kaiserslautern ist ein Felsen, darin eine große Höhle oder Loch, so wunderbarlich, daß niemand weiß, wo es Grund hat. Doch ist allenthalben das gemeine Gerücht gewesen, daß Kaiser Friedrich, der Verlorene, seine Wohnung darin haben sollte. Nun hat man einen an einem Seil hinabgelassen und oben an das Loch eine Schelle gehangen, wann er nicht weiter könne, daß er damit läute, so wolle man ihn wieder heraufziehen. Als er hinabgekommen, hat er den Kaiser Friedrich in einem güldenen Sessel sitzen sehen, mit einem großen Barte. Der Kaiser hat ihm zugesprochen und gesagt, er solle mit niemand hier reden, so werde ihm nichts geschehen, und solle seinem Herrn erzählen, daß er ihn hier gesehen. Darauf hat er sich weiter umgeschaut und einen schönen weiten Plan erblickt und viel Leut, die um

Titelholzschnitt »History von dem Kayser Friderich«. Landshut 1519

den Kaiser standen. Endlich hat er seine Schelle geläutet, ist ohne Schaden wieder hinaufgekommen und hat seinem Herrn die Botschaft gesagt.

297. Der Hirt auf dem Kyffhäuser

Etliche sprechen, daß bei Frankenhausen in Thüringen ein Berg liege, darin Kaiser Friedrich seine Wohnung habe und vielmal gesehen worden. Ein Schafhirt, der auf dem Berge hütete und die Sage gehört hatte, fing an, auf seiner Sackpfeife zu pfeifen, und als er meinte, er habe ein gutes Hofrecht gemacht, rief er überlaut: »Kaiser Friedrich, das sei dir geschenkt!« Da soll sich der Kaiser hervorgetan, dem Schäfer offenbart und zu ihm gesprochen haben: »Gott grüß dich, Männlein, wem zu Ehren hast du gepfiffen?« »Dem Kaiser Friedrich«, antwortete der Schäfer. Der Kaiser sprach weiter: »Hast du das getan, so komm mit mir, er soll dir darum lohnen.« Der Hirt sagte: »Ich darf nicht von den Schafen gehen.« Der Kaiser aber antwortete: »Folge mir nach, den Schafen soll kein Schaden geschehen.« Der Hirt folgte ihm, und der Kaiser Friedrich nahm ihn bei der Hand und führte ihn nicht weit von den Schafen zu einem Loch in den Berg hinein. Sie kamen zu einer eisernen Tür, die alsbald aufging. Nun zeigte sich ein schöner, großer Saal, darin waren viel Herren und tapfre Diener, die ihm Ehre erzeigten. Nachfolgends erwiese sich der Kaiser auch freundlich gegen ihn und fragte, was er für einen Lohn begehre, daß er ihm gepfiffen? Der Hirt antwortete: »Keinen.« Da sprach aber der Kaiser: »Geh hin und nimm von meinem güldnen Handfaß den einen Fuß zum Lohn.« Da tat der Schäfer, wie ihm befohlen ward, und wollte darauf von dannen scheiden, da zeigte ihm der Kaiser noch viel seltsame Waffen, Harnische, Schwerter und Büchsen, und sprach, er sollte den Leuten sagen, daß er mit diesen Waffen das Heilige Grab gewinnen werde. Hierauf ließ er den Hirt wieder hinausgeleiten, der nahm den Fuß mit, brachte ihn den andern Tag zu einem Goldschmied, der ihn für echtes Gold anerkannte und ihm abkaufte.

298. Die drei Telle

In der wilden Berggegend der Schweiz um den Waldstättersee ist nach dem Glauben der Leute und Hirten eine Felskluft, worin die drei Befreier des Landes, die drei Tellen genannt, schlafen. Sie sind mit ihrer uralten Kleidung angetan und werden wieder auferstehen und rettend hervorgehen, wann die Zeit der Not fürs Vaterland kommt. Aber der Zugang der Höhle ist nur für den glücklichen Finder.

Ein Hirtenjunge erzählte folgendes einem Reisenden: Sein Vater, eine verlaufene Ziege in den Felsenschluchten suchend, sei in diese Höhle gekommen, und gleich, wie er gemerkt, daß die drei drin schlafenden Männer die drei Tellen seien, habe auf einmal der alte eigentliche Tell sich aufgerichtet und gefragt: »Welche Zeit ist's auf der Welt?« und auf des Hirten erschrockene Antwort: »Es ist hoch am Mittag«, gesprochen: »Es ist noch nicht an der Zeit, daß wir kommen«, und sei darauf wieder eingeschlafen. Der Vater, als er mit seinen Gesellen, die Telle für die Not des Vaterlands zu wecken, nachher oft die Höhle gesucht, habe sie doch nie wiederfinden können.

299. Das Bergmännchen

In der Schweiz hat es im Volk viele Erzählungen von Berggeistern, nicht bloß auf dem Gebirg allein, sondern auch unten am Belp, zu Gelterfingen und Rümlingen im Bernerland. Diese Bergmänner sind auch Hirten, aber nicht Ziegen, Schafe und Kühe sind ihr Vieh, sondern Gemsen, und aus der Gemsenmilch machen sie Käse, die so lange wieder wachsen und ganz werden, wenn man sie angeschnitten oder angebissen, bis man sie unvorsichtigerweise völlig und auf einmal, ohne Reste zu lassen, verzehrt. Still und friedlich wohnt das Zwergvolk in den innersten Felsklüften und arbeitet emsig fort, selten erscheinen sie den Menschen, oder ihre Erscheinung bedeutet ein Leid und ein Unglück; außer wenn man sie auf den Matten tanzen sieht, welches ein gesegnetes Jahr anzeigt. Verirrte Lämmer führen sie oft den Leuten nach Haus, und arme Kinder, die nach Holz gehen, finden zuweilen Näpfe mit Milch im Walde stehen, auch Körbchen mit Beeren, die ihnen die Zwerge hinstellen.

Vorzeiten pflügte einmal ein Hirt mit seinem Knechte den Acker, da sah man neben aus der Felswand dampfen und rauchen. «Da kochen und sieden die Zwerge«, sprach der Knecht, »und wir leiden schweren Hunger, hätten wir doch auch ein Schüsselchen voll davon.« Und wie sie das Pflugsterz umkehrten, siehe, da lag in der Furche ein weißes Laken gebreitet, und darauf stand ein Teller mit frischgebackenem Kuchen, und sie aßen dankbar und wurden satt. Abends beim Heimgehen war Teller und Messer verschwunden, bloß das Tischtuch lag noch da, das der Bauer mit nach Haus nahm.

300. Die Zirbelnüsse

Die Frucht der Arven oder Zirbeln, einer auf den Alpen wachsenden Gattung Tannen (Pinus Cembra), hat einen rötlichen, wohl- und süßschmeckenden Kern, fast wie Mandelnüsse sind. Allein man kann bloß selten und mit Mühe dazugelangen, weil die Bäume meistens einzeln über Felsenhängen und Abgründen, selten im Wald beisammenstehen. Die Bewohner geben allgemein vor: die Meisterschaft habe diesen Baum verwünscht und unfruchtbar gemacht, darum weil die Dienerschaft zur Zeit, wo sie auf dem Feld fleißig arbeiten sollen, sich damit abgegeben hätte, ihres lieblichen Geschmacks wegen diese Nüsse abzuwerfen und zu essen, worüber alle nötige Arbeit versäumt oder schlecht getan worden wäre.

301. Das Paradies der Tiere

Oben auf den hohen und unersteiglichen Felsen und Schneerücken des Mattenbergs soll ein gewisser Bezirk liegen, worin die schönsten Gemsen und Steinböcke, außerdem aber noch andere wunderbare und seltsame Tiere wie im Paradies zusammen hausen und weiden. Nur alle zwanzig Jahre kann es einem Menschen gelingen, in diesen Ort zu kommen, und wieder unter zwanzig Gemsjägern nur einem einzigen. Sie dürfen aber kein Tier mit herunterbringen. Die Jäger wissen manches von der Herrlichkeit dieses Orts zu erzählen, auch daß daselbst in den Bäumen die Namen vieler Menschen eingeschnitten ständen, die nach und nach dort gewesen wären. Einer soll auch einmal eine prächtige Steinbockshaut mit herausgebracht haben.

302. Der Gemsjäger

Ein Gemsjäger stieg auf und kam zu dem Felsgrat, und immer weiterklimmend, als er je vorher gelangt war, stand plötzlich ein häßlicher Zwerg vor ihm, der sprach zornig: »Warum erlegst du mir lange schon meine Gemsen und lässest mir nicht meine Herde? Jetzt sollst du's mit deinem Blute teuer bezahlen!« Der Jäger erbleichte und wäre bald hinabgestürzt, doch faßte er sich noch und bat den Zwerg um Verzeihung, denn er habe nicht gewußt, daß ihm diese Gemsen gehörten. Der Zwerg sprach: »Gut, aber laß dich hier nicht wieder blicken, so verheiß ich dir, daß du jeden siebten Tag morgenfrüh vor deiner Hütte ein geschlachtetes Gemstier hangen finden sollst, aber hüte dich vor mir und schone die andern.« Der Zwerg verschwand, und der Jäger ging nachdenklich heim, und die ruhige Lebensart behagte ihm wenig. Am siebten Morgen hing eine fette Gemse in den Ästen des Baums vor seiner Hütte, davon zehrte er ganz vergnügt, und die nächste Woche ging's ebenso und dauerte ein paar Monate fort. Allein zuletzt verdroß den Jäger seiner Faulheit, und er wollte lieber selber

Gemsen jagen, möge erfolgen, was da werde, als sich den Braten zutragen lassen. Da stieg er auf, und nicht lange, so erblickte er einen stolzen Leitbock, legte an und zielte. Und als ihm nirgends der böse Zwerg erschien, wollte er eben losdrücken, da war der Zwerg hinterhergeschlichen und riß den Jäger am Knöchel des Fußes nieder, daß er zerschmettert in den Abgrund sank.

Andere erzählen: Es habe der Zwerg dem Jäger ein Gemskäslein geschenkt, an dem er wohl sein Lebelang hätte genug haben mögen, er es aber unvorsichtig einmal aufgegessen oder ein unkundiger Gast ihm den Rest verschlungen. Aus Armut habe er demnach wieder die Gemsjagd unternommen und sei vom Zwerg in die Fluh gestürzt worden.

303. Die Zwerglöcher

Am Harz in der Grafschaft Hohenstein, sodann zwischen Elbingerode und dem Rübenland findet man oben in den Felsenhöhlen an der Decke runde und andere Öffnungen, die der gemeine Mann Zwerglöcher nennt, wo die Zwerge vor alters vermittelst einer Leiter ein und aus gestiegen sein sollen. Diese Zwerge erzeigten den Einwohnern zu Elbingerode alle Güte. Fiel eine Hochzeit in der Stadt vor, so gingen die Eltern oder Anverwandten der Verlobten nach solchen Höhlen und verlangten von den Zwergen messingne und kupferne Kessel, eherne Töpfe, zinnerne Schüsseln und Teller und ander nötiges Küchengeschirr mehr. Darauf traten sie ein wenig abwärts, und gleich hernach stellten die Zwerge die geforderten Sachen vor den Eingang der Höhle hin. Die Leute nahmen sie sodann weg und mit nach Haus; wann aber die Hochzeit vorbei war, brachten sie alles wieder zur selben Stellen, setzten zur Dankbarkeit etwas Speise dabei.

304. Der Zwerg und die Wunderblume

Ein junger, armer Schäfer aus Sittendorf an der südlichen Seite des Harzes in der Goldenen Aue gelegen, trieb einst am Fuß des Kyffhäusers und stieg immer trauriger den Berg hinan. Auf der Höhe fand er eine wunderschöne Blume, dergleichen er noch nicht gesehen, pflückte und steckte sie an den Hut, seiner Braut ein Geschenk damit zu machen. Wie er so weiterging, fand er oben auf der alten Burg ein Gewölbe offenstehen, bloß der Eingang war etwas verschüttet. Er trat hinein, sah viel kleine glänzende Steine auf der Erde liegen und steckte seine Taschen ganz voll damit. Nun wollte er wieder ins Freie, als eine dumpfe Stimme erscholl: »Vergiß das Beste nicht!« Er wußte aber nicht, wie ihm geschah und wie er herauskam aus dem Gewölbe. Kaum sah er die Sonne und seine Herde wieder, schlug die Tür, die er vorhin gar nicht wahrgenommen, hinter ihm zu. Als der Schäfer nach seinem Hut faßte, war ihm die Blume abgefallen beim Stolpern. Urplötzlich stand ein Zwerg vor ihm: »Wo hast du die Wunderblume, welche du fandest?« »Verloren«, sagte betrübt der Schäfer. »Dir war sie bestimmt«, sprach der Zwerg, »und sie ist mehr wert denn die ganze Rotenburg.« Wie der Schäfer zu Haus in seine Tasche griff, waren die glimmernden Steine lauter Goldstücke. Die Blume ist verschwunden und wird von den Bergleuten bis auf heutigen Tag gesucht, in den Gewölben des Kyffhäusers nicht allein, sondern auch auf der Questenburg und selbst auf der Nordseite des Harzes, weil verborgene Schätze rucken.

305. Der Nix an der Kelle

An der Kelle, einem kleinen See unweit der Werne im Hohensteinischen, wohnten sonst Nixen. Einmal holte der Nix des Nachts die Hebamme aus einem Dorfe und brachte sie unter großen Versprechungen zu der Untiefe hin, wo er mit seinem Weibe wohnte. Er führte sie hinab in das unterirdische Gemach, wo die Hebamme ihr Amt verrichtete. Der Nix belohnte sie reichlich. Eh sie aber wegging, winkte ihr die Kindbetterin und klagte heimlich mit einem Tränenstrom, daß der Nix das neugeborene Kind bald würgen würde. Und wirklich sah die Hebamme einige Minuten nachher auf der Oberfläche des Wassers einen blutroten Strahl. Das Kind war ermordet.

306. Schwarzach

Von der alten Burg Schwarzach in der Pfalz hat es zweierlei Sagen. Ein Ritter lebte da vorzeiten, dessen Töchterlein, als sie am See auf der Wiese spielte, von einer großen Schlange, die aus dem Felsen kam, in den See gezogen wurde. Der Vater ging tagtäglich ans Ufer und klagte. Einmal glaubte er eine Stimme aus dem Wasser zu vernehmen und rief laut: »Gib mir ein Zeichen, mein Töchterlein!« Da schlug ein Glöcklein an. Fortan hörte er es jeden Tag schallen, und einmal lautete es heller, und der Ritter vernahm die Worte: »Ich lebe, mein Vater, bin aber an die Wasserwelt gebannt; lang hab ich mich gewehrt, aber der erste Trunk hat mich um die Freiheit gebracht; hüte dich vor diesem Trunk.« Der Vater blieb traurig stehen, da traten zwei Knaben zu und reichten ihm aus einem güldenen Becher zu trinken. Er kostete ihn kaum, so stürzte er in den See und sank unter.

Eine andere Erzählung erwähnt eines alten, blinden Ritters, der mit seinen neun Töchtern auf Schwarzach lebte. Nah dabei hauste ein Räuber im Wald, der den Töchtern lange vergeblich nachstellte. Eines Tages kam er in Pilgrimkleidern und sagte den Jungfrauen: »Wenn ihr euren Vater heilen wollt, so weiß ich drunten in der kalten Klinge ein Kraut dafür, das muß gebrochen werden, eh die Sonne aufgeht.« Die Töchter baten, daß er es ihnen zeige. Als sie nun frühmorgens hinab in die kalte Klinge kamen, mordete sie der Bösewicht alle neun und begrub sie zur Stelle. Der Vater starb. Dreißig Jahre später trieb den Mörder die Reue, daß er die Totengebeine ausgraben und in geweihte Erde legen ließ.

307. Die drei Jungfern aus dem See

Zu Epfenbach bei Sinsheim traten seit der Leute Gedenken jeden Abend drei wunderschöne, weißgekleidete Jungfrauen in die Spinnstube des Dorfs. Sie brachten immer neue Lieder und Weisen mit, wußten hübsche Märchen und Spiele, auch ihre Rocken und Spindeln hatten etwas eigenes, und keine Spinnerin konnte so fein und behend den Faden drehen. Aber mit dem Schlag elf standen sie auf, packten ihre Rocken zusammen und ließen sich durch keine Bitte einen Augenblick länger halten. Man wußte nicht, woher sie kamen, noch wohin sie gingen; man nannte sie nur: die Jungfern aus dem See oder die Schwestern aus dem See. Die Bursche sahen sie gern und verliebten sich in sie, zuallermeist des Schulmeisters Sohn. Der konnte nicht satt werden, sie zu hören und mit ihnen zu sprechen, und nichts tat ihm leider, als daß sie jeden Abend schon so früh aufbrachen. Da verfiel er einmal auf den Gedanken und stellte die Dorfuhr eine Stunde zurück, und abends im steten Gespräch und Scherz merkte kein Mensch den Verzug der Stunde. Und als die Glocke elf schlug, es aber schon eigentlich zwölf war, standen die drei Jungfern auf, legten die Rocken zusammen und gingen fort. Den folgenden Morgen kamen etliche Leute am See vorbei; da hörten sie wimmern und sahen drei blutige Stellen oben auf der Fläche. Seit der Zeit kamen die Schwestern

Schwimmende Sirene (Ausschnitt). Aus E. Franciscis »Ost- und Westindischer wie auch Sinesischer Lust- und Statsgarten« (Nürnberg 1668)

nimmermehr zur Stube. Des Schulmeisters Sohn zehrte ab und starb kurz darnach.

308. Der tote Bräutigam

Ein Adliger verlobte sich zu Magdeburg mit einem schönen Fräulein. Da geschah's, daß der Bräutigam in die Elbe fiel, wo man ihn drei Tage suchte und nicht finden konnte. Die ganze Verwandtschaft war in tiefer Bekümmernis, endlich kam ein Schwarzkünstler zu der Liebsten Eltern und sprach: »Den ihr suchet, hat die Nixe unterm Wasser und wird ihn auch lebendig nicht loslassen, es sei dann, daß eure Tochter und ihr Liebster Leib und Seele der Nixe verschwören oder daß eure Tochter sich flugs an seiner Statt von den Nixen das Leben nehmen lasse, oder auch, daß der Bräutigam sich der Nixe verspreche, welches er aber jetzund nicht tun will.« Die Braut wollte sich gleich für ihren Liebsten stellen, allein die Eltern bewilligten es nicht, sondern drangen in den Zauberer, daß er den Bräutigam schaffen solle, lebendig oder tot. Bald darauf fand man seinen Leichnam am Ufer liegen, ganz voll blauer Flecken. Ein Ähnliches soll sich mit dem Bräutigam eines Fräulein von Arnheim begeben haben, der auch im Wasser umgekommen war. Weil man aber die Stelle nicht wußte, brachte der Zauberer durch seine Kunst zuwege, daß der Leichnam dreimal aus dem Wasser hervorsprang, worauf man an dem Ort suchte und den Toten im Grunde des Flusses fand.

309. Der ewige Jäger

Graf Eberhard von Württemberg ritt eines Tages allein in den grünen Wald aus und wollte zu seiner Kurzweil jagen. Plötzlich hörte er ein starkes Brausen und Lärmen, wie wenn ein Waidmann vorüberkäme; erschrak heftig und fragte, nachdem er vom Roß gestanden und auf eines Baumes Tolde getreten war, den Geist: ob er ihm schaden wolle? »Nein«, sprach die Gestalt, »ich bin gleich dir ein Mensch und stehe vor dir ganz allein, war vordem ein Herr. An dem Jagen hatte ich aber solche Lust, daß ich Gott anflehte, er möge mich jagen lassen bis zu dem Jüngsten Tag. Mein Wunsch wurde leider erhört, und schon fünfthalb hundert Jahre jage ich an einem und demselben Hirsch. Mein Geschlecht und mein Adel sind aber noch niemandem offenbart worden.« Graf Eberhard sagte: »Zeig mir dein Angesicht, ob ich dich etwa erkennen mög.« Da entblößte sich der Geist, sein Antlitz war kaum faustgroß, verdorrt wie eine Rübe und gerunzelt als ein Schwamm. Darauf ritt er dem Hirsch nach und verschwand, der Graf kehrte heim in sein Land zurück.

310. Hans Jagenteufel

Man glaubt: Wer eine der Enthauptung würdige Untat verrichte, die bei seinen Lebzeiten nicht herauskomme, der müsse nach dem Tod mit dem Kopf unterm Arm umgehen.

Im Jahr 1644 ging ein Weib aus Dresden eines Sonntags früh in einen nahen Wald, daselbst Eicheln zu lesen. In der Heide, an einem Grund nicht weit von dem Orte, das verlorene Wasser genannt, hörte sie stark mit dem Jägerhorn blasen, darauf tat es einen harten Fall, als ob ein Baum fiele. Das Weib erschrak und barg ihr Säcklein Eicheln ins Gestrüpp, bald darauf blies das Horn wieder, und als sie umsah, erblickte sie auf einem Grauschimmel in langem grauem Rock einen Mann ohne Kopf reiten, er trug Stiefel und Sporn und hatte ein Hifthorn über dem Rücken hangen. Weil er aber ruhig vorbeiritt, faßte sie wieder Mut, las ihre Eicheln fort und kehrte abends ungestört heim. Neun Tage später kam die Frau in gleicher Absicht in dieselbe Gegend, und als sie am Försterberg niedersaß, einen Apfel zu schälen, rief hinter ihr eine Stimme: »Habt Ihr den Sack voll Eicheln und seid nicht gepfändet worden?« »Nein«, sprach sie, »die Förster sind fromm und haben mir nichts getan, Gott sei mir Sünder gnädig!« Mit diesen Worten drehte sie sich um, da stand derselbe Graurock, aber ohne Pferd, wieder und hielt den Kopf mit bräunlichem, krausendem Haar unter dem Arm. Die Frau fuhr zusammen, das Gespenst aber sprach: »Hieran tut Ihr wohl, Gott um Vergebung Eurer Sünden zu bitten, mir hat's nicht so wohl werden können.« Darauf erzählte es: Vor hundertdreißig Jahren habe er gelebt und wie sein Vater Hans Jagenteufel geheißen. Sein Vater habe ihn oft ermahnt, den armen Leuten nicht zu scharf zu sein, er aber die Lehre in den Wind geschlagen und dem Saufen und Trinken obgelegen und Böses genug getan. Darum müsse er nun als ein verdammter Geist umwandern.

311. Des Hackelnberg Traum

Hans von Hackelnberg war braunschweigischer Oberjägermeister und ein gewaltiger Waidmann. Eine Nacht hatte er auf der Harzburg einen schweren Traum; es deuchte ihm, als ob er mit einem furchtbaren Eber kämpfe, der ihn nach langem Streit zuletzt besiegte. Diesen Traum konnte er gar nicht aus den Gedanken wieder loswerden. Einige Zeit darnach stieß er im Vorharz wirklich auf einen Eber, dem im Traum gesehenen ähnlich. Er griff ihn an; der Kampf blieb lange unentschieden, endlich gewann Hans und streckte den Feind zu Boden nieder. Froh, als er ihn so zu seinen Füßen erblickte, stieß er mit dem Fuß nach den schrecklichen Hauern des Ebers und rief aus: »Du sollst es mir noch nicht tun!« Aber er hatte mit solcher Gewalt gestoßen, daß der scharfe Zahn den Stiefel durchdrang und den Fuß verwundete. Erst achtete Hackelnberg der Wunde nicht und setzte die Jagd fort. Bei seiner Zurückkunft aber war der Fuß so geschwollen, daß der Stiefel vom Bein getrennt werden mußte. Er eilte nach Wolfenbüttel zurück; die Erschütterung des Wagens wirkte so schädlich, daß er mit genauer Not das Hospital zu Wülperode unweit Hornburg erreichte und bald daselbst starb. Auf seinem Grabe liegt ein Stein, der einen geharnischten Ritter auf einem Maultier vorstellt.

312. Die Tut-Osel

Mitternacht, wann in Sturm und Regen der Hackelnberg »fatscht*« und auf dem Wagen mit Pferd und Hunden durch den Thüringer Wald, den Harz und am liebsten durch den Hackel zieht, pflegt ihm eine Nachteule voranzufliegen, welche das Volk die Tut-Osel nennt. Wanderer, denen sie aufstößt, werfen sich still auf den Bauch und lassen den wilden Jäger über sich wegfahren; und bald hören sie Hundebellen und den Waidruf: huhu! In einem fernen Kloster zu Thüringen lebte vorzeiten eine Nonne, Ursel geheißen, die störte mit ihrem heulenden Gesang noch bei Lebzeiten den Chor; daher nannte man sie Tut-Ursel. Noch ärger wurde es nach ihrem Tode, denn von elf Uhr abends steckte sie den Kopf durch ein Loch des Kirchturms und tutete kläglich, und alle Morgen um vier Uhr stimmte sie ungerufen in den Gesang der Schwestern. Einige Tage ertrugen sie es; den dritten Morgen aber sagte eine voll Angst leise zu ihrer Nachbarin: »Das ist gewiß die Ursel!« Da schwieg plötzlich aller Gesang, ihre Haare sträubten sich zu Berge, und die Nonnen stürzten aus der Kirche, laut schreiend: »Tut-Ursel, Tut-Ursel!« Und keine Strafe konnte eine Nonne bewegen, die Kirche zu betreten, bis endlich ein berühmter Teufelsbanner aus einem Kapuzinerkloster an der Donau geholt wurde. Der bannte Tut-Ursel in Gestalt einer Ohreule in die Domburg auf den Harz. Hier traf sie den Hackelnberg und fand an seinem huhu! so groß Gefallen, als er an ihrem uhu! Und so ziehen sie beide zusammen auf die Luftjagd.

313. Die schwarzen Reiter und das Handpferd

Es soll vorzeiten der Rechenberger, ein Raub- und Diebsritter, mit seinem Knecht eines Nachts auf Beute ausgeritten sein. Da begegnete ihnen ein Heer schwarzer Reiter; er wich aus, konnte sich aber nicht enthalten, den letzten im Zug, der ein schön gesattelt leeres Handpferd führte, zu fragen, wer diese wären, die da vorübergeritten. Der Reiter versetzte: »Das wütende Heer.« Drauf hielt auch der Knecht an und frug: wem doch das schöne Handpferd wäre? Dem wurde zur Antwort: Seines Herrn treustem Knecht, welcher übers Jahr tot sein und auf diesem Pferd reiten werde. Dieses Rechenbergers Knecht wollte sich nun bekehren und dingte sich zu einem Abt als Stallknecht. Binnen Jahres wurde er mit seinem Nebenknecht uneins, der ihn erstach.

314. Der getreue Eckhart

Man sagt von dem treuen Eckhart, daß er vor dem Venusberg oder Höselberg sitze und alle Leute warne, die hineingehen wollen. Johann Kennerer, Pfarrherr zu Mansfeld, seines Alters über achtzig Jahr, erzählte, daß zu Eisleben und im ganzen Lande Mansfeld das wütende Heer vorübergezogen sei, alle Jahr auf den Fastnacht Dornstag, und die Leute sind zugelaufen und haben darauf gewartet; nicht anders, als sollte ein großer mächtiger Kaiser oder König vorüberziehen. Vor dem Haufen ist ein alter Mann hergegangen mit einem weißen Stab, hat sich selbst den treuen Eckhart geheißen. Dieser Mann hat die Leute heißen aus dem Wege weichen, auch etliche Leute gar heimgehen, sie würden sonst Schaden nehmen. Nach diesem Mann haben etliche geritten, etliche gegangen, und es sind Leute gesehen worden, die neulich an den Orten gestorben waren, auch der eins Teils noch lebten. Einer hat geritten auf einem Pferd mit zweien Füßen. Der ander ist auf einem Rade gebunden gelegen, und das Rad ist von selbst umgelaufen. Der dritte hat einen Schenkel über die Achsel genommen und hat gleich sehr gelaufen. Ein anderer hat keinen Kopf gehabt und der Stück ohn Maßen. In Franken ist's noch neulich geschehen, und zu Heidelberg am Neckar hat man's oft im Jahr gesehen. Das wütende Heer erscheint in Einöden, in der Luft und im Finstern, mit Hundegebell, Blasen auf Waldhörnern und Brüllen wilder Tiere, auch siehet man dabei Hasen laufen und höret Schweine grunzen.

315. Das Fräulein vom Willberg

Ein Mann aus Wehren bei Höxter ging nach der Amelungsmühle, Korn zu mahlen; auf dem Rückweg wollt er sich ein wenig am Teich im Lau ausruhen. Da kam ein Fräulein von dem Willberg, welcher Godelheim gegenüberliegt, herab, trat zu ihm und sprach: »Bringt mir zwei Eimer voll Wasser oben auf die Stolle (Spitze) vom Willberg, dann sollt ihr gute Belohnung haben.« Er trug ihr das Wasser hinauf; oben aber sprach sie: »Morgen um diese Stunde kommt wieder und bringt den Busch Blumen mit, welchen der Schäfer vom Osterberge auf seinem Hut trägt.« Der Mann forderte den andern Tag die Blumen von dem Osterbergsschäfer und erhielt sie, doch erst nach vielem Bitten. Darauf ging er wieder zu der Stolle des Willbergs, da stand das Fräulein, führte ihn zu einer eisernen Türe und sprach: »Halte den Blumenbusch vors Schloß.« Wie er das tat, sprang die Türe gleich auf, und sie traten hinein; da saß in der Berghöhle ein klein Männlein vor dem Tisch, dessen Bart ganz durch den steinernen Tisch gewachsen war, ringsherum aber standen große, übermächtige Schätze. Der Schäfer legte vor Freude seinen Blumenbusch auf den Tisch und fing an, sich die Taschen mit Gold zu füllen. Das Fräulein aber sprach zu ihm: »Vergeßt das Beste nicht!« Der Mann sah sich um und glaubte, damit wäre ein großer Kronleuchter gemeint, wie er aber darnach griff, kam unter dem Tisch eine Hand hervor und schlug ihm ins Angesicht. Das Fräulein sprach nochmals: »Vergeßt das beste nicht!« Er hatte aber nichts als die Schätze im Sinn, und an den Blumenbusch dachte er gar nicht. Als er seine Taschen gefüllt hatte, wollte er wieder fort, kaum aber war er zur Tür hinaus, so schlug sie mit entsetzlichem Krachen zu. Nun wollt er seine Schätze ausladen, aber er hatte nichts als Papier in der Tasche; da fiel ihm der Blumenbusch ein, und nun sah er, daß dieser das Beste gewesen, und ging traurig den Berg hinunter nach Haus.

316. Der Schäfer und der Alte aus dem Berg

Nicht weit von der Stadt Wernigerode befindet sich in einem Tale eine Vertiefung in steinigem Erdboden, welche das Weinkellerloch genannt wird und worin große Schätze liegen sollen. Vor vielen Jahren weidete ein armer Schäfer, ein frommer und stiller Mann, dort seine Herde. Einmal, als es eben Abend werden wollte, trat ein greiser Mann zu ihm und sprach: »Folge mir, so will ich dir Schätze zeigen, davon du dir nehmen kannst, soviel du Lust hast.« Der Schäfer überließ dem Hunde die Bewachung der Herde und folgte dem Alten. In einer kleinen Entfernung tat sich plötzlich der Boden auf, sie traten beide ein und stiegen in die Tiefe, bis sie zu einem Gemach kamen, in welchem die größten Schätze von Gold und edlen Steinen aufgetürmt lagen. Der Schäfer wählte sich einen Goldklumpen, und jemand, den er nicht sah, sprach zu ihm: »Bringe das Gold dem Goldschmied in der Stadt, der wird dich reichlich bezahlen.« Darauf leitete ihn sein Führer wieder zum Ausgang, und der Schäfer tat, wie ihm geheißen war, und erhielt von dem Goldschmied eine große Menge Geldes. Erfreut brachte er es seinem Vater, dieser sprach: »Versuche noch einmal in die Tiefe zu steigen.« »Ja, Vater«, antwortete der Schäfer, »ich habe dort meine Handschuhe liegenlassen, wollt Ihr mitgehen, so will ich sie holen.« In der Nacht machten sie sich beide auf, fanden die Stelle und den geöffneten Boden und gelangten zu den unterirdischen Schätzen. Es lag noch alles wie das erstemal, auch die Handschuhe des Schäfers waren da; beide luden so viel in ihre Taschen, als sie tragen konnten, und gingen dann wieder heraus, worauf sich der Eingang mit lautem Krachen hinter ihnen schloß. Die folgende Nacht wollten sie es zum drittenmal wagen, aber sie suchten lange hin und her, ohne die Stelle des Eingangs oder auch nur eine Spur zu entdecken. Da trat ihnen der alte Mann entgegen und sprach zum Schäfer: »Hättest du deine Handschuhe nicht mitgenommen, sondern unten liegengelassen, so würdest du auch zum drittenmal den Eingang gefunden haben, denn dreimal sollte er dir zugänglich und geöffnet sein; nun aber ist er dir auf immer unsichtbar und verschlossen.« Geister, heißt es, können das, was in ihrer Wohnung von den irdischen Menschen zurückgelassen worden, nicht behalten und haben nicht Ruh, bis es jene wieder zu sich genommen.

317. Jungfrau Ilse

Der Ilsenstein ist einer der größten Felsen des Harzgebirges, liegt auf der Nordseite in der Grafschaft Wernigerode unweit Ilsenburg am Fuße des Brockens und wird von der Ilse bespült. Ihm gegenüber ein ähnlicher Fels, dessen Schichten zu diesem passen und bei einer Erderschütterung davon getrennt zu sein scheinen. Bei der Sündflut flohen zwei Geliebte dem Brocken zu, um der immer höher steigenden allgemeinen Überschwemmung zu entrinnen. Eh sie noch denselben erreichten und gerade auf einem andern Felsen zusammen standen, spaltete sich solcher und wollte sie trennen. Auf der linken Seite, dem Brocken zugewandt, stand die Jungfrau; auf der rechten der Jüngling, und miteinander stürzten sie umschlungen in die Fluten. Die Jungfrau hieß Ilse. Noch alle Morgen schließt sie den Ilsenstein auf, sich in der Ilse zu baden. Nur wenigen ist es vergönnt, sie zu sehen, aber wer sie kennt, preist sie. Einst fand sie frühmorgens ein Köhler, grüßte sie freundlich und folgte ihrem Winken bis vor den Fels; vor dem Fels nahm sie ihm seinen Ranzen ab, ging hinein damit und brachte ihn gefüllt zurück. Doch befahl sie dem Köhler, er sollte ihn erst in seiner Hütte öffnen. Die Schwere fiel ihm auf, und als er auf der Ilsenbrücke war, konnte er sich nicht länger enthalten, machte den Ranzen auf und sah Eicheln und Tannäpfel. Unwillig schüttelte er sie in den Strom, sobald sie aber die Steine der Ilse berührten, vernahm er ein Klingeln und sah mit Schrecken, daß er Gold verschüttet hatte. Der nun sorgfältig aufbewahrte Überrest in den Ecken des Sacks machte ihn aber noch reich genug. Nach einer andern Sage stand auf dem Ilsenstein vorzeiten eines Harzkönigs Schloß, der eine sehr schöne Tochter namens Ilse hatte. Nah dabei hauste eine Hexe, deren Tochter über alle Maßen häßlich aussah. Eine Menge Freier warben um Ilse, aber niemand begehrte die Hexentochter; da zürnte die Hexe und wandte durch Zauber das Schloß in einen Felsen, an dessen Fuße sie eine nur der Königstochter sichtbare Türe anbrachte. Aus dieser Tür schreitet noch jetzo alle Morgen die verzauberte Ilse und badet sich im Flusse, der nach ihr heißt. Ist ein Mensch so glücklich und sieht sie im Bade, so führt sie ihn mit ins Schloß, bewirtet ihn köstlich und entläßt ihn reichlich beschenkt. Aber die neidische Hexe macht, daß sie nur an einigen Tagen des Jahrs im Bade sichtbar ist. Nur derjenige vermag sie zu erlösen, der mit ihr zu gleicher Zeit im Flusse badet und ihr an Schönheit und Tugend gleicht.

318. Die Heidenjungfrau zu Glatz

Alte und junge Leute zu Glatz erzählten: In der heidnischen Zeit habe da eine gottlose, zauberhafte Jungfrau das Land beherrscht, die mit ihrem Ranzenbogen vom Schloß herab bis zur großen Eisersdorfer Linde geschossen, als sie mit ihrem Bruder gewettet, wer den Pfeil am weitesten schießen könnte. Des Bruders Pfeil reichte kaum auf den halben Weg, und die Jungfrau gewann. An dieser Linde stehet die Grenze, und sie soll so alt sein wie der Heidenturm zu Glatz, und wenn sie gleich ein Mal oder das ander verdorret, so ist sie doch immer ausgewachsen und stehet noch. Auf der Linde saß einmal die Wahrsagerin und weissagte von der Stadt viel zukünftige Dinge: Der Türk werde bis nach Glatz dringen, aber wenn er über die steinerne Brücke auf den Ring einziehe, eine schwere Niederlage erleiden durch die vom Schloß herab auf ihn ziehenden Christen; solches werde aber nicht geschehen, bevor ein Haufen Kraniche durch die Brotbänke geflogen. Zum Zeichen, daß die Jungfrau ihren Bruder mit dem Bogen überschossen, setzte man auf der Meile hinter dem Graben zween spitzige Steine. Weil sie aber mit ihrem eigenen Bruder unerlaubte Liebe gepflogen, war sie vom Volke verabscheut, und es wurde ihr nach dem Leben getrachtet, allein sie wußte durch ihre Zauberkunst und Stärke, da sie oftmals aus Kurzweil ein ganzes Hufeisen zerriß, stets zu entrinnen. Zuletzt jedoch blieb sie gefangen und in einem großen Saal, welcher bei dem Tor, dadurch man aus dem Niederschloß ins Oberschloß gehet, vermauert. Da kam sie ums Leben, und zum Andenken stehet ihr Bildnis links desselben Tors an der Mauer über den tiefen Graben in Stein ausgehauen und wird bis auf den heutigen Tag allen fremden Leuten gezeigt. Außerdem hing ihr Gemälde im grünen Schloßsaal und in der Schloßkirche an einem eisernen Nagel in der Wand schön gelbes Haar, etlichemal aufgeflochten nach der Länge. Die Leute nennen es allgemein das Haar der Heidenjungfrau; es hanget so hoch, daß es ein großer Mann auf der Erde stehend mit der Hand erreichen kann, ungefähr drei Schritt von der Türe weit. Sie soll in der Gestalt und Kleidung, wie sie abgemalet wird, öfters im Schlosse erscheinen, beleidigt doch niemanden, außer wer sie höhnt und spottet oder ihre Haarflechte aus der Kirche wegzunehmen gedenkt. Zu einem Soldat, der sie verspottet, kam sie auf die Schildwache und gab ihm mit kalter Hand einen Backenstreich. Einem andern, der das Haar entwendet, erschien sie nachts, kratzte und krengelte ihn bis nahe an den Tod, wenn er nicht schnell durch seinen Rottgesellen das Haar wieder an den alten Ort hätte tragen lassen.

319. Der Roßtrapp und der Kreetpfuhl

Den Roßtrapp oder die Roßtrappe nennt man einen Felsen mit einer eirunden Vertiefung, welche einige Ähnlichkeit mit dem Eindruck eines riesenmäßigen Pferdehufes hat, in dem hohen Vorgebirge des Nordharzes hinter Thale. Davon folgende abweichende Sagen: (1) Eines Hünenkönigs Tochter stellte vorzeiten die Wette an, mit ihrem

Pferde über den tiefen Abgrund, Kreetpfuhl genannt, von einem Felsen zum andern zu springen. Zweimal hatte sie es glücklich verrichtet, beim drittenmal aber schlug das Roß rückwärts über und stürzte mit ihr in die Schlucht hinab. Darin befindet sie sich immer noch. Ein Taucher hatte sie einmal einigen zu Gefallen um ein Trinkgeld so weit außer Wasser gebracht, daß man etwas von der Krone sehen konnte, die sie auf dem Haupt getragen. Als er zum drittenmal dran sollte, wagte er's anfänglich nicht, entschloß sich zuletzt doch und vermeldete dabei: »Wenn aus dem Wasser ein Blutstrahl steigt, so hat mich die Jungfrau umgebracht; dann eilet alle davon, daß ihr nicht auch in Gefahr geratet.« Wie er sagte, geschah's, ein Blutstrahl stieg auf. (2) Vor alters wohnte ein König auf den herumgelegenen alten Schlössern, der eine sehr schöne Tochter hatte, diese wollte ein Prinz, der sich in sie verliebte, entführen und verband sich dazu mit dem Teufel, durch dessen schwarze Kunst er ein Pferd aus der Hölle bekam. So entführte er sie, und beim Übersetzen von Fels zu Fels schlug das Roß mit dem Hufeisen dieses Wahrzeichen ein. (3) Eine Königstochter wohnte am Harz und hatte wider den Willen ihres Vaters eine geheime Liebschaft. Um sich vor seinem Zorn zu retten, floh sie, nahm die Königskrone mit und wollte sich in den Felsen bergen. Auf dem Felsen jenseits, gegenüber dem Roßtrapp, sollen noch die Radenägel ihres Fuhrwerks eingedrückt sein. Sie wurde verfolgt und umringt. Es war keine Rettung übrig, als einen Sprung ans andere Ufer zu wagen. Die Jungfrau sah das, da tanzte sie noch einmal zu guter Letzt, als wäre es ihr Hochzeittag, und davon bekam der Fels den Namen Tanzplatz. Dann tat sie glücklich den großen Sprung; wo ihr Roß den ersten Fuß hinsetzte, drückte sich sein Huf ein, fortan hieß dieser Fels der Roßtrapp. In der Luft war ihr aber die unschätzbare Krone vom Haupte gefallen in einen tiefen Strudel der Bode, davon das Kronenloch benannt. Da liegt sie noch auf den heutigen Tag. (4) Vor tausend und mehr Jahren, ehe noch die Raubritter die Hoymburg, Leuenburg, Steckelnburg und Winzenburg erbauten, war das Land rings um den Harz von Riesen bewohnt, die Heiden und Zauberer waren, Raub, Mord und Gewalttat übten. Sechzigjährige Eichen rissen sie samt den Wurzeln aus und fochten damit. Was sich entgegenstellte, wurde mit Keulen niedergeschlagen und die Weiber in Gefangenschaft fortgeschleppt, wo sie Tag und Nacht dienen mußten. In dem Boheimer Walde hauste dazumal ein Riese, Bodo genannt. Alles war ihm untertan, nur Emma, die Königstochter vom Riesengebirge, die konnte er nicht zu seiner Liebe zwingen. Stärke noch List halfen ihm nichts, denn sie stand mit einem mächtigen

Geiste im Bund. Einst aber ersah sie Bodo jagend auf der Schneekoppe und sattelte sogleich seinen Zelter, der meilenlange Fluren im Augenblick übersprang; er schwur, Emma zu fahen oder zu sterben. Fast hätt er sie erreicht, als sie ihn aber zwei Meilen weit von sich erblickte und an den Torflügeln eines zerstörten Städtleins, welche er im Schild führte, erkannte, da schwenkte sie schnell das Roß. Und von ihren Spornen getrieben, flog es über Berge, Klippen und Wälder durch Thüringen in die Gebirge des Harzes. Oft hörte sie einige Meilen hinter sich das schnaubende Roß Bodos und jagte dann den nimmermüden Zelter zu neuen Sprüngen auf. Jetzt stand ihr Roß verschnaufend auf dem furchtbaren Fels, der Teufels Tanzplatz heißt. Angstvoll blickte Emma in die Tiefe, denn mehr als tausend Fuß ging senkrecht die Felsenmauer herab zum Abgrund. Tief rauschte der Strom unten und kreiste in furchtbaren Wirbeln. Der entgegenstehende Fels schien noch entfernter und kaum Raum zu haben für einen Vorderfuß des Rosses. Von neuem hörte sie Bodos Roß schnauben, in der Angst rief sie die Geister ihrer Väter zu Hilfe, und ohne Besinnung drückte sie ihrem Zelter die ellenlangen Spornen in die Seite. Und das Roß sprang über den Abgrund glücklich auf die spitze Klippe und schlug seinen Huf vier Fuß tief in das harte Gestein, daß die Funken stoben. Das ist jener Roßtrapp. Die Zeit hat die Vertiefung kleiner gemacht, aber kein Regen kann sie ganz verwischen. Emma war gerettet, aber die zentnerschwere goldene Königskrone fiel während des Sprungs von ihrem Haupt in die Tiefe. Bodo, in blinder Hitze nachsetzend, stürzte in den Strudel und gab dem Fluß den Namen. (Die Bode ergießt sich mit der Emme und Saale in die Elbe.) Hier als schwarzer Hund bewacht er die goldene Krone der Riesentochter, daß kein Gelddurstiger sie heraushole. Ein Taucher wagte es einst unter großen Versprechungen. Er stieg in die Tiefe, fand die Krone und hob sie in die Höhe, daß das versammelte Volk schon die Spitzen golden schimmern sah. Aber zu schwer, entsank sie zweimal seinen Händen. Das Volk rief ihm zu, das drittemal hinabzusteigen. Er tat's, und ein Blutstrahl sprang hoch in die Höhe. Der Taucher kam nimmer wieder auf. Jetzo deckt tiefe Nacht und Stille den Ungrund, kein Vogel fliegt darüber. Nur um Mitternacht hört man oft in der Ferne das dumpfe Hundegeheul des Heiden. Der Strudel heißt der Kreetpfuhl* und der Fels, wo Emma die Hilfe der Höllengeister erflehte, des Teufels Tanzplatz. (5) In Böhmen lebte vorzeiten eine Königstochter, um die ein gewaltiger Riese warb. Der König, aus Furcht seiner Macht und Stärke, sagte sie ihm zu. Weil sie aber schon einen andern Liebhaber hatte, der aus dem Stamm der Menschen war, so widersetzte sie sich dem Bräutigam und dem Befehl ihres Vaters. Aufgebracht wollte der König Gewalt brauchen und setzte die Hochzeit gleich auf den nächsten Tag. Mit weinenden Augen klagte sie das ihrem Geliebten, der zu schneller Flucht riet und sich in der finsteren Nacht einstellte, die getroffene Verabredung ins Werk zu setzen. Es hielt aber schwer zu entfliehen, die Marställe des Königs waren verschlossen und alle Stallmeister ihm treu und ergeben. Zwar stand des Riesen ungeheurer Rappe in einem für ihn eigens erbauten Stalle, wie sollte aber eine schwache Frauenhand das mehr denn zehn Ellen hohe Untier leiten und lenken? Und wie war ihm beizukommen, da es an einer gewaltig dicken Kette lag, die ihm statt Halfters diente und dazu mit einem großen Schlosse verwahrt war, dessen Schlüssel der Riese bei sich trug? Der Geliebte half aber aus, er stellte eine Leiter ans Pferd und hieß die Königstochter hinaufsteigen; dann tat er einen mächtigen Schwerteshieb auf die Kette, daß sie voneinander sprang, schwang sich selbst hinten auf, und in einem Flug ging's auf und davon. Die kluge Jungfrau hatte ihre Kleinode mitgenommen, dazu ihres Vaters goldene Krone aufs Haupt gesetzt. Während sie nun aufs Geratewohl forteilten, fiel's dem Riesen ein, in dieser Nacht auszureiten. Der Mond schien hell, und er stand auf, sein Roß zu satteln. Erstaunt sah er den Stall leer. Es gab Lärm im ganzen Schlosse, und als man die Königstochter aufwecken wollte, war sie auch verschwunden. Ohne sich lange zu besinnen, bestieg der Bräutigam das erste beste Pferd und jagte über Stock und Block. Ein großer Spürhund witterte den Weg, den die Verliebten genommen hatten; nahe am Harzwalde kam der Riese hinter sie. Da hatte aber auch die Jungfrau den Verfolger erblickt, wandte den Rappen flugs und sprengte waldein, bis der Abgrund, in welchem die Bode fließt, ihren Weg durchschneidet. Der Rappe stutzt einen Augenblick, und die Liebenden sind in großer Gefahr. Sie blickt hinterwärts, und in strengem Galopp nahet der Riese, da stößt sie mutig dem Rappen in die Rippen. Mit einem gewaltigen Sprung, der den Eindruck eines Hinterhufes im Felsen läßt, setzt er über, und die Liebenden sind gerettet. Denn die Mähre des nacheilenden Riesen springt seiner Schwere wegen zu kurz, und beide mit gräßlichem Geprassel fallen in den Abgrund. Auf dem jenseitigen Rand stehet die Königstochter und tanzt vor Freuden. Davon heißt die Stätte noch jetzt der Tanzplatz. Doch hat sie im Taumel des Sprungs die Krone verloren, die in den Kessel der Bode gefallen ist. Da liegt sie noch heutzutag, von einem großen Hunde mit glühenden Augen bewacht. Schwimmer, die der Gewinn geblendet, haben sie mit eigner Lebensgefahr aus der Tiefe zu holen gesucht, aber beim Wiederkommen ausgesagt, daß es vergebens sei, der große Hund sinke immer tiefer, sowie sie ihm nahe kämen, und die goldne Krone stehe nicht mehr zu erlangen.

320. Der Mägdesprung

Zwischen Ballenstedt und Harzgerode in dem Selketal zeigt das Volk auf einen hohen, durch eine Säule ausgezeichneten Felsen, auf eine Vertiefung im Gestein, die einige Ähnlichkeit mit der Fußtapfe eines Menschen hat und achtzig bis hundert Fuß weiter auf eine zweite Fußtapfe. Die Sage davon ist aber verschieden. Eine Hünin oder Riesentochter erging sich einst auf dem Rücken des Harzes, von dem Petersberge herkommend. Als sie die Felsen erreicht hatte, die jetzt über den Hüttenwerken stehen, erblickte sie ihre Gespielin, die ihr winkte, auf der Spitze des Rammberges. Lange stand sie so zögernd, denn ihren Standort und den nächsten Berggipfel trennte ein breites Tal. Sie blieb hier so lange, daß sich ihre Fußtapfe ellentief in den Felsen drückte, wovon heutzutag noch die schwachen Spuren zu sehn sind. Ihres Zögerns lachte höhnisch ein Knecht des Menschenvolks, das diese Gegend bewohnte, und der bei Harzgerode pflügte. Die Hünin merkte das, streckte ihre Hand aus und hob den Knecht samt Pflug und Pferden in die Höhe, nahm alles zusammen in ihr Obergewand und sprang damit über das Tal weg, und in einigen Schritten hatte sie ihre Gespielin erreicht. Oft hört man erzählen: Die Königstochter sei in ihrem Wagen gefahren gekommen und habe auf das jenseitige Gebirg gewollt. Flugs tat sie den Wagen nebst den Pferden in die Schürze und sprang von einem Berg nach dem andern. Endlich werden die Fußtritte einer Bauerdirne zugeschrieben, die zu ihrem Liebhaber, einem Schäfer, jenseits den Sprung gemacht und beim Ansatz so gewaltsam aufgetreten habe, daß sich ihre Spur eindrückte. Auch ein Ziegenbock scheint hierbei im Spiel gewesen zu sein.

321. Der Jungfernsprung

In der Lausitz unfern der böhmischen Grenze ragt ein steiler Felsen, Oybin genannt, hervor, auf dem man den Jungfernsprung zu zeigen und davon zu erzählen pflegt: Vorzeiten sei eine Jungfrau in das jetzt zertrümmerte Bergkloster zum Besuch gekommen. Ein Bruder sollte sie herumführen und ihr die Gänge und Wunder der Felsengegend zeigen; da weckte ihre Schönheit sündhafte Lust in ihm, und sträflich streckte er seine Arme nach ihr aus. Sie aber floh und flüchtete, von dem Mönche verfolgt, den verschlungenen Pfad entlang; plötzlich stand sie vor einer tiefen Kluft des Berges und sprang keusch und mutig in den Abgrund. Engel des Herrn faßten und trugen sie sanft ohne einigen Schaden hinab.

Andere behaupten: Ein Jäger habe auf dem Oybin ein schönes Bauernmädchen wandeln sehen und sei auf sie losgeeilt. Wie ein gejagtes Reh stürzte sie durch die Felsengänge, die Schlucht öffnete sich vor ihren Augen, und sie sprang unversehrt nieder bis auf den Boden.

Noch andere berichten: Es habe ein rasches Mädchen mit ihren Gespielinnen gewettet, über die Kluft wegzuspringen. Im Sprung aber glitschte ihr Fuß aus dem glatten Pantoffel, und sie wäre zerschmettert worden, wo sie nicht glücklicherweise ihr Reifrock allenthalben geschützt und ganz sanft bis in die Tiefe hinuntergebracht hätte.

322. Der Harrassprung

Bei Lichtenwalde im sächsischen Erzgebirge zeigt man an dem Zschopautal eine Stelle, genannt der Harrassprung, wo vorzeiten ein Ritter, von seinen Feinden verfolgt, die steile Felsenwand hinunter in den Abgrund geritten sein soll. Das Roß wurde zerschmettert, aber der Held entkam glücklich auf das jenseitige Ufer.

323. Der Riese Hidde

Zu Karls des Großen Zeit lebte ein Friese namens Hidde, groß von Leib und ein starker Mann, ging ins Land Braunschweig und wurde vom Herzog zum Vogt seiner Wälder und Bäume gemacht. Als er einmal durch die Wildnis ging, stieß er auf eine Löwin mit ihren jungen Welpen im Nest, tötete die Alte und brachte die Jungen als Wölfe, die er gefangen habe, dem Herzog an Hof. Diesem gefiel die Einfalt des Mannes, welcher keinen Unterschied machte zwischen Löwen und Wölfen, und begabte ihn mit vielen Ländereien in der Gegend der Elbe. Da baute er sich ein Wohnhaus und nannte es Hiddesacker nach seinem Namen.

324. Das Ilfelder Nadelöhr

Bei dem Kloster Ilfeld, zur linken Hand gleich bei dem Harzfahrwege, steht aus einem hohen Berg ein starker Stein hervor, der in seiner Mitte eine enge und schmale durchgehende Höhle hat. Alle Knechte aus Nordhausen und den umliegenden Örtern, wann sie das erstemal in den Harzwald hinter Ilfeld nach Brennholz fahren, müssen durch dieses Nadelöhr dreimal kriechen, mit großer Müh und Beschwerde, und werden beim Ein- und Auskriechen von ihren Kameraden dazu mit Peitschenstielen tapfer abgeschlagen. Wollen sie die Kurzweil nicht ausstehen, so müssen sie sich mit Gelde loskaufen. Die Obrigkeit hat diese Sitte schon mehrmals bei ziemlicher Strafe, aber fruchtlos verboten, und der Knecht, der sich dem Brauch entziehen will, hat vor seinen Kameraden keinen Frieden und wird nicht bei ihnen gelitten. Vom Ursprung dieses Steins gibt der gemeine Mann vor: Ein Hüne sei einstmals etliche Meilen Wegs gereist; als er nun hinter Ilfeld gekommen, habe er gefühlt, daß ihn etwas in dem einen Schuh drücke, ihn also ausgezogen und diesen Stein drin gefunden. Darauf habe er den Stein an den Ort, wo er noch liege, geworfen.

325. Die Riesen zu Lichtenberg

Der Lichtenberg ist ein Bergschloß, das man späterhin aus den uralten Trümmern wieder erneuert hat, und in allen Dörfern, die in seiner Nähe liegen, lebt noch die Sage fort, daß es hier vor alten Zeiten Riesen gegeben habe. Unter den Steinen befinden sich manche, die keine Menschenkraft den jähen Berg hinauf hätte tragen können. Ein Riese schleppte einen über achtzig Zentner schweren Block auf seiner Schulter herbei, aber er zerbrach ihm unterwegs und blieb eine Stunde von Lichtenberg auf der Höhe liegen; er wird noch heutzutag Riesenstein genannt. Im Schloß wird ein Knochen, anderthalb Schuh im Umfang haltend und mit einem andern, einen halben Schuh dicken, einen Fuß langen Bein verwachsen, aufbewahrt; auch soll daselbst vor fünfundzwanzig Jahren noch eine ungeheure Bettlade außer den Knochen zu sehen gewesen sein. Es wird auch wiederum erzählt, daß die Riesenfrau einmal weiter als gewöhnlich von dem Lichtenberg weggegangen sei und einen Bauer getroffen habe, der mit Ochsen seinen Acker pflügte. Das hatte sie noch nie gesehen, nahm also Bauer, Pflug und Ochsen zusammen in ihre Schürze und brachte es ihrem Mann aufs Schloß mit den Worten: »Sieh einmal, Mann, was ich für schöne Tierchen gefunden habe!«

326. Das Hünenblut

Zwischen dem magdeburgischen Städtchen Egeln und dem Dorfe Westeregeln, unweit des Hakels, findet sich in einer flachen Vertiefung rotes Wasser, welches das Volk Hünenblut nennet. Ein Hüne floh, verfolgt von einem andern, überschritt die Elbe, und als er in die Gegend kam, wo jetzo Egeln liegt, blieb er mit einem Fuße, den er nicht genug aufhob, an der Turmspitze der alten Burg hangen, stolperte, erhielt sich noch ein paar tausend Fuß zwischen Fall und Aufstehen, stürzte aber endlich nieder. Seine Nase traf gerade auf einen großen Feldstein bei Westeregeln mit solcher Gewalt, daß er das Nasenbein zerschmetterte und ihm ein Strom von Blut entstürzte, dessen Überreste noch jetzt zu sehen sind.

Nach einer zweiten Erzählung wohnte der Hüne in der Gegend von Westeregeln. Oft machte er sich das Vergnügen, über das Dorf und seine kleinen Bewohner wegzuspringen. Bei einem Sprung aber ritzte er seine große Zehe an der Turmspitze, die er berührte. Das Blut spritzte aus der Wunde in einem tausendfüßigen Bogen bis in die Lache, in der sich das nie versiegende Hünenblut sammelte.

327. Es rauscht im Hünengrab

Bei Köslin in Pommern zeigt man einen Hünenberg, und man hat da ein großes Horn, ein großes Schwert und ungeheure Knochen ausgegraben. Auch in Vorpommern sollen vorzeiten Riesen gewesen sein. In der Gegend von Greifswald ließ man 1594 solche Hünengräber »kleuben und abschlichten«, da fanden die Steinmetzen Leiber, elf und wohl sechzehn Schuh lang, und Krüge daneben. Wie sie aber an einen andern Graben, dem vorigen gleich, kamen und ihn auch versuchen wollten, soll sich ihrem Vorgeben nach ein Getümmel, als wenn etwas mit Schlüsseln um sie her rauschte und tanzte, haben vernehmen lassen. Da standen sie ab vom Stören des Grabs.

328. Tote aus den Gräbern wehren dem Feind

Wehrstedt, ein Dorf nahe bei Halberstadt, hat nach der Sage seinen Namen davon erhalten, daß bei einem gefahrvollen Überfall fremder Heiden, da die Landesbewohner der Übermacht schon unterlagen, die Toten aus den Gräbern aufstanden, diese Unholde tapfer abwehrten und so ihre Kinder retteten.

329. Hans Heilings Felsen

An der Eger, dem Dorfe Aich gegenüber, ragen seltsame Felsen empor, die das Volk Hans Heilings Felsen nennt und wovon es heißt: Vor alten Zeiten habe ein gewisser Mann, namens Hans Heiling, im Lande gelebt, der genug Geld und Gut besessen, aber sich jeden Freitag in sein Haus verschlossen und diesen Tag über unsichtbar geblieben sei. Dieser Heiling stand mit dem Bösen im Bunde und floh, wo er ein Kreuz sah. Einst soll er sich in ein schönes Mädchen verliebt haben, die ihm auch anfangs zugesagt, hernach aber wieder verweigert worden war. Als diese mit ihrem Bräutigam und vielen Gästen Hochzeit hielt, erschien mitternachts zwölf Uhr Heiling plötzlich unter ihnen und rief laut; »Teufel, ich lösche dir deine Dienstzeit, wenn du mir diese vernichtest!« Der Teufel antwortete: »So bist du mein«, und verwandelte alle Hochzeitleute in Felsensteine. Braut und Bräutigam stehen da, wie sie sich umarmen; die übrigen mit gefalteten Händen. Hans Heiling stürzte vom Felsen in die Eger hinab, die ihn zischend verschlang, und kein Auge hat ihn wiedergesehen. Noch jetzt zeigt man die Steinbilder, die Liebenden, den Brautvater und die Gäste, auch die Stelle, wo Heiling hinabstürzte.

330. Die Jungfrau mit dem Bart

Zu Saalfeld mitten im Fluß steht eine Kirche, zu welcher man durch eine Treppe von der nahe gelegenen Brücke eingeht, worin aber nicht mehr gepredigt wird. An dieser Kirche ist als Beiwappen oder Zeichen der Stadt in Stein ausgehauen eine gekreuzigte Nonne, vor welcher ein Mann mit einer Geige kniet, der neben sich einen Pantoffel liegen hat. Davon wird folgendes erzählt: Die Nonne war eine Königstochter und lebte zu Saalfeld in einem Kloster. Wegen ihrer großen Schönheit verliebte sich ein König in sie und wollte nicht nachlassen, bis sie ihn zum Gemahl nähme. Sie blieb ihrem Gelübde treu und weigerte sich beständig, als er aber immer von neuem in sie drang und sie sich seiner nicht mehr zu erwehren wußte, bat sie endlich Gott, daß er zu ihrer Rettung die Schönheit des Leibes von ihr nähme und ihr Ungestaltheit verliehe; Gott erhörte die Bitte, und von Stund an wuchs ihr ein langer, häßlicher Bart. Als der König das sah, geriet er in Wut und ließ sie ans Kreuz schlagen.

Aber sie starb nicht gleich, sondern mußte in unbeschreiblichen Schmerzen etliche Tage am Kreuze schmachten. Da kam in dieser Zeit aus sonderlichem Mitleiden ein Spielmann, der ihr die Schmerzen lindern und die Todesnot versüßen wollte. Der hub an und spielte auf seiner Geige, so gut er vermochte, und als er nicht mehr stehen konnte vor Müdigkeit, da kniete er nieder und ließ seine tröstliche Musik ohn Unterlaß erschallen. Der heiligen Jungfrau aber gefiel das so gut, daß sie ihm zum Lohn und Angedenken einen köstlichen, mit Gold und Edelstein gestickten Pantoffel von dem einen Fuß herabfallen ließ.

331. Die weiße Jungfrau zu Schwanau

Die freien Schweizer brachen die Burg Schwanau auf dem Lowerzer See, weil darin der böse und grausame Vogt des Kaisers wohnte. Einmal jährlich erschüttert bei nächtlicher Stille ein Donner die Trümmer und ertönt im Turm Klaggeschrei; rings um die Mauer wird der Vogt von dem weißgekleideten Mädchen, das er entehrt hatte, verfolgt, bis er mit Geheul sich in den See stürzt. Drei Schwestern flohen vor der Vögte Lüste in des Rigi Klüfte und sind nimmer wieder herausgekommen. St.-Michels-Kapelle bezeichnet den Ort.

332. Schwarzkopf und Seeburg am Mummelsee

Der Mummelsee liegt im tiefen Murgtale rings von ehemaligen Burgen umgeben; gegeneinander stehen die Überreste der ehemaligen Festen Schwarzkopf und Seeburg. Die Sage erzählt, daß jeden Tag, wann Dämmerung die Bergspitzen verhüllt, von der Seite des Seeburger Burghofes dreizehn Stück Rotwild zu einem Pförtchen herein-, über den Platz und zu dem entgegengesetzten flügellosen Burgtore hinauseilen. Geübte Wildschützen bekamen von diesen Tieren immer eins, aber nie mehr in ihre Gewalt. Die andern Kugeln gingen fehl oder fuhren in die Hunde. Kein Jäger schoß seit der Zeit auf ein anderes Tier, als das in diesem Zuge lief und sich durch Größe und Schönheit auszeichnete. Von diesem täglichen Zuge ist jedoch der Freitag ausgenommen, der deswegen den noch jetzt üblichen Namen Jägersabbat erhielt und an welchem niemand die Seeburg betritt. Aber an diesem Tage, um die Mitternacht, wird eine andere Erscheinung gesehen. Zwölf Nonnen, in ihrer Mitte ein blutender Mann, in dessen Leib zwölf Dolche stecken, kommen durch die kleine Waldpforte in den Hof und wandeln still dem großen Burgtore zu. In diesem Augenblick erscheint aus dem Portale eine ähnliche Reihe, bestehend in zwölf ganz schwarzen Männern, aus deren Leibern Funken sprühen und überall brennende Flecken hervorlodern; sie wandeln dicht an den Nonnen und ihrem blutigen Begleiter vorüber, in ihrer Mitte aber schleicht eine weibliche Gestalt. Dieses Gesicht erklärt die Sage auf folgende Weise: In der Seeburg lebten zwölf Brüder, Raubgrafen, und bei ihnen eine gute Schwester; auf dem Schwarzkopf aber ein edler Ritter mit zwölf Schwestern. Es geschah, daß die zwölf Seeburger in einer Nacht die zwölf Schwestern vom Schwarzkopf entführten, dagegen aber auch der Schwarzkopf die einzige Schwester der zwölf Raubgrafen in seine Gewalt bekam. Beide Teile trafen in der Ebene des Murgtales aufeinander, und es entstand ein Kampf, in welchem die Seeburger die Oberhand erhielten und den Schwarzkopfer gefangennahmen. Sie führten ihn auf die Burg, und jeder von den Zwölfen stieß ihm einen Dolch vor den Augen seiner sterbenden Geliebten, ihrer Schwester, in die Brust. Bald darnach befreiten sich die zwölf geraubten Schwestern aus ihren Gemächern, suchten die zwölf Dolche aus der Brust ihres Bruders und töteten in der Nacht sämtliche Mordgrafen. Sie flüchteten nach der Tat, wurden aber von den Knechten ereilt und getötet. Als hierauf das Schloß durch Feuer zerstört ward, da sah man die Mauern, in welchen die Jungfrauen geschmachtet, sich öffnen, zwölf weibliche Gestalten, jede mit einem Kindlein auf dem Arm, traten hervor, schritten zu dem Mummelsee und stürzten sich in seine Fluten. Nachher hat das Wasser die zertrümmerte Burg verschlungen, in welcher Gestalt sie noch hervorragt.

Ein armer Mann, der in der Nähe des Mummelsees wohnte und oftmals für die Geister des Wassers gebetet hatte, verlor seine Frau durch den Tod. Abends darauf hörte er in der Kammer, wo sie auf Spänen lag, eine leise Musik ertönen. Er öffnete ein wenig die Tür und schaute hinein und sah sechs Jungfrauen, die mit Lichtlein in den Händen um die Tote standen; am folgenden Abend waren es ebensoviel Jünglinge, die bei der Leiche wachten und sie sehr traurig betrachteten.

333. Der Krämer und die Maus

Vor langen Jahren ging ein armer Krämer durch den Böhmerwald gen Reichenau. Er war müde geworden und setzte sich, ein Stückchen Brot zu verzehren; das einzige, was er für den Hunger hatte. Während er aß, sah er zu seinen Füßen ein Mäuschen herumkriechen, das sich endlich vor ihn hinsetzte, als erwartete es etwas. Gutmütig warf er ihm einige Bröcklein von seinem Brot hin, so not es ihm selber tat, die es auch gleich wegnagte. Dann gab er ihm, solang er noch etwas hatte, immer sein kleines Teil, so daß sie ordentlich zusammen Mahlzeit hielten. Nun stand der Krämer auf, einen Trunk Wasser an einer nahen Quelle zu tun; als er wieder zurückkam, siehe, da lag ein Goldstück auf der Erde, und eben kam die Maus mit einem zweiten, legte es dabei und lief fort, das dritte zu holen. Der Krämer ging nach und sah, wie sie in ein Loch lief und daraus das Gold hervorbrachte. Da nahm er seinen Stock, öffnete den Boden und fand einen großen Schatz von lauter alten Goldstücken. Er hob ihn heraus und sah sich dann nach dem Mäuslein um, aber das war verschwunden. Nun trug er voll Freude das Gold nach Reichenau, teilte es halb unter die Armen und ließ von der andern Hälfte eine Kirche daselbst bauen. Diese Geschichte ward zum ewigen Andenken in Stein gehauen und ist noch am heutigen Tage in der Dreieinigkeitskirche zu Reichenau in Böhmen zu sehen.

334. Die drei Schatzgräber

Unter der St.-Dionysien-Kirche, nicht weit von Erfurt, sollte ein großer Schatz liegen, welchen drei Männer miteinander zu heben sich vornahmen, nämlich ein Schmied, ein Schneider und ein Hirt oder Schäfer. Aber der böse Geist, der den Schatz bewachte, tötete sie alle dreie. Ihre Häupter wurden an dem Gesims der Kirche unterm Dach in Stein ausgehauen nebst einem Hufeisen, einer Schere und einem Schäferstock oder einer Weinmeistershippe.

335. Einladung vor Gottes Gericht

Zu Leuneburg in Preußen war ein sehr behender Dieb, der einem ein Pferd stehlen konnte, wie vorsichtig man auch war. Nun hatte ein Dorfpfarrer ein schönes Pferd, das er dem Fischmeister zu Angerburg verkauft, aber noch nicht gewährt. Da wettete der Dieb, er wolle dieses auch stehlen und darnach aufhören; aber der Pfarrer erfuhr es und ließ es so verwahren und verschließen, daß er nicht dazu kommen konnte. Indes ritt der Pfarrer mit dem Pferd einmal in die Stadt, da kam der Dieb auch in Bettlerskleidern mit zweien Krücken in die Herberge. Und als er merkt, daß der Pfarrer schier wollte auf sein, macht er sich zuvor auf das Feld, wirft die Krücken auf einen Baum, legt sich darunter und erwartet den Pfarrer. Dieser kommt hernach,

Saufteufel an der Totenbahre. Holzschnitt aus: Büchlein wider das Zutrinken. Augsburg 1534

wohl bezecht, findet den Bettler da liegen und sagt: »Bruder, auf, auf! Es kommt die Nacht herbei, geh zu Leuten, die Wölfe möchten dich zerreißen.« Der Dieb antwortete: »Ach, lieber Herr! Es waren böse Buben eben hier, die haben mir meine Krücken auf den Baum geworfen, nun muß ich allhier verderben und sterben, denn ohne Krücken kann ich nirgend hinkommen.« Der Pfarrer erbarmt sich seiner, springt vom Pferde, gibt es dem Schalk am Zügel zu halten, zieht seinen Reitrock aus, legt ihn aufs Pferd und steigt dann auf den Baum, die Krücken abzugewinnen. Indessen springt der Dieb auf das Pferd, rennt davon, wirft die Bauerskleider weg und läßt den Pfarrer zu Fuß nach Hause gehen. Diesen Diebstahl erfährt der Pfleger, läßt den Dieb greifen und an den Galgen henken. Jedermann wußte nun von seiner Listigkeit und Behendigkeit zu erzählen.

Einsmals ritten mehrere Edelleute, wohl bezecht, an dem Galgen vorbei, redeten von des Diebs Verschlagenheit und lachten darüber. Einer von ihnen war auch ein wüster und spöttischer Mensch, der rief hinauf: »O du behender und kluger Dieb, du mußt ja viel wissen! Komm auf den Donnerstag mit deinen Gesellen zu mir zu Gaste und lehre mich auch Listigkeit.« Des lachten die andern.

Auf den Donnerstag, als der Edelmann die Nacht über getrunken hatte, lag er lang schlafend, da kommen die Diebe Glocke neun des Morgens mit ihren Ketten in den Hof, gehen zur Frau, grüßen sie und sagen, der Junker habe sie zu Gast gebeten, sie sollte ihn aufwecken. Dessen erschrickt sie gar hart, geht vor des Junkers Bett und sagt: »Ach! Ich habe Euch längst gesagt, Ihr würdet mit Eurem Trinken und spöttischen Reden Schande einlegen, steht auf und empfanget Eure Gäste;« und erzählt, was sie in der Stube gesagt hätten.

Er erschrickt, steht auf, heißt sie willkommen und daß sie sich setzen sollten. Er läßt Essen vortragen, soviel er in Eile vermag, welches alles verschwindet. Unterdessen sagt der Edelmann zu dem Pferdedieb: »Lieber, es ist deiner Behendigkeit viel gelachet worden, aber jetzund ist mir's nicht lächerlich, doch verwundert mich, wie du so behend bist gewesen, da du doch ein grober Mensch scheinest.« Der antwortet: »Der Satan, wann er sieht, daß ein Mensch Gottes Wort verläßt, kann einen leicht behend machen.« Der Edelmann fragte andere Dinge, darauf jener antwortete, bis die Mahlzeit entschieden war. Da stunden sie auf, dankten ihm und sprachen: »So bitten wir Euch auch zu Gottes himmlischem Gericht an das Holz, da wir um unserer Missetat willen von der Welt getötet worden; da sollt Ihr mit uns aufnehmen das Gericht zeitlicher Schmach, und dies soll sein heut über vier Wochen.« Und schieden also von ihm.

Der Edelmann erschrak sehr und ward heftig betrübt. Er sagte es vielen Leuten, der eine sprach dies, der andere jenes dazu. Er aber tröstete sich dessen, daß er niemanden etwas genommen und daß jener Tag auf Allerheiligentag fiel, auf welchen um des Fests willen man nicht zu richten pflegt. Doch blieb er zu Hause und lud Gäste, so etwas geschähe, daß er Zeugnis hätte, er wäre nicht auskommen. Denn damals war die Rauberei im Lande, sonderlich Gregor Matternen Reiterei, aus welchen einer den Hauskomtur D. Eberhard von Emden erstochen hatte. Derhalben der Komtur Befehl bekam, wo solche Reiter und Kompans zu finden wären, man sollte sie fangen und richten ohne einige Audienz. Nun war der Mörder verkundschaftet, und der Komtur eilte ihm mit den Seinigen nach. Und weil jenes Edelmannes der letzte Tag war und dazu Allerheiligenfest, gedacht er, nun wär er frei, wollte sich einmal gegen Abend auf das lange Einsitzen etwas erlustigen und ritt ins Feld. Indessen als seiner des Komturs Leute gewahr werden, deucht sie, es sei des Mörders Pferd und Kleid, und reiten flugs auf ihn zu. Der Reiter stellt sich zur Wehr und ersticht einen jungen Edelmann, des Komturs Freund, und wird deshalb gefangen. Sie bringen ihn vor Leuneburg, geben einem Litauen Geld, der hängt ihn zu seinen Gästen an den Galgen. Und wollte ihm nicht helfen, daß er sagte, er käme aus seiner Behausung erst geritten, sondern muß hören: »Mit ihm fort, eh andere kommen und sich seiner annehmen, denn er will sich nur also ausreden!«

336. Gäste vom Galgen

Ein Wirt einer ansehnlichen Stadt reiste mit zwei Weinhändlern aus dem Weingebirge, wo sie einen ansehnlichen Vorrat Wein eingekauft hatten, wieder heim, und ihr Weg führte sie am Galgen vorbei, und obwohl sie berauscht waren, sahen sie doch und bemerkten drei Gehenkte, welche schon lange Jahre gerichtet waren. Da rief einer von den zwei Weinhändlern: »Du, Bärenwirt, diese drei Gesellen, die da hängen, sind auch deine Gäste gewesen.« »Hei!« sagte der Wirt in tollem Mute, »sie können heut zu Nacht zu mir kommen und mit mir essen!« Was geschieht? Als der Wirt also trunken anlangt, vom Pferde absteigt, in seine Wohnstube geht und sich niedersetzt, kommt eine gewaltige Angst über ihn, so daß er nicht imstande ist, jemand zu rufen. Indes tritt der Hausknecht herein, ihm die Stiefel abzuziehen, da findet er seinen Herrn halbtot im Sessel liegen. Er ruft alsbald die Frau, und als sie ihren Mann mit starken Sachen ein wenig wieder erquickt, fragt sie, was ihm zugestoßen sei. Darauf erzählt er ihr, im Vorbeireiten habe er die drei Gehenkten zu Gast geladen, und da er in seine Stube gekommen, seien diese drei in der entsetzlichen Gestalt, wie sie am Galgen hängen, in das Zimmer getreten, hätten sich an den Tisch gesetzt und ihm immer gewinkt, daß er herbeikommen solle. Da sei endlich der Hausknecht hereingetreten, worauf die Geister alle drei verschwunden. Dieses wurde als eine bloße Einbildung des Wirts ausgegeben, weil ihm trunkenerweise eingefallen, was er im Vorbeireiten den Sündern zugerufen, aber er legte sich zu Bett und starb am dritten Tage.

337. Teufelsbrücke

Ein Schweizer Hirte, der öfters sein Mädchen besuchte, mußte sich immer durch die Reuß mühsam durcharbeiten, um hinüberzugelangen, oder einen großen Umweg nehmen. Es trug sich zu, daß er einmal auf einer außerordentlichen Höhe stand und ärgerlich sprach: »Ich wollte, der Teufel wäre da und baute mir eine Brücke hinüber.« Augenblicklich stand der Teufel bei ihm und sagte: »Versprichst du mir das erste Lebendige, das darübergeht, so will ich dir eine Brücke dahin bauen, auf welcher du stets hinüber und herüber kannst.« Der Hirte willigte ein; in wenig Augenblicken war die Brücke fertig, aber jener trieb eine Gemse vor sich her und ging hinten nach. Der betrogene Teufel ließ alsbald die Stücke des zerrissenen Tieres aus der Höhe herunterfallen.

338. Die zwölf Johannesse

Ein fränkischer König hatte zwölf Jünglinge, die wurden die deutschen Schüler genannt und hießen jeglicher Johannes. Sie fuhren auf einer Glücksscheibe durch alle Länder und konnten binnen vierundzwanzig Stunden erfahren, was in der ganzen Welt geschehen war. Das berichteten sie dann dem Könige. Der Teufel aber ließ alle Jahre einen von der Scheibe herabfallen und nahm ihn zum Zoll. Den letzten ließ er auf den Petersberg bei Erfurt fallen, der zuvor der Berbersberg genannt war. Der König bekümmerte sich, wo doch der letzte hingekommen wäre, und als er erfuhr, daß es ein schöner Berg sei, auf den er herabgefallen, ließ er eine Kapelle daselbst bauen und nannte sie Corpus Christi; setzte auch einen Einsiedler hinein. Es war aber damals schiffbar Wasser ringsumher und nichts angebaut, und an der Kapelle hing eine Leuchte, danach sich jeder richtete, bis das Wasser an der Sachsenburg abgestochen wurde.

339. Teufelsgraben

In der Nähe des Dorfes Rappersdorf, das nicht weit von der Stadt Strehlen in Niederschlesien liegt, erblickt man in flachem Boden einen tiefen Graben, gegen einen etwas entfernten Bach laufend, welcher vom Volk der Teufelsgraben genannt wird. Ein Bauer aus Rappersdorf war sehr in Not, weil er nicht wußte, wie er das überhandnehmende Regenwasser von seinen Feldern ableiten solle. Da erschien der Teufel vor ihm und sprach: »Gib mir sieben Arbeiter zur Hilfe, so will ich dir noch in dieser Nacht einen Graben machen, der alles Wasser von deinen Äckern abzieht und fertig sein soll, eh der Morgen graut.« Der Bauer willigte ein und überlieferte dem Teufel die Arbeiter mit ihren Werkzeugen. Als er am folgenden Tag hinausging, die Arbeit zu besichtigen, war zwar der große breite Graben vollendet, aber die Arbeitsleute waren verschwunden, bis man die zerrissenen Glieder dieser Unglücklichen auf den Feldern ringsumher zerstreut fand.

340. Der Kreuzliberg

Auf einer Burg in der Nähe von Baden im Aargau lebte eine Königstochter, welche oft zu einem nah gelegenen Hügel ging, da im Schatten des Gebüsches zu ruhen. Diesen Berg aber bewohnten innen Geister, und er ward einmal bei einem furchtbaren Wetter von ihnen verwüstet und zerrissen. Die Königstochter, als sie wieder hinzukam, beschloß, in die geöffnete Tiefe hinabzusteigen, um sie beschauen zu können. Sie trat, als es Nacht wurde, hinein, wurde aber alsbald von wilden, entsetzlichen Gestalten ergriffen und über eine große Menge Fässer immer tiefer und weiter in den Abgrund gezogen. Folgenden Tags fand man sie auf einer Anhöhe in der Nähe des verwüsteten Berges, die Füße in die Erde gewurzelt, die Arme in zwei Baumäste ausgewachsen und den Leib einem Steine ähnlich. Durch ein Wunderbild, das man aus dem nahen Kloster herbeibrachte, wurde sie aus diesem furchtbaren Zustande wieder erlöst und zur Burg zurückgeführt. Auf den Gipfel des Bergs setzte man ein Kreuz, und noch jetzt heißt dieser der Kreuzliberg und die Tiefe mit den Fässern des Teufels Keller.

Die Auferstehung der Frau Richmodis. Kupfer von A. Aubry (1604)

341. Die Pferde aus dem Bodenloch

Richmuth von Adocht, eines reichen Bürgermeisters zu Köln Ehefrau, starb und wurde begraben. Der Totengräber hatte gesehen, daß sie einen köstlichen Ring am Finger trug, die Begierde trieb ihn nachts zu dem Grab, das er öffnete, willens, den Ring abzuziehen. Kaum aber hatte er den Sargdeckel aufgemacht, so sah er, daß der Leichnam die Hand zusammendrückte und aus dem Sarg steigen wollte. Erschrokken floh er. Die Frau wand sich aus den Grabtüchern los, trat heraus und ging gerades Schritts auf ihr Haus zu, wo sie den bekannten Hausknecht bei Namen rief, daß er schnell die Tür öffnen sollte, und erzählte ihm mit wenig Worten, was ihr widerfahren. Der Hausknecht trat zu seinem Herrn und sprach: »Unsere Frau steht unten vor der Tür und will eingelassen sein.« »Ach«, sagte der Herr, »das ist unmöglich, eh das möglich wäre, eher würden meine Schimmel oben auf dem Heuboden stehen!« Kaum hatte er das Wort ausgeredet, so trappelte es auf der Treppe und dem Boden, und siehe, die sechs Schimmel standen oben alle beisammen. Die Frau hatte nicht nachgelassen mit Klopfen, nun glaubte der Bürgermeister, daß sie wirklich da wäre; mit Freuden wurde ihr aufgetan und sie wieder völlig zum Leben gebracht. Den andern Tag schauten die Pferde noch aus dem

Bodenloch, und man mußte ein großes Gerüste anlegen, um sie wieder lebendig und heil herabzubringen. Zum Andenken der Geschichte hat man Pferde ausgestopft, die aus diesem Haus zum Boden herausgucken. Auch ist sie in der Apostelkirche abgemalt, wo man überdem einen langen leinenen Vorhang zeigt, den Frau Richmuth nachher mit eigener Hand gesponnen und dahin verehrt hat. Denn sie lebte noch sieben Jahre.

342. Zusammenkunft der Toten

Eine Königin war gestorben und lag in einem schwarz ausgehängten Trauersaal auf dem Prachtbette. Nachts wurde der Saal mit Wachskerzen hell erleuchtet, und in einem Vorzimmer befand sich die Wache: ein Hauptmann mit neunundvierzig Mann. Gegen Mitternacht hörte dieser, wie ein sechsspänniger Wagen rasch vor das Schloß fährt, geht hinab, und eine in Trauer gekleidete Frau von edlem und vornehmem Anstande kommt ihm entgegen und bittet um die Erlaubnis, eine kurze Zeit bei der Toten verweilen zu dürfen. Er stellt ihr vor, daß er nicht die Macht habe, dies zu bewilligen, sie nennt aber ihren wohlbekannten Namen und sagt, als Oberhofmeisterin der Verstorbenen gebühre ihr das Recht, sie noch einmal, eh sie beerdigt werde, zu sehen. Er ist unschlüssig, aber sie dringt so lange, daß er nichts Schickliches mehr einzuwenden weiß und sie hineinführt. Er selbst, nachdem er die Türe des Saals wieder zugemacht, geht haußen auf und ab. Nach einiger Zeit bleibt er vor der Türe stehen, horcht und blickt durchs Schlüsselloch, da sieht er, wie die tote Königin aufrecht sitzt und leise zu der Frau spricht, doch mit verschlossenen Augen und ohne eine andere Belebung der Gesichtszüge, als daß die Lippen sich ein wenig bewegen. Er heißt die Soldaten, einen nach dem andern, hineinsehen, und jeder erblickt dasselbe; endlich naht er selbst wieder, da legt sich die Tote eben langsam auf das Prachtbett zurück. Gleich darauf kommt die Frau wieder heraus und wird vom Hauptmann hinabgeführt; dieser fühlt, indem er sie in den Wagen hebt, daß ihre Hand eiskalt ist. Der Wagen eilt, so schnell er gekommen, wieder fort, und der Hauptmann sieht, wie in der Ferne die Pferde Feuerfunken ausatmen. Am andern Morgen kommt die Nachricht, daß die Oberhofmeisterin, welche mehrere Stunden weit auf einem Landhause wohnte, um Mitternacht und gerade in der Stunde gestorben ist, wo sie bei der Toten war.

343. Das weissagende Vöglein

Im Jahr 1624 hörte man in der Luft rufen: »Weh, weh über Pommerland!« Am 14. Juli ging des Leinenwebers Frau von Colbatz nach Selow, mit Namen Barbara Sellentins, daselbst Fische zu kaufen. Da sie auf dem Rückwege nach Colbatz unterwegs war, hörte sie den Steig herunter am Berge ein Geschrei von Vögeln, und wie sie besser hinankam, schallte ihr die Stimme entgegen: »Höre, höre!« Sie sah mittlerweile ein klein weiß Vögelein, einer Schwalben groß, auf einer Eiche sitzend, das redete sie mit deutlichen, klaren Worten an: »Sage dem Hauptmann, daß er soll dem Fürsten sagen, die Anrennung, die er kriegen wird, soll er in Güte vertragen, oder es wird über ihn ausgehen; und soll also richten, daß er's vor Gott und der Welt verantworten kann!«

344. Der Ewige Jud auf dem Matterhorn

Der Matterberg unter dem Matterhorn ist ein hoher Gletscher des Walliserlands, auf welchem die Visper entspringt. Der Leutsage nach soll daselbst vorzeiten eine ansehnliche Stadt gelegen haben. Durch diese kam einmal der laufende Jud* gegangen und sprach: »Wenn ich zum zweitenmal hier durchwandere, werden da, wo jetzt Häuser und Gassen sind, Bäume wachsen und Steine liegen. Und wenn mich zum drittenmal der Weg daherführt, wird nichts dasein als Schnee und Eis.« Jetzo ist schon nichts mehr da zu sehen als Schnee und Eis.

345. Der Kessel mit Butter

Unter einem Berg des Vispertales, nicht weit von Alttesch, soll ein ganzes Dorf mit Kirche und Häusern vergraben liegen, und die Ursache dieses Unglücks wird so erzählt: Eine Bäuerin stand vorzeiten an ihrem Herd und hatte einen Kessel mit Anke, welche sie auslassen wollte, über dem Feuer hangen; der Kessel war gerade halb voll Sud. Da kam ein Mann des Weges vorbei und sprach sie an, daß sie ihm etwas von der Anke zu seiner Speise geben möchte. Die Frau war aber hartherzig und sagte: »Ich brauch alles für mich selber und kann nichts davon verschenken.« Da wandte sich der Mann und sprach: »Hättest du mir ein weniges gegeben, so wollt ich deinen Kessel so begabt haben, daß er stets bis zum Rand voll gewesen und nimmer leer geworden wäre.« Dieser Mann war unser Herrgott selber. Das Dorf aber war seit der Zeit verflucht und wurde von einem Bergsturz ganz überschüttet, so daß nichts mehr davon am Licht ist als die Fläche des Kirchenaltars, der ehedem im Ort gestanden; über den fließt nämlich jetzt das Bächlein, das vorher unter ihm hingeflossen und sich nun durch die Schlucht der Felsen windet.

346. Trauerweide

Unser Herr Jesus Christus ward bei seiner Kreuzigung mit Ruten gegeißelt, die von einem Weidenbaume genommen waren. Seit dieser Zeit senkt dieser Baum seine Zweige trauernd zur Erde und kann sie nicht mehr himmelwärts aufrichten. Das ist nun der Trauerweidenbaum.

347. Das Christusbild zu Wittenberg

Zu Wittenberg soll sich ein Christusbild befinden, welches die wunderbare Eigenschaft hat, daß es immer einen Zoll größer ist als der, welcher davorsteht und es anschaut; es mag nun der größte oder der kleinste Mensch sein.

348. Das Muttergottesbild am Felsen

Im Vispertal an einer schroffen Felsenwand des Rätibergs hinter St. Niklas stehet hoch oben, den Augen kaum sichtbar, ein kleines Marienbild im Stein. Es stand sonst unten am Weg in einem jetzt leeren Kapellchen, daß die vorbeigehenden Leute davor beten konnten. Einmal aber geschah's, daß ein gottloser Mensch, dessen Wünsche unerhört geblieben waren, Kot nahm und das heilige Bild damit bewarf; es weinte Tränen: als er aber den Frevel wiederholte, da eilte es fort, hoch an die Wand hinauf, und wollte sich auf das Flehen der Leute nicht wieder herunterbegeben. Den Fels hinanzuklimmen und es zurückzuholen war ganz unmöglich; eher, dachten die Leute, könnten sie ihm oben vom Gipfel herab nahen, erstiegen den Berg und wollten einen Mann, mit starken Stricken umwunden, soweit herniederschweben lassen, bis er vor das Bild käme und es in Empfang nehmen könnte. Allein im Herunterlassen wurde der Strick, woran sie ihn oben festhielten, unten zu immer dünner und dünner, ja, als er eben dem Bild nah kam, so dünn wie ein Haar, daß den Menschen eine schreckliche Angst befiel und er hinaufrief: sie sollten ihn um Gottes willen zurückziehen, sonst wär er verloren. Also zogen sie ihn wieder hinauf, und die Seile erlangten zusehends die vorige Stärke. Da mußten die Leute von dem Gnadenbild abstehen und bekamen es nimmer wieder.

349. Das Gnadenbild aus dem Lärchenstock zu Waldrast

Im Jahr 1392 sandte die große Frau im Himmel einen Engel aus nach Tirol in die Waldrast auf dem Serlesberg. Der trat vor einen hohlen Lärchenstock und sprach zu ihm im Namen der Gottesmutter: »Du Stock sollst der Frauen im Himmel Bild fruchten!« Das Bild wuchs nun im Stock, und zwei fromme Hirtenknaben, Hänsle und Peterle aus dem Dorfe Mützens, gewahrten sein zuerst im Jahre 1407. Verwundert liefen sie hinab zu den Bauern und erzählten: »Gehet auf das Gebirg, da stehet etwas Wunderbarliches im hohlen Stock, wir trauten uns nicht, es anzurühren.« Das heilige Bild wurde nun erkannt, mit einer Säge aus dem Stock geschnitten und einstweilen nach Matrey gebracht. Da stand es, bis daß ihm eine eigene Kirche zur Waldrast selbst gebauet wurde, dazu bediente sich Unsere Liebe Frau eines armen Holzhackers namens Lusch, gesessen zu Matrey. Als der eines Pfingsttags nacht in seinem Bett lag und schlief, kam eine Stimme, redete zu dreien Malen und sprach: »Schläfst du oder wachst du?« Und beim drittenmal erwachte er und frug: »Wer bist du oder was willst du?« Die Stimme sprach: »Du sollst aufbringen eine Kapelle in der Ehre Unserer Lieben Frauen auf der Waldrast.« Da sprach der Holzhauer: »Das will ich nit tun.« Aber die Stimme kehrte wieder zu der andern Pfingsttagnacht und redete mit ihm in der Maß als zuvor. Da sprach er: »Ich bin zu arm dazu.« Da kam die Stimme zu der dritten Pfingsttagnacht abermal an sein Bett und redete als vor. Also hatte er dreier Nacht keine vor Sorgen geschlafen und antwortete der Stimme: »Wie meinest du's, daß du nicht von mir willt lassen?« Da sprach die Stimme: »Du sollt es tun!« Da sprach er: »Ich will sein nit tun!« Da nahm es ihn und hob ihn gerad auf in die Höhe und sagte: »Du sollst es tun, berate dich drum!« Da gedacht er: O ich armer Mann, was rat ich, daß ich's recht tue? und sprach, er wollte es tun, wo er nur die rechte Stätte wüßte. Die Stimme sprach: »Im Wald ist ein grüner Fleck im Moose, da leg dich nieder und raste, so wird dir wohl kundgetan die rechte Stätte.« Der Holzhauer machte sich auf, legte sich hin auf das Moos und rastete (davon heißt der Ort die Rast im Walde, Waldrast). Wie er entschlafen war, hörte er im Schlafe zwei Glöckel. Da wachte er und sah vor sich auf dem Flecken, da jetzund die Kirche stehet, eine Frau in weißen Kleidern und hätte ein Kind am Arm, des ward ihm nur ein Blick.* Da gedachte er: Allmächtiger Gott, da ist freilich die rechte Statt! Und ging auf die Statt, da er das Bild gesehen hatte, und merkt's aus nach dem, als er vermeinte eine Kirche zu machen, und die Glöckel klungen, bis er ausgemerkt hatte, hernach hörte er sie nicht mehr. Da sprach er: »Lieber Gott, wie soll ich's verbringen? Ich bin arm und habe kein Gut, da ich solchen Bau mit verbringen möge.« Da sprach wiederum die Stimme: »So geh zu frommen Leuten, die geben dir wohl alsoviel, daß du es verbringst. Und wann es geschiehet, daß man es weihen soll, da wird es stillstehen sechsunddreißig Jahr, darnach wird es fürgäng und werden große Zeichen da geschehen zu ewigen Zeiten.« Und da er die Kapelle anfangen wollte zu machen, ging er zu seinem Beichtvater und tät ihm das kund. Da schuf er ihn vor den Bischof gen Brixen, da ging er zu fünf Malen gen Brixen, daß ihm der Bischof den Bau und die Kapelle zu machen erlaubte. Das tat der Bischof und ist geschehen am Erchtag (Dienstag) vor St. Pankratius im Jahre 1409.

350. Ochsen zeigen die heilige Stätte

Bei Matten, einem Dorfe unweit der Mündung des Fermeltales in der Schweiz, liegt ein gewaltiges, zerstörtes steinernes Gebäude, davon geht folgende Sage: Vor alten Zeiten wollte die Gemeinde dem heiligen Stephan eine Kirche bauen, und man ersah den Platz aus, wo das Mauerwerk steht. Aber jede Nacht wurde zum Schrecken aller wiederum zerstört, was den Tag über die fleißigen Talleute aufgeführt hatten. Da beschloß die Gemeinde, unter Gebeten die Werkzeuge des Kirchenbaus einem ins Joch gespannten Ochsenpaare aufzuerlegen, wo das stillstehen würde, wollten sie Gottes Finger darin erblicken und die Kirche an dem Ort aufbauen. Die Tiere gingen über den Fluß und blieben da stehen, wo nun die Kirche St. Stephan vollendet ward.

351. Notburga

Im untern Inntale Tirols liegt das Schloß Rottenburg, auf welchem vor alten Zeiten bei einer adligen Herrschaft eine fromme Magd diente, Notburga genannt. Sie ward mildtätig und teilte, soviel sie immer konnte, unter die Armen aus, und weil die habsüchtige Herrschaft damit unzufrieden war, schlugen sie das fromme Mägdelein und jagten es endlich fort. Es begab sich zu armen Bauersleuten auf den nah gelegenen Berg Eben; Gott aber strafte die böse Frau auf Rottenburg mit einem jähen Tod. Der Mann fühlte nun das der Notburga angetane Unrecht und holte sie von dem Berge Eben wieder zu sich nach Rottenburg, wo sie ein frommes Leben führte, bis die Engel kamen und sie in den Himmel abholten. Zwei Ochsen trugen ihren Leichnam über den Innstrom, und obgleich sein Wasser sonst wild tobt, so war er doch, als die Heilige sich näherte, ganz sanft und still. Sie wurde in der Kapelle des heiligen Ruprecht beigesetzt.

Am Neckar geht eine andere Sage. Noch stehen an diesem Flusse Türme und Mauern der alten Burg Hornberg, darauf wohnte vorzeiten ein mächtiger König mit seiner schönen und frommen Tochter Notburga. Diese liebte einen Ritter und hatte sich mit ihm verlobt; er war aber ausgezogen in fremde Lande und nicht wiedergekommen. Da beweinte sie Tag und Nacht seinen Tod und schlug jeden andern Freier aus, ihr Vater aber war hartherzig und achtete wenig auf ihre Trauer. Einmal sprach er zu ihr: »Bereite deinen Hochzeitschmuck, in drei Tagen kommt ein Bräutigam, den ich dir ausgewählt habe.« Notburga aber sprach in ihrem Herzen: Eh will ich fortgehen, so weit der Himmel blau ist, als ich meine Treue brechen sollte.

In der Nacht darauf, als der Mond aufgegangen war, rief sie einen treuen Diener und sprach zu ihm: »Führe mich die Waldhöhe hinüber nach der Kapelle St. Michael, da will ich, verborgen vor meinem Vater, im Dienste Gottes das Leben beschließen.« Als sie auf der Höhe waren, rauschten die Blätter, und ein schneeweißer Hirsch kam herzu und stand neben Notburga still. Da setzte sie sich auf seinen Rücken, hielt sich an sein Geweih und ward schnell von ihm fortgetragen. Der Diener sah, wie der Hirsch mit ihr über den Neckar leicht und sicher hinüberschwamm und drüben verschwand.

Am andern Morgen, als der König seine Tochter nicht fand, ließ er sie überall suchen und schickte Boten nach allen Gegenden aus, aber sie kehrten zurück, ohne eine Spur gefunden zu haben; und der treue Diener wollte sie nicht verraten. Aber als es Mittagszeit war, kam der weiße Hirsch auf Hornberg zu ihm, und als er ihm Brot reichen wollte, neigte er seinen Kopf, damit er es ihm an das Geweih stecken möchte. Dann sprang er fort und brachte es der Notburga hinaus in die Wildnis, und so kam er jeden Tag und erhielt Speise für sie; viele sahen es, aber niemand wußte, was es zu bedeuten hatte, als der treue Diener.

Endlich bemerkte der König den weißen Hirsch und zwang dem Alten das Geheimnis ab. Andern Tags zur Mittagszeit setzte er sich zu Pferd, und als der Hirsch wieder die Speise zu holen kam und damit forteilte, jagte er ihm nach, durch den Fluß hindurch bis zu einer Felsenhöhle, in welche das Tier sprang. Der König stieg ab und ging hinein, da fand er seine Tochter, mit gefaltenen Händen vor einem Kreuz kniend, und neben ihr ruhte der weiße Hirsch. Da sie vom Sonnenlicht nicht mehr berührt worden, war sie totenblaß, also daß er vor ihrer Gestalt erschrak. Dann sprach er: »Kehre mit nach Hornberg zurück.« Aber sie antwortete: »Ich habe Gott mein Leben gelobt und suche nichts mehr bei den Menschen.« Was er noch sonst sprach, sie war nicht zu bewegen und gab keine andere Antwort. Da geriet er in Zorn und wollte sie wegziehen, aber sie hielt sich am Kreuz, und als er Gewalt brauchte, löste sich der Arm, an welchem er sie gefaßt, vom Leibe und blieb in seiner Hand. Da ergriff ihn ein Grauen, daß er forteilte und sich nimmer wieder der Höhle zu nähern begehrte.

Als die Leute hörten, was geschehen war, verehrten sie Notburga als eine Heilige. Büßende Sünder schickte der Einsiedler bei der St.-Michael-Kapelle, wenn sie bei ihm Hilfe suchten, zu ihr; sie betete mit ihnen und nahm die schwere Last von ihrem Herzen. Im Herbst, als die Blätter fielen, kamen die Engel und trugen ihre Seele in den Himmel; die Leiche hüllten sie in ein Totengewand und schmückten sie, obgleich alle Blumen verwelkt waren, mit blühenden Rosen. Zwei schneeweiße Stiere, die noch kein Joch auf dem Nacken gehabt, trugen sie über den Fluß, ohne die Hufe zu benetzen, und die Glocken in den nah liegenden Kirchen fingen von selbst an zu läuten. So ward der Leichnam zur St.-Michael-Kapelle gebracht und dort begraben. In der Kirche des Dorfs Hochhausen am Neckar steht noch heute das Bild der heiligen Notburga in Stein gehauen. Auch die Notburgahöhle, gemeiniglich Jungfernhöhle geheißen, ist noch zu sehen und jedem Kind bekannt.

Nach einer andern Erzählung war es König Dagobert, der zu Mosbach Hof gehalten, welchem seine Tochter Notburga entfloh, weil er sie mit einem heidnischen Wenden vermählen wollte. Sie ward mit Kräutern und Wurzeln von einer Schlange in der Felsenhöhle ernährt, bis sie darin starb. Schweifende Irrlichter verrieten das verstohlene

Grab, und die Königstochter ward erkannt. Den mit ihrer Leiche beladenen Wagen zogen zwei Stiere fort und blieben an dem Orte stehen, wo sie jetzt begraben liegt und den eine Kirche umschließt. Hier geschehen noch viele Wunder. Das Bild der Schlange befindet sich gleichfalls an dem Stein zu Hochhausen. Auf einem Altargemälde daselbst ist aber Notburga mit ihren schönen Haaren vorgestellt, wie sie zur Sättigung der väterlichen Rachgierde enthauptet wird.

352. Mauerkalk mit Wein gelöscht

Im Jahre 1450 wuchsen zu Österreich so saure Trauben, daß die meisten Bürgersleute den gekelterten Wein in die offene Straße ausschütteten, weil sie ihn seiner Herbheit halber nicht trinken mochten. Diesen Wein nannte man Reifbeißer; nach einigen, weil der Reif die Trauben verderbt, nach andern, weil der Wein die Dauben und Reife der Fässer mit seiner Schärfe gebissen hätte. Da ließ Friedrich III., römischer König, ein Gebot ausgehen, daß niemand so die Gabe Gottes vergießen solle, und wer den Wein nicht trinken möge, habe ihn auf den Stephanskirchhof zu führen, da solle der Kalk im Wein gelöscht und die Kirche damit gebaut werden.

Zu Glatz, gegen dem böhmischen Tor wärts, stehet ein alter Turm, rund und ziemlich hoch; man nennt ihn Heidenturm, weil er vor uralten Zeiten im Heidentum erbaut worden. Er hat starke Mauern und soll der Kalk dazu mit eitel Wein zubereitet worden sein.

353. Der Judenstein

Im Jahre 1462 ist es zu Tirol im Dorfe Rinn geschehen, daß etliche Juden einen armen Bauer durch eine große Menge Geld dahin brachten, ihnen sein kleines Kind hinzugeben. Sie nahmen es mit hinaus in den Wald und marterten es dort auf einem großen Stein, seitdem der Judenstein genannt, auf die entsetzlichste Weise zu Tod. Den zerstochenen Leichnam hingen sie darnach an einen unfern einer Brücke stehenden Birkenbaum. Die Mutter des Kindes arbeitete gerade im Feld, als der Mord geschah; auf einmal kamen ihr Gedanken an ihr Kind, und ihr wurde, ohne daß sie wußte warum, so angst; indem fielen auch drei frische Blutstropfen nacheinander auf ihre Hand. Voll Herzensbangigkeit eilte sie heim und begehrte nach ihrem Kind. Der Mann zog sie in die Kammer, gestand, was er getan, und wollte ihr nun das schöne Geld zeigen, das sie aus aller Armut befreie, aber es war all in Laub verwandelt. Da ward der Vater wahnsinnig und grämte sich tot, aber die Mutter ging aus und suchte ihr Kindlein, und als sie es an dem Baum hängend gefunden, nahm sie es unter heißen Tränen herab und trug es in die Kirche nach Rinn. Noch jetzt liegt es dort und wird vom Volk als ein heiliges Kind betrachtet. Auch der Judenstein ist dorthin gebracht. Der Sage nach hieb ein Hirt den Baum ab, an dem das Kindlein gehangen, aber als er ihn nach Haus tragen wollte, brach er ein Bein und mußte daran sterben.

354. Das von den Juden getötete Mägdlein

Im Jahre 1267 war zu Pforzheim eine alte Frau, die verkaufte den Juden aus Geiz ein unschuldiges siebenjähriges Mädchen. Die Juden stopften ihm den Mund, daß es nicht schreien konnte, schnitten ihm die Adern auf und umwanden es, um sein Blut aufzufangen, mit Tüchern. Das arme Kind starb bald unter der Marter, und sie warfen's in die Enz, eine Last von Steinen obendrauf. Nach wenigen Tagen reckte Margaretchen ihr Händlein über dem fließenden Wasser in die Höhe; das sahen die Fischer und entsetzten sich; bald lief das Volk zusammen und auch der Markgraf selbst. Es gelang den Schiffern, das Kind herauszuziehen, das noch lebte, aber, nachdem es Rache über seine Mörder gerufen, in den Tod verschied. Der Argwohn traf die Juden, alle wurden zusammengefordert, und wie sie dem Leichnam nahten, floß aus den offenen Wunden stromweise das Blut. Die Juden und das alte Weib bekannten die Untat und wurden hingerichtet. Beim Eingang der Schloßkirche zu Pforzheim, da, wo man die Glockenseile zum Geläut ziehet, stehet der Sarg des Kindes mit einer Inschrift. Unter der Schifferzunft hat sich von Kind zu Kind einstimmig die Sage fortgepflanzt, daß damals der Markgraf ihren Vorfahren zur Belohnung die Wachtfreiheit, »solang Sonne und Mond leuchten«, in der Stadt Pforzheim und zugleich das Vorrecht verliehen habe, daß alle Jahre um Fastnachtsmarkt vierundzwanzig Schiffer mit Waffen und klingendem Spiel aufziehen und an diesem Tag Stadt und Markt allein bewachen sollen. Dies gilt auf den heutigen Tag.

355. Die vier Hufeisen

Zu Ellrich waren ehedem an der Türe der alten Kirche vier ungeheure Hufeisen festgenagelt und wurden von allen Leuten angestaunt; seit die Kirche eingefallen ist, werden sie in des Pfarrers Wohnung aufbewahrt. Vor alten Zeiten soll Ernst Graf zu Klettenberg eines Sonntagsmorgens nach Ellrich geritten sein, um dort durch Trinken den ausgesetzten Ehrenpreis einer Goldkette zu gewinnen. Er erlangte auch den Dank vor vielen andern, und die Kette um den Hals angetan, wollte er durch das Städtlein nach Klettenberg zurückkehren. In der Vorstadt hörte er in der Niklaskirche die Vesper singen; im Taumel reitet er durch die Gemeinde bis vor den Altar; kaum betritt das Roß dessen Stufen, so fallen ihm plötzlich alle vier Hufeisen ab, und es sinkt samt seinem Reiter nieder.

356. Der Altar zu Seefeld

In Tirol, nicht weit von Innsbruck, liegt Seefeld, eine alte Burg, wo im XIV. Jahrhundert Oswald Müller, ein stolzer und frecher Ritter, wohnte. Dieser verging sich im Übermute so weit, daß er im Jahre 1384 an einem Grünen Donnerstag mit der ihm im Angesicht des Landvolkes und seiner Knechte in der Kirche gereichten Hostie nicht vorliebnehmen wollte, sondern eine größere, wie sie die Priester sonst haben, vom Kapellan für sich forderte. Kaum hatte er sie empfangen, so hub der steinharte Grund vor dem Altar an unter seinen Füßen zu wanken. In der Angst suchte er sich mit beiden Händen am eisernen Geländer zu halten, aber es gab nach, als ob es von Wachs wäre, also daß sich die Fugen seiner Faust deutlich ins Eisen drückten. Ehe der Ritter ganz versank, ergriff ihn die Reue, der Priester nahm ihm die Hostie wieder aus dem Mund, welche sich, wie sie des Sünders Zunge berührt, alsbald mit Blut überzogen hatte. Bald darauf stiftete er an der Stätte ein Kloster und wurde selbst als Laie hineingenommen. Noch heute ist der Griff auf dem Eisen zu sehen und von der ganzen Geschichte ein Gemälde vorhanden.

Seine Frau, als sie von dem heimkehrenden Volke erfuhr, was sich in der Kirche zugetragen, glaubte nicht daran, sondern sprach: »Das ist so wenig wahr, als aus dem dürren und verfaulten Stock da Rosen blühen können.« Aber Gott gab ein Zeichen seiner Allmacht, und alsbald grünte der trockne Stock und kamen schöne Rosen, aber schneeweiße, hervor. Die Sünderin riß die Rosen ab und warf sie zu

Boden, in demselben Augenblick ergriff sie der Wahnsinn, und sie rannte die Berge auf und ab, bis sie andern Tags tot zur Erde sank.

357. Der Sterbensstein

In Oberhasli auf dem Weg nach Gadmen, unweit Meiringen, liegt am Kirchetbuel, einer engen Felsschlucht, durch welche vor Jahrhunderten sich die trübe Aar wälzte, ein Stein auf der Erde, in welchem sich eine von einer Menschenhand eingedrückte Form von mehreren Fingern zeigt. Vorzeiten, erzählt das Volk, fiel hier eine Mordtat vor; die Unglückliche suchte sich daran festzuhalten und drückte die Spuren des gewaltsamen Sterbens dem Stein ein.

358. Sündliche Liebe

Auf dem Petersberge bei Erfurt ist ein Begräbnis von Bruder und Schwester, die auf dem etwas erhabenen Leichensteine abgebildet sind. Die Schwester war so schön, daß der Bruder, als er eine Zeitlang in der Fremde zugebracht und wiederkam, eine heftige Liebe zu ihr faßte und mit ihr sündigte. Beiden riß alsbald der Teufel das Haupt ab. Auf dem Leichensteine wurden ihre Bildnisse ausgehauen, aber die Köpfe verschwanden auch hier von den Leibern, und es blieb nur der Stachel, woran sie befestigt waren. Man setzte andere von Messing darauf, aber auch diese kamen fort, ja, wenn man nur mit Kreide Gesichter darüber zeichnete, so war andern Tags alles wieder ausgelöscht.

359. Der Schweidnitzer Ratsmann

Es lebte vorzeiten ein Ratsherr zu Schweidnitz, der mehr das Gold liebte als Gott und eine Dohle abgerichtet hatte, durch eine ausgebrochene Glasscheibe des vergitterten Fensters in die seinem Haus grad gegenüberliegende Ratskämmerei einzufliegen und ihm ein Stück Geld daraus zu holen. Das geschah jeden Abend, und sie brachte ihm eine der goldenen oder silbernen Münzen, die gerade von der Stadt Einkünften auf dem Tische lagen, mit ihrem Schnabel getragen. Die andern Ratsbedienten gewahrten endlich der Verminderung des Schatzes, beschlossen, dem Dieb aufzulauern, und fanden bald, daß die Dohle nach Sonnenuntergang geflogen kam und ein Goldstück wegpickte. Sie zeichneten darauf einige Stücke und legten sie hin, die von der Dohle nach und nach gleichfalls abgeholt wurden. Nun saß der ganze Rat zusammen, trug die Sache vor und schloß dahin, falls man den Dieb herausbringen würde, so sollte er oben auf den Kranz des hohen Rathausturms gesetzt und verurteilt werden, entweder oben zu verhungern oder bis auf den Erdboden herabzusteigen. Unterdessen wurde in des verdächtigen Ratsherrn Wohnung geschickt und nicht nur der fliegende Bote, sondern auch die gezeichneten Goldstücke gefunden. Der Missetäter bekannte sein Verbrechen, unterwarf sich willig dem Spruch, den man, angesehen sein hohes Alter, lindern wollte, welches er nicht zugab, sondern stieg vor aller Augen mit Angst und Zittern auf den Kranz des Turms. Beim Absteigen unterwärts kam er aber bald auf ein steinern Geländer, konnte weder vor noch hinter sich und mußte stehenbleiben. Zehn Tage und Nächte stand der alte arme Greis da zur Schau, daß es einen erbarmte, ohne Speis und Trank, bis er endlich vor großem Hunger sein eigen Fleisch von den Händen und Armen abnagte und reu- und bußfertig durch solchen grausamen, unerhörten Tod sein Leben endigte. Statt des Leichnams wurde in der Folge sein steinernes Bild nebst dem der Dohle auf jenes Turmgeländer gesetzt. 1642 wehte es ein Sturmwind herunter, aber der Kopf davon soll noch auf dem Rathaus vorhanden sein.

360. Regenbogen über Verurteilten

Als im Juni 1621 zu Prag siebenundzwanzig angesehene Männer, welche in den böhmischen Aufruhr verwickelt waren, sollten hingerichtet werden, rief einer derselben, Joh. Kutnauer, Bürgerhauptmann in der Altstadt, inständig zum Himmel empor, daß ihm und seinen Mitbürgern ein Zeichen der Gnade gegeben werde, und mit so viel Vertrauen, daß er sprach, er zweifle gar nicht, ein solches zu erhalten. Als nun der Vollzug der Todesstrafen eben beginnen sollte, erschien nach einem kleinen Regen über dem sogenannten Lorenzberge ein kreuzweis übereinandergehender Regenbogen, der bei einer Stunde zum Troste der Verurteilten stehenblieb.

361. Gott weint mit dem Unschuldigen

In Hanau ward zu einer Zeit eine Frau wegen eines schweren Verbrechens angeklagt und zum Tode verurteilt. Als sie auf den Richtplatz kam, sprach sie: »Wie der Schein auch gegen mich gezeugt hat, ich bin unschuldig, so gewiß, als Gott jetzt mit mir weinen wird.« Worauf es von heiterem Himmel zu regnen anfing. Sie ward gerichtet, aber später kam ihre Unschuld an den Tag.

362. Gottes Speise

Nicht weit von Zwickau im Vogtlande hat sich in einem Dorf zugetragen, daß die Eltern ihren Sohn, einen jungen Knaben, in den Wald geschickt, die Ochsen, so allda an der Weide gegangen, heimzutreiben. Als aber der Knabe sich etwas gesäumt, hat ihn die Nacht überfallen, ist auch dieselbe Nacht ein großer, tiefer Schnee herabgekommen, der allenthalben die Berge bedeckt hat, daß der Knabe vor dem Schnee nicht hat können aus dem Wald gelangen. Und als er auch des folgenden Tags nicht heimkommen, sind die Eltern nicht so sehr der Ochsen als des Knaben wegen nicht wenig bekümmert gewesen und haben doch vor dem großen Schnee nicht in den Wald dringen können. Am dritten Tag, nachdem der Schnee zum Teil abgeflossen, sind sie hinausgegangen, den Knaben zu suchen, welchen sie endlich gefunden an einem sonnigten Hügel sitzen, an dem gar kein Schnee gelegen. Der Knab, nachdem er die Eltern gesehen, hat sie angelacht, und als sie ihn gefragt, warum er nicht heimgekommen, hat er geantwortet, er hätte warten wollen, bis es Abend würde; hat nicht gewußt, daß schon ein Tag vergangen war, ist ihm auch kein Leid widerfahren. Da man ihn auch gefragt, ob er etwas gegessen hätte, hat er berichtet, es sei ein Mann zu ihm gekommen, der ihm Käs und Brot gegeben habe. Ist also dieser Knabe ohne Zweifel durch einen Engel Gottes gespeist und erhalten worden.

363. Die drei Alten

Im Herzogtum Schleswig, in der Landschaft Angeln, leben noch Leute, die sich erinnern, nachstehende Erzählung aus dem Munde des vor einiger Zeit verstorbenen, durch mehrere gelehrte Arbeiten bekannten Pastor Oest gehört zu haben; nur weiß man nicht, ob die

Sache ihm selbst oder einem benachbarten Prediger begegnet sei. Mitten im XVIII. Jahrhundert geschah es, daß der neue Prediger die Markung seines Kirchsprengels umritt, um sich mit seinen Verhältnissen genau bekannt zu machen. In einer entlegenen Gegend stehet ein einsamer Bauernhof, der Weg führt hart am Vorhof der Wohnung vorbei. Auf der Bank sitzt ein Greis mit schneeweißem Haar und weint bitterlich. Der Pfarrer wünscht ihm guten Abend und fragt: was ihm fehle? »Ach«, gibt der Alte Antwort, »mein Vater hat mich so geschlagen.« Befremdet bindet der Prediger sein Pferd an und tritt ins Haus, da begegnet ihm auf der Flur ein Alter, noch viel greiser als der erste, von erzürnter Gebärde und in heftiger Bewegung. Der Prediger spricht ihn freundlich an und fragt nach der Ursache des Zürnens. Der Greis spricht: »Ei, der Junge hat meinen Vater fallen lassen!« Damit öffnet er die Stubentüre, der Pfarrer verstummt vor Erstaunen und sieht einen vor Alter ganz zusammengedrückten, aber noch rührigen Greis im Lehnstuhl hinterm Ofen sitzen.

Anmerkungen und Kommentare

Statt der von den Brüdern Grimm angeführten und oftmals re-zitierten Quellen und Varianten sind jeweils die einzige oder zu vermutende Herkunft (»Mündlich«) oder alle Vorlagen angegeben, nach der die Brüder Grimm die Sage tatsächlich bearbeitet haben. Varianten und weitere Quellen sind über die angegebene Literatur sowie die Erzähltypen und -motive erschließbar. Deshalb wurde auch weitgehend darauf verzichtet, ergänzende, von den Brüdern Grimm im Handexemplar hin und wieder notierte Hinweise auf Quellen oder Literatur aufzunehmen. Größere Kürzungen, Bearbeitungen oder Abweichungen von den Vorlagen sind vermerkt. Die von den Brüdern Grimm ursprünglich als Fußnoten festgehaltenen Anmerkungen (auch sprachwissenschaftlicher Art) sind aus Gründen der Einheitlichkeit nachstehend bei den einzelnen Nummern aufgeführt (mit *), spätere Texteinschübe aus dem Handexemplar der Brüder Grimm in den Erläuterungen als solche erklärt oder wiedergegeben. Abschließend finden sich noch Hinweise auf Erzähltypen und wichtige -motive. Ergänzend ist das Register heranzuziehen.

Die Numerierung der Sagen weicht gegenüber dem Erstdruck ab und richtet sich nach der seit Jahrzehnten gebräuchlichen, durch Herman Grimm eingeführten Zählung: DS 1-69 = DS 1-69 (1816); durch die nach DS 69 im Handexemplar von Jacobs Hand eingelegte Sage »Die Frau von Bonikau« (=DS 70) verschieben sich alle Nummern bis DS 393 um jeweils eine Nummer. Hernach gibt es weitere Umstellungen durch die »b«-Nummern, die als Varianten im Anhang des 2. Bandes von 1818 abgedruckt waren und nun unmittelbar nach der betreffenden DS folgen: zu DS 393 (1818: DS 392): »Der Knabe im Fischteich« ergänzend DS 394: »Lamissio und die Amazonen« (= 392 b [1818]), zu DS 398 (1818: DS 396): »Alboin gewinnt Ticinum« ergänzend DS 399: »Alboin betrachtet sich Italien« (= DS 396 b [1818]), zu DS 402 (1818: DS 399): »Sage vom König Authari« ergänzend DS 403: »Autharis Säule« (= DS 399 b [1818]), zu DS 410 (1818: DS 406): »Der Vogel auf dem Speer« ergänzend DS 407: »Aistulfs Geburt« (= DS 406 b [1818]) und zu DS 453: »Wittekinds Taufe« (1818: DS 448) ergänzend DS 454: »Wittekinds Flucht« (= DS 448 b [1818]).

Qu. = Quelle/Vorlage. E = zusätzliche Erläuterungen des Herausgebers. Lit. = Hinweis auf zentrale Literatur oder auf Arbeiten, die sich speziell auf die DS beziehen (zumeist mit Angabe von Varianten). Hdex. = Handexemplar der Brüder Grimm (heute Staatsbibliothek Berlin, Preußischer Kulturbesitz: Grimm Nachlaß 84 und 86).

Vorrede zu Bd. 1: *Man sehe Zeitung für Einsiedler 1808, Nr. 19 und 20. E: Turst, Türst (mhd. Türse): Riese; Jöten (altnord. jötun): Riese; A. Frhr. von Haxthausen (1792-1866), Gutsbesitzer aus Bökendorf (bei Paderborn), Agrarpolitiker, Literat und Beiträger zu den »Deutschen Sagen« und den »Kinder- und Hausmärchen«; F.W. Carové (1789-1852), Hegel-Schüler, Lehrer für Philosophie in Heidelberg und Breslau.

1. Die drei Bergleute im Kuttenberg. Qu.: mündlich in Hessen. Lit.: Kube 1960; Heilfurth/Greverus 1967, Nr. 467; Wolfersdorf 1968; Grimm/ Ward 1, 315 f.
2. Der Berggeist. Qu.: gekürzt und bearbeitet nach Praetorius 1668/77, Bd. 1, 127-

129 (zu Schneeberg, Annaberg, Graubünden) und Bräuner 1737, 203-206 (Graubünden, Annaberg, Schneeberg); der abschließende Text über den Harzer Berggeist ist literarisch nicht bezeugt und wurde wahrscheinlich wiedergegeben in Anlehnung an die briefliche Mitteilung Augusts von Haxthausen (9. August 1812 an W. Grimm), er habe »einiges vom Berggeist« gesammelt. E: Sowohl Praetorius als auch Bräuner hängen (in)direkt vom ältesten Textzeugen Agricola 1549, 76-79 (vgl. auch Agricola 1530, 39) und von dem von ihnen zitierten Lavater (1569 u. ö. [1570, 70 f.]) ab. Der Name Meister Hämmerlein (Praetorius 1668/77, Bd. 1, 110) begegnet u.a. bei Bodin 1581, 99 und wird in Grimm DM, 166 mit Donar in Verbindung gebracht (vgl. auch Grimm DM, 951 f. und Bd. 3, 295). Im Hdex. findet sich noch ein längerer Zusatz über die Berggeister in den Graubündener Alpen. Lit.: Aschner 1909, 88 f.; Erfurth 1938, 72 f.; Heilfurth/Greverus 1967, Nr. 184 b, 185, 195; Wolfersdorf 1968; Grimm/Ward 1, 316 f.; Schenda/Doornkaat 1988, 134-136 (D. Landwehr); Kindermann-Bieri 1989, 233-241; zu Annaberg s. HdS, 555 f.

3. Der Bergmönch im Harz. Qu.: mündlich am Harz, wahrscheinlich wiedergegeben in Anlehnung an die briefliche Mitteilung Augusts von Haxthausen (9. August 1812 an W. Grimm), er habe »einiges vom Berggeist« gesammelt. E: Gezäh (mhd. gezouwe): Werkzeug; sich lustig machten: in Fröhlichkeit geraten. Lit.: Erfurth 1938, 72 f.; Heilfurth/Greverus 1967, Nr. 334; Wolfersdorf 1968.

4. Frau Hollen Teich. Qu.: Schaub 1799, 12-14 und Justi 1800, Bd. 2, 161-202 (stark gekürzt). E: verschiedene Zusätze im Hdex. Lit.: Kellner 1993 (Teil 2.1.1-2.1.1.2.3, 2.2.1.2).

5. Frau Holla zieht umher. Qu.: Praetorius 1663, 403 (Propositio 54), fast wörtlich. Lit.: Grimm/Ward 1, 318; Kellner 1993 (Teil 2.1.1-2.1.1.2.3).

6. Frau Hollen Bad. Qu.: Praetorius 1668/77, Bd. 1, 476 (nach Zeiller 1656, Bd. 2, 695 [533]). Lit.: Grimm/Ward 1, 318; Kellner 1993 (Teil 2.1.1-2.1.1.2.3).

7. Frau Holla und der treue Eckart. Qu.: Praetorius 1663, 403-495 (Propositio 55), mit einigen kleineren sprachlichen Änderungen und Falckenstein 1738, Bd. 1, 166. E: verführen: in die Irre führen. Größerer Kommentar über den treuen Eckart im Hdex. Lit.: Aschner 1909, 98; Grimm/Ward 1, 318; Kellner 1993 (Teil 2.1.1-2.1.1.2.3, 2.2.1.2).

8. Frau Holla und der Bauer. Qu.: Praetorius 1663, 405 (Propositio 56). Lit.: Kellner 1993 (Teil 2.1.1-2.1.1.2.3).

9. Die Springwurzel. Qu.: Nach Mitteilung W. Grimms an J. Görres (24.8.1813) auf sommerlichen Wanderungen gesammelt, doch »haben literarische Quellen Einfluß auf die Abfassung dieser Sage gehabt« (Erfurth 1938, 68), im 1. Teil in Anlehnung an Albertus Magnus, den W. Grimm in einem Beitrag für die »Altdeutschen Wälder« (1815) als Autorität anführt. Lit.: Erfurth 1938, 68, 88; Grimm/Ward 1, 319 f.

10. Fräulein von Boyneburg. Qu.: Nach Mitteilung W. Grimms an August von Haxthausen (8.8.1813) auf sommerlichen Wanderungen gesammelt. *Der erzählende Schäfer brauchte ganz gleichbedeutend die Springwurzel und das Springwort, wie im Gefühl von der alten Verwandtschaft beider Ausdrücke. E: Knotte: Samenkapsel des Flachses. Mot. D 1812.3.3.

11. Der Pielberg. Qu.: Praetorius 1669, 506. Lit.: Grimm/Ward 1, 320; zu Annaberg s. HdS, 555 f.

12. Die Schloßjungfrau. Qu.: Falckenstein 1738, Bd. 1, 172.

13. Die Schlangenjungfrau. Qu.: Praetorius 1668/77, Bd. 1, 661-664 (nach Stumpf 1586, 697, Kap. 13; ebenso auch Praetorius 1668/77, Bd. 1, 109 f.), primär aber nach Praetorius 1666, Bd. 2, 109 f. (nach G. Harsdörffer und Schedius), nahezu wortwörtlich, etwas modernisiert. Die anderen zitierten Fassungen wurden nicht benutzt. E: Schlaufgewölbe: Gewölbe, in das man schlüpfen muß. Lit.: Grimm DM, 655, 921; Aschner 1909, 84-86; Röhrich 1968; Kindermann-Bieri 1989, 150-157. Zum Motiv »Hund als Wächter« s. Mot. B 134.3.

14. Das schwere Kind. Qu.: Bräuner 1737, 274. Lit.: Grimm/Ward 1, 321; Kindermann-Bieri 1989, 242-245; Uther 1990, 557 f.

15. Der alte Weinkeller bei Salurn. Qu.: Wahrhafftige Nachrichten 1737, 66-73 (Titel bei Denecke/Teitge, Nr. 5277). E: Irten: nicht bekanntes Hohlmaß. Lit.: Grimm/Ward 1, 321 f.

16. Hünenspiel. Qu.: 1. Abschnitt (nur dieser befand sich in der 1. Aufl.) nach brieflicher Mitteilung (18.10.1815) des Schulfreundes Paul Wigand aus Höxter; 2. Abschnitt wohl auch nach Wigand; 3. Abschnitt nach einer (undatierten) handschriftlichen Notiz Ludowines von Haxthausen ergänzt. E: 2. und 3. Absatz ergänzt nach Hdex., ebenso einleitend die Angaben über die geographische Lage Höxters. Lit.: Aschner 1909, 30; Erfurth 1938, 65 f., 68; Grimm/Ward 1, 322. Mot. E 491.

17. Das Riesenspielzeug. Qu.: briefliche Mitteilung der elsässischen Dichterin Charlotte Engelhardt, geb. Schweighäuser (Straßburg). Lit.: Erfurth 1938, 39; Ranke 1934, 39-51 (Texte, mit ältestem Beleg bei Rollenhagen 1595, 2. Buch, Kap. 14, V. 83 ff.); Grimm/Ward 1, 322; Röhrich/Lindig 1989, 52 f. (L. Röhrich). AaTh 701: Riesenspielzeug.

18. Riese Einheer. Qu.: Aventinus 1580, Bl. 285 b. E: im Hdex. noch Einträge zum Namen Einheer bzw. Eishere. Lit.: Kindermann-Bieri 1989, 134-137.

19. Riesensäulen. Qu.: Winkelmann 1697, Bd. 1, 32; Gregorius 1715 unter Malchenberg.

20. Der Köterberg. Qu.: mündlich von einem darauf hütenden Schäfer, nach Mitteilung W. Grimms an J. Görres (24.8.1813) auf sommerlichen Wanderungen gesammelt. Lit.: Aschner 1909, 30; Erfurth 1938, 68, 80 f., 89.

21. Geroldseck. Qu.: Moscherosch 1665, 32 f. Lit.: Graus 1975, 338-354; Grimm/Ward 1, 323.

22. Kaiser Karl zu Nürnberg. Qu.: Dobeneck 1815, Bd. 2, 151 (nach Gregorius 1715, 533). Lit.: Aschner 1909, 57; Erfurth 1938, 68 f.

23. Friedrich Rotbart auf dem Kyffhäuser. Qu.: Praetorius 1668/77, Bd. 1, 306 f.; Agricola 1534, Nr. 710 (für den 1. Abschnitt: Agricola: »Aber es seind lügen«); Gregorius 1715, 533 f.; Tentzel 1689, 720. E: Kleiner Zusatz zum Schäfer aus dem Hdex. Lit.: Zeitgenössische Var.n und Textanalyse bei Aschner 1909, 54-57; Erfurth 1938, 69, 80, 89; Lützeler 1983.

24. Der Birnbaum auf dem Walserfeld. Qu.: Sagen der Vorzeit 1782, 38 f. (größere Textkürzung in der Mitte, bearbeitet). Lit.: Grimm/Ward 1, 325.

25. Der verzauberte König zu Schildheiß. Qu.: Diese Sage nach dem Volksbuchstoff geht auf J. Görres' Einfluß zurück, vgl. Görres 1807, Nr. 13. Lit.: Aschner 1909, 28.

26. Kaiser Karl des Großen Auszug. Qu.: mündlich aus Hessen. E: Die Sage trug noch in der Erstausgabe den Titel »Kaiser Carl V. Auszug«, den J. Grimm handschriftlich korrigierte. Im Hdex. noch Hinweise auf weitere ähnliche Überlieferungen über Gudensberg. Lit.: Kellner 1993 (Teil 2.2.1.2, 2.2.2.1).

27. Der Untersberg. Qu.: Sagen der Vorzeit 1782, 5f., 25 f. (Kombination mehrerer Angaben). Lit.: Kammerhofer-Aggermann 1991/92.

28. Kaiser Karl im Untersberg. Qu.: Sagen der Vorzeit 1782, 27-29 (gekürzt und verdichtet), letzter Abschnitt nach Sartori 1807 (von den Brüdern Grimm als Quelle nur im Text genannt, ohne Seitenangabe: Titel in deutschen Bibliotheken 1990-92 nicht erhältlich). Lit.: Lützeler 1983; Kammerhofer-Aggermann 1991/92.

29. Der Scherfenberger und der Zwerg. Qu.: Ottokar von Horneck/Pez, 539-544 (Kap. 573-580), Reimvorlage in Prosa übertragen und bearbeitet. Lit.: Grimm/Ward 1, 325 f.

30. Das stille Volk zu Plesse. Qu.: Letzner 1744, Teil 1, 15-34 (gekürzt). Lit.: Aschner 1909, 26. Mot. F 451.5.10.9.

31. Des kleinen Volks Hochzeitfest. Qu.: mündlich aus Sachsen.

32. Steinverwandelte Zwerge. Qu.: Spieß 1798, Bd. 1, 15-18, 27 f.

33. Zwergberge. Qu.: Agricola 1534, Nr. 301.

34. Zwerge leihen Brot. Qu.: Pachelbel 1716, 92 f. Lit.: Grimm/Ward 1, 327 f.

35. Der Graf von Hoya. Qu.: nach Hamelmann 1599, 21 f. (andere bei den Brüdern Grimm genannte Belege gehen direkt oder indirekt auf Hamelmann zurück, z.B. Praetorius 1669, 489 f.); oft wird die Begebenheit zusammen mit DS 68 überliefert. Lit.: Grimm DM, 426; Aschner 1909, 66 f. Lit.: Hellermann 1912, besonders 41-44 (zum realen Hintergrund der genealogischen Sage). Mot. F 451.5.10.9.

36. Zwerge ausgetrieben. Qu.: Lehmann 1699, 190, 187.

37. Die Wichtlein. Qu.: aus verschiedenen Vorlagen: 1. Abschnitt nach Praetorius 1668/77, Bd. 1, 129-132 (u.a. unter Berufung auf Agricola); 2. Abschnitt nach Bräuner 1737, 207 f. (nach Balbín 1679) und 3. Abschnitt nach Valvasor 1689, Buch 3, Kap. 28 (= S. 417; nach Kircher 1665, 227). Lit.: Heilfurth/Greverus 1967, Nr. 280, 388.

38. Beschwörung der Bergmännlein. Qu.: mit geringfügigen Kürzungen und sprachlichen Änderungen nach Praetorius 1669, 177 f.

39. Das Bergmännlein beim Tanz. Qu.: Sagen der Vorzeit 1782, 12 f. (fast wörtlich). Lit.: Grimm/Ward 1, 329; Kammerhofer-Aggermann 1991/92.

40. Das Kellermännlein. Qu.: Praetorius 1668/77, Bd. 1, 319 f. und 172 f. Lit.: Grimm/Ward 1, 329 f.

41. Die Ahnfrau von Ranzau. Qu.: (z.T. bereits bei Dobeneck 1815, Bd. 1, 49-55) 1. Abschnitt Seyfried 1679, 488, Nr. 10; 2. Abschnitt nach L'amant oisif 1711, 405-411; letzter Abschnitt (hs. von W. Grimm) nachträglich eingefügt (4.12. 1820), nach Philippine von Calenberg. E: Spille: Spindel. Lit.: Grimm DM, 425; Aschner 1909, 51 f.; Erfurth 1938, 61 f.; Grimm/ Ward 1, 330 f. Mot. F 372.1.

42. Herrmann von Rosenberg. Qu.: Graben zum Stein 1730, Bd. 1, 123-129.

43. Die Osenberger Zwerge. Qu.: Winkelmann 1684, 15 f. und Happel 1685, Bd. 2, 525. Lit.: Zum Bierbrauen vgl. Art. »Bier« in EM 2 (1979) 308-316 (K. Ranke).

44. Das Erdmännlein und der Schäferjung. Qu.: Praetorius 1668/77, Bd. 1, 122 f.

45. Der einkehrende Zwerg. Qu.: Wyß 1815, 62-69 (gekürzt; Prosaauflösung). Lit.: Aschner 1909, 99; Kindermann-Bieri 1989, 276-283. Vgl. AaTh 750 B: Wünsche: Die drei W.

46. Zeitelmoos. Qu.: Pachelbel 1716, 90. Lit.: Dünninger 1963, Nr. 52 (Anm. S. 147, vgl. auch S. 145 f.); Grimm/Ward 1, 332.

47. Das Moosweibchen. Qu.: Praetorius 1668/77, Bd. 1, 691 f. (bereits zitiert bei Dobeneck 1815, Bd. 1, 68 f.). Lit.: Aschner 1909, 60; Röhrich 1965; Grimm/Ward 1, 332 f.; Kellner 1993 (Teil 2.2.1.2, 2.3.2.2.2).

48. Der wilde Jäger jagt die Moosleute. Qu.: Praetorius 1668/77, Bd. 1, 480-482

(bereits zitiert bei Dobeneck 1, 69 f.). Lit.: Aschner 1909, 60; Röhrich 1965; Kellner 1993 (Teil 2.2.1.2, 2.3.2.2.2).
49. Der Wassermann. Qu.: Praetorius 1666, Bd. 1, 68-71 (2. Paginierung). Lit.: Steig 1916, 227 f.; Grimm/Ward 1, 333-335. Mot. B 81.6, F 333.
50. Die wilden Frauen im Untersberge. Qu.: Sagen der Vorzeit 1782, 9-12 (fast wörtlich). Lit.: Grimm/Ward 1, 335; Kammerhofer-Aggermann 1991/92.
51. Tanz mit dem Wassermann. Qu.: Valvasor 1689, 4. Teil, Buch 15, Kap. 19 (Schluß gekürzt). Lit.: Grimm/Ward 1, 335.
52. Der Wassermann und der Bauer. Qu.: mündlich aus Deutschböhmen. Lit.: Grimm DM, 465; Erfurth 1938, 30 vermutet als Beiträger den in der Schaumburgischen Buchhandlung in Wien angestellten H. Eckstein bzw. dessen Mutter; Grimm/Ward 1, 336. Mot. E 755.2.1, Q 562.2.
53. Der Wassermann an der Fleischerbank. Qu.: mündlich aus Deutschböhmen. Lit.: Erfurth 1938, 30 vermutet als Beiträger den in der Schaumburgischen Buchhandlung in Wien angestellten H. Eckstein bzw. dessen Mutter. Vgl. DS 60.
54. Der Schwimmer. Qu.: Bräuner 1737, 37. Lit.: Uther 1990, 558-560 (mit Angabe älterer Quellen).
55. Bruder Nickel. Qu.: Praetorius 1668/77, Bd. 1, 487 f. (nach Clüver 1616, Buch 3, Kap. 27 [= S. 107]; Nickel dort Nicolaus).
56. Nixenbrunnen. Qu.: Kornmann 1614, 215 und Hornung 1626, 191-200 (zusätzlich: Worm 1643, 17 f. unter Berufung auf Hornung 1626).
57. Magdeburger Nixen. Qu.: Praetorius 1668/77, Bd. 1, 497 f.
58. Der Döngessee. Qu.: mündlich aus Hessen. E: Gemeint ist der Denser See bei Sontra. Lit.: Aschner 1909, 83. Mot. B 81.6, F 333.
59. Mummelsee. Qu.: Grimmelshausen 1669, Buch 5, Kap. 10 (vgl. auch Kap. 11 und 12); die Vorlage für die im vorletzten Abschnitt geschilderte Begebenheit ist nicht ermittelbar. E: Hanfrätze: Pfuhl zum Anfeuchten des Hanfs. Der letzte Satz des 1. Absatzes ist nach dem Hdex. ergänzt. Lit.: Grimm DM, 457 f.; Aschner 1909, 81 f.; Wyl 1909, 141 f. Art. »Mummelsee« in HDA 6 (1934/35) 619-621 (R. Hünnerkopf).
60. Die Elbjungfer und das Saalweiblein. Qu.: verschiedene Vorlagen: 1. Abschnitt mündlich aus Magdeburg, einkaufender Nix aus Magdeburg bereits bei Praetorius 1669, 515; 2. Abschnitt nach Praetorius 1668/77, Bd. 1, 482 f.; 3. Abschnitt nach Bräuner 1737, 33 f. E: schloßenweiß: so weiß wie eine Schloße (Hagelkorn). Lit.: Wyl 1909, 142.
61. Wasserrecht. Qu.: 1. Abschnitt aus Bräuner 1737, 31 f. (gekürzt); 2. Abschnitt nach Praetorius 1668/77, Bd. 1, 521 f.; 3. Abschnitt mündlich. Lit.: Aschner 1909, 87 f.
62. Das ertrunkene Kind. Qu.: Goethe 1796, Bd. 3, Buch 8, Kap. 9, mit wenigen Änderungen (auch Umwandlung der indirekten in direkte Rede), Nationalzeitung der Deutschen 1796, 74, letzter Absatz ergänzt nach Hdex. (Zusatz dort: »Mündlich«). E: Halloren: Salinenarbeiter in Halle. Lit.: Rosenfeld 1958, 82 f.; Wildhaber 1958 (mit dem ältesten Zeugnis bei Gervasius von Tilbury [Leibniz 1737, Bd. 1, 990]); Röhrich 1979, 78-80; Grimm/Ward 1, 337 f. Mot. D 1311.11.1.
63. Schlitzöhrchen. Qu.: Jäger 1803, Teil 3, 12.
64. Die Wassernixe und der Mühlknappe. Qu.: mit kleineren Änderungen nach Praetorius 1669, 505 f.
65. Vor den Nixen hilft Dosten und Dorant. Qu.: 1. Abschnitt nach Praetorius 1668/77, Bd. 1, 106-108; 2. und 3. Abschnitt gekürzt nach Praetorius 16668/77, Bd. 1, 531-535. Mot. B 81.6, F 333.

66. Des Nixes Beine. Qu.: Praetorius 1668/77, Bd. 1, 533. Mot. F 372.1.
67. Die Magd bei dem Nix. Qu.: Praetorius 1668/77, Bd. 1, 498 f.
68. Die Frau von Alvensleben. Qu.: weitestgehend Praetorius 1668/77, Bd. 1, 95, 101-104 (Text bereits bei Dobeneck 1815, Bd. 1, 49-55); die anderen Angaben bei den Brüdern Grimm (z.B. Praetorius 1669, 488 f.) sind Hinweise auf zusätzliche Varianten, oft wird die Begebenheit mit DS 35 zusammen überliefert. Lit.: Aschner 1909, 51 f. Mot. B 81.6, F 333.
69. Die Frau von Hahn und der Nix. Qu.: Praetorius 1668/77, Bd. 1, 100 f. (Text bereits bei Dobeneck 1815, Bd. 1, 49-55). Lit.: Aschner 1909, 51 f. Mot. F 372.1.
70. Frau von Bonikau. Qu.: Orléans 1798, 133 f. (niedergeschrieben 1719); mit anderem Ausruf auch in Wöchentliche Nachrichten 1816, Bd. 1, 98 f. und 102. Lit.: Ranke 1934, 52-90; HdS, 468; Grimm/Ward 1, 339 f. AaTh 113 A: Pan ist tot.
71. Das Streichmaß, der Ring und der Becher. Qu.: Happel 1683, Bd. 1, 549 f. (nach Bassompierre 1665); Bassompierre scheinen die Brüder Grimm auch selbst eingesehen zu haben, vermutet Rosenfeld 1958, 82. Bereits C.A. Vulpius veröffentlichte 1815 im 4. Band seiner in Weimar herausgegebenen »Curiositäten der physisch-literarisch-artistisch-historischen Vor- und Mitwelt [...]« (1814, Bd. 4, 271 f.) eine freie Bearbeitung von Happels »Relationes Curiosae« u.d.T. »Der schöne Luftgeist«. E: Schwertmagen: männliche Verwandte. Lit.: Rosenfeld 1958; Petzoldt 1989.
72. Der Kobold. Qu.: (wie schon bei Dobeneck 1815, Bd. 1, 126) Praetorius 1668/77, Bd. 1, 315-320 (umgestellt, kleinere Zusätze); der 2. Abschnitt aus Graben zum Stein 1730, Bd. 1, 503 f. (Qu.: Delrio 1599 [u. ö.], 2, quaestio 27). Lit.: Lindig 1987. Mot. F 451.5.10.9.
73. Der Bauer mit seinem Kobold. Qu.: sinngemäß nach Tentzel, Jan. 1689, 146 f. (dort Vergleich des Kobolds mit dem Golem). Lit.: Aschner 1909, 12; Lindig 1987.
74. Der Kobold in der Mühle. Qu.: gekürzt und bearbeitet nach Valvasor 1689, Buch 3, Kap. 28 (420-422), der sich auf einen »ernsthaften und gelehrten Mann« aus Westfalen beruft. Lit.: Lindig 1987.
75. Hütchen. Qu.: »aus verschiedenen Quellen zusammengesetzt« (Aschner 1909, 63): Vielförmiger Hintzelmann 1704 (nach Trithemius) 39-50; Weier 1568, Kap. 22 bzw. Weier 1586, 64-66 (1. Buch, 22. Kap., nach Trithemius); Praetorius 1668/77, Bd. 1, 324 f.; Francisci 1690, 795; in Anlehnung an Volks-Sagen, Bd. 4 (1800) 209-237; Büsching 1812 (nach Francisci 1690) und Dobeneck 1815, Bd. 1, 127-137. E: Drost: adliger Verwalter eines Bezirks und Vertreter des Landesherrn. Im Hdex. ist noch eine andere Anrede des Bischofs Bernhard (aus Pomarius 1588, 253) notiert und bei der Erwähnung des Rennpfades ein Hinweis auf den Rennsteig. Lit.: Aschner 1909, 63-66; Erfurth 1938, 73; vgl. Aschner 1909, 66 und Grätz 1988, 238 f. (zu den Volks-Sagen); Lindig 1987.
76. Hinzelmann. Qu.: Vielförmiger Hintzelmann 1704 (Extrakt aus 379 Seiten und Umstellung der ursprünglichen Reihenfolge der berichteten Begebenheiten; vgl. auch die knappe Erzählung von einem ›Teufels-Heintzlein‹ in Luther/Aurifaber 1566, 619 a). Lit.: Grimm DM, 477 f.; Aschner 1909, 89; Lindig 1987.
77. Klopfer. Qu.: Seybold 1778, Bd. 1, 76 (aus Franken).
78. Stiefel. Qu.: mündlich. Lit.: Erfurth 1938, 62 (vermutet Philippine von Calenberg als Beiträgerin); Lindig 1987.
79. Ekerken. Qu.: Weier 1586, 434 (6. Buch, Kap. 15). Lit.: Wyl 1909, 73 (Belege). Grimm/Ward 1, 342.
80. Nachtgeist zu Kendenich. Qu.: mündlich aus Köln und vermutlich von Eberhard von Groote. Lit.: Erfurth 1938, 34; Grimm/Ward 1, 342 f.

81. Der Alp. Qu.: Praetorius 1668/77, Bd. 1, 1-40, vor allem 26-29 und Bd. 2, 159-162. E: Hechel: landwirtschaftliches Gerät zum Durchziehen und Reinigen des Flachses. Lit.: Grimm DM, 432; HdS, 261-268; Grimm/Ward 1, 343.
82. Der Wechselbalg. Qu.: Bräuner 1737, 6 f., 10. *Ein Wechselbalg wird gewöhnlich nicht älter als sieben Jahre; nach andern jedoch sollen sie achtzehn bis neunzehn Jahre leben. **Denn der Teufel nimmt die rechten Kinder aus der Wiege, führt sie fort und legt seine dafür hinein. Daher der Name Wechselbalg. E: Klauer: mit Weiden bestandener Platz (hier bestimmte Örtlichkeit?); Arke: Kiste, Truhe. Lit.: Grimm DM, 436-439; Grimm/Ward 1, 343.
83. Die Wechselbälge im Wasser. Qu.: Kirchhof/Österley [1563], Buch 5, Nr. 258 (vermutlich nach Luthers »Tischreden«, vgl. Luther/Aurifaber 1566, 300 b, 301 a), die anderen genannten Quellen wurden zur Bearbeitung nicht herangezogen. E: Kielkropf: soviel wie Wechselbalg. Lit.: Kirchhof/Österley (zu 5, 258) (Var.n); Aschner 1909, 91 f.; Grimm/Ward 1, 343.
84. Der Alraun. Qu.: Bräuner 1737, 226-231, 1. Klammerzusatz nach Praetorius 1663, 155 (alle weiteren von den Brüdern Grimm genannte Quellen sind nur zusätzliche Belege der auf Josephus Flavius [7,6,3] u.a. zurückgehenden Beschreibung der Alraune). Lit.: Grimm DM, 1006 f.; HdS, 404-422; Daxelmüller 1979, 229-235; Grimm/Ward 1, 344 f.; Battafarano 1984.
85. Spiritus familiaris. Qu.: Grimmelshausen 1670, Kap. 18, 22. E: Roßtäuscher: Pferdehändler. Lit.: Battafarano 1984; Uther 1987.
86. Das Vogelnest. Qu.: Grimmelshausen 1669, Kap. 23, in Einzelheiten geändert. Lit.: Steig 1916, 228 f.; Grimm/Ward 1, 345.
87. Der Brutpfennig. Qu.: Happel 1683, Bd. 1, 522. Lit.: Grimm/Ward 1, 346.
88. Wechselkind mit Ruten gestrichen. Qu.: nahezu wörtlich nach Praetorius 1668/77, Bd. 1, 365 f. unter Auslassung der dort genannten Jahreszahl 1580. Vgl. DS 90.
89. Das Schauen auf die Kinder. Qu.: Praetorius 1668/77, Bd. 1, 124.
90. Die Roggenmuhme. Qu.: verschiedene Vorlagen: 1. Abschnitt nach Tharsander 1736, Bd. 1, 433 f.; 2. Abschnitt, ergänzt aus dem Hdex., u.a. bei Praetorius 1671, 135; die dritte Variante, ebenfalls aus dem Hdex. ergänzt, geht auf eine briefliche Mitteilung Hoffmanns von Fallersleben (nach Erhalt des 1. Bandes der DS) zurück; die vierte Variante nach Praetorius 1668/77, Bd. 1, 125 f. Lit.: Erfurth 1938, 60; Grimm/Ward 1, 346 f. Vgl. DS 88.
91. Die zwei unterirdischen Weiber. Qu.: Praetorius 1668/77, Bd. 1, 123 f. E: Wechselbutte: Wechselbalg.
92. König Grünewald. Qu.: wörtlich nach Justi 1805, Bd. 4, 295-297, nach dem Bericht des Heidelberger Theologieprofessors Dr. F.H.C. Schwarz, der als Quelle seinen Reiseführer angibt (schon Qu. für Gottschalck 1814, 296-299). E: Ergänzungen aus dem Hdex.: zu »lange dauerte«: Neun Jahre. Einmal täuschte er die Feinde durch gebackene Kuchen, die er von der Burg hinabrollen ließ, während die Belagerer hungerten. Daher noch der Name des Hungertals in der Gegend. Letzter Absatz: »Da nahm sie ihren eigenen Vater«: Nach andern tut es die Königin, nicht die Tochter. Lit.: Aschner 1909, 82 f. Mot. J 1545.4.1 = AaTh 875 IV: Bauerntochter: Die kluge B. Vgl. DS 493, 573.
93. Blümelisalp. Qu.: Wyß 1815, 322 (Anm.; nach Scheuchzer 1746, Bd. 2, 83 f.). Lit.: Aschner 1909, 100; Lüthi 1980; Grimm/Ward 1, 348; Kindermann-Bieri 1989, 284-293.
94. Die Lilie. Qu.: Lerchheimer 1585, Bl. 14 f. (= Theatrum de veneficis 1586, 272). Lit.: Grimm/Ward 1, 348.

95. Johann von Passau. Qu.: Luther/Aurifaber 1566, 300 a (weitere Quellen s. Kirchhof/Österley, Buch 7, 138 = Anm. zu Bd. 5, Nr. 256).
96. Das Hündlein von Bretta. Qu.: stark gekürzt und bearbeitet nach Badische Wochenschrift 1, 2. Stück (1806) Sp. 43-48, dort in einem Brief an den Herausgeber Schreiber von Clemens Brentano (»in meiner Jugend erzählt«) mitgeteilt. Lit.: Aschner 1909, 26, Anm. 7 (mit Lit.); Grimm/Ward 1, 349; EM 6 (1990) 1321 (mit Anm. 74).
97. Das Dorf am Meer. Qu.: mündlich aus Holstein, briefliche Mitteilung von August von Haxthausen (2.12.1814), der seine Schwester Sophie als Erzählerin angibt. Lit.: Erfurth 1938, 74, 90.
98. Die verschütteten Silbergruben. Qu.: mündlich am Harz, wahrscheinlich wiedergegeben in Anlehnung an die briefliche Mitteilung Augusts von Haxthausen (9. August 1812 an W. Grimm), er habe »einiges vom Berggeist« gesammelt. Lit.: Erfurth 1938, 72 f.; Heilfurth/Greverus 1967, Nr. 734.
99. Die Fundgrübner. Qu.: Happel 1683, Bd. 1, 758-760, bes. 759 (gekürzt). E: Knauer: festes, schwer abzubauendes Gestein. Lit.: Heilfurth/Greverus 1967, Nr. 141.
100. Ein gespenstiger Reiter. Qu.: Happel 1687, Bd. 3, 521 und Praetorius 1669, 173 f. (beide nach Speidel 1657, 397). E: Kuppel = Koppel. Lit.: Grimm/Ward 1, 350.
101. Der falsche Eid. Qu.: nach Schneider 1680, 416 (verstümmelte und umgestellte Fassung unter Weglassung der wichtigen List des Bauern beim Eidschwur). Lit.: Art. »Eid, Meineid« in EM 3 (1981) 1125-1140 (W. Brückner); Uther 1985 b. AaTh 1590: Eid auf eigenem Grund und Boden.
102. Zwölf ungerechte Richter. Qu.: sinngemäß nach Hilscher 1719, 455, Nr. 76 (Hinweis auf Zeiller 1648, Bd. 1, 341 nur zusätzlich [=Epistel 58, nach Dalby 1618]). Lit.: Eid, Meineid in EM 3 (1981) 1125-1140 (W. Brückner).
103. Die heiligen Quellen. Qu.: Morgenblatt 1808, Nr. 247, 987, gekürzt (der nicht genannte Autor ist Georg Escher). Lit.: Steig 1916, 229; Schenda 1985 b, 196 f. (vermutete fälschlich Maximilian Prinz von Wied-Neuwied); Kindermann-Bieri 1989, 212-216; allg.: Art. »Eid, Meineid« in EM 3 (1981) 1125-1140 (W. Brückner).
104. Der quillende Brunnen. Qu.: nach Happel 1691, Bd. 5, 43 (nach Piccart 1614), zunächst mit geringfügigen Änderungen; im 2. Teil größere sprachliche Eingriffe und Kürzungen.
105. Hungerquelle. Qu.: Kombination aus Dreyhaupt 1772, Bd. 1, 1106 und Dreyhaupt 1773, Bd. 2, 34 sowie Stalder 1806, zu Hungerbrunnen (= Bd. 2, 63). E: letzter Satz des 1. Abschnitts und der 2. Abschnitt sind ergänzt nach dem Hdex. (dort noch weitere kleine Zusätze zu Hungerquellen). Lit.: Grimm DM, 558 f.
106. Der Liebenbach. Qu.: mündlich aus Hessen und 1815 von W. Grimm gesammelt, vgl. Wilhelms Brief an Achim von Arnim vom April 1815. Lit.: Aschner 1909, 30, Anm. 24; Steig 1916, 229; Erfurth 1938, 33. Mot. H 359.1.
107. Der Helfenstein. Qu.: Grundmann 1677, 779-782. E: Dauben: Seitenbretter eines Fasses. Lit.: Grimm/Ward 1, 351.
108. Die Wiege aus dem Bäumchen. Qu.: Gottschalck 1811, Bd. 2, 269 f. (Angaben bei den Brüdern Grimm irreführend). Lit.: Ranke 1911. Mot. D 791.1.3, Müller/Röhrich J 51.
109. Hessental. Qu.: Freimüthiger 1806, Nr. 47, S. 186 (eingesandt von Frhr. von Münchhausen), gekürzt und umgebildet. E: zur Vorlage vgl. auch den Eintrag im Hdex. Lit.: Steig 1916, 229 f.; Erfurth 1938, 13-15 (mit Abdruck eines Briefs des Freiherrn vom 8.9.1816, in dem Münchhausen Näheres über die Sage mitteilt).

110. Reinstein. Qu.: Happel 1687, Bd. 3, 784.
111. Der stillstehende Fluß. Qu.: Winkelmann 1697, Bd. 1, 59.
112. Arendsee. Qu.: Praetorius 1668/77, Bd. 1, 97, gekürzt. E: im Hdex. Auszug zum Arendsee aus den Annales Fuldenses und Annales Einhardi. Lit.: Steig 1916, 230 f.; zum Arendsee vgl. HdS, 619 f.
113. Der Ochsenberg. Qu.: Praetorius 1668/77, Bd. 1, 96, gekürzt. Lit.: Steig 1916, 230 f. Mot. D 1812.3.3.
114. Die Moorjungfern. Qu.: Jäger 1803, Teil 1, 144 f. (vgl. auch Teil 2, 36-39).
115. Andreasnacht. Qu.: 1. Abschnitt zusammengefaßt nach Francisci 1690, 808-822 (Kap.: Die bestraffte Vor-Schau deß Bräutigams); 2. Abschnitt folgt Bräuner 1737, 91-93 (Vorlage Francisci 1690, 810-812); 3. Abschnitt nach Francisci 1690, 812-814 (resümierend). Der als Quelle angebene Goldschmidt (1698, 173 f.) wurde nicht benutzt, die Angabe »Mündlich« ist aus Francisci bzw. Bräuner übernommen, die behaupteten, dergleichen Begebenheiten seien von vielen Orten bekannt. Lit.: Rehermann 1977, 155, Nr. 23 (Var.n 17. Jh.); zur Andreasnacht s. HdS, 521-523.
116. Der Liebhaber zum Essen eingeladen. Qu.: Abschnitt 1 und 2 nach Praetorius 1663, 401 f. (Propositio 53); 3. Abschnitt nach Bräuner 1737, 95 und Valvasor 1689, Buch 7, Kap. 16 (S. 479).
117. Die Christnacht. Qu.: Praetorius 1663, 410 f., 407, 407 f. (Propositio 64, 60, 61), ziemlich wörtlich, aber geringfügig gekürzt und umgestellt. E: Erbschlüssel: ein sich von Generation zu Generation vererbender Schlüssel, dem nach abergläubischen Vorstellungen besondere Kraft zugeschrieben wurde (vgl. HDA, Register, s.v. Erbschlüssel). Lit.: Rehermann 1977, 155, Nr. 23 (Var.n 17. Jh.).
118. Das Hemdabwerfen. Qu.: Praetorius 1663, 408 f. (Propositio 62), kleinere sprachliche Änderungen. Lit.: Rehermann 1977, 155, Nr. 23 (Var.n 17. Jh.).
119. Kristallschauen. Qu.: Bräuner 1737, 72-80 (unter Berufung auf Rist 1668, 181-188 und Francisci 1670, 64-67). E: Johannes Rist (1607-67), Dichter von Dramen und geistlichen Liedern. Lit.: Art. »Kristallschauen« in HDA 5 (1931/32) 578-594 (F. Boehm); Grimm/Ward 1, 353 f.
120. Zauberkräuter kochen. Qu.: Bräuner 1737, 58-61. Lit.: Uther 1990, 560-563 (mit Angabe älterer Quellen).
121. Der Salzknecht in Pommern. Qu.: Bräuner 1737, 67 f. Lit.: Uther 1990, 560-563 (mit Angabe älterer Quellen).
122. Jungfer Eli. Qu.: mündlich aus dem Münsterland, brieflich von Jenny von Droste-Hülshoff (1795-1859). Lit.: Stilistische Analyse und Vergleich mit dem Manuskript bei Erfurth 1938, 90 f. Vgl. auch DS 268.
123. Die weiße Frau. Qu.: Schott 1657, Teil 1, Buch 6, Kap. 1 (S. 339), Bekker 1693, 4. Teil, Kap. 17, bes. S. 137 (nur zum Aufenthalt der weißen Frauen in Wäldern und in Höhlen). Lit.: Daxelmüller 1979, 236-243.
124. Taube zeigt einen Schatz. Qu.: Ottokar von Horneck/Pez, 197 (Kap. 225), Reimvorlage in Prosa übertragen und bearbeitet. Lit.: Grimm DM, 135; Grimm/Ward 1, 355.
125. Taube hält den Feind ab. Qu.: mündlich aus Höxter, vielleicht durch Vermittlung des Schulfreundes Paul Wigand 1811 oder durch Wilhelm Grimm bei dessen Besuch in Höxter beigesteuert. Lit.: Erfurth 1938, 64.
126. Der Glockenguß zu Breslau. Qu.: wenig verändert nach Daniel Speers anonym erschienenem Ungarischen Simplicissimus 1683, 43 f. (Kap. 8; Seite 29 f. der Ausg. 1854). Die Brüder Grimm erwarben später den Nachdruck von 1854 (s. Denecke/Teitge, Nr. 3037). Erstveröffentlichung der berühmten Glockensage

von J. Grimm mit deutlichen Spuren zur Vorlage in »Zeitung für Einsiedler« 20. Stück (7.6.1808) 156 f., die Fassung in den DS ist nochmals überarbeitet worden. Lit.: Aschner 1909, 29; Erfurth 1938, 17 f.; Grimm/Ward 1, 355; allg.: Art. »Glocke« in EM 5 (1987) 1289-1295 (H. Fischer).

127. Der Glockenguß zu Attendorn. Qu.: Erstveröffentlichung der berühmten Glockensage aus Grimmelshausen 1672 (Kap. 114) von J. Grimm mit deutlichen Anklängen an die Vorlage in »Zeitung für Einsiedler« 19. Stück (4.6.1808) 157 f., die Fassung in den DS ist nochmals überarbeitet worden. Lit.: Aschner 1909, 29; Erfurth 1938, 17 f.; zu Attendorn s. HdS, 683 f.; allg.: Art. »Glocke« in EM 5 (1987) 1289-1295 (H. Fischer).

128. Die Müllerin. Qu.: mündlich aus Österreich und nach dem Flugblatt Außerordentliche Herzhaftigkeit einer Müllermeisterinn (vorhanden in Stiftung Preußischer Kulturbesitz, Grimmschrank, Nr. 1756, IV), bearbeitet und dramatisiert. »Mündlich aus Österreich« dürfte sich auf den einleitenden Passus des Flugblatts beziehen: »wie man erzählt«. Lit.: Erfurth 1938, 31.

129. Johann Hübner. Qu.: Jung-Stilling 1777, 71-75, geringfügige Änderungen. E: Giller: Berg bei Tiefenbach. Lit.: Steig 1916, 231 f.

130. Eppela Gaila. Qu.: Pachelbel 1716, 149 und Arndt 1801, 27 f., 96. E: weitere Varianten im Hdex. Lit.: Steig 1916, 232; Dünninger 1963, Nr. 73 (Anm. S. 154-156); Grimm/Ward 1, 356.

131. Der Blumenstein. Qu.: Kurhessisches Magazin 1804, Nr. 30 (Titel in deutschen Bibliotheken 1990-92 nicht erhältlich).

132. Seeburger See. Qu.: Neues Hannöversches Magazin 1807, 13. Stück, 40 (verdichtet) und in Anlehnung an Gottschalck 1814, 91-109. Lit.: Grimm DM, 934 f.; Aschner 1909, 76-78; Peuckert 1953. AaTh 673: Tiersprachenkundiger Mensch.

133. Der Burgsee und Burgwall. Qu.: Kosegarten 1794, Bd. 2, 110, 112. E: weitere Variante im Hdex.

134. Der heilige Niklas und der Dieb. Qu.: Praetorius 1668/77, Bd. 1, 200 f. E: in Zeile 1 »Gertrudenkapelle« statt »Kirche« aus dem Hdex. ergänzt; 2. und 3. Abschnitt ergänzt nach Hdex. Lit.: Steig 1916, 232; Meisen 1931; Rehermann 1977, 172, Nr. 109 (Var.n); Jones 1983.

135. Riesensteine. Qu.: Praetorius 1668/77, Bd. 1, 591-593, bearbeitet und gekürzt. Lit.: Steig 1916, 232.

136. Spuren im Stein. Qu.: mündlich aus Hessen. E: statt Minden muß es Hemeln heißen; im Hdex. längerer Zusatz von Wilhelms Hand zu Fußabdrücken Mohammeds und Christi. Lit.: zu Fußspuren vgl. EM 5 (1987) 610-622 (C. Daxelmüller).

137. Der Riesenfinger. Qu.: Taschenbuch 1816, 279-281. Lit.: Erfurth 1938, 29.

138. Riesen aus dem Untersberge. Qu.: Sagen der Vorzeit 1782, 8 f. (fast wörtlich). Lit.: Kammerhofer-Aggermann 1991/92.

139. Der Jettenbühel zu Heidelberg. Qu.: Kayser 1733, 19 f., 169 f. gekürzt, umgestellt sowie beide der Jetta zugeschriebene Begebenheiten zu einer Sage vereinigt. E: letzter Satz des 1. Abschnitts ergänzt nach Hdex.; im Hdex. noch Kommentare zu anderen Quellen, u.a. Freher 1612. Lit.: Grimm DM, 87; Aschner 1909, 78 f.

140. Riese Haym. Qu.: erheblich gekürzt und umgestellt nach Holzwart 1568, 164-166. Lit.: Kindermann-Bieri 1989, 123-132.

141. Die tropfende Rippe. Qu.: Wiener Allg. Literaturzeitung, Nr. 12 vom 9. Febr. 1813, Sp. 191 f. (geringfügig gekürzt und bearbeitet).

142. Jungfrausprung. Qu.: Abraham a Sancta Clara, ohne weitere Angabe (eine Durchsicht verschiedener Werke des katholischen Barockpredigers blieb ergebnis-

los). E: Eintrag im Hdex. der Brüder Grimm: auch Berckenmeyer 1720, 471 erwähnt den Namen für Graz. Lit.: Pirchegger 1935.
143. Der Stierenbach. Qu.: hauptsächlich Scheuchzer 1723, 12 (Übers. aus dem Lateinischen) mit einigen Formulierungen aus dem Reisebericht F. Meisners in Alpenrosen 1813, 28 f. (der sich auch auf Scheuchzer als Quelle beruft). E: Gaden: Gelaß, Wohnung. Lit.: Schenda/Doornkaat 1988, 195 f. (W. Schweizer); Kindermann-Bieri 1989, 171-180.
144. Die Männer im Zottenberg. Qu.: Pachelbel 1716, 59-63 (unter Berufung u.a. auf Hennenfeld 1704, Kap. 2, § 13), Valvasor 1689, Buch 2, 247 und Seyfrid 1679, 485-488, Nr. 9. E: mit dem Zottenberg ist der Zobten gemeint. Lit.: zum Buch des Lebens vgl. EM 2 (1979) 971-974 (O. Schnitzler).
145. Verkündigung des Verderbens. Qu.: Praetorius 1668/77, Bd. 2, 36 f., kleinere Änderungen.
146. Das Männlein auf dem Rücken. Qu.: Praetorius 1668/77, Bd. 2, 584 f., mit Kürzungen und sprachlich bearbeitet. Lit.: Grimm/Ward 1, 359.
147. Gottschee. Qu.: Volks-Sagen, Bd. 1, 173-188, erheblich gekürzt und sprachlich umgestaltet. Lit.: Aschner 1909, 66; Grätz 1988, 238 f. (zu den Volks-Sagen).
148. Die Zwerge auf dem Baum. Qu.: Wyß 1815, 320 (fast wörtlich aus den Anmerkungen). Lit.: Aschner 1909, 99 f.; Kindermann-Bieri 1989, 294 f.
149. Die Zwerge auf dem Felsstein. Qu.: Wyß 1815, 110-118 (fast wörtlich aus den Anmerkungen, S. 320). Lit.: Aschner 1909, 99 f.; Kindermann-Bieri 1989, 296.
150. Die Füße der Zwerge. Qu.: Wyß 1815, 101-118 (gekürzt). Lit.: Grimm DM, 419 f. (Var. aus Aarau); Aschner 1909, 99 f.; Kindermann-Bieri 1989, 297-300.
151. Die wilden Geister. Qu.: Hormayr 1806, Bd. 1, 141 f. E: mit den vicentinischen und veronesischen Deutschen sind die Bewohner der deutschen Sprachinseln auf italienischem Gebiet (die sog. Zimbern) gemeint. Lit.: Erfurth 1938, 41 f.
152. Die Heilingszwerge. Qu.: Spieß 1798, Bd. 1, 18-23. Lit.: Grimm/ Ward 1, 361.
153. Der Abzug des Zwergvolks über die Brücke. Qu.: Otmar 1800, 325-327. Lit.: Aschner 1909, 40 f. Vgl. DS 303.
154. Der Zug der Zwerge über den Berg. Qu.: Otmar 1800, 329, geringfügige Änderungen. Lit.: Grimm DM, 427-431.
155. Die Zwerge bei Dardesheim. Qu.: Otmar 1800, 332 f., 334. Lit.: Grimm DM, 434; Aschner 1909, 41.
156. Schmied Riechert. Qu.: Otmar 1800, 333 f. E: Nebelkappe: soviel wie Tarnkappe = unsichtbar machendes, den ganzen Körper bedeckendes Kleid.
157. Grinkenschmidt. Qu.: mündlich in Münsterland, nach brieflicher Mitteilung von Jenny von Droste-Hülshoff und geringfügig gegenüber der Vorlage bearbeitet. * Wuhrnde, nierme, utrierten: wohnte, nehme, ausgerissen; eislike rohr: sehr rar; sonner: ohne; Spitt: Spieß; Broden: Braten; so hellig aße der to: so böse als möglich; enbilink: entlang. E: men: aber; queimen: kamen; lenden: leihen. Lit.: Erfurth 1938, 91.
158. Die Hirtenjungen. Qu.: Spieß 1798, Bd. 1, 24 f.
159. Die Nußkerne. Qu.: mündlich aus dem Corveyschen, mitgeteilt von einem der Metternich-Kinder, Wehrden, vermutlich 1814. Lit.: Erfurth 1938, 81.
160. Der Soester Schatz. Qu.: Grimmelshausen 1669, Buch 3, Kap. 12 (Vorlage für den 2. und 3. Abschnitt nicht zu klären). Lit.: zum Motiv »Hund als Wächter« s. Mot. B 134.3.

161. Das quellende Silber. Qu.: Happel 1687, Bd. 3, 528.
162. Goldsand auf dem Untersberg. Qu.: Sagen der Vorzeit 1782, 6 f., 7 f. (Mittelteil = DS 163). Lit.: Kammerhofer-Aggermann 1991/92.
163. Goldkohlen. Qu.: Sagen der Vorzeit 1782, 7 (unter Fortfall des Kommentars). Lit.: Kammerhofer-Aggermann 1991/92. Mot. D 475.1.1: Kohlen zu Gold.
164. Der Brunnen zu Steinau. Qu.: Bange 1599, Bl. 105 b. E: wahrscheinlicher Steinau an der Haun, stundenweit von Fulda (Hdex.).
165. Die fünf Kreuze. Qu.: mündlich aus Höxter und wohl vermittelt vom Schulfreund Paul Wigand. Lit.: Erfurth 1938, 66.
166. Der Schwerttanz zu Weißenstein. Qu.: Winkelmann 1697, Bd. 1, 375. *Die Sitte des hessischen Schwerttanzes samt dem Lied der Schwerttänzer wird anderswo mitgeteilt werden. E: »auf dem Wege nach Wetter« ergänzt nach Hdex. Lit.: Aschner 1909, 69 f.; Grimm/Ward 1, 364.
167. Der Steintisch zu Bingenheim. Qu.: Winkelmann 1697, Bd. 1, 184 (aus dem Mund des Dauernheimer Pastors Draud). E: Zentgerichte: Zentgerichte übten in Unabhängigkeit vom Landesherrn die Kriminalgerichtsbarkeit aus.
168. Der lange Mann in der Mordgasse zu Hof. Qu.: Widmann/Meyer, 120 f. Lit.: vgl. Grimm DM, 1134-1141 (zur Pest); Aschner 1909, 96; Dünninger 1963, Nr. 23 (zu Widmann s. S. 124).
169. Krieg und Frieden. Qu.: Bräuner 1737, 275 (die von den Brüdern Grimm angegebenen Quellen Schultze 1645 [älteste Quelle] = 6. Aufl. 1660, 409) und Praetorius 1668/77, Bd. 1, 665 f. wurden zur Bearbeitung nicht herangezogen).
170. Rodensteins Auszug. Qu.: Zeitung für die elegante Welt Nr. 126 vom 25. Juni 1811 (Einsender wohl Theodor von Haupt). E: Hofraite: Wirtschaftsraum. Zusatz im Hdex. vor letztem Satz: Bei dem erbachischen Amt Reichenberg zu Reichelsheim hat man viele Personen deshalb abgehört; die Protokolle fangen mit dem Jahr 1742 an und endigen mit 1764. Im Juli 1792 war ein Auszug. Im Jahr 1816 erneuern sich in der Rheingegend ähnliche Gerüchte und Aussagen. Einige nennen statt des Rodensteiners den Lindenschmied, von dem das bekannte Volkslied anhebt: »es ist noch nicht lang, daß es geschah, daß man den Lindenschmied sah auf seinem hohen Rosse, er ritt den Rheinstrom auf und ab, er hat's gar wohl genossen«. Andere sagen, daß Schnellert aus seiner Burg nach dem Rodenstein auszöge, um seinen geschwornen Todfeind, den Rodensteiner, auch noch als Geist zu befehden. Lit.: Steig 1901, 300-310; Aschner 1909, 87; Erfurth 1938, 37, 75; Mössinger 1962; Dünninger 1963, Nr. 83 (Anm. S. 160-162); Kellner 1993 (Teil 2.2.1.2).
171. Der Tannhäuser. Qu.: Arnim/Brentano, Bd. 1, 86 (Prosaauflösung auch schon bei Büsching 1812, 373-380). Lit.: Aschner 1909, 25, 59 f.; Steig 1916, 233; DVldr Nr. 16; Arnim/Brentano, Bd. 4, 189-193 (Kommentar); Moser 1977; Kellner 1993 (Teil 2.1.1-2.1.1.2.3). Vgl. AaTh 756: Zweig: Der grünende Z.
172. Der wilde Jäger Hackelberg. Qu.: Kirchhof/Österley, Bd. 4, 342 f., Nr. 283, kleinere, auch syntaktische Änderungen. E: Hdex.: Im Hackel? Der Hackel: Ein Forst unweit Halberstadt bei der alten Dornburg; die Zwerch: querüber; Wackenstein: im fließenden Wasser fortgeschobener Stein. Lit.: Grimm DM, 873-876; Aschner 1909, 39; Steig 1916, 233; Meyer 1954; Grimm/Ward 1, 367; Kellner 1993 (Teil 2.2.1.2). Vgl. DS 309, 311.
173. Der wilde Jäger und der Schneider. Qu.: mündlich aus Münster, wohl nach brieflicher Mitteilung von Jenny von Droste-Hülshoff. Lit.: Erfurth 1938, 77 f.; Kellner 1993 (Teil 2.2.1.2).
174. Der Höselberg. Qu.: Eingang nach Agricola 1534, Nr. 301, danach Kornmann 1614, 374 f., Kap. 74 (nach Bange 1599, Bl. 57 b-58 a). E: Die Fuhrleute sind

trunken, sie fahren nicht, wie die Brüder Grimm meinen, Wein (zur Fehlübertragung s. Aschner 1909, 48 f.). Zusatz im Hdex.: *Man findet gleichbedeutend: Horsel-, Hursel-, Hosel-, Oselberg. Die eigentliche Ableitung von Ursel, Usel (favilla [= Asche]) liegt nahe. Man hat auch Hieselberg. Die Hörsel, ein Flüßchen, fällt in die Werra und heißt beim Ursprung Leine. Lit.: Büsching 1812, 186 f.; Grimm DM, 1004; Aschner 1909, 47-49; Kellner 1993 (Teil 2.1.1-2.1.1.2.3, 2.3.1). Zum Motiv »Hund als Wächter« s. Mot. B 134.3.

175. Des Rechenbergers Knecht. Qu.: Der 1. Abschnitt ist eine Kombination aus Agricola 1534, Nr. 301 und Kirchhof/Österley [1563], Buch 5, Nr. 248, etwas beeinflußt von Büsching (1812, 55-61); die folgenden Abschnitte nach Kirchhof/Österley [1563], Buch 5, Nr. 247, 249. Kirchhofs Schwänke sind auch zitiert bei Luther/Aurifaber 1566, 106. E: feindlich: frühnhd. für heftig; der Stegreif ist der Steigbügel: sich aus dem Stegreif ernähren bedeutet soviel wie: als Raubritter ernähren. Lit.: ältere Fassungen bei Kirchhof/Österley, Buch 7, 137; Aschner 1909, 43 f.

176. Geisterkirche. Qu.: Widmann/Meyer, 113 f., nur auf den letzten Abschnitt bezieht sich die Angabe der Brüder Grimm: »Mündliche Erzählungen aus dem Paderbörnischen« (Variante bei Gottschalck 1814, 214-219). E: Wandlung: Transsubstantion bei der Messe; die Vorstellung von der Anwesenheit des Menschen bei der Totenmahlzeit könnte aus der antiken und vom Christentum übernommenen Auffassung herstammen. Lit.: Aschner 1909, 96; Erfurth 1938, 91 (vermutet als Beiträger die Haxthausen-Familie); Deneke 1958, 98; Dünninger 1963, Nr. 21 (Anm. S. 125 f.); HdS, 10-16; Röhrich 1976, 134; Kellner 1993 (Teil 2.3.1). Mot. E 492.

177. Geistermahl. Qu.: Bräuner 1737, 336-340 (nach Francisci 1690, 424-430), gekürzt, bearbeitet und noch stärker dramatisiert. Vgl. auch DS 177, 534.

178. Der Dachdecker. Qu.: mündlich.

179. Die Spinnerin am Kreuz. Qu.: 1. Abschnitt nach Angabe der Brüder Grimm mündlich aus Österreich, alle Nachrichten jedoch schon bei Gensau 1807; 2. Abschnitt (hinzugefügt aus Hdex.) nach Crusius 1738, 387. Lit.: Erfurth 1938, 32; Schmidt 1974, 22 f.; Grimm/Ward 1, 370.

180. Buttermilchturm. Qu.: Frick 1802, 94 f. (u.a. nach Schütz 1599), 3. Abschnitt (ergänzt aus Hdex.) nach Fürst 1739, 12 f. E: Deutschmeister: Landmeister des Deutschen Ordens.

181. Der heilige Winfried. Qu.: Lang 1814, Bd. 2, 3 f. (Mittelteil ergänzt aus Hdex., die Ergänzungen stammen von Jacobs Hand). E: im Hdex. ist der Name der Heiligen bzw. Prinzessin als »Wilgefortis« ergänzt. Lit.: Grimm/Ward 1, 370 f.

182. Der Hülfenberg. Qu.: Sagittarius 1685, 165 f.

183. Das Teufelsloch zu Goslar. Qu.: Müchler 1810, Bd. 4, 47-54, hier 48-50 (bearbeitet und gekürzt); letzter Abschnitt nach Lerchheimer 1585 in Anlehnung an Otmar 1800, 175-180 und Gottschalck 1814, 177-183, der wiederum auf Otmar fußt, dies jedoch in den Anmerkungen nicht vermerkt. E: Hunc diem gloriosum fecisti: Diesen Tag hast du glorreich gemacht; Hunc diem bellicosum ego feci: Diesen Tag habe ich kampfreich gemacht; weitere Varianten zu Rangstreitsagen s. Hdex. Lit.: Aschner 1909, 35 f., 80; Dinzelbacher 1981, 103. Mot. G 303.9.9.2, Tubach, Nr. 2024, 3219.

184. Die Teufelsmühle. Qu.: Otmar 1800, 189-194 und mit Erweiterungen (s. auch Hdex.) nach Unentbehrlicher Führer 1809, 97 f. Lit.: Grimm DM, 514-516, 972, 977-979; Grimm/Ward 1, 372; Bluhm/Hölter 1989, 264-269.

185. Der Herrgottstritt. Qu.: Taschenbuch 1800, 129-136; beim 2. und 3. Abschnitt handelt es sich um die Prosaauflösung eines von Jakob Grimmer eingesandten Gedichts in zwanzig vierzeiligen Strophen, reduziert hier auf fünfzehn Zeilen (die anderen von den Brüdern Grimm genannten Quellen wurden nicht herangezogen). E: die Orte im 2. Abschnitt ergänzt aus Hdex.; Hinweis auf weitere Var.n in DS (1816, Anm.) und im Hdex. Lit.: Steig 1916, 233 f.; Grimm/Ward 1, 373; zum Alb vgl. HdS, 186-250.

186. Die Sachsenhäuser Brücke zu Frankfurt. Qu.: mündlich aus Frankfurt. Lit.: Röhrich 1976, 264-266; EM 1, 1393-1397 (Art. »Baumeister« von I. Taloş) und EM 2, 838-842 (E. Moser-Rath); Schenda 1985 b, 198 f. Vgl. DS 337. AaTh 1191: Brückenopfer.

187. Der Wolf und der Tannenzapf. Qu.: mündlich und wohl mitgeteilt von F.W. Carové (1815). E: Passage über die »Franzosen« ergänzt aus Hdex. Lit.: Erfurth 1938, 37.

188. Der Teufel von Ach. Qu.: wörtlich nach Agricola 1534, Nr. 301 (1. Abschnitt), danach Schottel 1663, Buch 5, Traktat 3 (S. 1134).

189. Die Teufelsmauer. Qu.: Döderlin 1723, 29. E: genaue Ortsbezeichnungen ergänzt nach Hdex., dort auch noch Bemerkung über die Mauer: Die Mauer sollte durch die ganze Welt reichen. Lit.: Grimm DM, 75, 500, 974 (nur zu Teufelsmauern); Aschner 1909, 36; Dünninger 1963, Nr. 59 (Anm. S. 149-151). Mot. E 452, G 303.14, G 303.16.19.4, G 303.17.1.

190. Des Teufels Tanzplatz. Qu.: Otmar 1800, 175-178. E: längerer Zusatz im Hdex., der eigentlich zu DS 189 gehört, s. Bluhm/Hölter 1989. Lit.: Bluhm/Hölter 1989, 263 f.

191. Die Teufelskanzel. Qu.: Homilien des Teufels 1800 (Titel in deutschen Bibliotheken 1990-92 nicht erhältlich). E: »im Murgtal« ergänzt aus Hdex.

192. Das Teufelsohrkissen. Qu.: geringfügig bearbeitet aus einem längeren Beitrag K.A. Varnhagens über Schloß Bentheim im Morgenblatt 5 (1811) Nr. 208, 830. Lit.: Steig 1916, 234.

193. Der Teufelsfelsen. Qu.: Pachelbel 1716, 128 f.

194. Teufelsmauer. Qu.: Arndt 1801, 169 f.

195. Teufelsgitter. Qu.: mündlich. Erfurth 1938, 81 (vermutet als Beiträger den Rostocker Professor Hans Rudolf Schröter). E: letzter Satz ergänzt nach Hdex.

196. Teufelsmühle. Qu.: Traditiones Corbeienses, Teil 7, § 340 (S. 559), letzter Satz nach Jäger 1803, Teil 2, 51. Lit.: vgl. Dünninger 1963, 169.

197. Teufelskirche. Qu.: Jäger 1803, Teil 2, 49 (vgl. auch Gregorius 1713, 181). Lit.: Dünninger 1963, Nr. 90 (Anm. S. 168 f.).

198. Teufelsstein bei Reichenbach. Qu.: Winkelmann 1697, Bd. 1, 34.

199. Teufelsstein zu Köln. Qu.: Dielhelm 1744, 724 f. E: [Er warf ihn] nach Berckenmeyer anno 1404, den 30. Okt., während eines Sturmwinds [= Berckenmeyer 1720, 585], so im Hdex.

200. Süntelstein zu Osnabrück. Qu.: Strodtmann 1756, 236. E: im Hdex. Hinweis auf weitere Felsformationen.

201. Der Lügenstein. Qu.: Otmar 1800, 27 f. (gekürzt und stilistisch verbessert).

202. Die Felsenbrücke. Qu.: mündlich aus Oberwallis. E: Chiltbube: chilt schweiz. für fensterln. Lit.: Schenda/Doornkaat 1988, 72 (R. Schenda); Kindermann-Bieri 1989, 356. Vgl. DS 337.

203. Das Teufelsbad zu Dassel. Qu: Letzner 1596, Buch 5, Kap. 13 (Bl. 12 a-b), Buch 8, Kap. 9 (Bl. 147 b-148 a). Lit.: Grimm/Ward 1, 376 f.

204. Der Turm zu Scharzfeld. Qu.: Letzner 1596, Buch 6, Kap. 1 (Bl. 60 a). Lit.: Aschner 1909, 58 f.

205. Der Dom zu Köln. Qu.: 1. Abschnitt mündlich und vermutlich von Eberhard von Groote (der auch eine dichterische Bearbeitung der Baumeistersage verfaßte); 2. und 3. Abschnitt nach F.W. Carovés brieflicher Mitteilung. E: weitere Var.n s. Hd.ex. Lit.: Erfurth 1938, 34-37; allg. Art. »Baumeister« in EM 1 (1977) 1393-1397 (I. Talo).
206. Des Teufels Hut. Qu.: Prosaauflösung eines von Henriette Schubert verfaßten Gedichts »Der große Stein«, das im Taschenbuch 1816, 237 f. veröffentlicht wurde. Lit.: Steig 1916, 235 f.
207. Des Teufels Brand. Qu.: Remigius 1598, 335 f. (gemeint ist außerdem Schiltach bei Freiburg/Br., nicht in der Schweiz wie in DS) 207. Lit.: Kindermann-Bieri 1989, 116-122. AaTh 1168: Various Ways of Expelling Devils.
208. Die Teufelshufeisen. Qu.: Praetorius 1668/77, Bd. 2, 361 f. (nach Zeiller 1656, Bd. 2, 670 [499]). Lit.: Röhrich 1963; Grimm/Ward 1, 377 f.
209. Der Teufel führt die Braut fort. Qu.: (wie Dobeneck 1815, Bd. 1, 161 f.) Godelmann/Nigrinus 1592, 9 f. (lat. Ausg. 1591, 12 f.), modernisiert und gekürzt. Lit.: Aschner 1909, 90 (auch über das bei Grimm angeführte Volkslied). Grimm/Ward 1, 378.
210. Das Glücksrad. Qu.: Grundmann 1677, 228-230 (= Grundmann 1655, 168-171), bearbeitet, indirekte Rede in direkte Rede umgesetzt (auch bei Praetorius, Wündschel-Ruthen, 88, 90). Lit.: Grimm 1882, Bd. 2, 238. Vgl. DS 338.
211. Der Teufel als Fürsprecher. Qu.: nach Luther/Aurifaber 1566, 616 a-b (schon bei Dobeneck 1815, Bd. 1, 146 f.). E: übertäuben: mit Gewalt veranlassen. Lit.: Aschner 1909, 89 f.; Var.n aus dem 16./17. Jh. bei Brückner 1974, 161, Anm. 209 und Rehermann 1977, 158 f., Nr. 46. AaTh 821 A: Teufel als Advokat.
212. Traum vom Schatz auf der Brücke. Qu.: Agricola 1534, Nr. 623 (fast wörtliche Wiedergabe). Lit.: Ranke 1934, 22-38 (Texte); Takehara 1991, 71-81. AaTh 1645: Traum vom Schatz auf der Brücke.
213. Der Kessel mit dem Schatz. Qu.: mündlich aus Bibesheim und Wernigerode (1. Abschnitt mündlich aus dem Odenwald [Bibesheim] und mitgeteilt wohl von F.W. Carové [1815]). Lit.: Erfurth 1938, 37.
214. Der Werwolf. Qu.: 1. Abschnitt ohne Vorlage: mündlich aus Bibesheim und Wernigerode; 2. Abschnitt nach Remigius 1598, 263 f. (dem u.a. Bräuner 1737, 252 f. mit geringfügigen Änderungen folgt); der 3. Abschnitt aus Dobeneck 1815, Bd. 2, 175 (nach Bodin 1581, 2. Buch, Kap. 6), der im Kapitel über Werwölfe die einschlägigen älteren Quellen zusammengestellt hat. E: Ergänzt im Hdex. nach »den Gürtel abgeworfen«: »oder, wie andere erzählen: einen Gürtel angelegt«; ergänzt nach »den Gürtel wieder umgetan«: »wieder abgelegt«. Lit.: Grimm DM, 1047-1050; Aschner 1909, 40; Grimm/Ward 1, 380-382.
215. Der Werwolfstein. Qu.: Otmar 1800, 271-276, hier 273, gekürzt und sprachlich häufig verbesserte Bearbeitung. Lit.: Aschner 1909, 40; Steig 1916, 236.
216. Die Werwölfe ziehen aus. Qu.: Bräuner 1737, 251 f. Lit.: Röhrich 1976, 171 f.; Uther 1990, 566.
217. Der Drache fährt aus. Qu.: Scheuchzer 1723, 386 f., 396, relativ freie Übersetzung aus dem Lateinischen (andere angeführte Quellen wurden nicht benutzt). Lit.: Schenda/Doornkaat 1988, 195 f. (W. Schweizer); Kindermann-Bieri 1989, 190-200. AaTh 672 D: Schlangenkrone, Schlangenstein.
218. Winkelried und der Lindwurm. Qu.: Etterlin 1764, 12 f.; Schlußsatz nach Scheuchzer 1723, Bd. 1, 390 (nach Wagner 1680). E: im Hdex. noch ein Hinweis auf die Midgardschlange bei der Erwähnung des Tieropfers für den Drachen. Lit.: Steig 1916, 236; Schenda/Doornkaat 1988, 195 f. (W. Schweizer); Kindermann-

Bieri 1989, 49-64 (bei Etterlin verbunden mit den Geschichten über die Entstehung der Schweizer Eidgenossenschaft, s. DS 514-518).
219. Der Lindwurm am Brunnen. Qu.: mündlich nach F.W. Carovés Mitteilung (1815 »von einem alten Mann«). Lit.: Erfurth 1938, 37. Mot. Z 311: Unverwundbar bis auf eine Stelle.
220. Das Drachenloch. Qu.: Scheuchzer 1723, 383 f. (nach J.L. Cysat, J.J. Wagner und A. Kircher; Übersetzung aus dem Lateinischen), weitere von den Brüdern Grimm aufgeführten Quellen sind re-zitiert. Lit.: Schenda/Doornkaat 1988, 195 f. (W. Schweizer); Kindermann-Bieri 1989, 200-209.
221. Die Schlangenkönigin. Qu.: Wyß 1815, 148-196 (nach Mitteilung von Pfarrer Immer aus Unterseen, gekürzt; Prosaauflösung). Lit.: Aschner 1909, 100; Kindermann-Bieri 1989, 301-306. AaTh 672 C: Schlangenkrone, Schlangenstein.
222. Die Jungfrau im Oselberg. Qu.: Crusius 1596, Liber Paraleipomena zu Bd. 2, Kap.17 (S.68: nach G. Widemann). E: Der Oselberg heißt heute Hesselberg; einig: einzig, abgeschieden; Wittiber: Witwer; Quatember: vierteljährlicher kathol. Fasttag. Lit.: Steig 1916, 236.
223. Der Krötenstuhl. Qu.: Spieß 1796 (Titel ist in deutschen Bibliotheken 1990-92 nicht erhältlich). *In den gemeinen Mundarten heißt der Waldschwamm Kröten- oder Paddenstuhl. E: Wasgau ist der alte Name für die Vogesen; im Hdex. zum abschließend zitierten Spruch noch Variantenhinweise.
224. Die Wiesenjungfrau. Qu.: mündlich aus Hessen. Lit.: Ranke 1911. Mot. D 791.1.3, Müller/Röhrich J 51.
225. Das Niesen im Wasser. Qu.: mündlich aus Hessen.
226. Die arme Seele. Qu.: mündlich aus Paderborn. Lit.: Erfurth 1938, 91 (vermutet als Beiträger die Haxthausen-Familie).
227. Die verfluchte Jungfer. Qu.: Volks-Sagen, Bd. 2 (1795) 180, gekürzt und umgestellt. Lit.: zu den Volks-Sagen vgl. Aschner 1909, 66 und Grätz 1988, 238 f.
228. Das Fräulein von Staufenberg. Qu.: Otmar 1800, 37 (gekürzte Fassung).
229. Der Jungfernstein. Qu.: Gregorius 1715, 514. E: noch zu sehen: gemeint ist vermutlich die sog. Barbarina, Fels mit kopfartigem Aufsatz neben dem Pfaffenstein. Lit.: Var.n bei Meiche 1903, Nr. 715.
230. Das steinerne Brautbett. Qu.: sinngemäß nach Spieß, Biographien, 1796, Bd. 3, 297-301.
231. Zum Stehen verwünscht. Qu.: Praetorius 1668/77, Bd. 1, 659-661.
232. Die Bauern zu Kolbeck. Qu.: »verschiedene Quellen zu einem neuen organischen Ganzen vereinigt« (Aschner 1909, 61): Bange 1599, Bl. 39 b-40 a; Schmincke 1747, 88 f.; Spangenberg 1563, 46. Brautpredigt (nach Krantz 1503, Teil 4, Kap. 33 = Krantz/Faber 1563, 156) und in Anlehnung an die Bearbeitungen von Gottschalck 1814, 334 f. sowie Otmar 1800, 29. E: Leisen: geistliche Lieder (vgl. »Kyrie eleison«). Lit.: Aschner 1909, 61-63; Petzoldt 1978, Nr. 278 (mit Lit.); Metzner 1972, bes. 3-28; Brückner 1974, 682 mit Anm. 128 und Rehermann 1977, 156, Nr. 33 und 368 f., Nr. 9 (Var.n); Chesnutt 1980, 158-166; Grimm/Ward 1, 388 f. Tubach, Nr. 1419.
233. Der heilige Sonntag. Qu.: mit kleineren sprachlichen Änderungen nach Harsdörfer 1656, 416-418, Nr. 120, hier 3 (417) und 2. Abschnitt nach Nr. 120, 5 (417 f.).
234. Frau Hütt. Qu.: bearbeitet und gekürzt nach einem vom Literaten [Friedrich von] Matthisson verfaßten Aufsatz im Morgenblatt 5 (1811), Nr. 28. Lit.: Steig 1916, 236 f.

235. Der Kindelsberg. Qu.: geringfügig bearbeitet nach Jung-Stilling 1778, 24-29; das dort in 15 vierzeiligen Strophen angehängte Volkslied wurde inhaltlich reduziert in eine Prosafassung umgewandelt und als Fortsetzung in die ›Sage‹ integriert. Lit.: Steig 1916, 237-239.
236. Die Semmelschuhe. Qu.: mündlich aus Deutschböhmen. Lit.: Erfurth 1938, 30 (vermutet als Beiträger den in der Schaumburgischen Buchhandlung in Wien angestellten H. Eckstein bzw. dessen Mutter). Siehe auch DS 237.
237. Der Erdfall bei Hochstedt. Qu.: Behrens 1703, 84-87 und, geringfügig, Gottschalck 1814, 36-40. Lit.: Var.n bei Aschner 1909, 54. Siehe auch DS 236.
238. Die Brotschuhe. Qu.: mündlich aus Deutschböhmen. Lit.: Erfurth 1938, 30 (vermutet als Beiträger den in der Schaumburgischen Buchhandlung in Wien angestellten H. Eckstein bzw. dessen Mutter).
239. Das taube Korn. Qu.: Grabner 1792, 58-60 (ohne die ersten fünf Zeilen); Winsemius 1622, 147 f. Lit.: Grimm/Ward 1, 390 f.
240. Der Frauensand. Qu.: gekürzte Bearbeitung eines Manuskripts von Clemens von Bönninghausen durch die Brüder Grimm. Lit.: Erfurth 1938, 91 f.; Grimm/Ward 1, 390 f. Dömötör, Nr. 416, AaTh 736 A: Polykrates: Ring des P.
241. Brot zu Stein geworden. Qu.: Dielhelm 1744, 864 (1. Abschnitt); Melissantes 1744, 128; Ernst 1719, 946; 3. Abschnitt mündl. Sage aus Landshut; letzter Abschnitt nach Zeiller 1655, 27. Lit.: HdS, 381; Brückner 1974, 684, Anm. 143 (1. Abschnitt bereits bei Fincel 1556 und Hondorff 1595); Rehermann 1977, 558 f., Nr. 7 (Var.n). Mot. D 471.1, D 661.
242. Der Binger Mäuseturm. Qu.: weitgehend nach Bange 1599, Bl. 36 a-b (für das Jahr 974 datiert); einzelne Wendungen in Anlehnung an Becherer 1601, 184 und Gottschalck 1814, 240-245. E: »jung und alt, Mann und Weib« als erläuternden Zusatz aus dem Hdex. übernommen. Lit.: Aschner 1909, 80 f.; Steig 1916, 239; Brückner 1974, 679, Anm. 113; Rehermann 1977, 154 f., Nr. 22. Lit.: Beckmann 1974. Tubach, Nr. 3280, Dömötör, Nr. 33.
243. Das Bubenried. Qu.: mündlich aus dem Odenwald und mitgeteilt wohl von F.W. Carové (1815). Lit.: Erfurth 1938, 37.
244. Kindelbrück. Qu.: mündlich.
245. Die Kinder zu Hameln. Qu.: weitestgehend im Anschluß an Nieremberger/Kirchmaier 1701 (bzw. den dort zitierten Kircher 1650, Buch 2, Kap. 3, S. 232 f.), Weier 1586, 43 (1. Buch, Kap. 16), Erich 1654, Becherer 1601, 367, Meibom 1688, 80 und in Anlehnung an Gottschalck 1814, 56-64. E: das Hdex. verweist noch auf eine in Hameln befindliche Hausinschrift zum Ereignis von 1284. Lit.: Aschner 1909, 73-75; Brückner 1974, 680, mit Anm. 115 (und Verweis auf Fincel 1556 als den ältesten Textzeugen). Lit.: Dobbertin 1970; Uther 1985 a; Humburg 1985; Liebs 1986.
246. Der Rattenfänger. Qu.: mündlich aus Deutschböhmen. Lit.: Erfurth 1938, 30 (vermutet als Beiträger den in der Schaumburgischen Buchhandlung in Wien angestellten H. Eckstein bzw. dessen Mutter).
247. Der Schlangenfänger. Qu.: nahezu wörtlich nach Weier 1586, 95 (2. Buch, Kap. 4). Lit.: Brückner 1974, 164, Anm. 226 (Var.n 16. Jh.); Rehermann 1977, 155, Nr. 28 (1 Var. aus dem 17. Jh.); Röhrich 1976, 195-209 (mit Diskussion der ältesten Texte).
248. Das Mäuselein. Qu.: frei nach Praetorius 1668/77, Bd. 1, 40 f., erneut als Derivat Bd. 2, 160 f. E: kleffen: wie klaffen = offen stehen lassen. Lit.: Grimm DM, 1036; Steig 1916, 239 f.; Grimm/Ward 1, 394.
249. Der ausgehende Rauch. Qu.: Praetorius 1668/77, Bd. 2, 160.

250. Die Katze aus dem Weidenbaum Qu.: Ettner 1700, 894-896.
251. Wetter und Hagel machen. Qu.: 1. Abschnitt aus Godelmann/Nigrinus 1592, Buch 5, Kap. 1 (S. 83) (lat. Ausg. 1591); 2. Abschnitt aus Kirchhof/Österley [1563], Buch 5, Nr. 261; 3. Abschnitt aus Lerchheimer 1585, Bl. 50: Vergicht oder bekanntniß etlicher zauberinnen, die newlich zu N. verbrannt sind. E: wenn ihr Geköch fortgegangen: wenn sie mit ihrer Kocherei zu Ende gekommen sind. Lit.: Aschner 1909, 96; Rehermann 1977, 159, Nr. 48, 49 (Var.n); Grimm/Ward 1, 395-397.
252. Der Hexentanz. Qu.: Remigius 1598, 109.
253. Die Weinreben und Nasen. Qu.: Lerchheimer 1585, Bl. 19 (= Theatrum de veneficis 1586, 275 f.). Lit.: Aschner 1909, 92.
254. Festhängen. Qu.: wörtlich nach Weier 1586, 105 (Buch 2, Kap.7). Mot. D 1413, D 2171.5.
255. Das Nothemd. Qu.: (wie Dobeneck 1815, Bd. 1, 165) im wesentlichen in Anlehnung an Weier 1586, 348 (Buch 5, Kap. 18), die Hinweise auf Zedlers Universallexicon (= Universal Lexicon 24 [1740] 1429) und Ettner 1700, 650 nur zusätzliche Belege. Lit.: Grimm/Ward 1, 398.
256. Festgemacht. Qu.: die ersten beiden Absätze nach Bräuner 1737, 365 (mit den üblichen Eindeutschungen); 3. Abschnitt nach Luther/Aurifaber 1566, 295 b. Lit.: Steig 1916, 240; allg.: Art. »Festmachen«, »Freikugel«, »Kugel«, »Kugelsegen« im HDA.
257. Der sichere Schuß. Qu.: Lerchheimer 1585, Bl. 12, Valvasor 1689, Buch 1, 676. Vorstellungen über solche Zauberschützen begegnen erstmals im 15. Jahrhundert und scheinen mit dem Aufkommen der Handfeuerwaffen zusammenzuhängen; sie finden sich in der dämonologischen und Jagdliteratur bis weit in das 18. Jahrhundert hinein. Lit.: vgl. die Art. »Festmachen«, »Freigewehr«, »Kugel«, »Kugelsegen« im HDA.
258. Der herumziehende Jäger. Qu.: mündlich aus Paderborn und Münster. Lit.: Art. »Freigewehr« in HDA 3 (1930/31) 2-22, bes. 13-20 (E. Seemann); Art. »Freischütz« in EM 5 (1987) 246-252 (L. Röhrich). Siehe auch Kommentar zu DS 257.
259. Doppelte Gestalt. Qu.: Bräuner 1737, 351 f. Lit.: Uther 1990, 566.
260. Gespenst als Eheweib. Qu.: Bräuner 1737, 353-355 geringfügig gekürzt und geändert. Bräuner basiert auf Francisci 1690, 1096-1098, der sich wiederum auf Frommann 1675, 789 f. (lateinischer Text) beruft.
261. Tod des Erstgeborenen. Qu.: nach Angabe der Brüder Grimm mündlich. E: ergänzend im Hdex. zum Eingang »In einem vornehmen Geschlecht«: »im Haus Hessens selbst« und zum Schluß: »Nach andern hat die Widersetzlichkeit des Erstgeborenen, Landgr. Heinrich des Kindes, die Verwünschung veranlaßt.« Lit.: Ude-Koeller 1991, 266.
262. Der Knabe zu Kolmar. Qu.: mündlich und vermutlich von Appellationsrat Ehrmann (Kolmar) vermittelt. Lit.: Erfurth 1938, 39.
263. Tod des Domherrn zu Merseburg. Qu.: nahezu wörtlich nach Francisci 1690, 1056 (bereits bei Büsching 1812, 391-395).
264. Die Lilie im Kloster zu Corvey. Qu.: nahezu wörtlich nach Francisci 1690, 1054 f.(nach Bucelinus 1662, Bd. 2, Bl. 163; bereits bei Büsching 1812, 391-395).
265. Rebundus im Dom zu Lübeck. Qu.: Francisci 1690, 1057-1066, gekürzte und neu kombinierte Fassung (nach Friedlieb 1683, 315 ff. und einer brieflich 1687 vom gleichen Autor mitgeteilten Version aus Holstein; bereits bei Büsching 1812, 391-395). Bei Francisci heißt der Domherr Rabundus.

266. Glocke läutet von selbst. Qu.: Francisci 1690, 1035 f., 1039, gekürzt und sprachlich überarbeitet.
267. Todesgespenst. Qu.: Francisci 1690, 419, weniger 1044 (nach Gerlach 1674, 301). E: Hdex.: das Gespenst sei »vermutlich die Margareta Maultasch«. Lit.: Steig 1916, 240.
268. Frau Berta oder die weiße Frau. Qu.: Francisci 1690, 59-92 (Hauptquelle Balbn 1679 ff.), erheblich gekürzt und umgestellt: Montagetechnik. Bereits Büsching (1812, 143-158) hatte Francisci benutzt; die anderen bei DS zitierten Quellen sind zur Bearbeitung nicht herangezogen. *Der Brei wird aus Erbsen und Heidegrütz gekocht, auch jedesmal Fische dazugegeben. E: im Hdex. verschiedene Hinweise auf die Speisen. Lit.: Aschner 1909, 45 f.; Steig 1916, 240; Daxelmüller 1979, 236-243; Kellner 1993 (Teil 2.1.1-2.1.1.2.3). Vgl. auch DS 123.
269. Die wilde Berta kommt. Qu.: Journal von und für Deutschland 1790, Bd. 2, 7. Stück, 27, Nr. 12 und 29, Nr.30 (vgl. Crusius 1595, 1, Buch 12, Kap. 6 [329; Crusius 1738, 279] und 2, Buch 8, Kap. 7 [S. 266; Crusius 1738, 487]) sowie Flögel 1788, 23 (nur zum Ausspruch »Schweig, die Drut kommt« unter Berufung auf Aventinus). E: im Hdex. verschiedene Hinweise auf andere Mahlzeiten wie »Fische und Hafer«. Lit.: Kellner 1993 (Teil 2.1.1-2.1.1.2.3).
270. Der Türst, das Posterli und die Sträggele. Qu.: einzelne, ohne Zusammenhang stehende Erläuterungen zu den drei Wörtern aus Stalder 1806, Bd. 1, 208f., 329 und Bd. 2 (1812) 405 (von den Brüdern Grimm zu einer Sage umgeformt). E: Türst: Riese; Sträggele: vermutlich abgeleitet aus ital. strega = Hexe. Lit.: Steig 1916, 240. Kindermann-Bieri 1989, 227-231; Kellner 1993 (Teil 2.2.1.2, 2.3.1)..
271. Der Nachtjäger und die Rüttelweiber. Qu.: Praetorius 1671, 134-137. Lit.: HdS 1, 14; Kellner 1993 (Teil 2.2.1.2).
272. Der Mann mit dem Schlackhut. Qu.: mündlich aus Beerfelden im Erbachischen, nach Mitteilung F.W. Carovés, dem die Sage der Erbacher Rektor und Kaplan sowie spätere Pfarrer in Beerfelden (J.P. Willenbücher) erzählte. E: Schlackhut: Schlapphut. Lit.: Erfurth 1938, 37; Röhrich 1965.
273. Der graue Hockelmann. Qu.: mündlich an der Bergstraße und mitgeteilt wohl von F.W. Carové (1815). Lit.: Erfurth 1938, 37.
274. Chimmeke in Pommern. Qu.: Micraelius 1727, Bd. 1, Buch 3, Kap. 65 [S. 268], überarbeitete Fassung (wie Büsching 1812, 208 f.). Lit.: Grimm DM, 471 f. (zum Namen Joachim Chimgen); Aschner 1909, 52 f.; Grimm/Ward 1, 402 f.
275. Der Krischer. Qu.: aus einem Amtsbericht der Erbacher Kämmerei, mitgeteilt wohl von F.W. Carové. Lit.: Erfurth 1938, 37; Grimm/Ward 1, 403.
276. Die überschiffenden Mönche. Qu.: (gekürzte) Prosaauflösung nach Weier 1586, 46 f. (Buch 1, Kap. 17), der sich auf die gereimte Erzählung bei Georg Sabinus (1508-60) beruft. Der von den Brüdern Grimm gegebene Hinweis auf Melanchthon als weitere Quelle ist ein Lesefehler und bezieht sich auf die nachfolgenden Geschichten bei Weier. Lit.: Grimm DM, 791-795; Aschner 1909, 11.
277. Der Irrwisch. Qu.: mündlich aus Hänlein und mitgeteilt wohl von F.W. Carové (1815). Lit.: Erfurth 1938, 37; Grimm/Ward 1, 403 f.
278. Die feurigen Wagen. Qu.: mündlich aus dem Odenwald und mitgeteilt wohl von F.W. Carové (1815). Lit.: Erfurth 1938, 37.
279. Räderberg. Qu.: mündlich. Vgl. auch DS 177, 534.
280. Die Lichter auf Hellebarden. Qu.: zwei Geschichten aus Happel 1685, Bd. 2, 771 f., zusammengezogen und gekürzt.
281. Das Wafeln. Qu.: Kosegarten 1794, Bd. 2, 76 f. (nur 1. Abschnitt sinngemäß), Zöllner 1797, 316, Anm. (1. Abschnitt) und 516 (2. Abschnitt).

282. Weberndes Flammenschloß. Qu.: Beer 1679, 8-11. Lit.: Grimm/ Ward 1, 404.
283. Der Feuerberg. Qu.: mündlich aus Wernigerode.
284. Der feurige Mann. Qu.: 1. Abschnitt nach Botho/Leibniz, Bd. 3, 337 (fast wörtlich: Text bereits bei Dobeneck 1815, Bd. 1, 105 f.); 2. Abschnitt vermutlich mündlich und mitgeteilt wohl von F.W. Carové. Lit.: Aschner 1909, 86; Erfurth 1938, 37.
285. Die verwünschten Landmesser. Qu.: mündlich aus Mecklenburg. Lit.: Erfurth 1938, 81 (vermutet als Beiträger den Rostocker Professor Hans Rudolf von Schröter).
286. Der verrückte Grenzstein. Qu.: Francisci 1690, 422 f. und sprachlich in Anlehnung an Büsching 1812, 142 f., der bereits Francisci als Quelle angegeben hatte. Lit.: Aschner 1909, 44 f.
287. Der Grenzstreit. Qu.: mündlich aus Hessen.
288. Der Grenzlauf. Qu.: Wyß 1815, 80-100. Lit.: Aschner 1909, 99; Röhrich 1976, 210-234 (erstmals veröff. 1949/50); Kindermann-Bieri 1989, 307-309; Röhrich/ Lindig 1989, 51 (L. Röhrich); zu Altdorf vgl. HdS, 426.
289. Die Alpschlacht. Qu.: Stalder 1797, Bd. 1, 81-85 (nach J.X. Schnider von Wartensee, 1781). Lit.: Kindermann-Bieri 1989, 250-254.
290. Der Stein bei Wenthusen. Qu.: Unentbehrlicher Führer 1809, 150, 154 f. Lit.: Bluhm/Hölter 1989, 260.
291. Die Altenberger Kirche. Qu.: Falckenstein 1738, Bd. 2, 273 (Anm.) (nach Heller 1732, 59 [Anm.] und S. 466), Bd. 3 (1788) 1272.
292. Der König im Lauenburger Berg. Qu.: Valvasor 1689, Buch 2, 247 (unter Berufung auf Kornmann 1614).
293. Der Schwanberg. Qu.: Kontamination nach Agricola 1534, Nr. 389, 390 unter Fortfall der bei Agricola zeitgenössisch-polemisch formulierten Sprichwörter. E: im Hdex.: Schwanberg, Schwanberger Alpen liegen in Steiermark. Lit.: Kindermann-Bieri 1988, 140-142.
294. Der Robbedisser Brunn. Qu.: Letzner 1596, Buch 8, Kap. 10 (Bl. 149 a-b).
295. Bamberger Waage. Qu.: fast wörtlich nach Manlius 1565, 56.
296. Kaiser Friedrich zu Kaiserslautern. Qu.: in Anlehnung an Dobeneck 1815, Bd. 2, 142-144 (nach Draudius 1620, 322). Lit.: Grimm DM, 903-912; Aschner 1909, 57; vgl. Graus 1975, 338-354.
297. Der Hirt auf dem Kyffhäuser. Qu.: in Anlehnung an Dobeneck 1815, Bd. 2, 144-146 (nach Draudius 1620, 322). E: ein gutes Hofrecht machen bzw. hofieren: musizieren. Lit.: Grimm DM 903-912; Aschner 1909, 57; Graus 1975, 338-354.
298. Die drei Telle. Qu.: Dobeneck 1815, Bd. 2, 149-151 (nach Journal für Literatur 1805, 38 [von Carl Bertuch]); ältere Belege im Helvetischen Calender fürs Jahr 1797 [H. Zschokke]). E: im Hdex. Kommentare zu Varianten. Lit.: Lütolf 1862, Nr. 19, 35-37 (schweiz. Var.n); Aschner 1909, 96 f.; Schenda 1985 a; Schenda 1985 b, 197 f.; Kindermann-Bieri 1989, 217-222.
299. Das Bergmännchen. Qu.: Wyß 1815, 1-12 (gekürzt; Prosaauflösung). Lit.: Grimm DM, 438. Aschner 1909, 98; Kindermann-Bieri 1989, 310-313. Vgl. DS 303.
300. Die Zirbelnüsse. Qu.: mündlich aus Oberwallis. Lit.: Schenda/ Doornkaat 1988, 72 (R. Schenda); Kindermann-Bieri 1989, 357.
301. Das Paradies der Tiere. Qu.: mündlich aus Oberwallis im Vispertal. Lit.: Schenda/Doornkaat 1988, 72 (R. Schenda); Kindermann-Bieri 1989, 357 f.; zu den Wildgeistersagen vgl. Röhrich 1976, 142-195, hier 156.
302. Der Gemsjäger. Qu.: Wyß 1815, 43-61 (gekürzt aus rund 200 Hexametern;

Prosaauflösung). Lit.: Grimm DM, 882; Aschner 1909, 98 f.; Steig 1916, 240 f.; Röhrich 1976, 153 f.; Kindermann-Bieri 1989, 314-322.

303. Die Zwerglöcher. Qu.: Behrens 1703, 35-37, 74 f., erheblich gekürzt (wie Büsching 1812, 314 f.). Die langen Sätze der Vorlage sind schon bei Büsching in kurze Hauptsätze aufgelöst: statt Hypotaxe Parataxe. Lit.: Aschner 1909, 40 f. Vgl. DS 153 und 299.

304. Der Zwerg und die Wunderblume. Qu.: Otmar 1800, 145-150, gekürzt und weniger novellistisch. Lit.: Aschner 1909, 34 f.; Grimm DM, 923 (mit Var.n); Steig 1916, 241; Grimm/Ward 1, 410.

305. Der Nix an der Kelle. Qu.: Otmar 1800, 328, sprachlich überarbeitet. Lit.: Aschner 1909, 41; Steig 1916, 241. Mot. B 81.6, F 333.

306. Schwarzach. Qu.: 1. Abschnitt (kräftig bearbeitet) nach Badische Wochenschrift 2, 17. St. (1807) Sp. 268 f.; 2. Abschnitt (bearbeitet und erheblich gekürzt) nach Badische Wochenschrift 2, 34. St. (1807) Sp. 543 f., dort mitgeteilt von [Auguste von] P[attberg] (1769-1842). E: Schwarzach in der Pfalz ist Schwarzach in Baden. Lit.: Steig 1916, 241 f.; Erfurth 1938, 16.

307. Die drei Jungfern aus dem See. Qu.: Badische Wochenschrift 1, Stück 21, (1806) Sp. 342-344 (bearbeitet und erheblich gekürzt); Schluß in Anlehnung an Gottschalck 1814, 11-16. Lit.: Aschner 1909, 69.

308. Der tote Bräutigam. Qu.: gekürzt und bearbeitet nach Praetorius 1668/77, Bd. 1, 305-309. Lit.: Steig 1916, 242.

309. Der ewige Jäger. Qu.: Hagen 1812, Bd. 1, 43-45 (nach einem Meistergesang Michael Beheims). E: im Hdex. längere Passage zum Jäger Hackelberg (s. DS 172); Tolde: Baumkrone. Lit.: Kellner 1993 (Teil 2.2.1.2).

310. Hans Jagenteufel. Qu.: Eingang nach Journal von und für Deutschland 1787, Bd. 2, Nr. 27; weiter nach Praetorius 1668/77, Bd. 2, 68-72 (gekürzt und bearbeitet). E: bis: sei. Lit.: Gräße 1874, Nr. 155 (Var.n und Hinweis auf die bislang älteste Quelle von 1644); Steig 1916, 242; Grimm/ Ward 1, 412; Kellner 1993 (Teil 2.2.1.2).

311. Des Hackelnberg Traum. Qu.: Otmar 1800, 247, 249 f. E: »unweit Hornburg«, ergänzt nach Hdex., dort noch der Hinweis: Der Grabstein soll drei Stunden von Goslar im Garten eines Wirtshauses, genannt der Klapperkrug, liegen. Lit.: Grimm DM, 873-876; Aschner 1909, 39; Steig 1916, 242; Meyer 1954; Röhrich 1976, 190 f. (mit Hinweisen auf antike Überlieferungen); Grimm/Ward 1, 412 f. Mot. D 1812.3.3. Vgl. DS 172.

312. Die Tut-Osel. Qu.: Otmar 1800, 239-250 (Erstveröffentlichung in Erholungen 2 [1796] 202-207), erheblich reduziert um die novellistischen Teile. *Fatschen braucht man, wenn die Füße der Pferde im zähen Kot und Moor schnalzen. Lit.: Aschner 1909, 39; Steig 1916, 242; Kellner 1993 (Teil 2.2.1.2). Vgl. DS 311.

313. Die schwarzen Reiter und das Handpferd. Qu.: Hilscher 1702, 31 f. (mit Angabe älterer Quellen) und (vermutlich) Hanauischer Landcalender 1730 (Titel in deutschen Bibliotheken 1990-92 nicht erhältlich). E: Der zitierte Rechenberger ist nicht mit dem von DS 175 identisch. Lit.: Aschner 1909, 44, Anm. 5; Kellner 1993 (Teil 2.2.1.2, 2.3.1).

314. Der getreue Eckhart. Qu.: gekürzt, aber weitgehend wörtlich nach Agricola 1534, Nr. 667, Schlußsatz (nur dieser nicht bei Agricola) vermutlich nach Hanauischer Landcalender 1730 (Titel in deutschen Bibliotheken 1990-92 nicht erhältlich); bereits ähnlich Hilscher 1702, 8. E: Dornstag: mhd. Form für Donnerstag. Lit.: Grimm DM, 887; Aschner 1909, 97 f.; Kellner 1993 (Teil 2.2.1.2, 2.3.1).

315. Das Fräulein vom Willberg. Qu.: mündlich aus dem Corveyschen, mitgeteilt von einem der Metternich-Kinder, Wehrden, und gegenüber dem (noch vorhandenen) Manuskript stark verändert (falls dies die Grundlage für den DS-Text gewesen sein sollte). Nach Mitteilung W. Grimms an Ludowine von Haxthausen (29.5.1814) auf sommerlichen Wanderungen gesammelt. E: im Hdex. kleinere Textergänzungen, hier nicht übernommen; Wehren bei Höxter: gemeint ist wohl Wehrden. Lit.: Erfurth 1938, 80 f., 92.

316. Der Schäfer und der Alte aus dem Berg. Qu.: mündlich aus Wernigerode.

317. Jungfrau Ilse. Qu.: Otmar 1800, 169-174 (Erstveröffentlichung in Erholungen 3 [1797] 250-253). Aber schon Gottschalck 1814 hat die auch in den DS zu findende umgekehrte Anordnung mit der vorangestellten Sintflutvariante. Die letzte zitierte Sage vom Harzkönig ist dem Unentbehrlichen Führer 1809, 204 f. entnommen. Eine weitere Fassung der Sage (Grimm DM, 915) teilte August von Haxthausen am 25. Januar 1816 J. Grimm mit. Lit.: Aschner 1909, 35; Erfurth 1938, 74 f.; Bluhm/Hölter 1989, 260-262.

318. Die Heidenjungfrau zu Glatz. Qu.: Aelurius 1625, 124-128 (auch von Praetorius 1668, 176-185 und Büsching 1812, 12-14 mit Auslassungen herangezogen). E: krengeln: drehen, den Kopf verdrehen; im Hdex. Hinweis auf den Flug der Kraniche im Nibelungenlied. Lit.: Grimm DM, 317; Aschner 1909, 41 f.

319. Der Roßtrapp und der Kreetpfuhl. Qu.: verschiedene Vorlagen: nach Otmar 1800, 179-186 (Erstveröffentlichung in Erholungen 3 [1797] 253-258) und Büsching 1812, 315 f. (der auf Behrens 1703 basiert); die Hinweise auf den in den DS zitierten Seyfried ergaben außer dem Vorkommen der Namen Roßtrappe und Kreetpfuhl keine textlichen Einwirkungen, Variante 3 und 5 nach Unentbehrlicher Führer 1809, 147-149 (unter Auslassung des Kommentars). *Das heißt Teufelspfuhl, wie die nördlichen Harzbewohner Kreetkind ein Teufelskind nennen. Lit.: Aschner 1909, 36 f.; Bluhm/Hölter 1989, 262. Zum Motiv »Hund als Wächter« s. Mot. B 134.3.

320. Der Mägdesprung. Qu.: Otmar 1800, 53, 195-198 (vorher unvollständig in Erholungen 3 [1797] 263 f.); Schluß nach Behrens 1703, 131 und Gregorius 1715, 575 f. (ähnlich auch Unentbehrlicher Führer 1809, 67). Lit.: Grimm DM, 505-507; Aschner 1909, 38 f.; Steig 1916, 242; Bluhm/ Hölter 1989, 263.

321. Der Jungfernsprung. Qu.: Büsching 1812, 179-181 (nach Peschek 1792, 26 f. [2. Aufl. 1804, 33 f.]) und erneut kräftig bearbeitet, regelrecht dramatisiert und vor allem in der Reihenfolge (wie schon bei Büsching) umgestellt. Lit.: Aschner 1909, 46 f.; Art. »Jungfernsprung« in EM 7,2-3 (1992) 780-782 (H.-J. Uther).

322. Der Harrassprung. Qu.: Körner 1815, Bd. 2, 71-74.

323. Der Riese Hidde. Qu.: Winsemius 1622, Buch 3, Bl. 93 a.

324. Das Ilfelder Nadelöhr. Qu.: Behrens 1703, 126 f., gekürzt und umgestellt. Lit.: Grimm DM 507 f. (Var.n); Aschner 1909, 54.

325. Die Riesen zu Lichtenberg. Qu.: mündlich aus dem Odenwald und mitgeteilt wohl von F.W. Carové (1815). Lit.: Erfurth 1938, 37. AaTh 701: Riesenspielzeug.

326. Das Hünenblut. Qu.: Otmar 1800, 267-270 (Erstveröffentlichung in Erholungen 3 [1797] 265 f.), geringfügige Änderungen.

327. Es rauscht im Hünengrab. Qu.: Micraelius 1727, Bd. 1, Buch 2, Kap. 52 (S. 130). E: kleuben oder klieben: spalten. Lit.: Steig 1916, 243.

328. Tote aus den Gräbern wehren dem Feind. Qu.: wörtlich nach Otmar 1800, 28 f.

329. Hans Heilings Felsen. Qu.: Körner 1815, Bd. 2, 132-152, vgl. 174 (stark gekürzt). Lit.: Grimm/Ward 1, 417 f.

330. Die Jungfrau mit dem Bart. Qu.: Praetorius, Wündschel-Ruthen, 152 f.

331. Die weiße Jungfrau zu Schwanau. Qu.: fast wörtlich nach Müller 1806, Bd. 2, 3 (Anm.). Lit.: Kindermann-Bieri 1989, 344-347.
332. Schwarzkopf und Seeburg am Mummelsee. Qu.: Heydenreich 1804 (Titel in deutschen Bibliotheken 1990-92 nicht erhältlich).
333. Der Krämer und die Maus. Qu.: Wenzel 1800 (Titel in deutschen Bibliotheken 1990-92 nicht erhältlich). Mot. B 562.1.
334. Die drei Schatzgräber. Qu.: Falckenstein 1738, Bd. 1, 219.
335. Einladung vor Gottes Gericht. Qu.: Praetorius 1668/77, Bd. 1, 285-288. Lit.: Petzoldt 1968, 155-158; Uther 1990, 565. Vgl. AaTh 1525 B: Meisterdieb, Müller/Röhrich F 30.
336. Gäste vom Galgen. Qu.: Bräuner 1737, 296-298. Lit.: Petzoldt 1968, 149-159; Röhrich 1976, 134 f.; Grimm/Ward 1, 420 f.; Uther 1990, 563, 565. EM 3 (1981) 755-759 (G. Petschel). AaTh 470 A: Don Juan.
337. Teufelsbrücke. Qu.: nicht direkt ermittelbar, die Angabe »Mündlich« bei DS erscheint fraglich; das älteste Zeugnis bei Scheuchzer 1723, 212 f. mit divergierenden Einzelheiten (deutsche Fassung Scheuchzer 1746, 2. Teil, 94 f.). Lit.: Lütolf 1862, Nr. 114 (schweiz. Var.n); Grimm DM, 972 f.; Aschner 1909, 89; Schenda 1985 b, 198 f.; Schenda/Doornkaat 1988, 72 (R. Schenda, verweist auf eine Variante bei Kuhn 1806, 20-23); Kindermann-Bieri 1989, 353-355; allg. vgl. EM 1, 1393-1397 (Art. »Baumeister« von I. Taloş) und EM 2, 838-842 (E. Moser-Rath). AaTh 1191: Brückenopfer. Vgl. DS 186.
338. Die zwölf Johannesse. Qu.: Falckenstein 1738, Bd. 1, 218. Lit.: Grimm 1882, Bd. 2, 238. Vgl. DS 210.
339. Teufelsgraben. Qu.: mündlich.
340. Der Kreuzliberg. Qu.: Heß 1802, 172-203, erheblich gekürzt. Lit.: Schenda 1985 b, 199 f.; Kindermann-Bieri 1989, 257-264 (bezweifelt die tatsächliche Benutzung der angegebenen Quelle, vermutet die Übernahme aus einem zeitgenössischen Journal oder Almanach).
341. Die Pferde aus dem Bodenloch. Qu.: vorwiegend aus Dielhelm 1744, 728-730 und in Anlehnung an Büsching 1812, 389-391. Lit.: Aschner 1909, 67; EM 5, 199-203 (R.W. Brednich). AaTh 990: Frau: Die tote F. kehrt zurück.
342. Zusammenkunft der Toten. Qu.: mündlich aus Hessen. E: im Hdex. bei »Königin« (Z. 1): »wird von einer schwedischen Königin mit allen Namen erzählt«.
343. Das weissagende Vöglein. Qu.: Micraelius 1727, Bd. 2, Buch 4, 113 f. Lit.: Grimm/Ward 1, 423 f.
344. Der Ewige Jud auf dem Matterhorn. Qu.: mündlich aus Oberwallis. *So nennen viele Schweizer den Ewigen Juden. Lit.: Schenda/Doornkaat 1988, 72 (R. Schenda); Kindermann-Bieri 1989, 358 f. Vgl. AaTh 777: Ewiger Jude.
345. Der Kessel mit Butter. Qu.: mündlich aus Oberwallis. E: Anke: südwestdt. für Butter. Lit.: Schenda/Doornkaat 1988, 72 (R. Schenda); Kindermann-Bieri 1989, 359 f. Vgl. AaTh 750 B: Wünsche: Die drei W. Vgl. DS 45, 239.
346. Trauerweide. Qu.: mündlich. Lit.: Grimm/Ward 1, 425.
347. Das Christusbild zu Wittenberg. Qu.: mündlich und vermittelt durch den Goßfelder Pfarrer Bang. Lit.: Erfurth 1938, 44.
348. Das Muttergottesbild am Felsen. Qu.: mündlich aus Oberwallis. Lit.: Schenda/Doornkaat 1988, 72 (R. Schenda); Kindermann-Bieri 1989, 360.
349. Das Gnadenbild aus dem Lärchenstock zu Waldrast. Qu.: Sammler für Geschichte 5 (1809) 251-265, hier 254-257. *Das heißt, er sah die Erscheinung nur einen Augenblick. E: fürgäng: mhd. vürgenge = Fortgang habend.

350. Ochsen zeigen die heilige Stätte. Qu.: Alpenrosen 1813, 188 (der Autor heißt K.A. Kasthofer), mit geringfügigen Änderungen. Lit.: Schenda 1985 b, 200; Kindermann-Bieri 1989, 223-226; allg. Art. »Bauplatzlegende« in EM 1, 1401-1404 (M.-V. Blümmel) und Art. »Gespannwunder« in EM 5, 1179-1186 (L. Röhrich).
351. Notburga. Qu.: aus mehreren Quellen zusammengesetzt und faßt Begebenheiten über namentlich gleiche, aber verschiedene Personen zusammen. 1. Variante nach Süddeutsche Miscellen 1814, Bd. 3, Nr. 26; 2. und ausführlichste Variante nach dem Text eines Volksschauspiels (Nothburga 1738); letzte Variante (König Dagobert und seine Tochter Notburga) nach einem Reisebericht des Reiseschriftstellers und Kinderbuchautors [Carl Gottlieb] Horstig (1763-1835) in: Miszellen für die Neueste Weltkunde Bd. 4, Nr. 44 (1810) 173-176, hier 175 (einen weiteren Bericht über Notburga am Neckar [Burg Hornberg bei Hochhausen], ergänzt um eine von der Oberhofgerichtsrätin Auguste Pattberg [1769-1850] aus Neckarelz eingesandte Urkunde [erste Nachricht aus dem 16. Jahrhundert], teilt Horstig mit in: Miszellen 6 [1812] 142-144; dies entspricht dem Mittelteil von DS 351 inhaltlich). Lit.: Aschner 1909, 79; Art. »Notburga, hl.« in HDA 6 (1934/35) 1137 f. (P. Sartori); Pfaundler 1962, 182 f., 272; Moser 1981, 237-241; EM 6 (1990) 1068; zu A. Pattberg s. Steig 1896.
352. Mauerkalk mit Wein gelöscht. Qu.: Cuspinianus, Austria und Aelurius 1625, 97.
353. Der Judenstein. Qu.: Brandis 1678, 178 (Teil 1) und Schmid 1732, 154-167 (Teil 2). Lit.: Schroubek 1985 und 1986; Petzoldt 1987; Erb 1992. Mot. V 361.
354. Das von den Juden getötete Mägdlein. Qu.: Gehres 1792, 18-24. Lit.: Steig 1916, 244; Erb 1992. Mot. V 361.
355. Die vier Hufeisen. Qu.: nach Otmar 1800, 115-118, inhaltlich umgestellt und gekürzt. Lit.: Aschner 1909, 34.
356. Der Altar zu Seefeld. Qu.: Canisius 1580, die 92 Druckseiten der Vorlage unter Herausschälung des erzählerischen Kerns auf eine Seite reduziert (mit Umstellungen). Lit.: Erfurth 1938, 30; Brückner 1974, 168, Anm. 260 und 671 (mit Anm. 75). Mot. V 364.
357. Der Sterbensstein. Qu.: Appenzeller 1810, 170-179, besonders 172. Lit.: Schenda 1985 b, 200; Kindermann-Bieri 1989, 266-268. Vgl. AaTh 756: Zweig: Der grünende Z.
358. Sündliche Liebe. Qu.: Falckenstein 1738, Bd. 1, 218 f.
359. Der Schweidnitzer Ratsmann. Qu.: Lucae 1689, 920 f. (nach Naso 1667, 91-94) und Büsching 1812, 51-54, gekürzte und modernisierte Fassung, Fremdwörter sind eingedeutscht. Lit.: Aschner 1909, 42 f.
360. Regenbogen über Verurteilten. Qu.: Westenrieder 1803, 283 f. (nahezu wörtlich).
361. Gott weint mit den Schuldigen. Qu.: mündlich aus Hessen.
362. Gottes Speise. Qu.: Luther/Aurifaber 1566, 277 b. Lit.: Steig 1916, 244 f.; Rehermann 1977, 158, Nr. 44 und 342, Nr. 22 (Var.n).
363. Die drei Alten. Qu.: Freimüthiger 1809, Nr. 1, mitgeteilt von W. Schmidt aus Lübeck. Lit.: Steig 1916, 245. EM 1 (1977) 383-387 (H. Lixfeld). AaTh 726: Alten: Die drei A.

Hans Christian Andersen
Lebensbuch
Herausgegeben und übersetzt von Gisela Perlet
216 Seiten mit 15 Skizzen und Karikaturen des Autors

»Ich schreibe hier alles über mein Jugendleben nieder, was die Erinnerung mir eingibt; dies wird sich für den Fremden, der außerhalb steht, vielleicht zu einem Ganzen sammeln und vieles in meinen Gedichten, sofern die Welt sie nach meinem Tode liest, erhellen, rechtfertigen und verdeutlichen.«
Diese selbstbewußten Sätze formulierte der siebenundzwanzigjährige Hans Christian Andersen 1832 in der Einleitung zu seinem »Levnedsbog«, d.h. zu einer Zeit, als aus dem »häßlichen Entlein« erst noch der weltberühmte Märchendichter werden sollte.
Daß diese früheste autobiographische Skizze Andersens, die zu seinen Lebzeiten nie veröffentlicht wurde und fast ein Jahrhundert lang als verschollen galt, jetzt erstmals auch dem deutschsprachigen Publikum zugänglich gemacht wird, ist eine kleine literarische Sensation – um so mehr, als die vorliegende Ausgabe zahlreiche Skizzen und Karikaturen Andersens aus der Entstehungszeit des »Lebensbuchs« enthält, von denen der größte Teil hierzulande bisher ebenfalls unbekannt war.

Die Märchen der Weltliteratur
Begründet von Friedrich von der Leyen
Herausgegeben von Hans-Jörg Uther

MÄRCHEN AUS ÄTHIOPIEN
Detlef Müller, 328 Seiten

AFRIKANISCHE MÄRCHEN
Carl Meinhof, 394 Seiten

ALTÄGYPTISCHE MÄRCHEN
Emma Brunner-Traut, 358 Seiten

ARABISCHE MÄRCHEN I/II
Max Weisweiler, 336/382 Seiten

MÄRCHEN AUS ARGENTINIEN UND PARAGUAY
Felix Karlinger/Johannes Pögl
256 Seiten

MÄRCHEN AUS AUSTRALIEN
Anneliese Löffler, 188 Seiten

MÄRCHEN DER AZTEKEN UND INKAPERUANER, MAYA UND MUISCA
Walter Krickeberg, 348 Seiten

BASKISCHE MÄRCHEN
Felix Karlinger/Erentrudis Laserer
288 Seiten

MÄRCHEN DER BERBER
Uwe Topper, 264 Seiten

BRETONISCHE MÄRCHEN
Ré Soupault, 536 Seiten

BUDDHISTISCHE MÄRCHEN AUS DEM ALTEN INDIEN
Else Lüders, 408 Seiten

CHINESISCHE MÄRCHEN
Richard Wilhelm, 396 Seiten

MÄRCHEN VOM DACH DER WELT
Isidor Levin, 336 Seiten

DÄNISCHE VOLKSMÄRCHEN
Laurits Bødker, 344 Seiten

DEUTSCHE VOLKSMÄRCHEN
Elfriede Moser-Rath, 332 Seiten

MÄRCHEN AUS DEN DOLOMITEN
Ulrike Kindl, 432 Seiten

ENGLISCHE VOLKSMÄRCHEN
Katherine Briggs/Ruth Michaelis-Jena
312 Seiten

ESKIMO MÄRCHEN
Heinz Barüske, 400 Seiten

ESTNISCHE VOLKSMÄRCHEN
Richard Viidalepp, 458 Seiten

FRANZÖSISCHE MÄRCHEN I/II
Ulf Diederichs/Ré Soupault,
389/301 Seiten

FRIESISCHE MÄRCHEN
Jurjen van der Kooi/Babs A. Gezelle Meerburg, 400 Seiten

GRIECHISCHE VOLKSMÄRCHEN
Georgios A. Megas, 332 Seiten

MÄRCHEN GRIECHISCHER INSELN UND MÄRCHEN AUS MALTA
Felix Karlinger, 327 Seiten

GRIMMS KINDER- UND HAUSMÄRCHEN I/II
Heinz Rölleke, 591 Seiten

INDISCHE MÄRCHEN
Johannes Hertel, 424 Seiten

Eugen Diederichs Verlag

Die Märchen der Weltliteratur
Begründet von Friedrich von der Leyen
Herausgegeben von Hans-Jörg Uther

IRISCHE VOLKSMÄRCHEN
Käte Müller-Lisowski, 360 Seiten

MÄRCHEN AUS ISLAND
Kurt Schier, 288 Seiten

MÄRCHEN AUS ISRAEL
Heda Jason, 312 Seiten

ITALIENISCHE VOLKSMÄRCHEN
Felix Karlinger, 288 Seiten

JAPANISCHE VOLKSMÄRCHEN
Horst Hammitzsch, 336 Seiten

MÄRCHEN AUS DEM JEMEN
Werner Daum, 217 Seiten

KATALANISCHE MÄRCHEN
Felix Karlinger/Johannes Pögl
195 Seiten

MÄRCHEN AUS DEM KAUKASUS
Isidor Levin, 320 Seiten

KROATISCHE VOLKSMÄRCHEN
Maja Bošković-Stulli, 319 Seiten

LOTHRINGER MÄRCHEN
Angelika Merckelbach-Pinck, 336 Seiten

MÄRCHEN AUS MADAGASKAR
Moks N. Razafindramiandra, 240 Seiten

MÄRCHEN VOR GRIMM
Hans-Jörg Uther, 344 Seiten

MÄRCHEN AUS DER MANDSCHUREI
Jörg Bäcker, 288 Seiten

MAZEDONISCHE VOLKSMÄRCHEN
Wolfgang Eschker, 280 Seiten

MÄRCHEN AUS MEXIKO
Felix Karlinger/Maria Antonia Espadinha, 256 Seiten

MÄRCHEN AUS NEPAL
Günter Unbescheid, 240 Seiten

MÄRCHEN AUS NEUSEELAND
Erika Jakubassa, 288 Seiten

MÄRCHEN DER NIEDERLANDE
A. M. A. Cox-Leick/H. L. Cox
271 Seiten

NORDAMERIKANISCHE INDIANERMÄRCHEN
Gustav A. Konitzky, 300 Seiten

MÄRCHEN AUS ÖSTERREICH
Leander Petzoldt, 340 Seiten

MÄRCHEN AUS PAPUA-NEUGUINEA
Ulla Schild, 271 Seiten

PERSISCHE MÄRCHEN
Arthur Christesen, 312 Seiten

PHILIPPINISCHE MÄRCHEN
Hazel Wrigglesworth, 240 Seiten

PLATTDEUTSCHE MÄRCHEN
Wilhelm Wisser, 312 Seiten

POLNISCHE MÄRCHEN
Ewa Bukowska-Grosse/Erwin Koschmieder, 312 Seiten

PORTUGIESISCHE MÄRCHEN
Harri Meier/Dieter Woll
277 Seiten

PROVENZALISCHE MÄRCHEN
Felix Karlinger/Gertrude Gréciano
280 Seiten

RÄTOROMANISCHE MÄRCHEN
Leza Uffer, 288 Seiten

MÄRCHEN DER RUMÄNIENDEUTSCHEN
Claus Stephani, 384 Seiten

Eugen Diederichs Verlag

Die Märchen der Weltliteratur
Begründet von Friedrich von der Leyen
Herausgegeben von Hans-Jörg Uther

RUSSISCHE VOLKSMÄRCHEN
Reinhold Olesch, 340 Seiten

MÄRCHEN AUS SCHOTTLAND
Hannah Aitken/Ruth Michaelis-Jena
384 Seiten

SCHWEIZER VOLKSMÄRCHEN
Robert Wildhaber/Leza Uffer
280 Seiten

SERBISCHE MÄRCHEN
Wolfgang Eschker, 363 Seiten

SIBIRISCHE MÄRCHEN II
Gerhard Doerfer, 288 Seiten

MÄRCHEN AUS SINKIANG
Karl Reichl, 272 Seiten

MÄRCHEN AUS SIZILIEN
Rudolf Schenda/Doris Senn
340 Seiten

SPANISCHE MÄRCHEN
Harri Meier/Felix Karlinger
328 Seiten

MÄRCHEN AUS SRI LANKA (CEYLON)
Eckard Schleberger, 288 Seiten

SÜDAMERIKANISCHE INDIANERMÄRCHEN
Felix Karlinger/Elisabeth Zacherl
320 Seiten

SÜDSEE-MÄRCHEN
Paul Hambruch, 288 Seiten

MÄRCHEN AUS DEM TESSIN
Pia Todorović-Strähl/
Ottavio Lurati, 288 Seiten

MÄRCHEN AUS TIBET
Helmut Hoffmann, 256 Seiten

MÄRCHEN AUS DEM TSCHAD
Hermann Jungraithmayr, 288 Seiten

TÜRKISCHE MÄRCHEN
Otto Spies, 336 Seiten

MÄRCHEN DER USBEKEN
Ilse Laude-Cirtautas, 288 Seiten

ZIGEUNERMÄRCHEN
Walther Aichele/Martin Block
392 Seiten

Eugen Diederichs Verlag